本书出版受四川大学“985工程”文化遗产与文化互动项目、四川大学十二五“211工程”重点建设学科中外文学与俗文化项目资助。

第六届

宋代文學國際研討會論文集

周裕锴 编

四川出版集团
巴蜀書社

目 录

南宋文学的时代特点与历史定位

复旦大学 王水照

南宋文学史是一个特定时段（1127－1279）的文学史，更是在文学现象、文学形态、文学性质上具有鲜明时代特点和重要历史地位的一部断代文学史。南宋文学一方面是北宋文学的继承与延伸，文统与政统、道统均先后一脉相承；另一方面在时局剧烈变动、经济长足增长、社会思潮更迭变化的历史条件下，又产生了一系列新质的变化。北、南两宋文学既脉息相连，又各具一定的自足性，由此深入研究和探求，当能更准确、更详尽地描述出中国文学由“雅”向“俗”的转变过程，把握中国社会所谓“唐宋转型”的具体走势。

一、南宋文学的繁荣与整体成就可与北宋比肩

我国典籍素以经、史、子、集四部分类，文学作品散见各部，但主要以集部为载体。从最重要的目录著作《四库全书总目》来看，共收宋人别集382家、396种（存目除外），北宋115家、122种，南宋267家、274种①。其中，南宋别集的著录数量为北宋的两倍多，这充分说明南宋士人的文化创作仍然充满活力。如果考虑到南宋国土和人口仅为北宋的约五分之三，南宋立国又比北宋短15年左右（北宋从960年至1127年，为167年；南宋从1127年至1279年，为153年），则更能见出南宋文学创作的繁荣盛况。固然，由于时间的自然淘汰和战乱的祸患，北宋文集多有遗逸；但南宋文集同样难以避免宋元之交时因兵连祸结、灾难频仍而大量亡佚的命运。

四库馆臣在著录杨时《龟山集》时，特加一案语云：“时（杨时）卒于高宗建炎四年，其人南宋日浅，故旧皆系之北宋末。然南宋一代之儒风，与一代之朝论，实皆传时（杨时）之绪余，故今编录南宋诸集，冠以宗泽，著其说不用而偏安之局遂成；次之以时（杨时），著其说一行而讲学之风遂炽。观于二集以考验当年之时势，可以见世变之大凡矣。”② 解释了何以用宗泽《宗忠简集》和杨时《龟山集》作为“南宋诸集”之首的理由，乃是因其开启南宋偏安之政局、新立儒学“道南学派”一脉，着眼于南宋政治、学术方面之新动向，而非斤斤拘泥于他们进人南宋后享年之长短，这是颇具史识的。对厘定南北宋之交的作家中何人需入南宋文学史，也具有方法论上的启示意义。准此原则，我们从《全宋诗》、《全宋词》、《全宋文》三大宋代总集中可以发现，南宋人的诗、词、文均

① 据笕文生、野村鲇子《四库提要南宋五十家研究》前言，日本汲古书院2006年版。
② 见《四库全书总目》卷一五六，下册，中华书局1965年版，第1344页。

占巨大的份额，超出北宋许多。如唐圭璋《全宋词》共收词人1494家，词21055首，其中南宋词约为北宋的三倍（据南京师范大学《全宋词》检索系统统计，含孔凡礼《全宋词补辑》）。

现存南宋文学的作家、作品，不仅数量巨大，明显地超迈北宋，而且在内蕴特质、艺术表现上也有自己的特点，不是北宋文学的“附庸”。北宋诗坛“苏（轼）黄（庭坚）”称雄，词则“苏柳（永）”、“苏秦（观）”、“苏周（邦彦）”均为大家，与之相较，南宋陆游、杨万里诗，辛弃疾、姜夔、吴文英词亦堪称伯仲，“苏陆”、“苏辛”、“周姜”并称，不绝于史，差可匹敌。以下分述诗坛、词坛情况。

南宋诗歌的发展自具纲目和构架。《钱钟书手稿集》业已出版的《容安馆札记》三卷中，据邓子勉学弟的初步统计，共论及两宋诗文集360种左右，其中北宋70家，南宋近300家。在这近300家中，钱钟书先生只选取九位诗人作为南宋诗歌发展史上的代表性作家：南渡初为陈与义、吕本中、曾几；中兴时期为陆游、杨万里、范成大；后期为刘克庄、戴复古、方岳。这见于他的两则笔记中。卷二第443则论范成大时云：“南宋中叶之范、陆、杨三家，较之南渡初之陈、吕、曾三家，才情富艳，后来居上，而风格高骞则不如也。”① 卷一第252则论方岳时云：“盖放翁、诚斋、石湖既殁，大雅不作，易为雄伯，余子纷纷，要无以易后村、石屏、巨山者矣。三人中后村才最大，学最博；石屏腹笥虽俭，而富于性灵，能白战；巨山寄景言情，心眼犹人。”② 南渡初的三家，钱先生在《宋诗选注》中已论定陈与义“在北宋南宋之交，也许要算他是最杰出的诗人”；方回《瀛奎律髓》卷十六陈与义《道中寒食》诗批语亦云“宋以后山谷一也，后山二也，简斋为三，吕居仁为四，曾茶山为五”③，同样瞩目于陈、吕、曾三家，意见是一致的。“尤、杨、范、陆”虽素有“中兴四大家”之称，钱先生删落尤袤，却也是完全符合实际的。刘克庄是“江湖派里最大的诗人”（《宋诗选注》小传）；戴复古“富于性灵，颇能白战”；突出方岳，则是钱先生的独特见解，他认为方岳“为江湖体诗人后劲”④，而有的学者因为方岳诗集未入《江湖集》而不视他为江湖体诗人。尽管钱先生同时对方岳诗歌的弱点作过严厉批评，但赞其“寄景言情，心眼犹人”，“巧不伤格，调峭折而句脆利，亦自俊爽可喜”。

这三组九位作家，不仅艺术成就较高，洵称大家或名家，而且具有代表性，在南宋诗歌体派的嬗变过程中，他们各自处于关键性的历史地位。陈、吕、曾处于江西诗派大行其时而又弊端丛生、着力矫正之际；陆、杨、范则能出入江西而又力求别辟蹊径，完成了诗歌史所赋予的创新使命；刘、戴、方从江西派走到江湖体，又有调和融合、“不江西、不江湖”的倾向。抓住这三组九位作家，不仅能够从宏观上把握南宋诗歌的大走向，而且也表明南宋诗歌在各个小时段中均有自己的创造和艺术新境，没有出现过断层和空

---

① 《钱钟书手稿集·容安馆札记》卷二，商务印书馆2003年版，第1005页。
② 《钱钟书手稿集·容安馆札记》卷一，商务印书馆2003年版，第410页。
③ 方回选评、李庆甲集评校点《瀛奎律髓汇评》卷十六，上海古籍出版社2005年版，第591页。
④ 《钱钟书手稿集·容安馆札记》卷一，商务印书馆2003年版，第410页。

白（南宋末还出现过遗民诗人群）。因此，南宋诗歌的总体成就和它具有的阐释空间与研究价值，比之北宋，也是并不逊色的。

在我国学术史上，并未出现“南、北诗歌优劣论”的争议，但在词史上，却发生过此类公案。仅举清末民初之例。光绪、宣统年间，词坛上兴起推重南宋之风，吴文英词尤被激赏。王国维在1908年刊发的《人间词话》开端即云：“词以境界为最上，有境界则自成高格，自有名句。五代、北宋之词所以独绝者在此。”① 只是论定北宋词“有境界”，尚未论及南宋词。而在《人间词话删稿》中，就明斥南宋词为“羔雁之具”了：五代、北宋，“词则为其极盛时代”，“至南宋以后，词亦替矣。此亦文学升降之一关键也”②。他从艺术求真的角度指控南宋词是酬世、应世的伪文学，并进而说它已人词的衰世。次年，南社在苏州虎丘举行成立大会，柳亚子豪爽地声言：“人家崇拜南宋的词，尤其是崇拜吴梦窗，我实在不服气。我说，讲到南宋的词家，除了李清照是女子以外，论男性只有辛幼安是可儿，梦窗七宝楼台，拆下来不成片断，何足道哉！”③ 同是南社成员的黄人，则在《中国文学史》中以史家的立场对北、南宋词作了斩钉截铁的褒贬：“晏欧秦贺，吹万不同，而同出天籁。张柳新声，苏黄别调，虽炫奇服，未去本色。南渡而下，体制日巧，藻饰日新，钩心斗角，穷极意匠，然而情为法掩，义受词驱，盖文胜而质渐漓矣。”④ 比之柳亚子，算是学术批评，而贬抑南宋词的观点是一致的。

柳亚子意见的对立面是可以论定的，那就是以王鹏运、朱祖谋、况周颐为代表的“金陵——临桂词派”⑤。如况周颐《蕙风词话》卷一云：“作词有三要：重、拙、大。南渡诸贤不可及处在是。”⑥ 极力为南宋词立帜。柳亚子的意见当时就遭到南社内部庞树柏等人的反对，因庞树柏曾从朱祖谋学词，取径南宋，朱祖谋且为其删定词集。这透露出南社内部不同词学旨趣的人事背景。柳亚子贬南宋词，不排除其中隐含有不满清朝遗民的政治情结。王国维所论的指向性若明若暗，不能确定；但他遵循的是文学自身的艺术考量，则是可以断言的。

文学史上诸多优劣论的争议，如李杜、如韩柳，往往没有最后的定论，无法取得人们的共识，原因之一在于比较双方常常各有短长，各具特点，处于势均力敌、大致相近的水平线上。与其强分高下、率意轩轾，不如平心静气地探究双方各自的具体特点。就北、南宋词之争而言，一些调和折衷的见解，反而能给人们更多的启发。如朱彝尊《词综·发凡》云：“世人言词，必称北宋。然词至南宋始极其工，至宋季而始极其变。”从发展的眼光拈出“工”、“变”两字，颇能中其肯綮。今人饶宗颐云“夫五代、北宋词，多本自然，时有真趣；南宋词则间出镂刻，具见精思”，而“先真朴而后趋工巧”，“乃文

① 唐圭璋《词话丛编》第五册，中华书局1990年版，第4239页。
② 同上，第4256页。
③ 参《南社纪略》，台湾文海出版社1976年版，第15—16页。
④ 黄人《中国文学史》第二册，上海国学扶轮社，第43页。
⑤ 参看拙文《况周颐与王国维：不同的审美范式》，《文学遗产》2008年第2期。
⑥ 况周颐《蕙风词话》卷一，《词话丛编》第五册，第4406页。

学演化必然之势，毋庸强为轩轾”[①]，与朱氏“工变”之论精神完全一致。即使是对南宋持批评倾向的评论，由于着眼于具体分析比较，也能搔到痒处，抓住要害。如吴世昌《罗音室词存跋》云“言情为汴梁所尚，述志以南宋为善”，则从词所表达的内容上来分疏两宋，颇为确当。周济《介存斋论词杂著》云：“北宋词多就景叙情，故珠圆玉润，四照玲珑。至稼轩、白石一变，而为即事叙景，使深者反浅，曲者反直。”[②]“就景叙情”与“即事叙景”的区分，也是对一部分北、南词的精辟概括。田同之《西圃词说》引宋征璧论词之语，列叙南宋诸家的各自特色，如“刘改之之能使气，曾纯甫之能书怀，吴梦窗之能叠字，姜白石之能琢句，蒋竹山之能作态，史邦卿之能刷色，黄花庵之能选格，亦其选也”。接云：“词至南宋而繁，亦至南宋而敝，作者纷如，难以概述矣。”[③] 持论客观公允。田同之还说：“南宋诸名家，倍及变化。盖文章气运，不能不变者，时为之也。于是竹垞遂有词至南宋始工之说。惟渔洋先生云：‘南北宋止可论正变，未可分工拙。’诚哉斯言，虽千古莫易矣。”[④] 南宋词是北宋词的延续与发展，它们之间是时运使然的“正变”关系，“未可分工拙”，此虽不能遽断为“千古莫易”，但相信是符合历史发展实际的。

其实，从两宋词对后世“影响因子”的角度，也可证明南宋词不让北宋。据有的学者运用定量分析的方法，依照存词数量、历代品评、选本入选数量等六个指标，确定宋代词人中有一定成就和影响的约在300家左右，其中堪称“大家”和“名家”而排名前30位中，南宋就有辛弃疾、姜夔、吴文英、李清照、张炎、陆游、王沂孙、周密、史达祖、刘克庄、张孝祥、高观国、朱敦儒、蒋捷、刘过、张元幹、叶梦得等17人，超过北宋苏轼、周邦彦等13人。这也能从某一视角说明南宋词坛不仅比之北宋旗鼓相当抑或稍胜之[⑤]。至于南宋文学流派之活跃、文学社团活动之频繁、文学生态结构之均衡、文学批评理论之兴盛，都有不容忽视的上佳呈现。要之，南宋文学是一份厚重的文学遗产，目前存在的“重北宋、轻南宋”的研究现状与之是不相称的。

宋代士人思想创造的自由度和精神的自主性问题，长期为人们所误解。一般多认为宋人受理学牢笼，精神自抑，行为拘谨，情感苍白，实有以偏概全之弊。王国维在《宋代之金石学》一文中指出：“天水一朝人智之活动与文化之多方面，前之汉唐，后之元明，皆所不逮也。”[⑥] 把宋代士人的精神创造能力提到一个近似顶峰的高度。在另一篇论及中外文化思想交流的文章《论近年之学术界》中，他又以“能动时代”和“受动时代”为标准，把中国思想哲学史厘定为四个时期：春秋战国百家争鸣，“于道德、政治、文学上灿然放万丈之光焰，此为中国思想之能动时代”，自汉至宋为“受动时代”，宋代则

---

① 饶宗颐《澄心论萃》，上海文艺出版社，1996年，第215页。
② 唐圭璋《词话丛编》第二册，中华书局1990年版，第1634页。
③ 同上，第1458页。
④ 同上，第1454页。
⑤ 王兆鹏、刘尊明《历史的选择——宋代词人历史地位的定量分析》，《文学遗产》1995年第4期。作者又在30家后补充能并列者3人，南宋词人又有朱淑真入围。
⑥ 《王国维遗书》第五册《静安文集续编》，上海书店1983年版，第70页。

“由受动之时代出而稍带能动之性质”，宋以后至清又跌入“受动时代”，“思想之停滞，略同于两汉”①。陈寅恪推崇宋代文化创造为华夏民族文化之“造极”的论述，已是耳熟能详的著名见解。他在《论再生缘》中也提出“六朝及天水一代思想最为自由，故文章亦臻于上乘”②。余英时更直截了当地断言：“宋代是士阶层在中国史上最能自由发挥其文化和政治功能的时代，这一论断建立在大量史实的基础之上，是很难动摇的。”③

这些论断是针对整个宋代的概评，自然包含南宋，或者毋宁说乃是主要针对南宋所做的判断。余英时把朱熹时代称作“后王安石时代”，但他研究的对象毕竟是南宋的朱熹以及南宋的“士大夫政治文化”；陈寅恪讲“天水一朝思想最为自由”，因而文学“上乘”，所举实例是南宋汪藻的《代皇太后告天下手书》；王国维是在评述“宋代之金石学”时做上述论断的，而讨论“金石学”，南宋毫无疑义自属重镇。他们都认定南宋士人享有思想文化创造的高度自主和自由，是对他们生存的生态环境的确切观察。南宋自然仍有党争的倾轧、舆论的钳制、文字狱的兴作，甚至科举制度对诗歌创作的贬抑，但从全局上、从总体上衡量，南宋仍不失为一个自由创作的历史时期，这也是南宋文学能保持繁盛和不容低估的创作实绩的根本性原因。

二、南宋作家的阶层分化与文学新变

宋代文学的创作主体是宋代士人，他们不仅是传统雅文学（诗、词、文）的主要作者，也是新兴俗文学（戏曲、白话小说）的重要参与者。从政治权力的分享、经济收入的分配、社会地位的高低以及生存方式、行为方式和思维方式的差异来看，南宋士人的阶层分化趋势日益明显。宋代是一个比较成熟的科举社会，日趋完备的科举制度与宋代士人的命运关系极为密切。以是否科举入仕作为标准，可以将宋代士人大致分为仕进士大夫和科举失利或不事科举的士人两大阶层，或可概括为科举体制内士人和科举体制外士人两类。北宋的士大夫精英大都是集官僚、文人、学者三位于一身的复合型人才，南宋士人中的一部分基本上继承了这一特征，但能在这三方面均能达到极高地位如欧阳修、苏轼者，已不多见，贤如朱熹，主要身份乃是学者，政治上和文学上的建树尚逊一筹。而到南宋中后期，士人阶层的分化加剧，大量游士、幕士、塾师、儒商、术士、相士、隐士所组成的江湖士人群体涌现，构成举足轻重的社会力量。笔者三十多年前曾向钱钟书先生请教及此，他回信说：“江湖诗人之称，流行在《江湖诗集》之前，犹明末之职业山人。”明末山人，尤在江南一带，多如牛毛，袁宏道叹为“山人如蚊”④。他们大都处于奔走漂泊、卖文为生的生存状态。钱先生这句话敏锐地揭示出一个新型社会群体的产生及其历史承续与演化，职业性的“假山人”实乃“真江湖”，前后一脉相承。近年西方汉学家所讨论的中国“前近代知识分子共同体”命题，除了主要包括科举入仕的精英群体

---

① 《王国维遗书》第五册《静安文集续编》，上海书店1983年版，第94页。
② 陈寅恪《寒柳堂集》，上海古籍出版社1980年版，第65页。
③ 余英时《朱熹的历史世界》上册，三联书店2004年版，第378页。
④ 袁宏道《与王以明》，《袁中郎全集》卷二十，《四库全书存目丛书》影明崇祯二年刻本。

外，也应把这部分士人群体安置于适当的位置。政治权力的缩小、社会地位的下降、精英意识的淡薄，导致了这一阶层的士人在文学取向上的巨大差异。

南宋士人社会角色的转型与分化，造成了整个文化的下移趋势。波及文坛，即其主要力量转入了民间写作，“布衣终身”者纷纷登上文学舞台，这在南宋中后期表现得尤为突出。可能是历史的巧合，南宋最著名的文学家大多在宋宁宗开禧年间（1205—1207）前后去世，如陆游（1125—1210）、范成大（1126—1193）、杨万里（1127—1206）、辛弃疾（1140—1207）。此外，陈亮卒于1194年、朱熹卒于1200年、洪迈卒于1202年、周必大卒于1204年、刘过卒于1206年、姜夔约卒于1209年。自此以后的七十多年（几占南宋时期的一半）成为一个中小作家腾喧齐鸣而文学大家缺席的时代。文学成就的高度渐次低落，但其密度和广度却大幅度上升。

宋代士人群体内部的层级分化，依违于科举体制而派生的两类文士，他们的自我角色认定是不同的。

一般说来，属于体制内的入仕作家，具有较强的社会承担精神与精英意识，在外来军事打击下所催生的国难意识，使他们深感民族存亡的沉重与沉痛，和战之争和党派之争交相纠葛，成为南宋政治关注的焦点；表现在文学领域，抗金、抗元是最为集中的主题，慷慨昂扬、悲愤勃郁的基调贯穿于南宋诗坛、词坛。这既为汉唐文学所未有，也为北宋文学所罕见。陆游的诗、辛弃疾的词，双峰并峙，是南宋文学最高艺术成就的代表，也是爱国主义的精神瑰宝。

属于体制外的不入仕作家，固然不乏表现时代重大主题的作品，宋元之交时期的遗民诗人就是如此；然而相对而言，他们大多对现实政治保持一定的疏离，秉持一种相对纯粹的文学观念，注重个人精神世界的经营，追求情感交流的新自由。他们已不太顾及文学“经国大业，不朽盛事”的儒家教化功能，纯为个人思想感情的抒写需要而写作，甚或变作干谒的手段、谋生的工具。江西诗派的中后期作家、“四灵”和江湖诗人群等，均属“民间写作”的范畴。元人黄溍曾感叹说：“呜呼！四民失其业久矣，而莫士为甚。”① 他对宋元以来士人中放弃科举本“业”之风的惊呼，表明了他对士人阶层急剧分化形势的不解与惊诧。其实，这是无法逆转的。

上述层级划分自然是相对的，并非泾渭分明的。尤对士人个体而言，情况千变万化，一生中难免升沉顺逆，不可能也不必要对每位作家的社会身份作出逐一的鉴别和归类；而且在多数情况下，不入仕作家群也离不开入仕官僚的揄扬和支持。宣扬“四灵”的叶适、江湖派最大的诗人刘克庄，均为上层官吏。作为大量江湖谒客的幕主，亦非主管官员不办。然而这一社会群体虽无法严格界定，却是有固定所指的实际存在，对其加以深入研究，对于把握与认识长达南宋文学史近二分之一时间里诗坛、词坛的下移趋势，实具有重要意义。

促成文化下移趋势的原因颇为复杂，其中，南宋时期印刷产业的蓬勃发展就很值得

① 黄溍《送叶审言诗后序》，《文献集》卷五，文渊阁四库全书本。

注意。我国文学作品的物质载体，经历过竹帛、纸写、印刷等几个阶段（今天又进入电子网络时代），每个阶段的转换都引起文学的新变。大致在东汉中后期，纸开始普遍使用，纸逐渐代替简册，新型的传媒方式带来了人际交流的便捷和自由，增强了文学的情感化①。雕版印刷术起于隋唐之际，至北宋以前尚不太发达，且所印大都为日历、佛经、字书，至宋慢慢地形成规模化产业，官刻、私刻（家刻）、坊刻及书院刻、寺观刻等，构成颇为完备的商品构架和体系，图书市场开始孕育成型。到了南宋，又有长足的发展：民间坊刻如雨后春笋，遍地开花；私刻（家刻）之风气更为炽盛，且偏重于集部的印制，改变了北宋官刻中重经崇史的倾向；官刻中也出现中央国子监等渐衰而地方官刻繁兴之局；特别是杭州、福建、四川三大刻书中心的确立，散布于南方 15 路的各具特色的刻书业②，共同引领南宋刻书业走向初步成熟和辉煌。

欣欣向荣的南宋刻书业，极大地促进了作品与读者之间的互动、作家与作家之间的交流，扩大了传播的覆盖面，提高了流通速度，推动了南宋文学的发展。尤为重要的是，不少书商直接参与了文学运作，使刻书事业变成了实实在在的文学活动。临安“陈宅书籍铺”坊主陈起、陈续芸父子，广交当时“江湖之士以诗驰誉者”（《直斋书录解题》卷十五），亲自组织约稿，黾勉从事，编刻《江湖集》约六七十种，前后长达五六十年之久③。陈起集组稿、编辑、刻印、出售于一身，本人又是诗人，曾遭遇“江湖诗案”，与江湖诗人声息相通，同命共运。叶适编选《四灵诗选》，为永嘉地区四位诗人徐照、徐玑、赵师秀、翁卷宣扬鼓吹，陈起予以“刊遗天下”④，以广流布。这群“江湖之士以诗驰誉者”并世而居，但互不相交或交往不密，依靠陈起有组织的刻印诗集而汇聚成一个特殊的集合体。他们原只是一个社会群体，并非严格意义上的“诗派”。一般研究者认为他们组成了“江湖诗派”，且谓其命名之由在于陈起刻印《江湖集》。然而，实际情况恰恰相反：由于社会上先已分散存在一群“以诗驰誉”的“江湖之士”，陈起遂顺理成章地把他们的诗集统一名之为《江湖集》；但如果没有陈起这一顺应潮流的创新举措，这群“江湖之士”还是一盘散沙，无法成为影响社会、影响诗坛的重要力量。因此，从“四灵”到“江湖”，就形成了一个庞大的前所未见的“以诗驰誉者”的社会群体，陈起的书坊变成了这批民间诗人们凝聚的纽带和交流的平台。

在南宋，文学作品的商品化程度越来越高，且融入宋代整个商品经济体系之中；商品经济与文学日益紧密的联系和结合，深刻影响到文学的演变和发展，这是南宋社会转型、经济转轨、文学转变的一个标志。这是历史性的进步。

三、重心转移：由北而南和由雅而俗

从我国文化、文学发展的全局来考察，南宋处于其重心转移的关捩点：就地域空间

---

① 参看查屏球《纸简替代与汉魏晋初文学新变》，《中国社会科学》2005 年第 5 期。

② 张秀民《宋孝宗时代刻书述略》，《张秀民印刷史论文集》，印刷工业出版社 1988 年版。

③ 参看朱迎平《宋代刻书产业与文学》，上海古籍出版社 2008 年版，第 210 页。

④ 许棐《跋四灵诗选》，《江湖小集》卷七六《融春小编》，文渊阁四库全书本。

而言，学术与文学的重心完成了从北方到南方的转移；就文学样式而言，重心由雅而趋于俗。

研究人口分布的成果表明，我国人口的南北比重，长期以北方居先；到了宋代才开始出现根本性的转折，南方人口占全国人口一半以上，而且一直保持、延续到明清时代①。这一现象在南宋尤为突出。靖康之变促成了我国历史上第三次大规模人口南迁活动，比之前两次（东晋；安史之乱至五代）规模更大、影响更深，大批士大夫与数以万计的流民、难民一起举家举族仓皇南渡，也把学术文化传至南国，杨时“道南学派”是著例，吕本中、吕祖谦家族传承中原文明更具典型性，且在文学领域更有明显而深刻的表现。在南渡的文化家族中，要数吕、韩两族对文坛影响最为直接、深巨。不妨先从韩元吉谈起。作为南渡最早一批作家之一，韩元吉于建炎元年（1127）举族南迁，几经流徙，定居于信州。关于他的诗文，朱熹说他“做著尽和平，有中原之旧，无南方啁哳之音”②，意即保持中原承平时期的厚重与深永，一扫南方文风中繁碎、纤细、柔弱的一面。且据朱熹亲自接触，“向见韩无咎说他晚年做底文字，与他二十岁以前做底文字不甚相远，此是他自验得如此”③。后来四库馆臣也认同这一评价，说“统观全集，诗体文格，均有欧、苏之遗，不在南宋诸人下”④。辛弃疾《太常引·寿韩南涧》中推尊他“今代又尊韩，道吏部，文章泰山”，又以韩愈相比。他与当时名家均有广泛交游，“又与朱子最善，尝举以自代，其状今载集中。故其学问渊源，颇为醇正。其他以诗文倡和者，如叶梦得、张浚、曾几、曾丰、陈岩肖、龚颐正、章甫、陈亮、陆游、赵蕃诸人，皆当代胜流，故文章矩矱，亦具有师承”⑤。韩元吉官至吏部尚书，《宋史》无传，遭遇冷落，朱熹却敏锐地揭出他作品中的北方文学因子以及对南宋作家的影响力。

韩元吉另一值得注意之处是，他对学术文化采取兼收并蓄的态度，这与同他交往甚密的吕本中、吕祖谦一族有着相同的取向。吕本中出身望族，其家学特点即是“不名一师”（全祖望《荥阳学案序录》），以兼取众长为宗。他不仅在学术思想上“躬受中原文献之传，载而之南”（吕祖谦《祭林宗丞文》），主张“诸子百家长处，皆为吾用”⑥，而且在诗学思想上，也倡导“活法”、“悟人”，反对一般江西诗人只认老杜、黄庭坚之门，而主张“遍考精取，悉为吾用”⑦。吕祖谦是韩元吉女婿、吕本中侄孙，《宋史·吕祖谦传》云“祖谦之学本之家庭，有中原文献之传。长从林之奇、汪应辰、胡宪游，既又友张栻、朱熹，讲索益精”，也同样呈现出贯通各派、融合南北的特点。刘时举《续宋编年资治通鉴》卷十又说他“其学本于累世家庭之所传，博诣四方师友之所讲”，以北方中原“家学”为本，济之以南方地区“师友”之学，概括出他“南学北学、道术未裂”的融贯特

① 参看吴松弟《中国人口史》第三卷，复旦大学出版社 2000 年版，第 625—626 页。
② 《朱子语类·论文》，《历代文话》第一册，复旦大学出版社 2007 年版，第 222 页。
③ 同上，第 206 页。
④ 《四库全书总目》卷一六〇《南涧甲乙稿提要》，中华书局 1965 年版，第 1383 页。
⑤ 同上。
⑥ 吕本中《童蒙训》卷上，商务印书馆 1937 年版，第 1 页。
⑦ 见胡仔《苕溪渔隐丛话前集》卷四十九引，人民文学出版社 1962 年版，第 332 页。

点。这既反映在朱熹、陆九渊著名的“鹅湖书院”之争中其折衷调和的立场上，也反映在他的文学思想和写作实践中。关注南北文风之异的朱熹，也同样关注南方地域文化对南渡作者的反作用。他说：“某尝谓气类近，风土远。气类才绝，便从风土去。且如北人居婺州，后来皆做出婺州文章，间有婺州乡谈在里面者，如吕子约辈是也。”① 吕子约，即吕祖俭，为吕祖谦弟。作为“北人居婺州”一员的吕祖谦，也不可避免地受到当地文风的影响。

吕祖谦还特别讲到吕氏家族与“江西贤士大夫”长期形成的交好传统。在《题伯祖紫微翁与曾信道手简后》中记载了其父吕大器的一段教诲：吕氏家族从北宋吕夷简和晏殊相交起，即与“江西诸贤特厚”，历数欧阳修、王安石、曾巩、刘敞、刘攽、“三孔”、曾肇、黄庭坚等人与历代吕氏传人之间的友谊。因而，南渡以来，吕本中在临川地区“乃收聚故人子曾信道辈，与吾兄弟共学，亲指挥，孳孳不怠，既又作诗勉之，今集中寄临川聚学诸生数诗是也”，并说：“吾家与江西贤士大夫之疏密，亦门户兴替之一验也。”②吕祖谦也沿承吕本中的办学精神，“四方学子云合而影从，虽儒宗文师磊落相望，亦莫不折官位抑辈行，愿就弟子列”③。这不仅促成了“婺学”的隆兴，其影响也自然延伸到诗文创作方面。吕本中早年架构“江西诗社宗派图”，倾力于对江西诗派的理论总结与创作推阐，应受到其家族这种特殊的“江西情结”的驱动；南渡后，他继续关注此派的发展，纠正江西后学的局限与流弊。

除移民作家外，南宋诗文作家的占籍地域多集中在浙江、江西、福建、两湖地区，他们既浸渍于中原文化的营养，保存北宋欧、苏、王、黄诸大家之文学创造精神与特点，又与南方的地域文化、风土习俗、自然山川相交融，形成有南国韵味的文学风貌。此均得益于南北文学交流之功。在词坛上，南北融贯推毂之势更显强烈。词素有南方文学之称，其“微词宛转”的特性与南国氛围天然合拍。唐圭璋《两宋词人占籍考》综观从北宋到南宋的词人籍贯，按省统计，词人之众也以浙、赣、闽三地占先，从词家多为南产而言，也显示出词体本质上属于南方文学的特点。然而，北来移民词人的大量南下，为词坛带来慷慨激昂、大声镗鞳之音，多抒写家国之恨、亡国之悲、抗敌之志，极大地提高了词的审美境界，促成了词的重大转型，进入了我国词史发展的一个新阶段。南宋建立之初，活跃于词坛者几乎都为南渡词人。如叶梦得、朱敦儒、李纲、李清照等，张元幹虽占籍福建长乐，却也是滚滚南渡人流中的一员。嗣后，南宋最大的词人辛弃疾，也是北来的“归正人”。没有北方词风的相摩相融，南宋词境界的进一步开拓与内蕴的进一步深化是不可能的。

在散文方面，近人王葆心在《古文辞通义》中，曾从作家地域分布的角度，综合考察我国历代文派的发展趋势，指出宋代以后，“吾华文家大统之归全在南方”。他认为北宋之初，文坛主流是北方派（柳开、穆修），欧阳修出，“自后江西有古文家乡之目”，及

① 《朱子语类》卷一四〇，文渊阁四库全书本。
② 见《东莱集》卷七，文渊阁四库全书本。
③ 王柏《鲁斋集》卷十二《跋丽泽诸友帖》，金华堂丛书本。

至宋古文六大家雄踞坛坫，“南声最宏在是时矣”。南宋之文受地理环境所制，南派自然成为主导，“南渡之后，为永嘉、永康之学派者，文仍宗欧，或宗苏门后学”，“是时南方之文最盛行两派：一江左派，为水心（叶适）；一江右派，为刘须溪（刘辰翁）。黄梨洲谓‘宗叶者以秀劲为揣摹，宗刘者以清梗为句读’，此又南派之因时为高下者也”。他的结论是：“推宋以后文事观之，吾华文家大统之归全在南方”，“宋后文运在南方”①。除了个别例证尚可商榷外，其全局判断是可信的。

南宋戏剧和白话小说的繁盛，也与宋室南迁有关。大批西北艺人渡江而南，“京师旧人”遍布勾栏瓦舍，临安尤甚，“如执政府墙下空地，诸色路歧人，在此作场，犹为骈阗”②。“路歧人”原是对开封一带艺人的称呼，现在尚可考出有姓有名的汴京艺人在临安献艺者多人。南宋最具戏剧完整形态的是“南戏”，形成于南北宋之交的温州，已由叙述体发展成代言体，后又传至杭州，获得发展的良好土壤，其曲体、曲制的最终定型，也与对北方杂剧及各种歌舞说唱技艺的吸收融合息息相关。

南宋处于从中原文化向江南文化转移的重大时期，使南北文学交流进入更高、更深的层次。伴随着中国经济重心的南移，也出现了文化重心南移的现象，江南也从“江南之江南”的地域性概念，转而成为“全国之江南”的政治经济文化性概念，以后元、明、清均以北京为首都，但都无法改变江南在全国举足轻重的地位。因而，南宋文学中这一重心南移现象，具有预示中国政治、经济、文化总体走向的意义。

诗、词、文、小说、戏曲是我国文学的主要样式。诗歌从“风”、“骚”传统算起，经唐代极盛而创“唐音”，降及北宋形成“宋调”，已有数千年的历史；文（主要是“古文”）由先秦两汉以著述体裁为主的诸子散文和历史散文，发展到“唐宋八大家”为代表的以篇什体裁为主的新散文传统，到北宋亦似能事近毕，南宋文人大都取径欧、苏，在创立新的散文范式上已少发展空间；词则发轫于隋唐，至北宋而大放异彩，尚留下开辟拓新的余地。在这些传统士人大显身手的领域之旁，新兴的流传于市井里巷的白话小说和戏曲悄然勃兴，正显出强大的艺术生命力。

梁启超十分关注俗文学在中国文学史上的地位。他说：“文学之进化有一大关键，即由古语之文学，变为俗语之文学是也”，“自宋以后，实为祖国文学之大进化。何以故？俗语文学大发达故”③。胡适在1917年的《寄陈独秀》中说：“钱玄同先生论足下（指陈独秀）所分中国文学之时期，以为有宋之文学不独承前，尤在启后，此意适以为甚是。”④他之所以认同宋代文学为“承前启后”的转折时期，也是着眼于“白话文学”在宋代的勃兴。闻一多对中国文学的历史动向也有过深刻的宏观考察。他在《文学的历史动向》中说：

---

① 王水照编《历代文话》第八册，复旦大学出版社2007年版，第7778—7780页。
② 耐得翁《都城纪胜》“市井”条，文渊阁四库全书本。
③ 见《小说丛话》，《〈饮冰室合集〉集外文》（上），北京大学出版社2005年版，第148—149页。
④ 胡适《寄陈独秀》，民国丛书本《胡适文存》卷一，上海书店1989年版，第41页。

> 我们只觉得明清两代关于诗的那许多运动和争论，都是无谓的挣扎。每一度挣扎的失败，无非重新证实一遍那挣扎的徒劳无益而已。本来从西周唱到北宋，足足二千年的工夫也够长的了，可能的调子都已唱完了。到此，中国文学史可能不必再写，假如不是两种外来的文艺形式——小说与戏剧，早在旁边静候着，准备届时上前来“接力”。是的，中国文学史的路线南宋起便转向了，从此以后是小说戏剧的时代[①]。

迄今为止，还很少见有研究者把南宋文学作为一个独立对象进行宏观判断，闻一多可谓第一人。他的“中国文学史的路线南宋起便转向了”的论断，从一个特定视角，抓住了文学演变的关键。勾栏瓦舍中的说唱曲艺表演，通过艺术行为方式而深入民间大众，表现出新的人物、新的文学世界和美学趣味；传统的诗、词、文以书面记载的形态而主要流行于社会中上层，一般表现为忌俗尚雅的审美追求。从《都城纪胜》、《梦粱录》、《武林旧事》等记载来看，南宋的说话讲史和演戏活动十分兴盛，尽管现存的确切可考定为南宋白话小说的，为数甚少，且戏曲作品留存至今的完整的仅只《张协状元》一种（或谓北宋或元代作品），但其时品类繁多，从业人员也已形成规模，已正式登上中国文学的神圣殿堂，这是毋庸置疑的。闻一多上述论断有两点或可商榷：一是把“小说与戏剧”视作“两种外来的文艺形式”似与它们的发生史不符；二是对明清诗歌（实际上也包括散文和词）的成就，贬抑过甚。钱钟书先生在论及宋代白话小说时说：“这个在宋代最后起的、最不齿于士大夫的文学样式正是一个最有发展前途的样式，它有元、明、清的小说作为它的美好的将来，不像宋诗、宋文、宋词都只成为元、明、清诗、词、文的美好的过去了。”[②] 这里将诗、词、文和小说、戏曲分别作为“雅”文学和“俗”文学的代表，又对他们与元明清两类文学的“承先和启后”关系都作了颇为准确、客观的说明。中国文学的雅俗之变，也就是所谓“大传统”与“小传统”之变，精英文化与大众文化之变，南宋时期是一个历史的重要转折点。

---

① 《闻一多全集》第一册，三联书店 1982 年版，第 201 页。

② 《宋代文学的承先与启后》，文学研究所编《中国文学史》第二册，人民文学出版社 1962 年版，第 547 页。

论科举与文学关系的层级结构

——以宋代科举为例

四川大学　祝尚书

一、问题的提出：困惑与出路

所谓科举与文学的关系，其实就是科举对文学起什么作用的问题。厦门大学刘海峰教授，多年来一直研究科举制度，在他带有总结性的专著《科举学导论》第十章"科举文学论"第一节"诗赋与策论"中，归纳了当前学界在科举与文学关系研究上的现状，那就是分成"促进"和"促退"两派①。此分法或可议（详后），不妨采其说以入题，可以节省征引文献的篇幅。

该书指出，一派主张科举促进文学繁荣，摘引刘虹先生《科举学的文学视角》为证：

> 一方面唐代科举考试诗赋是唐代诗赋繁荣的结果，唐诗的发展催促以诗赋取士的兴盛，而另一方面以诗赋取士，诗歌便成为仕进的一块敲门砖，士子唯有善于此道才有希望跻身仕进之门，这就必然促进士子将心血用于诗歌的创作，并形成推崇诗歌的社会风气，又反过来促进唐诗更加繁荣。换句话说，唐诗的繁荣与科举考试是互为表里的。

其下又引吴在庆先生《科举制对唐代文学的影响》一文，认为"科举制度引发唐代文人对其科举生活的歌咏叙述，产生了与此有关的大量诗文，全面地展现了科举生活的方方面面，诸如读书习业、乡举里选、投文干谒（行卷风尚）、漫游邀名、场屋省试、及第落第、慈恩题名、曲江杏园游宴、送行赠别等等"。刘虹所论为"科举考试"，这里说的则是"科举制度"。其下还引有吴在庆的另一篇论文以及陈飞先生的论文等。

刘海峰又指出：

> 另一派观点认为，科举制并不能促进唐宋文学的繁荣。例如，程千帆《唐代进士行卷与文学》一书便认为，以甲赋、律赋为正式的考试内容来考察，唐代科举考试对文学基本上是"促退的"，如果有促进作用的话，那是因为进士科举以文词为主要考试内容因而派生的行卷这种特殊风尚起过一定的促进作用（程千帆：《唐代进士行卷与文学》，上海古籍出版社 1980 年版，第 88 页）。傅璇琮则说："唐代进士科的

---

① 见该节第一小题"试帖诗与律赋"，华中师范大学出版社 2005 年版，第 206—209 页。

考试诗赋，还对文学的发展起过一定消极的作用。”①

刘先生是赞成“促进派”观点的：“从许多方面看，科举制都直接促进了唐诗的兴盛和唐宋文学的繁荣。”

但是，“促进派”诸家所论，未必就能说服所谓“促退派”。甲赋、律赋与文学没有关系，程千帆先生考之已详，事实俱在，后学所论，似乎还不能推翻。至于科举取士促进了唐诗的繁荣，傅璇琮先生认为这是“误解”。他在回顾唐代考诗赋的历程后指出：“以诗赋作为进士考试的固有的格局，是在唐代立国一百余年之后。而这以前，唐诗已经经历了婉丽清新、婀娜多姿的初唐阶段，正以璀璨夺目的光彩，步入盛唐的康庄大道。在这一百余年中，杰出的诗人已络绎出现在诗坛上，写出了历世经久、传诵不息的名篇。这都是文学史上的常识，不需要多讲的。”② 这就是说，在进士科考诗赋之前，唐诗就已繁荣，其繁荣局面不是靠科举考试“促进”才形成的。到目前为止，“促进派”似乎也还没有充足的理由抹杀傅先生所说的“常识”。那么，到底该如何认识、定位科举与文学的关系呢？看来这是个有较大难度的理论问题。说它有较大难度，不是它有多么高深玄妙，恰恰相反，道理可能很浅显，但因“科举”这个体系过于庞大，隐藏在它背后的真相一时很难厘清，也许才是研究者的困惑之所在。

上述两派的观点，看似尖锐对立，那是不是“公说公有理，婆说说有理”呢？当然不是。笔者认为，这是还没有弄清问题的症结、没有找到解决问题的出路之故，只要把准了“脉”，其实不难达成一致。笔者认为，将科举与文学的关系层级化，也许是解决问题的最好出路。

上引刘海峰先生在叙述“促退派”的观点时，笔者之名也被忝列于程千帆、傅璇琮两先生之后，并引拙文道：

> 将唐代进士科考试对文学的发展是“促退的”，两者是“背道而驰”的结论引申到宋代③，不仅完全正确，而且还可以加上“较唐代更甚”这类推进语，“如果要对宋代科举与文学之关系作一简明的定性的话，我们完全有理由选择‘悖反’这个词④。

不过，刘先生将笔者派入“促退派”之列，似乎并不准确。在他所说的两派中，笔者其实不属于任何一派，或者说兼有两派，而是“层级结构”论者。

---

① 《唐代科举与文学》，陕西人民出版社 1986 年版，第 408 页。

② 《唐代科举与文学》，陕西人民出版社 1986 年版，第 408 页。

③ 引者按：“背道而驰”之说，见《唐代科举与文学》，陕西人民出版社 1995 年版，第 410 页。

④ 祝尚书：《“举子事业”与“君子事业”——论宋代科举考试与文学发展的关系》，载《厦门大学学报》（哲社版）2004 年第 4 期。

二、科举的两大层级：科举制度与科举考试

何谓“层级结构”？这虽是笔者在撰写本文时才提出的一个“新概念”，但在上引《“举子事业”与“君子事业”》一文中，思路就已经很清晰了。该文开头写道：

> 科举与文学的关系十分复杂，难以简单地描述，大体可从两个层面，即外部效应（也可称间接影响）和内部运作（即科举考试，主要指与文学关系相对较密切的进士科考试，下同）进行审视。就外部效应论，科举虽带有极强的功利导向，但同时也带动了全社会的读书热，造就了庞大的各种层次和类别的文人队伍，对提高大众的文化素质，训练文学创作的基本功（如用韵、对仗、谋篇布局等）和艺术审美能力，最终对文学创作的发展与繁荣，无疑起着重要的推动作用，对此应当充分肯定。但若只停留在这个层面，便很容易产生片面性：过多地看到科举外部效应的积极面，甚至以外代内，赞美场屋时文，而忽略或掩盖了其内部运作的真实面目。

将科举与文学的关系分为“内部运作”（即科举考试）与“外部效应”（即间接影响）两个层面，就是所谓“层级结构”。显然，笔者认为科举的“外部效应”是促进文学发展的，只是在“科举考试”这个层面，才是“促退”甚至“悖反”的，《“举子事业”与“君子事业”》一文是“从科举制度的核心——科举考试切入”，而没有论述在“制度”影响下的“科举生活”与文学之关系，因被误解而入了“促退派”。

在出版不久的拙著《宋代科举与文学》中，笔者将“层级”简化为“科举制度”与“科举考试”。该书第十八章的标题为《宋代科举制度对文学发展的促进》，第十九章为《宋代科举考试与文学发展的悖反》，分得很清楚，不过思路仍是所谓“外部效应”和“内部运作”。这里的“科举制度”，是将“考试”切割掉之后的“制度”。之所以需分“层级”，是基于对科举这个庞大体系的认识。科举牵涉面太宽，各区位（或部位）性质差异极大，比如场屋考试与送行赠别，若论两者对文学的影响，几不可同日而语，岂可一体不分地谈“关系”？由于科举各区位对文学的影响不同，故科举与文学的关系就不可能是非此即彼的简单选择，而应当是“多解”，此其一。其二，科举与文学，与近年来唐代研究中诸如“边塞与文学”、“馆阁与文学”、“交通与文学”、“幕府与文学”等等不同，因为边塞（或战争）、馆阁、交通、幕府等本身与文学没有关系，它们的功用或“正业”是打仗、藏书编书等等，自身并不“生产”文学，“文学”对它们来说只是“附产品”，是“寄生”关系，因此也不需要再分层级。科举则不同，它本来就是“以文章取士”，所考科目无论诗赋还是策论，本身就是采用“文学”（策论是所谓“杂文学”）的样式。那么，研究科举与文学的关系，科举考试理当是“内部”的、第一位的，而如前引吴在庆所举的“读书习业、乡举里选、投文干谒（行卷风尚）、漫游邀名、场屋省试、及第落第、慈恩题名、曲江杏园游宴、送行赠别等等”，较之科举考试来，通通都是“外部”的、间接的（“场屋省试”盖可除外），甚至可能只是“寄生”的。由此看来，“内”、

“外”区别和界线很清楚：没有“文学”考试，就没有科举，而没有“投文干谒”、“送行赠别”等等，科举制度照样运行，它们不过是科举延伸、衍生、辐射或带动下发生的附加行为而已。这里较特殊的是教育，它是科举的前期准备，但与科举并非一体，若没有科举（如元代前期），却仍然有教育，因此可以将它与科举剥离。以上是层级划分的学理所在①。

事实上，分层级虽由笔者提出并略加阐释，其实是受程千帆、傅璇琮先生的启发。程先生将考试与由考试“派生的”行卷分开，两者对文学的影响不同，正是看到了内、外（派生）之别。傅璇琮《唐代科举与文学》第十四章“进士试与文学风气”写道：

> 这些年来，由于讨论唐诗繁荣的原因，这一问题（引者按：指唐代进士考试与文学发展的关系问题）再次被提了出来，有些文章对此发表了一些很好的意见。唐代进士科的考试是否促进诗歌的繁荣，这是一个问题，唐代科举制的施行与唐代文学发展的关系，这是又一个问题，后一个问题比前一个问题范围要大，内容要广②。

这分明也是将“唐代进士科的考试”与“唐代科举制”分为两个问题。

如果我们再回头看上节所述“促进派”与“促退派”的分歧，便会发现，两派虽都是讨论科举与文学的关系，但“促进派”或将“科举考试”与“科举制度”混为一谈，或所论全然为科举制度派生的“科举生活”，而“促退派”则说的是“科举考试”，双方讨论的问题并不相同。如果不首先搞清对象，厘清概念，那争论还有什么意义？质言之，是否有所谓“促退派”，颇值得怀疑，因为除科举考试之外的方方面面，似乎还找不到这“派”学者也主张“促退”的证据。

三、科举与文学关系的第一层级：科举考试与文学

上文说过，科举考试本身就是“文学”的，因此就科举与文学的关系论，考试是科举的“内部运作”，理当属第一层级。在第一层级中，如上所述，笔者认为“科举考试”对文学是“促退”甚至是“悖反”的。这不是主观认定，而是由科举考试的性质与特点决定的。这里以宋代科考为例（宋代科举制度已发育完善，并承上启下，可代表其他各代），试论说之。由于这种辩说本身就是“算旧账”，笔者也不得不“翻旧账”，概括地陈述曾经论说过的一些问题，这要请读者原谅。

宋真宗景德年间，先后制订出《考校进士程式》、《亲试进士程式》等条制，有宋代特色的科举制度方始形成。景德条制的核心是确立考试在科举中的地位，并将糊名、誊录制度化、法律化；同时确立“以文章取士”的原则，结束了唐代及宋初虽有考试但却

---

① 在《宋代科举与文学》一书中，笔者同时指出：“内、外两个层面并非截然分离，它们又相互影响，特别是社会文风，必然反映到科举考试中来。”此点较复杂，限于篇幅，本文姑置而不论，对结论没有影响。

② 《唐代科举与文学》，陕西人民出版社1986年版，第403页。

往往以“誉望”取士的做法。这最大限度地保证了考试的相对公正，但也不可避免地将考试“工具化”，拉大了科场时文与“文学”的距离。主要表现在如下几个方面：

第一，考试内容局限于经、子、史。唐至宋初，考试出题范围较大，特别是诗、赋题，可说相当自由。仁宗景祐五年（1038）正月八日，知制诰李淑上言，主张只能在国子监有印本的经、子、史书中出题，诏可①。庆历四年（1044），宋祁详定贡举条制时也规定：“诗、赋、论于《九经》、诸子、史内出题，其策题即通问历代书史及时务，并不得于偏僻小处文字中（出）。”② 此条制虽未施行，但它不过是重申前制，故题出经、子、史，成为有宋一代的通例。比如进士科，一般而论，所考科目为诗赋、策论、经义。经义不用说是考儒家经典及注疏，原不关“文学”；策除问时务外，还有“子史策”，论不涉时务，而诗赋、论题都必须在经、史、子书中出，皆很难与“文学”有关，更不必说“促进”了。

第二，考官出题追求偏、难、怪。为了加快淘汰速度，又因策、论特别是后来的经义可出之题有限，而举子剽窃括套日趋严重，有司便千方百计出偏题、难题、怪题。上引景祐五年李淑上言，除请规定出题范围外，尚论及当时考官出题之弊：“切见近日发解进士，多取别书小说，古人文集，或移合经注以为题目，竞务新奥。”其中“移合经注”的歪风，并未因李淑的论奏而止息，到南宋愈演愈烈，由“移合经注以为题目”发展为“关题”、“合题”，有时弄得题意全然不通③。流风所至，便是清代八股文的“截搭题”。光绪二十四年（1898）六月，康有为《请废八股试帖楷法试士改用策论折》曰：“断剪经文，割截圣语，其小题有枯困缩脚之异，其搭题有截上截下之奇，其行文有钓伏渡挽之法。譬如《中庸》‘及其广大，草木生之’，则上去‘及其广’三字，下去‘木生之’三字，但以‘大草’二字为题。如此之例，不可殚书。无理无情，以难学者，不止上侮圣言，试问工之何益？而上自嘉、道，下迄同、光，举国之人，伏案揣摩，皆不出此‘大草’之文法也。”④ 可见“竞务新奥”之危害不仅与文学根本抵牾，而且成了最终将科举送入坟墓的理由之一。命题作文已无关文学，而又益之以偏、难、怪，岂有“文学”可言？

第三，时文高度程式化。在宋代考试的各主要科目中，诗、赋在唐代已有固定的程式，策、论、经义则自北宋后期到南宋初，也都实现了程式化⑤。比如论体文有冒子（包括破题、承题、小讲、入题）、原题、讲题（大讲）、使证、结尾（论尾）。进策与此相类。经义则有冒子（也包括破题、接题、小讲、入题）、原题、大讲、余意、原经、结尾。举子必须按程式作文。元倪士毅《作义要诀自序》在叙述经义程式之后说：宋人经义“篇篇按此次序。其文多拘于捉对，大抵冗长繁复可厌”。从此，程式成了定式、定

① 《宋会要辑稿·选举》三之一八。

② 《宋会要辑稿·选举》三之二五。

③ 关于“关题”、“合题”，详见拙著《宋代科举与文学》第十一章第五节。

④ 载朱有瓛主编《中国近代学制史料》第一辑，华东师范大学出版社1986年版，第77页。

⑤ 关于宋代各体时文的程式化过程，详见拙文《论宋代科举时文的程式化》，载《厦门大学学报》2005年第5期。

格，所有的科场文字都必须用同一个“模子”，而其中的经义，发展下去就是明、清刻板的八股文。

第四，“较艺”非关文章好坏，而是“较”技术规则。景德条制以后，考官锁院“较艺”，虽声称“一切以程文为去留”，但决定去留的往往并非诗文内容的优劣高下，而是程文的格式及人为禁忌，是“技术”而非“艺术”。从此，确立了一整套由“不考式”体现的科场技术规则。所谓“不考式”，即“但一事不考，余皆不考”①。简言之，就是一旦举子违犯了“不考式”中的某一项，其余便被全部否决。仁宗景祐四年（1037），翰林学士丁度等奉诏刊修并上奏《礼部韵略》，其《附韵条制》立“不考式”十四项，主要有漏写官题、落韵、失平仄、重叠用韵等②。后来“不考式”愈益繁夥，如《附释文互注礼部韵略》附《条式》引《绍兴重修御试贡举式》“试卷犯不考”条，凡漏写官题；策、义写问目或不写道数及不依次（原注：谓先第二、后第一之类）；论题全漏写“限五百字以上”；赋少二十字；论少五十字；卷内切注及书试卷不写“奉试”及“对”、“谨对”，“论曰”或“谨论”，及涂注乙若干并无“涂”、“注”、“乙”字等，都在“不考”之列。这些可高度规范试卷格式，以便统一评阅标准，用“硬伤”进行淘汰，也就是强化时文的工具性，但重形式、轻内容的导向更与“文学”没有关系。

总之，自真宗景德以后，科举时文工具化并进而程式化，盖有利于测验人的智力，如举子在音韵、语言运用上的高度准确性，逻辑思维的严密性，记忆力的超强等等，从而最大限度地实现考官评卷的“至公”原则，但所缺乏的是“思想”，消失的则是文学特征。由经、子、史之题目写成的时文，虽仍用固有的文学体裁，却必然导致内容的非文学化，举子只能议政说理，故宋人屡有“诗赋如策论”的批评。杨万里有一段很重要的话：

> 晚唐诸子，虽乏二子（指李、杜）之雄浑，然好色而不淫，怨诽而不乱，犹有《国风》、《小雅》之遗风。……自《日五色》之题一变而为《天地为炉》，再变而为《尧舜性仁》，于是始无赋矣；自《春草碧色》之题一变而为《四夷来王》，再变而为《为政以德》，于是始无诗矣。非无诗也，无题也③。

他说，并非宋人不能诗赋，而是场屋所出题目不宜作诗赋。其实，宋人考“诗赋”，并不是要考作为“文学”的诗赋。省题诗、律赋本来就是专为科举考试而设计的文体，唐代尚有“《国风》、《小雅》之遗风”，宋代连这个“遗风”也荡然无存了，而论者总爱把场屋诗赋扯到“文学”上，实际上是对时文诗赋不甚了了。另一方面，举子要对付这样的考试，只能剽窃策括、套类和编类，揣摩蹈袭“得俊”时文，或拼命钻研时文文法、

---

① 《四部丛刊》本《附释文互注礼部韵略》附《条式》。

② 北宋刊本《礼部韵略》。该书今唯日本真福寺藏一本，见网络本。

③ 《周子益训蒙省题诗序》，《诚斋集》卷八四。按：所举赋、诗第一题为唐代省试题，其余当皆为宋代试题（《尧舜性仁赋》为嘉祐四年殿试题）。

程式法，并使其成为专“学”——除唐代早已有之的“诗学”、“赋学”外，宋代“策学”、“论学”又盛极一时，而更下作的便是怀挟代笔，弄得斯文扫地。很难想象如此急功近利、投机取巧的偷薄风气，能“促进”文学的发展；即便举子有志于创作，也得待获得“科名”、洗尽时文习气之后。于是，科举考试就这样将文学“挤”出了考场。

综上所述，我们认为在“科举考试”层面，对“文学”是“促退”甚至“悖反”的，似不为过。即便在科举时代，时文也常为举子所耻，为有识者所诋，何来“促进”之说。认为科举考试能促进文学发展的学者，往往引严羽《沧浪诗话·诗评》如下数语：“或问：‘唐诗何以胜我朝？’唐以诗取士，故多专门之学，我朝之诗所以不及也。”似乎若宋代坚持“以诗取士”，也会像唐代一样，成为欣欣向荣的“诗国”。此说虽出自宋人，其实并不完全正确。如果说唐代“以诗取士”影响了社会风气尚可，若指用以取士的场屋省题律诗，则唐代省题诗绝少佳作，早成共识。严羽自号“沧浪逋客”，未尝习举业，对时文考试不知底里。他若要正确回答“唐诗何以胜我朝”的问题，不能在唐以省题诗取士上找原因；即便论科举，至少也应推求唐、宋各以“什么样的诗”取士，才算说到“点子”上——唐、宋两代虽都考诗赋，但考试方法却有很大的区别（此点将在本文末节论及）。作为严羽前辈的杨万里是科场“过来人”，他对宋代场屋诗赋的感受、见解，要比严羽实在和高明得多。

四、科举与文学关系的第二层级：科举制度与文学

科举制度的核心虽是科举考试，但科举制度又不仅仅是科举考试，将考试“切割”之后，它还有丰富的内容。比如既与之血肉相连、又可以剥离开来（此点前已言及）的有教育，而围绕在科举考试之外、由科举带动和辐射的，还有众多可以“生产”文学的基点，如本文第一小节引吴在庆文指出的“诸如读书习业……送行赠别等等”，其实还可举出不少，如考官试院唱和、皇帝赐诗及君臣唱和等。相对于科举考试的场屋作文来，这些“附着”在科举机体之上的文学活动并没有必然性、强制性，参与的只是部分人（举子、考官等），它们仅为文学创作提供了“可能”或“机会”，而与科举形成连带关系。在科举这个庞大体系中，这些基点也许才真正有所谓“文学”，但较之考试，它们与科举无疑存在着距离。

在这个层级中，最重要的因素是教育，若论“促进”，这才是根本。在科举时代，教育的目的是应试，这看似与文学关系不大，但文学的发展归根到底是文学人才的培养，而这种“培养”只能靠教育。科举是收获，教育才是耕耘和培植。科举“收获”的只是教育的部分成果，而教育的社会效益远比科举大得多。这里仍以宋代为例。

宋初继承唐五代的传统，直到庆历兴学之前，举子大都出于私学或家学，学成以乡贡成名。如民间教育家戚同文，“其徒不远千里而至，教诲无倦，登科者题名于舍，凡孙何而下，七榜五十六人”①。范仲淹亦出其门，《宋史》卷三一四本传称其少时“去之应天

① 《玉壶清话》卷一。

府，依戚同文学。昼夜不息，冬月惫甚，䬸水沃面；食不给，至以糜粥继之，人不能堪，仲淹不苦也”，后中进士第。欧阳修也出于私学。他“四岁而孤，母韩国太夫人郑氏守志不夺，家虽贫，力自营赡，教公为学。公亦天资警绝，经目一览，则能诵记，为文下笔，出人意表。及冠，声闻卓然”①。苏轼兄弟亦不例外。苏辙《历代论引》称“予少而力学。先君，予师也；亡兄子瞻，予师友也。父兄之学，皆以古今成败得失为议论之要”②。这时期的许多著名作家、学者，都是靠家庭教育自学或投奔名师成才的。待到他们学有所成时，自己又有不少及门弟子，切磋问学，亦师亦友，古风盎然。

南宋孝宗时代，政治相对开明，私立书院大量产生，北宋已有的著名书院如岳麓书院、白鹿洞书院等皆得到重建。理学家在书院建设中尤为积极，官府也参与其中，出现了官私合办的趋势。这时期，喜理学的多聚于私学，竞科名的则入官学，如时少章所说：“国朝道学鼎盛，名师辈出，至于江左，则两先生（指张栻、吕祖谦）暨新安朱先生（熹），皆以精志全识，开阐大学，经迪群心。一时议论，盈邑满都，士之有志于道者，咸集其门。其希进望用之士，乃始入学。于是学校为名利之途，而诸先生之门为理义之薮，析为二歧。”③ 理宗以后，理学成为官方学术，官办书院形成热潮，州县学反而向以理学教育为主的私学（书院）靠拢，无论官办学校或私立书院，朱熹“特取凡圣贤所以教人为学之大端”而制定的《白鹿洞书院揭示》④ 成了共同的教学纲领。综观两宋，除徽宗时蔡京强制规定必须由学校升贡的很短一段时间外，私学乡贡始终是科举的主力（即便在蔡京时期，私学乡贡仍未停止），私学是宋代教育中一个最为活跃的因素。

除私学发达外，宋代官学亦兴盛。宋初上承唐五代之制，虽中央有官办教育机构国子监，但必须七品官以上的子弟才有资格入学；地方上也只有少量州府学、县学，总的说来相当冷落。从仁宗景祐起，情况开始发生变化，先是在藩镇大郡建学，然后推广到所有州郡。庆历四年（1044）三月十三日，翰林学士宋祁等上言，称“近准敕详定贡举条制”。条制详定“立学”事道：

> 今教不由于学校，士不察于乡里，则不能核名实；有司束以声病，学者专于记诵，则不足尽人材。……臣等参考众说，择其便于今者，莫若使士皆土著而教之于学校。然其州郡察其履行，则学者修饬矣，故为立学、合保荐送之法。……诸路州府军监除旧有学校外，其余各令立学。如本处修学人及二百人以上处，许更置县学。若州县未能顿备，即且就文宣王庙或系官屋宇。仍委本路转运司及本属长吏于幕职、州县官内奏选充教授，以三年为一任⑤。

---

① 韩琦《欧阳公墓志铭》，《欧阳文忠公集》附录二。
② 《栾城后集》卷七。
③ 《严州二先生祠堂记（代太守王会龙作）》，《敬乡录》卷一一。
④ 《白鹿洞书院揭示》，见《朱文公文集》卷七四。
⑤ 《宋会要辑稿·选举》三之二三。

仁宗于是下诏令州县立学①。在州郡普遍立学的同时，又对中央官学进行改造——太学正式从国子监分离，成为另一所由朝廷直接主管的学校②。

庆历兴学的成绩是显著的。欧阳修说："庆历中，诏天下大兴学校，东南多学者，而湖、杭尤甚。"③ 又说庆历四年三月"诏天下皆立学，置学官之员，然后海隅徼塞，四方万里之外，莫不皆有学"④。虽然不久"新政"失败，有关科举改革的一系列措施搁浅，但"兴学"这一政策仍被延续下去，对后来的教育、科举甚至政治思想产生了巨大的影响。

"熙宁变法"为学校的生存和发展带来了重大转机。王安石对学校教育的重要性，较之前贤有更为深刻的认识，并把它提到"一道德"的高度。他说："古之取士，皆本于学校，故道德一于上，而习俗成于下，其人材皆足以有为于世。"因此，对于科举改革，他认为"宜先除去声病对偶之文，使学者得以专意经义，以俟朝廷兴建学校"⑤。这就是说，以经义取代诗赋仅是个过渡，他的终极目标是以学校取代科举。熙宁四年（1071），朝廷在太学开始实行三舍法，上舍上等可直接由皇帝授进士及第，并命以官职。这就在科举之外，开辟了另一条选拔人才的新路。元丰二年（1079）十二月十八日，御史中丞李定等上《太学三舍选察升补之法》，凡百四十条，诏行之⑥。此法进一步完善了三舍升级制度，使太学获得了新的生命。三舍法除元祐间曾一度取消外⑦，其基本原则一直延续到南宋末。

无论私学还是官学，应试化教育训练了士子们文学创作的基本功，比如由识字、晓音韵进而阅读、欣赏并开始习作，不仅打下了扎实的文学基础，而且从此走上了写作之路。在现存唐以后的诗文集中，许多作品皆成于读书习举业阶段。同时，与科举制度紧密相连的用人制度，为登第举子创造了美好的前景，从而在全社会形成经久不衰的读书热，造就了各级、各类数量庞大的士人队伍。这是文学新人成长的沃土，是文学人才茁壮成长的温床，也是文学赖以发生、发展和繁荣的良好生态环境，理所当然地促进着文学的发展。

科举还为诗文创作搭建了宽广的平台。从解试"海选"到大庭对策，从士子备考到殿廷唱名，三年周而复始（唐代为一年，宋代曾为一年、四五年或两年，自宋英宗治平三年［1066］直至明清，皆为三年），每个环节都涉及各阶层的利益，拨动着整个社会的心弦，吸引着无数人的眼球，兴奋，惊讶，悲哀，愤怒，激发出不同人群无限的诗兴才情，为诗词、散文甚至戏剧、小说创作搭建了无比宽广的平台，留下了巨量的作品。就文而论，如送进士赴举、下第序，学校、贡院题名碑、建造记等，不仅是研究宋代科举

---

① 诏文略见《宋会要辑稿·崇儒》二之四，详见《续资治通鉴长编》卷一四七。

② 详见《续资治通鉴长编》卷一四八。

③ 《丁君宝臣墓表》，《欧阳文忠公集》卷二五。

④ 《欧阳文忠公集》卷三九。

⑤ 《乞改科条制札子》，《临川先生文集》卷四二。

⑥ 《宋会要辑稿·职官》二八之九。

⑦ 见《宋会要辑稿·选举》一五之二四、《职官》二八之一二。

制度的重要文献，往往也是精彩隽永的古文作品，而尤以送序最有味，如欧阳修送举子下第归乡的《送曾巩秀才序》、《送张唐民归青州序》等①，皆古文名篇。科举诗歌多产的几个“节点”：一是赠行诗；二是赴举行役诗；三是试官唱和诗；四是举子得第、下第诗；五是同年迎送唱和诗。凡研究科举与文学之关系的，对这些都很熟悉，兹不多论。科举又是小说、戏剧取材的富矿，比如记举子求神拜佛的志怪小说，写举子风流韵事的话本小说，以及多以“大团圆”终场的状元戏，等等。总之，只要不怀偏见，就不得不承认这样一个事实：科举制度像一个能量强大的辐射源，在“外部效应”的层面上，在学术文化之光普照的环境里，许多文学青年从中受益，登第后经过努力，最终成长为一代作家或名垂史册的文学大师，从而促进了一代代文学的繁荣。这是应当充分肯定的。“促进派”津津乐道的正在于此，但在这些方面，似乎并没有“促退派”反对，只是指出这些与场屋时文大有区别，是两个不同的“层级”，不能混为一谈罢了。

五、余论与结论

以上所论科举的层级结构，基本适合于整个科举时代，但也应指出，各时期层级的显明度和界线“位置”不完全相同。比如第一层级的场屋诗赋，虽如前引程千帆、傅璇琮先生所说，唐代律体诗赋考试对文学基本上是“促退的”，但较之宋代，唐代所考律体诗赋，就不如宋代去“文学”更远；就是同一朝代，前后也不尽相同。这主要是程式化程度前后不同的缘故。比如关于唐代律赋，洪迈就曾指出：

> 唐以赋取士，而韵数多寡，平侧次叙，元无定格。……（举唐代律赋三、四、五、六、七韵者，又举八韵有二平六侧者、三平五侧者、五平三侧者、六平二侧者，此略）。自（文宗）太和（827—835）以后，始以八韵为常。唐庄宗时尝覆试进士，翰林学士承旨卢质以《后从谏则圣》为赋题，以“尧舜禹汤倾心求过”为韵。旧例，赋韵四平四侧，质所出乃五平三侧，大为识者所诮，岂非是时已有定格乎②？

由无定格到定格，程式化程度越高，作为考试“工具”的功能就愈强，去文学也就愈远。顾炎武在谈到唐、宋以律取士及明、清八股文时就说：“文章无定格，立一格而后为文，其文不足言矣。”③

到宋代，随着儒学复兴、理学勃起和科举考试的规范化、工具化，规定命题必须在经、子、史书的范围之内，已如前论。其结果，是在相当大的幅度上走上了“礼乐刑政”的路子。庆历二年（1042）三月，欧阳修在所作《进拟御试应天以实不以文赋》的引状中说：“臣伏睹今月十三日，御试《应天以实不以文赋》，题目初出，中外群臣皆欢然，以谓至明至圣，有小心翼翼事天之意。盖自四年来天灾频见，故陛下欲修应天以实之事，

---

① 两序载《欧阳文忠公集》卷四二。
② 《容斋续笔》卷一三《试赋用韵》。
③ 《日知录》卷一六《程文》。

时谓出题以询多士，而求其直言。外议皆称，自来科场只是考试进士文辞，但取空言，无益时事。亦有人君能上思天戒，广求规谏以为试题者，此乃自有殿试以来，数百年间最美之事，独见于陛下。”① 他是将律赋完全当成可以“规谏”时政的谏书了，而传统的辞赋（包括此前的律赋）不过是“无益时事”的“空言”。这种价值取向一直延续到南宋。宋代律赋不仅规定八韵三百六十字以上成，而且从太宗时起还要限韵字，若韵字是平仄相间，还必须“依次用”②。虽然仁宗时代略有放宽，允许考官决定是否依次用韵，但总体说来，形成了“唐体律赋”与“宋体律赋”的鲜明分界③，而“宋体律赋”也就离文学更远了。李廌《师友谈记》记秦观作律赋的“心得”道：

> 少游言：“赋之说虽工巧如此，要之是何等文字？”廌曰：“观少游之说，作赋正如填歌曲尔。”少游曰：“诚然。夫作曲，虽文章卓越，而不协于律，其声不和。作赋何用好文章，只以智巧饾饤为偶俪而已，若论为文，非可同日语也。朝廷用此格以取人，而士欲合其格，不可奈何尔。”

因为律赋追求的并非“好文章”而是“协律”，故宋代作家普遍瞧不起律赋，司马光元祐元年（1086）三月在《起请科场札子》中反对恢复诗赋取士，认为考律体诗赋不过是“摘其落韵、失平侧、偏枯不对、蜂腰鹤膝”而已④。强至说：“予之于赋，岂好为而求其能且工哉，偶作而偶能尔。始用此进取，既得之，方舍而专六经之微，钩圣言之深，发而为文章，行而为事业，所谓赋者，乌复置吾齿牙哉！”⑤ 金人王若虚甚至认为“科举律赋不得预文章之数，虽工，不足道也。而唐、宋诸名公集往往有之，盖以编录者多爱不忍割，因而附入。此适足为累而已”⑥。因此，认为宋代的科举考试对文学的促退“较唐代更甚”，甚至可用“悖反”一词为之定性，恐怕并非没有道理。

其次，除前述两个主要层级外，各层级中还可细分为若干子层级，也可能还有别的层级存在。比如“促进派”常称某朝某代文学家中有多少是由科举出身之类，以证明科举考试“促进”了文学的发展。科举出身与文学成家，实际上是第二层级即科举制度与文学关系的再延伸，连“带动”、“辐射”都说不上，只是这些人的“底子”与举业有关，故可看作是第三层级。之所以文学成家去科举更远，原因很简单：在科举时代，时文不过是块为进入仕途而随用随丢的敲门砖，真本事还得另学。北宋人蔡襄早就指出：“其间

---

① 《欧阳文忠公集》卷五九。

② 《续资治通鉴长编》卷一八于太宗太平兴国二年（977）春正月戊辰载：“上御讲武殿，内出诗赋题复试进士，赋韵平侧相间，依次用。”所谓“依次用”，即韵字若是一平一仄相间，则必须按韵字的次序押韵。

③ 关于律赋“唐体”、“宋体”之分，请详拙文《论“宋体律赋”》，《社会科学研究》2006年第5期。

④ 《温国文正司马公文集》卷五二。

⑤ 《送邵秀才序》，《祠部集》卷三三。

⑥ 《文辨》，《滹南遗老集》卷三七。

（指科举）或有长才异节之士，幸而有之，或官而后习，非因设科而得也。”① 宋孝宗更以皇帝之尊“实话实说”：“科第者，假人仕耳，其高才硕学，皆及第后读书之功。”② 元人吴澄《遗安集序》也说：“欧阳文忠公、王丞相（安石）、曾舍人（巩）、苏学士（轼），皆由时文转为古文者也。……老苏（苏洵）亦于中年弃其少作而趋古。”③ 大量史料证明，宋代有科名而又有成就的文学家、学者，多是登第后“改习”的结果，兹不繁引。邓云乡先生在《清代八股文》一书中写道：

> 八股文在历史上是一种教育和考试的专用文体，它不是阐述各种学术观点的论文，也不是什么文学艺术作品，不能用班马史汉、古人著述以及诗词歌赋、小说戏剧和它相提并论。它所起的作用是文化教育、思想训练、考试选材等方面的作用。而所遴选的人材是为当时朝廷办事的官吏人选，并非专门学者，更非文学家、艺术家等等。自然这些人选中后来不少人在作官之余，成了各种学者、文学家、艺术家等等，但那是另外一回事，用现在的话说，那些似乎都是业余的④。

此论甚当，只是邓先生在该书中多方回护八股文，其主要理由就是出了许多“人才”，有些自相矛盾。

综上所论，很难笼统地为科举与文学的关系定性。道理很简单：科举时文工具化、非文学化的客观存在，与隋唐以后由科举制度积累起来的科举文化——其中重要的一项就是文学——本身就存在着矛盾。前者之用是遴选人才，后者之用是抒发情怀。选人要尽可能客观，故订出严苛的程式以保证评卷标准的统一；抒情则完全是主观的，最忌受条条框框的束缚。两者原本就具有排斥的一面。笔者主张将科举分为两大层级，分别讨论它们与文学的关系，或“促进”或“促退”（有时两者又相互影响和渗透，前已说过本文姑置而不论），是欲指出“科举考试”与切割考试之后的“科举制度”这两者的概念有所不同，需要从不同的方向考察与观照，从而得出各自应有的结论，不能笼统、混一以立说。因此，在笔者看来，其实并没有所谓“促进派”和“促退派”的对立，只是对科举考试中时文的弊端，部分学者可能估计不足，未能充分认识到它对“文学”的危害（即“促退”或“悖反”），故一概主张“促进”，仅此而已。“层级论”意在用划分层级的方法，揭示科举不同区位与文学关系不同的真相，从而有效地避免片面性。此说是否成立，尚待学界鉴别，但愿它能“促进”两种意见达成共识，或向凝聚共识的道路上前进一步。

① 《论改科场条制疏》，《蔡忠惠集》卷一九。
② 《庶斋老学丛谈》卷下。
③ 《吴文正集》卷二二。
④ 《清代八股文》，河北教育出版社 2004 年版，第 210 页。

家族文学研究的理论、方法及文献问题

——对宋代以降家族文学研究的若干思考

中国社会科学院　张　剑

在人类文明发展和传承史上，家族扮演着极为重要的角色。它不仅是孕育诸多士人文化创造的摇篮，还是传播和传承中国古代文明的重要渠道。因此，家族问题受到包括柳诒徵、吕思勉、岑仲勉、陈寅恪、钱穆、潘光旦、王伊同等元老在内的学术界的相当关注，研究成绩斐然①。但是，这些成绩大多集中在社会学和史学领域，文学领域的家族研究总体上还显薄弱。

近些年来，这种状况略有改善，从公开发表的论著和博、硕士的论文选题看，家族文学研究正在成为一个新的学术生长点。尤其宋代以降（包括宋代，下同），存世文献相对丰富，研究者易于选题和开展研究，成果问世较多。仅以专著而论，宋代有刘焕阳《宋代晁氏家族及其文献研究》（齐鲁书社 2004 年）、汤江浩《北宋临川王氏家族及其文学考论——以王安石为中心》（人民文学出版社 2005 年）、张剑《宋代家族与文学——以澶州晁氏为中心》（北京出版社 2006 年）、何新所《昭德晁氏家族研究》（上海古籍出版社 2006 年）、刘学《词人家庭与宋词传承——以父子词人为中心》（百花洲文艺出版社 2008 年）、王毅《宋代文学家庭》（湖南师范大学出版社 2008 年）和张剑、吕肖奂、周扬波《宋代家族与文学研究》（中国社会科学出版社 2009 年）等；宋后有江庆柏《明清苏南望族文化研究》（南京师范大学出版社 1999 年）、李真瑜《明清吴江沈氏文学世家论考》（香港国际学术文化资讯出版公司 2003 年）、王建科《元明家庭家族叙事文学研究》（中国社会科学出版社 2004 年）、朱丽霞《清代松江府望族与文学研究》（上海古籍出版社 2006 年）、凌郁之《苏州文化世家与清代文学》（齐鲁书社 2008 年）、蔡静平《明清之际汾湖叶氏文学世家研究》（岳麓书社 2008 年）、郝丽霞《吴江沈氏文学世家研究》（复旦大学出版社 2009 年）等，显示出这一路向的盎然生机。

但是，就宋代以降家族文学研究的整体格局而言，研究者在理论意识、研究方法和文献使用上还存在一些问题，特别是标志研究领域体系化和严密化的理论建构更加匮乏，目前仅见李朝军《家族文学史建构与文学世家研究》（《学术研究》2008 年第 10 期）和罗时进《关于文学家族学建构的思考》（《江海学刊》2009 年第 3 期）两篇文章不同程度地涉及了家族文学的理论问题。本文拟从理论建构、方法设置、文献整理三个方面，对宋代以降家族文学研究做一较为系统全面的探讨，以期促进这一领域的成熟和持续发展，并为相关领域的研究提供有益的参照。行文中多以宋代家族示例，原因在于相比其他历

① 关于家族研究的成果，参看常建华《二十世纪的中国宗族研究》，《历史研究》1995 年第 5 期。

史阶段，这一时代承前启后，更具代表性；另外，也和这一领域史学研究成果积累比较丰厚有关[①]，如1993年，海内外十二位第一流的宋史专家联手开展为期三年的“宋代家族与社会”的研究计划，发表了大量成果，极大推进了宋代家族史研究，这是其他朝代难以企及的。

一、家族文学研究的概念、范畴、内容和意义

在以宗法血缘为基础的中国古代社会，家族自然是其核心要素，区域性的概念“家乡”和全域性的概念“家国”，无不以“家”为起点。在传统的五种社会关系（君臣、父子、兄弟、夫妇、朋友）中，“其中有三种是家族关系。其余两种，虽然不是家族关系，也可以按照家族来理解。君臣关系可以按照父子关系来理解，朋友关系可以按照兄弟关系来理解”[②]。我们几乎可以说，“‘家族’是中国文化一个最主要的柱石……中国文化，全部都从家族观念上筑起，先有家族观念乃有人道观念，先有人道观念乃有其他的一切”[③]。但是，与社会史研究中的家族优先相比，文学史研究中对家族文学因素的凸显却相对滞后。回顾中国文学史诞生百余年来的历史，先有全国性的文学通史或断代史，其次有文学地域史，其次才有最近二十多年家族文学史研究的盛况。国—乡—家，空间由大到小，顺序恰和社会史的结构相反。这种家族文学研究的兴起，不仅仅是“研究者在传统的文学研究范围内对陈旧的研究方法操练得过于烂熟、企图突围、力求创新的探索”[④]，而且反映出中国文学史学由粗到精、由宏观到微观的逐步成长的历程。

作为中国文学史研究的分支领域，家族文学研究的概念、范畴、基本内容和价值意义等理论问题的系统建构，是一个研究领域走向成熟和自觉的标志。家族文学研究中的“家族”[⑤]，虽兼属于社会学、历史学、人类学等学科，但从“家族是社会的细胞”这一形象说法来看，家族与社会学习惯上被认为更具亲缘关系。家族文学应当具有社会学和文学的交叉性质。但家族文学研究既非单纯的社会史研究，又非单纯的文学史研究，而是以文学为基点，将家族视为独立的社会单元，重点探讨其内外要素对文学的影响的研究。这是我们给出的家族文学研究的初步概念。

下面接着讨论家族文学研究的范畴和内容。范畴是思维对客观事物本质的概括的反

---

① 参看粟品孝《宋代家族史研究述评》（海峡两岸宋代社会与文化学术研讨会会议论文，2009年）。

② 冯友兰《中国哲学简史》，北京大学出版社1985年版，第27页。

③ 钱穆《中国文化导论》（修订本），商务印书馆版1994年版，第51页。

④ 罗时进《关于文学家族学建构的思考》，《江海学刊》2009年第3期。

⑤ 本文对家族的定义，取自徐扬杰先生之“家族，又称宗族……是同一个男性祖先的子孙，若干世代相聚在一起，按照一定的规范，以血缘关系为纽带结合而成的一种特殊的社会组织形式”（徐扬杰《宋明家族制度史论》，中华书局1995年版，第1页），但认为家族成员不一定要“若干世代相聚在一起”，只要是在一定社会历史条件下，具有较可靠的世代相继记录，同一男性祖先的所有后代自然形成的血缘集团，即可归入我们研究视野的“家族”。当然，具体研究中，还要划分层级，如同一男性祖先的所有后代，经过相当久远的时代，虽有较可靠的世代连续记录，但其分支众多，甚至迁徙四方，彼此之间基本上已经独立发展，则它们虽可以一个总体的“家族”结构进入研究视野，但须在此总体关照下给予每个分支家族相对独立的研究，因为它们在次层级上构成了多个文学家族的事实。如果不分层级，势必“五百年前都是一家”，从而失去了家族研究本身的意义。

映，各种研究领域都有自己的一些基本范畴。顾名思义，家族文学研究应该包括这样两个最基本的范畴：文学的家族和家族的文学。它们具体含摄的内容，可以从其交叉性的特点来寻找。即“文学的家族”研究既有家族史研究的一般性内容，又有自身的特殊性。所谓一般性内容，主要指家族“四态”，即结构形态、环境生态、活动状态、发展变态。结构形态主要指家族血缘谱系（谱系扩展时包含姻亲）的呈现和家族内部的结构，如世系、分支、族产、祠堂、人口等；环境生态主要指对家族生存产生影响的各环境因素，既包括自然环境（如山川、风物、气候等），又包括人文环境（如时代思潮、政治风云、地域文化、文学传统以及对家族的历史定位和评价等）；活动状态主要指家族成员以不同角色从事的活动及影响，包括政治活动（如与政治中心的关系、不同政见和利益集团之间的斗争、仕宦期间的政功、宦海风波的险恶等）、经济活动（如家族理财与生计安排等）、社会活动（如与师友、姻亲、同事、同乡等的人际往来及对当地事务的参与等）、日常活动（如物质方面的饮食男女、婚丧嫁娶；文化方面的诗书研读、伦理教化、家庭藏书、家塾启蒙、科举考试等）、精神生产（如文艺创作，与“家族的文学”内容部分重合）；发展变态其实是家族一种特殊的活动状态，它主要指家族为了应对来自结构形态、环境生态、活动状态的某些变异而主动或被动地做出的相应变化，以便保障自身健康或更好地发展（如族支迁徙、职业转型、文学承变等）。所谓自身的特殊性，即应突出其中的文学因素，家族文学研究中对家族“四态”的探讨，其目的应在于回答家族文学的生成问题，如果不突出这点，就无法将之与其他研究区别开来。如对于黄庭坚家族文学的探讨，就应在结构形态方面突出黄氏文学世家的面貌，黄庭坚叔祖黄注有《破碎集》、《公安集》、《南阳集》，父黄庶有《伐檀集》，族叔黄廉有文集十卷、奏议二十卷，兄弟黄大临、黄叔达也有诗词传世，侄黄彦平有《三余集》，从孙黄谈有《涧壑诗余》，从孙黄㽦有《复斋集》、《山谷年谱》等，是典型的文学世家；在环境生态与活动状态方面突出黄氏家族对江西重文传统的塑造，特别应强调其在江西诗派中的作用和影响，江西诗派中坚徐俯及洪朋、洪刍、洪炎、洪羽兄弟均为黄庭坚之甥，诗社成员审美观念往往相似，诗社唱和使这种相似性得到强化，而许多诗社成员的家族姻亲性质，又使他们之间具有互动性、亲密性、稳定性和认同性强的特点，容易达成默契和一致。江西诗派内部流淌着浓郁的家族亲情，即使那些没有直接亲缘关系的社员，也“相亲如骨肉”，“相与如兄弟”①，这对诗歌创作流派的形成具有不容忽视的作用②。在发展变态方面突出黄氏家族

---

① 吕本中《东莱吕紫微师友杂志》载饶节“后游江淮间，与予家数相过，相亲如骨肉也。无逸（谢逸）浮湛里闾，虽甚困，然未尝少屈。汪革信民少饶、谢数岁，平生敬事二人，如亲兄弟”；又载“晁冲之叔用……大观后，予至京师，始与游，相与如兄弟也”。《丛书集成初编》本第629册。

② 除了江西诗社，具有亲缘关系的宋代诗社还有以贺铸为首的彭城诗社（成员寇昌朝与王矼是舅甥和翁婿双重姻亲关系），以徐俯为首的豫章诗社（成员洪朋、洪刍、洪炎、洪羽为兄弟，苏坚、苏庠为父子，谢逸、谢薖为兄弟），以叶梦得为首的许昌诗社（成员韩宗质、韩瑨为叔侄，苏迨、苏过为兄弟，晁说之、晁将之亦为兄弟），以吴云公为首的岁寒社（成员顾淡与杜芳洲为夫妻），以张扩为首的吴县诗社（成员顾彦成、顾禧为父子，张元龄、张大年、张耆为兄弟），以乐备为首的昆山诗社（成员石希颜与石千里为兄弟），以冯时行为首的诗社（成员吕周辅、吕义父、吕智父、吕泽父为族亲），以汪大猷为首的四明真率会（成员汪大猷与楼钥、楼士颖为舅甥），以陈郁、陈世崇为首的西湖吟社（陈郁、陈世崇为父子）等。

成员在诗的句法、意象、风格乃至精神气质等方面的承传变化。黄氏一门多风雅，黄叔达的诗句“攻许愁城终不开，青州从事斩关来”（《行次巫山宋楙宗遣骑送折花厨醖》）、“无量劫驰邪枉径，刹那间得旧时槽”（《戏题水牯庵》），甚肖乃兄的“山谷体”，至有人谓“君在黔中所作数诗，附《山谷集》中，殊有家法，当由山谷润色，以成弟之名”[①]。黄庭坚诗歌的学杜、学韩，有承其父黄庶、岳父谢师厚的一面，而其以俗为雅、行禅入诗、点铁成金、夺胎换骨之特点，又自有其戛戛独造的一面。即使其后人不以诗名，也并不影响其对文学家风的体认和推崇。南宋绍定壬辰（1232），黄庭坚后人黄埒重刻《山谷诗》，并作跋云：“句里宗风，埒岂识其趣，独念高、曾规矩，百工犹究心焉，手披口吟，不敢废坠，世之登诗坛者，相与共之，以寿斯派，亦先太史之志也。”（《山谷诗跋》）[②] 黄埒在句法上不能比肩先人，却不敢废坠“高、曾规矩”、忘却“先太史之志”。他继承了家族精神气质方面的遗产，以重刻《山谷诗》的方式延续着文学家族的优越和荣誉。

“家族的文学”主要指家族成员的文学创作成就，它是“文学的家族”在“文学”方面的具体展现，和“文学的家族”密不可分且有交叉重合。如上举黄氏家族的诗歌在句法、意象、风格乃至精神气质等方面的承传变化，当然也属于“家族的文学”。它又是家族文学研究区别于其他领域研究的重要标志，同样是关注家族经济基础，历史学可以对生产和消费、储蓄与交换、收入与分配做详尽的描述，家族文学则重在探讨这种经济行为对家族成员心态及其创作产生的影响；同样是关注家族婚姻，社会学可以探讨婚姻类型和条件、夫妻关系和社会地位等问题，家族文学研究指向的则是婚姻生活在家族文学中的表现和影响；同样是关注地域文化，人文地理学可以详述地域文化特点的形成过程，家族文学研究则侧重地域文化对家族成员文学素质的培育和对文学题材、风格的熏染，以及不同地域家族文学风格的差异。

“家族的文学”，其研究既遵循文学史的一般规律，拥有世界、作家、作品和读者四个研究维度；又以自身特色充实着文学史研究，有效补充和丰富着文学史的面貌。如那些在文学通史、断代史、地域史、流派史、体别史中很难被提及的人物，在家族文学中往往占有一席之地。被视为圣贤曾参后裔的宋代南丰曾氏家族，其谱系至于明清仍绵延不绝。宋代是曾氏最为辉煌的时期，有宋三百年，曾氏十代不仅仕宦接踵，而且文人相继，成为闻名天下的文学望族。这个望族的文学发展，与宋代文学史的发展保持了某种一致性。从宋初的曾致尧到宋末的曾渊子，三百多年间的曾氏家族文学史，几乎可以说是一部浓缩的宋代文学史，譬如宋代诗歌的宋初三体、荆公体、江西诗派、江湖诗派在曾氏家族诗歌创作中都有所表现，曾氏家族成员大多没有成为某个流派的建坛树帜者或中坚力量，然而各个时期的时代风气都能从他们的创作中得到一些印证。但是同时，像曾肇的“诗如词”以及曾协南渡后学苏轼、陈与义的创作特色，这些被主流文学史遗忘

① 无名氏《氏族大全》卷八《骑驴图》，文渊阁《四库全书》本。

② 转引自傅璇琮《黄庭坚和江西诗派资料汇编》上册，中华书局1978年版，第149页。

的角落，在曾氏家族文学史中却鲜明地浮现出来，让人感受到主流文学之外创作的丰富多彩①。如果没有家族文学的研究，中国古代文学史研究就不是全面的，就会遮蔽许多不应被忽视的作家、群体和流派；家族文学的研究促使我们对彼时的文学生态和文化氛围重新定位、思考和认识，甚至构建出新的文学史观。至少对中古以后文学的认识，家族因素应该获得更多的关注。陈寅恪先生早就指出：魏晋以降的中国文化，“其重心不在政治中心之首都，而分散于各地之名都大邑。是以地方之大族盛门乃为学术文化之寄托……故论学术，只有家学之可言，而学术文化与大族盛门常不可分离也”②。两宋以降，倡导敬宗睦族的个体小家庭逐渐成为社会主体力量，知识普及程度大大提高，打破了六朝世族的文化垄断，形成了“华夏民族之文化，历数千载之演进，造极于赵宋之世”③的局面，家族因素在中国文化中的比重更加提高。罗时进先生也敏锐地指出：“长期以来中国文学史研究的一般现象是，首先确定每一个历史时期最有代表性的文体，以之为典范；再确定每个时期代表性文体写作的最有成就的作家，以之做示范。这样整个文学史基本成为各个朝代文学核心知识的展示，而这些核心知识的判断和获得，主要依据于前人的接受和传播。然而这种简单的线、点结合的思路和方法，在使得历代‘大家’永远享有文学史著作和阅读选本中的绝对优先地位和典范意义的同时，大量生动的基层写作的现场被遮蔽了，其丰富的创作成果也被湮没。”他认为这种研究模式不符合历史事实，“中古以后文学创作重心也逐渐下移，出现了地域化、家族化倾向。家族环境中的文学创作往往比京师、台阁、幕府中的文人集团创作更活跃、更丰富，地方家族成为不可忽视的创作基地”④。

当然，家族文学研究绝不能满足于家族成员作品的简单汇集和评价，而要致力于贯串着家族意识的整个文学生态和一般文学史的基层呈现。这就提醒我们时刻不要忘记将家族文学纳入与整个文学和文化传统的关系中去考察，如：跨越文学史多个阶段、绵延久远的家族文学，其内部的变化如何与文学史不同阶段的变化相关联、相阐明？不同历史时期的家族文学是否有其时代特征？如何通过不同时代的文本和文化分析，看待家族文学的传承和变化？同一历史时期不同家族成员的具体创作，与其时主流文学、民间文学的关系为何？等等。只有宏观视野下的细化研究，才能在呈现每个家族具体文学特征的同时，真正凸显家族文学的整体面貌和独特价值。

在上述内容之外，家族文学研究还应包含文学批评的某些领域。古代典籍谈文论艺时，经常使用“家法”、“家风”、“家学”、“家传”等词汇，某种程度上正是古代中国的家族意识催生了文学批评中的“家法”、“家学”观念，为后人认识具体作家的创作提供着重要的认识路径，“家族”丰富了中国古代文学批评的功能。仅举《四库全书总目·别

① 详参《宋代家族与文学研究》第九章，中国社会科学出版社 2009 年版。另外，李朝军《家族文学史建构与文学世家研究》（《学术研究》2008 年第 10 期）一文也以宋代晁氏家族文学史为例具体阐述了建构家族文学史的意义和实践。

② 陈寅恪《崔浩与寇谦之》，《金明馆丛稿初编》，三联书店 2001 年版，第 147—148 页。

③ 陈寅恪《邓广铭〈宋史职官志考证〉序》，《金明馆丛稿二编》，三联书店 2001 年版，第 277 页。

④ 罗时进《关于文学家族学建构的思考》，《江海学刊》2009 年第 3 期。

集》中数例就可窥一斑：

> 佃有《埤雅》，已著录。……大抵与宿（指胡宿）并以七言近体见长，故回（指方回）云然。厥后佃之孙游以诗鸣于南宋，与尤袤、杨万里、范成大并称，虽得法于茶山曾几，然亦喜作近体，家学渊源，殆亦有所自来矣。
>
> （宋陆佃《陶山集》提要）
>
> 肇字子开，南丰人，巩、布之弟也。……其制诰亦尔雅典则，得训词之体。虽深厚不及其兄巩，而渊懿温纯犹能不失家法。
>
> （宋曾肇《曲阜集》提要）
>
> 惟籀以苏辙之孙、苏迟之子，尚有此一集传世，为能不堕其家风。
>
> （宋苏籀《双溪集》提要）
>
> 公遡字子西，巨野人，公武之弟。……晁氏自迥以来，家传文学，几于人人有集。
>
> （宋晁公遡《嵩山居士集》提要）
>
> 复古字式之，天台人。尝登陆游之门，以诗鸣江湖闲。所居有石屏山，因以为号，遂以名集。卷首载其父敏诗十首，盖复古幼孤，勉承家学，因搜访其先人遗稿以冠己集。
>
> （宋戴复古《石屏集》提要）

在与家族其他成员的比较和家族坐标体系的定位中，人们获得了对作家创作特色的具体认知，可见，“家族”已经成为中国文学研究中一个有效的批评尺度和一道独特的风景。

至此，对于家族史和文学史交叉领域的家族文学研究，其意义和价值已不难总结：它不仅丰富着我们对文学社会功能的认识，同时家族作为社会的细胞，也是观照文学育成和评价作家作品的极佳视角，它为文学的发展提供了新的阐释。

研究家族文学，还应该清醒地看到本研究领域的弱点。完整的家族文学研究应该包含五个要素：一是相对完整的家族谱系及家族文献梳理；二是历时性对家族文学整体发展趋势和具体家族成员创作的分析；三是家族文学与外部因素的比较，外部因素包括地理环境与政治、经济、文化、文学等时代背景；四是家族文学成员及其创作之间的相互比较，包括异代之间纵的比较和同代之间横的比较等；五是家族文学的家法和家族意识。特别是家族谱系和家族文献，它们是整个家族文学研究的基础。没有谱系的梳理，家族无以构成；没有文献的发掘，文学无从谈起。因此，家族文学研究对象的受限性比较明显。即使谱牒相对完整、文献相对丰富，研究者也要善于理论思辨，避免笼统肤廓。如研究宋代澶州晁氏、东莱吕氏、南丰曾氏这样绵延数百年、支分派别的文化大宗族时，人们爱用“博通”、“文章之家”、“科第之家”等词汇形容其优良“家法”，其实此类术语大而无当，无法有效解释家族文学内部的复杂问题，而必须考虑家族支派、大小宗、聚居、迁徙、交往唱和等因素的变化和不同，具体问题具体辩证对待，才能使家族文学研究走向深入。

以上本应是研究家族文学的一般性通识，但由于多数研究者采取操作较易的个案研究，也就容易对宏观的家族文学理论疏于探讨或思考不足；而理论意识的弱化，又直接限制了个案研究的深度。家族文学研究的新格局，固然需要个案研究的不断丰富和细化，同时也有待于研究者理论意识的强化和深化。

二　家族文学研究的方法

回顾家族文学的研究史，除了研究对象多为个案式外，其研究方法也多呈现模式化和描述化的倾向。模式化和描述化的优点虽可以相对简单清楚地呈现家族血缘承继的链条及家族文学风格表面的相似，但难以烛照家族文学的深层规律及家族文学的细部脉络，使家族文学研究止于量的增加，而少质的突破；甚至使家族文学研究沦为家族血缘的"历史"研究和家族成员作品的简单汇集、评价。如何避免平面描述家族成员的世系、行传、创作、家法，从古代宗谱、家乘的编撰模式中摆脱出来？类似问题不仅困扰着文学研究，也困扰着史学研究。史学家柳立言先生感慨地说："研究宋代家族，由于史料的限制，除非异常聪明或毕生尽力，否则很难突破研究明清家族的发现……时至今日，宋代的家族研究已走入瓶颈，所探讨的问题……以累积的历史知识加上经验法则便可知其大概，若要回答更深入的问题，则心余力绌。……当昔日的知识已变为今日的常识，而研究者仍在上面打转，堆砌更多的史料，却无新视野新发现，那只能称之为形式主义，论文数量愈积愈多，但结果几乎千篇一律。"① 柳氏指出的问题非常尖锐，不过他将这种问题的产生仅归因于史料的匮乏却可以商榷。宋代史料远较前代丰富，明清史料又远较宋代丰富，但明清家族文学研究的成绩并不令人满意。在笔者看来，产生研究"瓶颈"的根本原因并不仅仅在于史料的匮乏，还在于模式化和描述化的研究方法。当一种研究方法成为模式，就意味着可以复制，复制到一定数量，就会饱和，就会产生审美疲劳；而当一种研究方法停留在描述阶段时，即使是研究方法突破了模式化，也只能浅尝辄止，隔靴搔痒。

如果能将这种模式化和描述化的研究，转变为多元化、结构式和构成式的研究方法，家族文学研究的局面也许就会大为改观。

所谓多元化研究方法，其实是研究视角的不断调整和变化。为了突破过去文学史研究常见的"时代背景＋作家生平＋作品内容＋艺术特色＋地位影响"的僵化模式，应适度引入政治学、经济学、社会学、地理学、人类学、哲学、历史学、民俗学、美学、语言学等学科的视角，使研究方法不断融入新的元素，注入新的活力，既包括有着现代哲学和语言学背景的俄国形式主义、英美新批评、法国结构主义等内部研究，又包括赋予文本以开放的社会历史文化内涵的外部研究。随着 20 世纪中叶以来新史学的蓬勃推进和

---

① 柳立言《宋代的家庭和法律》，上海古籍出版社 2008 年版，前言第 1—2 页。

学术的深入发展，相信多元化的研究方法会为越来越多的学者所接受和运用。

所谓结构式研究方法，其“结构”指的是家族在自然、社会、文化、文学的历史发展过程中，积淀下来的具有稳定性和普遍性的制度化或约定化命题。在研究中发现、总结和阐述这类结构式命题，即为结构式研究。结构式研究通过一些宏观的规律性的判断，以期突破、改变已有的文学或史学认知框架。这也是我们提倡和从事家族文学研究，希望达到的重要学术目的。它需要的不仅仅是视角的简单调整，更需要研究者有眼光、有洞察力、有人文和当下关怀、有较为深厚的相关学科知识背景。只有如此，才能运用语言哲学的有关理论，提炼出文本语言的声音层面、意义层面、意象和隐喻、肌理和张力；才能化用心理学、社会学、历史学等有关理论，在具体的社会历史文化语境中，抽绎出有效支撑文本文化空间的结构……①为了发现结构性的命题，有时不妨考虑适当拉长考察的时段，如果时段所取过短，尽管可以在微观方面有详细的收获，但容易只见树木，不见森林，很难有什么规律性的发现。正如杨义先生所说：“任何一条漫长的曲线，如果截下一小段来讲，就可能变成一个直线，要了解中国文学的全面的特色、构成及其发展曲线的整体性，就应该把考察的时间段拉长。”② 当我们缓缓拉长家族文学研究的镜头，家族成员在血缘（宗族纽带）、地缘（乡里交往）、业缘（职业接触）、社缘（通过会社结交的关系）③ 中不同层次、不同方面所具有的稳定性结构及其对文学的影响就慢慢清晰起来。

中国古代的丁忧制，就是宗法血缘社会发展史中积淀下的一种制度化的结构性命题。它规定逢父母丧，子女须服丧三年（实为27个月），期间不得应举、为官、婚娶等。是否严格居丧，常常成为政敌间相互攻击的有效手段，北宋新党重要成员李定，因生母仇氏去世时未能及时辞官，熙宁三年宋神宗欲擢用他时，遂遭到旧党“定所生母亡，不解官持丧”的弹劾，还引发了一场大辩论，直至16年后的元祐元年，苏轼、范百禄仍旧事重提，上疏请求严惩李定。明万历五年，内阁首辅张居正丁父忧，被皇帝夺情起复，也引起一场轩然大波。借此反张者不仅有别具用心的政敌，还有纯以纲常为念的政治盟友，足见丁忧制影响的强大。由于守丧期间相对闲暇，比较适合文献整理，特别是编订先人文集，既可寄托哀思又可消磨时光，晚清大儒莫友芝的名著《黔诗纪略》和《宋元旧本书经眼录》即由其子莫绳孙在守丧期间编成。由于时代、个性等因素的不同，文人在服丧期间的诗歌创作也各有差异，北宋诗人苏舜钦在服丧期间潜心诗艺，多有游览之作；但晚清大诗人郑珍却绝不吟诗，在他看来，吟诗是闲情的表达，意味着对先人的不敬。

---

① 结构性研究和多元化研究一样，其内容包括韦勒克所说的“内部研究”和“外部研究”。20世纪上半期，西方文学兴起内部研究，自20世纪70年代又转向重视“外部研究”。而中国文学的“内部研究”则兴起于20世纪80年代，自20世纪末期复归于“外部研究”。但由于中国研究者大多缺乏精熟的外语功底、专业的哲学思维训练和深厚的学科知识底蕴，并未能普遍有效地运用有关方法。本文认为内部研究与外部研究只是文学研究的不同视角，不存在以此代彼的对立关系。

② 杨义《重绘中国文学地图通释》，当代中国出版社2007年版，第9页。

③ 古代社会人际关系的划分有不同标准，如上海市社会科学院林其锬研究员就曾提出“五缘说”（亲缘、地缘、神缘、业缘、物缘），本文则采用周扬波在《宋代士绅结社研究》（中华书局2008年版）中的说法。

研究居丧守制期间的文人及其活动，会有不少有价值的发现。

中国古代的贤母课子，则是社会史框架下具有约定化的结构性命题。因为它不像丁忧制是每个家族都会面临的家族制度要素，而是一种社会风气的约定和倡导。中国古代社会结构为男主外、女主内，男性忙于举业，奔波宦途，照顾子女的任务更多落到了女性身上。古代贤母教子的故事不胜枚举，汉代的金日磾，其母“教两子，甚有法度”（《汉书》卷六十八《金日磾传》）；宋代的苏轼、苏辙兄弟，其母程氏“喜读书，皆识其大义。轼、辙之幼也，夫人亲教之”（司马光《传家集》卷七十八《程夫人墓志铭》）；清代的蒋士铨甚至写下催人泪下的母教细节：“记母教铨时，组绣绩纺之具，毕陈左右，膝置书，令铨坐膝下读之。母手任操作，口授句读，咿唔之声，轧轧相间。儿怠则少加夏楚，旋复持儿泣曰：‘儿及此不学，我何以见汝父？’至夜分寒甚，母坐于床，拥被覆双足，解衣以胸温儿背，共铨朗诵之。读倦睡母怀，俄而母摇铨曰：‘可以醒矣。’铨张目视母面，泪方纵横落，铨亦泣；少间复令读，鸡鸣卧焉。”（《鸣机夜课图记》）[①] 可见，贤母教子虽然未必每个家族都具备，却具有稳定性和较高的普遍性。研究贤母教子的文学表现，当为家族文学增添不少亮色。

但是，如果我们只是描述式地排列不同文人居丧时期的活动及贤母教子事迹，它们彼此之间也就仅有事迹详略的差别，无法得出卓有价值的新结论。这个时候，构成性研究的方法就显得至关重要。

所谓构成性研究，不是静止分析家族文学的结果，而是将家族文学看做一个历史的生命过程，动态分析家族文学生成的细节和过程，揭示政治、经济、文化、历史、地理、职业、生理等各种因素如何具体影响到家族成员的思想、性格及其创作。

蒋寅先生在研究王士禛核心诗学“神韵说”的形成时，敏锐地注意到了丁忧生活对王氏的影响：“康熙二十四年，王渔洋回乡丁父忧，庐居读书，又遵循礼教暂停作诗。远离了朝世，也远离了诗坛。在这个相对宁静而单纯的环境中，历史上的诗歌对于他成了一种超脱功利、超越门户、趣味之争的纯粹存在，一种有距离的审美使他对诗歌的本质和盛唐诗的旨趣有了新的体会。”[②] 康熙十五六年，王士禛大力提倡宋诗，遭到坚守唐音者的猛烈批评，但浮沉人事，无法改弦易辙，丁忧给了他冷静反思的机会和环境，使其完成了《唐贤三昧集》的编选，最终揭櫫出“神韵说”。这正是注意到了居丧环境对诗人文学活动及思想的构成性影响。

徐雁平先生的《青灯课读图与文学传承中的母教》一文，是用构成性方法研究贤母教子类文学的成功范例。他通过对清代数十篇有关课读图的诗文的研究，总结出课读图文中的四个主题：其一，关于母亲德才的叙述；其二，课读的情景；其三，母对子的激励及子的反应；其四，绘图记课读情景。然后进一步探讨为何课读图中母/子类型最多；母以哭泣激励孩子是否常见？为何课读情景总是凄苦色调；蒋士铨“退而语画士”，“图

---

① 蒋士铨《忠雅堂集校笺》卷二，上海古籍出版社 1993 年版，第 2047 页。
② 蒋寅《王渔洋与康熙诗坛》，中国社会科学出版社 2001 年版，第 59 页。

秋夜之景”，是否说明他胸中已先有课读图的模式，画士只要据其大意图绘即可等等具体问题①，从而使课读图以母教为主、课读图事关寡母抚孤、课读图的追忆特征与图像程式、课读图题咏及所引发的同感、课读图作为家族文化记忆和个人回忆等丰富内涵得以逐层呈现，实是家族文学研究中的一篇上乘之作。当然，如果将该命题放入更长时段考察，则其内涵的揭示可能会更加丰富。明清两代寡母抚孤现象远比宋代数量为多，这和宋代妇女拥有一定财产权和政府并不积极提倡守节有关，而“明太祖明诏褒扬贞节……对节妇不但旌表门闾，还免本家差役。既有名，又有利，就算寡妇本人不愿，也有可能被本家强迫守节”②。青灯课读的背后，掩藏着多少古代女性的叹息和无奈、血泪和悲欢？

在具体研究过程中，多元化研究、结构性研究和构成性研究常常结合起来使用，譬如盖房，多元化研究只提供一个大的设想和框架，结构性研究则在此设想和框架下找出房屋有效的支撑点，构成性研究则是具体的建筑过程，三者融合，研究对象才能显得气韵生动、血肉丰满。如在多元化研究方法中的建筑学和美学的启示下，我们发现了约定化的结构性命题——家族园林（并非每个家族都能具备私园，但有条件的家族常有建造园林以示风雅的习气），以此为切入点，可以对家族园林与家族文学的复杂关系做构成性研究。作为由武入文的权贵之门宋代西秦张氏家族，其家族园林就具体见证了张镃、张枢、张炎等家族文人的成长过程，从张俊之子张子颜开始，族人园宴吟咏的风气即已形成，在家族唱和的融洽氛围中，家族子弟完成了最为自然有效的文学训练和文学继承；张氏还在私园中与姜夔、杨缵、周密等名士优游酬唱，不仅促进了宋代格律词派的发展，也使家族文学得到族外文风的熏陶和补充③。无独有偶，清代杭州汪氏的振绮堂藏书楼也是当时文人唱和雅集的一个中心，汪宪、汪瑜、汪璐、汪端、汪远孙、汪迈孙、汪菊孙等族人在此良好环境中成长，或与族人、姻亲、馆师相互唱和，或得往来文士的指点，在汪氏家族文学传统的形成过程中，汲取了大量外来的文学营养④。家族的馆舍园林，成为家族文学育化的一种空间形式。在这里，研究者关注的不是园林的设计和布景，也不是家族题咏园林作品的简单罗列和赏析，而是具体揭示园林作为一种家族要素如何进入并影响着文学家族成员的具体成长过程。

其他如家族郡望、出身、遗传、迁徙、人口、婚姻、族会、祭祀、墓葬、藏书，政治制度上的家族回避、夺情、荫补、抚恤，社会风气中对敬宗睦族、贤妻节妇的提倡，对科举取士的崇拜等等，只要运用得当，都可以成为多元化研究、结构性研究或构成性研究的突破口。

三种研究方法中，结构性方法具有核心价值，正是其所具有的结构性命题，才使得“家族文学”与其他的研究（如同是群体性研究的“文人结社”、“文人集团”研究）真正

① 详见徐雁平《青灯课读图与文学传承中的母教》，《古典文献研究》第11辑，凤凰出版社2008年版。

② 柳立言《浅谈宋代妇女的守节与再嫁》，见其《宋代的家庭和法律》，上海古籍出版社2008年版，第240页。

③ 详见《宋代家族与文学研究》第八章，中国社会科学出版社2009年版。

④ 详见徐雁平《花萼与芸香：钱塘汪氏振绮堂诗人群》，台湾《汉学研究》2009年第4期。

区别开来。但结构性命题由于其稳定性或普遍性，自身也意味着一种模式，当它不断被人复制，最终也会有成为柳立言所云“形式主义”的危险，这就需要人们不断发现新的结构并突破旧的模式，学术本来就是一个推陈出新、不断发展的过程。

三　家族文献的整理与研究

家族文学研究依赖于历史谱牒学和文学文献学的发展，尤其是历史谱牒学中的家谱和文学文献学中的家集（总集类），是家族文学研究的两大文献基石。

与史志别集等文献相比，家谱虽在家族文学研究中占有重要地位，但可信度最差，向来为研究者警惕。使用家谱文献，必须慎之又慎。即使家谱中相对可靠的家族人物行状、传记、墓志铭、艺文部分，一不留神，也会为其所欺。如明代汪道昆编纂的《汪氏十六族谱》所收题为胡铨所撰的《司农少卿汪公（叔詹）传》，实是从汪若海的《宋左朝请大夫司农少卿主管台州崇道观汪公叔詹行状》一文中割裂作伪而成，不可因谱是旧谱，撰谱者又是名人，就盲目信从。再如民国年间刊版的《五云赵氏宗谱》收有题为李纲所撰的《赵忠简公言行录》，曾被研究者视为宋江征方腊的新材料，写成《宋江征方腊新证》一文发表在《文学遗产》（1994 年第 3 期），且被中国人民大学报刊复印资料《中国古代史》1994 年 8 月号转载，这也是一篇彻头彻尾的伪作。家谱的艺文部分多收录本族人所作诗文及外人歌赞本族人物事迹的作品，外人之作真伪掺杂，族人之作本无必要作伪，但仍不可不察。如《全宋诗》据《五云赵氏宗谱》所收赵期《临安自述》二首，即是剽窃唐诗的伪作，该谱中的赵期实无其人。近期《中国典籍与文化》又发表尹占华论文，指出《洪城幸氏族谱》中所载柳宗元《幸南容墓志铭》亦是后人有意作伪①，而此墓志铭曾以《柳宗元的佚文〈幸南容墓志铭〉》为题刊载于《文学遗产》（1989 年第 5 期），并被多人引用。

然而家谱中蕴藏的大量真实和珍稀文献，不仅对历史学、社会学、经济学、人口学、人类学等学科意义非凡，对于家族文学研究尤具有重要意义，不可因噎废食，真伪并弃。因为任何专题研究的大发展，都和相关基础文献的整理密切相关。优秀的基础文献整理，不仅可以滋生新的学术生长点，而且一定会极大推动相关研究。近些年来，随着电子技术的飞速发展，正史和方志得到了普遍和有效的利用，家谱由于私密性、印数稀少和真伪相杂等原因，尚有可以开发的广阔空间。目前至少有以下五个方面值得关注：

第一，编好家谱目录学著作。目录学是学科的导航和指导学术的路径，好的目录学著作应具有“辨章学术、考镜源流”的作用。目前国内编纂的大型家谱目录学著作有《中国家谱综合目录》、《上海图书馆馆藏家谱提要》、《浙江家谱总目提要》、《中国家谱总目》等，但多是对某种家谱的简单信息介绍，“辨章学术、考镜源流”的功能并不突出。另外，要考虑编纂更加细致的目录学著作，如编写家谱中所收文章的篇目和作者索引，

---

①　见尹占华《〈幸南容墓志铭〉非柳宗元所作》，《中国典籍与文化》2009 年第 2 期。族谱中的伪作问题，还可参考张廷银《族谱所见诗文中的佚作与伪作》一文，《文学遗产》2007 年第 3 期。

编写方式可有多种，按时间、按地域、按文章分类都可以。只有细化到文章篇目，才有可能引起研究者的认识和重视。如果对于一种家谱，只是简单地讲卷几是谱序、卷几至卷几是世系图、卷几至卷几是墓志行状、卷几至卷几是艺文等，很容易被研究者忽略，因为家谱的编排体例大同小异。但详列出文章篇目，会有立竿见影之效。以长期受人冷落的光绪二十年版《上虞刘氏宗谱》为例①，如果列出《太学生蔡德润、陈咏等百七十三人上书》、程公许《宋户部侍郎刘忠公墓志铭》、王应麟《宋司农卿汉传公行状》等近六十篇宋代文献目录，读者阅读和研究的欲望可能一下子就会被刺激起来。

第二，做好资料类编和丛刊工作。目前编纂家谱全书的条件尚不成熟，但可以按类编辑出版，方便读者研究。国家图书馆在这方面做了不少工作。如郭又陵编有《北京图书馆藏家谱丛刊·民族卷》，张志清编有《北京图书馆藏家谱丛刊·闽粤侨乡卷》、国家图书馆编有《中国国家图书馆馆藏早期稀见家谱丛刊》，国家图书馆地方志家谱文献中心曾编有《清代民国名人家谱选刊》、《清代民国名人家谱选刊续编》等，山西省社会科学院家谱资料中心也编有《中国族谱集成》。这些对家谱研究都起到了很好的推动作用，但相比数以万计的家谱来说，资料汇编的缺口很大，目前出版的几种类编还不能满足研究者的需要，而且定价昂贵，难以吸引更多的研究者投身其中。

第三，加大征集、修复和合作力度，不断充实家谱资料库。家谱是家族的外在表现特征之一，被许多家族视为神圣之物，可以说，明清时代几乎每个大姓家族都有自己的家谱或族谱，虽然历经天灾人祸，家谱遭到了很大的破坏，但秘藏于民间的珍贵谱牒还是为数不少，应该加大搜集的力度。目前家谱开发多停留于搜集、编目、影印阶段，即便这样，也多到省级为止，市县村级还可大力挖掘。另外，对搜集来的家谱应加以爱护，对所藏家谱有损残者应及时修复，使其成为可以利用的资源。而作为国内家谱文献藏量最为丰富的上海图书馆和国家图书馆，应该加强合作、取长补短，避免资源的重复开发和浪费。

第四，建立长效的研究协会，及时交流信息，定期举办高层次的家谱学术会议，出版专门谱牒刊物及研究通讯，培养家谱研究人才。1988 年成立的中国谱牒学会举办过数次国际性或全国性谱学研讨会，还出版过专门刊物《谱牒学研究》，取得了不错的效果。这些方面的努力如果能够长期保持，对家谱研究会起到积极的促进作用。

第五，研究者应结合其他史料，逐步董理出相对准确的家族世系和人口资料，考析出家谱中相对可靠的墓志、行状、传记、艺文等，为建设新型史料库奠基，为人口学、遗传学等相关学科服务。具体到家族文学研究，则应结合正史、文集、笔记、方志等，分地域排比出文学家族表（或望族表），使文学家族深入到人文地理层面，逐步揭示文学家族的文化地图。

另外需要留意的是，明清朱卷中的履历部分既列有姓名、字号、排行、生辰、里居、身份、学历、户籍等；又列有本家族简明谱系；还列有受业师和受知师，对于研究文学

① 该谱详细文献价值，见张剑《〈上虞刘氏宗谱〉及其文献价值》，《文献》2009 年第 1 期。

家族的世系、姻亲、师从关系非常重要。像《清代朱卷集成》(顾廷龙主编,台北成文出版社 1992 年版)即收有八千多种朱卷,《清代科举人物家传资料汇编》收有一万一千多份朱卷履历(来新夏主编,学苑出版社 2006 年版),是研究清代家族文学的一座宝藏。朱卷履历是家谱文献的特别品种。

家集,指收录家族两人以上作品的总集(包括家族丛书)。与当代古籍整理成果的丰硕(1981 年至今,大陆整理出版的古籍超过八千种)和家谱文献的整理方兴未艾相比,家集的整理与研究虽有学者涉足,但总体上显得冷落。传世家集数量未有准确统计,《中国善本书目·总集·家集》收录了二百五十余种,这远非传世总集的总数。据徐雁平先生统计,仅清代家集即达六百余种,其量可观。这是一个富有学术价值的新领域,值得研究者关注和发掘。

家集名称多样,有的直贯"家集"之名,如《京江张氏家集》、《桐庐李氏家集》、《安成周氏家集》;但更多的时候叫法灵活,如《二妙集》、《清江三孔先生集》、《柴氏四隐集》、《曹氏父子诗稿》、《石仓世纂》、《高都陈氏诗钞》、《瑞芝山房文钞》、《陶氏世吟草》、《率滨程氏社录》、《郭氏联珠集》、《述本堂诗集》、《浣香园合刻》、《海岱人文》、《清芬丛钞》;有的甚至从名称上无从判断其是否为家集,如明张氏木雁轩刻本《娄上编》,其实是张能、张注、张銮、张宽、张士沦等家族中人作品的合集;明崇祯刻本《午梦堂集》收录的则是沈宜修、沈宜修、叶纨纨、叶小莺、叶小纨、叶绍袁、叶世偁、叶世傛等沈、叶两个姻亲家族成员的诗作;清初刻本《东山偶集》则是曹三德、曹三才兄弟的诗集,如果只是据名推求,恐怕会与许多家集失之交臂。

家集保存的形式多样,有的单独刊刻出版,如《午梦堂集》;有的附刻于《家谱》中,常州恽思赞所修《毗陵恽氏家乘》,即附有六卷恽氏族人诗文著作;有的附于别集之后,如乾隆间刻翁静如《珠楼余草》,后即附有其女周月贞《月贞遗草》和媳朱雪英《冰心草》;也有不少家集因家族后人无力刊刻或其他原因,仅以稿、钞本形式存在,成为孤本或珍稀之本。如北京大学图书馆藏《清江三孔集》四十卷,为钞本、珍本,比现存其他诸本(包括《全宋文》)均多出六卷孔平仲文,洵为珍贵;国家图书馆所藏河北献县刘氏家集《清芬丛钞》为钞本、孤本,收录清末名臣刘书年家族四世十余人的诗文著述;中国社会科学院文学研究所善本室所藏《海昌查氏诗钞》为稿本、孤本,收录了海宁查氏家族从宋代至清末共两百余人的小传和诗作,可补国史和方志之不足,文献价值很高。另外,还有一些家族,如南丰曾氏,虽然没有编纂过家集,但留存文献较多,事实上已经具有了家族总集的态势,这些家族文献也需要去梳理、编纂和研究,可以看做家集的一种特殊形式。

家集是集中保存家族文化记忆的物质载体,它所收录的家族事迹及文献资料相对丰富,那些甚至收有家族数百年几十代人作品和传记资料的家集,更是令人叹为观止。家集对颂思祖德、启励后人、寄托家族情思、加强家族向心力、寻觅家族文学的特征和传承、构建家族文学的发展脉络、重现家族成员的文学活动空间等,都具有重要意义。家集又与郡邑文学总集密切相关,世家望族或文化家族往往即是地域文化传统的代言人,家集的整理和研究有助于人们对地域文化传统的认知。家集在展现文学薪火相传的家族纵深关系的同时，也横向拓展地缘、业缘、社缘等人际网络，展现着中国文学发展的具体历史情境。研究家集的最终目的不应止于解释一族一地的文学现象，而应成为展示中国文学甚至中国文化整体风貌的一个窗口。即如《海昌查氏诗钞》，不仅是研究海宁查氏家族文学承变和文人活动的重要依据，也是研究海宁地域文化生态的宝贵财富；同时，海宁查氏家族人才辈出，出现了查继佐、查慎行、查嗣瑮、查良铮（穆旦）、查良镛（金庸）等在全国甚至全世界都有影响的人物，这样的家集堪称中国文化和文学的一张精致名片。再如锡山秦氏家族，家族著述历宋、元、明、清近千年而不绝，既辑有诗钞 18 卷，又辑有文钞 14 卷，文钞收作者 123 人，诗钞收作者 242 人。江庆柏先生震惊于这个家族绵远的文化传统和旺盛的文化生命力，借夏孙桐之口评价说：

> 当年夏孙桐读到《锡山秦氏文钞》时，深为这个家族“沿历四朝，作者百数十人，具有道德、功业、文章之盛”的巨大规模所震撼，并认为如秦松龄、秦蕙田、秦瀛、秦缃业等被公认为是一代儒宗、经师、名臣、循吏，也是一代文史专家，其文章已不限于一族，“煌煌名作，固已模楷当世”，他认为苏南望族的文献，具有规范社会的重要功效，或用他的话来说，就是“家之粹即国之粹也”。顾皋对秦彬纂《锡山秦氏诗钞》的评价更为乐观：“不胫而走，不羽而飞，天下奉为艺苑，非徒自私一门之隽而已也。”（《锡山秦氏诗钞序》）充分预示了其广阔的社会前景。因此，苏南望族的文献整理，也是对整个国家的文献整理的贡献①。

“家之粹即国之粹”，一语点出家集所追求的深层文化内涵。总之，因为家族文学的存在，中国文学的发展有了绵延不绝的深厚根基。

以上对宋代以降家族文学研究的理论、方法、文献等基本问题做了初步梳理、总结和阐述，希望能引发更多研究者对这一领域的重视和投入，使家族文学研究不断走向深入和繁荣。

---

① 江庆柏《明清苏南望族文化研究》，南京师范大学出版社 1999 年版，第 281 页。

贬谪文化在北宋的演进及其文学影响①

——以元祐贬谪文人群体为论述中心

厦门大学　钱建状　　武汉大学　尚永亮

政治史意义上的“贬谪”，早在唐、宋之前，就超越了其法律内涵而成为帝制社会打击政敌的一种手段；而文化史意义上的“贬谪”，内涵更为丰富，它以官僚阶层权力争斗或政治纷争为主要动因，以失败一方的空间远徙和恶地囚居为主要惩罚方式，以对失败、挫折、苦难的承受、消解或超越为主体心理表现，形成了一种环绕个体或群体之生命沉沦，并旁涉地理、宗教、思想、文学等多个领域的特殊文化现象。这集多种因素于一体的文化现象，使得“贬谪文化”的演进轨迹呈动态发展之趋势，在演进中丰富，在吸纳中发展。而宋代尤其是北宋，无疑是其中特别重要的一环。

两宋时期，其贬谪官员人数之众多、重要成员受谪次数之频繁、谪居时间之久长，皆较唐代有过之而无不及。据我们统计，唐五代共 342 年中，各类有姓名可考的贬官约达 3641 人次，文人贬官 1209 人次②。而据《宋元学案》所记，元符元年，“重得罪者八百三十家”③。仅此一年，其贬官数量就达唐代的近四分之一。至于文人官员受贬次数，据今人所编《中国文学家大辞典》（宋代卷）所收 2500 余人进行统计④，有贬谪经历的文学家即有 720 人之多，其中贬谪次数 2 次以上者 440 人，3 次以上者 103 人。他如刘挚、张商英等，其贬谪次数竟达 5 次以上。就谪居时间而言，短则数年，长则数十年。苏轼两次受贬，谪居 10 年；黄庭坚两次受贬，谪居 8 年。而南宋贬官如张九成谪居 14 年；李光谪居 17 年；胡铨谪居 18 年。更有谪居长达 20 年以上者。若以宋代士人的平均寿命 65 岁计⑤，则部分宋代贬谪官员，其人生近三分之一的时间皆在贬所度过。

赵宋政权如此频繁、长久地禁锢大量贬谪官员，其本身就是“贬谪文化”演进史上值得研究的问题，而截取这一现象的若干重要横断面，以最具代表性的北宋元祐文人群体为对象，剖析其文化特征及其生成原因，定位其文化独异性及其文学影响，更是研究者不容回避的重要课题。

---

① 本文为国家社会科学基金项目《两宋士大夫文学研究》（06BZW035）的阶段性研究成果。

② 参见尚永亮主撰《唐五代逐臣与贬谪文学研究》，武汉大学出版社 2007 年版，第 47 页。

③ 《宋元学案》卷九十六《元祐党案》，《黄宗羲全集》（6），浙江古籍出版社 2005 年版，第 710 页。

④ 据《中国文学家大辞典·凡例》（中华书局 2004 年版），该书“收录范围主要以《宋史》、《全宋词》、《全宋诗》、《中华大典·宋代文学分典》为准，但并非皆收，取舍标准为文学上是否确有一定贡献和特色”。故所收作家远非宋代文人全部。

⑤ 据王兆鹏《宋词作者的统计分析》考察，宋词作者的平均寿命为 66 岁。参见《唐宋词史的还原与建构》，湖北人民出版社 2005 年版，第 90 页。

一、缘于党争的政治高压与生命沉沦

在北宋（960—1127）一百六十余年时间中，主要活动于熙宁—元祐年间（1068—1094）的“元祐文人群体”，无疑是体现宋代“贬谪文化”基本特征、独异性及其文学影响的典型代表。这是因为：

其一，就宋代贬谪文化的动因来说，作奸犯科、小人谗毁、直言进谏等固然是官员被贬的几种因素，但“党争”却始终是引起大量官员贬谪的最重要的原因。从庆历革新到熙宁变法，从绍兴和议到庆元党禁，每一次宋代政权内部激烈的政见之争，最终都伴随大量官员的贬谪。但就北宋而言，庆历党争毕竟历时较短，规模较小，受贬官员的数量不大。而熙、丰以来的新旧党争，前后历时近半个世纪，规模大，范围广，受贬官员人数极众。元祐初年，张舜民由贬所还朝，曾感慨道：“南穷海峤，北浃江湘，脱禁锢者，何翅（“翅”，《宋九朝编年备要》作“啻”）二千人。计水陆，则不止一万里。”① 因旧党执政，导致一次脱离贬所者，竟达二千多人。这是一个惊人的数字！这其中不排除有部分官员因其他原因获罪遭贬，也不排除张舜民行文时略有夸饰。但张氏所言至少说明，熙、丰以来的新旧党争，曾在一个特殊时段造成动辄千人的贬谪。而以苏轼、黄庭坚、苏辙、秦观等为代表的元祐文人群体，即是这数量庞大的贬官队伍的重要组成部分。

其二，熙、丰以来的新旧党争，导致两党交替执政，但以司马光为代表的元祐党人，其执政时间仅十年左右，而以王安石、章惇、蔡京等为代表的新党中人，其执政时间近四十年。在新旧党人互相排挤、倾轧乃至报复的政治斗争中，旧党士人长期处于下风，他们屡遭贬谪，辗转迁移于各个贬所。他们遭受的苦难更重，心理煎熬的时间更长，贬谪在他们身上烙下的印记更深。苏轼晚年所作《自题金山画像》云：“问汝平生功业，黄州、惠州、儋州。”虽语含自嘲，却真实反映了众多元祐党人遭贬处穷之痛苦心迹。因此，以元祐文人群体为研究对象，更容易理清贬谪与文人心理之间紧密、复杂而又深刻的血脉连接。

其三，尽管新党文人群体不乏有才气的作家，如蔡确、吕惠卿等至今仍有少量作品存世，但因作品传播环境和文人个体才性之差异，绝大多数新党文人的文集已无从寻觅；相反，以苏门文人为代表的旧党作家，至今仍留存着大量作品，其文集也被一再刊印。因此，在现有条件下，研究宋代贬谪文化的独异性及其文学影响，就不能不把目光聚焦于元祐文人群体及其作品。

既然如上所述，元祐文人群体之被贬源于党争，而他们在贬所之时间又相对长久，则政治高压及随之而来的生命磨难，便毫无疑义地占据了其整个谪居生涯的首要地位。

贬谪敕文的下达意味着灾难的开始。对于元祐文人来说，这种因贬谪而招致的灾难，首先表现为其政治地位的降低与外在环境的恶化。比较唐宋两代贬官情形可知：唐代统

---

① 《谢谏议大夫表》，《全宋文》（83）卷一八一四，上海辞书出版社 2006 年版，第 281 页。下引《全宋文》，皆为此本，不再另注。

治者处置获罪官员时，有先贬后杀的现象，且数量不在少数；而宋代统治者处置获罪官员，少有被杀者。表面看来，宋代政治似乎要宽厚一些；但只要将张说、张九龄、王昌龄、贾至、韩愈、柳宗元、刘禹锡、元稹、白居易等唐代著名文人与苏轼、黄庭坚、秦观等元祐文人的贬谪经历稍作对比，便不难发现，元祐文人因贬谪所致的灾难并不比唐人来得轻松。

一般而言，唐代文人一旦身至贬所，其政治地位便相对稳定，个别谪官甚至稳中有升。盛唐文人中，张说，开元三年左迁岳州刺史，开元五年迁荆州大都督府长史，开元六年迁幽州都督、河北节度使；张九龄，开元二十五年至二十八年贬荆州，为荆州大都督府长史。两人皆谪居三年即被起用。元和五大诗人中，柳、刘二人谪居时间最长，但他们困守永、郎二州十年之后，虽被远迁，官职却由司马升为刺史。其后柳卒于柳州任所，刘则辗转于连州、夔州、和州刺史任上，虽为贬官，职位并未下降，贬地则由远渐近。相比之下，元祐文人在贬所的政治地位往往每况愈下，权力被一夺再夺，贬所越来越远，直至身似平民，形同黔首。以苏门文人为例。苏轼元丰年间被贬，衔位检校尚书水部员外郎黄州团练副使，不得签书公事；绍圣间累贬建昌军司马，惠州安置，不得签书公事；后又自惠州贬所再责琼州别驾，昌化军安置，不得签书公事。黄庭坚绍圣元年贬涪州别驾、黔州安置；绍圣二年，被追夺一官；崇宁二年，除名、羁管宜州。秦观，绍圣元年三月坐党籍，出知杭州通判，赴任途中，落馆阁校勘，添差监处州茶盐酒税；绍圣三年削秩，送郴州编管；绍圣四年编管横州；元符元年九月，除名永不叙复，移送雷州编管。

再以元祐名臣、重臣为例。刘挚，元祐六年拜尚书右仆射，七年知青州，绍圣初，夺职知黄州，再贬光禄卿，分司南京，蕲州居住；绍圣四年，贬鼎州团练副使，新州安置，卒于贬所。吕大防，绍圣三年罢相，以观文殿大学士、左光禄大夫出知颍昌府，寻改永兴军，夺学士，知随州；再贬秘书监，分司南京，居郢州，徙安州；绍圣四年，贬舒州团练副使，安置循州，至虔州信丰卒。范祖禹，绍圣初以龙图阁学士出知陕州，寻提举明道宫；又贬武安军节度副使、永州安置；再贬昭州别驾，贺州安置；元符初，由宾州移化州安置，卒于贬所。

高官一贬再贬，直至成为散官；散官一贬再贬，直至除名羁管，无官可贬。数年之内，职位一降再降，甚至一年之内，一贬再贬。从居住到安置，从安置再到编管、羁管，行动越来越不自由，直至身同囚犯。贬谪，如同一张牢不可破的大网，越收越紧，多少挣扎不出的贬官被困死网中！邹浩《除名》直言："恩深天地贷斧钺，除之又除名不留。"秦观《和渊明归去来辞》自叹："岁七官而五谴，越鬼门之幽关。"[①] 黄庭坚《雨中登岳阳楼望君山》感慨："投荒万死鬓毛斑，生出瞿塘滟滪关。"[②] 综观元祐文人，类似邹、秦、黄这种屡遭打击、历经磨难者指不胜屈。

---

① 《淮海集笺注》卷三，上海古籍出版社 1994 年版，第 30 页。

② 《山谷诗集注》卷十六，上海古籍出版社 2003 年版，第 402 页。

同为贬官，与多数唐代文人相比，元祐文人感受到的政治压力更大，被监控得更严，行动与言论更不自由。唐代刘、柳等元和五大诗人被贬之后，来自政敌和落井下石者的攻击、流言、诽谤固然不少。刘禹锡《上杜司徒书》曰："是非之际，爱恶相攻；争先利途，虞相轧则衅起；希合贵意，虽无嫌而谤生……加以吠声者多，辨实者寡，飞语一发，胪言四驰。"柳宗元《寄许京兆孟容书》曰："伏念得罪来五年……罪谤交织，群疑当道，诚可怪而畏也。"说的便是被贬之后面临的舆论环境。但是，刘、柳二人可怪可畏之"吠声"，在相当一段时间内，毕竟没有转化成政敌手中的直接"罪证"。而元祐文人则不同，苏轼因"乌台诗案"被系狱中，"吠声"者反复罗织，几欲致之于死；秦观自出为杭州通判始，即被政敌先后用"修史诋诬"、"败坏场务"、"以谒告写佛书"、作诗废职、附会司马光等五项罪名一再控告，以至一贬再贬，直至除名编管；邹浩、黄庭坚被除名、羁管宜州，政敌似乎仍不满意。《萍洲可谈》载："邹浩志完，以言事得罪贬新州，媒孽者久犹不已。元符二年冬，有旨付广东提刑钟正甫就新州鞠问志完事，不下司。……钟驰至新，拘之浴室。适泰陵遗诏至……钟遣介传语，止言为国恤不及献茶，且请归宅，志完亦泣而出。"[①]《桯史》载："党祸既起，山谷居黔，有以屏图遗之者……（山谷）题六言于上曰：'胡蝶双飞得意，偶然毕命网罗。群蚁争收坠翼，策勋归去南柯。'崇宁间，又迁于宜，图偶为人携入京，鬻于相国寺肆。蔡客得之，以示元长，元长大怒，将指为怨望，重其贬，会以卜奏仅免。"[②] 除名羁管，已是无官可贬，倘若哲宗不适时驾崩，黄庭坚不是身亡贬所，不知章惇、蔡京辈还要施以何等毒手？

欲加之罪，何患无辞！元祐文人的政敌，总是想方设法寻觅他们的"疏漏"之处：未贬之前，炮制文字狱、"编类元祐臣僚章疏"、成立"管勾看详诉理所"，想方设法予以惩治；被贬之后，又绞尽脑汁罗织新罪，运用多种政治手段横加迫害。若"候伺过失，既而无所得"[③]，则常诱使地方官与巡使，对其施以严密的监控和苛刻的刁难，借此摧残贬者身心，以期达到"尽杀元祐流人"[④] 之目的。《容斋四笔》卷九曰："国史所书温益知潭州，当绍圣中，谪臣在其巡内，若范忠宣、刘仲冯、韩川原伯，吕希纯子进、吕陶元钧，皆为所侵困。邹公南迁，过潭，暮投宿村寺，益实时遣州都监将数卒夜出城，逼使登舟，竟凌风绝江而去，几于覆舟。"《诚斋集》卷七十三《宜州新豫章先生祠堂记》曰："山谷之始至宜州也，有某氏馆之，太守抵之罪；有浮屠某氏馆之，又抵之罪；有逆旅某氏馆之，又抵之罪。馆于戍楼，盖圄之也；卒于所馆，盖饥之寒之也。"邹浩何其幸，竟未葬身鱼腹！山谷又何其不幸，竟殒身于戍楼！在这幸与不幸之间，专制政治的残酷面目尽显无遗。秦观《自警》诗曰："莫嫌天地少含弘，自是人心多褊窄！"这是面对专制的怨语。黄庭坚《跋子瞻和陶诗》曰："子瞻谪岭南，时宰欲杀之。"[⑤] 这是面对专制的怒语。在这些怨语、怒语声中，宋代"誓不杀士大夫"的祖宗家法显得何其苍白无力！

---

① 朱彧《萍洲可谈》卷二，中华书局 2007 年版，第 138—139 页。
② 岳珂《桯史》卷十一，中华书局 1981 年版，第 123 页。
③《宋史》卷四四四《文苑》六《秦观传》，中华书局 1977 年版，第 13113 页。
④《宋元学案》卷九十六《元祐党案》，《黄宗羲全集》(6)，浙江古籍出版社 2005 年版，第 710 页。
⑤《山谷诗集注》卷十六，上海古籍出版社 2003 年版，第 416 页。

更有甚者，元祐旧党文人即使在其身后，也还遭到一次次政治清算。据《宋史·徽宗本纪》，以蔡京为首的新党曾于崇宁元年至三年间三刻“元祐党籍碑”：先是于崇宁元年九月“籍元祐及元符末宰相文彦博等、侍从苏轼等、余官秦观等、内臣张士良等、武臣王献可等，凡百有二十人，御书刻石端礼门”；接着定“范柔中以下五百余人为邪等”、“诏诸邪说诐行非先圣贤之书，及元祐学术政事，并勿施用”，“诏党人子弟毋得擅到阙下，其应缘趋附党人罢任在外指射差遣及得罪停替臣僚，亦如之”。崇宁二年四月，“诏毁吕公著、司马光、吕大防、范纯仁……景灵西宫绘像”，“诏毁刊行《唐鉴》并三苏、秦、黄等文集”。九月，“诏宗室不得与元祐奸党子孙为婚姻”，“令天下监司长吏厅各立元祐奸党碑”。十一月，“以元祐学术政事聚徒传授者，委监司察举，必罚无赦。”至崇宁三年六月，又“复位元祐元符党人及上书邪等者，合为一籍，通三百九人，刻石朝堂”①。由这一系列措施，可以看出元祐“党人”被执政者嫉恨之深，打压之甚。生前遭贬，死后受辱，其名被刻石立碑，其书被停刊毁板，其亲友子孙备受歧视，与之相关的学术政事活动被严厉禁止，类似这样大规模、极严酷的政治报复和惩罚，在此前的历史中似还没有出现过。尽管迫于舆论的普遍不满，到了崇宁四年五月，宋徽宗便不得不诏令除党人父兄子弟之禁，九月诏元祐贬人以次徙近地，但作为曾经发生的一段历史，“元祐党籍碑”的三度刻石，却真实地再现了专制政治的狰狞，再现了元祐贬谪文人群体所受到的空前的政治重压。

二、自我保护意识的增强及其对文学创作的影响

宋代统治者对贬官的态度具有明显的两面性：一方面，碍于祖宗家法，“赦尔万死，窜之遐陬”②；另一方面，又必欲置之死地而后快，频频遣使巡察，“逼诸流人自尽”③。在这表面仁厚与实质残酷之间，元祐文人其实并无多少回旋空间。面对政治迫害与人生苦难的双重压力，元祐文人必须作出反应，这种反应的直接表现，便是他们在政治高压与人生苦难挤兑下不断增强的自我保护意识，是他们超越苦难、远离政治并逐渐走向旷达的心灵历程。而所有这些不能不深刻影响到他们的文学创作。

行为心理学告诉我们，在刺激与反应之间，人不是被动的，他还有选择如何反应的自由；贬谪文化演进史也告诉我们，随着大一统帝国专制的日趋强化，贬谪士人应对政治高压的自我保护能力也在日渐提升。柳宗元有言“自吾居夷，不与中州人通书”④，即有与朝中亲友书信，亦反复叮咛——“相戒勿示人”⑤，其用意即在于自我保护，以免贻政敌以口实。中唐前期的陆贽被贬之后，更是“杜门谢客，惟集药方。盖出而与人交，动作言语之际，皆足以招谤，故公谨之”⑥。避谤与养生，系唐宋两代贬谪士人在人生困

① 《宋史》卷十九《徽宗本纪一》，中华书局1977年版，第365—369页。
② 朱彧《萍洲可谈》卷一，中华书局2007年版，第118页。
③ 《邵氏闻见录》卷十三，中华书局1983年版，第140页。
④ 《读韩愈所著〈毛颖传〉后题》，《柳河东集》卷二十一，中国书店1991年影印本，第246页。
⑤ 《与李翰林建书》，《柳河东集》卷三十，中国书店1991年影印本，第330页。
⑥ 费衮《梁溪漫志》，三秦出版社2004年版，第111页。

境中采取的两大举措。前者是为了逃避政治迫害，后者是为了保全生命。而历史发展到北宋中后期，一方面政治环境更为险恶，迫使贬谪士人必须多方避谤以远祸；另一方面，在新旧两党交迭执政的政治情势下，贬谪士人很有可能被再次起用，这种“有所待”的心理进一步刺激了贬谪士人的生命意识。因此，前代贬谪士人全身远祸进行自我保护的经验，自然成为元祐文人贬谪时期的宝贵参照。南宋周必大指出：“陆宣公为忠州别驾，避谤不著书，又以地多瘴疠，抄集验方五十卷，寓爱人利物之心。文忠苏公手书药法，亦在琼州别驾时。其用意一也”①。这便指出了在自我保护一点上苏轼与陆贽的相似性。这种畏祸避谤与全身自保的做法，对元祐文人的文学创作影响甚大。

首先，畏祸避谤的心理扼制了相当一部分元祐文人的创作欲望，逼使他们不作文或少作文，不作诗或少作诗。苏轼被贬黄州后，在其书信中一再声明不复作诗文及其原因：“得罪以来，不复作文字”；“自窜逐以来，不复作诗与文字……多难畏人，遂不敢尔。其中虽无所云，而好事者巧以酝酿，便生出无穷事也”；“多难畏人，不作一字者，已三年矣”；“某自得罪，不复作诗文，公所知也。……实以多难畏人，虽知无所寄意，然好事者不肯见置，开口得罪，不如且已”；“困踬之甚，出口落笔，为见憎者所笺注……不如牢闭口，莫把笔，庶几免矣”②。与苏轼相似，黄庭坚谪居期间，亦“闲居绝不与人事相接，故不能作书”③。苏、黄因避谤而不作诗文的行为与心理，在同时被贬文人中颇具代表性。细检元祐文人现存诗文集，按照编年将其作品数量做一比对可知，不少人的作品数量在贬谪期间大幅下降。以范纯仁为例，其文绝大多数皆明确纪年，其中作于治平、熙宁、元丰、元祐间者甚多，仅元祐间所撰文数量即达67篇，年均作文8篇以上；而在已病退的绍圣元年、二年间，尚有文6篇左右。但自绍圣三年累贬武安军节度副使、永州安置后，其作品数量便急剧下降，四年之中仅有文2篇，年均作文量不到1篇。范祖禹亦是如此，《全宋文》收其分体编年文54卷，1千余篇，多作于熙丰、元祐间，作于贬谪期者仅有2篇谢表。也就是说，自绍圣元年十一月被贬之后，至元符元年十月卒于化州，范祖禹四年中年均作文量不足1篇。

其次，避谤全身的自我保护意识促使部分元祐文人在贬谪时期调整文学活动的方式、方法，从创作之中的情感表达，到创作之后的作品传播方式，甚至在创作之初的文体选择等方面，均可见出作者的良苦用心。

情感内容表达的多层次性，是元祐文人贬谪时期文学创作的一个特点。身为贬官，元祐文人特别是作品较多、文学活动频繁的作家，往往根据作品的功能、展开作品的场合、文学活动中彼此关系的亲疏，灵活地、多层次地表情达意。

谢表一类的应用文体，主要功用在于感恩戴德、深自悔过，而怨悱愤激之语则万不

---

① 《跋苏季真家所藏东坡墨迹》，《益公题跋》卷一一，《全宋文》(230)卷五一二七，第325页。

② 分见《苏轼文集》卷五十二《答秦太虚》之四、卷五十七《与陈朝请》之二、卷五十七《与上官彝》之三、卷五十八《与沈睿达》之二、卷六十《黄州与人》之二，中华书局1986年版，第1536、1709、1713、1745、1846页。下引《苏轼文集》，皆为此本，不再另注。

③ 《答洪驹父书》其二，《山谷全书正集》卷十八，《全宋文》(104)卷二二八一，第300页。

可掺入。诸如“狂惑妄行，自灾厥身，以陷大戾，百生何补，万死犹轻”[①]、“心贪荣利，久窃位而无惭；识闇事几，日播恶而不悟”[②]、“人微固无可言，恩深继之以泣”、“生有捐躯之日，死存结草之诚”[③] 等，虽感恩谢罪，却带有言不由衷的色彩；极写苦状，但往往流入夸饰。在某种意义上，这些表述可以视之为专制政治所导致的人性、人心异化的产物，从中并不能探查贬谪文人内心深处的真实律动。就感情表露而言，当属较浅的一个层面。

以交际、应酬为目的，具有较大公开性的作品，其传播途径多，传播范围广，故极易授人以柄，留下口实。贬谪文人在创作此类作品时，不能不心存顾忌。《挥麈后录》卷七载：“崇宁三年，黄太史鲁直窜宜州，携家南行，泊于零陵，独赴贬所。是时外祖曾空青坐钩党，先徙是郡。……帅游浯溪观中兴碑，太史赋诗，书姓名于诗左。外祖急止之云：‘公诗文一出，即日传播。某方为流人，岂可出郊，公又远徙，蔡元长当轴，岂可不过为之防邪！’太史从之。但诗中云‘亦有文士相追随’，盖为外祖而设。”带着这种“岂可不过为之防”的自我保护心理进行创作，作家叙事抒怀必然处处截流，避重就轻，略去细节。苏辙《雨中游小云居》云：“废斥免羁束，登临散幽忧。乡党二三子，结束同一舟。”[④] 苏轼《与朱康叔》之十三自述创作过程曰：“旧好诵陶潜《归去来》，常患其不入音律，近辄微加增损，作《般涉调哨遍》，虽微改其词，而不改其意，请以《文选》及本传考之，方知字字皆非创入也。”[⑤] 叙人物则姓、名、字皆隐，写情怀则“字字皆非创入”，这种舍我言他、避实击虚式的创作，在元祐文人的贬谪作品中不占少数。

以私密方式传播的作品，传播范围小，保密程度高，因其读者仅为贬谪文人的若干知己、亲友、门生，故最能见出作者的真情实感。此类文字多为尺牍，在苏轼集中最为常见。如《与程正辅》之二十一：“兄欲写陶体诗，不敢奉违，今写在扬州日二十首寄上，亦乞不示人也。”《与曹子方》之三：“公劝仆不作诗，又却索近作，闲中习气不除，时有一二，然未尝传出也。今录三首奉呈，览毕便毁之，切祝、切祝。……此书此诗，只可令之邵一阅，余人勿示也。”《与朱康叔》之十八：“今日偶读国史，见杜羔一事，颇与公相类，嗟叹不足，故书以奉寄，然幸勿示人，恐有嫌者。”《与钱济明》之五：“有一颂，亲作小字录呈，勿示人，千万，千万!”[⑥] 从这些书札的一再告诫之语中，已可看出作者的恐畏心态和作品内容之重要。在元祐文人的文集中，当有不少依托这类特殊传播方式而幸存下来的作品，其中蕴含着贬谪文人特定环境中的真情实感和思想观点，是考察贬谪文人心态的第一手材料，可谓弥足珍贵。

浏览一下贬谪时期苏轼与苏门诸君的尺牍，即或是不经意间，亦能感受到字里行间

---

① 范祖禹《贺州谢表》，《全宋文》(97) 卷二一二一，第 290 页。

② 刘挚《谢新州安置表》，《忠肃集》卷二，北京，中华书局 2002 年，第 39 页。

③ 苏辙《分司南京至筠州谢表》，《栾城后集》卷十八，《苏辙集》(3)，中华书局 1999 年版，第 1080 页。下引《苏辙集》，皆为此本，不再另注。

④ 苏辙《栾城后集》卷一，《苏辙集》(3)，第 888 页。

⑤ 《苏轼文集》卷五十九，第 1789 页。

⑥ 分别见《苏轼文集》卷五十四、卷五十八、卷五十九、卷五十三，第 1597、1775、1791、1551 页。

透出的那份至情至性，那份毫不设防的信任，那份生死与共、相濡以沫的挚情厚意，那种彼此之间心有灵犀的相知相通。而附载于这些尺牍中的诗文，更是性情之外，不复有文字。苏轼《答范纯夫十一首》之十一曰："渊明《时运》诗曰'斯晨期夕，言息其庐'，似为予发也。长子迈与予别三年，携诸孙万里远至，老朽忧患之余，不能无欣然。乃次其韵……予在都下，每谒范纯夫，子孙环绕，投纸笔求作字……今皆在万里，欲复见此，岂可得乎？有来请纯夫书，因录此数纸寄之。丁丑闰三月五日。多难畏人，此诗慎勿示人也。"① 信中追昔抚今，感慨良多，本即为真性真情之佳作，而附载其中的《和陶时运》四首，有"陶匠自至，啸歌相乐"、"子孙远至，笑语纷如"等语，千载之下读之，犹可想见坡老胸次之旷达、神态之欣然。纪昀评曰"居然似陶，猝不易别"②，诚为不刊之语。

针对不同文体的社会功能不同，在特定时期、特定心境下对某种文体有所"偏爱"，也是元祐文人贬谪时期文学创作的一个值得注意的地方。以苏、黄二人为例，苏轼现存诗歌2623首，其中编年诗2352首，而作于黄州的诗歌170首，占其编年诗总量的百分之七。苏轼现存词348首，其中编年词241首，而贬谪黄州时所作64首，占编年词的百分之二十六。这一数据说明，贬居黄州时期，苏轼在文体选择上，更"偏爱"词一些③。诗少词多的现象，在黄庭坚的作品中也有反映。任渊为山谷诗集作注时就注意到"黔中诗绝少"这种现象。反观黄庭坚的词体创作，存词185首，其中编年词115首，而贬谪黔州、戎州六年间所作词即达52首，占编年词的一半。苏、黄贬谪时期在文体选择时的"厚此薄彼"现象不是偶然的。从创作心理学的角度看，因避谤而受到的压制与作家内心的创作冲动在根本上是矛盾的。若有一种文体，既可以借之宣情达意，又可以全身避谤，不"为见憎者所笺注"，则作家创作此种文体，自然顾虑就会少些。纵观北宋因党争而引起的文字之祸，无论是庆历间的"进奏院案"，还是熙、丰间的"乌台诗案"；无论是旧党兴起的"车盖亭诗案"，还是新党炮制的"同文馆狱"，乃至新党成员之间因争宠夺利而引起的"嘉禾篇"案，皆由诗、文引起，而因写词招祸的案例却很难寻觅。因写词而受谤，要等到宋室南渡之后。此盖因词体地位在北宋长期卑下，被人视为花间樽前聊作清欢的游戏文字。诸如王安石、韩维等北宋政坛、文坛诸多大佬，皆视作词为有失身份乃至"才有余而德不足"的行为表现④。也就是说，在北宋人的思维定势中，一般不会把"词"与"载道"、"言志"联系起来。词这种既有的与社会政治疏离的文体特点，使得贬谪文人特别是诗文词皆擅的大文学家，在畏祸避谤与文学创作之间寻找到了一个理想的平衡点。从现存苏轼作于黄州的尺牍之中，不难发现，谈到词，苏轼或主动寄呈友朋，"效刘十五体，作回文《菩萨蛮四首》寄去，为一笑"，或应人所求，"章质夫求琵琶歌词，不敢不寄呈"，或和作他人之词，"颁示新词，此古人长短句诗也。得之惊喜，试勉继之，晚即面呈"。据此可知，苏轼于词作较少顾忌，心态是放松的。用他的话说就是：

① 《苏轼文集》卷五十，第1457页。

② 转引自《苏轼诗集》卷四十，中华书局1982年版，第2218页。

③ 此种现象，王兆鹏教授曾孤鸣先发，参见其《苏轼贬居黄州期间词多诗少探因》，《湖北大学学报》1996年第2期。

④ 参《东轩笔录》卷五、《邵氏闻见后录》卷十九。

“比虽不作诗，小词不碍。”[①] 这种文体选择上的主动偏爱，实质上反映了元祐文人贬谪时期自我保护意识的增强与应对策略的完备。但是，必须要注意的是，这种因避谤而采取的文体选择上的“偏爱”，其影响元祐文人的深度与广度，不宜提得过高。以苏黄贬谪时期的“诗多词少”为例。所谓“多少”，也只是相对而言，且仅是在某个时间段有所表现（苏轼在黄州、黄庭坚在黔中）。诗仍然是苏、黄贬谪时期最为重要的创作文体。我们将此问题提出，其目的是为苏、黄贬谪时期的词体创作提供一个新的思考维度。

三、人生苦难与元祐文人的幽怨情怀

唐宋时期，贬谪不只意味着受贬官员政治地位的下降和既有利益的丧失，与此相伴随的，还有行动和言论自由的限制、经济和生存环境的恶化，以及名誉的受损、友谊的缺失等等。元祐文人也不例外。而且随着北宋中后期党争愈演愈烈，其因政治地位下降甚至丧失而导致的人生苦难也日趋严重。

以秦观为例，其贬谪处州之时，虽政治地位急剧下降，但仍为差遣官，尚有俸禄，赴贬所还可享用车马待遇；绍圣四年编管横州，则已由“得力职员，押伴前去，经过州军交割”[②]，较前已大不相同。“削迹投炎荒，有吏督其后。一州一易之，稍缓辄訾诟。”[③] 这样一种为吏督责、稍缓即诟骂的押送方式，对素读儒书、以修齐治平为己任的文人士大夫来说，实在是一种尊严的践踏和人格的羞辱。到了贬所之后，秦观还要“每旬赴长吏厅呈身”，由所在州“常切检察巡守，无令出城及致走失”[④]，其人身自由受到更严格的限制，实形同囚犯。到了元符元年九月，他不仅被除名永不叙复，而且移送雷州编管。这就是说，秦观此时已削籍为民，无俸自给了。某种意义上，他的身份和地位甚至连一般平民都不如，平民尚且有身心的自由，而他却身被羁管，动辄得咎，肉体和心灵受到双重的磨难。

政治高压带来的惊恐畏惧，贬谪途中遭遇的艰辛羞辱，严密监视导致的幽居孤寂，少俸失俸带来的贫困饥寒，恶劣环境造成的健康摧残，思乡念友郁积的苦闷煎熬，如此等等有形或无形的苦难，给贬谪文人造成的种种情累、心累，绝不仅限于上举秦观一人。在持续不断的政治大清洗的背景下，元祐文人不止一次地尝过贬谪之树结下的苦果，从而表现出一种集苦闷、感伤、怨望、焦虑于一体的忧怨情怀。但受个人心性、自我修养、交际能力等因素的影响，这种忧怨情怀在不同诗人那里又有着程度的差异。以苏辙、邹浩、秦观诸人为例，便可清晰地见出此种情形。

苏辙被贬之后，主要表现出两大心理特点：一是对遣返的希冀、对生命的眷恋；一是颇欲自解却终不能解、貌似旷达而实寓悲哀。苏辙贬谪时期存诗不多，但强烈的脱籍还乡的愿望却屡现于诗中。《次韵侄过江涨》：“君恩许北还，从此当退缩。”《次韵子瞻寄

---

① 以上引文见《苏轼文集》卷五十一《与李公择》之十三、卷五十九《与朱康叔》之二十、卷五十五《与蔡景繁》之四、卷五十六《与陈大夫》之三，第1501、1792、1662、1698页。

② 《皇宋通鉴长编纪事本末》卷一〇二，宛委别藏本，江苏古籍出版社1988年版，第3266页。

③ 邹浩《闻彦和过桂州》，《全宋诗》（21）卷一二三六，北京大学出版社1995年版，第13962页。

④ 《庆元条法事类》卷七五，中国书店1990年版，第412页。

黄子木杖》："他年赐还日，田舍尤须此。"《次韵子瞻和渊明拟古九首》："归期未可必，成阴定非久。"《次迟韵二首》："要令北归日，初究一大事。"《次韵子瞻寄贺生日》："归心天若许，定卜老泉室。"① 而对于所贬远恶地的恐惧，更是滋生了他的生命感怀。这在他作于贬谪时期的多首《青词》中有集中表现。谪筠州时，尚无生命之忧，故其所愿，仅为脱去罪籍，如："苟获闲地以偷安，非复要途之敢望"；"惟真圣慈闵，与物无私，庶几北还……非复有心于荣遇，惟少获于安全"；"愿……脱去宿殃，禄命增长，骨肉和合"。而累年贬谪岭南后，苏辙对于"北归无日，老而益穷"之处境的忧虑便浓郁了许多。他自陈心愿说："一愿养心炼气，日见成功，积阴消散，真阳充满；二愿朝廷觉悟，罗网解脱，振衣北还，躬耕为乐。三愿南北眷属各保安宁，北归之时，一一相见。"② 这三愿皆以保全生命、"生还中原"为旨归，反复陈说，见出其心绪的动荡和渴盼回归而不得的焦虑。

由于盼回归而不得，有时不得不抽身退步，作些旷达之语。然而，因其本非真旷达人，故其旷达语终嫌底气不足，最后落得个欲自解而终不能解、貌似旷达而实寓悲哀的结果。读苏辙作品，常能感到这种忧怨与旷达兼具的矛盾及迷茫。诸如《雨中游小云居》："居处方自适，未知厌拘囚。"《寓居六咏》："故国田园少，何须恨天涯。"《劝子瞻修无生法》："谁言逐客江南岸，身世虽穷心不穷。"《寓居二首》："久已无心问南北，时能闭目待仪麟。"《子瞻闻瘦以诗见寄次韵》："此身所至即所安，莫问归期两黄鹄。"《次韵子瞻夜坐》："南海炎凉身已惯，北方毁誉耳准闻。"《闰九月重九与父老小饮四绝》："直须便作乡关看，莫起天涯万里心。"这些诗句若不仔细玩味、认真思索，很有可能误以为苏辙乃不以贬谪为意的达观之士。而实际上，这里的"未知"、"未省"、"莫问"、"未肯"等否定词语均有刻意使用的痕迹，总给人一种心存芥蒂却不甘心承认、努力压抑内心苦闷而不欲人知的印象。尽管这些不分南北、不管穷达、毁誉不闻耳、贵贱不存心的"自解"之语，也一定程度地展示了作者欲求自我解脱的努力，但当欲求解脱而终难解脱、不安的心灵在徘徊摇荡后又回到起点之际，诗人不就愈发难以为怀了吗？也许，夹杂在这些貌似旷语中的自怜、自叹而又令人酸鼻之语，诸如《夜卧濯足》"南来足忧虑，此病何时瘳"，《次韵子瞻寄贺生日》"凄凉百年后，事付何人笔"③ 等，更代表着努力解脱却归于失败的苏辙内心的真实感受吧。

与苏辙相比，邹浩贬谪期所作诗歌之忧怨情绪更为明显，且少有掩饰。其中有写赴贬途中所受非人待遇者，如前引"削迹投炎荒，有吏督其后"的《闻彦和过桂州》诗；有写受贬后之失落者，如《除名》诗之"虽然未即听逐便，已觉此身民是俦"；有责备"友朋"未能尽力相救者，如《闻正夫迁门下》诗之"不闻一事拳拳救，但见三台每每迁"；有写贬谪异乡之不适者，如《移居昭州》"广南东西四十州，瘴疠莫与新昭俾"，

---

① 以上见《栾城后集》卷二，《苏辙集》(3)，第890、899、901、895、899页。

② 以上见《栾城后集》卷十九，《苏辙集》(3)，第1089、1089、1090、1091页。

③ 以上见《栾城后集》卷十九，《苏辙集》(3)，第888、894、892、897、898、899、903、901、899页。

《别零陵》"零陵讵中邦，道阻五千里。我以放逐来，本非心乐只"，《入湖南界》其四"北风吹面过如冰，也胜南风瘴水滨"。对贬谪地之不屑、不适，渗透于字里行间。而更多的，则是写遇赦还乡、还朝之梦想、热望。诸如《闻王吕二公罢郡皆得宫观》："势冷有官犹是贵，居闲无禄未为贫。须知削籍投荒者，惟望归欤作幸民。"《佛前笄》其二："恩书不远归期近，已觉斑衣色倍鲜。"《记梦》："此生岂复公卿望，惟喜斑衣早到家。"《追思去岁今日出京有作》："圣主只应怜旧物，归欤朝夕被深恩。"① 诗中之所见、所闻、所感、所梦，皆指向家乡或朝廷。上举这些诗句，或系偶而感兴，或贯穿贬谪时期创作之始终。由此不难见出邹浩欲归而不能、深以贬谪为恨的苦闷心态。

秦观贬谪期之创作一以贯之的主题是悲叹人生②。在其贬谪之初，这种人生悲叹多为兴衰荣辱之感喟："昔我游京室，交通五陵间。主客各英妙，袍马相追攀。……欢娱易徂歇，转盼如飞翰。亹亹负孤愿，离离衔永叹。"③ "忆昔西池会，鹓鹭同飞盖。携手处，今谁在？日边清梦断，镜里朱颜改。春去也，飞红万点愁如海。"④ 以"昔"、"忆昔"领起，极写京师之繁华、昔日之风光，而今日贬谪之愁苦、之不堪，反迭而出，由此形成巨大的心理落差。随着打击越来越沉重，贬地越来越远恶，人生悲叹的内涵进而转为惧死忧生："休言七十古稀有，最苦如今难半百。"⑤ "藤束木皮棺，蒿葬路傍陂。家乡在万里，妻子天一涯。……无人设薄奠，谁与饭黄缁？亦无挽歌者，空有《挽歌》辞！""弱孤未堪事，返骨定何时？"⑥ 这里深寓的，是作者对人生无常、生命磨难的警觉和感慨，而他所预测的死后之凄凉、埋骨异乡之悲哀，更强化了其直至身亡也不能回归故土的无穷哀怨。美国学者萨义德曾就知识分子的流亡说过一段精彩的话："流亡是最悲惨的命运之一。在古代，流放是特别可怖的惩罚，因为不只意味远离家庭和熟悉的地方，多年漫无目的游荡，而且意味着成为永远的流浪人，永远离乡背井，一直与环境冲突，对于过去难以释怀，对于现在和未来满怀悲苦。"⑦ 这话是针对流亡者说的，但同样适用于中国古代的贬官。远离故土，万死投荒，长歌当泣，远望当归，一颗布满伤痕的心灵飘摇动荡，无所皈依，当此之际，很少有人不生出一种源于人生苦难的大寂寞和大悲哀，不生出一种欲归而难归、因难归而欲思归的终极关怀和生命忧怨。而秦观，便是元祐文人贬谪群体中较为典型的一例。

这里展现的贬谪与回归，是深寓于贬谪文人身上的一对永恒矛盾，也是横亘于中国贬谪文学中的一条主要线索。大凡逐臣，从他们被施以政治暴力放逐的那天起，便很少

---

① 以上引文见《全宋诗》（21），北京大学出版社 1995 年版，第 13958、14035、14019、13958、14065、14036、14035、14033、14032 页。

② 秦观贬谪时期的忧怨心态与文学创作，学界同仁多有论述。参萧庆伟《北宋新旧党争与文学》，人民出版社 2001 年版，第 152—156 页；沈松勤《北宋文人与党争》，人民出版社 1998 年版，第 352—259 页；钱建状《南宋初期的文化重组与文学新变》，厦门大学出版社 2006 年版，第 72—81 页。

③ 《春日杂兴十首》之七，《淮海集笺注》卷三，上海古籍出版社 1994 年版，第 104—105 页。

④ 《千秋岁》"水边沙外"，《全宋词》(1)，中华书局 1999 年版，第 592 页。

⑤ 《自警》，《淮海集笺注·后集》卷二，上海古籍出版社 1994 年版，第 1389 页。

⑥ 《自作挽词》，《淮海集笺注》卷四十，上海古籍出版社 1994 年版，第 1323 页。

⑦ 萨义德著，单德兴译《知识分子论》，三联书店 2002 年版，第 44 页。

有人不念及回归的。这从屈原到贾谊、从唐代逐臣到元祐贬官，都可以得到大量的例证。而他们之所以具有此种强烈的回归意愿，首当其冲的原因在于，回归是人的一种最基本的需求。人类的本性是趋利避害，是要求生活的基本保障。人之所以需要归属，除了逃避孤独，更重要的还在于寻求安全。而流放地和贬所是不能给人提供这种安全保障的。因而，身处其中的逐臣便理所当然地会产生摆脱困境、走出泥潭、消除危机、回归朝廷的渴望。西方人本主义心理学家马斯洛在概括人的需求层次时，将归属感和安全感视作其中两个基本的要项，这一概括对逐臣心理来说，尤为切合。此外，从生存状态层面说，贬谪意味着个体生命的沉沦，意味着被抛弃、被拘囚以及生命的荒废。贬后与贬前两种迥然相异的生活环境和生存状态的对比，不能不使被贬者生出远超常人的强烈体验，不能不使他们对失去的东西耿耿于怀，力图重新拥有，并由此产生持久而强烈的回归渴望。从士人理想层面说，中国文人热衷参政的济世情怀和以身殉道的执著精神，千百年来一代代积淀在士人的血液中，形成一种近似于本能的"集体无意识"。而对逐臣尤其是忠而遭贬的逐臣来说，这种参与政治的可能被突然中止，其生命价值近于废弃，这不能不使其产生深深的精神痛苦。所以，他们希望回归朝廷，以成就其未竟之业，乃是与其济世理想紧相关联的题中应有之义。从政治层面说，放逐是政治强力作用下的产物。常识告诉我们，有力即有反作用力，任何强制性的措施，都会带来程度不同的反弹。而对回归的渴望，便是这种反弹的深层动因①。

由对回归的热切渴望，到不能回归所必然产生的心理痛苦，在贬官这里几乎形成了一种不断重复的自然循环，而每次循环的结果，都毫无例外地将其忧怨情怀推进一层。由此，我们就不难理解表现在苏辙、邹浩特别是秦观身上的那种忧怨情怀了。而从根本上说，这样一种忧怨情怀又与贬谪文人的内在心性特别是个体意志的强弱紧相关联。

秦观的心性趋于多愁善感，且脆弱易变，这由其《自作挽词》已可看出。胡仔《苕溪渔隐丛话》曾以此为例，对其个性与贬谪心态间的联系作过准确论述："东坡谓太虚'齐死生、了物我，戏出此语'。其言过矣。此言惟渊明可以当之；若太虚者，情钟世味，意恋生理，一经迁谪，不能自释，遂挟忿而作此辞。"② 这里的"情钟世味，意恋生死"，即言其对世间情物和生命本身看得过重，胸次放不开，从而导致个性偏于柔弱。其实邹浩身上，亦有类似特点。《邵氏闻见录》卷十五载："浩性懦，因得承君（按：田昼字承君），故遇事辄自激励。"邹浩的遇事"激励"，是在顺境时因友人田昼劝勉才表现出的暂时性特点，而一旦面临灾难甚至生死考验，便难免陷入恐惧、失落、痛苦的深渊。以邹浩谏哲宗废立皇后而获贬为例，在与田昼相别时，"志完出涕。承君正色责曰：'使志完隐默，官京师，遇寒疾不汗，五日死矣，岂独岭海之外能死人哉！愿君无以此举自满。士所当为者，未止此也。'志完茫然自失，叹息曰：'君之赠我厚矣！'"③ 临行出涕而为友

① 参见尚永亮《唐代逐臣别诗中的回归情结、艺术表现及成因探析》，《文学评论丛刊》第9卷第1期。

② 胡仔《苕溪渔隐丛话·后集》卷三，人民文学出版社1984年版，第21页。

③ 邵伯温《邵氏闻见录》卷十五，中华书局1983年版，第163页。

人所斥，又似乎与其立朝时的果敢判若两人。至于苏辙，又略有不同。他有政治家之老练隐忍而无秦观、邹浩的脆弱易变，但其心性中却有着较邹浩更为强烈的功名之念。这种功名之念，使得苏辙在朝时往往勇于进取、遇事敢言敢谏，而在被贬之后则抱有再度获用的政治希冀，难以安于孤寂和淡泊。也就是说，其心中总有外物的夹缠挂碍，很难达到乃兄苏轼那样一种当下安顿、胸次超旷的境界。苏辙《龙川略志》卷十“徐三翁善言人灾福”云：“方赴袁州，过淮南，复遣人往问翁，翁复书二句授之，曰：‘十年转经，福德立至。’谓所遣人曰：‘十，数也，过去十，见在十。’”孔凡礼先生作按语曰：“辙竟信之，盖企盼复用也。”[①] 所论极是。苏辙未能真正看穿得与失，而北宋党争的反复性更是刺激了他隐忍有所待的心理。这两个因素使得苏辙虽在理性上向往超越，并对唐人白居易“涉世履忧患”却“胸中了然”的超旷胸次颇为认同[②]，但在感性和实践层面，又不能真正做到安心、知足。大概正是这种缘故，苏辙作品中始终呈现出那种欲旷达而实忧怨的矛盾。

当然，在这些忧怨型文人身上，还表现出借助佛学理论以漠视、淡化痛苦的一面。苏辙《书楞严后》有言：“予自十年来，于佛法中渐有所悟，经历忧患，皆世所稀有，而真心不乱，每得安乐。”前引苏辙希图超越苦难的诗句，足以证明沉潜于佛法的诗人并非一无所获。苏辙如是，邹浩甚至秦观，在其贬谪时期，也有从佛理中汲取精神营养以求安定心神的努力。《冷斋夜话》载，“邹志完在韶州极精进，闭门诵《华严经》”[③]。其《道乡集》中，亦不乏推演佛理之诗文。据说其友龚彦和谪化州时，日夜礼佛，持不杀戒，以致饥虱满衣领。邹浩作诗嘲之曰：“衣领从教虱子缘，夜深拜得席儿穿。道乡活计君知否，饥即须餐困即眠。”[④] 从诗意看，其主张自然随缘，似乎颇有所悟。秦观诗亦云：“暮年更折节，学佛得心要”，“因循移病依香火，写得《弥陀》七万言”[⑤]。其作于处州之《处州闲题》等，亦多有自适之意。这说明，借助释氏力量，无论是耽于佛国之苏辙、邹浩，还是晚年才抱佛脚之秦观，于解困除危之道恐也确有所得。但是，“夜参半不寝，披衣涕纵横”[⑥]。对这些忧怨型文人来说，其与生俱有的柔弱与难以泯灭的功名富贵之心，决定了佛理这一镇静剂的医疗功效并不明显。在很大程度上，他们仍在重复着唐代逐臣曾经演绎过的心路历程。

四、置身逆境的旷达心态与超越意识

与秦观、邹浩、苏辙等忧怨型文人相比，以苏轼、黄庭坚等人为首的旷达型文人更具代表性。在宋代贬谪文化中，前者为分支，后者为主流；前者多属基础，后者代表升进；前者更多沿袭了唐人的同一心态，后者则是对唐人心态模式的突破和新变。

---

① 《苏辙年谱》，学苑出版社 2001 年版，第 541 页。
② 《书白乐天集后二首》，《栾城后集》卷二十一，《苏辙集》(3)，第 1114 页。
③ 《苕溪渔隐丛话后集》卷三七引，人民文学出版社 1985 年版，第 307 页。
④ 《诗话总龟》卷三九《讥诮门》引，人民文学出版社 1987 年版，第 380 页。
⑤ 《淮海集笺注》卷三《寄陈季常》，卷十一《题法海平阇黎》，第 123、491 页。
⑥ 《反初》，《淮海集笺注》卷六，上海古籍出版社 1994 年版，第 206 页。

相较唐人而言，宋人更重视心性的修养和志节的持守。宋代“理学”盛行，文人极重正心诚意修身的功夫，强调“天人合一”，倡言顺应大化、抱素守真的“明道”与“无适不可”的“见性”；强调人格操守，注重心灵世界的内省体验。无论穷达进退，大都忧国忧民，不以物喜，不以己悲，体现出一种智者、达者的情怀。又由于儒、释、道三教的融合，人们对社会、人生的认识有所加深。文士们承受忧患的心理准备亦有所加强，所以，他们身处逆境，多能不为所累，宠辱不惊，超然物外，在精神上达到无所挂碍的境界。这一点，从王禹偁、欧阳修、苏轼、黄庭坚、李纲、胡铨等人遭贬后的态度不难看出。

与此相伴随，宋代的诗学方向也发生了变化。由于宋人更为欣赏悠然自得的生命情调，于是在诗歌创作上往往与唐人的“不平则鸣”相左，而重视“自持”、“自适”，淡化苦闷，安顿人生。诗人似乎不再是苦痛焦虑的担当者，而成了明心见性的精神解脱者。在不少情况下，他们善于“化劳心的苦吟为娱心的闲吟”，“化钟情的酸楚为乐易的闲暇”，“化执迷的怨怒为戏谑的调侃”①。与此相关，不少逐臣也唱出了与唐人风格截然不同的贬谪歌声②。

大概正是基于此，宋人对唐人贬后之表现及其诗文颇有微词。如欧阳修便批评韩愈说：“当论事时，感激不避诛死，真若知义者；及到贬所，则戚戚怨嗟，有不堪之穷愁形于文字，其心欢戚，无异庸人。”③ 蔡居厚评价柳宗元诗说：“子厚之贬，其忧悲憔悴之叹，发为诗者，特为酸楚，闵已伤志，固君子所不免，然亦何至是。卒为愤死，未为达理也。”④ 这种观点，在宋人中是有代表性的；而宋代文人面对贬谪的态度，早在北宋初年便展示出与唐人颇不相类的特点。如王禹偁性格刚直，多次遭贬，曾作《三黜赋》以明志：“屈于身兮不屈其道，任百谪而何亏!”其谪居黄州时，特建竹楼一座，声言坐于楼上，观风帆沙鸟、烟云竹树，“亦谪居之胜概也”⑤。与王禹偁对待贬谪的态度相似，一代名臣范仲淹也以豁达的态度对待人生忧患，因多次遭贬，曾为后人留下了“三黜三光”的趣话。宋仁宗天圣七年冬，范仲淹因得罪太后而被贬为河中府通判，友人饯行说：“此行极光。”景祐元年因谏止废郭皇后而被贬睦州，友人饯行说：“此行愈光。”景祐三年，因揭露弊政而被贬饶州，友人饯行时又说：“此行尤光。”范仲淹笑答曰：“仲淹前后三光矣，此后诸君更送，只乞一上牢可也。”⑥ 由此足见其不以贬谪为意及友人对其因正道直行而遭贬之行迹的赞赏。至于欧阳修之数次遭贬，也一定程度地展示出漠视人生困境的旷达情怀。其被贬夷陵后作诗云：“行见江山且吟咏，不因迁谪岂能来?”⑦ 颇能从一己之悲愁中超拔出来，将贬谪视为因祸得福的机缘。这样一种心态，上承白居易，下启苏轼，

① 周裕锴《宋代诗学通论》，巴蜀书社 1997 年版，第 63—66 页。
② 参见尚永亮《唐宋贬谪诗的发展嬗变与特点》，《山西大学学报》2007 年第 3 期。
③ 《与尹师鲁第一书》，《欧阳修全集》卷六九，中华书局 2001 年版，第 999 页。
④ 郭绍虞《宋诗话辑佚·蔡宽夫诗话》，中华书局 1980 年版，第 393 页。
⑤ 《黄州新建小竹楼记》，《小畜集》卷十七，《全宋文》(8) 卷一五七，第 79 页。
⑥ 释文莹《湘山野录·续录》“范文正公以言事凡三黜”条，中华书局 1984 年版，第 77 页。
⑦ 《黄溪夜泊》，《欧阳修全集》卷十，中华书局 2001 年版，第 168 页。

而与多数唐人大不一样。事实上，正是因了宋代贬谪文人先行者在人生精神上的这种奠基，元祐时期的苏轼、黄庭坚诸人才得以发扬蹈厉，将面对人生困境的旷达进一步发展定型为一种内涵更加丰富的超越意识。

所谓超越意识，盖指“主体在历经磨难后承受忧患、理解忧患并最终超越忧患以获取自由人格的一种努力。也就是说，贬谪士人虽身处逆境，却能不为所累，超然物外，与世无争，在精神上达到一种无所挂碍的境界”①。对这样一种意识和境界，宋人是有着一定认知的。惠洪《冷斋夜话》卷三“少游鲁直被谪”条即指出：

> 少游谪雷，凄怆有诗曰：“南土四时都热，愁人日夜俱长。安得此身如石，一时忘了家乡。”鲁直谪宜，殊坦夷，作诗曰：“老色日上面，欢情日去心。今既不如昔，后当不如今。”“轻纱一幅巾，短簟六尺床。无客白日静，有风终夕凉。”少游钟情，故其诗酸楚；鲁直学道休歇，故其诗闲暇。至于东坡南中诗曰：“平生万事足，所欠唯一死。”则英特迈往之气，不受梦幻折困，可畏而仰哉！

惠洪这段话，既可视为苏门文人贬谪心态的描述，也可扩而大之，视为元祐文人贬谪心态的缩影。按惠洪的理解，秦、黄、苏分别代表三种不同类型的贬谪文人，分类似过于琐细。若从其贬谪心态的总体趋向着眼，则大致可分二类，一类属秦观所代表的忧怨型文人，一类属苏轼、黄庭坚所代表的旷达超越型文人。而这类超越型文人的典型特点即在于“学道休歇，其诗闲暇”、具“英特迈往之气，不受梦幻折困”。下面，我们重点就后者在谪居中的心态和创作予以考察。

临危不惧、临危不乱，是超越型文人最重要的心理特征之一。这种心理特征，宋人往往又视之为气节、修养的外在表现，故关于元祐文人此类心理特征与行为的记载比比皆是。《姑溪居士文集》卷三九《跋山谷帖》记黄庭坚事云：“绍圣中，诏元祐史官甚急，皆拘之畿县，例悚惕失据，独鲁直随问为报，弗随弗惧，一时栗然知其非儒生文士而已也。”《寓简》卷六载范纯仁事云：“公夫人在患难中，每遇不如意事，则骂章子厚曰：‘枉陷正人，使我至此。’公每为一笑。且以语宽之，未尝有几微见于色词也。舟行过橘洲，大风雨中船破，仅得及岸，公乘急令正平持盖负夫人以登，燎衣民舍，稍苏，公顾曰：‘船破，岂章惇所为耶？’”《邵氏闻见录》卷十三载刘安世事云：“远谪岭外，盛夏奉老母以行，途人皆怜之，器之不屈也。抵一郡，闻有使者自京师来，人为器之危之。郡将遣其客来劝器之治后事，客泣涕以言，器之色不动，留客饭，谈笑自若，对客取笔书数纸，徐呼其纪纲之仆，从容对曰：‘闻朝廷赐我死，即死，依此数纸行之。’笑谓客曰：‘死不难矣。’客从其仆取其所书纸阅之，则皆经纪其家与经纪其同贬当死者之家事甚悉。客惊叹，以为不可及也。”上引事例，或发生在贬谪之初，或发生在赴贬所途中，或发生在谪居期间。其起因，或来自政治上的风云变幻，或源于自然之风雨侵袭。但黄庭坚、

① 尚永亮《元和五大诗人与贬谪文学考论》，台湾文津出版社1993年版，第9页。

范纯仁、刘安世等元祐文人，却不为所动，其色自若，甚至一笑置之。以致后世志士仁人，读之顿生感佩之情。大儒朱熹就曾对此类临危不惧的风节大为推崇："当时多遣使恐吓之，又州郡监司承风旨皆然。诸公多因此自尽。刘元城屡被人吓令自裁。刘不畏，曰：'君命死即死，自死奚为！'写遗嘱之类讫，曰：'今死无难矣。'卒无恙。刘只有过当处，然此须学得他始得。"[①] 富贵不能淫，威武不能屈，从来就是儒家所追慕的理想人格。刘安世屡贬恶地，几临死境，而其节不改，故其得朱熹之赞誉与推崇，实在情理之中。

履险如夷，达观超然，以从容的心态面对贬谪生涯中的种种窘境与苦难，随遇而安甚至随遇而乐，是超越型文人又一重要心理特征。范纯仁贬永州后，身处恶地，目又失明，亲友弃绝，"官俸夺无余"[②]。但从其现存少数诗文看，其心态却相当平和。《目盲》诗曰："幸回观物志，都作反身诚。"《谪居零陵》："乌羊飧可饫，白酒饮能醺。"《零陵移居》："门闾俱莫辨，隘陋亦何忧。"[③] 置身困境而泰然自若，失明不失志，失位不失自尊，多了一份从容，少了一份怨怒。刘安世被贬后，章惇"必欲见杀，人言春、循、梅、新，与死为邻；高、窦、雷、化，说着也怕。八州恶地，安世历遍七州，所以当时有'铁汉'之称。"[④] 其文集二十卷已佚，但清人欧樾华撰《韶州府志》幸存其诗一首，中有句云："搜吟得助骚人句，笑傲忘归逸士心。何日路穿松径僻，杖藜携酒再登临。"[⑤] 由此可概见其谪居时置生死于度外之达观情怀，所谓"铁汉"之谓，良有以也。

类似范、刘这种安稳、平和、超然之心态，在苏轼、黄庭坚身上表现得更为充分，更为显著。苏轼被贬海南后，生活备极艰辛。其《答程秀才三首》其一这样描述道："此间食无肉，病无药，居无室，出无友，冬无炭，夏无寒泉，然亦未易悉数，大率皆无尔。惟有一幸，无甚瘴也。近与小儿子结茅数椽居之，仅庇风雨。"无肉无药、无炭无室、无朋无友，设想一下，六十多岁的老人在远离中原的天涯海角，面对如此恶劣、"大率皆无"的生活环境，该是怎样一种况味？然苏轼却不以为意，淡然置之。用他的话说就是："尚有此身，付与造物，听其运转，流行坎止，无不可者。"[⑥] 用刘克庄的话说就是："坡公海外笔力，益老健宏放，无忧患迁谪意。"[⑦] 试看苏轼与友人之尺牍，即可深感其一再流露的超然自得之情怀。《与王庠五首》其二曰："海隅风土不甚恶，亦有佳山水，而无佳寺院，无士人，无医药，杜门食淡，不饮酒，亦粗有味也。"《与侄孙元老四首》其一曰："老人与过子相对，如两苦行僧耳。然胸中亦超然自得，不改其度。"《与林济甫二首》其一曰："生事狼狈，劳苦万状，然胸中亦自有翛然处也。"[⑧] 这些寄与亲友故知的文字，绝无矫揉造作之痕迹，最能见出作者的真性情、真感受，也最能见出作者胸怀之洒落和心性之坚韧。黄庭坚是苏门文人中最得东坡心性真传者，在长期的贬谪生涯中，其

---

① 《朱子语类》卷一百三十，中华书局 1994 年版，第 3126 页。
② 《零陵寄三弟五弟二首》，《全宋诗》(11)，北京大学出版社 1993 年版，第 7419 页。
③ 以上见《全宋诗》(11)，北京大学出版社 1993 年版，第 7418、7419、7419 页。
④ 《宋稗类钞》卷二，书目文献出版社 1985 年版，第 98 页。
⑤ 《（同治）韶州府志》，清同治刊本。
⑥ 《苏轼文集》卷五十五，第 1628 页。
⑦ 《后村诗话后集》卷一，中华书局 1983 年版，第 45 页。
⑧ 分见《苏轼文集》卷六十、卷六十、卷五十九，第 1821、1841、1804 页。

心性之坚定、胸怀之洒脱，绝不亚于东坡。《石门文字禅》卷二十七《跋山谷字》曰："山谷初谪，人以死吊。笑曰：'四海皆昆弟，凡有日月星宿处，无不可寄此一梦者。'此帖盖其喜得黔、戎有过从之词，其喜气可抟掬。山谷得瘴乡，有游从，其情如此。使其坐政事堂，食箸下万钱，以天下之重，未必有此喜也。"① 以"喜气可抟掬"来形容山谷贬时情状，显系夸张之辞，但其藐视苦难之超然心性却可概见。当然，在黄庭坚的诗文中，因贬谪而带来的种种人生缺憾、痛苦时有显露，但总体而言，其心态却是平和、坦夷的。张守在《跋周君举所藏山谷帖》中说："山谷老人谪居戎僰，而家书周谆，无一点悲忧愤嫉之气，视祸福宠辱，如浮云去来，何系欣戚！世之浅丈夫，临小得失，意色俱变，一罹祸辱，不怨天尤人，则哀呼求免矣。使见此书，亦可少愧也。"② 不怨天，不尤人，不以得失挂怀于心。从同时代人这一评价，即可了解山谷面对困境时总的心理趋向了。

元祐文人坦夷、超然之心态，并不同于一般意义上的自我镇定。自我镇定，多展现于危难骤然来临时的心态持守和临时应对；而坦夷、超然之心态，有着身处逆境的持久性和较前者更为复杂的思想渊源。此种心态之形成，与儒家的"独善"、"安贫乐道"、老庄的"知足"、相对主义、任运自然以及佛理中的"平等观"，都有着千丝万缕的联系。就苏、黄而言，他们都汲取了儒、释、道三家的精神营养而出以己意，形成了一套属于自己的人生哲学。但与黄庭坚的"内刚而外和"相比，苏轼的人生哲学又略有不同。

其一，苏轼的人生哲学，除来源儒、释、道三家外，还掺杂有相当的宿命论以及来自人生阅历的经验主义和素朴的平民思想。苏轼贬黄州时曾说："平生不营生计，贱累即至，何所仰给。须至远迹颜渊、原宪，以度余生，命分如此，亦何复忧虑。在彭城作黄楼，今得黄州，欲换武，遂作团练。皆先谶。"③ 这是用宿命思想以自解。他在惠州对友人说："瘴疠病人，北方何尝不病，是病皆死得人，何必瘴气。但苦无医药。京师国医手里死汉尤多。参寥闻此一笑，当不复忧我也。"④ 这是阅历人生后的自宽之语。当贬惠得永不叙复之报时，苏轼则淡然说道："不徙正坐稳处，譬如惠州秀才不第，亦须吃糙米饭过一生也。"⑤ 这是在平民与自己之间画等号，借以肯定当下。庞杂的思想来源，使得东坡此期诗文常于不经意间体现出智者的灵动思维与达者的圆融无碍。因此，相较而言，东坡贬谪之时，其超越苦难的途径更为宽广，诗文中哲理的成分也更为浓郁。

其二，苏轼的人生哲学具有较强的实践色彩。苏、黄均为儒士，又都向心佛学，但相比之下，黄庭坚贬后佛老思想特别是禅宗思想明显上升，儒家思想则深藏心底，所谓"治病之方，当深求禅悦，照破死生之根，则忧畏淫怒，无处安脚"⑥，不啻夫子自白。因

① 《古典文学研究资料汇编》(黄庭坚和江西诗派卷)，中华书局 1978 年版，第 31 页。
② 《毘陵集》卷十，《全宋文》(174) 卷三七九三，第 10 页。
③ 《与王定国四十一首》之五，《苏轼文集》卷五十二，第 1515 页。
④ 《与参寥子二十一首》其十七，《苏轼文集》卷六十一，第 1865 页。
⑤ 《迁居》，《苏轼诗集》(7)，中华书局 1982 年版，第 2195 页。
⑥ 《与胡少汲书四首》其三，《山谷全书正集》卷十八，《全宋文》(104) 卷二二八一，第 304 页。

此，“苏黄皆好禅，谈者谓子瞻是士大夫禅，鲁直是祖师禅。盖优黄而劣苏也”①。这就是说，在禅宗的谱系中，黄庭坚的地位要更高一些②，由此导致的消极避世成分也更浓一些。与黄庭坚相比，苏轼对佛老思想始终持有一种较为理性的态度：“佛书旧亦尝看，但暗塞不能通其妙，独时取其粗浅假说以自洗濯……若世之君子所谓超然玄悟者，仆不识也。……学佛老者，本期于静而达。”③ 以“静而达”为学佛取向，而对其所谓“超然玄悟者”则一间有隔。因此，贬谪时期，东坡虽对佛老思想颇为倾心，却较少一般学佛者的虚无主义色彩，其儒家的用世之心一直未泯。关于这一点，南宋人已有所注意。费衮《梁溪漫志》卷四指出：贬谪官员动作言语之际，皆足以招谤，故多谨慎行事。“至东坡则不然，其在惠州也，程正辅为广中提刑，东坡与之中外，凡惠州官事，悉以告之。……又与广帅王敏仲书，荐道士邓守安……凡此等事，多涉官政，亦易指以为恩怨，而坡奋然行之不疑，其勇于为义如此。谪居尚尔，则立朝之际，其可以死生祸福动之哉!”正是这样的“勇于为义”的行为，使得苏轼贬谪时期，对于儒家思想的坚持，并不仅停留在操守上，还不时表现在行动上。

苏、黄谪居时期在人生哲学上的差异，导致他们的贬谪心态也略有不同。这主要表现为两点：一是就其心路历程而言，黄庭坚诗文中多是坦易、平和心态的直接呈现，却缺乏心灵在痛苦中抗争的过程。如其《寂住阁》、《深明阁》、《次韵答斌老病起独游东园二首》等，多借佛理、禅义将达观的人生态度予以直接展示。而在苏轼诗文中，常有明显的心灵轨迹可寻。通观其诗文，无论作于黄州还是作于岭南、海外，大都呈露出喜一悲一喜（旷）的心灵变化过程④。如从其《赤壁赋》、《念奴娇·赤壁怀古》等作品中，均可探查到作者心态的起伏转折。二是就其心态之质性而言，黄庭坚平和有余，入世之心不足，故常有流入枯槁之势。黄氏曾自明心迹：“若庭坚则枯木寒灰，心亦不在矣。”⑤“某闲居杜门，……寒灰槁木，不省世事。”⑥“余已身如槁木，心如死灰，但作不除须发一无能老比丘，尚不可耶?”⑦ 其贬戎州后，更取“槁木寮”、“死灰庵”、“任运堂”等室号，一再以枯木寒灰作喻，颇显消极失望。相比之下，苏轼在平和的基础上更有向上超拔的趋势：“某到黄已一年半……躬耕渔樵，真有余乐”，“终日无一语一事，则其中自有至乐，殆不可名。此法奇秘，惟不肖与公共之”，“某凡百粗遣，适迁过新居，已浃旬日，

---

① 袁参坡《庭杂录》卷下，《古典文学研究资料汇编》（黄庭坚和江西诗派卷），中华书局 1978 年版，第 231 页。

② 关于苏、黄各自的佛学修养及二人对待佛老态度上的差异，学界同仁多有论述。详参沈松勤《北宋文人与党争》，人民出版社 1998 年版，第 347 页；黄宝华《黄庭坚评传》，南京大学出版社 1988 年版，第 151—195 页。

③ 《答毕仲举二首》其一，《苏轼文集》卷五十六，第 1671 页。

④ 参王水照先生《苏轼的人生思考和文化性格》，《王水照自选集》，上海世纪出版集团、上海教育出版社 2000 年版，第 314 页。

⑤ 《与太虚公书》，《山谷全书外集》卷二一，《全宋文》（104）卷二二八三，第 346 页。

⑥ 《与东川提举书》其三，《山谷全书别集》卷十八，《全宋文》（105）卷二二八八，第 99 页。

⑦ 《任运堂铭》，《山谷全书别集》卷三，《全宋文》（107）卷二三二九，第 289 页。

小窗疏篱，颇有幽趣”，“新居在大江上，风云百变，足娱老人也”①。在其平和的心态中，洋溢着入世、乐世的成分，健拔高举，令人神旺。清人王文诰有云：“灵均之贬，全以怨立；公之贬，全以乐易为言。……知其故，则……诗旨出矣！”② 可谓中的。

进一步看，贬谪既给元祐文人带来了沉重的人生苦难，也深化和扩大了他们的人生思考、命运理解和精神境界，而这种深化的直接后果，便是其旷达情怀、超越意识的形成和凝定。若就苏轼贬谪时期所表现出的超越意识论，则包涵着两个层级的提升和拓展。

首先是瞩目人生宇宙、反躬自省自悟的哲理提升，由此呈现出清醒的认知和孤高的气韵。贬谪所带来的现世痛苦，往往促使苏轼转而对人生进行整体性的观照与思考，而其人生哲学中丰富的思想融汇，使得他的思考在与佛老思想暗合之余，从容出入其间，由此显出苏氏的本色。诸如《过淮》：“吾生如寄耳，初不择所适。但有鱼与稻，生理已自毕。”《迁居临皋亭》：“我生天地间，一蚁寄大磨。区区欲右行，不救风轮左。……饥贫相乘除，未见可吊贺。”《定风波·得阳括杜牧之诗》：“古往今来谁不老，多少，牛山何必更沾衣。”《定风波》：“回首向来萧瑟处，归去，也无风雨也无晴。”既不否定人生，又清醒地认识到个体在宇宙之流中的位置，从而远离浅俗和悲乐，旷达超迈，随缘自任。这份清醒与理性，使得东坡笔下屡次出现的“人生如梦”、“人生如寄”等词语③，不只是表现为对人生的消极感喟，它还包含着将现实苦难看成幻象、从而予以藐视并消解痛苦、获取内心安宁的努力；在其“人生如寄”的内里，是将人生视为一个短暂的过程，借着此一体认，从更为广阔的时空角度消除人生过程中不同阶段的差别，消除达与穷、荣与辱、得与失之间的差别。在他看来，宇宙间的万事万物，都有变与不变两端。故在《赤壁赋》中云：“自其变者而观之，则天地曾不能以一瞬；自其不变者观之，则物与我皆无尽也。”既然如此，又何必因些许不如意事而耿耿于怀？面对一般人视为畏途的贬谪生涯，东坡的应付解决之道有三。一在于当下安顿：“余尝寓居惠州嘉祐寺，纵步松风亭下，足力疲乏，思欲就床止息。仰望亭宇，尚在木末，意谓如何得到。良久忽曰：‘此间有甚么歇不得处？’由是心若挂钩之鱼，忽得解脱。”④ 二在于退一步作想：“某睹近事，已绝北归之望，然中心甚安之。未说妙理达观，但譬如元是惠州秀才，累举不第，有何不可？”⑤ 三在于俯瞰人事：“吾始至南海，环视天水无际，凄然伤之曰：‘何时得出此岛耶？’已而思之，天地在积水中，九州在大瀛海中，中国在少海中，有生孰不在岛者？”⑥ 在这里，当下安顿，使他无处不可息；退一步作想，使他安于现状；而俯瞰人世，则使他跳出狭小的自我圈子，从浩茫宇宙对世事人生作新的估量。而所有这些，无不充满哲

---

① 《与吴子野》七之一、《与滕达道》之二十二、《与王敏仲》十八之一、《答毛泽民》七之五，分见《苏轼文集》卷五七、卷五一、卷五六、卷五三，第1734、1482、1689、1572页。

② 《苏海识余》卷一，页15，附见《苏文忠公诗编注集成总案》，巴蜀书社1985年版。

③ 关于苏轼集中“人生如寄”、“人生如梦”及其意蕴，王水照先生有精深的论述。参其《苏轼的人生思考和文化性格》一文，《王水照自选集》，上海世纪出版集团、上海教育出版社2000年版，第306—311页。

④ 《记游松风亭》，《苏轼文集》卷七十一，第2271页。

⑤ 《与程正辅》七十一之十三，《苏轼文集》卷五十四，第1593页。

⑥ 朱弁《曲洧旧闻》卷五“东坡儋耳试笔”条，中华书局2002年版，第152页。

理的睿智，蕴含着对人生底蕴的深刻洞察与了悟，从而形成其独特的由悲悯向旷达转向的超越情怀。

其次是肯定人生、肯定当下的现实拓展，由此展现出一种热爱人生的入世情怀。东坡之入世情怀固然如费衮所言，有"勇于为义"的一面。但这是次要的。其主要的表现，是对生活的热爱，对当下周遭人、事、物的肯定，以及善于发现贬谪环境与贬谪生活中的美与诗意。在黄州，他写诗称赏"长江绕郭知鱼美，好竹连山觉笋香"①。在惠州，他发出由衷感叹："风土食物不恶，吏民相待甚厚。孔子云：'虽蛮貊之邦行矣。'岂欺我哉!"② 而在儋州，他甫一被命即声称"他年谁作舆地志，海南万里真吾乡"，离开时又言："九死南荒吾不恨，兹游奇绝冠平生。"③ 东坡贬谪时期所写的诗，常令仇者恨而亲者快。其原因正在于他能直面贬谪所带来的苦难，时时找到当下生活中的满足与惬意，如"但胸中廓然无一物，即天壤之内，山川草木虫鱼之类，皆是供吾家乐事也"④。这种乐易的心态，济之以东坡的博学与艺术修养，使得那些再平凡不过的景象与日常生活，一变而为包孕诗美的文学题材。"昨夜东坡春雨足，乌雀喜，报新晴。雪堂西畔暗泉鸣。北山倾，小溪横。南望亭丘，孤秀耸曾城。"⑤ 本为弃地之"东坡"，在词人的健笔之下，竟可媲美"斜川当日境"。居于斯而乐于斯，身之所在，乐亦随之，美亦随之。晨起理发、午窗坐睡、夜卧濯足等，本不足道，而东坡乐之，并形容为《谪居三适》。儋州江水一勺，竟让东坡生出"大瓢贮月归春瓮，小杓分江入夜瓶"⑥ 的诗意。以上种种，皆可见东坡虽屡遭贬谪，身处逆境，却始终没有放弃对生活的热爱。这就是超越，是贬谪个体对逆境的超越，对苦难的超越，也是对狭隘小我的超越。这种超越意识，构成了东坡贬谪文学最具价值的内核，也是东坡创作区别于其他元祐文人的重要原因。

苏、黄二人在贬谪心态上的趋同和差异，与其文学创作取向颇有契合之处。在遭贬处穷之际，通过心理的调适，力图摆脱烦恼的纠缠与外物的束缚，让内心归于平静、安宁，系苏、黄二人共通的心理诉求。而这种心理诉求，反映在审美情趣上，就是对"中和"的肯定；反映在文学创作上，便是对平淡风格的追求。

苏轼贬居岭南后，"随行有《陶渊明集》，陶写伊郁，正赖此尔"⑦。其意即借陶诗中的"淡泊"以寄意，消除内心的不平与郁闷；就创作而言，其后期诗风也渐由清健转向平淡，前期好骂、怨刺的成分大为减少。其著名的一百多首《和陶诗》，则标志着东坡学陶之淡泊不仅是心态上的契合，在诗艺、诗风上也是颇有所悟所得的。相比之下，黄庭

---

① 《初到黄州》，《苏轼诗集》（四），中华书局 1982 年版，第 1032 页。
② 《与陈季常十六首》之十六，《苏轼文集》卷五十三，第 1570 页。
③ 《吾谪海南……》、《六月二十日夜渡海》，《苏轼诗集》（七），中华书局 1982 年版，第 2245、2367 页。
④ 《与子明兄一首》，《苏轼文集》卷六十，第 1832 页。
⑤ 《江神子》，《全宋词》（1），中华书局 1999 年版，第 385 页。
⑥ 《汲江煎茶》，《苏轼诗集》（七），中华书局 1982 年版，第 2362 页。
⑦ 《与程全父》十二之十，《苏轼文集》卷五十五，第 1626 页。

坚谪后对诗旨的理解与其力求平和之心态，更有暗通处，而且较东坡表现得更为突出①。其《答洪驹父书》曰："老夫绍圣以前，不知作文章斧斤，取旧所作读之，皆可笑。绍圣以后始知作文章……《骂犬文》虽雄奇，然不作可也。东坡文章妙天下，其短处在好骂，慎勿袭其轨也。"② 虽未明确标举某种风格，但对于尚直、好骂之文，予以否定，其目的既在于自我保护，更在于强调节制情感的重要性。作于元符元年的《书王知载朐山杂咏后》一文指出："诗者人之情性也。非强谏争于廷、怨忿诟于道、怒邻骂坐之为也。"倘发为讪谤，"以快一朝之忿者，人皆以为诗之祸，是失诗之旨，非诗之过也"③。这是黄庭坚遭贬后的一篇重要诗论。其特别之处在于，作者一方面肯定诗为创作主体内心不堪之情的重要载体；另一方面，强调作家在创作时，其心态要平和，胸次要释然，不能怨忿、怒骂、讪谤以泄愤，否则就是失诗之旨。表面看来，这两个方面似是矛盾的，但联系黄庭坚贬谪时的畏祸心理及其对中和心态的诉求，则又是统一的。在该文的后半段，黄庭坚转而论述君子之所当为："仕不遇不怒，人不知而独乐。……不期于流俗，此所以为君子耶!"对于"不遇"、"不知"的人生遭际，不要斤斤计较，而应甘于淡泊，通过对心理的调适，使自己达到不怒甚至独乐的境界。这就与流俗之辈划清了界限，就达到了"君子"的标准。因此，从人格、修养的层面来看，淡泊是一种人格。这种人格，表现在心态上，就是平和，而发为诗歌，就是怨而不怒甚至是无怨无怒，也即有节制的情感表达与平和淡泊的风格。由此，人格、心态、诗歌，在精神上气血相通，相辅相成。然而，当创作真的到达此一境界亦即无怨无怒的话，恐怕也就失去文学之为文学的要义了。某种意义上或许可以说，这也是贬谪带给贬谪文人的一个始料不及的副产品。

五、北宋贬谪文化之定位和启示

贬谪文化在宋代的发展，历程长达三百多年，其演进的曲折性与内涵的丰富性绝非北宋时段所能囊括殆尽。但是，毋庸置疑，北宋特别是北宋中后期，乃唐宋之际贬谪文化的分水岭。

唐代柳、刘等贬谪士人，面对来自社会政治的高压，在心性上始终保持坚韧与顽强。此点对北宋士人影响甚大。但是，他们在面对人与环境、人之内心等矛盾冲突时，却往往显得无能为力。相比之下，倒是与柳、刘同时的白居易，以其"无论海角与天涯，大抵心安即是家"的安心思想、"吾道寻知止"的知足观念、"应似诸天观下界"④ 的看破态度，为北宋贬谪士人开了走向超越的先河。在《从执著到超越》一文中，笔者认为："中国贬谪文学的开端在屈原那里，而它的鼎盛期则在唐、宋两代；在这两代中，又突出表现在元和、元祐两大时期；在这两大时期众多的贬谪士人中，柳宗元、刘禹锡和苏轼、

---

① 关于黄庭坚的诗学理论，黄宝华先生在《黄庭坚评传》中有专章论述，南京大学出版社 1988 年版，第 254—257 页。

② 《山谷全书正集》卷十八，《全宋文》(104) 卷二二八一，第 301 页。

③ 《山谷全书正集》卷二十五，《全宋文》(106) 卷二三〇九，第 188 页。

④ 《种桃杏》、《郡斋暇日忆庐山草堂……》、《禽虫十二章》其七，《白居易集》卷十八、卷三十七，中华书局 1979 年版，第 381、379、859 页。

黄庭坚堪为突出代表，而白居易则可作为承唐启宋的过渡人物。从屈原到柳、刘，中经白氏而至苏、黄，标志着中国贬谪文学的三个重要阶段，也显示了贬谪士人的三个重要心理流程。如果将屈原赋作中展露的主要精神意向视作贬谪主题的一种基本模式，那么上述三阶段的突出特点便应为模式的确立、模式的继承发展和模式的突破，亦即从执著走向超越。”[①] 联系到前文所述苏、黄之超越心态，可以看出他们与白居易间显而易见的内在同一性；然而，这里又存在两大不同点：一是较之白氏极度重视“我身”、重视物质生活适意度等过于世俗化的态度，苏、黄等人的格局更为阔大，其心性更为脱俗高朗，更倾向于精神自由空间的拓展；二是在唐代，所谓超越还只限于个别文人的行为方式，而至北宋，则已发展成为颇具代表性的群体心态了。这一情况说明，面对专制政治的高压和恶劣的自然环境，北宋贬谪文人较之唐人成熟了许多，其自我拯救方式更趋向于内在心理的调节，而超越意识在他们身上也获得了高度的凝定。

对于以苏、黄为代表的元祐文人来说，贬谪之地的自然山水，并非仅是排忧遣闷的工具与暂时安顿心灵的避难所，它还往往与主体摆脱现实中的种种束缚、获得精神的自由、丰富生命、畅志怡情联系在一起。而超越苦闷、和谐内心，与其说是一种自我救济，不如说是一个严肃的道德实践问题。其知行是否统一，直接与士人的品节修持关联在一起[②]。在苏、黄等人诗文中体现出的这种文化趋势，一方面改变了北宋贬谪士人的精神风貌，使得无畏、超越、乐观成为宋代贬谪文化的核心内容，另一方面，它打通了价值实现的别一途经，使得宋代诸多遭贬士人于逆境中重新发现生命的意义、审视生命的内涵。在宋代党争不断的历史条件与转向内圣的思想背景下，元祐贬谪文人所开拓的精神世界和奠定的文化基调，一直绵延到南宋结束，而其影响力则更为广远。因此，尽管贬谪文化在宋代的演进，至南渡之际，再起波澜，但就其基本内涵来说，却没有逸出北宋的范围。

从南宋诸人之被贬原因和处罚措施来看，绍兴年间，因和战之争，大量的主战派或同情主战派的文人获贬，其数量之大、贬地之远恶皆与元祐文人相类。而诸如赵鼎之死、胡铨徒步赴贬所、李光为人告讦等，在在显现出南渡文人在贬谪之际所遭遇的政治高压。此外，胡铨、李光等在诗文中一再强调焚烧诗文、书信，也可见他们与元祐文人一样，具有相当的自我保护能力。而就贬谪时的生活与心态看，他们多能于逆境中“强颜忍耻，攻苦尘编”[③]，借学术生活来实现人生价值，与苏轼在黄州作《易传》九卷、《论语说》五卷，苏辙“凡居筠、雷、循七年”，“杜门复理旧学，于是《诗》、《春秋传》、《老子解》、《古史》四书皆成”[④]，其意相类。也就是说，他们贬谪时的心态总体上趋向于超越。因此，在李光、张九成等人的诗文中，常有对中唐柳、刘等忧苦心态的断然否定之辞，而对元祐文人特别是苏轼的超越心态，他们则非常认同并尽力仿效。张九成之《竹轩记》

---

① 《贬谪文学论集》，中国文联出版社 1999 年版，第 13 页。

② 徐度《却扫编》卷下：“吕太尉惠卿，元祐间贬建州。绍圣初复起。语人曰：‘吾在谪籍九年，虽冷水亦不敢饮，设有疾病，则好事者必谓吾戚戚所致矣。’”

③ 胡铨《祭三十五叔文》，《全宋文》（196）卷四三三二，第 183 页。

④ 苏辙《颍滨遗老传》下，《栾城后集》卷十三，《苏辙集》（3），第 1040 页。

借主客问答形式来形容其谪居时的心理矛盾，并以“独以适心为贵”的思想最终令客“面无人色”，其行文几乎全袭东坡《赤壁赋》，是南渡文人在文化上认同苏轼的显证。

当然，南渡文人在心态与文学创作上亦有异于元祐文人处。一方面，宋室南渡以后，岭南地区不仅在政治、经济地位上明显上升，而且迁徙并定居于岭南的中原士人数量增多，“俗化一变”，“衣冠礼度并同中州”①。这些因素，使得远贬岭南者在心态上更容易趋向平和，超越型文人数量更多，其贬谪时期的心理结构更为恒定②。另一方面，南渡文人在文化身份上多偏于学者，他们的文学创作在南渡时期虽不失特色，但与元祐文人相比，显然在才性上有相当大的差距。其诗文中所显示的心态虽然平和，感染力却不强，艺术水平远不及以苏、黄、秦为代表的元祐文人。他们在贬谪时期的文学贡献，不过是继元祐文人之后，将更加丰富多彩的岭南风物写入各种文学体裁，并一一艺术化而已。上述两点相异之处，只能说明贬谪文化于南渡之时略有演进，却谈不上质的变化。因此，以获贬的元祐文人群为例，足以说明贬谪文化在宋代演进的新特点与新内涵，而其后来者，则多为前者的自然延展和补充说明。

---

① 王象之《舆地纪胜》卷一百四，清道光二十九年岑氏重刻本。
② 参见钱建状《南宋初期的文化重组与文学新变》，厦门大学出版社2006年版，第72—81页。

试论北宋思想文化演进对欧阳修文论的影响

河南大学　杨国安

欧阳修是北宋文学风气转变的标志性人物。在欧阳修之前，虽然也有柳开、穆修等人试图以儒家的价值观念为基础，重新确立“古文”的地位，但只有到了欧阳修的时代，“古文”才真正产生了广泛的影响。由于欧阳修倡导的古文复兴是宋代思想文化重建过程中的一个重要方面，古文复兴的过程就和思想文化的嬗变密不可分。在欧阳修的古文理论中，文与道的关系是核心问题之一，经过长期的研究，对于这个问题的认识正在逐步深化。以游国恩先生主编的《中国文学史》为代表的较早一些的研究论著，已经注意到欧阳修所谈的“道”和韩愈所谈的“道”相比，更多地关注了现实政治。这一看法影响深远，至今仍居于主流地位。程杰教授的《北宋诗文研究》在此基础上更进一步指出，欧阳修的“道”是士人人生信念的准则，更关注履之以身的实践意义。但如果我们把这个命题放在宋代思想文化，甚至整个儒学思想发展的更为宏通的背景下进行阐释，对于该问题的研究就还有进一步深入的必要，或许该问题的阐释也可以为宋代思想文化的发展过程提供一个具体而微的坚实例证。

一、政治热情与道德自觉

宋代儒学与原始儒学的根本区别在于将外在的规范转化为内在的道德自觉，这一思想史的转化过程是与宋代政治史的过程相伴随而展开的。其间充满曲折和回旋，形成了明显的阶段性。庆历新型知识群体的政治和道德实践，在某种意义上说，正是这一转化过程具体而微的呈现。高涨的道德意识在庆历前后呈现出不同的表现形态，它有时表现为强烈的政治参与欲望和淑世情怀；有时则从外在的事功转向自我的道德坚持。这一时期知识精英们的政治活动，使宋代重新构建的道德意识得以实践，并确立了更具学理依据的道德实践范型。

宋初的思想家和古文家关注的主要问题是道统的重构，这种关注一直持续到庆历前后。在包括宋初三先生和以欧阳修为代表的庆历学者的思想体系中，排斥佛老异端思想，建立圣贤相传的儒家道统谱系，恢复其在意识形态中的主流地位，仍是他们学术活动的重心。但与此同时，宋代的“右文”政策以及与其相关的种种制度设置，宋初对文化建设的持续不断的强调，以润物无声的方式潜滋暗长着，至庆历前后，积年“作养”的士气喷薄而出，形成了庆历学风、士风、政风的大动荡。在这个过程中，以范仲淹、欧阳修、宋初三先生等为代表的新一代知识分子，以他们的政治和学术实践高扬了原始儒学中的道德意识，成为宋代新的价值体系和思想文化体系的奠基者。关于这一点，欧门弟子苏轼在为其师《居士集》所作的序中做了这样的描述：

> 宋兴七十余年，民不知兵，富而教之，至天圣、景祐极矣。而斯文终有愧于古。士亦因陋守旧，论卑而气弱。自欧阳子出，天下争自濯磨，以通经学古为高，以救时行道为贤，以犯颜纳说为忠。长育成就，至嘉祐末，号称多士，欧阳子之功为多①。

这里将庆历学风、士风、政风的转变归功于欧阳修的倡导，大致是有道理的；如果把欧阳修作为一代新型知识分子的代表，则更加符合事实。

庆历前后高昂的“士风”是宋代建立七八十年以来思想文化建设的成就之一，在富有活力的价值观念引领下，昂扬向上的主体精神外化为强烈的变革热情，道德与事功两者相辅相成，并行并重，中充实而外辉光，形成宋代新兴知识群体思想行为的第一个逻辑层次和范型——“内充外扬”。

景祐三年（1036）是宋代政治史上标志性的一年，权知开封府范仲淹以上《百官图》触忤宰相吕夷简，落职知饶州。欧阳修作《与高司谏书》，切责谏官高若讷，被贬峡州夷陵县令，受到此事牵连的还有尹洙、王素、余靖、梅尧臣等人。庆历三年，仁宗任用范仲淹为参知政事，杜衍为枢密使，欧阳修、余靖、蔡襄等人知谏院，开始推行“庆历新政”。这一新兴的政治、知识群体以生机勃勃的活力投入变革，使政治、社会生活的面貌为之一新。但其强烈、锐利的姿态却使其成为社会惯性和惰性的牺牲品，他们再次遭到了来自传统的打击。

政治上的两次波折对这个年轻气盛的新兴士人群体或许不无裨益。在偏僻的夷陵等地，他们一方面潜心学术，“居闲僻处，日知进道而已。”② 这使他们将学与术、体与用统于一体，从而使他们在事功方面的作为有了更为坚实的思想基础。欧阳修的很多学术性著作如《易童子问》、《易或问》、《春秋论》、《春秋或问》、《诗解》等都写于此时。另一方面，他们也在困境中反思自我，坚持自己的政治见解，铸就了坚挺的风骨和人格，提升了自己的道德境界。欧阳修在写给尹洙的一封信中谈到当初的进言及被贬后的心境时说：“每见前世有名人，当论事时，感激不避诛死，真若知义者。及到贬所，则戚戚怨嗟，有不堪之穷愁，形于文字。其心欢戚，无异庸人。虽韩文公不免此累。”③ 在《读李翱文》中，他也对韩愈有所批评：“凡昔翱一时人，有道而能文者，莫若韩愈。愈尝有赋矣，不过羡二鸟之光荣，叹一饱之无时尔。此其心使光荣而饱，则不复云矣。”④ 从此，不善处穷成了宋人批评韩愈时最现成的话题，司马光、苏舜钦等许多人都有这样的观点。

---

① 孔凡礼校注《苏轼文集》，中华书局 1986 年版，第 315 页。
② 欧阳修《欧阳修全集》，中国书店 1986 年版，第 490 页。
③ 同上，第 490 页。
④ 同上，第 532 页。

这种对自我道德的突出强调，在范仲淹的《岳阳楼记》，在欧阳修的一系列书信文字中被凸显。经历了庆历前后的政治风波，基于道德自觉的政治热情在外化的过程中受到重创，转而进一步向内在深化，更加强调个体的道德完成，赋予了个体道德自觉以更高的、甚至是可以独立自主的价值与地位，宋代学术“向内转”的倾向进一步加强，由此形成了宋代新兴知识群体思想行为的第二个逻辑层次和行为范型——穷且益坚。

个体道德意识的张扬，对宋人的文学观念和文学创作产生了巨大的影响，是宋代学术的特色所在，也是理解、把握宋代文学创作的基础。这种变化在欧阳修的文论中得到了充分的表达，从而成为一个时代文学创作的基本指南。在他一系列相关的论文中，最著名的是其《送徐无党南归序》：

> 草木鸟兽之为物，众人之为人，其为生虽异，而为死则同，一归于腐坏澌尽泯灭而已。而众人之中有圣贤者，固亦生且死于其间，而独异于草木鸟兽众人者，虽死而不朽，逾远而弥存也。其所以为圣贤者，修之于身，施之于事，见之于言，是三者所以能不朽而存也，修于身者，无所不获；施于事者，有得有不得焉；其见于言者，则又有能有不能也。施于事矣，不见于言可也，自诗书史记所传，其人岂必皆能言之士哉？修于身矣，而不施于事，不见于言，亦可也。孔子弟子，有能政事者矣，有能言语者矣，若颜回者，在陋巷，曲肱饮卧而已；其群居，则默然终日如愚人，然自当时群弟子皆推尊之，以为不敢望而及，而后世更百千岁，亦未有能及之者。其不朽而存者，固不待施于事，况于言乎①？

在这篇著名的赠序里，欧阳修表达的不仅是他自己的人生价值观，同时也是整个时代价值观念的变化。在欧阳修看来，儒家的“三不朽”中，立事是“有得有不得”的，立言是“有能有不能”的，都受到客观条件的限制，只有立德修身，完全取决于主观的努力，只要勤于修身，在道德上精进不止，那么无论是否取得显赫的事功，是否具有外在的地位，其自身都具有崇高的人格价值。当然，这个方面最现成的例子是颜渊，颜渊的事业只是“在陋巷，曲肱饮卧而已”，但孔子的群弟子已莫不推尊，在欧阳修看来，就是后世更百千岁，也没有能赶得上他的。

这种对于个体道德完善的强调，在欧阳修的思想中是一贯的，在很多地方被反复地加以强调。其《与乐秀才第一书》中说：“其充于中者足，而后发乎外者大以光。譬夫金玉之有英华，非由磨饰染濯之所为，而由其质性坚实，而光辉之发自然也。”② 其《答祖择之书》中也有类似的说法：“夫世无师矣，学者当师经。师经必先求其意。意得则心定，心定则道纯，道纯则充于中者实，中充实则发于文者辉光，施于事者果致。”③

从以原始儒学为出发点，弘扬道统，排斥异端；到突出淑世精神，强调奋发有为；

---

① 欧阳修《欧阳修全集》，中国书店1986年版，第297页。
② 同上，第506页。
③ 同上，第499页。

再到突出道德价值，强调个体完成，政治的演进与学术的变化紧密关联，每一次变化都对知识阶层的精神生活产生直接而深刻的影响，构成宋代文学思想变化的底色。厘清这种变化的层次关系，才能真正理解作为这个过程的一个里程碑的欧阳修的意义，进而深刻理解其文学思想和创作。

二、"孔颜乐处"与"乐感文化"

作为原始儒学的创立和继承者，孔、孟的思想体系极为丰富，他们一方面致力于个体人格的建构，一方面又为了实现自己的政治思想而汲汲奔走，四处游说。自汉代以后，儒学被定为一尊，原始儒学中关于社会国家的理想被整合为符合封建统治者需要的主流意识形态，其关于个体人格修养的理论和学说反而在相当长的历史时期内黯没不彰。自汉代以来，偏重于国家与社会组织的建构原则、以历史文献为主的"五经"被悬为儒家的最高经典，作为官学被认可，成为政治、经济、甚至是司法的依据。对于"五经"的研习自汉至唐以及于宋，都深刻地影响着读书人的命运。但从"安史之乱"的爆发开始，一些思想深刻的学者们就开始对当时的主流知识体系进行思考，对知识阶层个体的道德重构被不断地提起，从那时开始，儒家的思孟学派地位开始上升，四书的地位不断提高，对"为己"之学的崇尚不断强化，终于导致程朱一系理学的成立和流行。

原始儒学中已有很大分量论及个体的道德修养，这些言论在《论语》、《孟子》中比比皆是，其中很多是谈在艰难和困境中如何坚守道义，靠高度的道德自觉保持平静超然的心态的。在宋代新兴的儒学知识谱系中，颜渊地位的变化很富于象征意义。在孔子的群弟子中，孔子对颜渊最为钟爱，性情最为相投，评价远超其他弟子。孔子之所以推重颜渊，不仅在于他的明敏颖悟，举一反三，勤奋好学，谦逊温和，更在于其高度的道德自觉，和由此形成的对待生活的态度与价值观。在孔门四科中，颜渊是以德行著称的。他去世较早，在事功方面并无建树，没有冉有、季路等人的政治才能，在语言才能和学术造诣方面也不及宰我、子贡、子游、子夏突出，他终生的事业就是不断地学习，不断地完善自我，追求道德上的完美和精神上的超然。特别是他在困境中不怨不怒、从容面对的乐观心态，尤其为孔子所称叹：

> 子曰："贤哉回也！一箪食，一瓢饮，在陋巷，人不堪其忧，回也不改其乐。贤哉回也！"（《雍也第六》）

的确，在孔子对自我人生的设计中，固然有行仁政、复周礼的政治理想，但也未尝没有"乘桴浮于海"的超然情怀。而这种超然情怀，和颜渊一样，是基于高度的道德自觉，而对险恶环境和外在压力的蔑视。能否在险恶的环境中坚持操守，在孔子的思想体系中意义极其重大，它甚至成为区分君子和小人的标准："君子固穷，小人穷斯滥矣。"（《卫灵公第十五》）正是在这种基于高度道德自觉的乐观情怀上，孔子和颜渊达到了高度的契合。

到了宋代，这种道德自觉和乐观情怀由于适合的氛围而被放大凸显，成为原始儒学为宋代理学提供的重要思想材料之一。在宋代理学的发展中，颜渊不断被凸显。以宋代理学开创者之一的周敦颐而言，颜渊在他的理论体系中就具有非凡的地位。周敦颐一方面赞赏颜渊的好学、尚仁，一方面特别推崇他崇高的道德追求和“内圣”的精神境界：

> 颜子一箪食，一瓢饮，在陋巷，人不堪其忧，而不改其乐。夫富贵，人所爱也，颜子不爱不求，而乐于贫者，独何心哉？天地间有至贵至富可爱可求而异乎彼者，见其大而忘其小焉尔①。

在周敦颐看来，颜渊之所以能够对一般人汲汲以求的富贵不受不求，安然甚至是快乐地对待贫困窘迫的生活，是由于他有着更高层面的追求，这种天地间可爱可求的“至贵至富”与一般人的理解大相径庭，那就是儒家所崇尚的“道义”：“天地间至尊者道，至贵者德而已矣”，“道义者，身有之则贵且尊”②。具有了合乎天地至理的道义，就拥有了至高无上的尊贵，因而拥有了超越流俗的、合乎天理的快乐。而且，好像禅宗里的机锋和话头，对于“孔颜乐处，所乐何事”的追问也成了周敦颐引导后学的津梁。他的高足，历来被认为是理学正宗、道统真传的程颐就曾得益于该问题的思考。程颢在回忆早年追随周敦颐求学的经历时，就谈及这个经过：“昔受学于周茂叔，每令寻颜子仲尼乐处，所乐何事。”对于这个问题的深入思考，成为二程建立其宏大理论体系的一个重要方面。不仅周敦颐，对该问题的关注，似乎成了当时学界的一个焦点，其热烈程度似乎不亚于禅宗的“如何是达摩西来意”。由此问题深入下去，由其行而及其学，直接启发了宋代理学中的心性理论。宋初三先生之一的胡瑗在太学任教期间，就曾以《颜子所好何学论》试诸生，对该问题有过长期思考的程颐在答卷中进行了深入发挥：“然则颜子所独好者何学也？学以至圣人之道也。……凡学之道，正其心，养其性而已。中正而诚，则圣矣。”③ 在这些论述中，程颐上承先秦儒学中的思孟学派，融入了佛老关于心性修养的理论和思考方法，逐步构成了理学宏大结构中的重要方面，即关于心性修养的理论。所以说“二程之学亦由此而发源”，即是以对孔颜乐处的思考为起点的，是有一定道理的。

作为新儒学所标示出来的一种圣贤人格的范型，颜渊所昭示的意义之一就在于，在无论怎样恶劣的外部环境中，高尚的道德和情怀都可以使个体超越于具体的现实之上，从而“痛并快乐着”。这种痛苦，包含了人生的多个层面，可以是物质生活的窘困，就像孔子所说的“饭疏食饮水，曲肱而枕之，乐亦在其中矣”，在极艰苦的生存条件下保持心灵的超越和愉悦；也可以是精神和社会层面的，价值得不到体现，理想和抱负难以施展，或在现实政治中遭受排挤和打击，在庸庸碌碌中消磨生命，在社会生活中被边缘化，这在古代文人中更是常见的情形。宋代的政治格局使文人成为权力的中心，而激烈的政治

---

① 周敦颐《通书》，上海古籍出版社 2000 年版，第 38 页。
② 同上，第 39 页。
③ 程颢、程颐《二程集》，中华书局 1981 年版，第 577 页。

斗争又使一部分文人因政见不同而被打击、排挤，在这种政治环境下，颜渊人格范型的意义就更加突出了。因此，颜渊在宋代被标举出来并不断地加以强化，成为宋代知识分子应对外来打击、实现自我拯救的重要思想资源。这种思想倾向和新儒学的整个思想体系相吻合，构成了宋代“乐感文化”的根基，从而对宋代文学产生了深远的影响。

这种影响从欧阳修和他的同志们的诗文创作中就已经明显地表现出来，欧阳修的一生屡遭坎坷，但他在政治打击面前的表现和他的前辈韩愈判然两途，他在贬逐期间写作的诗文虽也有苦恼和不平，也有淡淡的乡思和孤寂之感，但时常能够超脱出眼前的困境，或写当地风物，或写闲散超脱的情怀，如他被贬峡州夷陵令时写的《戏答元珍》，被贬滁州知州时写的《醉翁亭记》等，都清新可喜。这对他的同辈如苏舜钦、后学如苏轼等，都有很大影响，也成为宋代诗文的一个突出特点。关于这一点，日本学者吉川幸次郎在其《宋诗概说》中也曾有所揭示，他认为“韩愈的诗是唐诗中最少悲哀的，而祖述韩愈的欧阳修的诗进一步抑制了悲哀。”[①] 他还推而广之，认为宋诗中体现出来的人生观是对“悲哀的扬弃”，这也形成了宋诗的基本性状之一。这个判断虽说很难具体加以论证，但作为一种大致的创作倾向还是可以明显感觉到的[②]。

值得提出的是，对“孔颜乐处”的强调，只是儒学“内圣外王”的价值追求在特定政治背景下所呈现出来的一种范型，它不过是给特定背景，往往是逆境和困境中的个体提供了一种新的选择，这种范型并不适合一切的政治、社会环境，而且这种范型与第一个层次的“内充外扬”的范型相比，并无孰优孰劣之分。宋代思想文化的“内省”倾向固然是不争的事实，但如果因此而把宋代学术，特别是宋代理学，理解为一种仅仅是局限于个体完成的理论，则无论是在事实或是在逻辑上都是说不通的。

从逻辑上来说，宋代理学出现的直接原因之一是应对思想意识形态中的危机，应对佛老异端思想的侵逼与挑战。宋代学术的先驱韩愈，在其《原道》中首揭《大学》之义，就是为了批判佛老的“外天下国家”于不顾：

> 传曰：“古之欲明明德于天下者，先治其国；欲治其国者，先齐其家；欲齐其家者，先修其身；欲修其身者，先正其心；欲正其心者，先诚其意。”然则古之所谓正心而诚意者，将以有为也。今也欲治其心而外天下国家，灭其天常，子焉而不父其父，臣焉而不君其君，民焉而不事其事[③]。

宋代学术的突出特点是真正的三教融合，儒、释、道三种取向和方法都有根本差异的思想学说在深层次上得到了融会交流，但这种交流并不妨碍他们对各自基本信仰的守持，他们在外在的形态上仍然是森严壁垒的。以理学而言，这种特点尤为

① 吉川幸次郎《宋元明诗概说》，中州古籍出版社 1987 年版，第 53 页。

② 关于这一点，笔者在《师法、变异与重构——欧阳修对韩诗的学习及其文化史意义》中也有所涉及，文见《河南大学学报》2004 年 6 期。

③ 马其昶《韩昌黎文集校注》，上海古籍出版社 1987 年版，第 17 页。

明显。宋代理学奠基者周敦颐、理学正宗程颐、理学的集大成者朱熹对佛教都有一个研习、汲取的过程，但其学术立场也都非常坚定，对佛学的辨析、批判极为细致、缜密。如果说理学家们的人生追求仅仅是个体的道德完成，那它在终极立场上就泯灭了与佛老的界限，从而堕入了他们自己认为的异端，这不仅是周、程、朱一系所断断不能接受的，而且也是自韩愈、欧阳修以来以儒学自命，甚而以道统继承者自居的古文家所不能接受的。

从历史事实来看，宋代一流的学者往往是著名的政治家，宋代重要的理论家大多都参与了当时的重要政治活动，并在其中发挥了重要作用。至于北宋中后期以后，一些学者闭门读书，修养心性，不问国事，则往往是政治环境恶化的结果，正是可以按照这种第二范型来自我实现、自我完成的恰当时机。

三、立德与立言

颜渊范型另一个方面的意义，或许对宋代的文学价值观念影响更大。在儒家的所谓“三不朽”中，“立德”是最根本的，是个体价值的核心。外在的事功固然受到种种客观条件的制约，而文字著述对于人生价值的实现同样也不可靠。这和司马迁以来“发愤著书”的观念也有很大不同。在司马迁的《报任安书》中，司马迁列举了古代圣贤“发愤著书”的例证，表明自己忍辱含垢，苟活于世，是为了实现先人的遗愿，“究天人之际，通古今之变，成一家之言”，以文垂世，实现自己的人生价值。而在他之后，曹丕的《典论·论文》更进一步提出了文章的作用。

> 盖文章，经国之大业，不朽之盛事。年寿有时而尽，荣乐止乎其身，二者必至之常期，未若文章之无穷。是以古之作者，寄身于翰墨，见意于篇籍，不假良史之辞，不托飞驰之势，而声名自传于后。故西伯幽而演《易》，周旦显而制《礼》，不以隐约而弗务，不以康乐而加思①。

这一段话历来被作为魏晋以来文学自觉化的代表性话语被引用的，其实并不妥帖，因为这里所说的“文章”，其实主要是有关社会、政治、思想的著作，和现代意义上的文学并无太多相同处。而且，这段话对“文章”意义的肯定，主要侧重于两个方面，第一是其社会功用，第二是对个体价值实现的意义，而其论述的重心显然在后一个方面。在曹丕看来，文章对于个体生命价值的实现有着非凡的意义，因为人生是短暂的，荣华富贵也不能持久，而文章却可以传之无穷。而且文章的流传不需要显赫的社会地位，不需要史书的吹嘘，只要精研深思，有所建树，自可流传千古。在这里，曹丕在无意之中其实对“立功”与“立言”做了一个比较。在曹丕看来，“立言”是个体价值实现的更为有效的途径。一来“立言”可以含括“立功”，因为好的文章可以是“经国之大业”。二来

---

① 郭绍虞《中国历代文论选》，上海古籍出版社1979年版，第159页。

"立言"更加简便，更加长久，因为盖世功业本不易建立，即使历尽艰辛有所成就，也需要史书的记载才可能传之久远；而文章却可以超越漫漫时空而使作者获得永恒的意义。

但这段话却遭到了欧阳修的质疑。他的质疑来自两个方面，首先是欧阳修自己的经历，其次是他的价值观，当然，这实际上是似二实一的两个层面。景祐元年（1034），欧阳修西京留守推官任满，受王曙之荐，召试学士院，授馆阁校勘。在任期间，欧阳修参与了《崇文总目》的编修，通过这部在目录学方面影响深远的著作的编写，欧阳修对前代文献在宋代的存留状况有了具体而真切的了解，这使他大为感慨：

> 予读班固《艺文志》、唐《四库书目》，见其所列，见三代秦汉以来著书之士多者至百余篇，少者犹三四十篇，其人不可胜数，而散亡磨灭，百不一二存焉。余窃悲其人，文章丽矣，言语工矣，无异草木荣华之飘风，鸟兽好音之过耳也。方其用心与力之劳，亦何异众人之汲汲营营，而忽焉以死者？虽有迟有速，而卒与三者同归于泯灭。夫言之不可恃也盖如此。今之学者莫不慕古圣贤之不朽，而勤一世以尽心于文字间者，皆可悲也①。

在这段著名的文字中，欧阳修的论点与曹丕《典论·论文》中表达的见解大不相同。在欧阳修看来，在儒家的"三不朽"中，"立功"固然受到外部条件的种种制约，"立言"也同样不可仗恃。从班固的《艺文志》到唐代的《四库书目》，历代作者不乏其人，能流传到宋代的，已经是百不一二了，再经历数千百年，能流传下去的能有几何呢？所以和短暂的荣华相比，虽有迟有速，但同样归于泯灭。因此想要靠文章传世而不朽的想法也是不合历史实际的。欧阳修在这里表达的认识，是对曹丕的进一步超越。他在曹丕对事功局限性认识的基础上，进一步指出了著述与创作的局限性，从而将"立德"这一时代命题推到了人生价值的最高境界。

在欧阳修的论述中，颜渊再次成为正面的支撑。在孔子的群弟子中，颜渊不以政事著称，同样不以文字见长。在后代配享孔子的"四配"——颜渊、曾参、子思和孟轲四人中，颜渊据说是唯一没有文字传世的孔门弟子。据说《大学》为曾参所作，《中庸》为子思所作，与孟轲及其弟子所作的《孟子》，加上孔子的《论语》，这四种著作的来历和走向经典的道路各不相同，但大致来说，从唐代中期以后开始逐渐被认识，被凸显，到宋代经过理学家们的不断努力，"四书"学逐渐兴起，《四书》的地位逐渐有超越《五经》之势。而孔、曾、思、孟也成为新儒学，特别是宋代理学认可的新道统的开创和继承人。在这个系统里，颜渊由于没有著作传世，被排斥在了这个新道统之外。然而这只是程朱一系的一家之言，在历史上颜渊是最早具有配享孔子的资格的，而且就是在程朱一系开始占据主流地位的南宋理宗朝，正式确定了以颜渊、曾参、子思、孟轲配享孔子的"四配"格局，这种格局从此确定下来，成为整个封建时代的定制。清代学者顾炎武非常称

---

① 欧阳修《欧阳修全集》，中国书店 1986 年版，第 297 页。

赞理宗将颜、曾、思、孟配享孔子的做法："自此之后，国无异论，俗无异习，历元至明，先王之统亡，而先王之道存，理宗之功大矣。"①

四、学者与文人

应该指出，在庆历前后，学术、政治、文学三者的关系非常紧密，互相配合。范仲淹是庆历新政的主持者，但他同时也是宋代学风、士风改变的关键人物。就学术而言，范仲淹在掌南京府学时，不仅以《春秋》授孙复，也曾以《中庸》授张载，"导横渠（张载）以入圣人之始"，宋初三先生与李觏都受过范仲淹的推荐。就士风而言，宋代知识人发扬蹈厉、勇于担当、崇尚气节、高扬道德的人格也与范仲淹的大力提倡有关。朱熹就曾经评价范仲淹："至范文正时便大厉名节，振作士气，故振作士大夫之功为多。"② 再如宋初三先生之一的石介，他本人是宋代学术、思想发展中的一个重要人物，但在他试图对意识形态领域中存在的诸多问题摧陷廓清时，却把西昆体作为了一个重要的批判对象。他后来在太学中任职，在太学中提倡复古的同时，也扇起了一种新的文风"太学体"③。

同样，欧阳修当然是文学史上一个带有标志性和里程碑式的人物，但他本人却和后来的王安石一样，是以继承道统的重任自相期许的，当时和后来相当长的一段时间内，大家也是这样看待他的。其实，和韩愈对古文的倡导与其对儒学的重构密不可分一样，宋代早期提倡古文的一系列学者包括柳开、穆修，特别是欧阳修，同时也是宋代学术史、儒学史上有影响的人物，宋代古文之所以能够最终取得主流地位，实际上也和当代思想文化的重建密不可分。明乎此，对他在《送徐无党南归序》中所提出的对文学的理解和对文士的要求，才能够真正理解，它内含的意义才可能真正地彰显出来。这些文章中的一些论点，乍看起来颇为功利，与我们现代意义上的文学观念差距很大，但却代表了宋代学术开始"向内转"或者说"内省"的倾向，是宋代儒学发展到了一个特定阶段的产物，是基于唐宋思想转型这一深刻的思想史变化的基础上的。明乎此，则理学家对于他裂道与文为两物的批评自是苛责，而当代学者对其重道轻文的指责尤为隔靴搔痒。

值得一提的是，作为儒学转化阶段的一个代表人物，无论其学术还是其文学观，欧阳修都带着鲜明的时代色彩。在他的文学观念中，有着明显的"内省"化的倾向，但又和后于他一个时代的学术与文学观念有着显著区别。自仁宗朝后期，宋代儒学开始进一步深化和分化，关于心性问题的讨论已在知识阶层中广泛展开，各种观点颇为纷纭。关于性理的思考使理学和传统儒学开始分裂，集思想学术与文学艺术于一身的通儒和专门研究性理之学的理学家开始分道扬镳。特别是周程一系，在继承前一个时期"内化"倾向的同时，上承思孟学派的心性学说，吸收了佛家、道家思想中的一些材料和方法，构成了一个"至广大而尽精微"的宏大体系，将中国学术推向了一个新的高度，这是中国

---

① 陈垣《日知录校注》，安徽大学出版社 2007 年版，第 821 页。

② 朱熹《朱子语类》，中华书局 1986 年版，第 3086 页。

③ 关于"太学体"的评价问题，朱刚《太学体及其周边诸问题》，所论颇新颖有见，可以参看。文见《文学遗产》2007 年第 5 期。

思想学术史上一个划时代的变革。欧阳修所习惯的较为直接的思考方法使他对于更为学理化的探讨缺乏兴趣，因而他的思想体系没有随着理学的出现而“与时俱进”。例如，对于当时颇为盛行的心性问题的讨论，欧阳修就很不以为然，认为“夫性，非学者之所急，而圣人之所罕言也”，“性者，与身俱生而人之所皆有也。为君子者，修身治人而已；性之善恶，不必究也。使性果善邪，身不可以不修，人不可以不治？使性果恶邪，身不可以不修，人不可以不治？不修其身，虽君子而为小人，《书》曰‘惟圣罔念作狂’是也。能修其身，虽小人而为君子，《书》曰‘惟狂克念作圣’是也”①。无论人性为善为恶，个体的修养总是必不可少的。显然，迅猛兴起的心性论思潮，其源头虽与欧阳修为代表的庆历学术一脉相承，但就其架构宏大理论体系的趋向和在思想史上所处的发展阶段而言，已经超越了欧阳修和他所代表的时代。

当然，理学的出现有其历史的必然，是中国传统学术长期积累、各种思想学说长期互相吸收融合的结果，是中国思想文化史上一次伟大的超越。但从另一个方面说，人类的精神活动是异常丰富多彩的，宏大精密的思想体系固然是人类精神活动最重要的一部分，但感性地、艺术地把握世界与生活之美同样是人类精神生活的乐趣和慰藉。理学的精密深邃令一部分学者痴迷，其高尚的道德追求也令人敬仰，但理学家们将对天理的执著探寻与自我的道德提升作为人类精神仅有的价值，从而对其他精神活动加以排斥或贬低，则是有所偏执的。所幸的是，宋代理学虽然影响深远，但它只是在南宋后期才成为官方的意识形态，而且就是在其占据主流地位的元明时代，也没有能够排斥知识人多方面的精神探求和精神生活。从周敦颐开始，程朱一系就对文艺持排斥态度。从这种立场出发，从韩愈、欧阳修到苏轼，都遭到理学家们的批评。从这个角度看，欧阳修和他的后学们在强调道德完成的同时，怀着对中国深厚博大的传统文化的依恋，深入地体味并表现丰富多彩的现世生活，其对于中国文化与文学的发展的意义是深远的，其坚守文艺的意义是重要的。

---

① 欧阳修《欧阳修全集》，中国书店1986年版，第319页。

宋太宗朝翰林学士述论

山东师范大学　陈元锋

太平兴国元年（976）三月，宋太宗即皇帝位。李昉留任翰林学士，继续独当制命；十一月，汤悦、徐铉为直院；二年，扈蒙以中书舍人复拜学士。以上四人成为太宗朝第一批翰苑词臣。太平兴国八年（983）以后，宋白、贾黄中、苏易简、王禹偁等人相继入院，完成了由旧朝词臣向新朝学士的过渡。在太宗崇奖文儒、优宠词臣的气氛下，翰林学士成为清贵近密的文学之选。翰林学士主持修书，大大促进了宋朝廷的文化建设，并在诗坛形成以学士馆职为主体、以白体诗风为主导风格的唱和群体，为宋代文化与文学的持续繁荣奠定了基石。

一、文学之选：翰林学士的人才类型

终太宗朝（976—997）22年间，共15位学士，2位直院，依次为李昉、汤悦、徐铉、扈蒙、李穆、宋白、贾黄中、吕蒙正、李至、苏易简、李沆、韩丕、毕士安、张洎、钱若水、宋湜、王禹偁①。任职时间最长者有：李昉，建隆元年至三年（960—962）、开宝二年至太平兴国八年（969—983）为直院、学士长达18年，在太宗朝亦达8年；徐铉，太平兴国元年至八年（976—983）为直院8年；扈蒙，建隆三年至乾德元年（962—963）、太平兴国二年至雍熙二年（977—985）两拜学士凡11年，在太宗朝9年；苏易简，雍熙三年至淳化四年（986—993）凡8年；宋白，太平兴国八年至淳化二年（983—991）、至道元年至景德二年（995—1005）两入翰苑长达20年，在太宗朝11年；贾黄中，太平兴国八年至淳化二年（983—991）凡9年。任期最短者则不到一年，如李穆、吕蒙正、李至、王禹偁。其中，李昉、扈蒙、苏易简、宋白先后拜学士承旨，主持学士院。

太宗对两制词臣尤其是翰林学士极为崇重，曾屡屡对近臣表示："词臣清美，朕恨不得为之。"②"词臣之选，古今所重，朕早闻人言：朝廷命一知制诰，六姻相贺，以谓一佛出世，岂容易哉！"③"学士之职清要贵重，非他官可比，朕常恨不得为之。"④词臣的地位空前提高，呈现了一些新的特点。

首先，与太祖朝17年仅9位学士（含直院1人）相比，太宗朝22年间共17位学士

---

① 杨砺、王旦于至道三年（997）八月拜学士，真宗已即位。

② 洪遵《翰苑遗事》引《国朝会要》，《翰苑群书》卷十二，上海古籍出版社1987年影印文渊阁《四库全书》第595册，第410页。

③ 李焘《续资治通鉴长编》卷二十七"雍熙三年十月丙申"条，中华书局1992年版，第623页。

④ 脱脱等《宋史》卷二六七《张洎传》，中华书局1985年版，第9212页。

（直院2人），学士员数大为增加。最为集中的是太平兴国八年5人同时入院，其次是淳化年间。考虑到新授与迁罢交接的情况，大部分时间以每年3员为常态。

其次，翰林学士进入两府的比例增加。李昉、吕蒙正、李沆、毕士安官至宰相，李穆、李至、贾黄中、苏易简、张洎官至参政，宋湜官至枢密副使，钱若水同知枢密院事，扈蒙、宋白官至尚书，多为当时名臣。故曹彦约《经幄管见》卷四称："本朝太宗盛时，人才辈出，赵普、李昉、吕蒙正、张齐贤、吕端为宰相，李穆、李至、寇準、向敏中为执政，田锡、王旦、毕士安、王禹偁之徒为两制，在上位者如此，则在下者可知矣。"①

第三，翰林学士的文化素质高，体现了"文学之选"的特色。《长编》载太宗语曰："朕为官择人，惟恐不当，今两制之臣十余，皆文学适用，操履方洁。"② 又载："上尤重内外制之任，每命一词臣，必咨访宰相，求才实兼美者，先召与语，观其器识，然后授之。"③ 太宗朝学士大都经由进士、馆职、知制诰一路迁拔而来，因此具备较高的文学素养，其中不少为当代文坛名家，长于诗赋文词与应用文章。

太宗一朝的翰苑词臣从写作角度大体可分为三种类型。

第一类是虽能诗赋，但不甚擅长制诏文章的偏才。如苏易简才思敏赡，弱冠举进士，长于诗赋，但其"由知制诰入为学士，年未满三十，属文初不达体要，及掌诰命，颇自刻励"④。韩丕"颇能为诗"⑤，"少游学嵩山间，性质朴刻励，著名于时，作《感秋诗》三十篇，人多传诵"⑥，然而其授知制诰后，"属思艰涩，及典书命，伤于稽缓。宰相宋琪性褊急，常加督责，或申以谐谑，丕不能平。又舍人王祐以前辈负气，每陵轹面折之"⑦。淳化二年召入为翰林学士，"及入禁中，不甚长于应用。一夕须诏书甚急，韩停笔既久，问吏索旧草，吏以本典扃户出宿，不可搜检，丕乃破锁取之，改易而进"⑧，显露出"依样画葫芦"的窘迫，最终以"迟钝不敏于用"而罢职⑨。对此类词臣的批评主要是"不达体要"和"稽缓迟钝"，这类问题一般通过揣摹训练即可改进提高，如无法掌握代言文体的写作规律就难以胜任了。

第二类是以撰作书诏著称的专才。如李穆，开宝六年（973）授知制诰，"五代以还，词命尚华靡，至穆而独用雅正，悉矫其弊"⑩。李沆，"五代已还，文体一变，至于雅诰，殊未复古，公之书命也，启迪前训，润色鸿业，善为辞令，长于著书。考三代之质文，取两汉之标格，使国朝谟训与元和、长庆同风者，繄公之故也"⑪。对此类词臣的褒赞之辞主要是"典赡"、"雅正"，乃风格层面，其典范则是以常、杨、元、白及陆贽为代表的

---

① 文渊阁《四库全书》第686册，第66页。
② 《长编》卷二十四"太平兴国八年十一月壬申"条，第558页。
③ 《长编》卷二十七"雍熙三年十月丙申"条，第623页。
④ 《宋史》卷二六六《苏易简传》，第9173页。
⑤ 江少虞《事实类苑》卷二十九，文渊阁《四库全书》第874册，第252页。
⑥ 《事实类苑》卷四十四，文渊阁《四库全书》第874册，第367页。
⑦ 《宋史》卷二九六《韩丕传》，第9860页。
⑧ 《事实类苑》卷二十九，文渊阁《四库全书》第874册，第252页。
⑨ 《宋史》卷二九六《韩丕传》，第9860页。
⑩ 《宋史》卷二六三《李穆传》，第9105页。
⑪ 杨亿《李公墓志铭》，曾枣庄等编《全宋文》，上海辞书出版社2006年版，第15册，第64页。

"元和、长庆风格"。其次是辞理精当，叙事明白，属文字表达层面。这两条是衡量制诏文是否"得体"或"达体要"的基本标尺。

第三类则是应用与创作兼长的通才。如李昉，自后汉、后周至宋，两入中书，典诰命三十余年，号称"文学名儒"，太祖时即"独当制命，自江南平，洎车驾雩祀西洛，书诏填委，昉略无凝滞，时论称之"①。徐铉，"太平兴国初，李昉独直翰林，铉直学士院，从征太原，军中书诏填委，铉援笔无滞，辞理精当，时论能之"②。汤悦，南唐时"凡书檄教诰皆出于悦，特为典赡；切于事情"③；又"文采斐然，工于述作"④。张洎，博涉经史，文采清丽，太宗即位后"以其文雅选直舍人院"，太宗称其"富有文艺，至今尚苦学，江东士人之冠也"，在翰林"甚被宠顾"⑤。宋湜，"好学，美文词，当世士流翕然宗仰之"⑥，"自掌命书，尤振时誉，累当大手笔之事，皆为士君子所伏"⑦。宋白，早就名著词场，"属文敏赡，然词意放荡少法度"⑧，"颇事浮丽，而理致或不工"⑨，"诗虽多疵颣而语意绝有警拔者"⑩，可谓良莠不齐，又"在内署久，颇厌番直，草辞疏略，多不惬旨"⑪，景德二年（1005）五月，终因"书诏非工，年衰思减"而被罢去学士承旨⑫。但宋白在真宗朝曾献《拟陆贽榜子集》，说明他对此类文章素有研习，只是在太宗、真宗两朝长期担任学士及承旨，对程式化的朝廷诏册文字已心生厌倦，又因年衰而退化，不完全是写作水平问题，总之，他是有影响但不够严谨的文学家和词臣。王禹偁，尤"精于四六"⑬，被太宗称为"文章独步当世"，"文章俊丽，无能及者"⑭，"聪明文章不下韩柳"⑮，是宋代第一批有成就的文学家。

第三类词臣所写翰苑文章同样具有"典赡"、"敏赡"等特点，但因其多兼擅诗赋，故为文更讲求"辞华"、"美文词"，文风"辩丽"、"俊丽"、"清丽"甚至"浮丽"，从而更能发挥四六美文的优长，使实用与审美相结合，表明其时词臣对四六诏诰写作艺术的自觉追求。

二、"思不出位"与"正道自持"：学士品格的差异

文学与操行兼重，是太宗选任两制词臣的重要准则，比较而言，德行尤重于文章。

---

① 《太宗实录》卷七十六，《四部丛刊》三编本。
② 《宋史》卷四四一《文苑传》三，第13045页。
③ 马令《南唐书》卷二十三《汤悦传》，文渊阁《四库全书》第464册，第357页。
④ 吴任臣《十国春秋》卷二十八《殷崇义传》，文渊阁《四库全书》第465册，第269页。
⑤ 《宋史》卷二六七《张洎传》，第9212页。
⑥ 《宋史》卷二八七《宋湜传》，第9646页。
⑦ 杨亿《宋公神道碑铭》，《全宋文》第15册，第28页。
⑧ 《宋史》卷四三九《文苑传》一，第12999页。
⑨ 《隆平集》卷十三，文渊阁《四库全书》第371册，第129页。
⑩ 陆游《老学庵笔记》卷八，中华书局1979年版，第102页。
⑪ 《宋史》卷四三九《文苑传》一，第12999页。
⑫ 《长编》卷六十"景德二年五月乙卯"条，第3972页。
⑬ 朱胜非《绀珠集》卷十二，文渊阁《四库全书》第872册，第512页。
⑭ 《东都事略》卷三十九，文渊阁《四库全书》第382册，第255页。
⑮ 曾慥《类说》卷五十五引《玉壶清话》，文渊阁《四库全书》第873册，第949页。

毕士安与张洎的任用是个鲜明的对照。毕仲游《丞相文简公行状》载："宋兴四十余年，中外几平，文学侍从、言语政事之臣辐辏上前，至论德行必以公为称首。淳化二年冬，上欲召公为翰林学士，而执政欲用张洎，因对言：'洎之文学资次不在毕某下。'上曰：'剧知洎文学资任不下毕某，第以洎之德行不及毕某尔。'执政乃退，公遂为学士。"① 与此同时，范杲献《玉堂记》请为学士，"上恶其躁竞，出之"；"郭贽乏时望，虽命掌制诰，终不入翰林"②。学士既是地近"深严"的"天子私人"，又是士林瞩望的楷模，其道德品行直接关系到士风名节，因此选任极严。张洎诸人虽知制诰，也都因品行问题而难以进入学士院。

太宗朝词臣，按其德行大致可分为三类。

第一类为循默守善型。如李昉被太宗称为"善人君子"，自称"书诏之外，思不出位"③；"和厚多恕，不念旧恶，在位小心循谨，无赫赫称"④，与卢多逊、张洎善，而卢对其多所诋毁，谓其"不直一钱"；昉罢相，张洎草制深攻其短，但李昉均不念旧恶⑤。贾黄中性格亦如李昉，他因端谨守家法，廉白无私，为太宗所重，"在翰林日，太宗召见，访以时政得失，黄中但言：'臣职典书诏，思不出位，军国政事非臣所知。'上益重之，以为谨厚。及知政事，卒无所建明，时论不之许"；因"畏慎过甚，中书政事颇留不决"，以致太宗亦戒之曰："夫小心翼翼，君臣皆当然，若太过则失大臣之体。"⑥ 又如扈蒙"性沉厚，不言人是非，好释典，不喜杀，缙绅称善人"⑦。李穆"性仁善，辞学之外无所豫"；"质厚忠恪，谨言慎行，所为纯至，无有矫饰，深信释典"⑧。韩丕"纯厚畏慎"⑨，以清介自持，时称其长者，亦为太宗所重。这类人物多敦礼义，性谨厚，有家声，在道德操守上均无严重缺陷，但性格中大都缺少一种刚性气质，"思不出位"是一个很堂皇也很圆滑的借口，显然与词臣"颂宣功德、箴谏阙失"之责相悖⑩，因此他们即使身处高位也往往缺乏政治魄力，但求仕途稳定，乐享安富尊荣，备位循默，谨小慎微，难有建树。

第二类为奸邪贪鄙型。张洎是此类人物的典型。他在南唐时就多谗毁良善，"性鄙吝，虽亲戚无所沾，及江表故旧，亦罕登其门"⑪；甘言善柔，"能伺人主颜色，善构同列短长"⑫，徐铉、苏易简、寇准都曾遭其攻讦谗害；"性险诐，尤善事宦官……然以文采清

---

① 《全宋文》第111册，第118页。
② 吕中《宋大事记讲义》卷四，文渊阁《四库全书》第686册，第228页。
③ 《太宗皇帝实录》卷七十六，《四部丛刊》三编本。
④ 《宋史》卷二六五《李昉传》，第9138页。
⑤ 《东都事略》卷三十二，文渊阁《四库全书》第382册，第216页。
⑥ 《宋史》卷二六五《贾黄中传》，第9162页。
⑦ 《宋史》卷二六九《扈蒙传》，第9240页。
⑧ 《宋史》卷二六三《李穆传》，第9106页。
⑨ 《宋史》卷二九六《韩丕传》，第9860页。
⑩ 《宋史》卷二六九《张澹高锡传论》，第9251页。
⑪ 《宋史》卷二六七，第9215页。
⑫ 《长编》卷九"开宝元年三月戊申"条，第201页。

丽，巧于逢迎，上卒喜之”①。张洎与太祖朝陶谷、卢多逊之流是同类人物。另外如宋白是个面貌较为复杂的人物，对其品行的评价也如其文学一样毁誉参半，史传记载他既“豪俊尚气节”，又“素无检操”，贪纳贿赂，但尚非奸诈阴险之辈②。

第三类为正道自持型。如吕蒙正“质厚宽简，有重望，以正道自持，遇事敢言，每论时政有未允者，必固称不可，上嘉其无隐”③；太宗上元观灯，宴近臣于端拱楼，群臣以太平繁盛景象相贺，蒙正却避席直言都城外饥寒而死者甚众，“帝赧颜不语，王禹偁名謇谔，时亦在列，闻其对，为之汗下，而公侃然复位，无惧色”；富弼誉其为“圣世令德巨人”④。毕士安，太宗朝词臣中“论德行必以公为称首”，为他官亦“以严正称”⑤。李沆、宋湜被太宗称为“嘉士”，李沆“性直谅”⑥，宋湜真宗时从征契丹，竭力尽瘁而卒⑦。此类人物一般并不以文学著称，任翰林学士时间亦较短，但其后多成为名公卿、贤宰辅，他们为宋初士风的重建树立了表率。道德与文学兼备、气节与文风交融的翰林学士是王禹偁，他立朝刚直不阿，“以正道自持，故屡被摈斥”⑧，号称“天下正直之士”⑨，苏轼赞誉他“翰林王公元之以雄文直道独立当世”⑩，是后世景仰的学士典范。

三、“五凤齐飞”与禁林燕会：学士院的更迭建设

太平兴国八年（983）与淳化二年（991）在宋代翰苑制度史上有着特殊意义。前者完成了学士人员的新旧交替；后者修举和完善翰苑制度，禁苑唱和，进一步确立了翰林学士的尊崇地位。

太宗朝翰林学士的任免呈新旧交替趋势，新朝文士逐渐取代旧朝词臣。太祖朝共9位学士与直院，均为前朝进士，且除卢多逊外，均为后汉、后周两制词臣。太祖最初对词臣的态度不无偏见甚至鄙夷，翰林学士的地位多少有些尴尬。太宗即位初期，李昉、扈蒙系由后周入宋、太祖朝依旧充职的前朝学士，汤悦、徐铉则系南唐降宋后由学士降格任用的直院。《儒林公议》载：“太祖既下江南，得徐铉、汤悦、张洎辈，谓之曰：‘朕平金陵，止得卿辈尔。’”⑪ 对几位江南文人显然颇为看重。然而南唐文士在中朝的地位与太祖朝两位北方旧朝文臣李昉、扈蒙却大为不同，后者继续在太宗朝职掌翰苑并先后任翰长，而前者仅为直院。《锦绣万花谷后集》引《退朝录》曰：“太平兴国元年，汤悦、徐铉直学士院，王克正、张洎直舍人院。四公皆江南文士也。”⑫ 徐铉、汤悦直学士院分

① 《长编》卷三十六“淳化五年十一月丁巳”条，第801页。
② 《宋史》卷四三九《文苑传》一，第12998、13000页。
③ 《宋史》卷二六五《吕蒙正传》，第9146页。
④ 富弼《吕文穆公蒙正神道碑》，《全宋文》第29册，第44页。
⑤ 毕仲游《丞相文简公行状》，《全宋文》第111册，第119页。
⑥ 《宋史》卷二八二，第9541页。
⑦ 参见杨亿《宋公神道碑铭》，《全宋文》第15册，第28页。
⑧ 《隆平集》卷十三，文渊阁《四库全书》第371册，第127页。
⑨ 《东都事略》卷三十九，文渊阁《四库全书》第382册，第257页。
⑩ 《王元之画像赞》，《苏轼文集》卷二一，中华书局1986年版，第603页。
⑪ 田况《儒林公议》，文渊阁《四库全书》第1036册，第277页。
⑫ 《锦绣万花谷后集》卷十，文渊阁《四库全书》第924册，第591页。

别达8年和4年，迄未真拜学士。张洎与王克正亦为舍人院权直官而非正官，张洎虽被太宗称为“江东士人之冠”，却一直以德行问题不被太宗认可，迟至淳化四年方被授为学士。《类说》卷十九的一段记载颇有意味：“江南李氏纳款之后，伪命词臣多在近密，太宗幸翰苑阅群书，后主为金吾上将军，在环卫之列，徐铉、汤悦之徒侍坐，太宗见江南臣在上而故主居下，谓侍臣曰：‘不能修霸业，但嘲风咏月，今日宜矣。’”① 太宗对“江南文士”的任用，既是宋初重北轻南的地域观念的反映②，也是新朝对胜国的一种强势意识的流露。宋人自称太祖代周乃是禅让而非革命，“太祖皇帝聪明齐圣，由揖逊而有天下，如尧与舜”③。陈桥兵变时，太祖就号令诸军曰：“公卿大臣皆我比肩之人也，汝等无得辄加凌暴。”④ 因此后周旧臣对新朝便有一种归属感，也易得到太祖和太宗的信任，南唐君臣则始终改变不了“违命侯”与“伪命词臣”的身份，他们自身也因朝代归属上的隔阂而存有疑惧畏慎心理。

太宗朝其余12位新任学士（除张洎外），其中10人为建隆至太平兴国间进士，其中颇不乏出身寒素者，如韩丕幼孤贫，王禹偁是出身微贱的“白屋子”⑤。他们成为宋王朝第一批真正意义上的翰林学士群体，在当时政治和文化生活中扮演了重要的角色。

太平兴国八年六月，徐铉迁左散骑常侍罢直院；七月，学士承旨李昉除参知政事出院，扈蒙接替李昉加承旨。而在此前五月，李穆、宋白、贾黄中、吕蒙正、李至同时授翰林学士，扈蒙赋诗称为“五凤齐飞入翰林”⑥。同年十一月，李穆、吕蒙正、李至同时由学士除参知政事。稍后，雍熙二年（985），扈蒙迁工部尚书罢学士；三年，年轻的苏易简（此年27岁）由知制诰入院，成为春风得意的“少年学士”。至此，旧朝词臣除张洎尚未入院外，余四人或迁或罢，逐步退出学士院，以后数年间，均由宋白、苏易简、贾黄中执掌词诰。因此，太平兴国八年的“五凤齐飞”，虽然其中如李穆、吕蒙正、李至任期短暂，带有过渡的性质，但仍是一次具有标志性意义的人事变动，意味着太宗朝新旧词臣的交替基本完成。

淳化二年，学士院再次发生任免变动。此年九月，宋白出为保大军节度行军司马，结束了他在学士院的第一个9年任期（其于至道元年至景德二年复拜承旨）；贾黄中、李沆并除参知政事；苏易简则迁为学士承旨，成为李昉、扈蒙后的新任翰长；十月韩丕新拜学士，十一月毕士安新拜学士。

此次学士院人事变动的同时，翰苑也迎来空前盛事，学士承旨苏易简成为一系列事件的中心人物。《东都事略·苏易简传》载：“淳化中充承旨，易简多振举翰林故事，太宗为飞白书院额曰‘玉堂’及以诗赐之。太宗曰：‘此永为翰林中一美事。’易简曰：‘自

---

① 文渊阁《四库全书》第873册，第337页。

② 太祖“不用南人为相”的思想在词臣的任用上也有体现，太祖朝学士除欧阳迥为蜀（益州）人外，其余8人均为北方人。太宗朝学士徐铉（扬州）、汤悦（池州）、张洎（滁州）为江南人，苏易简（梓州）为蜀人，其余13人则为北方人。

③ 《东都事略》卷二，文渊阁《四库全书》第382册，第34页。

④ 杨仲良《皇宋通鉴长编纪事本末》卷一，黑龙江人民出版社2006年版，第4页。

⑤ 刘挚《毕文简神道碑》，《全宋文》第77册，第119页。

⑥ 苏易简《续翰林志》卷上，文渊阁《四库全书》第595册，第379页。

有翰林，未有如今日之荣也。'"[①] 苏易简于九月迁承旨，十月即献上其新编《续翰林志》二卷，其子苏耆后来完成《次续翰林志》，成为继唐代李肇《翰林志》之后记录翰林制度的两部重要文献。看似得意的苏易简此时其实有些失落。《事实类苑》载："苏内翰易简在禁林八年，宠待之深，夐出夷等。李相沆入玉堂后于公，一旦先除参政，以公为承旨，赉赐与参政等，苏不甚悦。""上擢黄中、沆参政事，以易简为中书舍人既承旨，并赐白金三十两。谕旨曰：'朕之待卿，非必执政而为重矣。'"[②] 因此，迁承旨、赐诗及白金、匾额数事，既是对苏易简的褒奖和慰抚，对学士院也是最高的荣耀。

太宗《赐苏易简》诗五、七言各一首：

> 翰林承旨贵，清净玉堂中。应用咸依式，深严比更崇。归家思值日，入内集英风。儒措门生盛，高明大化雄。
>
> 运偶昌时远更深，果然穀在我中心。从风臣偃光朝野，此日清华见翰林。举措乐时周礼法，思贤教古善规箴。少年学士文明世，一寸贤毫数万寻[③]。

苏易简27岁入禁林，32岁即贵为"翰林承旨"，践居玉堂"清净"、"深严"、"清华"之地，其眷遇之深，在两宋翰林学士中仅此一人。这样的事件极具历史意义和现实效应，于是两制、经筵、馆阁等群彦聚会于学士院，赋诗纪盛，宰辅大臣亦预其事，"上谓宰相曰：'苏易简以卿等诗什来上，斯足以见儒墨之盛，学士之贵也。'"[④] 此次唱和共17首诗，包括执政李昉、张齐贤、贾黄中、李沆、李至所作5首，题为《禁林燕会集》，两制词臣与馆职12人所作题为《禁林燕会之什》[⑤]，加上太宗两首圣制，使得这一系列活动成为翰苑制度史上浓墨重彩的一页。太宗皇帝着意开创"文明世"，翰林学士作为文化精英，因太宗反复宣谕学士之贵、翰林之荣、儒墨之盛，更加确立了尊崇无比的地位，这大大增加了当时学士普遍的清贵意识和词臣情结。如苏易简在禁林最被恩遇，故其"诗什之中多思禁林"[⑥]。王禹偁也非常看重其"三入承明庐"[⑦] 的两制经历，其诗歌中时时流露着自觉而强烈的词臣意识。

四、太平修书：翰苑、馆阁的文学图景

经过太祖、太宗的征伐，至太平兴国时，南北混一，文化建设事业随之蓬勃展开。太宗朝翰林学士参与三馆秘阁的扩建，主持馆阁修书，使馆阁翰苑成为助推北宋文学走向繁荣的基地。

---

① 《东都事略》卷三十五，文渊阁《四库全书》第382册，第233页。
② 《事实类苑》卷六引《杨文公谈苑》，文渊阁《四库全书》第874册，第47页。
③ 《全宋诗》，北京大学出版社1998年版，第1册，第448页。
④ 《长编》卷三十二"淳化二年十一月辛卯"条，第727页。
⑤ 详《翰苑群书》卷七，文渊阁《四库全书》第595册，第372－376页。
⑥ 《类说》卷二十二，文渊阁《四库全书》第873册，第389页。
⑦ 《北楼感事》，《全宋诗》第2册，第675页。

宋初昭文馆、集贤院、史馆沿五代之旧，规模不大，图书不多，馆址亦颇简陋。太平兴国二年，诏有司于左升龙门东北车府地为三馆。三年二月新馆建成，复诏曰："国家聿新崇构，大集群书，宜锡嘉名，以光策府，其三馆新修书院宜为崇文院。"于是"简册之府，翕然一变矣"①。随着朝廷访求群籍，图书大增，至端拱中复建秘阁②，李至以吏部侍郎兼秘书监主其事，成为馆阁——也是文化学术沙龙的主持者之一。淳化三年秘阁再次增修，馆阁亦迎来一大盛会：太宗作秘阁赞，御书"秘阁"二字匾额以赐李至，并赐御诗以美其事，宰执、馆职聚会相贺③。"秘阁"升格，获此殊荣，恰与淳化二年御赐学士院"玉堂之署"相辉映，足见太宗对馆阁的重视程度。

自太平兴国二年至淳化三年，历经十余年，三馆秘阁完成了全部机构建设，形成宋代馆阁的基本格局。自此，馆阁日益成为宋朝廷聚拢人才、修纂文献、振兴学术、推进文学的核心。

太宗朝翰林学士所参与的最重要的馆阁文化活动，是太平兴国至雍熙中所修三部大书，即《太平御览》一千卷、《太平广记》五百卷、《文苑英华》一千卷。历史学家曾将太宗朝修书的动机归于政治原因："是时诸降王死，多出非命，其故臣或宣怨言，太宗俱录之馆中，俾修《太平御览》等书，丰其廪饩，诸臣多卒老于中。"④这种推测有其合理性，但过于狭隘。宋朝四部大书，三部修成于太宗朝，绝非仅仅为了羁縻和防范前朝旧臣。太宗本人以读书崇儒的行为率先垂范，诠释了修书的意义。太平兴国八年十一月，"诏：'史馆所修《太平总类》（即《御览》）自今日进三卷，朕当亲览。'宋琪等言：'穷岁短晷，日阅三卷，恐圣躬疲倦。'上曰：'朕性喜读书，开卷有益，不为劳也。此书千卷，朕欲一年读遍，因思学者读万卷书，亦不为劳耳。'"⑤真宗亦曾追述说："朕常思太宗诫谕：'惟学读书最为好事。'朕遵行之，未尝失坠。"⑥太宗屡屡临幸馆阁，召宰执词臣及馆职阅馆中群书，甚至召武将观书，"欲其知文儒之盛也"⑦。蓄书、修书、读书，正是盛世偃武修文、以文化成天下的必然举措。胡应麟从文献传播的角度给予太宗此举高度评价："宋初辑三大类书，《御览》之庞赜，《英华》之芜冗，《广记》之怪诞，皆艺林所厌薄，而不知其有功于载籍者不眇也。非《御览》，西京以迄六代诸史乘煨烬矣；非《英华》，典午以迄三唐诸文赋烟埃矣；非《广记》，汲冢以迄五朝诸小说乌有矣。余每薄太宗之凉德，至读三书，则斧声烛影之疑辄姑举而置之。"⑧三部大书是对先唐文化尤其是唐代文学的一次大规模的整理和总结，为当代文学发展提供了基本文献和经典范本，其意义显然远远超出了政治和帝学的范畴。

三部大书的修纂，均以翰林学士主其事，两制词臣与三馆秘阁馆职为主体，汇聚了

---

① 徐松辑《宋会要辑稿》职官一八之五〇，中华书局1957年版，第2779页。
② 详程俱《麟台故事校证》卷一"省舍"，中华书局2000年版，第19页。
③ 详《事实类苑》卷三十一，文渊阁《四库全书》第874册，第264页。
④ 《十国春秋》卷二十八《殷崇义传》，文渊阁《四库全书》第465册，第269页。
⑤ 《长编》卷二十四"太平兴国八年十一月庚辰"条，第559页。
⑥ 《宋会要辑稿》帝系四之二，第94页。
⑦ 王应麟《玉海》卷一六三，文渊阁《四库全书》第947册，第272页。
⑧ 《少室山房集》卷一〇四，文渊阁《四库全书》第1290册，第752页下。

当时的文坛英华。太宗皇帝热衷于与文臣讨论文艺，更激发了翰苑馆阁文士的创作热情，造成浓厚的崇文气氛。苏易简《续翰林志》描述其时舍人学士侍从游宴，圣制屡出、君臣唱和的景象，令太宗感慨："词臣实神仙之职也。"《麟台故事》载：至道元年（995）六月，太宗屡屡召史馆编修舒雅、杜镐、吴淑、吕文仲等于便殿读书，均有赏赐。十月，翰林学士、秘书监、知制诰及三馆学士以上，以新增琴、阮弦，各献歌赋颂以美其事。"上谓宰相曰：'近日朝廷文物甚盛，前代所不及矣。群臣所献歌颂，朕一一览之，校其工拙，惟李宗谔、赵安仁、杨亿词理精当，有老成之风，可召至中书奖谕。'又曰：'吴淑、安德裕、胡旦，或词彩古雅，或学问优博，又其次也。'"① 曹彦约《经幄管见》卷一载理宗朝进讲《三朝宝训》之《奖词学篇》，追述了太宗君臣间就文学问题展开的生动对话：太宗褒谕杨亿、李宗谔等，"亿对，（太宗）又戒之曰：'朕素知汝文学，更当遵守儒行，韬晦其能，苟谦虚守道，可保令名。'因问：'年几何?'曰：'始年十一释褐授官，今二十二矣。'上笑曰：'少年聪明，信是天赋。'……上曰：'此新题也，尤难为工。杨亿最可称奖，自幼在馆，俄忽二十二，文学大进。朕闻唐王勃十五作《滕王阁记》，时辈叹服，观亿亦勃之比也。'杨亿尝上表，上曰：'亿天与文性，好学不倦，每览制作，不易多得。'温仲舒曰：'陛下好文，故才俊间出，亿若不遇圣鉴，乃京华一旅人尔。'"② 杨亿十一岁时即以神童召对，应试诗赋，为太宗所赏异。淳化元年（990），17岁时诣阙献文，读书秘阁。淳化四年，除直集贤院，22岁时，正值至道元年。他是在太宗关注下，在馆阁翰苑环境中培育成长起来的文学才俊。正如温仲舒所说："亿若不遇圣鉴，乃京华一旅人耳。"杨亿的际遇成为君主好文、"才俊间出"的一个缩影。至道年间的这一系列活动，则勾勒出太宗朝词臣馆职与帝王共造文化与文学繁荣，赋颂盛世文明，以"学问优博"、"词采古雅"、"词理精当"为审美理想的主流文学图景。

五、白体：群体风格的趋同

如果说太宗皇帝对文学的品鉴以皇权话语的形式成为台阁文学的导向标，那么，翰苑就是文风的发源地，翰林学士则是策动者。他们通过修书、观书、游赏、知举等机缘与馆阁文士、礼部举子交游聚合，吸引赏誉文学后进，成为士林趋奉的领袖人物，从而造成诗坛对文学典范的群体性选择。

一个显而易见的现象是，从李昉、徐铉到宋白、苏易简、王禹偁，太宗朝翰林学士几乎由清一色的"白体"诗人担当。这首先引发了一个值得思考的问题：太宗朝翰林学士群体对"白体"诗风的自觉接受缘何持续几十年？细加寻绎，两者间的契合点颇多。

其一是文化身份的体认。白居易元和二年（807）至六年为翰林学士，长庆元年（821）至二年任中书舍人，是宪宗、穆宗两朝词臣，故其诗中颇多"红药"禁林之思，如《紫薇花》诗："丝纶阁下文书静，钟鼓楼中刻漏长。独坐黄昏谁是伴，紫薇花对紫薇

① 《麟台故事校证》卷五"恩荣"，第196页。
② 文渊阁《四库全书》第686册，第38页。

郎。”[①] 后来哲宗就曾御书此诗赐苏轼。这种共同的身份认同感使宋代词臣对这位在政治与文学上都堪称成功的前辈同道保持了更多的尊重和兴趣，更乐于借鉴其从政经验，追奉其文采翰墨与学士风范。

其二是文体风格的会通。白居易在元和、长庆时不仅以诗著称，且以策论与制诏闻名。在五代人所修《旧唐书》中，对白居易文章的评价明显高于韩愈。白居易的制诰文也与常衮、杨炎、陆贽、元稹一起被宋人用为诏诰文写作研习的范本。王禹偁《贺柴舍人（成务）新入西掖》：“好继忠州文最盛，应嫌长庆格犹卑。”自注云：“舍人尝与余评前贤诏诰，以为陆相首出。若奉天罪己诏，元、白之徒，可坐在庑下。”[②] 又据《古今事文类聚别集》卷七载：“丁晋公（谓）言王二丈元之忽一日面较元和、长庆时名臣所行诏诰，有胜于《尚书》，众皆惊而请益，曰：‘如元稹行牛元翼制云：“杀人盈城，汝当深戒，孥戮尔众，朕不忍闻。”且《尚书》云：“不用命，戮于社。”又：“予则孥戮汝。”以此方之，《书》不如矣。’其阅览精详如此，众皆服之。”[③] 可知王禹偁确曾对元和、长庆诏诰下过认真的研讨功夫。白居易有诗云：“制从长庆辞高古，诗到元和体变新。”自注云：“微之长庆初知制诰，文格高古，始变俗体，继者效之也。”[④] 居易文集中有中书制诰六卷，翰林制诏四卷，其中书制诰标明“旧体”、“新体”各三卷。白居易称元稹制诰“能芟繁词，划弊句，使吾文章言语，与三代同风”[⑤]。又说：“制诰，王言也，近代相沿，多失于巧俗。自公下笔，俗一变至于雅，三变至于典谟，时谓得人。”[⑥] 可见其对革新制诰应用文体的自觉意识。长庆制诏的“高古”风格包含了对“新体”的追求，这与其元和诗歌的“变新”在精神和方向上是一致的。反观韩柳，他们虽是唐代古文的提倡者，并为欧阳修、苏轼等古文家高度推崇，但并不以制诏应用之文著称。韩愈元和九年十二月曾以考功郎中、史馆修撰兼知制诰，十一年正月迁中书舍人，但仅存《除崔群户部侍郎制》一文。马其昶曰：“公掌纶诰一年，唯《外集》有此制一首，则其文遗逸多矣。”[⑦] 柳宗元则未曾掌制。因此，追摹元白制诰体的两制词臣更为熟悉并偏爱白诗风格，应是顺理成章的事情。

其三是文献传播的序位。始于太平兴国七年、成于雍熙三年的《文苑英华》，是官方对唐人文集第一次大规模地搜集整理。据《文苑英华》所收作品统计，白居易 698 篇，柳宗元 197 篇，韩愈 158 篇。白氏诗文作品的数量数倍于韩柳，而制诰文的比例竟为 133∶0。事实上，从宋人的阅读史可知，白居易文集在宋初确已极为流行。前举太宗朝 17 位翰林学士（暨直院）参加过三部大书编纂的先后有李昉、扈蒙、徐铉、汤悦、李穆、李至、吕蒙正、贾黄中、宋白、苏易简、张洎、宋湜等，多达 13 人。馆阁修书、阅书，

① 朱金城《白居易集笺校》卷十九，上海古籍出版社 1988 年版，第 1240 页。
② 《全宋诗》第 2 册，第 719 页。
③ 文渊阁《四库全书》第 927 册，第 621 页。
④ 《余思未尽加为六韵重寄》，《白居易集笺校》卷二十三，第 1533 页。
⑤ 《元稹除中书舍人、翰林学士、赐紫金鱼袋制》，《白居易集笺校》卷五十，第 2954 页。
⑥ 《唐故武昌军节度处置等使元公墓志铭》，《白居易集笺校》卷七十，第 3735 页。
⑦ 马其昶《韩昌黎文集校注》外集上卷，上海古籍出版社 1987 年版，第 686 页。

成为文献传播与接受的主要渠道，使词臣获得近便地阅读前人作品的机会，而作家作品在当代权威选本或总集中入选的多寡决定了他们在多大程度上进入当代的阅读视野，有多少机会被品评和借鉴从而进入经典化的流程。在这一方面，白居易占有绝对的优势。

其四是文学趣味的趋近。太宗朝两制诗人对白诗的接受有两个层面最值得注意。其一也是最显明的艺术表征即浅切平易的风格，这是宋初白体诗人共同的艺术取向，主要表现为题材的琐细凡常和语言的平淡质朴，其载体则以近体律诗为主。李昉是其代表，“昉诗务浅切”①，“为文章慕白居易，尤浅近易晓”②，其诗文皆以白氏为宗。流风所及，至仁宗朝尚存余脉。其二，太宗朝白体诗人对白诗的讽喻谏诤精神亦有所发扬，其载体多为乐府古诗，从而拓宽了学白的路径，王禹偁与田锡为其先声。（详下文）

由此引出另一个相关的问题是，位于诗坛中心的翰林学士，对于“士大夫皆宗白乐天诗”③的诗学趋向，对于“白体”形成宋代诗坛第一个绵延不绝的诗歌体派和诗人代群，起到了怎样的引领和示范作用？

首先值得关注的是，翰林学士作为文坛的核心人物，以交游为纽带，通过师友传习、侪辈切磋所形成的文人关系。本来，前辈发现、提携后进，晚学追随、师从名家，是士林相沿的古风。太宗重文学，翰林学士多为当时文章大家，他们以荐拔后进为乐事，文人间的文学交游与聚合更为频繁。翰林学士知贡举，两制词臣与馆职同知的制度，以及由学士院或舍人院、秘阁等召试馆职的做法，进一步促成了文人群体的建立。如李昉久在翰林，“大半门生作侍臣”④。徐铉入宋后“中朝人士皆倾慕其风采”⑤，“吏部侍郎李公至、翰林学士承旨苏公易简，皆当世英俊，奉公以师友之礼”⑥；“（陈）彭年师事徐铉为文”⑦。李至既是李昉的“唱和友”，又师事徐铉，曾手写铉及其弟锴文集置于几案，而其任秘监期间，也多荐引文士入馆⑧。贾黄中“再典贡部，多柬拔寒俊”，“当世文行之士，多黄中所荐引”⑨。宋白“后进之有文艺者，必极意称奖，时彦多宗之”⑩；三掌贡士，“得苏易简、王禹偁、田锡、李宗谔、胡旦，时谓之得人”⑪。苏易简“久在禁林，连典贡部……及公荐陈枢相尧叟、孙紫微何，一不摇动。天下伏其知人，寒畯之流，牢笼殆尽，虽退黜者曾无怨言，场屋之间，至今歌咏”⑫。毕士安“与寇準、王旦、杨亿及少所从游韩丕、刘锡、杨璞友善，而王禹偁、陈彭年乃公门下士也”⑬。宋湜“喜引重后进有名者，

---

① 吴处厚《青箱杂记》卷一，文渊阁《四库全书》第1036册，第612页。
② 《宋史》卷二六五《李昉传》，第9138页。
③ 《蔡宽夫诗话》，吴文治主编《宋诗话全编》本，凤凰出版社1998年版，第1册，第622页。
④ 王操《上李昉相公》，《全宋诗》第1册，第647页。
⑤ 欧阳修《徐铉〈双溪院记〉》，《欧阳修全集》卷一百四十三，中华书局2001年版，第2322页。
⑥ 李昉《徐公墓志铭》，《全宋文》第3册，第175页。
⑦ 《宋史》卷二八七《陈彭年传》，第9661页。
⑧ 参见《宋史》卷二六六《李至传》，第9176页。
⑨ 《宋史》卷二六五《贾黄中传》，第9161、9162页。
⑩ 《宋史》卷四三九《文苑传》一，第13000页。
⑪ 《东都事略》卷三十八，文渊阁《四库全书》第382册，第246页。
⑫ 苏耆《次续翰林志》，文渊阁《四库全书》第595册，第387页。
⑬ 毕仲游《丞相文简公行状》，《全宋文》第111册，第121页。

又好趋人之急，当世士流翕然宗仰之"[①]。钱若水"汲引后进，推贤重士，襟度豁如也"[②]。王禹偁"所与游必儒雅，称奖后进，如孙何、丁谓，遂名重一时"[③]。由此可见，当代众多的文学才俊尤其是那些寒素之士以门生、故旧等关系聚集在翰林学士周围，追陪游从，前后相续，易于形成对某种文学风尚的递接传承。

其次，翰林学士对文风的影响，是其创作本身尤其是群体性的文学活动所产生的示范效应。太宗朝两制三馆频频雅集唱酬，以下是一些重要的文学人物及其诗歌集会与唱和活动：

1. 徐铉《翰林酬唱集》。《通志》卷七十《艺文略》："《翰林酬唱集》一卷，宋朝王溥與李昉、汤悦、徐铉等。"[④] 此为徐铉、李昉太平兴国修书时与其他馆阁人员唱和之作，首开宋初翰苑与馆阁酬唱之风[⑤]。其书久佚，难以考察其唱和形态，但徐铉确以其博学多才的文学风采，为中朝文士所尊奉，成为由南入北、从五代至宋初元和诗风流传延续的宗师。

2. 淳化二年李昉、苏易简等《禁林燕会集》与《禁林燕会之什》。这是今存第一部宋代翰苑馆阁的集会专集。上文已论及，此不赘。

3. 淳化二年李昉、李至《二李唱和集》。据李昉《二李唱和集序》，是书所编为二人自端拱元年至淳化二年近四年间唱和作品123首，"他人亦有和者，咸不取焉"[⑥]。其时二人身居高位，职清而务简，"昉诗务浅切，效白乐天体，晚年与参政李公至为唱和友，而李公诗格亦相类，今世传《二李唱和集》是也"[⑦]。以二李之地位与文学造诣，自有吸引力与示范效应。

4. 太宗、真宗之际宋白《唱和集》。杨亿《广平公唱和集序》曰：

> 有若翰林主人大宗伯广平公，以才识兼茂治行第一登金门，上玉堂，发挥帝谟，润色大业，自太平兴国迄于咸平，凡岁星再周于天矣……作文章盟主，实朝廷宗工。天其或者殆以公为儒林之木铎也。而视草之暇，含毫靡倦，形于风什，传于僚友，同声相应，发言成章，乃至文昌正卿，宥密元老，蓬丘之长，兰台之英，争奇逞妍，更赋迭咏，铺锦列绣，刻羽引商，烂然成编，观者皆耸[⑧]。

据杨亿序可知，宋白曾将视草之余与宰辅馆职等的赋咏之作编成唱和集七卷，数量相当可观，惜俱已不存。但作为任期最长（跨越两朝）、地位亦高（学士承旨）、影响颇大（三掌贡举）、以"元白才名"著称的翰林学士，他堪称太宗朝后期主持文坛的"翰林

---

① 《宋史》卷二八七《宋湜传》，第9646页。
② 《宋史》卷二六六《钱若水传》，第9171页。
③ 《隆平集》卷十三，文渊阁《四库全书》第371册，第127页。
④ 文渊阁《四库全书》第374册，第471页。
⑤ 参见王水照主编《宋代文学通论》，河南大学出版社1997年版，第83页。
⑥ 按是序作于淳化四年五月十五日，见《全宋文》第3册，第161—162页。
⑦ 《青箱杂记》卷一，文渊阁《四库全书》第1036册，第612页。
⑧ 《全宋文》第14册，第384页。

主人大宗伯”。

由上文可知，太宗朝两制三馆的唱和活动在淳化、至道间达到高潮。但需要指出的是，其时文人唱酬虽多，但大都尚无开宗立派、结盟树帜的自觉意识，文人之间的聚合也较为松散，他们的唱和还缺少艺术竞争的氛围，因袭模仿多于革新创造。如淳化二年的禁林唱和均为同题赋咏，意在渲染翰苑恩荣，艺术上并无新意。《二李唱和集》甚至对同时参与唱和的其他人的作品也缺乏热情，一概不予收录。由此造成整个太宗朝“白体”诗人在艺术风格上趋同性强，而鲜见作者的艺术个性，也就难以在宗唐学白的道路上有较大的突破。

六、追复唐风：“元和、长庆风格”的文学史意义

太宗后期至真宗初，以宋白为“翰林主人”、“文章盟主”，王禹偁、田锡等人为辅翼，形成座主、门生相呼应的两制词臣文学群体，成为北宋第一批有开创性成就的作家。

宋白早年即“豪俊尚气节，重交友，在词场名称甚著”①，后两入翰林，屡典贡举，苏易简、王禹偁、李宗谔、田锡、胡旦等两制词臣皆出其门下。其门生中最值得注意的是王禹偁与田锡，二人的从政与创作经历颇多相似之处，他们均从宋白游，出入玉堂掖垣。田锡雍熙四年（987）、王禹偁端拱二年（989）先后拜知制诰。端拱二年，田锡罢知制诰，次年（淳化元年）出知陈州。王禹偁作《酬赠田舍人》云：“忆昔逢君在邹鲁，翰林丈人东道主。一言得意便定交，数日论文暗相许。”② 诗中追述两人早年因当今“翰林丈人”宋白结缘于邹鲁，时为太平兴国四年，宋白以左拾遗权知兖州，禹偁曾作《投宋拾遗文》干谒陈情：“下韩氏二百年，世非无其文章，罕能聚徒众于门，张圣贤之道矣。其或者复授于明公乎！明公履孔、孟、扬雄之业，振仲淹、退之之辞，矧天与之时，则追还唐风，不为难焉。然登明公之门，师明公之道者甚众，止闻胡、田二君矣。……今年春，始敢囊书笈文，登明公之门以求誉，师明公之道以进身。”③ 文中“胡、田二君”即胡旦、田锡，二人均为太平兴国三年进士，王禹偁则迟至太平兴国八年方进士及第。此文表明王禹偁早年即有意继踵胡、田，追随宋白，不仅求延誉进身，而且志在兴复圣贤之道与文章。田锡《贻宋小著书》也记载早年曾与宋白“数日论文，更得新意，若获秘宝，如聆雅音。苟非贤智之交，宁厚切磋之道？所谓悦我以文藻，荣我以道义也”④。可见，他们以道义师友之交相游从，已经具有了较为自觉的宗盟意识。

对王禹偁的文学史地位，古今皆有较高评价，对宋白及田锡的作用则不甚涉及⑤。宋白甚有文名，有《宋文安集》（又名《广平集》）一百卷，已佚，又有《宫词一百首》。除

---

① 《宋史》卷四三九《文苑传》一，第12998页。

② 《全宋诗》第2册，第778页。

③ 《全宋文》第7册，第415页，参见祝尚书《王禹偁事迹著作补考》，《宋代文学探讨集》，大象出版社2007年版，第421页。

④ 《咸平集》卷二，第33页。

⑤ 知见所及，最早关注田锡文学成就的是祝尚书先生，详见氏著《试论北宋西蜀作家田锡》，收入《宋代文学探讨集》，第246—259页。本节内容参考了此文。

《宫词》外，《全宋诗》、《全宋文》辑录其诗文数量亦较少，难以窥见其全貌。王禹偁《寄献鄜州行军司马宋侍郎》云：“歌诗数千首，人口炙与脍。……制诰复西汉，碑板揭东岱。金銮赴夜召，顾问及远大。白麻几千纸，意出元白外。”① 赞叹其诗歌数量多，流传广，禁中草诏，上追西汉，超迈元白。田锡《寄宋白拾遗》云：“严吾侍从臣，元白才名子。……不日演丝纶，鳌宫承帝旨。”②《览韩偓郑谷诗因呈太素》：“顺熟合依元白体，清新堪拟郑韩吟。搜来健比孤生竹，得处精于百炼金。”③ 指出其既具“元白才名”，堪当翰苑之职，又在“元白体”的“顺熟”之外，兼有“清新”、“精”“健”之风。

出于座主门生之谊，王、田二人对宋白的评价容有溢美之词，不过他们都曾与宋白谈诗论文，对宋白的文学思想及其诗文风格是相当了解和认同的，他们都着意强调宋白诗文在沿袭元白基础上的某些新变。复古和新变，正是这一时期文坛涌动着的一股潜流。柳开《赠诸进士诗》云：“今年举进士，必谁登高第？孙传及孙仅，外复有丁谓。到京见陈访，好尚同韩洎。馆中诸仙郎，纶阁贵三字。翰林四主人，列辟群英粹。”④ 孙何、丁谓淳化三年进士及第，此年翰林学士三人：承旨苏易简，学士韩丕、毕士安，由苏易简知贡举，毕士安、钱若水、吕祐之、王旦同知⑤。据王禹偁淳化二年《送丁谓序》云：“两制间咸愿识其面而交其心矣，翰林贾公尤加叹服。”⑥ 贾黄中正于此年九月除参知政事罢学士出院，故柳诗所谓“翰林四主人”应包括贾黄中而言。可见其时标榜韩柳的复古风气，已经在科场、馆阁到舍人院（“三字”即知制诰）、学士院蔓延开来，王禹偁与田锡则是两制词臣中独步高蹈的先行者。王禹偁秉持“吾道斯文”⑦，致力于“追还唐风”，挽救“近代”以来“可怜诗道日益替，风骚委地无人收”⑧ 的衰敝局面。《送孙何序》指出：“咸通以来，斯文不竞，革弊复古，宜其有闻。”⑨《东观集序》：“（唐）三百年间，圣贤相会，事业之大者，贞观、开元；文章之盛者，贞元、长庆而已；咸通而下，不足征也。”⑩《五哀诗·高锡》：“文自咸通后，流散不复雅。因仍历五代，秉笔多艳冶。”⑪ 他明确以贞元、长庆与“咸通而下”作为唐代文学盛衰的时间标识，对贞元至长庆经典作家更具体的表述则是韩柳元白，同时兼取李杜，上追西汉。《寄题陕府南溪兼简孙何兄弟》：“篇章取李杜，讲贯本姬孔。古文阅韩柳，时策闻晁董。”⑫《赠朱严》：“谁怜所好还同我，韩柳文章李杜诗。”⑬ 田锡则以“通变”的观点观照唐人文学，《贻宋小著书》曰：

---

① 《全宋诗》第 2 册，第 655 页。
② 《咸平集》卷十七，第 166 页。
③ 《咸平集》卷十五，第 136 页。
④ 《全宋诗》第 1 册，第 575 页。
⑤ 参见张希清《北宋贡举登科人数考》，《国学研究》第二卷，1994 年。
⑥ 《全宋文》第 7 册，第 425 页。
⑦ 《谪居感事》：“吾道宁穷矣，斯文未已而。”《放言诗》其二：“吾道斯文如未丧，且凭方寸托穹旻。”分见《全宋诗》第 2 册，第 712、720 页。
⑧ 《还扬州许书记家集》，《全宋诗》第 2 册，第 781 页。
⑨ 《全宋文》第 7 册，第 424 页。
⑩ 《全宋文》第 8 册，第 17 页。
⑪ 《全宋诗》第 2 册，第 665 页。
⑫ 《全宋诗》第 2 册，第 656 页。
⑬ 《全宋诗》第 2 册，第 759 页。

"锡以是观韩吏部之高深，柳外郎之精博，微之长于制诰，乐天善于歌谣，牛僧孺辩论是非，陆宣公条奏利害，李白、杜甫之豪健，张谓、吕温之雅丽。锡既拙陋，皆不能宗尚其一焉。但为文、为诗、为铭、为颂、为箴、为赞、为赋、为歌，氤氲吻合，心与言会，任其或类于韩，或肖于柳，或依希于元白，或仿佛于李杜，或浅缓促数，或飞动抑扬，但卷舒一意于洪蒙，出入众贤之阃阈，随其所归矣。"[①]《贻陈季和书》重点论诗之"变"："迩来文士颂美箴阙，铭功赞图，皆文之常态也。若豪气抑扬，逸词飞动，声律不能拘于步骤，鬼神不能秘其幽深，放为狂歌，目为古风，此所谓文之变也。李太白天付俊才，豪侠悟道，观其乐府，得非专变于文欤？乐天有《长恨歌》、《霓裳曲》，五十讽谏，出人意表，大儒端士，谁敢非之？何以明其然也？世称韩退之、柳子厚萌一意措一词，苟非美颂时政，则必激扬教义，故识者观文于韩柳，则警心于邪僻，抑末扶本，跻人于大道可知矣，然李贺作歌，二公嗟赏，岂非艳歌不害于正理，而专变于斯文哉？"[②] 田锡所论作家除李杜外，全部出于中唐，其所论析诸家文体、风格更为广泛而具体。他崇尚"天真"自然，随意摹写，无所拘束，追求"文之变"而不满"文之常态"，正恰当地诠释了白居易标榜"诗到元和体变新"的创变精神。

如果说，《文苑英华》的编纂是宋王朝对唐代文学文献的整理汇辑，那么，王禹偁与田锡则是从理论上对唐代文学做了更为成熟的理论总结和思考，并借此明确表达了"革弊复古"的文学理想和目标。在他们的批评话语中，除了李白、杜甫两位盛唐诗人之外，贞元、元和、长庆也即后世所谓"中唐"这一时段显示了在唐宋文学承继转捩进程中所具有的独特意义：诗、文全面繁荣，韩、柳、元、白并立，而韩愈的地位愈来愈突出，"韩之下二百年"成为宋人复兴儒道与古文的新起点[③]，这一认识与后来的古文家们桴鼓相应。

作为分掌内外制的词臣，王禹偁与田锡二人均以立朝正直的形象垂范后世。范仲淹称田锡为"天下之正人"，苏轼称其为"古之遗直"[④]。王禹偁因"性刚不能容物"（太宗语）而屡遭诬谤，以致其三入西掖与翰苑都以直言谏诤而遭贬。与政治气节相互辉映的是，王、田二人的诗文创作已能超迈常流，振举时风。首先，跳出了前期白派诗人一味以近体诗闲吟唱和的窠臼。田锡论诗，欣赏的是豪荡飞动的"狂歌""古风"，进入他批评视野的唐人诗歌是李白的"乐府"、白居易的"歌谣"、李贺的"艳歌"。他们采用的诗体也更为丰富，王禹偁《小畜集》有古调诗三卷，古诗一卷，歌行二卷。田锡《咸平集》律诗仅二卷，古风歌行多达四卷。淳化年间，二人还都写作了讽喻时政的乐府古诗，如王禹偁《对雪》、《感流亡》，田锡《苦寒行》等，是白诗与杜诗精神的融汇。其次，追摹元和、长庆风格。太宗朝词臣写作喜标榜"元和、长庆风格"，以矫正五代颓靡文风，王

① 《咸平集》卷二，第 34 页。

② 《咸平集》卷二，第 32 页。

③ 柳开《东郊野夫传》："韩之下二百年。"王禹偁《投宋拾遗文》："下韩氏二百年。"分见《全宋文》第 6 册，第 392 页；第 7 册，第 415 页。

④ 《田司徒墓志铭》，《田表圣奏议序》，均见《咸平集》卷首。

禹偁制诰文的写作亦以“考三代、两汉之典章，取贞元、长庆之风格”为准的①。《四库全书总目提要》评曰：“宋承五代之后，文体纤俪，禹偁始为古雅简淡之作，其奏疏尤极剀切，《宋史》采入本传者，议论皆英伟可观。在词垣时所为应制骈偶之文，亦多宏丽典赡，不愧一时作手。”② 李之鼎《咸平集跋》评田锡：“田表圣奏议剀切敷陈，久有继轨陆宣公之誉。其他诗文，气象宏博，允为北宋大家。”③ 他们的制诏奏议仍以四六为主，但已能兼取骈散，融入气骨，而无雕锼澳涊余习。

总之，在尹洙、穆修之前，王禹偁与田锡已是复古革新最积极的倡导者与实践者，但他们最终都未能彻底扭转时风。前人评王禹偁文章成就时曾指出两点原因。一是《文献通考》引竹溪林氏所说：“王元之又在尹、穆之前，虽未能尽去五代浮靡之习，而意已务实，但未得典则之正。”④ 即作为先驱者自身尚未尽完善。二是叶适所说：“王禹偁文简雅古淡，由上三朝未有及者，而不甚为学者所称，盖无师友论议之故。”⑤ 即环顾寂寞，缺少同道者的支持和呼应。但王禹偁的交游圈子里既有毕士安、宋白、田锡等两制师友，又有孙何、丁谓等后进举子，似乎并不缺少同道和“师友论议”。客观地说，有两个因素不容忽视。一是王禹偁曾赞扬宋白“大半生徒两制间”⑥，王祜“两制门生伴凤毛”，但自己却从未知举，故有诗曰：“三入承明不知举，看人门下放诸生。”⑦ 其次，王禹偁三入承明却累为迁客，时间均不长，在翰苑仅数月，此后亦未跻大用，这就在很大程度上削弱了他的政治地位和影响力，使他难以成为宋白那样的“翰林主人”和文坛宗师。但他所倡导的“韩柳文章李杜诗”，作为太宗朝文学的尾声，却为庆历以后的文学复古高潮做了重要的铺垫，而“翰林王公”的道德文章与学士品格也被后来的翰苑词臣反复提起，遗风余烈流传不绝。

---

① 《谢除刑部郎中知制诰启》，《全宋文》第7册，第407页。
② 《四库全书总目提要》卷一五二，中华书局1965年版，第1307页。
③ 曾枣庄等编《宋文纪事》卷三，四川大学出版社1995年版，第44页。
④ 《文献通考》卷二三三，中华书局1986年版，第1861页。
⑤ 《习学记言》卷四九，文渊阁《四库全书》第849册，第794页。
⑥ 《赠卫尉宋卿二十二丈》，《全宋诗》第2册，第745页
⑦ 《类说》卷五十五引《玉壶清话》，文渊阁《四库全书》第873册，第948页。

杨亿：从“盛世符瑞”到西昆诗人

上海商学院　李　强

杨亿（974—1020），字大年，建州浦城人（今属福建省）人。宋真宗咸平三年（1000），27岁的杨亿结束了两年处州知州的工作，再次回到朝廷任职，先拜“左司谏”，第二年被任命为“知制诰”，到宋真宗景德三年（1006）年十一月，33岁的杨亿就已经当上了翰林学士，而他的文学前辈王禹偁在至道元年（995）获得这一职位时已经42岁了。大约就在这前后数年的时间内，杨亿和他的馆阁同事们倡导了一种新的文学风尚，人们称之为“西昆体”。“西昆体”文学以其特有的艺术魅力，迅速风靡了当时的大宋文坛，成为宋朝自己第一个流行文学样式。“西昆体”后来饱受文学史家的批评，人们把这种11世纪初大宋精英文人兴起的文学新风尚，看做是堆砌华丽辞藻、毫无生命力的文学。大约自20世纪90年代以来，学界出现了不少重新评价西昆体的研究论文，使人们对“西昆体”的认识不断加深，有研究者甚至把西昆体诗歌与宋真宗“东封西祀”的荒唐政治联系到一起，从而赋予西昆体诗歌以重大政治讽喻意义。那么，杨亿到底是怎样一个文人？他对北宋文学发展究竟有何贡献？本文尝试从以下四个方面探讨这一问题。

一

据《续资治通鉴长编》记载，宋太宗雍熙元年（984）十一月，朝廷任命11岁的杨亿为秘书省正字。在这个任命发布之前，宋太宗已经先派江南转运使张去华专门到福建对杨亿进行考试。考试结果让张感觉满意，于是就安排杨亿进京见宋太宗。太宗亲自主持对杨亿的考试，据说连续考了三天，让杨亿作了五篇“赋”，每一篇杨亿都是文不加点、“援笔立成”，宋太宗命人把杨亿的试卷送给朝廷的学士们批阅。《续资治通鉴长编》这样描写那些大臣看到杨亿试卷后的表现：“骇其俊异，削章为贺。”一个能写诗赋的11岁小孩，对当时百废待兴的大宋来说，实在是无关紧要。可大臣们为什么会表现出如此惊讶的样子，并用正式公文向宋太宗表示祝贺呢？

就笔者目前搜集的资料来看，宋代在杨亿之前，尚未有皇帝亲自考一个考生的记录，这次连续三天的独特考试，确实非同寻常。而杨亿的表现也确实出人意表，特别是他在交了考卷之后，还能当场再作一首诗，以表明自己的才思尚有余力，这即使对当时的成年考生而言，也是十分难得的事情。宋初的文学创作以“敏速”为时尚，文章写得快慢，往往成为人们判断作者才能高低的重要标准。以往的神童科考试属于诸科试，不重诗赋而重经义，考生如果能“通”一大经及《论语》、《孝经》两小经，然后再能背诵十篇经文，就算是考试过关了。但杨亿显然不是通过正常考试渠道参加童子试，而是宋太宗在

“闻其名”后专门派人访求的，所考的又是宋初士人比较难为的“诗赋”。在传播、印刷手段都相对落后的情况下，笔者甚至怀疑杨亿的出现，有一定的人为操作嫌疑。杨亿没有辜负宋太宗的希望，确实表现出自己文学天才的一面，这大概是太宗“深加赏异”、大臣“削章为贺”的一个重要背景。

杨亿虽然被称为“神童”，但是“神童试”作为科举考试中的非常规部分，并非经常举行。宋人笔记《枫窗小牍》卷上有一条材料对宋代神童的情况作了简要概述。兹引其中涉及北宋部分如下：

> 本朝以童子举，如国初贾黄中，举自五代，不论。若太宗朝，洛阳郭忠恕通九经，七岁举童子科；淳化二年赐泰州童子谭孺卿出身；雍熙间得杨亿，年十一，以童子召对授秘书正字；咸平间得宋绶，景德间抚州进士晏殊，年十四；大名府进士姜盖，年十三；祥符间又得李淑，又赵焕，以童子召封，令从秘阁读书，时年十二；蔡伯希年四岁，诵诗百余篇，召为秘书正字；神宗朝元丰七年，赐饶州童子朱天锡五经出身，年九岁，赐钱五万；又天锡从兄天申，年十二，试十经皆通，赐五经出身。

笔者根据《枫窗小牍》提供的这份名单稍做考证，发现作者提到的郭忠恕，实际上也是五代的“神童”，作者误系入宋太宗时代；谭孺卿虽然是宋太宗时的神童，但他是在太宗淳化二年（991）十二月赐出身，比杨亿晚了7年，而作者系于杨亿之前。至少根据这份名单，杨亿可能是北宋“神童”第一人。另外，真宗咸平二年（999），诏令秘书省正字邵焕于秘阁读书，这个邵焕也是个“神童”，而《枫窗小牍》失载。根据这份名单和笔者又发现的邵焕，北宋有名可查的“神童”共有11个（通常这个数据只是下限，实际人数往往多于此数）。

唐五代虽然有不少人参加了“神童试”，但真正能在历史上留下痕迹的“神童”并不多，而唐代唯一最著名的“神童”刘晏，恰恰出现于唐朝最兴盛的玄宗时代。彼时唐玄宗正忙着准备封禅泰山，那位天资聪颖的刘晏居然能向玄宗献《东封颂》，得到唐玄宗的赞赏，“神童”之名因此传遍天下。而北宋出现的11个“神童”，大部分集中在太宗、真宗朝，其中太宗朝2个，真宗朝7个。这个数据似乎隐隐昭示着自太宗到真宗的统治时期，“太平盛世”已经渐渐走进人们的视野。“神童”作为“太平盛世”特殊的符瑞，或许就反映着社会上那种好大喜功、急于铸成盛世的思潮。从这个历史背景去考量，我们会发现，杨亿的出现并不是简单的事情，它一方面满足了人们的盛世梦想，另一方面成为专制君主表明自己文治化成之功的标志。但是北宋的杨亿毕竟不同于唐朝的刘晏，他把握住自己的历史机遇，并没有满足于一个“盛世符瑞”的角色，而是用自己的“神童”传奇资源和文学影响力，开创了北宋文学的新篇章。

二

无论是文学史对杨亿“西昆体”诗人形象的建构，还是近二十年来学人对这一形象的再思考，往往更多关注的是西昆诗人留下的作品。单纯从文本出发很难对“西昆体”这一特殊文学现象做出合理的文学史解释，笔者尝试把目光投射到历史文化的层面，看看杨亿的时代究竟发生了什么。

杨亿的一生必然与所谓的“盛世”联系到一起，这大概是他无法摆脱的宿命。他第一次在历史上露面，就是北宋一个非常微妙的时刻。像杨亿这样的“神童”现世，对别有用心的专制君主而言，是一个巨大的隐喻，隐隐昭示着一个太平盛世的降临。根据上文所做的粗略考证，杨亿可能是大宋王朝肇建二十五年以来出现的第一个神童，而且如果回到公元984年的历史语境，看看当时的皇帝宋太宗正在思考什么问题，我们或许会对杨亿出现的背景有更多了解。公元983年的夏天，山东兖州一群所谓的“泰山父老”(现在的泰山地区，当时都在兖州的治下)，在地方官员的鼓动与安排下，“自发”进京请愿，恳求宋太宗举行封禅泰山的大典，因为在这群“父老”看来，天下已经太平了，皇帝完全有必要举行封禅大典，以答天休。不过根据史料记载，这一年实际上并不太平，黄河正在发生大水灾，各地也不时有坏消息上报。宋太宗不敢冒天下之大不韪，通过“封禅泰山”来宣称天下太平。不过，虽然“泰山父老”的请求最后被宋太宗礼貌地拒绝了，但是“封禅”这个因五代乱世而几乎被人们彻底遗忘的事物，经过这次请愿事件，又在人们的心目中被重新激活了。

“泰山父老”请愿半年之后，黄河决口被堵上了。而且据一份很不准确的情报，北宋的宿敌契丹此时国内政治混乱，甚至“不须致讨，可坐待其灭亡”，多次对契丹作战失败的宋太宗，得到这条假情报后非常兴奋。984年的正月，宋太宗到丹凤楼看花灯，看到东京汴梁一派经济繁荣、社会稳定的繁华景象，心情特别舒畅，虽然他“居常罕饮”，而且有史料证明他确实不太喜欢喝酒，但这一晚他却坚决要与百姓一起分享快乐，每喝完一杯，都要把空杯子举给大臣们看，命令跟他一起坐在城楼上看灯的大臣们开怀畅饮。就在这次狂欢的两天后，太宗得到房州上报的消息，他和他儿子皇位最大的威胁者赵廷美死了，宋太宗终于为儿子将来从自己手中接过大宋江山，扫清了一切障碍。这一年的春天一切都很顺利，边境没出现什么问题，各地也没有上报什么大的灾难，宋太宗在和大臣的交谈中多次暗示他们，一个太平盛世大概正在或已经降临了，君臣之间互相吹捧、默契配合，京城到处呈现出盛世的景象。朝廷上的这种政治风气很快传到兖州。公元984年夏初，所谓的“泰山父老”又来京城请愿了。虽然这次来的人数只有上一年的四分之一，但这对太宗和大臣们来说已经足够了。经过一系列繁文缛节，封禅泰山的事情定下来了，各项准备工作也开始启动。虽然事隔一月，皇宫里一场莫名其妙的大火使宋太宗不得不宣告取消封禅，但是这一年形成的盛世梦想，却不是说停就能停下来的。神童杨亿就在这一年出现在大宋的政治文化中心。在一定程度上，杨亿正是作为盛世的“符瑞”出现在公元984年的历史上的。

或许因为杨亿是被塑造成盛世的“符瑞”现世的，所以他的出身比其他北宋文人更具传奇色彩。北宋曾巩《隆平集》卷十三记载，杨亿的祖父杨文逸曾经梦到过一个叫“怀玉山人”的道士，一觉醒来，孙子杨亿就降生了。同样的故事，北宋僧人文莹的《玉壶清话》也有类似记载，只不过故事讲得更加诡异。另外一个关于杨亿的故事，在宋人中也很流行。故事里说杨亿小时候“数岁不能言”，有一天不小心“误触其首”，结果居然会开口说话了，而且当场赋诗一首：“危楼高百尺，手可摘星辰。不敢高声语，恐惊天上人。”不过这首诗虽然十分高妙，但宋人已经注意到李白、孟观可能做过类似的诗。笔者认为诗的真实作者究竟是不是杨亿并不重要，重要的是人们为何热衷于对杨亿童年故事的演义，一再把这样的传奇故事安排到杨亿的身上。杨亿逐渐被言说成一种“神童”文化符号，不正说明他的特殊性和对盛世出神童这样传奇故事的特殊偏爱吗？

也正是从这个意义上说，二十多年后乌烟瘴气的“东封西祀”，不是靠宋真宗1008年灵机一动的谎言和一纸来历不明的“天书”所能决定的，这种思潮自太宗时期就开始逐步酝酿了。而作为北宋“神童”第一人的杨亿，他的命运也必然会与“太平盛世”有着某种神秘的关联。

三

杨亿走入大宋的历史，冥冥中担负着特殊的使命，他就是为一个太平盛世而来的，这是他无法摆脱的宿命，但是杨亿并没有止步于“盛世符瑞”的角色。11岁就被授予秘书省正字官衔的杨亿，在皇家图书馆里继续读书深造。后来的事实证明，杨亿如果没有在皇宫大量接触古代典籍的机会，就不可能很好地理解李商隐诗歌艺术，也不能写出独具一格的“西昆体”诗歌，从而成为北宋的一代文坛盟主。过了两年，杨亿的父亲去世，杨亿按照惯例离职回家守丧三年。这以后几年内，历史上很难听到杨亿的消息。宋太宗淳化元年（990），杨亿已经17岁了，他通过向皇帝进献文学作品的方式，帮助宋太宗恢复对这个当年神童的记忆。很快，杨亿回到朝廷，被授予“太常寺奉礼郎”的职衔，继续在皇家图书馆读书深造。大概从这一年开始，杨亿就开始经常向皇帝进献诗文，歌颂宋太宗和他统治的这个时代，特别是在19岁的时候，向宋太宗进献《二京赋》和《甘露颂》，委婉地表达自己想到皇帝身边做一个文学侍臣的愿望。

杨亿虽然有一些天才，但是他当年以“神童”身份出现有着特殊的政治背景。成年后的杨亿有没有能力承担大宋王朝文字工作的重任呢？宋太宗又专门为杨亿准备了一场考试。根据考试的结果，杨亿被“赐进士第”，官衔被提升为“光禄寺丞”，比赐进士前的“太常奉礼郎”高了数级。自此之后，刚届弱冠之年的杨亿，开始以文学侍从的身份，出席于宋太宗组织的各种社交或礼仪场合，一颗文学新星逐渐摆脱“神童”传奇，开始凭自己的文学实力冉冉升起在大宋王朝的文化星空。稍后的名相范仲淹对杨亿的评价是“应用之才，独步当世”，杨亿凭着自己的文学实力，再加上皇帝的宠幸，一下子成了当时文坛最耀眼的明星。此期他的声誉和地位如日中天，朝中大臣纷纷请他代笔撰写各种文章，其中甚至包括当时的一代名相寇准，以及协助宋真宗作假促成封禅大礼的王钦若。杨亿有时候一面帮大臣写上表，一面又同时替皇帝写答表，然后回过头来再帮大臣写谢表，这种文学奇观在历史上比较罕见。当时无论是因公还是因私为别人写文章，按例都会得到一大笔稿费，这种稿费往往比作者几个月的薪水都高。据史料，真宗时代词臣的薪水比较低，此项收入是他们一项重要的经济来源。据说杨亿当翰林学士期间，有的人为了能得到他写的制词，单等到他值班的这一天，向皇帝提出职务变动的请求。这样一来，许多有额外收入的机会都跑到杨亿这里来了，这让杨亿感到十分为难，于是他征得宋真宗的同意后，把自己写制词得到的稿费，平均分给其他词臣们。杨亿的文才受到皇帝和朝廷大臣如此推重，特别是一些武人出身的官员，也纷纷给杨亿写信盛赞他的文学，这里面包括宋初著名的大将李继隆和王超。而且据史料记载，一些皇族贵戚本身不怎么会写诗，但却一定要赶时髦出版一本诗集，为了抬高自己诗歌创作的水平，就请杨亿为他们写序。表面上看，这是其时文风之盛影响了军方高级将领和贵戚，但这里面会不会有其他的政治意味，是不是与人们迎合皇帝喜好，或者参与营造盛世的氛围有关？笔者认为还有值得研究的空间。

当然杨亿不是仅靠替皇帝或大臣写些应用文章，赢得后世文人的尊重。他博学洽闻，精通史实，已经初具宋代文官诗人、学者和官员"三位一体"的特点，而这是宋代文人迥然不同于以前历代文人之处。钱若水主持编纂《太宗实录》时，特地向宋真宗请求把杨亿调过来帮忙，结果杨亿不负钱氏所望，一共八十卷的《太宗实录》，他一个人就承担了五十六卷的写作任务。宋真宗朝的大型类书《册府元龟》由王钦若和杨亿共同担任主编，但据《宋史·杨亿传》说，这部类书的"序次体制，皆亿所定，群僚分撰篇序，诏经亿窜定方用之"。真宗不仅欣赏杨亿的文采，也特别欣赏杨亿的史学才能。有一次，杨亿借口家里贫穷主动申请到地方上当长官，真宗"称其才长于史学"，一开始并不想下放杨亿，经过杨亿一而再地上书坚请，宋真宗才勉强同意。

杨亿是时代的骄子，所处的人事环境也对他的仕途发展非常有利。995年，宋真宗被正式立为皇储，而杨亿叔祖杨徽之是宋真宗的"首僚"，他替宋真宗处理的许多文件，实际上都是由杨亿代笔。而且有史料显示，杨亿与宋真宗早有交情。大概也是在这一年，杨亿与翰林学士张洎的女儿订婚（正式结婚在997年，这段婚姻以悲剧告终，史料里有零星不利于张氏的记载，但历史剥夺了张氏的话语权）。张洎是南唐旧臣，其文学造诣据说还在当时的著名文人徐铉之上，曾被宋太宗称赞为"文学第一"。但与徐铉不同的是，张洎在南唐和北宋两个政权都受到重用，特别是在997年去世前的四五年内，更是官运亨通，一直从翰林学士做到副宰相。因此杨亿回乡省亲时，王禹偁在写给他的送行诗中写道："翰林贵族夸东椢，史馆清衔庆北堂。"说的就是杨亿此时春风得意的情形。

四

杨亿不仅可能是北宋第一个"神童"，也可能是北宋第一个真正意义上的文坛盟主。在他之前的李昉、徐铉、王禹偁虽然都不同程度上为北宋文学的发展做出了自己那份贡献，但都不足以引领一代文风的重任，而杨亿却做到了。杨亿之所以在北宋获得文坛盟主的地位，受到后世文人的推崇，一个重要的原因是他倡导了一种全新的文学风格，成为北宋自己独具特色的文学，这就是所谓的"西昆体"文学。这之前北宋诗坛流行的是以《二李唱和集》为代表的"白体诗"和以"九僧"诗人群为代表的"晚唐体"，这两种诗风基本上还是学步于中晚唐诗歌风格。杨亿和他的馆阁诗友倡导的“西昆体”，虽然也脱胎于晚唐的李商隐诗风，但是却明显有着自己时代的特色，体现了南北文化在宋初的交融与创新。

关于西昆体文学的盛行原因，各种版本的文学史虽然做了一些解释，但是还有可以讨论的余地。一个文学现象的产生，往往有诸多原因，笔者在此更重视的是社会文化背景。北宋政权是五代乱世的终结者，并且自宋太宗时期开始，就开始着手打造一个人文鼎盛的大王朝。中原地区虽然历经战乱，文化十分凋敝，但单从学术而言，五代宰相群体的学术水平远远高于宋初的宰相们。这种可被史料证明的事实，用“五代”和“宋初”之间简单的文化对比，恐怕难以找到答案。笔者认为这是在社会转型时期产生的特殊现象。五代处于门阀政治向庶族文人政治过渡的时期，特别是在宋初几十年，虽然当局大力提倡文治，但是这种文化倡导与其产生的实际效果之间有一定的时间差。学习资料的匮乏，中原文化的屡遭破坏，使很多中原地区的士子，特别是在政治上崛起的庶族文人，学术积累往往不足。相对而言，原南方割据政权下的人文积淀比较丰厚，学习资料相对丰富。但南方士人在宋初却受到极大的限制，这种地域性歧视在宋初十分普遍，据说赵匡胤甚至留下“南人不得坐吾朝堂”的遗训。形成这种状况的原因非常复杂，学者对此问题已有较深人的研究，可以说南北之争，是宋初政坛上一条隐隐的线索。这样的南北矛盾在形式上逐渐淡化乃至最终消融，不在于政治手段的运用，而在于文化的相互融合，最终形成新型统一王朝文化。对北宋而言，这一融合的关键点在哪里呢？

南宋理学大家真德秀曾经有一句话，或许有所夸张，但庶几反映了宋初南方士人向政治中心渗人的大体时段。他说：“国朝南方人物之盛，自浦城始。浦城人物之盛，自文庄公及公始。”（《西山文集》卷三十四）这里面的“文庄公”是指杨亿的叔祖杨徽之，他在北宋政府做到比较高的职位。“公”，即指杨亿。但笔者认为杨徽之虽然也名冠一时，但主要还是因侄孙而显。因为仅从职位上而言，南方人士在宋太宗、宋真宗政府中做到高位的多有其人，但他们或者不能为北宋的文化建设提供更新鲜的血液，或者不能为北宋的士风涵养提供精神资源，因此大都没有在宋初历史上留下深刻的痕迹。只有在文化上独树一帜，成为大宋王朝新的文化典型，才可以说是“人物之盛”。按照真德秀的说法，这一工作大概始于杨亿。笔者曾经把北宋前期的文人分成四个发展阶段，第一阶段是五代旧臣，他们的文学风气明显带着五代的遗风，在一个新兴的王朝中，这种文学会很快沉浸在对历史上文人风流的梦呓中而迷失方向。第二代文人就是以柳开、王禹偁为代表的成长于大宋王朝的文人，他们急切地想在思想和文学界建立一个新的秩序，但他们只作为拓荒者的意义而存在，他们庶族文人的出身以及中原地区的人文积累，尚不足以形成大宋代表文学。而第三代文人就是以杨亿为代表的西昆文人，这个群体真正实现了南北文化的融合，从而形成一种新的文学风格。第四代文人就是以欧阳修、苏舜钦和尹洙为代表的“洛幕文人”，他们在西昆体老诗人钱惟演的支持下从事文学活动。无论人们是否愿意承认，自杨亿之后的北宋文坛，虽然南北士人均世有名家，但显然北宋文学的主导还是南方文学。从大的历史视野去看，“西昆体”文学实际上就是南方文化向中原文化渗透的表征。

当然，笔者的这个看法尚可商榷，除了这个文化大背景之外，西昆体崛起于上个新千年之初，还有其具体的历史原因。在杨亿之前，北宋主流文化区流行的是“白体诗”，虽然其间有所谓的“九僧体”诗歌出现，但其影响面比较窄，尚不足以在文学思想史上发生影响。阅读宋初诗人的作品，我们会发现这种所谓的白体风格比较普遍，即使杨亿本人，也曾写过“白体诗”。“白体诗”是中唐元稹、白居易倡导的一种诗风，从思想内容上看，本有“讽喻”和“闲适”两个发展方向。从语体风格上来说，“白体诗”最大的特点就是语言浅切，通俗易懂。这一语体风格决定了其写作队伍的可进入性比较强，即使一个没有多少人文学术积累的人，也可以使用这种风格的诗来表达自己的思想。但“白体诗”语言的浅白性，使其在当时中央集权逐步加强的形势下，“讽喻”变得比较困难，庶族文人显然还没有掌握这种“讽喻”与“谤政”之间的界限，因此“白体诗”在宋初的发展主要集中于“闲适”一路。但随着文人阶层的成熟，文人们通过文学手段表达自己政治见解的需求逐渐强烈。宋真宗好大喜功，在与契丹签订“澶渊之盟”后，更是在国内大搞太平盛世假象，并最终演变成“天书”政治。在士风基础还相对薄弱、五代乱世影响尚未彻底消除的情况下，文人鲜有直接提出自己见解的勇气和胆量。因此这一时期出现了一大批或唯唯诺诺、或奉迎拍马的官员，前有王旦，后有王钦若、丁谓。在这样一个大的政治环境下，要找到太宗朝敢于直接给皇帝提意见的田锡已经很难了，像王禹偁那样敢私下发发牢骚的大臣也很少见。《宋名臣言行录》前集卷四载宋真宗与王旦之间一段关于杨亿的对话：

> 公因母病，有阳翟之行，王文正恐人害之，白上遣使赐药。既而言事者弹劾不已，卒以亚卿分司。上尝语辅臣曰：“闻杨亿好谤时政。”王公曰：“亿文人，幼荷国恩，若谐谑过当，则恐有之。至于谤讪，臣保其不为也。”

杨亿作为皇帝身边的高级侍从官员，居然敢擅离职守，仅留下一张请假条就跑到几百里外的阳翟去探望母亲。这样的胆大妄为宋真宗不仅能容忍，还专门派使者送药，如果不是因为同僚看不惯而上章弹劾，杨亿恐怕不会受到任何处分。但是真宗怀疑杨亿“谤时政”，却引起杨亿“空门”好友王旦的紧张（二人都笃信佛学，且为莫逆之交），王旦马上用自己的名誉地位，力保杨亿不会犯这样的错误。此事还载于北宋《三朝宝训》之《优近臣》篇中，成为宋朝历代皇帝的专用培训教材的课文。两百多年后的南宋理宗宝庆年间，曹彦约曾给刚上台不久的理宗赵昀讲解这篇课文，他是从“君子小人”之辨的角度为皇帝讲解，认为小人诬蔑君子时别的方法都不奏效，“惟有讥议朝政一说，可以动人主之听，自古小人之害君子多用此策”（《昌谷集》卷十七）。曹彦约的讲解揭示了专制君主一个愚蠢的法宝，那就是对“谤政”的防范。君主专制之所以终究要被颠覆，大概与这个治世法宝的使用有很大关系。刚刚在政治上兴起的庶族文人有表达反对意见的诉求，而君主专制制度从来就没有给他们一个自由的表达空间。

李商隐诗歌的托怨精神，恰好适应了这一文人心理需求，从而使白体诗中被阉割掉的“讽喻”精神找到新的生存土壤。在这种情况下，李商隐华丽而隐晦的“托怨”诗风，经馆阁大臣的文学实践，再经官方的禁令（在政治相对清明时，对某种诗歌风气的官方禁止，使足以起到好的宣传炒作效果），使“西昆体”诗风具备了流行的各种元素。另外，从文学本身发展而言，白体诗中的“闲适”诗，因其可参与程度比较高，整体水平无法提高，而且这种文学样式不需要太多的文学积累，很容易流入浅俗，与自太宗以来不断加强文化建设、提高文官整体素质的要求不相符合，文人已经有越来越多的机会接触典籍，而传统的闲适诗难以充分显示他们提高了的人文素养，他们也需要一个合适的文学表达方式。因此，这种体现作者较高文学和史学修养的西昆体诗歌，便在一个相对和平的年代应运而生并大行于世了。

结语

杨亿希望在太平盛世中做一个快乐而优雅的文人，他已经无限接近自己想象中的盛世了，但却渐渐发现，理想与现实有着如此巨大的反差，特别是公元1008年大宋政坛上演的“天书”闹剧，彻底粉碎了这个敏感的诗人的梦想。近十几年出现了不少替西昆体正名的学术声音。笔者认为，部分研究工作有过度阐释的嫌疑。利用诗歌托怨，确是西昆体诗歌的重要价值取向，但如果一定要把《西昆酬唱集》里的诗歌与宋真宗封禅泰山联系起来，则可能未必然。这两件事虽然在1008年的历史中看起来有明显的因果关系，但是借“天书”降临来进行“盛世”确认是个突发事件，而文人们对盛世和封禅大典的心理期待已经由来已久，参与封禅大礼并为之撰写封禅之文，几乎是所有文人的梦想，杨亿可以说就是为此而出现在北宋历史上的。但是，宋真宗用自己拙劣的表演糟蹋了文人这一美好的理想，虽然1008年后，文人们也在皇帝的命令下满足了自己由来已久的亲历盛世的愿望，但是这毕竟与他们想象中的一切不同了。具有大宋王朝自己特点的文学——西昆体文学就是在这样一个特殊的政治文化生态中发展起来的，而杨亿本人恰好见证了这一历史过程。

欧阳修的“颍州”言说

〔马来西亚〕马来亚大学　陈湘琳

一、前　言

在欧阳修的文学中，有四个地名不但常常重复出现，并且多呈现为其书写中的重要象征：洛阳是回不去的盛年，是离逝不返的故人，是理想的永恒失落；夷陵与滁州是贬谪的空间隐喻，似乎挫折惶迫，却又成为他一生从政、为人的坚持与豁达理念的主要生成背景；而在嘉祐之后最频繁出现的地名则是颍州。

欧阳修《思颍诗后序》曾经清楚表明当年选择颍州的原因道：“皇祐元年春，予自广陵得请来颍，爱其民淳讼简而物产美，土厚水甘而风气和，于时慨然已有终焉之意也。”① 苏辙《欧阳文忠公神道碑》也说：“公昔守颍上，乐其风土，因卜居焉。”② 阮娟、欧明俊《寻找精神家园——论欧阳修的“思颍诗”》从三个角度来探讨欧阳修的颍州情结，包括颍州的魅力——客观的（地理位置、风景秀丽等）与主观的（颍州诗会、赋诗论文的风雅闲逸生活）因素；归隐情怀与家园情感的追寻；而人生悲情（健康状况的衰退、政治理想的失落、亲人故交的零落）则是其寻找精神家园的内因③。论文不但相当完整地表述了颍州对欧阳修的吸引之处，同时清楚解释了欧阳修何以选择颍州而非其他地点的根本原因。换言之，归隐的选择可以很多，何必非颍不可？从物质角度来说，《寄河阳王宣徽》谓“肥鱼美酒偏宜老，明月清风不用钱”；《再至汝阴三绝》其三云“水味甘于大明井，鱼肥恰似新开湖”；《与吴正肃公长文》其十三云“巨蟹鲜虾，肥鱼香稻，不异江湖之富。故亳虽名郡，而归思不可遏也”；《与大寺丞发》其三说得更明，“酒则绝佳于旧日。巨鱼鲜美，虾蟹极多，皆他郡所无。以至水泉、蔬果，皆绝好。诸物皆贱。闲居之乐，莫此若也”。就精神之闲适而言，《酬孙延仲龙图》诗云“西湖烟水我如家”；《与张职方》其一也说“始知颍真乐土，益令人眷眷尔”④ ——颍州真是个可以远风波、避险恶、寻闲乐之理想归隐处所。不过，对于阮娟文章的结论，即颍州是欧阳修的“精神家园”，在这一点上笔者仍有所保留。

---

① 李逸安点校《欧阳修全集》，中华书局 2001 年版，卷 42，页 600－601。论文以下所引欧阳修的诗文，皆参考此书，为免繁琐，不再一一注明。

② 附录卷 3，页 2712。

③ 阮娟、欧明俊《寻找“精神家园”——论欧阳修的“思颍诗”》，《欧阳修研究》，学林出版社 2008 年版，第 332－345 页。

④ 卷 57，页 831；卷 14，页 239；卷 145，页 2377；卷 153，页 2531；卷 56，页 809；卷 147，页 2409。

就欧阳修诗文所见，颍州固然是一个理想的归隐所在，是令他长期眷眷不已的“乐土”，但也并非绝不可替代。《戏书示黎教授》谓：“若无颍水肥鱼蟹，终老仙乡作醉乡。”① 似乎颍州比亳州（仙乡）优胜之处只是“肥鱼蟹”，似乎他随时也可以改变归隐的场域——这当然只是戏言，但也正是在这样的戏言当中，欧阳修让我们看见，他之所以选择颍州而非他处，物质的丰富或者精神方面的闲适都只是表面上的理由，却非实质的因素。笔者以为，欧阳修所孜孜追寻的其实不只是一个理想的退隐地，不只是一个遥想中的“精神家园”，甚或也不只是一个所谓“永恒的乐土”②。欧阳修在文本中所提出的“颍州”，其实不应局限于实际地理空间的颍州——他所反复提说的颍州其实是一种“言说”，而不止是文本中的语言陈述。“言说”（discourse）是一种话语（utterance）③，包含发言与写作的主体，企求解析社会文化脉络与人类心智建构的关系④。实际上，把文本内的话语看作个人的表现，可能不是最好的选择，但它在许多方面又确实涉及创作者的主体与意向。忽略主体，则意味着与主体相关联的“社会性”——而且是具备多种不同的，甚至相互冲突的社会性角色，诸如文人、诗人、政治家、臣子、学者、父亲等等——也将因此被轻忽、略去。

因此，笔者在评述欧阳修的“颍州”时，特别把重心放在其对颍州的“言说”而非字面的记述上。而欧阳修颍州言说最值得注意的一个要点是：他的“叙述”——在文本中讲述“颍州”的行为与过程，与最终他所实际讲述的内容成果“颍州”，两者其实有别。笔者的意思是，欧阳修文本中的“颍州”讲述与讲述最终呈现出来的“颍州”在某一意义上似乎是同一个对象，但在另一意义上则又不同。这种悖论所显示的，是欧阳修“颍州”言说中极为重要的矛盾所在，也是一般在讨论其“颍州”情结时的最大误区。

一般而言，谈到颍州时会注意到四个既有观念。首先，是欧阳修的“思颍”，表达其对颍州长达二十多年的一种思恋情怀；其次，是欧阳修的“思隐”，即其意欲在颍州隐居的向往；其三，是对“闲居”生活的渴慕，而他选择未来闲居的地点正是颍州；其四，是对“归田”的渴求，他所选择的理想地点仍是颍州。这四个既有观念，就欧阳修文本，特别是其“思颍”诗与“归颍”诗⑤所见，应该都是极为明显的，是欧阳修所亲自讲述者；但如笔者所言，在这讲述背后，若联系主体意向与主体所处的社会文化脉络来看，则欧阳修言说中所呈现的，其实是另一个“颍州”。为此，笔者拟从这四方面来作比较细致的梳理，希望能对欧阳修与颍州的关系以及与此相关的欧阳修之“颍州”言说有更清晰的认知。

---

① 卷14，页240。

② 王水照、崔铭《欧阳修传：达者在纷争中的坚持》，天津人民出版社2008年版，第302页。

③ 吴新发把“utterance”译作“谈吐的语言”，见泰瑞·伊果顿（Terry Eagleton）著，吴新发译《文学理论导读》（*Literary Theory: An Introduction*），台北书林出版有限公司1995年版，第145页。

④ 详参王瑞贤《从符号学分析：论皮亚杰、维高斯基与伯恩斯坦之研究》，《台湾教育社会学研究》第1卷第2期，2001年12月，第1—31页。

⑤ 王秋生把欧阳修的颍州诗词大略分为知颍诗、思颍诗与归颍诗三部分，共160首。见《欧阳修、苏轼颍州诗词详注辑评》，黄山书社2004年版，第2页。

二、不知所归：欧阳修之思颍

欧阳修的第一首思颍诗是《寄圣俞》，似乎明确表达了厌进思退的情绪①。但诗中的所谓思颍其实是建基在怀想洛阳，并深知洛阳岁月绝不再返的情况下引发的——确切地说，诗歌的重点其实是在洛阳并洛阳所象征的理想的失落，而非对颍州的思念——虽然颍州自有其优胜之处②。

解读欧阳修的"思颍诗"，读者也许会注意到当中许多诗歌记载的其实并非对颍州的思念，而是对与颍州有关系的"人"之怀想。如《太傅杜相公索聚星堂诗谨成》，与颍州有关者其实只有诗题中的"聚星堂"，类似的例子还有《答杜相公宠示去思堂诗》③；而《答太傅相公见赠长韵》、《晓发齐州道中二首》其一、《新春有感寄常夷甫》与《出郊见田家蚕麦已成慨然有感》等诗与其说是思颍，不如说是对报国不成则退隐的自我期许④；还有《去思堂手植双柳今已成荫因而有感》，写作时欧阳修人尚在颍州，而他所思者也主要是人："……却忆初栽映碧潭。人昔共游今孰在，树犹如此我何堪。"⑤ 至于诸如《述怀》、《答梅圣俞大雨见寄》、《摄事斋宫偶书》、《清明前一日韩子华以靖节斜川诗见招游李园既归遂苦风雨三日不能出穷坐一室家人辈倒残壶得酒数杯泥深道路无人行去市又远索于筐筥得枯鱼干虾数种强饮疾醉昏然便寐既觉索然因书所见奉呈圣俞》、《小饮坐中赠别祖择之赴陕府》、《有赠余以端溪绿石枕与蕲州竹簟皆佳物也余既喜睡而得此二者不胜其乐奉呈原父舍人圣俞直讲》、《夜宿中书东阁》、《早朝感事》、《下直呈同行三公》、《下直》、《秋怀》、《偶书》、《感事》、《晓发齐州道中》其二、《表海亭》、《岁晚书事》、《闻沂

---

① 王秋生《欧阳修·苏轼颍州诗词详注辑评》，第106页。

② 王安石《祭文》提到欧阳修"功名成就，不居而去……长在乎箕山之侧与颍水之湄"。而据皇甫谧《高士传》记载，唐尧时隐士许由耕于"颍水之阳，箕山之下"，后人因称箕颍为隐士所居之地。欧阳修晚年选择颍水之旁的颍州作为退隐之地，或也有与高士为伍、仰慕高士遗风之意在。见王安石《祭文》，《欧阳修全集》，附录卷3，页2686；皇甫谧《高士传》，中华书局1985年版，卷上，页13。

③ 《太傅杜相公索聚星堂诗谨成》，卷12，页195；《答杜相公宠示去思堂诗》，卷12，页197。

④ 《答太傅相公见赠长韵》云"报国已乖愿，归耕宁买田。期无辱知己，肯逐利名迁"，卷12，页198；《晓发齐州道中二首》其一云"国恩未报身先老"，卷14，页243；《新春有感寄常夷甫》云"恩私未知报，心志已凋丧"，卷9，页144；《出郊见田家蚕麦已成慨然有感》云"报国无能徒尔为"，卷9，页148。这些诗的重点似皆在报国无成的失落而非积极归颍的向往。

⑤ 卷12，页199。

州卢侍郎致仕有感》、《青州书事》、《岁暮书事》[①] 等等“思颍诗”，重点则皆在表述对归隐的向往，而非对颍州的思念[②]。

读者或许不能不注意欧阳修归隐颍州之后的书信与诗歌：“遂为闲人……人间无事人尔”、“渐有闲中趣味”、“累年之疾，势不易平，然自此安闲，冀渐调养尔”、“笑歌行作太平民”、“野径冷香黄菊秀，平湖斜照白鸥翻。此中自有忘言趣，病客犹堪奉一尊”、“谁如颍水闲居士，十顷西湖一钓竿”、“与公等是休官者，方把锄犁学事田”、“自栽花圃趁新阳”、“无穷兴味闲中得，强半光阴醉里销”、“老得闲来兴味长”、“太平时得作闲人”、“车马阒然人已去，荷锄却向野田中”[③] 等等。这是终于可以闲下来享受人生乐趣的欧阳修或曰六一居士，而非颍州本身——并非颍州的风土景观或者物质人文[④]。

另外，皇祐元年欧阳修知颍州时曾有《梦中作》云：“夜凉吹笛千山月，路暗迷人百种花。棋罢不知人换世，酒阑无奈客思家。”当时欧阳修人在颍州，但他却仍然表达了一种人生的迷惘，一种“客”旅的惆怅、“思”家的情怀。《答吕公著见赠》亦云：“多忧衰病早，心在良可噫。”[⑤] 至和元年欧阳修在颍州作《送徐生之渑池》，提到昔日洛阳的盛游以及今日“漂流二十载”后“旧事欲说无人应”的凄怆。这年的欧阳修只有 48 岁，正在颍州为母守制。当初在母亲郑氏夫人离世后的沉痛中，欧阳修似乎曾经以颍州为其出路：“昨大祸仓卒，离南都来。”《与韩忠献王稚圭》其十三亦云：“昨大祸仓卒，不知所归，

---

① 《述怀》“何日早收身，江湖一渔艇”，卷 5，页 89；《答梅圣俞大雨见寄》“岁月行晚矣，江湖盍归与”，卷 8，页 123；《摄事斋宫偶书》“丹心未死惟忧国，白发盈簪盍挂冠。谁为寄声清颍客，此生终不负渔竿”，卷 13，页 228；《清明前一日韩子华以靖节斜川诗见招游李园既归遂苦风雨三日不能出穷坐一室家人辈倒残壶得酒数杯泥深道路无人行去市又远索于筐筥得枯鱼干虾数种强饮疾醉昏然便寐既觉索然因书所见奉呈圣俞》“有田清颍间，尚可事桑麻。安得一黄犊，幅巾驾柴车”，卷 8，页 125；《小饮坐中赠别祖择之赴陕府》“待君归日我何为，手把锄犁汝阴叟”，卷 8，页 127；《有赠余以端溪绿石枕与蕲州竹簟皆佳物也余既喜睡而得此二者不胜其乐奉呈原父舍人圣俞直讲》“终当卷簟携枕去，筑室买田清颍尾”，卷 8，页 121－122；《夜宿中书东阁》“白首归田徒有约，黄扉论道愧无功……忧国心危百箭攻”，卷 13，页 226；《下直》“报国无功嗟已老……终当自驾柴车去，独结茅庐颍水西”，卷 13，页 227；《早朝感事》“笑杀汝阴常处士，十年骑马听朝鸡”，卷 13，页 228；《下直呈同行三公》“买地淮山北，垂竿颍水东。稻粱虽可恋，吾志在冥鸿”，卷 13，页 229；《秋怀》“鹿车终自驾，归去颍东田”，卷 14，页 232；《偶书》“决计不宜晚，归耕颍尾田”，卷 54，页 766；《感事》“何日君恩悯衰朽，许从初服返耕桑”，卷 14，页 237；《晓发齐州道中二首》其二“轩冕非吾志”，卷 14，页 243；《表海亭》“颍田二顷春芜没，安得柴车自驾还”，卷 14，页 244；《岁晚书事》“白首沧州愿已违，轩冕从来为外物，山川信美独思归”，卷 14，页 244；《闻沂州卢侍郎致仕有感》“颍上先生招不起，沂州太守亦归来。自愧国恩终莫报，尚贪荣禄此徘徊”，卷 14，页 246；《岁暮书事》“却羡常夫子，终年独掩扉”，卷 14，页 246；《青州书事》“归去行歌颍水傍”，卷 14，页 249。

② 比较特殊的例子也许是《归田四时乐春夏二首》与《游太清宫出城马上口占》，重点在描述颍州田家之乐——虽则此田家之乐也有其普遍性，并非颍之专属。见卷 8，页 130；卷 14，页 241。另外还有《初食鸡头有感》之“何时遂买颍东田，归去结茅临野水”，似乎所思在颍，但之前的诗句谓“却思年少在江湖……”，江湖未必是颍州，而思的着眼点其实也在对“年少”自由无拘束生活的缅怀而非对颍州的眷恋。见卷 9，页 141。

③ 《与薛少卿公期》其十七，卷 152，页 2510；《与薛少卿公期》其十八，卷 152，页 2510；《与颜直讲长道》其八，卷 152，页 2519；《解官后答韩魏公见寄》，卷 57，页 827；《答和吕侍读》，卷 14，页 250；《寄韩子华并序》，卷 57，页 832；《答端明王尚书见寄兼简景仁文裕二侍郎二首》其一与其二，卷 57，页 828；《退居述怀寄北京韩侍中二首》其二，卷 57，页 830；《答枢密吴给事见寄》，卷 57，页 830；《答判班孙待制见寄》，卷 57，页 831；《拟剥啄行寄赵少师》，卷 54，页 771。

④ 即使如《初夏西湖》这样似乎写景的诗歌，重点仍在那欣赏的人：“吾欲台头坐钓矶”。见卷 57，页 831。

⑤ 卷 12，页 193；卷 4，页 68。

遽来居颍，苟存残喘。”但居颍的欧阳修并没有因此而表现出任何“归家”之“乐”，他仍然感受到人生的无奈与忧患：“文章无用等画虎，名誉过耳如飞蝇。荣华万事不入眼，忧患百虑来填膺。”①《退居述怀寄北京韩侍中二首》其一也说：“一生勤苦书千卷，万事销磨酒百分。放浪岂无方外士，尚思亲友念离群。”② 叶梦得《避暑录话》谓：“忽看欧文忠诗，有一生勤苦书千卷，万事消磨酒十分之句，慨然有当其心。公名德著天下，何感于此乎?”③ 且同样是在颍州，欧阳修却屡屡给梅尧臣去信：“某此居哀独宿，然以忧恼，亦自多病”，“某孤苦中，中外多事，偷闲便思一得故人为会”，甚至在“某不可往，圣俞不可来”的无奈中，“一读新篇若会面”④。——可见重要的不是在颍与否，颍州也并非“乐土”的保证。精神家园、乐土之说确有商榷的必要。

实际上，欧阳修的所谓“思颍”或与宋代的政治形势有点关系。宋初太宗大开登仕之门，即位后的第一榜（太平兴国二年吕蒙正榜）即一次取士五百人，远超太祖朝十七年取士的总数⑤。但文臣地位的提升，与朝廷对其控制的趋严又大致同步，使得文士阶层一方面积极认同北宋政权，另一方面，又逐渐刻意与朝廷禄位相疏离。王夫之对此有一个极深刻的心理观察。他在《宋论》中指出宋初宰辅的升黜无常，“十余年间，进之退之，席不暇暖”，因此士人普遍怀有“且前且却”之意；另外，他认为北宋前期大臣“责以大臣之道，咸有歉焉”，其原因“非其是非之不明也，非其效忠之不挚也，非其学术之不正也，非其操行之不洁也”，而重点在他们“恒若有一物焉，系于心而不能舍”⑥，而此“物”者或即名位之念。

欧阳修的情境心态与这样的现实情势应该说是密不可分的，而母亲的辞世更是一致命的沉痛打击。如此，在面临生命的困窘时，欧阳修说他“不知所归，遽来居颍，苟存残喘”——居颍是因为他不知所归，只能暂且居颍以休养生息。那为什么是颍州呢？《与张职方》其二云：“欲求一僻地，以便侍养。而远处不可迎侍，侧近又多为清要所居，不敢陈乞。”⑦而颍州号称“便郡”，据汴京较近。北宋时，许多名公巨卿，以薄罪迁谪，即出守此州⑧。换言之，就地理位置而言，颍州似乎是欧阳修在“且前且却”的犹豫彷徨中一个比较理想的“可进可退”之地。

如此，在不知所归时，在“如鱼鸟之池笼。……衰病日复侵攻，交游多在外，块然处此”⑨ 的处境中，欧阳修思颍。如此，在归隐之前那一大串的颍州诗文，特别是“思颍

---

① 《送徐生之渑池》，卷5，页85；《与苏丞相子容》其一，卷145，页2363；《与韩忠献王稚圭》其十三，卷144，页2337。

② 卷57，页829—830。

③ 叶梦得《避暑录话》，中华书局1985年版，卷上，第2页。

④ 《与梅圣俞》其二十三、二十二，卷49，页2456、2455。

⑤ 何冠环《宋初朋党与太平兴国三年进士》，中华书局1994年版，第2页。

⑥ 王夫之《宋论》，中华书局1964年版，卷2，页46；卷3，页63。

⑦ 卷147，页2409。

⑧ 比如刘筠于天圣间罢御史中丞，出知颍州；夏竦于明道间罢枢密副使，出知襄州，继改颍州，后入为宰相；蔡齐于景佑四年罢参知政事，出知颍州；晏殊于庆历四年罢相，出知颍州。详参韩酉山《欧阳修颍州聚星堂燕集赋诗考述》，《江淮论坛》1999年第4期，第86页。

⑨ 《与王懿敏公仲仪》其一，卷146，页2386。

诗”中，欧阳修表达的也许不是真正的“思颍”——而更是一种惶惶然、“不知所之”的情绪。正如人的思虑总要发生在一个明确界定的空间里，其行旅般的人生终究要有个确切的方向：“去去欲何之，南山有旧宅。”[①] 与此相类，欧阳修的“颍州”意义更接近于一种空间的建构，借此表述一种惶以及惶然中的向往：“何日君恩悯衰朽，许从初服返耕桑。”[②] ——那“退将复脩吾初服”的“初心”[③]，一种暂时脱却群体价值的桎梏，以回归主体生命本然的状态。

这是欧阳修的“思颍”——在不知所归中的追寻与反思。

三、居士不可见也：欧阳修之思隐

而正是在这样“思颍”的追寻与反思中，欧阳修再次修正自己的称号。实际上，从洛阳自称达老，夷陵自称迁客，滁州自号醉翁，再至晚年的六一居士，正标示着欧阳修人生观改变的一个过程。

《六一居士传》中有几个有趣的、值得读者注意的细节。首先，文章一开始，欧阳修就解释了他的更号：

> 六一居士初谪滁山，自号醉翁。既老而衰且病，将退休于颍水之上，则又更号六一居士。

显然，六一居士是醉翁称号的更替：“欲知颍水新居士，即是滁山旧醉翁。”[④] 六一居士与醉翁的分别在于前者的老、衰、病以及最重要的“将退休”。换言之，更号是因为即将退隐——更号是退隐的准备，或更确切地说，是一种公开的宣告。

其次要注意的是“客”的询问：“子欲逃名者乎，而屡易其号。”而欧阳修的回答极妙，他声称不但知道名之不可逃，而且也不必逃，更号其实是为了“志吾之乐尔”，因为

---

① 陶渊明《杂诗十二首》其七，逯钦立校注《陶渊明集》，中华书局 1979 年版，卷 4，第 119 页。

② 《感事》，卷 14，页 237。

③ 屈原《离骚》，见金开诚等校注《屈原集校注》上册，中华书局 1996 年版，第 48 页；王逸注曰：“退，去也。言己诚欲遂进，竭其忠诚，君不肯纳，恐重遇祸，故将复去，修吾初始清洁之服也。”见杨胤宗《屈赋新笺——离骚篇》，中国友谊出版公司 1985 年版，第 137 页；关于“初心”，或言“素心”、“素志”，欧阳修在其书信中曾屡次提及，如嘉祐三年的《与王懿敏公仲仪》其四云“某非久于此者，然素志未遂，心往形留”，卷 146，页 2387；嘉祐四年《与赵康靖公叔平》其三云“虽江西之请未获素心，而疲惫得以少休”，卷 146，页 2379；《与赵康靖公叔平》其四云“深思外补，以遂初心”，卷 146，页 2380；《与丁学士宝臣》其三云“然请外之志，尚未获素心，又以残史终篇有期，夏秋之交，可决南去”，卷 151，页 2487；《答韩钦圣》其二云“虽江西前请未获素心，而疲惫计不能久，粗得休息，亦不胜其幸”，卷 151，页 2492；嘉祐五年，《与王懿敏公仲仪》其八云“方得《唐书》了当，遽申前请，垦乞江西。前后累削，辞极危苦，而二三公若不闻。近年眼目尤昏，又却送在经筵，事与心违，无一是处。未知何日遂得释然，一偿素志于江湖之上，然后归老汝阴尔”，卷 146，页 2389；《答杜植》云“其间不能量力决然早去，而流连禄仕，任过其分，勉强碌碌，讫无可称，以取责于一时而贻讥于后世，则鄙人于数老叟中，又独负此。若宠利纷华，不惟非素心所溺，就令心有所好，大抵晚年实能享者，于身所得几何？由是言之，得失不较可知”，卷 151，页 2501；《与常待制夷甫》其四云“自藏拙于此，习成懒慢……亮须幅巾闾巷，杖履往还，始偿夙素倾嚮之心尔”，卷 148，页 2432。

④ 《答资政邵谏议见寄二首》其一，卷 14，页 251。

未隐退前的欧阳修虽然向往此乐，却"常患不得极吾乐于其间者，世事之为吾累者众也"①。由此，欧阳修示范了一种与前人以称号婉转隐藏身份与主观意愿的写作方式的不同，比如阮籍作《大人先生传》是通过虚构的人物形象来寄寓某种自传性的内心想望；而陶渊明写作《五柳先生传》，"五柳"也并非陶的自称，文中所展示的不是陶渊明人生的实际，而是陶渊明人生的理想②。而欧阳修却直接点明称号的目的，不但不是为了隐藏心意，而且还是为了更清楚地表述其志意。

但若仔细展读陶渊明的《五柳先生传》，却又不难发现陶氏本身的矛盾：其笔下颇有自传色彩的五柳先生"常著文章自娱，颇示己志"③。——而"自娱"与"示己志"显然是两个相互矛盾的目标——如果一个人的预期读者是自己，那么他在文字中又要向谁"示己志"呢？

陶渊明的传记首次出现于《宋书·隐逸传》。在《隐逸传》的前言里，作者沈约把"隐"分为两类："贤人"之隐和"隐者"之隐。

> 遁世避世，即贤人也。夫何适非世，而有避世之因。固知义惟晦道，非曰藏身。至于巢父之名，即是见称之号；号曰裘公，由有可传之迹。……运闭故隐，为隐之迹不见；违人故隐，用致隐者之目。身隐故称隐者，道隐故曰贤人④。

换言之，"隐者"之隐是因为与世/人相违，所以往往要自我抒发甚或自我标榜，而因此留下"可传之迹"。而这正是《五柳先生传》的矛盾所在，因为这广为流传的"文字"正是陶渊明生命所留下的"可传之迹"，也就是他生命中所留下的可歌可颂的言行，这最终导致"名"（陶渊明）与"见称之号"（五柳先生）的存留——从而导致"陶渊明/五柳先生"这一人物与世上其他芸芸众生的分别。这样的"迹"显然是与"隐"相互抵牾的⑤。实际上，隐士本为求"隐"，因此为隐士立传本身就充满矛盾，而隐士如陶渊明者为个人虚拟立传——虽然"五柳先生"并非陶氏个人的自称——这样的述写就更是一种与"隐"之背离。

当陶渊明在《五柳先生传》与其他诗文中反复权衡、讨论、解释甚或辩护他的退隐决定，并且特别注意地提到要以诗文"示己志"，甚至宣告"今我不述，后生何闻哉"⑥时，他其实已经在有意无意间突显了个人在面对死亡的焦虑时一种顽强有力的抗拒方式——以话语、文字、名号，以隐者不朽之声名，而这样的方式更为后来的士人如欧阳修

① 《六一居士传》，卷44，页634-635。

② 川合康三著，蔡毅译《中国的自传文学》，中央编译出版社1998年版，第68页。

③ 《五柳先生传》被目为陶渊明的虚拟自传，然而书写陶氏传记的作者在引用此文后，却无一例外地说明"时人谓之实录"。见陶渊明《五柳先生传》，卷6，页175；沈约《宋书》，中华书局1974年版，卷93，页2287；萧统《陶渊明集》，宋刻递修本，卷10，页12b；房玄龄《晋书》，中华书局1974年版，卷94，页2461；李延寿《南史》，中华书局1975年版，卷75，页1856。

④ 沈约，页2275-2276。

⑤ 田晓菲《尘几录——陶渊明与手抄本文化研究》，中华书局2007年版，第61页。

⑥ 陶渊明《有会而作序》，卷3，页106。

者立下了可学习的榜样。

如此，欧阳修晚年之创作《六一居士传》想来也是有“迹”可循的。

张伯行以为，《六一居士传》是“欧公晚年寓意之文，《东坡集》多得此解”①。那苏轼到底是如何理解此文的呢？《书六一居士传后》云：

> 苏子曰：居士可谓有道者也。或曰：居士非有道者也。有道者，无所挟而安，居士之于五物，捐世俗之所争，而拾其所弃者也。乌得为有道乎？苏子曰：不然。挟五物而后安者，惑也。释五物而后安者，又惑也。……故曰：居士可谓有道者也。虽然，自一观五，居士犹可见也。与五为六，居士不可见也。居士殆将隐矣②。

关于有道或无道，欧阳修曾经有诗自嘲曰：“犹须五物称居士，不及颜回饮一瓢。”③而苏轼则从另一角度来诠释，把欧阳修与“五物”的等同——“居士之不可见”，视作欧氏行将隐居的“预告”，这是苏轼对恩师深刻的理解，同时也表述了欧阳修名号背后的奥妙之处。这么公开的“隐”之宣告自然不是沈约所说的“为隐之迹不见”，而是更类似陶渊明的“身隐”，由此表达了欧阳修暗地里渴望“逃身”之隐喻。

实际上，晚年的欧阳修在心志上出现了极大的变化。《与高司谏书》可以慷慨正义地侃侃而言，不畏时局之难，不惧贬谪之艰；然而庆历新政失败之后，欧阳修却反复不断地在书信中表述其忧惧退缩的“逃身”心态。

庆历六年，《与韩忠献王稚圭》其五云：“职事日益简少，养拙自便。”庆历七年，《与梅圣俞》其二十云：“他事非独不挂口，亦不关心。”嘉祐四年，《与王懿敏公仲仪》其七云：“遂决南昌之请，自此可图一作茧处矣。……岁暮索然，殊鲜欢意。”嘉祐六年，《与王懿敏公仲仪》其九云：“衰病之人，岂敢萌心，至于自顾，惟知忧畏，而众论实可多惧。”其十二云：“深思一作茧处，未有去端尔。”嘉祐年间的《答张学士》其一云：“衰朽百病交攻，难堪久处兹地，渐欲谋为退缩，得免罪戾。”其四则云：“若得偶逃罪责，归老期间，遂养慵拙，何胜幸也。”治平四年，《与韩忠献王稚圭》其三十四云：“某藏拙于此，幸亦优闲。”④考察欧阳修在京为官的履历，嘉祐五年为枢密副使，六年转参知政事，从嘉祐五年一直到治平四年，长达八年，这是他政治生涯上的高峰——然而，即使是在官运最为亨通的嘉祐、治平年间，欧阳修也仍然有此重复的“养拙”、“藏拙”、“不挂口”与“忧畏”、“退缩”、“逃罪责”心态，而“作茧处”的重复尤可圈可点。

熙宁以后，类似的字眼更是明显。熙宁元年，《与常待制夷甫》其六云：“某幸居僻事简，足以养拙。”《与直讲都官》云：“东州土俗深厚，岁丰盗讼亦稀，甚为养拙之幸。”

---

① 张伯行《唐宋八大家文钞》，见王云五主编《丛书集成初编》，商务印书馆1936年版，卷6，第127页。

② 苏轼著，孔凡礼点校《苏轼文集》，中华书局1986年版，卷66，第2048—2049页。

③ 《退居述怀寄北京韩侍中二首》其二，卷57，页830。

④ 卷144，页2333；卷149，页2454；卷146，页2389；页2390；页2391；卷151，页2493—2494；页2494—2495；卷144，页2345。

熙宁二年，《答黎宗孟醇》云：“某性自少容，老年磨难多，渐能忍事。”《与颜直讲长道》其五云：“请寿，冀未退休间，苟安于藏缩尔。”熙宁三年，《与韩忠献王稚圭》其三十九云：“足以养拙偷安，度日而去尔。”其四十云：“某自至蔡，遂不曾作诗。老年力尽，兼亦忧畏颇多，冀静默以安退藏尔。”《与王文恪公乐道》其七云：“某此幸藏拙。”《与王补之》云：“苟禄偷安，甚为幸也。”熙宁四年，《与韩忠献王稚圭》其四十一云：“老年忧畏，旦暮未去间，俯默苟偷，如前书所述尔。”《与曾舍人巩》其四亦云：“自去年归蔡，遂绝不作诗。……自归颍，他文字亦绝笔不作。”①

笔者以为，欧阳修的这类语句，不能简单地看成虚文套语，因为作为儒家士人，“报国”应该是他真诚的人生理想，但这理想无论实现与否，却又必定要导致个体的压抑、限制、囚禁、失落甚至消融。老子谓：“吾所以有大患者，为吾有身。”② 如此，“隐身”或者“逃身”就成为一种自然合理的选择，同时凸显了欧阳修在政治高压氛围下“隐藏”、“思作茧”、“静默以安退藏”的龟缩心态。

也是在这样的前提下，笔者以为，思“隐”的“隐”非指“隐居”，而是“隐藏”——与一般意义的“退隐”，即从政治场域、官场的退休离开有别，欧阳修的“隐”并非“人”的离去，欧阳修的“隐”是“隐藏”，是使之“不见”，是“身隐”，或更准确地说，是“心”之“逃离”。人似乎仍然是那个谨慎、认真处理公务的欧公，而心却是另一个意图隐身不见，在无人的“物”的世界里流连彷徨的醉翁——而“六一”称号不过是这种“逃身”、“身隐”心理的总结、呈现。

再者，回到《六一居士传》，这篇传文与其说解释了“六一居士”的更号，不如说文章其实只是解释了“六一”，却并未对“居士”有所说明。而与《五柳先生传》不同的是，“先生”可以不必另作解释，“居士”却似乎有注解的必要。

首先，何谓“居士”?《礼记·玉藻》谓“居士锦带”，郑玄注曰：“居士，道艺处士也。”③ 文人雅士用作别号，亦自称居士④，即有文化艺术修养而居家不仕的士人。佛教传入中国后，居士称谓遂在一段时期内成为佛门专用语。佛门将一些不出家的佛教信徒或施主称为居士，其中有些“居士”未必是士人。自唐、宋以后，居士又不再专属佛门，很多不入仕途的士人自称“居士”。宋代此风尤盛⑤，还出现了佛徒儒士化和文人居士化交互并现的奇观。“故吾修身以儒，治心以释。”⑥。张玉璞以为这是一个引人注目的文化现象：宋人将传统的仕隐观念及运行机制加以重新整合，形成了一种颇为圆通的仕隐观，既承担应尽的社会责任与道德义务，又游离于现实政治之外，求取内心的适意与自足。

---

① 卷148，页2433；卷152，页2520；卷151，页2499；卷152，页2518；卷144，页2347；页2347；卷147，页2403；卷152，页2521；卷144，页2347；卷150，页2470。

② 王弼注《老子注》，收入《诸子集成》第3册，中华书局1954年版，13章，第7页。

③ 郑玄注《礼记正义》，上海古籍出版社1990年版，卷30，第558页上。

④ 王秋生，页230。

⑤ 张海鸥《宋代三居士名考》，《中山大学学报》1999年第1期，第39卷，第59页。

⑥ 智圆《闲居编·中庸子传（上）》，《续藏经》第101册，转引自王水照《情理·源流·对外文化关系——宋型文化与宋代文学之再研究》，《王水照自选集》，上海教育出版社2000年版，第23页。

当文人士大夫纷纷以别号“居士”相尚，即是这种处世心态和行为模式的典型的外在表征[①]。

不过，值得注意的是，宋人自称居士一般皆在居家（闲居或谪居）之际[②]。而欧阳修的自名则早在退隐之前。《隋泛爱寺碑》云：“治平丙午孟飨摄事斋宫书，南谯醉翁六一居士。”而《欧集》中以“六一居士”自署之其余篇目，除了《续思颍诗序》的写作时间与《六一居士传》同，皆在熙宁三年九月七日外，其他如《岘山亭记》作于熙宁三年十月二十有二日，《江邻几文集序》则作于熙宁四年三月[③]。换言之，早在正式退隐之前，欧阳修已经有意识地以“六一居士”自称。治平丙午即治平三年，欧阳修 60 岁。墨本《神宗实录本传》曰：“年六十，以论政不合，固求去位。可谓有君子之勇。”[④]

当然，欧阳修在正式自号六一居士时，并没有料到自己的生命会在几年后就结束，但他无疑是在明确地为自己的一生定位。如此，苏辙才会为欧阳修的称号下这样的结论：“公独以道自任。仕以其力者，力衰而后去；进以其道者，道高则难留。故七十致仕，在礼则然。而六一自名，此志久矣。”[⑤] ——“此志久矣”，表明提早致仕归隐的心志早在自名居士，甚或更早之前，已经作了明确的不容更改的决定。

这是欧阳修“居士”的第一个解释，作为一种宋代士大夫一般居家归隐修行的普遍称号。但另一方面，读者也许还应该注意到“居士”原本的佛教色彩——尽管宋代居士中有人修佛，有人则与佛教无关，只取“道艺处士”之意[⑥]。这是论文要讨论的第二点。因为欧阳修是一个有明显反佛背景的儒家学者。

陈善曾经总结云：“近世欧阳文忠公、司马温公、范蜀公皆不喜佛。”欧阳修《酬学诗僧惟晤》云：“子佛与吾儒，异辙难同轮。”[⑦] 他还写有《本论》，反对佛教，弘扬儒学，并且强调在思想方面的教化：“莫若修其本以胜之。”因此，“此论一出，而《原道》之语几废”[⑧]。《唐司刑寺大脚迹敕》谓：“佛为中国大患，非止中人以下，聪明之智一有惑焉，有不能解者矣。方武氏之时，毒被天下，而刑狱惨烈，不可胜言。……自古君臣事佛，未有如武氏之时盛也，视朝隐等碑铭可见矣。然祸及生民，毒流王室，亦未有若斯之盛也。”《唐华阳颂》云：“佛、老二者同出于贪，而所习则异，然由必弃万事、绝人理而为之，其贪于彼者厚，则舍于此者果。”《唐会昌投龙文》云：“余修唐《本纪》至武宗，以谓奋然除去浮图锐矣，而躬受道家之箓，服药以求长年，以此知其非明智之不惑者，特其好恶有所不同尔。……余尝谓佛言无生，老言不死，二者同出于贪，信矣。会昌之政，

---

① 张玉璞《宋代文人“居士”情结的社会文化阐释》，《山东社会科学》2002 年第 3 期，第 100 页。

② 张海鸥，页 62。

③ 卷 138，页 2185；卷 42，页 605；卷 44，页 635；卷 40，页 589；卷 43，页 618。

④ 附录卷 2，页 2662。

⑤ 苏辙：《贺欧阳少师致仕启》，曾枣庄、马德富校点《栾城集》，上海古籍出版社 1987 年版，卷 50，第 1078 页。

⑥ 张海鸥，页 59。

⑦ 陈善《扪虱新话》，上海书店出版社 1990 年版，卷 10，页 3a；欧阳修，卷 4，页 61。

⑧ 欧阳修《本论中》，卷 17，页 290；陈善《韩退之辟佛老》，卷 11，页 3a。亦参李承贵《欧阳修与佛教——兼论欧阳修佛教观特质及其对北宋儒学的影响》，《现代哲学》2007 年第 1 期，第 117 页。

临事明果，有足过人者，至其心有所贪，则其所为与庸夫何异？"① 不但反佛，连对道家似也颇有不满。

另外，叶梦得《避暑录话》记载："欧阳文忠公平生诋佛老……公既登政路，法当得坟寺，极难之，久不敢请，已乃乞为道宫。凡执政以道宫守坟墓，惟公一人。"曾敏行《独醒杂志》亦云："两府例得坟院，欧阳公既参大政，以素恶释氏，久而不请。韩公为言之，乃请泷冈之道观。又以崇公之讳，因奏改为西阳宫。"②《连典大郡》记载："蔡州妖尼于惠普托佛言人祸福，朝中士大夫多往问之，所言时有验，于是翕然共称为神尼。公既自少力排释氏，故独以为妖。"③ 王辟之记录的故事更为有趣："欧阳文忠公不喜释氏，士有谈佛书者，必正色视之，而公之幼子小字和尚。或问：'公既不喜佛，排浮屠，而以和尚名子何也？'公曰：'所以贱之也，如今人家以牛驴名小儿耳。'"④

综观欧阳修一生，他的反佛立场似乎很坚定，但有时又似乎有些反复⑤。观其所为，早在洛阳时，他就曾随谢绛等拜访太室山上的僧人，听其讲经而"不觉心醉色怍，钦叹忘返"⑥。在汴京时又结识了释秘演等僧人，与之酬唱往来。他在《释秘演诗集序》中说："浮屠秘演者，与曼卿交最久，亦能遗外世俗，以气节相高，二人欢然无所间。曼卿隐于酒，秘演隐于浮屠，皆奇男子也。……一时贤士皆愿从其游，予亦时至其室。"《赠庐山僧居讷》云："五百僧中得一士，始知林下有遗贤。"《山中之乐并序》则谓："……极道山林间事，以动荡其心意，而卒反之于正。"⑦ 储欣以为这是"公辟佛之文也，不可不存"。周必大则认为"六一先生送佛者慧勤三章，虽极道山中之乐，而谓不可久者，盖惜其才之甚良，自弃于无庸，欲反之正耳"⑧。笔者以为后者或较贴近作者心意。惠洪《嘉祐序》甚至记载说："禅师讳契嵩……书既送中书，时魏国韩公琦览之，以示欧阳文忠公。公方以文章自任，以师表天下，又以护宗不喜吾道，见其文，谓魏公曰：不意僧中有此郎邪！黎明当一识之。公同往见，文忠与语终日，遂大喜。由是公名振海内。"文莹《湘山野录》卷下亦载契嵩献书，云："大学者若今首揆王相、欧阳诸巨公，皆低簪以礼焉。"刘德清以为："此两书著者皆为僧人，为张其教，恐有夸饰，姑录备考。"⑨ 但苏轼《六一泉铭》云："予昔通守钱塘，见公于汝阴而南。公曰：'西湖僧惠勤甚文，而长于

---

① 卷139，页2207、2229；卷142，页2295。

② 叶梦得《避暑录话》，卷上，页6；曾敏行《独醒杂志》，上海古籍出版社1986年版，卷2，第12页。

③ 收入《欧阳修全集》，附录卷2，页2648。

④ 王辟之《渑水燕谈录》，中华书局1981年版，卷10，第124页。

⑤ 王水照、崔铭的《欧阳修传：达者在纷争中的坚持》一书即有此说。王水照以为，这正体现了欧阳修作为代表国家利益的政治家与代表心灵需求的文学家的双重身份与双重人格的共存共处，前者可以公之于众，而后者则不足与外人道，属于个人隐私。页121—122。

⑥ 谢绛《游嵩山寄梅殿丞书》，收入《欧阳修全集》，附录卷4，页2717。

⑦ 卷43，页611；卷56，页811；卷15，页261。

⑧ 储欣《唐宋十大家全集录·六一居士全集录》，江苏书局覆刻康熙本，光绪八年，卷1，页6a；周必大《丰城府君便山处士唱酬诗卷》，《益公题跋》，丛书集成初编，中华书局1985年版，卷12，第135页下。

⑨ 惠洪《嘉祐序》，《石门文字禅》，见《禅门逸书初编》第4册，台北明文书局股份有限公司1981年版，卷23，第310页；文莹《湘山野录》，《唐宋史料笔记丛刊》，中华书局1984年版，卷下，第50页；刘德清《欧阳修纪年录》，上海古籍出版社2006年版，第368页。

诗。……子闲于民事，求人于湖山间而不可得，则盍往从勤乎?'”可见，欧阳修礼遇能文之僧人一事未必是夸大，而就苏轼所言，惠勤与欧阳修也的确颇有交往与认识，还彼此欣赏，惠勤甚至以“天人”形容欧氏：“人见其暂寓人间，而不知其乘云驭风，历五岳而跨沧海也。此邦之人，以公不一来为恨。”①苏轼另外还有《哭欧公孤山僧惠思示小诗次韵》：“故人已为土，衰鬓亦惊秋。犹喜孤山下，相逢说旧游。”《跋文忠公送惠勤诗后》则提到苏轼在欧阳修死后，“偶至勤舍”，惠勤向他展示欧阳修之诗：“盖公之真迹，读之流涕，而勤请余题其后云。”② 由此，欧阳修反对的也许是佛教，但不一定是佛教中人，他跟许多有文才的僧人皆为朋友，苏轼诗文可谓旁证，表达了欧阳修一贯对贤者与能文者之爱护与推崇——即或对方是僧人。另外，叶梦得《避暑录话》中一段有关欧阳修晚年读《华严经》“读未终而薨”的传闻，还有其子孙“奉释氏尤严”的记录也颇值得注意：“人门闻歌呗钟磬声自堂而发……问之，云公无恙时薛夫人已自尔，公不禁也。及公薨，遂率其家无良贱悉行之。”③ 这似乎表明了欧阳修晚年在某种程度上对佛教的接受(或者至少不反对)④。

此外，欧阳修也与道人有密切的交游，集中有《赠潘道士》、《赠许道人》等诗⑤。蔡絛《西清诗话》云：“颍阳石唐山……治平中，许昌龄者，安世诸父，蚤得神仙术，杖策来居，天下倾焉。后游太清宫，时欧阳文忠公守亳社，公生平不肯信老佛，闻之，邀致州舍与语，豁然有悟……公集中许道人石唐山隐者，皆昌龄也。”⑥欧阳修离蔡州时据传还曾赠壶公观道士刘道渊道服一领。苏辙记载：“闻有老道士刘道渊，年八十七，非凡人也。……服细布单衣，缝补殆遍。……道渊怅然曰：‘此故淮西守欧阳永叔所赠也。……公与我有夙契，且齐年也。昔将去吾州，留此以别。吾服之三十年，尝破而补之矣，未尝垢而浣也。’”⑦

但最值得注意的还是魏泰的记录：“欧阳公在颍，惟衣道服，称六一居士。”⑧ 一个终生反佛（有时亦反道家）的儒者，老年在颍州，穿的却是道家的服装，自名的则是带有佛家色彩的称号。如此有趣的结合正形象地反映了欧阳修一贯的追求：既雅又俗，可严肃可谐趣，既服膺真理与原则，也推崇玩笑与戏游。如此，亦儒亦佛亦道又有何不可?称号是素志的宣告，服装是内在闲散追求的外在表述，由此而曲折反映欧阳修追求山中

---

① 苏轼《六一泉铭》，《苏轼文集》，卷 19，第 565 页。

② 苏轼《哭欧公孤山僧惠思示小诗次韵》，《苏东坡集·前集》上册，商务印书馆 1933 年版，卷 4，第 45 页；《跋文忠公送惠勤诗后》，《苏轼文集》，卷 68，第 2127 页。

③ 叶梦得《避暑录话》，卷上，第 7 页。

④ 亦有学者认为欧阳修的“居士”名号是儒佛合流的产物。见张培锋、杨静《欧阳修“居士”探幽》，《河北师范大学学报》第 31 卷第 4 期，2008 年 7 月，第 109 页。再者，宋代的佛教面目也有点不像宗教，而比较像是士大夫阶层的人生哲学和生活方式。参曹宝麟《中国书法史：宋辽金卷》，江苏教育出版社 1999 年版，第 5 页。

⑤ 卷 57，页 830；卷 9，页 145。

⑥ 蔡絛《西清诗话》，见江少虞《宋朝事实类苑》下册，上海古籍出版社 1981 年版，卷 44，第 580 页。

⑦ 苏辙《蔡州壶公观刘道士并引》，《栾城后集》，卷 1，页 1112。

⑧ 魏泰著，李裕民点校《东轩笔录》，《唐宋史料笔记丛刊》，中华书局 1983 年版，卷 4，第 45 页。

之乐、逃离官场的决心——或至少是一种公开的、意图加强心志的体现。如《答郭刑部辅》所云：“此乐常为山人处士得之。衣冠仕宦，比其汲汲得如其志，不老则病矣，虽有登临之兴，勉彊而为之，已不胜其劳也。”① 由此，“六一”是一层义：欧阳修一心“得意于五物也”，“老于此五物之间”、“与五为六，居士不可见也”；而“居士”则是另一层义：在不能报国不能有补于国事的现在与未来，欧阳修公然地强调那佛者/居士的陶然自足之乐——因为穿道服的儒家居士，“殆将隐矣”。

这是欧阳修的“六一”/“居士”，真正的重点不在作为空间背景的颍州，而在名号以及名号背后所指向的隐喻——那“隐身”而非“隐居”的宣告。

四、似闲不闲，似居不定：欧阳修之思闲居

与“殆将隐矣”相关的，是“隐”后的“闲居”生活。

对此，欧阳修似乎很早就作了相当充分的准备。一方面，他不但多次上表奏请退休，多方、多次宣告友人知交有关归隐的决心，并且还相约同游，甚至买田修屋，作为未来生活上的准备。如其诗文所见：“归休约我携琴去”、“只思相伴老渔樵”、“兴阑吾欲返耕桑”、“三年解组来归日，吾已先耕颍水头”、“累牍已尝陈素志，新春应许遂归耕”、“况有西邻隐君子，轻蓑短笠伴春锄”、“余与韩子华、长文、禹玉同直玉堂，尝约五十八岁致仕，子华书于柱上”、“因假道于颍，盖将谋决归休之计也”等②。值得注意的是，欧阳修的“闲居”概念很大程度上可能是受陶渊明的影响。

梅尧臣有《送永叔归乾德》云：

> 渊明节本高，曾不为吏屈。斗酒从故人，篮舆傲华绂。悠然目远空，旷尔遗群物。饮罢即言归，胸中宁郁郁③。

诗歌盛赞欧阳修刚直不屈而又安贫自适的崇高品节——但重点或还不在此，而更在于诗以欧阳修和陶渊明——那宋人眼中理想的人格范型来相比拟。有学者指出，宋人对陶渊明品格中重节操的一面，往往解读为耻事二姓，使之符合儒家理想④。然而在梅尧臣的时代，新的“陶渊明形象”犹处于建构之中，而梅尧臣所理解的陶渊明，就人格而言，以自适为主，而又强调其中蕴含的傲佚。《送永叔归乾德》诗就于陶渊明的“篮舆傲华绂”以外，又写到他的遁世无闷，所谓“饮罢即言归，胸中宁郁郁”。即是兼顾自适与傲佚之例。相比之下，欧阳修谈论陶氏人格，主要是称说他在寂寥中的诗酒自娱，如《戏

① 卷151，页2488。

② 《忆鹤呈公仪》，卷12，页207；《圣俞在南省鉴印进士试卷有兀然独坐之叹因思去岁同在礼闱慨然有感兼简子华》，卷13，页216；《奉答子履学士见赠之作》，卷14，页238；《送道州张职方》，卷14，页238；《奉答子履学士见寄之作》，卷14，页251；《书怀》，卷14，页241；《寄韩子华并序》，卷57，页831；《思颍诗后序》卷42，页601。

③ 梅尧臣著，朱东润编年校注《梅尧臣集编年校注》，上海古籍出版社2006年版，卷9，第142页。

④ 李剑锋《元前陶渊明接受史》，齐鲁书社2002年版，第235页。

书拜呈学士三丈》以之自况："渊明本嗜酒，一钱常不持。人邀辄就饮，酩酊篮舆归。归来步三径，索寞绕东篱。咏句把黄菊，望门逢白衣。欣然复坐酌，独醉卧斜晖。"苏轼亦曾引述他对陶渊明文章的推崇："欧阳文忠公尝言晋无文章，惟陶渊明《归去来》一篇而已。"① 朱熹编《楚辞后语》，卷四选入《归去来辞》，解题中说："欧阳公言两晋无文章，幸独有此篇耳。然其词义夷旷萧散，虽托楚声，而无其尤怨切蹙之病云。"② 则欧阳修所取，乃着眼于比较宽适之作。

如果说，苏轼在贬谪时期对人生的豁达与超然主要是本于佛老思想的影响的话，则欧阳修的调节之道可能更多来自对陶渊明的景仰师范。梅尧臣嘉祐五年曾作《送襄陵李令彦辅》③，题下有注云："李，宋丞相妹婿，永叔少居随州，常往其家。"则这位李令或即是欧阳修《李秀才东园亭记》中的"修友李公佐"。而梅诗如此形容他："公相为近亲，翰林为故人。亲旧各贵显，青袍未离身。六十去作令，岂慕要路津。又思汉东归，便置漉酒巾。深希陶渊明，澹然意已真。"以李氏为一位淡泊功名、陶渊明式的人物④。如果梅尧臣所言属实，则欧阳修早年在随州或也曾因李氏之故而受到陶渊明的影响。以欧阳修在颍州隐居时所写的短序《西湖念语》为例："陶渊明之卧舆，遇酒便留于道士。……清风明月，幸属于闲人。并游或结于良朋，乘兴有时而独往。鸣蛙暂听，安问属官而属私；曲水临流，自可一觞而一咏。至欢然而会意，亦傍若於无人。乃知偶来常胜於特来……"⑤ 陶渊明的被提及显然并非出于偶然——陶之人格风范与其毅然之"归去"或已成为欧阳修"虽不能之，心向往之"的理想范式。

但更重要的影响或是来自《五柳先生传》。传曰："好读书，不求甚解，每有会意，便欣然忘食。性嗜酒……期在必醉，既醉而退……短褐穿结，箪瓢屡空。晏如也。"⑥ 川合康三以为，描写读书的愉快，或者是作为愉快的读书，这恐怕是最早的记录。而读书的愉快和紧接其后之饮酒的愉快，都是陶渊明在全文描述的隐逸生活中所能享受的愉快的一部分。这种快乐，其实是世上所有的人都能在日常生活中感受到的小小的快乐。但发掘个人生活中潜藏的生命的愉悦，并用优美的文字表现出来，仍不能不说是陶渊明的一大创新。更重要的是，《五柳先生传》表述了一种新的隐逸观——一种倾力叙说隐逸生活乐趣的重心似乎替代了通常与隐逸相伴的、对现实的批判与反抗，较之对外部社会的表态，隐者似乎更关心自身内部的世界。具体而言，就是对个人生活处置的从容不迫、游刃有余——隐逸因此而变质，它的重心开始从对社会的批判反抗，转向隐逸者的自适自娱⑦。而这正是欧阳修"闲居"描述中所着力者。

---

① 卷51，页722；苏轼《跋退之送李愿序》，《苏轼文集》，卷66，页2057。宋祁也有记载："莒公言，欧阳永叔推重《归去来》，以为江左高文，丞相以为知言。"见《宋景文公笔记》，中华书局1985年版，卷中，第13页。

② 朱熹《楚辞集注》，上海古籍出版社2001年版，第258页。

③ 黄进德以为"彦"当作"尧"。见《欧阳修评传》，南京大学出版社1998年版，第33页。

④ 梅尧臣，卷30，页1136—1137；欧阳修，卷64，页932。

⑤ 卷133，页2056—2057。

⑥ 陶渊明，卷6，页175。

⑦ 川和康三，页59—67。

欧阳发《先公事迹》提到欧阳修“平生于物少所嗜好，虽异物奇玩不甚爱惜，独好收蓄古文图书……藏书一万卷，虽至晚年，暇日惟读书，未尝释卷。”《戏答圣俞持烛之句》谓：“惟有吟哦殊不倦，始知文字乐无穷。”《读书》诗亦云：“至哉天下乐，终日在几案。……买书载舟归，筑室颍水岸。”① 而欧阳修日常闲居生活的快乐还不止于此。《笔说·夏日学书说》说：“惟据案作字，殊不为劳。……使其遂至于工，可以乐而不厌，不必取悦当时之人，垂名于后世，要于自适而已。”《六一诗话》谓：“居士退居汝阴，而集以资闲谈也。”《杂法帖六》云：“老年病目，不能读书，又艰于执笔。惟此与《集古录》可以把玩，而不欲屡阅者，留为归颍销日之乐也。”《杂法帖四》谓：“吾有《集古录》一千卷，晚又得此法帖，归老之计足矣。寓心于此，其乐可涯。”《与陈比部力》其二亦说：“惠茶具，甚精奇……藏之，他时为闲居之用尔，今则少暇也。”② 这种种对未来退隐闲居之自适自娱的追求显然与陶渊明有共通之处，反映了个体对不太完好的生活中种种细微事物的美好体验。这样的思想虽然是宋代人文思潮的共同趋向，但欧阳修应可说是一个先行者，同时也是一个杰出的实践者。

但与陶渊明的不同之点在于，欧阳修始终是个儒者，佛老思想始终无法在他的思想中占据主导地位。因此，即或是在这样“自适”的追求与“闲居”的向往中，欧阳修似乎也仍然难免其无法割舍的求“工”之挣扎——一种士大夫们在普遍游戏于艺之心态下却仍不自觉地以“道”、以后世之评价为依归的自我期许。欧阳修如实写下他的挣扎：“每书字，尝自嫌其不佳，而见者或称其可取。尝有初不自喜，隔数日视之，颇若稍可爱者。然此初欲寓其心以销日，何用较其工拙而区区于此，遂成一役之劳，岂非人心蔽于好胜邪?”③ “书字”尚且如此，何况书“史”? 难怪欧阳修虽明言《归田录》的目的是记载“朝廷之遗事，史官之所不记，与士大夫笑谈之余而可录者，录之以备闲居之览也”④，而仍不获时人所接受了。

比如朱弁的《曲洧旧闻》就认为传世的《归田录》其实不是原来之面貌：“《归田录》初成，未出，而序先传。神宗见之，遽命中使宣取。时公已致仕在颍州，以其间纪述有未欲广者，因尽删去之，又恶其太少，则杂记戏笑不急之事，以充满其卷帙。既缮写进入，而旧本亦不敢存。”⑤

笔者以为，这样的传言可以从两个方面去思考：首先，它可以说是一些宋士大夫单方面的说辞，说明了欧阳修心意之不被理解：正如他们不相信欧阳修会创作数量众多的艳情词，不相信严肃雅正的士大夫也有放纵随俗的另一面——他们大约也不相信作为文坛与政坛领袖的欧阳修会创作一部无关宏旨，只为“笑谈”的随笔——但这当然极有可能正是寻求闲居、寻求回归本真的欧阳修之所为——他所要书写记录的，或正是无关紧要、戏笑不急之事，正是要为闲居所预备的闲言杂语。

---

① 附录卷2，页2641；卷12，第208页；卷9，页139。

② 卷129，页1967；卷128，页1949；卷143，页2316；卷143，页2315；卷152，页2512。

③ 《试笔·学书工拙》，卷130，页1978。

④ 《归田录序》，卷42，页601。

⑤ 朱弁《曲洧旧闻》，中华书局1985年版，卷9，第72页。

类似的例子还有同是晚年所撰写的《六一诗话》，记录了不少对诗句的刻意误读和戏谑。如："有咏诗者云'尽日觅不得，有时还自来'，本谓诗之好句难得尔，而说者云：'此是人家失却猫儿诗。'人皆以为笑也。"《与梅圣俞》其四十二云："闲作《归田乐》四首，只作得二篇，后遂无意思。欲告圣俞续成之，亦一时盛事。"又其四十三云"呵呵。家人见诮，好时节将诗去人家厮搅，不知吾辈用以为乐尔。"梅尧臣集中亦有《续永叔归田乐秋冬二首》①。熙宁四年的《答连职方》更明言："乱道《思颍诗》一卷，粗以见志，闲中可资一噱。"②

但在玩笑之中，欧阳修对"闲居"的向往也是真诚的。为官多年，他曾多次表达"笼缚"的艰难。嘉祐四年，《与吴正肃公长文》其六云："某病中闻得解府事，如释笼缚。"《与王懿敏公仲仪》其六云："自罢去，益忽忽度日，不能为一事，公私俱废，此所以日梦南归，视居此如桎梏之思脱也。"嘉祐五年，《与冯章靖公当世》其三云："今幸成书，不久进御，遂当南去。世事老来益有可厌者矣。"可惜未能如愿，其《与王郎中道损》其三云："盖以《唐书》甫了，初谓遂得休息，而却送本局写印本，一字之误，遂传四方，以此须自校对。其劳苦牵迫，甚于书未成时。"《与冯章靖公当世》其四表达对"读书行乐"的向往："某衰病俱攻，去心甚速，诸公察其实然，而未肯决然放去。……当世尚壮，及时读书行乐。"《与焦殿丞千之》其十六云："陋巷之士得以自高于王侯者，以道自贵也。一从吏事，便为礼法所绳。……情怀益萧索，物外浮荣，信乎不为吾侪得失也。有名即去矣。"《答连职方》其三云："外绝世欲，内养天真，宜其极方外之乐，享眉寿于无涯。某宠禄盈溢，心志衰零，尚此盘桓，未偿夙愿。"熙宁四年，《答陆学士经》其二云："久疾累年，顿难减损，然得此闲适，足以安养，又其幸也。"《答连职方》其四云："守蔡忽已半岁，老年百病交攻，赖此闲僻偷安。"③凡此种种，皆可见欧阳修对"闲居"的向往。

然而，朱弁有关《归田录》"原本"与"传本"的传言，却又不尽然没有根据。因为欧阳修本来就是一名史官，不但撰有《新唐书》，且在更早之前，还有《新五代史》的私撰；即使是作为"闲居之备"的《集古录》，欧阳修也在其中表达了对史料的重视。换言之，书史似已成为欧阳修潜在之本能与使命感——而《归田录》的所谓闲谈杂语，或也因此表喻了一种历史书写的"欲望"④。

苏轼《东坡志林》有一段非常值得注意的记录："欧阳文忠公尝言：有患疾者，医问其得疾之由，曰：'乘船遇风，惊而得之。'医取多年舵牙为舵公手汗所渍处，刮末杂丹砂茯神之流，饮之而愈。……文忠因言：'医以意用药多此比……'予因谓公：'以笔墨烧灰饮学者，当治昏惰耶？推此而广之，则饮伯夷之盥水，可以疗贪；食比干之馂余，

① 欧阳修，卷128，页1953；卷149，页2463；梅尧臣，卷30，页1142。

② 卷151，页2498。

③ 卷145，页2374；卷146，页2388；卷146，页2383；卷147，页2407；卷146，页2383；卷150，页2480；卷151，页2497；卷151，页2495；卷151，页2498。

④ 关于欧阳修的历史书写，详见陈湘琳《在呜呼与戏笑之间：欧阳修的历史书写》，《中国古代文章学国际学术研讨会论文集》，复旦大学中文系，2009年，第180－190页。此处不赘。

可以已佞；舐樊哙之盾，可以治怯；嗅西子之珥，可以疗恶疾矣。'公遂大笑。"——似乎只是一般的玩笑，而且乍看之下还有些无聊，可是注意苏轼接下来所记录的写作日期与动机："元祐六年闰八月十七日，舟行入颍州界，坐念二十年前见文忠公于此，偶记一时谈笑之语，聊复识之。"①

对苏轼来说，这样的谈笑已是二十年前的故人故事，其中隐藏的是似乎随意而其实强烈的对恩师的缅怀与对时政的微讽；而对读者而言，这样的记忆却更清楚地表述了欧阳修在颍州的言行中所体现的一种矛盾：一方面，这是他多年来所追求的一种单纯的生活与人际：亲密无隔阂的师徒关系、日常普通的言笑、无所拘束的闲谈。似乎无聊，却是生命中难得的轻松闲适；似乎平常，却是欧阳修人生中最后一年的从容与言笑，带着对世事的洞察与包容——正在师徒间看似随意的欢言笑语中，正在看似无关紧要的著作记载中，正在戏笑不急的闲谈杂语中。

但在另一方面，正如《归田录》的闲谈中所隐隐指向的对历史政事的补阙，这师徒间无谓的玩笑中也仍然包含对"治昏惰"、"疗贪"等时事的关怀。似乎是思"闲居"，却是似闲而不闲，似居而不定——准备"闲居"似乎是欧阳修渴盼已久的一种生活，却又可说是他在政治攻击中迫不得已的结果。如前所云，他的"隐"是一种政治上的退避，却并非"生活"上的退避，是"隐身"而非真正意义上的"隐居"。如此，其思"闲居"与其说是对"闲居"的切实想望、真实期盼，还不如说是他在难堪的政治处境中的一种臆想，一种安慰，一种自我超脱。——而颍州，那个隐退之后理想的闲居之地，那在臆想中的所谓"乐土"，在此言说中——遂模糊成一飘忽的影像。

五、哀其不逮：欧阳修之思归田

如此，在这样的矛盾挣扎中，最后不得不谈的是欧阳修的"思归田"。

其实，由"于役"而"归田"本就是古代士人的宿命，因此欧阳修初仕洛阳任满时，即有"行矣方于役，岂能遂归欤"之叹②。他早年还有一篇《画舫斋记》："然予闻古之人，有逃世远去江湖至上终身而不肯反者，其必有所乐也。"③ 但既说是"其必有所乐"，则书写此记时的欧阳修仍未能领略归田之乐，当然也仍无遁世之志，他的归隐观念更多是一种继承自传统士人的宿命观，一种末后必当如此的认识。

但嘉祐之后，或者更准确地说，是在庆历新政失败以后吧，欧阳修对"归田"的认识似乎就有了根本的变化。《续思颍诗序》谓："皇祐二年，余方留守南都，已约梅圣俞买田于颍上。其诗曰：'优游琴酒逐渔钓……'此盖余之本志也。时年四十有四。"注意，欧阳修所谓的"本志"是优游琴酒，是为乐——时年不过44岁已有这样的渔钓隐逸之想，让人不能不联想到庆历年间政治改革失败对他的重大影响，因为饶有意味的是，欧阳修去颍州正是在庆历革新失败以后。正如序中所引用的《寄圣俞》一诗所言："壮心销

① 苏轼《东坡志林》，《唐宋史料笔记丛刊》，中华书局1981年版，卷3，第60－61页。
② 《罢官后初还襄城弊居述怀十韵回寄洛中旧寮》，卷52，页733。
③ 卷39，页569。

尽忆闲处。”作于南京的《依韵答杜相公宠示之作》亦云：“醉翁丰乐一闲身，憔悴今来汴水滨……壮志销磨都已尽，看花翻作饮茶人。”周本、丛刊本注云“皇祐三年”作。而在更早的皇祐元年，欧阳修在《与杜正献公世昌》其五中已表明其慨叹：“某年方四十有三，而鬓发皆白，眼目昏暗。……国恩未报，每以自念，慨然兴嗟。”欧阳修清楚看到当年改革理想的破灭与政治热情的冷却，比较洛阳盛年与滁州之后的时期，壮心销尽、壮志销磨之后的优游琴酒与看花饮茶就只能成了闲人所做的闲事，而不再有当年洛阳时期呼朋唤友的兴奋激昂。这是从“于役”到“归田”视界的彻底变化。诚如《思颍诗后序》所云：“尔来俯仰二十年间，历事三朝，窃位二府，宠荣已至而忧患随之，心志索然而筋骸惫矣。”[①] 陶渊明有《五柳先生传》，有《归去来兮辞》，欧阳修则有《六一先生传》与《归田录》，但陶渊明的归田是“不为五斗米折腰”的傲然，是“世与我而相违”的孤独，虽然其《感士不遇赋》曰“彼达人之善觉，乃逃禄而归耕”[②]，似乎还是想有所作为，却又极能顺应自然之不可为而退以自保；欧阳修的归田则更多是“思有所为”却又“哀其不逮”[③] 的悲凉。

这主要可从两方面来做进一步的申论。首先是欧阳修生理上的“力有不逮”，其次则是客观环境所导致的报国之“乖愿”。欧阳修的诗文、奏表，特别是其私人书信，在这方面提供了大量的讯息。特别值得注意的是，欧阳修一开始并没有要求退隐颍州，颍州也并非他唯一的选择。皇祐元年，欧阳修求外郡，因此第一次来到了颍州。《与韩忠献王稚圭》其八谓“某昨以目疾为苦，因少私便，求得汝阴”；《与章伯镇》其四亦云“某昨以目病为梗，求颍自便”[④]。这样的理由在后来数十年的书信与乞表中屡屡得见——求洪州时如此（虽然照顾先坟是其首要考虑，却绝非唯一理由），辞开封时如此，求寿州时也是如此，甚至更多时候他并未点出地名，但求一闲僻的外州小郡“俾养衰残”：“修见乞洪州，亦只为先坟也”；“进无补于朝廷，退自迫于衰病。眼目昏暗，脚膝行步颇艰，右臂疼痛，举动费力。……乞一近乡州郡，贵得俸禄，因便营缉”；“臣年虽五十三岁，鬓须皓然，两目昏暗。自丁忧服阕，便患脚膝。近又风气攻注，左臂疼痛，举动艰难。一身四肢，不病者有几？……乞一外任差遣，得以养理衰残”；“某以衰病，当此烦冗，已三请江西”；“臣久患目疾，年齿渐衰，昏暗愈甚。又自今年春末，忽得风眩。……臣素以文辞专学，治民临政既非所长，加以早衰多病，精力不强。……候《唐书》成日，乞一外任差遣，以养衰残”；“年龄迫于衰晚，气血损于忧伤。惟两目之旧昏，自去秋而渐剧……许辞政事之名，假以州符之寄。则臣不止偷安而养拙，亦将自疗以求痊”；“某衰病眊然，思一藏拙之地，未能遂心，日夕勉强，不胜其劳”；“臣疾患累日，气血虚乏，头目昏眩，不能久立……伏望陛下特赐除臣近京一郡，俾养衰残”；“自春来，病渴淋不止，在告多日。乞一近郡养疾，已三削”；“某昨辞青不获，勉策病躯东来。……而独苦衰朽

---

① 卷42，页604—605；卷5，页81；卷12，页196；卷145，页2355；卷42，页601。

② 陈善记载：“陶渊明为彭泽令，郡遣督邮至，吏白应束带见之，渊明曰：‘安能为五斗米折腰见乡里小儿。’即日解印绶去。”卷13，页1b；陶渊明《归去来兮辞》、《感士不遇赋》，卷5，页161，页147。

③ 《与刘侍读原父》其二十，卷148，页2426。

④ 卷144，页2334；卷147，页2406。

老疾日增尔。归计迁延，更须年岁也”；“臣迫以年齿晚暮，近日以来，心力俱耗，事多健忘……许差臣知寿州一次，冀就闲僻，苟养衰残”；“伏念臣旧患眼目已十余年，又苦渴淋亦五六岁……只欲求淮、颍之间一便郡，苟窃俸禄，以尽余生”；“乞一小郡，冀就迁于淮、颍，得渐近于田庐”①。

欧阳修不厌其烦地重复类似的内容、类似的诉求——通过不同的奏状、不同的书信，写给不同的对象，在不同的年月与情势中——叙述层次不断转换，铺陈手法不断改变，而“结果”迟迟不来，“退隐”悬而不决——读者因此对欧阳修的“归颍”有了不同的新的认识：首先，颍州虽然是他求去的首要地点②，却并非他唯一的选择；其次，颍州并非他决定去留的主要原因，许多时候甚至不在其考虑范围内。——就此而言，生理上的“不逮”，那“病多能使壮心摧”③所导致的“归田”诉求似乎超越了心理上对颍州的“思归”。

但生理上的因素其实还不是仕进的最大阻力。欧阳修致仕后追忆往事，赋诗缅怀杜衍：“报国如乖愿，归耕宁买田。此言今始践，知不愧黄泉。”④“报国如乖愿”实是归隐的重点原因——甚至超越了生理上的“不逮”。苏轼《陪欧阳公燕西湖》云：“谓公方壮须似雪，谓公已老光浮颊。朅来湖上饮美酒，醉后剧谈犹激烈。”欧阳修似乎“壮”心犹在，仍然剧谈激烈。苏辙《陪欧阳少师永叔燕颍州西湖》云：“公年未老发先衰，对酒清欢似昔时。”其《祭欧阳少师文》也说：“辙官在陈，于颍则邻。拜公门下，笑言欢欣。杯酒相属，图史纷纭。辩论不衰，志气益振。”⑤欧阳发《先公事迹》则谓公“气貌康强”⑥。这些例子都说明欧阳修并非已老而不能报国，即使到了晚年，也仍然气貌康强、意气不衰、豪情尚在，甚至“志气益振”，提早乞求退隐实是因为朝廷人事上的不得已。

而以这样的视角重读欧阳修的“归田”，则其报国方面的“不逮”更是明显。

---

① 《与十四弟焕》其七，卷153，页2528；《乞洪州札子》，卷91，页1334－1335；《乞洪州第四札子》，卷91，页1338－1339；《与刘侍读原父》其一，卷148，页2418；《辞开封府札子》，卷91，页1336－1337；《乞外任第一表》，卷92，页1357；《与王懿恪公君贶》其十一，卷146，页2397；《乞出第一札子》，卷92，页1365；《与薛少卿公期》其十四，卷152，页2509；《与直讲都官》，卷152，页2520；《乞寿州第一札子》，卷94，页1404；《乞寿州第二札子》，卷94，页1405；《辞宣徽使第五札子》，卷94，页1409。

② 欧阳修甚至连申请外州，亦以归颍州为念，如《与韩忠献王稚圭》其三十七谓“某幸东州岁丰事简，居已逾年，已再削乞寿阳。盖陈、蔡势难乞，惟寿近颍，亦便于归计尔”；《与颜直讲长道》其四云“乞寿已再，旦夕冀得请西归，近颍为便尔”；《与王文恪公乐道》其八云“免并得蔡，恩出万幸。兼去颍数程，便于归计”；《与大寺丞发》其三说“吾此只为一岁计，不候宅成，只候买得材料，便决去躬亲盖造，必更精洁也。此郡闲僻，未去间足以颐养”；《与曾舍人巩》其二亦云“亳之佳处人所素称者，往往过实，其余不及陈、颍远甚。……盖自便其近颍尔”；《与陈比部力》其七云“欲且乞守亳，盖去颍近，便于归计也”——尽皆表明去他州只为归计之便，重点仍在颍州。卷144，页2346；卷152，页2518；卷147，页2403；卷153，页2531；卷150，页2469；卷152，页2514。

③ 《残腊》，卷14，页245。

④ 《余昔留守南都得与杜祁公唱和诗有答公见赠二十韵之卒章云报国如乖愿归耕宁买田期无辱知己肯逐利名迁逮今二十有二年祁公捐馆亦十有五年矣而余始蒙恩得遂退休之请追怀平昔不胜感涕辄为短句置公祠堂》，卷57，页828。

⑤ 苏轼《苏东坡集·前集》，卷2，页28；苏辙《栾城集》，卷3，页71；卷26，页538。

⑥ 《欧阳修全集》附录卷2，页2640。

窃冒宠荣，不知为乐，但觉其劳与负愧尔。

某以孤拙之姿，不求合世，加以衰病，心在江湖久矣。……玆者遽叨误选，实出意外，任责已重而无素蕴，不败何待？见爱深者，但可吊也。

思有所为，则方以妄作纷纭为戒，循安常理，又顾碌碌可羞，不知何以教之？衰其不逮，实有望于公为多也。至于常检拘挛，野率之性尤以为苦，然势难轻动，甫及年岁，得去为幸也。

某窃位于此，不能明辨是非，默默苟且，负抱愧耻，何可胜言。

待罪碌碌，不知所为。

自愧国恩终莫报，尚贪荣禄此徘徊。

历官以来，多触罪辜，屡罹忧患，盖以不通时务，不习人情。加以晚年，继之衰疾，识虑昏眊，举事乖违。大抵时多喜于新奇，则独思守拙；众方兴于功利，则苟欲循常。

苟禄偷安，负愧而已①。

更大的打击或是治平四年所发生的“帷薄”事，事连长媳吴氏。这实际上是此前濮议之争的后续。《续资治通鉴长编》记载：

朝论以濮王追崇事疾修者众，欲击去之，其道无由。有薛良孺者，修妻之从弟也，坐举官被劾，会赦免，而修乃言不可以臣故徼幸，乞特不原，良孺竟坐免官，怨修切齿。……良孺因谤修帷薄，事连吴氏。集贤校理刘瑾与修亦仇家，亟腾其谤，思永闻之，间以语其僚属之奇。之奇始缘濮议合修意，修特荐为御史，方患众论指目为奸邪，求所以自解，及得此，遂独上殿劾修。……思永助之奇，言修罪当贬窜，且曰：“以阴讼治大臣诚难，然修首议濮园事犯众怒。”②

欧阳修本身对此也心知肚明。《又乞外郡第一劄子》云：“盖臣所以致此大谤者，本出冤仇之口，由臣拙直，多忤于物，而在位已久，积怨已多。若使臣顿然变节，勉学牢笼小人以弭怨谤，非惟臣所不能，亦非陛下所以任臣之意。若使臣复居于位，只如前日所为，则臣恐冤家仇人以臣不去，必须更为朝廷生事，臣亦终不能安。”③ ——这正是欧

① 《与韩献肃公子华》，卷 145，页 2368；《与吴正献公冲卿》其一，卷 145，页 2369；《与刘侍读原父》其二十，卷 148，页 2426；《与王懿敏公仲仪》其十四，卷 146，页 2392；《与吴正献公冲卿》其二，卷 145，页 2370；《闻沂州卢侍郎致仕有感》，卷 14，页 246；《辞宣徽使第六札子》，卷 94，页 1411；《与薛少卿公期》其十五，卷 152，页 2509。

② 李焘《续资治通鉴长编》，见《宋史要籍汇编》，上海古籍出版社 1986 年版，卷 209，治平四年三月，页 5b—6a。

③ 卷 93，页 1381—1382。

阳修在政坛上经常面对的困境：攻击、毁谤、亲人反目、恩将仇报[①]……矛盾的是，欧阳修却并没有因此退去。

实际上，欧阳修从政的境况或可以“进退失据”来形容。如其《辞宣徽使第六劄子》所谓：“每求退则得进，每辞少则获多。”[②] 而这样的挣扎由来已久。庆历五年，《与杜正献公世昌》其一即云：“盖其进不能为朝廷辨邪正，而使谗言胜于公议，退亦何所述其私焉？用此彷徨，非懈怠也。”至和元年，《与韩忠献王稚圭》其十七云：“天下责望过重，恨无所为，进不能补益朝廷，退不能决去，恐碌碌遂为庸人。”《与程文简公天球》其四云：“某自病起益疲，不能复旧，岂遂衰邪！碌碌处此，思去未果，但思明公柳湖春色，不得陪俊骑为恨尔。……惟冀为国珍重。”嘉祐二年，《与王懿敏公仲仪》其三云：“进无所补，退又不能自遂。”嘉祐五年，《与冯章靖公当世》其五云：“进无所补，退不获志，负愧周行不知所措。”嘉祐、治平间，《与常待制夷甫》其二云：“某碌碌于此，国恩未报，而衰病日侵，进无少补于时，退未得幅巾闾巷以从有道君子。”[③] ——在“进”与“退”之间思前想后，翻来覆去，矛盾非常。

这样的考量与挣扎自然有其社会因素。研究显示，宋代宗法思想盛行，一人当官，往往有许多亲属聚集在其周围，或十几人，或二三十人，甚至四五十人[④]。现实生活的压力迫使士大夫们不得不为官位而三思，即或个人想要退隐，也往往无法断然舍去。以其家书来说，就可见欧阳修反复叮嘱儿子各种家务事的例子，比如要“买明黄罗一疋附来”、“王昌处米麦绢线索足未”、“夏、陆二人，或请一月米，各与五石。……各与酒一瓶。侯威亦与一瓶”[⑤] 云云，由此可见欧阳修所要兼顾的家族责任与负担。但也正是同样几封家书中，在叮嘱家务事之余，欧阳修还同时要儿子以仁宗山陵为例，多方打探准备英宗皇帝灵驾发引时的仪式和相关事宜，比如“其祭前排列明器、人物等，用多少数目”、“须令王昌及早商量定，令人家依数做下，准备使用，不可悮事也”[⑥]。他依然摆荡在公与私、国与家之间。

治平元年，《与吴正肃公长文》其十一云：“某自春末家中疫疾，深夏甫定。遽此水灾，惊奔不暇，仅有余生。……直以京师饥疫，复此水患，上心忧劳，正当竭力，未敢请外。”[⑦] 熙宁三年，欧阳修知蔡州。在《蔡州谢上表》中，欧阳修还说要“自励其筋骸，更殚尽瘁之节”[⑧]。然而接下来又是连番的呈表请求致仕，原因是“日生新事，条目固繁，然上下官吏畏罚趋赏，不患不及。而老病昏然，不复敢措意于其间”。熙宁四年，《与韩

① 实际上，这与欧阳修的性格有很大关系，因为当时主持濮议的其实是韩琦，但“欧阳作风容易得罪人”、“通经能文，善言敢言，压倒众人，使人不能抬头。于是众人也以去之为快”。详见刘子健《欧阳修的治学与从政》，台北新文丰出版公司 1984 年版，第 236 页。

② 卷 94，页 1410。

③ 卷 145，页 2353；卷 144，页 2338—2339；卷 145，页 2360；卷 146，页 2387；卷 146，页 2384；卷 148，页 2432。

④ 苗书梅《宋代官员选任和管理制度》，河南大学出版社 1996 年版，第 522 页。

⑤ 《与大寺丞发》其二、其三、其四，卷 153，页 2531，页 2532，页 2533。

⑥ 《与大寺丞发》其二、其三，卷 153，页 2531，页 2532。

⑦ 卷 145，页 2376。

⑧ 卷 94，页 1412。

忠献王稚圭》其四十二云："盖向在颍，因欲遂留，而当权者猜忌，聊以自解尔。进退之间，其难如此，可惧也。"① 但最值得注意的例子还是其写给儿子的家书。熙宁四年，《与大寺丞发》其六谓：

> 吾在假已十七、八日，表并札子写下数日，迁延未发。今日待发，凌晨忽闻边事警急，又却未敢发。然素计蹉跌，身心躁挠，无地自容。盖悔恨者，去就之计，不能自决。若去秋在颍便陈乞，安有今日之悔？到蔡，又直迟疑至今。是自家做得，今欲归咎何人②。

信写于熙宁四年三月十一日。这似乎表明，即使到了熙宁四年，欧阳修也还不能真正下定决心退隐。两个星期后，熙宁四年三月二十五日，欧阳修写了另一封家书："吾之进退，自此以后，自决于心。"③ ——似乎至此方下定决心引退。

在"思颍"了那么多年之后，唯一可以解释欧阳修之迟疑的，或者也只有他仍然盼望有所为的心态了。而此信因为是给儿子写的，因此得以少了客套，多了内心矛盾之真实体现，这不由得不让人想起欧阳修在这之前给同一个儿子的几封家书，明明已经决定要去颍州，在亳州"只为一岁计……未去间足以颐养"，却又在信末问起"近日群议如何?《谢上表》到后，莫有云云否"、"韩维龙图昨因何出，辞颍求襄，何故不得而得?……《谢上表》到多时，因何不传？若传，人言谓何？及今诸事，有何议论"④ ——仍然非常关心京师里的政局动态与人事议论，以及对自身安危可能的影响——由此而仿佛看见欧阳修面对归隐问题时的挣扎与两难⑤。

实际上，就一个深受儒家思想熏陶的士人而言，欧阳修的矛盾似乎也是一种正常的反应——诚如其早年所写的《答太傅相公见赠长韵》所信，"报国如乖愿，归耕宁买田"，在时代精神上，面对"夷狄叛矣"、"盗贼起矣"、"水旱作矣"、"民力困矣"、"财用乏矣"等日趋严重的社会问题⑥，北宋正直的士大夫们都意图有所革新、有所作为。以欧阳修为例，年仅二十三岁即试国子监为第一；赴国学解试，又第一；第二年试礼部，复为第一。其《归田录》云："国朝之制，知制诰必先试而后命。有国以来百年，不试而命者才三人，陈尧佐、杨亿及修忝与其一尔。"⑦ 这些仕途上的光荣记忆，必曾在入仕之初激发他

① 《与韩忠献王稚圭》其三十九，卷144，页2346—2347；页2348。

② 卷153，页2535。

③ 《与大寺丞发》其八，卷153，页2536。

④ 《与大寺丞发》其二、其三，卷153，页2531，页2532，页2533。

⑤ 金传道以为欧阳修治平四年时对时局的关注实际上是关心自身安危，而不是为东山再起作准备，见其《北宋书信研究》，复旦大学博士论文，2008年，页121。不过，笔者认为欧阳修的心态其实十分矛盾，他虽或没有东山再起，再到京城做官的意思，却并不意味着他没有在外郡继续仕宦生涯的意愿，因此在关心自身安危之余，个人的仕宦命运或也是其关注的对象，而上引熙宁四年的两封家书恰可为其矛盾与挣扎心态作一例证。

⑥ 卷12，页198；《准诏言事上书》，卷46，页646。

⑦ 胡柯编《欧阳修年谱》，《欧阳修全集》附录卷1，页2597；欧阳修《归田录》，卷126，页1909—1910。

萌生致身青云、奋发有为的理想，这是“前”的一面。早在庆历二年，欧阳修就曾提出“三弊”、“五事”所造成的严重影响。庆历三年，欧阳修明确指出“臣以谓天下之患，不在西戎，而在北虏”。《王彦章画像记》又谓：“今国家罢兵四十年，一旦元昊反，败军杀将，连四五年，而攻守之计至今未决。予尝独持用奇取胜之议，而叹边将屡失其机，时人闻予说者，或笑以为狂，或忽若不闻……及读公家传，至于德胜之捷，乃知古之名将必出于奇，然后能胜。……此天下伟男子之所为，非拘牵常算之士可到也。”嘉祐二年仍坚持“守常不变，其弊乃尔”；治平元年还提到“百事皆废于因循”①。然而如前所述，朝廷对文人士大夫控制之趋严以及士大夫之间相互牵制的局面，却又使得有理想、有才华的士大夫备受压抑，屡遭挫折——这是“却”的一面。

《与韩忠献王稚圭》其八谓：“汝阴西湖，天下胜绝，养愚自便，诚得其宜。然尸禄苟安，何以报国？感愧感愧。边防之事，动系安危，伏惟经略之余，为国自重。”② 似乎灰心丧志，寻求归隐，又明显无法忘怀国事。《纪德陈情上致政太傅杜相公二首》其一云“貌先年老因忧国，事与心违始乞身”，叶梦得以为“杜正献公自少清羸，若不胜衣，年过四十，须发即尽白。……欧公尝和公诗，有云：‘貌先年老因忧国，事与心违始乞身。’公得之大喜，常自讽诵。当时以为不惟曲尽公志，虽其形貌亦在摹写中也”③，主要还是从诗歌表述精确的角度加以赞赏，但笔者以为欧阳修似乎不只是在说杜衍，而更像是在同时表达自己的难处——一种摆荡在公与私两端的考量与挣扎。嘉祐六年，欧阳修转参知政事，职高权重，而《读书》诗云：“自从中年来，人事攻百箭。……形骸苦衰病，心志亦退懦。”这种“报国无功嗟已老”、“直道诚知世不容”④ 的心态在欧阳修的所谓“思颍诗”中几乎比比皆是，反映了改革理想彻底失落以后的消沉。其实，至和、嘉祐年间的当政者即是当年庆历时期的改革派，似乎可以有所作为，然而“前辈谓韩魏公庆历、嘉祐施设，如出两手，岂老少之异欤”⑤。而关键可能是富弼⑥。因此，刘子健不由得评论说：“所谓盛时，不过是无事而已。”⑦ 而早在皇祐三年，欧阳修即已指出北宋政治隳败的症结所在：“天下久无事，人情贵因循。”⑧ “无事”正是“因循”的结果。而这也正是像欧阳修这一类曾经拒绝平庸、渴求有所作为的士大夫们的共同悲剧。

如此，历事三朝数十年，他或都在这样“有所为、思隐、归田、有所为”的循环中

---

① 《准诏言事上书》，卷46，页645－652；《论河北守备事宜札子》，卷99，页1517；《王彦章画像记》，卷39，页571；《与王懿敏公仲仪》其二，卷146，页2386；《与王懿敏公仲仪》其十六，卷146，页2392。

② 卷144，页2334－2335。

③ 欧阳修，卷12，页194；叶梦得：《石林诗话》，收入何文焕辑《历代诗话》上册，中华书局1981年版，第408页。

④ 《读书》，卷9，页139；《下直》，卷13，页227；《寄答王仲仪太尉素》，卷57，页827。

⑤ 吴曾《能改斋漫录》上册，上海古籍出版社1960年版，卷10，第299页。

⑥ 据说欧阳修曾对富弼作这样的勾画：“弼明敏而果锐，此初执政时也，作相后则不然矣。弼初执政，更张之意过于范韩；至作相，乃以一切坚守无所施为为是，虽如琦之微有改作，亦不能从也。古之贤相，因忧患而益明，周公是也；弼因忧患益昏，而犹欲自以为贤，非余所知也。”不满之情溢于言表。见叶适《习学记言序目》，中华书局1977年版，卷48，第718页。

⑦ 刘子健《欧阳修的治学与从政》，台湾新文丰出版公司1984年版，第224页。

⑧ 《奉答子华学士安抚江南见寄之作》，卷5，页78。

挣扎，只是随着年岁的增长、人事困扰的恶化、追求本我意识的加强，“有所为”的抱负逐渐淡化，“归田”的想望逐渐浓烈，他的归隐心态才真正稳定下来。特别是从政后期对变法时局的感慨或也更加速了其急流勇退的念头。苏轼以为“轼受知最深，闻道有自。虽外为天下惜老成之去，而私喜明哲得保身之全”，“余出入文忠门最久，故见其欲释位归田，可谓切矣。他人或苟以藉口，公发于至情，如饥者之念食也”①。《归田录序》记录了欧阳修的沮丧失意与自责：“……盖八年于兹矣。既不能因时奋身，遇事发愤，有所建明，以为补益。又不能依阿取容，以徇世俗。使怨嫉谤怒丛于一身，以受侮于群小。……盖方其壮也，犹无所为，今既老且病矣，是终负人主之恩，而徒久费大农之钱，为太仓之鼠也”，“吾其归哉”②。

如此，在“归田”的快意背后，隐藏了几许士大夫如欧阳修者为政的失意与理想的落空——从“于役”到“归田”：颍州其实是“归田”的落实点，是“哀其不逮”下的无奈选择。可以想象，如果欧阳修可以有补于国事，可以建功立业，则他未必选择归老园田。如此，颍州绝非必归之地，而只是最终的终老之地，颍州的丰富物质、优秀人文、秀丽风景等等或成为选择的主要因素，却远非目的。

六、结语：欧阳修的“颍州”

就以上所述，不管是“思颍”、“思隐”、“思闲居”到最后的“思归田”，颍州似乎只是事件的落实点，是一个背景、一个地理空间，而非言说、表述的重心。然则，读者不得不注意的是，颍州又几乎是无所不在的：不管是思颍、六一居士的取号、准备“闲居之览”的搜集创作，还是最终的归田——若无颍州的“参与”，则种种书写几乎无法成章。如此，笔者以为，颍州实际上已成了欧阳修表达其反思、挣扎与“内转”的重要符号。颍州所象征的，实在不只是一个思慕、归隐的理想地点，不只是梦寐以求的“精神家园”，也不只是一个因期待而被美化的人间“乐土”——在余生有限的窘迫中，在庸庸无所作为的愧疚失意中，在急欲摆脱政治、人事困境牢笼的渴想中，颍州是一种“逃禄而归耕”之道，是一种“身隐”，是一条出路。因此当欧阳修提到“颍”，其所思所归实不在“颍”。“颍州”更显示为一种表层的言说，在表面上思颍、思隐、思闲居、思归田的种种“颍州”情结中，欧阳修实际表述了其不知所归的困窘、不得不隐藏的畏祸避难心态、在闲居中仍然意欲有补于国事的理想，以及在生理的不逮、现实情势的不许可之下的黯然退守。

如此，在不断的“思颍”、“归颍”的表象中，“颍州”成就了欧阳修的书写，并在这样的书写中被赋予特殊的意义，成为他身“隐”、“归”田的符号——地理空间的颍州遂成为文字中永恒的“颍州”——欧阳修的“颍州”，在此忘怀得失，并以此自终③。

---

① 苏轼《贺欧阳少师致仕启》、《跋欧阳文忠公书》，《苏轼文集》，卷47，页1346；卷69，页2204—2205。

② 卷42，页601—602。

③ 典见陶渊明《五柳先生传》，卷6，页175。

范仲淹的学问及其文教振兴的道教因素

〔日本〕副岛一郎

一、范仲淹少年时代的学问志趣

世上曾流传着一则有关范仲淹少时苦学的逸事，事情发生在他还用着“朱说”一名、不知自己身世的时期。楼钥《范文正公年谱》（以下简称《年谱》）引《东轩笔录》载：

> 公与刘某同在长白山醴泉寺僧舍读书，日作粥一器，分为四块，早暮取二块，断齑数茎，入少盐以啖之，如此者三年①。

后世曾有人把此事看作范仲淹少年时期也曾侵染佛学的一个例证。但是，欧阳修所撰写的《神道铭》、富弼所撰写的《墓志铭》这两种范仲淹传记的基本资料都侧重于他科举及第、踏入仕途以后的行迹，很少言及其科举前的经历，也没有提到这些流传于坊间的入仕前的苦学故事。不过，在范仲淹去世十三年之后的治平二年（1065），他曾居住过的长山县的知县韩泽为了开启民智，撰写了《淄州长山县建范文正公祠堂记》一文。文中这样写道：

> 尝庐于长白，日自讽诵，虽刻苦不暇，每患其寡友，一日超然遐举，四走方外，求老师巨儒，以成就其业。不数日间，大通六籍，声名倾动世。祥符中，会明天子诏天下举贤能者，公素擅乡闾之誉，为卿大夫之所宾兴，一上而中殊科②。

按理，韩泽在执笔之际一般会向当地的故老探询往事故实，对范仲淹在长山时期的活动本可以再叙述得详细一点，但实际上只有上述这点简单的记述。关于范仲淹在长山县的醴泉寺苦学一事的出处，恐怕就是上引的楼钥《年谱》引《东轩笔录》中在长白山醴泉寺读书的这段记述。另外，《宋朝事实类苑》引《湘山野录》中也有几乎相同的内容。检阅现存的《东轩笔录》、《湘山野录》，二书均无此内容，或许是佚文。

再重新来看韩泽的文章。文中只说“庐于长白”，根本没有提及“醴泉寺”。虽然当时多有年轻时入佛寺求学者，少年范仲淹也有可能在当地寺庙里学习，但果真如此，韩

---

① 《范仲淹全集》下册，凤凰出版社2004年版，第716页。
② 同上，第983页。

泽就应该写出寺庙之名。而且后文又说“每患其寡友”，这就不像是在佛寺中修学的状况。另外，范仲淹本人在作品中也没有提到醴泉寺，在记述早年往事的《鄠郊友人王君墓表》中也只说自己“东归长白山”。

方健《范仲淹评传》曾举出《范文正公集》卷四《赠广宣大师》一诗，论证范仲淹少时曾与僧侣有交游关系。他论述道：“此诗仲淹于由饶移润时所作。……作诗时乃宝元元年（1038），仲淹50岁。广宣大师殆32年前旧游之故人，逆推32年，仲淹18岁，时为景德三年（1006）。”① 虽然不知此说有什么依据，但如依此说，那么广宣应该是范仲淹在长山时期结识的故旧。不过此诗在洪迈《万首唐人绝句》中为曹松之作。虽然《万首唐人绝句》颇多错舛，但既然此诗也曾被视为曹松之作，那么它是否确为范仲淹之作，就留有疑问了。而且就管见所限，广宣大师之名只出现于《范文正公集》的这首诗，不见于其他的著述。

同时，上引的楼钥《年谱》引《东轩笔录》中“日作粥一器”的这一记载，是否实有其事，也有探讨的余地。当时穷书生苦学之事俯拾皆是，他们所共通的不畏穷困、励行学业之举被传为美谈，这也不足为异。比如受到范仲淹举荐的胡瑗，据其曾孙胡涤说，也有过苦学经历：

布衣时，与孙明复、石守道同读书泰山，攻苦食淡，终夜不寝，一坐十年不归，得家问，见上有平安二字，即投之涧中，不复展读②。

而石介（守道）据说其求学时代的生活也极其清苦：

守道为举子时，寓学于南都，其固穷苦学世无比者。王渎闻其勤约，因会客以盘餐遗之。石谢曰：“甘脆者，亦介之愿也；但日飨之则可，若止得一餐，则明日何以继乎？朝飧膏粱，暮厌粗粝，人之常情也。介所以不敢当赐。”便以食还。王咨重之③。

但是关于范仲淹，楼钥《年谱》在大中祥符四年和七年又引了两则极为相似的记载：

大中祥符四年

（公）之南都，入学舍，扫一室，昼夜讲诵。其起居饮食，人所不堪，而公自刻益苦④。

大中祥符七年

---

① 南京大学出版社2001年版，第27—28页。

② 《宋名臣言行录》前集卷十“胡瑗”条。文渊阁《四库全书》电子版，迪志文化出版有限公司1999年版。

③ 《宋名臣言行录》前集卷十“石介”条。同上。

④ 《范仲淹全集》下册，凤凰出版社2004年版，第716页。

在南都学舍。《家录》云："留守有子居学，见公食粥及不出观驾，归告其父，以公厨食馈公。既而悉已败矣。留守子曰：'大人闻公清苦，故遗以食物，而不下箸，得非以相浼为罪乎？'公谢曰：'非不感厚意，盖食粥安之已久，今遽享盛馔，后日岂能啖此粥乎？'"①

由此看来，他们三人都有类似的逸事流传于世，这大概是常常附会于出身贫贱的士人的一种传说，它反映了人们想让伟人们的苦学经历成为后生学子的榜样这一愿望，因而也就自然地形成了一定的内容格式。而且这些逸闻又是发生在同时代、关系密切的人物身上，那么其本事就有可能因某种瓜葛而发生误传，因此这些逸闻有多大程度的真实性就很难保证了②。

如果上述的推论能够成立的话，那么有关范仲淹二十岁以前的学术志趣和环境的可靠的史料就只有他的《鄠郊友人王君墓表》（以下简称《王镐墓表》）一文了。

墓主王镐是范仲淹早年在外游学时所结识的友人。大中祥符元年，他结识了王衮（据《宋元学案补遗》卷三，此人为宋初名臣王旦之后），并与其子王镐订交为友。韩泽文中所说的"一日超然遐举，四走方外"，指的大概就是此时期的求学之行。有关王氏父子的资料，现存的只有此篇墓表，而范仲淹造访他们的缘由亦不详，但从这篇墓表的记述来推测，其契机大概是范仲淹在长安一带漫游时，曾游览了终南山的上清太平宫，而王衮那时正司掌该道观。范仲淹可能由此出入王家，并结交其子王镐。《王镐墓表》记述当时情形如下：

某薄游至止，及公之门，因与君交执。复得二道士汝南周德宝、临海屈元应者，蚤暮过从。周精于篆，屈深于《易》，且皆善琴。君尝戴小冠，衣白紵，跨白驴，相与啸傲于鄠杜之间。开樽鸣弦，或醉或歌，未尝有荣利之语③。

范仲淹与他们的交游时间恐怕不长，但与这样的人物结交本身就是值得注意之事，因为从中可以窥探出范仲淹早年的志趣。关于"鄠杜之间"的地域风尚，史称"大抵夸尚气势，多游侠轻薄之风，甚者好斗轻死"④，到了范仲淹的时代，虽然不会像宋初那样充满杀伐之气，但"夸尚气势"之风恐怕还有留存。王衮之所以充任管理道观的闲职，

① 《范仲淹全集》下册，凤凰出版社 2004 年版，第 716－717 页。

② 孙复（992－1057）也有苦学的逸闻，比范仲淹、石介的故事更具小说意味，似难以置信。"范文正在睢阳掌学，有孙秀才者索游上谒，文正赠钱一千。明年孙生复道睢阳谒，文正又赠一千。因问：'何为汲汲于道路？'孙生戚然动色曰：'母老无以养，若日得百钱则甘旨足矣。'文正曰：'吾观子辞气非乞客也，二年仆仆所得几何，而废学多矣。吾今补子学职，月可得三千以供养，子能安于学乎？'孙生大喜。于是授以《春秋》，而孙生笃学不舍昼夜。明年文正去睢阳，孙亦辞归。后十年闻泰山下有孙明复先生以《春秋》教授学者，道德高迈，朝廷召至，乃昔日索游孙秀才也。"（《宋名臣言行录》"孙复"条引《东轩笔录》）

③ 《范仲淹全集》上册，凤凰出版社 2004 年版，第 328 页。

④ 《宋史·地理志三·陕西》卷八七，中华书局 1985 年版，第 2170 页。

也与他的性格为人有关。《王镐墓表》这样描述他：

> 慷慨有英气，善为唐律诗。……会太守不法，公愤而辱之，失官。居长安中，与豪士游，纵饮浩歌，有嵇（康）阮（籍）之风，人特骇之①。

我们不妨由此做进一步的推测，王衮之所以延揽朱说（范仲淹），恐怕就是因为赏识他的为人，两人意气相投之故。

历来对范仲淹的评价，多从儒家这一侧面给予肯定，但实际上他也不能超脱于这个时代，跟道教方面的人物也有交往，对道教式的人生观抱有亲近感，这一点甚可注意。这篇墓表主要是抒发对亡友的追思之情，其中范仲淹写到月下听王镐吹笛而感动不已，并赞叹道："嗟乎，隐君子之乐也，岂待乎外哉！"② 王镐虽说是友人，但实际上比范仲淹大将近二十岁，对少年范仲淹来说，王镐是一位介于师友之间的人物。

关于此时期交往的那两位道士周德宝、屈元应，范仲淹提到了他们分别精通篆书和《易经》，又都善弹琴，而这些特长正是那个时代典型的道教素养，这一点不可忽视，因为范仲淹绝不是泛泛地回忆起这两位道士的这些特长的。

历史上书法与道教有着密切的关系，这已是众所周知之事。同样在宋初，书法，尤其是利用古文字的书法，仍然与道教保持着一定的关联。比如著名的《说文》学家徐铉（917—992）其思想观点中有很强的道教色彩，同时又"好李斯小篆，臻其妙，隶书亦工"③。又如李建中（945—1013），他一方面是宋初的书法大家，"善书札，行笔尤工，多构新体，草、隶、篆、籀、八分亦妙，人多摹习，争取以为楷法"，另一方面又"好吟咏，每游山水……善修养之术。会命官校定《道藏》，建中预焉"，还"尝手写郭忠恕《汗简集》以献，皆科斗文字，有诏嘉奖"④。这里李建中所手写的《汗简集》是一部汇集古代文字的字书，它在当时已相当罕见。著者郭忠恕（？—977）"尤工篆籀"⑤，此人也是一位颇具道教色彩的人物，世间还附会出他最终"仙去"的传说⑥。

宋初道教色彩浓郁的人物，往往具有篆籀等深厚的古文字修养，这绝不是偶然的巧合。大野修作《书与道教》一书在分析先秦至六朝书法与道教的关系时，曾做了这样的阐述：

> 在考察汉字的哲学特点时，必须注意的是《易》"系辞传"的这段文字（笔者案：即"包牺氏之王天下也，仰则观象于天，俯则观法于地，观鸟兽之文，舆地之

---

① 《范仲淹全集》上册，凤凰出版社 2004 年版，第 328 页。
② 《范仲淹全集》上册，凤凰出版社 2004 年版，第 329 页。
③ 《宋史·文苑三·徐铉》卷四四一，中华书局 1985 年版，第 13046 页。
④ 《宋史·文苑三·李建中》卷四四一，中华书局 1985 年版，第 13056 页。
⑤ 《宋史·文苑四·郭忠恕》卷四四二，中华书局 1985 年版，第 13087 页。
⑥ 《宣和画谱》卷八"郭忠恕条"。以上详情请参照拙稿《宋初的易学者与古文家》，《气与士风——唐宋古文的进程与背景》，上海古籍出版社 2005 年版，第 178—223 页。

宜，近取诸身，远取诸物，于是始作八卦，以通神明之德，以类万物之情。"），它成了道教和书论双方共通的出发点。……支撑着书法根柢的汉字并不是一种单纯的符牒或记号。……在"书法"这一物的根柢上存在着道教之祖老子的思想①。

这一看法也适用于宋初。而且从五代至宋初，道教与易学更为接近，几乎达到了同化为一体的境地。那位精通《易经》的屈元应，其易学的内容虽不详，但作为道士，不难推知其学说必然就是当时所流行的易学，即与道教浑为一体的易学。

另外，周、屈二人均"善琴"一事也不是巧合，因为对这些把《易经》视为自我思想核心的人来说，琴是不可或缺的存在。比他们二人早一代的崔遵度（954—1020）就曾写过一篇哲学性的琴论《琴笺》，用《易》的理论来规定琴的本质。文长不录，此处只抄摘他的结论："作易者，考天地之象也；作琴者，考天地之声也。"②

那么，与他们这种人交游的范仲淹又是如何呢？据说：

范文正公喜弹琴，然平日止弹《履霜》一操，时人谓之范履霜③。

范仲淹在《斋中偶书》一诗中曾这样吟咏道："忘忧曾扣《易》，思古即援琴。"④ 不管其琴艺如何，他喜爱弹琴则是毫无疑义的了，而且他这一爱好也是与《易经》相关联的。

二、应天府书院的教授们

范仲淹在与王镐及两位道士"相与啸傲于鄠杜之间"之后，就"东归长白山"（《王镐墓表》）。然后又赴南都即应天府，入书院求学。应天府书院本是私人书院，其创立过程如下所述：

大中祥符二年二月二十四日，诏应天府新建书院，以府民曹诚为本府助教。国初有戚同文者通五经业，高尚不仕，聚徒教授常百余人。故工部侍郎许骧、侍御史宗度、度支员外郎郭承范、董循、右谏议大夫陈象舆、屯田郎中王砺、太常博士滕涉皆其门人。同文卒，后无能继其业者。同文有子二人，维为职方员外郎，纶为龙图阁待制，至是诚出家财，即（戚）同文旧居，建学舍百五十间，聚书千五百余卷，愿以学舍入官，令同文孙奉礼郎舜宾主之，召明经艺者讲习，本府以闻，故有是命。并赐院额，仍令本府职事官提举⑤。

---

① 讲座道教第4卷《道教与中国思想》，日本雄山阁出版，1990年，第282—287页。
② 《宋史·文苑三·崔遵度》卷四四一，中华书局1985年版，第13065页。
③ 《老学庵笔记》卷九，中华书局《唐宋笔记资料丛刊》，1979年，第117页。
④ 《范仲淹全集》上册，凤凰出版社2004年版，第86页。
⑤ 苗书梅等点校、王云海审订《宋会要辑稿·崇儒》，河南大学出版社2001年版，第79页。

范仲淹的入学大概是在书院建立不久，王渎为首任山长（书院长官）之时。王渎是戚同文的门人王砺的次子，据当时也在应天府书院求学的张方平的记载，王渎的为人如下：

风调闳迈，凛凛有奇节，尝慨然曰："士志于道，在得其大者远者。学而不究于古今之变，究而不适于几深之用，岂士也乎？"①

现不清楚早年范仲淹与王渎具体的交往情形。当时直接教授范仲淹的当是韦不伐（979—1052），字次德。张方平在为他而写的墓志铭中这样追忆道：

好古学，笃信义，立风节。……尤善与人交，范仲淹希文、石延年曼卿、刘潜仲方，山东豪俊，慕君名从游者甚多。好急人患难，始终不渝。不戚戚于贫贱，不汲汲于富贵②。

张方平在为韦不伐的父亲韦襄而写的墓志铭中也提到韦不伐，称他"通经术，有节义，士君子推重之"③。从这些记载看，虽然不清楚韦不伐的学术特长，但其人品高，很受学子们的敬慕。他受聘于应天府书院，大概是借助于其父韦襄的人际关系：

君（韦襄）天性和易，识致冲远，从之游者，皆一时高流名士。善与人交，淮阳孙茂兰、万适、南顿乔维岳、江南李虚己、睢阳戚同文、宗度、泰山张茂直，咸以趣尚相得。同文子纶、西蜀李建中、雒阳崔遵度、钜野王禹偁、合淝姚铉，并以同年生定交④。

韦不伐虽然不是戚同文的门人，但韦襄与戚同文、戚纶父子有交谊，韦不伐大概是因这层关系而受聘的。

这种交游关系实非寻常，意义深远。韦襄（935—997）是太平兴国八年的进士。而在考察宋代易学与古文发展的关系上，太平兴国八年是一个极其重要的年份。这一年，有一批以易学为其学问核心、以古文为其文章志趣的士子考上了进士，从上文中所列的同年名单就可看出其一端。至于韦襄，大概也是这样的一位人物。尽管他的生平资料几乎不存，但他为儿子取名为"不伐"，恐是出典于《易经·乾卦》"文言传"中的"善世而不伐"一语，而当时治《易经》的人往往喜欢从《易经》中为子孙取名，由此可以稍稍推测出韦襄的学问志趣。

---

① 《乐全集》卷三九《赠给事中太原王公墓志铭》，《四库全书》电子版。
② 《乐全集》卷三九《朝奉郎守太子中舍骑都尉韦君墓志铭》。
③ 《乐全集》卷三九《朝散大夫秘书丞上骑都尉杜陵韦府君墓志铭》。
④ 同上。

从这种人际关系中不难想象，应天府书院的讲学与李建中、崔遵度、王禹偁、姚铉等人的学问志趣恐怕有一定程度的共通之处。比如，山长王渎之弟王洙（997—1057，王砺的第七子）当时也在书院任“说书”，推荐他担任州学讲书的奏文（即《代人奏乞王洙充南京讲书状》）是范仲淹代写的。而王洙此人据说博览强记，“无所不通”，尤其精通《易经》，著有《周易言象外传》十卷①。

范仲淹在应天府书院时期的状况，由于他本人也没有留下什么文字，所以不能窥其详。但他的易学来源恐怕就是始于与周德宝、屈元应的交游，并得益于应天府书院的学术环境，这一点从后文将论析的范仲淹本人的易学思想中即可明确地看出。

三、文教振兴——学校教育的意义

大中祥符八年（1015），范仲淹进士及第，开始步入仕途，时年27岁。而在初任广德军司理参军时，他就已致力于文教振兴一事：

> 初，广德人未知学，公得名士三人为之师。于是郡人之擢进士第者相继于时②。

接着在天圣五年（1027）范仲淹丁母忧、退居睢阳时，受到晏殊的擢拔而“掌府学”③。据说在任期间，“公常宿学中，训督有法度，勤劳恭谨，以身先之”④，工作认真勤勉，训育学子不厌其烦。

此后他一直热心于教育，终生不渝。可以说，学校教育是贯穿范仲淹一生的一大事业。现罗列其有关教学的主要言论事迹如下：

天禧五年（1021）创设西溪书院

天圣元年（1023）创设兴化县县学。

天圣八年（1030）作《上时相议制举书》，力言发展教育的重要性。文中说：“夫善国者，莫先育材；育材之方，莫先劝学；劝学之道，莫尚宗经。宗经则道大，道大则才大，才大则功大。……今文庠不振，师道久缺，为学者不根乎经籍，从政者罕议乎教化，故文章柔靡，风俗巧伪，选用之际，常患才难。……恭惟前圣之文之道，昭昭乎为神器于天下，得之者昌，失之者亡，后世圣人开学校，设科等，率贤俊以趋之，各使尽其心，就其器，将以共理于天下。故《书》曰‘咸有一德’，斯之谓矣。”⑤

景祐二年（1035）“公在苏州，奏请立郡学。先是公得南园之地，既卜筑而将居

① 陈振孙《直斋书录解题》称此书“其序言学《易》于处士张期。论次旧义，附以新说，凡二十篇，以王弼传为内，摘其异者，标而正之，故曰外云”。上海古籍出版社1987年版，第10页。

② 汪藻《浮溪集》卷一九《范文正公祠堂记》，《四库全书》电子版。

③ 《范仲淹全集》下册《言行拾遗事录》第一，凤凰出版社2004年版，第791页。

④ 同上。

⑤ 《范仲淹全集》上册，凤凰出版社2004年版，第208页—209页。

焉，阴阳家谓当踵生公卿，公曰：‘吾家有其贵，孰若天下之士咸教育于此，贵将无已焉。’遂即地建学。”①

景祐三年（1036）建饶州郡学。“（公曰：）二十载後当有魁天下者。”②

庆历二年（1042）范仲淹和富弼推荐孙复任国士监直讲③。

庆历四年（1044）作《答手诏条陈十事》言及劝学：“臣请诸路州郡有学校处，奏举通经有道之士，专于教授，务在兴行。其取士之科，即依贾昌朝等起请，进士先策论而后诗赋，诸科墨义之外，更通经旨。使人不专辞藻，必明理道，则天下讲学必兴，浮薄知劝，最为至要。”④

由此可见，范仲淹对教育的热心有倍于常人。这种热心首先大概是出自天性，其次恐怕也与范仲淹早年应天府书院的经历和受到晏殊的赏识有关，因为自己有幸获得良师益友的人往往会注重对后辈的奖掖提携。此外就现实而言，国家当然也需要培养人才。因此，范仲淹除了上述各例之外，还在各种场合、各类文章中反复阐述办学兴教的迫切性。

但是把范仲淹热心于教育的理由仅归结为以上的几点是不充分的。范仲淹与被称为“宋初三先生”的胡瑗、石介、孙复都有着密切的关系。同一时期出现三位著名的教育家，这恐怕不是偶然的现象。在此之前很少有学者是凭借着其教育功绩而为世所重、声闻远扬的。唐代韩愈在《进学解》一文中曾感叹“三年博士，冗不见治”⑤，以太学为首的学校教师并不是受世人尊重的职业；同时正如韩愈《师说》中所说的那样：“爱其子，择师而教之；于其身也，则耻师焉。惑矣。彼童子之师，授之书而习其句读者也，非吾所谓传其道、解其惑者也。……士大夫之族，曰师曰弟子云者，则群聚而笑之。问之，则曰：彼与彼年相若也，道相似也。”⑥ 在士大夫的学问世界中，所谓教育只不过是指教学童句读而已，而不是“传其道、解其惑者”。唐代的太学虽称兴盛，但在陈子昂的时代，就早已出现了如下的感叹：“国家太学之废，积以岁月久矣。学堂芜秽，略无人踪，诗书礼乐，罕闻习者。”⑦

当然自古以来对教育本身一直是很重视的，有关的论述不胜枚举，而宋代对教育更是热心有加，特别注重完善学校教育设施。积极推进学校教育的就是范仲淹，他的改革成果即使在整个中国历史上也是令人瞩目的。宫崎市定《宋代的太学生活》一文指出：“历代王朝中太学可称兴盛的只有汉唐：汉代太学有二百四十房，一千八百余室，生员三万人；唐代也有学舍一千二百间。但是其盛为时极短，又没有建立舍法。……前后两百

① 《范仲淹全集》下册楼钥《年谱》，凤凰出版社 2004 年版，第 729 页。
② 《范仲淹全集》下册楼钥《年谱》，凤凰出版社 2004 年版，第 733 页。
③ 《续资治通鉴长编·庆历二年》卷一三八，上海古籍出版社 1985 年版，第 1270 页。
④ 《范仲淹全集》上册，凤凰出版社 2004 年版，第 478 页。
⑤ 《韩昌黎文集校注》第 1 卷，上海古籍出版社 1986 年版，第 47 页。
⑥ 《韩昌黎文集校注》第 1 卷，上海古籍出版社 1986 年版，第 43 页。
⑦ 《唐会要》卷三五光宅二年陈子昂上疏，中华书局 1955 年版，第 633 页。

年间，太学常设，舍法常行，常有一二千名学生聚读于学舍，虽时有间断而却绵延不绝的，唯有宋代。”①

那么，宋代的学校又是如何实施教学的呢。范仲淹办学的目的，不但反映在上引的奏文中，而且从他所招聘的教师的为人上也可窥探而出。教师的代表就是胡瑗。胡瑗执教的特点是，要求学生严格遵守纪律，教师以身作则，还主张治学不但要通句读，还要领会经书的义理，并付诸言行。

先生尤患隋唐以来仕进尚文词而遗经业，苟趋禄利，及为苏湖二州教授，严条约，以身先之。虽大暑，必公服终日，以见诸生。解经至有要义，恳恳为诸生言其所以治己而后治乎人者。学徒千数，日月刮劘为文章，皆传经义，必以理胜，信其师説，敦尚行实。后为太学，四方归之，庠舍不能容，旁拓步军，居以广之。五经异论，弟子记之，目为胡氏口义②。

同时，胡瑗还崇尚实务，并尊重学生的个性，注意发挥他们的特长，鼓励学生相互讨论，培养他们的思考能力。

时方尚词赋，独湖学以经义及时务，学中故有经义斋、治事斋。经义斋者，择疏通有器局者居之；治事斋者，人各治一事，又兼一事，如边防、水利之类。故天下谓湖学多秀异，其出而筮仕，往往取高第，及为政，多适于世用，若老于吏事者，由讲习有素也③。

初为直讲，有旨专掌一学之政，遂推诚教育多士，亦甄别人物。故好尚经术者、好谈兵战者、好文艺者、好尚节义者，皆使之以类群居，相与讲习。胡亦时召之，使论其所学，为定其理；或自出一义，使人人以对，为可否之；当时政事，俾之折衷。故人皆乐从而有成，今朝廷名臣往往胡之徒也④。

胡瑗的这些教学特点，在当时可以说是划时代的教育方针（此中也蕴含了近代教育的原型），所以，他所在的湖学、太学四方汇集，人才辈出，盛况空前。

胡瑗在教育上所取得的成就历来有定评，而从宋代文艺、思想的发展上来看，他的这一通过学校教育来培养人才之举，其意义也值得关注。首先这可以高效率地培养更多的人才，其次也可以比较容易地培养出忠于社会体制、把维护这一体制视为自我人生价值所在的人才，培养出思维行动有一定的规范准则的人才。程颢曾品评胡瑗的学生说：“凡从安定先生学者，其醇厚和易之气，望之可知。”⑤ 可见胡瑗推行其教育理念是不遗余

① 《宫崎市定全集》第十卷，岩波书店1992年版，第326页。
② 蔡襄《端明集》卷三七《太常博士致仕胡君墓志》，《四库全书》电子版。
③ 《宋名臣言行录》前集卷十“胡瑗”条引《家塾记》，《四库全书》电子版。
④ 《宋名臣言行录》前集卷十“胡瑗”条引李廌记。
⑤ 《宋名臣言行录》前集卷十“胡瑗”条引。

力、富有成效的。另外，刘彝在回答宋神宗的垂询时曾这样说道：

> 臣闻圣人之道有体、有用、有文。君臣父子、仁义礼乐，历世不可变者，其体也；《诗》《书》史传子集，垂法后世者，文也；举而措之天下，能润泽其民，归于皇极者，其用也。国家累朝取士，不以体用为本，而尚其声律浮华之词，是以风俗媮薄。臣师瑗当宝元、明道之间，尤病其失。遂明体用之学，以授诸生，夙夜勤瘁，二十余年，专切学校，始自苏湖，终于太学。出其门者无虑一千余人。故今学者，明夫圣人体用，以为政教之本，皆臣师之功也①。

至唐为止，学问，尤其是儒学，主要是以家学传承为主，同时“声律浮华之词”也是世家大族在社交时的必备技艺。然而到了宋代，既然传承家学的名门世家日渐衰亡，那么学问的传承和研究就需要另辟蹊径。而就国家而言，培育大量有用的士大夫，其最佳方式不得不首推学校教育。随着务实人才的社会地位提高和比重的增加，世家大族社交的必要性大为减退，自然也就不必“尚其声律浮华之词”。由此可以说，学校教育的“成功”与士大夫风气的形成，两者之间有一定的关联，而文艺风尚的排斥华靡、趋向质实雄健的这一转变，也可以看做是近世学校教育的一个“成果”。

还可申说的是，宋人好议论的这一特点，似乎也可以看做是胡瑗教育方针的成果之一。如上文所引用的那样，他在苏湖任教授时，鼓励学生讨论经义，“学徒千数，日月刮劘为文章，皆传经义，必以理胜”，而这一做法又推广于太学：“建太学于京师，而有司请下湖州，取先生之法以为太学法，至今为著令。”② 由此可以毫不过分地说，胡瑗的教育方针也奠定了宋代议论文发展的基础。

四、范仲淹的易学

由上所述可以看出范仲淹办学置校的目的及其起用胡瑗的理由之一端。不过以上只涉及教育的方法、技术方面的问题，而范仲淹起用胡瑗的更为根本性的理由就是，他赞同胡瑗的易学。

庆历四年（1044），范仲淹作《奏为荐胡瑗、李觏充学官》，没有特意提及易学，但是值得注目的是，他同时推荐了李觏（1009—1059）这一事。李觏自述他为了“急乎天下国家之用”而撰写了《易论》十三篇③。他是39岁（1047）时撰写此书的，由此而推，在任太学学官期间，他的易学思想已基本形成。范仲淹所举荐的学官，以王洙为首，均精通易学。比如泰山先生孙复，其最有名的著作虽是《春秋尊王发微》，但除《春秋》以外，也精通易学。石介《泰山书院记》说：

---

① 《宋名臣言行录》前集卷十“胡瑗”条引。

② 欧阳修《居士集》卷二五《胡先生墓表》，《欧阳修诗文集校笺》中，上海古籍出版2009年版，第697页。

③ 李觏《盱江集》卷四《删定易图序论》，《四库全书》电子版。

（泰山）先生尝以谓尽孔子之心者大《易》，尽孔子之用者《春秋》，是二大经，圣人之极笔也，治世之大法也。故作《易説》六十四篇，《春秋尊王发微》十二卷[①]。

又比如石介，他也出身于应天府书院，本“以《易》教授于家”[②]，又作《周易解义》十卷等[③]。

同在泰山修行治学的“宋初三先生”，均擅长易学，而范仲淹本人也是“泛通六经，长于《易》”[④]，因而范仲淹引荐他们为学官，一定有着学术和思想上志趣相合这方面的因素。下面就探讨一下范仲淹的易学及其与学校教育的关系。

范仲淹有关易学的文章不少，其中代表性的作品有《蒙以养正赋》、《穷神知化赋》、《乾为金赋》、《天道益谦赋》、《易兼三材赋》、《体仁足以长人赋》、《水火不相入而相资赋》、《易义》、《四德说》等。浏览这些作品，就会发现他的易学中道教的色彩很浓郁。

比如《蒙以养正赋》等就是从道教的角度来解释《易》的“蒙”卦。文章这样写道：

处下韬光，允谓含章之士；居上弃智，斯为抱一之君。圣人以设彼易文授诸君子，考其在蒙之象，得此养正之理。浑兮若浊，下民无得而称焉；暗然而彰，圣功亦在其中矣。是以不伐其善，罔耀其能，惟朴素而是守，又濬哲而曷矜。…务实去华，育德之方斯在；反听收视，养恬之义相应。…志士体之而修身，素履无失；圣人执之而行化，赤子焉知。乃有修辞立诚，穷理尽性。常默默以存志，将乾乾而希圣。庶几进退之间，保君子之中正[⑤]。

这段文字中的语汇有不少出自《老子》、《庄子》。如“弃智”语出《老子》：“绝圣弃智，民利百倍”[⑥]；“抱一”语出《老子》“少则得，多则惑，是以圣人抱一，为天下式”[⑦]；“养恬”语出《庄子·缮性》“古之治道者以恬养知，知生而无以知爲也，谓之以知养恬”[⑧]。这些都是道家道教所习用之语。另外，文中的“朴素”一语也是取典于《老》、《庄》：

绝圣弃智，民利百倍；绝仁弃义，民复孝慈。……见素抱朴，少私寡欲。（《老子》河上公注：“弃智惠，反无为。……见素者，当抱素守真，不尚文饰也。抱朴

① 《徂徕石先生文集》卷一九，中华书局1984年版，第223页。
② 《宋史·儒林二·石介》卷四三二，中华书局1985年版，第12833页。
③ 见《直斋书录解题》第11页。《宋史·艺文志》“易类”作“石介《口义》十卷”，《郡斋读书志》作“《徂徕先生周易》五卷”（上海古籍出版社1990年版，第35页），疑是同一著作。
④ 《宋史·列传第七十三·范仲淹》卷三一四，第10267页。
⑤ 《范仲淹全集》上册，第16页。
⑥ 《老子道德经注校释》19章，《新编诸子集成》，中华书局2008年版，第45页。
⑦ 《老子道德经注校释》22章，中华书局2008年版，第55—56页。
⑧ 《庄子集释·缮性第十六》第三册，《新编诸子集成》，中华书局1961年版，第548页。

者，当见其笃朴可法则。)①

夫虚静恬淡、寂漠无为者，万物之本也。明此以南乡，尧之为君也；明此以北面，舜之为臣也。以此处上，帝王天子之德也；以此处下，玄圣素王之道也。……静而圣，动而王，无为也而尊，朴素而天下莫能与之争美。夫明白于天地之德者，此之谓大本大宗，与天和者也，所以均调天下，与人和者也。与人和者，谓之人乐；与天和者，谓之天乐②。

《蒙以养正赋》的主旨可以说就是要宣扬这一道家道教式的"朴素"思想的。范仲淹之所以要从《老》、《庄》中摘撷出"朴素"这一概念，是因为它在道教中也是一个重要的概念。比如《文子》，自从被唐代的道教学校"崇玄学"而奉为教科书，尊称为《通玄真经》以来，它已成为道教的重要经典。在宋代，此书又被节录为《九守》，收人《云笈七籤》卷91。而《九守》即主张"静默恬淡"、"朴素"思想：

静默者，神明之宅也；虚无者，道之所居也。(守和第一)

静默恬淡，所以养生也；和愉虚无，所以处德也。(守清第七)

所谓真人者，性合乎道者也。故有若无，实若虚，治其内，不知其外，明白入素，无为而复朴。……守大浑之朴，立至精之中。……此真人之游也，纯粹素朴之道矣。(守弱第九)

有意思的是，对于《老子》的"绝圣弃智"这一主张，范仲淹只取一半，即并不主张"绝圣"、"绝仁弃义"，而只取"弃智"，即"无为"、"朴素"这一思想。

《蒙以养正赋》中的"素履"一语，源出《易・履卦》，这是用儒家的语汇来表达同样的"见素抱朴"思想。

初九：素履往，无咎。(王弼注："履道恶华，故素乃无咎。处履以素，何往不从。")

象曰：素履之往，独行愿也。(正义曰："独行愿者，释素履之往，它人尚华，已独质素，则何咎也。")③

至于"修辞立诚、穷理尽性"，分别出自《易・乾卦》"文言传"的"子曰：君子进德修业，忠信所以进德也，修辞立其诚，所以居业也"④ 和《说卦》"传"的"和顺于道德而理于义，穷理尽性，以至于命"⑤。

---

① 《老子道德经・还淳第十九》，《四库全书》电子版。
② 《庄子集释・天道第十三》第二册，第457—458页。
③ 《周易正义》卷第二，《十三经注疏整理本》，北京大学出版社2000年版，第75页。
④ 《周易正义》卷第一，《十三经注疏整理本》，北京大学出版社2000年版，第18页。
⑤ 《周易正义》卷第九，《十三经注疏整理本》，北京大学出版社2000年版，第383页。

由此看来，范仲淹是主张通过遵守和实践道家道教的“朴素”之道，来实现“修辞立诚、穷理尽性”这一儒家理想。也就是说，以《易》为媒介来调和、折衷儒道两种思想。这原本不是范仲淹个人的创见，而是受到了自唐末五代起流行开来的《周易参同契》的强烈影响。比如，此书的著者魏伯阳“挟怀朴素”，主张“抱一毋舍，可以长存”。更能明显地看出两者有关联的是，范仲淹著有《水火不相入而相资赋》一文，而《周易参同契》的思想特征就是“坎离（水火）造化论”。《周易参同契》可以说是当时道教与易学相融而浑为一体的代表性著作，那么范仲淹的作品对它的思想主张有所反映，这也是极其自然的①。

在范仲淹看来，守“朴素”而求“抱一”，不但是士大夫个人的生存方式，同时也是治理天下之道。这种主张在他另外的文章中也有表述，如《圣人抱一为天下式赋》（淳一敷教，为天下式）整个题名即出自《老子》。他在文中这样写道：

> 巍巍圣人，其教如神，抱一而万几无事，为式而庶汇有伦。……岂不以一者道之本，式者治之筌。苟能持于罔象，自可制于普天，亦若大衍攸虚，为四营之本也。太阳无二，作七政之首焉②。

在这里，范仲淹也把“抱一”之说与《易》的理论相联结。他阐述所谓圣人（即君主或为政者）应该是“布德行惠，常舍己以从人”（《政在顺民心赋》），即以无私无欲为理想的人。接着，他又依据《易》，把君主视为“太极”，认为君主既然是世界万物的本源“太极”，那就应该是“虚无”。笔者疏于政治思想史，仅就管见，宋代以前似乎从未见这种把君主比拟为“太极”之说。这实在是一个颇有意思的观点。其实宋代以后小说的主人公，如《三国演义》的刘备、《水浒》的宋江、《西游记》中的唐僧等，都是让其他出场人物发挥才能的一个“空虚”的中心，也就是说是小说中的“太极”性的存在。这或许是“君主太极论”在文学上的一种反映吧。

言归正传，范仲淹思想中的道教性因素，不用说是来自于当时的道教。从他的一段论述中可以看出其道教性的思想。他的《政在顺民心赋》（明主施政、能顺民欲）说：

> 王者广育黔首，诞布皇明。……无一物不得其所，无一夫不遂其性，所以感其和气，所以谓之善政。……圣贤之所能，亦犹梓匠任材，因曲直而制作；化工造物，随大小而陶甄。是以布政从民者，黎元克信；驱民从政者，群心不徇③。

文中“和气”一语，如果查阅词典，一般会指出它取典于《老子》的“道生一，一

① 关于道教与易学的融合状况，详见拙稿《宋初的易学者与古文家》，《气与士风——唐宋古文的进程与背景》，178页—223页。

② 《范仲淹全集》上册，凤凰出版社2004年版，第448页。

③ 《范仲淹全集》上册，凤凰出版社2004年版，第448—449页。

生二，二生三，三生万物。万物负阴而抱阳，冲气以为和”，并说明其义是指万物生成之气（如《汉语大词典》）。也许人们会认为自《老子》之后这个术语一直在使用，但事实上，长期以来道家几乎不提这个概念。从理论上对“和气”予以阐述的是道教，而且是迟至六朝末期《老子河上公注》问世以后才出现的。到了唐代，《河上公注》被确立为《老子》的标准注释这一地位之后，和气论才得到普及、推广（详见拙稿《宋代古文史上的晏殊》①）。

当时的道教之所以重视“和气”，是因为他们认为“和气”就是“仁义”，通过保养“和气”就能实现“仁”。《太上黄庭外景经·中部经第二》说：“积精所致，和专仁。”②“务成子注”解释这句话说：“育养精气，专心一意。和气仁义，德合道真。”③ 而唐宋道教“气论”的代表性著作《元气论》也有如下的论述：

> 夫居于尘世，唯利与名，于中能不谄不偷，无贼无害，于物不伤和气，每怀亭育之心，斯近仁焉④。

这种认为养育万物、保持和气就是“仁”的实践的思想，可以说是宋代道教的核心，也是范仲淹《政在顺民心赋》一文的中心论旨。可以说，它并不是纯粹的儒家思想的产物，而更多地体现了道教性的因素。

前面曾指出范仲淹之所以起用胡瑗是因为两人在易学上有诸多共同之处，在此想做进一步的申说。胡瑗《周易口义》卷一在解释“乾”卦“九五飞龙在天，利见大人”时说：

> 使一民不失其所，一物必遂其性，此圣人之心也⑤。

对比范仲淹的“无一物不得其所，无一夫不遂其性”，显然两人在思想的根本上是一致的。由此看来，范仲淹热心于学校教育，就是“无一物不得其所，无一夫不遂其性”这一思想的实践，而胡瑗的分设经义斋和治事斋、以因人施教为宗旨的教学方针，也是他的“使一民不失其所，一物必遂其性”思想的具体化表现。

胡瑗另一个教学特色就是议论文的写作练习和鼓励学生相互讨论，这个特色也得到范仲淹的首肯。范仲淹在《邠州建学记》一文中说：

> 予尝观《易》之大象，在“小畜”曰：君子以懿文德。谓其道未通，则畜乎文德，俟时而行也。在“兑”曰：君子以朋友讲习。谓相说之道，必利乎正，莫大于

① 《橄榄》第14卷，日本宋代诗文研究会，2007年，第89—95页。
② 《云笈七籤》卷一二，中华书局《道教典籍选刊·云笈七籤》第1册，2003年，第303页。
③ 同上。
④ 《云笈七籤》卷五六，中华书局《道教典籍选刊·云笈七籤》第3册，第1239页。
⑤ 《周易口义》卷一，《四库全书》电子版。

讲习也。诸生其能知吾君建学、圣人大《易》之旨，则庶几乎①。

可见，他们重视文章、重视切磋讨论的教学理念来源于《易》。

结　语

范仲淹和他师事的晏殊以及“宋初三先生”，都热心于教育，致力于培养人才、振兴文教②。他们的这一行为当然有着遵循儒家“诲人不倦”这一教导的一面，同时正如本文所论述的那样，这其中与易学相关的道教思想也起了不小的作用。尤其是通过学校教育这种形式而来振兴文教，其理论根底就在于道教的万物生成的思想。正如本文所论，宋代的学校教育已经粗具近代教育的原型，毫无疑问这有助于宋代“近世”的形成。如果不惮辞赘，还可以说道教思想通过“学校”这一路径而创造出“近世”。

---

① 《范仲淹全集》上册，凤凰出版社 2004 年版，第 170 页。

② 关于石介热心教育，有如下的一则逸事：“石介性纯古，学行优敏，以诱掖后进、敦奖风教为己任。庆历中，在太学，生徒咨问经义，日数十人，皆怡颜和气，一一为讲解，殊无倦色。”（《杨文公谈苑·倦游杂录》第 128“大臣诬奏石介诈死”条，上海古籍出版社，1993 年，第 72 页。）

《类编增广黄先生大全文集》考述

台湾世新大学　黄启方

一、《类编增广黄先生大全文集》版本源流述要

北京图书馆于2006年以“中华再造善本”的形式，印行《类编增广黄先生大全文集》，其发行说明这样写道：

> 此本为南宋建阳麻沙镇水南刘仲吉宅刻，特点是将内容重新汇编和分类，名之以“类编”、“大全”；今所存刻本，除此本以外，尚有《类编增广老苏先生文集》，《类编增广颍滨先生大全文集》。此本内容上和版本上都具有重要价值，十分有名。书迭经查升、沈廷芳、黄丕烈、汪世钟收藏，有沈廷芳、黄丕烈跋，清末入杨以增“宋存书室”，后归李盛铎“木犀轩”，流传有绪。其中卷十三至十八是清抄本。

按，所称沈廷芳的跋文云：

> 《黄山谷大全集》系南宋刊本，吾家世所藏宋本仅留此种，是可宝也。子孙其善守之。书凡五十卷，十六册。乾隆壬戌除夕隐拙翁廷芳志。

乾隆壬戌是乾隆七年（1742）。沈廷芳的书斋名“隐拙斋”，所以自称“隐拙翁”。至于黄丕烈的跋文则云：

> 沈萩园先生故物，后人因营葬，始用赠人，适余有他种书籍销去，遂摒挡得之。书凡五十卷，中阙十三至十六卷，旧时钞补，未知出自何本。盖较绛云所藏，居然完璧矣。岁残未暇付装，越明年，有“谤喜园书籍铺”之设，襄事者为胡茂塘老友，手为装池，知缺卷外尚欠一叶，钞补一叶，统五百贯云。乙酉孟夏月望后一日荛夫手识。

沈廷芳卒于乾隆三十七年（1772），故此乙酉应系道光五年（1825），已是沈卒后五十三年，其后人“因营葬”而让书，而书为黄丕烈所得并钞补足全。然黄丕烈跋称“中阙十三至十六卷”、“尚欠一叶”，与“中华再造善本”出版说明所称“卷十三至十八为清抄本”有出入。“绛云所藏”指钱谦益藏书室“绛云楼”所收藏者，则黄丕烈所见者已有

两本，以此本乃“居然完璧”，足见珍贵。

又，清代道光年间邵懿辰所撰《增订四库简目标注》亦有关于此书之记事云：

> 《类编增广黄先生大全集》五十卷，凡古赋一卷，古律诗二十二卷，杂文二十六卷，乐章一卷。昭文张氏有宋乾道刊本。

则此书除沈廷芳、黄丕烈所先后拥有之本外，邵懿辰又另见“昭文张氏”所藏者，卷数、卷别全同。是此书在清代固极受珍视。“昭文张氏”所指应是乾隆时江苏昭文人张燮（1752—1805），张氏与黄丕烈并称“两书淫”。四川大学出版社二零零一年印行之《黄庭坚全集》（以下简称《全集本》）之“前言”中，既先称其书“繁琐杂乱，大概因其为书商所刻，真伪杂糅，质量低劣，极少流传，所以宋元间书录均未见著录”，又于前言文末说“本书（指《全集本》）仍存有许多缺点，例如传世的宋乾道本《类编增广黄先生大全集》，限于条件，我们还未能细加核对，深以为憾”。既是“未能细加核对”，则“繁琐杂乱”、“真伪杂糅”、“质量低劣”之论，显然有待辨明。兹为补此缺憾，尝试就此书大体作初步考索，或有助于对《类编增广黄先生大全集》之认识。

二、《类编增广黄先生大全文集》书名考辨

《类编增广黄先生大全文集》（以下简称《类编本》）之书名，应系后人翻刻时根据此书内容另取之名；以其书书前“门类总目”所署者为《增广南昌先生大全集门类》，总目后亦署“增广南昌先生大全集门类终”，则其书本名原是《增广南昌先生大全集》。

考黄庭坚自称“南昌黄庭坚”者凡三见，兹对三篇文本分别考述如下：

（一）《全集本·别集》卷八有《书次韵周元翁游青原山寺后》一文，文末自署“南昌黄庭坚书”，惟不详年月。按：青原山在吉州庐陵。周元翁名寿，周敦颐长子。黄庭坚于元丰四年至六年底任吉州太和县令时，元翁为吉州法曹，与弟周焘均与黄庭坚往来密切，彼此唱和之作共有十首。其后黄庭坚于崇宁元年在荆南待命时，曾为元翁兄弟作《濂溪诗》，诗序以“光风霁月”推崇周濂溪。此篇书后，或即其时所作。

（二）《全集本·补遗》卷十有《题名石刻》一文云：“（宋）绍圣元年辛亥，同真净禅师煮茗于此上。南昌黄庭坚题。”按，《全集本》系据嘉庆《四川通志》卷五十九补录此文，其校记云：“按绍圣元年乃甲戌，此当脱某月。《四川通志》录此文于《金石门·遂宁县》下，并有按语云：‘字大如拳，如蝌蚪文，山谷书所仅见者。’”考《蜀中广记》卷三十引此文正作“七月辛亥”。然黄庭坚于绍圣元年（1094）六月丁亥以“新知鄂州”改任“管勾亳州明道宫”，并奉命“于开封府界居住”。黄庭坚时在彭泽，本欲赴原除宣州知州任，既改鄂州，又奉祠，遂先返故里分宁，十月离分宁，再经芜湖，于十一月抵陈留待命；次年绍圣二年正月被谪黔州，四月始抵黔州。则绍圣元年七月，黄庭坚岂能与真净禅师在四川遂宁大石上煮茗？查释惠洪《石门文字禅》卷三十有《云庵真净和尚行状》一文，称“绍圣之初，御史黄公庆基出守南康，虚归宗之席以迎师”。按，“归宗

寺”在庐山下，庐山正属南康军。考黄庆基于元祐八年（1093）五月，因弹劾苏轼被责，由监察御史出知南康军，至郡，即使人特迎真净住持归宗寺。真净本欲辞谢，以僧徒恳求，不得已自高安赴南康就职。同年九月，黄庭坚除母服，此后始有游赏之记载。故自元祐八年九月至绍圣元年七月间，黄庭坚最有可能赴庐山而与真净煮茗于大石上。绍圣元年九月，黄庆基又召入为监察御史，开始攻击黄庭坚等所修《神宗实录》。因此，《题名石刻》所称绍圣元年七月辛亥的时间自有可能，但绝非在四川遂宁，而系在庐山。遂宁石刻，或其后又重刻者！此文《类编本》未收。

（三）《全集本·别集》卷七有《题固陵寺壁》一文。按，《全蜀艺文志》卷六十四收有黄庭坚两篇“行记”文字，其一为《香山寺行记》，见《全集本·补遗》卷十，《类编本》则缺。另篇为《卧龙行记》，全文云：

> 天水张茂先世家南昌，黄庭坚鲁直、弟叔向嗣直，建中靖国元年三月丁卯同来，时左绵道人思顺开法席于此山，道俗归心，荆棘草莱化为金碧，时新雨晚晴，同登中阁，观白盐之崇崛，想少陵之风流，叹大雅之不作，裴回久之。鲁直书。

实即《全集本·别集》卷七所收《题固陵寺壁》。又《蜀中广记》卷二十一亦引全文，并有陆游等人相关诗文，均可证黄庭坚确有此文。固陵、“卧龙山”均在夔州。“卧龙山”有诸葛亮八阵图，杜甫《上卿翁请修武侯庙遗像缺落时崔卿权夔州》诗云：“尚有西郊诸葛庙，卧龙无首对江渍。”《全集本》据《全蜀艺文志》将原作“建中靖国三年丁卯”改为“元年三月丁卯”是正确的，以建中靖国只一年。时黄庭坚已复官，顺江东下，二月在万州与知州高仲本游西山南浦、三游洞，游三游洞时亦有嗣直相陪；黄叔向嗣直系黄庭坚叔父黄廉次子，行十七，时任涪陵县尉。黄庭坚离万州至夔州，黄嗣直来相陪，而黔州通判张茂宗亦来送行，并相陪游卧龙山。黄庭坚初抵黔州时，知州曹谱与“黔倅张茂宗”颇相照顾，使黄庭坚免于困顿，故黄庭坚诗、书中特言之。张茂宗名兟。《全集本》于《题固陵寺壁》一文之断句作“天水张茂先世家南昌，黄某鲁直、弟叔向嗣直”云云，疑此与诸家刻本均误，盖不知张茂宗名“兟”字茂宗，故原文应断为“天水张兟茂宗、南昌黄庭坚鲁直、弟叔向嗣直”，始合体例。此文《类编本》亦缺。

据以上考述，则黄庭坚自称“南昌黄庭坚”，或自绍圣元年始。然黄庭坚修水人，修水属豫章郡，即南昌，故其文集即有题《豫章黄先生文集》者，故本书名为《增广南昌先生大全集门类》，自无可议。

三、《类编增广黄先生大全文集》分卷分门录目

诗文分类，应自《昭明文选》始，宋初修《文苑英华》，即以为依据而增删之。后世大都沿袭。据《类编本》印行说明，与《类编本》同时，尚有苏洵、苏辙之类编文集。按，东坡诗在北宋末南宋初有赵夔分类注本，南宋孝宗时有王十朋所编王状元百家分类注本，则南北宋之际，以门类编集似已是一时风尚。《类编本》黄庭坚集五十卷，赋一卷

四类，古律诗二十二卷，杂文二十六卷，乐章（词）一卷，大类中又分小类，兹据《增广南昌先生大全集门类》及《类编增广黄先生大全文集目录》，将此书分卷及门类引录如下，以见其“类”之一般。

第一卷　古赋

1.“居室”—《寄老庵》、《休亭》、《江西道院》、《放目亭》

2.“画”—《苏李画枯木道士》、《东坡墨戏》、《刘仲明墨竹》

3.“花木”—《白山茶》、《煎茶》、《对青竹》、《苦笋》

4.“离别”—“别友”《赋送李次翁》

以上古赋4门共12首。

第二卷　古律诗1.“纪行”51首。

第三卷　古律诗2.“有感”5首；3.“述怀”30首；4.“怀旧”（含怀古）19首；5.“古迹”14首。共68首。

第四卷　古律诗6.“馆阁”3首；7.“试院”4首；8.“庶官”3首、（侍从）8首、（漕使）7首、（知通）4首、（令丞）8首、（簿尉）5首、（退居）8首；9.“迁谪”9首；10.“军旅”8首。共67首。

第五卷　古律诗11.“宗族”20首；12.“外族”22首；13.“隐逸”5首；14.“道释”（道）5首、（僧）17首；15.“渔父”5首；16.“农桑”3首；17.“妓女”6首。共83首。

第六卷　古律诗18.“坐卧”18首；19.“梦”5首；20.“疾病”17首；21.“四时”59首；22.“节序”19首；23.“寒暑”6首。共124首。

第七卷　古律诗24.“早晚”10首；25.“日月”6首；26.“雨露”（云附）19首；27.“风雪”13首；28.“岩洞”17首；29.“泉石”10首；30.“园池”8首。共82首。

第八卷　古律诗31.“居室”6首；32.“楼阁”14首；33.“亭台”21首；34.“斋舍”8首；35.“轩堂”30首；36.“庵居”13首。共92首。

第九卷　古律诗37.“寺观”14首；38.“祠庙”15首；39.“墓塔”7首；40.“舟船”3首；41.“梁桥”3首；42.“书史”20首；43.“诗什”17首；44.“碑文”3首；45.“翰墨”7首。共102首。

第十卷　古律诗46.“笔砚”11首；47.“纸墨”6首；48.“琴”4首；49.“音乐”3首；50.“棋”3首；51.“扇”11首；52.“图画”上28首（分画与画人物）。共66首。

第十一卷　古律诗52—1.“图画”下（分画马、画毛翎、山水、竹木、花）51首；53.“器用”30首。共81首。

第十二卷　古律诗54.“饭食”5首；55.“酒”14首；56.“宴饮”28首；57.“庖厨”19首；58.“蔬笋”20首。共86首。

第十三卷　古律诗59.“纪茶”36首；60.“药”8首；61.“香”7首；62.“鸟兽”9首；63.“果实”17首。共77首。

第十四卷　古律诗 64.“花卉”牡丹 9 首，酴醿 6 首，水仙 6 首，菊 5 首，芙蓉 3 首，梅 30 首，杂花 12 首；65.“竹木”9 首。共 80 首。

第十五卷　古律诗 66.“投赠”37 首；67.“简寄”上 32 首。共 69 首。

第十六卷　古律诗 67—1.“简寄”下 56 首；68.“酬答”上 36 首。共 92 首。

第十七卷　古律诗 68—1.“酬答”下 83 首。(简寄 88，酬答 119)

第十八卷　古律诗 69.“饯送”53 首。

第十九卷　古律诗 70.“留别”5 首；71.“招邀”11 首；72.“访谒”13 首；73.“戏谑”36 首；74.“游览”30 首。共 95 首。

第二十卷　古律诗 75.“旅寓”8 首；76.“督役”12 首；77.“归来”24 首；78.“会遇”7 首；79.“咏史”5 首；80.“题跋”4 首；81.“杂题”25 首。共 85 首。

第二十一卷　古律诗 82.“自适”10 首；83.“慨叹”13 首；84.“伤悼”3 首；85.“挽词”36 首；86.“口号”2 首：87.“省题”6 首。共 70 首。

第二十二卷　古律诗 88.“杂咏”19 首；89.“集句”5 首；90.“效古”5 首；91.“建除体”5 首；92.“八音体”4 首；93.“二十八宿”一首；94.“药名体”9 首；95.“效体”23 首；96.“杂体”2 首；97.“杂言”5 首；98.“杂诗”13 首。共 71 首。

第二十三卷　古律诗 99.“即事”11 首；100.“漫兴”18 首；101.“放言”17 首；102.“乐府”9 首；103.“楚词”15 首；104.“竹枝词”6 首。共 76 首。

以上赋 1 卷 4 类 12 首，古律诗 22 卷 104 类 1753 首，其中 350 首诗题稍异于《全集本》。

第二十四卷　1. 铭（阁 2、轩 2、堂 11、斋 16、亭 4、庵 3、台 2、泉石 4、器用 2、琴 1、研 13、衣冠 5、画像 2、桥木 2）共 69 篇。

第二十五卷　2. 赞上（御书 1、画像 5、真 18、佛像 11）共 35 篇。

第二十六卷　2—1. 赞下（佛像 31、图画 11、祥瑞 3、名字 1）共 46 篇。

第二十七卷　3. 颂（纪德 5、亭堂 4、轩庵 4、泉石 4、佛像 2、塔 1、器用 8、图画 1、竹 3、酒 4、惠贶 4、酬答 15、寄赠 14、招邀 1、释氏 16、坐卧 3、寓意 1、枯骨 2）共 92 篇；4. 偈 2。共 94 篇。

第二十八卷　5. 序上（名字）37 篇。

第二十九卷　5—1. 序下（文集 5、语录 5、医 2、画 1）共 13 篇。

第三十卷　6. 记上（御书 1、州 1、题名 3、堂 6、亭 4、园 1）共 16 篇。

第三十一卷　6—1. 记下（经藏 3、院 5、庙 2、塔 2、泉 1）共 13 篇；7. 碑 2。共 15 篇。

第三十二卷　8. 书简上（投献 2、寄与上 18）共 20 篇。

第三十三卷　8—1. 书简中（寄与下 35）35 篇。

第三十四卷　8—2. 书简下（酬答 16）16 篇（书简共 71 篇）；9. 婚书 10 篇。共 26 篇。

第三十五卷　10. 表 9；11. 奏状 3；12. 解经 4；13. 传 1。共 17 篇。

第三十六卷　14. 文（上梁 1、祈雨 3、发愿 1、移文 1、祭文 24）共 30 篇。

第三十七卷　15. 墓志一（庶官 9）9 篇。

第三十八卷　15—1. 墓志二（庶官 8）8 篇。

第三十九卷　15—2. 墓志三（庶官 5、致政 4）9 篇。

第四十卷　15—3. 墓志四（隐逸 15）15 篇。

第四十一卷　15—4. 墓志五（夫人 16）16 篇。以上墓志共 57 篇。

第四十二卷　16. 塔铭（释 5）；17. 疏（祝圣 1、开堂 3、劝缘 3、追荐 11）；18. 词（祝词 2、青词 1）。本卷 26 篇。

第四十三卷　19. 题跋一（书法上 32）32 篇。

第四十四卷　19—1. 题跋二（书法下 32 书简 16）共 48 篇。

第四十五卷　19—2. 题跋三（篇章 40）40 篇。

第四十六卷　19—3. 题跋四（乐府 11、书史 6、传 3、记 4、铭 6、赞 1、文 4、释氏 4）共 39 篇。

第四十七卷　19—4. 题跋五（图画 35、传神 3、轩亭 3、器用 7）共 48 篇。

第四十八卷　19—5. 题跋六（自跋 29）29 篇。

第四十九卷　19—6. 题跋七（杂书跋 12）以上题跋共 248 篇。20. 说 13；21. 评论 9；22. 谜 3；23. 香方 8。共 45 篇。

以上文 26 卷共 23 门，817 篇。连前赋、诗 108 门共 131 门。

第五十卷　乐章：春 6、七夕 2、中秋 7、九日 15、生辰 2、寄赠 3、离别 3、饯送 4、游览 3、唱和 2、燕饮 8、迁谪 2、退居 1、渔父 4、猎 1、妃子 1、妓女 7、私情 3、居室 2、琵琶 1、茶 6、汤药 1、梅 1、荔枝 6、禅语 5

以上词共 25 小类 100 阕。

总计共 50 卷、132 类。

四、考辨《类编本》诗文《全集本》所未收录者

如以《类编本》与《全集本》比较，《类编本》所收黄庭坚作品数量必远不及《全集本》。即以词而论，《全集本》164 阕，《类编本》仅 100 阕，有 64 阕之差。再以“记”类文为例，《类编本》仅 29 篇，而《全集本》则有 69 篇（含“题记”23 篇），甚为悬殊。然《类编本》本仍有《全集本》未收录之作品计诗 9 首、各类文 14 篇，真伪有待厘清。兹试加考辨如下：

1.《宿道吾庄贻鉴长老》：“灵宫知在白云中，未遂跻攀十里松。山下宿尸如海水，堂中鑚飦旧家风。”（卷五·隐逸）

按，此鉴长老即大圆佛鉴禅师慧懃，俗姓汪氏，舒州人。据《五灯会元》卷十九、《说郛》卷二十一下所载，佛鉴于元符二年起主持舒州太平寺，至政和初始住东都智海，五年乞归，得旨居蒋山，七年卒。则自哲宗元符二年（1099）至徽宗政和初（1111），佛鉴均在舒州太平寺。山谷早年赴任江西太和时，曾至舒州省舅氏李常，游三祖山山谷寺

石牛洞，因自号山谷道人。建中靖国元年（1101）三月东归时，曾有权知舒州之命，后虽改命，然其与舒州固有深厚渊源。《五灯会元》记鉴长老早岁从五祖寺演长老问道，曾论及和尚家风事。山谷于崇宁三年（1104）曾至太平寺追思演长老，时佛鉴仍为主持，则此诗亦应是山谷当时所作。参下引第十则。山谷有《圆明大师塔铭》（见《全集本·正集》卷三十二），即为法演作。

2.《闻善遣侍儿来促诗戏成小诗》："日遣侍儿来报嘉，草鞋十里踏堤沙。鸠盘茶样施丹粉，只欠一枝莴巨花。"（卷五·妓女）

按，山谷于建中靖国元年东归时经荆南，见族伯父黄晦甫诸子友闻（字闻善）、友益（字益修）、友颜（字颜徒）、友谅、友正。《全集本·正集》卷六有《次韵闻善》，《全集本·正集》卷九有《谢答闻善二兄九绝句》、《戏呈闻善》、《戏呈闻善二兄》等诗；闻善好酒，尝使酒骂座，惊骇四邻，故山谷诗多规谏语。此诗则戏笑闻善侍女之丑。亦山谷之作无疑。

3.《慈湖袁彬质夫乞学书》："质夫裂素要作学，老夫落笔龙蛇走。为置蔷薇露一斗，为公洒墨三千首。"（卷九·翰墨）

按，《全集本·正集》卷二十九《药说遗族弟友谅》有云："予老在戎州，有江南袁彬质夫过我，道乡里事以为笑。"知袁彬字质夫，江南慈湖人，慈湖在当涂县北六十五里。袁彬至戎州谒山谷，并求学字。质夫盖欲以药剂世者。则此诗山谷所作无疑。又《全集本·补遗》卷十一有两条袁质夫事迹。其一云："慈湖袁质夫虽隐于市井中，然敦厚纯实，常有济物活人之心，闻余欲刻庞安常方论版纸，欣然请知。将至长沙，俾善工大字深刻，施数百本，使人知疾本，家得良医，其意甚美。故书此，载之篇末。涪翁题。"其二云："质夫儿已十七岁，正是与择师友时。人家有宾客，动辄费数千，乃不能为此儿损二百千奉其师友，不可谓之善计者也。"亦可知袁彬为人之一斑。此诗为山谷作无疑。

4.《题李十八黄龙寺画壁》："胸次峥嵘落笔端，壁题留与老夫看。枯槎尚倚春风力，苍竹从来自岁寒。"（卷十·图画）

按，南宋周紫芝《太仓稊米集》卷六十七《书自作小词后》云："李公择暮年学草书，东坡见之，言李十八草书似鹦鹉，能言不过数句。"《东坡志林》已记此事，惟未明指为李公择，赵德麟《侯鲭录》卷三引《东坡志林》则明言李十八公择。李公择即李常（1027—1090），山谷舅父。山谷集中多称"公择舅氏"、"公择舅"、"公择"或径称"李公择"，偶称"六舅"（《全集本·外集》卷五有《庭坚得邑太和，六舅按节出同安……》，此六舅即指李常），知"十八"者盖拆李字为十八子，非公择行次。次句自称"老夫"，似于舅甥身份不合。考李常于元祐五年（1090）二月卒，时山谷在朝任职。黄龙寺在分宁黄龙山，黄龙山在幕阜山之东。南宋江西僧释晓莹《罗湖野录》卷一云："太史黄公鲁直，元祐间丁家艰，馆黄龙山从晦堂和尚游。"山谷既以晦堂心老为师，又与灵源悟新及西堂惟清交契。据《年谱》，山谷于崇宁元年（1102）自荆州东返时，特由岳州通城入黄龙山谒清长老，然后返家。或在山寺见舅氏壁画苍竹，有感而题诗，诗中以"胸次峥嵘"

称道舅氏，而公择既已前卒十三年，山谷亦已五十八岁，则自称“老夫”，似无不可。且诗语绝俗兀傲之气凛然，正是山谷风格。山谷有《跋李公择书》云：“公择先生，疏通远大君子也。往岁某尝从学数年，虽以甥舅礼意见畜，出入闺闼无间然，自有物外相知之鉴。细观其内行，冰清玉洁，视金珠如粪土，未始凝滞于一物。诗云：‘恺悌君子，胡不万年！’惜乎，宰木拱矣！观此遗墨，为之陨涕。建中靖国元年八月乙卯。”山谷作此跋时，正在荆州待命（乞辞吏部员外郎、除江湖合入差遣），见遗墨而思渭阳，而公择“胸次峥嵘”亦可见矣。南宋孙绍远所编《声画集》卷八引此诗属苏辙，惟今《栾城集》未见。又，山谷别有《题李十八知常轩》一首云：“身心如一是知常，事不惊人味久长。盖世功名棋一局，藏山文字纸千张。无心海燕窥金屋，有意江鸥傍草堂。惊破南柯少时梦，新晴鼓角报斜阳。”（《全集本·外集》卷十）此诗元祐四年作，时在朝，应亦为李常作。

5.《同山甫谒新市赵家》：“闻君足谷多水牛，故来奉干三五头。若得牛时谢牛去，不得牛时不谢牛。”（卷十九·访谒）

按，诗中“山甫”、“新市”、“赵家”均不详。山谷后辈中有郭英发者，三子，均山谷为取名与字，其三字曰山甫，但山谷诗文中别无所见，且存疑。

6.《借题大云寺钟韵》：“东坡蝉蜕去，醉墨犹新湿；涪翁吐玉唾，旧观神明集。”（卷二十·杂题）

按，唐独孤及有《洪州大云寺钟铭》，洪州即南昌。然铭文并无“韵”。而诗既云东坡蝉蜕，是在东坡逝后，盖崇宁二年返修水后所作。山谷尝有《为邹松滋题子瞻画》文（《全集本·别集》卷六），称东坡画为“苏仙翁醉墨”。此诗自称涪翁，自是贬黔戎后之作。

7.《昔韶阳大士来往翠岩，前作云岩转轮莲花经藏，艰勤累岁乃成。余窜逐万里，白头来归，旋绕叹息，崇宁壬午岁三月初六日，有百山社火来转轮藏，予与弟侄偶到藏下，适见村民盗经堂僧铜铙被擒，令负铙反缚于柱下，感之，戏作咏》：“海藏金莲转，宝香檐卜熏。不见翠岩老，唯见梁上君。”（卷二十·杂题）

按，崇宁壬午即元年，据年谱，山谷当年三月二十四日前在分宁，则此诗在分宁作。韶阳大士即悟新长老。山谷有《洪州分宁县云岩禅院经藏记》（《全集本·正集》卷十七），记韶阳大士来住云岩立经藏之经过，盖初贬涪黔时所作。

8.《遣心寄何十二兄弟三首》：“晚饭芹羹当食牛，杖藜徐步胜骅骝。悬鹑破帽颜居士，何似烂羊关内侯。”“山谷老人来斗南，捧头有眼许人参。琐根只许同元着，不会前三与后三。”“儋耳归成地下郎，门人时炷帐前香。张侯貌古如夫子，杖拂应来坐雪堂。”（卷二十一·自适）

按，何十二兄弟指黄州何觊（颉）字斯举，号搒叟，及弟何颙字次仲，一字人表，号迂叟两兄弟。自黄子耕《年谱》误指“何十三”为何觊字人表后，后世多沿误，盖只见“何十三”之称，而无“何十二”。何觊名在《江西诗社宗派图》中。刘克庄《江西诗派总序》则以何颙代何觊，显误。此三诗作于崇宁元年（1102）山谷由鄂州至黄州探望被贬黄州之张耒，时何觊年三十岁。

9.《颂胎息》(一云《记舒秀才行气将》):“莲花盒里烛一寸,牝马海中烧百川。粪扫堆头亲拾得,道人云是玄中玄。”(卷二十七·颂)

按,元李冶《敬斋古今黈》卷六论胎息时曾引用,称黄太史鲁直,但未署题。

10.《因观五祖演上堂作偈》:“铜簸箕,铁簸箕。赤土画簸箕,揔有第一义。若无第一义,将甚打呆子?呆子眼搭挨,也有第一义。若无第一义,将甚放二四。若问何等语,汝可听吾偈。”(卷二十七·偈)

按,五祖法演,住舒州太平寺,崇宁三年六月二十五日上堂辞众,云:“吾灭后可留吾身,吾手启而举,吾再出矣。”尝拜塔云:“当时与公全身去,今日重来记得无。”后云:“以何为验,以此为验。”(见《五灯会元》十九)山谷有《五祖演禅师真赞》(见《全集本·正集》卷二十二)。法演弟子谓佛眼、佛鉴、佛果。佛鉴已见第一则。

11.《荆州士大夫说一种无碍禅,酒色自恣。因做决定偈》:“不能止酒,不能断肉,不断贪欲,又不知足。齐佛知见,亦入地狱。”(卷二十七·偈)

按,此称荆州士大夫,则应是建中靖国元年(1101)四月至崇宁元年(1102)正月底山谷暂留荆南时所作。“无碍禅”之意,题与偈语已揭示。南宋葛立方《韵语阳秋》卷十九云:“山谷信佛甚笃,而晚年酷好食蟹,所谓‘寒蒲束缚十六辈,已决酒兴生江山’。又云:‘虽为天上三辰次,未免人间五鼎烹。’乃果于杀如此,何哉?东坡在海南,为杀鸡而作疏;张乖崖在成都,为刚羊而转经,岂爱物之仁不能胜口腹之欲耶?山谷谈‘无碍禅’,苏、张行有为法,亦各其所见尔。”则可旁证此偈应是山谷所作。至于所谓“无碍禅”,据守诠等编《应庵昙华禅师语录·示严教授宣教》云:

> 古来老尊宿穷究此一大事(按,指“疑与不疑”),不是容易,直是子细。安似今时长老担夯得重。何谓如此?有般底得个见处了便休,更不就人决择,被人拈起一件物顿在面前分疏不下,便浑仑吞却,口头虽说不疑,肚里毕竟有块物不能消化,此便是生死根本也。有一般底得个见处,坐着见处,见地不脱,一向说玄说妙,广陈蹊径,谓之为人,此便是丧达磨正宗魔子也。有一般底做工夫到个静处,身心稍稍轻安,一向坐在无人之乡,见人说着好事便生烦恼,返言禅道本无所说,所以云门道一切处不明,面前有物者是也,此病最苦。有一般底得个见处,荡荡地无佛无祖无诸圣,一向无将去,行盗行淫饮酒食肉,谓之无碍禅,此是地狱种子也。
>
> (见台湾新文丰《续藏经》第120册,卷7,页866a)

按,应庵昙华(1103—1163),时间较黄庭坚晚,是宋代临济宗僧,蕲州(湖北蕲州)人,一说为黄梅(湖北黄梅)人,为虎丘绍隆(1077—1136)法嗣。历住诸刹,又于明州天童山大扬宗风,与大慧宗杲并称临济宗之二甘露门。隆兴元年示寂,世寿六十。

又《嘉兴大藏经·牧云和尚七会语录》云:“在欲而行禅,古称火中莲;今何徇诸欲,乃谓无碍禅。”(清通门说、行玮等编,第26册No. B184页559b。年代不详。)

12.《试笔》:“余以涪州别驾戎州安置到此州,时黄菊始华,衣不可挟纩,杜陵所谓

'飞虫满院游'，端不虚语。是日于木庵中昼睡起，天日妍燠如春，试舒城张真无心枣核笔，廖天将观书。山谷老人题。"（卷四十七·题跋）

按，山谷于元符元年（1098）三月由黔州移戎州，六月抵戎州，正夏末欲秋之时。杜甫《落日》诗云："啅雀争枝坠，飞虫满院飞。"本写春日黄昏之景。《全集本·别集》卷七有山谷《跋所书戏答陈元舆诗》云："绍圣三年九月壬寅，林表亭与东莱吕东玉对碁罢，眉山杨明叔作墨渖，请作大字，试舒城张真笔，烧烛寸余。摩围老人书。"则是两年前在黔州所作。同用舒城张真笔。"无心枣核笔"，山谷跋语中数见。廖天将，不详。

13.《为王子钧书金漆板》："士大夫胸中不时时以古今浇之，则俗尘生其间，照镜则面目可憎，对人则语言无味。是大夫处世，随事制宜，乃可有为，惟不可俗，俗便不可医也。或问不俗之状，应之曰：'不俗亦难名状，大概平居动止，无以异于俗人，临大节不可夺，此不俗人也。无事强项僻执终日，如含瓦石，临事一筹不画，此俗人也。夫子温良恭俭让，君命召不俟驾，见互乡，礼阳货，望之俨然，即之也温，此不俗之相也。'"（卷四十九·题跋）

按，山谷有《王子钧深衣铭》："养心欲诚，择术欲精，自知欲明，责人欲轻。"知王子钧应为山谷晚辈。"临大事不可夺，此不俗人也。"又《豫章先生遗文·杂书》有云："小子相懒读书，题其几云：'士大夫胸中不时以古今浇之，则尘俗生其间，照镜则面目可憎，对人亦语言无味。'"《全集本·补遗》卷十一作《题几帖》，其下又有一段文字："有刘生从予学，其父虽田家子，解事识轻重，甚有意教其子。刘生疏懒而好眠，因以扇来乞书；题之曰：'不能悦亲则无本，不求益友则无乐，常很傲则无救，多睡眠则无觉。士有此四物，则焉用学。'"（卷五。此又见《全集本·外集》卷二十四《书生以扇乞书》，其前又别有一段文字。）以上两段文字，山谷再三言，如《书缯卷后》、《书嵇叔夜诗与侄榎》及书牍等，而后段之文似仅见，可补山谷"不俗"之说。又《全集本·别集》卷十一有《惠王子均研说》，《全集本·续集》卷四有《与甥王霖子均书》七首，知王霖字子均，考王霖与兄王云均为泸州知州王补之无咎之子；补之四子，各字子飞、子均、子予、子茂。山谷与其父子均有书信。王子钧应即王子均。则是山谷在崇宁元年在荆州时所作。

以上13篇，除第5篇《同山甫谒新市赵家》"闻君足谷多水牛，故来奉干三五头。若得牛时谢牛去，不得牛时不谢牛"（卷十九访谒），尚无线索辨明外，其余应系山谷之作无疑，其中第8篇《遣心寄何十二兄弟三首》厘清何觊、何颙兄弟及第11篇谈及"无碍禅"者，应特有意义。

14.《弈棋谜》："香象昆仑骑，十字街头立。同生亦同死，正马单枪人。""论劫无休时，两个总担板。死里若得活，肉眼即佛眼。"（卷四十九·谜）

按，山谷贬黔时，颇喜弈棋，且于棋道甚精，有《棋经诀》（《全集本·别集》十一），提出"三败"、"六病"之说。其后读韦昭《博弈论》，幡然悔悟，其《书博弈后》云："涪翁放逐黔中，既无所用心，颇喜弈棋。绍圣四年八月丁未，偶开韦昭《博弈论》，读之喟然，以为真无益于事，诚陶桓公所谓牧猪奴戏耳。因自誓不复弈棋；自今日以后，不信斯言，有如黔江云。"然其后更贬宜阳，不免与友人棋戏消遣。见《宜州乙酉家乘》。

此二谜，前者应指“象棋”，后者指围棋。应是山谷之作。

15.《食粥谜》：“金吼枯木鸣，人静灯如市。掌中已见文，钵面不成字。”（卷四十九·谜）

按，以上两篇均为“谜”，山谷有类似作品《贵耳贱目谜》云：“驴耳对轩轩，争酬价百千。眈眈两虎眼，不直半分钱。”（《山谷先生遗文》卷一）则此二篇或亦应系山谷之作。

16.《意和香》：“其法以沉水为主，斫如小博投，取冥楂液渍之，过一指。三日乃渚泣其液，温水沐之，紫檀屑之，取小龙茗末一钱，沃汤和之，渍晬时，包以濡竹纸数重炰之，螺甲磨去龃龉，以胡麻膏熬之，色正黄，则以蜜汤剧洗，无膏气乃已。香皆末之，以意合四物稍入婆律膏及麝二物，唯以少枣肉合之作摩，如龙涎香状，日�之。”右贾天锡宣事作“意和香”，清严闲远，自然有富贵气，觉诸人家香殊寒乞也。天锡屡惠此香，唯要作诗，因以“兵卫森画戟燕寝凝清香”作十诗赠之，犹恨未称此香耳。然余甚宝此香，未尝妄与人，城西张仲谋为我作寒计，惠送骐骥院马通薪二百，因以香二十饼报之。或笑曰：“不与公诗为地耶?”应之曰：“诗或能为祟先，若马通薪使冰雪之辰铃下马走，皆有挟纩之温邪?学诗三十年，今乃大觉，见事亦太晚也。”（卷四十九香方。）

按，引号外文字见《跋自书所为香诗后》（见《全集本·正集》卷二十五），“意和香”实贾天锡所作而赠山谷者。

17.《意可香》：“次香三两，须海南沉水，得火不作柴桂烟气者。膺香檀香一两横芝亦有之，远不及海南来者。甲香四钱，极新者，中焙玄参三两，剉绉炙甘草莫办前，焰消末半前，甲香一分如前法，治而墨汁，婆罗律膏及麝各三钱，别研。”“右皆末之，用白蜜六钱熬去沫，取五两和匀，入瓷合荫如常法，出荫乃入婆罗律膏与麝。”“山谷道人得之东溪老，东溪老得历阳公，历阳公多方，不知其所自也。初名宜爱，或云江南宫中香，有美人字曰宜，甚爱此香，故名宜爱。不知其在中主后主时也。山谷曰，香殊不凡，因易名意可。东溪诘所以明；山谷曰，使众生业力无度量之意。鼻孔绕二十五，有求觅增上，必以此香为可，何况酒炊玄参，茗熬紫檀，鼻端已霈然者乎！直是得无生意者，观此香莫处处穿透，亦必以为可尔。”

按，意可香系东溪老人传授山谷者。东溪老人指庐山开先寺长老行瑛，历阳公指王安上。（见山谷《与郭英发书》）

18.《沉静香》：“海南沉水香二两，羊胫炭四两，沉水剉如小博，投入白蜜五两，水解其胶，重汤慢火煮半日许，浴以温水，同炭杵为末，马尾筛下之以煮蜜为剂，荫四十九日出之，入婆罗律膏三钱，麝一钱，以安息香一分和做饼子，亦得以瓷合贮之。”“右荆州欧阳元老为余处此香，而以一斤许赠别，元老者，期从师也，能受匠石之斤，其为吏也不剉庖丁之刃，天下可人也。此香恬淡寂漠，非世所尚，时时下帷一炷，如见其人。”

按，此亦欧阳元老所制。欧阳元老名献，为山谷崇宁元年留荆州时所交识者，山谷有《跋欧阳元老简后》，称许欧阳元老“好学几于智，笃行几于仁，居其乡使人远罪，与之处使人寡过。”

19.《荀令十里香》:“丁香半两强,檀香、甘松、零陵乡三物各一两,生龙脑少许,茴香半前弱,略绉(炒)。”“右为末,薄纸贴纱囊盛之,茴香生则不相,皱过则焦气多,则药气大,少则不类花香,须旋添,使旖旎则止,龙脑多则掩众香,亦不可。”

按,《荀令十里香》见陈敬《陈氏香谱》卷三,其方盖缘沈立《香谱》而来,非始见于山谷记录。陈敬南宋人,《陈氏香谱》至元代始由其子陈浩卿刊刻行世,盖集沈立、洪刍之作。明代周嘉胄又广之为《香乘》。

20.《小宗香》:“沉水香海南者一分剉,栈香半两错,紫檀三分,半生,半以银器炒,令紫色,皆令如锯屑。合油二钱,治甲香一钱末之,麝一钱半,研玄参半钱末之,鹅梨二枚取汁,青枣二十枚,水二盌者,取半盏同梨汁浸沉栈檀,晬时缓火煮,令干,和入四物炼蜜,令小冷,令得所入瓷合埋一月(日)。”

按,山谷有《书小宗香》一文云:“南阳宗少文嘉遯江湖之间,援琴作金石弄,远山皆与之同声,其文献足以配古人。孙茂深亦有祖风,当时贵人欲与之游不得,乃使陆探微画像,挂壁观之。闻茂深闭阁焚香,作此香馈之。时谓少文大宗,茂深小宗,故传小宗香云。”(《全集本·正集》卷二十七)宗少文见《南史》卷七十五,附其孙宗测字茂深传。

以上《陈氏香谱》卷三、《香乘》卷十二均以上举“意合”、“意可”、“沉静”、“小宗”为“黄太史四香”。

21.《婴香》:“沉水香三两,墨汁。丁香四钱末之。田香二钱末之。龙脑香七钱研,麝三钱,去皮毛言。和五物另相入,炼白蜜六两,去沫,入马牙消末半两,绵滤半,极冷乃和诸香,稍硬,丸如芡子,扁之入瓷合密封之。”“右婴香出道藏,尝有沈推官自岭南押香药纲来,覆舟于江上,几坏官香之半,因取削治脱落之余,合此香号曾直香,而鬻于京师,贵人家争市之,遂能偿所败官香而归。”

按,“婴香”原出《道藏》,《陈氏香谱》、《香乘》均收。

22.《百里香》:“荔枝皮千枚,须闽中来,用盐梅者甘松三两,栈香三钱,麝香一钱,别研,檀香半两,蜜拌炒,令黄色。治甲香半两,皆末之。炼蜜和,令稀,概额所盛,以不津气坎埋之。自月朔至望,出汁,再投少蜜。” “右裁损用闻思香法,此似差胜。”

按,《香乘》卷十六引此作“黄太史”。

23.《篆香》:“海南水沉香一两,夹栈香二两,丁香皮一两,藿香叶一两,紫檀三两,炰熟,炙甘草半两,菱菱相夜半两,甘松半两,绉治田香半两,皆末之。下入钵中研匀,以瓷合封半月,入验,消一分,再研匀。”“右熏衣,用白殭蠶汤煮之,作印时,旋入龙脑香,亦可不用,自一种香可人意。”

按,《陈氏香谱》卷三引此作“黄太史”。《香乘》卷二十一作“宝篆香”。

以上“香方”八条,或出友人赠送,或出《道藏》,后人所编《香谱》、《香乘》均以属山谷,或即受《类编本》之影响。再者,《香乘》卷十五有“黄太史清真香”一条,即《类编本》亦未见。

再者,《陈氏香谱》卷三有“韩魏公浓梅香”一目,注云:“洪谱又名‘返魂香’。”

香方之后有黄太史跋云：

余与洪上座同宿潭之碧湘门外舟中，南岳花光仲仁寄墨梅二幅，扣舟而至，聚观于下。予曰："祇欠香耳!"洪笑，发囊取一炷焚之，如嫩寒清晓，行孤山篱落间。怪而问其所得，云东坡得于韩忠献家。知予有香癖而不相授，岂小鞭其后。驹父集古今香方，自谓无以过此。予以其名义未显，易之为"返魂梅"云。

按，此又见《香乘》卷十八。跋文所称"洪上座"即释惠洪。山谷贬宜阳，经潭州（长沙）时确与释惠洪有数日相聚。此段文字，一则说明山谷有"香癖"，再则证明山谷甥洪刍确有集古今香方之事，盖四库馆臣于《香谱》提要中曾疑《香谱》实乃沈立之作。而山谷之有"香癖"，或渊源其父，《香乘》卷十八载有山谷父黄亚夫"野梅香"一方也。

六、结 语

综合以上所考述，可得以下几点结论：

1. 《类编增广黄先生大全文集》在清代曾有三本，以沈庭芳、黄丕烈先后收藏者"居然完璧"，即今北京图书馆"中华再造善本"之所本。

2. 此书原名应是《增广南昌先生大全集门类》，其后翻刻，改名为《类编增广黄先生大全文集》。

3. 此书所收山谷诗文词作品数量，固不及四川大学所编《黄庭坚全集》，惟仍有诗9首，各类文14篇。

4. 经分别考索，除诗1首尚难确定外，其余皆属于山谷所作或所录，应无真伪问题。

5. 《遣心寄何十二兄弟三首》厘清何觊、何颙兄弟问题；《荆州士大夫说一种无碍禅，酒色自恣。因做决定偈》谈及"无碍禅"者，山谷集中独见。

6. 证明山谷有"香癖"，并可能源自其父黄庶之影响，亦可略窥北宋士大夫好"香"之现象。

7. 证明山谷外甥洪刍确曾搜集香方并编辑之，今传洪刍《香谱》并非沈立之作，可解《四库提要》之疑。

8. 仍有"佚文"，《全集本》与《类编本》均未收，如《香乘》卷十五有"黄太史清真香"一条。

本文之草成，得以下助力，谨此申明并致谢。

一、台湾大学谢佩芬教授，协助仔细比对《类编本》与《全集本》之诗文目录，并影印《类编本》总目，使能复核二书出入。

二、旅美"佛教史"学者黄启江教授提供"无碍禅"相关数据。

三、世新大学同事蔡芳定教授提供清代藏书家"昭文张氏"资料。

“二十四番花信风”考

南京师范大学　程　杰

在古代物候学知识中，“二十四番花信风”是一个广为人知的说法。所谓花信风，实际上是指春天应花期而至的风，属于物候学中的风候一类，但由于其中包含了明确的花卉信息，也被视为园艺方面的花历月令。有关记载由来已久，古代类书、农学圃艺著作多见编录，尤其是明清时期，几乎所有岁时月令类著述和通行类书都编载此说，扩大了这一说法的影响。但是，披览有关资料不难发现，相关文献出处和具体内容都有很多值得怀疑的地方，包含不少误解和讹传，有必要谨慎对待。

一、“花信风”之说不出《荆楚岁时记》

首先是文献出处。现在流行一种说法，认为花信风之说出自南朝宗懔的《荆楚岁时记》，如张福春《花信风与我国公元六世纪气候的重建》一文①即持此观点，并以此为据证明我国南朝梁时的气候状况。但《荆楚岁时记》未见“二十四番花信风”或“花信风”的内容，今所见山西人民出版社 1987 年版宋金龙校注本《荆楚岁时记》，收辑佚文最为严谨详备，其中也未见“花信风”之类的内容。张福春论文并未给出所据《荆楚岁时记》的具体版本，笔者不能妄为猜测，但这一观点绝非其首创，而是谬种流传，其来有自。从明代中叶以来，就有不少类编、杂纂类著作把“二十四番花信风”的说法归属《荆楚岁时记》，如明杨慎《丹铅总录》（杨慎《升庵集》卷八〇，《影印文渊阁四库全书》本）、蒋以化《花编》卷一（《四库未收书辑刊》本）、徐应秋《玉芝堂谈荟》（《影印文渊阁四库全书》本）卷一九、王路《花史左编》卷五（《四库存目丛书》本）、清康熙年间陈元龙《格致镜原》（《影印文渊阁四库全书》本）卷三编录“二十四番花信风”的详细名目，均直称《荆楚岁时记》所载。受此影响，如今人们提及此事，也不乏以讹传讹。如《辞海》，所见台湾 1983 年增订本“二十四番花信风”释义即有如此引证：“《荆楚岁时记》：‘始梅花，终楝花，凡二十四番花信风。’”② 现代网络上类似的说法更是不胜枚举。何以有此误传，追根溯源，还得从“花信风”最初的文献记载说起。

现存有关“花信风”最早的明确解说见于南宋程大昌《演繁露》卷一：“花信风：三月花开时风，名花信风。初而泛观，则似谓此风来报花之消息耳。按《吕氏春秋》曰，春之得风，风不信则其花不成，乃知花信风者，风应花期，其来有信也。（徐锴《岁时

---

① 张福春《花信风与我国公元六世纪气候的重建》，《地理研究》1999 年第 2 期，第 143—147 页。
② 台湾中华书局辞海编辑委员会《（最新增订本）辞海》上册第 212 页，台湾中华书局 1983 年版。

记·春日》)”这段文字显然是摘录旧籍所载。值得注意的是，所标《岁时记》不是南朝宗懔的《荆楚岁时记》，而是徐锴所著。这一出处还可从稍后高似孙《纬略》（《影印文渊阁四库全书》本）中得到佐证，该书卷六“花信麦信”条：“徐锴《岁时记》曰：‘三月花开，名花信风。’”与程大昌所引意思完全相同，唯文字节略稍异。据《四库全书总目》提要，程氏《演繁露》与高氏《纬略》都以引据确凿、考证精审著称，两书均称引自徐锴《岁时记》，应属可信。

徐锴（920—974），仕南唐，与兄徐铉齐名，精于小学。据陆游《南唐书》卷五徐锴传记载：“（锴）著《说文通释》、《方舆记》、《古今国典》、《赋苑》、《岁时广记》及他文章凡数百卷。”北宋王尧臣等《崇文总目》、南宋尤袤《遂初堂书目》均著录其《岁时广记》。绍兴间郑樵《通志》卷六四：“《岁时广记》一百十二卷，徐锴撰。”章如愚《群书考索》卷五五：“南唐徐锴撰《岁时广记》，掇古今传记并前贤诗文，随日以甲子编类，凡时政、风俗、耕农、养生之事悉载。”可见，徐氏《岁时广记》是按岁时编类风俗、农事等文献资料的大型专题类书。从程氏《演繁露》可知，有关花信风的说法属于该书“春日”门类中的内容。

遗憾的是，徐锴《岁时广记》早已失传，无从查证。该书成书于刻版印刷渐起的五代，而规模也属不小，南宋晁公武《郡斋读书志》、陈振孙《直斋书录解题》均未见著录，表明宋时未能刊刻印行，因而流布极为有限。检索《文渊阁四库全书》，唯见程大昌《演繁露》引两条（高似孙《纬略》一条同）、《说郛》所辑林洪（生活于宋理宗朝）《山家清供》引一条[①]。成书于理宗宝庆（1225—1227）、绍定（1228—1233）间的陈元靓《岁时广记》四十二卷，名称和性质都与徐锴所纂完全一致，书中按岁时节序备录有关文献资料，于南朝宗懔《荆楚岁时记》、唐韩鄂《岁华纪丽》、宋吕希哲《岁时杂记》、陈钦甫《提要录》等岁时月令书都大量抄辑，而独于徐锴此书却未见一条直接采录，仅有的一处提及该书，也属转抄《艺苑雌黄》中语[②]。此后再未见有人指名征引，可见至迟在元时此书已湮没不名。而南朝宗懔的《荆楚岁时记》由于唐代《艺文类聚》、《北堂书钞》、《初学记》，宋代《太平御览》、《锦绣万花谷》等大型类书的大量摘引采集，广为人知，影响甚巨，诸书引载时对其书名也常简称《岁时记》。正因此，后人转引本属徐锴《岁时广记》的文字，因性质与书名相近而多想当然地视作《荆楚岁时记》的内容，导致了有关“花信风”这一说法在文献出处和所属时代上的长期讹传。其实根据宋人的记载，“花信风”说法的最早见于南唐徐锴《岁时广记》“春日”类，此前各类文献以及宋初《太平御览》、《太平广记》等书均未见缀及相关内容，而“二十四番花信风”说法的出现更在

---

① 《山家清供》“百合面”，《说郛》卷七四上，《影印文渊阁四库全书》本。

② 陈元靓《岁时广记》卷八“望白云”条：“修真入道秘言曰：以立春日清朝北望有紫绿白云者，为三元君三素云也。三元君以是日乘八舆上诣天帝子，候见，当再拜自陈，某乙乞得给侍轮毂三过。见元君之辇者，白日登天。《岁时广记》载此事：臣锴举场尝试《立春日望三素云诗》，盖取此也。苏子容作《皇太妃阁春帖子》云：万年枝上看春色，三素云中望玉晨。许仲尤作《皇帝阁春贴子》云：三素飞云归北极，九农星正见南方。”此条内容，《诗话总龟》后集五〇、《苕溪渔隐丛话》后集卷三五所引均标明为《艺苑雌黄》语，陈氏所辑或即从两书过录。

其后。

二、“花信风”与“二十四番花信风”

由徐锴《岁时广记》对“花信风”的解释势必引出一个新问题。徐氏所说极为简明：“花信风，三月花开时风，名花信风。”所谓“花信风”，从时间上说是在三月花开这一特定时节，与后世所谓“二十四番花信风”历时四个月八气二十四候，每候五天一花信，共计一百一十二天这样一个漫长的时间过程相去甚远。显然两者含义并不相同。那么哪一种说法更可信呢？笔者反复披览宋代有关材料，发现整个有关“花信风”的说法有一个不断演变和丰富的过程。就现存文献资料看，徐锴《岁时广记》无疑是最原始的①，值得重视。

根据徐锴的说法，“花信风”不是花信，而是风信，所指是三月间百花盛开时应令而起的风候。以廿四节气推比，时间大约在仲春清明时节。事实上宋人作品中，凡笼统称花信风者多属描写清明前后的风光。宋代较早提及花信风的，如梅尧臣《观刘元忠小鬟舞》：“桃小未开春意浓，梢头绿叶映微红。君家歌管相催急，枝弱不胜花信风。”② 以娇嫩之桃枝喻舞伎，但未始不是为写当时风景，所谓花信风正是桃花欲开未开时。黄庭坚《次韵春游别说道二首》其一：“愁眼看春色，城西醉梦中。柳分榆荚翠，桃上竹梢红。燕湿社翁雨，莺啼花信风。”③ 说的是春社（立春后第五个戊日）前后，以二十节气计算，在春分至清明前。慧洪《赠胡子显八首》其七：“弄晴雨过秧针出，花信风来麦浪寒。”④ 王执礼《锦溪次赵令韵二首》其二：“困人天气近清明，花信风来拂面轻。”⑤ 是写江南一带清明前后的风光。这些描写都与徐锴《岁时广记》中“花信风”的概念相吻合，时间在清明前后，所写都重在风信，而非花信。也有一些作品指明三月花信风的。南宋初俞处俊《搜春》：“千林欲暗稻秧雨，三月尚寒花信风。”⑥ 金初宇文虚中《春日》：“北洹春事休嗟晚，三月尚寒花信风。遥忆东吴此时节，满江鸭绿弄残红。”⑦ 这里的花信风所指显然都重在“风信”，类似的例子并没有见于正月、二月等月份，这说明花信风主要属三月特有的节候。有一个北宋末年的例子明确地证明了花信风短暂的季节性。徽宗大观年间，家住开封的晁说之在明州（今浙江宁波）任上送友人檀宗旦赴京城（开封），诗中有

---

① 检《全唐诗》及陈尚君《全唐诗补编》，“花信”二字极少见，而“花信风”之义仅《全唐诗》收有陆龟蒙残句“几点社翁雨，一番花信风”一联涉及。该联辑自南宋陈钦甫《提要录》“社翁雨”，引此句作陆龟蒙诗，见祝穆《事文类聚》前集卷七。另潘自牧《记纂渊海》卷二也作陆龟蒙句。然稍早些的《锦绣万花谷》卷一、卷三引作黄庭坚诗。更早的北宋惠洪《冷斋夜话》卷四称黄庭坚作诗用方言俗语，举其诗句“一霎社公雨，数番花信风”，既然“社公雨”云云为方言俗语，自不当早见于陆龟蒙诗。可见“社翁雨”、“花信风”诗联，应属黄庭坚诗句，而误属陆龟蒙。

② 《全宋诗》第5册第3260页，北京大学出版社1990—1998年版。

③ 《全宋诗》第17册第11674页。

④ 《全宋诗》第23册第15312页。

⑤ 《全宋诗》第65册第41070页。

⑥ 《全宋诗》第33册第21248页。

⑦ 元好问《中州集》卷一，《影印文渊阁四库全书》本。

“花信风里怜梅雨”句，诗人特别注明“京师有花信风”[①]，诗人预想友人到达京城时正赶上那里的花信风，而此时诗人滞留的江南应是梅雨连绵的天气。显然，所说花信风是京城开封特定时节的气候，时间应与江南的梅雨季节同期，与徐锴所说的“三月”或清明时节相比有些偏后，但考虑到开封地处黄河流域，这一“时间差”也就不难理解了。

与此同时，“二十四番花信风”的说法也已出现，但有趣的是，所指也多属清明时节的气候与风光。根据现存文献资料，“二十四番花信风”的概念最早见于北宋晏殊的诗歌：“春寒欲尽复未尽，二十四番花信风。”[②] 此诗题目不明，通篇不存，只余此残句，难以确定具体写作时间，但从上句春寒欲尽未尽之意，可知所写应是清明时节，而且重点也在强调春风之料峭。这里所谓“二十四番花信风”，显然并不是像后世所理解的通言四个月二十四候，而是专指带给人们“春寒欲尽复未尽”这一感觉或者导致这一节令特征的风候。稍后有越州知州张伯玉《小楼独酌》：“老去春来事事慵，春阴独酌小楼中。一千里色江南岸，二十四般花信风。”[③] 此诗作于英宗治平元年（1064），具体日期不明，但所写江南阴霭溟濛、千里一色的风景应属春之中盛，与晏殊所说正是同时之景。这两个北宋早期的例子特别值得重视。

此后类似的例证还有不少，如徽宗朝周彦质《宫词》：“宫嫔春昼步庭前，曲砌轻风轧柳绵。二十四番花信后，融怡还作困人天。”[④] 诗中所咏柳絮飘绵，正是寒食、清明前后的典型景象，而称“二十四番花信”刚过，说明这一概念所指正是清明前后的一段时期。南宋魏了翁《二月十九日席上赋四首》其四：“年光又见一百五，春意才余十二三。节物催人浑不觉，漫随白堕看红酣。”《翌日约客有和者再用韵四首》其一：“柳梢庭院杏花墙，尚记春风绕画梁。二十四番花信尽，只余箫鼓卖饧香。”[⑤] 这两首诗的写作时间前后相连，季节定位更为明确，在夏历二月中旬、寒食节后，而此时“二十四番花信”刚刚结束。宋末周密《小酌》：“禁烟时节燕来初，对此新晴酾一壶。二十四番花信了，不知更有峭寒无。”[⑥] 何应龙《晓窗》：“桃花落尽李花残，女伴相期看牡丹。二十四番花信后，晓窗犹带几分寒。”[⑦] 这些诗中所写风景的时间都在清明前后，所谓“二十四番花信”，所言都重在一时春色，而远非数月二十四番风光。

宋元诗歌中还有一个流行的对偶值得玩味。北宋江西诗人徐俯：“一百五日寒食雨，二十四番花信风。”[⑧] 吴则礼《东风第一枝》：“对一百五日风光，二十四番风信。”[⑨] 南宋刘一止《比过石壁，访王元渤舍人……明日元渤有诗见贻，次韵奉酬》：“一百五日天气

---

① 晁说之《送檀守赴阙》自注：“京师有花信风。”《景迂生集》卷四。
② 《全宋诗》第3册第1967页。
③ 《全宋诗》第7册第4736页。
④ 《全宋诗》第17册第11297页。
⑤ 《全宋诗》第56册第34943页。
⑥ 《全宋诗》第67册42508页。
⑦ 《全宋诗》第67册第42014页。
⑧ 《全宋诗》第24册第15841页。
⑨ 孔凡礼《全宋词补辑》第15页，中华书局1981年版。

近，二十四番花信来。"[①] 楼钥《山行》："一百五日麦秋冷，二十四番花信风。"[②] 金人张公药《寒食》："一百五日寒食节，二十四番花信风。"[③] 元释善住《遣兴五首》其四："一百六日寒食雨，二十四番花信风。"[④] 值得注意的是，这几例数字对句，几乎是一种公式化的说法，所指也多明确是清明时节的气候和景象。

上述这些例证，不能不使我们对"二十四番花信风"的含义产生新的想法，至少可以有这样两种揣测：

一是"二十四番"可能是一个序数。上述这些诗句描写清明前后风景，虽然数字对仗巧妙，意思却近乎合掌，所谓"二十四番"，实际作用与"一百五日"或"一百六日"一样，也倾向于是指称清明这个节气。众所周知，所谓"一百五日"、"一百六日"，作为寒食、清明的别称，是从冬至开始计算的，而花信风之被称为"二十四番"，或者说花信风与"二十四番"这个数字的联系，是否也有可能是缘此而来的，或者说也是如此计算的。全年三百六十天，计二十四气七十二候，由冬至向后计二十四候，是清明"三候"的最后一候，"一百五日"与"二十四番"联言，一称清明之始，一指其尾，合而言之代表整个"清明三候"。

二是"二十四番"是花信风的数量，但不是实指，而可能只是一个流行的夸张说法。将"二十四番"理解为序数不免有些牵强，因为"二十四番"毕竟是一个语义很明确的数量词，除非特定的语境，很难视其为指第二十四番。这就带来了第二个可能性，所谓"二十四番"并不是按五日一候，连续二十四候的意思，甚至不必拘实认为有"二十四番"风信，最初可能只是表示清明或三月时节春风频仍，花开季节连番出现的一个夸张说法而已。我们也可以找到这样一些极端的例子，如南宋韩淲《走笔答上饶》："闲花羞对去年丛，君正青春我秃翁。夜来一阵催花雨，二十四番花信风。"[⑤] 末句引用"二十四番"这一固定说法，描写的就只是当夜"夜来风雨声，花落知多少"的情形与感受。

上述结论，只是我们从大量有关诗词描写中得出的猜测，遗憾的是宋元时期未见有明确的论说作佐证，文学语言的随意性、模糊性也使这两种理解很难完全坐实。但这其中有一点是肯定的，无论是"花信风"还是"二十四番花信风"，人们言其景色大多与清明节紧密相关。事实上也正是如此，清明前后才是姹紫嫣红，春色最为烂漫的季节，由此也使我们进一步感受到徐锴"三月花开时风"这一花信风最早定义的可靠性和合理性。

三、江南"二十四番花信风"

北宋后期以来，另一个相对明确的关于"二十四番花信风"的说法开始出现并流行起来。我们看这样三段文字：

胡仔《苕溪渔隐丛话》后集卷一七："《东皋杂录》云：'江南自初春至初夏，有二十

① 《全宋诗》第25册第16694页。
② 《全宋诗》第47册第29449页。
③ 元好问《中州集》卷二序引，《影印文渊阁四库全书》本。
④ 释善住《谷响集》卷二，《影印文渊阁四库全书》本。
⑤ 《全宋诗》第52册第32733页。

四风信，梅花风最先，楝花风最后。唐人诗有“楝花开后风光好，梅子黄时雨意浓”，晏元献有“二十四番花信风”之句。’苕溪渔隐曰：徐师川一联云‘一百五日寒食雨，二十四番花信风’。”

周煇《清波杂志》卷九：“江南自初春至首夏，有二十四番风信，梅花风最先，楝花风居后。煇少小时尝从同舍金华潘元质和人《春词》，有‘卷帘试约东君问，花信风来第几番’之句。”

陈元靓《岁时广记》（《续修四库全书》本）卷一：“《东皋杂录》：江南自初春至初夏，五日一番风候，谓之花信风，梅花风最先，楝花风最后，凡二十四番，以为寒绝也。后唐人诗云‘楝花开后风光好，梅子黄时雨意浓’，徐师川诗云‘一百五日寒食雨，二十四番花信风’，又古诗云‘早禾秧雨初晴后，苦楝花风吹日长’。”

上述三条材料依其编纂时间排列，胡仔《苕溪渔隐丛话·后集》最早，自序署乾道三年（1167）；周氏《清波杂志》其次，时人跋署绍熙四年（1193）；《岁时广记》约理宗宝庆、绍定间（1223—1233）成书。上述三条中两条转抄《东皋杂录》，以《苕溪渔隐丛话》所引更为可靠，不仅因为其时间在前，胡仔著述严肃，还在于所见这段文字中引文与胡仔本人的按语之间划分清晰，所引文字应属孙宗鉴《东皋杂录》的原话。《东皋杂录》十卷，已佚，《说郛》等丛编中有少量辑存，另宋元子部、集部著作如《苕溪渔隐丛话》多有采撷，所见内容以游历纪闻、史迹考辨和诗文品鉴为主，属笔记类著作。孙宗鉴（1077—1123），字少魏，开封尉氏（今属河南）人，哲宗元祐三年（1088）进士，历任滁州教授、开封府学博士、海州教授，徽宗政和间曾任湖南转运判官，宣和元年（1119）任中书舍人等职①。孙氏这番花信风的记载不辨是得诸故籍载记，还是个人闻见实录，时间当在徽宗朝后期，或即政和间任职江南或宣和后期病休闲居时。周煇（1127—1198以后）与陆游同时，所说得之“少小时”，是高宗绍兴年间，与孙宗鉴的时代前后相接。两人的说法又如此一致，可见是比较确凿的。

这一说法究竟起于何时？遗憾的是有关资料缺乏。黄裳（1044—1130）《梅花》一诗也许提供了一些更早的信息：“素呈天巧未教青，云酿寒时一望明。且得少阳通好信，不消孤笛送新声。绛绡捧蕊谁妆就，金粟含须自缀成。最是百花难比处，只承风信已知名。”② 黄裳，南剑州剑浦（今福建南平）人，四十岁前主要生活于福建。诗中没有明确提到“二十四番花信风”，但结尾两句包含了梅花为花信风之始的意思。此诗写作年代很难确定，但全诗立意、笔法都比较浅显，应属早年的作品，大约在宋神宗熙宁、元丰年间。而以花信风之始来赞美梅花，说明这一说法早已广为人知。因此可以保守地说，以梅花为首的“二十四番花信风”的说法最迟可能在宋神宗熙宁、元丰年间（1068—1085）的江南一些地区比如黄裳的故乡就已流行。

与北宋中期晏殊等人诗词只是笼统涉及不同，《东皋杂录》等记载有了一些明确、具

① 许翰《朝奉大夫充右文殿修撰孙公墓志铭》，《襄陵文集》卷一一，《影印文渊阁四库全书》本。
② 《全宋诗》第11册第11054页。

体的说明。与徐锴《岁时记》相比较，这一说法更是有了不少新的变化。主要有这样三点：（一）所属范围明确定位为江南。徐锴为南唐官员，所述"岁时"应以南唐辖地为主，当时人们多笼统称为"江南"。但徐锴的定义中并未明确指属江南，前节我们所引有关花信风的诗句也是南方与北方都有所见，而《东皋杂录》等指明是"江南"一方之事。（二）徐锴所说花信风在三月，属一个特定时节的物候，而《东皋杂录》等都言"自初春至初夏"，有"二十四番"，从梅花到楝花，时间跨度远非一个节候或一个月，而是整个春天以至于初夏。这一说法在南宋以来的诗词作品中更是频频可见。如陆游《芳华楼赏梅》明确指明："一春花信二十四。"① 周紫芝《立春日雨中三绝》其一："花信未从风里得，丰年先自雨中知。"② 方岳《立春都堂受誓祭九宫坛》其二："辇路香融雪未干，鸡人初唱五更寒。琼幡第一番花信，吹上东皇太乙坛。"③ 方回《上元立春》："华灯彩胜两逢迎，美景良辰未易并。花信风初回肃杀，柳梢月岂异承平。"④ 都是说立春为花信风之始。（三）徐锴所说重在风信，实指三月春花盛开时节的风候，故称之"花信风"。而改称"二十四番"，以五日一番，且以一花作标志，如视"二十四番"都为风信已明显不合理，因此其作用也就转到重在标示花信即"二十四番花信"的次序上。如高似孙《纬略》叙说"花信风"多简称"花信"，而非"信风"，引证的诗句也多是花信之义，如梅信、桃信之类⑤，明清时更是视"二十四番花信风"为花事月令性质的内容。

何以有这种转变，其中最关键的因素是"二十四番"。最初可能如我们前面的推测，只是一个自冬至起算，指称清明节的时间序数，或者是关于清明时节春风频繁的夸张说法而已，但这一明确的数量词很容易被理解为花信风的数量。事实上，就在"二十四番花信风"这一说法出现不久，即看到一些问讯信风多少番的例子。比晏殊稍晚的梅尧臣《送楚屯田知扶沟》："客亭多少路，花信几番风。"⑥ 徽宗年间崔鹍："清明烟火尚阑珊，花信风来第几番。"⑦ 描写的时间虽然都不出清明前后，但这种问讯方式就倾向于"二十四番"的数量意义。正是这一感觉，使本来只是表示大致时间范围或夸多之意的"二十四番"，逐步被理解为花信风的实际数量。而在春色来早、物华繁茂的江南地区也很容易令人产生群芳竞逐次第来的感觉。孙宗鉴的记载无疑是这方面最明确的说法，此后也即从南北宋之交开始，人们心目中的花信风已由梅花发端，覆盖整个春季。

由此出发，陈元靓《岁时广记》进一步加进了"五日一番风候"的说明。陈元靓，福建崇安人，事迹不详，另编有《事林广记》，属民间百科类书，宋元至以来坊间传刻颇多。所引《东皋杂录》，应属转述其意，兼容了《苕溪渔隐丛话》的内容，所引古诗不知所属，或为时人作品。所谓"五日一番风候"的说法，也可能融入了自己的见闻和理解。

---

① 《全宋诗》第39册第24448页。
② 《全宋诗》第26册第17225页。
③ 《全宋诗》第61册第38274页。
④ 《全宋诗》第66册第41607页。
⑤ 高似孙《纬略》卷六，《影印文渊阁四库全书》本。
⑥ 《全宋诗》第5册第3260页。
⑦ 《全宋诗》第20册第13484页。

但也正是这一解释，暴露了这一说法的内在矛盾。根据这一说法，从初春到初夏，如果只计春天一季六气，只有十八番。如果从立春起计满二十四候，则要延续到立夏与小满两气，涵盖整个初夏一个月。虽然从时间上仍不妨称为“自初春至初夏”，但又与最后一个花信的楝花——通常在谷雨至立夏前后盛开的物候不吻合。陈元靓《岁时广记》没有意识到这一漏洞，可见只是简单地缀合抄贩故籍旧载而已，并未认真推究考辨。遗憾的是，上述诸家记载除梅花、楝花首尾两风信外，其他花信名目均未言及，难以排比推究。但由此也使我们感觉到，从《东皋杂录》开始，到陈元靓《岁时广记》完成的这套“江南初春至初夏”“五日一番”，共计“二十四番花信风”的说法，早在宋代即莫得其详，或者本就只是仿佛之言，并不可以完全当真、一一推究落实的。

四、明人“二十四番花信风”

今所见完整的“二十四番花信风”名目始见于明初王逵《蠡海集》，后世有关“二十四番花信风”的整套说法都出于此。《蠡海集·气候类》（《影印文渊阁四库全书》本）：“二十四番花信风者，盖自冬至后三候为小寒，十二月之节气，月建于丑。地之气辟于丑，天之气会于子，日月之运同在玄枵，而临黄钟之位。黄钟为万物之祖，是故十一月天气运于丑，地气临于子，阳律而施于上，古之人所以为造历之端。十二月天气运于子，地气临于丑，阴吕而应于下，古之人所以为候气之端，是以有二十四番花信风之语也。五行始于木，四时始于春，木之发荣于春，必于水土，水土之交在于丑，随地辟而肇见焉，昭矣。析而言之，一月二气六候，自小寒至谷雨，凡四月八气二十四候。每候五日，以一花之风信应之，世所异言，曰始于梅花，终于楝花也。详而言之，小寒之一候梅花，二候山茶，三候水仙；大寒之一候瑞香，二候兰花，三候山矾；立春之一候任春，二候樱桃，三候望春；雨水一候菜花，二候杏花，三候李花；惊蛰一候桃花，二候棣棠，三候蔷薇；春分一候海棠，二候梨花，三候木兰；清明一候桐花，二候麦花，三候柳花；谷雨一候牡丹，二候酴醾，三候楝花。花竟则立夏矣。”

在这段之前，是一则关于“三建”的解释：“三建：虽曰天开于子，地辟于丑，人生于寅。然却但以冬至为一建，小寒为二建，大寒为三建也。何以知其然也？盖造历始于冬至，察天气也；候花信之风，始于小寒，察地气也；辨人身之气，始于大寒，以厥阴为首，察人气也。岂非三建之气，只在于立春之前也欤。”据《四库全书总目·〈蠡海集〉提要》考证，王逵为钱塘人，主要生活于明洪武、永乐间，“家极贫，无以给朝夕，因卖药，复不继，又市卜博”①。《蠡海集》一书正是这类文人常见出手的阴阳五行、象数一类杂说。把上引两段解说结合起来考察，有这几点值得注意：

（一）与前节所引宋人花信风之说不同，王逵之说不属一般闻见记录，而是出于其象数学的整套观念。他论述夏、商、周历法“三建”，有所谓“冬至为一建，小寒为二建，大寒为三建”的独特理解。正是在此基础上，进一步联系“地辟于丑”的传统象数知识，

① 《四库全书总目》卷一二二，中华书局1965年版。

得出"花信之风始于小寒"的认识。（二）在这一理论基础上，他的"二十四番花信风"以小寒为起点加以推演，解决了宋人以初春为起点，在春季六气中以五日为一候计算"二十四番信风"的短缺。（三）王逵承认所谓"二十四番花信风"的具体名目"世所异言"，只"始于梅花，终于楝花"这一点比较一致。（四）王逵也没有交代他的这套名目的来源，既称"世所异言"，王逵这套名目的具体依据就值得怀疑，至少应该包含其本人的辨别取舍与折衷整合，或者完全出于一己之见也未可知。

王逵之说的最大问题尚不在出处不明，而是以小寒为起点的"二十四番花信"编列，尽管有古人"天开于子，地辟于丑，人生于寅"一类象数知识作支撑，四库馆臣就因此认为"最有条理，当必有所受"①，但与宋人"自初春至初夏"的说法明显有矛盾。我们发现，宋人作品中言及花信风，也有类似的象数学思考，但也与王逵不同。南宋绍兴间王洋《春苦风雨》诗："东君始造家，积累亦不细。一从潜阳兴，黄钟本根蒂。二十四信风，以此有红翠。如何纵飘败，不作苞桑计。"② 据宋人易学象数的基本知识，"阳气自十一月渐升，冬至之日萌于黄钟之宫"③，王洋认为二十番花信正是阳气敷布的表现，而阳气的积累有一个漫长的过程，其始源在于黄钟，按照宋人的普遍观点，正是冬至所在的十一月，"于律为黄钟，于历为建子之月"④。值得注意的是，这里只认阴阳之剥复，因而把二十四番风信归元于冬至及所在的十一月，这与后来王逵"始于小寒"的说法明显不同。尽管王洋远从阳气初萌说起，但开篇"东君"（司春之神）云云，显然在其心目中，二十四番风信仍统属春天的范畴，这正是宋人的基本观念。

王逵的说法不仅与宋人相矛盾，也与所说诸花的实际花期难尽吻合。其中最突出的就是小寒、大寒二气中的梅花、瑞香等花信，即使是放在王逵生活的钱塘（今浙江杭州），以南宋较今偏低和明初与今天大致相同的气温条件，都比实际花期大大提前了。而且如果以五日为一番，从梅花到楝花实际经历的时间，远没有二十四番即四个月的跨度，大约相差两气即一个月或六番的时间。因此，无论宋人所说的从"初春"起算，还是王逵所说的从前年小寒起算，数足二十四番（候），与实际花期相比或前或后都要超出一个月的时间。这是所谓"二十四番花信风"以五日一候排满二十四番最可值得怀疑之处。

尽管王逵这套说法于古无征，也不尽切实，但影响极大。后世有关"二十四番花信风"的完整说法多出于此，只是大多错把它归属《荆楚岁时记》而已。不仅如此，明以来花卉圃艺类著述中有关冬春两季的花卉月令编制多有明显化用其花信序次的痕迹。如明万历间陈诗教《花月令》中十二月、正月、二月、三月的花信名目和次序与"二十四番花信风"基本相同⑤。程羽文《花历》是在陈诗教《花月令》的基础上稍作调整而得，

---

① 《四库全书总目》卷一二二《〈蠡海集〉提要》。

② 《全宋诗》第30册第18918页。

③ 倪天隐《周易口义》卷一，《影印文渊阁四库全书》本。

④ 司马光《温公易说》卷一，《影印文渊阁四库全书》本。

⑤ 称《花月令》者，今所见有两种：一见陈诗教编著、陈继儒删定《灌园史》，明万历刻本，该书卷首有万历四十四年（1616）陈继儒等人序；另一见王象晋《二如亭群芳谱》卷首，《中国本草全书》影明天启刻本。《群芳谱》所载题下署"灌园野史"，或即指《灌园史》。两种文字大同小异，小异处或为陈继儒删定时所改。

在“十一月”条下增加了“花信风至”一目①，也显然是采用王逵花信风起于小寒的观点。

明代还有另一套“二十四番花信”的说法，见于杨慎（1488－1559）《丹铅总录》：“二十四番花信风：梁元帝《纂要》：一日两番花信，阴阳寒暖各随其时，但先期一日，有风雨微寒者，即是其花，则鹅儿、木兰、李花、玚花、桤花、桐花、金樱、黄芳、楝花、荷花、槟榔、蔓罗、菱花、木槿、桂花、芦花、兰花、蓼花、桃花、枇杷、梅花、水仙、山茶、瑞香。其名俱存，然难以配四时十二月，姑存其旧，盖通一岁言也。”② 对此说，《四库全书总目·〈蠡海集〉提要》诋评道：“世称二十番花信风，杨慎《丹铅录》引梁元帝之说，别无出典，殆由依托，其说亦参差不合。”不仅如此，既为梁人著述，所列二十四花中水仙、瑞香得名以及兰花受重视都是唐宋以来的事，而赫然其间，殊为荒诞。顺便一提的，王逵所列“二十四番花信风”如托诸宗懔《荆楚岁时记》，也难免有这样的谬误。可以说这些都显示了杨慎这一说法的不足据信。四库馆臣称杨慎“每说有窒碍，辄造古书以实之”③，这或许也是一例。

五、“二十四番花信风”名目验证

宋人没有开列“二十四番”的全部名目，既然王逵言之凿凿，我们不妨检查一下所言二十四番名目的实际使用情况。方便的是如今有电子版《文渊阁四库全书》这样的检索工具，我们把其中诸花信风名目的出现情况列述如下（本节引文除注明外，均见电子版《影印文渊阁四库全书》，具体文献出处省略）：

1. 梅花风：梅花风与楝花风在宋人的说法中最为明确和常见。前引黄裳《梅花》最早言及梅花为花信风之始。继而苏庠（1065－1147）《德友近在咫尺乃不相过因成小诗上呈》“十日已吹梅信风，绝怜未许一尊间”，也明确地说梅花风。到了南宋，这一说法就成了立春和梅花题咏中最常见的话头，如程公许《和虞沧江梅花四绝句》其二：“剩着新题问花信，从头二十四番风。”史弥宁《次韵陈慈明五绝句》其二：“小春梅玉点烟村，花信从今第一番。”而明中叶顾清《癸卯立春日寄陆时敏》“五载蓝袍触暗尘，梅花风起又新春”，与宋人一样，以立春为梅花风始，与王逵之说不同，显然尚守古义。

2. 山茶风：宋末陈著《醉中示侄溥》：“山茶风香酒微波，杏花日长人笑歌。”仅此一例，似为花信之义。

3. 水仙风：未见。

4. 瑞香风：宋王十朋《瑞香花》诗说：“真是花中瑞，本朝名始闻。江南一梦后，天下遇清芬。”瑞香花以香取胜，诗人多称其香风，但未见有以为风信之义的。

5. 兰花风：今所说以建兰为代表的观赏兰花，也是宋以来才知名的。未见有兰花风信的说法。

① 程羽文《花历》，《古今图书集成》博物汇编·草木典卷一一，中华书局 1985 年影印本。
② 杨慎《升庵集》卷八〇，《影印文渊阁四库全书》本。
③ 《四库全书总目》卷一七二《〈升庵集〉提要》。

6. 山矾风：山矾之闻名始于北宋，未见命名风信。

7. 迎春风：王逵本作"任春"，后人多认为是迎春之误，未见命名风信。

8. 樱桃风：清王士禛诗："鲥鱼出水浪花圆，北固楼前四月天。忽忆戴颙憁户里，樱桃风急打琴弦。"① 所见仅此一例，似指风信。

9. 望春风：未见。

10. 菜花风：宋元时未见有此例。明解缙《赐告回乡》："桂子雨香松叶暝，菜花风细麦苗肥。"赵执信《池上归兴四首》其三："乱洒松声枫叶雨，平翻麦浪菜花风。"则是明显的风信之义。

11. 杏花风：自汉代开始，杏花就是重要的农时物候。《泛胜之书》："杏始华荣，辄耕轻土弱土。"后世有"望杏敦耕"之说。杏花成了仲春季节风和雨润的典型物候，因之"杏花天"、"杏花风"等说法较为流行，作为风信之义也较普遍，但所指都在清明节候。唐羊士谔《野望二首》其一："萋萋麦陇杏花风，好是行春野望中。日暮不辞停五马，鸳鸯飞去绿江空。"此处所言杏花风，便隐有风信之义，所写是清明村景。宋人所言也多如此，如曹勋《杂诗》："欣欣花木递香红，云散天容静碧空。恰是韶华浓似酒，柳丝澹荡杏花风。"张栻《春吟四绝》其二："沙渚清泠薄叶水，野亭和暖杏花风。此中佳趣无人会，牛背斜阳卧牧童。"仇远《湖上》："雨添芳草侵官道，水涨浮萍人御舟。……杏花风急清明近，已觉新寒似麦秋。"元人张渚《三月二日赏杏花光岳堂分韵》："柳色初青草渐茸，春寒犹勒杏花风。新烟院落清明后，过雨园林罨画中。"都是清明前后那番风和日暖、花木鲜润的景象。明刘泰《观耕为徐景辉赋》："村村落落杏花风，起视耕夫绿野中。雨应双鸠田上下，犁随一犊路西东。暖分榆火晨炊妇，凉送壶浆昼馌僮。黾勉莫辞勤苦力，全家衣食在农功。"这里所说杏花风，也显然遵循了杏花为清明物候的传统说法，与王逵所说杏花为雨水二候风信不同。

12. 李花风：北宋僧仲殊《黄佐丞席上作》有"报导谯门初日上，起来帘幙李花风"的诗句，但非言风信，其他也未见。

13. 桃花风：自古桃花就是重要的节令物候，"桃花雨"、"桃花水"都成流行说法，而"桃花风"亦间有所见。如宋苏泂《金陵杂兴二百首》："白日相思可奈何，青春三月已无多。桃花风急鲤鱼老，独上台城听踏歌。"王廉清《送桑泽卿还天台》："桃花风起竹舆寒，寒食天晴石路干。正是东君好春色，不妨词客驻归鞍。"元人贡奎《赠潘伯润》："二月柴门涨春雨，桃花风急嫩寒生。"风信之义都较明显，明以来言之反而不多。时间多在春三月或清明节，与王逵所说不同。

14. 棠棣风：无此义。

15. 蔷薇风：明朱纯《友人高贵琦尝作问薝蔔诗，予为代答》："歌扇才抛海棠月，舞衫又卷蔷薇风。"此隐有风信之义。

16. 海棠风：海棠之闻名是中晚唐以来的事，其花色繁艳，颇得喜爱，入宋后艺植

---

① 王士禛《香祖笔记》卷一一，上海古籍出版社 1982 年版。

渐多，声名渐隆，而因此称名风色气候的现象比较普遍。晚唐郑谷《蜀中春日》："海棠风外独沾巾，襟袖无端惹蜀尘。和暖又逢挑菜日，寂寥未是探花人。"宋李建中《早朝》："着衣香重海棠风，人在瀛洲御苑东。"这些尚未必指称风信。但如李弥逊《十样花》："陌上风光浓处，最是海棠风措。"陈允平《点绛唇》："莺语愁春，海棠风里胭脂雨。"元张弘范《木兰花慢》："记取归来时候，海棠风里相迎。"刘诜《和萧孚有新年二首》其二："杜若水生江舫集，海棠风起郡斋寒。"张宪《白头母次徐孟岳韵》："年年寒食杜鹃啼，人家上冢西湖西。时光荏苒易飘忽，可怜谁拾花翁骨。君不见海棠风杨柳雨，牢落锦纹筝凋零。"明文征明《三月》："三月江南柳色匀，海棠风暖驻游尘。"清朱彝尊《鹊桥仙》："辛夷花落，海棠风起，朝雨一番新过。"这些都是很明确的风信物候之义。

17. 梨花风：与海棠一样，文人写景咏物时称呼梨花风的现象也多有所见。宋吴仲孚《苏堤清明即事》："梨花风起正清明，游子寻春半出城。日暮笙歌收拾去，万株杨柳属流莺。"武衍《宫词补遗》："梨花风动玉兰香，春色沉沉锁建章。唯有落红官不禁，尽教飞舞出宫墙。"这都是较为明确的风信之义，前一例尤其明显。明杨基《听老京妓宜时秀歌慢曲》："春云阴阴围绣幄，梨花风紧罗衣薄。"谢榛《春怨》："三月梨花风又雨，小楼燕子怯春寒。"吴筜《长相思》："长相思，深闺幽。梨花风冷春若秋，夜看明月悬西楼。"也显指风信物候。

18. 木兰风：木兰一名玉兰，花期较早，用指花信风候的现象比较罕见。元杨维桢《吴下竹枝歌》："家住越来溪上头，胭脂塘里木兰舟。木兰风起飞花急，只逐越来溪上流。"是难得的诗例。

19. 桐花风：《礼记·月令》记桐花为季春物候，《逸周书》进一步明确为"清明之日，桐始华"，桐花就成了清明节的典型物候。白居易《桐花》"春令有常候，清明桐始发"，欧阳修《清明赐新火》"桐华应候催嘉节，榆火推恩忝侍臣"，柳永《木兰花慢》"拆桐花烂熳，乍疏雨洗清明"，所说即是。但以桐命名风信，见之殊少。唐曹唐《长安春舍叙邵陵旧宴怀永门萧使君》"竹箭水繁更漏促，桐花风软管弦清"疑指风信，为仅见之一例。

20. 麦花风：唐李肇《国史补》卷下已有麦信风之说，指夏五月江淮间多东北风，船舶乘风沿江上行极得方便。所谓麦信，指麦熟。而以花为风信者，唯见金元之交张之翰《寄徐容斋参政马性斋右丞》："曾念归舟行有日，麦花风里渡长淮。"此诗明确指春日。余称麦信风者，如宋范浚《四月十六日同弟侄效李长吉体分韵得首字》"云容漠漠晓阴愁，麦信风前一搔首"，清田雯《五月滁阳道中》"呼雨鸠声好，迎风麦信频"，都指五月麦秋（熟）之信。

21. 柳花风：所谓杨花柳絮，似花非花，而是其蒴果开裂后种子上的绒毛，借助风力传播，因此古人作品中言及杨花风、柳絮风者极其普遍，但究属一般取物写景，还是用其风信物候之义，多在两可之间。但也有些风信之义略为明显一些，如宋曹组《水龙吟·牡丹》："晓天谷雨晴时，翠罗护日轻烟里。酴醾径暖，柳花风淡，千葩浓丽。"陈著《用前韵记梦中所感》："风引归舟远翠蓬，转头三见柳花风。"清吴伟业《江城子·风鸾》：“柳花风急赛清明，小儿擎，走倾城。”彭孙遹《岁暮寄怀石林》：“千里平原迤逦中，桃花新水柳花风。”《苏幕遮·娄江寄家信作》：“柳花风，榆荚雨。检点春光，去也何匆遽。”董以宁《金人捧露盘·闺情》：“杏花烟，桃花雨，柳花风。愁中过偏觉匆匆。”后四例为清人作品，风信之义较宋人更为明确。

22. 牡丹风：牡丹作风信，宋元时期偶有所见。如宋李新《送吕兴元》：“梯天悬阁马行空，旌旆悠悠照谷红。灵凤阴寒春过晚，万山犹有牡丹风。”韩淲《海南思南罐正花，欲过赵阁亦倦》：“春游花时海棠醉，夹道排空转佳丽。燕支丰颊娇未醒，翡翠轻鬟愁欲坠。牡丹风里晚烟明，蔷薇露边初日媚。”《浣溪沙》：“百花丛里试新妆，不许巫山枉断肠。牡丹风扬曲声长。寒日清明闲节序，绮窗朱户少年场。燕泥香润落空梁。”元程文海《临江仙·饯拜都御史》：“海北天南千万里，绣衣霄汉乘骢。飞来黄鹤喜相逢，清霜鹦鹉月，寒食牡丹风。”诸例都隐有牡丹风信之义，时间多定义在清明前后。

23. 荼蘼风：未见。

24. 楝花风：楝树在淮河、秦岭以南生长普遍，楝花是春末夏初最典型的物候，无论是花信，还是风信，宋人诗词作品和岁时编述中言之都多，较梅花风更甚。可以说，楝花风是所谓“二十四番花信风”中最为明确、人们言谈最多的一种。元、明、清亦然。

我们的检索严格以“某某风”为条件，肯定有一些词汇组合不符而实际包含风信之义的情况被错过，但就数量统计的概率而言，也能大致说明问题。总结上述“二十四番”情形，我们可以看出以下三点：（一）所谓“二十四番”名目中真正明确公认和流行的只是梅、杏、桃、海棠、梨、楝等少数几种，至少宋元时期是如此。宋末蒋捷《解佩令》词：“梅花风小，杏花风小，海棠风蓦地寒峭。岁岁春光，被二十四风吹老。楝花风尔且慢到。”这可以说是宋人作品中集中提及花信风最多的一次，所言梅、杏、海棠、楝四种风信也确是宋人言谈中最常见的几种。其他名目不仅出现的次数微不足道，而且所言是否即属风信或花信之义也是几微之间，其中山茶、水仙、瑞香、山矾、兰花、迎春、望春、棠棣、荼蘼更是未见一例。这进一步验证了我们前面的推论，所谓“二十四番花信风”本只是指三月或清明鲜花盛开时节的风候，北宋后期以来附会其意，遂从“二十四番”着眼，但也只是一种笼统的说法，并未一一具名落实。（二）上述许多明确的花信风与王逵所定节候次序不合，人们所言花信总在春季，所见梅花风最早，也属春信，而不是小寒、大寒之气。其中，杏花、梨花、桃花、柳花、牡丹、桐华等花信都高度集中在清明节前后，这也进一步佐证了徐锴“三月花开时风，名花信风”的最初定义。虽然这些花期相互间多少总有些参差，但所见的人们的吟咏都没有像王逵所说那样五日一候的细致定位。其中最值得玩味的是杏花和桐花，上古月令中都有作为清明物候的先例，而所见材料也大都沿袭古意，未见把杏花视为雨水节令风物的例证。这些都充分说明，王逵的“二十四番花信风”虽然俨然有序，但并无多少社会共识作基础，更多属于个人的一己之见。（三）与宋元时期相比，明清时所见花信名目有所增加。如樱桃、菜花、蔷薇等，宋元时均未见用作风信之名，而明清时开始出现。这应该是王逵“二十四番花信风”之说影响所致。

六、清人的“花信风”新说

王逵所说之“二十四番花信风”名目齐全，理论上引经据典，自圆其说，因而明代中叶以来广为人们采用，影响甚大，但其固有的内在矛盾却无法消弭。清末王廷鼎(1840—1892)就发现了这一点：“花信了于立夏，自当始于立春。夫所谓信者，原借卉植之芳菲，预验韶华之消息。即有开于冬末者，谓为传立春节信可也，似不得数小、大寒两节其中。而花名序次亦多迟速舛错。”① 于是王氏著《花信平章》，删去小寒、大寒两节气，以立春为始，以谷雨为终，“二十四番花信”纳入春季六节中。但若仍以五日为一番，一节三番，便不足二十四番，于是改每一节气有四番。具体如下：“立春四信：梅花、水仙、山矾、迎春”；“雨水四信：山茶、玉兰、望春、兰花”；“惊蛰四信：樱桃、菜花、杏花、李花”；“春分四信：桃花、棠棣、梨花、紫荆”；“清明四信：桐花、海棠、丁香、蔷薇”；“谷雨四信：牡丹、柳花、荼蘼、芍药”②。这不仅压缩了时间跨度，由原来从小寒起算的四个月，改为春季三月，而且也调整了少量名目与次序。同时，王廷鼎认为杨慎所说梁元帝《纂要》通一年所言二十四番花信，“详于冬春，而略于夏秋，且其序次尤杂”，于是也加以改造调整，“以一月两信为准”，平衡四季数量，增删名目，定为正月木兰、山茶，二月桃花、李花，三月杨花、杜鹃，四月楝花、桐花，五月金樱、槿花，六月荷花、凌霄，七月菱花、紫薇，八月兰花（泽兰）、桂花，九月蓼花、菊花，十月芙蓉、芦花，十一月枇杷、蜡梅，十二月瑞香、水仙③。

王鼎廷的“花信平章”针对的是王逵等人以来的流行说法，而且也误认“二十四花信”出自《荆楚岁时记》，显然并未认真追溯宋人的说法及文献根据，对宋人“梅花风最先，楝花风最后”的明确之言也轻率变更，因而其目的不在探本究源而是自出己意。也许其安排更为合理，却远非宋人所说之旧，也未产生多少影响，这是必须特别指出的。

总　结

综上可知，所谓“二十四番花信风”的说法，最初并非出于南朝宗懔的《荆楚岁时记》，而是南唐徐锴的《岁时广记》。两书都被简称《岁时记》，后者又早已失传，因而后世遂将本属徐锴《岁时广记》有关花信风的说法误属《荆楚岁时记》。徐锴《岁时广记》只称“花信风”，本指三月鲜花盛开时的风候，其义重在风信，而非花信。稍后出现的“二十四番花信风”，最初所指也主要是清明时节的风信。北宋中期以来遂有初春至初夏，以梅花为首、楝花为尾共二十四番花信风的说法，但具体是哪些名目宋人已莫得其详，或者本就是一种模糊说法。纵观宋、元、明、清的文献材料，所谓“二十四番花信风”中真正可以确认的也只梅花、杏花、海棠、楝花等少数几种。明初王逵提出了完整的二十四番花信风的名目及其象数学依据，影响甚大，后世所说一出于此。但该说将花信风

---

① 王廷鼎《花信平章》卷上，清光绪十七年刻王廷鼎《紫薇花馆集》本。

② 《花信平章》卷上。

③ 《花信平章》卷下。

的起始时间上推至小寒，不仅与宋人有关花信风起于初春（立春）的说法不合，而且所说小寒、大寒两气的几种花信与实际花期误差明显。针对这一缺陷，清人王廷鼎提出了一套三春六气，每气四种花信的新说法。所谓"二十四番花信风"还有一种就一年而言的说法，明杨慎称见于梁元帝《纂要》，但疑问颇多，对此王廷鼎也提出了每月二信，全年共二十四花信的一套新说法，但都未见流行。

唐宋传体文流变论略

上海财经大学　朱迎平

中国古代文章中的传体文渊源于史部的传记文，经唐宋文人的大力开拓创新，才逐步形成文章之体。本文从唐前传记文的源流入手，着重探讨唐宋传体文的流变创新，以勾画这一文体的演进轨迹。

一、唐前传记文源流和唐宋传记文演进

中国有悠久的史官文化传统，所谓“左史记言，右史记事”，并分别形成《尚书》和《春秋》两部早期经典。“言”和“事”的主体都是“人”，司马迁开创的纪传体，创造性地将人物放到历史活动的中心，以各类人物的传记构成史书的主体，成为中国传记文的主要源头。《史记》之后，传记文的流变主要分为两途，一为史部之传记文，一为集部之传记文。

（一）史部之传记文

吴讷《文章辨体》称：“太史公创《史记》列传，盖以载一人之事，而为体亦多不同。迨前后两《汉书》、《三国》、《晋》、《唐》诸史，但第相祖袭而已。厥后世之学士大夫，或值忠孝才德之事，虑其湮没无闻，或事迹虽微而卓然可为法戒者，因为立传，以垂于世，此小传、家传、外传之例也。”①

这里明确将传记文分为两大类。自太史公开创纪传体以后，历代正史均袭用此体，“史传文”成为正史的主体。史传体制有单人成篇的单传，有多人合篇的合传，还有以类相从的类传。但无论何种类型，都是传主独立成传，“以纪一人之始终”②。史家尤其是史官，修史要遵循一定程序，态度较为严谨，行文讲求规范，注重存史价值，不重文学色彩。创体的太史公以其如椽巨笔，在《史记》中塑造了众多栩栩如生的人物形象，情采飞扬，成为历代传记文的典范，但其后尤其是官修正史中的史传文，大多篇幅冗长，质实少文，很少有能与《史记》媲美的篇章。

史传文之外的小传、家传、外传等，《隋书·经籍志》史部将其归入“杂传”。《隋志》小序指出，史传主要记录“股肱辅弼之臣，扶义俶傥之士”，“其余皆略而不说”；刘向《列仙》、《列士》、《列女》之类，“皆因其志尚，率尔而作，不在正史”，其后耆旧节士、名德先贤、鬼怪、圣贤之属，“因其事类，相继而作者甚众，名目转广，而又杂以虚

① 吴讷《文章辨体序说》，《历代文话》第二册，复旦大学出版社 2008 年版，第 1629 页。
② 徐师曾《文体明辨序说》，《历代文话》第二册，复旦大学出版社 2008 年版，第 2124 页。

诞怪妄之说，推其本源，盖亦史官之末事也”[1]。“杂传”类共著录有著作217部1286卷，数量十分可观。这类杂传文所涉及人物的范围十分广泛，大体包括地方贤士、高士、逸民、孝子、忠臣、良吏、名士、文士、童子、列女、僧道、神仙、鬼怪等。在体例上，有个人的“专传”，少则一卷，多至八卷；更多的如同正史的“类传”，分类编集。许多杂传未署著者，而署名的作者中，既有裴松之、谢承、习凿齿、皇甫谧等史家，也有嵇康、孙绰、任昉等文人，可见撰写者颇为广泛。作为传记，这类杂传选材不严，内容驳杂，部分作品则叙写颇为细致，注重人物刻画，也有不少夹杂神灵鬼怪的内容，甚至荒诞不经。王运熙先生认为汉魏六朝的这类杂传对唐传奇的兴起影响很大[2]。

（二）集部之传记文

史家撰写人物列传的依据之一，是文人撰写的行状。《文体明辨》称：“盖具死者世系、名字、爵里、行治、寿年之详，或牒考功太常使议谥，或牒史馆请编录，或上作者乞墓志碑表之类皆用之。而其文多出于门生故吏亲旧之手，以谓非此辈不能知也。”[3] 因此，行状是亲属友好为死者所撰的记叙人物生平材料的文章，“体取比事，不取属辞”[4]，偏重于原始材料的排比，不追求文词的修饰。汉代胡幹撰有《杨元伯行状》，《昭明文选》载有任昉《齐竟陵文宣王行状》，《文心雕龙·书记》篇提及“先贤表谥，并有行状”[5]，可见六朝时行状之体已十分流行。

记叙人物生平更常见的是所谓“碑志”类文体。碑文原本用于刻石记事，用途十分广泛，后来墓碑树立于墓前，墓志埋于地下，专用于记载死者生平，以求传之永远。此类文体名目繁多，如称碑、碑文、墓碑、神道碑、墓志、墓志铭、墓砖记、墓版文、墓表文等等，体制也十分复杂，其中记叙人物部分都可视为传记文。这类碑志文产生于汉代，到六朝已十分普遍，《昭明文选》选文列有碑文、墓志两类，《文心雕龙·诔碑》篇称“属碑之体，资乎史才，其序则传，其文则铭”[6]，强调作者要具有史家撰写史传的才能。

从以上简述可见，唐前的传记文已十分发达，无论是史部的史传、杂传，还是集部的行状、碑志，体例多样，用途不一，但传记人物生平则是一致的。其中以史传为正体，史家撰写的态度最为严谨，杂传则相对随意一些；传体主要是史籍之体，而非文章之体。文人只写行状、碑志，一般不参与为人立传，史家和文人区界分明。清初学者顾炎武的名著《日知录》中，对此早就有一段经典论述：

> 列传之名，始于太史公，盖史体也。不当作史之职，无为人立传者。故有碑，

---

① 《隋书·经籍志》，中华书局1973年点校本，第982页。

② 见王运熙《简论唐传奇和汉魏六朝杂传的关系》，《汉魏六朝唐代文学论丛》（增补本），上海古籍出版社2002年版，第477页。

③ 徐师曾《文体明辨》，《历代文话》第二册，复旦大学出版社2008年版，第2119页。

④ 来裕恂《汉文典·文章典》，《历代文话》第九册，复旦大学出版社2008年版，第8623页。

⑤ 刘勰《文心雕龙·书记》，范文澜《文心雕龙注》，人民文学出版社1978年版，第459页。

⑥ 刘勰《文心雕龙·诔碑》，范文澜《文心雕龙注》，人民文学出版社1978年版，第214页。

有志，有状，而无传。梁任昉《文章缘起》言传始于东方朔作《非有先生传》，是以寓言而谓之传。韩文公集中传三篇：《太学生何蕃》、《圬者王承福》、《毛颖》（自注：又有《下邳侯革华传》，是伪作）；柳子厚集中传六篇：《宋清》、《郭橐驼》、《童区寄》、《梓人》、《李赤》、《蝜蝂》。何蕃仅采其一事而为之传，王承福之辈皆微者而为之传，《毛颖》、《李赤》、《蝜蝂》则戏耳而为之传，盖比于稗官之属耳。若段太尉，则不曰传，曰逸事状。子厚之不敢传段太尉，以不当史任也。自宋以后，乃有为人立传者，侵史官之职矣①。

顾氏从“作史之职”出发，指明文人不为人立传，是避免“侵史官之职”。顾氏这里所谓“立传”，乃指正史列传，所论还是大体符合实际的。其实，封建社会中，史官的地位高于一般文人，文人都以能担任修史之职而引为荣耀，不任史职就不能随意为人立传。此外，六朝盛行骈体文学，多数文体均向骈偶化靠拢，而传记文记载人物生平，以叙事为主，属于“笔”而非“文”，并且不宜使用骈体，因而文人对此也缺乏兴趣。庾信所著《庾子山集》中有《丘乃敦崇传》一篇，全用骈体，叙事难以详尽，与当时的碑志更为接近，只能视为特例。由于这些原因，唐前传记文虽然十分发达，但文人极少撰写单篇传记文，《文选》不列“传”体，《文心雕龙》只论“史传”，而不论“传”文。

（三）唐宋传记文演进

在唐前传记文发展的基础上，唐宋时期的传记文大体沿着三条路径演进。

一是史部的史传文继续发展。唐宋时期撰成的正史就有《晋书》、《梁书》、《陈书》、《周书》、《北齐书》、《隋书》、《南史》、《北史》、新旧《唐书》、新旧《五代史》共12种之多，加上采用纪传体的非正史类著作，以及宋代开始定型的地方志中的传记文，史传文的撰写十分发达。刘知几《史通》开篇首论编年、纪传“二体”，而尤以纪传体为重点，对史传文的写作论述详备。这一切，都促使史传文的撰写更趋规范。

二是集部行状、碑志文继续发展。唐宋时期古文崛起，此类文体数量日增，成为文集必备之体，多数文人都曾撰写，并产生了韩愈、欧阳修、叶适等碑志文大家，所作既多，体式、手法也大为拓展。如韩愈撰有碑志、行状文七十余篇，欧阳修撰有一百一十余篇，叶适撰有碑志文一百五十余篇，占到《水心集》的一半。这些碑志文中产生了不少名篇流传后世。

三是史部杂传向集部传体的转换。考《隋志》史部“杂传类”所著录217部著作，实际包括杂传和杂记两类：以记人为主的杂传137部，以记事为主的杂记（包括记、录、志、赞等）为80部。杂传占五分之三以上的份额，数量十分可观。至《新唐志》史部改称“杂传记类”，共著录243部，其中杂传143部，但绝大部分为汉魏六朝所撰，与《隋志》略同，撰成于唐代的约30部左右。而《宋志》史部“传记类”著录401部，其中杂

① 顾炎武《日知录》卷一九《论文》“古人不为人立传”条，《历代文话》第四册，复旦大学出版社2008年版，第3241页。

传仅64部，包括唐代的二十余部，宋代的三十余部，而《隋志》著录的绝大部分已佚失。从这一数量变化中可见，唐宋时期史部的杂传呈现大幅下降的趋势。

与此同时，唐宋时期集部的传体文则表现出日益增长的态势。北宋编纂的接续《文选》的总集《文苑英华》，首设“传”体，六朝仅收庾信一篇，唐代则收16名作者的传体文34篇。稍后的《唐文粹》收录9名作者的传体文12篇。清人所编《全唐文》收录的传体文则达38家九十余篇。南宋初吕祖谦编纂的《宋文鉴》选收北宋作家传体文14家17篇。今人所编《全宋文》收录的传体文则达一百三十余家，共约二百七十余篇。可以说，唐代是文人传体文兴起之时，而到宋代，传体文的撰写已成燎原之势。这类传体文的情况甚为复杂，且向不为关注，因而本文做重点考察。

二、唐宋传体文的体制类别

历代文体学家对传体文做了各种细分。如徐师曾《文体明辨序说》分为史传、家传、托传、假传四品；王之绩《铁立文起》又增内传、外传、小传、别传四目；顾炎武《日知录》归纳为“以寓言而为之传”、“采一事而为之传”、“微者而为之传”、“戏而为之传”四种；来裕恂《汉文典·文章典》则于史传、家传之外，另列“小说之属”、“专门之记”、“郡邑之志”、“假托之文”、“设论之类”、“排丽若碑志者”、“自述其生平者”、“借名存讽刺者”、“投赠类序引者”等细类①。但这些类分均缺乏明确的标准，故而众说纷纭，莫衷一是。我们沿用传统文体论的“正变”概念考察唐宋文人撰写的传体文，从体制上将其分为正体和变体两大类。以下分别述之。

（一）正体之传

所谓正体之传，是指沿袭“纪一人之始终”的传记文基本特征而撰成的传体文。在数量上，它们约占唐宋传体文总数的三分之二。

在题材上，正体之传沿袭六朝杂传的传统，又有一些新的开拓。传统题材的传体文与六朝杂传并无根本区别，只是单篇成文居多，故收入别集、总集，而不入史部，其中如《钱氏大宗谱列传》、《梁茅山贞白先生传》、《逍遥山群仙传》等成组之文，将其归入史部杂传类，也并无不妥。另一部分传体文题材有所拓新，更为关注现实世界中的各类人物，尤其是对当代有重大影响的人物。此类传体文唐代所作较少，宋代则大量涌现。正体之传的题材大致包括以下细类。

1. 家传。如唐代褚藏言“窦氏五传”、罗隐《钱氏大宗谱列传》19首，宋代程颐《先公太中家传》、吕祖谦《东莱公家传》等。

2. 僧道传。如唐代李渤《梁茅山贞白先生传》等10首、福琳《唐湖州杼山皎然传》，宋代孙觌《圆悟禅师传》、白玉蟾《旌阳许真仙传》等。

3. 神仙传。如唐代吕諲《霍山神传》、杜光庭《毛仙翁传》，宋代张昂《安昌期先生

① 分别见《历代文话》第二册第2124页、第四册第3658页、第四册第3241页、第九册第8621页。

传》、白玉蟾《逍遥山群仙传》11首等。

4. 孝子传。如唐代欧阳詹《南阳孝子传》、黄璞《林孝子传》，宋代石介《郑元传》、苏舜钦《杜谊孝子传》等。

5. 列女传。如唐代李翱《杨烈妇传》、杜牧《窦烈女传》，宋代王令《烈妇倪氏传》、陈亮《二列女传》等。

6. 前代名人传。如宋代司马光《文中子补传》、吕南功《重修韩退之传》、晁说之《扬雄别传》等。

7. 名臣良吏传。如唐代李翱《故东川节度使卢公传》、杜牧《张保皋郑年传》，宋代司马光《范景仁传》、张唐英《范仲淹传》、王柏《宗忠简公传》、蔡襄《耿谏议传》等。

8. 忠义勇烈传。如唐代皮日休《何武传》，宋代欧阳修《桑怿传》、汪藻《郭永传》、范浚《徐忠壮传》等。

9. 文人传。如唐代卢藏用《陈子昂别传》、李商隐《李贺小传》，宋代叶梦得《贺铸传》、周南《康伯可传》等。

10. 学者传。如宋代陈胜非《濂溪周先生传》、杨万里《张左司传》、朱熹《刘子和传》、王应麟《慈湖杨先生传》等。

11. 隐士传。如宋代苏轼《方山子传》、秦观《魏景传》、胡铨《孝逸先生传》、王应麟《大隐杨先生传》等。

12. 底层人物传。如宋代石介《赵延嗣传》（义仆）、苏轼《率子廉传》（农夫）、苏辙《丐者赵生传》（乞丐）、张耒《任青传》（盗贼改恶从善）等。

无论是传统题材的传体文，或是题材拓新的传体文，它们仍大体恪守“纪一人之始终”的传记文规范，为社会各类人物留下了他们生命的轨迹。

从文章体制着眼，这些传体文的一个明显特征是突破史家为前代人物立传的规范，大量为当朝人撰传，为在世者撰传，并多有在传文中记入作者与传主的交往言谈等，以显示传文内容的真实性，从而体现了文人私家撰传的鲜明特点。作者不是以史家的职务身份和严格的第三人称作传，而是以同时人乃至熟识者的身份行文，这就从根本上厘清了文人传体文和史传文的畛域。当然，每篇传体文的情况不尽一致，需仔细辨析，但唐宋传体文中以文人私家身份撰写的比重越来越大，是毋庸置疑的，这标志着唐宋文人开始普遍参与到人物传记的撰写中来。

如果细分的话，这些传体文的体制又可分为两大类。一类仍承继史传文的传统，排比大量材料，详记“一人之始终”，文末常设有论赞，发表作者对人物的评价。此类可以卢藏用《陈子昂别传》、欧阳修《桑怿传》为代表。另一类则选择人物生平的若干片段叙写，注重凸显人物个性，对其“始终”则约略带过。此类可以李商隐《李贺小传》、苏轼《方山子传》为典范。如果说前者略相当于工笔的人物素描，那么，后者则相当于简洁的人物速写；前者还较为明显地带着史传文的痕迹，后者则已完全过渡到文章之体，更注重人物个性和细节的描绘，表现出较强的文学色彩，其中不少因而成为传体文中的名篇。这些传体文在体制上的变迁，标志着唐前史部的史传、杂传文顺利完成了到唐宋集部

“传体文”的过渡，古代文体中增添了一种与行状、碑志鼎足而立的新的传记文体。

（二）变体之传

所谓“变体之传”，指唐宋文人“创体”撰成的传体文。这些“传”突破了“纪一人之始终”的规范，从不同角度“破体为文”，从而拓展了传体文的功能。在数量上，它们约占唐宋传体文总数的三分之一。从“破体”角度的不同，“变体之传”可分为以下细类。

1. 自传。传统传记文都是“他传”，即史家为他人在其身后立传；“自传”则是文人在生前为自己作传。这类自传以明志抒怀为主旨，往往不重生平叙写，而重在自述胸次怀抱，凸现个性情韵。此体开创于晋代陶渊明的《五柳先生传》，六朝无继作，唐宋则承续不绝，自成系列，且多出自名家手笔。如唐代王绩《五斗先生传》、陆羽《陆文学传》、刘禹锡《子刘子自传》、白居易《醉吟先生传》、陆龟蒙《甫里先生传》，宋代柳开《东郊野夫传》、《补亡先生传》、种放《退士传》、欧阳修《六一居士传》、邵雍《无名公传》、王向《公默先生传》、程瑀《愚翁自传》、吕皓《云溪逸叟自传》、郑思肖《一是居士传》等。苏辙所撰《颍滨遗老传》亦为自传，但仿史传体详述自己生平，被金人王若虚讥为“好名而不知体矣”①。

2. 讽喻传。传统传记文以记述人物生平事迹为主，史家只在传末以“论”、“赞”等形式简要发表评议。此类“讽喻传”不以记事为主，而是借题发挥，议论多而叙事少；且多以社会下层小人物为主人公，人物真伪难考。此体唐初王绩有《无心子传》、《负苓者传》；韩、柳所撰较多，韩愈撰有《圬者王承福传》，柳宗元撰有《种树郭橐驼传》、《宋清传》、《梓人传》、《蝜蝂传》等。其后王禹偁《唐河店妪传》、《休粮道士传》，司马光《圉人传》，秦观《眇倡传》，周行己《乐生传》，陈傅良《李斯梦鼠传》，释居简《无名子传》、《两穷传》等都可归入此类。

3. 拟人传。传记文传主应为人，将物体比拟成人，为其取名并按传记体例为其作传，可称之为“拟人传”。这类传体文多排比传主（某物）相关典故而成，有的暗含讽世之意，但明显是游戏笔墨，纯为想象之作，亦有文人炫弄文采典故之意图。此体始于韩愈《毛颖传》，用拟人法为毛笔立传，唐代就有人对韩愈“以戏为文”不满，柳宗元作《读韩愈所著毛颖传后题》表示支持韩愈。由于韩愈文名之盛，故仿作不绝，如陆龟蒙《管城侯传》（亦传毛笔）、司空图《容成侯传》（传镜）、文嵩《即墨侯传》（传墨）等。宋代拟人传的仿作更是层出不穷，如王禹偁《乌先生传》（传桑）、托名苏轼《叶嘉传》（传茶）、《江瑶柱传》（传蚌）、《万石君罗文传》（传砚）、秦观《清和先生传》（传酒）、李纲《方城侯传》（传棋局）、《文城侯传》（传印章）、周必大《即墨侯传》（传墨）、杨万里《豆卢子柔传》（传腐乳）、王质《麴生传》（传酒曲）、《玉女传》（传益母草）、连文凤《冰壶先生传》（传虀汁）等。宋人所撰拟人传近40篇，所传物体由文房四宝扩展到植物、食物、日用品等方面，蔚为大观，颇值得探究。

① 王若虚《滹南遗老集》卷三七，《四部丛刊》本。

4. 传物。拟人传的实质是传物，另有直接为物立传的。此类传体文虽数量不多，但对物的来龙去脉展开铺叙描绘，较之咏物诗词更为具体详尽，别具博物价值，可看作是人物传的变体。这类作品有唐代司马承祯的《素琴传》（传琴）、宋代丁谓的《天香传》（传香料）、司马光的《猫虪传》（传猫）、岳珂的《义騟传》（传马）等。

5. 传奇。传写的对象并非现实生活中的真实人物，而是根据前代文献中的材料或当代传闻，而扩其波澜，施之文采，虚构故事，并以人物为中心结构而成的传记体作品。因所写多为奇人奇事，文学史上称之为“传奇”，被视为文言小说之一类。其实它与传体文并无形式上的根本区别，可以视为传体文的另一类变体。虽然它大部分被收入《太平广记》等小说总集，但文章总集中也常有收录。如《文苑英华》收录陈鸿《长恨歌传》、沈亚之《冯燕传》，《全唐文》收录陈鸿祖《东城老父传》、李公佐《谢小娥传》等。宋代韦骧的《白廷诲传》、《向拱传》，吕大临的《汤保衡传》，沈辽的《任社娘传》等也都是此类传奇之作。

总之，上述几类“变体之传”已不是传统意义上的传记文，而是蜕变成或以抒情为主、或以议论为主、或以游戏笔墨为主、或以虚构想象为主的杂文文体或小说文体。毋庸置疑，较之传统的传记文，这些“变体之传”不再受纪实的局限，因而普遍运用文学笔法，使其文学性大大增强。它们集中体现了唐宋文人在传统文体基础上开拓创新的主动性，也反映出古代文体演变发展的某些规律。

三、唐宋传体文流变的若干特点

唐宋两朝产生的传体文，留存至今的数量之比约为一比三。可以说，唐代只是六朝杂传体向传体文转型和变体的时期，宋代则是传体文体制的定型期和创作的繁盛期。考察唐宋六百余年间的传体文流变，有如下特点值得注意。

（一）唐宋古文家是传体文流变的主要推动力量

从史官立传到文人撰传，从史书之体到文章之体，唐宋文人表现出突破传统、创新文体的极大热情，而其中的主力军无疑是唐宋古文家。唐前多种传记文都有各自的局限：史家的立传对象较为狭窄，又恪守“生不立传”、“隔代修史”的传统，并将文人排斥于作者之外；杂传体制过于驳杂，也难以及时记录社会的各类人物；集部的行状类似生平资料长编，缺乏剪裁，过于冗长；碑志至唐代中期仍主要使用骈体撰写，不适合叙事写人。唐宋时期，中国文化的发展达到了封建社会的鼎盛期，迫切需要一种文体能及时而灵活地记录社会各类人物。唐宋古文家顺应时势，在古文运动的潮流中完成了杂传体向传体文的转换，打破了文人不立传的束缚，运用单行散句这种最适于叙事写人的形式，普遍加入到立传的行列，并进而破体为文，创造出“变体之传”。在这一过程中，古文大家起着举足轻重的作用，韩愈、柳宗元、欧阳修、苏轼、苏辙、曾巩六位大家都撰有传体文，总数达30首左右，十分可观。韩、柳尤有创体之功，两人的多篇讽喻传树立起该体的典范，韩愈的《毛颖传》更是拟人传的鼻祖；欧阳修所作不多，但《桑怿传》为同时代人立传，明确以《史记》为范本，而《六一居士传》直抒真情，成为文人自传的经典；苏轼所作颇多，题材广泛，名臣、隐士、农夫、拟人等均有涉足，多成名篇；苏辙、曾巩笔下的奇人、高士也都写得形象动人。其他古文家如李翱、刘禹锡、白居易、杜牧、皮日休等也都积极参与。宋代古文家撰写传体文更是面广量大。可以说，正是唐宋古文家推动着传体文的流变创新。

（二）变体、破体是传体文流变的内在动力

中国古代文体的发展主要是为了适应不断增加的社会需求，其途径主要有两种：一种是创制新文体、开发新功能，一种是拓新传统文体、扩展旧有功能[①]。从史书之体到文章之体，从传统正体到各种变体，从叙事记人之体到抒情之体、议论之体、游戏之体、虚构之体，唐宋传体文流变的过程折射出古代文体正变嬗递、“破体为文”的某些规律。传体文的上述流变过程典型地体现了文体功能的拓展轨迹。传统的史传文是记事写人之体，其功能主要是存史，其基本要求是实录，行状、碑志的主要功能也与之相似。这些文体的主要特点是正规典重、程式规范，但缺乏个性和文采。唐宋时代社会开放，人才辈出，原先的各类传记文体已经难以满足社会对各种人物更为及时、更为深入的了解，文学家顺应这一时代潮流，主动参与到人物传记的撰写，并将原来过于板滞的文体加以改造，使之成为新的传体文，从而拓展了传统文体的功能，适应了社会实践的需求。在此基础上，唐宋文人进一步发挥文学家的特长，依托传记文叙事记人的基本功能，引入多种表现手法，加以引申扩展，形成多种“变体之传”。这些变体之传从撰写目的、篇章结构、表现手法到总体风格，都与传统传记文相去甚远，可以看作是由传体派生出的一系列新文体，但它们与传体在某一方面毕竟仍有着不可分割的联系。这恰好典型地反映了古代文体衍生发展的一种规律。自传、讽喻传、拟人传等变体之传遂作为相对固定的细类加入了传体文的大家庭，并大大丰富了古代文体的体类。

（三）增强文学性是传体文流变的主要趋势

传体文流变的过程，是史书之体向文章之体演变的过程。史书要求实录，文章讲求文采，因而，传体文流变的主要趋势表现为增强文学性的追求。欧阳修强调自己“尤喜司马迁善传”，认为《史记》所记人物“伟烈奇节，士喜读之”，并结合自己的认识转变，要求传体文达到人物壮举和作者雄文融为一体的境界。这可以看作唐宋传体文写作的指南[②]。他的《桑怿传》注重刻画传主个性，人物形象栩栩如生，材料剪裁精当，语言简洁传神，大大提升了传统传记文的文学性，成为正体之传的典范之作。其后，苏轼的《方山子传》、叶梦得的《贺铸传》、汪藻的《郭永传》、陆游的《姚平仲小传》等，都成为文学色彩颇浓的传体文名篇，可谓与欧阳修的倡导一脉相传。至于“变体之传”，更是完全脱离了史传的藩篱，成为一种新的“纯文学”文体。它们大大发展了比喻比拟、铺叙用典、讽喻夸张、乃至抒情描写、想象虚构等各种文学手法，使传体文富于趣味、讲求文采，成为古代散文中文学性特强的一类文体。韩愈的《毛颖传》是这类“变体之传”的

① 参考吴承学《辨体与破体》，载《中国古代文体形态研究》第十八章，中山大学出版社 2002 年版，第 408 页。

② 欧阳修《桑怿传》，《欧阳修全集》卷六六，中华书局点校本，第 969 页。

典范作品。作者用拟人化的手法，为文房四宝之一的毛笔立传。文章广泛汇聚历代有关毛笔的典故，模仿史传的体式，为毛笔取名，并历述其先世、经历、才情及其从出仕到退废的过程，还提及其后裔，文末则用“太史公曰”的形式发表议论，抒写感慨。全文俨然是一篇完整的传记，只是传主纯系虚构，以文为戏的色彩十分鲜明，但细读又隐然有讽世之意，实在是少有的创体奇文，清人评为“游戏之文，借以抒其胸中之奇，洸洋自恣，而部勒一丝不乱”[①]。无怪乎后代文人仿作不绝，但没有能超过韩文的。正是由于文学性的不断增强，使脱胎于史书体的传体文迅速在文章之体的大家庭中找到了自己的位置，并不断发展成为重要的文章体裁之一。

唐宋传体文的流变演进，是传记文体发展中的一个重要环节。它使文章体裁中增加了一类以灵活记叙人物为主要功能的文体，也使文人普遍加入到撰写传记文的行列之中。唐宋以后，史部的史传、杂传，集部的行状、碑志和传体文继续平行发展，成为元、明、清三代传记各类人物生平的主要载体，其中传体文的发展态势尤为引人瞩目。据陆峻岭《元人文集篇目分类索引》统计，立朝不满百年的元代一百五十余种文集中，传体文总量近300首，超过《全宋文》所收。明、清两代的数量更是难以估计，仅就几家别集所收传体文即可见一斑：明代宋濂为六十余篇，李开先为27篇，归有光为21篇；清代戴名世为57篇，方苞为35篇，袁枚为79篇[②]。因此，较之唐宋时期，元、明、清三代传体文的发展更为洋洋大观，并为后人留下了袁宏道《徐文长传》、袁中道《李温陵传》、归有光《可茶小传》、吴伟业《柳敬亭传》等一批传世名篇，极大地丰富了社会各类人物的艺术画廊。然而，追根溯源，唐宋文人在传体文流变中的奠基之功不可磨灭，他们变体破体、开拓创新的精神正是推动传记文体不断发展的根本动力。唐宋传体文流变演进的轨迹，也给我们考察古代文体演变提供了颇为典型的个案，可以作为研讨古代文体学的一个实例。

---

① 转引自高步瀛《唐宋文举要》注引张廉卿评语，上海古籍出版社版1982年新1版，第269页。
② 见韩兆琦《中国古代传记文学略论》，《北京师范大学学报》1997年第4期。

两宋之交辞赋的传承与递变

山东大学　刘　培

靖康二年（1127），金人掳徽、钦二帝及宗室、宫妃等三千人北去，北宋灭亡。不久，康王赵构在南京应天府即帝位。之后，高宗赵构一意避敌，逃往江南，在金人的追打之下失魂落魄，狼狈不堪，在江浙一带飘忽不定，居无定所。几经波折，绍兴八年（1138）正式定临安府为行都，南宋政权才逐渐在江南立住阵脚。

面对国家民族的危局，大臣们本应精诚团结，共赴国难，但那只是我们读史者的一种奢望，两宋之交的为人臣者呈现给我们的却是党论四起、攻讦不已的胡乱局面。靖康之难给元祐党人攻讦执政的新党提供了绝好的口实。大臣们围绕着和与战，夹杂着浓烈的党同伐异的意气，掀起了更为激烈的纷争。在懦弱卑劣的高宗看来，当务之急是把让皇家失尽颜面的那一页屈辱历史掀过去，重新树立皇家的尊严，使国体保存下来，站稳脚跟，争得喘息的机会；加之当时宋军战斗力极其低下，遇敌时往往望风解体，而且江南一代地方不靖，群盗蜂起，依靠这样的资本来和金人决战，后果是可想而知的。因此，和议一直是高宗思想的主线。秦桧南归，君臣一拍即合，和议之计遂定。但是，从当时的政治形态来看，新旧两党积怨极深，形同水火，和与战作为他们政治斗争的主要话题，很难有调和的可能，加之高宗的年轻和卑怯，秦桧的深于权谋、居心险恶，自然难使天下归心。总的说来，面对国难，高宗朝的君臣们没有在颠沛流离和家国之痛中振作起来，形成上下一心、同仇敌忾、共恤国难的局面，始终是在苟延残喘中互相攻讦、度日偷生，和议之局面换来的积极作用丧失殆尽。高宗时期的学术、文学思想与这种政治格局有着密切的联系。从当时的辞赋创作来看，大多数赋家身经靖康之难，经历过国破家亡之痛和颠沛流离之苦，他们的辞赋很好地反映了那个时代人们心理的各个方面，反映了当时的政治格局和文人的思维定势。因此，我们将靖康之难以来的高宗统治时期作为南宋辞赋发展的初期。

从帝王世系、基本国策、统治集团的核心成员以及政治、学术的发展等方面来看，南宋政权与北宋并无多大变化，其政治格局、学术文化基本是对北宋后期的延续。具体到辞赋创作，南宋绍兴年间的辞赋也是对北宋后期辞赋的传承发展。不过，南宋政权偏安一隅，风雨飘摇，前朝的雍容气象荡然无存，时局的巨变使得当时的学术和士风发生了深刻的变化，并影响到辞赋创作对北宋后期辞赋风尚的传承以及自身的递变。

南宋初期学术、士风的变化与更趋严酷的党争有着密切的联系。靖康之难给在徽宗朝备受打压的“元祐党人”提供了全面反击的绝佳机会，他们置国家危难于不顾，异常激动地开始全面清算熙宁以来的政治和“荆公新学”，掀起了一次次激烈的党争狂澜。而高宗则施展君人之术，频繁地更换首辅，以实现新旧两党的权力制衡，从而引起政坛的长期动荡。起初，高宗倡导“元祐学术”，在确立了和戎的国是后，又和秦桧一起打击道学，对道学党实行“党禁”。但是，经过绍兴年间的政坛沉浮，“元祐学术”中的二程道学得到了空前的发展，尤其是胡安国的《春秋》学因其标榜“尊王攘夷”的思想，具有强烈的时代感而呈现遍染士林之势。两宋之际的党争比以往更为残酷，为了置政敌于死地，他们往往不惜深文周纳，信口雌黄。在秦桧独相的十几年间，植党专政，对异己者的打击报复、对党同者的猜忌挟持更是达到了一个空前的高度。恶劣的政治生态营造出人人自危、如履薄冰的政治氛围，造就了文人卑劣猥琐、寡廉鲜耻的文丐习气。

两宋之际学术、士风的演变促成了辞赋创作的转变。就目前的文献来看，南宋初期辞赋留存于世者近300篇，其表现出的对北宋后期的传承、递变轨迹相当明显，我们打算从六个方面讨论之。

一、辞赋中悲凉之气的递变与深化

北宋后期由于党争的进一步意气化，文人的参政热情消退，身履薄冰、畏惧祸端的心理弥漫士林，悲凉之气也逐渐浸淫于文学作品中，慨叹人生、反思命运成了文坛的主调。徽宗朝，以“丰亨豫大”为口号，人为地营造盛世的氛围，借以打压异论，排斥异党，其结果是除了空洞的歌功颂德的辞赋大行其时的同时，表现深沉的人生苦难和人生漂泊的辞赋勃然而兴①。

南宋初期文人的政治环境和北宋后期文人相比不仅没有丝毫的好转，反而更加恶劣。围绕着和与战的国是之争，朝堂上掀起一次次更为猛烈、涉及面极其广泛的党争，而且斗争的手段更为阴险毒辣。秦桧专国期间，以和戎的国是打压党议，控制台谏，鼓励告密，手段比蔡京当年更为残酷，必置政敌于死地而后快。对其党羽的举动也严加监视，因而形成一种人人自危的恐怖氛围。文化恐怖的结果是出现了告密风行、文丐奔竞的局面。在这样的境况下，为了身家之计，一些文人不得不出卖灵魂以期飞黄腾达。迎合国是和当道者的谀文成了绍兴年间文学的主旋律，文人们内心的悲凉可想而知。

南宋初期的文人大多经历了国破家亡、流离播迁之苦。靖康之难后，北方文人纷纷南逃，这些人是南宋初期赋坛的主力。而且到南方后，处境依然非常糟糕，当时“天下州郡没于胡虏，据于僭伪，四川自供给军，淮南、江、湖荒残盗贼。朝廷所仰，惟浙、闽、广、江南，……荆榛千里，斗米至数十千，且不可得。盗贼、官兵以至居民，更互相食，人肉之价，贱于犬豕”②，这样的遭际对于文人来说肯定是刻骨铭心的。

和北宋后期文人类似的政治处境，使南宋初期赋家有着与北宋后期文人一样的忧惧宦海沉浮的心理态势，而且大多有过身似飘萍的体验，因而，南宋初期的辞赋继承了北宋后期辞赋惯常表现的对人生的悲凉之感，而且程度更深。

---

① 参看刘培《论北宋后期辞赋的特征》，《文学遗产》2005年第5期，第71—79页。
② [南宋] 庄绰《鸡肋编》卷中《建炎惨状》条，中华书局1983年版，第43页。

悲秋是文学中用以表现生命感受的主要题材之一。北宋后期到南宋初期，赋家中秋士不少。北宋后期的咏秋之作多流露出悲凉的情绪，如毛滂的《拟秋兴赋》、周邦彦的《续秋兴赋》、张耒的《秋风赋》、孔武仲的《鸣虫赋》、晁补之的《江头秋风辞》等等。当时邢居实的《秋风三叠》因其表现的孤独悲凉情感反映了盛世的氛围中文人对时局的无奈和灰心，引起人们的广泛共鸣，许多文士纷纷题跋呼应。两宋之交，咏秋之作依然非常多。如李纲的《秋风辞》、苏籀的《秋辞》三章、刘一止的《秋郊赋》、郑刚中的《秋雨赋》等都是当时比较出色的咏秋佳作。这些作品的悲秋情绪承接邢居实赋的悲凉情绪，而且对秋天的感受更为悲怆深沉，我们很难找到欧阳修《秋声赋》、苏轼《秋阳赋》所表现的那种淡泊旷远的襟怀了。刘一止的《秋郊赋》就很有代表性，赋作首先表现了情绪的低回落寞——“日皓皓而逾迈兮，天迥迥而益高。潦水收而泓渟兮，微风过而萧条。佚爽思以遐骛兮，逝幽怀之远飘。神怔怔而直上兮，意渺渺而独超。悼时运之不留兮，嘉节物之见邀。莽四野其无人兮，兀平岗之岧峣。惊独鹤之清唳兮，咽残蝉之三嗷。燕如客而归告兮，雁哀鸣以求曹”①，接着表现了孤独无依的生命状态和对人生价值的反思——“繄境会而情感兮，伤志大而形幺。独相羊以无匹兮，起怅望而翘翘。嗟佳人之何在兮，倚翠袖而若招。思夫君而不可见兮，挽蓬首而屡搔。岁月骏骏而随往兮，怅此情之不自聊。亦何忧而不臻兮，绪轧轧其如缫。总事业之无闻兮，想富贵之不能徼。将今世之舍旃兮，盖令名之勿劭。力古人而愿学兮，泝千载而上交。嗟人生之南北兮，况截道之惊飚。顾筋力能几许兮，苟比年而远徭。曾一饱之不谋兮，岂吾分之已叨。世种种岂奚数兮，信我行之每劳”。作者把对未来的期盼比作佳人对夫君的期盼，把自己的落魄比作佳人的首如飞蓬，相当传神。赋中考问人生上下求索的意义，富贵不可求，忧愁如缫丝，否定了积极追求的人生。赋中蕴含的对现实人生的无奈和绝望是极其明显的。其实，这种消沉甚至颓废的人生态度在南宋初期的咏秋辞赋中普遍存在，它是北宋后期咏秋辞赋悲秋情绪的进一步深化。

北宋时期，较早用赋的形式慨叹身世的是宋祁的《卧庐悲秋赋》、《穷愁赋》、《悯独赋》。宋祁未登第时生活极其困顿，所以在富贵以后就一次又一次地在创作中追忆早年的生活，流露出伤悯和自怜的种种情绪。可能和时代的悲凉氛围有关，北宋后期，慨叹个人身世的赋作逐渐多了起来，像谢逸的《感白发赋》、晁补之的《述志赋》、张耒的《问双棠赋》、程俱的《怀居赋》② 等等，多以一种感伤的情怀来回忆自己早年的生活，而且多对仕途的不得意颇感无奈。如程俱的《怀居赋》写道：“由裾龀以迄今兮，与日月而竞驰。曾谋食之不遂兮，岂云道之敢营。异匏瓜兮可系，羡侏儒之太仓。怀铅刀兮一割，感二鸟之笼光。耕兮不足以卒岁，仕兮不能以安亲。徒遑遑兮羁旅，操危心兮若零。”对命运的不偶很是愤愤不平。在“乱”中又写道：“禀气不妩，命不偶兮。进以分寸，退寻

---

① 本文所引辞赋，均引自上海辞书出版社、安徽教育出版社 2007 年版《全宋文》并参校文渊阁本《四库全书》，为了行文方便，除特殊情况不再胪列出处。

② 赋序称“实自始生之年，今兹二十有八年（虚岁）矣”，据《宋史》卷四四五本传，程俱生于元丰元年（1078），那么此赋当作于 1105 年，即徽宗崇宁四年。

丈兮。三年以仕，七年饥兮。”像这样在赋中表现对仕宦的汲汲以求，在南宋初期的辞赋中几乎看不到。从总体来看，南宋文人对仕途的追求可能更为狂热，但是他们在文学中却很少表现，这可能与他们对仕宦的看法已经彻底失去了北宋文人那种大济苍生的崇高感有关。经过靖康之难的颠沛流离，两宋之交的赋家则是以一种凄苦悲怆和人世沧桑的感慨来追想当年的。晁公遡的《悯独赋》命意颇类宋祁的《悯独赋》而更多切肤之痛。靖康元年（1126），年仅十岁的公遡和兄公武等家人随父晁冲之逃离汴京，流落在江浙一带，翌年，父亲病死宁陵，此赋就是以这一流亡过程为线索行文的。赋作追述靖康难中一家人的逃亡生活道：“豹侁侁而眴关兮，宇将颠而藩陊。心眐眐而横骛兮，撰余辔于睢之阳。朝发轫而南迈兮，惨去故而尽伤。睆帝阍以增遐兮，日沉翳其无光。岑石摧下其重锞兮，豺狼跱夫中路。夕惴慄而不寐兮，昼徙倚而环顾。察九土之洪旷兮，予何为此窘步？”夷狄叩关，举家播迁，以天地之寥廓，却找不到容身之地，作者的浩叹道出了当时流浪者普遍的心理。“俄魏狸之涉泗兮，赤囊翩其若翰。幼遭世之厄艰兮，尚童羇而未冠。后猰貐之淫噬，前大江之奔湍。睇鲵渊之赫怒兮，桩将进而复止。委虎蹊以颠越兮，恐赍恨而永已。冒危途之徼福兮，寄性命于一苇。”赋中谈到建炎年间金兵深入淮泗追击高宗时的情形，当时家里盘缠用尽，前有大江，后有追兵，因此，作者这个年仅十岁的孩童连死的念头都产生了，内心的绝望和悲苦可想而知。接下来，赋详细描写了冬天在饥寒交迫中辗转江浙的苦况。赋中作者发出了这样的浩叹：“昊苍何其不仁兮，而畀予以弱质。衷坎毒而岂忘兮，惧鞭家其难必。”这篇赋用一个少年的眼光和感触，细致地描写了那个乱世给普通人带来的苦难，是当时少见的啼血号天的佳作。李处权的《梦归赋》也是一篇非常出色的作品。赋中描写梦归洛阳的情景、兵燹后洛阳的一派乱象。赋曰：“痛一炬之焦土兮，彻云汉以宵赪。吊瓦砾之塞路兮，失厦屋之连甍。翁草木之丛灌兮，骇鸟兽之悲鸣。访吾庐之无处兮，嘅遗址之已平。动心目之惋伤兮，惨神沮之骨惊。”赋中还描写了洛阳承平时的繁荣景象以与当下的景象对比：“究此都四宏达兮，匪郡国之可配也。挺龙门以屹其面兮，伏邙阜之峙其背也。亘飞梁于波上兮，矫双阙于云外也。鸣天鸡之一声兮，非烟拥乎冠盖也。思当年之行乐兮，信承平之嘉会也。”通过魂牵梦绕的追忆，作者将心头国破家亡的哀痛表现得极其深沉、沉重。

南宋初期的文人所经历的苦难要比北宋后期的文人深重得多，他们对人生、死亡的体认也更深刻、更彻底，更具有出离悲情的平静抑或麻木。当苦难、屈辱沉重到让人无法承受、无法咀嚼回味的时候，人们只能以麻木甚至颓废来化解了。

北宋后期辞赋中有许多表现宦海风波、忧惧仕途浮沉的作品。晁补之的《梦觌赋》和《坐愁赋》、唐庚的《省愆赋》努力排遣对政治斗争的忧惧；苏轼的前后《赤壁赋》通过齐物达观的观念来忘却贬谪的悲苦，蔡确的《送将归赋》则详尽铺成贬谪的悲凉失落心态，谢逸的《吊槁杉赋》则表现世道的险恶、人心的叵测。而南宋初期，文人对政治上的失意和贬谪岭表能够泰然处之，经过元祐以来你死我活的党争和蔡京、秦桧等权臣的恐怖文化专制，文人们对政治把戏有了更为深入的了解，因此，他们在官言官，在江湖则言江湖，能够马上适应自己在官场中扮演的角色，不管面对什么样的处境，都能找到自己的位置，他们以平静得近乎麻木的心态来对待官场的得失。李纲的《三黜赋》、张九成的《谪居赋》就很好地诠释了文人心态的这种变化。张九成的赋虽然把贬谪的心境写得很绝望——“奇祸作兮湘江奔，天忽崩兮骨欲折。心糜烂兮目流血，日月驰兮成永诀”，把谪居的地方写得很可怕——“维兹地兮古横浦，岭之北兮江之浒，团瘴烟兮飞雾雨”，谪居的生活写得很孤独——“七年于兹兮无晤语，俗目并观兮吾何以处”，但是，他对这些种种不快并没有完全在意，赋中写道：“夏葛冬裘兮何用美，饥食渴饮兮无求备，神明昌兮穷不讳，道义重兮物偕逝，悠哉游哉，聊以卒岁。”这并不是故作旷达，而是作者心理的真实反映，也是当时文人贬谪心态的真实表现。胡寅在绍兴二十四年(1154)贬居新州时著《鲁语详说》，序言这样写道：“投畀炎壤，结庐地偏，尘事辽绝，门挹山秀，窗涵水姿，檜竹庭梧，时动凉吹。朝夕饭一盂，蔬一盘，澹然太虚，不知浮云之莽眇也。”① 把贬谪生活描写得极有诗意，可以作为张九成赋的很好的注脚。这种心态固然与对江南的开发有关，谪居地不再如以前那般荒蛮不开化，但是更主要的原因应该是谪居心态的变化。

北宋后期，用骚体写成的哀辞是相当多的，这些作品的主要内容是对亡人品格的赞美，如叶适年轻时候作的《六子哀辞》就很有代表性。南宋时期，骚体哀辞、祭文、招魂辞明显增多，而且，一些作品不是对亡人的旌表，而是描写招魂的内容或者天堂生活的美好。葛胜仲的《祭刘尚书文》以招魂的形式写成，作品先写亡人生前的落魄，死后应该安享快乐，希望死者的灵魂能够能够回到亲人身边，享受家庭的和美，然后写道：“生一世若大梦些，祸福寿夭皆幽运之所系些。箦中牖下，均一死些。魂兮归来，跂足以俟些。”以一种极其达观的态度来对待生死。其他如葛胜仲的《祭施氏妹恭人文》、李纲的《祭文李孺人氏》、葛立方的《祭莫彦济文》、许翰的《陈欧二修撰哀辞》和洪适的几篇祭文等，多着意表现死者生前的磨难，祈求亡人能够享受快乐的生活。史浩的《五世祖衣冠招魂辞》更是以几千言的笔墨来铺陈灵魂生活的美好，希望列祖能够永享安乐之界。吴芾的《自祭文》更是一篇对生死彻悟的佳作，赋作深受陶渊明《自祭文》和《挽歌诗》的影响，但是增加了对阳世美好生活的描写：“既归林下，获脱罥羁。终日笑傲，饮酒赋诗。山湖照映，妻子追随。时拏小艇，游于涟漪。临风对月，其乐无涯。”对自己的一生甚为满足，但他认为应该知足，不应过于留恋人间，因此又写道：“如我长命，在世亦稀。若不知足，将欲何为！若更不死，又待何时！”而且作者把死后描写得非常富有诗意：“且有精舍，在旁护持。花竹竞秀，泉石争辉。魂魄时游，亦足亦怡。”这样，生与死的界限就被消解了。对生死看法的这种变化，折射出流离失所、出生入死的文人们对人生和死亡的深彻感悟以及对人生的悲悯情怀。

需要指出的是，每当国家乱象丛生或者国破家亡之时，表现漂泊的征行赋就会大量产生，类似庾信《哀江南赋》的作品，亡国之时代不乏作。北宋后期，由于苦难时事的影响，征行赋的创作呈现高涨趋势，但是，南宋以后，表现征行伤时的作品却很少，除

① 《全宋文》第一八九册，第361页。

了上引晁公遡的《悯独赋》和李纲的《南征赋》涉及一些这方面的内容以外，类似《哀江南赋》这样表现亡国之痛的作品几乎没有。这一方面可能是因为靖康之难来得太突然，文人们还没有回过神来，国家就已经覆灭了，因此没有时间去细细咀嚼亡国之痛；另一方面也是由于靖康之难的耻辱和当时文人的文化认知反差太大，他们根本没有面对那段伤痛的勇气，更谈不上去痛定思痛了，哀莫大于心死，于是，尽量不去追忆那段屈辱的历史。更重要的原因恐怕是当政者为了皇家的尊严计，有意回避那段历史①，于是朝廷上下、朝堂内外似乎达成了一种默契，大家尽量不去戳动那块心灵深处的伤疤，在有意遗忘中获得偏安一隅、苟且偷生的勇气。

二、辞赋的歌功颂德功能得到进一步加强

与表现悲凉情绪的辞赋并行不悖的是，歌功颂德辞赋在南宋初期的大行其道。辞赋的这种风尚，也是对北宋末期辞赋颂美风尚的继承和发展。

徽宗是个相当庸劣的皇帝，无治理国家的才能却一心想体验盛世天子的滋味。蔡京秉政时，控制台谏，打击异己，曾经三次籍定“元祐奸党碑”，根除一切旧党势力，新党一统天下。“崇宁党禁”的结果是，人皆畏祸，莫敢庄语，谀文盛行，颂声四起，人为地营造了一个“盛世”局面，不仅对朝臣，对科场的控制也极其严厉。洪迈就指出“蔡京颛国，以学校科举钳制多士，而为之鹰犬者，又从而羽翼之，士子程文，一言一字，稍涉疑忌，必暗黜之”②，对学术的禁锢之严由此可见一斑。在宣扬“盛世”的同时，徽宗在汴京建造宫观楼阁的规模之大也是旷古少见③，又纲运天下奇花异石、珍禽异兽，在汴京的东北方建筑艮岳。徽宗的大兴土木，对谄谀文风的兴起起到了推波助澜的作用。

承此余绪，南宋初期辞赋中歌功颂德的倾向仍然相当突出。在国破家亡、山河破碎的情形下还能唱出颂美的调子，在我们看来有点匪夷所思，究其原因，首先是文化恐怖政策的结果。秦桧独相期间，沿袭蔡京打压党议的做法，而且更为变本加厉。史称：“自秦桧专国，士大夫之有名望者，悉屏之远方。凡龌龊萎靡不振之徒，一言契合，率由庶僚一二年登政府。仍止除一厅，谓之伴拜。稍出一语，斥而去之，不异奴隶，皆褫其职名，阙其恩数，犹庶官云。”④ 赵翼曾经指出：“秦桧赞成和议，自以为功，惟恐人议己，遂起文字之狱，以倾陷善类。因而附势干进之徒承望风旨，但有一言一字稍涉忌讳者，无不争先告讦，于是流毒遍天下。……桧又疏禁野史，许人首告，并禁民间结集经社。”⑤这样的严酷打击势必形成万马齐喑的局面。《宋史》本传说：“桧擅政以来，屏塞人言，蔽上耳目，凡一时献言者，非诵桧功德，则讦人语言以中伤善类。欲有言者恐触忌讳，

① 南宋初期禁止私家撰史的重要原因就是要掩盖那段屈辱的历史，以重树皇家的威严。
② ［南宋］洪迈《容斋随笔》（上）《三笔》卷十四，上海古籍出版社 1978 年版，第 576 页。
③ 参看［南宋］张知甫《可书》第 420—422 页“宣和末都城盛建园囿”条，中华书局 2002 年版。
④ 徐自明编《宋宰辅编年录校补》卷十六“绍兴二十四年十一月丁卯”条，中华书局 1986 年版，第 1097—1098 页。
⑤ ［清］赵翼《廿二史札记》（下）卷二十六，中华书局 1984 年版，第 566—568 页。

畏言国事，仅论销金铺翠、乞禁鹿胎冠子之类，以塞责而已。”① 谄诗谀文和高压政治是互为表里、相辅相成的，满朝文臣仰望秦桧之鼻息，承风望旨，一有颂事，举朝纷进，惟恐落后，文风为之一变，歌功颂德之声日隆，斯文扫地尽矣。其次是掩盖国耻、维护皇家体面、树立高宗帝王之尊的政治需要。靖康之耻是亘古未有的奇耻大辱，相当于明建文年间的朝鲜国王遗德曾评论这段历史说：“中土祸患，至宋徽、钦而极，子息蕃衍，耻辱亦大，前史未有也。”② 这一点高宗及其大臣们不是不明白，但是他们的确没有重振河山的能力和魄力，只能以掩盖真相的做法来欺骗世人。高宗即位之初，很为臣僚轻视。胡寅就曾上万言书说：“建炎以来有举措大失人心之事，今欲收复人心而图存，则既往之失，不可不追，不可不改。一昨（则）陛下以亲王介弟，受渊圣皇帝之命，出师河北。二帝既迁，则当纠合义师，北向迎请，而遽膺翊戴，亟居尊位，遥上徽号，建立太子。不复归觐宫阙，展省陵寝，斩戮直臣，以杜言路。南巡淮海，偷安岁月。此举措失人心之最大者也。”③ 胡寅所言其实是高宗为世人所轻的关键，当时的一些将领同样没有把高宗放在眼里，不肯为朝廷用命，他们大抵“寇去则论赏以徼功，寇至则敛兵而遁迹。谓之恢复，岂不痛伤!”④ 针对这种情况，张嵲在《论士风疏》就指出：“艰难以来，乱臣贼子安于为僭逆，而不知有君父，奸宄乱常之民公然为盗贼，而不知有国家。高任将帅，优养军帅，将以治此二者，而比年以来，慢法犯禁，或亦有之。使元元之民耳之所闻、目之所见者类如此，日引月长，恬不知怪，则天下之势几何其不至于陵迟耶!”⑤ 面对着这种种的困局，除了励精图治以外，就只能够靠歌功颂德来支撑门面了。当然，我们也应该看到，一些颂美赋作是为了给摇摇欲坠的弱小王朝打气，出于重树信心的需要。高宗等人通过科举赋题的引导和下诏命群臣歌颂某一体面的事件等手段，推动了颂美文风的流行。

两宋之际的颂美辞赋主要有这样几个方面的内容，即都邑赋、描写园林殿阁楼观的辞赋、典礼和祥瑞赋、颂美当道者的辞赋和礼神的颂辞，等等。

都邑赋或宣扬王朝风物之美、物产之盛，或赞美礼乐之隆兴、国力军力之强大，从而达到歌颂当道者功业的目的。北宋后期，都邑赋的创作出现了一个小小的高潮。比较出色的有李长民的《广汴赋》、王观的《扬州赋》、赵鼎臣的《邺都赋》、王仲旉的《南都赋》等。这些赋大多通过赞美山川都邑来表现大宋的气度，粉饰衰世，做一些有气无力的心理安慰。南渡以后，地方盗贼蜂起，金人又两次渡江南下，满目疮痍，民不聊生，但是，就是在这样的情形下，赞美山川都邑的辞赋的创作依然很繁荣。

南宋初期的都邑赋是和高宗定行都于临安府密切联系的。

绍兴八年（1138），高宗定临安府为行都，以示不忘恢复之意。针对这一事件，高衮

① ［元］脱脱等《宋史》卷四七三，中华书局1977年版。

② ［南宋］确庵、施庵编《靖康稗史笺证》之《序二》，中华书局1988年版。

③ ［南宋］罗大经《鹤林玉露》丙编卷三，《建炎登极》条，中华书局1983年版，第283—284页；又见《建炎以来系年要录》卷二十七庚寅条，罗大经是就大意言之，有删节。

④ ［南宋］李心传《建炎以来朝野杂记》甲集卷二十《癸未甲申和战本末》，中华书局2000年版。

⑤ 《全宋文》第一八七册，第93页；又见张嵲《紫微集》卷二十五，文渊阁四库全书本。

奏上《二都赋》，施谔奏上《行都赋》①。二赋今已不传，从《二都赋》的名称看，当是对班固《两都赋》的模仿。南宋初期的文人为了挽回一点颜面，喜欢把高宗的避地江南和东汉的光武中兴相提并论，因而也称高宗的立足江南为“中兴”②，高衮极有可能是学着班固的样子在颂美高宗的中兴大业。目前可以看到的针对这一事件的辞赋是傅共的《南都赋》。从赋序所云“臣切（窃）观主上驻跸吴邦，建立行宫，累载于斯矣”、“臣闻昔汉光武发迹南阳，创为帝京，实为南都。厥后迁之，居于东洛，南阳之都，存而弗废”来看，辞赋应作于绍兴八年定行都于杭州稍晚，是针对称杭州为“行都”、“行在”而发的。作者把高宗比光武，把杭州比南阳，希望依光武之例，称杭州为“南都”，赋的结构也是模仿张衡的《南都赋》。赋以两位虚拟人物的对话来结构全篇，先反驳都城应该定于长安、洛阳、汴京的论调——“子徒识夫周汉雍洛之既治，而未闻光武南阳孩子初基”，然后盛赞光武的火德中兴，这样就把光武和高宗联系在了一起。既然尚火德的光武初定南都，那么，同样要以火克金（国）的高宗自然也应该有南都，这样才能成就中兴大业。辞赋从地理形势和历史发展的角度来说明定都于杭州的合理性，为了增强说服力，作者不管不顾地连建康的历史和地理一并附会到杭州上去，看上去的确气势很凌厉。以此论断为基础，辞赋展开了对高宗建国体、祭天地、藉田畤、临太学、开百衙、朝万国等一系列典礼的描写。在此，作者极力突出高宗天授皇权的合法性和庄严性——“一声清跸，天容穆然，万灵奔趋，千官肃虔”，而吴人仰慕高宗的情形是“如牛犊从，如婴儿慕”，“填郛溢郭，如饥待哺。如舜羶行，而民风骛”，这样充满豪情地称颂高宗的文字，实在不是一般人可以胜任的。接着，以如椽巨笔泼墨如云般纵情描写杭州的历史、风物以及天下辐辏、举世仰慕的景象，其铺张扬厉的笔法是张衡的《南都赋》所不及的，由此可以看出作者颂美的激情是何其激越。而更为夸张的是作者接下来对南宋疆域的描写，作者比司马相如的《子虚上林赋》更胜一筹，把南宋逼仄的疆界写得广袤无边——东边是琉球、日本、百济、高丽；西边是四蜀、五溪；南边是沧溟巨壑，际天无极；北边连接玄冥，没有实写。赋的结尾是对辅成如此大业的秦桧的颂扬。这篇鸿篇巨制使我们清晰地感受到绍兴年间谀文泛滥之一斑。

北宋后期，徽宗大兴土木，掀起了一个创作谄谀诗文的小高潮。就目前留存的辞赋来看，为赞美徽宗所建亭台楼阁而创作的辞赋，只有李质和曹组的《艮岳赋》各一篇。李质赋不殚烦地描写这片园林的每一处建筑，除了文字富于诗意以外，结构上和徽宗写的《艮岳记》没什么区别，而且缺乏颂美的热情。赋的结尾处发了这样一通议论：“臣又闻积水成渊而蛟龙生，积土成山而风雨兴。皆物理之自然，岂人力之所能？盖尝观云气之霭霭，时出没而相仍。作寰区之润泽，肇五谷之丰登。霈为霖而复敛，抱虚壁之层层。举兹山之尽美，渠可得而诵称？尔乃或遐瞩以寄情，或周览以托兴。众彩迭耀，臣目迷

① 《玉海》：“建炎中，驻跸临安。绍兴八年三月，诏复还。十五年，高衮上《二都赋》，十七年，施谔上《行都赋》。”转引自［清］厉鹗等撰《南宋杂事诗》卷五，浙江古籍出版社1987年版，第173页。

② 如胡安国有《中兴策》，权邦衡有《中兴十议》，汪藻有《建炎中兴诏旨》，林宝有《中兴龟鉴》，李昌言有《中兴要览》，汪伯彦有《建炎中兴日历》，陈靖有《中兴论统》，张浚有《中兴备览》，李纲有《建炎中兴记》，熊克有《中兴小历》等等。

而不能得视；群籁互鸣，臣耳惑而不得听。”这段文字的立论基础源自《韩诗外传》的一段话：“登高临深远见之乐，台榭不如丘山所见高也；平原广望博观之乐，沼池不如川泽所见博也。”① 这其实和程俱的《采石赋》一样，是暗寓讽谏②。曹组的赋则突出艮岳处天地之间的神圣性，其用意和李长民的《广汴赋》一样，意在神话徽宗，神话那个“盛世”。南宋初期，百废待兴，宫观楼阁的建设无法和徽宗时期相比，而且，高宗提倡节俭，过分地铺叙建筑之华赡不太恰当，所以，这时的辞赋发扬了李长民和曹组辞赋凸显神圣庄严的特色来达到谀美当道的目的。王廉清的《慈宁殿赋》就是颇具代表性的赋作。这篇赋是绍兴十二年（1142）献上的。慈宁殿是高宗生母韦太后所居之殿。韦后于绍兴十一年由金人归还，这件事在高宗等看来，是宣扬和戎国是、挽回皇家颜面的一个绝好机会，但令人难堪的是，韦后在北方时已经做了盖天大王的妾，且育有二子。为了掩盖真相，除了迫害知情者、篡改韦后生年之外，就是更加疯狂地宣传、乃至神话韦后的南还。韦后归后，高宗曾下诏：“乞令词臣作为歌诗，勒之金石，奏之郊庙，扬厉伟绩，垂之无穷。”③ 诏下以后，谀美此事的颂赋歌诗纷至沓来，此赋可能就是其中之一。赋作开篇的结构和惯常描写宫观殿宇的辞赋一样，铺张描写慈宁殿的过程和形制，然后歌颂高宗的崇孝道。作品非同一般之处是对慈宁殿、高宗之神圣性的渲染贯穿始终。描写慈宁殿的建筑则曰：“仓昊驰耀兮，黄祇助培。运郢硕之斤斧，攻杞梓之良材。万杵散雨兮，千镵转雷。离娄督绳兮而公输削墨，夏育治砾兮孟贲掇荄”，“山壤献灵，川流效祉”。虽然这是一般宫殿赋的套语，但由于描写对象的特殊性，此赋中有强调此殿建设顺天应人的意味。描写慈宁殿的气势则曰：“出入兮日月，呼吸兮风雨，开重轩兮累玉，鳞万瓦兮游龙”，“喜洩洩兮乐融融，人如遇兮出如逢”。这两句暗用郑武公和其母姜氏母子和好的典故——“大隧之外其乐也洩洩”、“大隧之中其乐也融融”，意在强调高宗和韦后母子的和美，也是说宫殿的美感体现出母子和美的美感。赋的后半段是对高宗躬行孝道的礼赞，而且给这种孝道披上了德侔天地的神圣特点：“孝道克全，鉴上天兮。寿禄万年，其永延兮。圣人孝兮，感人深。……财丰俗阜兮，写于薰琴，百姓克爱兮，诸侯克钦。亘万国兮，得其欢心。”把这种孝道的作用上升到经天纬地的程度。与韦后有关的赋还有曹勋的《迎銮赋》，作品干脆以短章面世，反映出作者才力的不足。此赋除了长长的序文外，是十篇描写迎接韦后南归过程的小赋，作者用极其典则庄重的语言来礼赞此次事件的庄严神圣，其用意和《慈宁殿赋》一样。

气势恢宏的典礼可以体现出王朝的声势，也可以使文人对现实的衰败产生些许空幻的寄托与愿望。徽宗元符年间，刘弇作的《元符南郊大礼赋》即反映了文人们的这种心理。赋中充满热情地追述太祖荡涤海内的功业和列宗的功绩，描绘当代的盛世景象，多罗列澧泉涌地、祥瑞沓至等套语，显得虚张声势，不得要领。我们现在能看到的绍兴年间的典礼赋有王洋的《拟进南郊大礼庆成赋》，曾协《云庄集》卷三有一篇《献藉田赋

① 《韩诗外传》卷五。

② 参看刘培《论北宋后期的党争与辞创作赋》，《北京大学学报》2005 年第 6 期。

③ ［南宋］徐梦莘《三朝北盟会编》卷二二三，上海古籍出版社 1987 年版，第 1612 页。

表》，但赋已不传，从“恭惟皇帝陛下奉三王损益之权，继二帝勋华之业，九功叙而人所助，一德享而天弗违。大有为之时，巍巍杰立；甚盛德之事，荡荡难名”的献表文字来看，此赋可能是一篇谀美十足的作品。王洋的《拟进南郊大礼庆成赋》作于绍兴十三年(1143)，可能是考虑到当时天下不靖，此赋基本上是对典礼过程的叙述，没有刘弇赋的虚声颂美的习气，对高宗的赞美主要集中在他的节俭上。葛立方的《九效》也属于典礼范畴的辞赋，共九篇，是一组模仿屈原《九歌》的颂辞，其《天运》赞美南宋的中兴，《慈宁》赞美韦后，《永固》、《强弱》赞美和戎国策，《医国》赞美内政，《君臣》赞美秦桧，等等。同类的作品还有叶子彊的《迎送神辞》，也是一篇模仿《九歌》的作品，这样的作品的目的只有一个，那就是讨好当道。

南宋初期的颂美辞赋还把目标指向了大臣，尤其是对秦桧的歌颂。秦桧专国以后，对他的歌颂几乎成了文学创作的主要主题之一，满朝文武，包括曾经的主战者如张孝祥，当时以名节标榜的理学人士比如刘子翚，都加入到颂扬秦桧功德的行列中。这样的作品，想来当日一定不少，我们今天能看到的赋作只有张嵲的《寿赋》。除了对秦桧的歌颂而外，还有一些歌颂其他大臣的赋，如周紫芝的《新城赋》歌颂吕颐浩的功绩，晁公遡的《朝山堂赋》歌颂一位李姓地方官员，韩元吉的《万象亭赋》颂扬叶适在长乐的劝农之举，吴儆的《良干堨赋》歌颂新安郡的潘姓郡守兴修水利、发展农业的政绩，等等。这些赋和赞美高宗、秦桧的辞赋不同的是，赋中描写当地的自然人文之美，寄托了对南宋王朝走向繁盛的深深的期望。

祥瑞也是盛世之黼黻，是颂美辞赋的重要素材。北宋真宗年间，为掩盖澶渊之盟的惭德，曾经大肆渲染盛世气氛，一时间祥瑞纷呈，描写祥瑞的辞赋也大量出现。这种风气一直延续到仁宗亲政期间，强调应天以实不以文，才逐渐消沉下去。徽宗时期，祥瑞虽然继续发展，如为徽宗领花石纲的朱勔就曾呈《瑞木赋》，但是祥瑞赋创作却始终没有形成气候，究其原因，是当时的大多数文人对祥瑞的看法还比较冷静①。南宋初期，祥瑞时有进呈，綦崇礼的《贺瑞禾表》中说：“恭惟皇帝陛下成康化俗，尧舜安民，运阴阳气数之神，物无疵疠，相天地生成之道，家用平康，肆兹穑事之成，有此农祥之异。”② 邓肃在《瑞花堂序》中也提到建炎三年（1129）有祥瑞出现的事情。但是，祥瑞赋却始终形不成气候，这应该与当时江南的地方不靖有关。目前能看到的涉及祥瑞内容的辞赋只有张昌言的《琼花赋》等为数很少的几篇。

三、山川风物赋兴起

北宋后期出现了许多颂美山川风物的赋，通过赞美山川以表现大宋的气度，以暂时忘却眼前一蹶不振的现实。这类赋中较好的有李廌的《武当山赋》、李纲的《武夷山赋》、楼异的《嵩山三十六峰赋》等。李廌的《武当山赋》作于建中靖国元年（1101），这篇三

① 郑刚中就在《双莲膏露辨》中针对宣和四年（1122）蕲州梅姓太守呈祥瑞双莲膏露做法进行了辩驳。

② 《全宋文》第一六七册，第312页。

千余言的赋充满热情地描绘了武当山的气势、山间风光、不凡的物产、鸟兽等等，展示了武当山在天地间的地位，并指出，大宋七叶而至徽宗，武当山焕发出卓然不群的灵淑之气。李廌非谗慝之臣，他的这篇赋应该是对绍圣以来日薄西山的国势的曲意回护，也许作者不想面对这样的现实——一番闹哄哄的政治纷争的结果是王朝没落了。

北宋中期，南方文人已经在文坛居于主体地位，但是由于当时的文化中心是在汴京、洛阳一代，在人们的文化观念当中，江南一代依然是远离文化中心的边缘地带。南渡以后，文化中心南移，文化版图发生变化，南方出生的文人在绍兴间已经居于文坛的主导地位，因而，文学中的话语体系势必要随之改变。描写南方山川物产的辞赋，尤其是南方文人创作的辞赋，其弘扬当地文化、争取文化和文学话语权力的动机表现得相对明显。

王十朋的《会稽风物赋》以典雅流畅的笔触铺叙了会稽地区的历史沿革和山川风光、物产、风俗以及古今人物，借以表现江浙人文教化的隆盛和资源物产的丰富，可作帝王之资。尤其是对古今人物的铺叙，集中于他们的政治和文学才干。作者是想指出，会稽非断发文身之地，而是人文之奥府，文化发达，人才之盛甲于天下，借此强调会稽的文化正统地位。在赋的结尾，作者以饱满的热情赞美了当今的政治："今天子披舆墬（地）之图，思祖宗之绩，求治如不及，见贤而太息，文德既修，武事时阅，盖将舞干戚而服远夷，复侵疆而还京阙。余俟其车书仝（同），南北一，仿吉甫，美周室，赋《崧高》，歌吉日，招鲁公，命元结，磨苍崖，秃巨笔，颂中兴，纪洪烈，迈三五，敻前牒，亘天地，昭日月。于是穷章亥之所步，考神禹之所别，览四海、九州之风俗，掩两京、三都之著述，腾万丈之光芒，有皇宋一统之赋出，回眡会稽，盖甄陶中之一物。"这不是惯常的曲终奏雅的故作姿态，而是在借颂美高宗的内修文德、外治武功来寄予凭借南方以一统天下的期望。王十朋还有四篇赞美会稽山川之美的《双瀑赋》、《蓬莱阁赋》、《大嵤赋》和《剡溪春色赋》。《双瀑赋》描写金溪双瀑的壮丽景象："于时骤雨初歇，飘风迅击。飞泉汹涌，怒流湍激，喷烟雾于苍岚，吼龙蛇于大泽。百川震而澎湃，万类纷其辟易。疑若倾崖转壑，变丘谷而为陵；又类万马千兵，奏鼓鼙而赴敌。"写得极其有生气，这在当时是不多见的。赋的结尾转入发思古之幽情："于时目击飞流之末，耳洗寒潭之侧。思往事之微茫，仰遗风而叹息。竈中烟冷，难寻入竹之人；峰顶台荒，不见吹箫之客。"作者写追思炼丹的张文君和吹箫的王子晋的目的是突出这一景观的人文价值。《蓬莱阁赋》的重点是瞻顾遗迹，发兴亡之叹；《大嵤赋》和《剡溪春色赋》则以展现越地的秀美风光为主。王十朋是温州乐清人，他的这些辞赋创作充分体现了南方文人争取文化话语权的用意。和王十朋的创作相呼应的是王腾的《辨蜀都赋》，辞赋罗列成都的发展历史和文化的发达、风俗的醇厚，批评当时人对蜀地的种种误解。作者在赋中把这个意思表达得相当明白："人物习性，有忠有邪，有智有愚，出于才行，而不由土产。自赵谂狂图，好事者类指以疵蜀人，蜀之衣冠含笑强颜，无与辩之者，余尝切齿也。"其实，提高地方的文化地位，不是辞赋中的孤立现象，在一些散文中也可以看到类似的言论，如喻汝励的《辨蜀》、《扪膝轩记》等。张孝祥的《金沙堆赋》描写洞庭湖令人惊叹的滔天巨浪，也是比较出色的作品，赋曰："壁立千仞，衡亘百步。灵鳌之背孤起以自暴兮，弃方丈而不负。

涌青城之玉局兮，迟虚皇而来下。太仓露积以弗校兮，白粲粲而非腐。熬海波以出素兮，莽既多而无数。胡山十丈之雪结而不复释兮，吴江八月之潮来而不复。”极其生动地描写了洞庭潮涌千仞的惊心动魄的风光，仿佛天地间涌动着一股桀骜不驯之气。吴儆的《浮丘仙赋》是较早描写黄山风光的赋。黄山之美可能直到南宋初期才引起人们的注意。朱弁《曲洧旧闻》卷八载：“新安郡黄山有三十六峰，与池阳接境，在郡西，岩岫秀丽可爱，仙翁释子多隐其中，图经不著其名。”① 赋中描写变化多姿的黄山群峰曰：“却立而仰视，则危峰挺石，旅列青冥。或敷若莲华，或擎若炉薰。或俨若峨冠，或端若矗屏。或垂若倚盘，或蹇若抗旌。或植若剑戟，或肩若友朋。或旁附而不倚，或中立而不倾。或颓若下陨，或企若上腾。或崇隆以极壮，或刚耿而孤撑……”赋中大量运用排比句式详尽描绘黄山群峰的形态，反映了作者急于向世人介绍黄山的冲动和对黄山的热爱。这可能与仙翁、释子多隐于黄山相关。此赋的后半部分描写仙人降临的情景，更给黄山蒙上一层绮丽梦幻的色彩。

这种凸显南方本位文化的观念也出现在一些描写南方风物的咏物赋中。何麒的《荔子赋》针对荔枝珍贵而不产于中州，发表了这样的议论：“凡瑰琦之所出，必以远而见珍。故槟榔产于交趾，石榴盛于涂林，橘柚贡于淮海，葡萄得于罽宾”，“勿以类言，此固易知，何物不然？盖明珠耀于合浦，白玉出于于阗，孔翠毓于炎洲，火齐来于日南。以人言之，亦复奚别？自昔圣贤，燦若星列，是以戎出由余，吴出季札。秭归之陋，而生屈原；苍梧之荒，而生士燮，曲江而下，世固不乏。又况东夷之人号为舜，西夷之人号为文，何必中原，乃可勃兴”。所论其实是想指出，从物产、人物之盛而言，边鄙之地不逊色于中原，江南之地足可以作为恢复中原的依凭之地，因而，接下来，赋借着赞美荔枝，把南宋王朝颂扬了一番：“大火所熏，炎精所凭。含章抱洁，卓尔不群，永熠耀于南方，赫然其百果之君子。”高宗即位后，定年号为“建炎”，推崇火德，希望火能克金，对荔枝的赞美从火德入手，暗含颂美当道之意。又如李石的《栀子赋》颂扬火德：“祝融用威，朱鸟奋翅，火轮曳空，炎炎赫赫”，“一花纤微东皇刻，一气浩大天皇织，二乃与较瑞花虚名为六出乎?”作者还把栀子花描写成南宋中兴的象征。刘望之的《遂宁糖霜赋》则歌颂了闻名全国的遂宁糖冰。

四、深沉的忧患意识演变为深挚的爱国之情

重气节、尚风操是北宋文人的传统。在庆历以来的变法运动中，北宋文人表现出浓厚的参政热情。熙宁、元丰以来，文人们心系天下的激情消退了，全身远祸、因循墨守之风渐染士林。徽宗时期，谄谀成习，士风大坏，文人的心理距离与君王渐行渐远。但是，文人的济世热情并不是完全泯灭了，而是不得不向内收敛，变得更为深沉了。在辞赋创作中，北宋后期文人深沉的忧患意识也时有流露，如赵鼎臣的《尧山赋》、刘跂的《防宜宫赋》、孔武仲的《吊隋炀帝赋》、张舜民的《长城赋》、宗泽的《抚松堂赋》等所

① 程毅中主编《宋人诗话外编》上册，国际文化出版公司 1996 年版，第 548 页。

流露出的对国家命运的殷殷之情，张耒、唐庚、邢居实的同题作品《南征赋》，李刚的《江上愁心赋》、《续远游》，程俱的《广游》等所流露出的处身衰世心无皈归的苦闷，都折射出北宋后期文人心底里对天下的系念。

靖康之难后，面对君国的奇耻大辱和天下危局，文人们的优患意识通过爱国精神的高涨表现出来，不管是收复失地的热切呼号，还是励精图治、守以待变的冷静分析，都流露出当时文人真挚的爱国热情。但是，这种爱国热情在当时却不能够充分得到伸张，而是转逾深沉，变为深挚。迫使爱国热情向内收敛的因素来自于你死我活的党争和高宗、秦桧的投降政策，以及元祐以来养成的避祸苟且的士风。

首先，靖康以来党争的非理性化特点和残酷性使文人们面对国事心灰意冷，爱国热忱受到严重打击。由于党同伐异已经变成了当时文人文化性格的核心，他们对靖康之难的反思不可能会冷静客观，而是不管不顾地委过于执政的新党，进而归咎于王安石变法和指导变法的“荆公新学”，视王安石和“新学”为灭亡北宋的罪魁祸首。围绕着这个核心，斗争越来越复杂、残酷，而且，这种攻击具有深文周纳、不择手段、阴险毒辣的特点，于是，整个士人群体几乎都参与进来，哪怕是极小的政治举措都会引发无休止的争论和恶毒的攻讦。文人们身不由己地被绑在了党争的战车上，爱国之志在彼此的争斗中难以施展，爱国热情遭到无情的摧残和打压。李纲的遭遇就是在这样的党争中酿成的，何俌《中兴龟鉴》中说：“纲之言虽忠，纲之谤逾多。颜岐，邦昌党人也，于公未至而沮之；宗尹，尝仕邦昌者也，于公已至而沮之；宋齐愈，又党豫立邦昌议也，及与公议国事，又从而沮之，君子难尽易退也如此。加之藩邸旧人，公肆排毁，并相之命下而纲之权已分，经制之司罢而纲之去已决。中山之功未成而谤书盈箧。纲之秉政凡七十五日，而所以共治者，他有人矣。当时挽而留之者，不投之散地，则寘之极典。公之去就甚轻，而关于天下之安危者甚重也。”[①] 李纲的遭际不是特例，对当时报国心切的人士来说遭受贬抑其实是普遍现象。其次，高宗一贯执行投降避让政策，对有识之士的排斥打压也使爱国之情郁而难伸，尤其是秦桧专国以来，和戎的国是成了秦桧相党给政敌定罪的法律依据。高宗和秦桧们为了恪守和议，加强皇权，对涉及恢复中原的言论一概视为撼摇国是，予以严厉打击。在高压政治打压下，整个文士群体深患失语症和怔忡症，收复中原成了话语禁区，爱国热情更是被牢牢禁锢。第三，在党争中养成的避祸苟且的士风也从内部压制着爱国热情的自由抒发。靖康之难中，士人群体表现得极其麻木，这固然与徽宗曾严禁大臣议论边事有关，但士风的萎靡则是主要原因。对此，南宋中后期的文人常常浩叹不已。洪迈曾说，国难之时，往往有慷慨悲歌、感天地、泣鬼神之事，“国家靖康、建炎之难极矣，不闻有此，何耶?”[②] 洪迈还说：“予顷修《靖康实录》，窃痛一时之祸，以堂堂大邦，中外之兵数十万，曾不能北向发一矢、获一胡，端坐都城，束手就毙！

① 《建炎以来系年要录》卷八，“建炎元年己卯条”注引。

② ［南宋］洪迈《容斋随笔》续笔卷十六“大义感人”条，上海古籍出版社 1978 年版，第 293—294 页。

虎旅云屯，不闻有如蜀、燕、晋之愤哭者。”[①] 难怪周密感慨“子曰：‘必世而后仁。’盖言天下大乱，人失其性，凶恶不可告诏，三十年后，此辈老死殆尽，后生可教而渐成美俗也”[②]，对徽宗以后直到南宋初期的士风表达了深深的叹惋。

南宋初期的政治环境和北宋后期相比没有丝毫的改善，而且可能还更糟，文人的忧患意识依然纠缠着个人的出处去就，笼罩着文化专制和党争的阴霾，因而，南宋初期辞赋中的爱国热情的表达很难尽情发挥，而是和对宦海风波的忧惧、无奈和郁闷杂糅在一起，表现得较为隐晦、深挚、悲凉。

就目前所见的文献资料，能直接推究靖康之祸的赋作只有胡寅的《原乱赋》。从赋的开篇“始予纳履于重围兮，期汗漫而遐征”来看，此赋作于张邦昌僭立后胡寅南归途中，即靖康年间。赋作对王朝的覆灭作了较为深入的思考，虽然徽宗、钦宗反复申言国之灭亡是为大臣所误，但胡寅认为徽宗才是祸乱之源，其祸国有好色、用奸佞、大兴土木、擅起边衅、崇奉道教等六端，是亡国的直接原因。作者用近一半的篇幅更深一层推究出亡国的原因是王安石变法和推行新学。由于作者的道学背景，对亡国的根源不可能做出客观的分析，但是真挚的爱国之情流注于作者的反复咏叹中，自有一种感动人心的力量。像《原乱赋》这样全面反思亡国根源的作品在南宋初期的赋作中极其少见。据张表臣说，在金人第一次渡河时他曾作《将归赋》分析形势，声称金人还会再来，可惜没有引起有司的注意[③]。刘子翚的《哀马赋》通过哀叹战马来表达抗金的艰辛，对将帅的无能表示了深深的担忧。其他如李纲的《吊国殇文》凭吊宣和年间用兵西鄙的死难者，喻汝砺的《卮酒词》凭吊死于国难的刘韐，感情沉痛，情真意切。

更多的辞赋是通过隐晦的手法寄寓爱国之情。李清照创作于绍兴四年（1134）的《打马赋》通过描绘打马游戏来表达作者的爱国激情，形式上的隐晦曲折与作者内心的炽烈形成强烈的反差，给读者留下极深的印象。本来借战阵来喻棋谱是古代各种棋赋、棋经常用的手法，但是李清照辞赋却在渲染杀敌报国的激情，已经超越了棋局的界域。赋中说道：“佛狸定见酉年死，贵贱纷纷尚流徙。满眼骅骝及騄駬，时危安得真致此。木兰横戈好女子，老矣不复志千里，但愿相将过淮水。”作者恨不得效法花木兰，去前线替朝廷收复失地了。虞允文的《辨乌赋》则通过乌鸦怀忠孝之志却不见知于世人的苦闷，反映出爱国热情不得伸张的郁闷。李石的《四君子汤赋》通过描写中药四君子汤寄托了渴望能臣良将医治国家萎靡虚弱的痼疾的愿望。王灼的《荆玉赋》、《荆玉后赋》慨叹卞和的遭遇，抒发爱国热情不为当道所重的沉郁悲惋之情。

南宋初期，拟骚的创作呈复兴的趋势。早在北宋中期，为了适应革新政治的需要，赋家们标举屈原的忧国忧民的精神，掀起了一次骚体创作的高潮。当时赋家们接受屈原的着眼点是屈原对政治理想不断追求的精神。北宋后期，晁补之等人创作了许多拟骚，他们所看重的是屈原独拔流俗的人格力量。南宋初期的拟骚，其着眼点发生了变化，它

---

① ［南宋］洪迈《容斋随笔》卷十六“靖康时难”条，第212—213页。
② ［南宋］周密《癸辛杂识》别集下，中华书局1988年版，第278页。
③ 张表臣《珊瑚钩诗话》，历代诗话本。

们标举的是屈原对国家的忠爱之思。如李纲的《拟骚》、周紫芝的《哀湘垒赋》都是在弘扬屈原对楚国的拳拳之心。

有些辞赋通过吊古来表达对国事的系念、对国家的热爱。如刘望之的《八阵台赋》、李焘的《南定楼赋》凭吊不忘恢复的诸葛亮来寄托爱国精神。《南定楼赋》的结尾抒发了恢复中原的壮志和报国无门的苦闷："偃旗卧鼓不顿一戟兮，卧独立北望伤宛洛兮。极目千里氛甚恶兮，沉吟遗章涕零落兮。攘除兴复将焉托兮，登兹销忧聊假日兮。"作者从对诸葛亮功业的缅怀中转向现实，面对残破的国家感慨万千。范浚的《姑苏台赋》凭吊吴王夫差暗寓对徽宗荒淫误国的讥刺。陈岩肖的《钓台赋》写道："遂律贪而立懦兮，共扶汉祚而不遽衰也。昔渭滨之钓璜兮，吊功烈以辅兴王之基。阙里钓而不纲兮，钓道德以垂万世之师。濮水钓而持竿不顾兮，钓高尚以远尘俗之羁。今先生亦寓意于是兮，钓气概而挺然不可縻也。"和北宋中期张伯玉同题之作抒发不事王侯高尚其志的着眼点不同，和范仲淹的《庐陵严先生祠堂记》所表达的激励名节也有区别，作者对严子陵的歌颂放在他建功立业、垂范后世上，从而反映了希望报效国家以期臻于中兴的愿望。

五、由表现高情雅韵转向展示世俗情趣

宋代文人有两个精神世界——廊庙与江湖。北宋中后期，随着党争的加剧，议论煌煌的传统变为对高雅的艺术境界的追求，文人逐渐和廊庙疏远而亲近江湖，济世救民的追求和遁世无闷的人生旨趣渐行渐远。当然，这种转变是痛苦的，苏轼等人虽然身在江海之上但系念廊庙，难以割舍淑世情怀，因此以禅的空静和庄学的齐物达观来化解内心的块垒，以深邃睿智的思索来梳理廊庙和江湖复杂纠缠的关系。徽宗以后，朝纲大坏，文人们对政治更加失望，内心和政治更加疏远。南宋初期险恶的政治环境和文化专制使文人对政治由失望走向彻悟、麻木，济世救民的崇高感失落了，这两个世界走向分裂：在廊庙则言济世，甚至欺世盗名；在江海则谈风月，魏阙之思几乎消磨殆尽。北宋后期文人的那种深沉的忧患意识演变为对人生、命运的空幻和悲凉慨叹；那种对忘却名利、澄澈精妙、高雅隽逸的心灵境界的企求，演变为对世俗庸常生活的体会、玩味和讴歌。两宋之际的辞赋真实地记录了文人心理的这一历程。

两宋之际，表现人生空幻的辞赋增多了。翟汝文的《睡乡赋》、周紫芝的《蜂衙赋》、何文缜的《梦赋》、沈与求的《客游玄都观赋》等通过描写梦境来表达人生如梦幻泡影的感受；沈与求的《灯花赋》、范浚的《过庄赋》、宇文虚中的《鱼计亭赋》等则表现了对命运无常的通脱与达观；胡铨的《和陶渊明归去来辞》以醉乡为家，表现了颓放的人生态度。对人生空幻的感受，从一个侧面反映出文人们对济世救民的人生观的怀疑和渴望从中摆脱的心理。南宋初期的辞赋从表现纯美的心灵境界和讴歌世俗生活来找寻新的心理归属。

和苏轼等人的辞赋相比，两宋之际的辞赋所描写的美景缺少哲理的感悟、沉思，所发的议论也比较庸俗。赋家们把眼前所见的一切都写得很美，生气流动，景象万千，他们不需要用哲理去统摄内心的种种意绪，放下淑世情怀，他们就可以以一种自由的心境

去感受生活所呈现的美景，去体会庸常的生活哲理，他们的议论不再那么高妙，那么富于深邃的顿悟。张守的《小黄杨赋》写了对小黄杨盆景的感受："受一气之独正，纷众叶之多碧。已幸脱于泥途，靡争研于花实。安微分而自足，贯四时而不易。置之函丈之间，绰有山林之适。明窗净几，阴敷研席。笑昌阳之琐细，与草芥而匹敌；诮巴苴之凡陋。望秋风而陨踣。"写出了盆景从容自在的风姿，折射出作者安闲从容的心态。赋的结尾："已无心于梁栋之用矣，毋或纵寻斧以求狙猨之杙也。"表现出作者对宦途避而远之的心理。李处权的《乐郊赋》描写了乡居生活的美好，景物描写空灵流转，有清新之气："幅巾藜杖，适野在田。或狎鸥而藉草，或观鱼而临渊。或流憩以骋望，或会心以忘言。于时远山兮连连，近水兮溅溅。清秧兮芊芊，白露兮娟娟。麦初芒兮燕乳，桑已葚兮蚕眠。喜膏润之及私兮，庶遂逢于有年。"而赋的结尾则讲了一通适性逍遥的道理。像这样景物描写引人入胜但是抒发庸常之理的赋作在南宋初期比比皆是，比较有特色的如王安中的《竹林泉赋》、宇文虚中的《鱼计亭赋》、辛次膺的《飘泉赋》、葛立方的《余庆堂赋》等等，这些赋和当时流行的散体亭台楼阁的"记"一样，写精妙之景，无高妙之思，反映出当时文人的心理不再如他们的前辈那么高雅、脱俗，而是走向了世俗情怀，他们的精神家园不再是那种宁静玄妙的远离世俗的境界，而是走向了实实在在的世俗世界，险恶的仕途迫使他们在心理上疏远淑世精神，江南的美景则召唤他们面对自然、感受生活。这个时期辞赋的世俗化特色与"江山之助"不无关系。

南宋初期，庸常生活、庸常情感的许多方面都进入了赋家的视野。

对家族繁衍兴旺的祈求在赋作中不断得到表现，和北宋中期以来关心国事民瘼的辞赋主调相比，这样的情感的确比较低俗。蔡发的《穴情赋》是关于堪舆风水的。堪舆学在南宋以来大行其道，上到朝廷大臣，下到市井细民，为了子孙昌盛，多热衷于此。对此，当时的一些有识之士表示了深深的担忧①。蔡发的这篇赋告诉人们选择坟地的要领，从一个侧面反映出当时文人们日渐庸俗的精神世界。吕颐浩的《五世祖衣冠招魂词》用近五千字的篇幅来追述家族的发展、先祖们的令德功勋以及希望列祖列宗保佑家族继续兴旺的愿望。葛立方的《云仙》是一首祭神的颂词，希望作者以及家人能得到云中的仙人的保佑。周麟之的《槛泉赋》表达了希望祖先在天之灵能保佑家族兴旺的愿望，赋中写槛泉之水曰："其正出也，万窍互发，蕴沦洄漩，迸澄沙之金碎，激浮沤之珠圆，吹嘘乎管灰之飞，眩转乎风蓬之旋；其泄流也，涧道委蛇，如玄云之触石，遏流不平而鸣，铿锵乎佩玉之音，悠扬乎宫徵之声。拥山川之秀润，朝郁郁之佳城。"作者如此生动地描写泉水的喷涌流动是为了下文的祈祷："泉之流兮祖之德，肆其后兮沐灵泽。泉之清兮为文英，泉之涌兮腾仁声。世世兮承休，与兹水兮同流。"希望祖先的恩德能像不断流动的泉水一样，永远保佑家族兴旺。

即使北宋后期赋家们反复咏叹的闲居求志的主题，在南宋初期的文人们手里，也变

① 如罗大经《鹤林玉露》丙集卷六就指出："世人之惑（郭）璞之说，有贪求吉地未能惬意，至十数年不葬其亲者；有既以为不吉，一掘未已，至掘三掘四者。有因买地致讼，棺未入土，而家已萧条者；有兄弟数人，惑于各房风水之说，至于骨肉化为仇雠者。凡此数祸，皆璞之书为之也。"

得格调低俗。如在北宋后期流行的拟《归去来兮辞》多表达优雅闲逸的高旷情怀，南宋初期，拟《归去来兮辞》的创作依然不少，但是思想格调却低多了，如王十朋的《归去来赋》写道："归去来兮，终日思归今已归。嗟连岁之行役兮，误甘旨是屡违"，"虽吾归之不若人兮，不能衣锦而乘肥"。在这里，作者念念不忘的是隐居的享乐生活，耿耿于怀的是隐居失去的官威和显赫，不事王侯的高雅荡然无存。冯檝的《和渊明归去来辞》通篇表现的是劝归佛法的内容，且没有什么深妙的禅趣，类同佛家鄙俚的化道文，如赋中写道："归去来兮，莲社已开胡不归？……入慈悲室，登解脱门，万境俱寂，一真独存。炉香满炷，净水盈樽。望西方以修观，祈速睹于慈颜。入念佛之三昧，觉身心之轻安。超九莲之上品，开六超之幽关。"对安闲生活的渴望也是北宋后期赋家惯常表现的，他们借此展示澄澈宁静的雅怀。南宋初期辞赋当中也有这样的内容，如葛立方的《喜闲》、《横山堂三章》，王十朋的《至乐斋赋》等，表达了对富贵享乐生活的向往，志趣比较庸俗。尤其有趣的是，南宋初期文人在追求功名富贵方面的奔竞努力是北宋后期文人无法比拟的，然而，这些表现安闲生活的辞赋却表现出对功名的不屑一顾，走俗状而鸣高情，远嗣西晋文人如潘岳等之逸响。比如周紫芝因为谄事秦桧颇为物议不许，但是他的《思隐赋》却在表现渴望富贵闲人的生活的同时，也展示了不事王侯高尚其志的高情。钱钟书先生指出："虽然，观文章固未能灼见作者平生为人行事之'真'，却颇足徵其可为、愿为何如人，与夫其自负为及欲人视己为何如人。"① 南宋初期文人的这种悖论固然折射出对仕途的畏惧，但是更反映了他们追求享乐而又故作姿态的庸俗心理，反映了他们的低俗和矫情。

南宋初期的赋家比较关注身边的琐事，他们用低俗的眼光看待、理解这些细碎之事。葛立方的《忆菁山赋》写的是乙酉之秋即建炎三年（1129）流落到菁山的生活苦况，但是赋中几乎没有涉及靖康之难的大环境，而是不断抱怨生活的艰苦，作者所谓的苦况无非是没有同道之友、没有好茶来打发清闲的时光。赋中写道："乙酉之秋，羯胡入寇，饮马于江，衣冠震詟，奔遁僻壤。我乃流岩越佚，孤篷夜驰。辞山墩之横茅，栖景山之招提，远兵戈之骚屑，翁林峦之幽奇。"按照常理，赋作在介绍了战乱的背景后应该转入报国之情的抒发，然而，作者却发出了这样的感慨："苍崖翠嶂，郁乎在望，怨山人之不来，吟夜鹤于空帐，招羽翰之难传，第神驰而心向"，"千夫瞰山，若筐若莒，采撷如云，制骑火而飞麸尘，则蒙顶、鸦山、日注、双井、殆埒美而并珍，而吾未得沦以娱宾"。当此国难，作者却对自己流离当中没有雅友、没有好茶而耿耿于怀，没有流露出丝毫的慷慨报国之情，的确可当司马炎"全无心肝"之论。李石的《古渔词》对渔人渡人过河获利大发议论，觉得人心不古，认为古代的渔人是隐居的高人，而非射利之人，现在的渔人乃渔利之人。和北宋文人的谠言论政或者妙解天人相比，作者的见识的确鄙俚不堪。其他如张春的《鹤驾词》写求仙、胡銓的《及老堂赋》劝人行孝道等等，见识都相当低下。其实，整个南宋初期辞赋的见识普遍降低了，淑世情怀普遍地减退了，世俗生活和

① 钱钟书《管锥编》第四册，中华书局1986年版，第1388—1389页。

庸俗的见识成了当时辞赋一个比较鲜明的特征，这说明文人们在逐步远离廊庙世界而逐步走向世俗的生活，北宋以来形成的文人的高情雅韵正在被世俗情调所取代。

六、辞赋抒情说理的风格由理趣深邃转向张扬外露、直白肤浅

北宋中期以来的辞赋追求理趣深邃，文人们崇尚把一己之情升华为具有普遍意义的哲理，由哲理观照个人的情感，于是形成一种妙悟天人、洞悉万物的理趣，感情向内收敛，转向对社会人生以至于大千世界的深入思索，个人的情绪被化解，哲理的阐释趋于深刻、妙悟，具有平淡而深刻、虚灵而隽逸的美感。在南宋初期，辞赋追求理趣的传统转变为抒情张扬外露、说理直白肤浅。

辞赋抒情说理风格的这一变化是与文人心态的变化分不开的。北宋后期文人面对当时的文化专制，为了保持人格的独立和心态的平衡，普遍退回内心，索居苦吟，生活在个人的精神世界里，他们对抗现实的方式就是读书穷理和闭门索句。靖康之难以后，文人们要安居于陋室吟咏啸歌已经不可能了，他们经历了颠沛流离，接触了国破家亡，不得不为了生存和立足朝堂而奔波、奔竞。他们不再那么高雅、孤傲，他们必须面对现实来考虑一些切身的利害，于是，他们的心态由封闭走向开放，由内敛转向外露，情理相得、妙解天人的方式已经不能准确地表达他们对社会人生的感受了，于是，文学作品中抒情说理的方式由曲折幽深转变为直白和张扬。从咏物赋的变化我们能清晰地看到这种转变。北宋后期文人喜欢描绘具有高洁品格的形象来寄托人格理想，如写松柏的，有邹浩的《四柏赋》、苏籀的《二松赋》；写竹的，有黄庭坚的《对青竹赋》、《苦笋》，李复的《竹声赋》，郑刚中的《感雪竹赋》，慕容彦逢的《岩竹赋》等。这些赋具有状物与抒怀水乳交融的特点，作者对社会人生的感受和人格理想外化为美丽的形象，情与理、人与物完美地结合在一起，平淡中山高水深，理趣盎然。两宋之交，描写松、竹等的赋作减少而写梅的辞赋大量涌现。与描写松、竹等寄予高洁人格不同的是，南宋初期咏梅赋或者把梅花作为怀乡、悲叹命运的起兴之物，如唐庚有《惜梅》，谢逸有《雪后折梅赋》；或者刻意表现梅花旖旎动人的美感，如李纲、张嵲、王铚、释仲皎的同题《梅花赋》。李纲的赋这样描写梅花："若夫含芳雪径，擢秀烟村，亚竹篱而绚彩，映柴扉而断魂。暗香浮动，虽远犹闻。正如梅仙隐居吴门，丰肌莹白，娇额涂黄。俯清溪而弄影，耿寒月而飘香。娇困无力，嫣然欲狂。又如梅妃，临镜严妆，吸风饮露，绰约婵娟，肌肤冰雪，秀色可怜。姑射神人御气登仙，绛襦素裳，步摇之冠，璀璨的皪，光彩烨然。瑶台玉姬，谪堕人间，半开半合，非默非言。温伯雪子，目击道存，或俯或仰，匪笑匪怒。东郭顺子，正容物悟，惟标格之独高，故众美之咸具。"把梅花比作仙子，以仙女比况鲜花，然后糅合与鲜花相关的典实佳句，这是六朝以来的咏花赋作惯用的手法。李纲辞赋虽然对幽韵冷香、清空峭拔的梅格表现得比较充分，但是并没有脱出六朝窠臼，对梅花在比德方面的韵味挖掘不够，没有将梅格与人格结合在一起，和北宋时期的咏物赋相比缺少了含蓄和悠长的韵味，表现比较直白。当时其他人的咏梅赋作也是这样的手法。不是说文

人们没有注意到梅花凌寒傲雪的品格①，而是他们不愿意深入挖掘意象的韵味，不愿意在深邃的思虑中去玩味意象所昭示的本质意义，他们只是要直截了当地表现梅花的美丽，表现对梅花的喜爱，因而更愿意把她作为仙姝佳人的形象来咏叹。不仅是咏梅的赋作，像王灼的《朝日莲赋》、张昌言的《琼花赋》等，大都脱出展示高洁胸怀的路数而直接描写物象的美丽。不惟咏物赋，当时的赋作基本上都摆脱了北宋后期那种封闭的、优雅的、睿智的胸襟而直接面对眼前的大千世界，明白地道出个人的人生感受。如党争的内容的在北宋后期的辞赋中表现得比较隐晦，但是南宋初期的辞赋则毫不掩饰个人的政治倾向，像虞允文的《诛蚊赋》、洪适的《恶蝇赋》、李石的《辩谤文》等说理都非常直白。

南宋初期辞赋抒情说理风格的直白外露还与文人们学识修养的变化密切联系，辞赋的直白肤浅在一定程度上也是文人们学养不足造成的。文学作品的含蓄蕴藉和理趣深邃与读书穷理、贯通众学密切相关。北宋中期以来辞赋的厚重渊雅、理趣盎然和北宋文人学识修养的提高是同步的，而北宋后期以来成长起来的文人学识修养普遍地不如他们的前辈。究其原因，主要是由于科举这个指挥棒导向的结果②。熙宁变法以来直到南宋初期的科场经过了这样一些反复："祖宗以来，但用词赋取士，神宗重经术，遂废之。元祐兼用两科，绍圣初又废。建炎二年（1128），王唐公（绹）为礼部侍郎，建言复以词赋取士，自绍兴二年（1132），科场始复。"③ 王安石对过去诗赋取士的做法很不满，于是在熙宁四年（1071），神宗下诏罢诗赋而以策论升降天下士。本来，庆历以来科场中律赋的地位不断为策论侵蚀，至此则基本失去了为国家升降人才、选拔良俊的作用，元祐年间虽然短暂地实行过诗赋、经义兼取的办法，但是诗赋在科场的颓势已经无法挽回，因为不光是新党反对诗赋取士，就是旧党中的洛党、朔党也对此不感兴趣。这一变化对文人的学识的影响非常巨大。过去的文人为了科考必须泛览博观，养成铺采摛文、广采众学的魄力，这样方可写出上乘的律赋，但是，罢诗赋取士后，学子们都去钻研王安石的《三经新义》和《字说》去了，没有利禄的吸引，在充实腹笥方面当然就很难下大气力。忽视文华风采而重视吏才的结果，造成了学子素质下降，眼界狭窄，见识贫乏，他们所读的应考经籍其实在实际行政中派不上多少用场。在当时，这种取士方法的负面作用很快便显现出来了。李复在《论取士》中对此有深入的论述。他说："臣恭见神宗皇帝悯士弊于俗学之久，慨然作新选之，以经术发明圣人之遗言，使讲求义理之所归，庶乎修身行己，上以事君，内以事亲，位官接物，弗畔于道。而今之学者曾不思此，平日惟是编类义题，传集海语。又大小经题目有数，公试私课久已重叠，印行传写，其义甚多，无不诵念，公然剽窃，以应有司之试。终身之学止于如此。甚者至于所专之经，句读不知，音切不识，或误中选入仕，平生所学，皆无可用。"④ 对于诗赋与经义取士的优劣，元祐

① 事实上，周紫芝在《红梅馆赋》里已将松、竹、梅并提，姜特立在《跋陈宰〈梅花赋〉》中也指出："夫梅花者，根回造化，气欲冰霜，禀天地之劲质，厌红紫而孤芳。方之于人，伯夷首阳之下，屈子湘水之傍，斯为称矣"。（见《全宋文》第二二四册，第 3 页）

② 参看刘培《论北宋后期的科举改革与辞赋创作》，《四川大学学报》，2005 年第 2 期。

③ [南宋] 李心传《建炎以来朝野杂记》甲集卷一三《四科》。

④ 李复《潏水集》卷一，四库全书本。

年间，刘挚在《论取士并乞复贤良科疏》中说得更透彻："（试经义）至于蹈袭他人，剽窃旧作，主司猝然亦莫之辨。盖其无所统纪，无所隐括，非若诗赋有声律法度，其是非工拙，一披卷而尽得之也。诗赋命题，杂出于六经、诸子、历代史记，故重复者寡，经义之题出于所治一经，一经之中可为题者，举子皆能类集，裒括其类，豫为义说，左右逢之。才十余年，数榜之间，所在命题，往往相犯。"① 其实王安石晚年对经义取士也颇有悔意。这一点，南宋人自己看得也相当清楚，叶梦得就指出："熙宁以前，以诗赋取士，学者无不先遍读《五经》……自改经术，人之教子者，往往便以一经授之，他经纵读，亦不能精，其教之者亦未必能皆读《五经》，故虽经书正文，亦率多遗误。"② 以经义取士的直接后果就是文人过分钻研经术，而不在泛观博览上下功夫。叶适在《习学记言序目》说："然及其废赋而用经，流弊至今，断题析字，破碎大道，反甚于赋。……而今日之赋，皆迟钝拙涩，不能为经义者然后为之。"③ 他把辞赋的迟钝拙涩归咎于经义取士的结果，不无识见。顾炎武对比诗赋与经义取士时指出"今之经义策论，其名虽正，而最便于空疏不学之人。唐宋用诗赋，虽曰雕虫小技，而非通知古今之人不能作"④，见解可谓一针见血。而且，徽宗时期视诗赋为元祐学术而禁止人们创作，更推动了文人学识修养的普遍下降。

绍兴时期，科举试赋因为读书不多而不断闹出笑话更反映出当时文人学识修养的低下。据《鹤林玉露》载："绍兴省试《高祖能用三杰赋》，一卷文甚奇，而第四韵押'运筹帷帐'，考官以《汉书》乃'帷幄'，非'帐'字，不敢取。出院以语周益公（周必大），公曰：'有司误，非作赋者误也，《史记》正是帷帐，《汉书》乃作幄。'"⑤ 可见主考的学识贫乏到了多么可笑的地步。有时也出现试官与举子一起冬烘的情况："孔子弟子琴张，琴牢也。子张乃姓颛孙，名师。绍兴中，太学试《仁天子尊爵赋》，取上第一人、第二人皆以琴张为子张。……而试官与举人皆不悟，抑何卤莽至此耶!"⑥ 更有甚者，绍兴八年省试《天子以德为车赋》，连高宗都看出来第二名把"颠覆"的典故用错了，考官和举子却都茫然无知⑦，由此可见当时士子学识贫乏之一斑。南宋初期的文人大多是在北宋后期科考重经义的环境下成长起来的，腹笥空乏，其学识修养当然无法和他们的前辈相比，要把对学力要求很高的辞赋写得含蓄蕴藉、华赡厚重，当然是不可能的，南宋初期辞赋的苍白率直当与此有甚为重要的联系。比如要求行文典雅的典礼赋、山川都邑赋，当时的文人搜索枯肠努力堆砌，但是依然文辞鄙俚，不成体统。像傅共的《南都赋》在铺张扬厉时不得不模仿甚至抄袭张衡的《南都赋》和班固的《两都赋》；王廉清的《慈宁殿赋》虽然被时人目为"如河决泉涌，沛乎莫之能御也，天资辞源之壮，盖未之见"⑧，

① 刘挚《忠肃集》卷四武英殿聚珍版，第18页。
② 叶梦得《石林燕语》卷八，中华书局1984年版，第115页。
③ ［南宋］叶适《习学记言序目》卷四七，中华书局1977年版。
④ ［清］顾炎武《日知录》卷十六，岳麓书社1994年版，第585页。
⑤ ［南宋］罗大经《鹤林玉露》卷三，中华书局1983年版，第53页。
⑥ ［南宋］袁文《瓮牖闲评》卷三，上海古籍出版社1985年版，第32页。
⑦ ［南宋］吴曾《能改斋漫录》卷十四，上海古籍出版社1979年版，第433页。
⑧ 许顗《跋王仲信〈慈宁殿赋〉》，《全宋文》第一五八册，第72页。

但是文章的前半部分格局基本上是对王延寿《鲁灵光殿赋》亦步亦趋的模仿，尤其是对宫殿雕饰的描写颇涉抄袭嫌疑；王洋的《拟进南郊大礼庆成赋》基本上是对班固《东都赋》亦步亦趋的摹写。南宋初期的文人根本谈不上北宋文人化堆垛为烟云的功夫，就是堆砌辞藻他们也学力不足，因此，辞赋的直白浅陋在所难免。

综上所述，两宋之际的辞赋发展既一脉相承又有所变化。两宋之际，时局、士风、政坛的变动等对辞赋的走向起着极其重要的作用。靖康之难的时局促使北宋后期辞赋中弥漫的衰飒之气向深沉、悲怆的方向发展；北宋后期以来士风的萎靡和南宋初期党争的白热化以及权臣擅权等因素促成了颂美辞赋不合时宜的畸形繁荣；文化格局的调整促成了南宋山川风物赋的兴起；北宋后期以来的文化专制政策在南宋初期得到变本加厉的实行，其结果是辞赋中的爱国热情无法充分伸张，而是和忧患意识纠缠在一起，表现得压抑而凝重；北宋后期，文人的精神世界发生了很大的分裂，济世救民的入世追求和遁世无闷的人生旨趣渐行渐远，南宋初期的文人由于忧惧宦海风波，更关注世俗生活，更热衷在辞赋中表达对世俗安闲生活的热爱；由于学力的鄙陋、心态的不平衡，南宋初期辞赋抒情说理的风格由理趣深邃转向张扬外露、直白肤浅，进一步推进了北宋末期以来辞赋创作水平的下滑态势。很明显，在南宋初期辞赋的发展中，还没有显现出文人们振作赋坛的努力。建炎二年（1128），朝廷定诗赋、经义取士。有宋一代进士科考试，经历了数度废兴离合之后，有宋一代进士科考试，终至稳定于诗赋、经义平分秋色的局面，但是，辞赋在科场的作用仍无法和策论抗衡。高宗虽然也曾提出“最爱元祐”的口号，但是和诗歌一样，辞赋同样是创新不足而在继承苏、黄上也心有余而力不足。因此，南宋初期辞赋创作在赋境、赋艺的开拓上是相当不够的，不过，从文化的角度来看，这也真实地反映了两宋之际时局、政坛、士风的流变，为我们提供了那个大转折时代各个层次的嬗变史，而且，其生动性和真实性可能是诗、词等其他文体无法比拟的。

上承元、白，宋调初创

——王禹偁四六文研究

浙江理工大学　施懿超

王禹偁（954—1001），字元之，济州巨野（今山东省巨野县）人。晚贬知黄州，世称王黄州。从研究现状看，对王禹偁的研究，在诗歌方面已取得卓著成就，尤其出现了专门研究王禹偁诗歌学白、学杜等问题的硕士学位论文；在思想方面，包括政治思想、儒家思想、文学思想等也都有较多成果；在文章方面，研究成果显然较弱，论述多集中于王禹偁在诗文革新运动中的地位、作用，也出现了一些讨论王禹偁政论文、政论赋及其他文章的论文。但是，就目前来看，唯独对王禹偁四六文的成就少有论及，更谈不上对其骈文在宋初文学史中的作用和地位做出评价。本文拟从王禹偁的生平、仕历入手，探讨其四六文创作及其特色问题，以期对王禹偁在宋初四六发展史中的地位和作用做出恰当评价和准确定位。

一

首先来看时人对王禹偁文章特别是四六文的评价。和近世及当代的骈文史论著对王禹偁要么忽略、要么评价很低的状态相比，宋人对王禹偁文章及其四六文评价甚高。我们无法忽视同时代的宋人对王禹偁四六文成就的肯定，而且同时代人的评价也应该是最接近历史真实的原生状态。

民国时期骈文专著如刘麟生《中国骈文史》、瞿兑之《中国骈文概论》以及金秬香《骈文概论》在论述宋初骈文时，皆直接论述昆体四六，没有涉及王禹偁其人其事；只有谢无量《骈文指南》论述宋初四六发展时提及“惟王禹偁不为时俗声调所缚，用意典切”①，但仅此一句，并无其他论证。台湾张仁青《中国骈文发展史》②（下）第八章“两宋骈文之蜕变时期”之第二节“庆历以前之骈文”中，首列徐铉，次杨亿，次宋祁等，对王禹偁则只一笔带过，举其《谢赐御草书诗表》③ 以为例文。二十世纪八十年代姜书阁《骈文史论》一书，虽然单列出“北宋初期从王禹偁到西昆体的四六文”一节，依据洪迈《容斋随笔》记载，指出“王禹偁四六骈俪在宋代人心目中是早期最高的一家”，但是在列举出王禹偁及范仲淹的四六名句之后，认为这些名联“也就是说合于遣词造句、征典用事之巧”。所以，该书得出这样的结论：

---

① 见谢无量《骈文指南》第二章“骈文体格及变迁论”第五节“宋四六”，中华书局1918年版，第66页。

② 台湾中华书局1979年版。

③ 《小畜集》卷二十一。

王禹偁和范仲淹都是后世文人所仰慕的北宋初期的重要文学家，他们的四六文的名篇绝句也不过是这样，那么，其他止以四六名家的就更不能超出字句工丽以外而有别的更高艺术成就了。

可以看出，姜书阁先生对王禹偁四六文的评价仅仅限于四六文的“字句工丽”之上。当然，这和姜书阁先生对整个宋四六的定位问题分不开①。另外，于景祥先生的《中国骈文通史》② 述北宋骈文史，直接论述杨亿和西昆体，没有涉及徐铉和王禹偁等人物。

相比之下，宋人对王禹偁的评价可以说是普遍一致的好，无论是宋太宗还是一般的文人学士，无论是对其文章总的评价还是对其四六文的总结。宋文莹《玉壶清话》卷四云：

尝侍宴琼林，太宗独诏至御榻，面诫之曰：“卿聪明，文章在有唐不下韩、柳之列，但刚不容物，人多沮卿，使朕难庇。”禹偁泣拜，书绅而谢。

王禹偁侍宴琼林这件事在宋王辟之《渑水燕谈录》卷七“歌咏”下是这样记载的：

王元之在翰林，太宗恩遇极厚，尝侍宴琼林，独召至御榻顾问。帝语宰相曰：“王某文章独步当代，异日垂名不朽。”元之有诗云：“琼林侍游宴，金口独褒扬。”

除此之外，《东轩笔录》卷一、《四六话》、《容斋三笔》卷八等多种笔记、文话中均有类似记载。我们无意去考证宋太宗当时的褒扬之语是如何表达的，不管记载怎么不同，但是称赞王禹偁文章在唐代“不下韩、柳之列”、在宋初“独步当代”的肯定状态是完全可以认同的，曾巩还将此事及宋太宗的评价写进了《隆平集》的《王禹偁传》。

南宋高宗绍兴十七年，知黄州沈虞卿刊行《小畜集》，指出：

内翰王公，以文章道义被遇太宗皇帝，视草北门，代言西掖，眷优接隆，声望最重，咸谓“咫尺黄阁”矣③。

这也是对王禹偁“视草北门、代言西掖”的功绩和地位的肯定。

苏颂更是从唐宋文风衍变的角度，高度评价了王禹偁对于宋文发展的作用和影响。他指出：

---

① 姜书阁先生认为：“四六文在宋代也已濒临于衰亡的绝境”。其“宋代一篇”“只是作为全书余论来写的”。《骈文史论》，人民文学出版社 1986 年版，第 486 页。

② 吉林人民出版社 2001 年版。

③ 沈虞卿《黄州刊小畜集序》，《小畜集》卷首附。

窃谓文章末流，由唐季涉五代，气格摧弱，沦于鄙俚。国初屡有作者，留意变风，而习尚难移，未能复雅。至公特起，力振斯文，根源于六经，枝派于百氏，斥浮伪，去陈言，作而述之，一变于道。后之秉笔之士，学圣人之言，由藩墙而践突奥，系公为之司南也①。

如果说苏颂认为王禹偁堪当变革文风第一人的话，南宋周必大则更是将王禹偁推上文宗第一的位置。周必大指出：

一代文章必有宗，惟名世者得其传。天生斯人，固已不数，向非君师作而成之，则其道不坠于地者几希。若稽本朝，太祖以神武基王业，文治兴。斯文一传为太宗，翰林王公元之出焉。再传为真宗，杨文公大年出焉。长养尊用，风示学者，虽间以刚直被排斥，而眷顾终不少衰②。

以王禹偁、杨亿为北宋文坛前后相继的两大宗主。黄庭坚也曾将王禹偁与杨亿并称，在《次韵杨明叔见饯十首其七》中云："元之如砥柱，大年若霜鹤。王杨立本朝，与世作郛郭。"这些对王禹偁的极高评价，主要是针对王禹偁文章的整体地位而言的。以下列举的宋人说法，则集中于对王禹偁四六的总体评价和定位，应该更有说服力。

陈鹄《西塘集耆旧续闻》卷六"本朝名公四六"条云：

本朝名公四六，多称王元之、杨文公、范文正公、晏元献、夏文庄、二宋、王岐公、王荆公、元厚之、王履道。

《耆旧续闻》列举了北宋四六发展中的代表人物，宋初首列王禹偁，次则杨亿，其次才是夏竦、王安石等人。

洪迈《容斋三笔》卷八"四六名对"条曰：

四六骈俪，于文章家为至浅，然上自朝廷命令、诏册，下而缙绅之间藤书、祝疏，无所不用。则属辞比事，固宜警策精切，使人读之激切，讽味不厌，乃为得体。姑摭前辈及近时缀缉工致者十数联，以诒同志。

王元之《拟李靖平突厥露布》，其叙颉利求降且复谋窜曰："阱中饿虎，暂为掉尾之求；鞲上饥鹰，终有背人之意。"《蕲州谢上表》曰："宣室鬼神之问，敢望生还；茂陵封禅之书，已期身后。"

---

① 苏颂《小畜外集序》，《苏魏公文集》卷六十六，王同策等点校，北京：中华书局1988年版，2004年新印。

② 周必大《初寮先生前后集序》，《周益国文忠公集·平园续稿》卷一三。

《容斋三笔》卷八此条专论宋四六，举“前辈及近时缀缉工致者十数联”为例，也是将王禹偁列为首位，举其露布及谢表各一联。由此可见，在宋人，特别是南宋人眼中，王禹偁是宋初四六最高水平的代表者。

二

宋人眼中的文宗第一和四六名公——王禹偁的四六文创作情况及其特色如何呢？让我们从其生平及仕历入手，特别对王禹偁任职经历中和四六文创作有关的情况进行梳理。为方便讨论，以确定使用四六文的制诰类文书为例。

王禹偁出身贫寒，在他进入仕途前，对进入仕途的必备工具——制诰文曾进行过反复的练习。据徐规《王禹偁事迹著作编年》[①]，太平兴国四年（979），王禹偁就曾试做《并诰》[②]。其文曰：

天大唯其辰，星罔不拱；人大唯其君，邦罔不顺。不拱之谓乱，天作沴；不顺之谓逆，君行罚。

又曰：

我先帝启土建国，十有九祀，克用于贤，克修于兵，乃俭乃勤，乃慈乃仁。

可见，此时王禹偁的四六文讲求偶对，但却语言平实，不求四字六字定律，也用三字五字之对，且少用典故。同年，王禹偁到汴京，投书宋白以求见知。《投宋拾遗书》[③]虽然是书体文，但因为是干谒之文，所以行文用语严谨，口气谦卑，对偶成文，如“洎祖述尧舜，宪章文武，张三纲之目，提五常之领，制礼以检人迹，作乐以和人心，恢刑政以救人失，崇祭祀以介人福，使后之为君者、为臣者、为父者、为子者，不可斯须而离也，则泰于终也又明矣”，“登明公之门以求誉，师明公之道以进身”之类，可见一斑。

王禹偁于宋太宗太平兴国八年（983）登进士第，授成武县（今属山东）主簿，迁大理评事，次年（984），改任长洲（今江苏苏州）知县。在长洲任内的四年，且不说王禹偁的政绩及诗歌创作，但就其为召试知制诰所做的系列工作而言，据《续资治通鉴长编》卷二十九载：

先是，禹偁知长洲县，处约知吴县，相与日赋五题，苏杭间人多传诵。

---

① 商务印书馆2003年版。以下王禹偁事迹及文章编年皆依此书。
② 《小畜集》卷十四。
③ 《宋文选》卷七《王禹偁文》，四库全书本；又见《国朝二百家名贤文粹》卷八八。

这是指王禹偁与同年进士罗处约每日私试五题，准备召试知制诰或翰林学士之职[①]。对此，王禹偁自己也有追述，曾曰：

仆早年与思纯在苏同为县令，每日私试五题，约以应制，必取两制官[②]。

这些“苏杭间人多传诵”的拟试内制五题，共八副，即四十题，现存《小畜集》卷二十六、卷二十七。每副五题中除诗赋各一首外，其余三题全部为制诰类文书，则八副内制五题共计制诰文二十四篇。除此之外，此时期还有一批拟作的制诰文，比如《拟李靖破颉利可汗露布》、《拟长孙无忌让代袭刺史表》、《拟陈王判开封府制》、《拟除开封县令可郑州刺史制》等等，后被收入《小畜外集》卷十一、卷十二，数量也在近二十篇左右。这些文章在王禹偁文集中可能是不被重视的一类文章，但就是这些拟制之作，成就了日后王禹偁“宏丽典赡”的“应制骈偶之文”[③]。

端拱元年（988）元月，命试《诏臣僚和御制雪诗序》[④] 称旨，以大理评事王禹偁为右拾遗、罗处约为著作郎，并直史馆。当时，王禹偁有《谢除右拾遗直史馆启》[⑤]，呈宰相李昉。其他表启文还有《进乾明节祝圣诗表》、《代王侍郎让官表》[⑥] 等。

端拱二年（989）三月，宋太宗“亲试贡士，诏使作歌，援笔立就。太宗谓侍臣曰：此歌不逾月遍天下矣。即拜左司谏、知制诰”[⑦]。王禹偁终于担任外制之官，时年三十六岁，这是他第一次任知制诰。任职外制，即认真履行草制职责，如当年七月，毕士安以本官知制诰，王禹偁奉命行词，略曰：“文炳国华，行敦天爵。老于儒学，久次周行。且事继母以孝闻，典郡符而治最。谨厚周密，博达谦恭。求之古人，未易多得。”[⑧] 四六骈句，叙事流畅，行文平实，评价得体。另外，现存文章中尚有多篇表启文作于当年，《小畜集》卷二十一、卷二十三、卷二十四所载《为宰臣上尊号表》、《乞归私第养疾表》、《贺雪表》、《求致仕表》、《让西京留守表》等等皆为代赵普所作，数量不在少数。目前所见，尚有一篇保存于《宋文鉴》中的此期间所作的诰文《王赞授殿中侍御史》[⑨]，引文如下，可略见王禹偁制诰文风格：

故事，御史府三院转迁，各有月限，考绩之命，异于他官。国朝以来，不用此

---

① 苏易简《续翰林志》（上）：后唐长兴元年二月，翰林学士刘昫奏：“臣伏见本院旧例，学士入院，除中书舍人即不试，其余官资皆须先试麻制、答蕃书、批答各一道、诗、赋各一首，号曰五题。所试并是当日内了，便具进呈。”

② 《小畜外集》卷七《哭罗三》诗自注。

③ 《四库全书总目》卷一五二《小畜集》提要。

④ 《小畜集》卷十九。

⑤ 《小畜集》卷二十五。

⑥ 分别见《小畜集》卷二十一、卷二十四。

⑦ 《东都事略》卷三十九本传。

⑧ 转引自徐规《王禹偁著作事迹编年》，第 89 页。此段制文未见于王禹偁文集，未详所出。

⑨ 文见宋吕祖谦《宋文鉴》卷三十七“诰”，此文《小畜集》、《小畜外集》均未收，又见《全宋文》第四册，第 246 页。

制，必因行庆，方得叙迁。其间才行有闻，为众所誉者，不时而授，人以为荣。具官王贽本以懿文，辅之通识。自登宪署，继领诏条，洁己爱民，所在称理。司漕运者奏其课，执风宪者举其才。受代南康，陛见与语，宜从改秩，用以劝能。勉荷宠光，勿渝素履。

淳化二年（991）七月，有党项李继迁归顺、授官、赐姓、封赠等事件，期间制词均为王禹偁所草①，惜制词散佚未见。九月，王禹偁解知制诰，被贬商州（今陕西商县）团练副使。王禹偁遭贬，其中一个很重要的原因就是其所草“制诰之词，多不虚饰，更为同僚所怨”②。这在王禹偁的《谪居感事》诗中有所记载：

三尺法聊施，书命犹无谄。（自注：予在阁下，草词名不虚饰，以此亦为人相怨。）

淳化四年（991）四月，王禹偁因南郊大礼，随例量移解州（今属山西）团练副使。同年（991）秋间，宋湜与王禹偁并召回京城，为礼部员外郎。十一月，王禹偁、宋湜均兼昭文馆。不久，王禹偁上《陈情表》③，略曰：

四海无立锥之地，一家有悬磬之忧。以至仆马龙钟，杂于工祝。弟兄分散，迫于饥寒。若非内受职名，赐之实俸，外求差使，以救食贫，则曷以养高堂垂白之亲，备上国燃金之费。望云就日，非无恋阙之心；玉粒桂薪，未有住京之计。伏望尊号皇帝陛下念臣过而能改，进不因人，或西垣再命于演纶，或东鲁且令于承乏。唯中外之二任，系君亲之一言。

此表写得至理动情，用常典常语，句式工整，是表文叙事的典型。表文为请求宋太宗再次任命他为知制诰或任命为东鲁一知州之类，以救家室之饥寒。

淳化五年（994）正月，诏王禹偁赴曹州（今山东菏泽南）决狱。三月，又奉敕就差知单州军州事，留单州十五日。四月，召还京师为礼部员外郎，再知制诰④。这是王禹偁第二次担任知制诰，时年四十一岁。此期间，有《谢免和御制元日除夕诗表》、《单州谢上表》、《谢御制重午诗表》、《谢赐御草书诗表》、《谢赐御制中秋月诗表》、《代吕相公让右仆射表》、《谢除礼部员外郎知制诰启》、《荐戚纶上翰林学士钱若水启》、《回孙何谢秘书丞直史馆京西转运副使启》⑤ 等表启文字。

太宗至道元年（995）正月，王禹偁自西掖召拜翰林学士。任翰林学士期间，可考的

① 《续资治通鉴长编》卷三十二。
② 徐规《王禹偁著作事迹编年》，第103页。
③ 《小畜集》卷二十一。
④ 《续资治通鉴长编》卷三十五。
⑤ 分别见于《小畜集》卷二十一、卷二十四、卷二十五。

表启文章主要有《谢除翰林学士启》、《为宰臣谢赐御制歌诗表》[①] 等。王禹偁任翰林学士仅仅五个月时间，五月即坐“轻肆”[②]，被罢为工部郎中、知滁州（今安徽滁县）军州事。六月，抵达滁州，上呈著名的四六名表《滁州谢上表》[③]，该表对任翰林学士期间所受谤议打击的缘由进行申述，对贬词中的诋毁予以反驳，是一篇情事兼优的表文典范，下文还将做详细论述。另外，该年还有作于八月底的《贺册皇太子表》和《贺皇太子笺》、作于夏秋间的《谢衣袄表》、作于十二月的《贺正表》[④] 等篇目。也就是在这年，王禹偁在滁州撰有文论名篇《答张扶苏》和《再答张扶书》，首倡文以明心而传道之说。

至道二年（996）正月，合祭天地与圜丘，大赦。王禹偁《小畜集》卷二十二有《贺南郊大赦表》[⑤]，其文略曰：

> 臣出官内署，承乏专城。既不得陪冠剑之班，行俎豆之事，舞抃于黄道，登降于紫坛；又不得涌非烟之词，濡甘露之笔，藻绘于玉册，发挥于皇谋，亦臣之不幸也。然而当求治之朝，居分忧之任，得不导扬兑泽，训戒齐民，瘳其疮痍，浸入骨髓，亦臣之大幸也。

可见，就是在这种程式化非常明显的固定文书中，王禹偁也不忘随时叙述自己的坎坷遭际，表达自己的不满情绪并表明自己忠诚的臣子之心。从句式来看，不仅使用了长句对，且字数并不限定四字六字，这和唐五代以来“谨守四六律令”的做法完全不同，可以说是宋体四六的开创人物了。三月，“圜丘展禮，率土推恩，特加五品之資，俾壮一麾之任”[⑥]，加王禹偁朝散大夫阶官。九月，奏报宋军大破李继迁[⑦]，王禹偁即上《贺胜捷表》[⑧]。十一月，移知扬州军州，兼管内堤堰桥道事，十二月到扬州任，上《扬州谢上表》[⑨]。此年例行表启文尚有正月的《皇太子贺正表》、《谢历日表》，冬至的《皇太子贺冬笺》[⑩] 等。

真宗即位，至道三年（997）四月，特授王禹偁尚书刑部郎中，散官勋赐如故。王禹偁上《谢转刑部郎中表》[⑪]，曰：

> 伏念臣顷因薄技，逮事先朝。误记姓名，过有奖擢。两知制诰，一入翰林。报

---

① 《小畜集》卷二十五、卷二十一。
② 参见《续资治通鉴长编》卷三十七；《宋大诏令集》卷二〇三《黜翰林学士尚书礼部员外郎知制诰王禹偁制》，第757页。
③ 《小畜集》卷二十一。
④ 分别见于《小畜集》卷二十一、卷二十二、卷二十五。
⑤ 《小畜集》卷二十二。
⑥ 王禹偁《谢加朝散大夫表》，《小畜集》卷二十一。
⑦ 《续资治通鉴长编》卷四十。
⑧ 《小畜集》卷二十二。
⑨ 《小畜集》卷二十二。
⑩ 《小畜集》卷二十一、卷二十五。
⑪ 《小畜集》卷二十二。

国之功，虽无绩效；事君之道，粗守贞方。虚名既高，忌才者众；直道难进，黜官亦多。始贬商於，实因执法；后出滁上，莫知罪名。

此表文对自己在前朝即太宗朝任官经历进行了总结，即“两知制诰，一入翰林”，指出自己被贬谪原因是“忌才者众”和“直道难进”，对贬谪之地，用“始贬”与“后出”相对，总之，表文行文语言流畅，用平常语和对偶句，将前事经历及授官谢意一一道来。九月，王禹偁离开扬州，回到京都。十二月，以刑部侍郎王禹偁守本官，复知制诰。《小畜集》卷二十五有《谢除刑部郎中知制诰启》。此为王禹偁三度任知制诰。

关于撰修《太祖实录》，并因直书史事而遭谗谤的真实情况是，王禹偁曾于至道三年（997）十月请撰《太宗实录》，曾上《请撰大行皇帝实录表》①，略曰：“倘得措一辞于帝典之中，署一名于国史之后，臣虽死之日，如生之时。至于褒善贬恶之文，编年纪传之例，备尝探讨，粗见指归。”他曾对《太宗实录》的编撰体例及褒贬评价有所讨论，而且以能够与修实录为文人幸事。不过，同年十一月，真宗诏工部侍郎、集贤院学士钱若水修《太宗实录》，柴成务、宗度、杨亿、吴淑同修，并未及王禹偁。第二年，即真宗咸平元年（998）九月，真宗以沈伦所修《太祖实录》事多漏略，故诏宰相吕端、判集贤院钱若水重修，又以王禹偁、李宗谔、梁颢、赵安仁等同修。十月，吕端罢相，以李沆监修。王禹偁就是因为预修《太祖实录》而秉笔直书，得罪宰相，再次被贬。十二月，王禹偁落知制诰，出知黄州（今湖北黄冈）。至咸平二年（999）三月，王禹偁到黄州，上《黄州谢上表》，王禹偁最为著名的四六文名篇就此出炉，下文将以此文为例进行分析。六月，李沆等上《重修太祖实录》② 五十卷，并事目两卷。王禹偁因曾预修《太祖实录》，故同受嘉奖，特授朝请大夫，有《谢加朝请大夫表》，略曰：“臣业文之外，蔑有器能。知命之年，别无嗜好。才思未减，笔力尚雄。驰于文翰之场，犹能识路；责以循良之政，恐误分忧。倘用所长，期不辱命。”王禹偁时年四十六岁，故曰“知命之年”，认为自己“笔力尚雄”，“驰于文翰之场，犹能识路”，在经历了那么多挫折和起复之后，王禹偁依然希望能够为官“文翰之场”，对自己文翰才干的自信和对朝廷忠心耿耿的品格可见一斑。此年八月，王禹偁写成著名的《黄州新建小竹楼记》，与其《待漏院记》等共同成为王禹偁古文的代表作。十一月，祀天地于圜丘，大赦天下，特授王禹偁上柱国之勋官，王禹偁有《谢加上柱国表》。十二月，真宗车驾发京师、驻澶州、次大名府等，王禹偁上《起居表》。王禹偁手自校订的《小畜集》完成于此年十二月。

咸平四年（1001）春，王禹偁奉命移知蕲州（今湖北蕲春）。四月到任，有《蕲州谢上表》，其中一联曰“宣室鬼神之问，敢望生还；茂陵封禅之书，已期身后”③，历代称颂。五月卒于蕲州，年四十八，临终有《遗表》云：“岂期游岱之魂，遂协生桑之梦。”

---

① 《小畜集》卷二十二。

② 大中祥符九年又有一次修订，这样，《太祖实录》自太平兴国至大中祥符前后凡三修。

③ 宋人著作中记载此联者甚多，唯文字稍有差异。如《东轩笔录》卷一，“绝望”作“岂望”，“付之”作“惟望”。洪迈《容斋三笔》卷八“四六名对”条，“绝望”作“敢望”，“付之”作“已期”。

临终时这两联，惜集中皆未收。

三

下面再来看王禹偁的文论主张，特别是其四六文创作主张。

王禹偁是北宋诗文革新运动的先声，王禹偁的古文创作和他的古文理论一样，“代表宋初古文运动的正确方向和最高成就”①，这一点已经毫无疑问地受到学界的普遍认同。“王禹偁与柳开，代表着宋初古文运动的两种不同倾向”②，在对待骈文的态度问题上，王禹偁和柳开一味排斥骈文的做法完全不同，“提出了古文、骈文分工的理论”，“‘分工’论似乎是折衷，但却顺应了文学发展的趋势”③。古文、骈文各司其职，这一观点在被郭绍虞先生称为“宋代古文家文论的渊源”④ 的《再答张扶书》⑤ 一文中有明确说明：

> 今吏部自是者，著之于集矣；自惭者，弃之无遗矣。仆独意《祭裴少卿文》在焉，其略云：“儋石之储，常空于私室；方丈之食，每盛于宾筵。”此必吏部自惭，而当时人好之者也。今之世亦然也。子著书立言，师吏部之集可矣；应事作俗，取《祭裴文》可矣，夫何惑焉？

王禹偁明确地为古文和骈文分工，提出“著书立说”用古文，而“应事作俗”用骈文，两者并行不悖。王禹偁自己也是这样做的，他曾“四入掖垣”，“三掌制诰，一入翰林”⑥，“尤精四六”⑦，但这并不妨碍他的古文创作，其古文成就自不必说。

王禹偁在四六文创作实践中，也不断探索和总结四六文创作经验，对自己四六文的创作追求曾有过不止一次的论述。王禹偁在第一次担任知制诰时就清醒地认识到词臣当“吟红药以摛词，尤重演纶之地”⑧，到再任知制诰时，在《谢除礼部员外郎知制诰启》中又强调“方虞官谤，遽掌纶言。书尧舜之典谟，文非逮意；厕渊、云之侍从，路实妨贤”，提出当“慎修儒行，演畅皇猷，庶凭翰墨之功，少答陶镕之力”。王禹偁三任知制诰，更是形成非常清楚而明确的创作主张：

> 谓李杓直翰林退职，复践掖垣；白居易禁署出官，终知制诰。享兹殊事，实越昔贤。驱瓜上之青蝇，虽非由径；乏梦中之白凤，深愧演纶。敢不考三代、两汉之

---

① 祝尚书《北宋古文运动发展史》第一章第二节，巴蜀书社1995年版，第71页。

② 陈植锷《略论宋初古文运动的两种倾向》，邓广铭、郦家驹等主编《宋史研究论文集》，河南人民出版社1984年版。

③ 祝尚书《北宋古文运动发展史》第一章第二节，巴蜀书社1995年版，第59页。

④ 郭绍虞《中国文学批评史》，上海古籍出版社1979年版，第167页。

⑤ 《小畜集》卷十八。

⑥ 《三黜赋》，《小畜集》卷一。

⑦ 《青箱杂记》卷六。

⑧ 《谢除左司谏知制诰启》，《小畜集》卷二十五。

典章，取贞元、长庆之风格，或少窥于边徼，庶上答于陶镕①。

在《谢除翰林学士启》中也有类似的表述：

伏以汉朝故事，待诏甘泉之宫；唐室旧仪，召对浴堂之殿。自非枚、马、渊、云之述作，常、杨、元、白之才名，则何以塞清问于论思，润皇猷于典诰？

上述论述结合王禹偁任官经历来看，其四六文创作追求远溯三代、两汉文风，而直接贞元、元和风格，上承元、白，可谓开宋四六之先。《丁晋公谈录》记载王禹偁任知制诰期间的轶事时曾提及以下事例，可以作为王禹偁这一创作主张的佐证材料。

王二丈禹偁，忽一日，阁中商较元和、长庆中名贤所行诏诰有胜于《尚书》者，众皆惊而请益之，曰："只如元稹行牛元翼制云：'杀人盈城，汝当深诫。孥戮示众，朕不忍闻。'且《尚书》云：'不用命，戮于社。'又云：'予则孥戮汝。'以此方之，《书》不如矣。"其阅览精详也如此，众皆伏之②。

可见，王禹偁的四六文创作风格是上承元、白制诰文文风的，对元稹改革后的制文推崇备至，甚至认为元稹的这个制文有优于《尚书》之处。

四

关于王禹偁四六文特色，宋人就给予了充分肯定和高度评价。苏颂《小畜外集序》云：

前后三直西掖，一入翰林。辞诰深纯，得裁成制置之体；册命庄重，兼典谟训诰之文③。

到了清代，《四库全书总目》的评价是：

在词垣时，所为应制骈偶之文，亦多宏丽典赡，不愧一时作手④。

宏丽典赡也好，得体庄重也好，其实都只是针对王禹偁的制诰类四六文而言的。讨论王禹偁的四六文，制诰文显然不是他四六文的全部。以下将王禹偁四六文分为制诰类

① 《谢除刑部郎中知制诰启》，《小畜集》卷二十五。
② 元陶宗仪《说郛》卷十六下。
③ 王同策等点校《苏魏公文集》卷六十六，中华书局1988年版，2004年新印。
④ 《四库全书总目》卷一五二《小畜集》提要。

四六文和表启类四六文两类分别进行阐述。

从现存文章数量来看，《全宋文》所收王禹偁文包括《小畜集》三十卷、《小畜外集》二十卷（今存七至十三卷），两集共计302篇，集外佚文38篇，共计340篇。仅仅以其中必定使用四六文的文章篇目来看，制诰41篇，表文86篇，启文13篇，共计140篇，占到文章总篇目的47%以上。

《小畜集》及《小畜外集》的制诰类文书皆为拟制，并非实际使用，《全宋文》41篇制诰文基本为拟制，只有个别篇目为实际使用，由《全宋文》编纂者辑佚所得，如上文所引被选入《宋文鉴》卷三十七“诰”下之《王贽授殿中侍御史》，又如见于《宋大诏令集》卷十五的《元德皇太后谥册》① 等。

王禹偁一生著述宏富，祝尚书先生《宋人别集叙录》列举其史传书目所载诗文集名称及卷数云：

一、《小畜集》三十卷（各书著录同）；二、《小畜外集》二十卷（《解题》、《宋志》）；三、《后集诗》三卷（《隆平集》、《东都事略》、《解题》、《宋史》本传）；四、《别集》二十卷（《通志》）；五、《别集》十六卷（《宋志》）；六、《奏议集》十卷（《隆平集》、《东都事略》、《宋史》本传）；七、《奏议集》三卷（《通志》、《解题》）；八、《承明集》十卷（《通志》、《解题》、《宋史》本传、《宋志》）；九、《制诰集》十二卷（《通志》、《宋志》）；十、《四六》一卷（《通志》）②。

王禹偁“曾三度掌诰，代言之作必多，且累为近臣，奏疏亦夥，《小畜集》、《外集》皆未之收，自应在奏议、制诰诸集。今所存唯《小畜集》、《小畜外集》（残），则王禹偁诗文散佚甚多”③。尤其是王禹偁的制诰文散佚情况非常严重。所以，《全宋文》340篇文章的数量，远远不是王禹偁文章的全部，《制诰集》、《四六》等的散佚，使得王禹偁四六文，除表启文收入《小畜集》而比较齐全外，其他类别的文章均有不同程度的散佚。

首先来看制诰类四六文。王禹偁制诰类四六文的主要特色是得体庄重，宏丽典赡。《宋四六选》卷二“制”下入选王禹偁制文一篇，即《授御史大夫可司徒门下侍郎平章事制》④，这是王禹偁作于担任知制诰以前的拟制制文，一定程度上能够代表早期王禹偁四六文水平。其全文如下：

门下：坐霜台而司宪，振肃皇纲；践黄阁以持衡，缉熙帝载。眷惟重柄，允属纯臣。其有首冠鸳行，位崇乌府，弄印之名已著，和羹之命爰行。具官某，尧殿神羊，舜庭威凤。五色灿补天之石，四方观测景之圭。俨威容而青女司霜，荐祥瑞而

① 又见于《宋会要辑稿》礼三一之二四。
② 卷一《小畜集》叙录，中华书局1999年版，第28页。
③ 祝尚书《宋人别集叙录》（上）卷一《小畜集》叙录，中华书局1999年版，第29页。
④ 《小畜集》卷二十七，又见于《永乐大典》卷一三四九八。

黄人守日。爰自位尊亚相，道切致君。挺屈轶以当轩，虽能指佞，舣艅艎而在岸，宜命济川。赵尧已振于威稜，邴吉伫观于调燮，式耀三台之位，仍加五教之资。罔敢汝私，盖从师锡。於戏！君之命相，唯过失是求；相之爱君，唯公忠是举。勿咈人欲，勿依予违，跻福寿而和阴阳，实有望于汝也。往钦哉！可依前件。

从整篇制文看，符合制文程式化结构，首书“门下”，尾书“可依前件”，破题首联用六四句式，以“霜台”对“黄阁”，用到“弄印之名”、“和羹之命”，可谓包尽题目，正和此任命副相之制。“具官某”以下为颂德，一叙旧官，再叙新官，“赵尧已振于威稜，邴吉伫观于调燮”分别用汉代赵尧和邴吉之事，用典切当。“於戏”以下为戒辞，虽未用典，但“君之命相”之意表达得十分清晰。全篇用语讲究，谨严得体。

《容斋随笔》卷八首先列举的王禹偁的四六名对其一是《拟李靖平突厥露布》[①]，其叙颉利求降，且复谋窜曰：“阱中饿虎，暂为掉尾之求；鞲上饥鹰，终有背人之意。”此联被推为警策对句，用虎和鹰的行为来比拟颉利求降后又谋反叛的状态，可谓形象而贴切，而且用这种委婉的说法，也符合露布行文者的身份，总之是一份巧妙、得体的露布文书。《丁晋公谈录》载：

（吕丞相端）寻自太常丞知蔡州，召入，拜户部员外郎，为枢密直学士，时王二丈禹偁行诰词略曰：“多直道以事君，每援经而奏事。”[②]

“直道而事君”、“援经而奏事”这种句子平稳庄重，而且工对整齐，权做其制文一例。

结合上节所举实际使用的制文，可见王禹偁制诰文仍以得体庄重、宏丽典赡为主要特色，而且前期拟制之作较多拘于形式，行文稍显拘谨，更多用典。惜文集未收其他制诰文，而其他辑佚作品又少此类文章，故无法更进一步讨论。

其次看表启类四六文。王禹偁表启类四六文的基本特色是工对简洁、情事兼优。

和作为高文大册的制诰文不同的是，《小畜集》中收各类表启共计99篇，数量较多。王禹偁手自校订文集。古人将自己的文章编辑成集者本来就很少，在集中还对诗文进行分类系年的就更少了。据《小畜集》王禹偁自为序，其曰：

咸平二年，守本官知齐安郡，年四十有六，发白目昏，居常多病，大惧没世而名不称矣。因阅平生所为文，散失焚弃之外，类而第之，得三十卷。……禹偁位不能行道，文可以饰身也。

---

① 《小畜外集》卷十一题为《拟李靖破颉利可汗露布》。
② 元陶宗仪《说郛》卷十六下。

王禹偁对表启文非常重视，将此类文章作为个人文格、文风的重要代表作品入选，并基本按时间顺序编排，隶于《小畜集》卷二十一至二十五，达五卷之多。

吕祖谦《宋文鉴》卷六十三选入王禹偁表文两篇，即《滁州谢上表》及《黄州谢上表》。清人曹振镛选编《宋四六选》，其卷七"谢除授表"选入王禹偁《单州谢上表》及《黄州谢上表》两篇表文。以下就以《黄州谢上表》[①]为例，这也是历代最为人所称道的四六文名篇之一。其文曰：

臣某言：伏奉去年十二月二十九日敕，落知制诰，差知黄州军州事者。逼于日限，寻即朝辞。自后以改葬先臣，蒙恩给假，幸获亲于远日，免积恨于终天。坟杵未停，征轮靡盬，已于今月二十七日到州上讫。乍离近侍，犹忝专城，循省尤违，弥深感泣。伏以黄州地连云梦，城倚大江，唐时版籍二万家，税钱三万贯。今人户不满一万，税钱止及六千。虽久乐升平，尚未臻富庶，永言养活，亦藉循良。如臣庸愚，曷副忧寄？谨当勤求人瘼，遵奉诏条，窒塞嚚讼之民，束缚憸猾之吏。敢言课最，庶免旷遗。况当求治之朝，必为无害之政。伏念臣叨司帝诰，又历周星，既不曾上殿求见天颜，又不曾拜章论列时事。入直则闭阁待制，退朝则杜门读书。虽每日起居，实经年抱疾，不敢求假，恐烦医官。自后忝预史臣，同修实录，昼夜不舍，寝食殆忘。已尽建隆四年，见成一十七卷。虽然未经进御，自谓小有可观。忽坐流言，不容绝笔。夫谗谤之口，圣贤难逃。周公作《鸱鸮》之诗，仲尼有桓魋之叹。盖行高于人则人所忌，名出于众则众所排。自古及今，鲜不如此。伏望皇帝陛下雷霆霁怒，日月回光。鉴曾参之杀人，稍宽投杼；察颜回之盗饭，或出如簧。未令君子之道消，惟赖圣人之在上。况臣孤贫无援，文雅修身，不省附离权臣，祇是遭逢先帝。但以心无苟合，性昧随时，出一言不愧于神明，议一事必归于正直。愠于群小，诚有谤词；谋及卿士，岂无公论？以至两朝掌诰，四任词臣，紫垣最忝于旧人，白首不离于郎署。以微臣之行己，遇陛下之至公，久当辨明，未敢伸理。今则上国千里，长淮一隅，虽叨守土之荣，未免谪居之叹。霜摧风败，芝兰之性终香；日远天高，葵藿之心未死。仰望旒扆，不胜涕洟。臣无任，瞻天恋圣省已，激切屏营之至。

"大抵表文以简洁精致为先，用事不要深僻，造语不可尖新，铺叙不要繁冗，此表之大纲也。"[②] 和制诰类四六文不同，表启文以"简洁精致"为先，王禹偁此表正有此特点，而且，从表文叙事、抒情角度看，此谢表可说是表文叙事、言志的典范之作，工对简洁，情事兼优。

此表开篇以非骈文述何时接到敕书，何时黄州到任，接着用四字骈语表示"乍离近

① 《小畜集》卷二十二。

② 王应麟《辞学指南》卷三。

侍”，而“弥深感泣”。“伏以黄州地连云梦，城倚大江”以下，是对黄州地理、人文环境的记述，“版籍”、“人户”等基本是散文的用语却是对称的句式，接下来“窒塞嚣讼之民，束缚憸猾之吏”就工对齐整，表明既任新职，也“必为无害之政”，这是表文开篇对任官时间、地点及职责的叙述。“伏念”以下是表文叙事、抒情最关键的部分，王禹偁对预修《太祖实录》中受宰相等人排挤的状态叙述得翔实、委婉，用“入直则闭閤待制，退朝则杜门读书”表明自己平日的谨守职责，但又申述道“谗谤之口，圣贤难逃”，接着用周公、仲尼典故，“周公作《鸱鸮》之诗，仲尼有桓魋之叹”，借此常典得出“盖行高于人则人所忌，名出于众则众所排”的结论。此部分用语平常，用典平常，虽句式对偶，但却同样达到了清晰叙事的良好效果，而且由于句式齐整加之运用事典的结果，其叙事更多了委婉达情之效果。“伏望皇帝陛下”以下也是表文叙事抒情的关键部分，“鉴曾参之杀人，稍宽投杼；察颜回之盗饭，或出如箦”用曾参、颜回之事，表示他经谗言被贬窜的遭遇，欲以诚心感动皇帝，曾参、颜回之事也是妇孺皆知的，当属常典。接下来又表明个人心迹，认为自己“出一言不愧于神明，议一事必归于正直”，述说自己曾“两朝掌诰，四任词臣”的经历，最后用“芝兰”、“葵藿”做比，再次向皇帝表明自己的不二忠心。“霜摧风败，芝兰之性终香；日远天高，葵藿之心未死”，此联可说是工整精致的警句，没有雕琢华丽的辞藻，但却意味深远，融情其中。结尾“臣无任”、“激切屏营之至”等为表文的程式化结语。总之，《黄州谢上表》全文加上叙事一节共计 687 字，结构完整，程式规范，语言简洁平常，用典近乎平民，用程式化的表文流畅、委婉地叙事，在散文式的语词和对偶化的句式中表情达意，是一篇情事兼优的四六文名篇。

王禹偁表启文在叙事、言志上堪称典范，有《三黜赋》以见志。其实他每被贬一地，皆有谢上表，这每一篇谢表可以说都是一篇情事兼优的表文，除《黄州谢上表》外，还有《单州谢上表》、《滁州谢上表》、《扬州谢上表》等等。如《滁州谢上表》曰“诸县丰登，苦无公事；一家饱暖，全藉君恩”①，就“亦见身在外服不忘其君之义也”②，可见作者身在外服不忘其君、不忘其国，始终不渝的政治节气。又如，王禹偁知制诰被谪，未几复职，前引《谢除刑部郎中知制诰启》有云：“阶前药树，重吟谢客之诗；观里桃花，免动刘郎之叹。”此联述志，表明虽被罢黜，复职仍忠心不变，宋人也认为“此句尤微婉也”③。再如，《谢免和御制元日除夜诗表》云“丰隆门下，免为聚响之蚊；庄叟山中，甘作不鸣之雁”，也颇能表现他免掉和诗的心情。如果说《露布》等篇皆是拟制制诰文，作于王禹偁担任知制诰以前的时期，只能代表早期王禹偁四六文水平，那么《谢上表》系列表启则多是王禹偁晚年之作，又是利于抒情达意的表文，完全可以说代表了王禹偁四六文的最高水平。

---

① 《东轩笔录》卷四：王禹偁在太宗末年以事谪守滁州，到任谢表略曰：“诸县丰登，苦无公事；一家饱暖，全荷君恩。”禹偁有遗爱，滁州怀之，画其像于堂以祠焉。庆历中，欧阳修责守滁州，观禹偁遗像而作诗曰：“偶然来继前贤迹，信矣皆如昔日言。诸县丰登少公事，一家饱暖荷君恩。想公风采犹如在，顾我文章不足论。名姓已光青史上，壁间容貌任尘昏。”皆用其表中语也。

② 《西塘集耆旧续闻》卷四“谢表见志节”条，陈鹄撰，孔凡礼点校，中华书局 2002 年版。

③ 高晦叟《珍席放谈》卷下，四库本。

用常语常典、用古文写法做对偶文章是王禹偁四六文的主要特色；同时，善于融裁、用事精当也是王禹偁四六文的显著特色。

王禹偁至道元年（995）正月召拜翰林学士，同时，张洎、宋湜均为翰林学士，王禹偁以启贺张洎①。四月，以翰林学士张洎为参知政事，张洎手书古律诗赠王禹偁，王禹偁有启谢张洎。

> 王禹偁尤精四六，有同时与之在翰林而大拜者，王以启贺之曰："三神山上，曾陪鹤驾之游；六学士中，独有渔翁之叹。"以白乐天尝有诗云"元和六学士，五相一渔翁"故也②。
>
> 张洎参政事江南，李后主时为大臣，国亡，受知太宗，复作辅臣。时王元之禹偁为翰林学士，洎手书古律诗两轴与之，元之以启谢云："追踪季札辞吴，尽变为《国风》；接武韩宣适鲁，独明于《易象》。"谓其自他国入中朝也③。

"三神山上，曾陪鹤驾之游；六学士中，独有渔翁之叹"，此联善于融化前人成句。唐白居易有诗《李留守相公见过池上泛舟举酒话及翰林旧事因成四韵以献之》，其中有曰："同时六学士，五相一渔翁。"④王禹偁在启文中化用此诗，并因袭其诗语意，刚好符合祝贺张洎翰林学士之意。

张洎是五代入宋的名士，王禹偁用古典以言今事，确切精当。"追踪季札辞吴，尽变为国风；接武韩宣适鲁，独明于易象"，分别用季札辞吴、韩宣适鲁之事，恰恰和张洎的自南唐而入宋之事相合。

再以王禹偁《蕲州谢上表》⑤名联"宣室鬼神之问，敢望生还；茂陵封禅之书，已期身后"为例加以说明。此联用贾谊、司马相如故事，分别典出《史记·屈原贾生列传》和《史记·司马相如列传》，《艺苑雌黄》以为"此一联每为人所称道，然皆直用贾谊、相如之事耳"，不及李商隐和林逋的"反其意而用之"⑥，但是，王禹偁此为谢表，谢表见志，是应当"直用其事"⑦的。王禹偁一生三黜，历尽坎坷，这一谢表为临终前不久所

---

① 《王禹偁事迹著作编年》，第142页。
② 《青箱杂记》卷六，吴处厚撰，李裕民点校，中华书局1985年版，1997年新印。
③ 《四六话》卷下第1条。
④ 白居易《白氏长庆集》卷三十六。
⑤ 此联出自《蕲州谢上表》，《艺苑雌黄》、吴幵《优古堂诗话》及魏泰《东轩笔录》卷一皆误为《黄州谢上表》。
⑥ 宋张镃《仕学规范》卷三十六"作诗"条引《艺苑雌黄》：诗文用故事，有直用其事者，有反其意而用之者。王元之谪守黄冈谢表云："宣室鬼神之问，岂望生还；茂陵封禅之书，唯期死后。"此一联每为人所称道，然皆直用贾谊、相如之事耳。李义山诗云："可怜半夜虚前席，不问苍生问鬼神。"虽说贾谊，然反其意而用之矣。林和靖诗云："茂陵他日求遗稿，犹喜曾无封禅书。"虽说相如，亦反其意而用之矣。直用其事，人皆能之；反其意而用之者，非夫学识素高，超越寻常之见，不规规然蹈袭前人陈迹者，何以臻此。
⑦ 《苕溪渔隐丛话》后集卷十九引《艺苑雌黄》后：苕溪渔隐曰：《艺苑》以元之直用贾谊、相如事，不若李义山、林和靖反用之，然元之是谢表，须直用其事，以明臣子之心，非若作诗可以反意用，此语殊非通论也。

作，此时的王禹偁心中满是沧桑，感慨万千，直接用事更能表达悲怆之情，难怪宋太宗看过此表后，“惊其辞之悲”①，且遽问“禹偁其亡乎”至“御袖掩涕”②。可以说，此联正是用典精当，恰到好处。杜甫有诗云“竟无宣室召，徒有茂陵求”③，当也是化用贾谊、司马相如事典。

《四六话》卷下第二条曾这样记载王禹偁临终《遗表》：

元之自黄移蕲州，临终作遗表曰：“岂期游岱之魂，遂协生桑之梦。”盖昔人梦生桑而占者云，桑字乃四十八，果以是岁终。元之亦以四十八而殁也，临殁用事精当如此，足以见其安于死生之际矣。

“生桑之梦”，为四十八而终，也可见王禹偁表文之用典精当。

五

借用清吴之振《宋诗钞》卷一《王禹偁小畜集钞》中的一段评价来看王禹偁的文坛地位及其影响：

元之独开有宋风气，于是欧阳文忠得以承流接响④。

不错，这个说法是针对诗歌发展轨迹而言的，但事实上，从宋初四六发展的角度看，也存在同样的轨迹。王禹偁在北宋四六发展中所起的作用是开有宋一代文风，是骈文宋调的初创，可以这样说，王禹偁是宋四六的开创者，欧阳修是宋四六的定型者。

① 《东轩笔录》卷一。
② 《玉壶清话》卷四。
③ 杜甫《过故斛斯校书庄》。
④ 吴之振云“是时西昆之体方盛”，这是不符合文学史事实的，此姑且不论。

再论嘉祐“太学体”及其与“古文”的关系

成都理工大学　许瑶丽

关于北宋“太学体”的研究，继八十年代初曾枣庄、葛晓音诸先生著论指出“太学体”是一种古文之后，近年来该项研究又有了新发展。祝尚书先生的《北宋“太学体”新论》①、朱刚先生的《“太学体”及其周边诸问题》②、张兴武先生的《北宋“太学体”文风新论》③、谢琰博士的《欧阳修排抑“太学体”发覆》④ 以及笔者的《庆历“太学新体”新论——兼论欧阳修对庆历“太学新体”的促进》⑤ 等论文纠正了过去对“太学体”的笼统认识，一定程度上揭示了庆历“太学新体”与嘉祐“太学体”的区别与联系，并对“太学体”文风的形成原因及欧阳修排抑“太学体”的动机作了多角度的剖析，这无疑对宋代“太学体”的研究是一大推进。然而，关于北宋“太学体”，以下几个问题似乎仍然有待辨明：

第一，欧阳修排抑嘉祐“太学体”的动机究竟是什么？在排抑“太学体”之外，当时还有怎样的社会、政治、学术背景促成了此次文风整顿事件？作为前后两次排抑“太学体”的当事人，欧阳修在事件中的态度有何承续与转变？

第二，嘉祐“太学体”之“怪谲”有什么样的形成机制？其与“太学体”滋生的环境——太学及科举考试有什么样的关联？

第三，庆历“太学体”与古文之间究竟是怎样的关系？欧阳修排抑“太学体”对于文章审美趣味的转变有何意义？

基于上述问题，笔者拟再作探求，以就教于方家。

一、欧阳修排抑“太学体”的动因

欧阳修在庆历革新中参与起草了贡举新条制，并曾拟作科场赋《应天以实不以文赋》，为后学示以科场文章轨范。关注科举是欧阳修仕宦生涯之初的重要内容之一。而且欧阳修早有文名，在庆历初已确立了文坛主盟的地位⑥，加上嘉祐初被任命为翰林学士，

---

① 祝尚书《北宋“太学体”新论》，《四川大学学报（哲社版）》1993 年第 3 期，第 10－12 页。

② 朱刚《“太学体”及其周边诸问题》，《文学遗产》2007 年第 5 期，第 11－15 页。

③ 张兴武《北宋“太学体”文风新论》，《文学评论》2008 年第 6 期，第 16－21 页。

④ 谢琰《欧阳修排抑“太学体”发覆》，《安庆师范学院学报（社会科学版）》2008 年第 10 期，第 89－93 页。

⑤ 许瑶丽《庆历“太学新体”新论——兼论欧阳修对庆历“太学新体”的促进》，《四川师范大学学报》2008 年第 6 期，第 107－115 页。

⑥ 洪本健《欧阳修入主文坛在庆历而非嘉祐》，《华东师范大学学报（哲社版）》1999 年第 5 期，第 118 页。

这些都决定了他对学风、文风的关切。笔者以为，欧阳修排抑“太学体”是一次目标明确的文风整顿行动，此举既缘于欧阳修对邀誉矫激之学风的不满，更是欧阳修对太学文风背离翰苑馆阁期待的纠正，与排抑行为相配合的还有禁怀挟与删编九经等举措。

（一）打压太学文风是排抑行为的主要诉求

沈括在记载嘉祐四年欧公欲再黜刘几时称：“复数年，公为御试考官，而几在庭。公曰：‘除恶务本，今必痛斥轻薄子，以除文章之害。’”[①] 可见“除文章之害”是欧阳修排抑“太学体”的根本目的。论者或谓此为沈括的小说家言，关于欧阳修是否有意于文体革新，也许欧公本人在省试阅卷期间所作的诗歌更有说服力。在《喜定号和禹玉内翰》一诗中，欧阳修写道：“但喜真才得，宁虞横议攻。欲知儒学盛，首善本三邕。”[②] 毫无疑问，“得真才”是作为贡举主考官的欧阳修的首要目标。但是“以文取士”的客观现实决定了“选文”即“选人”，以文取士，文就是士之才德的全部去取凭据。对于科场文章来讲，“文变染乎世情”已不足以说明其与社会政治的密切联系，“文章之变与政通”才是对其最贴切的评价。在这里，廓清文弊与为国选材是二而一的问题。笔者注意到，欧阳修对于放榜之后群议汹汹的结果是早有预见的，故有“宁虞横议攻”之言，此亦反证欧阳修排抑之举乃有意为之。“三邕”指明堂、灵台和辟邕。据《北史》载：“蔡邕、卢植亦以为明堂、灵台、辟雍、太学同实异名。邕云：‘明堂者，取其宗祀之清貌，则谓之清庙，取其正室，则曰太室，取其堂，则曰明堂，取其四门之学，则曰太学，取其周水圜如璧，则曰辟雍，其实一也。’”[③] 也就是说，“三邕”即指太学，那么“欲知儒学盛，首善本三邕”已清楚地表明了欧阳修想要整顿的正是“太学”的文风。此外，借知贡举的机会，实现科举考试“先论策、后诗赋”的改革初衷也是欧阳修排抑“太学体”的动机之一。关于此问题，后文将详论之。

（二）邀誉矫激的学风是排抑行为发生的大背景

在排抑嘉祐“太学体”的前一年（实际间隔不足一年），欧阳修针对一些朝臣提出立新学、行“以德行官人”之制的提议，上呈了《议（新）学状》，在欧阳修所议“立新学”之“六不可”当中，第三、四两条可以说是嘉祐学风的真实写照。兹录其文如下：

> 且今入学之人皆四方之游士，赍其一身而来，乌合群处，非如古人在家在学，自少至长，亲戚朋友，邻里乡党，众察徐考其行实也。不过取于同舍一时之毁誉，而决于学官数人之品藻尔。然则同学之人，蹈利争进，爱憎之论必分朋党。昔东汉之俗尚名节，而党人之祸及天下，其始起于处士之横议而相訾也，此其不可三也。夫人之材行，若不因临事而见，则守常循理，无异众人。苟欲异众，则必为迂僻奇怪以取德行之名，而高谈虚论以求材识之誉，前日庆历之学，其弊是也，此其不可

① 沈括《梦溪笔谈》，辽宁教育出版社 1997 年版，卷九：人事一。
② 欧阳修《文忠集》，卷十二《喜定号和禹玉内翰》。
③ 李延寿《北史》，中华书局 1974 年版，卷七十二。

四也[①]。

对誉望的重视源于对此前科举取士中“文不顾行”现象的反拨，而刘几则是虔诚地践行着“知行合一”的典型代表，文献记载中关于刘几的种种近乎“不情”的行为举止大概正是源于这样的社会气候。此时对誉望的重视在科举取士中确乎在发生着作用。苏轼在中第后给欧阳修的谢启中自谓：“家居碌碌，无所称道。及来京师，久不知名。”这从侧面反映了当时京城里誉望的高低与中第与否之间的深刻联系。而李焘在记载欧阳修排抑“太学体”事件的结果时称“时所推誉皆不在选”[②]，则从反面说明欧阳修排抑“太学体”乃有意在与京城里负誉自骄的风气对抗。第四点虽就庆历学风而言，而其所指实乃在当下。所谓“迂僻奇怪以取德行之名”者，刘几辈也；而“高谈虚论”之言，则“周公伻图，禹操畚锸，傅说负版筑，来筑太平之基”者也。这些在欧阳修看来都是“执后儒之偏说，事无用之空言”[③]，观“天地轧，万物茁，圣人发”之语，正是欧阳修所指责的“思混沌于古初，以无形为至道”[④] 的典型，“主上收精藏明于冕旒之下”则为空洞的谀美之辞，而“周公伻图，禹操畚锸，傅说负版筑，来筑太平之基”则是“务奇言以自高”，连学理上的价值也是虚无的，对现实政治治理来讲毫无价值。此外，所谓“高谈虚论”可能还有脱离实际的含义。笔者注意到，沈括在记载排抑“太学体”事件时说，欧阳修在给刘几之论下了“大纰缪”的评语后，又戏续之：“秀才刺，试官刷。”欧公之戏语，一方面说明其对刘几在论体文中竟使韵深为反感，另一方面，一个“刺”字还是隐微透露了刘几之论的讥刺倾向。诚如诸学者所论，无论是庆历“太学新体”，还是嘉祐“太学体”，在内容上都有语涉讥刺的弊病，这不仅是庆历学风所致，也是由于青年学子人生、政治阅历较少，且自负才学，不免以理想化的标准来批判社会。刘几就尝作过《石井联句》，在《序》中痛斥道：“今之处高位者……持禄养高，不兴毫利，不去民瘼……居官宇，食月粟，费廪钱，役公隶，慊然尚以为不足也。乃鱼猎财赂，蠡蠹脂血，皇皇然惟义是奔……”[⑤] 从其序文来看，刘几对当时官场的批评是十分严厉的，甚而是有些言过其实的。这些在欧阳修眼里，皆是“高谈虚论以求材识之誉”，并不能代表真正的才学和能力。

（三）广引学者入驻太学是排抑行为的先声

嘉祐元年，赵概、欧阳修等十余人联名举荐梅尧臣任国子监直讲，其后欧阳修等在主持贡举考试时又聘梅尧臣作为省试评卷的小试官，苏轼的文章就是被梅尧臣首先发现的。嘉祐四年省试，梅尧臣又担任南省考试试卷的监印官。梅尧臣在嘉祐年间由一介平民到深度介入国家最高级别的人才选拔工作，其进用的速度是比较超常的。其实梅尧臣的经历只是欧公广引学者人驻太学的一个代表罢了。

---

① 欧阳修《文忠集》卷十二《议（新）学状》。
② 李焘《续资治通鉴长编》，中华书局 1979 年版。
③ 欧阳修《文忠集》卷十二《喜定号和禹玉内翰》。
④ 欧阳修《文忠集》卷十二《与江邻几书》。
⑤ 刘几《石井联句序》。

考察庆历末到至和初的六七年里，国子监学官里并没有“三先生”的存在，石介庆历二年任国子监直讲，庆历四年离开，随后不久去世。孙复庆历三年为国子监直讲，庆历七年去职，至和中复为国子监直讲。[①] 胡瑗则在太学建立“后十余年始来居太学”[②]，计其时当在至和年间。因此，葛晓音先生认为“太学体”乃是“宋初三先生”在太学复古过当造成的[③]说法似乎不能成立。不仅如此，笔者以为，至和中孙复、胡瑗、李觏、陈烈等先后任国子监、太学教官正是欧阳修意欲整肃太学学风的举措之一。除梅尧臣任国子监直讲为欧阳修等所荐外，欧阳修还数次举荐陈烈任太学之职。对孙复、胡瑗，欧阳修也是相当敬重的，欧集中有《国子监直讲青州千乘县主簿孙复可大理评事制》、《孙复可秘书省校书郎国子监直讲制》、《举留胡瑗管勾太学状》。欧阳修又尝为孙复、胡瑗作墓表，对他们的成就给予了很高评价。是知欧阳修对孙、胡作为国学长官的工作是认可的，甚尔是大力支持的。

嘉祐前的六七年时间，不仅太学没有三先生的存在，而且此间国子监的风气似乎背离了馆阁诸老的期望，这可以从郑獬对发解试官的不逊之辞看出来。郑獬为皇祐五年状元，其时“自负时名，国子监以第五人送，意甚不平，谢主司启事有‘李广事业，自谓无双；杜牧文章，止得第五’之句，又云：‘骐骥已老，甘驽马以先之；巨鳌不灵，因顽石之在上。’”[④] 国子监发解试官通常由馆阁官员担任，太学生敢于对考官的评鉴不以为然，正说明在太学与馆阁翰院之间，至少在对于文章高下、是非的认识上有了分歧。可以想见，郑獬取状元之衔对于太学后进们所产生的暗示效应就是太学风气对馆阁翰院取得了胜利，从而加速“太学体”文风的漫延。如果说庆历六年张方平排抑“太学新体”的行为有较强的政治目的的话，那么欧阳修排抑嘉祐“太学体”则反映的是翰院学士们对国子监、太学风气的主动规范。“太学体”，从其命名来讲，既可谓与京城以外的地方的风气相对，亦可指与翰院馆阁的风气相对。但就排抑“太学体”事件来看，“太学体”更应该是指某种背离了翰苑馆阁风气的新文风。欧阳修曾谓“先朝杨、刘风采，耸动天下，至今使人倾想”[⑤]，其对当年馆阁文风影响及于四方是十分艳羡的。然而嘉祐前后的翰苑与太学之间却是互不认可、暗中较劲[⑥]的状况，这显然是新任翰林学士欧阳修不能容忍的。

（四）禁怀挟、删编《九经正义》是排抑事件的延伸

嘉祐二年欧阳修知贡举前上《翰苑条约举人怀挟文字札子》，要求“乞立定巡捕官赏格及怀挟人责罚刑名，添入贡院新定条制”[⑦]，而在当年的科试中，欧阳修就严格执行了这一新规定。李焘在记录排抑嘉祐“太学体”事件时云：“仍严禁挟书者……然文体自是

① 欧阳修《文忠集》卷二十七《孙明复先生墓志铭并序》。

② 欧阳修《文忠集》卷二十五《胡先生墓表》。

③ 葛晓音《欧阳修排抑“太学体”新探》，《北京大学学报（哲社版）》1983年第5期，第62页。

④ 沈括《梦溪笔谈》，辽宁教育出版社1997年版，卷九。

⑤ 刘克庄《后村先生大全集》，四川大学出版社2008年版，卷174。

⑥ 除上述郑獬对国学发解官的不屑之外，即使是对其有知遇之恩的刘敞，郑獬也还是不完全认可其对他的评价。

⑦ 欧阳修《文忠集》，卷一百十一。

亦少变。"[①] 排抑"太学体"与禁挟书在李焘看来是同等性质的举动，那就是整顿学风。

嘉祐五年，欧阳修又上《删去九经正义中谶纬札子》，指出"士之所本，在乎六经"，然而现行之九经注疏"所载既博，所择不精，多引谶纬之书，以相杂乱，怪奇诡僻，所谓非圣之书，异乎正义之名也。臣欲乞特诏名儒学官悉取九经之疏，删去谶纬之文，使学者不为怪异之言惑乱"[②]。此札虽于嘉祐五年奏上，但亦与排抑"太学体"相关联，意在从太学的教科书方面剔除可能导致举子文章怪谲的因素。

欧阳修作为北宋前后两次排抑"太学体"的重要当事人，庆历时期是"太学体"的推动者，嘉祐年间却转而成为"太学体"的打压人，这其间似有矛盾之处？这固然有欧阳修思想观念转变的因素，但也有一致性，那就是对"真才"的渴求。庆历年间，欧阳修亲自示范以奏疏方法写律赋，目的在于改造律赋，使之能更好地抒写创作者的政治才识，这是欧阳修"先论策、后诗赋"主张的权变。嘉祐年间，弃赋重论，追求自然、通脱之文，乃是实现"先论策，后诗赋"的科举改革初衷，以期能从论策中发现有治理才能的人。无论是推动，还是阻抑，欧阳修始终坚持的是科举应该为国选材，这一终极目的始终未曾改变。

二、嘉祐"太学体"之怪涩与科举考试

论及嘉祐"太学体"的特征，大家习知的是"险怪奇涩"[③]、"怪险"[④]、"怪僻"[⑤]、"怪诞"、"僻涩"[⑥]、"奇僻"[⑦] 等等，综合起来看，"险怪"与"僻涩"是其核心的特征。苏轼熙宁五年在杭州监试忆及嘉祐二年的文风时说："缅怀嘉祐初，文格变已甚。千金破全璧，百衲收寸锦。调和椒桂酽，咀嚼沙砾碜。广眉成半额，学步归踔踸。……却顾老钝躯，顽朴谢雕锓。"[⑧] 作为排抑"太学体"事件的亲历者，苏轼认为"太学体"的主要弊病在于过分雕隽，失于支离，不够通俗、流畅，其弊在形式。这种评价与李焘称嘉祐"太学体""钩章棘句，寖失浑淳"是一致的。也就是说，"太学体"的突出弊病在于形式的僻涩。兹以"太学体"的代表文句为例作一分析：

天地轧，万物茁，圣人发。——刘几《刑赏忠厚之至论》

主上收精藏明于冕旒之下。——萧稷《易简得天下之理》

狼子豹孙，林林逐逐。

周公伻图，禹操畚锸，傅说负版筑，来筑太平之基。

---

① 李焘《续资治通鉴长编》，中华书局 1979 年版。
② 欧阳修《文忠集》卷一百十二《论删去九经正义中谶纬札子》。
③ 《四朝国史·欧阳修传》。
④ 沈括《梦溪笔谈》，辽宁教育出版社 1997 年版，卷九：人事一。
⑤ 欧阳修《文忠集》，卷十二《喜定号和禹玉内翰》。
⑥ 欧阳修《文忠集》，卷十二《喜定号和禹玉内翰》。
⑦ 李焘《续资治通鉴长编》，中华书局 1979 年版。
⑧ 苏轼《东坡文集》，《监试呈诸试言》，中华书局 1986 年版。

笔者以为第一、三两例主要体现为形式的怪涩，第二、四两例主要体现内容的怪诞。论、策从文体的归属来讲应为散体文，但在实际的考试中，举子往往喜欢用对仗，使文章趋于骈整，这从宋人各家别集所收论、策中可以清楚地看到这一特点。而刘几之“天地轧，万物茁，圣人发”句，其主要问题不仅在于对仗的使用有违散体之“随言短长”，还在于其末字皆押韵，犯了“散文忌律”的常规。更重要的是句中三个动词的使用，“轧”、“茁”、“发”原本有更通俗易懂的表达方式如“开”、“盛”、“出”等，刘几所用三字太生僻，这种语言的搭配实在异于常轨，在欧阳修看来太陌生、太拗口、太僻涩，是典型的“太学体”文章。“狼子豹孙，林林逐逐”意出李商隐“狼子豹孙，竞于跳走”之句，但“林林逐逐”造语生僻，虽声韵上更趋和谐，但意思却让人费解。因此，过分雕琢、追求新奇是太学体在形式上的突出特征，表现为用词、用字的力避陈熟，却因过于生僻而显得滞涩，失去了语言的线性流畅感。

郑獬夸赞同年吴处厚的诗云：“想其挥扫时，天匠无雕锼。倒下百篋珠，滑走不可收。”① 精于雕锼显然是一种值得赞美的才华。此语与李贺赞韩愈“笔补造化天无功”颇为相似，都对人工的技艺保持着敬重。而嘉祐中的欧阳修却正在致力开启一种新的文章风格，即自然之文，而深受父亲苏洵“风行水上涣”文章观念影响的苏轼笔下流淌的正是欧公试图推行的自然之文的范本。与之相对，如郑獬、吴处厚、刘几等汲汲于一联一句的精雕细琢则表现出一种落人窠臼的狭隘。然而这种狭隘的形成却要从“太学”的环境和科举的要求中来寻找原因。

以科场律赋写作为例，对一联一句的精讲精求能提升全文的价值。皇祐四年，吴处厚参加国子监的解试，作《律设大法赋》，得第一名，当时枢密邵元、翰林贾黯、密直蔡杭、修注江休复为考官。江休复尤其器重吴处厚。试后他问吴处厚：“满场程试皆使萧何，惟足下使‘萧规’对‘汉约’，足见其追琢细腻。又所问春秋策，对答详备。及赋押秋荼之密，用唐宗赦受缣事，诸君皆不见，云只有‘秦法繁于秋荼，密于凝脂’，然则君何出?”吴处厚回答说：“《文选·策秀才文》有‘解秋荼之密网’，‘唐宗赦受缣’事出杜祐《通典》，《唐书》即人载。”江休复又云：“满场使‘次骨’皆作‘刺骨’对‘凝脂’，惟足下用《杜周传》作‘次骨’，又对‘吹毛’，只这亦堪作解元。”② 在江、吴二人的对话中，其中心话题是典故的使用问题。首先，善使事者不仅要选用恰当的故事，而且要有自己的加工琢磨，如用“萧规”对“汉约”，就较直接用“萧何”更见追琢之功；其次，用典还要力避陈熟，尽量选用那些常人思量不及的典故，如吴处厚用“唐宗赦受缣”事；第三，对于典故表述中有异同字的情况，要尽可能选择能使对仗更加工稳的典事的出处，如吴处厚用《杜周传》之“次骨”对“吹毛”，与其他举子之“刺骨”对“凝脂”相比，的确是工拙高下立见。律赋中“广引前事”的做法在皇祐中发展为“巧引前事”，凡事、凡语不仅要求必有出处，而且要避免平平道来，需精于琢磨。

---

① 郑獬《郧溪集》，卷二十四《答吴伯固》，台湾商务印书馆 1969 年版。

② 吴处厚《青箱杂记》，中华书局 2007 年版，卷 20。

这段轶事载于吴处厚《青箱杂记》中，吴氏本人对这段往事颇为自得。笔者注意到，作为考官的江休复之谓“惟足下用《杜周传》作‘次骨’，又对‘吹毛’，只这亦堪作解元”，其中暗含了当时科场评阅律赋的标准，或者说当时律赋写作所崇尚的东西。江休复之评语与滕甫之“心服”于郑獬[1]，其思路逻辑是一致的，即语句、字词的细部琢炼可以提升全文的价值。这种以细节品鉴代替文章综合评价的风气对科场举子是有导向作用的。而这种误导产生的后果或者与嘉祐二年欧阳修试图纠正的“险怪”文风不无关系。即使是嘉祐四年欧阳修作为殿试试官，也不免因刘几赋中的警句——“故得静而延年，独高五帝之寿；动而有勇，形为四罪之诛”而大加称赏，并将其擢在第一。据吴曾《能改斋漫录》谓：“刘辉即刘几《尧舜性仁赋》，其警句曰：‘静而延年，独高五帝之寿；动而有勇，形为四罪之诛。’盖本于范文正《尧舜率天下以仁赋》：‘内睦九族，善邻之志咸和；外黜四凶，有勇之风遐振。’”[2] 吴曾指出了刘几警句的近源，但比较范仲淹与刘几的赋句，虽意思相近，但词句的琢炼却有高下之别。用“动”与“静”相对，较之“内”对“外”要富有内涵，“动静交相养”是易学中的一个命题，亦贴合论性命这一话题。从句式节奏来看，刘几赋句读起来更朗畅。所以说刘几对范仲淹成句的改造达到了“青出于蓝而胜于蓝”的效果，宜乎欧阳修称赏。刘几赋因上述这一警句而被取在第一的事实说明，欧阳修似乎也没有逃脱以片言只句取与的褊狭。

王铚《四六话》论列仁宗朝律赋大家，除宋祁、宋庠之外，还提到了滕甫、郑獬、吴处厚、刘几[3]四人，称其“隐栝声律”，“可谓诗赋之集大成者”，评价相当高。此四人均为国子监解送的举子，而且其中三人滕甫、郑獬、吴处厚为皇祐五年进士，刘几虽为嘉祐四年状元，而其在国学中的名气却早在嘉祐二年前就已形成。《四六话》四库提要云：“故（王）铚之所论亦但较胜负于一联一字之间，至周必大等承其余波，转加细密，终宋之世惟以隶事切合为工，组织繁碎，而文格日卑，皆铚等之论导之也。”[4] 这是王铚《四六话》衡文的特点，也是郑獬、吴处厚、刘几等能被王铚推为宋律赋集大成者的重要原因。以郑、滕、吴、刘为代表的仁宗朝后期律赋更讲求字句的琢炼，论证说理更加新巧警策。他们的律赋对于赋题的体贴论证不再停留在恰当的用事、平平的论述，而是深入到字、词、句的追琢，以求达到完美的表达效果。而这样的行文风格也漫延至其他的科场文章中。李焘《续资治通鉴长编》述嘉祐二年之事时云：“仁宗嘉祐二年春正月癸未，翰林学士欧阳修权知贡举。先是进士益相习于奇僻，钩章棘句，寖失浑淳。修深疾之，遂痛加裁抑，仍严禁挟书者。及试榜出，时所推誉皆不在选。”[5] 李焘所用“钩章棘句”一词最先出现在韩愈《贞曜先生墓志铭》中，其云：“及其为诗，刿目鉥心，刃迎缕解；钩章棘句，掐擢胃肾；神施鬼设，闲见层出。”[6] 罗大经称韩愈此语言孟郊写诗“得

---

① 陈振孙《直斋书录解题》，卷十七《郧溪集》解题，上海古籍出版社 2005 年版。

② 吴曾《能改斋漫录》，上海古籍出版社 1979 年版，卷八“尧舜性仁赋”条。

③ 刘辉初名刘几，为方便论述，本文除引文外，其余均称“刘几”。

④ 《四六话》四库提要。

⑤ 李焘《续资治通鉴长编》，中华书局 1979 年版，卷一八五。

⑥ 韩愈《昌黎文集》，卷二十九。

之艰难”[①]。是知“钩章棘句”是指写作时精心构思，反复琢磨，由于过分讲求新警，而导致文章不够“浑淳”，与前文所言之赋中用事、用字讲求琢炼是一致的，究其根本，仍是过于雕琢。

如果再参考南宋孝宗朝的科场的情况，也许刘几程文“怪僻”原因就更易于理解了。孝宗淳熙十四年，洪迈在完成当年的贡举考试工作后上书指陈举子程文中的弊病，其中一点是：

> 至其程文则或失之支离，或堕于怪僻。考之今式，赋限三百六十字，论限五百字。今经义策论一道有至三十言，赋散句之长者至十五六字一篇，计五六百言。寸晷之下，唯务贪多，累牍连篇无由精好。所谓怪僻者如曰定见，曰力量，曰料想，曰分量，曰自集（某）中来，曰定向，曰意见，曰形见，曰气象，曰体统，曰锢心及心心有主、喙喙争鸣、一蹴可到、盥手可致之类，皆异端鄙俗文辞。止缘迂儒曲学偶以中选，故递相蹈袭，恬不知悟[②]。

洪迈所言之“怪僻”主要指用语之怪，其所举之例较嘉祐“太学体”的怪僻语要丰富得多，其实以之与欧阳发所说之“狼子豹孙，林林逐逐”、“周公伻图，禹操畚锸，傅说负版筑，来筑太平之基”[③] 并置，淳熙程文之怪僻有过之而无不及。更重要的是洪迈所指出的怪僻成风的原因：“偶以中选，故递相蹈袭。”这与前文所言之试官的衡文倾向对举子文风的影响其实是一个道理。因此，笔者以为，刘几等程文中的“怪僻”形成的原因与洪迈所言相似，乃由于试官对于一句一联工巧特甚者的关注，导致了举子在细节上追琢而走入极端。科场程文要求在相同的题目、相同的主题，甚至是相同的知识背景下写出不同的作品，其留给作者的发挥空间被限制在语言技巧上。加上太学这种众人聚学的环境，要想绝胜千里，恐怕也只有求新、求奇了。

科举文章以中第为目标，为了引起考官的注意，修饰文辞当然是一个很必要的方式，律赋如此，经义如此，策、论也未尝不如此。熙宁中科举以经义取士，此制施行才两次，王安石就发现学官的试文有“文胜而违经旨”[④] 的情况，因此颁下《三经新义》以正其说。不过，情况似乎并无好转，黄庭坚论神宗熙、丰年间的文风时说：“近岁虽以经义取人，大学诸生文章体制未能近古，大率集类章句，联属对偶，风传四方，谓之新格，不禁其渐，文章反陋于作诗赋时。”[⑤] 晁补之《汴都赋序》云：“比来进士举有司者，说五经皆喜为华叶波澜，说一至百千语不能休，曰不如是，旨不白，然卒不白。”[⑥] 这皆是指进士试经义时的情形。讲究“对偶”、言词华靡等本属律赋的特征，居然在经义中出现了。

---

① 罗大经《鹤林玉露》，中华书局1983年版，卷十六。
② 徐松《宋会要辑稿》，中华书局1956年版，选举五之一〇至一一。
③ 欧阳修《文忠集》，附录卷五。
④ 马端临《文献通考》卷三十一。
⑤ 黄庭坚撰《山谷别集》卷八《叔父給事行狀》。
⑥ 晁补之《鸡肋集》卷三十四《汴都赋序》。

及至徽宗朝，经义程文中重言辞修饰的倾向越来越突出。大观中，臣僚上言："场屋之文，专尚偶丽，题虽无两意，必欲厘而为二，以就对偶；其超诣理趣者，反指以为淡泊。请择考官而戒饬之，取其有理致而黜其强为对偶者，庶几稍救文弊。"[①] 然而直到政和年间，李纲拟诏仍谓："比览贡士程文，猥酿不纲，气格卑弱。刻意以为高者，浮诞恢诡而不协于中；骋辞以为辩者，支离蔓衍而不根于理。"[②] 是知这种辞胜于理的经义文依然流行，究其根源乃在于科举制度"以文取士"的本质。

诚如周裕锴师所指出的，中国古代文章审美趣味在宋代发生了一次重要的转型，自然之文取代了雕琢之文，"自然之文更追求'随物赋形'，即其文本在抒情、叙事、写景、议论方面的实用性，而非注重形式、结构、声律、文采方面的艺术性"[③]。如果说苏轼是"自然之文"的理论谛造者，那么欧阳修排抑"太学体"则在创作领域为自然之文扫清了道路。尽管在科场中，雕琢之文仍然余风未殄，但在文人的日常书写中，追求自然天成之文已蔚为风气，甚而文士将雕琢之习视为"科场习气"加以规避，惟恐脱略不尽。因此，笔者以为，嘉祐"太学体"文风之怪僻、生涩与科举考试这一大环境有深刻的联系。当然，"太学体"的形成还与此时流行的尊韩、学韩的风气有关系。关于此点，下文将有详论。

三、欧阳修排抑"太学体"之意在"古文"

（一）排抑中隐含的"重论策，轻诗赋"趋向

从北宋科举制度的发展来看，尽管庆历革新中欧阳修、宋祁等人曾制定了"先策论，后诗赋"的取士新制，但未经实施，旋即废罢。在此后的科场考试中，诗赋，尤其是赋依然是决定进士去取的主要科目。因此，当欧阳修在郁郁外任十余年后，重柄科举，当年的主张更显示出实施的紧迫性，不过此时的欧阳修没有采取制度变革的激烈方式，而是在贡举取士中暗重策论、轻诗赋，以期从实质上改变风气，从而达到优化选材手段的目的。这一点可以从以下三个方面得到证实：

第一，欧阳修用以黜落刘几的依据是其论"文理纰缪"，这在客观上打破了此前以诗赋定去留的常规。据北宋科场条制，"文理纰缪"为诗、赋、论、策皆有的不考式之一，在科场条制所列的众多评卷规则当中，绝大部分都需有客观依据，唯有"文理纰缪"一条，试官可以发表主观评价。然而作为"累为国学第一人"的刘几，其文章竟至"纰缪"的可能性实在太小，但是欧阳修硬是以"文理纰缪"这个理由将其黜落。欧阳修此评之不公，从试后举子群嘲聚骂的反应可以看出来。正如前文所引，欧阳修对于试后可能出现的指责是有预见的，他"明知故犯"地触动太学生之"敏感神经"，其目的是向举子们传达一个信息——"论策重于诗赋"。何以见得？刘几在太学的得名更重要的是来自于他的科场赋，王铚在《四六话》中将刘几推为仁宗朝"律赋集大成者"之一，与宋祁、宋

---

① （元）脱脱等《宋史·选举志》卷一五五。
② 李纲《梁谿集》卷三十六《诫谕学者辞尚体要诏》。
③ 周裕锴《从工艺的文章到自然的文章——关于两则谚语的另类解读》（未刊稿）。

庠、吴处厚等齐名，而且这并非王铚的一家之偏见，元祐中，刘几的赋还被选为律赋范本来推广，这说明他的律赋水平是得到众人肯定的。因此，以赋名家的刘几因论被黜，无疑对“诗赋取士”的陈规是一巨大冲击。

第二，据《梦溪笔谈》记载关于苏轼中举的曲折内幕，他是在律赋已被考官认定为落韵的情况下，因梅尧臣对其《刑赏忠厚之至论》的激赏，而破例被拔在第四的。梅尧臣此举有两大违规之处。其一，仁宗朝科场按“诗赋、论、策”三场顺序实行逐场过落之制，而在实际的考校中，诗赋往往是决定去取的主要科目。然而梅尧臣在明知苏轼之赋因“落韵”这样的硬伤已沦为“不考”的情况下，仍然将其置于进士甲科，是公然的“违规”。其二，苏轼论中写到：“当尧之时，皋陶为士，将杀人，皋陶曰杀之三，尧曰宥之三，故天下畏皋陶执法之坚，而乐尧用刑之宽。”[①] 梅尧臣服其用事允当，却苦于不知出处，及当面问之，苏轼却回答“想当然尔”，梅尧臣“大骇”。梅尧臣之“大骇”应该隐含了对“违规”取士的后怕，因为按北宋科场程文的考试，“误用事”为“一抹”[②]，而苏轼不仅是“误用事”，而且是明知故犯，生造典故，蒙骗考官，其情节恐怕更有甚之。何以梅尧臣作为点检试卷官，明知故犯地大力推崇苏轼之“论”，这背后如果没有欧阳修“策论重于诗赋”的评阅“潜规则”，恐怕梅公还不敢如此擅专。

第三，从孙觉在熙宁元年的上奏来看，其云：“近岁以来，朝廷务以经术材识收揽天下之士，有司往往阴考论、策以定去留，不专决于诗、赋。”[③] 可见，在欧阳修之后，敢于阴违科制，以论、策定去留已蔚成风气。所以苏轼谓：“昔祖宗之朝，崇尚辞律，则诗赋之工曲尽其巧；自嘉祐以来，以古文为贵，则策论盛行于世，而诗赋几至于熄。”[④] 苏轼将诗赋与策论地位在科举中的转换节点认定在“嘉祐以来”正是道出了欧阳修对于风气转关的决定性作用。苏轼是嘉祐二年排抑“太学体”事件的直接受益人，并与欧阳修等人有密切的交往，因此他对嘉祐“太学体”事件的理解应该是准确的。

当然，欧阳修能够在此次贡举衡文中屡屡违反祖宗旧制，还在于他此时的地位。在受命权知礼部贡举时，宋仁宗亲书“文儒”二字赐予欧阳修，可见对其寄望厚深，或者对其打压浮薄学风有所授意亦未可知。从试后举子群嘲聚骂，却丝毫未损欧阳修的地位来看，仁宗的信任与支持应该是起到了重要作用的，否则如谢琰博士所论，在“嘉祐初年的政局只能是忠奸交替、议论纷纭、集体亢奋而又一事无成”[⑤] 的情况下，欧阳修违规取士的行为应该早就被弹击得体无完肤了。又《归田录》载欧公忆当年主持贡举之事云：

---

① 苏轼《苏轼文集》，《临试呈诸试官》，中华书局 1986 年版。

② 参见《宋会要辑稿》选举志三之二四至二九所引庆历贡举新制的内容，其中抹式之第一条即为“误用事”，按《绍兴重修贡举令》（载《附释文互注礼部韵略》）：“诸考校试卷并分五等，逐分上、中、下。诸举人试卷犯点抹者，五点当一抹，五抹降为下。”那么犯有“一抹”的苏轼之论至少不能居于上等，尤其不可置于前列。

③ （明）杨士奇《历代名臣奏议》，影印文渊阁四库全书，台湾商务印书馆 1986 年版，433 册，卷一六五。

④ 苏轼《苏轼文集》，中华书局 1986 年版，第 301 页。

⑤ 谢琰《欧阳修排抑“太学体”发覆》，《安庆师范学院学报（社会科学版）》2008 年第 10 期，第 86 页。

“嘉祐二年，余与端明韩子华（韩绛），翰长王禹玉（王珪），侍读范景仁（范镇），龙图梅公仪（梅挚）同知礼部贡举，辟梅圣俞为小试官，凡锁院五十日，六人者相与唱和，为古律歌诗一百七十余篇，集为三卷，禹玉，余为校理时，武成王庙所解进士也。至此新人翰林，与余同院，又同知贡举，故禹玉赠余云：十五年前出门下，最荣今日预东堂。余答云：昔时叨入武成宫，曾看挥毫气吐虹。梦寐闲思十年事，笑谈今此一樽同。喜君新赐黄金带，顾我宜为白发翁。前此为南省试官者多窘束条制，不少放怀。余六人者，欢然相得，群居终日，长篇险韵，众制交作，笔吏疲于写录，僮吏奔走往来，间以滑稽嘲谑，形（一作加）于讽刺，更相酬酢，往往哄堂绝倒，自谓一时盛事，前此未之有也。”① 王珪与欧阳修有师生之谊，梅尧臣与欧阳修有相知之情，其余范镇、韩绛等皆一一与欧阳修关系密切，这样一个空前团结的贡举试官团队，相信其取士的标准也是高度一致的。正因为如此，欧公才能如此地“放怀”酬酢，而且欧公称前此的南省试官“多窘束条制”，其意不仅对自己的敢于放怀颇有自得，而且也透露出欧阳修等人对严格的贡举条制显然并不在意，甚至有些轻视。这样，欧阳修敢于以“大纰缪”黜落刘几与梅尧臣破例擢拔苏轼就容易理解了。尽管科场论、策，并不能代表“古文”，但其形制与“古文”更近，更便于“载道”是不容置疑的。提升论、策在取士中的分量，其实是此次排抑“太学体”事件的一个重要成果，事实也证明，嘉祐二年成为了诗赋与论策力量消长的重要节点。

（二）“太学体”古文弊端之显现——以郑獬科场程文为例

祝尚书、张兴武先生都认为北宋庆历“太学新体”与嘉祐“太学体”是前后相承的，但其间具体怎样联系却未明示。沈括《梦溪笔谈》载嘉祐二年“太学体”事件甚详，其云：“嘉祐中士人刘几，累为国学第一人，骤为怪崄之语，学者翕然效之，遂成风俗。”② 沈括认为“太学体”风气乃刘几个人求险求怪所致。而史家李焘在记载该事件时却称：“先是进士益相习于奇僻，钩章棘句，寖失浑淳。”③ 显然，李焘认为“太学体”的形成并非刘几之“骤为”可成，而是有一个逐渐发展形成的过程。同时，既然前后两次排抑“太学体”在对象、参与人物及取得的效果上都有较大差异，那么在文风的具体表现上也应该有所区别。这种区别应该从离嘉祐时期最近的皇祐年间来探源，不仅因为皇祐五年是嘉祐二年前最近的一次科举考试，而且皇祐五年以前的六七年时间，正是“太学”学官“不明”的时期，“太学体”的形成可能与此种状况有关。

据刘几行履，他游学八年，在国子监停留的时间很长，此间，他至少经历过皇祐五年的科举考试，因而他也应该知道国子监中一位狂放轻肆的人物郑獬。与刘几一样，郑獬也曾受到过考官针对性的打压。郑獬在国子监发解之后，曾在谢得解的书启中出语不逊，而皇祐五年，殿试的考官恰好是国子监的发解试官，为惩郑獬之不逊，“有试业似獬

---

① 欧阳修《归田录》卷二。
② 沈括《梦溪笔谈》，辽宁教育出版社 1997 年版，卷九。
③ 李焘《续资治通鉴长编》，中华书局 1979 年版，卷一八五。

者枉遭斥逐，既而发考卷，则獬乃第一人及第”[①]。也就是说，在欧阳修之前对国子监名流的打压就已有之，只不过两次打压的重点有所不同而已。在程文中有“试业似獬者”被斥逐的事实说明，郑獬文章已形成了可辨识的特征，因此考官得以凭此特征来黜落举子。沈括《梦溪笔谈》将郑獬侥幸逃过黜落之事与欧阳修排抑“太学体”事件并书，似有所指。在沈括看来两次事件是有关联的，至少表明两件事情的性质是相类似的。郑獬、刘几均为国子监的风云人物，他们的文章代表着国子监的流行风尚，且都遭遇了主考官的阻击。

在今存的郑獬《郧溪集》中，他的科场文章并未收录，因此郑獬的文章是否已开嘉祐“太学体”之风气，我们已经找不到直接的证据。但从郑獬与同榜进士间的诗书往来中，我们仍可找出一些蛛丝马迹。与郑獬同时登高科的还有滕达道、吴处厚、韦骧、汪辅之、刘敌等人，他们也都曾是国子监的翘楚。吴处厚素有能赋声，曾编集《三元衡鉴》，又有《赋评》一卷。滕达道，皇祐五年的探花，其文深得胡瑗、宋祁的爱赏。韦骧“少以词赋知名，王安石最称其《借箸赋》，……骧别有赋二十卷”[②]。汪辅之“在场屋，能作赋，略与郑毅夫、滕达道齐名”[③]。刘敌乃刘敞的弟弟，诗文亦属一流。他们对于诗文之“怪”、“奇”似乎都颇为推崇。郑獬在《答吴伯固（处厚）》诗中称赞吴诗：“初读颇怪骇，如录万鬼囚。笔墨又劲絶，涌纸花光流。”[④]又称“汪子（汪辅之）文章何伟奇，如观天子乘舆仪。怛然暴见殊惊疑，舌拄上腭两目痴”[⑤]。无论是广引典故的“怪骇”，还是令人惊疑的“伟奇”，郑獬都是诚心推服的，“怪”与“奇”在这批皇祐进士的交流语境中是有特殊价值的。刘几与郑獬、吴处厚一样，也是国子监的翘楚，常常得第一。刘几为险怪之语而能令学者向风，正说明刘几之险怪语是为国子监学官所肯定的，否则以追求功名为目的的举子不会“翕然效之”。因此我们说“太学体”的形成其来非“骤”，至少皇祐年间的进士群体中已经开始以“怪”、“奇”相推重，而且在欧公排抑“太学体”之后，这群人的观点和趣味仍然没有太大改变。

“太学体”作为流行于科场诸体文章中的一种求新求奇的写作风气，非“古文”所特有，这已经成为共识。但张兴武先生认为“‘太学体’并非‘古文’，它绝不可能与骈俪‘时文’一起成为欧阳修诗文革新的主要对象”[⑥]却有失公允。如前文所论，欧阳修排抑“太学体”是有意于提升论策在科举考试中地位，因而其所力排的皆是论、策中有“太学体”文风的程文，所以，尽管“太学体”并非仅指“古文”而言，但欧阳修意在打压“古文”写作中的“太学体”风气却是事实。

写作古文在仁宗朝中后期已渐渐成为风气，苏轼称“大者镂之金石，以传久远，小

---

① 沈括《梦溪笔谈》，辽宁教育出版社 1997 年版，卷九。
② 《钱塘集》四库提要。
③ 叶梦得《石林诗话》卷上。
④ 郑獬《郧溪集》，台湾商务印书馆 1969 年版，卷二十四。
⑤ 郑獬《郧溪集》，台湾商务印书馆 1969 年版，卷二十四。
⑥ 张兴武《北宋“太学体”文风新论》，《文学评论》2008 年第 6 期，第 16—21 页。

者转相摹写，号称古文。纷纷肆行，莫之或禁”[①] 的情况说明嘉祐前后写作古文的风气已经相当浓厚。李贵先生已指出，天圣尊韩是一个由古道而古文，最后及于古诗的演变过程[②]。从皇祐五年的进士群体来看，师法韩愈已由文及诗，郑獬称吴伯固的诗“相搏如风雷，直与效愈侔”[③]，又赞汪辅之“长篇短篇倾珠玑，题说论序及赋诗。篇虽不同皆有归，要之孔子韩退之”[④]。称某人诗直追韩愈是一种很高的褒赞，说明诗文学韩已成学界共识，至少在皇祐五年的进士圈子里，这是一种共识。

如果进一步了解郑獬殿试第一的曲折经历，或许嘉祐“古文”写作中的“怪涩”风气的形成脉络便更清晰了。实际上，皇祐五年，郑獬能廷试摘桂有赖于刘敞的力排众议。在《刘舍人书》中，郑獬写道：“乃者某以进士较试于天子廷下，是时阁下以文章论议被选为考试官，得某之卷，独以为可冠群进士。诸公或难之，而阁下争曰：‘此文似皇甫湜，今朝廷用文取士，为朝廷得一皇甫湜，岂不善也？’于是诸公不能夺，而竟处为第一。”[⑤] 刘敞以郑獬文似皇甫湜将其置于第一，而这个理由竟使其余诸考官无以为辩。这一方面再次说明此时文章写作中崇韩、学韩是一种共识，另一方面，皇甫湜文章以“奇”称，而且皇甫湜对文章之“奇”有明确的追求。他认为：“意新则异于常，异于常则怪矣；词高则出于众，出于众则奇矣。”[⑥] “使文奇而理正，是尤难也”[⑦]。刘敞以皇甫湜作比，显然是指郑獬的文章有“奇”气，并对这种“奇”做了极大的肯定。众所周知，进士高科的科场程文一定会成为后进士子追摹的对象，加上刘敞的评语被士大夫籍籍传道，可以想见这种为文之“奇”将会如何被强调和夸大，从而逐渐走入极端。

但是仅有郑獬一个人以“奇”文取状元，也许还不足为据。当年殿试第三名的滕甫在文章写作上亦有“奇”气。关于此人与郑獬殿试作赋还有一段轶事。陈振孙《直斋书录解题》载：“时（郑）獬与滕甫俱有场屋声，甫赋首曰：‘大礼必简，圜丘自然。’自谓人莫能及，獬但倒一字，曰：‘礼大必简，圜丘自然。’甫闻之大服，果居其次云。”[⑧] 是知二人文章水平相当，风格相近。龚明之《中吴纪闻》载滕甫“九岁能赋诗，敏捷过人。范文正为诸舅，见而奇之，教以为文。文正为乡郡，而安定胡先生居于郡学，公往从之，门人以千数，第其文常为首。举进士，试于廷，宋景文公奇其文，擢为第三。以声韵不中程，黜之。其后八年，复中第三”[⑨]。滕甫乃范仲淹的外甥，他的文章不仅得到过范仲淹的指导，而且受学于胡瑗，文常称首，最重要的是得到了当时的大文豪宋祁的赏识。正如曾枣庄先生所论，宋祁是古文“生涩”风格的代表，得到宋祁的爱赏，至少说明滕文与宋祁之文一样，很讲求琢炼、生新。他的高科中第与郑獬的“奇”文取胜，加上皇

① 苏轼《东坡文集》，中华书局 1986 年版。
② 李贵《天圣尊韩与宋调的初步成型》，《文学遗产》，2007 年第 6 期，第 69—79 页。
③ 郑獬《郧溪集》，台湾商务印书馆 1969 年版，卷二四。
④ 郑獬《郧溪集》，台湾商务印书馆 1969 年版，卷二四。
⑤ 郑獬《郧溪集》，台湾商务印书馆 1969 年版，卷二四。
⑥ 皇甫湜《答李生第一书》。
⑦ 皇甫湜《答李生第二书》。
⑧ 陈振孙《直斋书录解题》，上海古籍出版社 2005 年版，卷一七。
⑨ 龚明之《中吴纪闻》。

祐五年那一群以“怪奇”相推重的进士如韦骧、汪辅之、刘孜等的中举，追求“奇”文的风气必然相当浓厚，而不得要领者求之过深便很容易陷入“怪僻”、“奇涩”的极端。

而且当我们细细品味郑獬写给刘敞的书信时，我们不但能更清楚地看到文章之“奇”的追求，还能清楚地看到“太学体”与古文的深刻联系。对于刘敞称自己文章似皇甫湜的评价，郑獬回应说：“在韩退之门下，用文章雄立于一世者，独李翱、皇甫湜、张籍耳，然翱之文尚质而少工，湜之文务实而不肆，张籍歌行乃胜于诗，至于他文不少见计，亦在歌诗下，使之质而工，奇而肆，则退之作也，如某者望退之之门不知几百千里，则安敢望似皇甫湜邪?”[①] 笔者注意到，郑獬对皇甫湜的评价为“务实而不肆”，这种说法与通常对皇甫湜的评价大相径庭，至少四库馆臣认为“学于韩者，翱得其正，湜得其奇”[②]。且如前文所引，皇甫湜对自己“好奇”的追求也是直言不讳的。而郑獬却称皇甫湜“务实而不肆”，这可能有两种原因，也许在郑獬看来，皇甫湜之文已不足称奇，因为在“奇”的追求上，此时的国学举子们已有更高的追求。或者郑獬对自己的文章自视甚高，并不认同刘敞的评价，而期欲与韩愈文章比侔。郑獬所认为的文章的最高境界是“质而工，奇而肆”，“奇”显然是他追求的目标之一，同时“质而工”一对矛盾的文章因素也被认为是文章高格，这不免让人费解。但如果结合郑獬“礼大必简，圜丘自然”，及刘几“天地轧，万物茁，圣人发”之句，便能看到从“质而工”至“质而涩”的演化过程。无论是皇甫湜，还是韩愈，“奇”都是他们看重的文章要素，韩愈“虽然在一定程度上颠覆了贵族华丽的趣味，却仍然保持着视文章为工艺制作的镌刻精神，只不过这些工艺品多了几分险怪和荒诞”[③]。这种“奇”的实现在科场举子那里，更多的不是来自胸襟、视野，而是来自“工艺制作”，如果说韩愈的文章已带着几分险怪与荒诞的话，那么学韩而不得其法的举子们则只能走向“太学体”的“怪涩”。

尽管“太学体”并不仅指“古文”而言，但欧阳修有意借排抑“太学体”来纠正古文写作中的不良风气是可以肯定的。皇祐五年贡举考试是嘉祐二年之前最近的一次考试，较之以庆历“太学新体”来推测“太学体”的状况，皇祐五年的科考似乎更具有相关性和说服力。

排抑“太学体”事件客观上提升了古文的地位，此后科场中论、策的地位逐渐胜过诗、赋，并在熙宁初正式取代诗、赋的地位。而且在嘉祐二年中举的外地举子中，产生了一大批北宋古文运动的中流砥柱，如苏轼、苏辙、曾巩等所代表的“简而有法，流畅自然”的散文最终取代了雕琢之文，开启了文章审美的新境界。张兴武先生认为“欧阳修知贡举，文体为之一变”的说法过分夸大了该事案对文学发展历程的影响[④]，笔者亦认同此说，而且宋代的李焘在记载该事件时也仅说“文体自是亦少变”[⑤]，这或许是史家的实事求是的表述。笔者观嘉祐二年后的数次科举考试，考官分别有与欧阳修声息相通、

---

① 郑獬《郧溪集》，台湾商务印书馆 1969 年版，卷二四。

② 《皇浦湜文集》四库提要。

③ 周裕锴《从工艺的文章到自然的文章——关于两则谚语的另类解读》(未刊稿)。

④ 张兴武《北宋“太学体”文风新论》，《文学评论》2008 年第 6 期，第 16—21 页。

⑤ 李焘《续资治通鉴长编》，中华书局 1979 年版。

观念相近的刘敞、王珪、范镇等，相信他们对欧公衡文标准的贯彻对于文风的改变也起到了重要的作用。客观地讲，欧阳修之功在于发其端源，而刘、王、范诸公则推波助澜，共同促成了北宋中期“古文”风气的转变，前文孙觉所言之“有司往往阴考论、策以定去留，不专决于诗、赋”也可印证这一点。因此，与其说排抑“太学体”事件是对“西昆体”的“拨乱反正”，不如说是中国古代文章审美由雕镌之美向自然之美的转关。

四、余论

欧阳修排抑“太学体”不单纯是一种文艺冲动，而是与其翰林学士的职责及庆历年间遗留的科举改革的旧愿相关，排抑事件只是其整顿科场秩序、引导科场文风的一个典型事件。而“太学体”文风之“怪谲”除了有“尊韩、学韩”的原因之外，还与科场文章矜胜炫能、求新求奇的本性有关，或者说太学举子们片面发展了科场程文与韩文的共性部分，使得“怪僻”的特点被突出和放大。科举考试“先论策、后诗赋”是欧阳修在庆历革新中未能实现的改革初衷，借主持贡举考试的机会，欧阳修有意提升“论策”在科举中的地位。论策亦有“可以备拟”的痼疾，宋初的孙何早就指出过这一点，然而论策作为形式上随言短长的散文，在欧阳修看来恰是疗救雕琢文弊的“突破口”。

纵观仁宗朝的两次排抑“太学体”事件，张方平排抑“太学新体”带有明显的政治排挤的意味，乃是庆历革新的政治余响，是对革新派影响的清算；欧阳修排抑“太学体”虽然也有隐微的朋党争论的背景，但更主要的却是欧阳修对科场秩序和文风的主动规范，是一次体制内的合理化改进。“太学新体”本身是庆历革新派激进思想在文学上的反映，有一定进步性；“太学体”虽有学韩而不至的因素，但主要是科场文章“矜博炫能”本性的突出表现。

北宋历史上与科举有关的文风转变有两个典型例子，一个是西昆风气令“天下向风”，并影响科场达二十余年；另一个是欧阳修排抑“太学体”使得“文体为之一变”。前者除了科场投机的成分外，也是宋代文化、学术发展的必然。而且科场正是一个“矜博炫能”的所在，“西昆体”形式上的雕镌与内容上的堆砌都天然地符合了科场文章的需求，因而两者一拍即合，相得益彰。而后者则是有识文士鉴于文弊之尤甚而主动发起的排抑行动，反映了文士自我意识的发展及其对自身社会责任的清晰认识，与宋代知识分子阶层的社会主体地位上升相一致。

欧阳修排抑“太学体”事件虽然发生在科举考试之内，其指向却在科场之外，其实际影响也在科场之外。这一方面因为科场文章有其固有的根性，熙宁、元丰时期所试的经义文章也以“联属对偶”取胜即是很好的证明，当然南宋淳熙年间洪迈所举之科场怪语则进一步说明科场文章由“矜胜”到“文弊”的必然；而另一方面，大量中举的考生领会了欧阳修等试官对“自然流畅”之文的推崇，在此后的个人书写中可以自由地追随、写作这种自然之文，成为普及“古文”的重要力量，宋代古文之六大家中，有三人出自嘉祐二年进士就是最好的证明。因此，排抑之举既为后进的举子示以方向，也给中举之士指明了未来写作的方向。正是有赖于科场这种强制性的、大范围的宣传效应，北宋古文的成就不仅是点上的成就，而且是全面的丰收，“简而有法，流畅自然”的古文风气成为了文坛的共同追求。因此，北宋“古文运动”的成功不能抹杀科举考试的襄助之功。

苏辙散文的基本风格与晚年变化

复旦大学　朱　刚

作为“唐宋古文八大家”中年龄最小的“殿军”，苏辙（1039—1112）在散文史上的地位是被批评史的传统所决定了的；但另一方面，目前对苏辙散文的具体研究，即便说还处在起步阶段，大概也不算过于谦虚。自20世纪80年代以来，先后出版了曾枣庄、孔凡礼的两部《苏辙年谱》[①] 和曾枣庄的《苏辙评传》[②]，促成了传记研究上的长足进步，但令人不易乐观的一个现象是，传记研究的进步很难反映到散文研究上，各种文学史、散文史著作对苏辙的概括论述甚至不免基本事实上的失误。比如著名的郭预衡《中国散文史》，针对苏辙晚年所作的《历代论·冯道》而论为“写作之时，涉世可能尚浅”[③]。苏辙嘉祐二年（1057）登进士第，熙宁十年（1077）才改著作佐郎，为选人20年方得京官[④]，其仕途之淹滞在当时著名文臣中颇为少见[⑤]，与“乌台诗案”发生前历任大州通判、知州的苏轼更不能相比，但孙望、常国武主编的《宋代文学史》却说他“前期政治坎坷也较苏轼为少”[⑥]。当然，若考虑到“乌台诗案”，这样的表述也许不能算错，但对一个大作家生平基本情况的交代会出现如此不周全之处，在目前文学史研究的总体格局中，实为罕见。

至于本文要论述的苏辙散文的基本风格，已有的各种论著所作的概括就体现出更明显的初步性。郭著《中国散文史》一方面引用苏轼的评语，概括苏辙散文的风格为“汪洋淡泊”，一方面又引用《宋史》本传的评语，谓其“论事精确，修辞简严”，而不顾这两种评语有些矛盾——前者散缓，后者凝练。究竟如何，理应进一步说明。对于这个问题，以三苏研究闻名的王水照、曾枣庄早已有所察觉，其所作《苏辙的文学思想和散文

---

① 曾谱，陕西人民出版社1986年版；孔谱，学苑出版社2001年版。

② 曾枣庄《苏辙评传》，台湾五南图书出版公司1995年版。

③ 郭预衡《中国散文史》中册，第五编第六章第三节“苏辙的‘汪洋淡泊’之文”，上海古籍出版社1993年版。

④ 熙宁十年初，陈襄荐苏辙云：“辙自登第及中制科，凡二十年，尚在选调，未蒙褒擢。”见《熙宁经筵论荐司马光等三十三人章稿》，《古灵集》卷一，文渊阁四库全书本。

⑤ 《名臣碑传琬琰集》中卷三十一曾肇《彭待制汝砺墓志铭》云：“在选十年，人以为淹，而公处之淡如也。”彭汝砺为治平二年（1065）状元，做了十年选人，已“人以为淹”；苏辙嘉祐二年（1057）进士，嘉祐六年又获制科出身，而当了二十年选人，显然极为淹滞。

⑥ 孙望、常国武主编《宋代文学史》第十五章第一节，人民文学出版社1996年版。

特色》[1]、《苏轼兄弟异同论》[2] 两篇专论，都从总体上概括了苏辙散文的特色，堪为代表。前者联系苏辙“沉静谨重”的个性气质，综合前人有关苏辙文的评语，将其行文特色概括为“稳”和“淡”，并分析了一些实例，展示其如何“平和纡徐”、“曲折回旋”。但与此同时，王先生也指出这“稳”和“淡”是相对于苏洵、苏轼的文风而言，如果更换比较对象，则也有“骏发蹈厉”的一面。后者从个性、政治主张、学术思想诸方面比较了苏氏兄弟的异同，指出“谨重”的苏辙在政治上往往比苏轼表现得更为激烈，在概括苏辙散文的特点时，虽仍以“纡徐百折”、“从容不迫”的“平淡”风格为主，却也不忘说明，苏辙有的作品也展现了“气象峥嵘”的“其他风格”。这样看来，他们基本上也继承了苏轼对乃弟的“汪洋淡泊”之评但都加以限定或补充，只不过被补充的内容显得相对次要。然而，若仔细考察这补充的内容，其实不是与“平淡”风格可以并立无碍的“其他”风格，而是很大程度上与之相反的“对立”风格。如果我们认为《宋史》本传的“精确”、“简严”之评更接近这种对立风格，那么将多少有些矛盾的两种评语一起接受的情况，就与郭先生相似。孙、常主编的《宋代文学史》似乎也意识到这个问题，其有关表述是“苏辙文风确以平畅、疏宕见称，在纡徐之中时露骨力”，看来有些综合之意，可惜语焉不详。

总之，对苏辙散文基本风格的概括，现在仍有矛盾、暧昧之处，但我们以此为基础，可以作进一步深入的考察。也许因为致力于传记研究，曾先生准确地指出了苏辙在政治上比乃兄更为激烈的事实。按“文如其人”的一般思路，这个事实应该更有利于说明上述对立风格，即“骏发蹈厉”或者“气象峥嵘”的一面。不过问题依然存在，因为苏辙的这种风格即便获得承认，据说也是相对于别人的，那么相对于苏轼又如何呢？所以，要解决这个问题，似乎还须从二苏对比入手。

一、二苏对比

苏氏兄弟的创作量都很大，而生平经历相似，所以留存的文章中颇有一些同题之作，可资对比。由于古文不易比较，我们暂取四六来看。熙宁四年（1071）欧阳修致仕，二苏同作贺启[3]，次年欧公去世，他们又同作祭文[4]。将这四篇文字对比，可见二苏的写法明显不同。苏轼的贺启有“自非智足以周知，仁足以自爱，道足以忘物之得丧，志足以一气之盛衰，则孰能见几祸福之先，脱屣尘垢之外”、“虽外为天下惜老成之去，而私喜明哲得保身之全”这样行云流水般的句子，祭文的句法也矫健变化，伸缩自如，体现了宋四六的“古文化”特征；但苏辙却不然，他谨守四字、六字句式，而且极少虚字缩联，

---

① 王水照《苏辙的文学思想和散文特色》，《四川师范大学学报丛刊》第 13 辑，1987 年；后收入《王水照自选集》，上海教育出版社 2000 年版。

② 曾枣庄《苏轼兄弟异同论》，《中国典籍与文化论丛》第 5 辑，1997 年；后收入《三苏研究》，巴蜀书社 1999 年版。

③ 苏轼《贺欧阳少师致仕启》，《苏轼文集》卷四十七，中华书局 1986 年版。苏辙《贺欧阳少师致仕启》，《栾城集》卷五十，上海古籍出版社 1987 年版。

④ 苏轼《祭欧阳文忠公文》，《苏轼文集》卷六十三。苏辙《祭欧阳少师文》，《栾城集》卷二十六。

几乎全用实字顾盼生姿，不露主角地推进文义。如果说苏轼喜欢突破常规，求新善变，任意驰骋，则苏辙显然更愿意在传统的写法上求胜。但是我们应该注意的是，无论贺启还是祭文，其实都不是简单的应酬之作，在赞美或悼念欧公的同时，苏氏兄弟都把批判的锋芒指向当前的政治！对于这政治态度本身，我们可以暂不评论，但要说文章的亮点，无疑正在此处。苏轼的亮点固然夺人眼目，但若仔细观察，则同样的亮点在苏辙文中也时有闪现，可能不够显豁，不过看起来一片温润之中，也自含刚强的质地，这个方面是不能忽视的。

换句话说，二苏对比虽然是为了看到他们的相异之处，但我们毕竟也不能无视他们相同的地方。由于兄弟二人“进退出处，无不相同”①，各方面所持观点及其表述，多相配合呼应，而唐宋古文的精彩处往往体现在议论上，见解的独到是其灵魂，故无论表达方式如何差异，若从整篇主旨、立意着眼，则见于苏轼文的好处，在苏辙文中也多能找到。如果只作政治史、思想史、学术史的史料来读，对二苏之文几乎不必判别彼此，而可以视为一家之说，实际上各个领域的研究者也基本上如此看待。当然文学史领域应该重视表述风格，但表述风格是离不开内容、观点的，二苏在诸多方面持一致见解，是个毋庸置疑的前提。在这个前提下，我们才能比较充分地理解苏轼对乃弟的评价：

> 子由之文实胜仆，而世俗不知，乃以为不如。其为人深不愿人知之，其文如其为人。故汪洋淡泊，有一唱三叹之声，而其秀杰之气，终不可没②。

“胜”不“胜”且不论，至少苏轼本人很清楚，他的许多引人注目的“独到”见解，其实是与苏辙共有的，那么在内容、见解方面，本来没有高下之分。问题只在表述方式上，亦即是否容易被人所“知”。苏轼表达得显豁，充分展现其独创性，而苏辙却“深不愿人知之”，其精彩处被“汪洋淡泊”的表述掩盖起来了。但重要的是，“秀杰之气，终不可没”，看不到这“秀杰”处的读者，会被苏轼指责为“世俗”。

苏轼讲的“秀杰之气”，是指一个人的综合能力而言，至少包括独到的见解，也许还应该以此为主，其表现并不专在绚烂的文采。如仅论文采，则苏辙的《黄楼赋》③一向被当作“秀杰之气，终不可没”的证明。据说，从北宋起就有人怀疑此赋是苏轼代作，因为这么绚烂的文采好像超越了苏辙的能力。其实，按苏籀在《栾城遗言》中的说法，这篇《黄楼赋》是模仿汉代班固的《两都赋》而写④。现在看来，其气象宏大，格局规整，注重铺排描写，着力经营文辞，确实颇具汉赋的风采；而以徐州一地的形胜和历史为刻画对象，也跟《两都赋》之刻画长安、洛阳相似；虽然在抒情和议论之间，也用了少许散文句法，但与欧阳修《秋声赋》、苏轼《赤壁赋》等典型的宋代“文赋”相比，还是传

---

① 《宋史》卷三三九《苏辙传》史臣论，中华书局标点本。
② 苏轼《答张文潜县丞书》，《苏轼文集》卷四十九。
③ 苏辙《黄楼赋》，《栾城集》卷十七。
④ 苏籀《栾城遗言》：“公曰：余《黄楼赋》学《两都》也，晚年来不作此工夫之文。”文渊阁四库全书本。

统的成分居多。如果我们把“文赋”看作宋代作家突破赋体的传统写法的结果，那么这种突破性表现在苏轼的身上，本来就比苏辙更为显豁，相比于苏轼的纵横驰骋，苏辙本来就更愿意遵守传统法则，而稍加变化以求佳胜。赋的传统写法，就是要放开格局，大肆铺排，熔铸词汇，设色绚烂的，所以《黄楼赋》跟苏辙其他作品显然相别的惊人文采，正是他遵守传统的表现。我们只要把《黄楼赋》跟他此前所作的《超然台赋》[①] 作一比较，就可以看到许多相同之处。不但“流祊”、“渋漫”等不常用的词汇同在二赋中出现（它们从未出现于苏轼的作品，而苏辙则在其他作品中多用“流祊”一词），而且在空间描写中寓含时间过程的构思，也实出一手。《超然台赋》以“溢晨景之洁鲜”、“落日耿其夕曛”、“竢明月乎林端”、“徂清夜之既阑”数句，表明时间从清晨延续到傍晚，再到月亮升起，直至夜尽。《黄楼赋》也是如此：登楼四望，原是白天的清晰景物；但西望的时候已经看到了落日，而北望时听到的乌鸦叫声，也证明时至黄昏；然后夕阳西下，明月东升，月光照进门户来，无疑到了深夜；最后“河倾月堕”，则将近黎明了。反观班固的《两都赋》，却看不出如此明确而完整的时间结构，可见这正是苏辙在继承传统的基础上，自出手眼之处。当然，熟悉苏轼前后《赤壁赋》的人，会记得那两篇《赤壁赋》所具有的更为清晰的时间结构。从这个角度说，苏辙的《黄楼赋》正好可以被看作汉代大赋与宋代“文赋”的中间状态，他的“秀杰”处还是没有苏轼那么显豁。但重要的是，他具备这样“秀杰”的内涵。

表达风格的差异确实与兄弟二人的性格差异相应。苏辙“深不愿人知之”，不像东坡那样光彩外露；《宋史》本传也说他“寡言鲜欲”，不像东坡那样成天要找人说话；他的弟子张耒说，平生只见苏辙“不曾忙”，“虽事变纷纭至前，而举止安徐，若素有处置”[②]，一派不慌不忙慢悠悠的作风，不像东坡那样直爽痛快。与此相关的还有一点值得指出，苏氏兄弟都濡染禅学甚深，但东坡喜欢去跟禅师斗机锋，而苏辙则能一个人长期坚持坐禅。不过，若由此认定苏辙是个一味内敛的人，那却也大谬不然。正如曾枣庄先生所论，他在政治上的表现就比苏轼更为激烈。至少，有下述四次，他比苏轼显得更锋芒逼人。

第一次是在宋仁宗嘉祐六年（1061），苏氏兄弟一起参加“贤良方正能直言极谏科”的御试对策，这是他们走向官界的非常关键的一步。苏轼顺利地通过了对策，苏辙却几乎惹祸，因为他在对策中严厉批评了皇帝和宰相，甚至指斥后宫的秘事，被考官胡宿视为“不逊”。虽然因为司马光的力争，加上宋仁宗为人宽厚，没有将他黜落，但此事又引起王安石拒绝起草其任官制书的后果，严重滞缓了苏辙的仕途进展。

第二次是在宋神宗熙宁二年（1069），苏氏兄弟为父亲守完了孝，回到京城，正好面对王安石变法。苏轼开始只得了一个闲职，所以只表现得不积极而已；苏辙却上书论述财政问题，被神宗委派在变法的核心机构“制置三司条例司”工作，参与商议“新法”。所以，苏辙有机会了解正在酝酿中的所有“新法”的具体内容，从而也就有机会成为第

① 苏辙《超然台赋》，《栾城集》卷十七。此赋作于熙宁八年（1075），而《黄楼赋》作于元丰元年（1078）。

② 张耒《明道杂志》，丛书集成本。

一个批评者。当年八月所作的《制置三司条例司论事状》[①] 就是全面驳斥“新法”的文章，他由此反出了“条例司”，成为反对变法的“旧党”急先锋。后来苏轼也称赞他道：“至今天下士，去莫如子猛。”[②] 苏辙在这个时期所表现出的勇决程度，仅次于御史中丞吕诲，而远过于司马光、苏轼等。

第三次是在宣仁太皇太后主政的元祐年间，苏氏兄弟都得到了提拔，成为朝廷的要员。但他们升进的途径不同，苏轼走的是“文学”一途，由中书舍人而翰林学士，以起草朝廷文告为主要职责，苏辙走的则是“言语”一途，先任右司谏，再任御史中丞，专掌弹劾纠察。所以苏辙更为锋芒毕露，几乎一刻不停地奏请废除“新法”，弹劾“新党”官员，故后人检查“当时台谏论列，多子由章疏”[③]。结果也是苏辙的官位上升更快，做到了副宰相，进入了权力核心。后来宋哲宗亲政，贬谪“旧党”人物，第一个遭受厄运的当然也是苏辙。

第四次是在宋徽宗刚刚登基的元符三年（1100），苏氏兄弟都从遥远的南方获赦北归，但苏轼迟迟未离开贬地，而且在广东盘旋甚久，直到年底还没有翻过南岭，而苏辙几乎一接到赦令便动身北归，而且以凌厉的速度扑向北宋的政治中心，年底之前已经回到距京城一步之遥的颍昌府（今河南许昌）。很显然，苏轼对于政局的变化疑虑重重，苏辙却急于寻找回朝的机会，其心态更为积极。

以上这四次，第一次是在登上仕途之始，第二次是面对变法而确定其党派立场之时，第三次是“旧党”在政治上得势的阶段，第四次则是苏氏兄弟掌握朝政的最后机会。可以说，这都是他们政治生涯中最关键的时刻。我们看到，在这样关键的时刻，苏辙都能果断出击。所以，若完整地概括苏辙的个性，除了“静如处子”的一面外，其实还有“动如脱兔”的一面。他曾推崇兄长“百折不摧，如有待然”[④]，突出了苏轼的刚强个性；而他自已则在宁静的外表下蕴含了内在的刚强。所以，元祐六年谏官杨康国弹劾苏辙，谓其“天资很戾”[⑤]、“以文学自负，而刚狠好胜”[⑥]。南宋的朱熹也一再说：“东坡虽然疏阔，却无毒，子由不做声，却险”，“子由深，有物”，“子瞻却只是如此，子由可畏”[⑦]。这是从反面去认识苏辙柔中含刚的个性。

由此看来，苏辙的文风与其为人的个性也相似，在“汪洋淡泊”的外表下蕴含了内在的“秀杰之气”，简单地说，就是外柔内刚。

二、外柔内刚

所谓外柔内刚，柔的是其“汪洋淡泊”、从容回旋的行文笔调，刚的是其表达主旨之

---

① 苏辙《制置三司条例司论事状》，《栾城集》卷三十五。此年年底，苏轼作《上神宗皇帝书》（《苏轼文集》卷二十五）全面批评“新法”，大量内容取自苏辙《论事状》。

② 苏轼《颍州初别子由二首》之一，《苏轼诗集》卷六，中华书局 1982 年版。

③ 朱弁《曲洧旧闻》卷七，文渊阁四库全书本。

④ 苏辙《祭亡兄端明文》，《栾城集·后集》卷二十。

⑤ 李焘《续资治通鉴长编》卷四五五，元祐六年二月癸巳条，引左司谏杨康国言，上海古籍出版社 1986 年版。

⑥ 李焘《续资治通鉴长编》卷四五五，元祐六年二月丁未条，引左司谏杨康国奏。

⑦ 《朱子语类》卷一三〇，中华书局 1986 年版。

处，往往寥寥数句，片言居要，凝练简捷而见解独到，发出不同凡响之声。这样说，似乎是把前文所述对苏辙文风的两种互相对立的概括糅合为一而已，但笔者认为，如此理解，才符合苏轼评论乃弟之文的那段话的原意。换言之，以从容淡泊为苏辙散文的基本风格，而补充以偶露峥嵘气象，还不足以阐明苏辙的特点。笔者企图证实的是，苏辙的许多被认为体现了“汪洋淡泊”风格的散文作品，其实也同时包含“精确”、“简严”的成分，也就是说，外柔内刚才是他的基本风格。下文依苏辙生平，分几个阶段来考察此种风格在其散文创作中的体现。

在熙宁二年（1069）面对王安石“变法”之前，苏辙的散文作品主要是应进士和制科考试的科场之文，全部收录在《栾城应诏集》，其中包含了应制科前上交朝廷的五十篇策论，当时叫做“贤良进卷”。此进卷由论、策各二十五篇组成，系统阐述其各方面所持观点。论的部分以《夏论》、《商论》、《周论》为首，据《栾城遗言》说，在苏辙十六岁的时候就写成了①，当然编入进卷时可能作过修改，后来他写作《古史》一书时，在该书的《夏本纪》、《殷本纪》、《周本纪》卷末，也将此三文作为史论收入，可见苏辙本人也重视之。明人茅坤在《唐宋八大家文钞》中选录了这三篇，而对《商论》评价最高，说“此文如天马行空，而识见亦深到”②。该文全篇以商、周对比为眼目，从《诗经》和《尚书》去体会商、周二代不同的“风俗”即文化特征，据此解释商强而短、周弱而长的原因，推出治理天下的妥当方案。其所论皆上古茫昧之事，层层进展都全仗推理，确实像“天马行空”，却被苏辙说得条理分明，而且气象宏大，让人感受到一种对于历史的深刻洞察力，委实不愧是史论的名作。整篇的文风优游婉转，但关键之处则驱遣概括力甚强的语词，如谓“商人之《诗》骏发而严厉，其《书》简洁而明肃”，就是一篇中最重要的判断，却用了简练而紧严的表达，不费赘词。在整篇优游不迫之中安置一两处紧严，便使行文显得柔中含刚。

这样的行文特征很可能是苏辙主观追求的结果。现存苏轼文中，可以系年的最早之作为至和二年（1055）的《正统论三首》，是继续欧阳修的《正统论》而作，其《续欧阳子朋党论》应该也是早年之作。可见其应举前后，对欧文曾高度关注，以欧文为学习对象是情理中事。苏轼如此，苏辙亦然。由于从容委婉、优游不迫是欧文最显著的特征，所以苏辙的这个方面，可以欧公的影响解释之。另一方面，对苏辙最有可能产生极大影响的，当然还有他的父亲苏洵，而笔调峻健、措辞廉悍正是老苏的特色。那么，我们大致可以说，用欧公的委婉将老苏的廉悍深深包裹起来，显得“不愿人知之”，而其实内含锐利，就是苏辙通过对前辈的自觉学习而形成的独特风格。

上文提到过，苏辙在嘉祐六年（1061）参加制科考试，在“对策”中严厉地批评了皇帝和宰相，差点遭到黜落。据宋人孙汝听《苏颍滨年表》：“辙有《谢制科启》。”③此即中了“制科”后感谢考官们的书信。但这封书信没有收入苏辙的《栾城集》，却被明代以

① 苏籀《栾城遗言》：“公年十六，为夏商周论，今见于《古史》。”
② 茅坤《唐宋八大家文钞》卷一五〇《颍滨文钞六》，文渊阁四库全书本。
③ 孙汝听《苏颍滨年表》，《栾城集》附录。

来刊行的苏轼文集误收[①]，文中自称“辙”也被改成了“轼”。其实，南宋吕祖谦编的《皇朝文鉴》中有这篇《谢中制科启》[②]，署名本是“苏辙”，而且文中提到“父兄”，无疑是苏辙的文章。此文的受谢对象很可能是司马光，整篇的语调还是比较克制，似乎一直检讨自己做得不够稳妥，但明眼人不难看出，年轻的苏辙并未屈服。他说自己之所以犯错，是因为想做忠臣；之所以敢大胆进言，是因为“策问”本身有那样的要求；之所以被某些考官所不容，是因为他们只喜欢听空洞的好话；之所以获得宽容，是因为时代环境比西汉要好。——这样的检讨其实无异于自我辩解。更有趣的是，宋人吕希哲的《吕氏杂记》还引录了苏辙当时所作另一篇谢启中的语句：“古之所谓乡愿者，今之所谓中庸常行之行；古之所谓忠告者，今之所谓狂狷不逊之徒。……欲自守以为是，则见非者皆当世之望人；欲自讼以为非，则所守者亦古人之常节。”[③] 相比之下，这一篇连检讨之意都没有，是更不克制的了。也许苏辙自己也觉得不够委婉，故未收入自编的文集。不过，即使是比较克制的前一篇，委婉的语调下还是隐藏了锐利的锋芒。

自熙宁二年（1069）面对王安石“变法”后，苏辙的人生和创作进入第二个阶段。开启这个阶段的作品，就是当年三月刚抵汴京时奏上宋神宗的《上皇帝书》[④]。文章是写给皇帝看的，行文当然明白通畅，语气也委婉曲折，从最容易引人首肯的话题说起，在反复回旋之中，一步一步引向主题，尽量使读者感受不到一点突兀，缓缓推进，却也环环相扣。茅坤读了此文以后感叹道：“如游丝之从天而下，袅娜曲折，氤氲荡漾，令人读之情思神解而犹不止。”[⑤] 通读全文的感受确实如此，不过茅坤也指出“此书专言理财，中多名言”，即谓其中也时见精彩骏发的语句。而且细心的读者也不难看出，文中对神宗施政方式和效果的批评之语，其实非常严厉：“今也为国历年于兹，而治不加进，天下之弊日益于前世。天下之人未知所以适治之路，灾变横生，川原震裂，江河涌沸，人民流离，灾火继作，历月移时，而其变不止。”如果不读全文，单看这几句，读者的感受恐怕将与茅坤相反。

神宗朝的政治，大致可依年号而区分为熙宁、元丰两期，熙宁年间基本上是由王安石执政，熙宁末和元丰年间则由神宗本人主持政务。作为反对“新法”的旧党人物，其对于朝政的批评，必将因此而有所变化：熙宁年间的批评是针对王安石的，可以措辞激烈；元丰年间的批评则针对皇帝，不能不有所顾虑。除了坚定地继续王安石的经济政策外，神宗对刑法的爱好和对外作战的志向也给元丰之政带来显著的特色。他认为现有的法律条文不够细密，专门设局，重新修订；他觉得开封府和大理寺无法处理重要案件，就使用御史台进行审讯，还不时地委派大臣组建临时法庭，谓之“诏狱”。熙宁八年，判处了李逢“谋反”案，被株连的宗室、官员甚多。元丰元年（1078）初，又兴起大理寺

---

① 《苏轼文集》卷四十六有《谢制科启二首》，其第二首当为苏辙作。七集本《东坡集》卷二十六就只有一首。

② 苏辙《谢中制科启》，《宋文鉴》卷一二二，文渊阁四库全书本。

③ 吕希哲《吕氏杂记》卷下，文渊阁四库全书本。

④ 苏辙《上皇帝书》，《栾城集》卷二十一。

⑤ 茅坤《唐宋八大家文钞》卷一四五《颍滨文钞一》该文题下评语。

“纳贿”案，牵涉的官员更多。与此同时，宦官李宪被派往西北主持军事，积极准备对西夏作战。该年四月七日，天章阁待制李师中（1013—1078，字诚之）卒，苏辙为他代撰遗表①。全文的篇幅并不大，感叹衰病，回顾平生，推崇君主，眷恋时代，语调忠恳悲戚，感人泪下，在极尽委婉曲折之能事后，才说出两句进谏的话：“刑非为治之先，兵实不祥之器。”联系宋神宗当时的作为，这无疑是针锋相对的当头棒喝，局中之人是不难感受到它的分量之重的。但苏辙却也没有多加发挥，遗表中实质性的意见只有这两句。苏辙的行文特征在这里体现得极其典型：反复回旋铺垫之后，要紧的话却说得简捷。从效果来说，正因为有反复的回旋铺垫，便令读者对后文要说出的意见有较高的期待，等到意见来了，却只有两句，那么除了反复推寻这两句所包含的意思外，读者就别无满足期待的办法了。如果这两句精炼有力，含蕴丰富，就成为点睛之笔。晋代陆机的《文赋》有云：“立片言而居要，乃一篇之警策。”苏辙可谓深通其旨。不过，宋神宗并未接受这个意见，不但没有停止军事筹备，而且在当年的冬天就重建大理寺，增置官员，加强审判机构，到了第二年，他的御史台又兴起一桩重案，审判的不是别人，正是苏辙的兄长苏轼，史称“乌台诗案”。当苏辙写下“刑非为治之先”的话去棒喝神宗的时候，恐怕没想到回应来得这么快。

如果说奏疏、遗表之类采用上述写法，可理解为文体本身的要求，那么私人书信、尤其是写给学生辈的书信，就不妨直接痛快了，但苏辙却又不然。陈师道之兄陈师仲（字传道）曾在元丰元年赴南京（今河南商丘），见过在当地任职的苏辙，别后有书信来求助，苏辙写了回信《答徐州陈师仲书》。全文不长，故引录于下：

> 辙白陈君足下：去年辙从家兄游徐州，君兄弟始以客来见，一揖而退，漠然不知君之胸中也。既而闻之君之乡人，君力学行义，不妄交游，既已中心异之。及来南京，又辱以所为文为赠，读之翛然以清，追慕古人而无意于世俗，心虽爱之，然亦忧君之以是困于今世也。今年春，君西游，谋所以葬先子于朋友。既而东归，贫不克举。书来告曰，将改卜七月，且问所以为葬。嗟夫！辙固知君之至于此也。以若所为行，求今之人，则其困也固宜。虽然，子而固子之守，尽子之有，敛手足形还葬，此则曾子之所以葬其亲也，而何病？《诗》云：“凡民有丧，匍匐救之。”有欲救之心，而力不赡，愧实在我，而子何病？今既七月矣，惟自勉以礼。不宣，辙白②。

北宋科举改革之前，进士考试以诗赋为主，擅长古文的苏洵因为不耐烦诗赋的声律、对偶，而终生没能考上。王安石废除了诗赋，改考经义、策论，却又令陈师仲、陈师道兄弟不愿意再参加科举考试。这是因为策论必须赞同“新法”，才能通过；经义必须按照

---

① 苏辙《代李诚之待制遗表》，《栾城集》卷四十九。
② 苏辙《答徐州陈师仲书二首》之一，《栾城集》卷二十二。

王安石在熙宁八年编成的《三经新义》去答题，才算正确。这样，一些在学术上和政见上有自己看法的人，为了保持尊严，就不愿进人考场了。苏辙肯定陈师仲“无意于世俗”，即指此而言。但是，贫困的读书人除了通过科举去做官这条路外，似乎没有别的办法摆脱困境，所以苏辙又指出陈氏必将“困于今世”。一方面穷得安葬不了父亲，有承受“不孝”罪名的危险；一方面又放弃了走出困境的唯一道路，以免失去独立操守。——陈氏的境况确实是令人同情的，尤其是对于当前政策心怀不满的苏辙，自然很愿意为了陈氏去指责时代。不过，面对陈氏的请求捐助，苏辙却也委婉地加以拒绝。这也可能是由于苏辙本人并不富裕，但此时苏轼正担任着陈氏所在之地徐州的知州，如果一定要帮忙，也未必做不到。苏辙的拒绝捐助，主要是因为他对儒家丧礼的理解，是以《礼记·檀弓》说的“称其财”为准，就是与实际的经济条件相称，不必追求隆重。如果为了安葬死者而去做超越生者能力的事，反而不合于“礼”。因此，书信的最后用“惟自勉以礼”来告诫陈氏，其实是相当严肃的提醒。由此回顾这封不足三百字的短信，真是很难相信苏辙居然能在如此小的篇幅内处理了这么丰富的内容：对交往过程的描述，对陈氏困境的揭示，明确地肯定和鼓励陈氏的操守，赞赏其文章，因同情其遭遇而指责时代，针对陈氏来信的求助而提醒他正确的葬父之“礼”。特别是最后说明葬父之“礼”的部分，他既引证经典，又列举先哲，并且连用两次“何病”来加以强调，叫陈师仲不要错误地理解“孝”，叫他不要期待援助，赶快让父亲的遗体人土为安。这一切都只由短短几句来完成，粗看似乎毫不费力，细看却剪裁精当，委婉中含有严肃，简单的语句中含有告诫的苦心。应该注意的是，即便对于学生，他也努力将严肃的教导说得简短，而且隐藏在全篇委婉的语调之中。

研究者通常将苏轼的黄州之贬视为其创作道路的一个新阶段。同样，元丰三年(1080)苏辙受兄长牵连而贬筠州，也可视为其生平第三个阶段的开始。赴筠的途中，他经过庐山，曾游栖贤寺，次年便应寺僧的请求而作《庐山栖贤寺新修僧堂记》[①]。这是苏辙的一篇名文，历来受到推崇的是文章第一段的描写，让读者如身临其境。但按宋文的普遍情形，后面的议论才是作者用力所在：

> 孔子曰：“朝闻道，夕死可矣。”今夫骋骛乎俗学，而不闻大道，虽勤劳没齿，余知其无以死也。

“无以死也”的话说得不可谓不重，而关键在于被他贬斥的所谓“俗学”何所指？元丰七年，苏辙的女婿王适（字子立）到徐州去参加科举解试，苏辙写《次韵王适留别》诗云：“决科事毕知君喜，俗学消磨意自清。”[②] 意思是，考完了科举以后就高兴了，因为这就可以把为了科举而勉强学习的那套“俗学”抛弃了。由此可见，苏辙笔下的“俗学”

---

① 苏辙《庐山栖贤寺新修僧堂记》，《栾城集》卷二十三。
② 苏辙《次韵王适留别》，《栾城集》卷十三。

所指非常明确，就是王安石规定为科举标准答案的《三经新义》之学。了解了这一点，我们就能领略到这段议论的力度并不比上面的描写逊色，因为照苏辙的说法，钻研这“俗学”，即便勤奋一辈子，到死也毫无意义。姑且不论苏、王学术差异的是非，处在贬谪之中的一个罪人发出如此尖锐而斩绝的言论，实在是至为刚强的表现。问题在于他说得如此简短，仿佛一笔带过而已，所以不易引起评论者的注意。

受“乌台诗案”牵连的还有黄庭坚（字鲁直），元丰三年，他恰值改官之期，因“诗案”之故而只得了吉州太和县（今江西泰和）的知县，次年到任。至元丰五年（1082），黄庭坚寄书给任地相近的苏辙，表达求教之情，苏辙便作《答黄庭坚书》[①] 为报。这是二人文字来往之始，而答书探讨的是苏辙思想中颇有特色的“颜子之学”，也是他贬谪筠州以来的心得之要[②]。面对别人的请教，而答以自己最深、最新的体会，应该说是郑重其事的了；可是，正如前面的《答徐州陈师仲书》一样，他还是把郑重的指教内容掩埋在全篇委婉曲折的表述之中。答书的开头从仰慕之情写起，先是为了没有主动去信感到愧恨，后来又说既然是知音就不必愧恨，好不容易写出了自己对于颜子的理解后，马上又说，这样的理解恐怕正在被鲁直身体力行，从而将原来一方请教、一方指教的行为表述为互相印证之举。如此谦逊委婉、顾盼生情的行文，确实颇受其恩师欧阳修的影响；不过，若只看表述观点的部分，则仍有简练、斩绝的风采，直出判断，不多阐说，宛然老苏家风。

旧党执政的元祐年间，应视为苏辙生平的第四个阶段。他在这个阶段写得最多的文章是奏议，第一篇是元祐元年（1086）二月十四日担任右司谏第一天所上《论台谏封事留中不行状》[③]。在北宋，宰相和执政合称“宰执”，御史和谏官合称“台谏”，史籍中最常看到的就是这两类人的发言，而且几乎天然地互相对立。一般情况下，皇帝是鼓励这种对立的。王安石变法时，也曾遭到“台谏”的猛烈反对，但在他掌权的年代里，通过清洗和重塑，成功地把“台谏”改造为帮助宰相驱除异己的力量，从而在朝廷内消除异议。于是，当司马光要改变王安石的政策时，他给太皇太后开出的第一个药方就是“广开言路”。此种貌似民主化的建议，其实际的意图在于引进另一种声音，而且必然是从前被压抑的对立论调。下一步，就是把对立论调纳入体制之内，那当然便是恢复“台谏”与现行政策的对立性，将苏辙这样持有对立论调的人委任为“台谏”。等苏辙到任以后，他就要发挥其作为“台谏”而在这个特定历史时期所担负的使命，就是为取缔“新法”、驱逐“新党”制造声势。出于这样的目的，他的所有意见都不是给皇帝和太皇太后提供

① 苏辙《答黄庭坚书》，《栾城集》卷二十二。按，二人书信往来的同时，还有黄庭坚、其兄黄大临与苏辙三人间“烟”字韵诗的唱和，由于黄庭坚元丰四年春至太和知县任，故有关黄氏的诗注、年谱等，以上诗、书皆系元丰四年。但据苏辙《栾城集》的编排顺序，卷十二《次韵黄大临秀才见寄》、《次烟字韵答黄庭坚》二诗，都应在元丰五年。黄庭坚《寄苏子由书》（《山谷集》卷十九）有云：“比得报伯氏书诗，过辱不遗，绪言见及。”此“伯氏”当指黄大临，可见庭坚寄书在苏辙答大临书诗之后。辙与大临为旧识，庭坚以兄长为介而通书于辙，故晚至元丰五年。

② 关于苏辙的“颜子之学”以及与其筠州之贬的关系，笔者曾专门论及，请参阅拙作《从“先忧后乐”到“箪食瓢饮”——北宋士大夫心态之转变》，《文学遗产》2009 年第 2 期。

③ 苏辙《论台谏封事留中不行状》，《栾城集》卷三十六。题下小字自注：“元祐元年二月十四日。”

的秘密建议或小报告，而是希望成为响彻朝堂的大声音。虽然从前的规章制度为了保护官品远低于“宰执”的“台谏”免受报复而采用了“封事”（“台谏”的奏状密封给皇帝）、“留中”（皇帝知道了奏状的内容，而不予公开）等做法，但这个时候显然不适合沿袭这样的做法，否则便达不到目的。因此，苏辙在他担任谏官的第一天，便要求“台谏”的所有意见都获得公开“行遣”。这无疑公然表露了其凌厉的锐气，但苏辙的行文却仍然委婉回旋，从赞美和谦虚起笔，还把将近一半的篇幅让给了历史往事，到最后才进入正题。当然，由于叙述历史的部分从正反两方面强调了“台谏”表述异议的正当性，就令最后部分的要求显得呼之欲出，可见其委婉回旋仍有文义上的铺垫作用，不仅出于对接受者的顾虑。

真正对接受者顾虑重重的奏议，是元祐之政结束时写的《论御试策题札子》①。元祐八年（1093）九月，太皇太后高氏去世，宋哲宗亲政，一心要恢复他父亲神宗的政策。次年二月，新党的李清臣担任中书侍郎（执政官），三月份进士殿试（即题中的“御试”），李清臣撰作了策题，以明确的否定语调列举元祐年间的一系列政策，希望考生们继续攻击。苏辙意识到这是为政策的变化制造舆论，力图加以阻止，所以奏上这篇札子，苦劝哲宗不要改变元祐之政。其结果是，不但苏辙被剥夺执政之位，连年号也从元祐九年改为绍圣元年，正式表明皇帝要继承他神圣的父亲制定的“新法”，历史上称之为“绍述”政策。所以，这篇奏议标志了一个历史的转折点，当然也是苏辙生平的转折点，即其第四阶段的终焉。从文章来说，该文的措辞不能不说竭尽了委婉回旋之能事。首先，不直接否定哲宗的“绍述”之心，而说哲宗原本并无此意，是被小人教唆的；其次，不否定神宗的作为，反而大大夸奖，细细列举，并说值得永远继承；再次，不得不正面否定神宗的“新法”时，也自为开脱，说哪一代都会有做错的事，而且一笔带过，转而去列举历史上的事例，证明儿子可以改变父亲的政策；举例的时候，还特意举到了神宗本人。这样的回旋固然是苏辙行文的一贯手段、拿手好戏，但如此充分而近于过剩地运用，也传达出他写作此文时是如何用心良苦。可是，这一次哲宗皇帝倒能看出，他的文辞虽然委婉，而意图其实“险恶”，所以还是从文辞中找了一个把柄②，将他贬斥了。其实，从写作的角度说，这是以委婉文辞写“险恶”意图，也就是外柔内刚风格的登峰造极之作了。此年苏辙五十六岁。

到此为止，我们已考察了外柔内刚风格在苏辙五十六岁之前各个阶段的各类作品中的具体表现。据此可以认定，这是苏辙文章的基本风格。当然，以上皆就其成功的作品而言，若全面评价，他这样的写法也不无缺点。不肯开门见山地道破真意，往复百折才写到要紧处，可是要紧的话却又不肯多说，那么对于全文意旨的表达来说，这少数几句就担了太大的责任，可想而知，其措辞要求便极高，稍显力度不足，就会使全篇轻重失宜，甚至不知所云。而且，在很多场合，措辞的力度如何往往要在了解背景的前提下才

① 苏辙《论御试策题札子二首》之一，《栾城集·后集》卷十六。

② 苏辙文中举到汉武帝的例子，宋哲宗认为这是以汉武帝比拟宋神宗，指责其穷兵黩武。

能体会，过于简短就会缺少对于背景的提示作用，不利于后人的鉴赏。从文章体制和相应的鉴赏习惯来说，他这样的写法施于四六似乎是更为合适的，因为四六文有比较固定的格式，即从体制上规定其重点所在的部位，读者也会特别留意此处。所以，虽说苏辙是著名的古文家，其实他的四六文写得也颇为成功。

三、"国是"环境下的晚年写作

为什么上文只论到"五十六岁之前"呢？这是因为苏辙此后的文风有了较大的变化，而与写作环境相关。

苏辙五十六岁那年，正值宋哲宗亲政的元祐九年即绍圣元年（1094），"新党"再度得势，"旧党"遭受贬谪。由此直到苏辙去世，其被朝廷惩罚或废弃的境遇没有改变。更为严重的是，北宋朝廷在这个时期推出一种特殊的政策，叫做"国是"，即树立起一种权威意识形态，把王安石的"新学"规定为天下唯一正确的学说，凡与此相异的思想，都被认作"曲学"、"邪说"。这样的政策自宋神宗时期就开始酝酿，但其正式确立则在绍圣之后。虽然在宋哲宗去世的元符三年（1100）和宋徽宗初掌政柄的建中靖国元年（1101），这个政策似乎稍有松动，但自崇宁元年（1102）起就再度被强调，被变本加厉地贯彻下去。我们应该充分估计朝廷的这一政策给当时士大夫的写作环境带来的巨大、深刻的变化，因为唐宋古文的灵魂——基于独立见解的议论，从此失去了合法性。在公元1101年苏轼去世后，"唐宋八大家"中只剩苏辙，他还将在这样的环境中生存十余年。如果我们把"八大家"的先后出现看作"唐宋古文运动"的完整历程，那么这个运动应包括文体改革和儒学复兴两方面，都由韩愈所倡导，而由欧阳修奠定了成功的局面，但在欧公身后，儒学走向各家各派的分裂，王安石与二苏的学说就彼此互斥，经"新旧党争"较量的结果是，王氏"新学"成为"国是"，王氏倡导的"经义"之文成为科举考试的固定格式。——这样的结果可以被视为"古文运动"的终结。在这个意义上，生活于"国是"环境下的晚年苏辙，比他的兄长更能代表"唐宋古文运动"的终结阶段。

不难发现，在"国是"覆盖全国思想文化界的环境下，苏辙的写作态度和行文风格显然不同以往。茅坤曾注意到苏辙晚年文章的特点，说："其年已老，其气已衰，无复向所为飘飒驰骤，若云之出岫者、马之下阪者之态，然而阅世既久，于古今得失处参验已熟，虽无心于为文，而其折衷于道处，往往中肯綮，切事情，语所谓老人之言是已。"①这就是说，他那种有意经营的外柔内刚的典型风格似乎消失了，换之而来的是"无心于为文"的简单随意的写法。但这并不仅仅由于年老气衰，实际上，因为"内刚"的本质在于独立见解，现在它失去了合法性，当然就要改变表述的方式；而与此同时，反复回旋、渲染的所谓"外柔"也就毫无必要了。随着环境的变化而放弃了原来的写法，这一点其实不难理解。

当然，以建中靖国元年为界，还是可以把苏辙五十六岁以后的人生区分为贬谪岭南

① 茅坤《唐宋八大家文钞》卷一五二《颍滨文钞八》，苏辙《历代论》题下总评。

和闲居颍昌府两个阶段。在贬谪时期，他还需要写几篇表文来感谢皇帝的不杀之恩，此类谢表无疑仍须以委婉回旋的笔法掩盖其刚强抗拒之意，不能完全“无心于为文”。这里引录篇幅较短的《雷州谢表》：

臣辙言：臣先蒙恩责降，分司南京，筠州居住。于今年闰二月内，又蒙恩责授化州别驾，雷州安置，已于今月五日至贬所讫者。谪居江外，已阅三年，再斥海滨，通行万里，罪名既重，威命犹宽。臣辙诚惶诚惧，顿首顿首。伏念臣性本朴愚，老益顽鄙。连年骤进，不知盈满之为灾；临出妄言，未悟颠危之已至。命微如发，衅积成山。比者陆水奔驰，雾雨烝湿，血属星散，皮骨仅存。身锢陋邦，地穷南服，夷言莫辨，海气常昏。出有践蛇茹蛊之忧，处有阳淫阴伏之病，艰虞所迫，性命岂常？念咎之余，待尽而已。伏惟皇帝陛下，仁齐尧舜，政述祖宗。日月之明，无幽不烛；天地之施，有生共沾。怜臣草木之微，念臣犬马之旧，未忍视其殒毙，犹复许以生全。臣虽弃捐，尚识恩造，知杀身之何补，但没齿以无言。臣无任感天荷圣，激切屏营之至，谨奉表称谢以闻①。

叙述经历，检讨罪衅，歌颂皇帝，感激“生全”，谢表的固定格式以及“蒙恩”、“恩造”之类固定套语，似乎帮助苏辙做了些委婉回旋的功夫，但此篇谢表依然显得怵目惊心，因为全篇充满着对于死亡的明确意识，文中的“命微如发”、“皮骨仅存”、“性命岂常”以及“待尽”、“殒毙”、“弃捐”、“杀身”、“没齿”，都是表示死亡之语。文章史上恐怕很难找见另一篇谢表，能集中如此丰富的表示死亡之词语，简直可以称为“死亡谢表”。无论如何，剥夺人的生命是不能算作恩泽的，内容与格式、套语间的巨大反差，已经不能用“外柔内刚”来形容了。毕竟，外柔内刚是一种相当克制的表达方式，而人的克制力总是有限度的。

闲居颍昌府的最后十二年是苏辙人生的最后阶段，也是其创作力非常旺盛的阶段。摆脱了贬谪流离的个人困境后，从事写作时所面临的“国是”环境便成为对其表达方式影响最大的因素。苏辙当然不会去写一些毫无意义或者服从“国是”的文章，他的旺盛创作力本身就是对环境的反抗。所以，他晚年那种被茅坤视为“无心于为文”的简单随意写法，却真正透露出复杂的内涵，值得一篇一篇仔细分析。本文旨在总结苏辙散文的基本风格，对其晚年变化不能举例细论②，但必须说明苏辙对于“国是”的总体态度：他并不屈服顺从，而是含蓄地给予讥刺，或明确地加以批判。我们了解他的这个基本立场，就不难理解，面对“国是”的他为什么放弃了原先那种“深不愿人知之”的写法，现在的他不能让行文技巧遮蔽他的观点。然而，对“国是”的挑战并不像一般情况下提出不同意见那样简单，当周围的整个世界都因为掌握了“正确”的学说而众口一词时，一个

---

① 苏辙《雷州谢表》，《栾城集·后集》卷十八。

② 笔者另有关于苏辙晚年散文的专论，请参阅拙作《活计无多子，文章自一家——论苏辙晚年散文，兼谈元祐体》，《中国中世文学研究论集》，上海古籍出版社2006年版。

固执地不以为然的老人，在坚持他的写作活动时，心境是难以形容的。这“老人之言”中，每一声叹息都是那么沉重，所有貌似随意的表达都显得言浅意深。谁都不曾料到“唐宋古文运动”迎来了这样一个终结阶段，而苏辙自己也不曾料到他会成为这样一个终结者。对此，文学史可以作出更为深入的研究。

由《文章正宗》看真德秀的文体分类观念

〔韩国〕启明大学　诸海星

一

中国是具有悠久历史文化的国家，历代文学作品的累积非常可观，所以四部分类中，集部的内容最丰硕，可以说是浩如烟海。不仅文学作品的数量多，形式上的体裁也各有不同，而且实质上的内容差异更大。在中国文学的流变过程中，随着时代的迁移、社会生活的发展和文学创作经验的累积等多方面的要素，文学的体裁必然会有产生、演变、发展、盛衰的变易，于是对它们的细致观察和研究，为不可或缺的一环。文体是文学作品思想内容的外部表现形态，构成文学作品的一种形式方面的要素。由文体分类可以进一步认识文学作品内部组织规律的方法。中国古代文人、学者早已注意到不同文体的不同特点，并根据这些特点对文学作品进行了分体分类的观察和研究，于是产生了文学理论中的一个重要分支——文体论。至于文体论的名称，现在从事于中国文学研究的学者们，站在中国文学理论的立场，大多称之为文学体裁论，或简称文体论。假使我们换另一个角度，从作者本身对各种文学作品进行分体分类的立场来看，也可以称之为文体分类学。

中国古代传统的文体分类学，初创于东汉（蔡邕《独断》对汉代朝廷公文的分类和论述）至魏晋（曹丕《典论·论文》、陆机《文赋》、挚虞《文章流别论》等），确立于南朝梁刘勰的《文心雕龙》，经过总集（梁以萧统《文选》为规范，明以吴讷《文章辨体》、徐师曾《文体明辨》为代表）方面的长期发展，而定型于近代（清以姚鼐《古文辞类纂》、曾国藩《经史百家杂钞》为正宗）。在中国古代文体分类学的发展历史上，梁萧统所编的《文选》是一部相当重要的文学总集。它对后世总集方面的文体分类有着广泛而深远的影响，尤其在总集的选文和文体分类上所做出的开拓性贡献，是值得充分肯定的。萧统在编选《文选》时，已经初步注意到文学作品与一般学术著作的区别。因此，他以“事出于沉思，义归乎翰藻”为选录作品的标准，之所以不选经、史、子中的文章，是他认为这些文章并不“以能文为本”，许多都不带有文学的特征。但对于史书中具有“综缉辞采”、“错比文华”的论赞（史论、史述赞两类），他适当选入了一些。他的这种选文标准，来源于他对文学范畴的看法。由他看来，“事出于沉思，义归乎翰藻”的作品才属于文学。

后来的文章总集也继承了《文选》的这种选文传统。唐宋以后，《文选》类总集跨入了崭新的一页，各类文章总集选本陆续刊出，但流传至今者却不多。宋代以降，古文评点特别勃兴，为文章总集开启了新的面貌，《文选》类总集的文选不再只是文章的辑录，更多的是包涵了编选者自己的文学观念和哲学思想或政治意图。其中，南宋真德秀编选的《文章正宗》的最大特色是强调义理，却也因此忽略了选录作品的文学性质和分析，使全书带有深厚的理学家气味，因此无法广泛地流传于世。然而真德秀对文体进行归纳、简化，《文章正宗》将选文的各种文体高度概括为辞命、议论、叙事、诗赋四大类，每个大类下面再细分出若干具体文体。尽管这一分类被后人批评为不尽合理、不太科学，但他的这些前所未有的分体归类方法和分体选文观念却值得充分探讨。

关于真德秀及其《文章正宗》方面的研究现状，据孙先英先生的调查和总结，从中华民国初期到20世纪70年代这60年间，真德秀研究尚未取得进展，专题论文几乎没有，更遑论研究专著。真正学术意义上的研究开始于20世纪70年代，从1970年到2005年这三十多年间，港台有真德秀研究论文七篇、专著两部。其中台湾学者张健发表的《真德秀的文学理论研究》及《真德秀的文学评论研究》① 是首次全面论述真德秀文学思想的学术论文，文章指出了真德秀的文学理论重道、主教化、崇尚平淡畅达等特点。中国大陆的真德秀研究则是从20世纪80年代才起步，从1980年到1999年20年间所发表的相关论文不到十篇。其中李弘毅发表的《〈文章正宗〉的成书、流传及文化价值》② 一文，通过对《文章正宗》宋椠本的版刻系统进行考辨和分析，从文献的角度，肯定了《文章正宗》的文化价值和它在宋代理学发展中的历史地位③。

至于真德秀的文体分类和分体选文观念研究，过去的学术界一直对此缺乏研究，到2006年才有了第一篇专题论文。王婵发表的《真德秀评点中的公文本体论与文体论》一文，从《文章正宗》所收录的公文及其评点来探析真德秀的公文本体论和文体论，论述了公文本体论的特点、作用、法式、修辞问题，阐述了真德秀的公文文体观念。最近，文体学专家吴承学教授在复旦大学中文系召开的中国古代文章学国际学术研讨会（2009年4月）上发表的《从总集看宋人的古文观念》一文中，论述了真德秀关于古文的文体观念。文章指出，宋代文章总集的编纂，既反映出古文新文体的勃兴，也反映了以古文为中心的时代风气。宋代文章总集在史、子两部扩展文章经典。《文章正宗》将史部和子部加以分体并纳入文章总集的做法，具有对文章文体重新分类的意义，同时也扩展了文体学与文学经典的范围。

以上介绍的这几篇论文涉及真德秀的文学理论和思想以及《文章正宗》的文献价值和文体观念等方面的研究。总的说来，这些多方面的研究，自20世纪70年代以来，才逐渐引起海内外学者的重视，尤其在真德秀的文学理论和思想以及他在学术史上的地位等方面，已经取得比较丰硕的研究成果。但就真德秀的文体分类和分体选文观念方面的研究也存在一些不足之处，还有一些可以继续深入研究的问题。本文从中国古代传统文体分类学的角度来剖析南宋真德秀所编选的《文章正宗》的文体分类，并对这部文章总集

① 分别载于台湾《"国立编译馆"馆刊》（1973年）与《文学评论集》（1974年）。

② 载于《西南师范大学学报》哲社版，1997年第2期。

③ 孙先英《真德秀学术思想研究》，上海人民出版社2008年版，第5-9页。

在文体分类方法和观念上的一些问题作一粗浅的探讨。

二

真德秀（1178—1235），本姓慎，避宋孝宗讳改姓真，原名实夫，后慕唐人元德秀，名德秀，字景元，后改字景希、希元，福建浦城人。宋宁宗庆元五年（1199）第进士，官至户部尚书、参知政事兼侍读，对政务励精图治，谥文忠，人称“真文忠公”。又因曾在家乡筑西山精舍讲学，因此学者尊称他为“西山先生”。他早年师事朱熹门人詹体仁，自称是朱熹的私塾弟子，后来被称为“小朱子”。他是南宋著名的理学政治家，继承了朱熹的观点，将理学家“重道轻文”的思想发展到了极端。他与李方子、陈淳、陈宓交游，大力传播理学。他的学术如同他的政绩，为人所肯定，对程、朱理学后来成为官方正统学术思想贡献颇大。由此可说，他是朱子以后理学史上一位重要人物。清代陈衍锟说：“闽学之倡也始于龟山，其盛也集于朱子，其末也振于西山。”全祖望《真西山集》曰：“乾淳诸老之后，百口交推，以为正学大宗者，莫如西山。”著述有《西山先生真文忠公文集》五十一卷。《宋史》卷四三七有传，称他“立朝不满十年，奏疏无虑数十万言，皆切当世要务，直声震朝廷。四方人士诵其文，想见其风采”，可见影响之广。

真德秀不仅是著名的理学政治家，同时还是文学家和文选家，他的文学创作、文学理论及其选文的取舍标准，无不体现了他作为一个理学家的特征。《文章正宗》是真德秀编选评校的一部特色鲜明的文章总集选本，原本有正、续集各二十卷，今本合刊为一集，见《四库全书》珍本十一集。他将理学家的著作奉为一切文章、文学的典范。从这种观点出发，《文章正宗正集》二十卷中选录《左传》、《国语》以下至唐末以论理为主的作品，分为“辞命”、“议论”、“叙事”、“诗赋”四大类。《文章正宗》选录数量最多的是《左传》之文，共选《左传》133 篇文章，可见《左传》一书在编选者心中的典范地位，其次是《国语》、《公羊传》、《穀梁传》之文；汉代选录近七十家之文，以《史记》、《汉书》之文最多，汉朝皇帝诏书亦多，此外则多选录各家辞命、议论之作；三国至六朝只选录诸葛亮与徐干之文；唐代选录韩愈、李翱、柳宗元之文。《文章正宗续集》二十卷所选都是北宋文，缺辞命、诗赋二类，仅存叙事、议论二类，而末一卷议论类的文章，只有目录而无文章，由此可见《文章正宗续集》是未完之本，附《文章正宗正集》以通行。这部总集旨在辨识文体源流正变，着重选录“其体本乎古，其指近乎经”的作品。在《文章正宗·纲目》中，编选者真德秀针对选录这些作品的取舍标准指出：

> 正宗云者，以后世文辞之多变，欲学者识其源流之正也。自昔集录文章者众矣，若杜预、挚虞诸家，往往堙没弗传，今行于世者，唯梁昭明《文选》、姚铉《文粹》而已。繇今视之，二书所录，果皆得源流之正乎？夫士之于学，所以穷理而致用也。文虽学之一事，要亦不外乎此。故今所辑，以明义理、切世用为主，其体本乎古，其指近乎经者，然后取焉，否则辞虽工亦不录。其目凡四，曰辞命；曰议论；曰叙事；曰诗赋，今凡二十余卷云。

他指出梁昭明太子萧统的《文选》与北宋姚铉的《唐文粹》并不是“源流之正”。其实这两部总集的编选正是以文学作品为主的。由于他要求文章内容“明义理、切世用”，所以指出其编选《文章正宗》的基本原则是“其体本乎古，其指近乎经者，然后取焉，否则辞虽工亦不录”。在这种选录标准下，他将选录的作品按照其作用和功能，分为“辞命”、“议论”、“叙事”、“诗赋”四大类。这一分体归类方法虽不尽合理、不太科学，但以简驭繁，纲举目张，明晰易记。根据他在《文章正宗·纲目》中的说明，将这四大类所包含的具体文体及其作用和功能概括如下：

辞命类	1. 主要作用为沟通上下、亲疏、远近。 2. 可分“王言”与“代言”二类：“王言”包括辞、命、诰、令、祷、诔等六辞；“代言”包括策、赞书等。 3. 以《尚书》考“辞命”，可分为诰、誓、命三类。 4. 汉代“王言”有制、诏、册、玺书四类。 5. 魏晋以后的“辞命”，文辞猥下，盛行骈俪之作，故不取。 6. “《书》之诸篇，圣人笔之为经，不当与后世文辞同录，独取《春秋》内外传所载周天子谕告诸侯之辞、列国往来应对之辞，下至两汉诏册而止。” 7. 此类近似于现在的应用文。
议论类	1. 主要作用为发明义理，敷析治国之道，褒贬人物。 2. 主要内容为君臣会聚之间的讨论，师友切磋之际的语言问答，凡秉笔而书、缔思而作者，书记往来。 3. 包括论、谏、疏、对、请、戒、奏、议、驳、表、书等。依经立论，皆为“切世用”的讽谏之文。 4. 议论之文以《六经》、《论语》、《孟子》为祖。 5. 学者之议论以圣贤为准，则华实相副为最可观。 6. “然圣贤大训，不当与后之作者同录。今独取《春秋》内外传所载谏争论说之辞、先汉以后诸臣所上书疏封事之属，以为议论之首。”收录《左传》、《国语》、《公羊传》、《穀梁传》、《战国策》、《史记》、《汉书》之文。 7. 此类近似于现在的议论文。
叙事类	1. 叙事之文起源于古代史官。 2. 可分“纪一代之始终”与“纪一事之始终”二体。《尚书》的《尧典》、《舜典》，与《春秋》及史书的“本纪”皆属于前者；《尚书》的《禹贡》、《武成》、《金縢》、《顾命》，史书的“志记”皆属于后者。后又增加“纪一人之始终”一体，如碑志、事状之属。 3. 叙事之文以《春秋》为典范，故“今于《书》之诸篇与《史》之纪传，皆不复录，独取《左氏》、《史》、《汉》叙事之尤可喜者，与后世记序传志之典则简严者，以为作文之式”。 4. 除《左传》、《史记》、《汉书》外，还收录韩愈文、李翱文、柳宗元文。 5. 此类近似于现在的记叙文。

诗赋类	1. 诗始于虞的赓歌、夏的五子之歌。 2. 诗备于孔子所定《诗经》三百零五篇；《楚辞》则又诗之变，而赋之祖。 3. 朱子分诗为三等：自虞夏至汉魏；自晋宋间颜、谢至唐初；自唐初沈、宋至宋代。 4. 除虞夏二歌与三百零五篇不录外，其余皆按朱子的标准选诗，但律诗亦不取。箴铭、颂赞、郊庙乐歌、琴操，皆诗之属，间亦采摘一二，以附其间。 5. 收录古诗、汉魏诗、六朝诗、盛唐诗、中唐诗。 6. 此类近似于现在的抒情文。

据北京师范大学教授郭英德先生分析、总结，中国历代总集编纂时，对文体的分体归类都是兼顾功能与形态两方面的。但是有一种现象却值得注意：在中国古代，当人们更多地着眼于从行为方式与文体功能的角度对文体进行分体归类时，往往倾向于文体的“类分”；而当人们更多地着眼于从形态特征的角度对文体进行分体归类时，则往往倾向于文体的“类从”。《文选》类总集分体归类的基本趋向是细分，这是由总集编纂为了便于阅读和写作的实用性功能所决定的。而刘勰《文心雕龙》分体归类的基本趋向则是并类，其分体归类的方法，首先是将所有文体从基本形态上区分为文（有韵之文）、笔（无韵之笔）两大类，而在对各类文体的论述中，有时又尽可能地采用“以类相从”的方式，附论一些相关的文体。《文心雕龙》这种兼容功能与形态，而以形态为主的分体归类方式，在宋代真德秀编纂《文章正宗》时发展到了极致。在《文章正宗·纲目》中，真德秀以文体形态的表现方式为主，兼顾文体的功能，将诗文作品分为四种类型，各个类型都包含了很多文体。这些文体表现方式各自有异，而文体功能也各自不同。

总的说来，《文章正宗》的选文标准甚严，真德秀以道德覆盖文学，挤压艺术形式，显然反映了当时道学家的文论观点，但实质上是否定了文学的审美功能和价值，取消了文学的艺术生命力，曾多次因此受到后人的批评。《四库全书总目提要》评《文章正宗》说：“其持论甚严，大意主于论理，而不论文。”又说：“四五百年以来，自讲学家以外，未有尊而用之者。岂非不近人情之事，终不能强行于天下欤！”真德秀首先是一个理学政治家，然后才是一个文学家。他注重长远的功利目的，重视现实问题和眼前利益，强调义与利的统一，具有强烈的现实性和鲜明的政治性。尽管如此，《文章正宗》对中国古代文体分类学还是有贡献的，它提出了将文章分为辞命、议论、叙事、诗赋四大类，是很有创见的，开辟了后世以曾国藩《经史百家杂钞》为代表的分门系类的文体分类法。从中国文体分类学发展历史的角度来看，它对后世总集方面的文体分类学研究仍有一定的借鉴参考价值。古人的文体分类，开始曹丕只分三种六类，陆机分八类，随后挚虞、刘勰以下越分越细，最多至一百二十余类。至真德秀开始由博返约，合为四大类，后来姚鼐又合为十三类，曾国藩又分为三门十一类。最初分类较简，或许由于文体本身门类不多，或许人们认识还不完全，但随着社会的发展，文体也随之增多，人们对文体的认识也不断发展，不仅认识到各类文体的特点，而且还进一步了解了各类文体间的联系与区别。分类的由繁而简，可以说反映了人们对文体认识和研究的不断深入。不仅如此，古人对文体的分体归类，一般都是从当时崇尚和流行的文体出发，这就免不了受时代和层次的局限。无论曹丕、陆机、刘勰、萧统，还是吴讷、徐师曾、姚鼐、曾国藩，他们所重视的，一般都是当时朝廷和官府中常见的奏议、诏令、书牍、檄移、箴铭、颂赞等实用文体，而对于一般叙事、记人、写景、抒情等真正带有文学特点的文体，往往比较忽视。真德秀也是如此，然而他所分的四大类当中，除了实用性文体“辞命”和“议论”两类外，还有近似于记叙文的叙事性文体“叙事”和抒情性文体“诗赋”两类。在这一点上，他与前人的文体分类有所不同。

总之，他的分体归类是从文体的表现方式着眼，对文体形态的宏观把握应该说基本上概括了中国古代所谓或“文”或“文章”的实际构成状况。他分体选文、依体叙述各类文体的特点、源流及写作要求，强调“文章以体制为先”，旨在树立各类文体的准则，体现文学发展的规律。由此可说，真德秀不仅以文体形态的表现方式为主，兼顾文体的功能，对选录作品进行分体归类，而且与前人的分体归类方法相比，更有系统的归纳，也提出了更进一步的文体分类观念。他的文体分类观念也影响了吴讷《文体明辨》、曾国藩《经史百家杂钞》等一些文章选集的编纂和分体归类。《文章正宗》的价值不在于文体本身的分类，主要在于分体选文、依体叙述各类文体的特点、源流及写作要求等理论部分。他的这些前所未有的分体归类方法和分体选文观念，体现了他对于中国古代文体分类方法和体例的深刻思考和创见，以及对于文体形态的宏观把握。正是这种创见和把握，使得这部选本成为一部特色鲜明的文章总集。

宋诗能否表现近世？

〔日本〕早稻田大学　内山精也　著
复旦大学　朱　刚　译

一　绪言

第一个大力提倡将宋代定位为中国近世社会之开始的人物，是内藤湖南（内藤虎次郎，1866—1934，《概括性的唐宋时代观》，筑摩书房《内藤湖南全集》第八卷，1969年8月；最初发表在《历史与地理》第9卷第5号，1922年5月）。此说发表之后，曾引起许多议论，但至少在今天的日本，已成为最广泛地被接受的有关中国史时代划分的通说①。

内藤以唐宋之间政治结构上的变化为中心展开其议论，并附带涉及经济、学术、文艺诸领域之变化，综合起来得出结论——唐代是中世社会的终焉，北宋是近世社会的开始。

这个观点，今天看来仍未陈旧，是值得充分肯定的一大卓见。不过，若深入到具体细节，则也有需要慎重检证的部分，因为内藤之说终究不过是“概括性的”“时代观”，并非严密周到、细大不捐的详论。特别是在本文要论述的文学方面，内藤只是附带涉及而已，并且所涉及的只有“词”一个领域。

“词”确实是一种新兴的样式，所以，若认为它更多地反映出时代的新面貌，那是完全可以成立的见解，假如宋代的作家们都只热心地创作“词”，则如此简单的涉及也许亦足以解决问题。然而，仅从现存资料就可看出，宋人的意识并非那么单纯。

将有宋一代的诗词总集《全宋词》和《全宋诗》作一对比，前者收录的作者数是一千三百余名，而后者多达九千名左右，今日有“诗”留存的人数实为有“词”留存者的近七倍。至于作品总数，虽然尚无准确的统计，但单从两者的页数来判断，相对于5册约四千页的《全宋词》，72册四万五千余页的《全宋诗》也是前者的十倍以上（顺便提及，《全宋文》总计360册八三四五卷，其篇幅更为《全宋诗》的数倍）。

如果简单地接受这样的事实，则可判断，在宋人看来，更具普遍价值的诗歌是“诗”

① 可参考王水照《重提“内藤命题”》（《文学遗产》2006年第2期）、李庆《关于内藤湖南的“唐宋变革论”》（《学术月刊》2006年10月）等。

而不是"词"[1]。因此，从正面论述宋代诗歌的"近世"问题，本应首先指出"诗"的具有革新意义的变化，才是该论题的真正开启。所以，本文的任务就是在《诗经》以来的传统文学之领域，尽笔者之所能，考察宋代产生的具有近世性的现象[2]。

二、什么样的时代叫做"近世"？

在开始考察之前，首先必须明确的是"近世"的含义问题。历史分期中的"近世（Early Modern）"，顾名思义，就是已经过了"中世（the Middle Ages）"，却也尚非"近代（Modern）"，即两者之间的过渡期。正因为是过渡期，所以这个时代不存在独一无二的普遍性标志，但仍可以设定重要的关键词来衡量之，那就是"世俗化"（"通俗化"）。

无论是历史分期的四期说（古代—中世—近世—近代）、三期说（古代—中世—近代）还是二期说（前近代—近代），贯穿其中的共同的基本理念，都是把人类社会的历史看作由奴隶制向民主制进化之过程的历史观，亦即进步（进化）史观。故而，许多史家主要从政治权力的"世俗化"视角来加以说明。在此，所谓"近世"被定位为与"近代"相连接的、为"近代"作准备的时代，所以"世俗化"（"通俗化"）也就成为最核心的关键词。

在北宋时代，因为门阀贵族已经消灭，故科举制度作为施政者的供给系统，开始全面发挥作用。因此，就政治权力的"世俗化"这一"近世"之要素而言，是非常符合的。即便仅就这一点，也可以确认内藤湖南唐宋变革论的合理性。

在文学史领域，"世俗化"（"通俗化"）也将成为"近世"的关键词，此已无需多言。今天的中国文学史常说"唐诗、宋词、元曲、明清（白话）小说"，这也明确地表现出中国文学的"通俗化"进程，就此而言近世文学史，已具备了一定的合理性。但反过来看，这个说法只强调了因新兴样式的出现而引起的新陈代谢，尚未具体展示出各种样式的"世俗化"（"通俗化"）进程。而且，若仅据此说，则不免会有如下错觉——随着时代的下降，文言与白话的社会地位仿佛已经逆转。但实际情况与此大相乖离，毋宁说，以文言写作的各种传统样式，直到清末仍稳据崇高地位。

换言之，一味注目于新兴样式，以样式的新陈代谢来描写文学的"世俗化"，这一通行的文学史叙述法，是对近世模态的确立操之过急，包含了遮蔽另一方面巨大事实的危险性。

新兴样式当然会更多地具备反映时代新貌的形式与内容，但是，也正因其为新兴样

---

① 近年，越来越多的研究者对"唐诗宋词元曲"即"一代有一代之文学"的说法提出质疑。例如齐森华、刘召明、余意《"一代有一代之文学"论献疑》（《文艺理论研究》2004年第5期）、陈军《"一代有一代之文学"观与戏曲身份的认同》（《云南师范大学学报》第37卷第6期，2005年11月）、欧明俊《词为宋代"一代之文学"说质疑》（中国韵文学会《中国韵文学刊》第19卷第4期，2005年12月）、沈松勤《"宋词一代之胜说"释疑》（《浙江大学学报》第36卷第1期，2006年1月）、欧明俊《"唐诗宋词"说评议》（《福建师范大学学报》第145期，2007年第4期）等。

② 本文原为笔者《古今体诗领域的"近世"之萌芽——南宋江湖派研究发端》（宋代诗文研究会江湖派研究班《江湖派研究》第一辑，2009年2月）的一部分。该论文也涉及有关印刷媒体的诸多问题，中文版另为《宋代刻书业的发展与宋诗的近世化现象》一文，请一并参考。

式，故不适合作为远距离概观历史变迁的对象。另一方面，诗文作为传统样式而具保守性，对于时代新貌的反映只有更为隐微的形态，变化的速度也缓慢迟钝，考察时颇为困难。但是，也正因其为贯穿古代乃至近世的样式，故自有其独特的长处，有利于我们详细地检验其历时性的变化。就此而言，传统诗文作为测量“近世”的工具，也是极为有效的，在此不妨加以强调。

上面确认了“近世”的本质为“世俗化”（“通俗化”），在此基础上，下文才能进入正题，即考察“古今体诗领域的近世”。

三、宋代士大夫的古今体诗表现了近世吗？

在“诗”即古今体诗领域，唐宋之间存在性质上的巨大差异，这一点现在已不必详述，只要观察一下明代中期以降接连产生的许多诗派的动向，唐宋诗之异就是自明之事。这些诗派为了表明自派的宗旨，随手取来“唐诗”派或“宋诗”派的旗号，首加标榜。由此可见，唐诗与宋诗在后世是作为两种相异的类型或潮流而被明确意识的。

然而，性质上的差异也不能直接视为区分中世与近世的指标。因为古今体诗的名号虽然延续，其实际内容也将随时代而不断改变，其变化的发生当然不限在唐宋之间。

比如说，从北宋的代表诗人梅尧臣、王安石、苏轼、黄庭坚等人的诗中发现唐诗所未见的新题材或表达倾向，乃至表达技巧，并非难事。确实，这些新因素一一都是宋诗新貌的具体表现，但是，将它们总括起来，断言其为“近世性的”，终究未必可能。这就好像李杜韩白的诗中也呈现了魏晋六朝诗所未有的新貌，却不宜直接称呼其为“近世性的”文学。

上述的犹豫还基于下列两个事实。第一，宋人并未为古今体诗增加任何一种新的形式，这是不可否认的事实。关于这一点，钱钟书在《宋诗选注》的序文中已作为宋诗的缺点加以详论①，足供参考。因此客观地说，宋诗的新貌终究是在对于传统框架的遵守之下，争相表现个性的结果，不过是风格乃至题材上的、表达层面上的差异而已。

第二个事实存在于宋人自身的意识中。他们有关传统诗文的言说，大抵具有“复古”、“尚古”的倾向性，接续传统或向传统回归，是他们最强烈的意识。在文的领域，有古文的复兴，是最显著的体现，而古今体诗也不例外，作者的视线中存在着韩柳、李杜、陶谢，乃至《诗经》等具体的模范。在每一种表达方式上，他们也追求新奇，但如果缺乏古典的先例，往往就会得到“俗”的负面评价。由此看来，他们自己还主动地置身于“前近世”式的价值体系之中。

他们身上存在的如此顽固的保守性是从何而来？若追究这个问题，恐怕科举制度对传统价值观的不断再生产是一大要因。如前所述，科举制度在政治领域实现了权力的世俗化即近世化，但反过来在文化领域，则毋宁说起到了相反的作用。产生于中世后期的

---

① 人民文学出版社，2002年1月，大学生必读版，《序》第二节（第8页以下）。平凡社，东洋文库722，宋代诗文研究会译注《宋诗选注1》，2004年1月，31页以下。

这一制度，使作为文化制度的科举之中牢固地组入了中世的遗传基因。

换言之，古今体诗因了科举这一国家制度，而成为表征中世式文艺观的媒体，或者说具体存在的传统本身，其作用获得强化。因此，在此制度下以优秀成绩合格的，作为社会精英而被赋予继承传统文化之使命的“士大夫”① 们，其诗作倾向于保守，乃是无法抗拒的结果。

北宋士大夫的每一个体，较之六朝至唐代的前辈，确实已成为“世俗化”的存在。但是，特别在文艺创作方面，他们似乎把延续唐和唐以前诗人的传统视为首要的价值。因此，要在北宋士大夫的诗作中找到从中世到近世那样的划期性变化，本来就是一个原生性的难题。

不过，“划期性变化”当然也不会只表现为新形式的创出，而且，仅仅拘执于此，也不能得出古今体诗领域不存在近世的结论，因为不光是有宋一代，直到元明清，古今体诗也没有新的形式被创出。

由此看来，古今体诗领域的近世现象，不能专从形式内部去寻求，而应更多地关注另一个重要因素，也就是创作主体方面的变化。换句话说，在士大夫以外，有没有新的诗人阶层诞生，亦即诗人阶层的通俗化现象是否发生，这一点很有必要引起我们的关注。

四、见于北宋古今体诗的近世现象

作为近世社会的具体指标，通常被指出的有都市经济的发达和市民阶层的成熟。离开了这一前提，明清时代的各种近世式文艺样式，戏曲、说唱以及白话小说等就无法达至兴盛，由此不难确认，这一指标在文学领域也是有效的。

对照这一指标来概观南北两宋，南宋已拥有与通俗文艺相关的许多资料（《京本通俗小说》、《雨窗集》、《欹枕集》、罗烨《醉翁谈录》等），也存在不少记录，可据以窥见都市居民的日常文化活动（吴自牧《梦粱录》、周密《武林旧事》、耐得庵赵氏《都城纪胜》、佚名《西湖老人繁胜录》等），故能充分感受到近世式都市文化的气息。另一方面，北宋的150年间，却几乎看不到这样的情形，充其量只有孟元老《东京梦华录》（卷五“京瓦伎艺”）所传达的北宋灭亡前夜的开封的情形。

那么，古今体诗领域的情况如何呢？笔者考察的结果是，北宋的诗坛几乎可以说是士大夫的专场，仅有的例外是九僧等诗僧、魏野（960－1019）、林逋（967－1028）等隐士，但他们的活动方式与晚唐五代或者更早时代的诗僧、隐士无大差别，故不能将他们视为宋代新出现的新型诗人。而且，他们活跃的时期都集中在真宗朝以前的北宋早期，到北宋中期以降，像他们那样的非士大夫诗人已不再引人注意。

① 本文所用的“士大夫”一词，原则上是指通过科举或类似方式（特奏名、恩荫等）出仕的“官”，不包括胥吏。另外，从事举业的书生和累举不第者也暂不包括，在本文中，把他们总称为“非士大夫知识人”。

北宋中期以降，各种文献中开始记录“诗社”或“吟社”之类的存在①，让人预感到古今体诗向民间普及的倾向，但事实上，这些诗社大多以士大夫为中心结成。也就是说，几乎所有诗社都是这样的形态：具有诗名的士大夫外任于地方，或致仕隐居之际，生活在附近的敬慕他们的有志者就集成一个诗歌俱乐部。因此，其性质与南宋末以降不断增加的由非士大夫阶层结成的诗社相异。

尽管如此，这样的诗歌俱乐部中，毕竟也有了非士大夫的民间人士参加，这一点可以通过下列数据来确认。这条稀见的数据传达了北宋后期元祐年间（1086—1094）存在于金陵（江苏南京）的“市民参加型”诗社的情形②：

> 元祐间，荣天和先生客金陵，僦居清化市，为学馆，质库王四十郎、酒肆王念四郎、货角梳陈二叔皆在席下，余人不复能记。诸公多为平仄之学，似乎北方诗社。王念四郎名庄，字子温，尝有送客一绝云：“杨花撩乱绕烟村，感触离人更断魂。江上归来无好思，满庭风雨易黄昏。”王四十郎名松，字不凋。仆寓京师，从事禁中，不凋寄示长篇，仅能记一联云：“旧菊篱边又开了，故人天际未归来。”陈二叔忘其名，金陵人，号为陈角梳，有石榴诗云：“金刀劈破紫穰瓤，撒下丹砂数百粒。”诸公篇章富有，皆曾编集。仆以携家南奔避寇，往返万余里，所藏书画厄于兵火。今屈指，当时诗社集六十余，载诸公佳句，可惜不传。今仅能记其一二，以遗宁川好事者，欲为诗社，可以效此，不亦善乎。

此文为北宋末、南宋初吴可《藏海诗话》（丁福保《历代诗话续编》所收）的一节。吴可的详细经历不明，据郭绍虞《宋诗话考》（中华书局，1979年8月），他是瓯宁（福建建瓯）人，在金陵出生并长大，字思道，大观三年（1109）进士及第，至南宋乾道（1165—1173）、淳熙（1174—1189）间犹健在（《四库全书总目提要》卷一五七）。除诗话以外，其著作还有《藏海居士集》二卷，为四库全书所著录（永乐大典采辑本）。他的诗曾受到苏轼（1037—1101）、李之仪（1048—1128?）等人的称赞，与赵令畤（1061—1134）、米友仁（1069—1151）等也有交游。

引文开头说的“荣天和”这一人物，详情亦不可知，但李之仪《姑溪居士前集》中有赠给他的诗和书简多篇。从这些诗和书简来看，两者在金陵似有交游的机会。据曾枣庄《李之仪年谱》（《北宋文学家年谱》所收，文津出版社，1999年6月），李之仪在元祐以后，有一段时间停留在金陵，即崇宁五年（1106）至大观二年（1108）之间。因此，两者的交游自也应以此数年为中心。另外，李之仪寄给荣天和的书简中多次出现“思道”

---

① 关于宋代诗社的考察，有欧阳光《宋元诗社研究丛编》（广东高等教育出版社1996年版），其下编《宋元诗社丛考》介绍了宋元文献中所见的具有代表性的诗社。另外，该书末尾附录了“宋元诗社活动年表”，从中可以看出一种倾向：时代越接近宋末元初，诗社的形态和成员也越趋多样化。

② 欧阳光《宋元诗社研究丛编》并未谈及这一诗社的存在。笔者是从吉川幸次郎《宋诗概说》（岩波书店，中国诗人选集第二集，1962年10月；岩波文库再版，2006年2月）的叙述中获知这一史料的（见该书第六章“十三世纪南宋末期”第一节“民间的诗人们”）。

之名，而《姑溪居士前集》中也有单独寄给吴可的书简。也许，吴可在其业师与李之仪交游时曾经同席，以师弟关系而获接待。因此，从其与李之仪交游的事实可以推知，吴可从元祐年间至大观二年，约有20年居住金陵，在荣天和的“学馆”修习举业，同时也参加了“诗社”。

引文中的“清化”，是地处金陵城内西部的坊名（见《景定建康志》卷一六，疆域志二“坊里”条）。荣天和在清化坊所开的“学馆”中，有从事“质库”、“酒肆”、“货角梳”等行业的人学习“平仄之学”。所谓“货角梳”，大概是商贾，专门经营牛角加工而成的梳子（角梳）。而“平仄之学”，当指以近体为主的诗歌作法。这条数据记录了“王念四郎庄”、“王四十郎松”、“陈二叔”等人的真实姓名和他们的职业，引用了他们所咏的佳句，还提到他们各自编辑了诗集的事实。从诗集数量多达60种以上，可见其创作活动之盛。末尾的“宁川”，未知所指何地，但应该是与吴可深有关系的地方，他似乎是以起家前曾经参与的金陵荣天和诗社为范本，想在“宁川”招呼起一个诗社。

《藏海诗话》还提及另外的诗社，如下引一则：

> 幼年闻北方有诗社，一切人皆预焉。屠儿为蜘蛛诗，流传海内，忘其全篇，但记其一句云：“不知身在网罗中。”亦足为佳句也。

这就是前一段引文中说到的“北方诗社”，其详情见于此条，所指的也许是首都开封的诗社。这个诗社里，“一切人”即任何职业的人都参加，作为一例，而举出了“屠儿”即杀猪业者所作的诗。文中还记述说，此诗获得好评，为许多人所知。

如上所述，《藏海诗话》对南、北诗社的情形都作了比较详细的介绍。像这样传达出民间人士古今体诗创作之实态的资料还极为稀少，视之为普遍现象是不太稳妥的，但毕竟从中可知，生活在北宋大都市的非士大夫之市民中，已经有人参加了诗社，学习作诗，并为诗歌付出心血。这等于向我们宣告了新的诗人阶层将要出现的消息，换言之，就是古今体诗的近世化（通俗化）。

遗憾的是，那些民间诗人的作品，除了吴可引用的断章残句外，全已散逸不传。而且，在宋王朝南渡的动乱之中，连他们的存在也被遗忘了。有一定数量的作品传至今日的民间诗人的出现，不得不等到南宋的末期。

五、女性诗人所表征的古今体诗之近世

紧接着北宋后期“市民参加型”诗社的出现，在南渡之前后，又一种新的气运开始萌动，那便是李清照（1084—1155?）、朱淑真（？—?）这两位女性诗人的登场。

在唐代，也曾有薛涛、鱼玄机等女性诗人的活跃，但她们难以被视为当时知识阶层

中的一般妇女，而是具有特异经历的女性①。

然而，李清照和朱淑真却都出生于士大夫家庭，在正常情况下成长，经历了普通的婚姻生活——至于是否幸福，是另一个问题——因此她们的作品也反映了更为一般的知识阶层女性的心情。换言之，她们不是后宫、北里、道观等特殊空间中寄身的女性，而是在“普通”的士大夫家庭中生活，以所谓“闺阁”女性的第一人称来抒情，这一点无论如何是新颖的。

这里提供一个数据。近人胡文楷《历代妇女著作考》二一卷（商务印书馆，1957 年 11 月），按时代和姓氏顺序列出了魏晋至清共计四千余位女性作家（及其著作）。据其目录，魏晋六朝有 32 名，唐五代有 23 名，宋代有 46 名，元代有 16 名，自魏晋至元的一千余年间留下著作的女性作家总计 117 名。唐宋之间的数量恰好倍增，但无论如何，仍甚寥寥，与当时的男性作家不能相比。到了明代以降，就出现了显著的变化，有明一代约三百年间，女性作家数量剧增，共计 238 名，是魏晋至元代之总和的二倍。清代的数量进一步剧增，实为魏晋至明总和的十倍，总计 3573 名女性作家在清代诞生。

当然，若跟同时代的男性诗人相比，这些数字也许还是很小的，不过从上述数据可以看出一条巨大的鸿沟，存在于“魏晋至元”和“明清”之间。自然，支撑着明清时代数量剧增之局面的，无疑是与李清照、朱淑真同类的所谓“闺阁诗人”的存在②。

把明清时代与此前的显著差别仅仅归结为时代流行风气的不同，是怎么也说不过去的。上面的数据恐怕暗示了社会对于“闺阁”女性的一般观念，至明清时代发生了戏剧性的变化。也就是说，知识阶层社会的一般观念，自先秦以来一直阻止“闺阁”诗人的诞生，但到了明清，此种观念无疑已经变得淡薄。

阅读《礼记》（先秦）、《后汉书》（汉）、《女论语》（唐）等有关“女教”的内容，俨然存在一种仿佛千载不易的儒家妇女观，被这些书籍一致肯定的妇女形象，是紧闭于家室深处，在行动、言语上受到种种约束的不自由的存在。

就言语来说，有“女不言外”（《礼记·内则》）、“内言不出于捆”（《礼记·曲礼》）等教条，要求“闺阁”妇女不问家外之事，并且不把家里的事传到外面。在开口说话时，

① 薛涛本是长安的良家之女，但跟随其父赴任至成都时，因父亲亡故而成为妓女。她与历任节度使以及“元白”等著名诗人交游，诗歌唱酬，因此著名。鱼玄机起初是李亿之妾，但因憎恨其情爱的淡薄而出家入道，成了女冠。据说，此后她因故私刑侍婢致死，事发被捕，处以死刑。除此以外，女性诗人还有一个李冶，也是女冠。

② 注目于明清，特别是清代闺阁诗人剧增现象的研究，随近年女性学的兴盛而水涨船高。知见所及，中国有张宏生、张雁编《古代女诗人研究》（湖北教育出版社 2002 年版）所收各篇，陈玉兰《清代嘉道时期江南寒士与闺阁诗侣研究》（人民文学出版社 2004 年版），段继红《清代闺阁文学研究》（南开大学出版社 2007 年版），李汇群《闺阁与画舫——清代嘉庆道光年间的江南文人和女性研究》（中国传媒大学出版社 2009 年版）等优秀成果。在日本，也有合山究《明清时代的女性与文学》（汲古书院 2006 年版）收录了有关的论文。合山氏指出，到明代后期，社会文化的形态发生了巨大的变化，从主知型的、道德主义的“理”文化（宋元型）变为主情主义的“情”文化（明清型）。他以此为关键词，对明清女性文学的隆盛作出分析（第一篇“‘情’与明清文化”各章）。此外，关于袁枚女弟子的专著，也有萧燕婉《清代的女性诗人——袁枚女弟子点描》（中国书店 2007 年版）。萧氏著作的开篇部分，也揭载了胡文楷《历代妇女著作考》的著录数据，但其所据为 1985 年上海古籍出版社刊行的增订本，故与本文所揭有若干异同。其数据为：魏晋六朝 33 名，唐 22 名，宋 46 名，元 16 名，明 245 名，清 3682 名。至近年，胡氏《历代妇女著作考》又出版了张宏生、石旻等人的增订本（上海古籍出版社 2008 年版）。

也要十分谨慎，“择辞而说，不道恶语，时然后言，不厌于人”（《后汉书·列女传·曹世叔妻》引“女诫七章”）。而且，男子在“书堂”跟老师学习礼仪，以“吟诗作赋”为必须之事，而女子则须深处“闺门”之内，绝少外出，一味从顺父母之命，这一点被反复强调（《女论语·训男女》）。

对照这种古代至中世的妇女观，女性埋头作诗，并且结成诗集对外公表的行为，无疑大大违反了当时社会的一般观念。从魏晋至唐，“闺阁”诗人数量极少，应该与上述传统的妇女观大有关系。

明清时代女性诗人剧增的现象，显示了一种与古代、中世相反的妇女观，对于“闺阁”妇女来说，诗作转为其重要的教养内容。如果连一首诗也不会作，似乎就不能称为教养良好的妇女。社会一般观念的如此大幅度转变，造成了女性诗人爆炸式的剧增现象。因此，中世以前并不常见的女性诗人特别是“闺阁”诗人的存在，极其明确地向我们昭示了古今体诗的新作家的诞生。虽然这些女诗人实际上处身于士大夫文化圈内，但严格地说，她们是“非士大夫诗人”。在此意义上，她们也是古近体诗世俗化、通俗化的体现。

在宋代，还未出现明清那样显著的数量变化，但确实已有李清照、朱淑真那样的“闺阁”诗人存在。此二人的存在，于明清之前显得比较突出，但毫无疑问，以她们为首而开辟的道路则一直延伸到明清时代。可以说，她们的作品获得流行，表示知识阶层对于“闺阁”诗人的看法随着时间的流逝而变得宽容了。

六、从朱淑真《断肠诗集》的流行看古今体诗的近世

朱淑真的生平几乎不明，关于其生存时期，也有诸多说法，尚无定论①，但几乎共同的一点是，认为她是与李清照略相前后的同时代诗人。

两者都生长在士大夫阶层的家庭，但对比之下，李清照出身名门（父李格非），嫁给高官子弟（宰相赵挺之之子赵明诚），而朱淑真似乎出自下层士大夫阶级，故有关其双亲与夫家的情况，现在一无所知。李清照在当时作为词人深受好评，其古今体诗却所传不多（上海古籍出版社《李清照集笺注》收诗 17 首、词 53 首），而朱淑真作为诗人的评价更高一些（上海古籍出版社《朱淑真集》收诗 337 首、词 33 首）。因此，在古今体诗领域更多地表现出时代新貌的，是朱淑真。

朱淑真死后，为她编辑《断肠诗集》的魏仲恭②记载，因为她的双亲缺乏见识，只能将她“嫁市井民家为妻”，而且明言其夫为“一庸夫”（淳熙九年，1182，序）。但实际

① 据黄嫣梨《朱淑真研究》（上海三联书店 1992 年版）所述，主要有三种说法：一说为北宋人，一说为北宋末南宋初人，一说为南宋人。黄氏本人支持第三种説法。近年的校注者冀勤（浙江古籍出版社，两浙作家文丛，《朱淑真集注》，1985 年 1 月）以及张璋、黄畬（上海古籍出版社，《朱淑真集》，1986 年 6 月）采用第二种说法。

② 关于魏仲恭，从序文的署名可知其为宛陵（今安徽宣城）人。据祝尚书《宋人别集叙录》（中华书局 1999 年版，下册 949 页）云，北京（国家）图书馆所藏明刻递修本《新注断肠诗集》卷首的序，有“宋通判平江军事魏仲恭撰，钱塘郑元佐注”的署名。另外，《咸淳临安志》卷五一记录富阳县历代县令的部分，也可见到“魏仲恭”之名。

上，从诗集中的某些作品可以看到，她曾跟从丈夫宦游淮南、湖南等地，明显并未嫁给“市井民家”。看来，就连作序的魏仲恭，也未获得任何有关朱淑真的准确的个人信息。

魏序关于婚姻的记述，恐怕是误从了当时的俗说。但是，为什么会产生这样的俗说呢？在笔者看来，这种俗说归根到底来自她的作品世界。她的私小说式的诗歌世界，使有关她的虚幻想象在读者心目中膨胀起来，其结果便产生了作为薄幸女性的朱淑真形象：勉强地嫁给“市井民家”的“庸夫”，郁郁不乐，寄情于丈夫以外的男性，而将不可告人的思念吐露在诗中。

作为对不贞行为的净化，而虚构了一个与她完全不相配的“庸夫”——如果这样稍为穿凿的看法可以被允许，那么在这里，以作品为媒介，读者与作者就构成了一种共犯的关系，一起承担她的不贞。

无论如何，至晚在南宋末之前，朱淑真的诗已拥有了注本（郑元佐注），可见颇有一部分读者为之着迷。

当然，与同样拥有宋人注本的王安石、“苏黄”等相比，她的诗采用了远为平易的表达方式，典故的种类及其用法也远为寻常。尽管如此，还是有注本出现，这一事实似乎同时说明了爱好其诗的是怎样的读者层。换言之，我们可以设想：这读者层并不是占据士大夫文化中心部位的人，而是处在其周边的，与古代典籍缘分不深的阶层。而且，如从其诗的内容来判断，较之勤于举业的年轻的初学者，那应该更适合于在市井之间过着实际婚姻生活的富裕的壮年读者，自然，其中也包括了所谓的“闺阁”妇女。

如果此种推测不误，那么这也可以视为古今体诗通俗化，即近世化的现象之一。也就是说，这个事例又一次证明，非士大夫读者层在南宋确已可能存在。

七、所谓“江湖派”

本文第四节的末尾已经提到，南宋末期出现了一群民间诗人，他们的诗作曾风靡一时，那便是文学史上所谓的“江湖派”。正如其名称所示，这是以在野布衣为主构成的一个诗人群，因杭州书肆（临安府棚北大街睦亲坊陈宅书籍铺）主人陈起（？—1256，钱塘人，字宗之，号芸居）编纂刊行《江湖集》九卷，并获得极大好评，而一跃成名。此是南宋后期理宗宝庆年间（1225—1227）的事。

统观日中两国，最早也最系统地对这个诗人群作出研究的专著，是张宏生的《江湖诗派研究》（中华书局，1995年1月）①。为了确定这一诗派的范围和成员，张氏提出了以下五个原则。第一，其社会地位为无位无官的“布衣”或游历各地的“游客”。有些诗人应了科举或已有出仕经历，但只有一小段仕宦时期，可以判断其更多的时间是处身于

① 在张宏生《江湖诗派研究》之后出版的专著，有张瑞君《南宋江湖派研究》（中国文联出版社1999年版）和陈书良《南宋江湖诗派与儒商思潮》（甘肃文化出版社2004年版）。两书都在张宏生论著的基础上，作了各具特色的论述。前者重新检讨了张氏所确定的江湖诗派成员，进一步分为几个小群体，还将江湖诗派约70年的活动期分为前、后两期，详论其特征和变迁。后者依据叶适的功利论，以“儒商”为关键词，论述了江湖诗派以及陈起的活跃状况。另外，虽然不属“诗派”，同时期也有江湖“词人”的存在，这方面的研究成果有郭锋《南宋江湖词派研究》（巴蜀书社2004年版）。

“江湖”的，也包括在内。第二，以嘉定二年（1209）为上限，景炎元年（1276）为下限，在此期间活跃的诗人。第三，各种江湖诗集之中被收录的诗人。张氏调查了以《江湖集》九卷为始的，包括《江湖后集》、《江湖小集》等在内的编纂于南宋后期的共计23种类似的诗集，以确定成员。第四，与这些江湖诗集的编者陈起有诗歌应酬、交游的诗人。第五，虽不符合以上四个原则，但按历来的传统看法视之为该诗派成员的诗人。

张氏据以上五个原则，确定了共计138名“江湖派诗人”。现将他提供的这138名的名单，分为士大夫阶层和非士大夫阶层两类，在士大夫阶层中，又按官位的高低再分上、中、下三等，制成一表以供参考，表中按现在的地方行政区划（省别）将诗人们依出身之地排列。

江湖派成员

<table>
<tr><td rowspan="3">士大夫阶层
(76)</td><td>上</td><td>〔福建〕2　刘克庄、林希逸　(2)</td></tr>
<tr><td>中</td><td>〔浙江〕5　王同祖、卢祖皋、史文卿、姚镛、高似孙
〔江西〕5　刘子澄、危稹、赵汝鐩、赵善扛、裘万顷
〔福建〕3　朱复之、刘克逊、黄简
〔安徽〕1　方岳　(14)</td></tr>
<tr><td>下</td><td>〔浙江〕21　王琮、刘植、巩丰、杜旃、宋庆之、宋伯仁、沈说、张良臣、陈允平、邵桂子、周师成、郑克己、赵汝回、赵汝迕、赵师秀、徐玑、俞桂、翁卷、柴望、薛嵎、戴埴
〔江西〕14　邓林、李泳、利登、罗椅、赵与时、赵崇鉘、赵崇嶓、徐文卿、黄大受、黄文雷、萧立之、萧澥、章采、曾极
〔福建〕13　叶绍翁、朱继芳、严粲、陈翊、陈必复、陈鉴之、林同、林昉、赵庚夫、胡仲弓、敖陶孙、徐集孙、曾由基
〔江苏〕11　王志道、朱南杰、周弼、张榘、张蕴、张端义、陈造、周端臣、赵汝淳、赵希棋、施枢
〔湖南〕1　乐雷发　(60)</td></tr>
<tr><td>非士大夫阶层
(62)</td><td></td><td>〔浙江〕16　毛珝、史卫卿、许棐、吴仲方、何应龙、宋自逊、张炜、陈起、林表民、徐照、高翥、盛烈、葛天民、赵汝绩、薛师石、戴复古
〔江西〕16　邓允端、刘过、刘仙伦、李涛、李自中、吴汝弌、余观复、邹登龙、罗与之、姜夔、高吉、黄敏求、萧元之、章粲、董杞、释绍嵩
〔江苏〕8　王谌、叶茵、李龏、吴惟信、葛起文、葛起耕、张绍文、储泳
〔福建〕7　刘翼、张至龙、林洪、林尚仁、胡仲参、盛世忠、释圆悟
〔河南〕3　张弋、武衍（寓居浙江杭州）、赵希佅
〔安徽〕2　程垣、程炎子
〔湖北〕1　万俟绍之（寓居江苏常熟）
〔湖南〕1　刘翰
〔山东〕1　周文璞
〔未详〕7　李时可、来梓、陈宗远、徐从善、郭从范、释永颐、释斯植</td></tr>
</table>

说明：此表收录张宏生《江湖诗派研究》（中华书局，1995年1月）附录一“江湖诗派成员考”所揭的138名诗人，分“士大夫阶层”（进一步细分为上、中、下三等）和“非士大夫阶层”两大类，并按出身之地排列。“士大夫阶层”的上、中、下区分，依据的是其所任的

官职高低，“上”为中央的显官，“中”为知府、知州或州级的通判，“下”为上述之外的属官、学官之类，或者只有进士及第的记载而官历未详者。出身之地（按现在的省份来区分）原则上指居住地，而非祖籍。

根据此表可以重新确认两点：第一，下层士大夫和布衣共计122名，占全体人员的88%，是相当高的比率；第二，浙江、江西、福建、江苏四个地域出身的有121名，也占了将近88%的高比率。

第一点证明，“江湖派”名副其实，主要由处在士大夫阶层周边位置的诗人或在野诗人构成。属于“非士大夫阶层”的62名中，其行迹稍可了解的只有许棐、徐照、高翥、戴复古、刘过、姜夔以及陈起等非常小的一部分，大多数诗人的生平完全不明。但是，同一时代有这么多的布衣诗人，其姓名和作品能传到后世，这在中国诗歌史上可谓空前之事。

作为宋代非士大夫诗人的实例，本文前面已介绍了北宋后期参加诗社的市井诗人和南宋初期的李清照、朱淑真两位女性，而“江湖派”无疑可为第三个实例，也是最显著的实例。

第二点是这个“诗派”的浓厚特色，亦即，按现代的行政区划来说，它是以浙江为中心，跨越了邻接的江苏、江西、福建三省，存在于相当广阔之地域的作诗群体。

中国文学史上比较著名的诗派，如宋代的江西诗派，明代的公安派、竟陵派，清代的虞山派、云间派、浙西派等等，其存在的地域，即便就覆盖面最广的江西诗派来说，大致也局限于一省之内①。一般来说，“诗社”以共同场所为前提，土著性较强，而“诗派”按人际联系网络形成，故随其成员的移动，影响的范围也就扩大，覆盖地域更广。但是，毕竟“诗派”是共同守持某种独特诗学观点的诗人依其牢固的个人关系而结成的集团，自然便具某种排他性、封闭性的倾向，其网络不会无原则地扩大。因此，通常的诗派大抵只在一省的地域之内，也不是没有道理的。反过来说，像“江湖派”那样拥有超过百名的诗人，地跨四省的范围，此种特征本身就表明，这一群体是常规之外的“诗派”。

我们不妨把“江湖派”与同时代的先例江西诗派作具体的比较。江西诗派的由来，是吕本中（1084－1145）的《江西诗社宗派图》，它模拟禅家的传灯谱系，将黄庭坚（1045—1105）以下的25名诗人列在一个系脉之中。由此可见，支撑这一诗派的是以黄庭坚为顶点的师承关系，诗派是按这种明确的纵向关系结成的。而且，他们共同拥有具体的典范，即学习对象（杜甫），以及独特的诗学主张（“换骨夺胎”、“活法”等）。

与此相对，在江湖派诗人之间，我们马上可以发现的是横向关系，而纵向关系则十分稀微。138名之中，可以许其为领袖的最合适之人物，无论从社会名声之大，还是诗学著述之丰的角度来讲，都非刘克庄（1187－1269）莫属。为其名声所吸引，他的周围确

① “江西诗派”包括不少出身江西之外的人，为什么称之为“江西”诗派，关于此点，有诸多说法，可参考伍晓蔓《江西宗派研究》（巴蜀书社2005年版）绪论第二节“江西宗派释名”。不过，吕本中《江西诗社宗派图》所列出的25名诗人中，至少有17名的出生地在湖北黄州至江西临川的范围内。

实集中了不少人物，从中当然也可能找到类似师承的关系。但是，这样的关系毕竟不能遍及该“诗派”138名成员。

而且，从刘氏本人的诗论中，也找不到统括、主导该诗派的诗学主张或类似言说。不仅如此，他甚至还对被认为属于此派的一部分诗人加以激烈的批评，虽然没有指名，却明显将自己置于他们的圈子之外，根本不像是对同志加以鼓励的那种口吻①。

换言之，不要说是不是领袖，就连是否自觉为该诗派的成员，对刘克庄而言也颇成问题。张宏生氏在《江湖诗派研究》（第一章“江湖诗派的形成”）中，既承认这与黄庭坚在江西派的地位明显不同，却还是举刘克庄为江湖诗派的第一领袖，恐怕与实际情形相距甚远。至少，要从他本人的言说中看出那样的明确自觉，是很困难的。

因此，所谓“江湖诗派”，并不存在一个统领诗派全体的突出领袖，也没有作为一个诗派的独特诗学主张被明确倡导的形迹。根据这两点，也许可以得出结论：当时并不存在一个能称之为“江湖诗派”的诗派。

归根结底，将这138人联结在一起的确凿纽带，只有杭州的书肆主人陈起等编纂刊刻的一系列诗集。所以，反过来也可以如此推测：所谓江湖派，并不指当时以明确形态存在的诗派，实际情况是，由陈起所编的诗集，将原本只有松散的横向联系、缺乏总体协调的一群江湖诗人联结起来，而表现为恍如一个诗派存在的假象而已。如果这一推测是正确的，那么江湖派中最重要的人物，就应该是把《江湖集》编刻问世的陈起本人（张宏生氏也首先提及陈起的重要作用，但他只是将陈起看作担当了“组织联络”功能，却没有将陈起看做是具有领袖地位的人物）。

八、“江湖派”主持人陈起

陈起出版的诗集获得了好评，引起人们对江湖诗人作品的极大关注，这是不可否认的事实（御史台弹劾这个诗集包含了诽谤时政的文句，于是曾极、刘克庄、敖陶孙、陈起等人被问罪，版木则遭毁弃②）。由此看来，无论他本人是否有明确的意图，这都意味着民间的书肆可以组织同时代的诗人，而制造出一个潮流。我们从陈起身上看到一种新姿态的开端：曾经深处印刷文化之后台的书肆，成为有能力的组织者而活跃起来，并制

① 比如《瓜圃集序》（四部丛刊本《后村先生大全集》卷九四）、《林子理序》（卷九八/咸淳三年〔1267〕）中对永嘉四灵的批评，《刘圻父诗序》（卷九四）、《林同诗序》（卷九六/宝祐三年〔1255〕）、《晚学□稿序》（卷九七/宝祐五年〔1256〕）、《听蛙诗序》（卷九七）、《汪荐文卷》、《王元邃诗》（卷一〇一）、《何谦诗》（卷一〇六）等文中对江湖诗人的批评（系年据程章灿《刘克庄年谱》）。而且，关于刘克庄对江湖诗人的批评姿态，也为近年的刘克庄研究著作所一致指出。请参考王锡九《刘克庄诗学研究》（黄山书社2007年版）第三章“五，关于四灵、江湖诗人的评述及所表现的诗学旨趣”，景红录《刘克庄诗歌研究》（上海古籍出版社2007年版）诗学篇第一章第二节，王述尧《刘克庄与南宋后期文学研究》（东方出版中心2008年版）第六章等。

② 关于这一次文字狱事件的记载，见罗大经（宝庆二年〔1226〕进士及第）《鹤林玉露》乙编卷四“诗祸”条、周密（1232—98）《齐东野语》卷十六“诗道否泰”条、方回（1227—1307）《瀛奎律髓》卷二十“梅花类”录刘克庄《落梅》诗的评语等。从刘克庄《臞庵敖先生墓志铭》（四部丛刊本《后村先生大全集》卷一四八）可以推测当时曾有毁弃诗集版木的诏书。详细的考证见程章灿《刘克庄年谱》（贵州人民出版社1993年版）宝庆三年条（98页），张宏生《江湖诗派研究》附录三“江湖诗祸考”。

造出新的潮流。

笔者认为，考察江湖派是不是一个真正意义上的诗派，还不如关注一个远为重要的事实：这个时期确实出现了一大群江湖诗人，而且风靡一世。进一步对此潮流的发生做出了直接贡献的乃是民间书肆，这一点更具重大的意义。

陈起刊行同时代诗人的诗集，并不始于《江湖集》。他曾刊印了徐照（？—1211，字灵晖）、徐玑（1162—1214，号灵渊）、翁卷（？—？，字灵舒）、赵师秀（1170—1220，字灵秀）即所谓“永嘉四灵”的《四灵诗选》四卷。因为已经没有传本，我们无从获知版本的详情，但从现存许棐的跋文（文渊阁四库全书本《梅屋集·杂著》）可知，这个选集是由叶适（1150—1223）编选，陈起刊行的。

叶适退居永嘉，是在开禧三年（1207），他与四灵的正式交游应在此后。叶适晚年曾为刘克庄《南岳诗稿》作跋（《水心文集》卷二九《题刘潜夫南岳诗稿》），其中透露了四灵诗在当时已极为流行的信息。刘克庄编《南岳诗稿》是在嘉定十五年（1222）（程章灿《刘克庄年谱》74页，贵州人民出版社，1993年2月），如果叶适的跋文也作于此年，那么《四灵诗选》的刊行恐怕远在其前。因此，《四灵诗选》的刊行，可推定在不早于开禧三年、不晚于嘉定十年前后的约10年间，无论如何要比《江湖集》早刊数年乃至十数年。

据李传军《南宋临安睦亲坊陈宅书籍铺考略》（《青岛大学师范学院学报》第24卷第2期，2007年2月），陈起、陈续芸（按李氏所考，陈续芸即陈思）父子二代的出版活动，可以宝庆年间的文字狱事件为界，区分为两个时期。前期刊刻的是唐人诗集、与书画艺术相关的书籍以及江湖诗人的作品，后期则以江湖诗集的编刻为毕生事业。

被前期的陈宅书籍铺当作主要刊刻对象的所谓“书棚本”唐人诗集，包括其影印本、翻刻本在内，至今尚有60种以上流传①。其中除了王勃、杨炯、卢照邻、骆宾王、杜审

---

① 江标（1860—1899）曾将书棚本影印为《唐人五十家小集》，清光绪二十一年（1895）出版。所收诗集如下（笔者未亲见，据京都大学人文科学研究所网页上“全国汉籍数据库”所公开的文献数据）：王勃集1卷/杨炯集2卷/卢照邻集2卷/骆宾王集2卷/唐司空文明诗集3卷（司空曙）/李端诗集3卷/耿湋诗集1卷/严维诗集1卷/唐灵一诗集1卷/唐皎然诗集1卷/华阳真逸诗2卷（顾况）/戎昱诗集1卷/戴叔伦集2卷/权德舆集2卷/羊士谔诗集1卷/吕衡州诗集1卷（吕温）/朱庆余诗集1卷/刘沧诗集1卷/卢仝诗集3卷/喻凫诗集1卷/项斯诗集1卷/唐求诗集1卷/诗集2卷（曹邺）/崔涂诗集1卷/张蠙诗集1卷/刘驾诗集1卷/唐李推官披沙集6卷（李咸用）/刘叉诗集3卷/苏拯诗集1卷/章孝标诗集1卷/于濆诗集1卷/李丞相诗集2卷（南唐·李建勋）/唐女郎鱼玄机诗1卷/唐贯休诗集1卷/唐齐己诗集1卷/僧无可诗集2卷/刘兼诗集1卷/王周诗集1卷（南唐·王周）/储嗣宗诗集1卷/章碣诗集1卷/李远诗集1卷/会昌进士诗集1卷（马戴）/林宽诗集1卷/罗邺诗集1卷/秦韬玉诗集1卷/殷文珪诗集1卷/唐尚颜诗集1卷（释尚颜）/于武陵诗集1卷/无名氏诗集1卷/张司业乐府集1卷（张籍），以上共计50种。另外，前揭张秀民《中国印刷史》也提供了宋代编刻的唐人诗集一览表（118页以下），在上面50种以外，还有下列“书棚本”唐人诗集（张氏未注明卷数，今据万曼《唐集叙录》补之，中华书局，1980年11月）：杜审言诗集1卷/常建诗集2卷/韦苏州集10卷（韦应物）/孟东野诗集10卷（孟郊）/李贺歌诗编4卷/王建诗集10卷/丁卯集2卷（许浑）/李群玉诗集前集3卷、后集5卷/碧云集3卷（李中）/罗昭谏甲乙集10卷（罗隐）/周贺诗集1卷/浣花集10卷（韦庄），以上共计12种。万曼《唐集叙录》还提及了《唐风集》3卷（杜荀鹤）的书棚本。如此，则总计达63种。至于对江湖派影响最大的贾岛、姚合，清代藏书家（季振宜、黄丕烈等）曾在其书目或题跋中谈及书棚本《贾浪仙长江集》10卷（贾岛）的存在，但现在恐已不存；姚合的《姚少监诗集》10卷，据万曼《唐集叙录》，有浙本的残本5卷（即四部丛刊本），版式亦为10行18字，但无论毛晋还是黄丕烈都未明言其为书棚本。

言、常建六家外，全为中晚唐诗人的诗集，而且以晚唐五代诗人所占比例为高。而且，除韦应物、孟郊、王建、罗隐、韦庄（以上十卷）、李群玉（八卷）、李咸用（六卷）、李贺（四卷）外，其他都是三卷以下的小集，所占比例在八成以上（一卷本37种、二卷本12种、三卷本4种）。

这些诗集，每部最多不过十卷，计其册数，最多也不过三册，大部分只有一册而已。可以想象，它们不仅携带方便，而且价格便宜。阅读时，一方面不会像经书或古文那样让人感到艰苦、沉重，另一方面却也有别于浅近卑俗，其内容颇具雅趣，故对中间层次的知识人来说，确实是让人充满购买欲的系列性出版物。

江湖诗人之一的赵汝绩曾有《柬陈宗之》七绝一首（文渊阁四库全书本《江湖后集》卷七《山台吟稿》）：

略约东风客袖寒，卖花声里立阑干。
有钱不肯沽春酒，旋买唐诗对雨看。

诗题中的“柬”同“简”，表示赠诗以代书信之意。起句的“略约”同于“约略”（中华书局《近代汉语大词典》）。

赵汝绩为宋太宗八世孙，但以布衣终生。诗的后半部分说，他用购买新酒的钱去买了（陈起出版的）唐人诗集来读。上半首刻画了沉浸于客愁之中的作者形象，通常情况下，这样的写法暗示着接下来会出现饮酒的场面，但此诗却提供了另一种结局。那似乎在说，除了酒以外，能令身在异乡的江湖诗人可以忘忧的另一种东西诞生了。这不妨被视为陈起所开创的流行文化的反映。

本来，陈起也志在仕宦，宋宁宗（公元1194—1224年在位）时曾为乡试魁选，故时人称之为“陈解元”或“陈秀才”。但他未能通过省试，也许由于家庭方面的原因（文渊阁四库全书本《两宋名贤小集》卷三四八有其小传，大意是说，他为了对母亲尽孝而断了仕宦之念），他转业去开了书籍铺。曾为“解元”的事实可以证明他的学识足以与一般士大夫为伍，而且善于作诗，有《芸居乙稿》一卷流传至今。他的这种经历和学识、才华，使他获得了布衣诗人和下层士大夫的高度信赖，在跨越浙江和邻近三省的广阔地域内成就了一个诗人的网络。

陈起是书肆的店主，故其刊行唐人诗集的系列，首先应有商业上可以盈利的判断。不过，他刊印的不是几种诗集，而是将超过60种诗集系统地连续刊行，则此事应该具有明确的战略性。60种中半数以上是中晚唐小诗人的诗集，多数诗人的风格属于所谓“晚唐体”① 或与此类似的诗风，因此，从他对诗人的选择来看，也具有明确的系统性。

---

① 关于宋代“晚唐体”的专著，有黄奕珍《宋代诗学中的晚唐观》（台湾文津出版社1998年版）、赵敏《宋代晚唐体诗研究》（巴蜀书社2008年版）。前者的第六章“‘晚唐’与‘江西’意义的折衷”论及了江湖派中的“晚唐体”问题，后者则在第四、五章专论此事，且全面地批判利用了黄氏的著作以及此后续出的研究成果，对于江湖派研究甚具参考价值。

在同一时期，“四灵”之一的赵师秀（1170—1219）将贾岛、姚合二人的诗合选为《二妙集》（中国国家图书馆收藏了明嘉靖间钞本）①，又以中晚唐诗人为中心，编成了包括76家228首唐诗的《众妙集》。这两部书的出版，也可能与陈起有关。这是因为赵师秀曾有赠给陈起的诗（文渊阁四库全书本《清苑斋诗集》），从中可以看到两人的亲密交往：

《赠陈宗之》（一云《赠卖书陈秀才》）

四围皆古今，永日坐中心。
门对官河水，檐依绿树阴。
每留名士饮，屡索老夫吟。
最感书烧尽，时容借检寻。

此诗恐是赵师秀晚年寓居杭州后的作品。颈联说，陈起每招名士举行酒宴，便邀他参加并吟诗。这里反映了两者的交游之密。在此种交游关系的基础上，再考虑到陈宅书籍铺的出版倾向，陈起出版《二妙集》和《众妙集》的可能性应该是很大的。

如此，在编刻《江湖集》之前的十到二十年内，陈起既陆续刊行了中晚唐小诗人的诗集，也刊行了永嘉四灵的诗选，还很有可能刊行了鲜明地反映出“四灵”审美取向的唐诗选。以此一系列出版物为诱因，晚唐体在巷间逐渐流行，并迅速渗透到江湖诗人之间。

当然也须看到，在他之前，已经有了杨万里（1127—1206）对晚唐诗的高度评价。杨万里为晚唐体的流行打下了基础，至嘉定（1208—1224）以后，再影响到朝野诗人，这一点无可怀疑。不过也可以判断，将已经存在的趋向转变成显著事实的直接动因，应是永嘉四灵的成功和支撑其成功的陈宅书籍铺的一系列出版物。

刊行《四灵诗选》的时候，陈起似乎还只做后台的工作，但此举的成功，无疑令他深感同时代无名诗人的作品也能成为出版方面的奇货。这样，在他自己也幕前幕后地参与促成的晚唐体流行的风气中，他决定刊行《江湖集》。当然，陈起不曾预想此书会遭遇文字狱，而被毁弃板木。不过，自己编集刊行的同时代诗人的选集引起了世人的注目，连朝廷（御史台）也受其刺激，这一事实肯定也大大加深了他作为一个出版人的自信。以这次文字狱事件为界，陈宅书籍铺正式走上了编刻江湖诗人小集，使其陆续问世的道路。

江湖诗人叶茵（1200？—？）的《赠陈芸居》（文渊阁四库全书本《江湖小集》卷四十《顺适堂吟稿》）一诗，展示了陈起在这群诗人中的地位：

气貌老成闻见熟，江湖指作定南针。

---

① 据吴娟娟《〈二妙集〉研究》（《中国诗学》第7辑，人民文学出版社2002年版），此书收贾岛诗82首、姚合诗121首。该钞本的版式也是10行18字，与“书棚本”相同。

得书爱与世人读，选句长教野客吟。

富贵天街分耳目，清闲地位当山林。

料君阅遍兴亡事，对坐萧然一片心。

第五句的“天街”即首都的大路，意谓陈起的“富贵”引起了都人的关注。末句的“萧然”是“悠闲”、“萧洒”之意（上海辞书出版社《汉语大词典》），称赞陈起的清闲心境，已不为任何世事所动。

叶茵把陈起形容为他们的“定南针”——他已经拥有财富和名声，阅遍了世上的酸甜苦辣。这“定南针”就是“指南针”，意谓他总能起到指示正确道路的作用。颔联说，陈起不只是印书贩卖的商贾，他首先是个读书人，因此也是个具有足够能力来分辨诗句优劣的编者。

另外，许棐的别集中也有一些诗作或记载，反映出陈起与江湖诗人的关系。他的别集，四库全书本由《梅屋诗稿》、《融春小缀》、《梅屋第三稿》、《梅屋第四稿》、《梅屋杂著》五部（各1卷）构成。其中《杂著》收录了序跋等散文，其余都是诗集。在四部诗集之中，《融春小缀》以下的三集附有许棐自己写的短篇序跋，据此可以明白其编纂的时间和原委。

据序跋，《融春小缀》收录“自甲午至己亥诗”即端平元年（1234）至嘉熙三年（1239）六年间的诗“不满三十”首（实为24首），《第三稿》收录“己亥至癸卯诗”即嘉熙三年至淳祐三年（1243）五年间的诗“不满二十首”（实为15首），《第四稿》收录“甲辰一春”即淳祐四年（1244）春天的三个月中所作诗“四十余篇”（实为34首）。其第一部《梅屋诗稿》没有序跋，收录的也许是端平元年以前的诗吧，但数量最多，达112首。

《融春小缀》有《宗之惠梅窠水玉笺》一首：

百幅吴冰千蘂雪，对吟终日不成诗。

忆君同在孤山下，商略春风弄笔时。

因为收在《融春小缀》，故可知为端平元年（1234）至嘉熙三年（1239）间的作品，也许是许棐在海盐的秦溪建了梅屋以后的诗。此时，宝庆“江湖诗祸”已经过去十来年了。

诗题中的“梅窠水玉笺”，虽然难知其详，但大概是与许棐的庵名“梅屋”相关的、缀有梅花图案的诗笺吧。在《第三稿》的小序中，许棐云：“己亥至癸卯诗不满二十首，甲辰一春却得四十余篇。疑诗之多寡迟速，似有数也。”由此来看诗中的“终日不成诗”一语，可知其作诗之时，多半还在不太顺利的境况下。陈起将“百幅”诗笺赠给他，大概也包含了鼓励他创作的一份心意。

诗的后半是一段回想。“商略”在这里是品评、评论之意。他们曾在“孤山”之下品评诗歌，一起吟诗。我们在这里看到的陈起，不但是关心江湖诗人创作的编者，也是和他们一起论诗、吟诗的诗友。

《梅屋第四稿》末尾有如下简短的跋文：

右甲辰一春诗，诗共四五十篇，录求芸居吟友印可。棐惶恐。

根据这篇跋文可知，许棐的诗一旦积累到一定的数量，就会将诗稿送给陈起去评议。跋文中说的是“四五十篇”，但实际上此集只收了 34 首，恐怕是被陈起（或者还有其他“吟友”）拣汰了十余首。

此外，陈起还向江湖诗人出借书籍（许棐《陈宗之迭寄书籍小诗为谢》、张弋《夏日从陈宗之借书偶成》），也收买他们的藏书（叶绍翁《赠陈宗之》），这从他们的诗中都可以看到。

从这些江湖诗人的言说，可知陈起不但编辑刊行他们的诗集，还从物质上、精神上提供无微不至的支持。可以这样说，假设张宏生氏所谓的“江湖诗派”是存在的，那么它的核心，即处在中心领袖地位而将诗派成员联结在一起的，毫无疑问就是这个陈起。

大约从南宋后期的嘉定（1208－1224）前后至景定（1260－1264）前后，陈宅书籍铺在此期间集中精力，而且具有战略性地展开其出版活动。由此，用以五律和七绝为中心的近体诗来细致地描写个人生活场景乃至花鸟风月的晚唐体得以流行，同时代江湖诗人的许多作品以营利出版物的形态广为传播。不难想象，此前对诗歌敬而远之的阶层，也因此一下子拉近了他们与古今体诗特别是近体诗的距离。

本文探寻宋诗中的近世现象，主要举出三个例子。北宋后期（诗社）和南宋初期（闺阁诗人）的二例，因为很难找到其他类似例子，也许显得比较孤立，但南宋后期的江湖派，则除人多势众外，还依托印刷传媒近在身边的时代条件，充分地主张了自身的巨大存在。可以认为，至晚在江湖派的时代，古今体诗的通俗化已在一定程度上获得了实现。

那么，在南北两宋约三百年的历史将近落幕的那个时期，古今体诗终于在士大夫文化圈的外围获得了新的独立的创作场所。笔者以为，从这里便可看到古今体诗的通俗化，亦即“近世”的萌芽。

经学中的诗学

——宋代“诗经学”的特点及意义

浙江大学　沈松勤

作为中国第一部诗歌总集，《诗》本来是以文学形式生动地反映先民多元的生活和情感，但到了汉代却被经化了，集名也被改称为《诗经》。被经化的《诗》因成了经学中的一门显学，淡化了原有的文学性，赋予了浓烈的“名教”色彩，在汉代的政治、甚至政治权力的角逐中，发挥着巨大的功能与作用①。作为汉代“诗经学”的经典，《毛传》、《郑笺》则又被后来的学者奉为圭臬，而不敢越雷池半步，至中唐成伯玙《毛诗指说》问世，开始略现己见，到了宋代才新义日增，且著述丰硕，呈现出空前繁荣的景象。经今人统计，宋人所撰“诗经学”专著达二百九十种之多②，至于散见于宋人别集的“五经论”以及诗话、语录、笔记中关于“诗经学”的论述，更是不胜枚举。宋代“诗经学”在经学思想上具有了新的时代内涵，成了宋代儒学的重要组成部分，同时又恢复了《诗》的本义，张扬了原有的文学性质，为宋代经学与文学思想提供了特别的研究视角。本文将从以下四个方面，展开初步探讨。

一、“即事求意”与“以理求理”

自从宋初学者开启疑经疑古之风后，汉唐“注疏之学”让位给了“义理之学”，传统的“诗经学”也随之进入了一个新的发展时期，即如朱熹所说：“《诗》自齐、鲁、韩氏之说不得传，而天下之学者尽宗毛氏。毛氏之学，传者亦众，而王述之类，今皆不存，则推衍毛说者又独郑氏之笺而已。唐初，诸儒为作疏义，因讹踵陋，百千万言而不能有以出乎二氏之区域。至于本朝，刘侍读、欧阳公、王丞相、苏黄门、河南程氏、横渠张氏始用己意，有所发明……三百五篇之微词奥义乃可得而寻绎，盖不待讲于齐、鲁、韩氏之传，而学者已知《诗》之不专于毛、郑矣。及其既久，求者益众，说者愈多，同异纷纭，争立门户，无复推让祖述之意。”③ 清四库馆臣则从“说者”的身份出发，分析了造成这一现象的原因在于“文士之说诗，多求其意，讲学者之说诗，务绳以理，互相掊击，其势则然，然不必尽为定论也”④。

---

① 详见罗宗强《魏晋玄学与士人心态》，天津教育出版社 2005 年版，第 18－28 页。

② 据陈文采《两宋（诗经）著述考》（台湾花木兰文化工作坊 2005 年版），郝桂敏《宋代（诗经）文献研究》（中国社会科学出版社 2006 年版）、刘毓庆《历代诗经著述考（先秦－元代）》（中华书局 2002 年版）、周何《诗经著述考》（台湾鼎文书局 2004 年版）等，知宋人诗经著述多达二百九十余种。

③ 《吕氏家塾读诗记后序》，《全宋文》，上海古籍出版社、安徽教育出版社 2006 年版，第 250 册，第 324 页。

④ 永瑢等撰《四库全书总目》卷十五《〈诗本义〉提要》，中华书局 1965 年版，第 121 页。

众所周知，宋代士人大都集官僚、学者与作家于一身，具有相同的复合型社会角色和知识结构，但在具体的角色扮演及其知识领域中，却各有侧重，各有所长。“文士”与“讲学者”在“说诗”时的不同追求，就表明了这一点。而“多求其意”或“务绳以理”，虽然都属于读书方法，却决定了读者的知识侧重与价值取向，因而也决定了对《诗经》内容的理解。

王质在介绍他研读《诗经》的方法时指出：“说《诗》当即辞求事，即事求意，不必纵横曼衍。……古有明训，触事触辞，及之因以感动，所谓辞顺而意笃者也。遗本旨而生他辞，窃取其美以覆芘，其不知此谈经之大病也。”① 主张“即辞求事，即事求意”，尊重《诗》作为文学形式所特有的“辞”，从中把握所描写的情事，在情事中求取内在的意义；进而以自身的生活体验，“触事触辞”，产生感动。在王质看来，惟其如此，才能揭示《诗》的本来旨义；若“纵横曼衍”，旁生“他辞”，则难以得其本旨。所谓“他辞”，就是指汉以来经学家习惯以“微言大义”为指导思想，在诗外求义的“牵合”之辞。苏轼《诗论》指出：“自仲尼之亡，六经之道，遂散而不可解。盖其患在于责其义之太深，而求其法之太切。夫六经之道，惟其近于人情，是以久传而不废。而世之迂学，乃皆曲为之说，虽其义之不至于此者，必强牵合以为如此，故其论委曲而莫通也。”所谓“人情”，是指“天下之人，自伤其贫贱困苦之忧，而自述其丰美盛大之乐，上及于君臣、父子，天下兴亡、治乱之迹，而下及于饮食、床笫、昆虫、草木之类，盖其中无所不具，而尚何以绳墨法度区区而求诸其间哉”②。但自汉代以来，学者在读《诗》过程中，由于深责其“义”、切求其“法”，导致“牵合”之辞盛行不衰，“委曲”之论坚固难改，作品所反映的“天下之人”的情事及其审美意义也就被淡化、甚至被掩没了。而“法”与“义”，则指传说中孔子删诗时所运用的法度、子夏作《诗序》所阐释的“名教”思想。苏轼竭力反对在《诗》外责求其“义”与“法”，扬弃由此曼衍而成的“牵合”之辞、“委曲”之论，旨在恢复《诗》“无所不具”的本来意义。要探求其本意，首先取决于读《诗》方法，也就是王质所说的“即辞求事，即事求意”。纵观宋代“诗经学”史，欧阳修《诗本义》、苏辙《诗集传》、张耒《诗说》、郑樵《夹漈诗传》、王质《诗总闻》、吕祖谦《吕氏家塾读诗记》、戴溪《续吕氏家塾读诗记》、朱熹《诗经集传》、朱鉴《诗传遗说》等专著以及苏洵、苏轼、晁说之、王得臣、程大昌等人有关“诗经学”的论述，就是建立在这一读《诗》方法之上的。

欧阳修、苏辙等人在研读《诗经》过程中，由于摆脱了“义”与“法”的束缚，得以“即辞求事，即事求意”，讽诵思存，以验其归，势必要突破单一的“名教”观，解构传统的“诗经学”体系，赋予新的内涵特征。然而，吕陶却斥之为“失其宗主，忘其法度”之举，并认为“忘其法度，则必越于名教之外也。越于名教之外，则何为而不妄哉！斯言也，未足以适当时天下之用，而足以启后世天下之害也。立说好异，夸辨太过，而

① 《诗总闻》卷一《周南·葛覃》，影印文渊阁四库全书本，第440—441页。

② 《苏轼文集》卷二，中华书局1986年版，第55—56页。按：苏轼此文又见苏辙《苏辙集·栾城应诏集》卷四，中华书局1990年版，第1273页。

不知其归也夫"[①]，典型地体现了"务绳以理"的读经方法。那么，为何"务绳以理"，又如何"绳以理"？黄櫄解释说：对于《诗》，"学者不可言语文字求，当自'思无邪'一言而人之"，因为"人民、天地、鬼神皆同此心，则同此理，以理求理，夫何远之有。先王知此理之不远于人心，人心之所同然，故用之，以经夫妇，以无邪之理而正之也。以是推之，则孝敬之所以成，人伦之所以厚，教化之所以美，风俗之所以移，皆此理之所用也"。譬如"《关雎》之诗始于风天下而正夫妇，推而极于游女无犯礼之思，《兔罝》有恭敬之容，《公子》有信厚之心，《汝坟》有爱君之意。卒于易商之恶俗，为成周之美化，如骀虞所谓《关雎》之化行，则人伦正，朝廷治天下，纯被文王之化者，此诗之极致也"[②]。以"思无邪"一语为统帅，通过以"以理求理"，求取《诗经》中正人伦、治天下的教化之义。黄櫄的解释虽继承了汉唐学者研读《诗经》的价值取向，但一方面，这在两宋"诗经学"史上占相当的市场和地位，程颐《伊川诗说》、范处义《诗补传》、张纲《经筵诗讲义》、杨简《慈湖诗传》、袁燮《絜斋毛诗经筵讲义》、林岊《毛诗讲义》等专著以及杨时、林光朝、曾丰、真德秀等人有关"诗经学"的论述，就属于"以理求理"一路；另一方面，他们在"以理求理"的说《诗》活动中，并非简单地承袭汉唐"诗经学"在"注疏"中体现出来的"理"，而是在张扬"义理"中以各自对"理"的理解，注入了新的时代内涵，即朱熹所谓"始用己意，有所发明"。

不过，"即事求意"与"以理求理"两种不同方法，固然是造成宋儒在说《诗》时"互相掊击"的一个重要原因，但"求意"与"求理"并非彼此决然对立。就"求意"者而言，正如苏轼所说，"夫六经之道，惟其近于人情，是以久传而不废"，而"圣人之于《诗》，以为其终要入于仁义，而不责其一言之无当，是以其意可观，而其言可通也"[③]。借圣人表达了因《诗》之"意可观，而其言可通"，其宗旨必然会通向"仁义"的观点。这就从出于抒发人情之需的《诗》中，求取经学中的"仁义"之理。苏轼将"仁义"归结为一种源于人情又超越人情的道德情感，尽管属于一家之言，但他在"意"中求"理"，却是"即事求意"者的一种普遍追求，与"以理求理"者一起，从不同的角度，共同谱写了以"义理"为特征的宋代"诗经学"史。

诚然，宋代"诗经学"的成果是表现在多方面的，但通过"即事求意"或"以理求理"的研读，在思想观念上所取得的突破却是最令人瞩目的；尤其是在"即辞求事，即事求意"中，探求《诗》的本来旨义，注重先民用以描写自身的多元生活和情感，不仅对《诗》"无所不具"的丰富内涵进行全面的诠释提供了可能性，而且为《诗》脱离经学的附庸地位，恢复其原有的文学性质，提供了理论和方法上的依据。

二、怀疑《诗序》与废弃《诗序》

在"即事求意"或"以理求理"中，全面深入地揭示《诗》的丰富内涵，是宋代

① 《荀卿论》，《全宋文》，前引书，第73册，第376页。
② 李樗、黄櫄《毛诗集解》卷一，影印文渊阁四库全书本，第71册，第13－14页。
③ 《诗论》，《苏轼文集》卷二，前引书，第55－56页。

“诗经学”者的共同追求和努力。正是经过他们的这种努力，使《诗》的“微词奥义，乃可得而寻绎”，也使长期被经学屏蔽的《诗》的文学性质得到了张显。而其中出现的怀疑《诗序》和废弃《诗序》的精神与活动，则是“诗经学”孕育划时代变革的关键之一。

今传《毛诗》各篇之首，除个别篇目，均有一段简短的序文，用以阐释诗的主旨、功能等，后人称之为“小序”；在《毛诗》第一篇《周南·关雎》的序文中，既有说明本篇主旨的文字，又有对整部诗集的创作经验和表现手法的总结，后者被称为“大序”。关于《诗序》的作者，虽众说纷纭，莫衷一是①，但为子夏作的说法广为人们所接受。对后世有深远影响的萧统《文选》、孔颖达《毛诗正义》均主“子夏说”，尤其是唐代《五经正义》颁行天下后，《毛诗正义》成为官方经学，《诗序》为子夏所作的说法更是深入人心。

不可否认，《诗序》在中国古代文学批评理论的建构中具有不可忽视的地位与作用。《大序》云：“诗者志之所之也。在心为志，发言为诗。情动于中而形于言，言之不足，故嗟叹之；嗟叹之不足，故永歌之。”这一著名的“缘情论”揭示了《诗》的创作动因在于“吟咏性情”，以及诗之为诗的基本特性，但最终又出于“名教”观念，将《诗》纳入了“先王以是经夫妇，成孝敬，厚人伦，美教化，移风俗”② 的经学范畴。列于各篇之首的《小序》，就是借助具体作品，分别阐发这一经学思想，犹如一道道厚厚的屏障，严严实实地屏蔽了《诗》本有的丰富内涵。从理论形态观之，《诗》被经化的原因之一便在于此，也是蔓延“牵合”之辞与“委曲”之论的根源所在。因此，要全面恢复《诗》的本义，揭示其文学特性，疑《序》废《序》成了宋代“即事求意”者的首要任务。

清四库馆臣说：“自唐以来，说诗者莫敢议毛、郑，虽老师宿儒，亦谨守《小序》。至宋而新义日增，旧说几废，推原所始，实发于修。”③ 欧阳修在这方面的成就，集中体现在《诗本义》中。《诗本义》是“诗经学”史上首部全面非议《毛传》、《郑笺》之作。欧阳修曾明确指出：“毛、郑二学，其说炽辞辨，固已广博，然不合于经者，亦不为少，或失于疏略，或失于缪妄。……予欲志郑学之妄，益毛氏疏略而不至者，合之于经。”④ 表明了他撰写《诗本义》的动因。欧阳修对《毛传》、《郑笺》的“疏略”或“缪妄”进行大胆辩驳与阐发，首先取决于他对《小序》的怀疑和非议、甚至废弃。其疑《序》废《序》主要表现为驳《序》之非与弃《序》不用。《诗本义》卷一至卷十二所选诗歌凡 114 首，每首前有“论”，后有“本义”。其“论”既有弃《序》径直议论，又有引《序》而论；对所引序文，则又多议其非。如《召南·野有死麕》，欧阳修将该诗《序》的内容与《芣苢》、《驺虞》、《行露》、《摽有梅》诸《序》互参比勘后指出：“《诗序》失于‘二南’

---

① 永瑢等撰《四库全书总目》卷十五《〈诗序〉提要》：“《诗序》之说，纷如聚讼，以为大序子夏作，小序子夏、毛公合作者，郑元《诗谱》也。以为子夏所序《诗》，即今毛诗者，王肃《家语注》也。以为卫宏受学谢曼卿，作《诗序》者，《后汉书·儒林传》也。以为子夏所创、毛公及卫宏又加润益者，《隋书·经籍志》也。以为子夏不序《诗》者，韩愈也。以为子夏惟裁初句，以下出于毛公者，成伯玙也。”中华书局 1965 年版，第 119 页。

② 孔颖达《毛诗正义》卷一，《十三经注疏》本，中华书局 1983 年版，第 269—270 页。

③ 永瑢等撰《四库全书总目》卷十五《〈毛诗本义〉提要》，前引书，第 121 页。

④ 《诗本义》卷十五《诗解统序》，影印文渊阁四库全书本，第 70 册，第 295 页。

者多矣。……前后自相牴牾，无所适从。”[①] 又如《召南·鹊巢》，“论”曰：“据诗但言维鸠居之，而《序》言‘德如鸤鸠，乃可以配’。郑氏因谓‘鸤鸠有均一之德’，以今物理考之，失自《序》始而郑氏又增之尔。且诗人本义直谓鹊有成巢，鸠来居尔。初无配义，况鹊鸠异巢，类不能作配也。鸠之种类最多，此居鹊巢之鸠，诗人直谓之鸠，以今鸠考之，诗人不缪，但《序》与《笺》传误尔。”[②]

自汉以来，盛行“孔子删《诗》，子夏作《序》”之说。而子夏既为孔门高足，其《序》也就自然深得孔子删《诗》之法；换言之，在师生的口传心授中，孔子删《诗》之法与子夏作《序》之义互摄互融，将《诗》打造成了让后人顶礼膜拜的圣经。因此，不仅一般学者“谨守《小序》”，《毛传》、《郑笺》也同样恪守不渝。至中唐，韩愈对“子夏作《序》”说虽然提出了强烈的质疑[③]，成伯玙《毛诗指说》也提出了自己的看法，认为《小序》首句为子夏所作，首句以下续申句为西汉毛苌补写，但均未展开具体的论证。欧阳修无具体讨论《诗序》作者的文字，但在“即事求意”的研读中，对大量屏蔽作品本义而造成“郑学之妄”和“毛氏疏略”的直接根源《小序》，作了大胆的怀疑和非议，“始有以开百世之惑”[④]，也开启了有宋一代强劲的疑《序》废《序》之风，堪称“诗经学”史上的重大变革。

自从欧阳修以后，疑《序》风气日炽，解《诗》新义日增。无论是“文士之说诗”，抑或“讲学者之说诗”，均各著其说，更相发明，《诗》之本义愈益昭著。在各著其说的过程中，不少学者继承和发展了欧阳修疑《序》废《序》精神，或局部废《序》，或全面废《序》。

在局部废《序》中，苏辙《诗集传》堪称力作，影响颇大。史称“其说以诗之《小序》反复繁重，类非一人之词，疑为毛公之学，卫宏之所集录，因惟存其发端一言，而以下余文，悉从删汰。……厥后王得臣、程大昌、李樗皆以辙说为祖，良有由也”[⑤]。因为苏辙认为“后之学者释经之旨而不得，即以《序》为证，殊不知《序》之作，亦未为得诗之旨”[⑥]，故“存其一言而已。曰：是《诗》言是事也，而尽去其余，独采其可者见于今传，其尤不可者，皆明著其失。以为此孔氏之旧也”。所谓“存其一言”，就是指《小序》首句。在苏辙看来，首句是对整首诗歌大旨的提要，可能为“子夏所创”，首句以下的续申句似为毛公与卫宏“加益”而成[⑦]，后世学者以续申句说诗，实乃本末倒置，故悉从删汰，置诸注疏，辨析其误。如《召南·羔羊·序》：“鹊巢之功致也。召南之国化文王之政，在位皆节俭正直，德如羔羊也。”《郑笺》又云：“鹊巢之君，积行累功，以

---

① 《诗本义》卷二，前引书，第193页。
② 《诗本义》卷二，前引书，第189页。
③ 详见晁说之《诗之序论二》，《全宋文》，前引书，第130册，第176页。
④ 楼钥语，引自朱彝尊《经义考》卷一〇四，中华书局1998年版，第563页。
⑤ 永瑢等撰《四库全书总目》卷十五《〈诗集传〉提要》，前引书，第121页。
⑥ 苏辙《诗说》，引自高海夫主编《唐宋八大家文钞校注集评》，三秦出版社1998年版，第6647页。
⑦ 《诗集传》卷一《关雎》，影印文渊阁四库全书本，第70册，第315页。

致此羔羊之化，在位卿大夫竞相切化，皆如此羔羊之人。”①《诗集传》释《羔羊》却仅取《小序》首句“鹊巢之功致也”，而视“召南之国”三续申句为“《毛诗》之叙”，并指出：“夫君子之爱其人，则乐道其车服。是以诗言羔羊之皮而已，非言其德也，言其德则过矣。”继而注释“羔羊之皮，素丝五纶”二诗句：“古者大夫羔裘以居，素丝以英裘。纶：组丝以饰缝也，皆妇人所为寘功也。”② 虽具体阐发了《小序》首句之义，却驳斥了“《毛诗》之叙”将君子之德比作“羔羊之德”的说法；而郑玄以续申句说诗所产生的更多曲解，也自然在被否定之列。

保留《小序》“发端一言”，废弃续申句，并以《诗》之本义力驳其非，明著其失，是苏辙《诗集传》的一大特点。这一特点不仅为后来王得臣、程大昌、李樗等人所继承，而且直接影响到了全面废《序》活动。

晁说之说：“作诗者不必有序，夫既有序，而直陈其事，则诗可以不作矣。……逸诗之传，幸而托于金石得完者，岐山下之石鼓也，又安睹序耶?”进而认为：“夫先民之言，本诸人情而有作，人情不亡，则其言不患乎不明也。譬诸喜乐而笙歌，疾痛而呻吟，古今一也。又岂惧人之不可知，则默以已乎。”③ 本诸人情之《诗》，原本无《序》，今之读者只要用人情去感悟《诗》、解读《诗》，《诗》之本义“不患乎不明”；也就是说，《小序》完全可以废弃！类似这种观点，在南宋相当盛行，有的甚至还以为《小序》乃“村野妄人所作。昌言排击而不顾者，则倡之者郑樵、王质，和之者朱子也”④。《诗总闻》就是王质“排击”《小序》“而不顾”之作。该著分十个项目解《诗》，其中“闻事”、“闻人”两项最关诗旨，最后总结诗旨的文字称“总闻”。“闻事”主要“即其文意之罅，探其事实之迹”；“闻人”则“就本文本意，及旁人左右，前后推量”，论“其生死、悲愉、善恶、老少”，议“其风俗美恶，时节寒暄”⑤。由于王质彻底摆脱了《小序》的束缚，以“闻事”、“闻人”为主，保证了阅读的自由，放飞了感悟的翅膀，其解《诗》也就必然别具慧眼，自成一家。譬如：同样对《羔羊》的解读，苏辙取《小序》首句之意，王质却解释为“妇人奉君子以朴素之衣，亦必责君子以朴素之行。公退，夫妇始燕见羔裘，治之于手，不常睹之于目，非退食来归之时，无以细推其缝数也。此言从容款曲之意也”⑥。陈日强说，王质“删除《诗序》，实与文公朱先生合。至于以意逆志，自成一家，真能寤寐诗人之意于千载之上”⑦。所言颇中肯綮。

朱熹曾赞誉“子由《诗解》（即《诗集传》）好处多，欧公《诗本义》亦好”⑧，但在对待《小序》问题上，却与郑樵、王质前后唱和，桴鼓相应。他在与王德修讨论苏辙取《小序》首句的得失时说：首句“即讲师说”，苏辙据而解《诗》，“亦有不通处”。又说：

---

① 孔颖达《毛诗正义》卷二，《十三经注疏》本，第 288 页。
② 《诗集传》卷一，前引书，第 323 页。
③ 《诗之序论一》，《全宋文》，前引文，第 130 册，第 174—175 页。
④ 永瑢等撰《四库全书总目》卷十五《〈诗序〉提要》，前引书，第 119 页。
⑤ 《诗总闻原例》，《诗总闻》卷首，影印文渊阁四库全书本，第 72 册，第 436 页。
⑥ 《诗总闻》卷一，前引书，第 450 页。
⑦ 《诗总闻原序》，《诗总闻》卷首，前引书，第 434 页。
⑧ 黎靖德编《朱子语类》卷八十，中华书局 1986 年版，第 2090 页。

“若某，只上一句亦不敢信他。旧曾有一老儒郑渔仲更不信《小序》，只依古本与迭在后面。某今亦只如此，令人虚心看正文，久之其义自见。盖所谓《序》者，类多世儒之误，不解诗人本意处甚多。且如‘止乎礼义’，果能止礼义否?《桑中》之诗，礼义在何处?”①并著《〈诗序〉辨说》二卷，专门予以辩驳。朱熹所谓“虚心看正文”，也就是王质所强调的“本文本意”。因此，朱熹解《诗》同样别具新意，多有创获，如将《羔羊》之义释为“南国化文王之政，在位皆节俭正直，故诗人美其衣服有常，而从容自得如此也”②，既与苏辙有别，又与王质异趣。

郑樵、王质、朱熹等人将欧阳修以来的怀疑《诗序》、局部废《序》，发展到了全面废《序》。而朱熹为理学“大佬”，他的《诗经集传》又被视为宋代“诗经学”的集大成著作，所以其全面废《序》的主张和思想，在南宋及南宋以后产生了深远的影响。但由于推崇《诗序》者也不乏其人，所以自南渡以后，形成了“攻《序》”与“宗《序》”两派。清四库馆臣说：“南宋之初，最攻《序》者郑樵，最尊《序》者则（范）处义矣。”③自朱熹作《〈诗序〉辨说》，“门户所由分，盖数百年朋党之争，兹其发端矣”④；而朱熹著《诗经集传》后，则“说《诗》者遂分攻《序》、宗《序》两家，角立相争，而终不能以偏废”⑤。尤其是“攻《序》”一派的历史地位与作用，更值得令人关注。无论《诗序》的作者是谁，《小序》根据《大序》所提出的“名教”思想，借重历史，将一首首诗篇联系起来，编制了一个严密的经学系统，《毛传》、《郑笺》、《正义》均以此说《诗》，乐此不疲，喋喋不休，虽胶柱鼓瑟、牵强迂曲，原有的经学思想却得到了不断张扬，影响了中国文化达一千多年之久。至宋代，因强劲的疑《序》攻《序》之风掀起，才打破了这一局面，从而保证了《诗》本义的全面彰显，“诗人之意”也随之得到了应有的尊重。

三、“深持诗人之意”

冲破了《小序》这一道道经学屏障的遮蔽，宋儒、尤其是疑《序》攻《序》一派，开始直面《诗》的“本文本意”，在“虚心看正文”的基础上，“寤寐诗人之意”，强调其抒情特性，恢复其文学功能，从而使宋代“诗经学”具有了汉唐不具备的新特点。这一特点同样源自欧阳修“深持诗人之意”的诗学思想及其具体实践。

楼钥认为，欧阳修《诗本义》所以能“开百世之惑”，主要原因既在于开疑《序》废《序》之风，又在于“深持诗人之意”⑥。欧阳修将“诗经学”分为“诗人之意”、“太师之职”、“圣人之志”和“经师之业”前后关联的四大层面。在他看来，“诗之作也，触事感物，文之以言，美者善之，恶者刺之，以发其揄扬怨愤于口，道其哀乐喜怒于心，此诗

① 黎靖德编《朱子语类》卷八十，第2068页。

② 《诗经集传》卷一，《朱子全书》第1册，上海古籍出版社、安徽教育出版社2002年版，第415页。

③ 永瑢等撰《四库全书总目》卷十五《〈诗补传〉提要》，前引书，第122页。

④ 永瑢等撰《四库全书总目》卷十五《〈诗序〉提要》，前引书，第119页。

⑤ 永瑢等撰《四库全书总目》卷十五《〈诗经集传〉提要》，前引书，第123页。

⑥ 楼钥语，引自朱彝尊《经义考》卷一〇四，第563页。

人之意也"[1]，也是"诗经学"的源头和基石，其余三大层面是流，是在这一基石上的流衍和延伸。"深持诗人之意"，就是要考镜源流，把握基石，寻找诗人"触事感物"的情感活动及其情感活动的外化形态《诗》的抒情性特性。这一诗学思想贯彻于《诗本义》的始终。以《周南·汉广》为例，《小序》称其本义为"德广所及也。文王之道被于南国，美化行乎江汉之域，无思犯礼，求而不可得也"[2]。《诗本义》则认为，该诗固然可以"见文王之政化被人深"，但这是说《诗》者在"微言大义"中演绎而成的，就其"本文本意"而言，却是诗人描写男子因"汉上之女美而不可求"的"悦慕之辞"，旨在"极陈男女之情"[3]。

需要说明的是，汉唐"诗经学"中的"微言大义"也是一种诗学观，并在汉唐以后的诗学史上仍然具有生命力。然而，汉唐学者在以"微言大义"解《诗》中，不仅将先民在具体的生活情境中"触事感物"的抒情作品一概提升到经学的层面，视之为载道的工具，而且还将《诗》的作者视为"王泽"的化身，提出了"王泽竭而诗不作"之说，为了给《诗》的经学化提供理论依据，不惜彻底抹杀《诗》的抒情特性和诗人的主体地位。欧阳修及宋代"诗经学"者"深持诗人之意"的首要任务，就是张扬《诗大序》所提出的"诗缘情"的诗学观，从而确立《诗》的抒情主体应有之地位，揭示《诗》的抒情功能与文学特质。

李善注班固《两都赋·序》"王泽竭而诗不作"句云："《毛诗序》曰：止乎礼义，先王之泽也。然则作诗禀乎先王之泽，故王泽竭而诗不作。"[4] 据欧阳修《诗图总序》，这也是郑玄的重要观点，其根据是《诗经》所编作品止于陈灵时代；汉唐学者又据以具体提出，陈灵以后，社会大乱，先王所推行的仁义教化之政分崩离析，诗人随之消失，诗也不复产生。欧阳修却认为，《诗》止于陈灵，是孔子删诗所致，并不意味此后无诗[5]。苏辙又说：

> 诗止于陈灵，何也？古之说者曰："王泽竭而诗不作。"是不然矣。予以为陈灵之后，天下未尝无诗，而仲尼有所不取也。盖亦尝原诗之所为作者乎？诗之所为作者，发于思虑之不能自已，而无与乎王泽之存亡也。是以当其盛时，其人亲被王泽之纯，其心和乐而不流。于是焉发而为诗，则其诗无有不善，则今之正诗是也。及其衰也，有所忧愁愤怒，不得其平，淫泆放荡，不合于礼者矣。而犹知复反于正，故其为诗也，乱而不荡，则今之变诗是也。及其大亡也，怨君而思叛，越礼而忘反，则其诗远义而无所归向。由是观之，天下未尝一日无诗，而仲尼有所不取也。故曰变《风》发乎情，止乎礼义。发乎情，民之性也；止乎礼义，先王之泽也。先王之泽尚存，而民之邪心未胜，则犹取焉以为变诗。及其邪心大行，而礼义日远，则诗

---

① 《诗本义》卷一四《本末论》，前引书，第290页。
② 孔颖达：《毛诗正义》卷一，《十三经注疏》本，前引书，第281页。
③ 《诗本义》卷一，前引书，第388页。
④ 萧统编、李善注：《文选》卷一，中华书局1977年，第21页。
⑤ 《诗本义》附，前引书，第300—301页。

淫而无度，不可复取。故《诗》止于陈灵，而非天下之无诗也。有诗而不可以训焉耳，故曰“陈灵之后，天下未尝无诗”，由此言之也①。

首先强调了诗是人们吟咏性情所必需，只要人的性情存在，“天下未尝一日无诗”，《诗》的产生就是先民“发于思虑之不能自已”的产物，其兴亡与“王泽之存亡”并无关系，从而彻底否定了自汉以来盛行的“王泽竭而诗不作”之说。其次，从“诗缘情”的诗学观，分析了“王泽”与诗人创作之间的关系，并将这种关系分为三类：一是王道清明，礼仪盛行之际，诗人“心和乐而不流”，发而为诗，“无有不善”，此乃“正诗”；一是王道虽衰而王泽未竭，礼义虽废而民犹知止乎礼之际，诗人“不得其平”，发而为诗，“乱而不荡”，此乃“变诗”；一是王道衰竭，礼仪日远之际，诗人“邪心大行”，发而为诗，淫逸无度，此乃“淫诗”。因“淫诗”完全背离了先王的礼仪，故孔子弃而不收。

苏辙对《诗》的采集的看法以及对“正诗”、“变诗”、“淫诗”的界定，固然以“王泽”为依据，但其旨在强调《诗》的创作主体的地位与作用以及诗人吟咏性情的自发性与必要性，进一步从学理上凸显了“诗人之意”这一“诗经学”之源和基石；并通过“王泽”与诗人关系的分辨，揭示了“文变染乎世情，兴废系乎时序”的创作规律，从而将《诗》作为文学作品原始的抒情功能从次生的经学功能中分离出来，区分开来。因此，苏辙与欧阳修一样以“诗人之意”为基石，解读《诗》的本义。如《卫·伯兮》，《诗集传》虽取《小序》首句“《伯兮》刺时也”，但释其首章“伯兮朅兮，邦之桀兮。伯也执殳，为王前驱”云：“君子上从王事，不得休息，妇人思之而作是诗。”② 认为这首先是一首思妇思念征夫之作，其原始功能在于抒发性情；也就是说，《小序》所说的“刺时”，即在这一基础之上次生出来的经学功能。苏辙将《诗》从经学的附庸地位中解放出来，凸显其抒情主体与抒情功能的原发性，于此可见一斑。

郑玄在评论《诗》的功能时指出：“论功颂德，所以将顺其美；刺过讥失，所以匡救其恶。”孔颖达解释说：“此论……风雅之诗止有论功显德、刺过讥失之二事耳。”③ 强调《诗》的“美”、“刺”功能，是汉唐“诗经学”的主要观点，也是将《诗》经学化的两大标志。欧阳修、苏辙虽在“深持诗人之意”中，竭力张扬《诗》的抒情本位及其特性，却并不否认《诗》有“美”、“刺”功能。随着全面攻《序》废《序》活动的展开，不仅“深持诗人之意”的诗学思想越显突出，《诗》“止于美刺”的经学思想也招致冲击。譬如同样是对待《伯兮》的本义，王质的解释是：“蓬至秋则根脱，遇风则乱飞；萱草盛夏则吐花，深夏则凋。伐郑之役在秋，故皆举秋物寄意，背树而立，叹美草之已萎，不可复荣，恐君子万一不幸也。当是已知王败绩潘氏，彼诗人之攸叹，从愿言而心痗，荣华烨其始茂，良人忽以捐背，盖得本意。”④ 这就彻底摒弃了《小序》“刺时说”的影响，完全

---

① 《诗集传》卷七，前引书，第388页。
② 《诗集传》卷三，前引书，第349页。
③ 孔颖达：《诗谱序注》，《毛诗正义》卷首，《十三经注疏》本，前引书，第262页。
④ 《诗总闻》卷三，前引书，第488页。

从“诗缘情”的诗学观和文学作品特有的表现手法，揭示诗人的心理活动与情感世界。朱鉴《诗传遗说》又说：“《诗》曲尽人情，方其盛时，则作之于上，《东山》是也，及其衰世，则作之于下，《伯兮》是也。”① 则将《诗》的特质与功能以“曲尽人情”一言蔽之。

当然，任何文学作品都有其社会效应，就接受层面而言，“作者之用心未必然，而读者之用心何必不然”② 也是司空见惯却又十分正常的现象。问题在于汉唐学者为了将《诗》经学化，唯“美刺”是从，篇篇作“美刺”说，置《诗》的抒情特性与功能而不顾。因此，遭到了宋代“深持诗人之意”者的辩驳，尤其是朱熹，在强调《诗》“曲尽人情”的特质与功能时，对《诗》“止于美刺”说作了有力的批判。

朱熹说：“或有问于予曰：‘诗何为而作也？’予应之曰：‘人生而静，天之性也，感于物而动，性之欲也。夫既有欲矣，则不能无思；既有思矣，则不能无言；既有言矣，则言之所不能尽，而发于咨嗟咏叹之余者，必有自然之音响节族而不能已焉。此诗之所以作也。’”③ 又说：“大率古人作诗，与今人作诗一般，其间亦自有感物道情，吟咏情性，几时尽是讥刺他人？只缘《序》者立例，篇篇要作‘美刺说’，将诗人意思尽穿凿坏了。”④ 如《小序》谓：“《桑中》刺奔也。卫之公室淫乱，男女相奔，至于世族在位，相窃妻妾，期于幽远，政散民流，而不可止”。⑤ 朱熹却认为：“此诗乃淫奔者所自作。《序》之首句以为‘刺奔’，误矣。其下云云者，乃复得之《乐记》之说，已略见本篇矣。而或者以为刺诗之体，固有铺陈其事，不加一辞，而闵惜惩创之意自见于言外者，此类是也。岂必谯让质责，然后为刺也哉！”⑥ 据马端临《文献通考》统计，《诗经集传》“指以为男女淫泆奔诱而自作诗以叙其事者，凡二十有四，如《桑中》、《东门之墠》、《溱洧》、《东方之日》、《东门之池》、《东门之杨》、《月出》，则《序》以为刺淫，而文公以为淫者所自作也。如《静女》、《木瓜》、《采葛》、《丘中有麻》、《将仲子》、《遵大路》、《有女同车》、《山有扶苏》、《萚兮》、《狡童》、《褰裳》、《丰》、《风雨》、《子衿》、《扬之水》、《出其东门》、《野有蔓草》，则《序》本别指他事，而文公亦以为淫者所自作也”⑦。综观《诗经集传》，朱熹并非全然否定《诗》的“美刺”功能，如《卫·淇奥》就被认为是“美武公”⑧，他将这些“淫诗”视为“淫者”自作，既是为了强调“诗人之意”与抒情表意的文学功能，又是出于对《小序》抹杀“诗人之意”而篇篇作“美刺说”的批评与纠正。这也正是“攻《序》”派全面废《序》的一个重要原因。

疑《序》废《序》活动，保证了宋儒在“深持诗人之意”中确立《诗》的抒情本位；反过来，“深持诗人之意”的诗学思想的形成，又极大地促进了疑《序》废《序》活动的

---

① 朱鉴《诗传遗说》卷一，影印文渊阁四库全书本，第75册，第512页。
② 谭献《复堂词录序》，《词话丛编》本，中华书局1986年版，第3987页。
③ 《诗经集传序》，《诗经集传》卷首，前引书，第350页。
④ 黎德靖编《朱子语类》卷八〇，前引书，第2076页。
⑤ 孔颖达《毛诗正义》卷三，《十三经注疏》本，前引书，第314页。
⑥ 朱熹《〈诗序〉辨说》卷上，《朱子全书》第1册，前引书，第364—365页。
⑦ 马端临《文献通考》卷一七八《经籍考》，中华书局1986年版，第1540页。
⑧ 《诗经集传》卷三，前引书，第451页。

展开。尤其是在南宋，随着这两者互为作用，以及“攻《序》”一派的崛起，使长期被经学遮蔽的《诗》更进一步地从创作主体、抒情特性和抒情功能等方面，回归到了其应有的文学性上来，也使源自《大序》却长期被忽视的“诗缘情”的诗学观得以全面张扬。毫无疑问，作为中国第一部诗歌总集，《诗》在后世的文学面目及其文学意义与价值的显现，与宋儒的这种努力是分不开的。

四、经学与诗学相融

宋儒一变汉唐学者不顾《诗》之本义而唯经学是从的传统，“深持诗人之意”，强调《诗》的创作主体及其抒情本位。然而，这并不意味着“去经学化”，恰恰相反，《诗》被注入了新的经学内涵，只是宋代“诗经学”将诗人的修身及其创作紧密联系在一起，成了宋代诗学即文学思想的核心内容，呈现出经学与诗学相融、经学价值与诗学意义并行的新格局。

作为宋代儒学的组成部分，“诗经学”与其他层面的经学的发展是同步的。宋代儒学的两大支架之一“外王”成于以欧阳修为领袖的古文运动；古文运动后，另一支架“内圣”也随之形成。余英时先生说：“北宋儒学复兴之初，古文运动的倡导者已根据他们理想中的上古三代，发出重建秩序的呼声。这一呼声的原动力则是长期混乱下民间期待文治秩序的迫切心理，初期儒学的关怀大体偏重在政治秩序方面，对于‘道德性命’之说则涉及未深；易言之，‘外王’为当务之急，‘内圣’可以从缓。但至迟在改革运动的高潮时期，‘内圣’与‘外王’必须兼备的意识已出现了，王安石便是一个最典型的例子。他以‘道德性命’之说打动神宗，这是他的‘内圣’之学；他以《周官新义》为建立新秩序的根据，这是他的‘外王’理想。道学的创始人张载、二程与王安石属于同一时期，就响应古文运动领袖重复秩序的号召而言，他们与王安石无异。但王氏的‘内圣外王’系统的完成与流传毕竟抢先了一步，这便成为道学家观摩与批评的对象。所以从儒学的整体发展来说，(王安石)‘新学’超越了古文运动，而道学也超越了‘新学’，确是一层转进一层。”[①] 这段话概括了宋代“内圣外王”之学发展的基本历程。欧阳修《诗本义》正是古文运动建构“外王”之学的具体产物；苏辙《诗集传》、朱熹《诗经集传》等，则又印证了“内圣”之学的发展踪迹。

欧阳修说：“《诗》三百五篇不言性，其言者政教兴衰之美刺也；《书》五十九篇不言性，其言者尧、舜、三代之治乱也；《礼》、《乐》之书虽不完，而杂出于诸儒之记，然其大要，治国修身之法也。六经之所载，皆人事之切于世者，是以言之甚详。至于性也，百不一二言之，或因言而及焉，非为性而言也，故虽言而不究。予之所谓不言者，非谓绝而无言，盖其言者鲜，而又不主于性而言也。”[②] 所谓“性”，就是“性命”，即“内圣”之学。欧阳修认为《诗》、《书》等儒家经典“不言性”，所以其《诗本义》也很少论及

① 《朱熹的历史世界——宋代士大夫政治文化研究》，台湾允晨文化实业股份有限公司 2003 年版，第 70—80 页。

② 《答李诩第二书》，《全宋文》，前引书，第 33 册，第 55 页。

“性”，偶尔言及，也“不主于性而言”，而是在强调《诗》的抒情本位的同时，将“诗人之意”的重点放在“切于世”的“美者善之，恶者刺之”上；并注重它与“太师之职”、“圣人之志”和“经师之业”之间的联系与作用。他说：“作此诗，述此事，善则美，恶则刺，所谓诗人之意者，本也。正其名，别其类，或系于此，或系于彼，所谓太师之职者，末也。察其美刺，知其善恶，以为劝戒，所谓圣人之志者，本也。求诗人之意，达圣人之志者，经师之本也。讲太师之职，因其失传而妄自为之说者，经师之末也。……今夫学者，知前事之善恶，知诗人之美刺，知圣人之劝戒，是谓知学之本而得其要，其学足矣。”① 其中“圣人之志”，就是指理想中的上古三代的政治秩序；“诗人之美刺”则指诗人在实现这一理想过程中所持的一种价值取向：对有利这一理想实现的“善”意“善”举，加以颂美宣扬；对阻碍这一理想实现的“恶”意“恶”行，则予以批判遏制。这表明《诗本义》的经学旨归在于通过《诗经》解析“三代之治乱”的历史，揭示“政教兴衰之美刺”的意义与作用，为“今夫学者”指明学《诗》之本。如果说，欧阳修《新五代史》从史学层面为当下政治秩序的重建提供了历史借鉴，那么《诗本义》则从经学角度为士人参与重建政治秩序标示了价值取向，均成了北宋古文运动所建构的“外王”之学的重要组成部分。

北宋古文运动是宋儒在文学领域中发起的一场儒学复兴运动。就文学而言，如何处理文与道的关系是这场运动所关注的重点。对此，欧阳修主张“为道必求知古，知古明道而后履之，以身施之于事，而又见于文章而发之，以信后世”②。这里的“道”显然是指“六经之所载，皆人事之切于世者”的“外王”之道；“古”则指“六经”之本义。在欧阳修看来，“为道”的前提“必求知古”，因为只有知“古”，才能明道，然后“见于文章而发之”；而从“知古明道”到“见于文章”的中介或核心，便是创作主体履道的实践性，即只有“以身施之于事”，将道转化为具体的“外王”实践，才能创作出“切于世”的文章。从中昭示了其《诗本义》的诗学目的，是为了给士人明道履道和处理文道关系指明方向，以保证诗文创作“切于世”。事实上，作为一种诗学思想和主张，欧阳修所深持的“美者善之，恶者刺之”的“诗人之意”，成了古文运动在诗文创作上的价值取向。就欧阳修本人而言，因坚持“开口揽时事，论议争煌煌”③ 的“切世”精神，其诗文“著礼乐仁义之实，以合于大道，其言简而明，信而通，引物连类，折之于至理，以服人心，故天下翕然师尊之”，④ 履行了自己的诗学主张；就其他士人观之，如王安石主张文章“务为有补于世”⑤ 及其创作实践、苏轼根据其父苏洵“皆有为而作”的诗文而提出的“言必中当世之过，凿凿乎如五谷必可以疗饥，断断乎如药石必可以伐病”⑥ 的主张及其创作实践，都与《诗本义》的诗学思想一脉相承。

---

① 《诗本义》卷一四《本末论》，前引书，第291页。
② 欧阳修《与张秀才第二书》，《全宋文》，前引书，第33册，第69页。
③ 欧阳修《镇阳读书》，《全宋诗》，北京大学出版社1991年版，第6册，第3600页。
④ 苏轼《六一居士集叙》，《苏轼文集》卷十，前引书，第316页。
⑤ 王安石《上人书》，《全宋文》，前引书，第64册，第167页。
⑥ 苏轼《凫绎先生诗集叙》，《苏轼文集》卷十，前引书，第313页。

上述欧阳修开创的经学与诗学相融的“诗经学”格局，为后来学者所继承。不同的是，后来的“诗经学”引入了“道德性命”，成了宋儒建构“内圣”之学的一个重要层面，其中颇具代表性的是苏辙《诗集传》和朱熹《诗经集传》。

“道德性命”之学是苏辙的经学思想的主题之一，主要体现在《论语拾遗》、《孟子解》和《诗集传》中。《诗集传》释《大雅·卷阿》云：“君子以终成其性，则能肖先君而就其业矣。性之于人，莫不固有之也。”① 认为“性”人皆有之，也是一个人成就事业的必要条件；而要成就事业，须“求全其性”；要“求全其性”，须不断养心，即苏辙释《卫·淇奥》所谓“君子平居所以自修者亦至矣。‘如切如磋，如琢如磨’，日夜去恶迁善，以求全其性”，并说“子贡问于孔子曰：‘贫而无谄，富而无骄，何如?’子曰：‘可也。未若贫而乐、富而好礼者也。’子贡曰：‘《诗》云：如切如磋，如琢如磨。其斯之谓欤?’子曰：‘赐也始可与言《诗》已矣，告诸往而知来者。’孔子告之以贫而乐，富而好礼，而子贡知其自切磋琢磨得之，此所谓告诸往而知来者，如卫武公所谓富而好礼者欤!《记》曰：‘富润屋，德润身，心广体胖。’故君子必诚其意”②。在苏辙看来，孔子之所以与子贡谈论《诗》，原因在于子贡明白了要“求全其性”须通过“切磋琢磨”的修养功夫的道理；而修养的关键是“必诚其意”。关于“诚”，苏辙认为就是子思所说“至诚无敌于天下”之“诚”，也即孟子所谓“不动心”与“浩然之气”，因为“诚之为言，心之所谓诚然也。心以为诚然，则其行之也安。是故心不动，而其气浩然无屈于天下”。让“浩然之气”充盈人的心身，并通过不懈的修养，最终才能真正进入“仁义”境界③。在《论语拾遗》中，苏辙表达了相同的看法：“性之必仁，如水之必清，火之必明。然方土之未去也，水必有泥；方薪之未尽也，火必有烟。土去则水无不清，薪尽则火无不明矣。人而至于不仁，则物有以害之也。‘君子无终日之间违仁，造次必于是，颠沛必于是’，非不违仁也，外物之害既尽，性一而不杂，未尝不仁也。若颜子者，性亦治矣。然而土未尽去，薪未尽化，力有所未逮也，是以能‘三月不违仁’矣，而未能遂以终身。其余则土盛而薪强，水火不能胜，是以日月至焉而已矣。故颜子之心，仁人之心也，不幸而死，学未及究，其功不见于世。”④ 颜子虽有“仁人之心”，却不幸早亡，尚未炼成“切磋琢磨”的功夫，其性犹如“土未尽去，薪未尽化”，面对“外物之害”，并没有完全做到“心不动而其气浩然”，故未能使其“道德性命”到达圆满的境界。

苏辙《诗集传》就“性本善”以及如何保全人的尽善之心性、心性与人格、心性与道德实践的关系等问题，展开了具体的探讨。上述足以见出其“内圣”之学的思想面貌，也不难发现其“道德性命”论与道学家的相通之处。

程颐说：“兴于《诗》者，吟咏性情，涵畅道德之中而歆动之，有吾与点之气象。”⑤

---

① 《诗集传》卷一六，前引书，第486页。
② 《诗集传》卷三，前引书，第345页。
③ 《孟子解二十四章》，《苏辙集·栾城后集》卷六，前引书，第949页。
④ 《苏辙集·栾城三集》卷七，前引书，第1218页。
⑤ 王孝鱼点校《二程集·河南程氏外书》卷三，中华书局1981年版，第366页。

点即曾皙。曾皙“见道无疑，心不累事，其胸次洒落，有非言语所能形容”[①]。程颐认为，《诗》出于人的性情之真，其性情涵养又条畅于道德，吟哦讽咏，自然令人有感动兴起之意，甚至自感有曾皙气象。这就将《诗》纳入了“内圣”之学的建构之中，并为后来程朱一系的道学家所继承。朱熹便自称其《诗经集传》就是为了“察之情性隐微之间，审之言行枢机之始”，因为“《诗》之为经，所以人事浃于下，天道备于上，而无一理之不具也”，故“修身及家，平均天下之道，其亦不待他求而得之于此矣”[②]。这表明，作为经学层面的《诗经集传》，其用意既在于审视《诗》中的“外王”之道，又在于考察《诗》中的“内圣”之义。

就包含在《诗》中的“内圣”之义而言，朱熹指出：“孔子曰：‘《诗三百》，一言以蔽之，曰思无邪。’盖《诗》之言美恶不同，或劝或惩，皆有以使人得其情性之正。然其明白简切，通于上下，未有若此言者。故特称之，以为可当《三百篇》之义，以其要为不过乎此也。学者诚能深味其言，而审于念虑之间，必使无所思而不出于正，则日用云为，莫非天理之流行矣。”[③] 这段在注《鲁颂·駉》时引发出来的议论，明确地表达了朱熹对《诗》的整体性认识。关于《诗》之要义“思无邪”，以往学者多有解说，刘勰解释为《诗》“义归无邪”，邢昺认为是指诗人思想“归于正”。[④] 苏辙则首次以“闲邪存其诚”释“思无邪”[⑤]。“‘闲邪存其诚’者，宽而防之谓之闲，诚则至诚也。……唯天下至诚为能化，盖言委曲之事发于至诚，则形于外而见著，见著则章明，章明则感动人心，人心感动，则善者迁之，恶者改之，然后化其本性，故曰惟天下至诚为能化，此圣人存诚之验也，故曰‘闲邪存其诚’也。”[⑥] 以此释“思无邪”，明显从整体上赋予了《诗》“内圣”之义。朱熹继承并发展了苏辙的观点。不过，如前文所述，朱熹称《诗》中不乏有违礼仪的“淫诗”。既然如此，又何以用“思无邪”一语概括《诗》的要义？朱熹却认为，孔子保存这些诗歌，目的是为了“特以见夫一時之事，四方之俗，使读者考焉，以监其得失，而心得以卒归于正焉尔，非欲使人习焉而效其所为也，则其为义，夫亦岂不卒归于‘思无邪’之一言耶”？岂不卒归于“治心、修身”耶？[⑦] 亦即所谓“《诗》之言美恶不同，或劝或惩，皆有以使人得其情性之正”；不仅如此，朱熹又将《诗》有“治心”、“正性”之义纳入了道学家“内圣”之学的终极命题“天理”之中，成了其《诗经集传》“察之情性隐微之间”与“修身之道”的经学旨归。

在宋代，“内圣”之学又称“为己之学”。“何谓为己之学？以吾有孝悌也则学；以吾有忠信也则学。学乎内者也，养其德者也。故为己而学者，必有为人之仕矣。”[⑧] 也就是

---

① 朱熹《答陈明仲》，《全宋文》，前引书，第246册，第264页。
② 《诗经集传序》，《诗经集传》卷首，前引书，第351页。
③ 《诗经集传》卷二〇，前引书，第744页。
④ 分别见范文澜《文心雕龙注》，人民文学出版社1958年版，第65页；程树德《论语集释》，中华书局1990年版，第65页。
⑤ 《诗集传》卷一九《鲁颂·駉》，前引书，第523页。
⑥ 胡瑗《周易口义》卷一，影印文渊阁四库全书本，第8册，第184—185页。
⑦ 《四书或问·论语或问》卷二，《朱子全书》，前引书，第6册，第638页。
⑧ 周行己《从弟成己审己直己存己用己字说》，《全宋文》，前引书，第137册，第143页。

说，一个人只有“养德”至厚，“内圣”既深，才能全心全意地为他人而仕，真正履行“外王”之道。因此，“内圣”与“外王”必须兼备成了士林的一种普遍意识，也成了不同学派在学术上的共同取向。苏辙属于“蜀学”，程颐、朱熹等属于“道学”，两者之间的差别是众所周知的，但在利用儒家的经典资源，创造性地开发《诗》的“内圣”之义上，却并无二致。而苏辙、朱熹等人的“诗经学”，与欧阳修《诗本义》一样，不仅具有当下的经学价值，而且也具有现实的诗学意义。

事实充分表明，在宋代诗学中，创作主体通常被作为诗文创作的核心，而其内在修养则被视为该核心中的一项主要内容。如“杨诚斋丞零陵日，有《春日绝句》云：‘梅子流酸软齿牙，芭蕉分绿上窗纱。日长睡起无情思，闲看儿童捉柳花。’张紫岩见之曰：‘廷秀胸襟透脱矣！’”[①] 张浚评论杨万里《春日绝句》，看似意不在诗，而是径直论人，实则以人论诗，以杨万里的“透脱”胸襟，揭示其诗歌的审美意境，意即这一诗歌意境源自诗人“透脱”的胸襟。“胸襟透脱”意同“胸中洒落，如光风霁月”。将人的洒落胸襟比喻为“光风霁月”，始于黄庭坚《濂溪诗序》“舂陵周茂叔，人品甚高，胸中洒落，如光风霁月”[②]，用以形容周敦颐“养德”至厚、“内圣”既深所呈现的一种气象，而黄庭坚同样以此论其诗文意境，即所谓周敦颐“诗文亦多精粹深密，有光风霁月之概”[③]。这一比喻又常被用来评论其他士人的诗文创作及其审美意境。如林驷说：“苏（轼）、黄（庭坚）间见迭出，苏之正节劲气，傲雪凌霜，黄之风韵洒落，光风霁月，则形于歌咏，尚可想见英风清节之美。”[④] 杨万里《知漳州监承吴公墓志铭》云：“公叔风神，白而长身，如光风霁月之无尘；公叔诗文，老而日新，如日光玉洁而不陈。”[⑤] 袁甫《奉化县舒先生祠堂记》云：“先生之胸襟，光风霁月也；先生之节操，山高水长也；先生之咏诗，天籁自鸣也；先生之作文，鸢鱼飞跃也。”[⑥] 由此等等，不胜枚举。这些形象化的创作主体论，均昭示了作者的“内圣”在诗文创作中的首要地位与作用。

创作主体的“内圣”与欧阳修为履行“外王”之道而倡导的“美刺论”，共同组成了宋代诗学的核心内容；换言之，自欧阳修以后，宋代文学虽然处于不断演变的过程中，但以创作主体为核心，以“内圣外王”为内容的诗学观，却在宋代文学思想中始终占有首要地位。这与创作主体的内涵特征不无关系。如前文所述，宋代士人大都兼具官僚、学者与作家，这就使他们具有了融参政主体、学术主体和文学主体于一身的复合型主体特征。该特征决定了“内圣外王”之学必然从根本上既作用于他们的参政行为，又作用于他们的诗文创作。如周敦颐、苏轼、黄庭坚、杨万里等人“胸中洒落，如光风霁月”或“正节劲气，傲雪凌霜”般的“内圣”境界和气象，便决定了他们的人格实践与参政行为，也决定了他们的创作精神与诗文风格。就经学层面观之，苏辙、朱熹等人继承并

① 罗大经《鹤林玉露》甲编卷四“透脱”条，中华书局1983年版，第60页。
② 刘尚荣点校《黄序坚诗集注》，中华书局2003年版，第1411页。
③ 四库全书《〈周元公集〉提要》，影印文渊阁四库全书本，第1101册，第416页。
④ 《古今源流至论》后集卷九《诗论》，影印文渊阁四库全书本，第924册，第300页。
⑤ 辛更儒《杨万里集笺校》卷一二五，中华书局2007年版，第4868页。
⑥ 《全宋文》，前引书，第324册，第60页。

发展了欧阳修的“诗经学”思想，在“深持诗人之意”的同时，又出于当下士人“治心、修身”之需，从“诗人之意”中挖掘“内圣”之义，同样与这种主体特征息息相关；而作为诗学层面的成果，苏辙《诗集传》、朱熹《诗经集传》正适应了这一复合型主体在诗文创作上的现实需求与价值取向，并为创作主体自身的修养和以“内圣外王”为内容的诗学观提供了经典依据。这在内涵上丰富并完善了始于欧阳修融经学和诗学于一炉、经学价值与诗学意义相并而行的宋代“诗经学”的新格局。

宋代诗中"乾坤"、"太极"的涵义

〔德国〕慕尼黑大学　苏费翔

序论：问题的来源

中国历代的造化论有很多种，并且有很悠久的传统。道家早以"道"为万物之根源①，后来接着多谈"有"、"无"与造化之关系②。儒家一般以《周易·系辞传》为主，其中一段写道③：

易有大极，是生两仪。两仪生四象，四象生八卦。

所谓"四象"，乃指春、夏、秋、冬四时。此段与《老子》相似，皆有一种抽象的观念（"道"、"太极"），经过二元化，接着重复二元化，最后开展出万物，即世界的一切。

另外还有"乾坤"这一观念。德国著名汉学家威尔翰（Richard Wilhelm，1873－1930）把"乾"翻成"das Schöpferische"（英译为"the Creative"，即"创造力"），但是《周易》本身（包括历代的注释）并没有如此的说法。《周易》虽曰"大哉乾元，万物资始"，但仅仅说乾是万物的开始，这与"创造"的意思不同。朱熹（1130—1200）注释"大哉乾元，万物资始"一段话说：

此一节者，释"元"义也。"大哉"，叹辞。"元"，大也，始也。"乾元"，天德之大始。故万物之生，皆资之以为始也。

这里是说，"乾"本身不为"万物之始"，而"乾元"，即"乾之始"，才是"万物之始"。

据《周易》的理论，乾、坤必须结合在一起，才能阴阳交接，创造万物，故"乾坤"才可解释为"创造力"。正如唐人所云："乾坤乃造化之本，夫妇寔人伦之原。"④

早在汉代，儒道思想常混为一谈，造化论尤为一明显的例子。到了宋代初期，周敦颐（1017—1073）出了有名的《太极图说》，谓：

---

① 见《老子》第42章："道生一，一生二，二生三，三生万物。"

② 见王弼《老子注》。

③ 《周易·系辞传上》第11章。

④ 《周易·咸卦》孔颖达疏。

无极而太极。太极动而生阳……静而生阴……阳变阴合而生水、火、木、金、土五气……乾道成男，坤道成女。二气交感，化生万物。万物生生而变化无穷焉①。

此说明从无极、太极开始，便有阴阳，再有五行；阴阳又以“乾坤”为代表，产生万物。

虽然后代诸儒多将周敦颐归属儒家正宗，但是此段话无疑亦有道教思想的色彩。自宋代至今日，不少人皆否认此事实。有一幅道家的图与周敦颐的图十分相似②，并且儒家在周敦颐之前未曾有类似的图表。从这些资料来推断周敦颐在思想史的地位，可知《太极图》以道家思想为来源。但在理论上，周敦颐的确还是属儒学脉络。

以上诸家的各种用词——道、太极、乾坤——自然也会在诗词里面屡次出现。唐代的诗和宋代的诗、词例句众多，想要追究这种词汇具体的意义常常有一些困难，譬如“乾坤”在诗词中，有可能指的是万物的根源或造化的妙用，也有可能单指“日月”、“天地”、“《周易》”、“世界”等等。

一个对思想史很重要的例子

在南宋理学史上有一个具体的例子：朱熹与他的好友张栻（1133—1180）曾经于公元1167年在长沙会晤，世称“长沙之会”。在当地谈论许久，但并没有具体讨论内容的记载。会后两位大学者写了几首应酬诗。朱熹一诗有曰：

《二诗奉酬敬夫赠言并以为别》之二

1昔我抱冰炭，从君识乾坤。2始知太极蕴，要眇难名论。
3谓有宁有迹，谓无复何存。4惟应酬酢处，特达见本根。
5万化自此流，千圣同兹源。6旷然远莫御，惕若初不繁。
7云何学力微，未胜物欲昏。8涓涓始欲达，已被黄流吞。
9岂知一寸胶，救此千丈浑。10勉哉共无斁，此语期相敦。

朱熹大概是说，他原本心里怀着不少矛盾，跟张栻谈一谈才认识了“乾坤”；同时又知道了“太极”的奥妙之处根本很难用语言来称说描述。

张栻亦有诗相赠：

《诗送元晦尊兄》

1君侯起南服，豪气盖九州。2顷登文石陛，忠言动宸旒。
3坐令声利场，缩颈仍包羞。4却来卧衡门，无愧自日休。

---

① 周敦颐《太极图说》。
② 见冯友兰《中国哲学史》。

5尽收湖海气，仰希洙泗游。6不远关山阻，为我再月留。
7遗经得紬绎，心事两绸缪。8超然会太极，眼底无全牛。
9惟兹断金友，出处宁殊谋。10南山对床语，匪为林壑幽。
11白云政在望，归袂风飕飕。12朝来出别语，已抱离索忧。
13妙质贵强矫，精微更穷搜。14毫厘有弗察，体用岂周流。
15驱车万里道，中途可停辀。16勉哉共无斁，邈矣追前修。①

从上有几件事可以确定：一、朱熹衷心感激张栻，好像张栻帮他解答了一些学术难题。如果"从君识乾坤"等等之语只是朱熹的客气话而已，为什么张栻在他自己的诗中并没有这么夸赞朱熹？张栻虽然推崇朱熹之地位，却不说他从朱熹那里学到什么知识。二、可见他们的想法没有太大的差别。张栻谓"遗经得紬绎，心事两绸缪。超然会太极，眼底无全牛"。他们的思想基本上相同，两首诗也充满了友好的气氛。三、这两首诗中多用《周易》的用词，诸如"乾坤"、"太极"、万"化"、"惕若"等等。这些词汇的具体内容却没有那么容易了解。

最大的问题是朱熹与张栻在长沙之会主要谈到哪些话题。因为缺乏具体的记载，所以必从其他数据考证出来。此二首诗却可探知其一二。早在宋代，真德秀（1178—1235）有言："以二诗观之，则其往复而深相契者，太极之旨也。"② 元朝儒者吴澄（1249—1333）亦有同样的看法，又谓朱熹"太极"之说，尽得之于张栻③；而清代洪去芜（？—？）《朱子年谱》又从之④。

王懋竑（1668—1741）却不然，谓张栻与朱熹在长沙之会所谈的仅为《中庸》"心为已发，性为未发"之论。那是因为"朱子自甲申（1164）后与南轩往复，皆讲未发之旨，而以心为已发，性为未发，盖以未发为太极。诗所云'太极'，则指未发而言也。专言太极，则不识其意矣。心为已发，性为未发，两先生于此无异论，至潭州当必共讲之"⑤。

这个问题的重要性超越朱熹、张栻两个人的范围，因为"太极"思想是后来道学家最基本的思想。如果张栻与朱熹所谈的是"太极"，这就表示朱熹后来的太极说解皆是从胡宏、张栻的湖湘学派而来的；朱熹对道学的贡献就没有那么大了。张栻对《中庸》的看法，却大受朱熹影响；如果他们在长沙所谈的仅是《中庸》而已，太极图说就是朱熹自己发明的，这样朱熹在南宋理学史上的地位则更加卓越。

因为古人写诗的用语都很微妙，用词常常很难判定。因此在下文中本人想要收集宋代诗中"乾坤"、"太极"字眼的例子，以帮助我们多了解朱熹、张栻之间的关系。

朱熹其他诗中所用"乾坤"、"太极"

谈论宋代其他的诗人以前，可以先分析一下朱熹、张栻二位道学家的其他作品，以

---

① 张栻《南轩集》卷一。
② 真德秀《西山读书记》卷三一。
③ 吴澄《吴文正集》卷三，第31b - 32a页。
④ 见王懋竑《朱熹年谱考异》卷一。
⑤ 同上，卷一。

便了解他们的用法。朱熹不但与其他的理学家交友，亦有许多门徒，并曾经献诗给他们。他有一个学生名叫宋之润（？—?），字泽之，与其兄宋之源（字积之，? - 1221）同为朱熹门人①。朱熹一诗有曰：

《次祝泽之表兄韵》

$_{1}$裸裎相向但悠悠，信道乾坤日夜浮。$_{2}$此去安心知有法，向来示病不难瘳。
$_{3}$优游静室闲窗底，放浪东阡南陌头。$_{4}$万事何由到怀抱，夕阳芳草自春秋。

第一联是说朱熹与宋之润虽赤身露体在一起，仍然悠然自在，是因为乾坤二气在万物之间漂浮流荡。乾坤在此代表大自然的元气，可以说是引申阴阳之交流，但与《周易》的“乾、坤”二卦并没有直接关系。“太极”一词亦有类似之用法，下面一首诗中便可见到。

《复用前韵敬别机仲》

$_{1}$君家道素几叶传，只今用舍悬诸天。$_{2}$屹然砥柱战河曲，肯似落叶随风旋。
$_{3}$奋髯忽作猬毛磔，浩气勃若霄中烟。$_{4}$隐忧尚喜遗直在，壮烈未许前人专。
$_{5}$武夷连日听奇语，令我两腋风泠然。$_{6}$初如茫茫出太极，稍似冉冉随群仙。
$_{7}$安能局促夜起舞，下与祖逖争雄鞭。$_{8}$终怜屈贤惜往日，亦念孔圣悲徂川。
$_{9}$愿君尽此一杯酒，预浇舌本如悬泉。$_{10}$沃心泽物吾有望，勒移忍继钟山篇。

这首告别诗是朱熹写给袁枢（1131—1205，字机仲）的。袁氏最有名的作品为《通鉴纪事本末》，由此也可将他算为史学家。他与朱熹、吕祖谦等人也有所交往，因此其作品有浓厚的道学家色彩。“前韵”是指“仙”部的押韵，与前一首《奉答景仁老兄赠别之句》相同。

诗中大概描述了朱熹曾与袁枢一同游玩于武夷山，与他论说事情，袁枢的话语让朱熹十分感动，全泠“泠然”（第五句）。刚开始谈论时，仿佛遥远渺茫的“太极”一般；后来，讨论的过程渐渐给予朱熹一种好像跟神仙一起悠游的感觉，是一种非常和谐美好的相处。可见，朱熹在此用“太极”一词来描写万物之根源，与“群仙”相对，是一种很直接的感受；并非真正具体谈论“太极”思想，然则又不代表其他学术性概念（如中庸、理气论等等）。

再讨论一下另一首：

《感怀》

$_{1}$经济夙所尚，隐沦非素期。$_{2}$几年霜露感，白发忽已垂。

---

① 详见《宋人传记数据索引》，第一册，第759页。

$_{3}$凿井非山址，耕田南涧湄。$_{4}$乾坤极浩荡，岁晚将何之？

此为朱熹对自己晚年生活的感慨。原来想要经世济民，后来不得已而隐身。在此，“乾坤”有着“浩荡”的本性，不单表示阴阳交错，又为局势而不断变化的象征。“乾坤”在此可谓“天地”，又可谓“阴阳”，两说皆可通。

此外，“乾坤”一词在春季亦有其意象：

《春日偶作》

$_{1}$闻道西园春色深，急穿芒屩去登临。$_{2}$千葩万蕋争红紫，谁识乾坤造化心？

春日来临，朱熹穿着草鞋到园外去，在此美景当中欣赏争奇盛开的花朵。“乾坤”与“造化”并称，在此可视为同义词，或可说“乾坤”为阴阳，即进化之推动力。

以上诸诗篇，“乾坤”、“太极”之意皆与造化、天地、阴阳密切相关，与《周易》脱离。唯有下一首不同：

《斋居感兴二十首》之十一

$_{1}$吾闻包牺氏，爰初辟乾坤。$_{2}$乾行配天德，坤布协地文。

$_{3}$仰观元浑周，一息万里奔。$_{4}$俯察方仪静，隤然千古存。

$_{5}$悟彼立象意，契此入德门。$_{6}$勤行当不息，敬守思弥敦。

此处提到包牺氏，即上古神仙伏羲，以画《易》之八卦著称①。因此，可以将“乾坤”视为《周易》之乾卦、坤卦。伏羲画卦一事，等同于开辟诸卦之玄妙，也可指伏羲用《易》卦来解说天地之间的一切现象，给人类一种打开天地的钥匙的意象。换言之，“乾坤”在此又可解释为“天地”，是造化的象征。在用词上虽与《周易》相近，但仍然超越了文字书面的范畴。

张栻其他诗中用“乾坤”、“太极”

张栻南轩先生，在世时间比朱熹短很多，他所写的诗自然也比朱熹少得多。其作品仍有其独特性，与朱熹有别。其提及造化论之诗，尤以详细描写大自然为长。用“乾坤”二字之诗亦有之，且颇为可观：

《留题金山寺》

$_{1}$长江岷山来，灌注天下半。$_{2}$东行近海门，勇往更弥漫。

$_{3}$苍峦忽中流，屹立助杰观。$_{4}$孤根入层渊，秀色连两岸。

---

① 见《周易·系辞下传》第二章。

5我来最奇絶，霜月与璀璨。6褰衣到绝顶，恍若上河汉。
7悠然发遐思，俯仰为三叹。8乾坤无余藏，今古有长筭。
9更深寂群动，树杪独鸣鹳。10回头唤山僧，为记此公案。

张栻曾经访问靠近今江苏镇江的金山寺。他很生动地描写了四周地理以及寺庙周围的风采景致。“乾坤”与“今古”对，亦为天地、大自然、造化之意。“乾坤”是指空间，如同“今古”是指时间。于《周易》关系不大，于理学更不用说。又有诗曰：

《过胡文定公碧泉书堂》

1入门认溪碧，循流识深源。2念我昔来此，及今七寒暄。
3人事几更变，寒花故犹存。4堂堂武夷翁，道义世所尊。
5永袖霖雨手，琴书贲丘园。6当时经行地，尚想语笑温。
7爱此亭下水，固若玻瓈盆。8晴看浪花涌，静见潜鳞翻。
9朝昏递日月，俯仰鉴乾坤。10因之发深感，倚槛更忘言。

北宋大学者胡安国（1074—1138，字康候，谥文定）曾在湖南长沙府湘潭县西七十里建立一座学堂，名叫“碧泉书院”（或“碧泉书堂”）。胡安国又为所谓“湖湘学派”的开山祖师。他一家人对张栻的深远影响跟本座书院有着密切联系：张栻自幼启蒙于父亲张浚（1097—1164），后来张浚派儿子去湖南师事胡安国的儿子胡宏（1102—1161）。据《宋史》记载，当时胡宏甚敬佩张栻，“称之曰：‘圣门有人矣。’”① 不久后，胡宏卒，张栻虽然从胡宏学习的时间极少，但因其卓越俊才，自胡宏逝世后立即成为湖湘学派最重要的代表人物。这样来看，张栻对碧泉书院所怀的感恩之情，于此诗可见。

其所言“乾坤”者，在此与“日月”相对，又用“鉴”字，与视觉相连，似乎跟上一首诗相同，为空间、地方的代表。“乾坤”或是指“天地”，或是指“造化”，但无疑是与《周易》哲学或理学概念相分离的。

此外，张栻又有一首诗言及“太极”。

《送张深道》

1秋风木叶落，送客丽谯东。2岂怀儿女恋，爱此趣味同。
3至理无辙迹，妙在日用中。4闻言有不信，渠自马牛风。
5吾子实所畏，立志高冥鸿。6卓然游圣门，不受异说讧。
7切磋岂不乐，愧非斲鼻工。8于皇太极蕴，精微浩无穷。
9愿言终玩绎，默参元化功。

---

① 《宋史·道学列传》卷四二九。

此诗是写给张巽（？—？，字子文，又字深道）的。张巽为张栻学生，又曾从朱熹游。虽然他与张栻不同宗，但张栻仍以爱儿女之情相待。

此诗第八句言“太极”，叹其有奥蕴之特色，精微而浩然无穷，是意指万物之根源。在下一句则又提到造化之功夫，虽隐约和周氏太极思想有关联，然就这里的用法来看，“太极”哲理不太明显，张栻没有强调其与阴阳、五行、乾坤的关系。

其他宋代诗人用“太极”的意思

除了朱熹、张栻外，还有许多别的诗人运用“太极”、“乾坤”字样。笔者先在此分析一下“太极”一词的用法。北宋诸家诗中论及“太极”的例子事实上特别少。其实，除周敦颐外，北宋理学家在哲学性的文章中也是这种情形，如《二程遗书》、《二程外书》、《二程文集》诸书从未提到“太极”一词。

到了南宋，“太极”一词较常出现。请先看下一首，作者为陈与义（1090—1138）：

《寄德升大光》

1君王忧诏起群公，也寘樵夫尺一中。2易着青衫随世事，难将白发犯秋风。

3共谈太极非无意，能系苍生本不同。4却倚紫阳千丈岭，遥瞻黄鹄九霄东。

一看标题与内容，便知道这首诗是宋朝南渡后写的。本诗送给李擢（？—1153，字德升）、席益（？—？，字大光）二人。陈与义和他们两人曾寄寓永州（今属湖南），李擢、席益两人皆收到高宗皇帝的诏书①，席益后来知四川成都府。陈与义自己也奉诏。

这首诗明显谈到这件诏命之事。第一句论皇上忧国忧民，召募李擢、席益二公，而自称“樵夫”的作者与李、席同时被皇上所选拔。只是与两位年纪较轻的朋友相较，陈氏在诗中感叹自己全身老化之苦。这里“太极”跟“苍生”对，较难捉摸其意，但似乎是指“天下”或“国家之事”，也有一点道家隐居的风味，但并非是指一个固定的哲学概念。

其次可以看一下杨万里（1127—1206）的一首诗：

《正月五日以送伴借官侍宴集英殿下口号》之五

1太极香开万物新，绍熙天子燕群臣。2梨园好语君须听，玉历初颁第一春。

杨万里为宋代“中兴四大诗人”之一，这里不多做介绍。此首诗写在正月五日，春天刚开始之时。“太极”在此是指万物之源、造化之力，与“绍熙”对，比喻皇朝继承前业，重新开始，充满热情与新希望。此与陈与义诗中比较消极的太极观显有差别。

---

① 可参见陈与义《简斋集》，卷一二，第2a页，《三月二十日闻德音寄李德升席大光新有召命皆寓永州》。

再看刘克庄（1187—1269）的一首诗：

《示儿》

1瓜芋村边一亩宫，闭门不复问穷通。2生羞奏技伶人里，死怕标名狎客中。

3讲学有谁明太极，吟诗无路和薰风。4身今老矣空追悔，但祝吾儿勿似翁。

刘克庄一生献身国事，言论直爽，与权臣对峙，颇遇困难。年老写此一首，谓居住乡间小屋子，可以不用管自身通达与否。在这里，“太极”与“讲学”有关，可以视为学术方面的最大奥妙，但“太极”仿佛为一种隐藏的、不是任何人可以领悟的最终极的大道理。

又有一首诗，为宋亡入元后之作，曰：

《对菊》

1受命太极前，立身晚秋后。2一朝扬清香，名动天下口。

3日月虽云逝，山中秋自香。4平生抱正色，谁怕夜来霜？

5三径今非昔，多愁老此身。6谁知陶靖节，只是晋朝人。

此乃郑思肖（1241—1318）之诗。郑思肖，早为有望之青年，原名已不可考，宋亡后隐居，改名为“思肖”，引申为“思赵”之意；字“所南”，又字“忆翁”，皆采此意。郑氏为有名的画家、诗人，其追念宋朝之感情尤为深切。此诗充满秋意，以菊花自况。“受命太极前”，指自己早在宋代当过太学上舍，即太学最高级学生，可算是一种“受命”。到了元朝，仍然立身不变，忠贞节操依旧存在。就如陶渊明（365—427）虽遇改朝换代，但仍将自己视为晋朝人；郑思肖也一样终身思念有宋一代。

这首诗中，“太极”与“晚秋”对，又用“前、后”两字，很明显是说明时间，为一切事物的出发点，代表最早元气未分的一刻，与造化、乾坤较无直接关系。

其他宋代诗人用“乾坤”的意思

“乾坤”一词与“太极”不同，早在北宋已屡屡出现。先看王琪的一首诗：

《秋日白鹭亭向夕风晦有作》

1白鹭敞西轩，檐宇穷爽垲。2千峰若联环，翠色不可解。

3是时天宇旷，六幕无纤霭。4金斗熨秋江，素练横衣带。

5乾坤清且敛，气象朝昏改。6芦花作雪风，飞舞来沧海。

7九霄汀鹭起，万里樯乌快。8月上三山头，鸟没横塘外。

9苍茫洲渚寒，错落星斗大。10开樽屏丝竹，披襟向萧瀨。

11余生本江湖，偃蹇欣所会。12清兴虽自发，苦嗜亦吾累。

13鱼龙凭夜涛，四面忽滂湃。14安得犀灯然，煌煌发水怪。

王琪生卒年不详，嘉祐时（1056—1063）活跃，任高官。这首诗多谈空间辽阔，诸如“千峰”、“六幕”（即天地四方）、“九霄”（即天最高之处）、“万里”、“月上”、“星斗”皆表示宽大无穷的感受。本诗又以视觉为主。“乾坤”盖指“天地”，不是造化，更不是《周易》卦名的意思。

再谈李弥逊（1082—1153）一首云：

《淮阴遇风雨》

1吾庐岂不好？白日若易夕。2如何芳岁阑，尚此千里役。
3乾坤一虚舟，浩荡楚天碧。4江山已在眼，道路修且隔。
5风雨怕不休，波浪蹴天掷。6船头困九牛，屡挽不进尺。
7人生造化间，有似风中翮。8偶去还复来，胡为事形迹。
9杜陵诛云师，韩子诅风伯。10我已两忘言，引觞聊自适。

与上一首诗中大自然浩荡的景象相比，作者在这里自我约束，气魄并没有很放荡。“乾坤一虚舟”一句中，“乾坤”明显为地方之概念，盖指天地，而后又云“人生造化间”，故“乾坤”在此含有创造化育的成分。

陈师道（1053—1101）以诗人称名，个性耿介，安贫乐道。以下有诗为之表现：

《次韵夏日江邨》

1漏屋檐生菌，临江树作门。2卷帘通燕子，织竹护鸡孙。
3向夕微凉进，相逢故意存。4何当加我岁，从子问乾坤。

他先很详细地描述自己江村住家简陋的状况。后来（第三句）有一阵凉风来，或许是指客人来访，作者仍保持原本的节操。最后一句，化用《论语》中“加我数年，五十以学易，可以无大过矣”一句①。此谓作者没有必要再多花几年学《周易》。由此可知，“乾坤”在此是《周易》的代称，另外又可解读为天下万物诸事，或为诸儒一切学问。

再谈论一下杨时（1053—1135）。他原为福建将乐人，曾往河南去，先后师事二程兄弟，后来又归南方，靖康之变后成为南宋洛学重要的继承人，其学传给罗从彦（1072—1135），再传李侗（1093—1163），再传朱熹。他曾经叹北方沦陷如下：

《哀鸿》

1哀鸿常苦饥，悲鸣垂其翼。2朔漠晓霜寒，江湖晚烟羃。

① 《论语》7.16。

3乾坤一网罟，高飞亦何益？4日暮无与群，惊风暗沙碛。

他很失意地想到北方的霜雪，又谓“乾坤一网罟”，盖指全天下都是一个很大的罗网。所以，“乾坤”在此就是天地、天下的意思，与《周易》无关，也没有特别的哲理意义在内。

晁说之（1059—1129）也曾哀悼公元1127年的靖康之祸：

《杜诗》

1古人愁在吾愁里，庾信、江淹可共论。2孰似少陵能叹息，一身牢落识乾坤。

这里提到庾信（513—581）、江淹（444—505）、杜甫（712—770，号少陵）等著名文学家。“一身牢落识乾坤”似乎是说，只有杜甫一个人能够知道“乾坤”；“乾坤”即天下大事之意。这首诗很难界定是北宋亡国之前还是之后写的，但是看晁说悲痛之深，应该是与靖康之乱有关的。

到了南宋，几位著名的思想家在他们的诗中提到“乾坤”。上面已经谈到朱熹与张栻的不少例子，现再多谈几位。首先有张栻的老师胡宏（1102—1161）的一首诗：

《题上封寺》

1百年身似客，浩荡世间游。2入望青山好，梦魂偏我留。
3我家巫山十二峰，浮江直过巴陵东。4潇湘水与苍梧通，环绕衡岳青冥中。
5扁舟白云不可度，杖藜蜡屐乘春风。6山光浮动可揽结，云舒霞卷飞烟虹。
7深岩大壑翠巘列，足力已到心无穷。8群峰迤逦势不竞，上尽祝融五千仞。
9祝融峰高天更高，太空人世如牛毛。10风云万变一瞬息，红尘奔走真徒劳。
11蓬莱羽化慕神仙，神仙渺茫何处传。12雪山清净问因缘，未识乾坤造化权。
13独立高寒明月里，此心无着已怡然。14从今识尽青山好，归向人间别看天。

上封寺在湖南衡山一带，常吸引学者游憩，除胡宏外，张栻、朱熹也曾经来过此地，亦作诗为证①。胡宏此首诗格律有些奇怪，头两句是五字一句，之后七字一句。再者，第八句最后一字“仞”没有叶韵，第八句跟第九句重复提及“祝融”山；本首或许有缺文，抑或为几首不同的诗或联句结合在一起而成。

在描述如仙境一般的风景中，提及“乾坤”一词，是指造化山水之本能，与大自然密切相关。此诗仍以视觉来论之；不是哲学概念，也不是指《周易》一书。

与朱熹同时的诗人，有好几位用“乾坤”者。请先看文人刘过（1154—1206）的一首诗：

① 见《南轩集》卷二，《晦庵集》卷五。

《登凌云高处》

1摄衣更上一层楼，才到层霄最上头。2方识乾坤真转毂，好知身世付虚舟。
3九秋草木岚烟湿，万里山川海气浮。4更欲杖藜穷望眼，眼中何处认神州。

此颇似前一首。刘过跋涉到高山处，看到的景色使之慨然而叹。“乾坤”在此是转化不断的自然能源，是一种庞大的力量，让作者觉得自己只是虚舟上的小小一人。

朱熹的朋友王炎（1138—1218）也是诗人，曾写一首诗云：

《和黄先卿即事五首》之一

1见说幽栖地，长年只杜门。2谁知双井后，今有此公存。
3钓月操莲叶，批云卧竹根。4静中观物化，画外识乾坤。

所题的“黄先卿”，不知何人，也许为朱熹的弟子黄卓（？—？，字先之）。这个黄先卿与王炎一起任事，诗中谈及黄公隐居之环境。“双井”是黄庭坚（1045—1105）的家乡，应该为黄先卿祖先。“乾坤”在此属隐者在大自然中安静生活的范围，是指造化或万物之本。

不过，“乾坤”并不仅指大自然现象而已，亦有哲理性较高的作品，如吕祖谦（1137—1181）的下面两首诗：

《贺车驾幸秘书省二首》

1麟台高柳识雕舆，共记中兴幸省初。2黄道再传天子跸，青编重入史臣书。
3需云下际君恩盛，晨露高张乐节舒。4若写鸿猷参大雅，定非周鼓颂田渔。

1紫清丹极与天邻，阖辟乾坤系笑嚬。2独为斯文回一顾，坐令吾道重千钧。
3先王旧物参差见，列圣明谟次第陈。4墨客区区感荣遇，岂知深意在彝伦？

此两首是恭贺皇上访问秘书省的。第一首多言君主与忠臣彼此契合之关系；最后一句是写若要记载文臣美德的话，一定不会像周代石鼓文多言田猎（或耕田）及捕鱼那样。第二首提及“斯文”、“吾道”，皆是道学家所专顾的文化遗产；再者强调重点在彝伦方要。

“乾坤”一方面与第二首第一句的“丹极”（即皇宫中红色房屋的栋梁）对，一方面又呼应第一首第一句“中兴”一词。因此，“乾坤”可解为天地之本源，或是国家大事，或是皇上的意愿；是与伦理牵连之概念。

最好读一下杨万里这一首诗：

《三月二十六日殿试进士待罪集英殿门》

1九虎遮藏造化机，御题过午始闻知。2乾坤阖辟兼文武，云汉昭回具训词。

3武帝上嘉真戏耳，放勋清问政如斯。4诸儒莫作公孙子，千载何曾遇圣时。

在上面已经提过杨万里的一首诗。在此，“乾坤”的意思与吕祖谦一首很接近，皆引申《周易》的一句话：“阖户谓之坤，辟户谓之乾；一阖一辟谓之变。”① 但是，这里乾坤阖辟的功能多在政治方面出现。因此，吕祖谦、杨万里虽多依赖《周易》的用词，但目的是描绘出天下国家的一切政务，并不算哲学理论。

总论

以上谈论宋代诗人“乾坤”与“太极”的用法，大多皆与“造化”有关。当然，在这些例子当中只能见到宋代造化论的一部分，但已经可以充分感受到造化论的多元性，即在时间、空间、大自然、朝廷、伦理方面皆有所表现。与唐代诗人较为偏向佛家、道家的思想相比，亦有很明显的儒家学风在内。另外，宋人也多用视觉来描写“乾坤”、“太极”两个概念。

以上的数据又可证明，宋代学者写诗的时候用“太极”、“乾坤”等词语，其用法与哲学文章不同，基本上不具任何哲学含意，也与《周易》、《太极图说》等典籍有着一定的差距。可见，若要分析哲学理论，一定要注重文体的特色。因此，虽然朱熹与张栻的告别诗里面写到“太极”、“乾坤”的用词，却没办法推断他们一定是讨论《太极图》或《周易》思想。

另一方面，“乾坤”、“太极”在诗里面都代表着一种很庞大的群体，或指造化本源，或指天地，或指阴阳，或指日月，或指国家，或指皇上。这样看来，既然朱熹对张栻说“从君识乾坤，始知太极蕴”，可见朱熹从张栻那里学到了很多东西，对他怀有莫大的尊敬。因此，如果说朱熹跟张栻仅仅讨论朱熹早已有主张的《中庸》论是不正确的。应该依吕祖谦、吴澄、洪去芜等学者的说法，谓朱熹从张栻处学到湖湘学派的太极说，才较为合理。

---

① 《周易·系辞上传》第11章。

文人“墨戏”与宋诗意韵

南开大学　张　毅

北宋熙宁至元祐年间，文人“墨戏”的流行使宋人书画突破唐人法度而别开生面：不重形似而讲意境，淡化色彩以示笔法，用抽象的笔墨表达心情、个性和人格。这不仅创造出“诗画一律”和“书画同体”的文艺新样式“士人画”，也促进了“以才学为诗”和“以文字为诗”的文人之诗的发展。尚意书法是勾通画与诗的媒介，其笔走龙蛇的力量与气势，其“虚空中传出动荡，神明里透出幽深”的笔墨情趣，既见之于画，也通之于诗。以苏、黄为代表的元祐文人，不仅用以诗写画的方式展示才学，拓展诗的意境空间，还以“一笔书”的笔法作诗，使之具备“字中有笔”和“句中有眼”的生动气韵。以画境和书法入诗丰富了宋诗的意韵，这或许也是诗分唐、宋应考虑的因素。

一

以诗意入画是文人“墨戏”的一种艺术追求，也是士人画有别于画工（或画师）之画的分水岭，涉及作者的身份认同、题材选择和笔墨表现形式的变化等问题。

士大夫文人涉足和品评绘画在宋代成为时尚后，画家的修养和作者的身份变得重要了起来。其实，在张彦远的《历代名画记》里，就有前人分辨画师与士体的言论，如说刘绍祖的画“笔迹调快，劲滑有余，然伤于师工，乏其士体，其于模写，特为精密”①，但又说郑法轮作画“精密有余，不近师匠，全范士体”②。所谓“士体”是一种能体现人文修养和文人意趣的画风，与工匠精于写形图貌的技艺是有区别的。欧阳修认为“古画画意不画形，梅诗咏物无隐情。忘形得意知者寡，不若见诗如见画”③，强调画意比画形重要，绘画要有能表现作者心襟气象的意境。其《鉴画》说：“萧条淡泊，此难画之意，画者得之，览者未必识也。故飞走、迟速、意浅之物易见；而闲和、严静、趣远之心难形。若乃高下向背、远近重复，此画工之艺耳，非精鉴者之事也。”④ 对以形传神的画工之艺表露出轻视。后来，苏轼说：“观士人画如阅天下马，取其意气所到。乃若画工，往往只取鞭策皮毛、槽枥刍秣，无一点俊发，看数尺许便倦。”⑤ 明确指出士人画与画工之画在创作追求上的不同，主张作画要以意气为主。其《次韵鲁直书李伯时画王摩诘》云：

① 《历代名画记译注》，冈村繁译注，上海古籍出版社 2002 年版，第 340 页。
② 《历代名画记译注》，前引书，第 398 页。
③ 《盘车图》，《欧阳修全集》，李逸安点校，中华书局 2001 年版，第 99 页。
④ 《欧阳修全集》，前引书，第 1976 页。
⑤ 《跋宋汉杰画山》，《苏轼文集》，孔凡礼点校，中华书局 1986 年版，第 2216 页。

"诗人与画手，兰菊芳春秋。又恐两皆是，分身来入流。"① 作画者兼备诗人素养，才有可能创作出"画中有诗"的作品，也才更能得到士人的认同。

与苏轼交往密切的北宋著名画家李公麟，以擅画人物鞍马著称于世，但又具有诗人情怀，他自称"吾为画如骚人赋诗，吟咏情怀而已，奈何世人不察，徒欲供玩好耶"②。除作王维像外，他还根据王维诗《渭城曲》画《阳关图》，用图画形式表现诗的情韵和意境。黄庭坚《题〈阳关图〉二首》云："断肠声里无形影，画出无声亦断肠。想得阳关更西路，北风低草见牛羊。"③ 形容李公麟的画有如无声的断肠诗，于是有画乃"无声诗"的说法。在《次韵子瞻子由题〈憩寂图〉二首》里，黄庭坚说：

松含风雨石骨瘦，法窟寂寥僧定时。李侯有句不肯吐，淡墨写出无声诗。（其一）

龙眠不似虎头痴，笔妙天机可并时。苏仙漱墨作苍石，应解种花开此诗。（其二）④

《憩寂图》是李公麟与苏轼两人合作的一幅画，以杜甫的诗句"松根胡僧憩寂寞，庞眉皓首无住着。偏袒右肩露双脚，叶里松子僧前落"为绘画内容。苏辙有关此图的题诗云："东坡自作苍苍石，留取长松待伯时。"⑤ 可知画里的苍石出自苏轼，而松树、人物当为李公麟的手笔。李公麟的人物白描发展了吴道子线条飘逸的技法，已经与顾恺之的铁线描有所不同，他画松用的是渲淡法，其"松含风雨"的笔墨极具气势，同时含有诗的韵致，已达到"笔妙天机"的出神入化之境。苏轼说："前世画师今姓李，不妨题作《辋川诗》。"⑥ 把李公麟视为宋代的王维，一位集画家与诗人为一身的杰出人物。

士人画的特色之一是以诗入画，即将诗性智慧注入绘画，使画具有诗一样的象外之意和韵外之致。它对中国绘画的影响绝不限于以画的形式表现诗之内容的诗意画的产生，而在于作者能用诗人极富想象力的心灵眼光去观察事物，神与物游，视通万里，融时空为一体，化景物为情思。王维是宋人所推崇的诗画兼擅的作家，被认为是士人画的始祖，他"画中有诗"的真迹已难寻觅，但从其诗歌写景物的构图方式看，不是从一个固定的角度作焦点透视，而是用俯仰往复的心灵的眼光周览空间万象，于流目盼顾之中感受大自然的变化和生命的律动，所谓"山河天眼里，世界法身中"⑦。其《终南山》云："白云回望合，青霭入看无。分野中峰变，阴晴众壑殊。"⑧《汉江临眺》说："江流天地外，山

① 《苏轼诗集》，清王文诰辑注，孔凡礼点校，中华书局1982年版，第2543页。
② 《宣和画谱》卷七"人物"条，湖南美术出版社1999年版，第157页。
③ 《黄庭坚全集》，刘琳等校点，四川大学出版社2001年版，第1176页。
④ 《黄庭坚全集》，前引书，第212页。
⑤ 《苏辙集》，陈宏天等点校，中华书局1990年版，第286页。
⑥ 《苏轼诗集》，前引书，第2541页。
⑦ 《夏日过青龙寺谒操禅师》，《王维集校注》，陈铁民校注，中华书局1997年版，第362页。
⑧ 《王维集校注》，前引书，第193页。

色有无中。”[①] 诗人的视线是移动不定的，或是远近上下的瞟瞥万象，或是居高临下的鸟瞰全景，能于空旷中见生气流行。这种时空一体的极具想象力的心灵观照方式，在李、杜诗里也很突出。如李白的《望天门山》：“两岸青山相对出，孤帆一片日边来。”[②]《赠裴十四》：“黄河落天走东海，万里写入胸怀间。”[③] 杜甫的《旅夜书怀》：“星垂平野阔，月涌大江流。”[④]《春日江村五首》其一：“乾坤万里眼，时序百年心。”[⑤]《望岳》：“荡胸生层云，决眦入归鸟。会当凌绝顶，一览众山小。”[⑥] 诗中所表现的咫尺万里的气势和心灵化的全景观照方式，正是士人画的意思所在。

由于宋人的以诗入画多以唐诗为题，其山水画的“以大观小”法可以说是受唐代诗人的启发。沈括《梦溪笔谈》说：“大都山水之法，盖以大观小，如人观假山耳。若同真山之法，以下望上，只合见一重山，岂可重重悉见，兼不应见其溪谷间事。”[⑦] 按照宗白华先生的阐释，“以大观小”是“用心灵的眼，笼罩全景，从全体来看部分，……把全部景界组织成一幅气韵生动、有节奏、有和谐的艺术画面”[⑧]。这是一种依靠想象将记忆里的视觉印象加以组合的表象运动，不仅用眼，还要用心。这种心灵化的散点透视的山水观照法，未必能用之于以形似为基础而求传神的人物画，当以自然山水和草木竹石为主要题材的士人画在宋代兴起之后，一度占据唐代绘画主流地位的宗教人物画便趋于衰落。北宋士大夫文人所倡导的诗与画的融合，更多体现在山水诗和山水画的意境创造方面。如苏轼所说：“画以人物为神，花竹禽鱼为妙，宫室器用为工，山水为胜，而山水以清雄奇富变态无穷为难。燕公之笔，浑然天外，粲然日新，已离画工之度数而得诗人之清丽也。”[⑨] 苏轼作画属于文与可的湖州派，以竹石和枯木为主要题材，讲究笔墨情趣的表现，不着力于客观山水的真实描绘，开以水墨山水画写意的风气。

山水竹石等自然题材的绘画在宋代蔚为大观，与文人“墨戏”即士人画的流行是分不开的。据《历代名画记》所言，山水画成立于唐代，吴道子是人物画大家兼写山水，是他“始创山水之体”，但堪称一时之妙的是李思训、李昭道父子的“着色”山水，故“世上言山水者，称大李将军、小李将军”。当时与杜甫、李白为诗酒友的郑虔，“好琴酒篇咏，工山水，进献诗篇及书画，玄宗御笔题曰‘郑虔三绝’”[⑩]。据说张璪和王维有“破墨山水”之作，水墨渲淡法在唐代也已出现，但到了宋代士人画确立后，才以文人“墨戏”的形式流行起来。在这个过程中，苏轼起着举足轻重的作用。黄庭坚《东坡居士墨戏赋》说：

---

① 《王维集校注》，前引书，第168页。
② 《李太白全集》，清王琦注，中华书局1999年版，第1000页。
③ 《李太白全集》，前引书，第487页。
④ 《杜诗详注》清仇兆鳌注，中华书局1979年版卷，前引书，第1228页。
⑤ 《杜诗详注》，前引书，第1205页。
⑥ 《杜诗详注》，前引书，第3页。
⑦ 《梦溪笔谈校证》，胡道静校证，上海古籍出版社1987年版，第247页。
⑧ 宗白华《美学与意境》，人民出版社1987年版，第247页。
⑨ 《跋蒲传正燕公山水》，《苏轼文集》，前引书，第2212页。
⑩ 《历代名画记译注》，前引书，第446、458页。

东坡居士游戏于管城子、楮先生之间，作枯槎寿木、丛篠断山，笔力跌宕于风烟无人之境，盖道人之所易而画工之所难。如印印泥，霜枝风叶先成于胸次者欤！颦申奋迅，六反震动，草书三昧之苗裔者欤！金石之友质已死，而心在斫泥郢人之鼻、运斤成风之手者欤①！

苏轼的“墨戏”多写枯木竹石，笔力遒劲而含书法的篆意草情，能充分体现作者的修养、性情和人品。黄庭坚《题子瞻寺壁小山枯木》言：“海内文章非画师，能回笔力作枯枝。”② 树木山石是山水画的骨干，组成寒林的枯木有枝无叶，最难画，能画枯枝则画山水的笔法已思过半了。所谓“风枝雨叶瘠土竹，龙蹲虎踞苍藓石。东坡老人翰林公，醉时吐出胸中墨”③。与“着色”山水用线条勾勒而填色彩不同，宋人山水画的笔法除勾勒外，更重视各种皴点和水墨渲染，讲究笔势和用墨的浓淡干湿。苏轼作诗称赞王诜所画的水墨山水，说他“风流文采磨不尽，水墨自与诗争妍。画山何必山中人，田歌自古非知田。郑虔三绝君有二，笔势挽回三百年”④。他欣赏文同用草书笔法画的竹石，说他“诗鸣草圣余，兼入竹三昧。时时出木石，荒怪轶象外”⑤。又谓文同的墨竹“风梢雨箨，上傲冰雹；霜根雪节，下贯金铁”⑥，可视为作者气质坚贞的人格写照。

文人“墨戏”以诗意入画的创作宗旨，促进了诗与画的彼此渗透、双向互动，诗人而兼画师乃为当行，而且必以山水为宗。在美感的传达、意境的创造和人格的彰显等方面，士人画的笔墨线条与诗的文字声律有异曲同工之处，使诗与画的融合水到渠成。

二

画是静美无声的诗，诗是流动无形的画，以苏轼为首的元祐文人在“墨戏”里追求“画中有诗”的同时，其“诗中有画”的题画诗创作也达到高峰。在以诗写画的创作过程中，他们对画理的把握，对画意的生发，对诗画一律的追求，从一个侧面体现出“以才学为诗”的宋诗特色。

文同和苏轼是宋代士人画的开创者，文同主要以画墨竹出名，但苏轼有意突出他的文学成就，认为“与可之文，其德之糟粕；与可之诗，其文之毫末。诗不能尽，溢而为书，变而为画，皆诗之余”⑦。他在《书文与可墨竹》里说：“亡友文与可有四绝：诗一，楚辞二，草书三，画四。”⑧ 这种评论似乎更符合苏轼自己的创作实际，他的题画诗不仅保留了东坡体清雄旷放的一贯特色，还显示了其通达事理的杰出才华。如《次韵吴传正枯木歌》：

---

① 《黄庭坚全集》，前引书，第299页。
② 《黄庭坚全集》，前引书，第214页。
③ 《题子瞻画竹石》，《黄庭坚全集》，前引书，第224页。
④ 《王晋卿作〈烟江叠嶂图〉，仆赋诗十四韵，晋卿和之……》，《苏轼诗集》，前引书，第1609页。
⑤ 《题文与可墨竹》，《苏轼诗集》，前引书，第1439页。
⑥ 《戒坛院文与可画墨竹赞》，《苏轼文集》，前引书，第614页。
⑦ 《文与可画墨竹屏风赞》，《苏轼文集》，前引书，第614页。
⑧ 《苏轼诗集》，前引书，第1392页。

天公水墨自奇绝，瘦竹枯松写残月。梦回疏影在东窗，惊怪霜枝连夜发。生成变坏一弹指，乃知造物初无物。古来画师非俗士，妙想实与诗同出。龙眠居士本诗人，能使龙池飞霹雳。君虽不作丹青手，诗眼亦自工识拔。龙眠胸中有千驷，不独画肉兼画骨。但当与作少陵诗，或自与君拈秃笔。东南山水相招呼，万象入我摩尼珠。尽将书画散朋友，独与长铗归来手①。

将视觉经验化为心灵感受，以七言歌行体跌宕回旋的格调，描写水墨山水画萧条荒寒的奇绝景致，表现士人淡泊洒脱的清旷胸襟。“乃知造物初无物”，是说造化本无形，自然万物皆禀天地之气以生成，物象里蕴含着生命的情调与意味，这应当是画家与诗所应着重表现的。所谓“拈秃笔”，典出《历代名画记》，指张璪画破墨山水时所用的“秃毫”蘸墨的笔法，他自称“外师造化，中得心源”②。这种画法和创作思想为文人“墨戏”所继承和发扬光大。苏轼《墨花》诗云：“造物本无物，忽然非所难。花心起墨晕，春色散毫端。缥缈形才具，扶疏态自完。”③ 对以墨彩表现生机盎然的春色的墨法赞不绝口。他在《欧阳少师令赋所蓄石屏》里说：“何人遗公石屏风，上有水墨希微踪。不画长林与巨植，独画峨眉山西雪岭上万岁不长之孤松。崖崩涧绝可望不可到，孤烟落日相溟蒙。……神机巧思无所发，化为烟霏沦石中。古来画师非俗士，摹写物象略与诗人同。”④ 于线条造型之外，还讲究墨韵，强调表现物趣天态，以构成浑化无迹而气韵生动的意境，而诗中的物象和画境其实是无形的。

苏轼《净因院画记》说：“余尝论画，以为人禽宫室器用皆有常形。至于山石竹木，水波烟云，虽无常形，而有常理。常形之失，人皆知之；常理不当，虽晓画者有不知。故凡可以欺世而取名者，必托于无常形者也。”⑤ 以“常形”的有无来区分人物鞍马画与山水竹石画，前者要以形写神，后者合于天造而惬于人意，方能形理两全。水无常形而随物赋形，树木竹石因气节地域的不同亦多变态。苏轼赞成文同画竹必先得成竹于胸的说法，以为如此才有可能得其常理。他说：“世之工人，或能曲尽其形，而至于其理，非高人逸士不能办。与可之于竹石枯木，真可谓得其理者矣。如是而生，如是而死，如是而挛拳瘠蹙，如是而条达遂茂。根茎节叶，牙角脉缕，千变万化，未始相袭，而各当其处。合于天造，厌于人意，盖达士之所寓与欤。”⑥ 如果说写形、传神都还属技艺范畴，那么，“得其理者”的了然于心，已相当于《庄子·养生主》里庖丁所说的道进于技了。知道理者方能做到道、技两进。苏轼《书李伯时山庄图后》说：“居士之在山也，不留于一物，故其神与万物交，其智与百工通。虽然，有道有艺，有道而不艺，则物虽形于心，

① 《苏轼诗集》，前引书，第1971页。
② 《历代名画记译注》，前引书，第477页。
③ 《苏轼诗集》，前引书，第1353页。
④ 《苏轼诗集》，前引书，第277页。
⑤ 《苏轼文集》，前引书，第367页。
⑥ 《净因院画记》，《苏轼文集》，前引书，第367页。

不形于手。”[①] 神与物游，意在笔先，才可能使了然于心者了然于手，画理如此，作诗也是如此。画家具有诗人的心灵方能脱俗，其作品方可入流，诗人则需兼擅书画或懂得画理，才能尽情地显示过人才华。

琴棋书画是宋代文人“游于艺”的生活方式，也成为他们作诗必备的修养。宋人“以才学为诗”的“才”，更多地体现在通晓书画的才艺方面，所谓“江左风流王谢家，尽携书画到天涯。却因梅雨丹青暗，洗出徐熙落墨花”[②]。士大夫文人对书画作品的收藏和鉴赏，促进了题画诗的创作，苏轼的一些名篇就是根据画意加以生发的作品。如《长江绝岛图》是李思训的着色山水，画的是长江中大、小孤山的奇绝景色，苏轼的题诗云：

> 山苍苍，水茫茫，大孤小孤江中央。崖崩路绝猿鸟去，惟有乔木参天长。客舟何处来？棹歌中流声抑扬。沙平风软望不到，孤山久与船低昂。峨峨两烟鬟，晓镜开新妆。舟中贾客莫漫狂，小姑前年嫁彭郎[③]。

画是名画，诗为好诗。在以诗写画时，苏轼充分发挥了作为时间艺术的诗歌能描写动态的特长，着重写划船人的歌声回荡于江面，船随江浪起伏，孤山也时高时低；又以发髻比喻大、小孤山，将“小孤”当作“小姑”，以晓镜比喻风平浪静的水面。这些都是诗人的想象之辞，多得之于象外。苏轼自称“平生好诗仍好画”，喜于醉意朦胧时挥毫作画，所谓“空肠得酒芒角出，肝肺槎牙生竹石。森然欲作不可回，叶向君家雪色壁”[④]。这种实际的创作经验，使他的题画诗蕴含对书画艺术的独特理解和奇妙想象，给人以触处皆春、才气横溢的印象。如题《春江晚景》的小诗：“竹外桃花三两枝，春江水暖鸭先知。蒌蒿满地芦芽短，正是河豚欲上时。”[⑤] 据观画的视觉印象进行联想，一个“暖”字使春江水具有温度，用通感写出了画中之态，并传达出生机勃发的画外之意。再如关于《雪浪石》的长诗，由“画师争摹雪浪势，天工不见雷斧痕”的启发，展开对犹如万马奔腾的太行山群峰的尽情赞美，所谓“太行西来万马屯，势与岱岳争雄尊。飞狐上党天下脊，半掩落日先黄昏。削成山东二百郡，气压代北三家村”[⑥]。善于化静为动，抟虚为实，充满动感而才气横溢。谢赫《古画品录》讲的绘画“六法”的“气韵生动”，在宋人的这一类歌行体作品里得到了充分的体现。

好发议论是“以才学为诗”的一种表现方式，苏轼就喜欢在题画诗里以议论的方式表达自己的文艺观，其中一个重要的观点是追求诗画创作的一律。他在早年所作的《王维吴道子画》里说：“道子实雄放，浩如海波翻。当其下手风雨快，笔所未到气已吞。”[⑦]

---

① 《苏轼文集》，前引书，第2211页。
② 《跋王晋叔所藏画五首》之《徐熙杏花》，《苏轼诗集》，前引书，第2395页。
③ 《李思训画〈长江绝岛图〉》，《苏轼诗集》，前引书，第872页。
④ 《郭祥正家，醉画竹石壁上，郭作诗为谢，且遗二古铜剑》，《苏轼诗集》，前引书，第1234页。
⑤ 《惠崇〈春江晚景〉二首》其一，《苏轼诗集》，前引书，第1401页。
⑥ 《次韵滕兴公大夫〈雪浪石〉二首》，《苏轼诗集》，前引书，第1998页。
⑦ 《苏轼诗集》，前引书，第108页。

苏轼本人的诗歌创作就有这种自然奔放的气势，但他又说：“摩诘本诗老，佩芷袭芳荪。今观此壁画，亦若其诗清且敦。……吴生虽妙绝，犹以画工论。摩诘得之于象外，有如仙翮谢笼樊。”① 言下似乎更推重王维一些。不过他也明确指出：“诗至于杜子美，文至于韩退之，书至于颜鲁公，画至于吴道子，而古今之变，天下之能事毕矣。道子画人物，如以灯取影，逆来顺往，旁见侧出，横斜平直，各相乘除，得自然之数，不差毫末，出新意于法度之中，寄妙理于豪放之外，所谓游刃余地，运斤成风，盖古今一人而已。”②吴道子作画远比王维要专业，以致苏轼有这样的慨叹和议论：“丹青久衰工不艺，人物尤难到今世。每摹市井作公卿，画手悬知是徒隶。吴生已与不传死，那复典刑留近岁。人间几处变西方，尽作波涛翻海势。细看手面分转侧，妙算毫厘得天契。始知真放本精微，不比狂花生客慧。”③ 对吴道子画妙造自然的精妙技法予以充分的肯定。他对王维的评论，似侧重于其以山水为题材的诗画作品透露出来的清新风格，所谓“摩诘本词客，亦自名画师。平生出入辋川上，鸟飞鱼泳嫌人知。山光盎盎着眉睫，水声活活流肝脾。……细毡净几读文史，落笔璀璨传新诗。青山长江岂君事，一挥水墨光淋漓”④。当然，无论是妙造自然而“得天契”的笔法，还是山水画的水墨渲淡法，都不能停留于具体物象的摹写上，“君子可以寓意于物，而不可以留意于物”⑤。所以，苏轼认为“论画以形似，见与儿童邻。赋诗必此诗，定非知诗人。诗画本一律，天工与清新”⑥。巧夺“天工”是用笔的最高境界，而“清新”则是一种自然的风格，可作为诗画创作的共同追求。这种论断为笔墨的独立奠定了思想基础。

诗画创作要达到“天工”的境界，必须神与物游，心融于造化之中。标举“天工”与“清新”的创作理论，是对张璪“外师造化，中得心源”思想的继承与发展。《旧唐书》说王维“尤长五言诗，书画特臻其妙。笔踪措思，参于造化”⑦。相传王维的论画之语为“云峰石迹，迥出天机。笔意纵横，参乎造化”⑧。所谓“天机”，指有如天授的创作灵感，相当于张璪所说的“中得心源”，作者心与物融而天机骏利，方能于其作品里表现自然造化之神奇，也才能有笔补造化之天工。如苏轼所言：“与可画竹时，见竹不见人。岂独不见人，嗒然遗其身。其身与竹化，无穷出清新。”⑨ 身与竹化即心与物融，全身心的投入和拥抱自然，用恰当的笔墨或文字表达物我冥合的真切情感体验，追求气韵生动。清新的风格得自天机，乃心师造化的结果。黄庭坚说：“有先竹于胸中，则本末畅茂；有成竹于胸中，则笔墨与物俱化。津人之未尝见舟而便操之，惟其熟也，夫依约而觉；至于笔墨而与造化者同功，岂求之他哉。盖庖丁之解牛，梓庆之削镰，与清明在躬、志气

---

① 《苏轼诗集》，前引书，第108页。
② 《书吴道子画后》，《苏轼文集》，前引书，第2210—2211页。
③ 《子由新修汝州龙兴寺吴画壁》，《苏轼诗集》，前引书，第2027页。
④ 《王维画》，《苏轼诗集》，前引书，第2598页。
⑤ 《宝绘堂记》，《苏轼文集》，前引书，第356页。
⑥ 《书鄢陵王主簿所画折枝二首》，《苏轼诗集》，前引书，第1525页。
⑦ 后晋刘昫等《旧唐书·文苑下》，中华书局1975年版，第5052页。
⑧ 沈子丞《历代论画名著汇编》，文物出版社1982年版，第253页。
⑨ 《书晁补之所藏与可画竹》，《苏轼诗集》，前引书，第1522页。

如神者同一枢纽，不容一物于其中，然后能妙。"①诗画创作的一律，在于心物合一、道技两进，主观的生命情调与自然景象交融互渗，这既与作者的才学和胸襟密切相关，也涉及具体的笔墨技法和文字表达问题。

三

作为中国书画特有的艺术语言，笔墨的运用在文人"墨戏"中达到成熟的境界，成为表现作者个性人格和生命精神的文艺形式。而笔墨的根柢在书法，宋人尚意重韵的行书和草书强化了抽象线条的抒情写意功能，使书画用笔同法成为区别士人画与画工画的关键，奠定了诗书画在风格形式上能相互融合的基础。苏、黄"自出新意"、"自成一家"的论书主张，"字中有笔"和"韵胜"的书法理论，对宋诗创作亦有指导意义，便于我们正面理解宋人"以文字为诗"的含义，把握宋诗的独特意韵。

众所周知，苏轼是宋代"尚意"书风的倡导者，追求以才学和人品为根基的个人性情的自然流露，能继承"尚法"为特征的唐朝书风的影响而自出新意。他说："吾书虽不甚佳，然自出新意，不践古人，是一快也。"②"出新意"指有自己独特的意态，与尽情尽兴相关联，所谓"兴来一挥百纸尽，骏马倏忽踏九州。我书意造本无法，点画信手烦推求"③。这么说，并不意味苏轼作书完全无法可依而随心所欲。事实上，他曾广泛涉猎晋唐著名书家的墨迹，注意从"二王"、颜真卿、柳公权、李邕、杨凝式等人的书法作品里汲取营养，力求"出新意于法度之中"，变"有法"为"无法"。他在《书唐氏六家书后》里说：

> 张长史草书，颓然天放，略有点画处，而意态自足，号称神逸。今世称善草书者或不能真、行，此大妄也。真生行，行生草，真如立，行如行，草如走，未有未能行立而能走者也。……颜鲁公书雄秀独出，一变古法，如杜子美诗，格力天纵，奄有汉、魏、晋、宋以来风流，后之作者，殆难复措手。柳少师书，本出于颜，而能自出新意，一字百金，非虚语也④。

唐人作书讲究规矩，方正遒劲的楷书到了颜、柳，几于尽善尽美而法度森严，但苏轼学习的着眼点在其独创性的意态上，强调变古法而自出新意。他说："颜公变法出新意，细筋入骨如秋鹰。徐家父子亦秀绝，字外出力中藏稜。"⑤因为具此手眼，他也就真正学到了前人的长处。黄庭坚说："东坡书真行相半，便觉去羊欣、薄绍之不远。予与东坡俱学颜平原，然予手拙，终不近也。自平原以来，惟杨少师、苏翰林可人意尔。"⑥苏

① 《题杨道孚画竹》，《黄庭坚全集》，前引书，第1580页。
② 《评草书》，《苏轼文集》，前引书，第2183页。
③ 《石苍舒醉墨堂》，《苏轼诗集》，前引书，第235页。
④ 《苏轼文集》，前引书，第2206页。
⑤ 《孙莘老求墨妙亭诗》，《苏轼诗集》，前引书，第371页。
⑥ 《跋东坡书》，《黄庭坚全集》，前引书，第774页。

轼作书初以王羲之的《兰亭序》为楷模，后来学颜真卿等人，由通晓众长后立己意，能出唐人法度而有晋人风韵。他不无自得意地说："吾虽不善书，晓书莫如我。苟能通其意，常谓不学可。貌妍容有颦，璧美何妨椭。端庄杂流丽，刚健含婀娜。"① 他那自成一家的"苏体"，能将颜体的丰肥浑厚、李邕书法的豪迈奔放，与"二王"的清丽典雅有机地融合在一起，圆劲流美，超凡脱俗。

书法是线条的艺术，"尚意"书风突显了汉字书写的笔墨功能，不仅发扬光大了书画同体和书画同法的传统，也使诗文与书法的风格更为接近。作为形、音、义一体的表意文字，汉字是由象形文字发展而成的，张彦远在"叙画之源流"时说："又周官都国子以六书，其三曰象形，则画之意也。是故知书、画异名而同体也。"② 认为文字与绘画虽名称不同，但本源上是同一种东西，因此，他在谈到六朝著名书画家的"用笔"时指出："顾恺之之迹紧劲联绵，循环超忽，调格逸易，风趋电疾。意在笔先，画尽意在，所以全神气也。昔张芝学崔瑗、杜度草书之法，因而变之，以成今草书之势。一笔而成，气脉通连，世上谓之'一笔书'。其后陆探微亦作'一笔画'，连绵不断。故知书画用笔同法。"③ 书画的一笔而成，不在纸面线条的连接，而在于精神气韵的贯通，在于一气呵成、血脉不断。苏轼说："书必有神、气、骨、肉、血，五者阙一，不为成书也。"④ 以书体比人体，强调书法作品的生命精神和气韵。他说："颜公平生写碑，惟东方朔画赞为清雄，字间栉比，而不失清远。其后见逸少本，乃知鲁公字字临此书，虽小大相悬，而气韵良是。"⑤ 认为在唐法、晋韵间有气脉相承之处。黄庭坚《题颜鲁公帖》云："观鲁公此帖，奇伟秀拔，奄有魏、晋、隋、唐以来风流气骨。"⑥ 气韵即神韵，气骨则兼及骨法用笔，主要指作者的精神气质而言，可归结到写意上来，如同作诗创造意境一般。刘熙载说："东坡诗如华严法界，文如万斛泉源，惟书亦颇得此意，即行书《醉翁亭记》便可见之。其正书字间栉比，近颜书《东方画赞》者为多，然未尝不自出新意也。"⑦ 就同一作者的创作而言，其书风与诗风往往具有高度的一致性。

除风格之外，书法艺术和诗歌创作的相同之处还在于，都以人们熟知的固有的"文字"为载体，如何使写字成为展示个性气质的书法作品与如何选用恰当的文字写出好诗，属于同一层次的问题。只有自出新意、自铸伟辞，才能自成一家。苏轼说："予尝论书，以谓钟、王之迹，萧散简远，妙在笔画之外。至唐颜、柳，始集古今笔法而尽发之，极书之变，天下翕然以为宗师，而钟、王之法益微。至于诗亦然。"⑧ 前人的绝妙文字和笔法，或许就是后人难以超越的一道坎。另辟蹊径而求创新固然很好，像黄庭坚说的"领

① 《次韵子由论书》，《苏轼诗集》，前引书，第209页。
② 《历代名画记译注》，前引书，第6—7页。
③ 《历代名画记译注》，前引书，第91页。
④ 《论书》，《苏轼文集》，前引书，第2183页。
⑤ 《题颜公书画赞》，《苏轼文集》，前引书，第2177页。
⑥ 《黄庭坚全集》，前引书，第758页。
⑦ 清刘熙载《艺概》，上海古籍出版社1978年版，第161页。
⑧ 《书黄子思诗集后》，《苏轼文集》，前引书，第2124页。

略古法生新奇”①，也是一种选择。黄庭坚的草书艺术成就很高，自言得笔于张旭、怀素。他在《跋张长史书》中说：“予尝于杨次公家，见长史行草三帖，与王子敬不甚相远。盖其姿性颠逸，故谓之张颠。然其书极端正，字字入古法。”② 但他又说：“张长史作草，乃有超轶绝尘处，以意想作之，殊不能得其仿佛。”③ 黄庭坚对张旭草书的认识含有自己的创作经验，从优入古法到翻新出奇的超轶绝尘，与其诗法是相通的。他在《再次韵杨明叔》的诗序中说：“以俗为雅，以故为新，百战百胜，如孙吴之兵；棘端可以破镞，如甘蝇飞卫之射，此诗人之奇也。”④ 这种整旧为新的方法可视为语言文字的点金术。他认为“自作语最难。老杜作诗，退之作文，无一字无来处，盖后人读书少，故谓韩、杜自作此语耳。古之能为文章者，真能陶冶万物，虽取古人之陈言入于翰墨，如灵丹一粒，点铁成金也”⑤。这是宋人“以文字为诗”的经典表述，遭到后人很多批评。

苏、黄同为宋诗代表人物和著名书法家，他们的书论和诗论是相通的。黄庭坚讲的“随人作计终后人，自成一家始逼真”⑥，既是其论书宗旨，也是他诗歌创作的圭臬。“自成一家”即自成一体，宋诗里“东坡体”、“山谷体”的称谓，可用来指他们的书法，黄庭坚在书论里强调的“字中有笔”和“韵胜”，亦有助于从正面认识宋人“以文字为诗”的做法。

书法艺术讲究用笔，黄庭坚说：“心能转腕，手能转笔，书字便如人意。古人工书无他异，但能用笔耳。”⑦ 又说：“余尝评李西台书，所谓‘字中有笔’者也。字中有笔，如禅家句中有眼。他人闻之，瞠若也，惟苏子瞻一闻便欣然耳。”⑧ 苏、黄二人在“字中有笔”问题上是有共识的。黄庭坚谈用笔，有笔法、笔意和笔势的分别，笔法有形迹可循（如“永字八法”），可通过临摹前人碑帖的笔画进行学习，但他更看重用心体会方能领悟的笔意和笔势。他认为颜真卿的“《蔡明远帖》笔意纵横，无一点尘埃气，可使徐浩伏膺，沈传师北面”⑨，又说“柳公权《谢紫丝靸鞋帖》，笔势往来，如用铁丝纠缠，诚得古人用笔意”⑩。他讲的“字中有笔”，主要指对笔意和笔势的把握而言。“盖用笔不知禽纵，故字中无笔耳。字中有笔，如禅家句中有眼，非深解宗趣，岂易言哉。”⑪ 与唐人作书崇尚法度不同，宋人书法多以意取胜、以势取胜，讲究用笔的“擒纵”，即通过纵横往来的笔意和笔势，传达作者内心的意趣和情感，用抽象笔墨表现自然界的各种动态。

“字中有笔”的关键，在于以笔墨界破虚白后，用点画的变化和线条的动态表现作者丰富的内心情意与大千世界的生动气象，使字体具有筋骨血肉的生命体感觉，字里行间

① 《次韵子瞻和子由观韩干马因论伯时画天马》，《黄庭坚全集》，前引书，第 82 页。
② 《黄庭坚全集》，前引书，第 1608 页。
③ 《跋张长史草书》，《黄庭坚全集》，前引书，第 758 页。
④ 《黄庭坚全集》，前引书，第 126 页。
⑤ 《答洪驹父书》，《黄庭坚全集》，前引书，第 473 页。
⑥ 《题乐毅论后》，《黄庭坚全集》，前引书，第 712 页。
⑦ 《题绛本法帖》，《黄庭坚全集》，前引书，第 746 页。
⑧ 《题李西台书》，《黄庭坚全集》，前引书，第 1572 页。
⑨ 《跋洪驹父诸家书》，《黄庭坚全集》，前引书，第 770 页。
⑩ 《跋翟公巽所藏石刻》，《黄庭坚全集》，前引书，第 764 页。
⑪ 《自评元祐间字》，《黄庭坚全集》，前引书，第 677 页。

洋溢神气充盈的生命情调。这是苏轼倡导的"尚意"书风在书法用笔上的具体化，并渗透到了重意境的诗歌创作领域。黄庭坚这样教导后学："拾遗句中有眼，彭泽意在无弦。"① 句眼即诗眼，为诗人命意的警策处。据惠洪《冷斋夜话》转述："山谷云：诗意无穷，而人之才有限。以有限之才，追无穷之意，虽渊明、少陵，不得工也。然不易其意而造其语，谓之换骨法；窥入其意而形容之，谓之夺胎法。"② "夺胎换骨"是"点铁成金"的具体化，意在化腐朽为神奇，无论夺胎的"不易其意"，还是换骨的"窥入其意"，着眼点都在诗意的生发，而非单纯的语言修辞技巧，更非文字的挦扯缀补。

生命精神的贯注和作者个性品格的表现，使汉字的书写没有停留在简单的语言符号阶段，而成为具有笔墨情趣和生动气韵的艺术品。黄庭坚以"韵"通论书法和诗，欣赏饶有筋骨和风神的作品，强调"韵胜"的重要。他推崇东坡书法为宋代第一，用"遒媚"、"圆劲"、"沉着痛快"来形容苏轼不同生命阶段的书法风格。他认为"子瞻少时学《兰亭》，极遒媚，中年以来，笔墨重实，李北海未足多也"③。遒者，劲气内敛，绵里藏针；媚者，意态妩媚，妍丽百出。所谓"遒媚"，相当于苏轼自己说的"端庄杂流丽，刚健含婀娜"。书法的笔墨具有美感，其美在意态，美在笔力，美在气势。黄庭坚这样说：

> 东坡书如华岳三峰，卓立参昂，虽造物之炉锤，不自知其妙也。中年书圆劲而有韵，大似徐会稽；晚年沉着痛快，乃似李北海。此公盖天资解书，比之诗人，是李白之流④。

显然，他更欣赏苏轼中年后的书法，所谓"圆劲"，不仅有力度，还含有气势。其《跋东坡水陆赞》云："东坡此书，圆劲成就，所谓'怒猊抉石，渴骥奔泉'，恐不在会稽（徐浩）之笔，而在东坡之手矣。"⑤ 东坡落笔如天风海雨，有"怒抉"、"渴奔"的气势，故"天然自工，笔圆而韵胜"⑥。他一再强调苏轼"中岁喜学颜鲁公、杨风子书，其合处不减李北海。至于笔圆而韵胜，挟以文章妙天下、忠义贯日月之气，本朝善书，自当推为第一"⑦。作书有刚劲笔力，又有气势贯通，自然就"沉着痛快"了。黄庭坚说："笔墨各系其人工拙，要须其韵胜耳。病在此处，笔墨虽工，终不近也。……近世惟颜鲁公、杨少师特为绝伦，甚妙于用笔，不好处亦妩媚，大抵更无一点一画俗气。"⑧ 凡作书贵有士气、浩气、豪杰之气，不可有俗气、匠气、江湖气。

刘熙载《艺概》说："黄山谷论书最重一'韵'字，盖俗气未尽者，皆不足以言韵

---

① 《赠高子勉四首》，《黄庭坚全集》，前引书，第201页。
② 张伯伟编校《稀见本宋人诗话四种》，江苏古籍出版社2002年版，第17页。
③ 《跋东坡书》，《黄庭坚全集》，前引书，第773页。
④ 《跋东坡书》，《黄庭坚全集》，前引书，第774页。
⑤ 《黄庭坚全集》，前引书，第772页。
⑥ 《题东坡字后》，《黄庭坚全集》，前引书，第773页。
⑦ 《跋东坡墨迹》，《黄庭坚全集》，前引书，第774页。
⑧ 《论书》，《黄庭坚全集》，前引书，第1427页。

也。"[1] 在黄庭坚看来，不俗也就是"韵胜"。他在《论子瞻书体》中说："观其少年时字画已无尘埃气，那得老年不造微入妙也。"[2] 又说："东坡简札，字形温润，无一点俗气。"[3] 这一标准亦被他用来评诗。其《书嵇叔夜诗与侄榎》说："叔夜此诗豪壮清丽，无一点尘俗气，凡学作诗者，不可不成诵在心。""士生于世可以百为，唯不可俗，俗便不可医也。"[4] 他自己的"山谷体"诗就具有脱去流俗的意韵，如《题落星寺》：

落星开士深结屋，龙阁老翁来赋诗。小雨藏山客坐久，长江接天帆到迟。宴寝清香与世隔，画图妙绝无人知。蜂房各自开户牖，处处煮茶藤一枝[5]。

此诗描写山雨里古寺居住环境的幽深，表露诗人到此油然而生的清虚绝俗之情。据宋人史容的《山谷外集诗注》，该诗的每一联都有出处，如"深结屋"与杜诗的"独在深崖结茅屋"相似，"小雨藏山"典出《庄子·大宗师篇》，"蜂房"句亦可于杜诗里找到相似的写法。尤其是"宴寝清香"句，从韦应物诗"宴寝凝清香"化出，可谓"夺胎"；"画图妙绝"的意思与韩愈《山石》里的"僧言古壁佛画好"一样而文字不同，当为"换骨"。如此分解则毫无诗意可言，但若通观全诗，可知诗人紧扣"深结屋"来写景抒怀，"深"字是句眼，也是诗眼，由此展开描写，颈联的承接极妙，虽用事典而浑化无迹，意韵尤为深远。在《潜溪诗眼》里，范温用"有余意之谓韵"解释黄庭坚的"句中有眼"之说，可以作为此诗的正解。

---

① 《艺概》，前引书，第161页。
② 《黄庭坚全集》，前引书，第1433页。
③ 《跋东坡字后》，《黄庭坚全集》，前引书，第771页。
④ 《黄庭坚全集》，前引书，第1562页。
⑤ 《黄庭坚全集》，前引书，第1092页。

多元合力共生：北宋诗坛非主流体派论

四川大学　吕肖奂

宋初三体、新变派、荆公体、东坡体、江西诗派，勾勒出北宋诗歌由宗唐而变唐的过程，从而也勾勒出宋调由脱胎到生成的过程，因此，这些体派无疑构成了北宋诗坛最为主流的文学景观①。而在这些主流景观的光彩掩隐背后，尚有许多或显性或隐性的文学体派，在当时与主流体派一起构筑了多元的、多层次的诗坛。但当时光渐行渐远之时，一些文学体派或被视为没有群体性的个别行为，淡出了人们的视野，或被视为无关紧要的孤立现象，渐次被人遗忘。尤其是因为大多数的文学史写作，都是为了寻求某种规律而简化文学现场或文学原生态的文学研究，所以，许多非主流体派就在这种简化中被有意精简了出去。

集中书写非主流体派，是想帮助文学进行场景还原，也就是努力恢复文学原生态，或者说是为了“复活”文学现场的复杂性以及无序性。这里谨以北宋诗坛为例。

在北宋诗坛上主流体派盛行的同时，至少有七八个非主流体派曾经存在，譬如“后西昆体”、“险怪体”、“击壤体”、“耆英会体”、“太白体”、“后白体”、“词体”、“非坡非谷体”等等，就是常被文学史研究忽略而在当时尚非孤立也非隐蔽的诗歌体派。

一、后西昆体：雍容华贵的贵族化情趣在仁英神哲四朝的持续存在

“后西昆体”是指在新变派崛起之后的仁宗庆历、嘉祐诗坛，依旧“固执己见”，不肯轻易放弃其文学主张与创作风格的一群诗人。其代表诗人是晏殊（991－1055)、宋庠(996－1066)、宋祁（998－1061)、王珪（1019－1085)，不少诗人也受其影响。研究者也曾关注过这一诗体的存在，但往往将这一体派的创作视为真宗景德间就兴起的杨亿、刘筠西昆体的延续，而忽略了其在新变派、荆公体乃至东坡体盛行时期依然存在的意义。

晏殊是欧阳修的座主，也是欧阳修主盟诗坛之前的文坛主盟者，当庆历年间新变派古拙生硬诗风开始风行时，晏殊仍秉承着西昆体追求精丽繁缛的精神，努力保持雍容华贵的诗风，他无法欣赏门生欧阳修的诗文与政治作为，以至于晚年视欧阳修为路人。庆历中，西师未解，晏元献公殊为枢密使，会大雪，欧阳文忠公与陆学士经同往候之，遂至于西园。欧阳公即席赋《晏太尉西园贺雪歌》，其断章曰：“主人与国共休戚，不唯喜悦将丰登。须怜铁甲冷彻骨，四十余万屯边兵。”晏深不平，尝语人曰：昔日韩愈亦能作言语，每赴裴度会，但云“园林穷胜事，钟鼓乐清时”，却不曾如此作闹（《宋朝事实类

---

① 详参拙作《宋诗体派论》，四川民族出版社 2002 年版。

苑》卷三五）。晏殊还试图用个人平淡中见雍容的诗歌主张影响新变派中坚梅尧臣，但是梅尧臣显然更支持欧阳修古拙中见平淡的主张。后西昆体的贵族化趣味无法与新变派的平民化趣味融为一体。宋祁虽与欧阳修同为晏殊门生，同修《唐书》，但他们的审美情趣与诗文创作风格显然属于两个阵营，二人诗风分道扬镳，从未融合。

文彦博（1006－1097）、赵抃（1008－1084）、蔡襄（1012－1067）、胡宿等人与欧梅苏年龄相仿，却受西昆体影响较大、时间较长，庆历后期或嘉祐年间才逐渐转向新变派，但他们的审美情趣始终与新变派有一点距离（文彦博熙丰间隐居洛阳，风格趋向白体）。后西昆体的审美趣味一直受北宋一些高官显宦追捧，直到英宗、神宗、哲宗年间，王珪的“至宝丹”诗风，都是这个体派的延续。王珪是庆历二年进士，“出入禁闼，历仕四朝（仁英神哲），不出国门而至宰相”，“登翰林、掌文诰者几二十年”，他的诗文都坚守晏殊、二宋审美观念，在新变派、荆公体、东坡体占主流地位的文坛诗坛上也不改变个人的诗文理念。《四库全书总目》卷一五二《华阳集》提要云：“然其文章则博赡瑰丽，自成一家，计其登翰林、掌文诰者几二十年，朝廷大典策，皆出其手，故其多而且工者，以并俪之作为最，揖让于二宋之间，可无愧色。王铚、谢伋、陆游、杨万里等往往称之，殆非虚美。其诗以富丽为主，故王直方诗话载，时人有‘至宝丹’之目，以好用金玉锦绣字也。然其掞藻敷华，细润熨帖，精思锻炼，具有炉锤名贵之篇，实复不少。正不独葛立方、方回所称《明堂庆成》、《上元应制》诸篇为工妙独绝矣。”王珪《宫词百首》的“至宝丹”风格与宫廷生活习俗的皇家气派相配合，显示出一些高官显宦对馆阁体的赏爱、坚持以及“后西昆体”的生存实力。

“后西昆体”因为坚守贵族化的审美趣味而长期生存于北宋诗坛，并没有在融合更多平民化趣味的书卷气或文人化审美趣味的宋调主潮中消失。

二、险怪体：庆历间雄豪奇峭审美思潮产物

明道到嘉祐初年（1032—1057），尤其是庆历年间，石延年、苏舜钦等人掀起一股追求雄豪奇峭的审美思潮①。梅尧臣的古拙生涩也在这一新变思潮中别开一路；欧阳修等人受其鼓舞，以韩孟奇崛诗歌为模本，写出了不少雄奇豪放、古硬生新的诗歌。两种风格又在欧阳修的极力撮合下趋于融合平淡，最后成为新变派。

险怪与雄豪奇峭基本属于同一审美范畴，二者相距不过一步之遥，很容易混淆，因此也随这一新变思潮而涌现②。石延年（994－1041）以及苏舜钦（1008－1048）、欧阳修（1007－1072）、梅尧臣（1002－1060）的一些作品就有涉险怪之嫌，但还只是想象新奇、语词生新而已；而被视作新变派成员的如石介（1005－1045），其诗歌就离险怪更近一步；其学生杜默，则变本加厉，险怪粗豪异常，超过卢仝、马异，已非欧阳修等人所能容忍，是险怪体的极端分子。

① 详参张毅《宋代文学思想史》第二章第二节，中华书局1995年版，第70－75页。

② 详参拙作《欧阳修对奇险风格的矛盾态度》，《西南民族大学学报》2005年第11期，第102－104页。

被人忽视的险怪体诗人还有黄庶与李觏等人。黄庶（1018－1058）与王珪年岁相仿且同为庆历二年进士，但二人的审美情趣截然相反，黄庶像石介等人一样反对西昆体，其《吕先生许昌十咏后序》云："其时（指天圣中）文章用声律最盛，哇淫破碎不可读，其于诗尤甚。士出于其间，为辞章能主意思而不流者，固少而最难。"[①] 因此，"庶当西昆体盛行之时，颇有意矫其流弊，故《谢崔相之示诗稿》一首，有'淡泊路久茀，共约锄榛菅'之句。"[②] 他完全倾向于新变派的审美情趣，其《拟欧阳舍人古篆》有"苏梅鸾凤相上下，鄙语燕雀何能群"句，并注有"苏子美、梅圣俞同有此诗"，可知黄庶对欧、梅、苏新变诗风的崇尚，也可知黄庶"险怪体"诗歌渊源有自。黄庶"《和柳子玉十咏》中《怪石》一首，最为世所传诵"[③]，其诗云："山鬼水怪著薜荔，天禄辟邪眠莓苔。钩帘坐对心语口，曾见汉唐池馆来。"这种如怪石一样"险怪"的诗歌，《直斋书录解题》卷一七云"集中多此体"。其诗今仅存一卷，但如此风格亦复不少，如《对花》遗憾自己不能像杜甫、李白一样妙笔生花，而希望李杜再生："耒阳与采石，孤坟没荆棘。几欲肉白骨，再插风雅翼。海为一杯酒，地为一领席。醉坐吟万物，语出埋霹雳。乾坤髓可掬，鬼神泪可滴。"思路之奇险、想象之奇特、出语之生新，都非比寻常。其《斑石枕联句同向宗道》也效仿韩愈等人的《石鼎联句》求险求怪，比新变派诸人的雄奇豪放或古拙生涩有过之而无不及，但比杜默之流则要温雅得多。黄庶将庆历时期的奇险思潮以及新变精神直接传授给黄庭坚，四库馆臣所谓"集中古体诸诗并戛戛自造，不蹈陈因。虽魄力不及庭坚之雄阔，运用古事镕铸翦裁亦不及庭坚之工巧，而生新矫拔，则取径略同。先河后海，其渊源要有自也"[④]。

李觏（1009－1059）在当时以思想新奇不同于其他宋儒而著称，其新奇的思想也为其诗歌创作注入了新奇的风格，其《论文》二首："今人往往号能文，意熟辞陈未足云。若见江鱼须恸哭，腹中曾有屈原坟。""天宝年中事事新，长安还有谪仙人。骑鲸去后无寻处，输与勾芒自管春。"不仅有追求新奇的理想，而且有颇为"险怪"的意象、意境、意思，足以震慑常人心魄。其《葛陂怀古》："长房化去已千年，鬼魅纷纷不畏天。老鳖若来为太守，何人杀向葛陂边。"《屈原》："秋来张翰偶思鲈，满筯鲜红食有余。何事灵均不知退，却将闲肉付江鱼。"险怪得令人惊诧不已。《宋诗钞》卷四四《盱江集钞》云："诗雄劲有气焰，用意出人。有云'格如平易人多爱，意到幽深鬼未知'，见其得处矣。"李觏诗歌中的确充满令鬼神都诧异的诗意。（《全宋诗》收其诗三卷。）

黄庶、李觏之外，如郑獬、陶弼（1015－1078）、王令等人都有此类雄奇险怪的作品。庆历年间，雄豪奇峭思潮并非只产生了以险怪而著称的"太学体"，还产生了险怪体诗歌。

"险怪体"很难从新变派中剥离出来，应该算是新变派初期的一种极端风格，或是新

① 《伐檀集》卷下。
② 《四库全书总目》卷一五二《伐檀集》提要。
③ 《四库全书总目》卷一五二《伐檀集》提要。
④ 《四库全书总目》卷一五二《伐檀集》提要。

变派发展的附属品。之所以将其独立为一体，一是因为新变派的雄豪古硬还不至于险怪，二是因为新变派在庆历末年苏舜钦去世后，逐渐趋于平淡平易，嘉祐之后已不再追求惊世骇俗之效果。

险怪体在被认为总体上平淡平易的宋调中，十分引人注目，它唤醒的是宋调发生之初的集体求新求变记忆，也让人了解到宋调并非始终追求平淡。宋调摒弃与新奇为邻的险怪，却从未放弃对新奇的追求，黄庭坚及其江西诗派凸现出来的其实更多的是新奇而非平淡。

三、击壤体与耆英体：安闲乐道的白体变异

“击壤体”是宋代最有个性的诗体①。与其他理学家或道学家虽反对却又因循、依赖传统诗体的作法不同，邵雍（1011—1077）创造了最自由自在表达思想见解的诗歌，他从不反对作诗，但他绝不做循规蹈矩的诗人之诗，宋代很少有诗人如此毫不顾及诗歌传统而自由创造。“击壤体”可算作安闲乐道的打油诗，有白居易谈道说理诗的平易顺溜的成分，但更自由；与王梵志、寒山的佛理白话诗相比较，则要文雅得多。宋代偶有诗人效仿击壤体，如司马光在洛阳时与邵雍的唱和诗，还有词人贺铸也有一些诗效此风格，但很少有人大量仿作，即便理学诗人也极少。“击壤体”所表现出的超时代性风格，令宋代其他保守稳健的诗人望而却步。

与“击壤体”密切相关的是“耆英”体。熙宁三年到元丰八年（1070—1085），司马光（1019—1086）因反对王安石新法而外任洛阳，十五年间，他与致仕后退居洛阳的老年官员们先后组成真率会、耆英会，聚会宴饮唱和不已，形成了一种将白体与击壤体融合的“耆英”体。

虽然“耆英会”的成立在元丰五年正月②，但耆英体的形成当在熙宁初年司马光、富弼、文彦博等人到洛阳后不久，其时司马光、富弼与邵雍往来密切，深受其诗风影响，文彦博也在耆英会之前组织参与过“同甲会”、“五老会”③，开耆英会先河。据司马光《洛阳耆英会序》云，当时聚会赋诗者十二人，王拱辰（1012—1085）已离开洛阳到大名，却愿意加入，又写长诗，加上他此前在洛阳也与邵雍、司马光有唱和，所以也算作耆英会成员，因此耆英会共十三人。其中司马光、文彦博、富弼（1004—1083）等是耆英会中的主要成员和诗人，他们作诗最多，现存也最多，最能代表耆英体，其他成员如席汝言、王尚恭、赵丙、刘几等人都只有耆英会成立时的一二首诗。当时因反对或不满新法的隐退官员颇多，而洛阳是北方隐退官员的聚集地。“耆英体”反映了王安石变法期间不少官员隐退致仕之后的心态和生活，他们之中尽管仍有牢骚不平或者仍有东山再起

---

① 详见《宋诗体派论》宋调的旁支一节，此不详论。

② 详见《传家集》卷六八《洛阳耆英会序》等。《洛阳耆英会序》以及富弼、文彦博诗歌中均云12人，而后世笔记有13人之说。

③ 详见《潞公文集》卷七《奉陪中散大夫程伯康朝议大夫司马旦司封郎中席汝言于所居小园作同甲会》、《五老会诗》。

之志，但在诗歌中，他们尽量表现出安闲乐道、自适自得的状态，努力使人们感受到他们的心平气和。

“耆英”们在隐退之前诗风不尽相同，如司马光，宝元元年（1038）进士及第时新变派正登上诗坛，受其影响而最崇拜梅尧臣。其《投梅圣俞》云“圣俞精为诗，坚重比白玉”；《梅圣俞惠诗复以二章为谢》云“我得圣俞诗，于身亦何有。名字托文编，佗年知不朽”，“我得圣俞诗，于家果何如。留为子孙宝，胜有千年珠”①。因此，他早年诗歌颇学梅尧臣的古拙淡远。嘉祐五年（1060）梅尧臣去世，司马光慨叹其“位卑名自重，才大命须奇。世俗那能识，伤嗟止为诗”，“凄清千古韵，寂寞一丘尘”②。英宗治平间，司马光与欧阳修因“濮议”中观点不同而起纷争，两人也因此分道扬镳，司马光与新变派诗风也关系日远。熙丰年间，司马光退居洛阳，与邵雍二程往来密切，他十分欣赏邵雍安闲乐道的生活作风以及平易愉悦的诗风，在与邵雍唱和中吸收了击壤体的流畅平易，加上洛阳的地缘关系——白居易晚年退居地，又深受白居易影响，从而形成了一种安闲乐道、淡泊流畅的诗风。虽然司马光不像其他致仕官员那样彻底忘怀时事，也常有牢骚，但他的诗歌在这群“耆英”的“以老自逸”③ 熏染之中也显得淡定且欢愉。

富弼是位政治家，曾与范仲淹等人主持庆历新政，他不以诗文见长，存诗也只有二十余首。富弼早年也与新变派关系密切，但他颇接近欧阳修。欧阳修在庆历新政后贬谪滁州，富弼有诗寄题：“滁州太守文章公，谪官来此称醉翁。醉翁醉道不醉酒，陶然岂有迁客容。公年四十号翁早，有德亦与耆年同。”诗风既已颇为平易流畅。富弼熙宁初身居相位，却因与王安石政见不同愤而外任，终至于致仕。回到故乡洛阳后，他仍关心政事，但尽量克制个人情绪，决意置身事外，很欣赏邵雍的人生态度与诗歌：“先生自卫客西畿，乐道安闲绝世机。再命初筵终不起，独身穷巷寂无依。贯串百代尝探古，吟咏千篇亦造微。珍重相知忽相访，醉和风雨夜深归。”④ 称美之中也有对个人晚年生活的期许。因此，邵雍《击壤集》卷九《谢富相公见示新诗一轴》称：

> 通衢选地半松筠，元老辞荣向盛辰。多种好花观物体，每斟醇酒发天真。清朝将相当年事，碧洞神仙今日身。更出新诗二十首，其间字字敌阳春。
>
> 文章天下称公器，诗在文章更不疏。到性始知真气味，入神方见妙功夫。闲将岁月观消长，静把乾坤照有无。辞比离骚更温润，离骚其奈少宽舒。

可见，富弼晚年诗歌容与畅达、宽舒温润的风格，非常符合邵雍的审美标准。这种风格也颇能代表耆英体。

文彦博为天圣五年进士，历事四朝，任将相五十余年，寿至九十二岁，一生富贵优

---

① 《传家集》卷二。
② 《传家集》卷一五《梅都官挽辞二首》。
③ 《传家集》卷六八《洛阳耆英会序》。
④ 详见《闻见录》卷一八。《香祖笔记》卷一〇云“颇可诵”。

游。他与司马光、富弼欣赏新变派不同，早年追随西昆体，《潞公文集》四、五、六卷多为西昆体，而晚年退居洛阳后，也转向白体与击壤体结合的耆英体，《潞公文集》卷七多为晚年所作，因为有西昆体的功底，他的耆英体比司马光显得华贵典雅，较他自己的早年则要平易晓畅得多。譬如《偶书扇面》云："人生七十古来希，老境来侵老病随。自算愚年垂九十，也须渐愧耳聋迟。"《五老会诗》云："四个老儿三百岁，当时此会已难伦。如今白发游河叟，半是清朝解绶人。喜向园林同燕集，更缘尊酒长精神。欢言预有伊川约，好作元丰第四春。"① 这已经完全是白体、击壤体的风味。

在熙宁、元丰年间，洛阳耆英体与汴京江宁王安石荆公体以及外任杭州、密州诸州后又贬谪黄州的苏轼东坡体，形成鼎足或互补之势，分别呈现或代表了隐退官员、高级执政官员、中级州郡官员不同的生活状态以及不同的诗风。而荆公体、东坡体因占据主流诗坛而受人关注，耆英体则为人忽略。

四、太白体：散落在主潮之外的狂放不羁情趣

"太白体"是在宋诗总体学韩、学杜的状况下，保持个人审美追求而形成的，他们大多学习李白的飘逸狂放，遂组成诗社或有诗歌唱和，但这种别趣汇合到一起，也颇引人注意。欧阳修（《太白戏圣俞》）、苏轼都崇尚李白，但他们偶一效之，吸收其精华并形成与李白颇不同的风格。而可以称作"太白体"的诗人则有徐积（1028－1103）、郭祥正（1035－1113）等人，晁补之（1053－1110）② 的一些诗歌也具有太白体风格。他们在熙宁、元丰、元祐及其前后荆公体、东坡体、江西诗派盛行的诗坛上，别树一帜，显示出极具个性的审美趣味。

苏轼曾称徐积诗歌"怪而放"③。《四库全书总目》卷一五三《节孝集》提要云："然其文乃奇谲恣肆，不主故常，故陈振孙《书录解题》引苏轼之言，称其诗文'怪而放'如玉川子。今观其集，往往纵逸自如，不可绳以格律，轼所论者诚然。然其文虽雅俗兼陈，利钝互见，颇有似于卢仝，而大致醇正，依经立训，不失为儒者之言，则非仝之所及也。"徐积之"怪"接近"险怪体"，但相较而言，他更多的是"放"，其狂放或放逸的一面学李白。《节孝集》27 卷诗歌中古体最多，学李白痕迹最浓。《李太白杂言》被视为最具李白狂放风格的诗歌，其中"乃知公是真英物，万叠秋山耸清骨。当时杜甫亦能诗，恰如老骥追霜鹘"，与宋代一般诗人观念中的杜甫超过李白相反。其《梦李白》云："乌纱巾，紫绮裘，梦中太白从吾游，陶陶烂醉江山秋。半夜起来觅不见，头背长安泪如霰。"但徐积的"太白体"常常显得力不从心，有些"伧父面目"。

如果说徐积作为太白体诗人，还有些"怪"的成分，不合太白体标准，而郭祥正作为太白体代表，则在当时已为人确认。郭祥正年轻时曾拜会梅尧臣，梅尧臣惊呼其为

① 《潞公文集》卷七诗题下注：元丰三年九月，范镇内翰、张宗益工部、张问谏议、史炤大卿。

② 详参钱钟书《宋诗选注》之秦观传论云："宋代对李白虽然推崇，不像对杜甫那样的效法；晁补之和同时的徐积、郭祥正，也许是欧阳修、苏轼以后仅有的向李白学习的北宋诗人。"人民文学出版社 1989 年版，第 75 页。

③ 《东坡志林》卷二、《仇池笔记》卷下以及《直斋书录解题》、《苕溪渔隐丛话》等书均有此语。

“太白后身”，并写诗相赠（《采石月赠郭功甫》）。此后，郑獬、刘挚等人也赠诗沿袭此一称呼。前贤时彦的称赞与“定格”，加上郭祥正自身的气质个性与审美嗜好，使得他在此后的创作中努力扮演并追随李白，创作了《追和李白秋浦歌十七首》等44首和李诗，还有28首诗歌提及李白，以及不少模仿李白的诗①，成为北宋诗坛最有李白风范的诗人。后人认为“其诗则才气坌涌，在熙宁、元祐之间能自成一队”②，与东坡体“才学”兼备而更显其“学”相比较，郭祥正的诗歌则全以“才气”取胜。

胡仔云“余观《鸡肋集》，惟古乐府是其所长，辞格俊逸可喜，如《行路难》云……”③，这是南宋人对晁补之的评价；而“诸体诗俱风骨高骞，一往俊迈，并驾于张、秦之间，亦未知孰为先后”④ 是四库馆臣对晁补之诗歌的看法；而钱钟书认为晁补之在苏门中诗歌最差⑤，但指出他效法李白。的确，晁补之的乐府、杂言、七古学李白的痕迹十分明显，其“俊逸”、“俊迈”也确有李白式狂放不羁的质素，除胡仔所云的《行路难》外，如《次韵苏翰林厩马好头赤》：“君不见昆仑龙种非凡肉，不但蹄高耳批竹。区区吴蜀有二骏，跳过断桥飞出谷。万蹄纵牧原野赤，汧陇收驹日复日。未须天厩惊好头，冀北未空聊一历。”纵横天地古今的想象与语词的夸张扬厉都颇似李白。

“太白体”诗人严格来说不算一个体派，因为诗人之间并无交往，他们效仿创作太白体可能完全出于个人爱好，但多个个人爱好汇集起来，就形成一种细流，处在主流之外而引人瞩目。徐积、郭祥正、晁补之等人都与当时主流诗坛保持着密切关系，但他们并未因此而失掉自我追求，他们都试图在诗坛主流中寻觅知音，但又都被目为狂怪或狂放而受到另眼看待。在知性或理性日增、性情日趋内敛的宋调生成发展过程中，这些诗人仍愿意保持感性或非理性的、性情张扬的诗风，在当时的确显得格外有个性。

五、后白体：宋调流行中的唐音再现

从宋初的“白体”直到北宋后期的“后白体”，白居易的影响从未消失，但在宋调求新求变的主潮中，白居易的浅近自然或者被吸收，成为宋调范型东坡体的一种底色，或者被发展，作为击壤体、耆英体一种渊源或起点，而专一学习白居易的诗人，则在真宗、仁宗朝有所减少，仁宗至和间“数达官”学白居易甚至已变成世人嘲笑的对象⑥。到了神宗、哲宗、徽宗时，张舜民（1034？—1100）、张耒（1054—1114）等人的出现，才使得白体又重现诗坛。

---

① 详参内山精也《传媒与真相》之《李白后身郭祥正及其和李诗》，此处不详论。上海古籍出版社2005年版，第510—530页。

② 《四库全书简明目录》卷一五。

③ 《苕溪渔隐丛话》前集卷五一。

④ 《四库全书总目》卷一五四《鸡肋集》提要。

⑤ 钱钟书《宋诗选注》之秦观传论云：“这五位诗人并不模仿苏轼的风格，而且除掉陈师道受黄庭坚的影响以外，彼此在创作上各人走各人的路。晁补之的诗最差。”人民文学出版社1989年版，第75页。

⑥ 《诗话总龟》卷三六云引《欧公诗话》：至和间，有数达官以诗知名，常慕乐天体，多得于容易，曾有一联云：“有禄肥妻子，无恩及吏民。”有人戏之曰：“昨日通衢遇一辎軿车，载极重，羸牛甚苦，岂非足下妻子乎？”闻者传以为笑。而其他《六一诗话》版本的“至和间”都作“仁宗朝”。

与宋初“白体”不同的是，“后白体”诗人正在经历宋调主流的洗礼，在宋调范型、典型都已形成的诗坛上，在他们的师友都已经呈现宋调特征的同时，他们还在努力坚守“唐音”，把浅近自然、平易流利作为审美追求，不效仿东坡体的“才学”横溢，也不顾及黄陈的诗法规矩，而是随心而行，任性而动，十分随意率性。晁补之评价张耒诗歌云：“君诗容易不著意，忽似春风开百花。上苑离宫曾绝艳，野墙荒径故幽葩。惬心刍豢非杂俎，垂世江河自一家。”① 张耒创作方式的“容易”与创作效果的“平易”都完全不同于同门友人黄庭坚、陈师道，也与“东坡体”有些差异。《瀛奎律髓》卷二七收录了张耒的《和闻莺》“冉冉东风万柳丝，啼莺常自与春期。妆残玉枕朝醒后，绣倦纱窗昼梦时。文羽自奇非谷隐，好音应合有人知。风流潘令多才思，为尔春来几首诗”，称其“近似唐人”。张耒的诗歌大多如此。身处于宋，而诗风近“唐”，可能正是因为其性情中的“高明”一面确乎不同于宋人“体格性分”的集体“沉潜”②。

张舜民的诗歌有不少误入苏轼集中：“盖由其笔意豪健，与苏轼相近，故后人不能辨别。”③ 因此，他的诗歌一般可以归入“东坡体”，但《瀛奎律髓》卷二七收录了他的《次韵赋杨花》：“随风坠落事轻猥，巧占人间欲夏天。只恐障空飞似雪，从教糁径白于绵。未央宫暖黏歌袖，扬子江清恼客船。老去强宽愁底事，昏花满眼意茫然。”并在其下补注云：

> 张芸叟，名舜民，关中人，娶陈后山之姊。诗学白乐天，曰《画墁集》。

从其咏物诗的著题切事、浅切平易看，的确属于白居易的风味。而他现存的诗歌如杂言《打麦》有白居易《观刈麦》的影子，其不少古体诗长于没有太大跳跃性的顺时针叙写，也具白体特点。张舜民“为人忠厚质直，慷慨喜论事。叶梦得《岩下放言》称其尚气节而不为名。北宋人物中殆难多数”④。他的个性气质不如张耒那么平和，所以也不像张耒那样十分接近白居易。

“后白体”往往作为“东坡体”的附庸而出现。苏轼“东坡体”吸收众家所长而熔铸为一家，苏轼又倡导创作自由，因此其友人、门人往往得其一体，且因性情不同而各自为政，在当时的诗坛各成面目。张舜民、张耒在学白居易时，也能因时代或文化环境的差异而显露出一些个人的独特性与自主性，但又被白居易的原创性风格“遮蔽”，显得宗唐而不能变唐，这在宋调成型时期别具一格。

六、词体或女郎体：婉约词壮大后的审美扩张或延伸

由秦观（1049—1100）“诗如小词”所产生的“词体诗”或“女郎诗”，常被看做是

① 晁补之《鸡肋集》卷一八《题文潜诗册后》。
② 钱钟书《谈艺录》，第1-2页。
③ 《四库全书总目》卷一五四《画墁集》提要。
④ 《四库全书总目》卷一五四《画墁集》提要。

北宋诗坛的一个孤立现象，而事实上，“词体诗”在北宋中后期并不孤立，至少曾肇（1047—1107）、贺铸（1052—1125）①、赵鼎臣等人都有此类诗。

秦观的“词体诗”或“女郎诗”，已有公论，此处不详述。而曾肇的“词体诗”却很少人论及。陶宗仪《说郛》卷八二下陈师道《后山居士诗话》云：“世语云：……曾子开、秦少游诗如词。”而其他版本的这段话，往往有意无意遗漏了“曾子开”三字，致使后世彻底遗忘了这个当时在诗歌创作上可以与秦观相提并论的“曾子开”。曾肇是曾巩幼弟，从小受曾巩教诲，但其诗歌与曾巩诗风相去甚远，而接近早年为曾巩门生的秦观。曾肇存诗不多，均以“细润”见长，如他知泰州时所作的《海陵春雨日》，其中一联云：“沉烟一炷春阴重，画角三声晚照微。”其细润柔美，颇如秦观的“女郎诗”。其《淮南道中》可谓“诗如词”的典型之作，颔联从王安石《南浦》“含风鸭绿粼粼起，弄日鹅黄袅袅垂”② 而来，有明显学习王安石的痕迹，对仗十分工巧而颇显力弱，有王安石晚年的精工而无其峭健的力量，颈联的小巧婉弱，比秦观的“有情芍药含春泪，无力蔷薇卧晓枝”更加有情无力。其《题多景楼》与曾巩《甘露寺多景楼》或许是同时所作，已比前面所引的几首大气一些，但是与其兄相较，仍显得力弱气短，不如乃兄清健大气。“风月满楼”只堪“供一醉”，而“乾坤万里”也只让他“豁双瞳”，如此阔大雄壮的景色在诗人眼中却只有如此渺小的功用，致使诗歌的力量气魄也在这种眼界中大大减弱。

曾肇十分欣赏秦观“文辞瑰玮”③。秦观元丰五年所作《谢曾子开书》云：“而阁下独见其骫骳之文以为可教，因曲推而过与之。《传》曰：‘鸣声相应，仇偶相从，人由意合，物以类同。’呜呼，阁下之知某，某之受知于阁下，可谓无愧乎今之人矣。”④ 说明两人诗歌的一致性完全出于“文辞”上的同声相应、同气相求。

贺铸是与秦观齐名的词人，但他的诗歌像他的词一样具有多种毫不关联甚至矛盾的风格，其中有一部分诗歌“工致修洁”⑤，类似其婉约词，属于词体诗。

另外，还有赵鼎臣“与王安石苏轼相唱和，故诗文皆具有门径。其诗属对工巧，多若天成，则记问赅博，驱遣如意之故也”⑥。

“词体诗”的产生，是词体尤其是婉约词审美观念与创作实践在文体上的扩张与延伸，词体在北宋后期已经完全成熟且自觉，其审美观念与创作实绩已经深入人心，为不少诗人所接受。词体诗与典型的唐音、宋调都截然不同，在传统诗史上独具一格。

七、非坡非谷体：元祐后独立于苏黄之外的一种宋调

“元祐后，诗人迭起，一种则波澜富而句律疏，一种则锻炼精而性情远。要之不出

① 贺铸有词体诗、击壤体诗、非坡非谷体诗等。多种风格冲突又和谐的贺铸诗词，因风格过多而主体风格不明显。

② （宋）王安石撰，李壁笺注《王荆文公诗笺注》卷四一，中华书局1958年版，第536页。

③ 《曲阜集》卷二《荐章处厚吕南公秦观状》，影印文渊阁《四库全书》本。

④ 《淮海集笺注》卷三七，第1201页。

⑤ 《四库全书简明目录》卷一五《庆湖遗老集》提要。

⑥ 《四库全书简明目录》卷一五赵鼎臣《竹隐畸士集》提要。

苏、黄二体而已。”① 的确，哲宗后期以及徽宗乃至南宋高宗诗坛上，东坡体与江西诗派风行天下，占据诗坛主流，但是当时试图融合或超越苏、黄二体影响的人也大有人在。刘克庄认为陈与义“简斋体”② 师法杜甫而超越了苏黄影响，王十朋认为韩驹也超越苏黄而自成一家：“唐宋诗人六七作，李杜韩柳欧苏黄。近来江西立宗派，妙句更推韩子苍。非坡非谷自一家，鼎中一脔曾已尝。”③ 然而韩驹是吕本中宗派图就列入江西诗派的，而陈与义则“亦江西诗派而小异”，最后被方回等人列入江西诗派，《宋诗体派论》认为他们是江西诗派变调。那么，当时有没有诗人真正超越“二体”或者融合“二体”而自成一家呢？

南渡前后五六十年间意欲超越又确实被人证实超越了苏黄二体的诗人自然不少，但需要搜集更多的论证，这里只以唐庚（1070—1120）与李弥逊（1085—1153）为代表④。

唐庚与苏轼同乡，又曾先后贬谪惠州，加上同乡后辈李壁云“唐子西文采风流，人谓之小东坡”，因此人们大都认为唐庚诗歌属于“东坡体”，但据四库馆臣考证，认为唐庚根本不属于“东坡体”：“而集中诗文自《闻东坡贬惠州》一首及《送王观复序》‘从苏子于湘南’一句外，余无一字及轼，而诗中深著微词，序中亦颇示不满；又《上蔡司空书》举近代能文之士，但称欧阳修、尹洙、王回而不及轼；又《读巢元修传》一篇，言苏辙靳惜名器太甚，良以是失士心。似庚于轼、辙兄弟颇有所憾。殆负其才气，欲起而角立争雄，非肯步趋苏氏者。”⑤ 唐庚既非“东坡体”，那么是否属于江西诗派？倒是从来无人将其归入江西诗派。而唐庚创作态度之刻苦严谨倒是与江西诗派相近，只是他不像江西诗派那样讲求“诗法”，他“悲吟累日，反复改正”的目的是想达到他自己的审美标准⑥，而他的审美标准也不同于江西诗派。因此，唐庚诗歌应属于“非坡非谷体”。

唐庚的审美标准是什么？他的诗歌是否达到了他的审美标准？符合他审美标准的诗歌是否能在苏黄之外别开另一种宋调？后人对唐庚诗歌（《眉山诗集》十四卷）颇为赏识并有所认识，《四库全书总目》卷一五五《唐子西集》提要在前人基础上总结云：

> 其诗刻意锻炼，而不失气格。刘夷叔称其“工于属对，缘此遂无古意”；胡仔《苕溪渔隐丛话》则称其“佳句不可胜举”；黄彻《䂬溪诗话》则称其“巧于用事”；三家之评，各明一义，而均得其实。至于《白鹭诗》之“诸公有意除钩党，甲乙推求恐到君”，词意浅露，而《鹤林玉露》称之；《湖上诗》之“佳月明作哲，好风圣之清”，堕于恶趣而《诗话类编》称之；则舍所长而誉所短矣。

由此可知，唐庚以江西诗派的创作态度而保持新变派、东坡体的那种“气格”，在诗

---

① 《后村诗话》卷二。
② 《文献通考》卷二三七。
③ 《梅溪集》后集卷二《陈郎中（公说）赠韩子苍集》。
④ 详见《宋诗选注》第 91 页《唐庚传论》，第 129 页《李弥逊传论》。
⑤ 《四库全书总目》卷一五五《唐子西集》提要。
⑥ 唐庚《眉山文集》卷一〇《自说》。

歌艺术技巧上精益求精，一些诗歌直截了当而不含蓄，一些诗歌追求新奇而不免引起争议，与晚年荆公体、东坡体、江西诗派颇为相似，但其“清奇可爱”① 的主体风格又与诸主流体派不尽相同。因此，唐庚诗歌属于汲取宋调诸家所长而自成一体的风格。

与唐庚不同，李弥逊在当时以政治作为和气节著称，他与李纲（1085－1140）不仅政治观点相似，而且诗歌唱酬频繁，而与当时诗坛主流体派没有太多唱和往来，其诗歌创作因而也远离主潮。“盖其人其文，俱卓然足以自立者也。”② 李弥逊“外补去国之际，犹拳拳以立，凡十六年不复有仕宦意，哦诗自娱，笔力愈伟”③，更加疏远诗坛主潮，因此他的诗歌不受苏黄影响，“命意造句都新鲜轻巧，在当时可算独来独往”④。李弥逊的“非坡非谷”是在与主流诗坛保持距离中形成的一种个人化风格。

从徽宗到高宗诗坛，东坡体与江西诗派虽然经历了由民间盛行到官方倡导的过程，但一直占据诗坛主流，期间曾有不少诗人试图挣脱其影响，但效果甚微，所以真正的“非坡非谷体”还没有形成足以与苏、黄二体抗衡或鼎足而立的诗风，像唐庚与李弥逊也是稍具个性而已，在当时的诗坛上追随者也不多，属于边缘化的诗体。

非主流体派往往能在主流体派所掀起的时代审美主潮之外，保持个体或小群体审美的独立性，从而使诗坛呈现出多元的审美趣味与审美形态；另外，主流与非主流体派间的关系或者平等和谐互相渗透，或者不和谐甚至对峙争鸣，形成诗坛多元合力互补共生的状态。

北宋诗坛有七八个非主流体派，作为主流体派的补充或参照，足以展现出当时诗坛的多元性、复杂性，但这可能也只是当时文学现场中较为显性的现象，更多的现象还有待于在混沌、混乱、无序的文学原生态中挖掘。文学史研究以及其他文学研究，就是要在文学原生态中发掘或发现规律，但是为求规律而将复杂的文学现象过于简化，无疑破坏了文学现场或文学原生态，那么新的研究就有必要返回文学现场，寻找被简单规律化而遗失的复杂现象。对非主流体派的集中书写，可以让我们再次返回多元复杂、混沌无序的文学现场，让我们重新审视规律化、有序化的文学研究距离文学原生态还有多远。

---

① 胡仔《苕溪渔隐丛话》前集卷五三。

② 《四库全书总目》卷一五四《筠溪集》（卷一一至二〇为诗歌）提要。

③ 《筠溪集》卷首楼钥序。

④ 《宋诗选注》，前引书，第 129 页。

饮食题材的诗意提升：从陶渊明到苏轼

南京大学　莫砺锋

一

汉人何休在《公羊传解诂》中指出："男女有所怨恨，相从而歌。饥者歌其食，劳者歌其事。"① 这句话在后代影响很大，人们都把它理解成对以《诗经》为代表的古代诗歌传统的经典阐释，也视为对古代民间歌谣的发生背景的合理说明。如果从逻辑上来推理，既然古人早就把"诗言志"确立为诗歌的开山纲领②，既然古人早就认识到"饮食男女，人之大欲存焉"③，何休所说的"饥者歌其食"应该是一条毫无疑义的古典诗学原理。然而我们把《诗经》以及汉乐府等先秦两汉的古典诗歌作品检索一过，却发现"饥者歌其食"的现象非常稀少，由"饥者歌其食"生发的作品数量与"劳者歌其事"之诗相比，简直少得不成比例。

先看先秦诗歌的情形。

《诗经》的《国风》虽然作者不明，但其中无疑包含着较多的民歌。可是，这些民歌虽然不乏涉及人民生活贫苦的内容，却很少有"饥者歌其食"的描写。《秦风·权舆》云："于我乎，每食四簋，今也每食不饱。"前人解此诗为国君薄待贤者，至于其生活质量下降④。虽说其主人公并非劳苦人民，但总是个"饥者"，此诗勉强算得上是"饥者歌其食"的作品。不过，这样的作品在《诗经》中甚为罕见，它对"其食"的描写也过于简单、抽象，缺乏审美价值。在《诗经》中咏及饮食且描写得稍为具体、生动的作品，并不属于"饥者歌其食"的范围。例如《豳风·七月》："六月食郁及薁，七月亨葵及菽。""朋酒斯飨，曰杀羔羊。"《小序》解曰："陈王业也。周公遭变故，陈后稷先公风化之所由，致王业之艰难也。"⑤ 意谓此诗是叙述周室兴起的过程的，故诗中所写的饮食当为周室贵族所享用。现代学者也解此诗为"记载农夫遭受剥削的长诗，……收获是被贵族们享用着"⑥。所以此诗中详细描写的饮食都与"饥者"无关。与此类似的如《小雅·伐木》中的"陈馈八簋，既有肥牡"，《小雅·鱼丽》中的"鱼丽于罶，鲿鲤。君子有酒，

① 《春秋公羊传注疏》卷一六，《十三经注疏》第2287页，中华书局1980年版。

② "诗言志"最早见于《尚书·尧典》，伪《古文尚书》则析此语入《舜典》，见《十三经注疏》第131页。

③ 《礼记·礼运》，《十三经注疏》第1422页。

④ 详见《毛诗正义》卷六，《十三经注疏》第374页。

⑤ 《毛诗正义》卷八，《十三经注疏》第388页。

⑥ 见金启华《诗经全译》，江苏古籍出版社1984年版，第326页。

多且旨”，《小雅·瓠叶》中的“有兔斯首，炮之燔之。君子有酒，酌言献之”等，也都是描写贵族生活场景中的饮食。这种情形在《楚辞》中有更加突出的表现，例如《招魂》中描写宴饮的一段文字：“室家遂宗，食多方些。稻粢穱麦，挐黄粱些。大苦咸酸，辛甘行些。肥牛之腱，臑若芳些。和酸若苦，陈吴羹些。胹鳖炮羔，有柘浆些。鹄酸臇凫，煎鸿鸧些。露鸡臛蠵，厉而不爽些。粔籹蜜饵，有伥餭些。瑶浆蜜勺，实羽觞些。挫糟冻饮，酎清凉些。华酌既陈，有琼浆些。”几乎把当时的珍贵食品尽行写人，极尽铺陈排比之能事，分明是在楚国王室宴饮盛况的基础上所作的夸张描写。

再看汉代诗歌的情况。

汉乐府中有不少反映民间疾苦的作品，照理说不会缺乏“饥者歌其食”的内容，可是事实并非如此。《东门行》中写主人公的穷困之状：“盎中无斗米储，还视架上无悬衣。”又写其妻之语：“他家但愿富贵，贱妾与君共餔糜。”这倒是与“饥者歌其食”有关，但是过于简单，无甚深意。汉乐府中描写饥者之食最细致的作品首推《十五从军征》，诗中写一位从军数十年的士兵返乡之后的生活情景：“中庭生旅谷，井上生旅葵。舂谷持作饭，采葵持作羹。羹饭一时熟，不知贻阿谁？”不但写出了生活的简陋艰辛，且成功地烘托了孤苦无依的凄凉晚景，感人至深。然而诗中的食物自身仅是语焉不详的“饭”和“羹”，而且这样的作品在汉乐府中也是寥若晨星。与先秦的情形相似，汉代文学中比较细致的食物描写也都与贵族的生活有关，且不见于诗歌而见于辞赋。例如枚乘《七发》中关于饮食的一段：“犓牛之腴，菜以笋蒲。肥狗之和，冒以山肤。楚苗之食，安胡之饭。抟之不解，一啜而散。于是使伊尹煎熬，易牙调和。熊蹯之臑，勺药之酱。薄耆之炙，鲜鲤之鲙。秋黄之苏，白露之茹。兰英之酒，酌以涤口。山梁之餐，豢豹之胎。小饭大歠，如汤沃雪。此亦天下之至美也。”与上文所引的《招魂》如出一辙。《七发》本是虚拟吴客游说楚太子的夸饰之辞，所写的当是汉代楚国贵族的饮食，它与《招魂》相似也是题中应有之义。

上述情形似乎与何休所说的“饮者歌其食”大相径庭，那么为什么与人们的生活密切相关的饮食在诗歌中基本缺席？我猜想其主要原因在于：对于贫苦百姓来说，他们虽然因缺乏食物而对其非常关心，但是当他们在诗歌中说到食物时，却没有什么可以具体描写的内容。既然身为“饥者”，能够到口的食物当然数量稀少、品种单调，而且粗陋丑恶，毫无审美价值。这样，即使他们想在诗歌中说说“其食”，又有多少话可说呢？即使是《十五从军征》那样生动真切的作品，诗中所写的食物仅是用野谷子煮成的“饭”和用野菜做成的“羹”，这么粗陋的饭食，其自身又有什么值得描写的呢？不但如此，身为“饥者”的穷人即使展开想象的翅膀，也难以写出什么美好的食物来，因为他们从未有过此类生活经验。那么，为什么在反映贵族生活的诗歌中也同样缺乏有关食物的佳作呢？他们享用的食物可是非常丰富呀！这可能与诗歌自身的文体特征有关。一般说来，古典诗歌是以简洁为趣尚的。所以，铺陈排比地描绘丰盛的食物，只适合于辞赋类作品，上文所举的《招魂》与《七发》就是显例。如果要以之入诗，就只能用简约的写法。试看《诗经》中的两个例子：《小雅·正月》云：“彼有旨酒，又有嘉肴。”《小雅·车舝》云：

“虽无旨酒，式饮庶几。虽无嘉肴，式食庶几。”一正一反，都是说丰盛的饮食，却只有“旨酒”和“嘉肴”两个词汇。

更主要的原因是，古典诗歌的根本性质是抒情而非体物。陆机在《文赋》中明确指出：“诗缘情以绮靡，赋体物而浏亮。”李善注曰：“诗以言志，故曰缘情。”“赋以陈事，故曰体物。”虽然今人或以为“陆机关于诗赋的‘缘情’、‘体物’的论述，我们应当看作是一种互文见义的说法”①，但两种文体的功能毕竟是各有侧重的。也就是说，体物主要是赋的功能，而诗歌的特质则在于以情动人。正如钟嵘所说：“若乃春风春鸟，秋月秋蝉，夏云暑雨，冬月祁寒，斯四候之感诸诗者也。嘉会寄诗以亲，离群托诗以怨。至于楚臣去境，汉妾辞宫，或骨横朔野，或魂逐飞蓬；或负戈外戍，杀气雄边；塞客衣单，孀闺泪尽；又士有解佩出朝，一去忘返；女有扬蛾入宠，再盼倾国；凡斯种种，感荡心灵，非陈诗何以展其义，非长歌何以骋其情?”虽然“春风春鸟”等也都是“物”，但它们所以能入诗，仍有待于“感诸诗者”的性质。至于“楚臣去境”云云，显然都属于“缘情”或“言志”的范畴。“饥者歌其食”是饥饿这种生活境况激发了创作诗歌的冲动，虽然其中的“食”是一种“物”，其整个创作过程的性质仍是“缘情”。所以，在诗歌中咏及食物，并不能产生感动人心的艺术效果，只有描写“饥者”与“食”的关系的作品，就像汉乐府中的《十五从军征》那样，才能达到读之恻然心动的境界。所以，这种效果显然不是贵族生活中的饮食主题所能具有的，即使酒池肉林或长夜之饮，也不可能构成动人的诗歌内容。在萧统所编的《文选》的诗歌类别中，专设“公讌”一类，收曹植、王粲等人的同类诗作十四首。“公讌”就是王公贵人举行的宴会，宴席上的食物肯定十分丰富，但是这些以“公讌”为题的作品却很少咏及食物。在曹植、王粲、刘桢三人的同题诗中，曹、刘二诗一字未及食物，仅王诗中有“嘉肴充圆方，旨酒盈金罍”二句写到饮食，像《诗经》一样，仅用“嘉肴”、“旨酒”两个抽象的词汇来概括丰盛无比的酒菜，在全诗中根本不算警策。由此可见，饮食题材在反映贵族生活的诗歌中也是无足轻重的。

二

既然“饥者歌其食”和贵族的丰盛宴席都不能生发出多少好诗，那么饮食类题材在诗歌中还能不能有所发展呢？按逻辑来推理，能够寄托这种发展前景的诗人应该满足以下两个条件：一，他既非赤贫的“饥者”，也非富贵之人；二，他热爱普通的日常生活，善于从平凡的生活中发现诗意。在古典诗歌史上，最早出现的能满足这两个条件的诗人是陶渊明。

陶渊明绝非富贵之人，但也不是经常挨饿的“饥者”。陶渊明曾写过《乞食》诗：“饥来驱我去，不知竟何之。”有人说这是“借漂母以起兴，故题曰《乞食》，不必真有叩门事也”②。但是，陶诗中咏及衣食不周的地方甚多，可证他确是深知饥饿的滋味的。不

① 张少康《文赋集释》，人民文学出版社 2002 年版，第 131 页。
② 陶必铨《萸江诗话》，见龚斌《陶渊明集校笺》卷二，上海古籍出版社 1996 年版，第 96 页。

过，饥寒交迫并不是陶渊明的生活常态，因为他毕竟出身仕宦家庭，自身也曾几度出仕，退隐后家中仍有童仆，平时又经常饮酒，所以他的生活虽然穷困，但尚未到赤贫的程度。于是，在陶渊明的诗歌中，饮食便具有了新的审美意义。陶诗中最引人注目的饮食当然是酒，他在《五柳先生传》中自称“性嗜酒”，说到酒时总是笔带感情，如“春醪解饥劬”（《和刘柴桑》)、“春秫作美酒，酒熟吾自斟”（《和郭主簿二首》之一)、“何以称我情，浊酒且自陶”（《己酉岁九月九日》)、“携幼入室，有酒盈尊”（《归去来兮辞》)，莫不如此。陶渊明也常在诗文中说到其他食物，主要是粮食与蔬菜，前者如“菽麦实所羡，孰敢慕甘肥”（《有会而作》)、“岂期过满腹，但愿饱粳粮”（《杂诗十二首》之八)，后者如“好味止园葵”（《止酒》)、“藜羹常乏斟”（《咏贫士七首》之三)，有时也两者并咏，如“园蔬有余滋，旧谷犹储今”（《和郭主簿二首》之一)。值得注意的是，陶渊明在吟咏这些普通的食物时同样笔带感情，这说明陶渊明真心热爱平凡的生活，从而对日常生活中的普通饮食也满心喜爱。当陶渊明吟咏日常生活的情趣时，普普通通的饮食也便具有特别的滋味，请看下例：

《读〈山海经〉》十三首之一

孟夏草木长，绕屋树扶疏。众鸟欣有托，吾亦爱吾庐。既耕亦已种，时还读我书。穷巷隔深辙，颇回故人车。欢然酌春酒，摘我园中蔬。微雨从东来，好风与之俱。泛览周王传，流观山海图。俯仰终宇宙，不乐复何如！

此诗为陶诗名篇，后人赞赏不已。南宋陆游最喜首二句：“君看夏木扶疏句，还许诗家更道不?”① 清初王夫之则最喜“微雨”二句：“‘微雨从东来’二句，不但兴会佳绝，安顿尤好。”② 其实此诗全篇皆好，“欢然酌春酒，摘我园中蔬”二句也堪称自古以来抒情意味最为浓郁的题咏饮食的佳句。诗人所咏的饮食是极其普通的家酿和园蔬，但诗人是怀着愉悦的心情和珍爱的态度来吟咏它们的，它们不但是安宁的温饱生活的象征，而且是充满诗意的生活内容的组成部分。如果说“饥者歌其食”的结果是粗陋悲惨而令人不悦，贵族文学中对饮食的铺张扬厉写法的结果是华侈奢靡而使人厌恶，那么陶诗营构了一个全新的温馨可喜的饮食类意象。就饮食这种特殊题材在诗歌中的地位来说，陶诗所达到的高度是前所未有的。

到了唐代，随着诗歌高潮的到来，诗人观察生活的视野日趋广阔，他们提升日常生活的审美意味的能力日趋高强，饮食题材也较多地受到诗人的关注。王维、孟浩然等人继承了陶渊明田园诗的传统，照理说应该对陶诗吟咏饮食的写法有所因袭，但王维半官半隐的身份使他笔下的田园生活带着士大夫的雅致情趣，其诗中的饮食也随之雅化，如“香饭青菰米，嘉蔬绿笋茎”（《游化感寺》)、“松下清斋折露葵”（《积雨辋川庄作》）等，颇有不食人间烟火的倾向。孟浩然倒是货真价实的隐士，但他的诗风尚清虚而不尚质实，

① 《读陶诗》，《剑南诗稿校注》卷八〇，上海古籍出版社 1985 年版，第 4327 页。
② 王夫之《古诗评选》卷四，见《陶渊明集校笺》第 337 页。

所以诗中对饮食的描写颇有虚拟化的倾向，比如“厨人具鸡黍，稚子摘杨梅”（《裴司士员司户见寻》）、“故人具鸡黍，邀我至田家”（《过故人庄》），一写有客来访，一写作客农家，诗中的食物却是一成不变的“鸡黍”，几乎成为待客食品的习用语了。

在盛唐的大诗人中，李白在描写豪奢生活而涉及饮食时也多为虚写，例如“金尊清酒斗十千，玉盘珍羞直万钱”（《行路难三首》之一）、“玉盘杨梅为君设，吴盐如花皎白雪”（《梁园吟》）等，而回忆他在长安任翰林待诏时的豪华宴会则干脆只用一句“象床绮席黄金盘”（《赠从弟南平太守之遥二首》之一），读者连黄金盘中盛着什么食物都不得而知。倒是他在浪迹江湖时所咏及的粗粝食物反而较具审美意味，如“跪进雕胡饭，月光明素盘。令人惭漂母，三谢不能餐”（《宿五松山下荀媪家》）。菰米饭本是田家所食的普通食物，但经李白一咏，则显得格外晶莹皎洁，与月光下的洁白瓷盘交相辉映，构成一个极其美丽的意象。

与李白不同，杜甫终生穷困，杜诗中写到的美味佳肴大多是用来讥刺王公贵人之穷奢极欲的，例如“紫驼之峰出翠釜，水精之盘行素鳞”（《丽人行》）、“劝客驼蹄羹，霜橙压香橘”（《自京赴奉先县咏怀五百字》）等。至于杜甫自身生活中的饮食，则往往是粗茶淡饭乃至残杯冷羹，比如他在流落长安时的“残杯与冷炙，到处潜悲辛”（《奉赠韦左丞丈二十二韵》），那真是“饥者歌其食”的典型。此外如入蜀途中在天寒地冻的山野里亲自挖掘的黄独块茎①，或在夔州时驱使儿童到山间去摘取的苍耳②，都是贫民聊以充饥的代食品。即使在成都草堂生活比较安定的时候，杜甫的生活也没有完全摆脱“痴儿不知父子礼，叫怒索饭啼门东”（《百忧集行》）的窘境，他用来款待贵客的也不过是“盘飧市远无兼味，尊酒家贫只旧醅”（《客至》）。所以，杜甫偶然参加官府的宴会时，便对席上食物之丰盛发出惊叹：“肥肉大酒徒相要”（《严氏溪放歌行》）、“酒肉如山又一时”（《醉为马坠群公携酒相看》），如与李白的诗相比，杜诗显然流露出大惊小怪的穷措大心理，正如苏轼所说：“杜陵饥客眼长寒!”（《续丽人行》）然而正像陶渊明一样，杜甫也具备使饮食题材实现诗意升华的基本条件，于是在杜甫的《赠韦八处士》中出现了“夜雨剪春韭，新炊间黄粱”的动人诗句。我觉得这两句诗与陶渊明的“欢然酌春酒，摘我园中蔬”有异曲同工之妙，那沾着夜雨的一把韭菜，那掺着小米的一锅米饭，真是唐诗中罕见的诗意浓郁的饮食意象。

杜甫之后的中晚唐诗坛上，虽然诗人们日益关注日常生活中的细节，但是由饮食题材构成的好诗却依然寥若晨星。试以中唐最重要的两大诗人白居易和韩愈为例。白居易诗风浅近通俗，晚年退居洛阳后，诗作中不再有反映民生疾苦或抨击黑暗政治的内容，而变为喜咏日常生活的题材，但是诗中咏及饮食的并不多。偶然咏及也只是“先进酒一盂，次举粥一瓯”（《新沐浴》）那样极其简单的写法，还不如他在谪居江州时所写的“鱼鲜饭细酒香浓”（《题元十八溪居》）等句有情趣。韩愈的诗歌创作虽以追奇逐怪而著称，

---

① 见《乾元中寓居同谷县作歌七首》之二，《杜诗镜铨》卷七，上海古籍出版社 1998 年版，第 297 页。

② 见《驱竖子摘苍耳》，《杜诗镜铨》卷一三，第 623 页。

但事实上他写诗时非常关注日常生活的内容，对饮食类题材也是如此，诸如“涧蔬煮蒿芹，水果剥菱芡”（《陪杜侍御游湘西两寺独宿有题一首因献杨常侍》）、“中盘进橙栗，投掷倾脯酱“（《岳阳楼别窦司直》）等句，对食物的描写比较详细生动。韩愈反映生活中幽默情趣的诗中也偶及食物，例如他在一首描写自己因落齿而不能咀嚼的诗中说：“羡君齿牙牢且洁，大肉硬饼如刀截。我今呀豁落者多，所存十余皆兀臲。匙抄烂饭稳送之，合口软嚼如牛呞。妻儿恐我生怅望，盘中不饤栗与梨。”（《赠刘师服》）虽然食物在此诗中只是展开情节的点缀，但描写生动，读来趣味盎然。可惜此类诗作在韩愈集中为数不多，不足以构成一个独特的题材类别。

北宋前期诗坛上，诗人们仍未对饮食题材予以足够的重视。梅尧臣虽然把搜索诗材的目光投向平凡、琐屑的平凡生活，但这种努力往往带有猎奇的倾向，从而误将许多缺乏审美价值的事物像虱、蛆之类写进诗歌，而未能对饮食这种平常的题材进行以俗为雅的升华。而且梅诗有学韩的倾向，其饮食类诗歌也是如此，例如“烹鸡庖兔下箸美，盘实饤饾栗与梨”（《醉中留别永叔子履》）的句法，又如《范饶州坐中客语食河豚鱼》用奇险之句描写河豚之可怕，都颇有韩诗的影子。苏舜钦的“笠泽鲈肥人脍玉，洞庭柑熟客分金”（《望太湖》）虽是咏及食物的名句，但其旨意本在赞美太湖风物，食物仅是风土画中的点缀而已。到了王安石，虽然才大力雄，但是其人对饮食向不留意，相传“或言其喜食獐脯者，其夫人闻而疑之，曰：‘公平日未尝有择于饮食，何忽独嗜此？’因令问左右执事者，曰：‘何以知公之嗜獐脯耶？’曰：‘每食不顾他物，而獐脯独尽，是以知之。’复问：‘食时，置獐脯何所？’曰：‘在近匕筯处。’夫人曰：‘明日姑易他物近匕筯。’既而果食他物尽而獐脯固在。”① 所以，王安石在诗中偶而咏及食物，肯定是别有用意，例如“鲥鱼出网蔽洲渚，荻笋肥甘胜牛乳”（《后元丰行》），只是为了歌颂推行新政后物产富饶，而与鲥鱼、荻笋自身之美味无关。王安石咏及饮食的佳句只有“草草杯盘供笑语，昏昏灯火话平生”（《示长安君》），句中渗入了他与胞妹的手足深情以及深沉的人生感慨，感人至深，可是细究其对于饮食的描写，却只有“草草杯盘”四字，连盘中盛着何物都没有交代。

综上所述，在苏轼登上诗坛之前，诗人们虽然已经对诗歌中的饮食题材进行了多方面的探索，但是饮食类题材仍是诗苑中很不起眼的一株小草。即使是那些涉及饮食题材的好诗，饮食意象自身也仅仅是诗中所写生活情景的一个点缀，其自身尚未具备独立的审美价值。使饮食题材在诗歌中大放异彩的使命，有待于苏轼来完成。

三

苏轼在诗歌史上的贡献是多方面的，其中之一就是对诗歌题材的大幅度开拓。南宋托名王十朋的《集注分类东坡先生诗》的序中说，苏诗“虽天地之造化，古今之兴替，风俗之消长，与夫山川、草木、禽兽、鳞介、昆虫之属，亦皆洞其机而贯其妙，积而为

① 见朱弁《曲洧旧闻》卷一〇，中华书局2002年版，第231页。

胸中之文”。后代学人对苏诗题材广阔的特点多有论述，但尚未论及其中的饮食类题材。其实，苏诗中咏及饮食的作品数量巨大，而且佳作迭现，如果从创新的程度来看，饮食类题材在苏诗中的重要性并不亚于任何其他类别。

北宋熙宁四年（1071），苏轼遭人诬陷，出为杭州通判。次年，他赠诗孙莘老说：“三年京国厌藜蒿，长羡淮鱼压楚糟。今日骆驼桥下泊，恣看修网出银刀。”（《赠孙莘老七绝》之五）元丰三年（1080），刚经历了九死一生的“乌台诗案”的苏轼在御史台差役的押送下来到荒僻的山城黄州，作诗自嘲：“自笑平生为口忙，老来事业转荒唐。长江绕郭知鱼美，好竹连山觉笋香。”（《初到黄州》）绍圣元年（1094），年近花甲的苏轼遭到新党的疯狂迫害，远谪惠州，次年初夏初尝荔枝，作诗志喜：“我生涉世本为口，一官久已轻莼鲈。人间何者非梦幻，南来万里真良图!”（《四月十一日初食荔枝》）这三首诗中当然都渗透着浓重的牢骚之意，在自嘲的口吻中还隐含着对政敌的讽刺，但是诗中对地方土产食品的赞美却是由衷的。正因如此，这些诗中的食物构成了优美的诗歌意象，成为对当地风土的热情赞颂。古往今来，无罪遭贬的逐客总是心情抑郁，乃至痛不欲生，哪里还有心情去欣赏贬谪之地的风土物产？在苏轼以前的诗坛上，几曾有人如此热情地歌咏贬谪之地的美味食品？既然苏轼在贬谪之地尚能如此从容地吟咏食物之美，那么他在平时的诗歌作品中时时涉及饮食题材就更是题中应有之义了。

苏轼是位美食家，曾自称“老饕”，他在《老饕赋》中热情洋溢地说：“庖丁鼓刀，易牙烹熬。水欲新而釜欲洁，火恶陈而薪恶劳。九蒸暴而日燥，百上下而汤鏖。尝项上之一脔，嚼霜前之两螯。烂樱珠之煎蜜，滃杏酪之蒸羔。蛤半熟而含酒，蟹微生而带糟。盖聚物之大美，以养吾之老饕。”苏轼精于品鉴食物中的精品，最著名的是江南的河豚和岭南的荔枝。河豚鲜美无比，但是容易引起食物中毒，所以苏轼的挚友李常虽是江南人氏，却从来不食河豚，还声称“河豚非忠臣孝子所宜食”，意谓士人应珍爱生命，不能为尝美味而轻生。苏轼则不然，他不但盛赞河豚之美说“直那一死!”[①] 而且曾在诗中及之：“竹外桃花三两枝，春江水暖鸭先知。蒌蒿满地芦芽短，正是河豚欲上时。”（《惠崇春江晚景二首》之一）后人盛赞此诗，大多着眼于前二句富含哲理。对于本文来说，后二句同样值得重视。此诗本是题画诗，竹、桃、鸭、蒌蒿、芦芽诸物都可能是画中之物，但河豚则是图中所无者，况且河豚形体丑陋，梅尧臣曾说“其状已可怪”、“忿腹若封豕”（《范饶州坐中客语食河豚鱼》），根本不宜入画，苏轼何以咏及之？合理的推测便是因为其美味。此外，根据苏诗注家所云，此诗中的“蒌蒿”、“芦芽”也都与烹饪河豚有关[②]，所以清人王士禛认为“蒌蒿满地芦芽短”此句“非泛咏景物，可见坡诗无一字无来历也”[③]。可见，此诗的主题之一便是咏河豚之美味。至于岭南的荔枝，更是多次受到苏轼的赞颂，比如“海山仙人绛罗襦，红纱中单白玉肤。不须更待妃子笑，风骨自是倾城姝”

① 见吴曾《能改斋漫录》卷一〇，《笔记小说大观》第八册，广陵古籍刻印社1983年版，第243页。

② 详见冯应榴《苏轼诗集合注》卷二六，上海古籍出版社2001年版，第1334页。

③ 《跋东坡先生诗》，《蚕尾文集》卷七，《王士禛全集》，齐鲁书社2007年版，第1714页。

(《四月十一日初食荔枝》)，“日啖荔枝三百颗，不辞长作岭南人”(《食荔枝二首》之二)。在苏轼笔下，荔枝不但是滋味独绝的果中极品，而且是姿态幽艳的世外仙姝。荔枝在唐代就已受到重视，唐代诗人也多次咏及之，但是唐诗中比较有名的荔枝诗大多与讽刺唐玄宗、杨贵妃有关，如杜甫的《解闷十二首》之八、九以及杜牧的《过华清宫》等。真正从咏物的角度吟咏荔枝的好诗只有白居易的《题郡中荔枝诗十八韵兼寄万州杨八使君》，诗中“星缀连心朵，珠排耀眼房。紫罗裁衬壳，白玉裹填瓤”诸句描写荔枝外貌较为生动，“嚼疑天上味，嗅异世间香”二句咏及其味，但与苏轼的荔枝诗对读，毕竟相形见绌。可以毫不夸张地说，荔枝题材到了苏诗中才得以大放异彩。

然而，苏轼并不是一个世俗意义上的“老饕”，他虽然喜爱美食，但并不沉溺于口腹之欲，当他在杭州任通判时，官府里的酒宴相当频繁，苏轼“不胜杯酌，诸公钦其才望，朝夕聚首，疲于应接，乃号杭倅为‘酒食地狱’”[①]。当他谪居惠州时，曾与幼子苏过煮蔬菜食之，并作诗讥笑晋代那个“食日万钱，犹曰无下箸处”的何曾说：“我与何曾同一饱，不知何苦食鸡豚?”(《撷菜》)苏轼虽然珍爱河豚、荔枝等物，但并不刻意追求珍味，他对普通的食物同样感到津津有味。元丰六年(1083)，苏轼在黄州得到一尾极其珍贵的鲵鱼，当即放生于长江[②]。相反，他对黄州出产的价贱如土的猪肉、鲫鱼等物反倒很喜爱。除了后代大行于世的“东坡肉”之外，苏轼在黄州还发明了一道鱼羹和一道“东坡菜羹”。前者用普通的鲫鱼、鲤鱼烹制而成，直到元祐四年(1089)，苏轼还在杭州亲手烹煮此羹待客[③]。后者则是一种“不用鱼肉五味，有自然之甘”的纯用蔬菜做成的美食，苏轼在《东坡菜羹》中详细地介绍了其做法[④]。据记载，这种菜羹在当时就达到了“好事者珍奇之”的效果[⑤]。即使当苏轼被贬到人称“鬼门关”的海南岛后，因米粮匮乏，苏过乃用山芋作羹让老父充饥，苏轼竟作诗美之，此诗题作“过子忽出新意，以山芋作玉糁羹，色香味皆奇绝。天上酥陀则不可知，人间决无此味也!”这当然体现了苏轼在苦难生活中恬然自安的旷达、超越的人生态度，但也是其不择精粗皆有可赏的饮食观的体现。苏轼对饮食的这种态度其实正是儒家思想的体现，孔子一方面“食不厌精，脍不厌细”[⑥]，另一方面又对颜回赞不绝口：“贤哉回也！一箪食，一瓢饮，在陋巷，人不堪其忧，回也不改其乐。贤哉回也!”[⑦] 表面上好像自相矛盾，其实正是一种通达、诚恳的生活态度。苏轼对此心领神会。据宋人记载，“东坡性简率，平生衣服饮食皆草草。……筑新堤时，坡日往视之。一日饥，令具食，食未至，遂于堤上取筑堤人饭器，满贮其陈仓米一器尽之。大抵平生简率，类如此”[⑧]。苏轼的这种饮食观，一方面为他广泛地吟咏饮食主题提供了可能性，因为只有普通的饮食才是随时随地可遇的，而那种玉液琼浆的贵族饮食是

---

① 朱彧《萍州可谈》卷三，《宋元笔记小说大观》第2342页，上海古籍出版社2007年版。
② 见张舜民《画墁集》卷八《郴行录》。
③ 见《书煮鱼羹》，《苏轼佚文汇编》卷六，《苏轼文集》第2592页，中华书局1986年版。
④ 见《东坡菜羹》，《苏轼文集》卷二〇，第595页。
⑤ 见朱彧《萍州可谈》卷二，《宋元笔记小说大观》第2316页。
⑥ 《论语·乡党》，《十三经注疏》第2495页。
⑦ 《论语·雍也》，《十三经注疏》第2478页。
⑧ 施德操《北窗炙輠录》卷上，《宋元笔记小说大观》第3307页。

世间少有的珍奇之物，普通人的生活中很少有机会与它们相遇；另一方面，也为苏轼的此类作品深受读者喜爱提供了可能性，因为只有吟咏普通饮食的作品才能贴近广大读者的审美趣味，要是有人作诗吟咏皇家宴席上的驼峰熊掌，即使描写得再生动，恐怕也只有皇亲国戚才会感兴趣，广大的平民读者对那些珍味根本没有亲身的体会，读后还不是隔靴搔痒?

四

然而，饮食毕竟只是人们用以果腹或解渴的日用品，它们的功用完全属于实用性质，苏轼究竟是如何为这种实用性质的题材注入诗意，使之成为审美对象的呢?

首先，苏轼热爱生活，他以一种近于审美愉悦的心态拥抱生活，以充满诗意的目光去观察生活，于是生活中的任何内容都能实现诗意的升华，饮食也不例外。例如：

《纵笔》三首之三

北船不到米如珠，醉饱萧条半月无。明日东家当祭灶，只鸡斗酒定膰吾。

这是苏轼六十四岁时在儋州所作。当时诗人的生活极为窘迫，经常以薯芋充饥，久饥之人不免嘴馋，于是诗人把希望寄托在东家身上，说明日东家将杀鸡设酒祭灶，事毕后一定会分一些祭品给我。要不是以“只鸡斗酒”入诗，苏轼怎能将其生活窘境以及旷达乐观的心态表达得如此真切、生动?如果说此诗是在特殊的人生处境中的作品，是对荒唐现实的一种反讽或冷嘲，所以诗人的目光才会下移到“只鸡斗酒”这样普通的饮食题材，那么请再看其他例子。

《与毛令方尉游西菩寺》二首之二

路转山腰足未移，水清石瘦便能奇。白云自占东西岭，明月谁分上下池。黑黍黄粱初熟后，朱柑绿橘半甜时。人生此乐须天付，莫遣儿曹取次知。

此诗作于熙宁七年（1074)，苏轼时任杭州通判，因往于潜县察看蝗灾，得便与县令毛国华、县尉方武同游西菩寺。诗中赞美西菩寺周围的美景，从地上的水、石写到天上的白云、明月，然后笔锋一转，吟咏田野里的累累秋实——小米、高粱、柑子、橘子。诗人分别用“黑”、“黄”、“朱”、“绿”四种颜色来形容这些果实，构成一幅浓墨重彩的秋色图。四种果实当然都是食物，诗中的“初熟”和“半甜”就咏及其食用价值，但是它们也是组成这幅秋色斑斓的山林野趣图的主要因素，是引起诗人浓郁游兴的主要原因。于是，普普通通的粮食和水果便具备了诗情画意，便脱离了实用的性质而跃入审美的意境。

《筼筜谷》

汉川修竹贱如蓬，斤斧何曾赦箨龙。料得清贫馋太守，渭滨千亩在胸中。

《南　园》

不种夭桃与绿杨，使君应欲候农桑。春畦雨过罗纨腻，夏垅风来饼饵香。

这是苏轼在熙宁八年（1075）为挚友文同题咏洋川园池的两首小诗。筼筜谷位于洋州（今陕西洋县），谷中长满竹子，故名。文同是以画竹著名的画家，常在筼筜谷中观赏竹子，所以胸有成竹。但苏轼此诗偏不说其观竹、画竹，而专咏其食笋。诗的大意是，汉水边上的山谷中满是修竹，丛生的竹笋被人们砍来做成菜肴。又说文同既贫又馋，筼筜谷中的竹笋都被他吃光了！末句意含双关：既指文同食笋之多，又指其"胸有成竹"，极为风趣。这首诗寄到之时，文同正携妻同游筼筜谷，还煮了几根笋当晚饭，他"发函得诗，失笑喷饭满案"[①]。南园是文同在洋州的一个园子，园内不种桃柳而种满庄稼，苏轼对此大为赞赏，认为这是文同重视农业的表现。末句从夏季麦熟想起，清风吹来，麦垄间仿佛能嗅到饼饵的香气。后人往往深赏末联琢句之巧妙，我觉得其得力之处正在"罗纨腻"和"饼饵香"的丰富想象，而由麦子成熟联想到面饼之香气，正是此诗中最引人入胜之处。苏轼与文同都是文人雅士。一般说来，文人题咏园池的诗都应突出高雅幽洁的情趣，苏轼却偏偏写进食物，这是他全方位地拥抱生活的一种表现。这种情形在苏诗中相当常见，比如"紫李黄瓜村路香，乌纱白葛道衣凉"写闲游山寺之轻快心情（《病中游祖塔院》），"想见青衣江畔路，白鱼紫笋不论钱"抒思乡之情（《寄蔡子华》），"犹有小船来卖饼，喜闻墟落在山前"咏贬谪途中的荒凉凄寂（《慈湖夹阻风五首》之二），食物的意象很好地点缀了生活图景，从而使诗歌更加贴近平凡、真实的生活，这正是苏诗受到广大读者欢迎的原因之一。

其次，苏轼天才横溢，在诗歌题材上触处生春，尤其善于"以俗为雅"。他说："诗须要有为而作，当以故为新，以俗为雅。好奇务新，乃诗之病。柳子厚晚年诗极似陶渊明，知诗病者也。"[②] 所谓"以俗为雅"，意即化俗为雅，也就是将原本较为凡俗的内容升华进入高雅的境界[③]，陶诗就有这种倾向，苏轼认为柳宗元的晚年诗歌也有类似的表现。显然，将饮食类题材引入诗歌，就是"以俗为雅"的一种表现。唐人刘禹锡重九日作诗，不敢写到"糕"字[④]，就是因为"糕"乃俗字，"糕"是一种普通的食物，所以不能登上诗歌的大雅之堂。苏轼当然也明白饮食本是俗物，他曾作诗说："可使食无肉，不可使居无竹。无肉食人瘦，无竹令人俗。人瘦尚可肥，俗士不可医。"（《于潜僧绿筠轩》）显然是以竹为雅物而以肉为俗物，因为后者只具有实用性质的价值，前者却与文人雅趣有关。

---

① 见苏轼《文与可画筼筜谷偃竹记》，《苏轼文集》卷一一，中华书局 1986 年版，第 366 页。

② 《题柳子厚诗》，《苏轼文集》卷六七，第 2109 页。按：原文"当以故为新"前有"用事"二字，此据《稗海》本《东坡志林》卷九校改。因此条论柳宗元晚年诗风近于陶诗，不应专论"用事"。

③ 参看拙文《论宋诗的"以俗为雅"及其文化背景》，载《唐宋诗歌论集》，凤凰出版社 2007 年版，第 493—507 页。

④ 见韦绚《刘宾客嘉话录》，《唐五代笔记小说大观》，上海古籍出版社 2000 年版，第 794 页。

但是，既然苏轼擅长“以俗为雅”，他就能对饮食题材进行改造，使之质变，从而升华进入高雅的境界。试看一例：

《豆　粥》

君不见滹沱流澌车折轴，公孙仓皇奉豆粥。湿薪破灶自燎衣，饥寒顿解刘文叔。又不见金谷敲冰草木春，帐下烹煎皆美人。萍齑豆粥不传法，咄嗟而办石季伦。干戈未解身如寄，声色相缠心已醉。身心颠倒不自知，更识人间有真味？岂知江头千顷雪色芦，茅檐出没晨烟孤。地碓舂秔光似玉，沙瓶煮豆软如酥。我老此身无着处，卖书来问东家住。卧听鸡鸣粥熟时，蓬头曳履君家去。

“豆粥”当然是一种极其普通，甚至有点寒酸的食物，要是让刘禹锡来作诗咏之，肯定会避之不及。然而苏轼此诗不但生活气息浓郁，而且措辞雅致，志趣高洁，全诗没有丝毫的俗气，这是什么缘故呢？此诗作于元丰七年（1084），其时苏轼刚奉朝命离开黄州贬所，但诗中所咏的仍是他在黄州的生活经历。开篇推出两个有关豆粥的历史故事，一是西汉末年刘秀征战至滹沱河畔，饥寒交迫，因部将冯异献豆粥方得饥寒俱解；二是西晋石崇生活豪奢，其家厨子能在顷刻之间煮熟豆粥。然后说刘秀当时身陷危难，石崇则沉迷声色，他们都没有从容安详的心态来仔细品味豆粥。只有自己在江边隐居，身闲无事，心态安详，得以到友人家里细细品尝豆粥，才能深知豆粥之真味。前半连用两个典故，为全诗奠定了典雅的基调①。后半对江边芦花似雪、茅屋隐雾的清幽景色的描绘，成功地营造了一个潇洒绝尘的高洁意境。于是，一味普通的豆粥便成为绝妙的诗材，“地碓舂秔光似玉，沙瓶煮豆软如酥”两句对豆粥本身的描写也脱离了果腹的实用性质而近于审美的咏叹。这正是“以俗为雅”的典范作品。

五

苏诗中咏及的饮食种类繁多，几乎包括了当时所有的品种，连在友人家偶然品尝家酿劣酒和家常糕点也催生出“已倾潘子错着水，更觅君家为甚酥”的名句（《刘监仓家煎米粉作饼子，余云为甚酥。潘邠老家造逡巡酒，余饮之，云莫作醋错着水否。后数日，携家饮郊外，因作小诗戏刘公，求之》）。苏轼胸怀宽广，与物无忤，他在流宦和贬谪生涯中随遇而安，在饮食方面也入乡随俗。古代的中原人士初到南方，往往对那些闻所未闻的食物心存畏惧。韩愈贬潮州后初尝南食，对那些奇形怪状的“鲎”、“蠔”、“蒲鱼”、“蛤”等物感到“莫不可叹惊”，勉强食用后竟然“腥臊始发越，咀吞面汗骍”（《初南食贻元十分协律》）。苏轼则不然，他对食物的态度是“鸡猪鱼蒜，遇着便吃”②。他贬到海南后兴致勃勃地品尝海味，而且作文赞美之：“己卯冬至前二日，海蛮献蠔。剖之，肉与

① 按：清人纪昀评此诗曰：“牵光武、石崇二事，强生意义，支缀成篇，殊无真实本领。”（《纪评苏诗》卷二四，四川大学出版社2007年版，第97页）未悟苏诗章法之妙，王文诰注不取此则纪评，有识。

② 《与王定国四十一首》之三二，《苏轼文集》卷五二，第1528页。

浆入水，与酒并煮，食之甚美，未始有也。……每戒过子慎勿说，恐北方君子闻之，争欲为东坡所为，求谪海南，分我此美也。”（《食蠔》）这与韩愈的态度大相径庭。可惜苏轼没有写诗吟咏那些海味，但是苏诗中已有《棕笋》、《送牛尾狸与徐使君》、《蜜酒歌》等诗，专咏比较罕见的食物。当然苏诗中写得更多更好的还是那些常见的普通食物，正是这些作品为饮食类主题开辟了广阔的前景。试看一例：

《杜介送鱼》

新年已赐黄封酒，旧友仍分赪尾鱼。陋巷关门负朝日，小园除雪得春蔬。病妻起斫银丝鲙，稚子欢寻尺素书。醉眼朦胧觅归路，松江烟雨晚疏疏。

诗中的“黄封酒”与“春蔬”也是食物，但中心意象则是那尾红尾鲜鱼。新春时节，旧友送来一尾鲜鱼，这本是一件普通的小事，鲜鱼也是一种普通的食物，但在苏轼笔下却写得情趣盎然。老妻本来卧病在床，但是鲜鱼一到，她竟自起床操刀切鲙。幼稚的孩子大概已读过“呼童烹鲤鱼，中有尺素书”的古诗，所以欢呼着要从鱼腹中寻找那封“尺素书”。这是一个多么生动、热闹的场景！最妙的是此诗的结尾，诗人此时正在汴京任翰林学士，但是一见鲜鱼，竟使他联想到此鱼的产地，顿生归思，于是眼前出现了烟雨江南。这样的饮食题材已经超越了实用的性质而转变成审美对象，也就是完成了诗意化的过程，谁曰不然？

世间的饮食品种形形色色，让它们实现诗意提升的可能性是大有差别的。一般说来，凡是用来充饥的食物较难入诗，比如饼饵、饭食等物；而用来消遣的饮料就较易入诗，比如茶与酒。因为前者的实用性很强，是人们的基本生活资料，很难产生诗意的联想；后者则是人们在休闲时的生活用品，是用来美化生活的一种点缀物，容易激发审美的情趣。唐诗中有那么多的咏酒佳作，而咏及饼饵饭食的作品却寥若晨星，就是明显的证据。苏诗的情形也不例外。苏轼虽然经常咏及充饥的食物，例如“残年饱饭东坡老，一壑能专万事灰”（《儋耳》），但是咏得最多最好的还是茶酒一类题材。那么，与前人相比，苏轼的后一类作品又有什么特点呢？

我认为最大的特点在于：苏轼的咏茶诗的成就超过了咏酒诗，并成功地使饮茶主题在宋诗中大放异彩。

唐诗中咏酒的名篇不计其数，但咏茶的名篇则如凤毛麟角。除了卢仝的《走笔谢孟谏议寄新茶》之外，很少有受到后人关注的佳作。宋诗的情况颇为不同，宋代诗人在继续咏酒的同时，也深喜咏茶，其中尤以苏轼与黄庭坚的成就最为突出，本文专论苏轼。

苏轼当然也爱咏酒，他虽然酒量不大，但酒兴颇高，诗中时时及之。苏轼有酒即饮，在生活穷困时尤其不择精粗，他在黄州时曾自称：“酸酒如齑汤，甜酒如蜜汁。三年黄州城，饮酒但饮湿。我如更拣择，一醉岂易得？”（《岐亭五首》之四）他甚至声称：“使我有名全是酒，从他作病且忘忧。”（《次韵王定国得晋卿酒相留夜饮》）他把饮酒与作诗视为生活中的两大喜好：“吾侪非二物，岁月谁与度？”（《叔弼云履常不饮故不作诗劝履常饮》）饮酒还使苏轼画兴大发："空肠得酒芒角出，肝肺槎牙生竹石。"（《郭祥正家醉画竹石壁上郭作诗为谢且遗二古铜剑》）他饶有兴趣地运用典故咏酒："岂意青州六从事，化为乌有一先生。"（《章质夫送酒六壶书至而酒不达戏作小诗问之》）他还用古人好酒的故事来劝友人饮酒："君独未知其趣尔，臣今时复一中之。"（《太守徐君猷通守孟亨之皆不饮酒以诗戏之》）他亲切地用俗语来形容饮酒之乐："三杯软饱后，一枕黑甜余。"（《发广州》）苏轼最有趣的咏酒诗要推下面这首：

《金山寺与柳子玉饮，大醉，卧宝觉禅榻，夜分方醒，书其壁》

恶酒如恶人，相攻剧刀箭。颓然一榻上，胜之以不战。诗翁气雄拔，禅老语清软。我醉都不知，但觉红绿眩。醒时江月堕，摵摵风响变。惟有一龛灯，二豪俱不见。

诗人不胜酒力，颓然醉卧，前人也曾咏过，李白就有"玉山自倒非人推"之名句（《襄阳歌》），苏轼此喻则准确生动，戛戛独造。后面八句隐括晋人刘伶《酒德颂》大意而出之以韵语，描摹醉态栩栩如生，与友人的戏谑也极为风趣，是宋诗中的咏酒名篇。

然而苏轼的咏茶诗在诗史上更具创新意义。苏轼写过一首《寄周安孺茶》，此诗长达一百二十句，全篇咏茶。诗人首先叙述了饮茶的历史和自己入仕后饮茶的经历，然后详细生动地描绘自己身归江湖后与野僧隐士同赏好茶的情形，下文又具体描写好茶与好水的情状，最后自述饮茶后心满意足的状态，如此全面、深刻地咏茶，堪称宋诗中的《茶德颂》。此诗的最后四句尤其值得注意："昔人固多癖，我癖良可赎。为问刘伯伦，胡然枕糟曲？"苏轼诘问刘伶，饮茶如此有益，为何还要嗜酒？意即饮茶胜于饮酒，这是宋代士大夫的独得之秘，也是苏轼的咏茶诗既多且工的主要原因。

在苏轼眼中，茶的主要功用不在于解渴，而在于怡情悦志、修身养性。或者说，茶的主要意义已超越物质层面，进入了精神境界。苏轼有一咏茶名句："从来佳茗似佳人。"（《次韵曹辅寄壑源试焙新芽》）这哪里还是品尝滋味，分明是一种审美的享受。苏轼作诗答谢友人寄茶说："我官于南今几时，尝尽溪茶与山茗。胸中似记故人面，口不能言心自省。"（《和钱安道寄惠建茶》）平生饮过的茶竟像故人一样难以忘怀，他对茶的感情何其深也！正因如此，苏轼的咏茶名篇不但以描写真切见长，而且以抒情浓郁取胜。试看二例：

《试院煎茶》

蟹眼已过鱼眼生，飕飕欲作松风鸣。蒙茸出磨细珠落，眩转绕瓯飞雪轻。银瓶泻汤夸第二，未识古人煎水意。君不见昔时李生好客手自煎，贵从活火发新泉。又不见今时潞公煎茶学西蜀，定州花瓷琢红玉。我今贫病常苦饥，分无玉盌捧蛾眉。且学公家作茗饮，砖炉石铫行相随。不用撑肠拄腹文字五千卷，但愿一瓯常及睡足日高时。

《汲江煎茶》

活水还须活火烹，自临钓石取深清。大瓢贮月归春瓮，小杓分江入夜瓶。雪乳已翻煎处脚，松风忽作泻时声。枯肠未易禁三碗，坐听荒城长短更。

第一首作于熙宁五年（1072），苏轼正任杭州通判，在进士发解试的试院中与其同僚一起煎茶。第二首作于元符三年（1100），苏轼正在海南贬所，生活极其窘迫，独自在月夜汲江水煎茶。两首诗的写作环境迥然不同，诗人的心境也差异甚大，但诗中表现的情趣却何其相似！可见苏轼在煎茶、饮茶之际，已经超越了当下的实际生活处境而进入远离尘寰的高洁的精神境界。两首诗都详细描写了煎茶的过程，而且都用了“松风”和“雪”等清幽洁净的自然之物来形容煎茶时的声响和外形，从而使整个活动都具备了浓郁的诗意。咏茶诗写到这种地步，可谓名副其实的以俗为雅。唐诗中虽然也有吟咏同类主题的作品，例如郑遨的“夜臼和烟捣，寒炉对雪烹”（《茶诗》），又如皮日休的“时看蟹目溅，乍见鱼鳞起。声疑松带雨，饽恐生烟翠”（《茶中杂咏·煮茶》），可算是这方面的佼佼者，但无论是描写之真切，还是意境之高雅，都不能望见苏诗之项背。

综上所述，我认为中国诗歌史上的饮食类题材是在陶渊明笔下初露曙光，到宋代则如日中天，而苏轼在这方面做出的巨大贡献尤其值得重视。虽然苏轼之后善于吟咏饮食主题的诗人代不乏人，但就题材开拓的广度和诗境提升的高度而言，苏诗取得的成就是后人难以逾越的。当我们探索古代诗歌在题材走向上的发展脉络时，当我们评价苏轼对古典诗学的独特贡献时，饮食类的主题是一个独特的重要视角。

关于“为地”在南宋的诗语化

——诗歌中的散文词汇的含义及其用法上的特征

〔日本〕庆应义塾大学　阿部顺子

在宋代，很多诗人开拓了诗的新题材，并努力发明诗的新表现。其中也有“诗语”——用于诗的语言——的发明创造。关于这些新诗语的发明和创造，从宋元时期到近现代已有许多学者指出，认为宋代有些诗人故意把俗语、俗话和方言等用于自己的诗里①。诗本来属于应该用“雅语”写作的文学作品，因此，这种方法也可称为“以俗为雅”，意思是把俗语、俗话和方言等提高为“雅语”②。

“以俗为雅”的基本思想是，不从“无”生“有”，而用各种各样的方法来加工已存在的“原件”，使升华为“新件”。这样的想法是宋代的很多诗人在作诗时所沿袭并遵守的重要基本方针之一，所以这可以说是形成了宋诗的一个特征。

关于诗语，宋代诗人所试行的新诗语的发明——对于本来已有，但是没有用于诗的语言予以加工，来创造新的诗语——并不限于“以俗为雅”所代表的俗语、俗话和方言被用于诗这些现象。我们可以见到，有些语言虽然属于文言，可是不用于诗，而宋代诗人可能故意加工这些文言，以使它“转生”作为新诗语。

就是说，当时好像有几乎没有被用于诗，只被用于散文的文言，它们虽然算是雅语，但是一直没有成为诗语。而我们可以见到，宋代诗人，特别是南宋诗人将这些文言进行各种各样的加工，将其转换为诗语的痕迹。

本文主要考察的是“为地（wéidì）”这一语辞。“为地”一词早在东汉初期就被使用，可以说是典型的文言。从那以后，“为地”被极其频繁地使用，特别在两宋的散文中，而且在非常特定的语境下，而在诗中则几乎没有被使用。可是，到了南宋，“为地”突然不仅在散文中，也在诗中多次被使用了。

值得注意的是，散文中的“为地”与诗中的“为地”，在用法上、在涵义上显得极其不同。而且这些差异中的有些特征使我们感到南宋诗人是故意的，即诗人们特别有意识地使诗中的“为地”的用法与散文中的“为地”的用法不同了。细检作为诗语的“为地”被使用的过程，我们可以看到，上述形成宋诗的特征之一的基本方针，即加工“原件”来创造“新件”这一想法。

本文试图先确认“为地”这个语词在散文中的基本涵义和用法，再分析并考察诗中“为地”的涵义和用法有什么特征，来检讨南宋诗人在发明新的诗语时着眼于从来没被使

---

① 参照南宋魏庆之《诗人玉屑》卷六“点石化金”、南宋释惠洪《冷斋夜话》卷一“诗用方言”、南宋黄彻《䂬溪诗话》卷一〇“子美‘於菟侵客恨’”。

② 参照南宋罗大经《鹤林玉露》卷三“以俗为雅”。

用过的文言，把它用于诗而转换为新诗语的一个例子。通过这项调查，笔者认为，关于南宋诗人为了创造出新的诗表现都下了些什么具体的工夫，我们可以看到其一端。

“为地”这个措辞有几种说法：除“为地”外，还有“为地道”、“为之地”、“为……地”和“与……为地”等。本文当然也涉及这些说法的例子，不过，为方便起见，本文把这些说法都称为“为地”，请读者谅解。

一、关于散文中的“为地”的用法和涵义

开始分析和考察作为诗语的“为地”前，我们要概观作为散文词汇的“为地”从汉代到宋代的一些例子，来确认“为地”的基本用法和涵义。

“为地”的基本意思就像字面那样，就是“占地方”，并从此产生一些引申意义，“为地”也用来表现“做准备”、“打基础”、“疏通”、“说项”、“推荐”、“保持立场”、“加强地位”、“包庇”、“拥护”等义。在措辞上，“与”和“为地”形成了一种搭配，即“与……为地”的形式使用得相当多。在“与……为地”这个说法中，“与”属于介词，放在“与”后面的是“为地”的对象，所以“与”表示“为了”、“给”等意思。

关于“为地”，其现存的最早例子见于东汉班固的《汉书》。《汉书》[①] 卷九十《酷吏传·田延年传》曰：

> 初，大司农取民牛车三万两为僦，载沙便桥下，送致方上车直千钱。延年上簿诈增僦直车二千，凡六千万，盗取其半。焦、贾两家告其事，下丞相府。丞相议奏：“延年主守盗三千万，不道。”霍将军召问延年，欲为地道。

对文中的“欲为地道”，唐代的颜师古（581—645）附注曰：“为之开通道路，使有安全之地也。”据此可知，班固“为地道”来表示开辟抽象意义的地方，即开辟逃避惩罚的余地。

根据颜师古对“为地道”加以批注，我们可以推测，至少对于唐初的人们，“为地道”的这一说法并不是一见就明白意思的。但是，在唐末五代之间的散文中，存有一些“为地”的例子，可见这些“为地”被用来表示“打基础”、“打底子”、“做准备”等意思。作为一例，下面举唐代的李肇《国史补》中的一段：

> 崔元翰为杨炎所引，欲拜补阙。恳曰：“愿举进士。”由此独步场中。然不晓程试，先求题目为地。
>
> ——唐·李肇《国史补》[②]（《太平广记》[③] 卷一八〇所引“崔元翰”）

① 中华书局标点本（1962年）。
② 晁公武《郡斋读书志》（衢本）卷六著录《国史补》二卷，云：“右唐李肇撰。起开元，止长庆间事。”
③ 中华书局标点本（2006年）。

表示“打好底子”、“做好准备”的“为地”被用在官界里时，“为地”的意思就被限定了，就是为了让某个人物升上高位、高官的地位而“推荐”、“介绍”、“巩固地盘”等意思。下面举两个例子：

吾闻他举进士者，有门吏诸生为之前焉，有亲戚知旧为之地焉。

——唐·孙樵（大中九年〔855〕进士）《骂僮志》①

太宗尝谓挺曰：“卿之任御史大夫，独朕意耳。左右大臣无为卿地者。卿勉之哉。”

——后周·刘昫等撰《旧唐书》（开运二年〔945〕成）卷七十七《韦挺传》②

如上所举，从唐末五代以后，用“为地”来表示亲戚知旧或者政治上的有力者为了让某个人升至高位要职而做准备工作、打好基础的例子越来越多了。这样的意思和用法不仅被继承于宋代，而且成为了“为地”的主流意思，例句的数量也极其庞大。

在宋代散文中，可以找到大量“为地”的例子。检索电子版文渊阁《四库全书》集部，宋人别集或总集中的例子占大多数；检索史部，在宋代成书的各种宋史中的例子也占大多数。宋代的例子数量庞大，宋前后的各个朝代是无法与之相提并论的。这是值得注意的现象。

上面所举的两个例子，即唐孙樵《骂僮志》中僮仆的话和《旧唐书》中唐太宗对韦挺的话，他们所用的“为地”都指就任高位要职的事前工作或推荐行为③。宋人也基本上继承了这个用法和意思。下面举一例：

真宗以前不轻以此授人，仁宗即位之初，执政欲自为地，故开此例。

——苏轼（1037—1101）《富郑公神道碑》④

文中的“此例”指的是给辞职或退休的执政大臣授予“使相”之位的惯例。“执政欲自为地”这一句表示：在职的执政大臣企图自己做好就任高位要职的事前工作，即他们在职时就为自己预先安排离职后就任“使相”。

另外，还有很多例子是在因自己被赐予地位或官职而对皇帝表示谢意的文章中使用

① 《孙可之集》卷一〇，《全唐文新编》（吉林文史出版社2000年版）卷七九五。

② 中华书局标点本（1975年）。

③ 为了便于参考，举类似例。黄裳（1044—1130）《送仲时南归序》（《演山集》卷二一、《全宋文》卷二二四八〔第103册第71页〕）：“元丰六年，尝与仲时相得于都下，出其所论时务凡数十万言，献于天子。其言大抵中立，不为畔岸，如逮售者。惜乎无左右为之地，卒不报，九年而后归。”《宋史》（中华书局标点本，1977年）卷四五八隐逸中·俞汝尚传：“王安石当国，患一时故老不同已，或言汝尚清望，可寘之御史，使以次弹击。驿召诣京师，既知所以荐用意，力辞，章再上得免。亲故有责以不能与子孙为地者，汝尚笑曰：‘是乃所以为其地也。’”

④ 《苏轼文集》（中华书局标点本，1999年）卷一八。

“为地”。这种文章中的“为地”是指官署或政府要人推荐并提拔人才[1]。下面举一例：

> 盼睐所加，过为众中之异，听闻或误，遽忘名下之虚。公赐品题，曲为地道。
>
> ——沈与求（1086—1137）《谢运使胡修撰举改官启》[2]

如上所述，“为地”在汉代表示“确保地方”，而在唐五代及宋代表示“做事前工作”，如果被用在官界的话，就表示为了使某个人物得到某个地位或官职的“推荐”、“介绍”等。特别是到了宋代，在自己被提拔并升为高位要职而对皇帝表示感谢的文章中，“为地”表示为了提拔某个人材而推荐或说项。这个“为地”可以说包含着一种褒义。

另一方面，“为地”也用在在与以上所引的一些例子完全相对的语境下。就是说，“为地”开始用来表示不良党派或人物包庇与他们同类的不良党派或人物。这种用法和意思的“为地”在宋代朝廷里频繁发生的政治、权力斗争中经常被使用，几乎成了攻击、弹劾政敌时的固定说法[3]。下面举两个例子：

> 臣又素疾程颐之奸，未尝假以色词，故颐之党人无不侧目。自朝廷废黜大奸数人，而其余党犹在要近，阴为之地，特未敢发尔。
>
> ——苏轼《杭州召还乞郡状》[4]
>
> 前知雷州王趯顷在任日，每有被罪南窜者，则厚赂津置，为之囊橐，结成死党。今闻在全州，遂与海外罪人为地，或有擅离受责之地，逃匿趯家。方命乱法，莫此为甚。
>
> ——绍兴二十四年（1154）郑仲熊上言[5]

---

① 为了便于参考，举类似例。宋祁（998—1061）《谢直馆启》（《宋景文集》卷五六、《全宋文》〔上海辞书出版社、安徽教育出版社 2006 年版〕卷五〇九〔第 24 册第 208 页〕）：“斯盖伏遇阁下均爱汇茅，助封芃棫。务英才之乐，有味其言，极荐宠之私，豫为之地。”郑獬（1022—1072）《国学谢解启》（《郧溪集》卷一三、《全宋文》卷一四七五〔第 68 册第 91 页〕）：“此盖伏遇某官长育材类，佐佑圣谟，掩所不能，阴与为地，援于稠众，俾预贡书。”

② 《龟溪集》卷一〇，《全宋文》卷三八六二（第 176 册第 338 页）。

③ 举类似例以供读者参考。元祐二年（1087）王严叟上言（李焘《续资治通鉴长编》〔中华书局标点本，1995 年〕卷三九四所收）云“臣愚闻有与轼为地，曲为之辞，以释其说，上欺天听者”，元祐六年（1091）王严叟上言（《续资治通鉴长编》卷四六七，王霆震编《古文集成》卷二四所收）云“愿陛下听言之际，加意鉴察，使不能以疑似之罪，诬陷善良，而阴与奸邪为地，则不胜社稷天下之幸”，元祐六年刘安世上言（《续资治通鉴长编》卷四五八）云“异日或有大臣尚持姑息之论，巧为地道，假借大奸”，许景衡（1072—1128）《余深落观文殿大学士依前特进致仕制》（《横塘集》卷七，《全宋文》卷三〇八六〔第 143 册第 254 页〕）云“言路抗疏，观望风旨而横肆中伤，诏狱穷奸，灼见邪慝而阴为地道”，安成之在靖康二年（1127）所撰写的《枢密宇文议燕保京记》（南宋徐梦莘《三朝北盟会编》〔影印清光绪三十四年许涵度刊本，上海古籍出版社，1987 年〕卷二一五所收）云“有言官旧尝恳公荐自代，公不语，至是在言路，又欲与其知已位亚政府者为地，抗疏力诋公，皆虚言无实”，魏了翁（1178—1237）《再乞祠奏状》（《鹤山全集》卷二五，《全宋文》卷七〇六一〔第 309 册第 186 页〕）云“台臣倡为皇极之说，以与贼吏邪臣为地”。

④ 《东坡全集》卷五九，《苏轼文集》卷三二。

⑤ 南宋李心传《建炎以来系年要录》（中华书局，1988 年）卷一六七。

从北宋末期起，“为地”的对象范围不限于政敌，还涉及当时威胁宋的敌国——金[①]。此举一例：

臣窃料百僚中唱异议，不欲陛下归京师者，不过如张邦昌等奸邪辈，阴与敌人为地耳[②]。

——建炎元年（1127）宗泽表[③]

总而言之，关于“为地”这一词语，虽然我们可以在东汉和唐五代的散文中见到萌芽性的例子，但例子最多的是在两宋的散文中。宋代散文中“为地”的特征是：第一，主要在官界推荐或说项人才的时候使用，这种“为地”除了不包含褒贬语气的例子以外，还有包含褒义的例子；第二，在朝廷内的政治、权力斗争中，攻击、弹劾某个人物或某个党派时，用“为地”来表示不良人物或不良党派为了形成并扩大自己的势力范围而包庇同派的人物或人们；第三，在宋被金威胁的情况下，使用“为地”表现宋朝内的人士为敌国——金国谋求方便的批判。这三个特征中，第二、第三项“为地”明显是贬义的说法。从这三个特征来看，“为地”可以说是表现个人或集体为别的个人或集体提供政治性的方便或利益的词语，是充满着现实气氛的词语。

在这里，笔者想说明一个问题。如上所见，“为地”虽然主要在散文中被使用，但是几乎都用于表、启、状、札子、上言、制、进等上奏文中。再加上，尽管“为地”被用在史书或笔记等叙事文中，但其大部分例子都是某个人所说的话。那么，我们自然想到，“为地”也许是“俗语”，即当时的口语这一可能性。可是，根据调查，“为地”这个词语几乎不见于变文、平话、语类、禅语类、曲、杂剧等，所以俗语系统的词典类当然也没有收录[④]。因此，我们可以认为，“为地”还是属于文言。

“为地”是在两宋时期频繁被使用的文言词语。尽管如此，在北宋，“为地”只用于散文中，几乎没有用于诗中。可是到了南宋，这个情况发生了变化，“为地”也被用在诗中。在下一节中，我们将探讨“为地”在南宋诗中的用法上的特征。

---

① 除此之外，还包括不服从朝廷的农民或不交税金的豪族等。比如说，周必大（1126—1204）《淳熙二年（1175）九月二十一日进》（《文忠集》卷一五五，《全宋文》卷五一四一〔第231册第129页〕）云“乡民因役使之烦，失刈获之业，往往怀疾视州县之心，贼复捐余财以饵之，由此奸甿交与为地，官军动息多以语之，其所至辄能设伏邀击者，为是故也”，袁甫（生卒年未详，嘉定七年〔1214〕进士）《再论履亩札子》（《蒙斋集》卷六，《全宋文》卷七四三一〔第323册第344页〕）云“如州县奉行不虔，纵胥吏与势家为地，抵拒拖延，慢上之令，则监司定将守令按劾”。

② 徐梦莘《三朝北盟会编》卷一一三也收录同文。“敌人”，文渊阁四库全书本作“金人”，清刊本作“贼虏”，下有小字注云“改作金人”。据此可知，原文是“与贼虏为地”。

③ 《建炎以来系年要录》卷七。

④ 只有《汉语大词典》“为之地”条云：“①给人提供事理的根据。《韩非子·说难》：‘有欲矜以智能，则为之举异事之同类者，多为之地。’②代为疏通说项。宋·王明清《挥麈录》第三录卷三：‘适万俟元忠与秦异议，自参政安置秭归，后徙沅江。汪因谒之，投分甚欢，日夕往还，三载之间，益以胶固。万俟还朝，继而大拜。首加荐引，力为之地。入朝七年间，遂登政府。’亦省作‘为地’。”

二、关于“为地”的诗语化及其用法上的特征

细检南宋诗中的“为地”，一些例子把散文中的用法和意思“按原样”采用。下面举两个例子：

系船杨柳晓莺边，冠盖如云欲塞川。闻道今开丞相府，昔年同是广寒仙。不须左右为公地，便恐吹嘘送上天。千载一时真庆遇，会看钧力转陶甄。

——王庭珪（1080—1172）《送同年赵季成赴行在》①

乡评月旦尚依然，旁郡人称别驾贤。邂逅宦途同晚岁，游从太学记当年。谁怜冷落堪为地，我欲吹嘘送上天。荐墨未干君已矣，漫凭楚挽慰重泉。

——虞俦（生卒年未详。隆兴元年〔1163〕进士）《挽俞君任通判诗》②

以上二首中都有“吹嘘送上天”之句，这是据杜甫《赠献纳使起居田舍人澄》诗“扬雄更有河东赋，唯待吹嘘送上天”改的，表示得到有力支持，被提拔并上台。

王庭珪《送同年赵季成赴行在》诗的“闻道今开丞相府”句下有附注曰：“沈相同年。”据此可知，“不须左右为公地，便恐吹嘘送上天”这一联表示赵季成不待近侍大臣的推荐说项，马上就被沈丞相提拔，就任要职。

虞俦《挽俞君任通判诗》诗的“谁怜冷落堪为地，我欲吹嘘送上天”表示虞俦要推荐俞任，把他升为高官。

这两首诗中的“为地”都被用来表现某个人为别人谋求政治性的方便，与散文中的“为地”相比，在用法和意思上都没有什么差异。

其实，像以上所举的两首诗中“为地”那样，诗中“为地”的用法和涵义与散文同一的例子却极少。反而，用与散文完全不同的方法把“为地”用于诗的例子倒占大多数。我们先来看下面所举的陆游（1125—1210）的两首诗：

一坐五十日，痴顽良可哀。新凉为醉地，少讼作慵媒。市柳风烟惨，汀苹岁月催。远官从漫浪，垂老懒低回。

——陆游《得成都诸友书劝少留嘉阳戏作》③

渔艇水流去，柴门风自开。余寒为醉地，多病作慵媒。莎草锄还出，鸥群去复来。流年殊衮衮，残鬓不禁催。

——陆游《春寒》④

---

① 《卢溪文集》卷一八，《全宋诗》（北京大学出版社，1991—1998年）卷一四六六（第25册第16807页）。

② 《尊白堂集》卷二，《全宋诗》卷二四六三（第46册第28519页）。

③ 《剑南诗稿》卷四，《全宋诗》卷二一五七（第39册第24327页）。

④ 《剑南诗稿》卷七〇，《全宋诗》卷二二二三（第41册第25507页）。

通过这两个例子，我们可以发现，“为地”的主体是“新凉”、“余寒”，即气候，而“为地”的对象都是“醉”，即人的身体、感觉状态。可见，“为地”的主体和对象都是抽象事情。在上一节中，我们所看到的“为地”，即散文中的“为地”的主体和对象一定是人，“为地”表示人为人提供政治性的方便或利益。总之，“为地”这个词语本来是表现人和人之间的现实性、政治性关系的。可是，在陆游的这两首诗中，“为地”成为了表现气候和人的身体、感觉状态之间的因果、影响关系的词语。

值得注意的是，陆游用“为地”把自己的感觉和行为表现为来源于抽象事情之间的相关关系中的客体现象。以“新凉”、“余寒”为借口喝酒、喝醉的，不必说是陆游。但是，陆游不敢在诗中写感觉、行为主体的自己存在，而把“新凉”、“余寒”、“醉”作为独立的个体，寄托于一方个体对另一方个体的直接行动中来表现自己的感觉和行为。在下面所举的陆游诗中，我们可以看到这种用法的进一步发展：

玉船潋潋酌鹅黄，菊欲残时抵死香。似与幽人为醉地，清笳声里一天霜。

——陆游《新酿熟小饮》其一①

“与幽人为醉地”的“与”可能不表示“为了”、“给”，而表示“和”、“跟”。因为表示“为地”的对象的方法有两种：一是在“与”后面放对象，即“与……为地”、“与……为地道”的说法；二是在“为”和“地”中间放对象，即“为……地”的说法。根据调查，写有“为地”的对象的例子，一定使用这两个说法中的一个。如果“与幽人为醉地”的“与”表示“为了”、“给”的意思，“与幽人为醉地”就像是在“与”后面放对象，还在“为”和“地”中间放另一个对象的例子了。可是，这样的说法在意思上有矛盾，无法解释，而且用这样的说法的其他例子，一个也找不到。所以，“与幽人为醉地”的“与”很可能表示“和”、“跟”的意思，这样解释可以说更自然。

那么，我们可以解释“似与幽人为醉地”表示“新酿”和“幽人”在一起“为醉地”。“幽人”就是作者本人，因此这一句值得注意的是，不仅“为地”的主体是“新酿”，“为地”的对象是“醉”，即都是抽象事情，而且作为帮助“为地”的存在，第三者化的作者本人也出现在诗中。

总之，《新酿熟小饮》在把作者自身的感觉和行为寄托于抽象事物对另一事物直接行动来表现这一点上，与上面所举的《得成都诸友书劝少留嘉阳戏作》、《春寒》诗相同，再加上，把自身描写得恰似他人，作为促进自身的身体、感觉的变化的存在，使之出现于诗中。

如上所述，诗中的“为地”几乎都在表现作者自身的感觉或行为时被使用，可是，作者避免表示作者自身直接参与的描写，而寄托于抽象事情、事物的行动，或者寄托于第三者化、他人化的作者的行动以表现。这与散文中的“为地”专门表现人和人之间的

① 《剑南诗稿》卷一七，《全宋诗》卷二一七〇（第39册第24633页）。

现实性、政治性的关系相比，是完全相反的特征，可以说“为地”在诗中作为能够产生非现实、非直接的文学效果的词语而再生了。

描写自己的感觉或行为时不让自己介于诗中的用法也见于陆游的友人——章甫（生卒年未详）的诗里：

湖海双鱼久不传，幽人门巷转萧然。寒威直与酒为地，雪片忽共梅争妍。自拨小炉犹有火，拟留佳客苦无钱。金篦刮眼何时得，咫尺春风欲换年。

——章甫《贤府主诗雪而应喜极有诗》①

在章甫的这首诗中，“为地”的主体是“寒威”，对象是“酒”。作者还是没有明显写自己的存在，来表现天冷时喝酒这个自己的行为。与上面所举的陆游诗比较，虽然其词汇很相似，但是与陆游诗有所不同，在章甫的这首诗中，“为地”的主体和对象完全不是人了，而是气候（“寒威”）和物品（“酒”）。

尽管是抽象事情或事物，可是作为表示“说项”、“谋求方便”的“为地”的对象，陆游所采用的“醉”和章甫所采用的“酒”还是带有人存在的浓厚气氛。不管作者怎么试图排除自身的直接存在，其所表示的也是自己喝酒或喝醉。结果，因表现人的感觉或行为而带来了较强的人的存在感。

陆游诗或章甫诗所代表的“为地”诗语化的意义在于：“为地”的主体和对象采用抽象事情或事物，成功地摆脱了散文中“为地”所有的固定意义，确立了不直叙自身感觉或行为的用法。

南宋的其他诗人进一步发展了诗中“为地”的用法。下面举与陆游并称的范成大（1126—93）、杨万里（1127—1206）的诗为例：

春晴虽好恨多风，到眼花枝转眼空。晴不与花为地道，争如云淡雨蒙蒙。

——范成大《大风》②

双燕冲帘报禁烟，唤惊昼梦耸诗肩。晚寒政与花为地，晓雨能令水作天。桃李海棠聊病眼，清明寒食又来年。老来不办琱新句，报答风光且一篇。

——杨万里《寒食雨作》③

霜熟寒轻际晚时，帘间过影一鸦归。夕阳端与谁为地，只照游尘絮样飞。

——杨万里《晚晴独酌》其二④

在以上所举的诗中，“为地”的主体和对象改是抽象事物或事情。“为地”的主体，

① 《自鸣集》卷五，《全宋诗》卷二五一六（第42册第26186页）。
② 《石湖集》卷二三，《全宋诗》卷二二六四（第41册第25972页）。
③ 《诚斋集》卷九，《全宋诗》卷二二八三（第42册第26186页）。
④ 《诚斋集》卷一一，《全宋诗》卷二二八五（第42册第26217页）。

即谋求方便的主体是“晴”、“晚寒”、“夕阳”；“为地”的对象，即被提供方便的是“花”。杨万里《晚晴独酌》的“夕阳端与谁为地”句的“谁”并不是指人，而可能是指什么事物。在陆游和章甫诗中，虽然“为地”的主体和对象都是抽象事物、事情，可是那些“为地”句所表现的一般是喝酒、喝醉等人的行为和感觉。而在范成大、杨万里诗中，“为地”的主体和对象都是气候、天体、植物，即自然，用“为地”来表现的也都是自然现象或风景。范成大、杨万里的这些诗句用“为地”来把自然现象或风景描写为自然对自然的能动性作用的结果，并没有使人介于其中，完全客观地表现。就是说，“为地”的主体和对象是没有一点人情味的抽象事情或事物，“为地”句所表现的也是人并不存在其中的现象或情景。这种用法，即把人不存在其中的现象或情景用“为地”来静态地、客观地表现出来这一手法，可以置于作为诗语的“为地”开展的新阶段。

上一节所举散文中“为地”的用法和意义是非常有限、固定的。其主体和对象都是人，“为地”是表现个人或党派为伙伴中的个人或同一党派提供政治性方便或利益时被使用的。可是，如上所论，在南宋诗中，“为地”的主体和对象都不是人。这个特征明显表示南宋诗人是有意这样做。就是说，南宋诗人把在散文中表示非常现实性、政治性的意思的词语，用与原来完全相反的手法，以重新构筑的关系和别的观点来表现，生成了表示非现实性的意思的词语。这可以说是南宋诗人有意识地进行尝试性实践的痕迹。

三、关于诗语“为地”的独自性和诗性效果

作为“为地”被用于诗的背景，我们可以举出“为地”常用在当时的散文中的情况。尽管如此，如果诗中“为地”的主体和对象与散文中的“为地”一样，都是个人或党派的话，就像上面所举的王庭珪或虞俦诗中的“为地”句那样，其作为诗语也产生不出什么新味。

把虽然是文言，但是只用在散文中，用法和意思都非常固定的“为地”原件用来作为诗语，就有必要加以改变来使其成为新的词语。为此诗人所做的是，把“为地”的主体和对象改为与散文中的“为地”的主体和对象正相反性质的东西，即把“为地”的主体和对象都作为抽象事情或事物。

那么，把“为地”的主体和对象都作为抽象事情或事物，能产生出什么新味或效果？

第一，“为地”的涵义得到多样化，即“为地”成为在意义方面非常广泛的词语。散文中的“为地”可以说是意义非常狭窄的词语，因为散文中的“为地”在官界或政界等固定的语境下，其主体和对象都是个人或党派这样固定的用法。与此相比，诗没有散文那么固定的语境，而且“为地”的主体和对象都不是抽象事情或事物，就使主体和对象组成的搭配的多样化成为可能，随着搭配的多样化，“为地”的涵义也变得多样化。如陆游和章甫诗中的“新凉”、“余寒”、“寒威”等“为醉地”或“与酒为地”；范成大诗中的“晴不与花为地道”；杨万里诗中的“晚寒政与花为地”。如上所述，根据“为地”的主体和对象的搭配不同，每一句的涵义不一样。

第二，有抽象性事情或事物的拟人化所带来的趣味。在范成大、杨万里诗中，风景、

气候、天气、天体、植物既是“为地”的主体，也是对象。如杨万里《晚晴独酌》其二“夕阳端与谁为地，只照游尘絮样飞”这一联，用拟人来表现“夕阳”，以突显射进来的夕阳的强光、夕阳的存在感，而且“只照游尘絮样飞”这一句表现出了尘埃在夕阳的强烈光线之中闪耀着飘过去的美丽情景。

第三，寄托于事物对事物的行为，诗人就能通过第三者的视点客观地表现自己的行为或心情，甚至能把诗人的行为或感情转嫁于事物，而把自己置于事外。如陆游《春寒》“余寒为醉地”句，章甫《贤府主祷雪而应喜极有诗》“寒威直与酒为地”句，虽然表现的好像是事物对事物的行为或作用，其实，诗人是以冷天气为借口而喝醉的。再加上“余寒”、“寒威”，这些事物与“醉”或“酒”、“为地”一样，用弯弯曲曲、转弯抹角的写法，把寒气勉强作为诗人自身喝酒、喝醉的理由。而且，陆游《新酿熟小饮》“似与幽人为醉地”句进一步发展，表现为酒与诗人一起，促使诗人自身醉了。诗人把自己的状态从自己拉开，来表示恰如第三者看着自己的状态。这是非常值得注意的手法。

还要注意的是，以上所述的三个效果各自带有一种幽默气氛。

与此相关，第四，我们可以指出，诗中“为地”的用法和涵义与当时散文中的“为地”的用法和涵义之间的差距也产生出幽默效果。陆游以及其他诗人把“为地”这个词语用于诗时，把“为地”的主体和对象作为事物或抽象事情，试图摆脱“为地”的散文性用法和意义。再看上面所举的那些诗，我们就可以发现“为地”的主体和对象还有一个共同点，就是说，作为“为地”的主体和对象，诗人选择的是“新凉”、“余寒”、“寒威”、“晚寒”、“晴”、“夕阳”、“醉”、“酒”、“花”等常用于诗的题材。“为地”在散文中，主要以官场为舞台，表示个人或党派为个人或党派提供政治性利益和方便时被使用。我们可以推测，诗人可能试图有意地把极其现实的“为地”这个词语和作为诗的题材很有代表性的“寒”、“晴”、“醉”、“酒”、“花”等这些极其文雅的事物搭在一起，从两者之间存在的巨大差距中产生出幽默效果。

综上所述，陆游、范成大、杨万里等是把散文词汇的“为地”作为诗语来积极利用的。他们将表示在政界或官场，为个人升官而酝酿、巩固党派的地位、包庇不良人物或党派的“为地”除掉腥味，把“为地”改变为不但拥有多种多样的风雅的意思，而且可以客观表现，甚至能产生出幽默气氛的词语。

四、关于诗语“为地”的渊源

诗中“为地”的主体和对象都不是人而是事物的这种手法，其实不是南宋诗人的发明。这种手法的先驱例子已见于晚唐诗和北宋诗，但例子数量极少，根据调查，在现存的唐诗和北宋诗中，“为地”的主体和对象都是事物或抽象事情的例子只有两首。它们是：

自与莺为地，不教花作媒。细应和雨断，轻只爱风裁。好拂锦布障，莫遮铜雀台。灞陵千万树，日暮别离回。

——唐·吴融（？—903）《咏柳》①

饱食为茶地，深耕觅酒材。翻泥逢暗笋，汲井得飞梅。湖尽船头转，山穷屐齿回。田间良自苦，清兴亦悠哉。

——宋·唐庚（1071—1121）《杂咏二十首》其六②

上面所举的陆游《得成都诸友书劝少留嘉阳戏作》诗“新凉为醉地，少讼作慵媒”、《春寒》诗“余寒为醉地，多病作慵媒”与吴融《咏柳》诗“自与莺为地，不教花作媒”相类似。在这三首诗中，都是“为地”和“作媒”成对。而且，吴融也把“柳”、“莺”这些风雅的事物和“为地”这个现实性、政治性很强的词语搭在一起，有和南宋诗人的“为地”诗一样的特征。

而唐庚《杂咏二十首》“饱食为茶地”则把“饱食”、“茶”等日常琐事和“为地”搭在一起。在这一句中，散文中的“为地”和诗中的“为地”之间的巨大差距所产生的趣味和幽默气氛比较稀薄。据此，我们可以推测，陆游或许应用并发展了吴融《咏柳》诗中的“为地”的手法。

在现存的北宋散文之中也有“为地”的主体和对象都是事物的一个例子。这个例子与上面所举的吴融《咏柳》以及唐庚《杂咏二十首》一样，可以被置于“为地”用在诗中的先驱地位：

贾天锡宣事作意和香，清丽闲远，自然有富贵气，觉诸人家和香殊寒。乞天锡屡惠此香，惟要作诗，因以“兵卫森画戟，燕寝凝清香”作十小诗赠之，犹恨诗语未工，未称此香尔。然余甚宝此香，未尝妄以与人。城西张仲谋为我作寒计，惠送骐骥院马通薪二百。因以香二十饼报之。或笑曰：“不与公诗为地耶？”

——黄庭坚《跋自书所为香诗后》③

对黄庭坚说“不与公诗为地耶”的人实际上想说的是“您（黄庭坚）不愿意把马通薪（用马粪做的燃料）咏为诗吧？”可是，这个人没有直接提到黄庭坚，而通过“不与公诗为地耶”这个说法来委婉地讥笑黄庭坚。从这个例子中，我们还可以感受到，把“为地”的主体和对象都作为事物这个用法所产生的幽默。在上一节中，笔者已经说道，南宋诗人可能有意不把“为地”的主体和对象作为人，而把“为地”的主体和对象作为抽象事情或事物，以试图产生幽默效果。我们可以把黄庭坚《跋自书所为香诗后》的这个例子看做其先驱。

如上所述，南宋以前已有把“为地”的主体和对象作为抽象事情或事物的用法。尽管如此，根据调查，在北宋以前的文学作品中，本来是散文词汇、本来表示人和人之间

---

① 《唐英歌诗》卷上，《全唐诗》（中华书局，1996年）卷六八五。
② 《眉山集》卷四，《全宋诗》卷一三二二（第23册第15008页）。
③ 《山谷集》卷二五，《全宋文》卷二三〇八（第106册第165页）。

的现实关系的“为地”与事物或抽象事情搭在一起的例子，仅限上面所举几例。因此，我们可以认为，晚唐和北宋时代悄悄出现的这个用法的产生、发展，还要归于陆游等南宋诗人。

五、关于“为地”在南宋中末期诗中用法的发展

在陆游、范成大、杨万里以后的诗人中，所谓“江湖派”诗人也把“为地”用于诗中。在“江湖派”诗人的作品中，“为地”的主体和对象也大抵是事物或抽象事情，并有在第三节所举的那些特征，且其中一些诗人更对其有所发展。如：

> 醉卧长安市，思归东海涯。瓶余残腊酒，梅老来年花。日与愁为地，时凭梦到家。乡书三两纸，一读一咨嗟。
>
> ——戴复古（1167—?）《都中书怀》其一①

在这首诗中，“为地”的用法与陆游、范成大、杨万里诗相比，更加精巧。再看“日与愁为地”句，“为地”的主体是戴复古，对象是“愁”，即戴复古自身的内心所怀有的感情。在“为地”的主体是人这一点上，这句可以说回归到了“为地”的散文性用法。可是，“为地”的对象不是人，而是诗人自身的感情，戴复古把自己的感情客体化，并像对待一个东西一样来对待它。就是说，在这句中，戴复古把“为地”的主体作为“人”自己，而把自己所怀抱的感情与自己割裂，看做与自己区别存在的别的事物，作为“为地”的对象，以完全客观地描写自己的心理状态。在把自己的一部分从自身割裂，把它客体化，看做个别的事物的这一点，我们可以认为，戴复古继承了陆游等南宋初中期诗人所用的手法，即把“为地”的主体和对象都作为事物或抽象事情，并从第三者的观点表现自己的行为或心情。

还有一点值得注目，就是产生出于“为地”的主体是诗人，即人，而对象是被客体化、事物化的诗人自身的感情的一种效果。如在第二节所举的陆游《新酿熟小饮》其一“似与幽人为醉地”句所示，在南宋初中期的诗中，我们已可以见到，作为与事物（“新酿”）一起促使诗人身体、感觉状态的变化（“醉”）的存在，诗人本人（“幽人”）出现在诗中的例子。可是，陆游的这一句中，“为地”的第一位主体还是事物（“新酿”），人（“幽人”）不过是帮助事物所进行的行为，即“为醉地”的第二位主体。再加上，陆游用“幽人”这个词语来把自己看做像他人那样的存在，有意使“为醉地”的主体性脱落了。与此相比，在戴复古《都中书怀》诗“日与愁为地”句中，“为地”的中心、唯一的主体是戴复古自身，就是人。陆游诗与戴复古诗之间所存在的这个差异，表示出“为地”作为诗语的进一步发展。

在诗中“为地”的主体和对象之间，我们可以发现一种共通的关系性。就是说，谋

① 《石屏诗集》卷二，《全宋诗》卷二八一四（第54册第33476页）。

求利益的主体是效劳的一方，得到利益的对象是被效劳的一方。

那么，效劳的一方和被效劳的一方自然造成一种位置关系，即造成“为地”的主体属于下位，“为地”的对象属于上位。在陆游《新酿熟小饮》“似与幽人为醉地”句中，效劳的一方，即在下位的是事物（“新酿”）；被效劳的一方，即在上位的是抽象事情（“醉”）。与此相比，在戴复古《都中书怀》“日与愁为地”句中，效劳的一方是人（戴复古），被效劳的一方是抽象事情（“愁”）。在这两首诗中，“为地”的对象，即被效劳的、在上位的一方都是抽象事情（“醉”、“愁”），而“为地”的主体，即效劳的、在下位的一方，在陆游诗就是事物（“新酿”），在戴复古诗倒是人（戴复古自身）。戴复古《都中书怀》“日与愁为地”句给我们一种奇异的印象，就是说，本来是戴复古自己感情的一部分的“愁”就在上位，本来是“愁”的主人戴复古倒在下位。为了加强“愁”的地位，作者真是煞费苦心。

扭转本来应该在的地位的这个表现手法，可能产生出下面所述的效果。虽然戴复古把自己的“愁”客体化来作为事物对待，可是，第一因为“为地”的主体是人，即戴复古，第二因为“为地”这个词语本来表示人为了人提供利益方便的意思，所以产生出把先客体化来作为另一个事物的“愁”再拟人化的效果，即“愁”被事物化，同时也被拟人化的双重趣味。

这与采用消极情绪的“愁”相互作用，增添兴趣。如上所述，“为地”的主体和对象都是事物或抽象事情的这一表现手法含有幽默气氛。既然如此，人与自身的“愁”这种消极感情“为地”就成为一种黑色幽默。

总而言之，戴复古《都中书怀》“日与愁为地”句，可以说是把戴复古自身每天怀有忧郁感情的状态用“为地”这个说法，以自己为其主体，以客观化的自己的忧郁感情为其对象，来把自己的忧郁感情从自身推开，看做别人的事，并且使带有讽刺性的幽默和冷笑得以表现出来。

如上所述，戴复古《都中书怀》诗“日与愁为地”句，先回归散文中的“为地”用法，再把它应用发展。这一点值得注目。在这一句中，“为地”在散文中的用法和陆游等应用于诗的手法结合在一起，同时展开不属于这两者的新的手法。

方岳（1199—1262）也喜欢把“为地”用在自己的诗中。但是，方岳总是用固定的说法：

手劚风烟不占多，春来物物是阳和。极知山与诗为地，老去无诗奈若何。

——方岳《次韵方教采芹亭》其一①

客饭江豚美，仍须滞此留。竹深通酒舍，沙冷歇渔舟。专与诗为地，明将雪作愁。此行乘兴耳，吾亦尽风猷。

① 《秋崖集》卷四，《全宋诗》卷三一九八（第61册第38311页）。

——方岳《阻雪》①

左手持螯欠酒杯，枉烹郭索亦冤哉。老饕借尔为诗地，多病凭谁作睡媒。归钓兴随春浩荡，独醒人与月徘徊。渊明未必穷于我，薄有公田办秫材。

——方岳《有蟹无酒》②

中书采邑初管城，笛材饱霜摇绿云。春烟落纸黑蛟瘦，不可一日无此君。九华真人出奇计，笑指秋江雪无际。并刀失手刘寄奴，爨余得与诗为地。双钩入握如虚空，飘飘轻捷翻群鸿。翰林夜召陶学士，草制进封卢国公。

——方岳《郑总干致芦管笔》③

如上所举，方岳喜欢使用“与诗为地”和“为诗地”这个固定的说法。关于“为地”的主体，在《次韵方教采芹亭》中是“山”，在《郑总干致芦管笔》中是“爨余”，在《阻雪》及《有蟹无酒》中是方岳本人。

《次韵方教采芹亭》诗中“极知山与诗为地”句，方岳把“山”和“人”做拟人化表现，可是，被山的风景所感动而产生诗兴的当然是方岳自身。尽管如此，方岳没有把自己的存在介入诗中来表现自己心里的诗兴。《郑总干致芦管笔》诗“爨余得与诗为地”句把“爨余”，即毛笔拟人化来作为“为地”的主体。虽然这句是把方岳自身的作诗寄托于毛笔来表现，但是，这个说法给我们的印象是毛笔自己动起来，流畅地写作诗。方岳的这些诗与上面所举的陆游等的诗一样，把自己的行为或心情寄托于事物或抽象事情来表现。

在《阻雪》和《有蟹无酒》诗中，“为地”的主体是方岳。方岳的这些句子与上面所举的戴复古《都中书怀》“日与愁为地”句有一个共通点，就是使读者怀有方岳自身所创作的“诗”在上位，而其作者方岳倒在下位，方岳为了自己的“诗”效劳的印象。

如上所述，扭转本来应该在主导地位的人与本来应该在从属地位的事物或抽象事情的地位，产生滑稽味，这可以说是在南宋中末期诗中“为地”的独特手法。

另外，方岳《有蟹无酒》诗“老饕借尔为诗地”句中的“老饕”本来表示老人的贪婪食欲，在这句中则表示方岳的旺盛食欲；“尔”指的是“蟹”。在这首诗中，“为地”的表现手法值得注意的是以下两点。第一，尽管“为地”的主体是人（方岳），可是没有直接表现他，而用“老饕”这个词语来间接表现。在上面所举的戴复古诗中，戴复古自身的心理状态被客体化，作为“为地”的对象。而在方岳的这首诗中，方岳自身的欲望被客体化，作为“为地”的主体。总之，为了用“为地”来表现自己的行为，把自己的欲望与自己分开，把自己的欲望看作独立的个体，以作为“为地”的主体，这是一个新颖的手法。第二，“为地”的主体和对象之间插入了一种媒介，即“蟹”。就是说，为了以蟹为题材作诗，把诗的题材“蟹”拟人化，来作为方岳作诗的媒介。方岳所采用的这个

① 《秋崖集》卷五，《全宋诗》卷三二〇二（第61册第38337页）。
② 《秋崖集》卷八，《全宋诗》卷三二〇七（第61册第38368页）。
③ 《秋崖集》卷一四，《全宋诗》卷三二二〇（第61册第38456页）。

手法很复杂。或许，我们可以把上面所举《郑总干致芦管笔》诗“爨余得与诗为地”句的“爨余”作如此解释，即“爨余”不是“与诗为地”的主体，而是诗人“与诗为地”的媒介。

如上所论，方岳也继承了陆游等所发展的“为地”的手法，即把自己的行为或感觉寄托于事物或抽象事情之间的相互作用来表现。我们也可以认为，方岳还继承了戴复古诗中可见的新颖手法，即有意扭转人和事物或抽象事情本来应该在的地位，来产生幽默效果。方岳不仅继承了前人的手法，自己也创出了新的手法。一是方岳在把自己作为“为地”的主体时，不直叙自己，而把自己的欲望客体化、事物化来表现。二是方岳对于“为地”本来表示主体和对象这两者之间的关系，插入了第三者，即主体把它作为媒介来实现对象“为地”这个行为。

六、关于“为地”在后代的用法和特征

此后，吴锡畴（1215—1276）也把“为地”用在自己的诗里。如：

> 惆怅春归自不禁，日长门巷静沉沉。应知不止为花地，沃沃桑麻雨露深。
>
> ——吴锡畴《送春》其二①

南宋末期的林景熙（1242—1310）也有用“为地”的古诗。如：

> 盈盈梁家妹，奕奕晋朝使。斛珠不论赀，得备巾栉侍。一笑金谷春，列屋俱敛避。岂知锦步温，已复为愁地。念主惠妾深，缘妾为主累。楼头风雨深，残花抱春坠。此篇言绿珠也。
>
> ——林景熙《妾薄命》其一②

然而，以上的两首只沿用范成大和戴复古的诗句，没有什么新奇之处。“为地”在南宋诗中的应用及发展，根据现存的中国古代诗歌，好像以方岳的作品而告终。

如上所述，“为地”不见于变文、平话、语类、禅语类、曲、杂剧之类，可是宋词中还存在着一些用“为地”的例子。如：

> 洗妆傚舞傍清樽。霏雨澹黄昏。殷勤与花为地，烧烛助微温。松半岭，竹当门，忆山村。明朝酒醒，桃李漫山，心事谁论。

---

① 《兰皋集》卷一，《全宋诗》卷三三九五（第64册第40406页）。

② 《霁山文集》卷一，《全宋诗》卷三六三一（第69册第43480页）。元黄庚有《绿珠》诗云：“娉娉石家妹，荣显晋朝使。斛珠不论赀，得备巾栉侍。一笑金谷春，粉黛皆敛避。岂知步障中，乃复为愁地。念主爱妾深，因妾为主累。楼头风月愁，残花抱春坠。”此诗与本文所举的林诗词句几乎都一样。关于这个现象，我们在此不论，以待进一步研究。

——赵彦瑞《诉衷情　雨中会饮赏梅烧烛花杪》①

昼长庭院深深，春柔一枕流霞醉。蒙松欲醒，娇羞还困，锦屏围翠。豆蔻初肥，樱桃微绽，玉栏同倚。记华清浴起，渭流波暖，红涨腻，弃脂水。燕子来时天气。尽韶风，与诗为地。芳丛雨歇，露痕日酽，英英仙意。莫恨无香，最怜有韵，天然情致。待问春能几，五更犹是，拌今宵睡。

——方岳《水龙吟　和朱行父海棠》②

在赵彦瑞《诉衷情》“殷勤与花为地，烧烛助微温”句中，“为地”的对象是花（梅），这使我们想起范成大和杨万里的诗句。“为地”的主体可能是赏梅的人们。据此可知，赵彦瑞也采用戴复古和方岳所发展的手法，即应该在上位的人为了应该在下位的事物而效劳，颠倒了人和物的本来次序。

至于方岳《水龙吟》“尽韶风，与诗为地”句，是方岳在词中也使用他在诗中常用的“与诗为地”的说法。“为地”的主体表面上是“韶风”，其实，真正的主体是方岳自身。方岳在这首词中还是寄托于事物（韶风）的行为来表现自己因春天的暖风而产生诗兴。

在词中使用“为地”的例子与在诗中使用的例子相比，数量很少。因此，“为地”用于有韵之文的可能是以诗为先。据此，我们可以认为，“为地”很可能不是俗语之类，而是被南宋诗人有意地用于诗中的文言。

把“为地”应用于诗的尝试，可以说从南宋开始，以南宋告终。下面简要叙述金元以后，“为地”这个词语在散文、诗中的表现。

如上所述，“为地”这个词语，最多见于两宋散文中，从现存例句的数量来看，显然比前后的各个朝代突出。与南宋对峙的金的散文中也有一些例句，可是现存的极少，而且其用法与两宋散文没有太大差距③。

在元明以后的散文中也能找到例子，但数量远不及两宋散文中的例子，在用法上还

① 《介庵词》，《全宋词》（中华书局，1965 年）第 1454 页。

② 《秋崖集》卷一六，《全宋词》第 2843 页。

③ 譬如，金元好问（1190－1257）《内相文献杨公神道碑铭》（《遗山集》卷一八，《金史》〔中华书局标点本，1975 年〕卷一一〇杨云翼传所引）：“贞祐以后，主兵者不能外御大敌而取偿于宋，故频岁南伐。有沮其兵者，不谓之与宋为地则疑与之有谋。”

是没有太大差别①。

总之，在南宋灭亡以后的金、元、明、清这些朝代，“为地”在散文中的使用也开始锐减，而且，在意思上，在用法上，各个朝代散文中的“为地”并没有脱离两宋散文的境界。

后代诗中“为地”的情况也与散文一样。根据调查，元代诗中还有几个用“为地”的例子，但明清诗中几乎都没有用“为地”的例子。

后代诗不过是沿用南宋诗中“为地”的用法，或者没有摆脱其在散文中的用法②。其中，下面所举的两首可以算作佳作：

> 赢得夭桃衒丽姿，渐教开上最高枝。司花未必能为地，便是颓风欲起时。
>
> ——元·耶律铸（1221—1285）《日日亭午大风树杪忽见桃花一枝》③
>
> 重阳曾约上峥嵘，遐览宜搜酒一盛。未必阴晴为我地，已瞻水玉照人明。几回见客询山径，半夜呼儿问雨声。满眼黄花开欲遍，东篱采采独含情。
>
> ——元·萧㪺斗（1241—1318）《简飞卿从喜》④

耶律铸《日日亭午大风树杪忽见桃花一枝》使我们想起范成大的《大风》。但是，“为地”的主体是“司花”，即花美神，对象是桃花。在这句中，没有把拟人化的天气或气候作为“为地”的主体，而把花美神作为主体，这可以说比较新鲜。

萧㪺斗《简飞卿从喜》“未必阴晴为我地”句中，“为地”的主体是“阴晴”，对象是“我”，即萧㪺斗自身。这句的趣味在于把天气作为“为地”的主体，把人作为对象。这句没有用戴复古《都中书怀》“日与愁为地”句那样复杂的手法，即把自己和自己的感情

---

① 元脱脱等撰《金史》（至正四年〔1344〕成）卷八五世宗诸子传·越王永功传云“应州僧与永功有旧，将诉事于彰国军节度使移剌胡剌，求永功手书与胡剌为地”，元许衡（1209—1281）在至元三年（1265）或四年（文渊阁四库全书本《历代名臣奏议》卷六六作至元三年，而文渊阁四库全书本《元朝典故编年考》卷二作至元四年）所呈的上奏文（《鲁斋遗书》卷七题为《慎微·节喜怒》，《元文类》卷一三题为《慎喜怒》）云“人之揣君，必于喜怒，知君之喜怒者，莫如近爱。是以在下希进之人，求托近爱，近爱不察，乃与之为地”，元末明初陶宗仪《辍耕录》（至正二十六年〔1366〕序刊）卷二四·倜傥好义云“时仲庸留京师，友人以讣告，戒勿泄。友询其故，曰：‘文友贤而贫，在六品选人中。吾将与其子为地。’即走告当路者曰：‘张文友未疾病矣。愿致仕。’因代入状中书，遂获以奉政大夫嘉定知州致仕”，明彭韶（1430—1495）《四川副使范诚夫公墓表》（《彭惠安集》卷七）云“镇守大常侍掊军费市珍禽以充贡奉，一卫或赋白金四百余两。公白止之，弗听，叹曰：‘吾不能与吾人为地，岂可复仕乎。’即以疾乞归”，明文徵明（1470—1559）《谢李宫保书》（《甫田集》卷二五、《文徵明集》〔上海古籍出版社，1987年〕卷二五）云“昔张安道与欧阳文忠雅不相能，及荐苏明允，乃独属之欧公，谓非永叔不能荐。欧公不以张公为嫌，卒荐而官之。当是时，惟知与明允为地，他皆不暇计也”，明余继登《庆府右长史棘亭王公墓志铭》（《淡然轩集》卷六）：“诸乱兵闻公来，亦相戒无动，‘王公治我，吾属当无患矣。’前谳者谒公为地，公不听。”

② 譬如，元许有壬（1287—1364）《晚凉纵步用诸生黎仲颙韵二首》其二（元人文集珍本丛刊7〔台湾新文丰出版公司，1985年〕影印宣统三年石印本《至正集》卷一三）：“山吞红日尽，云放碧天遥。景与诗为地，凉随杖过桥。胡床时憩足，束带久忘腰。不怕丛条怒，山英已见招。”这首诗的“景与诗为地”句显然是模仿方岳常用的说法，即“为诗地”、“与诗为地”。明杨旦（生卒年未详，弘治三年〔1490〕进士）《陕西督理军饷》诗（《石仓历代诗选》卷四五一）云：“元老鬼蜮资，极力为之地。”这一联用“为地”来表示的意思与“为地”在散文的用法一样。

③ 《双溪醉隐集》卷五。

④ 《勤斋集》卷六。

分开来适用于“为地”在散文中的用法和意思这一手法。可是，这句折衷了“为地”在散文中的用法和“为地”在诗中的用法，即在诗中“为地”的主体和对象一般被拟人化。把天气看作现实中的有力者这一点，饶有兴致。

如上所述，元代以后，用“为地”的诗的数量极少。即使考虑散佚的可能性，因为在宋诗中用“为地”的例子现存很多，所以不得不考虑包括金代在内的元、明、清各代使用“为地”的诗本来就很少。

总而言之，关于把“为地”用于诗，并创出新的用法，虽然已在晚唐和北宋有先驱例子，但悉心钻研，把“为地”作为诗语进一步发展的还是南宋诗人。尽管如此，随着南宋的灭亡，作为诗语的“为地”的发展也随之停止了。

结　语

如上所论，有一些南宋诗人把常用于散文，一般不用于诗的说法“为地”转用于诗。

关于宋代诗人在语言方面的发明，“以俗为雅”的这个说法所代表的把俗语或方言用于诗的例子往往受到注目。可是，根据本文的考察，我们知道，南宋诗人不止瞩目俗语和方言，而且注意在更广泛的范围，寻求能作为诗语的语言材料。

就“为地”而言，南宋诗人很可能注意到了“为地”常用在当时的散文中，而在诗中几乎都没有被使用的情况，以及散文词汇“为地”是表示官界政治性很强的人际关系这两点。而且，他们并没有忽略在晚唐和北宋诗人所留存的诗中“为地”的很少的一点先例。南宋诗人试图以这点先例为基础，并发展作为诗语的“为地”。

南宋诗人没有改变“为地”本身的表达方式，而是把“为地”的主体和对象改变为事物或抽象事情。通过这个新的用法，先突破散文中的“为地”有固定意思的难关，根据事物或抽象事情的相互搭配，使“为地”能含有多种多样的意义。与此同时，他们用“为地”把自然现象拟人化，即把自然现象描写为气候、天体、事物等有意为之的行为。而且，把诗人自身的行为或感情寄托于事物或抽象事情的行为，作客体化表现，或者颠倒“为地”的主体和对象本来应该在的地位，来使之产生幽默感。对于如何把“为地”这个极其现实、政治色彩很浓厚的词语转化为诗语，南宋诗人进行了各种各样的摸索，试图使“为地”所产生的文学效果含有多样性和广泛性。

我们可以认为，“为地”在南宋的诗语化是使本来不用于诗的文言再生为新的诗语，并尝试作为一个独立的诗语。当然，我们并不能只根据“为地”这一例轻率总括南宋诗人的作诗活动。然而，我们可以认为，“为地”这个问题表现了南宋诗人将语言原材料加工为诗语的痕迹，进而涉及南宋诗人作诗的基本方针。就是说，通过“为地”这个问题，我们可以看出南宋诗人对已经存在的“原件”加以钻研，来使升华为“新件”的这种想法。

为了检讨能否把根据“为地”被采用于诗的现象及其意思上、用法上的特征推测出的这种想法，判断为南宋诗人作诗的基本方针，我们以后还要继续搜集类似例子，并加以分析和考察。

严谨的游戏：王安石《胡笳十八拍》诗论析

〔新加坡〕南洋理工大学　衣若芬

前　言

钱钟书先生在其《谈艺录》一书中，曾经严厉批评王安石（1021—1086）的某些诗作，说道：

> 荆公诗精贴峭悍，所恨古诗劲折之极，微欠浑厚；近体工整之至，颇乏疏宕；其韵太促，其词太密。又有一节，不无可议。每遇他人佳句，必巧取豪夺，脱胎换骨，百计临摹，以为己有；或袭其句，或改其字，或反其意。集中作贼，唐宋大家无如公之明目张胆者。本为偶得拈来之浑成，遂着斧凿拆补之痕迹①。

所谓"每遇他人佳句，必巧取豪夺，脱胎换骨，百计临摹，以为己有"，指的是王安石的集句之作。

"集句"乃作者截取前人的诗文，拼凑重组而成自己的作品，是杂体诗的一种作法②。一般认为集句诗始于西晋傅咸的《七经诗》，《七经诗》现存六经诗，即集句《孝经》、《论语》、《毛诗》、《周易》、《周官》、《左传》诗③。

到了宋代，集句诗的写作风气兴盛，北宋的石延年、胡归仁、王安石、苏轼、黄庭坚等人均有集句之作④。尤其王安石晚年大量写作集句诗，作品多达约六十余首。

以往关于王安石集句诗的研究，主要集中于三个方面：从文体学的角度，探讨集句诗的创作、特色与优劣⑤；从宋诗学的侧面，分析"以故为新"、"以才学为诗"的诗学理

---

① 钱钟书《谈艺录》，香港中华书局1986年版，第245页。

② 关于集句诗研究，详参裴普贤《集句诗研究》，台湾学生书局1975年版；裴普贤《集句诗研究续集》，台湾学生书局1979年版；褚杰斌《中国古代文体概论》，北京大学出版社1984年版；何文汇《杂体诗释例》，香港中文大学出版社1986年版；鄢化志《中国古代杂体诗通论》，北京大学出版社2001年版。

③ 见逯钦立辑校《先秦汉魏晋南北朝诗》，中华书局1983年版，《晋诗》卷三，第602—605页；张明华《傅咸的〈七经诗〉及其对后世集句诗的影响》，《阜阳师范学院学报》2007年第4期，第20—23页。

④ 祝尚书《论宋人杂体诗》，《四川大学学报》2001年第5期，第108—117页；张明华《集句诗的发展及其特点》，《南京师范大学文学院学报》2006年第4期，第24—29页；俞樟华、方梅《论古代集句》，《江苏社会科学》2007年第4期，第183—187页。

⑤ 吴承学《中国古代文体形态研究》，中山大学出版社2002年版，第181—200页。

论与宋代集句诗的形成[1]；以王安石集句诗为核心，论述“荆公体”风格与集句诗的关系[2]。

这些前辈学者的研究成果，已经为王安石的集句诗勾勒出基本的面貌。在此基础之上，笔者以为当可再具体深入地取王安石的集句诗作品考索研析，以描绘出其意涵与旨趣。本文讨论的王安石集句诗作品，乃后人赞颂为荆公集句诗第一的《胡笳十八拍》[3]组诗。

《胡笳十八拍》诗，前有传为东汉蔡琰以及唐代刘商之作。至宋代，王安石首创集句形式作诗，后继者如李纲（1083－1140）和文天祥（1236－1283）等人。笔者尝以“她的泪，诗人的墨水——宋代文人对胡笳十八拍的转写”为题，于2006年4月12日至18日在美国亚利桑那大学“Violence in Medieval China”研讨会中，做过概要口头报告，当时的初步结论是：王安石《胡笳十八拍》所集诗句之来源首推杜甫作品；李纲《胡笳十八拍》大量采用杜甫诗，比例更重；文天祥《胡笳十八拍》则是全集杜甫诗作而成。自蔡琰而杜甫，宋人《胡笳十八拍》诗的学习典范之转移，既符合宋诗发展之脉络，凸显了杜甫于宋诗之影响力；又可见一女性作者，或是以女性在战争中的乱离身世为题材的写作，如何被移位至男性的家国忧患意识。

此后，陆续得知学者对于宋代《胡笳十八拍》的研究兴趣。例如2007年12月于广州暨南大学举行的“第五届宋代文学国际学术研讨会”，周建江先生拟发表《宋人对于〈胡笳十八拍〉的关注——关于〈胡笳十八拍〉的拟作》，可惜周先生未能出席会议，鸿文无法拜读。再如2006年台湾淡江大学李雅文硕士的学位论文《胡笳十八拍研究》，也是提及《胡笳十八拍》的同题之作[4]。

秉承前述2006年的讲题，本文聚焦于王安石的《胡笳十八拍》，检视其集句之来历，论述其内容与叙事结构，与蔡琰《胡笳十八拍》相比较，并且综观其艺术成就。

王安石《胡笳十八拍》的内容及集句出处

王安石《胡笳十八拍》写于熙宁九年（1076）退居钟山之后[5]，可视为荆公晚年之长篇力作。前人评价王安石《胡笳十八拍》，仅能择其中几段名句，一窥荆公集句之渊源，概括其涵义。拜科技文明之赐，中国古籍的数字电子化为学术研究提供了较以往大为便利的工作条件。156句的王安石《胡笳十八拍》诗，除了3句未详出处，某些文字稍有参差，几乎都能查出原作。因此，本文不嫌繁琐，依各拍次序，批注荆公援用之来历，部分未能确定出处者，也尽量寻找可能的相近诗句。

---

① 李燕新《王荆公诗探究》，台湾文津出版社1997年版，第277－291页；张高评《宋诗之传承与开拓——以翻案诗、禽言诗、诗中有画为例》，台湾文史哲出版社1990年版。

② 莫砺锋《论王荆公体》，《唐宋诗歌论集》，南京凤凰出版社2007年版，第238－260页。原刊《南京大学学报》1994年第1期，第23－34页。

③ 王安石《临川先生文集》，香港中华书局1971年版，卷三七，第396－399页。

④ 其他如蔡明玲《文姬归汉之离散精神原型的跨艺术论述》，新庄辅仁大学比较文学研究所博士论文，2008年，约略旁及宋代《胡笳十八拍》诗。

⑤ 李德身《王安石诗文系年》，陕西人民出版社1987年版，第303－304页。

第一拍：

中郎有女能传业[①]，颜色如花命如叶。命如叶薄将奈何[②]，一生抱恨常咨嗟[③]。良人持戟明光里[④]，所慕灵妃媲箫史[⑤]。空房寂寞施繐帷[⑥]，弃我不待白头时[⑦]。

首拍自诉生平。“中郎有女能传业”本是对于蔡琰身为蔡邕（中郎）女儿的客观描写，末句“弃我不待白头时”却转而模拟蔡琰的口吻，直接兴发女性的情怀。开篇便言文姬命如叶薄，一生抱恨，给予读者悲悯其遭遇的情绪。在动乱之前，文姬也曾过着幸福美满的婚姻生活。

第二拍：

天不仁兮降乱离[⑧]，嗟余去此其从谁[⑨]。自胡之反持干戈[⑩]，翠蕤云旓相荡摩[⑪]。流星白羽腰间插[⑫]，迭鼓遥䶩瀚海波[⑬]。一门骨肉散百草[⑭]，安得无泪如黄河[⑮]。

二拍写乱离骤起，胡人入侵，旌旗飘飞，战鼓喧腾，文姬和众人一样，被迫骨肉四散。本诗省略了一些背景和细节：文姬遭东汉末年董卓残军之乱，部队里虽多胡羌士兵，主其事者并非匈奴。她被俘时已经因丈夫卫仲道去世而返回娘家。

第三拍：

身执略兮入西关[⑯]，关山阻修兮行路难[⑰]。水头宿兮草头坐[⑱]，在野只教心胆破[⑲]。

---

① 韩愈《游西林寺题萧二兄郎中旧堂》。

② 白居易《陵园妾（怜幽闭也）》“颜色如花命如叶，命如叶薄将奈何”两句。

③ 杜甫《负薪行》“一生抱恨堪咨嗟”。

④ 张籍《节妇吟》。

⑤ 韩愈《谁氏子》。

⑥ 杜甫《过故斛斯校书庄二首》之一“空余〔一作堂〕繐纬在，淅淅野风秋”。

⑦ 张籍《白头吟》。

⑧ 蔡琰《胡笳十八拍》之第一拍。按：此诗是否为蔡琰所作虽有争议，本文宁依著录，归于蔡琰。详参衣若芬《蔡琰的号啕，美杜莎的笑——蔡琰研究的性别反思》，《新国学》第7卷（2008年6月），第57—80页。

⑨ 韩愈《祭田横墓文》。

⑩ 杜甫《寄柏学士林居》。

⑪ 杜甫《魏将军歌》。

⑫ 李白《塞上曲》。

⑬ 王维《燕支行》。

⑭ 李白《万愤词投魏郎中》。

⑮ 李商隐《安平公诗（故赠尚书韩氏）》“岂得无泪如黄河”。

⑯ 蔡琰《悲愤诗》。

⑰ 蔡琰《胡笳十八拍》第十七拍。

⑱ 刘商《胡笳十八拍》第五拍。

⑲ 杜甫《见王监兵马使说近山有白黑二鹰罗者久取竟未能得王以为毛骨有异他鹰恐腊后春生骞飞避暖劲翮思秋之甚眇不可见请余赋诗二首》之一“在野只教心力破”。

更鞴雕鞍教走马[①]，玉骨瘦来无一把[②]。几回抛鞚抱鞍桥[③]，往往惊堕马蹄下[④]。

三拍为被俘往胡地的路途情景。从第二拍开始，王安石引述了蔡琰《胡笳十八拍》，第三拍除了蔡琰之作《悲愤诗》，还有刘商的《胡笳十八拍》。摘录诗句继承了《悲愤诗》和《胡笳十八拍》的写作传统，让王安石讲述的蔡琰故事有了熟悉此写作传统的读者可以依凭的成分。

第四拍

汉家公主出和亲[⑤]，御厨络绎送八珍[⑥]。明妃初嫁与胡时[⑦]，一生衣服尽随身[⑧]。眼长看地不称意，同是天涯沦落人[⑨]。我今一食日还并[⑩]，短衣数挽不掩胫[⑪]。乃知贫贱别更苦[⑫]，安得康强保天性[⑬]。

四拍将文姬的遭遇对照于和亲的细君与明妃。前三拍的八句形式到了第四、第五拍则延展为十句，节奏变化，从主线的文姬故事旁及同病相怜的其他女性，映衬文姬的命运乖蹇。“明妃初嫁与胡时”乃王安石《明妃曲》之句，可知其集句范围很广，不避自己的作品。

第五拍：

十三学得琵琶成[⑭]，绣幕重重卷画屏[⑮]。一见郎来双眼明[⑯]，劝我酤酒花前倾[⑰]。齐言此夕乐未央[⑱]，岂知此声能断肠[⑲]。如今正南看北斗[⑳]，言语传情不如手[㉑]。低眉信手

---

① 韦庄《秦妇吟》“才上雕鞍教走马”。

② 李商隐《偶成转韵七十二句赠四同舍》。

③ 花蕊夫人《宫词》。

④ 张籍《伤歌行》。

⑤ 张籍《送和蕃公主》。

⑥ 杜甫《丽人行》。

⑦ 王安石《明妃曲》二首之二“明妃初嫁与胡儿”。

⑧ 张籍《送和蕃公主》。

⑨ 白居易《琵琶行》。

⑩ 韩愈《寒食日出游》。

⑪ 杜甫《乾元中寓居同谷县作歌七首》之二。

⑫ 杜甫《醉歌行》。

⑬ 韩愈《寒食日出游》。

⑭ 白居易《琵琶行》。

⑮ 未详。张泌《采桑子》“洞房深夜笙歌散，帘幕重重，斜月朦胧”。欧阳修《诉衷情》“清晨帘幕卷轻霜”。黄庭坚《诉衷情》“珠帘绣幕卷轻霜”。

⑯ 晁端礼《浣溪沙》（详见后文）。又如戎昱《听杜山人弹胡笳》“南看汉月双眼明”。贯休《古意九首》“见我双眼明。”

⑰ 欧阳修《啼鸟》。

⑱ 张籍《楚宫行》。

⑲ 欧阳修《明妃曲和王介甫作》。

⑳ 刘商《胡笳十八拍》第六拍。

㉑ 刘商《胡笳十八拍》第六拍。

续续弹①，弹看飞鸿劝胡酒②。

五拍忆往思今，在汉地与前夫之恩爱，居异域与胡人之隔阂，二者形成鲜明的对比。第六拍：

青天漫漫覆长路③，一纸短书无寄处④。月下长吟久不归⑤，当时还见雁南飞⑥。弯弓射飞无远近⑦，青冢路边南雁尽⑧。两处音尘从此绝⑨，唯向东西望明月⑩。

六拍言思乡之情无处寄。前两拍十句的形式转回八句，情绪随望月之心与鸿雁南飞而消沉。

第七拍

明明汉月空相识⑪，道路只今多拥隔⑫。去住彼此无消息⑬，时独看云泪横臆⑭。豺狼喜怒难姑息⑮，自倚红颜能骑射⑯。千言万语无人会⑰，漫倚文章真末策⑱。

七拍再吐思乡之切。承续六拍的望月，七拍从“明明汉月”兴起，望月看云，暗自垂泪。此拍组织略嫌松散，“豺狼喜怒难姑息”得于刘商〈胡笳十八拍〉，痛陈胡人之非，下句“自倚红颜能骑射”所指不明，如果是文姬自道，则主旨模糊。最后“漫倚文章真末策”，则似乎把文姬塑造成徒云空言、纸上谈兵的迂阔书生。

第八拍：

---

① 白居易《琵琶行》。
② 王安石《明妃曲二首》之二。
③ 张籍《送远曲》。
④ 此句根据宋代陈岩肖《庚溪诗话》卷上云出于晏殊《寄远》，今北京大学古文献研究所编《全宋诗》晏殊《寄远》诗与此内容不同，《全宋诗》录“一纸短书无寄处，数行征雁入南云”为晏殊残句。
⑤ 李白《金陵城西楼月下吟》。
⑥ 陈陶《鄱阳秋夕》。
⑦ 刘商《胡笳十八拍》第九拍。
⑧ 李商隐《闻歌诗》。
⑨ 蔡琰《胡笳十八拍》第十拍“故乡隔兮音尘绝”。
⑩ 白居易《上阳白发人》“唯向深宫望明月，东西四五百回圆”。
⑪ 王安石《明妃曲》。
⑫ 杜甫《光禄坂行》。
⑬ 杜甫《哀江头》。
⑭ 杜甫《苦战行》。
⑮ 刘商《胡笳十八拍》第二拍。
⑯ 杜甫《醉为马所坠诸公携酒相看》。
⑰ 郑谷《燕诗》。
⑱ 未详。崔公佐客《献公佐诗》“今朝幸倚文章守”。

死生难有却回身[①]，不忍重看旧写真[②]。暮去朝来颜色改[③]，四时天气总愁人[④]。东风漫漫吹桃李[⑤]，尽日独行春色里[⑥]。自经丧乱少睡眠[⑦]，莺飞燕语长悄然[⑧]。

八拍时序转为春天，喻示文姬在胡地茕独一人的漫长生涯。

第九拍：

柳絮已将春去远[⑨]，攀条弄芳畏晼晚[⑩]。忧患众兮欢乐鲜[⑪]，一去可怜终不返[⑫]。日夕思归不得归[⑬]，山川满目泪沾衣[⑭]。莘圭苑里西风起[⑮]，叹息人间万事非[⑯]。

九拍承继八拍，言春天已远去，文姬尚羁留不得归。要层层铺叙文姬的心声，表达绵延的孤孑怀乡幽情，难免反复重叠，八九两拍自王安石个人诗中集句的情形益见频繁。

第十拍：

寒声一夜传刁斗[⑰]，云雪埋山苍兕吼[⑱]。诗成吟咏转凄凉[⑲]，不如独坐空搔首[⑳]。漫漫胡天叫不闻[㉑]，胡人高鼻动成群[㉒]。寒尽春生洛阳殿[㉓]，回首何时复来见[㉔]。

十拍写寒夜难寐，遥想故国。“漫漫胡天叫不闻，胡人高鼻动成群”两句生硬。

第十一拍：

---

① 王安石《明妃曲》。
② 王安石《明妃曲》“不忍回看旧写真”。
③ 白居易《琵琶行》“暮去朝来颜色故”。
④ 南宫县君钱氏诗，见赵令畤《侯鲭录》卷六。
⑤ 王安石《金陵即事三首》之二。
⑥ 王安石《独行》。
⑦ 杜甫《茅屋为秋风所破歌》。
⑧ 白居易《上阳白发人》“莺归燕去长悄然”。
⑨ 欧阳修《初至颍州西湖种瑞莲黄杨寄淮南转运吕度支发运许主客》。
⑩ 王安石《移桃花示俞秀老》。
⑪ 潘岳《哀永逝文》“忧患众兮欢乐尠”。
⑫ 王安石《谢安墩二首》之二 。
⑬ 刘商《胡笳十八拍》第八拍。
⑭ 李峤《汾阴行》。
⑮ 杜牧《故洛阳城有感》。
⑯ 杜甫《送韩十四江东省觐》。
⑰ 高适《燕歌行》。
⑱ 杜甫《复阴》。
⑲ 杜甫《至后》。
⑳ 高适《九月九日酬颜少府》。
㉑ 刘商《胡笳十八拍》第四拍。
㉒ 杜甫《黄河二首》之一。
㉓ 杜甫《湖城东遇孟云卿复归刘颢宅宿宴饮散因为醉歌》。
㉔ 司马光《和王介甫明妃曲》。

晚来幽独恐伤神①，唯见沙蓬水柳春②。破除万事无过酒③，虏酒千杯不醉人④。含情欲说更无语⑤，一生长恨奈何许⑥。饥对酪肉兮不能餐⑦，强来前帐临歌舞⑧。

十一拍借酒浇愁，但求一醉。饮食难适，叹恨不已。

第十二拍：

归来展转到五更⑨，起看北斗天未明⑩。秦人筑城备胡处⑪，扰扰唯有牛羊声⑫。里飞蓬映天过⑬，风吹汉地衣裳破⑭。欲往城南望城北⑮，三步回头五步坐⑯。

十二拍再写长夜漫漫，苦不得眠。

第十三拍：

自断此生休问天⑰，生得胡儿拟弃捐⑱。一始扶床一初坐⑲，抱携抚视皆可怜⑳。宁知远使问名姓㉑，引袖拭泪悲且庆㉒。悲莫悲兮生别离㉓，悲在君家留二儿㉔。

十三拍出现人生转折，汉使赎回，既喜且悲。本段主要得自白居易《母别子》和刘商《胡笳十八拍》，主题旋律集中，哀情清晰可闻。

第十四拍：

---

① 杜甫《题郑县亭子》。
② 张籍《送和蕃公主》“空见沙蓬水柳春”。
③ 韩愈《赠郑兵曹》。
④ 高适《营州歌》。
⑤ 朱庆余《宫词》“含情欲说宫中事”，王安石《明妃曲》之二“含情欲语独无处”。
⑥ 韩愈《感春四首》之一。
⑦ 蔡琰《胡笳十八拍》第六拍“饥对肉酪兮不能餐”。
⑧ 储光羲《明妃曲》“强来前帐看歌舞”。
⑨ 李商隐《无题四首》之四。
⑩ 张籍《秋夜长》。
⑪ “秦人”一作“秦家”，李白《战城南》“秦家筑城备胡处”。
⑫ 张籍《将军行》。
⑬ 杜甫《复阴》。
⑭ 刘商《胡笳十八拍》第五拍。
⑮ 杜甫《哀江头》。
⑯ 杜甫《忆昔行》。
⑰ 杜甫《曲江三章章五句》之三。
⑱ 刘商《胡笳十八拍》第十拍。
⑲ 白居易《母别子》。
⑳ 梅尧臣《送师厚归南阳会天大风遂宿高阳山寺明日同至姜店》。
㉑ 刘商《胡笳十八拍》第十二拍。“宁知”一作“谁知”。
㉒ 韩愈《寒食日出游夜归张十一院长见示病中忆花九篇因此投赠》。
㉓ “悲莫悲于”一作“悲莫悲于兮”，《九歌·大司命》。
㉔ “留二儿”一作“留两儿”。白居易《母别子》。

鞠之育之不羞耻[①]，恩情亦各言其子[②]。天寒日暮山谷里[③]，肠断非关陇头水[④]。儿呼母兮啼失声[⑤]，依然离别难为情[⑥]。洒血仰头兮诉苍苍[⑦]，知我如此兮不如无生[⑧]。

十四拍思子之心更深且剧。八句之中三句出于蔡琰《胡笳十八拍》，一句出于蔡琰《悲愤诗》，一句出于刘商《胡笳十八拍》，亦即超过一半为原来蔡琰故事的文本，故而情调统一，有如浑成。

第十五拍：

当时悔来归又恨[⑨]，洛阳宫殿焚烧尽[⑩]。纷纷黎庶逐黄巾[⑪]，心折此时无一寸[⑫]。恸哭秋原何处村[⑬]，千家今有百家存[⑭]。争持酒食来相馈[⑮]，旧事无人可共论[⑯]。

十五拍写归汉后满目疮痍的情景，幸存者已无旧人。

第十六拍：

此身饮罢无归处[⑰]，心怀百忧复千虑[⑱]。天翻地覆谁得知[⑲]，魏公垂泪嫁文姬[⑳]。天涯憔悴身[㉑]，托命于新人[㉒]。念我出腹子[㉓]，使我叹恨劳精神[㉔]。新人新人听我语[㉕]，我所思兮在何所[㉖]。母子分离兮意难任[㉗]，死生不相知兮何处寻[㉘]。

---

① 蔡琰《胡笳十八拍》第十一拍。
② 刘商《胡笳十八拍》第十四拍。
③ 杜甫《干元中寓居同谷县作七首》之一。
④ 李白《猛虎行》。
⑤ 蔡琰《悲愤诗》。
⑥ 韩愈《桃源图》。
⑦ 蔡琰《胡笳十八拍》第十六拍“泣血仰头兮诉苍苍”。
⑧ 蔡琰《胡笳十八拍》第三拍“亡家失身兮不如无生”。
⑨ 刘商《胡笳十八拍》第十五拍“当时怨来归又恨”。
⑩ 杜甫《忆昔二首》之二“洛阳宫殿烧焚尽”。
⑪ 李嘉佑《自苏台至望亭驿人家尽空春物增思怅然有作因寄从弟纾》“东吴黎庶逐黄巾”。
⑫ 杜甫《冬至》。
⑬ 杜甫《白帝》。
⑭ 杜甫《白帝》。
⑮ 韩愈《桃源图》。
⑯ 韩愈《过始兴江口感怀》。
⑰ 杜甫《乐游园歌》。
⑱ 杜甫《人日寄杜二拾遗》。
⑲ 刘商《胡笳十八拍》第六拍。
⑳ 舒元舆《赠李翱》“魏公怀旧嫁文姬”。
㉑ 崔涂《蜀城春望》。
㉒ 蔡琰《悲愤诗》。
㉓ 蔡琰《悲愤诗》。
㉔ 杜甫《苦战行》“使我叹恨伤精魂”。
㉕ 白居易《母别子》。
㉖ 韩愈《感春四首》之一。
㉗ 蔡琰《胡笳十八拍》第十五拍“子母分离兮意难任”。
㉘ 张籍《各东西》“死生不相弃”。

十六拍为十二句，五言与七言夹杂，产生跃动的音韵。归乡后被曹操嫁予董祀，前程未卜。而牵肠挂肚的，还是远在北方的骨肉。

第十七拍：

燕山雪花大如席[1]，与儿洗面作光泽[2]。怳然天地半夜白[3]，闺中只是空相忆[4]。点注桃花舒小红[5]，与儿洗面作华容[6]。欲问平安无使来[7]，桃花依旧笑春风[8]。

十七拍套用北齐崔氏《靧面辞》，重申冬雪春风之下期待“与儿洗面”之落空。“无使来”只得“空相忆”，季节流逝不减母子情长。

第十八拍：

春风似旧花仍笑[9]，人生岂得长年少[10]。我与儿兮各一方[11]，憔悴看成两鬓霜[12]。如今岂无騕褭与骅骝[13]，安得送我置汝傍[14]。胡尘暗天道路长[15]，遂令再往之计堕眇芒[16]。胡笳本出自胡中[17]，此曲哀怨何时终[18]。笳一会兮琴一拍[19]，此心炯炯君应识[20]。

十八拍也是十二句，七言夹入九言，一唱三叹。山川阻隔，母子相会无期，唯有胡笳琴曲倾诉衷肠。

统计王安石《胡笳十八拍》的集句出处，得知最常引述的是杜甫诗，计 38 次。王安石推崇杜甫，善学善用，此为一例。其次是蔡琰 15 次，其中 4 次是《悲愤诗》，11 次是

---

① 李白《北风行》。
② 北齐崔氏《靧面辞》。
③ “半夜白”一作“半欲白”。欧阳修《晏太尉西园贺雪歌》。
④ 岑参《题苜蓿峯寄家人》。
⑤ 杜甫《江雨有怀郑典设》。
⑥ 北齐崔氏《靧面辞》。
⑦ 杜甫《所思》。
⑧ 崔护《题都城南庄》，王安石《送张明甫》。
⑨ 范仲淹《灵岩寺》“春风似旧花犹笑”。
⑩ 李商隐《无题》“人生岂得长无谓”。
⑪ 蔡琰《胡笳十八拍》第十六拍。
⑫ 未详。
⑬ 杜甫《天育骠骑歌》。
⑭ 杜甫《干元中寓居同谷县作歌七首》之三。
⑮ 杜甫《干元中寓居同谷县作歌七首》之二。
⑯ 韩愈《卢郎中云夫寄示送盘谷子诗两章歌以和之》“坐令再往之计堕渺茫”。
⑰ 蔡琰《胡笳十八拍》之第十八拍“胡笳本自出胡中”。
⑱ 杜甫《岁晏行》。
⑲ 蔡琰《胡笳十八拍》第一拍。
⑳ 杜甫《偪仄行赠毕曜》。

《胡笳十八拍》。再次是刘商《胡笳十八拍》13次；韩愈13次①；张籍11次；集自己的诗句有9次之多。所集之诗，最早为楚辞《九歌》。如果前述第五拍的“一见郎来双眼明”句，得之晁端礼（1046—1113）《浣溪沙》“一见郎来双眼明，春风楼上玉箫声”，则晁为王安石《胡笳十八拍》所集句时代最晚之作者。晁端礼此词未详填于何时，王安石作《胡笳十八拍》时，晁大约三十多岁。又如第二拍“嗟余去此其从谁”句来自韩愈《祭田横墓文》，可知王安石集句的原文范围不限于诗，偶尔也有溢出者。

此外，值得注意的是，王安石也集了同时代其他诗人的作品，例如欧阳修、梅尧臣、晏殊、司马光、范仲淹等人，可知他对同时代作品之熟稔与关注。

王安石与蔡琰《胡笳十八拍》之比较

王安石《胡笳十八拍》之集句既以蔡琰、刘商同题作品为范示，考虑其叙事结构时，不妨并置作为比较。后人因蔡琰《胡笳十八拍》见于郭茂倩《乐府诗集》，又受知于朱熹《楚辞后语》，以其出现之晚而疑其非蔡琰之作。观王安石《胡笳十八拍》可知，当时已经流传蔡琰《胡笳十八拍》，且刘商《胡笳十八拍》中亦见蔡琰诗句。笔者当另文深析，此不赘言。总之，蔡琰《胡笳十八拍》当为此类作品之典型、王安石创作之前驱。以下依序罗列十八拍之段落要旨。

	蔡　琰	王安石
第一拍	被掳遭辱	自诉生平
第二拍	被逼成婚	乱离骤起
第三拍	离汉入胡	被俘胡地
第四拍	思乡土，叹薄命	对照汉公主与明妃
第五拍	见雁遐想	忆往思今，对比两位丈夫
第六拍	胡地苦寒，饥不能餐	思乡之情无处寄
第七拍	居无定所	再吐思乡之切
第八拍	怨天问神	经冬复春，漫长生涯
第九拍	愁绪无边，问天不语	春日已远，羁留不得归
第十拍	征战不停	寒夜难寐，遥想故国
第十一拍	归乡心切	借酒浇愁，但求一醉
第十二拍	汉使赎回，不忍别子	长夜漫漫，苦不得眠
第十三拍	别子痛哭	汉使赎回，既喜且悲

① 王安石尝集杜甫、欧阳修、韩愈、李白诗为《四家诗选》，《胡笳十八拍》多集杜甫、韩愈诗，集李白诗6次，集欧阳修诗4次。关于《四家诗选》之研究，参看张高评《印刷传媒与宋诗之学唐变唐——博观约取与宋刊唐诗选集》，《成大中文学报》第16期（2007年4月），第1—44页。后收入《印刷传媒与宋诗特色——兼论图书传播与诗分唐宋》，台湾里仁书局2008年版，第182—185页。

续表

第十四拍	归汉思子	思儿心苦
第十五拍	思子隔绝	历劫归汉，满目疮痍
第十六拍	思子怀忧	改嫁新人，思子不息
第十七拍	去时怀乡，来时别子	母子情长
第十八拍	曲终	曲终

两组《胡笳十八拍》皆依时间顺序叙述，蔡诗直接切入乱世女儿被掳遭辱的痛苦心声；王诗稍稍铺陈蔡诗所无的与卫仲道恩爱之情，到第二拍才写历劫入胡。蔡诗第十二拍写汉使赎回，左右为难；王诗至第十三拍写终得归汉，却须别子，既喜且悲的感受。十三拍以至曲终，蔡诗都萦回着对孩子的思念；王诗的情节进展得较缓，虽也反复低吟母子情深，比重不如蔡诗。

就叙事视角而言，蔡诗一贯采用自述口吻，有发自肺腑之直截气势，有时怨天问神，激越悲愤。王诗第一拍自"中郎有女能传业"始，不像自报家门，而是描写蔡琰身为蔡邕（中郎）的女儿，末句"弃我不待白头时"转而模拟蔡琰语气的第一人称。第十六拍"魏公垂泪嫁文姬"和其后"念我出腹子"句也有类似的扞格。"中郎有女能传业"、"魏公垂泪嫁文姬"虽也能视为叙事者的自述，但偏于客观中立，有如全知的观点。

再者，蔡诗较质朴坦率；王诗特别营造了小儿女的缠绵悱恻情态，例如形容蔡琰"颜色如花命如叶"、"十三学得琵琶成"，将文姬与明妃相比，又对照了汉人和胡人两任丈夫。不过，王诗也让文姬具有文人性格，自叹"漫倚文章真末策"，"破除万事无过酒"。

曲终部分，蔡诗云："胡与汉兮异域殊风。天与地隔兮子西母东。苦我怨气兮浩于长空。六合虽广兮受之应不容。"一股郁抑不得之气喷薄而出，强烈控诉个人的不幸，乃天地难以包容的亘久浩瀚。而王诗则较为委曲婉转，即使明知无法实现，还怀抱母子再相会之期待，最后以"此心炯炯君应识"作结，希望获致同情共感。

王安石《胡笳十八拍》的写作特色

王安石《胡笳十八拍》和蔡琰同题之作有诸多差异，主要原因之一是受限于集句的写作形式。

前文谈过，集句诗始于西晋的傅咸，唐代的集句诗称为"四体"①，写作风尚较为沉寂。宋初石延年作《下第偶成》集句，语气调笑嘲弄，时人目为"以文为戏"。曾慥《类说》云：

① "四体"之名称指集四句诗，一位诗人一句，诗人各有其体，故云。

集句自国初有之，至石曼卿以文为戏，然后大著。《下第偶成》："一生不得文章力，欲上青云未有因。圣主不劳千里召，嫦娥何惜一枝春。鳳凰诏下虽沾命，豺虎丛中也立身。啼得血流无用处，着朱骑马是何人。"又云："年来年去志求忙，为他人作嫁衣裳。仰天大笑出门去，独对春风舞一场。"①

蔡絛《西清诗话》云："集句自国初有之，未盛也。至石曼卿，人物开敏，以文为戏，然后大著。"② 摘取前人的诗句，拉杂重组为自我表达的工具，无论古今，皆被认为不如自出己意，独创面目。集句诗的写作趣味带有游戏文字的性质，故而不免流于集句者卖弄博闻强记，插科打诨的玩笑态度。直至王安石，晚年认真经营集句诗，使集句诗能如同创作诗一般，写作送别、投赠、思友、咏史怀古、登临游览等内容③，其成就远高于石延年、胡归仁等先驱，以至于被误认为集句诗的首创者。《西清诗话》继录石延年集句诗后云："元丰间，王荆公益工于此，王直方谓始自荆公，非也。"④

《王直方诗话》云："荆公始为集句，多至数十韵，往往对偶亲切。"⑤ 王直方虽然误以为王安石是集句诗写作的首创者，然其对王安石集句诗"对偶亲切"的推许，仍不失为评价王安石集句诗的根据。同样的观点也见于沈括《梦溪笔谈》："荆公始为集句诗，多者至百韵，皆集合前人之句，语意对偶，往往亲切过于本诗。"⑥

所谓"对偶亲切"，指的是集句取单句两两结合为一联，每单句离开了本来的诗篇，与别的单句成对。集句诗之佳作，必须让读者看不出拼凑的痕迹，甚至比原作的对偶笔法更加自然无痕。胡仔《苕溪渔隐丛话》引范正敏《遯斋闲览》云：

荆公集句诗，虽累数十韵，皆倾刻而就，词意相属，如出诸己，他人极力效之，终不及也。如《老人行》云："翻手为云覆手雨，当面输心背面笑。"前句老杜《贫交行》，后句老杜《莫相疑行》。合两句为一联，而对偶亲切如此。又《送吴显道》云："欲往城南望城北，此心炯炯君应识。"《胡笳十八拍》云："欲往城南望城北，三步回头五步坐。"此皆集老杜句也。按杜诗《哀江头》云："黄昏胡骑尘满城，欲往城南忘南北。"荆公两用皆以"忘南北"为"望城北"，始疑杜诗误。其后数善本皆作"忘南北"，或云荆公故易此两字以合己一篇之意，然荆公平生集句诗，未尝改古人字，观者更宜详考⑦。

这段文字提出了三个值得探讨的问题：王安石写作集句诗之速度；王安石集句诗之巧妙对偶；为了巧妙对偶，是否可能改易前人诗句。

---

① 曾慥编纂、王汝涛等校注《类说校注》，福建人民出版社 1996 年版，卷五七。

② 蔡絛《西清诗话》，北京图书出版社 2004 年版，卷一。

③ 李燕新《王荆公诗探究》，第 281—288 页。

④ 又宋末元初牟巘也认为王安石是集句诗的首创者，其《厉端甫唐宋百衲集序》云："宋百余年间乃有集句者，……实始于半山王公。"见《牟氏陵阳集》，卷一二。

⑤ 郭绍虞《宋诗话辑佚》，台湾华正书局 1981 年版，第 41 页。

⑥ 沈括《梦溪笔谈》，中华书局 1985 年版，卷一四，第 7 页。

⑦ 胡仔《苕溪渔隐丛话》，《前集》，卷三五。

《冷斋夜话》引黄庭坚的意见云："集句诗，山谷谓之'百家衣体'，其法贵拙速而不贵巧迟。"① 集句诗句句前有所本，凭借的是作者的记忆力，仿佛信手拈来，探囊取物。王直方称王安石集句诗是："盖以其诵古人诗多，或坐中率然而成，始可为贵。"②

赵与时《宾退录》引《宗门武库》谈到了王安石作《胡笳十八拍》的轶事：

王荆公一日访蒋山元禅师，坐间谈论，品藻古今。元曰："相公口气逼人，恐著述搜索劳役，心气不正，何不坐禅，体此大事？"又一日，谓元曰："坐禅实不亏人，余数年欲作《胡笳十八拍》不成，夜坐间，已就。"元大笑③。

元禅师建议荆公坐禅以导心气，荆公则报以王直方所说的"坐中率然而成"，此"坐"非彼"坐"，荆公自负如此，元禅师大笑对之。

王安石《胡笳十八拍》第十二拍云："欲往城南望城北，三步回头五步坐。"前句出自杜甫《哀江头》"黄昏胡骑尘满城，欲往城南望城北"；后句出自杜甫《忆昔行》"千崖无人万壑静，三步回头五步坐"。王安石撷选两句成联，的确工整精到。《遯斋闲览》指出："欲往城南望城北"一作"欲往城南忘南北"，怀疑王安石改易杜诗以符合对偶，因为若为"欲往城南忘南北"，则与"三步回头五步坐"不相衬。

胡仔在引述《遯斋闲览》的疑虑后，补充道："余闻洪庆善云：老杜'欲往城南忘南北'之句，楚词云'中心瞀乱兮迷惑'，王逸注云：'思念烦惑，忘南北也。'子美盖用此语也。"胡仔用洪庆善的解释，为杜甫诗"忘南北"找到典故的依据，但是并未能说明何以荆公写的是"望城北"。《遯斋闲览》作者读过的数善本皆作"忘南北"，依胡仔之意，他所读过的也作"忘南北"。

考宋人批注杜诗，有作"忘南北"者，如黄希原注、黄鹤补注《补注杜诗》卷二，其下引王洙（997－1057）云："一云望城北"。郭知达《九家集注杜诗》卷二作"望城北"，注云："一作忘城，一作忘南。"也就是说，此句还有一种说法，即"欲往城南忘城北"。陆游《老学庵笔记》云：

老杜《哀江头》云"黄昏胡骑尘满城，欲往城南忘城北"，言方皇惑避死之际，欲往城南，乃不能记孰为南北也。然荆公集句两篇皆作"欲往城南望城北"，或以为舛误；或以为改定，皆非也。盖所传本偶不同，而意则一也。北人谓"向"曰"望"，谓欲往城南，乃向城北，亦皇惑避死，不能记南北之意④。

文天祥集杜诗作《胡笳十八拍》，其第二拍便作"欲往城南忘城北"，与荆公不同，

---

① 释惠洪《冷斋夜话》，卷三。
② 见《王直方诗话》。
③ 赵与时《宾退录》，中华书局 1985 年《丛书集成初编》本，卷五。
④ 陆游《老学庵笔记》，卷七。

实所传版本不同之故，非荆公改易以合对偶。

然而，王安石《胡笳十八拍》并非每一句皆合乎前人原诗，详情可参看前文各句之脚注。这种略有出入的现象，可能即如杜甫《哀江头》诗的不同版本造成的。再如第三拍"在野只教心胆破"句，《九家集注杜诗》与《补注杜诗》、《集千家注杜工部诗集》、清代杨伦笺注《杜诗镜诠》[1] 等诸本都作"在野只教心力破"，唯有清康熙年间仇兆鳌《杜诗详注》本在"心力破"之"力"字下注"一作胆"[2]。是否受王安石诗影响？今通行本杜诗《哀江头》多作"欲往城南望城北"，也可能是受王安石《胡笳十八拍》诗影响[3]。

如果集前人诗句间或有版本因素而文字略见出入，王安石《胡笳十八拍》里引用自己的诗句时也有文字不一的情况。例如第四拍"明妃初嫁与胡时"，第八拍"不忍重看旧写真"，两句皆出自其《明妃曲》[4]，前者本为"明妃初嫁与胡儿"，后者则是"不忍回看旧写真"。这两句也被用于其集句《明妃曲》[5]。该诗如下：

我本汉家子[6]，早入深宫里[7]。远嫁单于国[8]，憔悴无复理[9]。穹庐为室旃为墙[10]，胡尘暗天道路长[11]。去住彼此无消息[12]，明明汉月空相识[13]。死生难有却回身[14]不忍回看旧写真[15]，玉颜不是黄金少[16]，爱把丹青错画人[17]。朝为汉宫妃，暮作胡地妾[18]。独留青冢向黄昏[19]，颜色如花命如叶[20]。

全诗十六句，引文中画底线者亦见于王安石《胡笳十八拍》，共有六句。《胡笳十八拍》中两句与其创作的《明妃曲》诗句文字不同，由于不在押韵的位置，也无碍于对仗。姑且指出，是否荆公记忆使然？

比对两首集句诗，我们可以发现：《明妃曲》不但有和《胡笳十八拍》一致的引诗，而且出处大多与王昭君相关，不如《胡笳十八拍》层面广大。此概非仅篇幅限制，《胡笳

① 杨伦笺注《杜诗镜诠》，台湾华正书局1986年版，卷一五，第733页。
② 仇兆鳌《杜诗详注》，台湾里仁书局1980年版，卷一八，第1587页。
③ 此说见裴普贤《集句诗研究续集》，第257页。
④ 王安石《临川先生文集》，卷四，第112—113页。
⑤ 王安石《临川先生文集》，卷三六，第390页。
⑥ 石崇《王明君辞》。
⑦ 顾况《桐叶诗》"一入深宫里"。
⑧ 欧阳修《再和明妃曲》。
⑨ 《桃叶答团扇歌》。
⑩ 《乌孙公主歌》，《玉台新咏》卷九"穹庐为室兮毡为墙"。
⑪ 杜甫《乾元中寓居同谷县作歌七首》之二，又见于王安石《胡笳十八拍》第十八拍。
⑫ 杜甫《哀江头》，又见于王安石《胡笳十八拍》第七拍。
⑬ 王安石《明妃曲》，又见于王安石《胡笳十八拍》第七拍。
⑭ 王安石《明妃曲》，又见于王安石《胡笳十八拍》第八拍。
⑮ 王安石《明妃曲》，又见于王安石《胡笳十八拍》第八拍。
⑯ 杜牧《奉陵宫人》。
⑰ 唐牛僧孺《周秦行纪》薄太后王昭君诗。
⑱ 一作"今日汉宫妃，明朝胡地妾"，李白《王昭君》（昭君怨）"今日汉宫人，明朝胡地妾"
⑲ 杜甫《咏怀古迹五首》之三"明妃庙"。
⑳ 白居易《陵园妾（怜幽闭也）》，又见于王安石《胡笳十八拍》第一拍。

十八拍》实荆公在“以文为戏”的外在形制下，严谨从事，“用全力出奇”之巨构。南宋王炎云：“风雅远矣，自柏梁赓咏以来，诗体不一，最后始有集句。曩时荆国王文公喜为之，有《胡笳十八拍》，最高妙。”[1] 可谓推崇备至。

结语

明代徐师曾总结集句诗写作，有云：

> 集句诗，按集句诗者，杂集古句以成诗也。自晋以来有之，至宋王安石尤长于此。盖必博学强识，融会贯通，如出一手，然后为工。若牵合傅会，意不相贯，则不足以语此矣[2]。

“博学强识，融会贯通，如出一手”，是对高明的集句诗的艺术境界的描绘，王安石当之无愧。洪迈特别欣赏王安石《胡笳十八拍》十七至十八拍之连贯，记云：

> 王荆公集古胡笳词一章云：“欲问平安无使来，桃花依旧笑春风。”后章云：“春风似旧花仍笑，人生岂得长年少。”二者贴合，如出一手，每叹其精工。其上句盖用崔护诗；后一句久不见其所出。近读范文正公《灵岩寺》一篇云“春风似旧花犹笑”，以“仍”为“犹”，乃此也。李义山又有绝句云：“无赖夭桃面，平明露井东。春风为开了，却拟笑春风。”语意两极其妙[3]。

洪迈举的例子说明王安石集句诗不仅有《梦溪笔谈》和《王直方诗话》说的“对偶亲切”功力，两首诗的前后呼应也宛若天成，超出了平常对集句诗的艺术要求。此即宋代黄震感叹的“荆公集句诸作，其巧其博皆不可及”[4]；周紫芝佩服的“王荆公得此〔集句〕三昧”[5]。前文分析王安石《胡笳十八拍》文句略见美中不足，然就整体而言，仍旧瑕不掩瑜。

由寻思荆公集句诗之出处，洪迈早注意到前文指出的集句原诗文字出入的问题。钱钟书先生不欣赏王安石在古人“集中作贼”，“或袭其句，或改其字，或反其意”，这种“巧取豪夺”他人佳句的行为，究竟是出于何种心理？集句诗的写作，为“无一句无来历”、“文章者，天下之公器”的想法找到了冠冕堂皇的实践场域。王安石《胡笳十八拍》

---

① 王炎《东山集句诗序》，《双溪类稿》，台湾商务印书馆 1983 年《文渊阁四库全书》本，卷二四，第 14 页。

② 徐师曾著、罗根泽校点《文体明辨序说》，香港太平书局 1965 年版，第 111 页。

③ 洪迈《容斋随笔》，上海古籍出版社 1996 年版，《五笔》，卷五《桃花笑春风》，第 859 页。

④ 王士禛《池北偶谈》，台湾商务印书馆 1983 年《文渊阁四库全书》本，卷一五，第 19a 页。

⑤ 周紫芝《竹坡诗话》。

之成功，导引了王慎中[①]、李纲等后继的追随者。严羽《沧浪诗话》云："集句惟荆公最长，《胡笳十八拍》浑然天成，绝无痕迹，如蔡文姬肺肝间流出。"[②] 到底，王安石还是"隔空索句"，为蔡琰代言；李纲和文天祥的同题之作，则化用蔡琰的文本，讲述了自己的心声。笔者将另文详细阐述集句诗写作的"互文性"（intertextuality）关系[③]，结合王安石、李纲和文天祥的作品，重思钱钟书先生的评语。

① 黄庭坚《山谷集》，卷二六《跋王慎中胡笳集句》："溢城王寅慎中拟半山老人集句胡笳十八拍，其会合宛转，道文姬中心事，甚妙。"

② 严羽《沧浪诗话》，又见《诗人玉屑》，卷二。

③ 法国符号学学者克莉丝蒂娃（Julia Kristeva）认为"任何文本都是其他文本的吸收和转化"，这种"互文性"使得文本之间彼此相互参照，产生影响，形成网络。详参罗婷《克里斯多娃（Julia Kristeva）》，台湾生智出版社 2002 年版；邵炜《互文性研究》，天津人民出版社 2003 年版；衣若芬《骷髅幻戏——中国文学与图像中的生命意识》，《中国文哲研究集刊》第 26 期（2005 年 3 月），第 73－125 页。

“借君无弦琴，寓我非指弹”

——苏轼《和陶诗》新论

南京大学　巩本栋

北宋哲宗元祐七年（1092）正月，时任扬州知州的苏轼作了一组诗《和陶饮酒二十首》，开始了一个“要当尽和其诗”的特殊的创作历程。三年后，哲宗绍圣二年（1095），被贬谪惠州的苏轼再作《和陶贫士七首》，从此一发不可收，直到元符三年（1100）谪居琼州昌化军，又作《和陶始经曲阿》，前后和陶诗达137首①。在文学史上成为一个罕见的现象。苏轼为何尽和陶诗？我们今天又究竟应该怎样认识这一文学现象？目前学术界似仍未有一个完满的答案，因撰此文，提出一些初步的看法，希望能对了解这一现象有所帮助。

一、苏轼和陶与北宋党争

宋神宗和王安石熙宁、元丰年间的新政，随着神宗于元丰八年（1085）去世（王安石亦于次年辞世），大致已经结束。宋哲宗即位时仅十岁，宣仁高后垂帘听政，起用吕公著、司马光等旧臣，完全不管新法实施的效果如何，不理章惇等人为新法所作的辩解，甚至不顾范纯仁、苏轼、程颐等人的劝阻，执意将青苗、免役、保甲、保马、方田、市易等新法措施一概废去，并设置诉理所，重新审理熙、丰年间的各类案件。因反新法而遭贬抑者，多予以昭雪，并重新启用。新党中人如章惇、蔡确、吕惠卿、韩维等，则在刘挚、孙觉、苏轼、朱光庭、王岩叟等人的反复弹劾下，先后被逐出朝廷。整个元祐年间，北宋政局始终控制在旧党人士的手中。

然而，在政治上被列入旧党的苏轼，似乎并未与旧党中的一些士人保持步调一致。其实，无论是新党还是旧党，其党派内部的结构都是比较松散的，并且二者之争原就有相激相争的因素在。因此，一旦某一派败下阵去，另一派也必然会发生分化。元祐年间，分别以苏轼和程颐为首的部分士人之间发生矛盾和斗争，即洛蜀党争，是很容易理解的。

元祐年间的洛蜀党争的始末并不复杂。元祐元年（1086）三月，在司马光等人的推荐下，程颐被用为崇政殿说书。但刘挚随即上书反对，认为升迁太快，并说他“高阔以慕古，新奇以变常”②。当时，苏轼、吕陶等也都认为程颐言行迂阔，不合人情，甚至连司马光也觉得程颐在经筵上的言行不切实际。刘安世后来回忆说：“哲庙初锐意于学。一日，经筵讲毕。（略）上因起折一柳枝。其中讲筵臣乃老儒也（案指程颐），起谏曰：‘方

---

①　此据清王文诰辑注《苏轼诗集》统计，孔凡礼点校，中华书局1982年版。

②　宋李焘《续资治通鉴长编》卷三九〇，元祐元年十月，上海师范大学古籍整理研究所、华东师范大学古籍整理研究所点校，中华书局2004年版，第16册，第9494页。

春万物生荣，不可无故摧折。'哲宗掷之，其色不平。老先生（案指司马光）闻之不悦，谓门人曰：'使人主不欲亲近儒生者，正为此等人也。'叹息久之。"① 元祐元年九月，司马光去世，时"明堂降赦，臣僚称贺讫，两省官欲往奠司马光。是时程颐言曰：'子于是日哭而不歌。岂可贺赦才了，却往吊丧?'坐客有难之曰：'孔子言哭则不歌，即不言歌则不哭。今已贺赦了，却往吊丧，于礼无害。'苏轼遂戏程颐云：'此乃枉死市叔孙通所制礼也。'众皆大笑。"② 次年八月，左谏议大夫孔文仲劾程颐在经筵讲说"凡经义所在，全无发明，必因藉一事，泛滥援引。借无根之语，以摇撼圣听；推难考之迹，以眩惑渊虑"，又"日跨匹马，奔驰权利，遍谒贵臣，历造台谏。其谒贵臣也，必暗窃重轻之意，出以语人，收为私恩，及有差除，若合符节，是以人皆惮惧之，而又深德之。其造台谏也，胁肩蹙额，屏人促席，或以气使，或使术动，今日当论列某事，异时当排击此人。（略）鼓腾利口，间谍群臣，使之相争斗于下，纷纷扰扰，无有定日"③。于是，程颐被罢经筵，改官权同管勾西京国子监。而素推服程颐学问的台谏官朱光庭、王岩叟、贾易等人，则抓住苏轼的《试馆阁策问》（"师仁祖之忠厚，法神考之励精"一篇）大做文章，认为苏轼是讥刺仁宗、神宗，"不忠莫大焉"④，应追究其罪责。苏轼、吕陶等亦上书论辩。太皇太后高氏虽于双方两相开释，然洛、蜀之争所带来的矛盾和隔阂，已终难弭平。

洛、蜀之争的实质主要是两种不同的思想、政治派别之间的斗争，同时，也掺杂着复杂的人事、意气之争。关于这种斗争的是非得失，这里且不必论，然而它对苏轼生活和心态的影响，无疑却是很大的。

谈到这种影响，不能不从宋神宗元丰二年（1079）的"乌台诗案"说起。此年七月，苏轼因作诗讽刺新法而被罢官，并逮捕下狱。嗣后在慈圣光献曹后及王安礼、吴充、章惇、张方平、范镇、苏辙等人的极力解救下，幸免于难，被责授水部员外郎、黄州团练副使、本州安置，不得签书公事，在黄州贬所谪居长达四年。四年当中，忧谗畏讥、隐忍避祸成为苏轼的主要心态。每念及这场诗祸，苏轼就感到后怕。他在诗中反复写道："饮中真味老更浓，醉里狂言醒可怕。闭门谢客对妻子，倒冠落佩从嘲骂。"⑤ "饥寒未至且安居，忧患已空犹梦怕。"⑥ 他稍一闲适即自嘱："心困万缘空，身安一床足。岂惟忘净秽，兼以洗荣辱。默归毋多谈，此理观要熟。"⑦ 与弟苏辙书信往来便相约："失途既难追，学道恨不早。买田秋已议，筑室春当成。雪堂风雨夜，已作对床声。"⑧ 安慰友人则说："故人如念我，为说瘦栾栾。尚有身为患，已无心可安。"⑨ 他只感到"妄心如膜退重

① 宋马永卿编、明王崇庆解《元城语录解》卷上，影印文渊阁《四库全书》本。
② 《续资治通鉴长编》卷三九三，元祐元年十二月吕陶言，第16册，第9569页。
③ 《续资治通鉴长编》卷四〇四，元祐二年八月，第16册，第9829—9830页。
④ 参《续资治通鉴长编》卷三九三，元祐元年十二月。
⑤ 《苏轼诗集》卷二〇《定惠院寓居月夜偶出》，第4册，第1033页。
⑥ 《苏轼诗集》卷二〇《次韵定惠院寓居月夜偶出》，第4册，第1034页。
⑦ 《苏轼诗集》卷二〇《安国寺浴》，第4册，第1034页。
⑧ 《苏轼诗集》卷二二《初秋寄子由》，第4册，第1170页。
⑨ 《苏轼诗集》卷二一《伯父〈送先人下第归蜀〉诗云：人稀野店休安枕，路入灵关稳跨驴。安节将去，为诵此句，因以为韵，作小诗十四首送之》其六，第4册，第1099页。

重"[1]，更悲叹"君门深九重，坟墓在万里。也拟哭途穷，死灰吹不起"[2]，以至于"逢人欲觅安心法，到处先为问道庵"[3]。此时的苏轼真是惶恐不安，胆战心惊。他在给其侄子安节的一首诗里描述道：

> 心衰面改瘦峥嵘，相见惟应识旧声。永夜思家在何处，残年知汝远来情。畏人默坐成痴钝，问旧惊呼半死生。梦断酒醒山雨绝，笑看饥鼠上灯檠[4]。

其忧谗畏讥、隐忍怨艾的心态可以想见。这种心态，直到元祐以后苏轼重新被任用时仍未能彻底消除。

元丰八年（1085）三月，宋神宗去世。此后虽然政局变化，旧党执政，苏轼也迅速地由朝奉郎、知登州，而改任礼部郎中、起居舍人，入侍延和，改赐银绯，然自元祐元年七月，因与司马光在是否恢复差役等新法的问题上存在分歧，苏轼就已动了外任的念头。次年因试馆职策问事，四次进札子求补外不许。后又因讲筵事多次遭到指责。到了元祐四年（1089），苏轼才终于获允离京出知杭州。之所以屡屡乞外，归根结底还是因为元丰年间乌台诗案的前车之鉴给苏轼留下的心灵创伤太深了。他以诗人的敏感察觉到新旧党争的风波并未平息，他不愿意再卷入这种残酷的政治斗争，早日离开是非之地，或许是他当时能做出的最好的选择。

然而这只是苏轼的一个良好的愿望。元祐六年（1091）五月，苏轼屡辞不获，再次被诏回京任翰林学士承旨兼侍读。侍御史贾易果然又重翻旧账，攻击苏轼元丰八年在扬州作诗存意不善。苏轼在极力辩解的同时，不得不重又请求外任。八月，出知颍州，在京仅三月。次年正月，改知扬州。八月，仍被诏回京，以兵部尚书、龙图阁学士除兼侍读，直到元祐八年六月出知定州。

从上述不遑安居的仕历来看，苏轼在整个元祐年间似乎一直处在一种忧心忡忡的状态之中。他希望政局能稳定下来，然新旧两党之间的争斗仍明显存在，洛、蜀两党的矛盾更难以消除；他希望能离开京城这个政治舞台的中心，但树欲静而风不止，即使他离开了也仍旧不能完全摆脱新旧党争的影响。进退两难，犹豫彷徨，无所适从，矛盾复杂的心情常常萦绕在苏轼的心头。非醉非醒，"终日欢不足而适有余"[5]。"伤弓之鸟，固已惊飞；漏网之鱼，难于再饵"[6]，道出了苏轼此一时期的心迹。

有没有办法使苏轼真正从当日的政治漩涡中摆脱出来呢？似乎没有。陈师道曾劝说苏轼："君子之于事，以位为限。居位而不言，则不可；去位而言，则又不可。其言之者，义也；其不言者，亦义也。阁下前为颍州，言之可也，今为扬守而与颍事，其亦可

---

① 《苏轼诗集》卷二〇《次韵答子由》，第 4 册，第 1056 页。
② 《苏轼诗集》卷二一《寒食雨二首》其二，第 4 册，第 1113 页。
③ 《苏轼诗集》卷二一《次韵子由寄题孔平仲草庵》，第 4 册，第 1108 页。
④ 《苏轼诗集》卷二〇《侄安节远来夜坐三首》其二，第 4 册，第 1095 页。
⑤ 《苏轼诗集》卷三五《和陶饮酒二十首叙》，第 6 册，第 1881 页。
⑥ 宋莫君陈《月河所闻录》引苏轼《辞免翰林学士状》，《吴兴丛书》本。

乎？岂以昔尝言之而不置耶，此取胜之道也。近岁士大夫类皆如此，以为成言，而非阁下之所当为也。苟不公言而私请之，又不如已也。天下之事，行之不中理，使人不平者，岂此一事，阁下岂能尽争之耶？争之岂能尽如人意耶？徒使呫呫者以为多事耳。尝谓士大夫视天下不平之事，不当怀不平之意，平居愤愤，切齿扼腕，诚非为己。一旦当事而发之，如决江河，其可御耶？必有过甚覆溺之忧。前日王荆公、司马温公是也。"[①] 他举王安石、司马光的例子来说服苏轼，但以苏轼"言发于心而冲于口，吐之则逆人，茹之则逆余，以为宁逆人也，故卒吐之"的性格[②]，是很难做到遇事而隐忍不发的。

能不能从此引退，归隐田园呢？当时的苏轼也做不到。陈师道也曾劝过苏轼，其《寄侍读苏尚书》诗曰："六月西湖早得秋，二年归思与迟留。一时宾客余枚叟，在处儿童说细侯。经国向来须老手，有怀何必到壶头。遥知丹地开黄卷，解记清波没白鸥。"[③] 希望他能急流勇退。然而以苏轼当时的思想状态，虽已有退隐的念头，但并未提上具体日程。

既然如此，若与陶渊明相比，苏轼就不能不自愧弗如了。绍圣元年（1094）正月，苏轼书陶渊明《归园田居六首》其三，并与李之仪等相与叹息，谓："以夕露沾衣之故而犯所愧者，多矣"[④]；"我比陶令愧"[⑤]。确是实情。苏轼在政治生活中一时尚不能实现的愿望，只能在其诗歌创作中进行弥补了。陶渊明其人其诗给苏轼提供了这种弥补的机会。和陶成了苏轼摆脱和逃避党争政治现实，在心理上自解自慰的重要途径。

二、苏轼与陶渊明的思想

关于陶渊明的思想，自以陈寅恪先生的论断为最确。陈先生指出："渊明之思想为承袭魏晋清谈演变之结果及依据其家世信仰道教之自然说而创改之新自然说。惟其为主自然说者，故非名教说，并以自然与名教不相同。但其非名教之意仅限于不与当时政治势力合作，而不似阮籍、刘伶辈之佯狂任诞。盖主新自然说者不须如旧自然说之积极抵触名教也。又新自然说不似旧自然说之养此有形之生命，或别学神仙，唯求融合精神于运化之中，即与大自然为一体。因其如此，既无旧自然说形骸物质之滞累，自不致与周孔入世之名教说有所触碍。故渊明之为人实外儒而内道，舍释迦而宗天师者也。"[⑥]

关于苏轼的思想，一般都认为是杂糅儒、释、道三家，而以儒家思想为主，这在学术界几乎没有什么异议。然考察现存苏轼的全部著述，却会发现，这种说法实失之于泛。我们以为，苏轼思想中虽杂有儒、释、道三家的因素，但实际上释氏之说在其思想中所占的地位既不能与儒、道两家相比，更不用说其在政治上对释氏的排斥了。

---

① 宋陈师道《后山居士文集》卷一〇《上苏公书》，上海古籍出版社影宋本，1984年。

② 《苏轼文集》卷一一《思堂记》，中华书局，1986年，第2册，页363。

③ 宋陈师道撰、任渊注，冒广生补笺，冒怀辛整理《后山诗注补笺》卷四，中华书局1995年版，上册，第142页。

④ 《苏轼文集》卷六七《书渊明诗》，第5册，第2112页。

⑤ 《苏轼诗集》卷三二《辩才老师退居龙井，不复出入。余往见之，（略）谨次辩才韵赋诗一首》，第5册，第1716页。

⑥ 《陶渊明之思想与清谈之关系》，载《金明馆丛稿初编》，三联书店2001年版，第228—229页。

秦观尝有论苏轼之语曰："苏轼之道，最深于性命自得之际。"① 实际上已道出苏轼思想的要害。所谓"性命自得"，即兼容儒道，是其"性命论"和"人情论"的统一。

中唐尤其是北宋中期以后，士人亦喜谈道德性命之理，如黄庭坚所说，是"今孺子总发而服大人之冠，执经谈性命，犹河汉而无极也"②，以致"学者耻不言性命"③。然苏轼对前人关于性、命、情的各种论述，似乎都不满意。他认为在"性、命、情"三者之中，"性"所处的地位最为关键，同时，"性"之与"情、命"又是合而为一的，三者之间并无等差、圣贤、善恶分界，亦无须施以道德或价值判断。就"性"之与生俱来的莫知其所以然而然的先天的禀赋、力量或无为和自然性而言，它已与"道"（自然之道或"天"）相近，故可以称为"命"；而就其然或"散而有为"来说，它又是"情"。这种观点似乎与儒家的"性静情动"说接近，然而其以无为或不知其所以然而然解释"性"，则显然又吸收了道家顺应自然的思想；它以不知其所以然而然释"性"，似乎与道家之说相近了，但其又讲有为，讲天人合一或有为与无为的统一，则仍与儒家之说相联系。总之，苏轼"情、性、命"之论的实质是顺应自然（包括天道、人道），其主要的思想倾向和方法是儒道兼容。

苏轼儒道融合的思想，在其《易传》、《书传》和其他许多文章中皆有表现。如《中庸论》即为显例。此文分三部分，"其始论诚明之所人，其次论圣人之道所从始，推而至于其所终极，而其卒乃始内之于《中庸》"④。所讨论的中心是"情性"问题。他解释"自诚明谓之性"曰：

> 夫诚者，何也？乐之之谓也。乐之则自信，故曰诚。（略）夫惟圣人，知之者未至，而乐之者先入，先入者为主而待其余，则是乐之者为主也。（略）乐之者为主，是故有所不知，知之未尝不行。（略）人之好恶，莫如好色而恶臭，是人之性也。好善如好色，恶恶如恶臭，是圣人之诚也⑤。

以"乐之"释"圣人之诚"，就不仅认为"诚"是如同好色恶臭一样的圣人的本性和惟圣人才能达到的境界，更有意味的是，他同时又主张应当顺应这种人的本性。进而，他又论道：

> 夫圣人之道，自本而观之，则皆出于人情。（略）今夫五常之教，惟礼为若强人者，何则？人情莫不好逸豫而恶劳苦，今吾必也使之不敢箕踞，而磬折百拜以为礼；人情莫不乐富贵而羞贫贱，今吾必也使之不敢自尊，而揖让退抑以为礼；（略）苟为

---

① 宋秦观撰、徐培均笺注：《淮海集笺注》卷三〇《答傅彬老简》，上海古籍出版社 1994 年版，中册，第 981 页。

② 宋黄庭坚撰《山谷集》卷一六《杨概字序》，《四库全书》本。

③ 《苏轼文集》卷二五《议学校贡举状》，第 2 册，第 725 页。

④ 《苏轼文集》卷二《中庸论》上，第 1 册，第 60 页。

⑤ 《苏轼文集》卷二《中庸论》上，第 1 册，第 60 页。

裸袒而不顾，则吾无乃亦将病之，夫岂独吾病之，天下之匹夫匹妇莫不病之也，苟为病之，则是其势将必至于磬折而百拜。由此言也，则是磬折而百拜者，生于不欲裸袒之间而已也①。

能顺乎人之情性，无过无不及，才能由"明"而至于"诚"。一切都归于"人情"(情性)，"人情"也就成了衡量一切的中庸之道。这种杂糅儒道的做法，正是苏轼思想的特征。

当然，礼本之人情的看法，并非苏轼的首创，而是儒家士人的传统观念。如《礼记·丧服四制》中说："凡礼之大体，体天地，法四时，则阴阳，顺人情，故谓之礼。"②《左传·昭公二十五年》记郑子产和郑相游吉对礼的解释，谓："夫礼，天之经，地之义也，民之行也。天地之经，而民实则之。则天之明，因地之性，生其六气，用其五行。气为五味，发为五色，章为五声。淫则错乱，民失其性，是故为礼以奉之。"③ 汉初叔孙通制礼，更明说"礼者，因时世人情为之节文者也"④。然而，将"人情"或情性说推衍到政治和社会生活的各个方面，以致奉为为人处世的准则，认为"夫人之情，安于其所常为，无故而变其俗，则其势必不从"⑤，认为"六经之道，惟其近于人情，是以久传而不废"⑥ 等等，却不能不说是苏洵、苏轼父子自己的特色。苏辙尝谓："(轼) 初好贾谊、陆贽之书，论古今之乱，不为空言。既而读《庄子》，喟然叹息曰：'吾昔有见于中，口未能言，今见庄子，得吾心矣。'乃出《中庸论》，其言微妙，皆古人所未喻。"⑦ 可谓能知其兄。

释氏思想对苏轼并非没有影响。苏轼文章中亦多处谈到："孔老异门，儒释分宫。又于其间，禅律相攻。我见大海，有北南东。江河虽殊，其至则同。"⑧ 表现出调和三家的倾向。但是，就其思想的主要倾向和方面来看，以儒道兼容而本之于情性论来概括之，也许更接近苏轼思想学术的实际。

由此看来，苏轼的和陶，与他在思想上对陶渊明的认同，密切相关。陶渊明凭着其儒道结合的新自然说出处进退，一任自由，即所谓"渊明初亦仕，弦歌本诚言，不乐乃径归，视世羞独贤"⑨。苏轼也以儒道并用来解释自己的仕隐之道，说什么"区区之迹，

---

① 《苏轼文集》卷二《中庸论》中，第1册，第61页。

② 《礼记正义》卷六三，汉郑玄注，唐孔颖达疏，龚抗云整理、王文锦审定，北京大学出版社1999年版，下册，第1672页。

③ 《春秋左传注》，杨伯峻注，中华书局1981年版，第4册，第1457页。

④ 汉司马迁《史记》卷九九《刘敬叔孙通列传》，中华书局1982年版，第8册，第2722页。

⑤ 宋苏洵撰、曾枣庄、金成礼笺注《嘉祐集》卷六《礼论》，上海古籍出版社1993年版，第147页。

⑥ 《苏轼文集》卷二《诗论》，第1册，第55页。

⑦ 《栾城集·后集》卷二二《亡兄子瞻端明墓志铭》，上海古籍出版社1987年版，下册，第1421—1422页。

⑧ 《苏轼文集》卷六三《祭龙井辩才文》，第5册，第1961页。

⑨ 《苏轼诗集》卷三九《和陶贫士七首》其二，第7册，第2138页。

盖未足以论士也”[①]。陶渊明在诗中不断地宣扬着顺应自然说，如“纵浪大化中，不喜亦不惧，应尽便须尽，无复独多虑”[②]；不断地追求着带有玄学色彩的自然和富有“真意”的谐趣，所谓“此中有真意，欲辨已忘言”[③]，“啸傲东轩下，聊复得此生”[④]。苏轼则心领神会地“拈出陶渊明谈理之诗前后有三：一曰‘采菊东篱下，悠然见南山’；二曰‘笑傲东轩下，聊复得此生’；三曰‘客养千金躯，临化消其宝’。皆以为知道之言。”[⑤]这样，当苏轼在仕途上进退维谷、前后失据，极欲摆脱心理压力、弥补思想情感的空虚和得到精神上的支持之时，终于在儒道兼容，以道为用的道路上与陶渊明走到一起来了。此所谓东坡自道的“梦往从之游，神交发吾蔽”[⑥]，黄庭坚所说的“出处虽不同，风味乃相似”[⑦]，杨维桢所说的“东坡和渊明诗，非故假诗于渊明也，具解有合于渊明者。故和其诗，不知诗之为渊明、为东坡也”[⑧]。的确如此。

三、和陶诗：透视苏轼心灵的窗口

南朝时并没有多少人特别欣赏陶渊明的诗。自唐代起，慕陶学陶者渐多。标明学陶诗的就有崔颢的《结定襄狱效陶》、韦应物的《效陶二首》、柳宗元的《饮酒》、白居易的《效陶潜体诗十六首》和曹邺的《山中效陶》等等。但是，次韵和陶诗且颇寓己意的，则始见于晚唐诗人唐彦谦的《和陶贫士七首》，而不是始自苏轼，苏轼只是要当尽和陶诗的第一位而已。

苏轼对陶渊明其人其诗有一个逐渐认识的过程。

元丰二年（1079），苏轼在知徐州任上时，尚认为陶渊明并非达者，因为传陶渊明作过一首《无弦琴》诗，中云：“但得琴中趣，何劳弦上声。”而在苏轼看来，“五音六律，不害为达，苟为不然，无琴可也，何独弦乎”[⑨]？有时候，苏轼虽然认为陶渊明在《自祭文》中“出妙语於纩息之余，岂死生之流乎”，然又“恨其犹以生为寓，以死为真”[⑩]，还是觉得他不是真正的达者。

然而，其次年贬居黄州后就已经不同。他先后书陶渊明诗《酬刘柴桑》、《归园田居五首》其三和《庚戌岁九月中于西田获早稻》等，自觉其言“真可为惕然也”[⑪]。又谓：

① 宋苏辙《东坡先生和陶渊明诗引》引苏轼语，《增补足本施顾注苏诗》卷四一，宋施元之、顾禧、施宿注，郑骞、严一萍编校，台湾艺文印书馆1980年版。宋费衮《梁溪漫志》卷四（上海古籍出版社1985年版，第36页）亦谓此语是苏轼所道。

② 《陶渊明集》卷二《形影神·神释》，逯钦立校注本，中华书局1979年版，第37页。

③ 《陶渊明集》卷三《饮酒二十首》其五，第89页。

④ 《陶渊明集》卷三《饮酒二十首》其七，第90页。

⑤ 宋葛立方《韵语阳秋》卷三，清何文焕辑《历代诗话》本，中华书局1981年版，下册，第507页。

⑥ 《苏轼诗集》卷四〇《和陶桃花源》，第7册，第2198页。

⑦ 《山谷集》卷七《跋子瞻和陶诗》。

⑧ 元杨维桢《张北山和陶集序》，陶秋英编选《宋金元文论选》，人民文学出版社1984年版，第578页。

⑨ 《苏轼文集》卷六五《渊明非达》，第5册，第2029页。后来苏轼便不这样认为。如贬惠州作《和陶贫士七首》其三曰：“谁谓渊明贫，尚有一素琴。心闲手自适，寄此无穷音。”

⑩ 《苏轼文集》卷六五《渊明无弦琴》，第5册，第2043—2044页。

⑪ 《苏轼文集》卷六七《书渊明酬刘柴桑诗》，第5册，第2115页。

"陶彭泽晚节躬耕，每以诗自解，意其中未能平也。流寓黄州二年，适值艰岁，往往乏食，无田可耕，盖欲为彭泽而不可得。此二篇最善，偶亲录之。"① 盛赞陶渊明的诗句有"平畴交远风，良苗亦怀新"，认为是"非古之偶耕植杖者，不能道此语，非余之世农，亦不能识此语之妙也"②。读《陶渊明集》成了苏轼生活中不可或缺的内容，常读常新，"每体中不佳，辄取读，不过一篇，惟恐读尽后无以自遣耳"③。他甚至想以"鏖糟陂里陶靖节"自号④。这都可见苏轼对陶渊明其人其诗的态度和认识，已随着他自身处境的变化而出现了很大的不同，从而为其和陶准备了条件，虽然他这时还没有想到去和陶诗。

元祐五年，知杭州任上的苏轼作了一首《问渊明》。诗曰：

> 子知神非形，何复异人天。岂惟三才中，所在靡不然。我引而高之，则为日星悬。我散而卑之，宁非山与川。三皇虽云没，至今在我前。八百要有终，彭祖非永年。皇皇谋一醉，发此露槿妍。有酒不辞醉，无酒斯饮泉。立善求我誉，饥人食馋涎。委运忧伤生，运去生亦迁。纵浪大化中，正为化所缠。应尽便须尽，宁复事此言⑤。

此诗是针对陶渊明《形影神》三首诗中的《神释》一首写的，可以说是苏轼和陶的前奏。虽然苏轼似乎对陶诗中"三皇大圣人，今复在何处"的看法有异议，然其主旨则未必与陶诗相反，所以，苏轼自谓："或曰：东坡此诗与渊明相反。此非知言也。盖亦相引以造于道者，未始相非也。"⑥

"借君无弦琴，寓我非指弹。"⑦ 苏轼之和陶，实际上是把它当作疗救自己心灵创伤的良方，把和陶作为排遣、减轻自己仕隐、穷达等人生痛苦的途径，把和陶看成自己日常生活中的一部分，故凡有所感触，提笔便想到陶诗。这就是东坡"要当尽和其诗乃已"⑧的苦心所在。

由此决定了苏轼和陶诗的内容，首先是慕陶学陶。苏轼曾自道："吾于渊明，岂独好其诗也，如其为人，实有感焉。渊明临终疏告俨等：'吾少而穷苦，每以家弊，东西游走。性刚才拙，与物多忤，自量为己，必贻俗患。俯仰辞世，使汝等幼而饥寒。'渊明此语，盖实录也。吾真有此病，而不蚤自知。平生出仕，以犯世患。此所以深愧渊明，欲以晚节师范其万一也。"⑨ 苏轼此语，亦可谓实录也。

---

① ［明］陈继儒《晚香堂苏帖》。
② 《苏轼文集》卷六七《题渊明诗二首》其一，第5册，第2091页。陶诗见《癸卯岁始春怀古田舍二首》其二。
③ 《苏轼文集》卷六七《书渊明羲农去我久诗》，第5册，第2091页。
④ 《苏轼文集》卷五二《与王定国书》（十三），第4册，第1521页。
⑤ 《苏轼诗集》卷三二，第5册，第1716页。
⑥ 《苏轼诗集》卷三二《问渊明》题下自注，第5册，页1716。
⑦ 《苏轼诗集》卷四一《和陶东方有一士》，第7册，第2267页。
⑧ 《苏轼诗集》卷三九《和陶归田园居六首·引》，第7册，第2104页。
⑨ 苏辙《东坡先生和陶渊明诗引》引，《增补足本施顾注苏诗》卷四一。

在苏轼最早的《和陶饮酒二十首》其一中，他起笔就说：

我生不如陶，世事缠绵之。云何得一适，亦有如生时。寸田无荆棘，佳处正在兹。纵心与事往，所遇无复疑。偶得酒中趣，空杯亦常持①。

苏轼作这一组诗时，尚处在一个“终日欢不足而适有而”的状态中②，所以，“纵心与事往，所遇无复疑”，不过是把陶渊明作为学习的目标罢了。

再看《饮酒二十首》其三：

道丧士失己，出语辄不情。江左风流人，醉中亦求名。渊明独清真，谈笑得此生。身如受风竹，掩冉众叶惊。俯仰各有态，得酒诗自成③。

陶渊明原诗不过讲及时行乐、人生适意的道理，此诗则对陶氏的不求名利大加赞赏，其慕陶学陶的心态显而易见。

还比如《饮酒二十首》中的第十五首云：

去乡三十年，风雨荒旧宅。惟存一束书，寄食无定迹。每用愧渊明，尚取禾三百。颀然六男子，粗可传清白。于吾岂不多，何事复叹息④？

此诗通篇将自己的出处进退、生活际遇以及家庭等与陶渊明一一进行比较，在物质上当已过于陶，然为什么还不能满足、不能向陶渊明那样归隐呢？苏轼向自己发出了质问。

待到苏轼由惠州而儋州，一贬再贬，想学陶渊明归隐而不可得之后，更是时时想到陶渊明，时时与陶相比，时时把陶渊明作为自己的生活楷模，时时吟诵道：

斜川追渊明，东皋友王绩⑤。

愧此稚川翁，千载与我俱。画我与渊明，可作三士图。学道虽恨晚，赋诗岂不如⑥。

仕宦岂不荣，有时缠忧悲。所以陶靖节，服此黔娄衣⑦。

屡从渊明游，云山出毫端。借君无弦琴，寓我非指弹⑧。

---

① 《苏轼诗集》卷三五，第6册，第1883页。
② 《苏轼诗集》卷三五《和陶饮酒二十首叙》，第6册，第1881页。
③ 《苏轼诗集》卷三五，第6册，第1884页。
④ 《苏轼诗集》卷三五，第6册，第1889页。
⑤ 《苏轼诗集》卷三九《和陶归园田居六首》其六，第7册，第2107页。
⑥ 《苏轼诗集》卷三九《和陶读〈山海经〉十三首》其一，第7册，第2130页。
⑦ 《苏轼诗集》卷四〇《和陶咏三良》，第7册，第2185页。
⑧ 《苏轼诗集》卷四一《和陶“东方有一士”》，第7册，第2267页。

虽然苏轼学陶未必能至，然而随着谪居生活日久，他似乎觉得与渊明已很接近了。他在《和陶怨诗示庞邓》中说：

当欢有余乐，在戚亦颓然。渊明得此理，安处故有年。嗟我与先生，所赋良奇偏。人间少宜适，惟有归耘田。我昔堕轩冕，毫厘真市廛。困来卧重裀，忧愧自不眠。我今破茅屋，一夕或三迁。风雨睡不知，黄叶满枕前。宁当出怨句，惨惨如孤烟。但恨不早悟，犹推渊明贤①。

安贫乐道，心如止水，处之泰然，似乎已完全把出处进退、苦乐悲欢看透了。

由慕陶、学陶而似陶，并非易事。苏轼的和陶诗，在更多的情形下，还是借酒浇愁，领悟并运用老庄委时任运、顺应自然的思想，来自我安慰、自我解脱，以暂时走出其心理困境的作品。诸如：

人间本儿戏，颠倒略似兹。惟有醉时真，空洞了无疑。坠车幸无伤，庄叟不吾欺②。

禽鱼岂知道，我适物自闲；悠悠未必尔，聊尔我所然③。

望道虽未济，隐约见津涘④。

仲尼晚乃觉，天下何思虑⑤。

道丧士失己，出语辄不情，（略）渊明独清真，谈笑得此生⑥。

反复嗟叹，不可备举。诚如清人陆壡所云，苏轼和陶诗乃"此老晚年进境，（略）多见道之言"⑦。

有的时候，苏轼直欲窒目塞听，自我麻醉。他说道：

醉中虽可乐，犹是生灭境。云何得此身，不醉亦不醒。痴如景升牛，莫保尻与领。黠如东郭鋔，束缚作毛颖。乃知嵇叔夜，非坐虎文炳⑧。

今日读之，真不免令人悲从中来。

---

① 《苏轼诗集》卷四一，第7册，第2271—2272页。

② 《苏轼诗集》卷三五《和陶饮酒二十首》其十二。第6册，第1888页。

③ 《苏轼诗集》卷三九，《和陶归田园居六首》其一，第7册，第2107页。

④ 《苏轼诗集》卷四一，《和陶止酒》，第7册，第2246页。

⑤ 《苏轼诗集》卷四二，《和陶神释》，第7册，第2307页。

⑥ 《苏轼诗集》卷三五《和陶饮酒二十首》其三，第6册，第1884页。

⑦ 陆壡《问花楼诗话》卷二，《清诗话续编》下册，郭绍虞选编，富寿荪校点，上海古籍出版社，1983年，第2306页。

⑧ 《苏轼诗集》卷三五《和陶饮酒二十首》其十二，第6册，第1888页。

又比如其《和陶神释》一首：

二子本无我，其初因物著。岂惟老变衰，念念不如故。知君非金石，安得长托附。莫从老君言，亦莫用佛语，仙山与佛国，终恐无是处。甚欲随陶翁，移家酒中住。醉醒要有尽，未易逃诸数。平生逐儿戏，处处余作具。所至人聚观，指目生毁誉。如今一弄火，好恶都焚去。既无负载劳，又无寇攘惧。仲尼晚乃觉，天下何思虑①。

竟欲无思无虑，无是无非，浑然无知，了此残生了。

这些“见道之言”本身，或者无多可取。但是，我们却应该指出，作为透视东坡后期心灵窗口的上述作品及其整个《和陶诗》，还是使我们看到，东坡这位正直而务实的政治家，怎样始则陷大狱、贬黄州，后则“团团如磨牛”，“二年阅三州”②，再则贬筠州、定州，末则迁惠州、儋州，备受磨难、横遭打击的严酷现实；看到这位“早读《范滂传》”，志欲有为于天下的士大夫，怎样不得不“晚和渊明诗”③，愈益求助于老庄的自然虚无之论，追求着不醉不醒境界的一颗痛苦和被扭曲的心灵；看到这位有宋一代的文学艺术大师，怎样不得不把自己的聪明才智束而又缚，把自己的生活圈一缩再缩，以至于在一百多首陶诗中讨生活的创作悲剧。总之，这些和陶之作客观上反映了北宋后期严酷的党争现实，具有重要的认识价值。

自然，正如陶渊明“并非整天整夜的飘飘然”一样④，苏轼也并未真的遗世独立了。他依然期望着有朝一日能再回朝发挥余热：“结发事文史，俯仰六十逾。老马不耐放，长鸣思服舆。故知根尘在，未免病药俱。”⑤ 待到元符三年（1100）宋哲宗去世，宋徽宗即位，大赦天下，苏轼作《和陶始经曲阿》，更是欣喜地写出了“渊明堕诗酒，遂与功名疏。我生值良时，朱金义当纡。天命适如此，幸收废弃余”的诗句⑥。可见，苏轼虽苦苦追求着不醒不醉的境界，但其积极用世之心始终没有真的完全泯灭。

正因为如此，诗人在南迁之后，依旧关注着当日的政治现实，关心着百姓病瘼。比如《和陶咏二疏》，借汉代疏广、疏受兄弟退隐不仕的事，讥刺朝中胁肩谄笑、多方图进的好利之徒，“世途方毂击，谁肯行此路”⑦，表现了自己不肯与龌龊小人为伍的高尚情操。又如，《和陶拟古九首》其六曰：“贪人无饥饱，胡椒亦求多，朱刘两狂子，陨坠如

---

① 《苏轼诗集》卷四二，第7册，第2307页。
② 《苏轼诗集》卷四二《送芝上人游庐山》，第6册，第1899页。
③ [清] 王士禛撰、张宗柟纂集《带经堂诗话》卷一五《近似类》引杜濬诗，人民文学出版社1963年版，上册，第405页。
④ 《鲁迅全集》第六卷，《且介亭杂文二集·题未定草六》，人民文学出版社2005年版，第436页。
⑤ 《苏轼诗集》卷四一《和陶赠羊长史》，第7册，第2282页。
⑥ 《苏轼诗集》卷四三，第7册，第2356页。
⑦ 《苏轼诗集》卷四〇，第7册，第2183页。苏轼又有《题渊明咏三疏诗》曰：“此渊明《咏二疏》也。渊明未尝出，二疏既出而知返，其志一也。或以谓既出返，如从病得愈，其味胜于初不病，此惑者颠倒见耳。”（《苏轼文集》卷六七，第5册，第2092页）可参。

风花。本欲竭泽渔，奈此明年何!"自注谓："朱初平、刘谊欲冠带黎人，以取水沉耳。"①这虽与李焘的记载不合，但从诗人前此所写《荔枝叹》中"争新买宠各出意，今年斗品充官茶"来看，显然具有现实意义。至于在《和陶劝农六首》其一、其二中，把黎民"怨愤劫质，寻弋相因"的根源归之于"贪夫污吏，鹰挚狼食"②，尤其难能可贵。

想象着"鴂舌尚可学，化为黎母民"的苏轼③，在惠、儋期间与黎民颇多往来，无论其思想感情还是日常生活，都与百姓大为接近了。他苦口婆心地劝黎民"利尔粗耜，好尔邻偶。斩艾蓬翟，南东其亩。父兄搢挺，从抶游手"④，鼓励他们"春无遗勤，秋有厚冀"⑤，祝愿他们"霜降稻实，千箱一轨，大作尔社，一醉醇美"⑥。甚至在"醉语忽谈天"之时，也想到"清风洗徂暑，连雨催丰年"⑦。可见，苏轼从来没有忘记人民。

元好问评陶渊明的诗，说它"一语天然万古新，豪华落尽见真淳"⑧。苏轼"师渊明之雅致，和百篇之新诗"⑨，也写了不少真淳自然、古淡清新的好诗，代表了其晚年诗风的一个重要方面。

如《和陶拟古九首》其一：

有客叩我门，系马门前柳，庭空鸟雀散，门闭客立久。主人枕书卧，梦我平生友，忽闻剥啄声，惊散一杯酒，倒裳起谢客，梦觉两愧负。坐谈杂今古，不答颜愈厚，问我何处来，我来无何有⑩。

客人来访，叩门不应，却原来主人正头枕书册，做着与友人诗酒相会的好梦，待到梦中惊醒的主人倒裳迎客的时候，一时间竟感到既对不起来客，又辜负了刚被惊散的梦中友人。这就把主人一片真淳厚朴之心，和盘托给了读者。陶渊明原唱写诗人久出而归见兰枯柳衰的愧负之情，此则写闭门谢客、自然超脱的恬淡心境，诚如洪迈所云："二者金石合奏，如出一手。"⑪

再如《和陶饮酒二十首》其五：

小舟真一叶，下有暗浪喧。夜棹醉中发，不知枕几偏。天明问前路，已度千重

---

① 《苏轼诗集》卷四一，第7册，第2264页。
② 《苏轼诗集》卷四一，第7册，第2255、2256页。
③ 《苏轼诗集》卷四一《和陶田舍始春怀古二首》其二，第7册，第2281页。
④ 《苏轼诗集》卷四一《和陶劝农六首》其四，第2256页。
⑤ 《苏轼诗集》卷四一《和陶劝农六首》其五，第2257页。
⑥ 《苏轼诗集》卷四一《和陶劝农六首》其六，第2257页。
⑦ 《苏轼诗集》卷四一《和陶连雨独饮二首》其二，第7册，第2253页。
⑧ 金元好问：《论诗绝句三十首》其四，《杜甫戏为六绝句集解·元好问论诗三十首小笺》，郭绍虞集解笺释，人民文学出版社1978年版，第60页。
⑨ 《苏轼诗集》卷四七《和陶归去来兮辞》，第8册，第2561页。
⑩ 《苏轼诗集》卷四一，第7册，第2260－2261页。
⑪ 宋洪迈《容斋随笔·三笔》卷三"东坡和陶诗"条，上海古籍出版社1978年版，下册，第447页。

山。嗟我亦何为，此道常往还，未来宁早计，既往复何言①。

用小舟夜中发，天明度千山的比喻，来说人生道路的不可预测，不必预测，表现出委时任运的老庄思想。其比喻手法的巧妙娴熟，语言的朴实纯净，风格的清淡自然，给人以极大的美感。尤其是描绘诗人醉卧小舟，朦胧之中，万重山峦夜发朝过，真一幅情趣盎然的扁舟夜航图。

还有《和陶杂诗十一首》其二：

故山不可到，飞梦隔五岭。真游有黄庭，闭目寓两景。室空无可照，火灭膏自冷。披衣起视夜，海阔河汉永。西窗半明月，散乱梧楸影。良辰不可系，逝水无留骋。我苗期后枯，持此一念静②。

这里有思故乡而不可到的忧伤，然而很快就被眼前明月半窗、河汉西流的景象冲淡了，心也静下来了。情感的发展有波折，诗思有变化，然而也更真淳自然。

不过，苏轼的《和陶诗》中还有许多不时从平淡自然中流露出森然锋芒，从萧散疏远中显出奇崛、沉郁的作品。如《和陶饮酒二十首》其二、其八、其十二，《和陶乞食》、《和陶拟古九首》其四等。这实际上也不奇怪，渊明本就不是浑身静穆的，而如上文所论，苏轼南迁，“随行有《陶渊明集》，陶写伊郁，正赖此尔”③，便更少不了愤慨，少不了影响其诗歌风格。清人王文诰曾谓：“公之和陶，但以陶自托耳，至于其诗，极有区别。有作意效之，与陶一色者；有本不求合，适与陶相似者；有借韵为诗，置陶不问者；有毫不经意，信口改一韵者。若《饮酒》、《山海经》、《拟古杂诗》，则篇幅太多，无此若干作意，势必杂取咏古纪游诸事以足之。此虽和陶，而有与陶绝不相干者，盖未尝规规于学陶也。又有非和陶而意有得于陶者，如《迁居》、《所居》之类皆是。其《观棋》一诗，则驾陶而上之，陶无此脱净之文，亦不能一笔单行到底也。诰谓公和陶诗，实当一件事做，亦不当一件事做，须识此意，方许读诗。每见诗话及前人所论，辄以此句似陶，彼句非陶，为牢不可破之说。使陶自和其诗，亦不能逐句皆似原唱，何所见之鄙也。唐时以欧、虞、褚摹《兰亭》为佳者，正取其各有己意，如必毫发似之而后为工，此即双钩填廓，治木石者皆能为之，而欧、虞、褚之所不屑也。书且如此，而况诗乎？子由作叙，以陶为拙，公删去之，盖其意既以陶自托，又岂肯与之较事功论优劣哉？”④ 指出苏轼和陶乃以陶自托，故有多种面目，而不必斤斤于原作与和作的似或不似。我们大致是赞同这种看法的，不过，还需要指出的是，苏轼之和陶，绝非为和陶而和陶，而是把和陶作为自己晚年生活的一部分，或因事而发，或触景生情，皆以生活中有所感发而自然

① 《苏轼诗集》卷三五，第6册，第1885页。
② 《苏轼诗集》卷四一，第7册，第2273页。
③ 《苏轼文集》卷七《与程全父十二首》其十，第4册，第1626页。
④ 《苏轼诗集》卷三九《和陶归园田居六首》其六后案语，第7册，第2107页。

联想到陶渊明其人其诗。比如他以酒浇愁，非醉非醒，借以排遣心中之郁闷，便作《和陶饮酒二十首》；春日游山，浴乎汤泉，陶然而归，适闻其子诵陶诗，又会作《和陶归园田居六首》；“余迁惠州一年，衣食渐窘，重九俯迩，樽俎萧然，乃和渊明《贫士》七篇”①；而闲居无事，读书有感，则又会联想到陶渊明的《读山海经》，用其韵而和之。总之，苏轼的和陶诗与陶氏原作，无论似与不似，都是一种内在精神上的契合，都取得了特别的成绩。

四、和陶与苏轼的后期诗歌创作

自元丰初年谪居黄州以后，随着政治上的波折和生活中的变化，苏轼开始对陶诗产生了一种特殊的感情。他读陶诗、校陶集②，进而评陶、和陶，陶诗与苏轼结下了不解之缘。和陶与评陶之间也许并没有什么必然的联系，然而在和陶的过程中，苏轼对陶渊明其人其诗的评论却明显地多起来，从而为我们留下了很多精到和富有启示意义的诗歌评论意见。从这些评论中，我们不难见出苏轼对陶渊明的接受，同时也不难看出生活在诗人心灵上留下的印痕。

比如他对陶诗“质而实绮，癯而实腴”的高度评价③，就是在绍圣四年（1097）渡海之后所作的。再如，对“采菊东篱下，悠然见（望）南山”中异文的判断，也是在出知扬州开始和陶后作的。十数年后，其门下士晁补之回忆道：

> 记在广陵日，见东坡云：“陶渊明意不在诗，诗以寄意耳。‘采菊东篱下，悠然望南山。’则既采菊，又望山，意尽于此，无余蕴矣。非渊明意也。‘采菊东篱下，悠然见南山。’则本自采菊，无意望山，适举首而见之，故悠然忘情，趣闲而心远。”此未可于文字精粗间求之④。

东篱采菊，举首见山，意与境会，一切都在不经意之中。从诗意上看，这似乎比有意识地“望南山”更真淳自然些。所以，作为诗人的苏轼的评论，也历来为后人所称道。

大约也是在知扬州前后，苏轼还曾录陶渊明《饮酒二十首》其九，并作有跋语。

> “清晨闻扣门，倒裳自往开。问子为谁与，田父有好怀。壶浆远见候，疑我与时乖。褴缕茅檐下，未足为高栖。一世皆尚同，愿君汩其泥。深感父老言，禀气寡所谐。纡辔诚可学，违己讵非迷。且共欢此饮，吾驾不可回。”此诗叔弼爱之，予亦爱

---

① 《苏轼诗集》卷三九《和陶贫士七首引》，第7册，第2136页。

② 元丰七年，苏轼在黄州时，欲求陶集，适有江州太守李某以陶集一部相赠，苏轼喜甚。自此更多以陶集相随，并谓：“每体中不佳，辄取读，不过一篇，唯恐读尽后无以自遣耳。”（《苏轼文集》卷六七《书渊明“羲农去我久”诗》，第5册，第2091页）至元祐年间，便以其校阅过的《陶渊明集》送给了赵令畤（参叶梦得《石林诗话》卷上）。惜其所校之本今已难见。

③ 苏辙《东坡先生和陶渊明诗引》引，《增补足本施顾注苏诗》卷四一之首。

④ 晁补之《鸡肋集》卷三三《题陶渊明诗后》，《四库全书》本。苏轼《志林》中亦有《题渊明饮酒诗后》一篇（《苏轼文集》卷六七已收入，见第5册，第2092页），内容与此大致相同。

之。予尝有云："言发于心而冲于口，吐之则逆人，茹之则逆予，以谓宁逆人也，故卒吐之。"与渊明诗意不谋而合，故并录之①。

陶渊明原诗主要是表达其归隐田园的志节，而苏轼则着眼于其出语的真率、无所拘束。这种议论和接受当然又与他自身的遭际大有关系了。

苏轼和陶诗，多有小序，序中往往会讲到他和陶的具体原因或背景，自然也会有对陶渊明其人其诗的议论。例如，绍圣三年（1096），已被贬到惠州的苏轼，曾和陶渊明《桃花源詩》一首。其序曰：

世传桃源事多过其实。考渊明所记，止言先世避秦乱来此。则渔人所见，似是其子孙，非秦人不死者也。又云：杀鸡作食。岂有仙而杀者乎？旧说南阳有菊水，水甘而芳，民居三十余家，饮其水皆寿，或至百二三十岁。蜀青城山老人村，有见五世孙者。道极险远，生不识盐醯，而溪中多枸杞，根如龙蛇，饮其水故寿。近岁道稍通，渐能致五味，而寿亦益衰。桃源盖此比也欤？使武陵太守得而至焉，则已化为争夺之场久矣。尝意天壤之间若此者甚众，不独桃源②。

毫无疑问，这是一种极为通达的见解，而这种通达的见解，是与苏轼自身胸襟的闳阔、与他对世事人生和是非得失的彻悟分不开的。

苏轼的和陶以及在和陶过程中不断深化着的对陶渊明其人其诗的认识和理解，自然也影响到他南迁后的诗歌创作。观上文所举《和陶拟古九首》其一、《和陶饮酒二十首》其五、《和陶杂诗十一首》其二等，皆是其例，此不必赘述。另外，他的《雨后行菜圃》、《残腊独出二首》、《午窗坐睡》、《迁居》、《十二月十七日夜坐达晓寄子由》、《观棋》、《独觉》等作品，也力图用老庄委运任化之说，将昔日出处进退的烦恼、是非曲直的争竞以及悲欢离合的情感纠葛，一笔抹去，诗也就显得真淳素朴、省净自然，而往日诗歌中清奇、旷放、雄健的风格因素，在这些作品中都似不甚明显了。

五、苏轼和陶的诗学与思想意义

陶渊明在后世人心目中的形象，大致在南朝已经确立，那就是"古今隐逸诗人之宗"③。颜延之说陶渊明是"南岳之幽居者也。弱不好弄，长实素心。学非称师，文取指达"④。沈约撰《宋书》，将其置于《隐逸传》。萧统为之编集并撰序，称其"文章不群，词采精拔，跌宕昭彰，独超众类，抑扬爽朗，莫之与京。横素波而傍流，干青云而直上。

① 《苏轼文集》卷六七《录陶渊明诗》，第5册，第2111页。文中叔弼指欧阳棐，苏轼所引自己以前的话，见《思堂记》。

② 《苏轼诗集》卷四〇《和陶桃花源引》，第7册，第2196-2197页。

③ 南朝梁钟嵘撰、曹旭集注《诗品集注》卷中，上海古籍出版社1994年版，第260页。

④ 南朝宋颜延之《陶徵士诔》，梁萧统编、唐李善注、李培南等标点《文选》卷五七，上海古籍出版社1986年版，第6册，第2470页。

语时事则指而可想，论怀抱则旷而且真。加以贞志不休，安道苦节，不以躬耕为耻，不以无财为病，自非大贤笃志，与道污隆，孰能如此乎？余爱嗜其文，不能释手，尚想其德，恨不同时”①。钟嵘亦谓其“文体省净，殆无长语。笃意真古，辞兴婉惬。每观其文，想其人德”②。或由称道其隐逸之行而兼论其文，或由论其文而想见其为人，“隐逸诗人之宗”成了后世影响最大的一种看法。

对于陶渊明既仕而复隐的原因，南朝士人也做过解释。如沈约就曾说：“潜弱年薄宦，不洁去就之迹，自以曾祖晋世宰辅，耻复屈身后代，自高祖王业渐隆，不复肯仕。”③认为陶渊明退隐的原因在于恪守政治气节。萧统则说：“夫自衒自媒者，士女之丑行；不忮不求者，明达之用心。是以圣人韬光，贤人遁世。其故何也？含德之至，莫逾于道；亲己之切，无重于身。故道存而身安，道亡而身害。得百龄之内，居一世之中，倏忽比之白驹，寄寓谓之逆旅，宜乎与大块而荣枯，随中和而任放，岂能戚戚劳于忧畏，汲汲役于人间。”④ 他从传统儒家士人的品德修养立论，而又杂以老庄之说，对陶渊明归隐的思想根源进行了申说。后人对此，也大致持沈约或萧统之说。如唐人颜真卿就赞叹陶渊明有气节，说：“呜呼陶渊明，奕叶为晋臣。”⑤ 北宋梅尧臣也慨叹：“渊明节本高，曾不为吏屈。”⑥ 都是承沈约之说。而如唐人吴筠咏陶，谓：“吾重陶渊明，达生知止足。”⑦宋人曾巩过彭泽县，曰：“渊明昔抱道，为贫仕兹邑。幡然复谢去，肯受一官縻？”⑧ 陆九渊也说陶渊明“有志于吾道”⑨，则又近于萧统之论。

然而，时至北宋，在对待陶渊明出处进退的问题上，又出现了一种似乎更为通达的看法。如刘攽在《题孙昌龄归来亭》诗中说：“古云陶渊明，避俗非达道。”⑩ 韩维则说：“寸禄折腰何必去，道存心在即渊明。”⑪ 这种看法，在刘攽和韩维，或偶一论之，而在苏轼那里，则成为一种自觉的理解和认识。上文第二节我们已经谈到，苏轼的和陶，本有其深刻的思想原因。陶渊明所以能出处进退，一任自由，除了有其思想上儒道结合的根源之外，也有性情上的因素。陶渊明曾自道：“少无适俗韵，性本爱丘山。”⑫ 即可见之。苏轼在思想上杂糅儒道，而中心则是其情性论，故不但评陶曰“渊明初亦仕，弦歌本诚言，不乐乃径归，视世羞独贤”⑬，而且以之解释自己的出处进退。他说：“渊明不肯为五

① 南朝梁萧统《陶渊明集序》，《陶渊明集》卷首，逯钦立校注，中华书局 1979 年版，第 10 页。

② 《诗品集注》卷中，页 260。

③ 南朝梁沈约《宋书》卷九三《隐逸传》，王仲荦校点，中华书局 1974 年版，第 8 册，第 2288—2289 页。

④ 萧统《陶渊明集序》，《陶渊明集》，第 9 页。

⑤ 唐颜真卿《颜鲁公集》卷一六《陶公栗里》，《四库全书》本。

⑥ 宋梅尧臣《送永叔归乾德》，《梅尧臣集编年校注》卷九，朱东润校注，上海古籍出版社 1980 年版，上册，第 142 页。

⑦ [唐] 吴筠《宗玄集》卷下《高士咏·陶徵君》，《四库全书》本。

⑧ [宋] 曾巩《过彭泽》，《曾巩集》卷三，陈杏珍、晁继周校点，中华书局 1984 年版，上册，第 42 页。

⑨ 宋陆九渊《象山集·象山语录》卷一，《四库全书》本。

⑩ 宋刘攽《彭城集》卷六，《四库全书》本。

⑪ 宋韩维《南阳集》卷一〇《送辛十七作尉盐城》，《四库全书》本。

⑫ 陶渊明《归园田居》五首其一，《陶渊明集》卷二，第 40 页。

⑬ 《苏轼诗集》卷三九《和陶贫士七首》其二，第 7 册，第 2138 页。

斗米一束带见乡里小儿，而子瞻出仕三十余年，为狱吏所折困，终不能悛，以陷大难，乃欲以桑榆之末景，自托于渊明，其谁肯信之。虽然，子瞻之仕，其出处进退，犹可考也。后之君子，其必有以处之矣。孔子曰：'述而不作，信而好古，窃比于我老彭。'孟子曰：'曾子、子思同道。'区区之迹，盖未足以论士也。"① 苏轼又说："孔子不取微生高，孟子不取于陵仲子，恶其不情也。陶渊明欲仕则仕，不以求之为嫌；欲隐则隐，不以去之为高。饥则叩门而乞食，饱则鸡黍以迎客。古今贤之，贵其真也。"② 其思想性情由之可见。从南朝士人以不肯"屈身后代"的气节和"抱道"、"知足"的志向论陶，到苏轼以超越出处进退之迹、以情性之真论陶，人们对陶渊明的理解和接受，无疑是一个新的发展。

以思想和情性论陶，使得苏轼对陶渊明文学创作的评论，往往能深入腠理，超越前人。如上节所引苏轼对陶诗"质而实绮，癯而实腴"的深刻认识，对陶诗"采菊东篱下，悠然见（望）南山"中异文的论断等，之所以他能提出这些精到的观点，除了得力于苏轼自身丰富的创作经验之外，能从情性自然的角度认识陶诗，也是一个重要原因。此外，苏轼对陶诗中其他作品的一些具体评论，也多与他对陶渊明思想、性情的认识密切相关。像苏轼评陶渊明《饮酒二十首》的小序中语："偶有名酒，无夕不饮，顾影独尽，忽焉复醉。"认为此语不仅能得酒中之趣，而且尤得自然之趣③；评《饮酒二十首》第七首"秋菊有佳色"，说他是"以无事自适"④。诸如此类，无不是从思想和情性自然上观照之所得。

陈寅恪先生在指出陶渊明的新自然说之后，对其在思想史上的地位曾有一个评价。他说："推其造诣所极，殆与千年后之道教采取禅宗学说以改进其教义者，颇有近似之处。然则就其旧义革新，'孤明先发'而论，实为吾国中古时代之大思想家，岂仅文学品节居古今之第一流，为世所共知者而已哉！"⑤ 而苏轼之和陶以及在和陶之中所表现出来的对陶渊明思想上兼容儒道、精神上追求适意自然的理解和认同，实际上既是对陶渊明诗歌史地位的肯定，也是对其思想文化地位的肯定，个中所反映的正是宋学讲求义理、杂糅儒道与释教的思想方法和时代特征。故苏轼和陶岂能仅仅以诗歌唱和现象而视之。

综上所述，我们以为，苏轼的《和陶诗》实是北宋党争背景下的产物。苏轼对陶诗的选择，反映了其思想上兼容儒道的主要倾向。苏轼的《和陶诗》是我们透视其心灵变化的一扇窗口。苏轼把和陶当作疗救自己心灵创伤的良方，把和陶作为排遣、减轻和摆脱自己所遭受的人生痛苦的途径，把和陶看成自己日常生活的组成部分。其志可悲，其情可悯。作为苏轼后期诗歌创作的一个重要方面的《和陶诗》，不但取得了独特的成就，具有重要的诗学意义，而且，也有助于我们认识宋学发展的历史进程。

---

① 宋苏辙《东坡先生和陶渊明诗引》引苏轼语，《增补足本施顾注苏诗》卷四一。

② 宋胡仔《苕溪渔隐丛话》前集卷三引，并谓："余尝三复斯言，可谓至论。"廖德明校点，人民文学出版社 1962 年版，第 15 页。

③ 苏轼《书渊明诗》二首其一，《苏轼文集》卷六七，第 5 册，第 2112 页。

④ 苏轼《题渊明诗》二首其二，《苏轼文集》卷六七，第 5 册，第 2091 页。

⑤ 陈寅恪《陶渊明之思想与清谈之关系》，《金明馆丛稿初编》，第 229 页。

黄庭坚诗注的形成与黄罃《山谷年谱》

——以真迹及石刻的利用为中心

〔日本〕大阪大学　浅见洋二

序

在宋代，文人们自发而有意识地开始了别集的整理编纂。伴随着这一工作的发展，对别集的注释也同时产生了。不仅是杜甫、韩愈等宋代以前的文人，苏轼、黄庭坚等宋代文人的别集也被加以注释。宋代别集的注释，特别是苏轼、黄庭坚诗的注释所表现出来的特征之一，就是对“真迹（墨迹）”、“石刻（石本）”等作者的亲笔原稿或者说相当于此类文本的利用。宋代的注释者们基于这样的文本，对诗的题目及本文的异同进行检讨；同时亦对作品的定本（最终稿）如何制定的问题加以讨论。

宋代别集注释所表现出来的这一倾向，以及从中体现出相关的文献学、文学论上的特质，笔者已在《由‘校勘’到‘生成论’——有关宋代诗文集的注释特别是苏黄诗注中真迹及石刻的利用》①（下文引及时简称“别稿”）中，以苏轼和黄庭坚诗的注释为例做过考察。其中，在论及南宋前期黄庭坚诗的整理、注释史时，对与任渊的《山谷内集注》、史容的《山谷外集注》、史季温的《山谷别集诗注》等并肩而列的黄罃的《山谷年谱》所具有的重要意义也曾做过些许说明。本文将探讨黄罃编写的《山谷年谱》与任渊等所作的黄庭坚诗注的关联，同时对黄庭坚诗的真迹、石刻（含石刻拓本）在诗注中如何被利用，以及诗注中所表现出来的文献学的倾向等问题进行考察。

一、黄庭坚诗的整理、注释史与黄罃《山谷年谱》

黄庭坚（号山谷，1045—1105）的诗文，在其死后不久就于建炎二年（1128）经洪炎之手整理为《山谷内集（豫章黄先生文集）》三十卷刊行。其后，《内集》所遗漏的作品由李彤整理而成《山谷外集》十四卷，推测于建炎、绍兴年间（1127—1162）成书。而《内集》、《外集》均未收之作品又经黄罃整理而成《山谷别集》二十卷，有淳熙九年（1182）的自跋。此三集是诗文合集，诗歌部分的编排采取了古体、近体的分体形式②。与诗文集的编纂同步，诗歌的注释本也进行了编纂。首先，任渊以《内集》所收诗为对象，编纂了《山谷内集诗注》二十卷。虽附有政和元年（1111）的自序，而得以刊行的

---

① 中文稿载于“国立东华大学”中国语文学系《东华汉学》第8期，2008年12月；日语修订稿载于东洋史研究会《东洋史研究》第68卷第1卷，2009年6月。

② 本稿中《内集》以《四部丛刊初编》本《豫章黄先生文集》为底本，《外集》、《别集》以《文渊阁四库全书》本《山谷全书（山谷集）》为底本。

时间却是在绍兴二十五年（1155）前后。其次，史容以《外集》所收诗为对象，编辑了《山谷外集诗注》十七卷。有嘉定元年（1208）钱文子所作序。淳祐十年（1250），此集之修订本得以刊行。最后，史容之孙史季温以《别集》所收诗为内容编纂了《山谷别集诗注》二卷，成书年代不详。此三种注本皆未进行古体、近体诗的区分，而是采取了以创作年代的顺序对作品进行排列的编年形式①。如果以成立的先后对以上六种集本进行排列的话，就是以下的顺序②：洪炎编《内集》→李彤编《外集》→任渊注《内集诗注》→黄㽦编《别集》→史容注《外集诗注》→史季温注《别集诗注》。

黄㽦编《山谷年谱（山谷先生年谱）》三十卷成书于庆元五年（1199）。撰者黄㽦（1150—1212），字子耕，号复斋，为黄庭坚从弟黄叔敖之孙，亦是《山谷别集》的编者。《年谱》、《别集》之外，尚编撰有《黄文篡异》一卷。黄㽦所编的《年谱》是在《内集》、《内集诗注》、《外集》以及其自己编辑的《别集》等成果的基础上产生的。其成果亦为之后的《外集诗注》、《别集诗注》所继承。可以说它是一部位于黄庭坚诗文的整理、注释史转折点上的重要著作③。

黄㽦《年谱》的重要性体现在哪些方面呢？其一，正如在《年谱》自序中所叙述的“悉收豫章文集、外集、别集、尺牍、遗文、家藏旧稿、故家所收墨迹与夫四方碑刻、它集议论之所及者”那样，它广泛地参照采录了有关黄庭坚的各种文献资料。在自序所列举的各种文献资料中，本稿特别注目于真迹（墨迹）、石刻（碑刻）之类的资料。在《年谱》中，黄庭坚的真迹、石刻是怎样被利用的呢？且暂举绍圣元年十月一条（卷二十六）为例观之。“今以先生前后书尺真迹石刻及彭泽池阳题名等，一一参考以月日，是岁先生自分宁赴宣城，舟行由海昏过城下赴官道间得祠”。这一年，奉命出任宣州（今安徽省宣城）的黄庭坚，由故乡分宁（江西省修水县）出发前往宣州赴任，路经海昏县（江西省永修县）到达洪州（江西省南昌）时，接到了朝廷授其为管勾亳州明道宫前往开封府的命令（黄庭坚前往开封，是为了接受有关他本人曾参与编修的《神宗实录》的查问）。对于这其间的经纬，黄㽦说自己是以“书尺”、“真迹”、“石刻”以及黄路经彭泽（江西省彭泽县）、池州（安徽省贵池县）时所书写的“题名”等文本为依据，按时间推移对其逐

---

① 三种黄庭坚诗注以《山谷诗集注》（光绪间义宁陈氏景刊覆宋本，艺文印书馆景印，1969年）为底本。但是，根据刘尚荣校点《黄庭坚诗集注》（中华书局，2003年）以及黄宝华点校《山谷诗集注》（上海古籍出版社，2003年）进行了部分文字的改动。另外，本稿中对《内集》和《内集诗注》，《外集》和《外集诗注》，《别集》和《别集诗注》的关系不作涉及，关于所收录的诗作的文本并不存在大幅度的字句差异，以下的论述以此为前提。

② 有关《外集》和《内集诗注》的先后，因为《外集》成书时期不明，所以很难确定。在此从《内集诗注》卷二〇中《乞钟乳于曾公衮》诗的目录注引用被认为是《外集》的《豫章后集》的一事中，断定《内集诗注》的最终成立是在《外集》之后。但是，《内集诗注》的初稿被认为是于《外集》之前成立的。

③ 《山谷年谱》以《文渊阁四库全书》本《山谷全书（山谷集）》为底本。但是，根据吴洪泽、尹波主编《宋人年谱丛刊》（四川大学出版社，2003年）第五册所收曹清华校点本做了部分文字的改动。另外，有关黄庭坚的各种诗文集以及《年谱》参照了大野修作《黄庭坚集的刊本》（《鹿儿岛大学文科报告》第一九号第一分册，1983年）、祝尚书《宋人别集叙录》（中华书局，1999年）、筧文生、野村鮎子《四库提要北宋五十家研究》（汲古书院，2000年）、王岚《宋人文集编刻流传丛考》（江苏古籍出版社，2003年）、黄宝华注（3）所揭载书籍之《前言》等。

一进行了考证的。如此利用真迹、石刻等材料的态度，同样可以在黄罃《别集》的编纂中看到。在《别集》自跋中，黄罃提到“凡真迹藏于士大夫家及见诸石刻者，咸疏于左”，对编纂过程中将有关黄庭坚“真迹”、“石刻”的注记附在作品之后的做法进行了说明①。实际上，在《别集》中附有“右真迹藏于某氏”、“右石刻藏于某氏”、“右家藏真迹”、“右家传”等注记的例子为数不少。

在利用黄庭坚的真迹、石刻这一方面，黄庭坚的同族后裔之身份给黄罃提供了方便，拥有接触“家藏（传）”的真迹、石刻资料的便利条件。《别集》所附的注记亦多数记述了是以“家藏”资料的文本为依据。关于《年谱》，诚如崇宁二年十二月一条（卷二十九）“今以先生《跋苦寒吟》考之，其跋云……。此真迹见藏晋陵尤氏”所记述的那样，参照别人（此处指尤袤）所藏文本的例子也有，但是如元符三年五月一条（卷二十七）“按家藏先生与道微使君手书真迹云……”、同年五月己卯一条（卷二十七）“按家藏先生书老杜诗真迹跋云……”、崇宁四年九月三十日一条（卷三十）“罃家藏先祖亲笔日记……”所表现出来的，参照“家藏”文本的例子依然占多数。

黄罃的《年谱》，作为年谱的一种，无疑是以按照时间顺序整理、明示黄庭坚事迹及作品为目的的著作。因此，如前所例举的绍圣元年十月一条的内容那样，真迹、石刻之类首先是被作为能够有助于实现这一目的的文本来利用的。然而，黄罃的《年谱》又是超越了单纯的年谱范畴的著作，在真迹、石刻的利用方面也呈现出多样性。特别值得注目的是，这些资料是作为有助于黄庭坚作品（特别是诗）的整理、注释方面的文本来利用的。正是因为这一点，才使《年谱》得以与任渊《内集诗注》、史容《外集诗注》、史季温《别集诗注》等黄庭坚诗的各种注本相提并论。在黄罃《年谱》以及任渊、史容、史季温等的注本中，黄庭坚诗的真迹、石刻是如何被利用的呢？下文将试图从这些著作的相互关联处着眼，对其加以探讨②。

二、任渊《山谷内集诗注》与黄罃《山谷年谱》

对洪炎所编《内集》进行注释的任渊《山谷内集诗注》，是现存最古的黄庭坚诗注本，也成为其后所编各种黄庭坚诗注本的典范之一。任渊《内集诗注》的成果亦为黄罃《年谱》所吸收。例如，《年谱》卷七中关于《古风二首上苏子瞻》诗的“蜀本诗集任氏旧注云……”的记载就是引用了《内集诗注》卷一目录注的内容，同时还可以从“右二诗，蜀本诗集任氏所注方始于此，其考证已为之者，悉从其旧”的说明中，了解到《年谱》中有关黄庭坚的事迹、作品的年序等，基本上是依据任渊注本所考证的事实③。正如《年谱》卷一中所言，“蜀本诗集任氏所注，搜校之功不为小补”，黄罃对任渊注本特别是

---

① 《文渊阁四库全书》本《别集》中没有记载自跋。此处以刘琳、李勇先、王蓉贵校点《黄庭坚全集》（四川大学出版社，2001年）附录《豫章别集跋》（嘉靖本《豫章别集》卷末）为底本。

② 《年谱》中整理年序的主要作品对象是诗、赋和楚辞。此外的各种文体基本是列在对象外的。一部分的书简等也仅是作为考证的资料而引用。

③ “蜀本诗集任氏旧注”是指在蜀地刊行的任渊《内集诗注》。任渊、史容、史季温都是蜀地人。当时蜀地是黄庭坚集的整理、刊行的中心地之一，各种黄庭坚集的“蜀本”都有所出版。

其“搜校之功”给予了很高的评价。

《年谱》是以为黄庭坚诗进行编年为主要目的而编纂的著作，任渊注本也是在这一方面独具特色的著作。因此，两者的继承关系首先就体现在编年考证这一点上。虽然可以认为《年谱》的编年基本上是以任渊注本为基础的，但是也能够看到很多其对于任渊注本的编年的修正。其中尤为值得注目的是，以黄庭坚的真迹、石刻为基础对任渊注本的编年进行修改的例子。例如，有关《效王仲至少监咏姚花用其韵四首》（卷二十五），《年谱》中有这样的注记：

按此诗蜀本置之三年。按先生有手书真迹，此前后二首跋云：“元祐四年春末，偶入窦高州园。园中阒然，花之晚开者皆妙绝。……仲至作四咏，因同韵作。……”今移附于此。

《内集诗注》卷九将其作为元祐三年的作品，而《年谱》根据黄庭坚“手书真迹”（亲笔原稿）的跋文，将其改定为元祐四年的作品。其次，有关《跋子瞻和陶诗》（卷二十八），《年谱》提到：

先生有真迹石刻题云：“建中靖国元年四月，在荆州承天寺观此诗卷，叹息弥日，作小诗题其后。”……蜀本载之崇宁元年，今移附于此。

《内集诗注》卷十七将其作为崇宁元年的作品，而《年谱》根据“真迹石刻”（真迹的石刻拓本）的题目将其改定为建中靖国元年。这些都是以任渊没有参照的真迹、石刻文本为资料的注记。

以上，从有关黄庭坚诗的编年考证方面考察了《年谱》和任渊注本的关联。然而，《年谱》不是单纯地停滞在年谱范畴内的著作，它同时也对黄庭坚诗进行了整理、注释。换个角度说，即它是对黄庭坚诗的文本进行文献学探讨的著作①。如果从文献学检讨这一角度来看，黄罃《年谱》具有什么样的特点呢？以下，就从其与任渊注本的关联出发来进行探讨。

任渊注本在有关黄庭坚诗文本的探讨上也积极地利用了真迹、石刻，其成果亦为《年谱》所继承。有关于此的典型事例已经在别稿中进行了列举。在此，试举《年谱》中其他二例。首先，关于《寄黄几复》（卷十八）一诗，有这样的注记：

按《成都续帖》先生草书此诗跋云：“时几复在广州四会，予在德州德平镇。皆海濒也。”②

---

① 在宋代诗文集注中，对于以“校勘”为代表的有关诗文文本进行文献学的探讨所占有的重要的地位，笔者已在别稿中进行过论述。

② 《成都续帖》未详，或许是指在蜀地刊行的法帖之类。

这里引用了黄庭坚“草书”帖（可以说其相当于亲笔原稿或是类似于此的文本）的跋文。而此处引用的文本，亦为《内集诗注》卷二所收本诗的第一二句诗注中所提及。此外，在关于《次韵几复和答所寄》（卷二十二）一诗中，可以看到这样的内容：

先生有此诗真迹跋云：“丁卯岁，几复至吏部改官。追和予丁丑在德平所寄诗也。”

这里所引的“真迹”的跋文，与《内集诗注》卷八此诗目录注中所引的属于同一文本。以上所举二例中，任渊注虽然只是使用了“山谷尝有跋云”、“山谷旧跋此诗云”等说法，并未见“草书”、“真迹”等词语，但如果以《年谱》的记载为基础的话，亦可以看作其是指真迹之类吧。

下列有关《年谱》的记载亦可以说是继承了任渊注本的内容。但是，其和任渊注本之间还是存在着些许差异。比如关于《王才元惠梅三种皆绝妙戏答三首》（卷二十三）：

先生有此诗跋云：“州南王才元舍人家有百叶黄梅绝妙。礼部锁院，不复得见。开院之明日，才元遣送数枝，盖是岁大雨雪寒甚，故梅亦晚开耳。”又一跋云：“元祐初，锁院礼部，阻春雪，还家已三月。王才元舍人送黄红多叶梅数种，为作三诗，付王家素素歌之。”今玉山汪氏有先生三诗真迹，如“城南名士遣春来”作“佳士”，“百叶缃梅触拨人”作“苦恼人”。按《王立之诗话》，“触拨”字初作“苦恼”，其后改焉①。

此处引用了黄庭坚的跋文（有可能为其亲笔所书）。这些跋文，亦在《内集诗注》卷九所收该诗的第一首后注中有所引用。然而，“今玉山汪氏有先生三诗真迹……”的部分是任渊注本所没有的记载。另外，关于《颐轩诗六首》（卷二十五）：

按家藏此诗真迹序云：“元祐四年正月癸酉。”又有与君素手书云“颐轩诗，久草成。以真不工，久未写去。今漫遣，不知可意否”，后题“二十一日”。

这里引用了家藏的真迹和书简。关于此诗，任渊在《内集诗注》卷十一的目录注中提到“张方回家本有此诗序云‘元祐四年正月癸酉黄某序’”，以再引用“张方回家本”

① 诗题《王才元惠梅三种皆妙绝戏答三首》在任渊本中作《出礼部试院王才元惠梅花三种妙绝戏答三首》。真迹所藏者“玉山汪氏”是指汪应辰或其同族。“王才元”指王棫，《王直方诗话》著者王直方（字立之）的父亲。《王直方诗话》亦为任渊注所引，其记事是以真迹为基础之事，通过《年谱》得以证实。另外，任渊注中在引用跋文之后有“宗室赵子湜家有此录本，惜其翰墨不可复见，因附于此”的说明，对《年谱》没有言及的文本作了提及。此处也可以看到两者之间的相异之处。

的形式记载了序文中的一部分，并没有提及黄庭坚给予颐轩主人高君素（未详）的书简①。

上面所举的二例，不仅说明《年谱》并不只是单纯的对任渊注本的继承，同时也表明了其对新发掘文本的重视，特别是增加了有关家藏真迹之类的资料。像这样利用了任渊所没有参照过的文本，可以说是《年谱》最大的功绩。这一点也是黄罃引以自负的。《年谱》卷一关于《溪上吟》、《清江引》诗的记载中说到“右二诗见《豫章外集》，其后如《叔父幼子晬日》诗，则又《别集》所载。今蜀本止用《文集》，亦恐家藏遗稿及士大夫之所藏者，蜀中或未尽见”②。“蜀本”指任渊注本。《溪上吟》、《清江引》二篇不属《文集》（即《内集》），是《外集（豫章外集）》所收（《外集》卷一、《外集诗注》卷一）作品，所以是以《内集》所收诗为对象的任渊注本的范围之外的作品，在引用的后段中，黄罃是这样说的：任渊或许没有能够充分看到黄氏家藏或者是其他士大夫所藏的遗稿吧。这可以说正是其对自己比任渊掌握了更多资料的自负之语。

实际上正如下面所举的那样，有关《内集》所收诗作，《年谱》参照引用了任渊注本没有参照的刊本的例子为数众多。现于题下附注《年谱》和收录该诗的任渊注本的卷数。

《题山谷石牛洞》（《年谱》卷十一，《内集诗注》卷一）：

先生有真迹石刻题云：“题山谷寺石桥下。”

《子瞻继和复答二首》（卷十九，卷三）：

先生有此诗墨迹题云：“有闻帐中香，疑为熬蝋者，辄复戏用前韵。愿勿以示外人，恐不解事者或以为其言有味也。”③

《送郑彦能宣德知福昌县》（卷二十，卷三）：

先生有此诗真迹跋云：“吾友郑彦能今可为县令师也。以余寒乡士，不能重之于朝。故作诗赠行，以识吾愧。元祐元年丙寅、黄庭坚题。”④

---

① “张方回家本”是指张渊（字方回，黄庭坚妹婿之孙）所编的集本。这是成就任渊注本基础的集本（疑其为编年形式），在任渊注本中被广为言及。所引的《与素君手书》在各种黄庭坚集中均未收。这样，《年谱》采录多数集本未收的书简，仅从文献角度上来看也是重要的著作。

② 《叔父幼子晬日》诗即为《别集》卷一以及《别集诗注》卷上所收的《夷仲叔父幼子晬日》（《别集诗注》题为《嗣深尚书弟晬日》）。

③ 此处所引墨迹之中“有闻帐中香，疑为熬蜡者，辄复戏用前韵”一节，为《内集诗注》卷三以及《内集》卷一二中所收别的二首的诗题（但存在部分文字的异同）。另外，此处的二首《年谱》中没有关联记载。

④ 史容《外集诗注》卷一五所收《古意赠郑彦能八音歌》诗题下注中对此真迹有所言及。正如本稿第三节中所叙述，史容注本吸收了众多《年谱》的成果，这也是其中之一。

《僧景宗相访、寄法王航禅师》(卷二十一，卷六)：

先生有此真迹石刻题云："因僧景宗还大法寺，寄航长老。"

《子瞻去岁春夏侍立迩英，子由秋冬间相继入侍，作诗各述所怀。予亦次韵四首》(卷二十一，卷七)：

先生有此四诗真迹题云："子瞻去岁春夏侍立迩英，子由秋冬间相继入侍，次韵四首，各述所怀，予亦次韵。"

《题画孔雀》(卷二十一，卷七)：

先生有此诗真迹石刻题云："题实师画孔雀。"

《题伯诗画顿尘马》(卷二十三，卷九)：

先生有此诗真迹题作"辊马"。今观诗句乃云："忽思马欲顿风尘"，则是"辊马"无疑。蜀中见有石刻。

《出城送客过故人东平侯赵景珍墓》(卷二十五，卷十一)：

按蜀本石刻真迹题云："春游偶到故人东平侯墓下。"①

《赵子充示竹夫人诗。盖凉寝竹器憩臂休膝、似非夫人之职。予为名曰青奴，并以小诗取之二首》(卷二十五，卷十一)：

先生有此诗真迹，后一首题云："从赵端承议乞竹奴，俗所谓竹夫人者。"

《书磨崖碑后》(卷三十，卷二十)：

按先生有真迹石刻题云："崇宁三年己卯，风雨中来泊浯溪。进士陶豫、李格、僧伯新、道遵同至中兴颂崖下。……三日，裴回碑次，请予赋诗。老矣，岂复能文？强作数语。惜秦少游下世，不得此妙墨劖之崖石耳。"

① "蜀本石刻真迹"未详。此处的"蜀本"可以认为是异于任渊注本的别的文本。亦有可能是指在蜀地出版的黄庭坚的法帖之类。

前面所述有关《效王仲至少监咏姚花用其韵四首》、《跋子瞻和陶诗》序跋的记载，也是可以列入此处所举的各例之中的。总之，这里所引的黄庭坚真迹、石刻等文本在任渊注本中是没有记载的。

上面所举的《年谱》的记载，都是对相当于诗题、序跋文本的补充，或可说是提示其异文的内容。诗题、序跋是附属于诗本文的从属性的文本。此类从属性的文本与诗的本文相比，在集本的制定过程中被改定或排除的可能性是极高的。上面的记载记录了被改定或排除之前的阶段中所有诗题、序跋的原形。以集本形式制定或刊行的文本带有一定的公认性，与此相对，可以说此处采录的诗题序跋等是具有一定隐私性质的文本。例如，上面所举的有关《子瞻继和复答二首》的记载中，就有黄庭坚写下的“愿勿以示外人，恐不解事者或以为其言有味也”之语。这正是在当时新旧两党格格不入的微妙的政治局势下所做的隐私性的发言。此类发言之所以从集本中被排除，在某种意义上可以说是理所当然的。将这些在集本中漏掉的文本尽可能收集利用起来，正是黄罃《年谱》值得注目的地方，使其成为进一步深化并发展任渊注本的著作。

同样的情况在下面的二例中亦可以看到。《年谱》卷二十六收录的题为《杨明叔惠诗，格律词意皆熏沐去其旧习。予为之喜而不寐。(石刻有“然”字)文章者道之器也，言者行之枝叶也。故次韵做四诗报之，耕礼义之田而深其耒(石刻作“本”字)。明叔言行有法(石刻作“物”)，当官又敏于事而恤民，故予期之以(石刻作“故相期以”)远者大者》的诗就是其中之一。此诗在《内集诗注》卷十二中题为《次韵杨明叔四首》，《年谱》中上述作为题目的内容被作为序文而揭载(但是《内集》卷六与《年谱》题目相同)。首先在诗题上，任渊注本和《年谱》是不同的，但并不是仅限于此。关于上面的诗题或是序文，《年谱》对任渊注本没有参照过的石刻文字的异同(即括号中插入的内容)，采用小字双行的形式进行了注记。此外，《年谱》还加入了“按蜀本石刻真迹止写前两篇，题作《故次韵作二颂以为报》。而第三篇却别题云《荐辱明叔佳句，又作一颂奉报。老人作颂不复似诗，如蜂采花但取其味可也》”的叙述，对“蜀本石刻真迹”所见诗题的异文进行了记录。而任渊注本并没有与此相关联的记载。

另外，同样在《年谱》卷二十六中，除了上述《杨明叔惠诗……》诗，题为《庭坚老懒衰堕(石刻作“老衰懒堕”)，多年不作诗，已忘其体律。因明叔有意于斯文，试举一网而张万目。盖以俗为雅，以故为新，百战百胜。如孙吴(石刻作“孙武吴起”)之兵，棘端可以破(石刻作“当”)镞。如甘蝇飞卫之射。此诗人之奇也。明叔当自得之。公眉人，乡先生之妙语振耀(石刻作“惊”)一世。我昔从公(石刻作“盖从此公”)得之，故今以此事相付》的诗亦可以为例。此诗在《内集诗注》卷十二中题为《再次韵》，上面所举的题目作为序文揭载(但是《内集》卷六与《年谱》题目相同)。关于此诗题或序文，《年谱》中亦同样以注记形式插入了任渊注本中没有参照过的石刻异文。在此之上还有“按蜀本石刻真迹添前篇第四首，却题云《再和二颂并序》”的叙述，对“蜀本石刻真迹”文本中《杨明叔惠诗……》诗的第四首诗在此作第二首，诗题亦相异之事(因其为二首故作“二颂”)作了指摘。

以上所举《年谱》所引用的真迹、石刻的文本，都是诗题、序跋之类，并没有涉及诗的本文。而下面所举的记载中所引用的真迹、石刻都是有关诗的本文的。这都是任渊注所没有参照过的文本。

《赣上食莲有感》（《年谱》卷十二，《内集诗注》卷一）：

先生有此诗真迹稿本，谨附录于后。“莲实大如指，分甘念母慈。……实中有么荷，拳如小儿爪。……投笏去未能，窃禄以怀惭。……食莲虽云多，知味良独少。……安得免冠绂，归制芙蓉裳。”今集中亦有数字不同①。

《次韵子由绩溪病起被召，寄王定国》（卷十八，卷二）：

先生有此诗真迹稿本云：“种萱盈九畹，苏子忧国病。……仍怀阻行舟，风水蛟鳄横。……上书抵平津，蠹稿尚记省。……天聪四门辟，国是九鼎定。……西走已和戎，南还无衰郢。不图西逐臣，朝辔天街并。……行当把书伝，载酒求是正。端如尝橄榄，苦过味方永。”②

《再次韵四首》（卷二十一，卷七）：

先生有真迹题云：“子由作四绝句，书起居郎时入侍迩英讲所见，辄以所闻次韵。”按第二篇首句“风枝倒影日光寒”，先生真迹石刻作“风枝倒竹影光寒”，政合《春明退朝録》所云降儒殿在迩英阁后丛竹中故事③。

《睡鸭》（卷二十一，卷七）：

先生有此诗真迹石刻，首句“山鸡照影”作山鸡临水④。

《往岁过广陵值早春，尝作诗云：“春风十里珠帘卷，仿佛三生杜牧之。红药梢头初䓬栗，扬州风物鬓成丝。”今春有自淮南来者道扬州事，戏以前韵寄王定国二首》（卷二十二，卷七）：

① 现行任渊注本的本文“爪”作“手”，“投笏去未能，窃禄以怀惭”作“甘飡恐腊毒，素食则怀惭”，“虽云多”作“谁不甘”，“免冠绂”作“同袍子”。关于与《内集》的异同也和任渊注本几乎是同样的，但依然有些许差异（详细情形在此割爱不示，以下皆同）。

② 任渊注本本文“行舟”作“归舟”，“尚”作“初”，“国是”作“国势”，“南还”作“南迁”，“不图西逐臣”作“谁言两逐臣”，“把”作“怀”。

③ 任渊注本本文作“风枝倒影日光寒”。此诗是前面揭载《子瞻去岁春侍立迩英……》诗的续篇。宋敏求《春明退朝录》卷上有“迩英阁，讲讽之所也。阁后有隆儒殿在丛竹中”的记载。

④ 任渊注本本文作“山鸡照影”。

先生有此诗真迹云："后数年，京师尘土中，客有自扬州来，交辔久之，道王定国事，因用前之字韵作二小诗寄定国。"按石刻第二诗"日边"作"目边"①。此诗后又书云："王晋卿数送诗来索和，老懒不喜作。此曹狡猾，又频送花来促诗。戏答'花气薰人欲破禅，心情其实过中泉。春来诗思何所似，八节滩头上水船'。"今集中偶不载，因附于后。

《次韵子瞻寄眉山王宣义》（卷二十三，卷九）：

先生有此诗真迹稿本云："参军但有四立壁，初无临江千木奴。……鹈鹕作裘初服任，猩血染带邻翁无。昨来杜鹃劝归去，更得把酒听提壶。……社瓮可漉溪可渔，更问黄鸡肥与臛。……"②

《跋子瞻和陶诗》（卷二十八，卷十七）：

先生有真迹石刻……"子瞻谪岭南，彭泽千载人"作"渊明千载人"，"气味乃相似"作"风味乃相似"③。

前面揭载的关于《王才元惠梅三种皆妙绝戏答三首》诗的"玉山汪氏"所藏真迹的记载亦可以列入这些例子之中。总而言之，这里所引用的文本都包含有与现行任渊注本（以及《内集》）所收诗的本文相异的字句（《再次韵四首》、《往岁过广陵……》等除本文的异文之外，诗题的异文、跋文之类亦有所引用）④。

我们从以上所举的《年谱》中关于黄庭坚诗的真迹、石刻的记载中所能够看到的，就是尽力保存黄庭坚诗的文本所有的多样性并力求将其流传后世的姿态。这样的姿态通过宋代诗文集的整理、注释是或多或少地能够体现出来的。而黄罃《年谱》在彻底实践这一编纂态度上可以说是出类拔萃的著作。

三、史容《山谷外集诗注》与黄罃《山谷年谱》

史容的《山谷外集诗注》是对李彤编《外集》卷一至七所收诗所做的注释。（《外集》卷十一至十四所收诗除外。）当初是十四卷，史容其后将其改编为十七卷。十四卷本继承了《外集》古体、近体的分体形式，而十七卷本则是纯粹的编年形式。本稿以十七卷本

---

① 任渊注本本文作"日边"。

② 任渊注本本文"任"作"在"，"更得"作"更待"。其他"鹕"作"鹅"，"臛"作"癯"。另外，诗题作《次韵子瞻以红带寄王宣义》（但是目录中诗题与《年谱》相同）。

③ 任渊注本本文各作"彭泽千载人"、"风味乃相似"。在《年谱》记载中"子瞻谪岭南，彭泽千载人"的部分"子瞻谪岭南"之后疑有文字脱落，或者说此五字或为衍字。

④ 此外，虽非真迹之类，《年谱》卷二三中所有有关《题伯时画观鱼僧》诗"按旧本题云《伯时作清江游鱼，有老僧映树身观之。笔法甚妙。予为名曰'玄沙畏影图'，并题数语云》"的内容，是引用了《内集诗注》卷九所没有参照的"旧本"。

为探讨对象[①]。史容《外集诗注》为黄罃《山谷年谱》之后所编，吸收了《年谱》众多的成果。前节中主要对从任渊注本到《年谱》的继承关系做了检讨，本节则将尝试对从《年谱》到史容注本的继承关系做检讨。以下所引用的史容注在没有特别说明时均作题下注。

史容注本亦和任渊注本一样，是为黄庭坚诗编年而作的倾力之作。《年谱》的成果首先在其编年考证方面被吸收继承。例如，关于《溪上吟》（卷一）的"按黄罃年谱载赵伯山《中外旧事》云……"、关于《冲雪宿新寨忽忽不乐》（卷二）的"又按黄氏年谱云……"的注记等，以引用《年谱》的形式进行编年考证的例子是很多的。当然《外集诗注》和《年谱》之间在编年上的异处也是有的（共有十七题左右的诗的编年进行了改定），但基本上可以认为它是在《年谱》的框架上成立的。其中利用《年谱》所举的黄庭坚的真迹、石刻的例子也是可以看到的。例如，关于《次韵答叔原会寂照房呈稚川》（卷七）的"按山谷石刻《次韵王稚川客舍》题云'王䌉稚川元丰初调官京师'"、关于《古意赠郑彦能八音歌》（卷十五）的"山谷有此诗真迹跋云'吾友郑彦能今可为县令师也。……元祐元年壬寅黄庭坚题'"的注记，分别是将《年谱》卷十一以及卷二十所引用的真迹、石刻作为编年考证的数据进行利用的内容[②]。

史容注本在编年考证上的成就固然很重要，而特别值得注目的是其对黄庭坚诗的文本在文献学上的探讨，尤其是在真迹、石刻的利用这方面体现出来的从《年谱》到史容注本的继承关系。正如别稿中列举的一部分例子所说明的那样，史容注本中以吸收《年谱》记载的黄庭坚诗的真迹、石刻的形式对黄庭坚诗文本的异同做检讨的注记并不少。例如，《思亲汝州作》（《外集诗注》卷一）的史容注云：

> 按黄氏《年谱》载，玉山汪氏有山谷此诗真迹题云："戊申九月到汝州，时镇相富郑公。"……而首句与集中不同，云"风力霜威侵短衣"[③]。

此外，《太平州作二首》（卷十七）的史容注云：

> 黄罃有家藏山谷真迹，前一首题云："戏作观舞绝句，奉呈功甫兄。""片片梨花雨"作"细点梨花雨"。

呈示了以真迹为基础的诗题以及本文的异文，分别转载了属于《年谱》卷二以及卷

---

① 十四卷本《外集诗注》为《四部丛刊续编》所收。作为史容注本的补遗有清朝谢启昆编《山谷诗外集补》四卷，收集了史容注本所排除的《外集》卷十一至十四的作品。此为后世的著作，本稿不作涉及。

② 但是，此处《年谱》中引用的真迹、石刻，是见于异于史容注本的别的诗注记载。前者即是关于《次韵王稚川客舍二首》（《内集》卷九，《内集诗注》卷一）的记载内容，后者即是关于《送郑彦能宣德知福昌县》（《内集》卷三，《内集诗注》卷三）的记载内容。史容注以转用《年谱》中关于同时期关联而作的别的诗的记载来利用于编年考证。

③ 真迹的所藏者"玉山汪氏"参照本书 381 页注①。

二十九中该诗条所举的文本。

以上二例明示了参照《年谱》的做法，史容注本中不经明示而引用《年谱》所举真迹、石刻文本的例子也有很多。以下就不厌其烦列举其例，并在题下附史容注本和《年谱》的相应卷数。此外，值得一提的是，史容直呼黄庭坚“山谷”（任渊、史季温亦直呼“山谷”），而黄罃称其为“先生”，他们对于黄庭坚的态度是有差异的。史容注本和《年谱》的记载之间存在部分字句的差异，因其不影响文意，除却其中的一部分外，不作特别注记。

《乞猫》（《外集诗注》卷七，《年谱》卷一十）：

山谷手书此诗，题云《从随主簿乞猫》。

《题落星寺四首》（卷八，卷十二）：

山谷真迹，前二首题云《题落星寺》，第三首题云《题落星寺岚漪轩》，第四首题云《往与道纯醉卧岚漪轩、夜半取烛题壁间》。又有蜀本石刻，前一首题云《落星寺僧请题诗》，而首句作“游空天众有賈坠”。又“昼吟”作“昼倚”，“江撼床”作“波撼床”，“蜜房”作“蜂房”，“牖户”作“户牖”，“青云梯几级”作“虚空更几级”，“瘦藤”作“一藤”。而第四首石刻题作“醉书落星寺壁，时与刘道纯同饮，二僧在焉”。

《玉京轩》（卷九，卷十二）：

山谷有真迹跋语云：“将旦起坐，复得长句，匆匆就竹舆，不暇写。岁行一周，道纯已凋落，为之陨涕。故书遗超上人，可刻石于吾二人醉处。……元祐六年大寒，黄庭坚书。”

《发赣上寄余洪范》（卷九，卷十三）：

山谷真迹第三联却作“红衣传酒倾诸客、清夜中谈夸九州岛”。又有题名云：“王诚之、柳诚甫、周道甫、魏伯殊、余洪范、徐适道、徐致虚、马固道、东禅惠老”及诗一首“惠老有才气，往来三十年。……”

《次韵郭明叔长歌》（卷十四，卷十七）：

案山谷真迹云：“谨次韵上答知县奉议惠赐长歌、邑子黄庭坚再拜上。”其间不同者，“何如高阳郦生醉落魄”作“都不如”，“蚓食而蝎跧”，“蝎跧”作“蜗跧”，

“自可老斲轮”作“自奇老斲轮”，“公直起”作“公且起”，“黄花零落”作“零乱”。此帖见藏泉江刘荐家①。

《平原宴坐二首》（卷十四，卷七）：

按蜀中刻山谷真迹，题作“平原郡斋”，而诗句小异，云：“平生浪学不知株，江北江南去荷锄。窗风文字翻叶叶，犹似劝人勤读书”；“成巢不处避岁鹊，得巢不安呼妇鸠。金钱满地无人费，一斛明珠薏苡秋”②。

《老杜浣花溪图引》（卷十六，卷二十三）：

按《金陵续帖》，山谷有草书此诗，其间多不同。如“碧鸡坊西结茅屋，百花潭水濯冠缨”作“浣花溪边筑茅屋，百花潭底濯冠缨”，“空蟠”作“独蟠”，“探道”作“谭道”，“且眼前”作“但眼前”，“乐易”作“乐逸”，“园翁”作“田翁”，“皆去”作“皆出”，“酒船”作“江楼”，“无主看”作“烂漫列”，“解鞍脱”作“干戈解”，“不用”作“不愿”，“平安报”作“平安信”，“铺墙”作“铺壁”，“常使”作“长使”，“千古无”作“古今无”③。

《题大云仓达观台二首》（卷十七，卷二十六）：

按山谷有手书石刻跋云：“永利禅寺东偏，遵微径，攀古松，登高丘，四达而所瞻皆数百里间。其地主曰戴器之，因名曰达观台。……崇宁元年五月朔，黄庭坚书。”

这些都呈示了诗的本文和诗题所存在的文字异同，并且补充了与此相关联的跋文、题名等。此外，史容对《谢送宣城笔》（卷十六）一诗注释中引用“草书”的跋文叙述道“山谷草书此诗，又跋云……”，这和《年谱》卷二十四中该注释引用《成都续帖》所说的“按《成都续帖》中有先生手写此诗，题云《谢陈正字送宣城诸葛笔》，跋云……”之

① 《年谱》中“邑子黄庭坚”作“邑子宣德郎黄庭坚”，“其间不同者”作“其间与印本有同异处”，提示了与印本之间的异同。真迹的所藏者“泉江刘荐”未详。

② 此处所引真迹是《别集诗注》卷上题为《平原郡斋》诗的本文，参照本文第四节。有关此诗两者之间的系年不同，史氏作元丰七年，黄氏作元丰元年。

③ 《金陵续帖》未详。疑为于金陵刊行的法帖之类。史容注本于此诗之前收《松下渊明》诗。此《松下渊明》诗为《内集诗注》卷九中题为《题伯时画松下渊明》的诗（《内集》卷三题为《题松下渊明》），第三、四句下注有“蜀中旧本元作‘平生梦管葛，采菊见南山’”。此任渊注作为“蜀中旧本”所引的文本在《年谱》以及史容注本有关《松下渊明》诗的注记中以“蜀本石刻真迹”的文本而被引用（稍有文字异同）。

跋文是相同的[①]。另外，上面所举的例子中，史容注本题为“次韵郭明叔长歌”之作，黄庭坚的亲笔原稿题为“谨次韵上答知县奉议惠赐长歌，邑子黄庭坚再拜上”。实际上，此诗在赠送郭知章（字明叔）之时，极有可能使用的是这种敬语诗题。像这样在编辑集本的过程中，这种与作诗现场密切关联的文字表现被删除，整理为简洁中立的文字表现的例子是具有一定深意的。

以上，对从《年谱》到史容注本的继承关系做了分析。史容注本是在继承《年谱》的同时又具有自身延展性的著作。其与《年谱》之间存在着不少差异。以下就从这一角度来检讨两者的关系。

首先来看一下为《年谱》所参照而史容注本没有参照的黄庭坚的真迹、石刻的例子。《年谱》中可以看到下面的例子（题下附注《年谱》及史容注本的所收卷数）。

《仓后酒正厅，昔唐林夫谪官所作。十一月己卯，余纳秋租，隔墙芙蓉盛开》（《年谱》卷十四，《外集诗注》卷十一）：

先生有真迹题云：“太和仓后酒正厅，昔唐林夫谪官所作。十一月己卯，余来受秋租，隔墙木芙蓉盛开。”

《题子瞻书诗后六言》（卷二十三，卷十六）：

先生有此诗真迹题云：“题东坡先生自书诗卷尾。”

《次韵答少章闻雁听鸡二首》（卷二十五，卷十七）：

先生有此诗真迹题云：“同陈无己和答秦少章闻雁听鸡二绝句。”

此以真迹为依据列举了诗题文字的异同。而这些有关文字异同的记载在史容注本中是没有的[②]。这只是单纯的失误还是因为另有原因而做的处理，今人不得而知，但这可以看做是体现史容注本和《年谱》差异的例子的一部分。

上面所举的例子可以说并非举足轻重，而下面所要提示的三个诗例中所见的差异包

① 此外，史容注本以吸取《年谱》记载的形式添加有关文字异同的注记的例子也是很多的。例如《次韵外舅喜王正仲三丈奉诏相南兵回至襄阳舍驿马就舟见过三首》（卷二）其一之“别来悲叹事无穷”句下注中有“《垂虹诗话》云‘别来悲叹事无穷’，张孝先光祖云，曾见亲札作‘欸’字。政如山谷改杜诗‘少年合开万卷余’，不可拘平侧也”的叙述，以引用《垂虹诗话》的形式对黄庭坚真迹中所表现出来的文字的异同，特别是此处所指摘的是涉及平仄规则异同的内容。这是吸收了《年谱》卷七记载的内容（据周辉《清波杂志》卷八的记载，《垂虹诗话》是其堂叔周郔之撰，《年谱》中亦可见其他的引用例）。此外，不一定是以真迹、石刻为基础的内容，如《次韵李士雄子飞独游西园折牡丹忆弟子奇二首》（卷十六）、《八音歌赠晁尧民》（卷六）二首，分别以参照“旧本”、“别本”的叙述记录了文字的异同。有关这些，《年谱》卷二十三以及卷九中有同样的记载。

② 此外，《年谱》卷八中关于《薄薄酒二章》诗的记载例举了石刻跋文，而这在《外集诗注》卷五所收该诗的注记中是看不到的。

含了值得注目的因素。首先来看《同韵和元明兄知命弟九日相忆二首》。《年谱》卷十三的有关记载中以真迹稿本为依据列举了诗的本文：

先生有此诗真迹稿本，首篇云："革囊南渡传诗句，兄弟相思意象真。九日黄花倾寿酒，几回青眼望车尘。早为学问文章误，老作东西南北人。安得田园可温饱，长抛簪绂裹头巾。"后篇与集中，但"邻田"作"田邻"耳。

有关此诗，《外集诗注》卷九注中亦以真迹为依据叙述道：

山谷有此诗草本真迹云："万里云里孤飞雁，只听归声不见身。却把黄花同怅望，寄传诗句更清新。"末句"奉观归制白纶巾"，傍注"改"。今本"南北"作"南渡"，"兄弟"作"摹写"，"老作"改"晚作"。次篇"田邻"作"邻田"。

《年谱》所举的真迹与现行《外集诗注》卷九（以及《外集》卷七）所收本文基本上属于同一文本（但是，在史容注本以及《外集》中，"兄弟"作"摹写"，"车尘"作"归尘"，"老作"作"晚作"）。与此相对，史容注本所举的真迹是与此有较大文字差异的文本。由此可知，史容所见的真迹与黄罃所见的是完全不一样的。

其次，关于《送徐隐父宰余干》一诗，《年谱》卷十四中这样提到：

先生有此诗真迹稿本云："地方百里身南面，翻手冰霜覆手炎。赘婿得牛庭少讼，长公斋马吏争廉。邑中丞掾阴桃李，案上文书略米盐。……"；"天上麒麟来下瑞，江南橘柚间生贤。……半世功名初墨绶，同兄文字敌青钱。割鸡不合庖丁手，家传风流在著鞭"。

而《外集诗注》卷十一之注是这样叙述的：

山谷真迹稿本，"地方百里古诸侯，嚬笑阴晴民具瞻"。"寒霜"改"冰霜"，又改"冷霜"。"皆廉"改"争廉"。第五句"樽前桃李亲朋友"，注云"改此"。次篇"瑞世"改"下瑞"，"同生"改"同兄"。

《年谱》所举真迹与现行《外集诗注》卷十一（以及《外集》卷六）所收本文基本上属于同一文本（然而史容注本中"冰霜"作"冷霜"，"长公"作"长官"，"敌"作"直"，"在"作"更"。《外集》中除却"敌"字是照样使用以外，其他与史容注本同）。与上面的诗例相同，此处史容注所举的真迹亦为别的文本。

最后，关于《寄忠玉提刑》一诗，《年谱》卷二十六中这样叙述道：

先生有真迹稿本，题云《赠送忠玉提刑朝奉》："市骨薪千里，量珠买娉婷。驽骀骖逸驾，西子泣深屏。吾人材高秀，胸次别渭泾。严能喜剧部，持节按祥刑。萑蒲稍衰息，郡县或空囹。读书头欲白，见士眼终青。今时斧斤地，虚次待发硎。早晚太微禁，占来有使星。"

而在《外集诗注》卷十七中的注释内容是这样的：

山谷有真迹稿本，题云《赠送忠玉提刑朝奉》。"市骨薪千里"作"市骨收駔骏"，"别渭泾"作"有渭泾"，"喜剧部"作"宜剧部"，"稍衰息"作"颇衰息"，"眼终青"作"眼自青"，"紫微禁"作"太微垣"。

《年谱》所引真迹与现行《外集诗注》卷十七（以及《外集》卷四）所收本文基本上属于同一文本（然而史容注本以及《外集》中"骖"作"参"，"欲"作"愈"，"斧斤"作"斤斧"，"太微"作"紫微"）。有关此诗，史容注本所举的真迹依然是完全不同的文本（但是，在《赠送忠玉提刑朝奉》诗题上，与黄罃所举真迹是相同的）。

以上所举三例都是史容参照新发掘的《年谱》没有参照过的黄庭坚诗的真迹的内容。这是具有重要意义的。同样的情况在下面的例子里也是可以看到的（题下附注史容注本和《年谱》中相应的卷数）。

《薄薄酒二章》（《外集诗注》卷五，《年谱》卷八）其一"小者谴诃大戮辱"句下注：

山谷写本作"谴何"，俗本误耳。

《次韵无咎阎子常携琴入村》（卷六，卷一十）"晁子为之梁父吟"句下注：

尝见山谷写此诗，且跋云"陈寿叙：武侯躬耕陇亩，好为梁父吟……"

《次韵周法曹游青原寺》（卷十二，卷十五）后注：

碑本"荄"字韵下有两句云"莲子委箭镞，葵花仄金杯"。

《松下渊明》（卷十六，卷二十三）：

画本今藏眉山陈氏，与板本小异，今录于此："南渡诚草草，长沙济艰难。……

客来欲开说，觞至不得言。”①

这些都是《年谱》里没有的记载，是史容引用自己独自发掘的真迹、石刻文本的例子②。

以上，针对《外集》中所收的黄庭坚诗，考察了黄㽦《年谱》对其真迹、石刻的利用，以及史容注本以积极地吸收其成果的形式在对黄庭坚诗的校勘和异文的采录上倾注精力的情况③。在真迹、石刻的利用这一点上，史容注本基本上是建立在《年谱》的框架之上的。而另一方面，也可以确认史容注本的独自发展④。关于《外集》所收的黄庭坚诗，《年谱》卷一中是这样言及的：“先生平生得意之作及手写者多在《外集》。”依此，黄庭坚亲笔原稿传世的作品在《外集》中应该是收集了很多的。本节中所论述的黄㽦、史容对黄庭坚诗所作的文献学上的探讨，应该说就是因为有了这样的遗存文献的支持而得以成功的吧。

此外，《年谱》的编纂者黄㽦同时也是《黄文纂异》的作者。此著作已经散佚，对于它的真实情况我们不得而知。赵希弁《郡斋读书附志》别集类三有“豫章先生别集集二十卷黄文纂异一卷”的记载，对此赵希弁做了“右豫章先生别集，乃前集、外集之未载者。淳熙壬寅先生诸孙㽦所编也”的解说。由此可以推测，《黄文纂异》是记录关于附于黄㽦所编《别集》的黄庭坚的诗文（包含《内集》、《外集》所收的作品）校勘成果的书物⑤。史容注本中多处引用了被认为是《黄文纂异》的内容，其对于黄㽦整理、注释黄庭坚诗的成果的继承值得注意。以下就列举一些史容注以引用本书的形式对诗题、本文的文本异同做出注记的例子。

《还家呈伯氏》（《外集诗注》卷一）“四时驱逼少须臾，两鬓飘零成老丑”句下注：

《纂异》蜀本作“四时略无一日闲，两鬓已落年少后”。

---

① 此处所引“画本”的文本是《内集诗注》卷九所收题为《题伯时画松下渊明》诗的异文文本。参照本书389页注③。所谓“画本”就是指题有黄庭坚诗的李公麟（字伯时）的画。其所藏者“眉山陈氏”未详。

② 此处所举例之外，《外集诗注》卷十四之《同刘景文游郭氏西园因留宿》诗后注中，列举了《外集》未收的《和蒲泰亨四首》（《别集诗注》卷下）以及《奉谢泰亨送酒》（同上）的本文并叙述到“此诗真本尚存，而《遗文》不载，因附见于此”（《遗文》未详）。而《年谱》卷二十一中此处没有类似的记载。

③ 史容注本对黄庭坚诗校勘所作的努力，以《和陈君仪读太真外传五首》（卷七）其一之“不觉胡雏心暗动”句下注中所作的“一作‘付与山河买忠义’”的说明为代表，总共九题的诗中所附有的“一作……”、“一本云……”这样的有关字句异同的注记中也可以看出来的。

④ 史容注本正如《己未过太湖僧寺得宗汝为书寄山蓣白酒长韵寄答》（卷十一）第八十四句下注“李建中《题杨凝式大字壁后》云……山谷喜书此诗”、《再次韵答吉老二首》（卷十三）其一第四句下注“《传灯录》传大士颂云……山谷屡写此颂”那样，不仅是黄庭坚的书写自作的墨迹，对其书写他人著作的墨迹也表示了关心。

⑤ 《郡斋读书附志》的解题并没有明言《黄文纂异》属于黄㽦之撰。因此，也许应该遵从王岚注（5）所揭书所作的“编者姓氏不详”。此处遵从周裕锴《黄庭坚家世考》（《中华文史论丛》1986年第4辑总第40辑，上海古籍出版社）等所作的黄㽦撰的结论。可以认为《郡斋读书附志》的记载中也包含有这样的结论。

《还家呈伯氏》（卷一）“斑衣奉亲伯与依，四方上下相依从”句下注：

《纂异》蜀本下句作“绝胜已致三千钟”。

《冲雪宿新寨忽忽不乐》（卷三）：

《纂异》眉州本及黄氏本作“一梦江南据马鞍，梦中投宿夜阑干。山衔斗柄三星没，雪共月明千里寒。俗学近知回首晚，病身全觉折腰难。……”①

《和师厚接花》（卷三）“妙手从心得，接花如有神。根株穰下土，颜色洛阳春”句下注：

《纂异》蜀本前四句作“妙得花三昧，谁明幻与真。家风穰下土，笑面洛阳春。”

《同苏子平李德叟登擢秀阁》（卷八）“松竹二桥宅，雪云三祖山”句下注：

《纂异》一本作“暮雨二桥宅，孤云三祖山”。

《玉京轩》（卷九）：

按，《纂异》蜀本云：“苍山其下白玉京，广成安期来访道。……野僧云卧对开轩，炉香霏霏日杲杲。稻田衲子非黄冠，一钵安巢若飞鸟。莫见仙人乞玉泉，问取紫霄耶舍老。”②

《三月乙巳来赋盐万岁乡，且搜猕匿赋之家，晏饭此舍，遂留宿。是日大风，自采菊苗荐汤饼二首》（卷十）：

《纂异》别本“汤饼”下有“红药盛开”四字，“二首”作“三首”。第三首云：“春风一曲花十八，拚得百醉玉东西。露叶烟枝见红叶，犹似舞余和汗蹄。”

《黄几复自海上寄惠金液三十两，且曰此有德之士宜享，将以排荡阴邪守卫真火，幸不以凡物畜之、戏答》（卷十一）“只恐无名帝藉中”句下注：

---

① 现行史容注本的本文中《纂异》所引文本的第一、二句作“县北县南何日了，又来新寨解征鞍”，第五、六句作“小吏有时须束带，故人颇问不休官”。

② 史容注本本文中《纂异》所引文本的“苍山……”二句作“苍山其下白玉京，五城十二楼，郁仪结邻常杲杲”，“野僧……”以下六句作“野僧云卧对开轩，一钵安巢若飞鸟。北风卷沙过夜窗，枕底鲸波撼蓬岛。个中即是地行仙，但使心闲自难老”。

《纂异》本作“党籍”，蜀本作“常籍”，旧本作“掌籍”，皆误。

《从时中乞蒲团》（卷十二）：

《纂异》蜀本作“谢时中送蒲团”，云“织蒲投我最宜寒，政欲阴风雪作团。方竹火炉趺坐隐，何如矍铄据征鞍”，与今本句多不同。详诗意是谢“送蒲团”，今本题作《从时中乞蒲团》，疑有误。

《元丰癸亥经行石潭寺，见旧和栖蟾诗，甚可笑。因削柎灭稿，别和一章》（卷十三）：

按，《纂异》一本云：“……梦回身卧竹窗日，院静鸦啼柿叶风。世路侵人头欲白，山僧笑我颊犹红。壁间佳句多丘垄，问讯髑髅聊擭蓬。”题云《癸卯岁过宿石潭寺，得前朝诗僧栖蟾长句和之。岁行二十一，重来读旧诗，复用其韵》①。

这些例子中有一些引用了几乎可以认为是别的作品的、含有大幅度文字异同的文本。不仅仅限于上面所举的例子，黄庭坚诗中存在大幅度文字异同的作品很多，称其为黄诗的最大特色可以说是毫不夸张的。此外，关于《纂异》所记载的“蜀本”、“眉州本”、“黄氏本”所指为何至今未详。

史容注所引用的这些《纂异》的记载在《年谱》中是怎样表现出来的呢？首先需要确认的是，《年谱》中并没有出现《纂异》的书名。其次，关于上面所举例子中的《还家呈伯氏》（《年谱》卷四）、《同苏子平李德叟登擢秀阁》（卷十一）、《玉京轩》（卷十二）、《黄几复自海上寄惠金液三十两……》（卷十四）等作品，在《年谱》中并没有关于文本异同的记载。还有，关于《从时中乞蒲关》（卷十五）一诗，《年谱》只作了“蜀本作《谢时中送蒲团》”的说明，并没有列举本文的异同②。但是，在此之外的作品中，虽然没有使用《纂异》的书名，《年谱》中与史容注本同样的记载也是存在的。例如，关于《冲雪宿新寨忽忽不乐》（卷五）及《和师厚接花》（卷七）二诗，分别以“蜀集旧本全篇云”、“蜀本前四句云”的形式引用了与史容所引的《纂异》相同的异文③。关于《三月乙巳来赋盐万岁乡……》（卷十三）一诗，在作了“别本‘汤饼’下有‘红药盛开’四字，

① 史容注本的本文中《纂异》所引文本的“梦回……”以下六句作“空余袛夜数行墨，不见伽梨一臂风。俗眼只如当日白，我颜非复向来红。浮生不作游丝上，即在尘沙逐转蓬”。

② 史容注本将《从时中乞蒲团》诗作一首来看，而将《纂异》所引“蜀本”的文本作为异文进行了列举。对此，《年谱》将其作二首来看，并对《纂异》所引的文本属于《外集》卷十四所收同题诗的后篇一事做了指摘。此后篇未为史容注本所收（《山谷诗外集补》卷四所收）。

③ 关于《冲雪宿新寨忽忽不乐》诗，《年谱》卷五在列举了《纂异》所举的文本之后又作了“今《豫章集》前六句皆不同耳”的叙述。由此黄罃所见《豫章集》即《外集》中，似乎前六句皆与《纂异》所引文本不同，而此处的第三、四句与现行的《外集》卷六以及史容注本与《纂异》所引的文本相同。

且有三首”的叙述以后，引用了与“第三首”相同的异文（史容注本此诗作二首。此点与《年谱》相同）。而关于《元丰癸亥经行石潭寺……》（卷十七）一诗，以“旧诗云”的形式引用了相同的异文（但是，没有史容注本所引用的“题云……”记载）。有关《纂异》和《年谱》是如何关联的问题有必要进行更深一步的探讨。不过就笔者管见，可以认为，《纂异》的成果被《年谱》发展性地吸收继承了下来。

四、史季温《山谷别集诗注》与黄罃《山谷年谱》

本节将对史季温注《山谷别集诗注》和黄罃《山谷年谱》的关联作一简单的叙述。史季温是史容之孙，其模仿史容注本将黄罃《山谷别集》所收诗作以编年形式进行排列并添加了注释。但是，在收录作品上与《别集》存在着大量的出入①。

从史季温注本中，亦可以看到其所受黄罃《年谱》的深刻影响，从利用黄庭坚诗的真迹、石刻这一点上也是一目了然的（以下所引史季温注皆为题下注）。例如，关于《书东坡画郭功父壁上墨竹》（卷下）是这样记载的：

> 黄罃《年谱》载家藏山谷此诗真迹，题云“次韵东坡先生屏间墨竹”，止此六句。惟“草木春”作“草偃风”，“一綦”作“一壶”，“琼房”作“琳房”。并有功甫跋语云……

这里以真迹为依据记载了字句的异同，同时又补充了郭祥正（字功甫［父］）的跋文。这是吸收继承了《年谱》卷二十九的内容。

另一方面，史季温注本也存在着许多与《年谱》相异的地方。例如，有关《明叔惠示二颂》（卷下）一诗是这样记载的：

> 前集载其五，叙州墨妙亭碑刻其二，即此是也。彭山黄氏旧藏山谷墨迹七首并录②。

这里叙述了此诗以叙州（今四川省宜宾）的《墨妙亭碑刻》（未详）石本为依据的事实。然而，《年谱》卷二十六中对此诗只作了“按蜀本石刻真迹有此二篇而集中遗逸，故载于此”的叙述，没有提及“叙州墨妙亭碑刻”（或许黄罃所说的“蜀本石刻真迹”和史季温所说的“叙州墨妙亭碑刻”石本同属一物。如此，则与《年谱》并无差异）。而下面所要例举的关于《题子瞻墨竹》（卷上）与《年谱》记载的差异是尤为明确的。史季温注中是这样叙述的：

---

① 作为史季温注本的补遗有谢启昆编《山谷诗别集补》一卷，本稿不作涉及。

② 所谓“前集”或许是指《内集》。“其五”就是指在第二节中所举的《内集》卷六以及《内集诗注》卷十二所收的《次韵杨明叔四首》和《再次韵》诗总共五首作品。“七首”就是指次韵的五首和这里的二首。墨迹所藏者“彭山黄氏”未详。

山谷尝有跋云："东坡画竹数本，笔墨皆挟风霜，真神仙中人。惜无贺监赏之，但有众人皆欲杀之耳。"

这里列举了包含稍嫌夸张表现的跋文（或恐是亲笔）。对此，有关此诗的《年谱》卷二十四的记载中没有此跋文内容。可以说这是史季温新发掘采录的文本。

史季温总共新发掘收集了十五题（三十一首）黄䇲《别集》中未收的黄庭坚诗，添加在《别集诗注》中[①]。《年谱》中没有这些作品的记载也是理所当然的。此点证明了史季温注本是超出《年谱》框架的著作。而值得注意的是，这些《别集》漏掉的诗作中有一部分是参照了真迹、石刻文本的事实。例如，有关《别集》未收的《和蒲泰亨四首》（卷下）以及《和东坡送仲天贶王元直六言韵》（卷下）二题，史季温注作了"墨迹（迹）今藏于秘撰杨公家"的说明[②]。从中可以一窥史季温以活用新发掘的墨迹数据的形式进行黄庭坚诗辑佚的情况。

从上面所举的例子中可以看到史季温注本尽可能收集包含诗的本文、题、序、跋等各种异文的文本及集本中被遗漏掉的文本的编纂态度。这一姿态从《平原郡斋二首》（卷上）及所附的注记中也可以看出。此诗不为黄䇲《别集》所收，是史季温以真迹为依据新采录的作品。有关此诗，史季温注作了"《外集》有《平原宴坐》诗二首……与此不同"的说明，并列举了《外集诗注》卷十四（以及《外集》卷六）所收《平原宴坐二首》（前揭）的本文。因此，史季温注本所收的《平原郡斋》诗是将持有史容注本所收《平原宴坐》诗的异文文本作为本文的作品。在此基础上，史季温注还作了"又按蜀本诗刻有山谷真迹，题云《平原郡斋》"的叙述，指摘黄庭坚的真迹中题为"平原郡斋"而不是"平原宴坐"的事实。更加值得注意的是，史季温注本在上面《平原郡斋》诗之后收录了《题邢敦夫扇》诗（卷上）。正如此诗的注中所说的"与《平原郡斋》诗大同小异"那样，《平原郡斋》和《题邢敦夫扇》二作虽然存在异文，但基本上属于同一作品。也就是说，史容注本的《平原宴坐》，史季温注本的《平原郡斋》和史季温注本的《题邢敦夫扇》是处于持有三个异题的异文关系中的。《题邢敦夫扇》诗实际上是为邢居实（字敦夫）而挥毫扇面所作。这一题目忠实地反映了当时的作诗状况[③]。

像这样建立在同一基础上的黄庭坚的诗的文本，以包含不同字句的文本或伴以不同诗题而传承的例子很多。史季温注本为广泛采录此类文本作出了努力。正如本文至此所分析论述的，这种姿态与黄䇲、任渊、史容等的著作是共通的。

---

① 但是，十五题之中《濂溪诗》一首，《内集》卷一作为楚词所收（《内集诗注》未收）。

② 墨迹所藏者"秘撰杨公"未详，或指杨万里也未可知。

③ 正如从至此所举的例子中所看到的那样，黄庭坚的诗存在着为数极多的异文。这可以说是与黄庭坚擅长书法相关联的。可以想见，为了响应索字的要求而挥毫自己诗作的机会是很多的。文人在书写自己的诗作时，即使是相同的作品在书写时也有有意改变字句之举（此案为京都大学金文京教授所赐）。黄庭坚诗的异文因此而生的可能性也是有的。在此意义上，《题邢敦夫扇》诗的例子是很有深意的。此外，有关黄庭坚书写自己和他人诗作一事，参照莫砺锋《黄庭坚"换骨夺胎"辨》（同氏《江西诗派研究》，齐鲁书社 1986 年版）。

结　语

以上，主要从利用黄庭坚诗的真迹、石刻的角度，分析了黄罃《山谷年谱》、三种黄庭坚诗注以及它们相互之间的关系①。据此，可以首先肯定《年谱》与三种黄庭坚诗注所共通的，重视真迹、石刻等此类作者的亲笔原稿抑或是相当于此类文本所具有的多样性，并积极地进行参照、采录的文献学态度。此外，还可以确定，在这样的动向中，《年谱》在继承吸收任渊注本的结构的同时，也起到了为后继的史容注本、史季温注本提供新基础的重要作用。

黄罃、任渊、史容、史季温等通过充分利用真迹、石刻等这些密切关系作者及作诗现场的文本所得到的成果，向后世展现、传达了黄庭坚诗文本的多样风采。这些不单对黄庭坚诗的校勘极为重要；作为可以一窥诗的文本如何在宋代制定、接受、传承等具体状况的文本，其本身也具有极为重要的价值。有关这一问题，今后尚需广泛地将整理、注释宋代诗文集的全体状况纳入视野做进一步的考察。

① 关于诗以外的作品，有关赋、楚词的真迹、石刻文本的例子在《年谱》中亦可以看到。例如《年谱》卷二中列举了《木之彬彬》（《内集》卷一）、《听履霜操》（《外集》卷十一）、《邹操》（同上）等楚词，卷十二中列举了《休亭赋》（《内集》卷一）的“初本”即初稿原稿的文本。卷二四还列举了《寄老庵赋》（《内集》卷一）的真迹跋文，卷二十七列举了《苦笋赋》（同上）的石刻跋文。

论杨万里接送金使诗

安徽师范大学　胡传志

在南宋对金交往中，范成大是派出使节的代表，创作了一组优秀的使金纪行诗，抒发他在金国的见闻和感慨。在南宋境内，还有众多接伴使、送伴使，其中最杰出的代表是杨万里。他沿途创作了352首诗歌，是接送使中创作量最大、水平最高的诗人，有《初入淮河四绝句》这样脍炙人口的名作。其爱国内涵早就引起学术界的普遍关注，但对接送金使组诗及《朝天续集》的研究尚不充分。本文拟再作些探讨，重点探讨其接送金使诗，兼及《朝天续集》中的其他篇章。

一、接送行程与诗作分布

淳熙十六年（1189）二月，宋光宗即位。九月，杨万里自江西抵达临安；十月二十九日，除秘书监；十一月，奉命接伴金国贺正旦使，开始了接送金使的行程。据《金史·交聘表》，他的接送对象是金国贺正旦使裴满余庆一行。裴满余庆是女真族，任正使，副使通常由汉族文人担任，现已失考。次年四月九日，杨万里作《诚斋朝天续集序》，称接送金使，"既竣事归报，得诗凡三百五十首"①。《朝天续集》除收录这些接送金使诗歌之外，还收录此后至十一月十三日之前在临安的其他诗作。

《朝天续集》的诗歌实际上可以分为六个阶段，四个阶段是接送金使的行程，两个阶段是临安为官时期，具体如下：

第一阶段，淳熙十六年十一月十二日左右至十二月五日左右，从临安出发，经运河北上，直到在淮河中流迎接金使为止。杨万里何时出发，没有记载。但他至迟于十二月二日之前已经到达目的地盱眙，其《初食太原生蒲萄，时十二月二日》诗云："老夫腊里来都梁，饤坐那得马乳香。"都梁在盱眙境内。参照回程不足20天的时间，杨万里出发的时间当在十一月十二日前后。到盱眙之后，直到《淮河中流肃使客》，诗人都在盱眙或在淮河舟中，这期间不会太长，估计三五天。

第二阶段，淳熙十六年十二月六日左右至十二月二十五日之前，从盱眙返回临安。途中有《立春日舟前细雨》诗。据考，该年立春时间是十二月二十一日②。该诗写作地点在嘉兴至长安闸之间，离临安已经不远。《宋史》卷三十六《光宗本纪》："十二月壬子，金遣裴满余庆等来贺明年正旦。"壬子是二十七日，但据《宋会要辑稿》，二十六日，杨

① 辛更儒《杨万里集笺校》卷八十一，中华书局2007年版，第3274页。
② 同上，卷二十八，第1448页。

万里已经上朝进呈《寿皇日历》[①]，这说明杨万里至迟二十五日已回到临安。《宋史》的记载当是裴满余庆正式上朝贺正旦的日期。他们到达临安的实际时间应在二十五日之前。可见，从盱眙返回临安，在20天以内。

第三阶段，自十二月二十六日至绍熙元年（1190）正月初六，杨万里在临安为官。前7天无诗作。正月初三与同舍游西湖，作诗10首，初五以送伴使身份参加集英殿宴会，作《正月五日以送伴借官侍宴集英殿十口号》，初六前后作《寄题朱元晦武夷精舍十二咏》。

第四阶段，绍熙元年正月初七至正月二十三日左右，自临安至盱眙。参照周密《武林旧事》卷八《人使到阙》的记载，使节初五参加集英殿宴会，初七登船北行。十四日到达苏州，有《姑苏馆上元前一夕观灯》，到达盱眙时间没有记载，从苏州到盱眙估计近十日。《渎头阻风》是他送走金使准备返程的作品，诗曰："天寒春浅蛰未开，船头一声出地雷。……老夫送客理归棹，适逢奇观亦壮哉。"味诗中语气，当是惊蛰前后之作。考该年惊蛰为正月二十二日，所以惊蛰前后杨万里在盱眙。

第五阶段，绍熙元年正月二十四日左右至二月十一日左右，从盱眙返回临安。正月三十日，到达扬州南方的扬子桥。参照楼钥《北行日录》，从盱眙到扬子桥约五六天时间，故盱眙出发时间当在二十四日左右。《过扬子桥》诗曰："明朝却是中和节，野次谁怜寂寞人。"中和节是二月初一。此后杨万里仅有两首纪行诗，估计在二月十一日左右即到达临安。

第六阶段，绍熙元年二月十二日左右至十一月十三日，为官临安期间。十一月十三日，杨万里外任江东转运副使，离开临安。此后的诗歌编入《江东集》。

根据上述行程，我们对《朝天续集》的诗歌进行统计，制成《〈朝天续集〉诗歌分布表》：

阶　段	起讫日期	天数	诗歌数量	所占比例	日创作量
一、临安—盱眙	11月12日—12月5日	23	90	22.3%	3.9
二、盱眙—临安	12月6日—12月25日	20	67	16.6%	3.4
三、临安为官	12月26日—1月6日	11	43	10.7%	3.9
四、临安—盱眙	1月7日—1月23日	17	81	20.1%	4.8
五、盱眙—临安	1月24日—2月11日	17	71	17.6%	4.2
六、临安为官	2月12日—11月13日	270	51	12.7%	0.2
合　计		358	403		1.1

从上表中我们可以得出如下结论：

① 参见于北山《杨万里年谱》，上海古籍出版社2006年版。

第一，迎送金使途中的创作量远高于临安为官期间。迎送金使的四个阶段约77天，创作诗歌352首，日均4.6篇。临安为官两个阶段，计281天，创作诗歌94首，日均0.3篇。虽然上述统计未必绝对精确，但大体不差。我们可以在其诗中找到内证。譬如绍熙元年正月十四日到达苏州，至元宵夜，共创作了如下18首诗歌：《泊平江百花洲》、《姑苏馆夜雪》、《姑苏馆上元前一夕观灯》、《走笔和袁起岩元前前一夜雪作》、《再和袁起岩韵》、《雪中登姑苏台》、《姑苏馆上元前一夕陪使客观灯之集》、《雪后陪使客游惠山寄怀尤延之》、《惠泉分茶示正孚长老》、《回望惠山》、《题陆子泉上祠堂》、《过洛社望南湖暮景》（三首）、《舟中元夕雨作》（三首）、《夜过五牧》，平均每天创作9首。而接近临安时，创作量明显下降。第一次回临安，淳熙十六年十二月二十一日作《立春日舟前细雨》，至二十五日，5天时间共有7首作品，日均1.4篇；第二次回临安，是次年二月一日从扬子桥到临安，仅有4首诗，按10天计，日均仅0.4篇，可见其创作热情在减退。杨万里将金使迎回临安后，自十二月二十五日至正月二日，这8天时间内未创作。

第二，在迎送金使的四个阶段中，第一次北上创作量最大，第二次北上次之，回程创作量有所下降。从创作速度来看，表格上反映的送伴时要高于接伴之时，但其中也有一些特殊性。杨万里送别金使之后，大概应向子諲子孙之请①，撰写《芗林五十咏》。这50首诗是他利用返程的空闲时光完成的写作任务，与主动创作有所区别。如果除去这一组诗，从盱眙到临安的创作量只有21首，是接送金使四阶段中数量最少的一个阶段。这符合创作的规律，毕竟已经历了三次，沿途新鲜感已经大为减弱，感受也不多了。

第三，接送金使不仅是杨万里这一年中的创作高峰，还是他一生创作的最高峰。如果我们将这一时期的创作放到杨万里的创作生涯中，就可以清楚地看出这一点。莫砺锋先生曾统计杨万里一生中9部诗集的作品数与时间跨度，制成下表：

诗集名	作品数	时间跨度	平均每年作诗数
江湖集	735	11年	67
荆溪集	492	1年零11个月	258
西归集	202	10个月	243
南海集	393	2年零6个月	157
朝天集	517	2年零9个月	188
江西道院集	253	2年零4个月	109
朝天续集	402	10个月	484
江东集	518	1年零7个月	327
退休集	720	14年	51

① 参见《杨万里集笺校》卷三十，第1521页。

莫砺锋先生认为，《荆溪集》、《西归集》是杨万里诗歌创作的第一次高潮，“往淮河迎伴金使的特殊人生经历激发了第二次高潮”①。如果以迎送金使的三个月时间来衡量，这三个月应该是杨万里一生中诗歌创作速度最快的时期。

迎送金使本是屈辱之事，往返四次，加之时逢寒冬，顶风冒雪，更是件艰苦枯燥的差事，为什么还能激发起六十三四岁老诗人的创作热情？为什么范成大、曹勋、袁说友等人北上，沿途却没有写下这么多的纪行诗？与他们不同的是，杨万里同时具备以下三个因素。一是得江山之助。沿途由丘陵到平原、由运河到湖泊，由冬徂春，多姿多彩、不断变化的景色能给杨万里一种新鲜感，激发他欣赏自然的兴趣和创作诗歌的兴趣。二是因为他的兴趣爱好。他向来喜欢游览自然山川，此次公差使他得以沿运河北上，饱览两岸山川景色。正如他自己在《诚斋朝天续集序》中所说，此行让他“始得观涛江，历淮楚，尽见东南之奇观”。其他接伴使如曹勋、洪迈等人虽然也是诗人，却未必有他这种山川之好。使金的楼钥沿途写下《北行日录》，详细记载行程，也很少关注自然景色。而杨万里即使面对同一景点，也能够发现因昼夜、天气、时间的不同而带来的变化，所以即使往返四次，也乐此不疲，正如他自己所说，“闭门觅句非诗法，只是征行自有诗”（《下横山滩头望金华山》）。三是因为诚斋体的特点。诚斋体所表现的最主要内容就是自然界。杨万里喜欢观察山水草木、风霜雨雪，善于从自然世界中发掘诗意和乐趣，再用诗歌将它表现出来。正是山川奇观、个人山水之好、诚斋体性质这三者的有机统一，形成了这一异军突起的创作高峰。

二、爱国情怀的激发与个性的显现

在杨万里迎送金使的系列诗歌中，最受现代学者关注的是其爱国诗。周汝昌先生早在20世纪60年代初就指出：“诚斋此一行，写出了一连串极有价值的好诗，甚至可以说在全集中也以这时期的这一分集（《朝天续集》）的思想性最集中、最强烈。”② 各种文学史教材、宋诗选本几乎无一例外都会重视《初入淮河四绝句》等爱国题材的诗篇。

迎送金使确实激发了杨万里的爱国情感。北方沦陷本是六十多年前的陈年往事，很多人已经习惯了和议时局，但当杨万里承担接送金使任务，到达淮河边境，直接面对敌国使节之时，还是不时涌起一阵阵爱国情思，创作出一些含有爱国情感的篇章。现将《朝天续集》中有关爱国的诗篇统计如下：

阶 段	数 量	篇 目
一、临安—盱眙	14	过扬子江（二首）、过瓜州镇、皂角林、舟过扬子桥、晚泊扬州、登楚州城、初入淮河四绝句、题盱眙军东南第一山（二首）、嘲淮风
二、盱眙—临安	1	雪霁晓登金山

① 参见莫砺锋《论杨万里诗风的转变过程》，《唐宋诗歌论集》，凤凰出版社2007年版，第485页。
② 周汝昌《杨万里选集》引言，上海古籍出版社1979年版，第18页。

续表

阶 段	数 量	篇 目
三、临安为官	0	/
四、临安—盱眙	0	/
五、盱眙—临安	1	瓜洲遇风
六、临安为官	1	跋丘宗卿侍郎见赠使北诗一轴
合 计	17	

以上统计的标准相对较宽。从上表中可以看出以下几点：

第一，在将近一年的时间内，杨万里写下十多首具有爱国情感的诗歌，是他创作生涯中的一种新变。他在《诚斋朝天续集序》说："如《渡扬子江》二诗，余大儿子长孺举似于范石湖、尤梁溪二公间，皆以为余诗又变，余亦不自知也。"言下颇有自得之意。所谓"又变"，应该包括以爱国诗为代表的稳健厚实之风。

第二，杨万里的爱国感情从跨过扬子江开始表现出来。比较一下范成大的使金纪行诗，就可以知道杨万里是当时比较敏感的诗人。乾道六年（1170），范成大出使北方，创作爱国诗歌是从渡淮开始，第一首即是《渡淮》。杨万里的《过扬子江》的性质与范成大的《渡淮》接近，所以其子杨长孺说它与范诗相似。

第三，杨万里的爱国诗主要是第一次去淮河边境途中所写。半数是由长江至淮河途中所写，多由历史遗迹所引发；另一半则是在淮河边境所写，主要是有感于一河之隔的北方沦于敌手。第二次北上淮河途中，则没有创作爱国诗。另外，与金使的直接交往对促进其爱国诗歌的创作，作用很有限，仅有一首《雪霁晓登金山》与此相关。大概南宋文人对此已经习以为常，杨万里接送金使也只是常规工作罢了。

在讨论杨万里爱国主义诗歌时，我们不得不承认，他的爱国题材诗歌数量很有限，既远不及陆游，又不及范成大。即使在《朝天续集》中，爱国诗歌的比例仍然很低。清代桐城人光聪谐有"诚斋诗不感慨国事"之论："诚斋与放翁同在南宋，其诗绝不感慨国事，惟《朝天集》中《入淮河》四绝句、《题盱眙东南第一山》二律、《跋丘宗卿使北时诗轴》少见其意，与放翁大不相侔。"① 原因可能很多，其中之一应与杨万里的个性相关，他更多的是关注自然，而不是社会和国家。所以，在《朝天续集》中占主体部分的仍然是诚斋体的传统内容。杨万里自己在《诚斋朝天续集序》中说，自己差不多走过了司马迁、韩愈、柳宗元、苏轼等人所走的道路，所以他的诗歌中"江湖岭海之山川风物多在焉"，这次淮河之行又为他的诗歌增加了新的自然风物。姜夔的话也从侧面证明了这一点。他的《送朝天续集归诚斋时在金陵》说：

翰墨场中老斫轮，真能一笔扫千军。年年花月无闲日，处处山川怕见君。箭在

① 光聪谐《有不为斋随笔》庚卷，清光绪十三年刻本。

的中非尔力，风行水上自成文。先生只可三千首，回施江东日暮云。

姜夔只字不提《朝天续集》中新出现的一些爱国诗歌，吸引他目光的仍然是杨诗中大量存在的花月、山川、风水等等。爱国诗歌在《朝天续集》中的集中出现，只是杨万里诗歌创作的一个插曲，诚斋体的主旋律并没有改变。

相对于诚斋体而言，杨万里的爱国诗是其诗歌的变调，但却符合南宋文学的主旋律，是南宋诗歌的正体。所以，杨万里的爱国诗具有南宋爱国诗歌的一些共性。如广为人知的《初入淮河四绝句》：

船离洪泽岸头沙，人到淮河意不佳。何必桑干方是远，中流以北即天涯。

刘岳张韩宣国威，赵张二相筑皇基。长淮咫尺分南北，泪湿秋风欲怨谁？

两岸舟船各背驰，波痕交涉亦难为。只余鸥鹭无拘管，北去南来自在飞。

中原父老莫空谈，逢着王人诉不堪。却是归鸿不能语，一年一度到江南。

从内容上来看，这组诗感叹中原沦陷、南北阻隔的现实，歌颂刘锜、岳飞、张俊、韩世忠等为国争光的抗敌将领和赵鼎、张浚等主战派大臣，想象北方遗民的爱国言行，暗中批判妥协投降的国策，感情沉痛；从风格上来看，这组诗借淮水、秋风、归鸿等物象即景抒怀，宛转沉郁，哀怨凄楚。这些与范成大的使金诗、甚至与陆游的爱国诗并无太大的差异，上引第四首诗歌简直像范成大《州桥》诗的续作。杨万里的独特之处在于，身处淮河边界，以组诗的形式，比较集中、形象地抒写了敏感、无奈的心情，说出了当时人的心声。在杨万里之前、之后，有很多诗人表达过类似“何必桑干方是远，中流以北即天涯”的意思[①]，相对而言，杨万里说得更加真切，更加感人，也就更具有代表性。与《初入淮河四绝句》类似的还有《题盱眙军东南第一山》二首。试看第二首：

建隆家业大于天，庆历春风一万年。廊庙谋谟出童蔡，笑谈京洛博幽燕。白沟旧在鸿沟外，易水今移淮水前。川后年来世情了，一波分护两涯船。

诗歌反思历史，批判误国奸臣童贯、蔡京，第三联痛心北方山河沦丧，其意思后来被刘因浓缩为“白沟移向江淮去”[②]，尾联化用施望吾《及第后过扬子江》中的诗句“江神也世情，为我风色好”，称如今江神（川后）不再世故，不再偏袒一方，而是要护送宋金两国的船只，显得很苦涩。他的《雪霁晓登金山》是陪同金使登览金山品茶，面对江山形胜，感到非常羞愧：“诗人踏雪来清游，天风吹侬上琼楼。不为浮生饮玉舟，大江端的替人羞，金山端的替人愁。”此处连用两个“端的”，感慨颇深。

① 参见钱钟书《宋诗选注》，人民文学出版社1982年版，第187—188页。

② 刘因《静修先生文集》卷九《白沟》。

这些愤懑、无奈、苦涩、羞愧、沉郁之情，是南宋爱国诗词的共性成分，除此之外，杨万里的爱国诗还有一些为人忽略的个性。

与陆游等人相比，杨万里的爱国诗虽然感慨西北失陷，但很少直接抒发杀敌报国之志，很少有陆游、辛弃疾般的雄心和理想。他像许多普通文人一样，已经习惯了长期以来的和平局面。这在他的诗中也有所反映，如《过瓜洲镇》：

> 夜愁风浪不成眠，晓渡清平却晏然。数棒金钲到江步，一樯霜日上淮船。佛狸马死无遗骨，阿亮台倾只野田。南北休兵三十载，桑畴麦垄正连天。（自注：完颜亮辛巳南寇，筑台望江，受诛其上，土人云。）

当年北魏拓跋焘追击刘义隆，追至瓜洲，在山上建立行宫；完颜亮南侵，亦在此筑台，后被部下所杀。杨万里在这两段侵略历史之后，没有接着写抗击侵略，收复失地，而是转写当下的和平局面，“南北休兵三十载，桑畴麦垄正连天”，呈现出一派喜人的景象，这说明杨万里等人已经习惯了和议的政局。这并不值得奇怪，高扬抗敌旗帜的陆游也有“杏花天气喜新晴，白首书生乐太平”（《春游》）这样和乐的诗句。

另一方面，与范成大、曹勋等人的使金诗相比，杨万里的爱国诗不再有他们那种强烈的屈辱、惭愤情绪，毕竟杨万里迎送金使没有承担乞还帝陵之类的使命，不用委曲求全地与金人交涉。他在南宋境内，以主人的身份来接待金使，途中陪同使客观赏灯会、游览惠山，都体现出主人的姿态。在朝廷宴请金使的宴会上，杨万里甚至还洋溢出高人一等的自豪感。其《正月五日以送伴借官侍宴集英殿十口号》（之二）曰：“一点胡行朝汉天，英符来自玉门关。旧时千岁琵琶语，新学三声万岁山。”女真族使节学说汉语，让杨万里体会到文化上的优越感。杨万里又将之放大，仿佛四夷臣服。这种主人姿态和自豪感是陆游、范成大等人作品中所罕见的。

杨万里的爱国诗有时还带有诚斋体活泼幽默的特点。绍熙元年（1190）六月，丘崈使金贺金章宗生辰，九月使金归来，将沿途所写的诗歌送给杨万里。杨万里作《跋丘宗卿侍郎见赠使北诗一轴》：

> 太行界天二千里，清晨眺入寒窗底。黄河动地万壑雷，却与太行相趁来。青崖颠狂白波怒，老夫惊倒立不住。乃是丘迟出塞归，赠我大轴出塞诗。手持汉节娖秋月，弓挂天山鸣积雪。过故东京到北京，泪滴禾黍枯不生。誓取胡头为饮器，尽与黎民解魋髻。诗中哀怨诉阿谁，河水呜咽山风悲。中原万象听驱使，总随诗句归行李。君不见晋人王右军，龙跳虎卧笔有神，何曾哦得一句子，自哦自写传世人。君不见唐人杜子美，万草千花句何绮，只以诗传字不传，却羡别人云落纸。莫道丘迟一轴诗，此诗此字绝世奇。再三莫遣鬼神知，鬼神知了偷却伊。

丘密为人慷慨忠义，声言“生无以报国，死愿为猛将以灭敌”①，其使金纪行诗当抒写其慷慨报国情怀，可惜已全部失传。杨万里受其诗感染，这首题诗写得激昂慷慨，“誓取胡头为饮器，尽与黎民解魋髻”等诗句很有些陆游诗歌的面目。但诗歌开头六句想象太行、黄河的壮观景象，还是诚斋体一贯的活脱迅疾。“中原万象听驱使”之后，大段称赞丘密诗书兼工。他不仅从丘密这组爱国纪行诗析出“中原万象”，还从一向忧国忧民的杜诗中挑出“万草千花”，突出体现了他重视自然景观描写的倾向性。结尾“再三莫遣鬼神知，鬼神知了偷却伊”也是诚斋体一贯的幽默口吻。

南宋爱国诗词以慷慨激昂、沉郁苍凉者居多，杨万里别开生面的地方在于将诚斋体的手法与抒写爱国情感结合起来。他喜欢借助山川风物的描写，抒写其爱国情怀，所以能将爱国情怀写得轻巧幽默。如下列诗歌：

望中白处日争明，个是淮河冻作冰。此去中原三里许，一条玉带界天横。

——《登楚州城》

絮帽貂裘莫出船，北风最紧且深关。颠风无赖知何故，做雪不成空自寒。不去扫清天北雾，只来卷起浪头山。便能吹倒僧伽塔，未直先生一笑看。

——《嘲淮风》

这两首诗都以写景为主。《登楚州城》远眺淮河，白白一片，那是划分南北的疆界。如果不是宋金对峙的特殊背景，这首诗就是纯粹的写景诗，毫无沉重之处。但该诗含有“中流以北即天涯”的爱国情感，所以在轻巧的外表之下又有不轻松处。《嘲淮风》讥笑北风号寒，卷起巨浪，既不能带来冬雪，又不能扫清北方迷雾（比喻盘踞北方的敌人），纵然再强劲，纵然吹倒佛塔，也不值得诗人一看。诗人的重点是希望淮风能“扫清天北雾”，这也是以轻巧诙谐的语言来表达爱国情怀。这种活泼幽默的爱国诗在古代诗史上别具一格。

三、诚斋体高峰状态下的新变

接送金使组诗是诚斋体创作的高峰。杨万里所说的“余诗又变”，不局限于《渡扬子江》之类的诗歌，高峰本身就是其变化之一，高峰之下又体现了一些新变。

纵观杨万里的创作生涯，接送金使时期进入了更加自如的境界。此前，杨万里在《诚斋荆溪集序》中曾自述淳熙戊戌（1178）年间创作的自如状态：

戊戌三朝，时节赐告，少公事，是日即作诗。忽若有悟，于是辞谢唐人及王、陈、江西诸君子，皆不敢学，而后欣如也。试令儿辈操笔，予口占数首，则浏浏焉无复前日之轧轧矣。自此，每过午，吏散庭空，即携一便面，步后园，登古城，采

① 《宋史》卷三九八《丘密传》。

撷杞菊，攀翻花竹，万象毕来，献予诗材，盖麾之不去，前者未雠，而后者已迫，涣然未觉作诗之难也。

这被学界普遍视为诚斋体形成的关键。但是，杨万里当时并没有完全达到他所描述的自由境界，次年他就多次说过“老来觅句来难成”（《春夜孤坐》）、“自笑独醒仍苦吟，枯肠雷转不禁搜”（《中秋病中不饮》）之类的话，说明他并没有废弃苦吟功夫①。所谓“万象毕来，献予诗材”，也是他有意游览后园古城、寻诗觅句的结果。而接送金使期间的创作比过去更加自如，写作速度空前提高，他形容这期间的写作状态道：

炼句炉槌岂可无？句成未必尽缘渠。老夫不是寻诗句，诗句自来寻老夫。

——《晚寒题水仙花并湖山》

这种轻松迅疾、自然而然的创作境界表面上与“万象毕来，献予诗材”大体相似，却少了此前有意寻诗的过程。接送金使组诗最接近随手拈来、不用费力的实际，姜夔“风行水上自成文”的赞词即是旁证，说明诚斋体创作已经进入了一个新境界。

众所周知，诚斋体多写自然景象，擅长表现转瞬即逝的动态。在接送金使期间，沿途自然景象丰富多彩，变化无穷，自然题材的诗歌更多，占了绝对优势。下面是《朝天续集》的题材统计表：

阶　段	诗歌总数	自然题材	所占比例	社会题材	所占比例
一、临安—盱眙	90	77	85.6%	13	14.4%
二、盱眙—临安	67	62	92.5%	5	7.5%
三、临安为官	43	14	32.6%	29	67.4%
四、临安—盱眙	81	74	91.4%	7	8.6%
五、盱眙—临安	71	71	100%	0	0%
六、临安为官	51	18	35.3%	33	64.7%
合　计	403	316	78.4%	87	21.6%

从上表可以看出，自然题材占《朝天续集》诗歌总量的78.4%，占接送途中诗歌总量（309首）的91.9%，说明诚斋体不仅是杨万里诗的特色所在，也是其主体所在。由于作于接送途中，这些诗歌都很好地将纪行与写景结合起来。整组诗歌体现了接送的动态行程，具体诗篇则大量描写舟行途中的动态景象。如写舟行时岸旁景色，“两边岸柳都奔走，不及追船各自回”（《过洛社望南湖暮景》），“两岸山林总解行，一层送了一层迎”（《过望亭》），“千村一抹片子时，四岸人家眼中失”（《雪小霁顺风过谢阳湖》）；写放闸景

① 参见莫砺锋《论杨万里诗风的转变过程》，《唐宋诗歌论集》，第484—487页。

象，“练湖才放一寸水，跳作冰河万雪堆”（《练湖放闸》），“雪溅雷奔乍明眼，天跳地趠也惊人”（《清晓洪泽放闸四绝句》）；写狂风骤雨，“清平如席是淮流，风起雷奔怒不休”（《雨作抵暮复晴》），“细雨无声忽有声，乱珠跳作万银钉”（《过八尺遇雨》），“五湖波起众山动，一片月明千里愁”（《月夜阴风泊舟太湖石塘南头》）。类似的例子不胜枚举，体现了诚斋体非凡的表现力。

在纪行写景诗中，杨万里进一步发挥活泼幽默之风。前文论及其爱国诗中的幽默风格，就是一例。其他一般性的写景纪行诗更是如此。他写水边倾斜的树木：“岸头树子直如筠，谁遣相招住水滨？不合镜中贪照影，照来照去总斜身。”（《岸树》）将之理解为顾影自怜，导致枝干倾斜。他写雨中元宵：“佳辰三五是今宵，恰则今宵细雨飘。天念孤舟人寂寞，不教月色故相撩。”（《舟中元夕雨作》）将元宵无月视为对他孤居异乡的照顾。幽默中，有诗人的狡黠和智慧。有所不同的是，杨万里此行正值寒冬，要忍受风雪严寒。他多次写及苦寒，“劝君莫出君须出，冰脱君髯折君骨”、“一老冻欲死”（《舟中奉怀三馆同舍》），但他能够苦中作乐，超越风雪苦寒，表现其乐观的诗意情怀。如《晚风》：“晚日暄温稍霁威，晚风豪横大相欺。做寒做冷何须怒，来早一霜谁不知？”面对寒风，诗人有质问，有蔑视，有幽默。再如《至洪泽》：“今宵合过山阳驿，泊船问来是洪泽。都梁到此只一程，却费一宵兼两日。政缘夜来到渎头，打头风起浪不休。舟人相贺已入港，不怕淮河更风浪。老夫摇手且低声，惊心犹恐淮神听。急呼津吏催开闸，津吏叉手不敢答。早潮已落水入淮，晚潮未来闸不开。细问晚潮何时来，更待玉虫缀金钗。”将舟行遇风这种劳顿经历写得一波三折，跌宕多姿，兴味盎然，其中对话及动作描写形象生动，妙趣十足，可见诗人晚年化愁苦为诗意的手段和能力。

此外，杨万里接送金使诗歌也体现了诚斋体的体裁特点。诚斋体以七言诗为主要载体，试看接送金使诗歌体裁分布情况：

阶段	诗歌总数	七绝/比例	七律/比例	七古/比例	五言/比例
一	90	54/60%	28/31.1%	4/4.4%	4/4.4%
二	67	39/58.2%	14/20.9%	7/10.4%	7/10.4%
四	81	39/48.1%	32/39.5%	8/9.9%	2/2.4%
五	71	12/16.9%	3/4.2%	3/4.2%	53/74.6%
合计	309	144/46.6%	77/24.9%	22/7.1%	66/21.4%

从中可以看出，七言诗的比例高达78.6%，与《朝天续集》中自然题材所占的比例78.4%，基本相同，说明其题材与体裁的一致性。其中比例最大的是七绝，占46.6%，大概七绝最容易写得活泼灵动，其次是七律，比例最小的是七古。五言诗仅66首，占21.4%，其中包括《寄题朱元晦武夷精舍十二咏》、《芗林五十咏》这两组不能自主选择体裁的和作，否则五言诗的比例会更小。五言诗中，最多的是上述两组五绝，显得澹静有余，灵动不足，与诚斋体的典型特征仍有较大差异。这说明，五言诗的体制不太适合

诚斋体的轻巧、灵活、幽默。

总之，杨万里迎送金使的 80 天左右时间，是他一生中创作速度最高的黄金期，是其爱国情感最强烈的时期，同时还是诚斋体创作的高峰，体现了诚斋体的一些变化。迎送金使虽然是被动的外交事务，却玉成了杨万里的诗歌创作。

陆游诗歌“北伐”之“再现”析论

台湾大学　黄奕珍

一、前　言

回顾陆游诗歌的研究历史，最为突出的是对其“爱国诗”的极度推崇，这当中又以热烈赞叹其爱国爱君之忠挚与体现民族精神为主流[①]。翻检相关论著，多以“爱国”为标志广泛简明地讨论了此类诗篇的内容、手法、风格、情感[②]，也有学者注意到以“爱国”作评的发展过程[③]。另有将与征伐恢复、入关出塞以及从军杀敌等相关之诗作径称为“边塞诗”者[④]，虽然其探讨仍聚焦于爱国精神，但从其使用“边塞诗”一词，我们或可推测其用意在于强调陆游此类诗作与由南朝以来渐次形成的边塞诗写作传统的密切关系。

这样由不同线索与论述交叠相映的现阶段评论状况，告诉我们用“爱国诗”或“边塞诗”来评价陆游的诗作，是长短互见、优劣并存的。他的爱国诗和边塞诗的确有大范围的重合，但也有彼此独立的部分，完全混合来谈，并不妥当。而就前一角度观察，可以见出其为南宋特殊时空的产物，而且因为之后享有与陆游相同的胡/汉种族之分的认同而形成这样特殊的诠释方向；就后一脉络而言，陆游的边塞作品既继承了边塞诗的深厚传统，亦有足以与之抗衡的创新之处，把这样复杂的状况和前述“爱国”的着眼点掺和论之，亦有所不足。

而且，这两类诗作数量庞大，至少应有五六百首，其内容亦非仅各举数例得以包概，其所涉及的次分类如论及北伐者、与诗人不遇之感相结合者、讥评时事者、述及个人从军南郑者以及自我形象的塑造等皆可作更细密的分梳，借以探讨和以上两种批评视界的

---

① 如施霞《“中国成都首届陆游文化学术研讨会”综述》论及2004年举办的会议成果即云：“与会代表强调指出，陆游在我国历史上爱国主义诗人地位是不可置疑的……陆游的爱国诗具有永恒性，体现了民族精神的永恒和伟大。”《中华文化论坛》2005年第2期，第160页。

② 不管是泛论或专论皆有此倾向：如李曰刚《爱国诗人陆放翁》，《中华文化复兴月刊》6．9(1973)，第1—9页；乔显浩《论陆游诗歌的爱国主义精神》，《内蒙古电大学刊（哲学社会科学版）》，1996年第2期，第16—18页。诸多文学史或诗歌史论著亦如是，如“以志士的心情，激发出悲愤激越的诗篇，不仅蒙羞的南宋没有第二人，就是在文学史上也是唯一足以唤醒民族之奋起的鼓吹手”，见台静农《中国文学史》（台大出版中心，2004），下册，第549页；姜书阁《中国文学史四十讲》第22讲标题为“南宋爱国诗人陆游及其他诗人”（浙江大学出版社，2008），第188页等。另外，学者也特别注意以梦为手段的表述方式，如陈功、李海玲《“梦诗”：陆游爱国情怀的另一种表达》，《玉溪师范学院学报》21．5(2005)，第51—54页。

③ 高津孝《陆游评价的系谱——爱国诗人与国家主义》指出使用“爱国”一词与国家主义的关系，并将其追溯到清朝末期的梁启超。《政大中文学报》第4期（2005．12），第59—78页。

④ 庄桂英《陆游边塞诗研究》（台湾宏大出版公司，1997）；张忠智、庄桂英《人在山阴，心系边塞——谈陆游的边塞诗》《中国韵文学刊》2004年第1期，第52—56页。

关系，如此才不致流于单调、空疏。同时，陆游在书写这些次分类作品时，往往使用迥异的笔法、抒发不尽相同的感情而形成带有个别性的风格，更须予以较为精致的处理，这样才能站在既有的研究基础上厘测其真正的价值和文学史及批评史间的复杂网络。

鉴于以上的理由，本文拟集中探讨陆游书写北伐的诗篇以作为深入研究的起点，因为此类作品虽集中描述一个基本上属于虚构的事件，却是诗人投注强烈关怀并衷心企盼能够付诸实践的事件。归根究底，其呈示形式仍应视为文学的“再现”，而文学的“再现”必然牵涉到被表述的事物以及表述的方式①。本文即拟以此作为观察重点，先将北伐真正实行时的先后阶段作为对照性坐标以综合各首诗作透露的讯息，借以完整勾勒陆游心目中的北伐图像与对进程的规划；而后再以此为基础分析其于再现时产生的组成结构、叙事方式与应用手法的特出与矛盾之处，进而钻索研探其深刻蕴藏的意义与幽微的心曲。

二、北伐“再现”的三个阶段

如果北伐中原、收复失地是一可以实现的行动，那么按照实践此一行动的先后程序——也是陆游叙写大多数此类诗作所采取的方式，将其分作三部分来探讨，应能帮助我们了解北伐论述中某些值得深思的重点。

首先是准备北伐的阶段，这包括能够得胜的原因，其次是北伐的过程与得胜的关键，最后则是胜利后的作为与措施。

（一）北伐前的准备阶段

陆游对于北伐能够成功给予了充分的理由，大约可分为三类：天意与神力、军事的实力和政治的施为。

以老天的意旨与力量作为北伐必定成功的一个原因，在陆游这类诗作中似乎是不证自明的事实。《中夜闻大雷雨》就把半夜的一场雷雨写成是上帝震怒的表征，并作为其扶善惩恶的手段：“雷车驾雨龙尽起，电行半空如狂矢。中原腥膻五十年，上帝震怒初一洗。”②《书事》四首之四写御驾亲征、得胜回朝，“九天清跸响春雷，百万貔貅扈驾回。不独雨师先洒道，汴流衮衮入淮来”③，也显示了同样的思维。

《大将出师歌》写得更为简捷而理所当然，根本不予人怀疑的空间：“天声一震胡已亡。”④《战城南》则进一步指出为何老天要站在宋人这边的理由：“逆胡欺天负中国，虎狼虽猛那胜德?”⑤ 胡人残暴凶狠，违背义理，不似南宋崇尚品德。另一首诗中则写道：“小丑盗中原，异事古未有。尔来间左起，似是天假手。”⑥ 不仅呼应了前述金人无德的说

---

① 一般讨论“再现”（representation）会关注三个方面——对象、方式和媒介，因此处不涉及不同媒介（如绘画、文字、音乐等）的比较，故只讨论前两项。参见 Frank Lentricchia & Thomas McLaughlin 编，张京媛等译，《文学批评术语》（香港牛津大学出版社，1994 年），第 15 页。

② 宋陆游著，钱仲联校注，《剑南诗稿校注》（上海古籍出版社，1985 年），第 552 页。

③ 同上，第 3369 页。

④ 同上，第 887 页。《雪中忽起从戎之兴戏作》四首之四也有相似的描写——“群胡束手仗天亡”。第 1430 页。

⑤ 同上，第 625 页。

⑥ 《出塞四首借用秦少游韵》之四，《剑南诗稿校注》，第 3529 页。

法，也将北方平民之起义看做是遂行老天意志的举动。在获得胜利后，再补上“天网本不疏，贷汝亦已久”，足见老天的宽容与天网恢恢疏而不漏之意。他会用“天威在上贼胆破，捧头鼠窜吁可哀。妄期旧穴得孳育，不知天网方恢恢”[①] 这样的语句警告传闻中逃回发迹地的敌人，意思是说，他们多行不义，终将受到制裁，之后更预言宋帝所为乃遵从上天之意旨，必得振衰起敝、重复故土：“陛下中兴天所命。”至如“王师仗义从天下”[②]亦由道德仁义立说，以与金人区别。有时，诗人只是简单地以“命运”作为成功的条件：“一朝胡运衰，送死桑干川。”[③] 也有综合以上各个方面的“邦命中兴汉，天心大讨曹。风云助开泰，河渭荡腥臊”，于上天的意志、国家的命运、风云的扶助外，还增加了历史的比拟。陆游把南宋比作承继正统的蜀汉，把金人比做伪政权之曹操，意谓着天命之所归。这样的想法在某些诗句中敛藏得更为隐密：“王师北伐如宣王，风驰电击复土疆。”[④] 作者于诗篇起首即断言王师之北伐如同周宣王之曾北伐玁狁，南征荆蛮、淮夷、徐戎，重振周室声威，所以这次的军事行动亦如所比之历史事件一般，迅速获得了胜利。因为历史上曾发生相似的前例，也成为成功的一个原因。《出塞四首借用秦少游韵》之二“煌煌艺祖业，土宇尽九州。当时王会图，岂数汝黄头”[⑤]，则以更为曲折的笔触使用此种论述模式。太祖时还未能进贡称臣的女真，今日战栗受降，正可呼应宋朝盛明时以汉人为中心的诸族图像[⑥]。过去历史中一个被突显的代表性画面，冥冥中似也成为主导女真失败的命运驱力。

最为特殊的是《月下野步》[⑦]：

> 空中磊落斗跨天，道旁荒寒月满川。行歌惊起鸥鹭眠，三万里在拄杖边。敲门索酒太华前，飞渡黄河不须船。袖中短铁青蜿蜒，昔曾巴丘从老仙。削平岩崖抉云烟，此妙可得不可传。雷声殷殷电煜然，已觉辽碣无腥膻。雪花如席登祁连，归来却看东封年。

晴朗的夜晚，诗人在故乡山阴散步，从第四句起慢慢由现实转向神异的情境，他似乎化身为吕洞宾，倏忽飞渡黄河到达华山，他的剑术乃受异人指点，出神入化，可削崖抉云。令人骇怪的是，吕氏剑术之造诣已臻极境，无法传于弟子，靠着分云剖烟的举动，

---

① 《闻虏酋遁归漠北》,《剑南诗稿校注》，第 1270 页。

② 《塞上曲》四首之三，《剑南诗稿校注》，第 1553 页。

③ 《长歌行》,《剑南诗稿校注》，第 2308 页。

④ 《观运粮图》,《剑南诗稿校注》，第 2670 页。

⑤ 《剑南诗稿校注》，第 3528 页。

⑥ 期勉天子效法北宋盛明时之君主、恢复包括燕云十六州之版图并班师回汴，一直是陆游衷心所愿：“今天子忧勤恭俭，以抚四海，德教洋溢，如祖宗时。齐、鲁、燕、晋、秦、雍之地，且尽归版图，则龙舟仗卫，复溯淮汴以还故都。百司庶府，熊罴貔虎之师，翼卫以从。”（《常州奔牛闸记》，曾枣庄、刘琳主编《全宋文》，上海辞书出版社、安徽教育出版社 2006 年版，卷四九四四，第 126 页。）“今天子神圣文武，承十二圣之传，方且拓定河洛，规恢燕赵，以卒高皇帝之武功。”（《镇江府驻扎御前诸军副都统厅壁记》，同前书，卷四九四三，第 115 页）。

⑦ 《剑南诗稿校注》，第 1615 页。

空中雷电交加，于是女真的根据地便被收复了。由山阴至关中再往东到东北、往西至祁连山，一场神妙的剑术展演拯救了广袤的疆域。这一场剑舞果真惊心动魄，然而以此来作为得到全面胜利的缘由却也匪夷所思。

陆游常于诗篇中以宏阔的场景描绘北伐队伍的规模与壮盛的军容。《秋风曲》云“鸿门霸上百万师，安西北庭九千里。帐前画角声入云，陇上铁衣光照水”①，由关中至新疆，画角连营，甲胄保养得宜。《夜观秦蜀地图》则回想从军南郑时所见军纪之严整：“高旌缥缈严玉帐。”② 他善于呈现军队配备之精良：“将军枥上汗血马，猛士腰间虎文韔。阶前白刃明如霜，门外长戟森相向”③、“精金错落八尺马，刺绣鲜明五丈旗”④、“金络洮州马，珠装夏国刀”⑤。这些描写常以精工但在音律上不作严格要求的对偶呈现，隐隐暗示北伐阵容的整齐；精心挑选的“铁衣”、“汗血马”、“虎文韔”、“五丈旗”、“夏国刀”之物象与“金络/精金错落”、“珠装”、“刺绣鲜明”之装饰等互相搭配后，往往透露着光艳的风采、纷离的光华，令人不禁心生崇拜。

除此之外，这些军队打起仗来，阵法玄妙难识，“王师出城南，尘头暗城北。五军战马如错绣，出入变化不可测”⑥，“全师出雁塞，百战运龙韬”⑦。他还以骄傲的语气赞美将帅与士卒精湛的武艺——“将军羽箭不虚发，直到祁连无雁群。隆隆春雷收阵鼓，蜿蜿惊蛇射生弩”⑧，并以此优势向胡人放话云：“匈奴莫复倚长戈，来款军门早乞和。铁骑如山尚可避，飞将军来汝奈何！”⑨

能令战事成功的另一因素是政治的施为，其中最为诗人关注的便是人才的选用。他总结宋室祖宗开立功勋的要则为“煌煌祖宗业，只在驭群豪”⑩，在另一首诗中，他也描述君主“筑坛授钺皆雄才”⑪。于将帅的择用方面，陆游承袭边塞诗传统，几乎以李广作为典范，然而表现的手法却深具变化。《军中杂歌》八首之二说“秦人万里筑长城，不如壮士守北平”⑫，点出将领的重要远过于费时耗工的大型防御工事。《焉耆行》二首⑬仔细摹写新疆中部、天山南路之风土民情，借着胡人富于戏剧张力的行动或劝其慎离边区之言语暗示中原起用李将军乃是其国势压过胡人的原因：

焉耆山头暮烟紫，牛羊声断行人止。平沙风急卷寒蓬，天似穹庐月如水。大胡

---

① 《剑南诗稿校注》，第1169页。
② 《夜观秦蜀地图》，《剑南诗稿校注》，第1124页。
③ 《九月十六日夜梦驻军河外遣使招降诸城觉而有作》，所引后两句亦带纪律严整之意。《剑南诗稿校注》，第344页。
④ 《塞上》，《剑南诗稿校注》，第1252页。
⑤ 《小出塞曲》，《剑南诗稿校注》，第1945页。
⑥ 《战城南》，所引前两句亦带有军士众多之意。《剑南诗稿校注》，第625页。
⑦ 《小出塞曲》，《剑南诗稿校注》，第1945页。
⑧ 《出塞曲》，《剑南诗稿校注》，第857页。
⑨ 同上。
⑩ 《得建业倅郑觉民书言虏乱自淮以北民苦征调皆望王师之至》，《剑南诗稿校注》，第2623页。
⑪ 同注11。
⑫ 《剑南诗稿校注》，第1158页。
⑬ 同上，第1404—1405页。

太息小胡悲，投鞍欲眠且复起。汉家诏用李轻车，万丈战云来压垒。

焉耆山下春雪晴，莽莽惟有蒺藜生。射麋食肉饮其血，五谷自古惟闻名。樵苏切莫近亭障，将军卧护真长城。十年牛马向南睡，知是中原今太平。

有时，他点名应善用沦陷区自古以忠烈义勇闻名的男子："幽并从古多烈士，悒悒可令长失职"[①]，"大散陈仓间，山川郁盘纡。劲气钟义士，可与共壮图"[②]。在某些诗篇里，义烈之士以鲜明的个人形象现身："须如猬毛磔，面如紫石棱。丈夫出门无万里，风云之会立可乘"[③]；或如《秋声》、《书悲》二首之二[④]，竟亦带有诗人自喻的况味。前者于枕上闻秋声的诗人既能张弓擒胡，又能草拟捷书；后者"头白归扶犁"而曾为搴旗手的男子，则渴望着受诏回到营伍，加入北伐的行列。

而君王对于将士的恩宠与赏赐，更是诗人描画的重点。《大将出师歌》[⑤] 以接近一半的篇幅肆意铺写出兵前皇帝派遣中使赐宴的盛大场面，以此显示君主对于此一军事行动的极度重视：

将军北伐辞前殿，恩诏催排苑中宴。紫陌惊尘中使来，青门立马群公饯。绣旗杂沓三十里，画鼓敲铿五千面。行营暮宿咸阳原，满朝太息倾都羡。

又有写将军面奏平复北地之计策，得到君王赏识而"下殿即日名烜赫"[⑥] 的例子。还有着意描写特遣使者至凉州军区赏赐冬衣者：

凉州四面皆沙碛，风吹沙平马无迹。东门供张接中使，万里来宣布袄敕。敕中墨色如未干，君王心念儿郎寒。当街谢恩拜舞罢，万岁声上黄云端[⑦]。

除了以具体行动表现对将领的尊重与对士卒的爱护外，陆游还多次摹写御驾亲征的情境。如：

天宝胡兵陷两京，北庭安西无汉营。五百年间置不问，圣主下诏初亲征。熊罴百万从銮驾，故地不劳传檄下[⑧]。

---

① 《剑南诗稿校注》，第 397 页。

② 《观大散关图有感》，《剑南诗稿校注》，第 357 页。陆游主张用北人的论述，可参见《论选用西北士大夫札子》，《全宋文》，卷四九二四，第 198 页。

③ 《胡无人》，《剑南诗稿校注》，第 367 页。

④ 《秋声》，《剑南诗稿校注》，第 422 页。《书悲》二首之二，前引书，第 1062 页。

⑤ 《剑南诗稿校注》，第 887 页。

⑥ 《将军行》，《剑南诗稿校注》，第 1941 页。

⑦ 《凉州行》，《剑南诗稿校注》，第 1976 页。《塞上曲》四首之四也把赐衣视为君主恤念士卒因而受到拥戴的举动："将军许国不怀归，又见桑干木叶飞。要识君王念征戍，新秋已报赐冬衣。"《剑南诗稿校注》，第 1553 页。

⑧ 《五月十一日夜且半梦从大驾亲征尽复汉唐故地见城邑人物繁丽云西凉府也喜甚马上作长句未终篇而觉乃足成之》，《剑南诗稿校注》，第 970 页。

《军中杂歌》八首之六的“北面行台号令新，绣旗豹尾渡河津”①，便明言皇帝车队渡河至北地之事。诗人对恢复中原自有一套战略，其中先定关中是举足轻重的关节，既可上承历代王气，又可获得中原豪杰的响应②，所以才会写出“王师入秦驻一月，传檄足定河南北”③ 的诗句。

（二）北伐作战与得胜阶段

这部分要观察的是北伐征战的过程与得胜的关键描述。

陆游有时仅用简括的诗句交代过程——“三受降城无壅城，贼来杀尽始还营”④，“贼来杀尽”是非常简省的写法，既无曲折的情节，亦无形容词语。或选取一个画面，以一项动作概括道：“受降城头更奇绝，莽莽平沙千里月。选兵夜出打番营，铁马蹴冰冰欲裂。”⑤ 又或是以震耳的金鼓之声与满眼之旗帜、战马交织听觉与视觉之印象，并代指北伐战事，对读者造成极具震撼力的冲击：“金鼓轰轰百里声，绣旗宝马照川明。”⑥ 或者专注于作战时所遭遇的艰苦：“铁马渡河风破肉，云梯攻垒雪平壕。”⑦

有时他则描述行军过程：“北风吹急雪，夜半埋毡庐。将军八千骑，万里逐单于。”⑧ 以漫长的路途、恶劣的天候、追击的压力表现将士的坚忍不拔。这四句已然含有陆游此类诗作中一再出现的速度感，军士动作的迅捷更往往透过地名的交互变换与时间的倏忽流逝得到极致的发挥，从而形成特殊的节奏感与豪健的风格。简单的如“北伐下辽碣，西征取伊凉”⑨，利用两句五言诗句的篇幅，即由东北略地至西北。“上谷飞狐传号令，萧关积石列城陴”⑩ 则包括燕都、蔚州北方边地与关中及其西之河州，表示兵马移动的迅猛。《秋风曲》写军士“横飞渡辽健如鹘，谈笑不劳投马棰”⑪，以鹘形容其勇锐，“横飞”形容其腾捷，而他们是由关中的鸿门到安西、北庭，再至辽东，几乎眨眼即至。《将军行》里因面奏皇帝而得重用的将军领旨后“驰出都门雪初霁，直过黄河冰未拆。绣旗方掠桑干渡，羽檄已入金台陌”⑫，他应是由开封出发，渡过黄河后直取山西、河北，之后

---

① 《剑南诗稿校注》，第 1160 页。豹尾车是皇帝的属车，车上载朱漆竿，竿首缀豹尾，通常是八十一乘的最后一辆。

② 《书渭桥事》即云：“河渭之间，奥区沃野，周、秦、汉、唐之遗迹隐辚故在。自唐昭宗东迁，废不都者三百年矣。山川之气，郁而不发，艺祖、高宗，皆尝慨然有意焉，而群臣莫克奉承。……虏暴中原，积六七十年，腥闻于天。王师一出，中原豪杰必将响应，决策入关，定万世之业，兹其时矣。”《全宋文》，卷四九四五，第 148 页。

③ 《剑南诗稿校注》，第 397 页。

④ 《军中杂歌》八首之一，《剑南诗稿校注》，第 1158 页。

⑤ 《秋月曲》，《剑南诗稿校注》，第 2208 页。

⑥ 《塞上曲》四首之三，《剑南诗稿校注》，第 1553 页。

⑦ 《雪中忽起从戎之兴戏作》四首之二，《剑南诗稿校注》，第 1429 页。类似的描述亦见于《小出塞曲》之“度沙风破肉，攻垒雪平壕”，《剑南诗稿校注》，第 1945 页。

⑧ 《出塞曲》，《剑南诗稿校注》，第 1205 页。

⑨ 《出塞四首借用秦少游韵》之一，《剑南诗稿校注》，第 3527 页。

⑩ 《塞上》，《剑南诗稿校注》，第 1252 页。

⑪ 《剑南诗稿校注》，第 1169 页。

⑫ 《将军行》，《剑南诗稿校注》，第 1941 页。

计划收复西北的天山、热海①。在时间上，诗人安排大军于雪霁至冰融的极短时限内渡河，而“驰出”、“直过”、“方掠”、“已入”等语词以及下句的“勇士如鹰健欲飞”更是再三加强了这种速度感。《胡无人》中紫面猬须的壮士不仅“出门无万里”，而且还具体指出其“追奔露宿青海月，夺城夜蹋黄河冰。铁衣度碛雨飒飒，战鼓上陇雷凭凭”②。前两句的地点由青海至黄河，“追奔”、“夺城”见出其征战的快速与傲人的成绩，“露宿”、“夜蹋”表现了军士不畏艰苦的气候与恶劣的地理环境；后两句则以雷雨之声比喻军士穿着甲胄、擂着战鼓度碛与上陇的迅捷利落。强调东西往来、倏忽如神的可以《出塞曲》③为代表，这首诗开头即云：“千骑为一队，万骑为一军。朝践狼山雪，暮宿榆关云。”早晨自宁夏冒雪出发，晚间到达河北省山海关，以明确的地名与时间显示军队的强大战力。之后四句为：“将军羽箭不虚发，直到祁连无雁群。隆隆春雷收阵鼓，蜿蜿惊蛇射生弩。”因为下句即为得胜后之状况，所以这四句既褒许统帅与士卒的武艺高强，亦隐含征战的过程：军队再由河北移至甘肃的祁连山，诗人以射手之多与阵鼓之隆表明了宋军的优势，并以“收”字巧妙喻示战事已然结束，胜负已分。《书悲》二首之二云：“何当受诏出，函谷封丸泥。筑城天山北，开府萧关西。万里扫尘烟，三边无鼓鼙。”④ 陈述了他受诏后的规划：先取关中，再定萧关至天山之地，而后即能一路绥靖北方由幽州、并州到凉州之边地。而《九月十六日夜梦驻军河外遣使招降诸城觉而有作》于开首即将场景置于黄河以北，主帅已经于此扎营，他日夜辛勤工作，“昼飞羽檄下列城，夜脱貂裘抚降将”⑤，而如何由传军书至而敌将降则并无交代。至如“十万貔貅出羽林，横空杀气结层阴。桑干沙土初飞雪，未到幽州一丈深”⑥，则用由下雪至积雪未至一丈作为衡量十万大军由桑干河至幽州的时间刻度，以此表明军行之快速。

至于对得胜的描写不是阙如，就是以数字、一句或问句表现，极少详细地描述类乎现实的具体过程。这样的现象及其所代表的意义将于下节中详加探究。

（三）北伐成功之后的阶段

陆游对于得胜之后的场面以及处置之步骤描述得既生动又层次井然。我们大概可以将其分为两个阶段：受降、庆功、封赏等立即性的工作与收复沦陷区、统一版图、建设、变化风俗等需时较久的举措。

取得初步战果后，须乘胜追击，“雪上急追奔马迹，官军夜半入辽阳”⑦。获得胜利后，海内平定，不再处于战争状态，“高秋不闭玉关城，中夜罢传青海箭”⑧，“漠南漠北

---

① 碎叶川东之川头有热海，在西域，此诗前提到将军入奏平燕策时曾于御榻前指画地图：“天山热海在目中。”

② 《胡无人》，《剑南诗稿校注》，第 367 页。

③ 《出塞曲》，《剑南诗稿校注》，第 857 页。

④ 《书悲》二首之二，《剑南诗稿校注》，第 1062 页。

⑤ 《九月十六日夜梦驻军河外遣使招降诸城觉而有作》，《剑南诗稿校注》，第 344 页。

⑥ 《雪中忽起从戎之兴戏作》四首之三，《剑南诗稿校注》，第 1429 页。

⑦ 《雪中忽起从戎之兴戏作》四首之四，《剑南诗稿校注》，第 1430 页。

⑧ 《剑南诗稿校注》，第 552 页。

静如扫，清夜不闻胡马声”[1]，“苜蓿峰前尽亭障，平安火在交河上”[2]，诗人把一切写得平静稳当，令人感到安心。可是，他对敌人乞降、弃械的场面则不吝精工刻画描绘。从战场上的投降、即刻改变装束——“褫魄胡儿作穷鼠，竞裹胡头改胡语。阵前乞降马前舞，檄书夜入黄龙府”[3]，敌虏初败的悲哀恐惧——“可汗垂泣小王号，不敢跳奔那敢战”[4]，到失魂落魄、自请惩处的“黄头女真褫魂魄，面缚军门争请死”[5]，至于缴械之举则更再三提起：“已闻三箭定天山，何啻积甲齐熊耳”[6]、“弃甲纵横满战场”[7]、“日避挥戈勇，山齐积甲高”[8]、“三更穷虏送降款，天明积甲如丘陵”[9]、“明日受降处，甲齐熊耳高”[10]。有些诗句把败后胡人的惨状写得极为生动，其被俘后送到京师，成为都人观看、耻笑的对象：其中有领导阶级，如“偏师俘可汗，倾都观受俘”[11]、“名王金冠玉蹀躞，面缚纛下声呱呱。藁街未遽要汝首，卖与酒家钳作奴”[12]；或是泛指女真，如“今兹缚纛下，状若觳觫牛。万里献太社，裨将皆通侯”[13]。这些降俘被描绘成嘴里嚷着宋人所不懂的番言番语、因为忧心害怕而股栗颤抖的可怜复可鄙的生物，而且他还建议把他们作为献祭祖先的祭品，或是颈上戴上刑具卖为奴隶。诗人更进一步形容押送俘虏的方法——“连颈俘女真”[14]，是用绳索将其颈项一个一个套住，再集体押解。而“头颅满沙场，余截饲猪狗”[15] 则写得更为血腥残忍，令人不忍想象这样恐怖的画面。他几乎不承认敌人也应有基本的人权。

即使有时如此憎恨对方，陆游仍认为处置降军应以宽仁为上：“马前嘔啷争乞降，满地纵横投剑戟。将军驻坡拥黄旗，遣骑传令勿自疑。诏书许汝以不死，股栗何为汗如洗？”[16] 写出将军如何宽慰交战时乞降的敌军。他也不赞成追奔逐北、赶尽杀绝：“不须绝漠追败亡，亦勿分兵取河湟。”[17] 他希望女真能回到其兴起之地，重执原本以放牧为主的生活形态，虽然这样的想法常以不屑或不予计较的语气出之：“黄头汝小丑，污我王会篇。尽诛非无名，不足烦戈鋋。还汝以旧职，牧羊辽海边”[18]，“虢山多兽可游猎，汝不请

---

① 《剑南诗稿校注》，第 1152 页。
② 同上，第 970 页。
③ 同上，第 857 页。
④ 两处引文皆为《大将出师歌》，《剑南诗稿校注》，第 887 页。
⑤ 《剑南诗稿校注》，第 552 页。
⑥ 同上。
⑦ 《雪中忽起从戎之兴戏作》四首之四，《剑南诗稿校注》，第 1430 页。
⑧ 《剑南诗稿校注》，第 2623 页。
⑨ 同上，第 367 页。
⑩ 同上，第 1945 页。
⑪ 《观大散关图有感》，《剑南诗稿校注》，第 357 页。此处特别拈出“偏师”，指辅助主力军作战的侧翼部队即能俘送贼虏之首领，含有宣扬军威之意。
⑫ 《军中杂歌》八首之四，《剑南诗稿校注》，第 1159 页。
⑬ 《剑南诗稿校注》，第 3528 页。
⑭ 同上，第 3527 页。
⑮ 《出塞四首借用秦少游韵》之四，《剑南诗稿校注》，第 3529 页。《秋月曲》说击贼立功后要“漆胡骷髅持饮酒”，也是以敌人头骨作为酒器以庆功的血腥描写，《剑南诗稿校注》，第 2208 页。
⑯ 《剑南诗稿校注》，第 625 页。
⑰ 同上，第 2671 页。
⑱ 同上，第 2308 页。

命何归哉"[①]，"连颈俘女真，贷死遣牧羊"[②]。至于"犬豕何足雠，汝自承余殃"[③] 这样的说法，则以动物称之，认为不须仇视他们，因为他们得自己承担后果。

敌人投降后，朝廷得尽快接管失土，"中军歌舞入洛阳，前军已渡河流黄。风声萧萧阵堂堂，直跨井陉登太行"[④]，连用四个由南至北的地名，以欢乐的气氛、壮大的阵容呈现收复失土的路线及速度。至于"车载毡庐驼载酒，渔阳城里作重阳"[⑤]，则以较写实的笔法含蓄地暗示重阳时节可以徇地至渔阳城。他想象接管失地一定会受到北方遗民的欢迎："壶浆箪食满道傍，刍粟岂复烦车箱"[⑥]，"关中父老望王师，想见壶浆满路时"[⑦]。他们个个禁不住内心的欢喜："落蕃遗民立道边，白发如霜泪如雨。"[⑧]

至于上寿祝贺、庆功封赏及至大赦天下更是不可减省的举措，"捷书驰骑奏行宫，近臣上寿天颜喜。合门明日催贺班，云集千官摩剑履"[⑨] 把君臣齐集的祝贺场面写得极为宏阔，或如"上寿大安宫，复如正观初"[⑩] 把北伐得胜的祝贺类比唐代贞观盛世，间接赞许了胜利之可贵与重要。至于各地的庆贺则以"万人鼓吹入平凉"[⑪] 为代表，其共通之点则为热闹盛大。封赏的范围包括将军与士卒，"还朝策勋兼将相，诏假黄钺调金铉"[⑫]，"万里献太社，裨将皆通侯"[⑬]，"戎服押俘献庙社，正衙第赏颁诏册。端门赐酺天下庆，御觞尚恨沧溟窄"[⑭]。大赦场面亦肃穆庄严，"排仗行宫宣大赦"[⑮]。或远至敌境，"铃声南来金闪铄，赦书已报经沙漠"[⑯]。

以上的事情处置好之后，便要进行治理、建设的长久规划。首先是偃革为轩、倒置干戈，"扫尽烟尘归铁马，剪空荆棘出铜驼"[⑰]，重新整修防御设施，"筑城绝塞进新图"[⑱]，还要修整祖庙、营造都市，"先当营七庙，次第画九衢"[⑲]，于收复的失土上重置州县，纳入帝国的行政体系之中，"山川图籍上有司，张掖酒泉开郡县"[⑳]。

陆游对海内一统、四方贡物的情形兴奋莫名，他用了许多篇幅来描写这样的状态，

---

① 《剑南诗稿校注》，第 1207 页。
② 同上，第 3527 页。
③ 同上。
④ 同上，第 2670—2671 页。
⑤ 《塞上曲》四首之一，《剑南诗稿校注》，第 1552 页。
⑥ 《剑南诗稿校注》，第 2671 页。
⑦ 《书事》四首之二，《剑南诗稿校注》，第 3369 页。
⑧ 《剑南诗稿校注》，第 857 页。
⑨ 同上，第 552 页。
⑩ 同上，第 358 页。
⑪ 《建安遣兴》六首之五，《剑南诗稿校注》，第 866 页。
⑫ 《大将出师歌》，《剑南诗稿校注》，第 887 页。
⑬ 《出塞四首借用秦少游韵》之二，《剑南诗稿校注》，第 3528 页。
⑭ 《剑南诗稿校注》，第 1914 页。
⑮ 同上，第 970 页。
⑯ 《剑南诗稿校注》，第 1205 页。此二句云主将方才归来，皇帝赦书业已传出，可以见出朝廷行政效率之高。
⑰ 《书事》，《剑南诗稿校注》，第 3372 页。
⑱ 《剑南诗稿校注》，第 970 页。
⑲ 同上，第 357 页。
⑳ 《大将出师歌》，《剑南诗稿校注》，第 887 页。

先是“闻道舆图次第还”[①]，而后则是“黄河与函谷，四海通舟车。士马发燕赵，布帛来青徐”[②]。他把许久未曾收到的贡品细加盘点，“中华初识汗血马，东夷再贡霜毛鹰”[③]，甚至清楚画出北方疆域的东西两极，“西琛过葱岭，东戍踰朝鲜。巍巍天王都，九鼎奠涧瀍。万国朝未央，玉帛来联翩”[④]，而且数引历史典故以见其尊崇天子、号令四方之意。他得意地写道“冈峦极目汉山川，文书初用淳熙年”[⑤]，明白标示南宋淳熙年间能够北伐成功的心愿，并流露出对广阔山川与天下太平的向往：“安西北庭皆郡县，四夷朝贡无征战。”[⑥] 这些描述相当细致且数量不少，似乎透露了陆游对北方与西方疆域之收复念念不忘，也极意期盼南宋朝廷能超越北宋而至汉唐时期的领土。

作为文士，陆游也注意到了将此空前的胜利传诸乐曲与文字记载的重要性。在扎营于河外的将军赢得胜利后，他说：“更呼斗酒作长歌，要遣天山健儿唱。”[⑦] 以曲折的方式表现了其由河套一路光复至天山的功勋。文臣史官也应各尽其职：“史臣历纪平戎策，壮士遥传入塞歌”[⑧]，“从来文吏喜相轻，聊遣濡毫书竹帛”[⑨]，“不应幕府无班固，早晚燕然刻颂诗”。[⑩]

他也谈到移易胡风、改从汉俗的连动变化：“凉州女儿满高楼，梳头已学京都样”[⑪]，“渔阳女儿美如花，春风楼上学琵琶。如今便死知无恨，不属番家属汉家”[⑫]。对他来说，让北方沦为文化上的异域，是最无法忍受的事。

想到国土重光，他感到无比欣慰，“腥臊窟穴一洗空，太行北岳元无恙”[⑬]，用失而复得、抚视故物的心情检查太行山、北岳恒山是否在未受宋朝统治期间受到损伤。

对于北伐胜利、收复故土，他作了抽象的总结：“群阴伏，太阳升。胡无人，宋中兴。”[⑭] 胡人被比作“阴”，宋则为“太阳”，胡虏的败亡是阴气的消退，而宋室的兴复如同太阳灿烂东升，于是黑暗/光明便成为胡/汉的分别了。而“煌煌九霄揭日月，浩浩万里行风雷”[⑮] 不仅沿用这样的手法，也把宋朝于北方故土复行政令比作气势浩大的狂风暴雷，以渲染其执政的魄力与决心。

---

① 《书事》四首之一，《剑南诗稿校注》，第3369页。
② 《剑南诗稿校注》，第357页。
③ 同上，第367页。
④ 《长歌行》，《剑南诗稿校注》，第2308页。“鸭绿桑干尽汉天，传烽自合过祁连”也用同一技法，列出三个地名，以见其疆域乃由鸭绿江、桑干河西至祁连山。《书事》四首之三，《剑南诗稿校注》，第3371页。
⑤ 《剑南诗稿校注》，第970页。
⑥ 同上，第1976页。
⑦ 同上，第344页。
⑧ 同上，第3372页。
⑨ 同上，第1941页。
⑩ 同上，第1252页。
⑪ 同上，第970页。
⑫ 《军中杂歌》八首之七，《剑南诗稿校注》，第1160页。
⑬ 《剑南诗稿校注》，第344页。
⑭ 同上，第367页。
⑮ 同上，第1270页。

三、“再现”的表述方式与其意义

（一）“再现”北伐的结构特色

本文第二节中，我们综合相关诗作对北伐战争的描述并依其程序分为前、中、后三段而作了整体的分析，这样的做法不仅展开了一个宽阔完整的视野，有助于了解陆游对此军事行动的全盘规划与想象，也让我们得以一窥结构上呈现的差异：前后段叙写方式不同且远比中段详尽，对得胜关键缺乏完整的论述，且几乎以胜利为结局。

1. 中段的阙如与简化

北伐诗作中特别让人不解的是对得胜关键描写的阙如或极度简化，尤其在将其与前、后段作比时。

陆游时常在述及天意、神力与命运后，即刻跳接至胜利的场面，仿佛只要有天意的加持、神力的护持与命运的驱动，胜利便手到擒来，无须再作其他努力。例如：《战城南》于“逆胡欺天负中国，虎狼虽猛那胜德”之后即写女真投降之景况：“马前嘔咿争乞降，满地纵横投剑戟。”①《大将出师歌》云“天声一震胡已亡”，在一句内就表明了起因与结果，接下来则接写大获全胜的情形——“捷书奕奕如飞电”②。或有写到“小丑盗中原，异事古未有。尔来闻左起，似是天假手”，后直接由有人起义反抗而至胡人尸横遍野、身首异处——“头颅满沙场，余蔵饲猪狗”③。“群胡束手仗天亡，弃甲纵横满战场”④ 亦出自同一机杼。又有写夜半之大雷雨为“中原腥膻五十年，上帝震怒初一洗”后，马上描述敌人投降：“黄头女真褫魂魄，面缚军门争请死。”⑤ 谈到命运，则云：“一朝胡运衰，送死桑干川。胡星澹无光，龙庭为飞烟。”⑥ 以一、三句为因，二、四句为果，并无过程。或诉诸汉人政权为天的思维，而以此作为得胜的重要原因——“汉家如天臣万邦，欢呼动地单于降”⑦、“邦命中兴汉，天心大讨曹。风云助开泰，河渭荡腥臊”⑧，以天命为本、风云为助，即可达到剿灭敌人的目标。揭诸历史某一图像以为得胜之因而更无过程者则有“煌煌艺祖业，土宇尽九州。当时王会图，岂数汝黄头”，之后即刻接写女真股栗投降的惨状——“今兹缚纛下，状若觳觫牛”⑨。《观运粮图》写得更妙，正因王师北伐“如宣王”所以“风驰电击复土疆”⑩。

另一种类型是以某些行动为前导，带人得胜的部分，而仍不脱含糊不清或全无过程的模式。例如《书悲》二首之二先以八句交代自己的失志，而后带出深藏的志向：“何当

① 《剑南诗稿校注》，第625页。
② 同上，第887页。
③ 同上，第3529页。
④ 《雪中忽起从戎之兴戏作》四首之四，《剑南诗稿校注》，第1430页。
⑤ 《剑南诗稿校注》，第552页。
⑥ 同上，第2308页。
⑦ 同上，第1205页。
⑧ 同上，第2623页。
⑨ 同上，第3528页。
⑩ 同上，第2670页。

受诏出，函谷封丸泥，筑城天山北，开府萧关西。”厘析其语气，我们或可将此看作一种规划，而后诗人立刻接上“万里扫尘烟，三边无鼓鼙”[①]，表示海内平靖，天下太平。或是点出北伐的起始，而以隐微的笔法过渡至得胜——“诸将初北首，易水秋风寒。黄旗驰捷奏，雪夜夺榆关”，用“易水秋风寒”这样的景句与雪夜联结，暗示征战的区域与所经历的时间[②]。《晓叹》以冗长的篇幅细论自己的不遇与进谏之往事，之后推至其他志士：“幽并从古多烈士，悒悒可令长失职?”接着，快速推展——“王师入秦驻一月”，即可“传檄足定河南北”[③]。而由重用烈士、驻兵关中到收复黄河南北是多么浩大的工程，却在陆游的四句诗中大势已定。或如《秋风曲》写出由鸿门至安西、北庭又至辽东的健旅倏忽往来而后即云“堂堂羽檄从天下”[④]，完全不写交战的具体经过。《出塞曲》的写法与此亦有异曲同工之妙，写完将士的武功后即将镜头转至欢迎王师的遗民与惊惶的女真身上[⑤]。《胡无人》写寒夜奔驰的辛苦与战鼓之声后即迎接胜利：“三更穷虏送降款，天明积甲如丘陵。”[⑥]《观大散图有感》先写关中形势，再颂扬此地之义士可与共谋复国，而后以文雅的诗句暗寓关中已非宋室疆土，尔后即以二句浓缩得胜的过程：“安得从王师，汛扫迎皇舆?”[⑦] 或是皇帝领军渡河即有“檄书才下降书至，不用儿郎打女真”的战绩[⑧]，至于“北征谈笑取关河”[⑨] 更是一派轻松。还有以中使赐衣为中心事件，径自于其后写胜后政局的《凉州行》[⑩]，虽然不难读出诗人有强调君王须爱护士卒之意，但也传达了仿佛仅靠赏赐军衣即可得到胜利的讯息。

最难以置信的处理方式则为凭空获胜。《秋声》一诗以“五原草枯苜蓿空，青海萧萧风卷蓬”双写笔力与弓力后，即呈现一幅胜利的画面：“草罢捷书重上马，却从銮驾下辽东。”[⑪]《长歌行》一诗共20句，诗人历述其心迹，在第17—18句表明其志愿——“国雠未报壮士老，匣中宝剑夜有声”后，即刻带出得胜赐宴之场景——“何当凯还宴将士，

---

① 《剑南诗稿校注》，第422页。

② 《出塞四首借用秦少游韵》之三，《剑南诗稿校注》，第3528页。

③ 《剑南诗稿校注》，第397页。

④ 同上，第1169页。另《将军行》亦有相似的写法：“驰出都门雪初霁，直过黄河冰未拆。绣旗方掠桑干渡，羽檄已入金台陌。勇士如鹰健欲飞，孱王似兔何劳搦。”《将军行》，《剑南诗稿校注》，第1941页。

⑤ “落蕃遗民立道边，白发如霜泪如雨。褫魄胡儿作穷鼠，竞裹胡头改胡语。”《出塞曲》，《剑南诗稿校注》，第857页。《塞上曲》四首之三以二句写金鼓与军容，而后再加上我军乃仁义之师语，即得到成功：“金鼓轰轰百里声，绣旗宝马照川明。王师仗义从天下，莫道南兵夜斫营。”《剑南诗稿校注》，第1553页。

⑥ 《剑南诗稿校注》，第367页。

⑦ 同上，第357页。

⑧ 《军中杂歌》八首之六，《剑南诗稿校注》，第1160页。另《五月十一日夜且半梦从大驾亲征尽复汉唐故地见城邑人物繁丽云西凉府也喜甚马上作长句未终篇而觉乃足成之》也有类似的描写：“熊罴百万从銮驾，故地不劳传檄下。筑城绝塞进新图，排仗行宫宣大赦。”《剑南诗稿校注》，第970页。

⑨ 《剑南诗稿校注》，第3372页。

⑩ “凉州四面皆沙碛，风吹沙平马无迹。东门供张接中使，万里来宣布袄敕。敕中墨色如未干，君王心念儿郎寒。当街谢恩拜舞罢，万岁声上黄云端。安西北庭皆郡县，四夷朝贡无征战。”《剑南诗稿校注》，第1976页。

⑪ 《剑南诗稿校注》，第422页。

三更雪压飞狐城"①。《夜观秦蜀地图》以回忆往日驻扎南郑的情景开头，随后即云"咸阳不劳三日到，幽州正可一炬空"②，纯以想象收复失地。或有完全不写前、中段而直接跳至得胜后之景况，如"名王金冠玉蹀躞，面缚纛下声呱呱。稿街未遽要汝首，卖与酒家钳作奴"③。《书事》四首之一云"闻道舆图次第还，黄河依旧抱潼关"④，之三云"鸭绿桑干尽汉天，传烽自合过祁连"。而《闻虏酋遁归漠北》由"幽州遗民款塞来"⑤起首，再于后文倒叙得胜及其前之事。

对于"再现"得胜阶段的简略表述，其实包含了丰富多变的手法，这也显示了诗人书写时复杂的情愫与深藏的畏惧。

2. 前段与后段之差异

虽然陆游北伐诗作的前、后段内容皆颇丰富，叙写亦详赡，但相互比较后仍能看出二者间的差异。最为明显的是前段中谈及天意、诉诸神异力量与历史命运的部分比其他论军事实力与政治施为的更突出、更引人注目，后段虽间有提及，几可视为是回应此一原因的余响。

把南宋北伐女真的战役置诸上天的意志图像中，将非人类所能的神异力量作为胜利的倚恃，甚至以理想的历史事件作为先验的征兆，都显示着诗人心中深藏的、不可指明的幽微情结。这么抽象的概念在现实中并不具可行性，然而陆游写得多么令人心动，多么令人向往。他善用多种语气，营造出事实的确如此的氛围——"尔来间左起，似是天假手"⑥以推测呈现，又引《老子》"天网恢恢、疏而不漏"为律则警告胡人，善于使用拟人手法，以神话情节般的戏剧手法刻画老天爷的态度与行为⑦。他还常以汉兴胡衰的运势强化我方必胜的信心，拈出宋太祖时的盛世场面以激励同胞，甚至以传说中吕洞宾的剑术平靖宇内。

这样的写法和后段比较来看，不难发现后段的步骤井然有序，由受降、封赏等到收复失土、建设等皆较实际且可执行，也具有较高的可信度。他对降者虽多所着墨，然而画面生动，情节宛然，都与前段诉诸天意命运等相当不同。让我们再回到前段的军事实力！陆游在此描述的军容壮盛与阵法的变化莫测，类似武侠电影中的场面，服饰鲜丽，兵器精良，旗帜夺目，并非日常可见的事物，其现实性是不足的。至于施为部分则拈出

---

① 《剑南诗稿校注》，第467页。《得韩无咎书寄使虏时宴东都驿中所作小阕》是此诗写法的简缩版，作者在多方描述北方故土之状况后，于结末云"有志未须深感慨，筑城会据拂云祠"，二句间之线索颇难勾画。《剑南诗稿校注》，第371页。

② 《剑南诗稿校注》，第1124页。

③ 同上，第1159页。

④ 同上，第3369页。

⑤ 同上，第1270页。

⑥ 同上，第3529页。

⑦ 《中夜闻大雷雨》云："雷车驾雨龙尽起，电行半空如狂矢。中原腥膻五十年，上帝震怒初一洗。"上帝在此被描绘成一个已经对胡人占据中原忍无可忍的角色，在忍耐了五十年后，终于克制不住满腔怒火而动用部属（如雨龙、雷神等）大肆进行扫除胡人的工作。这首诗充分使用神话角色演出生动的情节，《剑南诗稿校注》，第552页。另《书事四首之四》云："九天清跸响春雷，百万貔貅扈驾回。不独雨师先洒道，汴流衮衮入淮来。"把老天的降雨与重让汴河通淮视为对宋朝皇帝御驾亲征、胜利回朝的恭贺。《剑南诗稿校注》，第3371页。

要重用李将军一流人物与北方的义士，这是边塞诗的老生常谈，此外则以写中使饯别、赐衣的场面最为引人。严格说来，前段内容较为虚幻，后段内容较为实际；前段写胡人多以抽象的方式为之，后段则深入且多方刻画胡人投降的种种惨况。这样的差别蕴藏着什么意义呢?

如果北伐果真是“大业”，那么从现实层面来说，就需要妥善的规划、长久的准备，不但须练兵遣将、完成政治层面的革新，还要具有聚集、运输与调配物资的能力，是非常复杂的“鸿猷壮图”，尤其战前的工作应比战后更加艰难且耗费精力。然而，这样的情况在陆游的诗篇中再现后却非如此。这表示在他心中北伐大业其实并不如其诗篇表面显示的那么具有可行性，所以北伐之成功要托诸神力、命运①，所以才会这样教条地表现北伐前的鲜丽图像是中使赐宴，北伐的政治论述是重用人才。

第一小节中提及的三种阙如、空疏或简化的笔法，在与前后段比较后特别显出其独特性：有能力做完整详尽的论述与深入细腻的描写的诗人，为何在此却步、留白？而这种现象在边塞诗中虽非独见，却非常例外。若以高适之名篇《燕歌行》为比较的对象，就能发现避免描述鏖战的过程、不细写艰辛的战地景况，是相当不寻常的写作选择。如果把北伐诗作几乎全以胜利为结局的现象也一并纳入考虑，大概可以推测出诗人何以如此措辞与安排的几项原因。

首先是用以激励人心。若是以现实状况来如实再现，又不能保证结果一定完满，势必影响一般人民的心理与北伐的意愿。陆游在前、后段中描写的准备与光复阶段的工作看起来并不太费力，也是这个因素所致。此外，不断地描绘胡人败后的惨况，应存在着一种复仇的意图，借着想象女真降后的恐惧、失序、紧张与苦痛，得以暂时纾解偏安江南以来的耻辱与忧思。不过，胡人“头颅满沙场，余蕺饲猪狗”②，而得胜的宋朝军队则是“壮士凯歌归，岂复赋国殇”③，两军交战，只有一方死伤惨重，另一方则无人牺牲，这并不合常情。

第二个原因是再次曲折隐微地透露实际作战之不可能。

从前面的分析看来，不是以虚无的力量作为必胜的理由，就是语焉不详地夹带各种不够充分的原因跳接至得胜之后，或是干脆不提之前的过程，这样的处理方式婉转地表明了北伐的计划并不够具体可行。在最需要坚实之力量证明胜利的可望时，诗人既无法提供可信的、合于常情的作战场面与细节，也不能描绘其进度与遭遇的困难，还有最终得胜的关键，仅能以高昂的语调与乐观的期盼虚弱地顶住这重要的转折，正是因为他开出的必胜支票不须、也恐怕没有机会领受现实的淬炼与考验。

第三个理由则是遮掩心中难以言喻的恐惧。当诗人不敢面对北伐战役失败的可能性

---

① 相似的论述亦可见于同时代之范成大使金绝句中，在这组诗作里诗人再三提到神力、天意等，认为老天应是站在宋室这边的。如“陵谷迁移尚故墟，天盈商罪未蠲除。古今行客同嗤骂，何止三篇泰誓书”（《羑里城》）、“闻道河神解造冰，曾扶阳九见中兴”（《呼沱河》）等。宋范成大著，《范石湖集》，上海古籍出版社 1981 年版，第 149、154 页。

② 《剑南诗稿校注》，第 3529 页。

③ 同上，第 3527 页。

时，我们知道这个结果是他所无法接受、不能言说的深沉畏怖。就像在生活中，人们避免直接言说病与死一般，避讳代表尚未准备好与其直面的惧怕。在修辞学上会以空字、省字或委婉、省略来表现[①]，在此类诗作中陆游亦以相似的方法加以呈现。他在《凉州行》一诗中写了中使赐衣、大获全胜后以“旧时胡虏陷关中，五丈原头作边面”[②] 作为结尾，试图从收复汉唐故土后的时间点回顾关中为沦陷区之时，为的正是企图摆脱此一难堪的处境。在其他诗篇里，他也常传达收复失地后备感心安的状态与喜悦的心情：“闻道舆图次第还，黄河依旧抱潼关”[③]，“腥臊窟穴一洗空，太行北岳元无恙”[④]，“从今身是太平人，敢惮安西九千里”[⑤]。

（二）“再现”北伐的修辞特色

陆游北伐诗作的修辞手法是非常精致的，可从四十几首相关的诗篇中挑出两项最为特出的写法加以讨论。

1. 善用自然物象的诗意书写

首先，他对宋室失去北方领地的描写常是充满诗意而极敛藏优美的。《观大散关图有感》于歌咏关中地区之地灵人杰及其形势历史后，以象征性的诗句描写此地的灵圣及不属南宋的现况——“王气浮夕霭，宫室生春芜”,[⑥] 以浮动于黄昏烟霭中的王朝气运与春日杂草间的旧朝宫室暗示汉唐故都的沦陷，自然与人事的物象配合着如“王气”这样的词语，委婉呈现对北方故土的思恋与国土沉沦的悲痛。《军中杂歌》八首之二各以两句写得胜之因与果——“秦人万里筑长城，不如壮士守北平。晓来碛中雪一丈，洗尽膻腥春草生”[⑦]，后半的写法是以碛中深雪为焦点，既喻示女真政权的败亡，又以雪后之春日草生暗写宋朝军队重回北地，同时技巧地寓托了胡人气味之腥臭不可闻和宋人的统治之清新与充满生机、希望[⑧]。同样的“春草”，或衬脱旧朝宫室的破弊，或象征宋室的光明未来，这正是诗人的技艺所在。写到胡人的统治时，常以平直的赋写或贬抑的语词出之，如称其所在之地为“腥臊窟穴”[⑨]，女真占领北地为“中原腥膻五十年”[⑩]、“小丑盗中原”[⑪]、“逆胡欺天负中国”，并以“虎狼”称之[⑫]，至于其战败后更是猥琐鄙厌、摇尾股栗至极的不堪景况。只有当胡人回到陆游认为他们该安居之地时，优美的风光才偶一见

---

① 宗廷虎、陈光磊主编，《中国修辞史》，吉林教育出版社 2007 年版，第 1162、1184 页。
② 《剑南诗稿校注》，第 1976 页。
③ 同上，第 3369 页。
④ 同上，第 344 页。
⑤ 同上，第 552 页。
⑥ 同上，第 357 页。
⑦ 同上，第 1158 页。
⑧ 《晓叹》的描写则兼直赋：“翠华东巡五十年，赤县神州满戎狄……至今铜驼没荆棘。”《剑南诗稿校注》，第 397 页。
⑨ 《剑南诗稿校注》，第 344 页。腥臊包含不洁之意，如称光复都城是“手枭逆贼清旧京”，《长歌行》，《剑南诗稿校注》，第 467 页。《闻虏酋遁归漠北》称其远遁为“捧头鼠窜”，回到发迹地是“妄期旧穴得孳育”。《剑南诗稿校注》，第 1270 页。
⑩ 《剑南诗稿校注》，第 552 页。
⑪ 同上，第 3529 页。
⑫ 同上，第 625 页。

之[①]。隐微诗意地书写故土沦陷，是诗人对那段历史不忍回顾在文本上的具体呈示，为朝廷隐讳过去的失败，将愤怒与憎恶引导至女真身上，是为了能迎向未来，以全副精力追求重光国土、驱除胡房的目标。

他还常用自然物象营造行军、战斗与军士武艺的诗意感。

“朝践狼山云，暮宿榆关云”美化了由北方宁夏至东北山海关的行军过程。加上较具战斗动作的“追奔露宿青海月，夺城夜蹋黄河冰”[②]也深具美感，而且还承载了暗指战事顺利的任务。至于以自然物象比譬军队的武艺高强、导引战事的进行更是陆游的拿手绝活，如“铁衣度碛雨飒飒，战鼓上陇雷凭凭”[③]，雨声飒飒表示军士身着盔甲经过沙漠所发出的声音，同时也指明了人数的众多与动作的快速，雷声殷殷则表示在此过程中所发生的攻击与奋战。至于“隆隆春雷收阵鼓，蜿蜿惊蛇射生弩”[④]则以两类物象比拟战鼓声之震耳与持弩的军士之多，也表明了宋军所经历之战争过程与军事优势，并巧妙喻示战事结束，胜负已分，所以之后随即接写遗民夹道欢迎的场面。作用更为复杂、造语更为巧妙的是《秋声》[⑤]的“五原草枯苜蓿空，青海萧萧风卷蓬”，诗人先以枕上闻秋声的自己开头，再以猎鹰比喻壮士的勇武，这个躺在床上的自己受到了壮士气魄的感染，遂亦“奋迅起衰病”而意欲杀贼擒胡，之后则打猎、打仗与作诗三者互为比拟，将其视为同时的行动，而后列出此二句，并以“草罢捷书重上马，却从銮驾下辽东”作结。五原、青海二句既揭示了快鹰由高空所见的视域，草枯与卷蓬之风又告诉我们这正是适合猎鹰大展身手的秋天，而萧萧的风声与空中翻飞的蓬草，由五原到青海的快速移动皆同时象征着书生的诗才、壮士的武艺与鹰隼之捷劲不分轩轾且交融合一。

将自然物象用得最为辉煌灿烂、极具力量的要数“煌煌九霄揭日月，浩浩万里行风雷”[⑥]了。以“煌煌”、“浩浩”形容九天之高、日月交相辉耀的明亮与风雷交逐万里的巨力，并象征宋室光复北方、推行王命的光明气象。

陆游灵活妥善地使用富于自然物象的诗句达成不同的表意功能，其技巧可谓出神入化。

2. 远离现实的浪漫书写

浪漫意指远离日常生活与诉诸强烈的情感，而陆游的北伐诗作是相当符合此标准的。后者向来为论者所注目且有相当分量的评述，反而是前者未受到该有的重视，但实际上对塑造其个人风格却有不容忽视的影响。

从其使用的地名、时间点、场景与相关的描写，我们可以看出与现实世界的差距，

① 《剑南诗稿校注》，第1404—1405页。
② 同上，第367页。
③ 同上。
④ 《剑南诗稿校注》，第857页。《秋月曲》也有部分类似的描写：“塞月未落成功回，腰鼓横笛如春雷。”
⑤ 《剑南诗稿校注》，第422页。
⑥ 同上，第1270页。

它们似乎被架构于虚无之乡，虽然我们不能否认其与真实人生社会的确有相连之处①。

陆游北伐诗作中出现的地名由北方至东北有河外、塞上、太行、北岳、拂云祠、五原、幽并、飞狐城、狼山、榆关、长城、北平、桑干、井陉、上谷与燕、赵、青、徐、幽州、渔阳、辽、碣等；西方至西北方有天山、青海、安西、祁连、平凉（凉州）、玉关、张掖、酒泉、北庭、苜蓿峰、鸡鹿塞、三受降城、燕然、龙庭、碛中、热海、洮州、夏国、伊州、西域、焉耆、积石等；另外则常见关中地区的地名，如大散、陈仓、咸阳、函谷、渭水、陇、萧关、蒲萄宫、太华等。

这些地名指涉的地区与自南朝以来的边塞诗歌似无太大的不同，然而比对起来，陆游较为注重北方及东北方的要塞，地名也较丰富；西方与西北则较少用居延、楼兰、轮台、交河、疏勒等地名，而关中地名则非之前的边塞诗中常见的，当然他也加入了唐朝的边塞地名（如拂云祠、苜蓿峰、三受降城等）。正如王文进所指出的，“宋代的边塞诗仍然和六朝边塞诗一样，喜欢援引汉代时空、人物典故”②，几乎不用南宋的实际地名，这或许是他企图回到虚构的光荣场域之中的作法。然而，藉由篇名的提示或特殊地名的运用，他也提示了现实的用意，他较关注东北方的要塞，时常将目光投注于女真的发源地（如黄龙府），他的战略是先取关中再以之为根据地逐步收复其他沦陷区，所以关中诸地名的使用也昭告了这些诗作讲的是南宋的光复大业，而非文学史脉络中那虚幻的边塞空间。

在时间的交代上，也常用朦胧难辨的方式呈现，读者无法确定事件所发生的确切时间点。有时，看似真实详尽的叙述写的是虚渺的梦境，只有做梦的时间是确定的，像《九月十六日夜梦驻军河外遣使招降诸城觉而有作》以梦中所见为主要题材，那位充满企图心的主将正精神抖擞地在黄河边上设立指挥所；而《五月十一日夜且半梦从大驾亲征尽复汉唐故地见城邑人物繁丽云西凉府也喜甚马上作长句未终篇而觉及足成之》的内容除了偶尔透露的“文书初用淳熙年”外，几乎完全以安史之乱为背景，造成陆游做梦之时间、宋代的现实情势与唐代相似的情形间的三重照应与比较，多元呈现了彼此间的张力与类似性。另外，亦有出之以必然如此的期望语气而将眼光投注于未来者，如《观大散关图有感》③ 即一路写至光复后之种种情况，类此者并不少见④，然而未来究竟是什么时候，亦无从确定。这当中亦有别具巧思的设计，如《中夜闻大雷雨》在上帝发怒而宋人庆祝成功与计划建都长安后，原本顺时描写事件之发展的叙事声音突然在彼时停住，说道“从今身是太平人，敢惮安西九千里”，叙事者用这两句开辟了一个过往的空间，这也正是诗人真正意识到的所在，在这个所在他并非太平中人，他不能像未来那个时间点

---

① 如将《九月十六日夜梦驻军河外遣使招降诸城觉而有作》视为与作诗的前一年所发生的西北路哈塔齐锦与德州防御使完颜文的谋反事件密切相关，认为“写的是梦境、幻想，实际上是针对慑于敌人威势而苟安投降者而发的”。齐治平、孔镜清《陆游及其作品选》，上海古籍出版社 1998 年版，第 44 页。

② 《南朝边塞诗新论》，台湾里仁书局 2000 年版，第 205 页。另地名之比较亦以此书所论为基础，见第三章第三节与第五章第一、二节。

③ 《剑南诗稿校注》，第 357 页。

④ 如《秋声》，《剑南诗稿校注》，第 422 页；《长歌行》，《剑南诗稿校注》，第 467 页；《长歌行》，《剑南诗稿校注》，第 2308 页；《书事》四首，《剑南诗稿校注》，第 3529 页。

一样愿意到九千里外遥远荒凉的安西去为国效劳。藉由两个时间点的交互映衬，完全展现了主人翁内心的复杂思绪与对朝政的批评。至于《凉州行》[①] 也有相似的写法，该诗先一路写至胜利，而后站定在四夷朝贡的彼时回顾其实是现实的“胡虏陷关中”，以突显诗人所在的现时是多么不堪回首的事情，必得以未来某时的胜利加以抚慰。《建安遣兴》六首之五直接由身处的东南跳入对未来的憧憬——“梦里都忘闽峤远，万人鼓吹入平凉”[②]，也由意气风发的未来陡然回到不遇的悲惨现实[③]。有些诗篇竟无时代的具体痕迹，《大将出师歌》全诗就如同写于唐代一般。严格说来，北伐诗作中有首尾俱全的对事件的描写，有直接由事件进展中的某一画面切入再加以叙述者，变化不一而足，但时间点的空洞化与拟古化，却是共同的特征。

搭配着地名、时间，诗篇的场景与主角的身份也往往缺乏明确性。《战城南》一开头即云“王师出城南，尘头暗城北”，然而此城在何处，是什么样的城塞，却未指明。《中夜闻大雷雨》中获得胜利及女真请死受降的地点，《出塞曲》中将军率领八千骑兵“万里逐单于”的切实位置，都是迷蒙难辨的。《秋月曲》中那位曾住过长安城而今驰骋于受降城头、夜袭敌营的主人翁的身份、年纪以及他活动的年代都难以确定。《胡无人》中那位貌如游侠、刚健勇武的男子亦复如此，他的军阶、身世亦不复可知，而且由“群阴伏，太阳升。胡无人，宋中兴”可知他是活跃于未来的英雄[④]。《雪中忽起从戎之兴戏作》四首之一[⑤]所描绘的“狐裘卧载锦驼车，酒醒冰髭结乱珠”的主人翁文武兼备，似为立有军功的主将，然而其面目、职位与战绩等亦难以分辨。由以上所述现象，我们或可总结陆游所描绘的北伐战役基本上是虚拟的战事。

第二节讨论陆游如何描述行军过程时，曾指出他善于以地名与时间的倏忽变换营造将士的高强战力、坚忍不拔与动作的迅捷，事实上，在描写战争时与得胜后也多有此类手法的展现，如“褫魄胡儿作穷鼠，竟裹胡头改胡语。阵前乞降马前舞，檄书夜入黄龙府”[⑥] 以四句连写胡人降后的一连串举动，其范围则由眼前到其巢穴。“三更穷虏送降款，天明积甲如丘陵”[⑦] 两句表现在短短数小时内，办成了接受降书与缴完兵械的繁重工作，可见其效率之高。“选兵夜出打番营……塞月未落成功回”[⑧] 亦见其捷劲。尤其值得注意的是，他所构建的空间常横跨东西，以天山、祁连、青海一路延伸至河套、北岳、幽州、辽阳，这样宏阔的场景加上纵横其中、快捷劲健的壮士，其急速变幻的节奏的确营造了一种特殊的氛围与风格，而且也反映了他对收复北地的规划[⑨]。此外，飘忽的笔法也是其

① 《剑南诗稿校注》，第 1976 页。

② 同上，第 866 页。

③ 《书悲》二首之二，《剑南诗稿校注》，第 1062 页。《夜观秦蜀地图》，《剑南诗稿校注》，第 1124 页。

④ 《出塞曲》、《塞上》二首中的主将身份亦不明。《剑南诗稿校注》，第 1061、1124 页。

⑤ 《剑南诗稿校注》，第 1429，22 页。

⑥ 同上，第 857 页。

⑦ 同上，第 367 页。

⑧ 同上，第 2208 页。

⑨ 他的计划是“拓定河洛，规恢燕赵……移屯玉关之西，天山之北矣！”《镇江府驻札御前诸军副都统厅壁记》，《全宋文》，卷四九四三，第 115 页。

特色。他善于利用诗语的特性，谨慎地删除线性的联结与逻辑的推展，从而成功塑造倏忽飞跃的气势，渲染神秘的氛围。《月下野步》便是其中的佼佼者：诗人如何从南边的山阴突然拄杖飞跃三万里到达北边的华山，他到太华前向谁敲门索酒，为何一个宋朝诗人能得到唐代仙人神妙剑术的真传，他如何转换这样的剑术以平靖北虏，他又如何能有驾乘雪花以登祁连的本事。陆游又常用乐府古题或拟乐府题，既高举边塞传统中雄放的气势、虚拟的场域，又展现了超乎常规的力量感与无限感。他的想象、诗中的英雄及其行动范围不再受真实世界的地理、时间、政治与社会的种种限制，而得以恣意骋放、游于无极。

四、结 论

借用“再现”的观念，我们探索了陆游诗歌中“北伐”这个极具重要性的事件。首先考析的是诗人对此事件的认识与描绘的内容。他既多方交代了北伐之前种种必要的准备，如军队的训练、将领的择选、政治措施的配合等，并借助天意、神力与命运等力量的辅助以增强南宋君臣的信心；在开始军事行动时，他描绘将士行动的迅速、打仗的艰苦与作战的步骤等；当北伐成功后，他刻意渲染欢庆的氛围、论功行赏的排场以及敌虏投降的惨状，还仔细描绘了海内一统、四夷朝贡与逐步接收失土并进行建设的情形。就被再现的内容而论，可说是首尾俱全、繁富充实的，因此，我们可以跳脱个别诗篇的限制，全面了解陆游对于此一事件的重视及其想象的全幅图景。

其次，就其再现的表述手法而论，也能由两个方向加以讨论。比对陆游对北伐的三个阶段的描述后，我们发现作为得胜转关的中段内涵竟然最为薄弱空虚，而前、后二段间之内涵也有相当的差异。这种现象透露了诗人心中真实且深微的想法：他虽一心鼓吹北伐，期盼收复故土，但内心却对其可行性颇感怀疑，甚至无法面对此一愿望可能落空的结果。核对他在北伐诗作中特意使用的修辞手段如善用自然物象的诗意描绘与避开现实的浪漫书写其实也指向同样的结论。写到故土沦陷采用隐笔，赋予宋朝军士行役与战斗时充满诗意的光彩，营造宏阔的场景以供其来往驰骋，不限定时间与人物的虚拟性，呼应了前述的心理状态。陆游北伐诗作文本表达的意义，恰恰与其真实的处境相左，因而“逐渐使自身主宰性的逻辑体系陷于困窘境地”，而最后使文本的意旨“遭遇困境，变得松散，显得自相矛盾”①。文字表面的意义被结构与写法解构、破坏，因而裸露出深层的意义核心。

但这两种特出的修辞手法不仅只担负上述的表意功能，事实上也体现了陆游此类诗作的风格与价值。善用自然物象的诗意书写一项在之前的边塞诗作中并未被集中而艺术性地开发、实践，这使得陆诗在豪迈悲凉的典型边塞诗风外树立了极富情致与表意功能的书写模式。远离现实的浪漫书写则一方面强化了边塞诗传统中虚构的北方疆域与对汉（唐）盛世企慕追想的质素，另一方面却又在植基于南宋时空背景的条件下开拓出新颖的

① Terry Eagleton《文学理论导读》，吴新发译，台湾书林出版社 1993 年版，第 169 页。

诠释空间。南朝的边塞诗歌未曾如陆游这样亟欲回到北方并收复疆土，他们的诗歌弥漫的反而是一种较接近于乡愁的怀想，唐代的诗人未曾领受失去半壁江山的痛苦，他们写的西、北方地名大体是帝国辖区，所以在雄浑高昂的语调中体味不出像陆游那样深沉的悲伤与遗憾。

由于详细地考察与阐析了陆游的北伐诗作，因此在这个范围内，我们还可以做更细部的比较与观察。就以盛唐之高适、岑参为例，在讲究气势、讴歌以边功求取功名上，陆游是他们的同路人，不过原来深埋于此传统中的有关士卒辛劳、苦乐不均、将帅无能、别离思家等主题却绝口不提，甚至有反写之例①。即如以李益、张籍为代表的那种感伤寂寞、清冷迷茫的中晚唐境界，也和此类诗作相距甚远②。陆游又被目为当世之李白③，在北伐诗作中，其有些手法和李白确有相似之处：二人的诗歌都看不出什么时间变化的轨迹，都喜欢诉诸高涨的情感、昂扬的笔触、美丽的物象与流利精工的语言，而营造横跨数千里的宏阔场景④，推崇力量的极致展现，强调谈笑间即潇洒完成任务等等。

如若由爱国诗的脉络来观察，更能深刻地体会陆游内心爱国忠君情感的炽热与其曲折的表现过程⑤。而且，正因为陆游书写的是已然失去的北方半壁江山，他使用的种种看似陈套的语言与模式，便反映了蕴藏其中的沉痛与煎熬。这样的处境在他之后的宋末、元朝、明末、清朝甚至清末民初一次一次被有着同样经验的士人们重新经历，便愈发重视这个方面并以此投射自身的情感。换句话说，虚拟的边境与必胜的战争，不仅抚慰了数百年间为此受苦的心灵，也提醒着诗人们民族所受的耻辱。透过以北方胡人为仇敌而汉人为正统这样相似的认同，“爱国诗”的批评角度遂历久不衰。不过若一直将此视为唯一的重心，则不免太过狭隘，从而阻碍对其成就的全面认识。

当然，陆游再现北伐的诗篇仍有许多值得阐释的空间，例如他在结构与笔法上所呈示的空缺或虚拟的美学范式⑥，运用并不严格的对仗句之艺术，使用文雅含蓄的语句对比耀眼醒目的画面，或是在这类题材中回避个人从军南郑的亲身经验等。但这些特点仍有待与其他边塞诗、爱国诗之类型与主题互作比较后，才能得到全面的评价与意义。

---

① 如《秋月曲》写曾住长安、饮酒欢宴的主人翁，在领略从军生活的美好后，说“长安高楼岂不乐，与此相去何辽哉”，和传统边塞诗中军士思乡不得归返的忧思恰成对比。《剑南诗稿校注》，第2208页。

② 见张高评《南宋使金诗与边塞诗之转折》一文之结论，收入莫砺锋编《第二届宋代文学国际研讨会论文集》，江苏教育出版社2003年版，第443页。

③ 罗大经《鹤林玉露》：“陆务观，农师之孙，有诗名。寿皇尝谓周益公曰：‘今世诗人，亦有如李白者乎？’益公因荐务观，由是擢用，赐出身南宫舍人。”吴文治主编《宋诗话全编》，江苏古籍出版社1998年版，第七册，第7665页。

④ 如《关山月》一诗即包括了天山、玉门关、山西白登及青海这样广阔的空间：“明月出天山，苍茫云海间。长风几万里，吹度玉门关。汉下白登道，胡窥青海湾。”唐李白著，瞿蜕园校注《李白集校注》，台湾洪氏出版社1981年版，第279页。

⑤ 陆游本身的这个倾向在其评论杜甫诗时表露无遗：“予读其诗，至‘小臣议论绝，老病客殊方’之句，未尝不流涕也。……少陵非区区于仕进者，不胜爱君忧国之心，思少出所学佐天子，兴贞观、开元之治，而身愈老，命愈大谬，坎壈且死，则其悲至此，亦无足怪也。”《东屯高斋记》，《全宋文》，卷四九四一，第90页。

⑥ 这个倾向在个别诗歌文本的呈现上似乎缥缈无根，但统合起来就能看出其底层有一整套再现的步骤、模式。

论朱熹山水诗的五种审美类型

赣南师范学院　王利民　　中国社会科学院　陶文鹏

朱熹于书史之外，酷好山水。淳熙元年（1174）九月，他曾兴致勃勃地拟定了一条旅游线路："予方将东游雁荡，窥龙湫，登玉霄，以望蓬莱；西历麻源，经玉笥；据祝融之绝顶，以临洞庭风涛之壮；北出九江，上庐阜，入虎溪，访陶翁之遗迹，然后归而思自休焉。"① 考其平生游踪所至，多在福建、浙江、江西数省，亦曾两至潭州，一登衡岳。近人陈衍说："晦翁登山临水，处处有诗，盖道学中之最活泼者。"② 傅璇琮等先生主编的《全宋诗》收有朱熹诗1448首，其中以山水为主要描写对象的诗作有近400首。据笔者统计，朱熹咏福建山水的诗超过230首，咏江西山水的诗在80首上下，咏湖南山水的诗约50首左右，咏浙江山水的诗则屈指可数。计其名山之咏，有34首描绘武夷山，30首描绘庐山，21首描绘衡山。可以说，闽山赣水养其性情，匡庐衡岳壮其胆魄，武夷胜景长其道心。本文根据朱熹山水诗的主题与表现方式，将其分为五种类型，即征鸿浮萍型、空际虚堂型、苍崖碧涧型、骋望遐观型、寻春觅源型。

一、远：征鸿浮萍

"征鸿浮萍型"多为采取动态视角的行旅诗，诗中山水的感性形态不是独立的审美客体，而是产生羁旅之感、怀归之情的场景，因此诗中那些具有空旷寂寥特征的景象多是随意点染，而不是刻意描摹而出，诗中的景语与情语也大致占有相近的分量。如《晚望》云：

> 禾黍弥平野，凄凉故国秋。清霜凝碧树，落日翳层丘。览物知时变，为农觉岁遒。不堪从吏役，憔悴欲归休。

此诗描摹秋野的凄凉氛围以渲染从役之苦、归思之浓，情与景保持着结构上的平衡。从摄景取象的方式看，"征鸿浮萍型"多采取平览远景的视角，以增强诗歌的情感张力。如《再至作》就呈现出大全景式的风貌：

> 荒城一骋望，落景丽谯门。隐隐钟犹度，依依岚欲昏。风霜非故里，禾黍但秋

① 朱熹《送郭拱辰序》，《晦庵先生朱文公文集》卷七十六，《四部丛刊》本。本文所引朱熹诗均出此版本。

② 《宋诗精华录》卷三，上海古籍出版社1999年版，第381页。

原。极目归来晚，兹怀谁与论？

钟声之隐隐、岚气之依依，都是在平远的空间中获得的视听感受，这使行旅之迢迢得到强烈的表现。在这些望远思归的诗中，含情凝眺的抒情主体呼之欲出。《邵武道中》所云“征鸿在云天，浮萍在青池”，正是对此一客子形象的恰当象喻。

此一类型不仅以意取境，选择景观物象具有鲜明的情感倾向，而且比较注意在时间的流逝感中表现“客愁”。如《邵武道中》“风色戒寒候，岁事已逶迟”、《南安道中》“悠悠秋稼晚，寥落岁寒心”、《次韵择之余干道中》“寒尽春生草又青，化工消息几曾停”都点明了一年中季节的迁移；《民安道中》“午泊僧寮静，昏投县郭深”、《题囊山寺》“晓发渔溪驿，夜宿囊山寺”、《赤冈头望远山作》“晓起清江弄小舟，晚风吹过赤冈头”写出了一日里早晚时空的变幻。在诗中加入时间的推移，可以说是诗歌题材的规定，因为行旅诗常以时空变换组景，诗中的空间具有时间化品格。

黄昏落日的意象是时间变化的符号。朱熹前期山水诗中的此类意象与行役的伤感有明显的一致性，不尽符合理学之乐感文化的规范。朱熹《东归乱稿序》中所说的“其时或发于一偏，不能一出于正者”，就是指任情失正的“归心”、“客愁”而言。但随着朱熹理学修养的提高，其后期山水诗中的落日意象除映照客子之愁外，也映衬出士大夫的四方之志。如《次韵择之进贤道中漫成五首》其二就以儒家的进取精神和豁达的人生态度消弭归心中的忧郁成分，诗云：

笑指斜阳天外山，无端长作翠眉攒。岂知男子桑蓬志，万里东西不作难。

前人用远山比喻女子愁眉的诗句甚多，而朱熹把“天外山”和“翠眉”之间常见的本体、喻体关系进行转换，借以表现自己的乐观情绪。此诗开头的“笑”和杜牧《少年行》中“豪持出塞节，笑别远山眉”的“笑”不同，后者是一种少年侠气的表现，而这里是道学气质的流露。

自然风光激发的直接审美反应时或能消弭朱熹的客愁，其《新喻西境》一诗云：

北岭苍茫雨欲来，南山腾踯翠成堆。稚杉绕麓千旗卷，野水涵空一鉴开。客路情怀元倥偬，今晨游眺却徘徊。自然触目成佳句，云锦无劳更剪裁。

开头三句是自然景物的动态呈现。“野水涵空一鉴开”则将群动摄入一静，是趣与理融合的佳句。客路情怀原本是心系家园，而佳丽山水使朱熹徘徊不忍离去，吟诗作对也成为一种自然的心灵反应，此情此景下，费心剪裁诗歌语言结构就显得多余了。这最后两句指示了诗人创作中的一种触目成吟的直寻式构思方法。

“征鸿浮萍型”中的古体诗大多语言浅近，意兴澹远，格调高古，兼得汉诗之朴茂和魏晋诗之超脱。这首先表现在诗歌语序的日常化和语脉的流畅化上。如《赋归云洞》云：

人生信多患，吾道初不穷。云何感慨士，伏死嵁岩中？宜阳古道周，窍石何嵌空。穷幽历肺腑，履坦开房栊。颇疑有畸人，往昔寄此宫。岁月讵云几，井灶无遗踪。我来记清秋，归途渺穷冬。兴怀重幽讨，永啸回长风。风回云气归，洞口春蒙蒙。信美非人境，出门吾欲东。

此诗意脉呈直线型展开，规范化的语序与思维的流程吻合。“云何感慨士，伏死嵁岩中”和“颇疑有畸人，往昔寄此宫”都是结构有序的单句，而“人生信多患，吾道初不穷”和“信美非人境，出门吾欲东”等则是省略了关系连词的复句。该诗遣词造句也体现出汉魏古诗多用虚字的特点，如诗中三用第一人称代词（“吾”与“我”），三用疑问词（“何”与“讵”），三用否定词（“不”、“无”与“非”），三用程度副词（“信”与“颇”），这些词语的运用使诗句与日常口语相接近，诗歌意象疏宕，节奏松缓。其次，此类古体诗风格质朴无华，不求字词之工，诗中也很少有堪称诗眼的字，虽间用律句，但全诗主体部分不求骈俪。

朱熹对近体诗创作技巧也有深入的研究，并能娴熟地加以运用。就拿律诗的对仗来说，朱熹深谙“反对为优，正对为劣”的道理，诗中多锻造“理殊趣合”① 的反对，通过反差型意象组合增强上下联意义空间的张力，如《山行两日至金步复见平川行夷路计程七日可到家矣》曰：“江烟浦树悲重叠，楚水闽山喜接连。”上句写旅途之悲感，下句言即将到家之喜悦，使情感空间得以拓展。其《章岩》曰：“破屋僧常住，高轩客屡经。”破屋与高轩、住僧与过客两两相形，形成意义内涵的对比。其《新喻西境》曰：“稚衫绕麓千旗卷，野水涵空一鉴开。”以前句之动显后句之静，用前句之密形下句之疏，促成视觉意象的变幻。朱熹是一位天才型的诗人，其于诗法未尝疲精竭神地刻意追求，而所作之诗“皆动中规绳，可为世法”②。

承担着家国责任的诗人仆仆长途，有感于自然风色，便把胸中郁结的漂泊情绪融入悠悠山水。就此而言，“征鸿浮萍型”的主要审美方式是“感物”，审美体验类型属缺失性体验。如果用一个字来概括此类诗歌的风格，那就是“远”字。其具体内涵是眼中的绵远山水、意中的遥远家园。

二、静：空际虚堂

“空际虚堂型”诗歌中的自然客体往往充满空间运动感，而抒情主体则处于凝神静观的状态，因此诗中静谧氛围的形成以存在静止观察点为前提。诗人避静寡处于僧道的虚堂、客中的山斋，常在诗中以定点环视的视角描绘月夜雨中的景致，构造幽寂孤清的意境，表现抒情主体如冰壶澄澈般的冲澹胸怀及其对空明虚静的生活方式的憧憬。空际虚

① 刘勰《文心雕龙》卷七《丽辞第三十五》，《四部丛刊》本。

② 黄榦《朝奉大夫文华阁待制赠宝谟阁直学士通议大夫谥文朱先生行状》，《勉斋集》卷三十六，《四库全书》本。

堂虽然不一定是禅斋道舍，但诗中的人生领悟、审美体验和宗教祈向是浑然一体的。如《对雨》云：

虚堂一游瞩，骤雨满空至。的皪散方塘，冥蒙结云气。势逐风威乱，望穷山景翳。烟霭集林端，苍茫欲无际。凉气袭轻裾，炎氛起秋思。对此景凄凄，还增冲澹意。

此诗在画面上有着水晕墨章般的渲淡特色，在意境构造方面是即动求静，以风雨之后的闲静气氛表现内心的冲澹。《六月十五日诣水公庵雨作》也表现了外物之喧动与内心之静寂的平衡：

云起欲为雨，中川分晦明。才惊横岭断，已觉疏林鸣。空际旱尘灭，虚堂凉思生。颓檐滴沥余，忽作流泉倾。况此高人居，地偏园景清。芳馨杂悄蒨，俯仰同鲜荣。我来偶兹适，中怀澹无营。归路绿泱漭，因之想岩耕。

云起雨鸣，旱尘灭尽，诗人倾听雨声仿佛是谛听自然生命的奥秘。种种自然变幻引发的却是静穆的美感。这是古典诗歌以动生静表现方式的又一例证。诗中的“空”、“虚”不仅指居室的空疏，更意味着心境的静定、人生的幽玄。诗末的“岩耕”之想则表达了意欲从功名利禄世界中超拔出来的心理祈向。作为现职官员的朱熹，和多数宋代士大夫一样，过着一种“双重生活”，即现实生活和想象生活。他们通过归隐的想象来弥补现实的缺憾，实现心理的平衡。以上两首诗没有掺入佛禅语汇，却渗透着佛教般若学的“静观”意识，其审美意境转换为佛教话语就是“即群动以静心，恬淡渊默，妙契自然”①。作为五言古体，诗中却采用了许多对偶句式，构成相对整饬的意象框架，这不仅增加了装饰美感，而且有助于静谧氛围的营构。

在中国古典文学的语境中，春夜听雨常常是一种富有禅意的生活体验。朱熹《客舍听雨》一诗也表现了动中之寂、寂中之动：

沉沉苍山郭，暮景含余清。春霭起林际，满空寒雨生。投装即虚馆，檐响通夕鸣。遥想山斋夜，萧萧木叶声。

此诗字面上写的是山林风雨唤起了乡思之情，而真正打动人的是一种心物两冥的幽怀孤韵。耳中的檐溜通夕鸣响，心中的山斋木叶萧萧，这是最宜定中发慧的时刻，诗中的禅意就流动于这静穆的观照和飞跃的灵思之中。

---

① 释僧肇撰、释净源集解《肇论中吴集解》卷下《涅槃无名论》，《续修四库全书》影印辽宁省图书馆藏明刻本。

此类诗有时还在描绘自然的妙有之美后，直接表白水边林下的仙心禅意，表现清高绝尘的人生姿态。如《夏日二首》云：

夏景已逾半，林阴方澹然。鸣蝉咽余响，池荷竞华鲜。抱疴守穷庐，释志趣幽禅。即此穷日夕，宁为外务牵?

云臻川谷暝，雨来林景清。斋舍无余事，凉气散烦缨。望山怀释侣，盥手阅仙经。谁怀出尘意，来此俱无营?

"鸣蝉咽余响"是末日的悲吟，"池荷竞华鲜"是生命的笑靥，诗中对鸣蝉、池荷的描写表现了诗人对生命现象、生命过程的观察。由于身居穷庐，心静如空，觉悟到生命的生灭无常、万物的变动不居，诗人的心灵产生了趋向"幽禅"的精神追求，表示要对纷繁外务采取不粘不滞的态度。诗中专注于内心的情志消释似乎要多于对外部景物的审美投射。第二首更把仙佛二教一起拿来作为心灵的清凉剂，表达蝉蜕尘埃之中的意愿。

当此类诗歌超越感性经验而进入澄怀味道的层面时，常在自然形象呈示性语言之后，接续玄言理语，在诗中展示出一个情感渐趋平淡的过程，呈现出体道悟玄的六朝风韵。如《晨起对雨二首》就有借观照自然以逗发义理的情境：

凄冽岁云晏，雨雪集晨朝。高眠适方起，四望但萧条。远氛白漫漫，风至林霭消。流潦冒荒涂，清川亦迢迢。遐瞻思莫穷，端居心自超。览物思无托，即事且逍遥。

晨起候前障，白烟眇林端。雨意方未已，后土何时干。倚竹听萧瑟，俯涧闻惊湍。景物岂不佳，所嗟岁已阑。守道无物役，安时且盘桓。翳然陶兹理，贫悴非所叹。

朱熹对自然风物的生息变化十分敏感，眼见雨雪交集，林木萧疏，油然而生岁暮之感。但随着理性思索的入场，诗人的心境由萧瑟凄凉转化为淡泊宁静。"览物思无托，即事且逍遥"、"守道无物役，安时且盘桓"诸句是一种玄理性抒情，表达的是老庄哲学的思理，起到了消解心中郁闷的作用。这种"卒章玄思"虽属说理的尾巴，但将诗人内心的苦闷表达得相当自然，可以说是诗篇的天生肉体而非硬接上的义肢。景语构建了这两首诗的主体内涵，而玄言理语却是最终的旨归。

"空际虚堂型"诗歌多见于朱熹生平第一本诗集《牧斋净稿》中。此集所存诗歌多从陶渊明、柳宗元门庭中来，多发抒萧散冲淡之趣。朱熹其时年方弱冠，涉世未深，诗中时发看破红尘之言，虽有"为赋新词强说愁"之嫌，却也不无真实的人生感受作底蕴。其《即事偶赋》云：

白烟竟日起，雨晦苍山深。老菊不复妍，丹枫满高林。抱病寝斋房，窗户结愁阴。起望一舒情，遐眺豁烦襟。人生亦已劳，世路方崎嵚。且咏招隐作，无为名迹侵。

此诗写于绍兴二十二年（1152）。此年前后，朱熹既热衷于访道学禅，又时或为生计穷悴辗转行役，因此诗中会流露脱离政治权力场域的意念，显示出他对自我生存环境和自我生存价值的理性思考。

空斋虚堂营造了一种隔离尘世喧嚣的氛围，使得诗人的身心能够处于虚静澄明的状态。朱熹曾说："只如个诗，举世之人尽命去奔、做，只是无一个人做得成诗。他是不识，好底将做不好底，不好底将做好底。这个只是心里闹，不虚静之故。不虚不静故不明，不明故不识。若虚静而明，便识好物事。虽百工技艺做得精者，也是他心虚理明，所以做得来精。心里闹，如何见得。"① 诗人在空斋虚堂聆听种种自然清籁，体验着生命在时间之河中的流逝，冷静地思考着生存的路向，可谓"形骸既适则神不烦，观听无邪则道以明"②。作为仙释文化语境中的山水之咏，"空际虚堂型"诗歌以蕴藉风致传达了诗人与宇宙生命的冥契，飘散出诗人赋予山林的人文孤独情味。其主要审美感受方式是"会心"，即物我互渗的妙契，审美体验类型属于神秘体验。其审美思维方式为转喻思维，即以空际虚堂的清静氛围、夜雨晨风的清凉气息来喻示诗人的道心禅意。这种转喻以佛道的清修方式和诗歌创作的环境氛围之接近为基础，其重点不在"相似"，而在"联想"。一个"静"字或可概言此类诗歌的精神意涵。

三、幽：苍崖碧涧

朱熹于经纶世务之余，窥谷忘返，对绝少人间烟火气的苍崖碧涧、峭壁寒泉情有独钟。其"苍崖碧涧型"诗中的清景美致是独立的审美对象，是诗人精神活动的聚焦点。诗中的主体意象翠壁、苍崖、危石、幽岩凝聚着山魂，暗示着人格的高峙千仞；寒泉、碧涧、清流、深潭流注停蓄着水魄，象征着心灵的疏瀹澡雪。朱熹《仁智堂》诗云："我惭仁智心，偶自爱山水。苍崖无古今，碧涧日千里。""无古今"意谓坚卓恒定，"日千里"显见气象万千。

与"空际虚堂型"诗歌多烟雨迷濛之景不同的是，"苍崖碧涧型"诗歌营造幽人空山的意境，视象清晰真切，语言洗练精纯，笔调简净传神，大有王维辋川诸诗的空灵之美。钱钟书先生说："宋代作者在诗歌的'小结裹'方面有了很多发明和成功的尝试。"③ 在朱熹的各类山水诗中，"苍崖碧涧型"诗歌中的"小结裹"最为细致微妙，图画式形态和视觉化倾向最为突出。由于受谢灵运、柳宗元山水诗和文人山水画的影响，此类诗歌常采用俯仰周览的视角和冷色调，写出景物"孤"、"峭"、"空"、"寒"、"清"、"幽"的特征及其高低上下的空间方位，显出层次感和对称性。且看朱熹写于南安道中的一组小诗，

① 宋黎靖德编《朱子语类》卷一四〇，第3333页。
② 沈文倬校点《苏舜钦集》卷十三《沧浪亭记》，上海古籍出版社1981年版，第158页。
③ 钱钟书选注《宋诗选注》，人民文学出版社1979年版，第14页。

颇有宋元文人山水画小品的野逸趣味和柳宗元《江雪》的孤寂情境：

寒泉下碧涧，古木垂苍藤。荫此万里流，闲花自层层。何人赏幽致，白发岩中僧。

——《垂涧藤》

偃蹇西涧滨，枵然似枯木。下有幽泉鸣，上有苍苔绿。来往定何人，山空此遗躅。

——《临流石》

秋天林薄疏，翠壁呈清晓。迢递泻寒泉，下有深潭悄。时飘桂叶来，寻源路殊杳。

——《悬崖水》

屈曲上云端，似向崖阴断。行闻山鸟鸣，下与泉声乱。去去不知疲，幽林自成玩。

——《穿林径》

这四首诗或专一涧之清，或擅一径之美，或点出苍苔无痕的寂寞，或写明落叶无声的幽凄，其画面基本上由静态山水的局部特写构成。诗中的野外景色虽然带有原生态的荒寒之气，但其画面布局均衡对称，意境氛围明净萧散，集萃式的美感元素精致雅洁，呈现出园林般的空间形态，体现了“丘壑内营”的精神意向。用艺术学语言来说，诗中的山水是根据诗人天性的需要来营造的世界，是经过情感、想象等美化的与客观存在相似而不尽相同的“心理存在”。那种山幽水寒的空寂、荒杳寥落中的生趣，既是山水的物性呈现，也暗示着万念俱寂的禅意追寻。诗中不仅写出了抒情主体冲然幽适、冷然独往的形象，寄托了搜探幽胜、雅意泉壑的精神趋向，而且表现出他对尘俗的一份傲岸和不屑。

朱熹诗集中状景必幽，清寒之气逼人的诗歌还有不少。《南安道中》也是一首清机自引的山水佳作：

晓涧淙流急，秋山寒气深。高蝉多远韵，茂树有余阴。烟火居民少，荒蹊草露侵。悠悠秋稼晚，寥落岁寒心。

李耆卿认为“晦庵诗音节从陶韦柳中来”①。朱熹诗中的“寥落岁寒心”与柳宗元山水诗中的“寂寞心”都包含着思归念远的悠悠意绪、孤芳自赏的傲兀之气以及知音难觅

① 李耆卿《文章精义》，《四库全书》本。

的孤独感受①。柳宗元山水诗设色冷暗，即使是明色，也多以“冷”、“寒”等字来修饰，呈现出洁清冷峭的品格，如其《南涧中题》的“回风一萧瑟，林影久参差”，“羁禽响幽谷，寒藻舞沦漪”。朱熹写僻静山水的诗歌亦复如此，设色多青葱翠绿，喜用“寒”、“幽”等字，有时还用“寂处有音”的手法衬托山林之幽深，不过没有柳诗的凄苦色彩。

朱熹欣赏清寒幽寂之境，表明其人格中的孤峭力量与自然风物中充满孤高清澄意味的因素具有同构的形式。峭壁寒泉、古木苍藤等意象流露出的荒寒冷傲意味，其实融入了一个具有独立意志的思想家的幽独意识。《同林择之范伯崇归自湖南袁州道中多奇峰秀木怪石清泉请人赋一篇》一诗就显示了其个性中坚顽如石的一面：“我行宜春野，四顾多奇山。攒峦不可数，峭绝谁能攀？上有青葱木，下有清泠湾。更怜湾头石，一一神所剜。众木共遗弃，千秋保坚顽。我独抱孤赏，喟然起长叹。”此诗于奇峰、秀木、怪石、清泉四者之中，最欣赏怪石，因为怪石的奇特、怪异、缺陷是个性的显示，其坚顽特性代表着生命的原朴气质，象征着与世俗不能相容的孤介坚忍的精神。朱熹本人性格坚毅顽强，在抱持理学观念方面表现得相当固执兀傲，同时也有着“此道寂寥”② 的哀伤，可以说与怪石有着精神气质上的高度相契。因此，诗中用怪石被众木所弃的命运，来隐喻一代哲人的孤独，充满自怜自赏的意味。在唐代诗歌中，“怪石”、“顽石”多是中性词或贬义词，如杨巨源《奉酬窦郎中早入省苦寒见寄》云：“玄冥怒含风，群物戒严节。空山顽石破，幽涧层冰裂。”用顽石之破来形容天气的寒冷。元稹《谕宝二首》之二云：“圭璧无卞和，甘与顽石列。舜禹无陶尧，名随腐草灭。”把顽石看作与宝玉相对的贱物。到了宋代，文人开始从审美的角度来欣赏怪石，米芾、苏轼即是代表人物。这标志着欣赏圆润和谐的古典审美情趣向喜爱怪奇峭刻的近世审美情趣转型。

朱熹也善于发现山林风物于深幽透逗出的生机活力，善于彰显藏迹于原野、山涧、乱流、寒塘、空谷中的大自然的妩媚。如《晚步》云：

> 东原郁已秀，嘉树蔼初绿。众卉发春阳，前山可遐瞩。端居日康健，涉涧步墟曲。景幽恣所寻，悟悦何由足。鸟鸣华薄深，泉响乱流续。握手一同忻，吾生讵幽独？

初绿的新叶、盛开的众卉、林间的鸟鸣、泉流的喧响，这些处于变化中的自然生态传递着亲切的生命气息，消弭了诗人在孤独状态中的凄凉感。

中国的山水景观一旦与著名历史人物的活动结合起来，便成为一种文化符号和情感符号，也由此获得审美内涵的增值。朱熹在仰视苍峭、俯听潺湲的山水游历中，面对像

---

① 朱熹诗中常有寂寞的喟叹，如《八月十七夜月》：“寂寞盈尊酒，凄凉满院风。”《蒙判院丈示及再用元韵之作率易和呈以求指诲》：“畴昔经行地，溪山寂寞边。”《次亭字韵诗呈秀野丈兼简王宰三首》其三：“几年寂寞掩柴扃，抱膝长吟竹下亭。”《送德和弟归婺源二首》其二：“十年寂寞抱遗经，圣路悠悠不计程。”《秋日告病斋居奉怀黄子厚刘平父及山间诸兄友》：“平生采芝侣，寂寞今焉俦。”《跋陆务观》：“天寒寂寞篱门晚，又见浮生一岁穷。”

② 朱熹《答石子重》，《晦庵先生朱文公文集》卷四十二，《四部丛刊》本。

陶渊明的“醉石”、“斜川”这样的文化地理符号，常常叹息低徊，涕泗如流，尚友古贤的心念与情怀常常无法挥去。如其《陶公醉石归去来馆》所云：

予生千载后，尚友千载前。每寻高士传，独叹渊明贤。及此逢醉石，谓言公所眠。况复岩壑古，缥缈藏风烟。仰看乔木阴，俯听横飞泉。景物自清绝，优游可忘年。结庐倚苍峭，举觞酹潺湲。临风一长啸，乱以归来篇。

朱熹《跋颜鲁公栗里诗》曰：“栗里在今南康军治西北五十里，谷中有巨石，相传是陶公醉眠处。予尝往游而悲之，为作归去来馆于其侧，岁时劝相，间一至焉。俯仰林泉，举酒属客，盖未尝不赋是诗也。”① 筑归去来馆于醉石旁是朱熹对自然景观的文化创造，表现了朱熹对陶渊明的崇仰之情。朱熹不仅企慕陶渊明不俯仰时俗的高志远识，而且认为陶氏不复出仕，是因为见刘裕将移晋祚，遂耻事二姓。因此，他把陶渊明视作高士兼忠臣，并极赏《归去来辞》“词义夷旷萧散，虽托楚声，而无其尤怨切蹙之病”②。此诗中“优游可忘年”之句正是追述“曷不委心任去留”之意，而结尾四句既点明《归去来辞》，亦是从“登东皋以舒啸，临清流而赋诗”化出。

宋代理学意识形态有一个特点，就是常用晶莹澄澈的事物比拟人格，这在朱熹山水诗中屡见不鲜。如《登山有作次敬夫韵》云：

晚峰云散碧千寻，落日冲飚霜气深。霁色登临寒夜月，行藏只此验天心。

看到光风霁月，立马产生人格联想，这是典型的理学诗人的审美思维模式，显现了朱熹山水审美观念中最为本质的内容，用他自己的话说就是“尽彼岩壑胜，满兹仁知心”③。

宋代士大夫作为一个知识化的人类群体，在其从事文化休闲活动的区域中，必然创造出与其文化心态相适应的地表特征。朱熹诗中的园林就是在儒学与佛学文化的支配下创造出的文化景观，是立体化的审美文本。“苍崖碧涧型”中吟赏园林的部分诗歌展现了一种空明澄澈的境界，宛如理禅融汇的透明水晶体。且看：

循涧辟芳园，结亭对虚壁。澄潭俯幽鉴，空翠仰寒滴。主人心事远，妙寄尘壤隔。岂为功名期，而忘此泉石。

——《溪亭》

疏此竹下渠，漱彼涧中石。暮馆绕寒声，秋空动澄碧。

——《石濑》

---

① 《晦庵先生朱文公文集》卷八十一，《四部丛刊》本。
② 朱熹《楚辞后语》卷四，《四库全书》本。
③ 朱熹《山北纪行十二章章八句》，《晦庵先生朱文公文集》卷七，《四部丛刊》本。

月色三秋白，湖光四面平。与君凌倒景，上下极空明。

——《月榭》

亭亭玉芙蓉，迥立映澄碧。只愁山月明，照作寒露滴。

——《莲沼》

诗中空水澄鲜、水月相映的景象显然经过心灵的提纯过滤，是禅意化了的。就表象层面上说，这几首诗的语言带有清如寒泉、皎如白月的晶莹剔透的特质，写出了临水静观的幽趣。从象征意义上来看，诗中的景语是见道之言，“澄潭俯幽鉴”、“秋空动澄碧”、“上下极空明”等都象征着心体对天地万物的涵纳。正如朱熹《答王子合》所说：“心犹镜也，但无尘垢之蔽，则本体自明，物来能照。”① 证之朱熹诗歌，其中多有以“镜”喻“心”之处，如《新喻西境》之“野水涵空一鉴开”，《观书有感》之“半亩方塘一鉴开”。此类诗句均渊源自宋宣和年间道姑曹文逸所作《灵源大道歌》之“灵鉴涵天容万物”。

“苍崖碧涧型”的审美体验类型属于孤独体验。胡应麟云：“靖节清而远，康乐清而丽，曲江清而淡，浩然清而旷，常建清而僻，王维清而秀，储光羲清而适，韦应物清而润，柳子厚清而峭，徐昌谷清而朗，高子业清而婉。”② 对朱熹“苍崖碧涧型”诗歌，不妨以“清而幽”形容之。所谓“幽”，意味着这个可以寄傲养真的世界，无论是阒寂的空山，还是幽独的芳园，都与尘俗世界相隔离、相对立，都是与道相冥的所在。正如阮籍《达庄论》所云：“夫山静而谷深者，自然之道也。”

四、高：骋望遐观

骋望遐观是求新、求奇、求大的动态审美方式，其观照对象是具有强烈视觉冲击力的高山大川。诗人一凌绝顶，方寸之内便有天高地迥之感。一旦延长了所见景观的景深，形成了广阔深远的视觉空间，心灵的空间也就能够得到拓展。朱熹《游武夷以相期拾瑶草分韵赋诗得瑶字》所云“相与一来集，旷然心朗寥”，《登祝融峰用择之韵》所云“直以心期远，非贪眼界宽”，都表明了这层意思。如果说“空际虚堂型”和“苍崖碧涧型”体现了人与山水的亲和，表现为以韵取胜的冲淡美，情感内敛如微泛涟漪。那么“骋望遐观型”则较少表现山川之情性与诗人之情性的相通相契，抒情主体和描写对象经常处于彼此对峙的状态。诗中不着眼于景物的细部特征，而是着眼于山水的整体气象，呈现出以气取胜的雄浑美。换句话说，自然山水在以形的巨大和力之气势展现在诗人面前时，引起诗人强烈的审美震撼和情感波澜，从而将这种激荡的情怀和山水的壮美形态在诗中作生动描绘，表现出“仰瞻空界阔，俯叹尘寰小”③ 的壮怀逸气。

“骋望遐观型”诗歌多为山行游览之途伫兴而作，多描摹猝然遇合的景象。其游动视角使山水在四维时空中以动态流转的形式展示出来。尽管随着诗人观赏位置的变化、观

① 《晦庵先生朱文公文集》卷四十九，《四部丛刊》本。
② 明胡应麟《诗薮·外编》卷四，上海古籍出版社1958年版，第186页。
③ 朱熹《山北纪行十二章章八句》，《晦庵先生朱文公文集》卷七，《四部丛刊》本。

赏时间的差异，诗中会出现不同的景观效果，但俯视视角和远距离、大范围的视域在此类诗歌中占据了主导地位。朱熹诗的扛鼎之作《自上封登祝融峰绝顶次敬夫韵》就以登临衡山最高峰后的感受为轴心，写出了群峰寓目、风霜励我的豪情：

> 衡岳千仞起，祝融一峰高。群山畏突兀，奔走如曹逃。我来雪月中，历览快所遭。扪天滑青壁，俯壑崩银涛。所恨无十犗，一掣了六鳌。遄归青莲宫，坐对白玉毫。重阁一徙倚，霜风利如刀。平生山水心，真作货食饕。明朝更清激，再往岂惮劳。中宵抚世故，剧如千猬毛。嬉游亦何益，岁月今滔滔。起望东北云，茫然首空搔。

此诗开头以群峰作衬托，夸说祝融峰的高绝，流露出生命意志的向上张势，而“扪天滑青壁”表达了登临绝顶后产生的咫尺青霄之感，“俯壑崩银涛”刻画出衡山群峰在大雪覆盖下连绵起伏的态势。“所恨无十犗，一掣了六鳌”更是大笔淋漓，真力弥漫，表现了一种昂首天外的巨人心态。可以说，朱熹以“巨笔屠龙手”展露了他那地负海涵的心胸。在一番李白式的凌跨自然的狂想后，以“我”为时空中心囊括大块的宏伟气度臻于极致。“重阁一徙倚，霜风利如刀。平生山水心，真作货食饕”，表现了由痛感转化而来的快感，这虽然仍属崇高美的范畴，但气势上已是强弩之末了。诗人最终不得不由险而夷，回到现实情境。“中宵抚世故，剧如千猬毛”两句，用可计数的事物来表现不可量度的情感，使忧时悲世的平生心事得到具象化的呈现。面对无限的宇宙时空，有限的个人生命毕竟是渺小的。因此诗末对荒废时日的恐慌，无疑是审美主体面对寥廓朗畅的高山巨川所引发的生命意识。

衡山是经道教神化了一番的，而且道教建构的神仙世界与俗世之人活动的场所不是完全隔绝的。在道教的仙话中，常常有人神错杂的场面。因此，在南岳之游中，朱熹写出了颇有列仙之趣的《大雪马上次敬夫韵》，诗中的意象多为主体的心象：

> 仙人乔岳顶，散发吹参差。唤我二三友，集此西南垂。列筵命洛公，侑坐迎江妃。导之千羽旄，投以万璧玑。缤纷一何丽，晻霭难具知。众真亦来翔，恍觉丛霄低。茫茫云雾合，一一琼瑶姿。回首谢世人，千载空相思。吾衰怯雄观，未敢探此奇。短衣一匹马，幸甚得所随。天寒饮我酒，酒罢赓君诗。人生易南北，复此知何时。

乔岳之顶，洞箫声起，洛公江妃，纷纷登场，羽旄璧玑，缤纷炫丽。此诗除“茫茫云雾合”一句外，基本上没有写实景，而是用道教传说作背景，塑造“以仙姿游于方内”的主体形象，并用比喻手法虚写雪景，营造出惝恍迷离的世界，读之使人飘飘然若出尘世之外。这首诗的前半部分是朱熹山水诗中最为奇丽的篇章。在古代，敢登高山险峰者须有一定的意志和气概。衡山的雄观以其巨大形体和内蕴的伟力令人敬畏。朱熹说“吾衰怯雄观，未敢探此奇”，自属谦词，但自此以下，诗歌就显露出竭蹶之势，煞尾也缺乏“篇终接混茫”的健举之笔。

提神太虚、俯临万有的巅峰体验使朱熹恍然产生列御寇般的御风而飞的感觉。朱熹《醉下祝融峰作》不啻于一首仙人之作：

> 我来万里驾长风，绝壑层云许荡胸。浊酒三杯豪气发，朗吟飞下祝融峰。

诗中的飞腾想象已经超越了个体生命机能的有限性，表现了心灵感受天地元气的亢奋。就其羽化登仙般的自由与酣畅而言，此诗可称朱熹生平第一快诗。朱熹《屡游庐阜欲赋一篇而不能就六月中休董役卧龙偶成此诗》曾表白自己有“长吟谪仙句，和以玉局章”的好尚，此诗之超迈飘逸大有太白、东坡之气韵。

朱熹山水诗喜用成对的数字，以巨大的数字落差凸显事物在质与量上的可感性，强化彼此间的对立性与对比性，如上举三首诗中的“千仞”与“一峰”，“万里”与“三杯”，“千羽旄”、“万璧玑”与“二三友”、“一匹马”，还有《登梅岭》所云“往还无几日，景物变千林”，《游武夷以相期拾瑶草分韵赋诗得瑶字》所云“一水屡萦回，千峰郁岧峣”，《雪中与林择之祝弟登刘圃之宴坐岩有怀南岳旧游赋此呈择之属和并寄敬夫兄》所云“向来一杯酒，浩荡千里游”，《游昼寒以茂林修竹清流激湍分韵赋诗得竹字》所云“仙洲几千仞，下有云一谷”，《次彦集经营别墅之作》所云“家山信有千岩拥，云月何妨两处观”，《屡游庐阜欲赋一篇而不能就六月中休董役卧龙偶成此诗》所云“千岩虽竞秀，二胜终莫量”，《和林择之鳳凰山韵》所云“兴发千山里，诗成一笑中”，《桐庐舟中见山寺》所云“一山云水拥禅居，万里江楼绕屋除”，《奉和公济兄留周宾之句》之“一酌千虑融”，《同丘子服游芦峰以岭上多白云分韵赋诗得白字》之“千仞一咫尺”，等等。这些诗句不仅是对自然时空的数字化描述，而且是对生命张力的传达。

乾道三年（1167），朱熹、张栻、林用中三人共作衡岳之游，朱熹此间所作诗歌有不少堪称“骋望遐观型”的代表。南岳衡山作为具有疆域象征性的名山，被历代王朝所遵循的礼法传统赋予了一种人文国家品格，享有崇高的封号。因此，文人士大夫登临衡山，多从其显赫而严格的祭祀礼仪着笔。如杜甫《望岳》诗云：“南岳配朱鸟，秩礼自百王。欻吸领地灵，鸿洞半炎方。邦家用祀典，在德非馨香。”韩愈《谒衡岳庙遂宿岳寺题门楼》诗云：“五岳祭秩比三公，四方环镇嵩当中。火维地荒足妖怪，天假神柄专其雄。喷云泄雾藏半腹，虽有绝顶谁能穷。我来正逢秋雨节，阴气晦昧无清风。潜心默祷若有应，岂非正直能感通。须臾净扫众峰出，仰见突兀撑青空。紫盖连延接天柱，石廪腾掷堆祝融。森然魄动下马拜，松柏一径趋灵宫。”而朱熹游衡山，带有诗人和哲人的双重角色意识，而不是官僚士大夫的心态。他对衡岳的庄严“地德”和岳神的森严庙貌没有表示出足够的敬畏，其《马上举韩退之话口占》云：“昨日风烟接混茫，今朝紫翠接青苍。此心元自通天地，可笑灵宫枉炷香。”诗中讥笑韩愈那副诚惶诚恐的样子，指出人的本心和义理之天相贯通，心体自身就是一伟大的存在，无须膜拜外在的神灵偶像。

“骋望遐观型”诗歌偏重于从高处、大处落笔，既描写雄奇壮丽的风光，又抒发快意豪情和心有戚戚的生命意识。从这一角度来看，此类诗歌的主要审美表达方式是“畅怀”，即在体验山水之形式美感中激越神思，畅抒胸怀，其审美体验类型属于崇高体验。就心理形式而言，这种从高处俯瞰全景，从大处把握整体的山水观照方法，会产生远景短缩的幻象，咫尺之间仿佛有千里万里之势，颇能显示一代思想巨人的宇宙情怀。

五、深：寻春觅源

如果说“骋望遐观型”诗歌气吞山河，那么“寻春觅源型”诗歌则气含芬芳。从此类诗歌创作和欣赏的心理过程来说，是先有芬芳悱恻之怀，而后有思理沉深之作。归根结蒂，山水风物构成了此类诗歌的骨架肌理，而理学思想为其注入了灵魂。朱熹真正足以与苏轼、陆游、杨万里等人抗衡的山水诗，也就在此一以思理见长的类型中。朱熹最著名的寻春型诗歌有下列三首：

胜日寻芳泗水滨，无边光景一时新。等闲识得东风面，万紫千红总是春。

——《春日》

闻道西园春色深，急穿芒屩去登临。千葩万蕊争红紫，谁识乾坤造化心。

——《春日偶作》

川原红绿一时新，暮雨朝晴更可人。书册埋头无了日，不如抛却去寻春。

——《出山道中口占》

这三首诗不仅让读者在生理上感受到一种温煦感、欣快感，而且充满着和悦的生命情调，焕发出仁学的光辉。朱熹在诗中抓住阳春的感生特性，以春喻仁，以寻春喻求仁。因为仁为五常之首，是天地之生气；春为四时之首，为阳气初萌、万物方始生荣的季节。朱熹在这方面的议论甚多，如：“只如四时，春为仁，有个生意”①；“若将仁义礼智说，则春，仁也；夏，礼也；秋，义也；冬，智也”②；“要识仁之意思，是一个浑然温和之气，其气则天地阳春之气，其理则天地生物之”③；“如谷种、桃仁、杏仁之类，种着便生，不是死物，所以名之曰‘仁’，见得都是生意”④。在他看来，仁统五常，以先后言之，则仁为先，得仁之生意，然后有礼智义信。以五行言之，“仁木，义金，礼火，智水，信土”⑤。“木是生气，有生气，然后物可得而生。”⑥ 万紫千红、千葩万蕊，都是仁体的生意流溢。“乾坤造化心”也就是天地生物之心，即“蔼乎如春阳之温”的仁心。圣门以求仁为急，格物须从一草一木中求，故而诗人“急穿芒屩去登临”。

---

① 黎靖德编《朱子语类》卷第六，中华书局1994年版，第105页。
② 同上，第106页。
③ 同上，第111页。
④ 同上，第113页。
⑤ 同上，第104页。
⑥ 同上，第108页。

在朱熹的诗歌中，源头意象和阳春意象一样，常常是形而上的理性概念的形象表现，是生命体验与人生哲理的交汇。朱熹的觅源型诗歌的代表作是《淳熙甲辰中春精舍闲居戏作武夷棹歌十首呈诸同游相与一笑》。元代大德年间，陈普注解《武夷棹歌》说："朱文公九曲，纯是一条进道次序。其立意固不苟，不但为武夷山水也。"为了说明该组诗歌的立意主要是借九曲之游的时空进程隐喻进道次序，不妨让我们对全诗作一番巡礼：

武夷山上有仙灵，山下寒流曲曲深。欲识个中奇绝处，棹歌闲听两三声。

《武夷棹歌》中的九曲之游不只是一般的观光之游，还是求仙之游。在下面的诗中，一个访仙学道（仙道）的具象结构会逐渐浮出水面。熊禾《升真观记》曰："文公讲道武夷，力卫正学，独神仙一事不深诋。"① 朱熹用学仙道的路径来表现学儒道的精神是不足为奇的。他青年时代有一段沉溺于道教的经历。实际上，他一生都保持着和道教的亲缘性。此处的"仙灵"喻道之精髓，"曲曲深"的"山下寒流"比拟曲折的求道历程。字面上说要用棹歌唱赞武夷山的仙灵之奇、山水之美，其哲理层面是说，想要识得向学问道之义理，就听听我棹歌的旋律吧。"闲听"二字最有悠远的意味，它点出了静观道体所需的超然心境，朱熹是相信"深源定自闲中得"的②。

一曲溪边上钓船，幔亭峰影蘸晴川。虹桥一断无消息，万壑千岩锁翠烟。

此钓船是用来访仙的。明代刘信的《棹歌和韵》即本朱子之意云："一曲寻真载酒船，棹歌声里度晴川。"另外，"钓船"有悟道之船的义涵，德诚禅师《拨棹歌》和黄庭坚《诉衷情·一波才动万波随》都是借钓鱼一事比喻从修禅到顿悟的过程。"万壑千岩锁翠烟"显然是喻指深入见道之难。而"幔亭峰影蘸晴川"应该是指初识道体的情境，可以和《观书有感》中的"半亩方塘一鉴开，天光云影共徘徊"同观，它们都借光影水色喻指心体的鉴照。

二曲亭亭玉女峰，插花临水为谁容。道人不复阳台梦，兴入前山翠几重。

道人即学道之人，其意双关。本诗在字面上使用了一个抵御女色诱惑而求仙道的文学母题。其深层意蕴是说，屏绝心中色欲后去希圣学道，就能志气清明，勇绝奋发，在

① 熊禾《勿轩集》卷三，《四库全书》本。
② 朱熹《次卜掌书落成白鹿佳句》，《晦庵先生朱文公文集》卷七，《四部丛刊》本。

求道历程中入深诣极。陈普引小畜卦初爻辞解释此诗意旨①，大体是符合此诗的本旨的。

三曲君看架壑船，不知停棹几何年？桑田海水今如许，泡沫风灯敢自怜。

朱熹把架壑船作为历经沧海桑田之变化的永恒事物的象征。他慨叹人的生命、尘世的生活如海中泡沫、风中之灯虚幻短暂。佛经用泡沫风灯喻是身为空，性本无体，而朱熹则借用来表示一种珍惜生命、沛然入道的意愿。

四曲东西两石岩，岩花垂露碧㲯毵。金鸡叫罢无人见，月满空山水满潭。

“岩花垂露碧㲯毵”是比拟道体现象之美。“金鸡”是倡道者的形象，也是朱熹的自喻；“月满空山”与禅宗月在江湖之喻上意思相近，乃道体生意流溢、遍及万物之象，“水满潭”则是心性清明无私之象。本来应该是“雄鸡一声天下白”，可现实是倡道者只能在孤独和宁静中感受道体的充满和优美，涵养澄静的心源。

五曲山高云气深，长时烟雨暗平林。林间有客无人识，欸乃声中万古心。

朱熹此次卜居武夷，是因为仕途受挫，取困而归。所以他的孤独不是缺乏人际交往的孤独，而是一个站在几个世代的文化峰巅上的智者不被最高统治者赏识的孤独，是与正君心、正人心的历史责任感相伴而生的悲凉体验。从另一方面看，孤独的境况有助于体道。朱熹《武夷精舍杂咏·隐求斋》云：“隐去复何求？无言道心长。”林间泉畔无疑比红尘闹市更宜于哲人的思考。朱熹大隐于这苍屏烟云之间，无疑有一种精神上的傲然独立和孤芳自赏。此诗前两句写山高云深、烟雨晦蒙，后两句尚友万古圣贤的向道之心。“欸乃声中万古心”一句是诗中明确标示义理宗旨的内证，这是朱熹在全诗的中心地位有意设置的引导读者进入义理之门的锁钥。

六曲苍屏绕碧湾，茅茨终日掩柴关。客来倚棹岩花落，猿鸟不惊春意闲。

从《武夷棹歌》结构的整体性而言，诗句的意蕴不仅由单篇诗歌的意象单元和意境所体现，而且存在于意境间的关联域和诗与诗之间的组合关系之中。因此，着眼于组诗的整体语境，我们同意陈注所云“智巧私欲，不逃虚照，生意流行，随处充满”的义解。所谓“春意闲”，是说求道的心态须平缓深潜。

---

① 陈注曰：“小畜卦初爻辞，全是此意。卦以一阴居四，群阳之志，皆为其畜止，亦犹玉女之惑人也。初九居卦之初，兴之相应，则其志移矣。而以刚居乾健之体，能远绝摆脱，反复而或乾道以行，故曰：‘复自道，何其咎？’复，反还也；自，由也，亦立脚发初之意。道，乾道也。言始为四所惑，即知其非反复而由正道以行，非勇健不能也。始为所惑，故有咎即能不远而复，则所谓咎者悉无矣。何其咎，言安有咎哉？程子曰：无咎之甚明也。赞其勇之辞也，全是此曲诗意。”见《丛书集成初编》。

七曲移船上碧滩，隐屏仙掌更回看。可怜昨夜峰头雨，添得飞泉几道寒。

诗中的“上碧滩”因是逆流而上，就有艰难费力的气象。到得滩头，回看来途中一座座俏丽的峰峦，历历在目，顿有身心之快。这是勤勉进道、攀上新台阶的写照。其意味深长之处在于：以“峰头雨”喻为学的源头活水，用“飞泉几道寒”形容义理上开出的新生面。

八曲风烟势欲开，鼓楼岩下水萦洄。莫言此处无佳景，自是游人不上来。

八曲中的鼓楼岩如双柱擎天，远处即可望见。上了芙蓉滩后，山势渐开，溪流虽然迅急，但境界则转而豁朗。此处景色和前几曲两边峭壁耸立水际者，别是一番面目。观此诗大意正与上一首相反而相成，上一首咏力学进道的境界。此首言不用其力则不能赏道之佳处。

九曲将穷眼豁然，桑麻雨露见平川。渔郎更觅桃源路，除是人间别有天。

这首诗开头写了放眼平川的一番景象。陈普把这诠释为证悟大道的境界：“豁然贯通，无所障碍，日用沛然，万事皆理。”他认为九曲之游表现了层层深入、级级提升的进道次序，“进”到最后自然是优入圣域。他的看法和“更觅”之意不能相契。我们以为此诗展示的是一个波浪形的寻寻觅觅的求道历程，这一历程没有结束于浪峰，而是休止于谷底。因为优入圣域不是一桩轻而易举的事，朱熹是充分认识到这一点的。所以，在组诗结尾，求道未济者又站在新的探索之路的起点上。朱熹《偶题三首》也是以观山水喻求道的小型组诗，最后一首说：“步随流水觅溪源，行到源头却惘然。始悟真源行不到，倚筇随处弄潺湲。”其中求道未遂的意蕴与此处相同。

《武夷棹歌》的九曲之游不是对某一次具体经历的描述，而是一个虚拟的表现为连续性时间流程和连贯性空间展开过程的情境。情境中的人物有“道人”、“客”、“游人”、“渔郎”。道人、渔郎的身份是统一的，是勇于进道者的形象；客是学道有成者的形象；游人是学道不力者的形象。通过这些人物形象和武夷风景，朱熹将抽象的、形而上的义理探求转化为动态的镜像。

“寻春觅源型”诗歌的主要审美感受方式是“体道”，诗中不仅有风光的描摹，还有理趣的传达，其审美体验类型属于丰富性体验。“寻春觅源型”诗歌的理趣产生于诗歌表层空间形象质感和深层抽象哲理之间形成的审美张力。由于游览山水园林和精神探索有着异质同构的关系，所以“寻春觅源型”诗歌中存在着双重结构，即以游踪为表层结构，以求仁觅道为深层结构。这双重结构之间的关系是隐喻式的。具体说来，此类诗在显性层面有精细实在的景物描写，而在隐形层面有渊然而深的精神体验和哲理蕴含。读者只有通过对诗歌文本的二度体认，由象入理，才能从意义的追逐中获得智性快乐。事实上，此类诗歌的深层结构总是在期待视野下呼唤着精神内涵的填充，总是存在着多义解释的可能。

六、对读：东坡、诚斋、晦庵

黑格尔说过，意蕴总是比直接显现的形象更为深远的一种东西。我们且拈出苏轼、杨万里与朱熹的题材相近的七绝作一番比较分析，说明诗歌形象本身所具有的自然、政治、哲理等多重意味，并凸显朱熹理趣诗的特点：

黑云翻墨未遮山，白雨跳珠乱入船。卷地风来忽吹散，望湖楼下水如天。

——苏轼《六月二十七日望湖楼醉书五绝》其一

昨夜扁舟雨一蓑，满江风浪夜如何？今朝试卷孤篷看，依旧青山绿树多。

——朱熹《水口行舟二首》其一

从这两首诗的视角来看，都是处晦而观明，处静而观动，描摹了放舟江湖之上所见的晴雨变化。诗人立处虽窄，眼界却宽，都为当下的瞬间体验传神写照，传达出精彩的视觉效果。从七绝章法上比较，这两首诗都在第三句形成转折，在小幅之中呈现出深折的审美特点，反映了对人生否泰转换的辩证思考。苏轼具有精细的观察力和灵敏的色彩感，其诗充满视觉特征的自觉运用，捕捉住了自然事物的色彩变化和瞬间动态，写出了夏日江南阵雨的特点，即来势疾骤，降雨量大，而放晴爽利。联系苏轼的仕途经历来看，这场迅疾多变的暴风骤雨很可能象征着变幻莫测的政坛风雨。熙宁四年（1071），苏轼因与新党政见不同，遭侍御史谢景温弹劾，上疏乞求外任以避祸，得通判杭州。他暂时脱离了京城的政治漩涡，也很想消除党争在自己心中投下的阴影。尽管失落惆怅，他仍然表示“人生不信长轗轲”[①]，相信政坛的黑暗随时会过去，清明政治转眼间会到来，就像望湖楼下风卷云收，天清水明。不管苏轼是否真的有意用自然景象来比拟政治环境，苏轼仕途失意和自我心态的调节过程，与此诗由云黑雨骤到雨霁湖明的转换是对应的。孤立地分析这首诗，其表达的人生哲理似乎和他的《六月二十日夜渡海》相同，是喻示人类社会亦如自然界一样，终将回复澄清的本原，而这澄清的本原才是人生的底色。从苏轼首次倅杭期间的思想变化来看，这首诗的思想底蕴孕育于佛教的无常观念与禅宗“应无所住而生其心”的教义，表达的是“过眼荣枯电与风”[②]、“盛衰哀乐两须臾”[③] 的理性认知。

苏轼在《超然台记》中说“凡物皆可观，苟有可观，皆有可乐”，正因为有这样的自然审美观，他才能在面对乌云暴雨时流露出赏玩的兴致和好奇的童心。《六月二十七日望

① 苏轼《送蔡冠卿知饶州》，《东坡全集》卷三，《四库全书》本。
② 苏轼《吉祥寺僧求阁名》，《东坡全集》卷三，《四库全书》本。
③ 苏轼《游灵隐寺得来诗复用前韵》，《东坡全集》卷三，《四库全书》本。

湖楼醉书五绝》其一突兀而起，中间倏忽变化，又戛然而止，阴阳晦明翻卷于俄顷之间，表现了作者系风捕影、求物之妙的高超手段。就艺术性而言，苏诗长于比喻，善于体物，追光摄影，兼备形神。为了突出诗歌意象的形质，诗中运用水墨写生的色调，将黑与白这一对高纯度的两极色组合起来，把色彩的对比效果强调到了极致，给人一种朴素而鲜活的感觉。“翻墨”、“跳珠”这种能引起光色和形态联想的词语虽是锤炼而得，却又十分自然，与李贺的“黑云压城城欲摧，甲光向日金鳞开”（《雁门太守行》）有异曲同工之妙。从“黑云翻墨”的汹涌如潮，忽而转为“水如天”的平静澄明，整个画面的承接与跳跃有着强烈的运动感和新异感，在视觉上形成了巨大的反差，显示了苏轼诗歌特有的奇趣。

运用快捷灵活的手法体物写生是苏轼的“能事”，而非朱熹之所长。朱诗不像苏诗那样精细摹写自然的实境，那样注重修辞技巧、表现手段，其景色描写基本上是“自然触目成佳句”[①]，笔势也相对平夷。《水口行舟二首》其一的整体结构由一个设问句式组成，由此造成了全诗节奏的流动感和语言的平易风格。在色彩的使用上，作者用“青”、“绿”这两种柔和安静而又跃动着生命活力的调和色，传达出一种单纯和谐的美。此诗的妙处在于，抓住了“试卷孤篷”这一意义最为丰满的时刻，把诗人由听觉转向视觉，从封闭空间转向开放空间这一刹那所体验到的一种敞亮清新感表达了出来。应当说，朱诗在意象的灵活多变上不如苏诗，而在蕴含哲理的丰富深邃方面，与苏诗相比则毫不逊色。

和苏诗一样，朱诗也留下了时代的投影。《水口行舟二首》作于淳熙十四年（1187）二月诗人离福州归经古田的途中。从淳熙十年（1183）起，王淮执政集团掀起了反道学的风波，而朱熹始终处在风暴的中心，时常感到“踪迹孤危，动辄得谤”[②]，“深自晦匿，尚恐未能免祸”[③]。在这样的背景下体会“满江风浪夜如何”的含义，就能看出朱熹在反道学逆潮中的栗栗危惧之感，及其谨小慎微外表下的傲岸风骨。从“昨夜”到“今朝”，时间相续，境界有变，诗人在情感表达上不着一字，而由郁闷惊悸转向豁达开朗的心境恍然若出。风雨波浪的肆虐只是一时的表象，青山依旧、绿树长青才是世界的真实本相，自然无常而有恒，人生境遇始逆而终顺。这就是他在理学意识支配下对眼前山水景象所隐藏的自然规律的认知。此诗将清新明丽气象以平淡淳厚之语出之，显示出一代大儒幅巾独坐的从容沉稳之态，一种面对艰难时世不忧不惑的仁智气度。

我们再将杨万里与朱熹同题材的山水诗作比较：

> 万山不许一溪奔，拦得溪声日夜喧。到得前头山脚尽，堂堂溪水出前村。
>
> ——杨万里《桂源铺》
>
> 擘开苍峡吼奔雷，万斛飞泉涌出来。断梗枯槎无泊处，一川寒碧自萦回。
>
> ——朱熹《偶题三首》其二

---

① 朱熹《新喻西境》，《晦庵先生朱文公文集》卷五，《四部丛刊》本。
② 朱熹《与赵帅书》，《晦庵先生朱文公文集》卷二十七，《四部丛刊》本。
③ 朱熹《答詹帅书》，《晦庵先生朱文公文集》卷二十七，《四部丛刊》本。

杨万里和朱熹一样，同属理学家。但前者是诗人中的理学家，后者是理学家中的诗人。魏庆之《诗人玉屑》卷一九说杨万里与朱熹之间“吟咏甚多，然颇好戏谑”，两人应该是密友的关系，不过他们的诗风有着明显的差异。上举二诗同样以溪水为主题，同样写这天下至柔至弱之物一往无前的精神，内容上可以彼此发明，但雅俗间的分野很明显。《桂源铺》一诗采用口语化、俚俗化的活泼腔调，将权威的“万山”和自由的“溪水”人格化、性灵化，将两者间的斗争写得机趣横生，充满热腾腾的生命活力，洋溢着热闹的戏剧情调，正所谓“打诨方是出场”①，其谐谑的画面中蕴含着新生事物不可阻挡的哲理。《偶题三首》其二不像“诚斋体”那样冲口而来，避雅趋俗，其一、二句以壮丽的想象描摹了万斛飞泉擘开苍峡、吼如奔雷的动态美，显示了主体强劲刚健的生命意志。三、四句描写水势平缓后，冲刷掉断梗枯槎，形成一川清流。全诗境界由奔放趋于静谧，喻示着澄明之境只有通过奋斗才能实现的哲理。比较而言，朱诗气盛语隽，痛快沉着，不失为山水理趣诗中的清庙丝竹；而杨诗如俚俗歌谣，意新语奇，风格独标，在宋调的创新上似更胜一筹。

综上所述，朱熹的山水诗因时因地因景的不同，形成了五种主要类型，或尚情而乡思绵邈，或尚意而冲淡闲静，或尚境而清幽野逸，或尚气而宏放高远，或尚理而趣味渊深，显示了山水诗大家浑涵万有的气象。其“苍崖碧涧型”诗歌饶有画意，多呈阴柔之美，“骋望遐观型”诗歌纪游性强，富有阳刚之气，两者俱是山川形胜和文化人格催生的结果，展现出闽赣湖湘的山形水貌及其精神气韵，属于典型的山水诗，而“寻春觅源型”诗歌以终极的价值关怀和对生命哲学的诗意化思考超越了一般山水诗的表象之美，标志着宋诗审美内涵的丰富和理性层次的提升。就思想深度和艺术水准而言，朱熹几乎可以跻身于宋代一流山水诗人的行列，与苏轼、陆游、杨万里差可比肩。在理学诗派中，朱熹的山水诗代表了这一诗派同类诗作的最高艺术水准，在寓意的丰富性和深远性上是无人可以逾越的珠峰。

---

① 宋曾慥《类说》卷五十七《王直方诗话》，《四库全书》本。

从居富到处穷：北宋尚富诗学浅论

四川大学　伍晓蔓

诗歌发展到宋代，有了许多新的特质。尚富黜贫，就是其中一个显著鲜明的特点。富，可以是境遇之富，才情之富，学识之富，襟怀之富，也可以是心境之富。北宋不同时期不同诗人所尚之富不同，但对宽裕、阔大、博雅境界的欣赏，对村野、寒俭、鄙陋境界的贬斥，却一以贯之。宋诗之尚富，植根于宋人居富和处穷的人生体验，有从居养到学养到涵养的轨迹。这对应着宋士大夫文化风尚之演变，体现了他们对人生的深层体验和积极思考。晏殊、欧阳修、苏轼，这迭为座主和门生的三代文宗，对尚富诗风的演变产生了重要的影响。下面就以此三人为界，简述北宋尚富诗学发生、发展的轨迹。

一、诗言富贵

西昆体诗人杨亿对太宗、真宗朝诗坛有这样一个概括：

> 自雍熙初归朝，迄今三十年，所闻文士多矣，其能诗者甚鲜。如侍读兵部（杨徽之），夙擅其名，而徐铉、梁周翰、黄夷简、范杲皆前辈。郑文宝、薛映、王禹偁、吴淑、刘师道、李宗谔、李建中、李维、姚铉、陈尧佐，悉当时侪流。后来之著声者，如路振、钱熙、丁谓、钱易、梅询、李拱、苏为、朱严、陈越、王曾、李堪、陈诂、吕夷简、宋绶、邵焕、晏殊、江任、焦宗古。布衣有钱塘林逋、缙云周启明。钱氏诸子有封守惟济、供奉官昭度。乡曲有今南郑殿丞兄故黎州家君，及高安簿觉宗人字牧之子。并有佳句，可以摘举，而钱惟演、刘筠特工于诗，其警策殆不可遽数①。

以上开列的宋初四十一位“能诗”之人，除林逋、周启明两位隐士，某“家君”、某“子”两位乡曲外，赫然全是宰相、执政、翰林学士、馆阁学士等朝中达官。诗人的地位如此荣显，且达官诗人的规模如此之大，这在中国历史上罕见，尤其和多寒士的晚唐诗坛相比，更是对比明显。明人胡应麟说：“古今诗人，穷者莫过于唐，而达者亡甚于宋”，“大抵熙、丰前词人多达，景德前达者弥众”②。诗人境遇的改变，本质上说是读书人地位的改变。宋初诸帝偃武右文，重用文臣，且以科举为手段，大规模吸引寒素子弟进入统

---

① 杨亿口述、黄鉴录、宋庠重订、李裕民辑校《杨文公谈苑》，《宋元笔记小说大观》，上海古籍出版社 2007 年版。

② 胡应麟《诗薮》杂编卷五，上海古籍出版社 1979 年版。

治者行列。在这样的时代，已致身通显者有一种榜样的魅力。他们掌握着文化话语权，登高一呼，天下景从。因此，达官诗人主导了宋初诗学的走向，成为诗坛的领导者。

“诗，原乎心者也，富贵愁怨见乎所处。”① 与前代诗人好作穷愁之辞不同，宋初达官诗人多居富贵而言富贵，构筑出雍容典赡、富丽堂皇的诗学境界。太祖、太宗朝流行的白体，真宗朝流行的西昆体，就是达官诗派的代表。白体和西昆体的造境又略有不同。

宋初诗人居富言富的第一个特征是善做官样文章。“官样文章”这个概念由北宋中期王安国提出，原话是“文章格调，须是官样”。他的朋友吴处厚进一步把“官样”解释为“馆阁气”——由馆阁文臣创作出的冠冕堂皇的作品。他说：“文章虽皆出于心术，而实有两等：有山林草野之文；有朝廷台阁之文。山林草野之文，则其气枯槁憔悴，乃道不得行，著书立言者之所尚也。朝廷台阁之文，则其气温润丰缛，乃得位于时，演纶视草者之所尚也。”② 王安国和吴处厚谈论的是文章学，但也可以用来移评诗歌，因为诗和文一样，是要分“山林草野”和“朝廷台阁”来创作的。“宋初三体”中，晚唐体诗人以僧人、隐士、下层官吏为主体，所作诗多吟咏性情，刻画山水，气质孤迥澄净，具有山野文学的趣味；白体和西昆体诗人以达官为主体，所作诗多应制、唱和，风格华丽典重，具有台阁文学的特征。在宋初三帝，尤其是太宗、真宗的倡导下，君臣间、臣僚间唱酬成风，《翰林酬唱集》、《禁林宴会集》、《西昆酬唱集》等应制及馆阁翰苑唱和诗相继结集。这两类诗歌本质上是达官们政治活动的补充、社会生活的润滑剂，在特重文臣，尤其是馆阁文臣的宋初，以馆阁诗为主体的达官诗，还具有建构新朝文化气象的重要作用。白体、西昆体诗人多为官样诗歌的高手。《耆旧续闻》卷九云：

> 祖宗朝，一时翰苑诸公唱和，有《上李舍人》诗：“西掖深沉大帝居，紫微西省掌泥书。天关启钥趋朝后，侍史焚香起草初。”又：“黄扉陪汉相，彩笔代尧言。”又《和人见贺》：“分班晓入翔鸾阁，直殿旁联浴凤池。彩笔闲批五色诏，好风时动万年枝。”又：“掖垣西入凤池边，西阁凌云为起烟。彩笔时批尺一诏，直庐深在九重天。”又《内直》诗：“紫泥初草诏书成，红药翻阶昼影清。屋瓦生烟宫漏永，时闻幽鸟自呼名。”李昉《燕会》诗：“衣惹御香拖瑞锦，笔宣皇泽洒春霖。”贾黄中：“青纶辉映轻前古，丹地深严隔世尘。”钱若水：“日上花梢帘卷后，柳遮铃索雨晴初。”杨徽之：“诏出紫泥封去润，朝回莲烛赐来香。”皆粲然有贵气③。

上举诗歌分属白体诗人李昉、贾黄中，昆体诗人钱若水、杨亿（引文中前五首诗属杨亿），以及风格介于白体和晚唐体之间的诗人杨徽之。五位诗人分属不同的诗派，但上引翰苑唱和诗却如出一辙。这些诗颂美时君之勤政，摹写宫禁之幽深，标榜地位之清显，取象华贵，设色秾艳，对偶精切，建构出一种“粲然有贵气”的馆阁气象，作为诗人们

① 阮阅《诗话总龟》卷五引欧阳修《摭遗》，人民文学出版社 1987 年版。
② 吴处厚《青箱杂记》卷五，中华书局 1985 年版。
③ 陈鹄《耆旧续闻》卷九，文渊阁四库全书本。

"演纶视草"工作的补充，起到了粉饰太平、润色宏业的作用，这就是官样诗歌。葛立方说："应制诗非他诗比，自是一家句法，大抵不出于典实富艳尔。"① 达官诗人应制、同僚唱和诗作的要点在于建构一个可称之为"庙堂"的公共文化空间，赋予它华赡的文藻、宏大的气势、典雅的格调。这类诗歌重体制而轻工拙，多共性而少个性，以得体与否论高下，不太计较创新的程度与情味的多寡。历代都有官样诗歌，但并不是每个时代的官样诗歌都讨好。宋初国家丕定，民生苏息，政治清明，经济发展，文化繁荣，有一种欣欣向荣的新朝气象。诗人对时局的颂美多出于真心，润色宏业的制作正合时宜。宋末元初的方回在诗歌选本《瀛奎律髓》卷五列"升平类"，多选北宋初、中期的应制、唱和诗，以李昉《禁林春值》为"宋朝善言太平第一人"。他在小序中说："今取凡言富贵者，不曰'富贵'而曰'升平'，必有升平而后有富贵。"② 这正道出了宋初"粲然有贵气"诗的历史语境。

官样诗歌事实上是带应用性的文字，建筑着国家的"庙堂气象"。达官诗人还需要有较为私人性的吟咏，以安放自己的日常情感。宋初诗人居富言富的第二个特征是好吟咏自己富足的生活。诗人闲居的吟咏，处处可见"自喜身无事，闲吟适性情"③、"有禄肥妻子，无恩及吏民"④、"岸帻微吟自忘寐，披衣闲起绕庭梧"⑤ 这样的句子；退食自公后的交往唱酬，则以"朝谒之暇，颇得自适，而篇章和答，仅无虚日"⑥、"古者会友以文，赋诗言志。良辰美景，胥遇几稀；衔杯漱醪，其乐无量"⑦ 为尚。宋官员俸禄高，待遇优，假日多，普遍生活豪奢，珍惜富贵生活，肯定感官享受，也追求一定程度的精神愉悦。下引李昉诗，可视为他们富贵生活诗的代表：

> 烟光澹澹思悠悠，朝退还家懒出游。静坐最怜红日永，新晴更助小园幽。砌苔点点青钱小，窗竹森森绿玉稠。宾友不来春又晚，眼看辜负一年休⑧。

此诗情感平平，语言平平，意境平平，令人想起韩愈的名句"欢愉之辞难工，而穷苦之言易好"。白体诗人学白居易晚年富贵诗而未尽得其乐天、惜福、知命的意趣；西昆体诗人如杨亿、刘筠，立朝骨鲠，但与官场中人唱和，也未免歌咏富贵的俗调。富贵诗品格的提高，还有待来者。

宋初达官诗人居富言富诗的第三个特征是西昆体诗人独有的，即作为新朝的文化建设者，作诗不仅追求富丽堂皇的表象，还追求以史为鉴的深度、富艳典雅的表达层次感，

---

① 葛立方《韵语阳秋》卷二，何文焕辑《历代诗话》，中华书局 1981 年版。

② 方回选评、李庆甲集评校点《瀛奎律髓汇评》卷五，上海古籍出版社 1986 年版。

③ 李昉《自过节辰又逢连假……依来韵更次五章以自喜身无事为首》，北京大学古文献研究所编《全宋诗》卷一二，北京大学出版社 1991 年版。

④ 《六一诗话》引白体诗人句，《历代诗话》本。

⑤ 杨亿《初秋夜坐》，《全宋诗》卷一二一。

⑥ 李昉《二李唱和集》序，光绪十五年影北宋本。

⑦ 杨亿《诸公于石氏东斋宴郑工部分韵得愁秋浮》序，《全宋诗》卷一二一。

⑧ 李昉《小园独坐偶赋所怀寄秘阁侍郎》，《全宋诗》卷一二。

从思想和艺术两方面拓展诗歌的表现领域。《西昆酬唱集》的命名取玉山策府之名，是文化优越感的体现。玉山策府作为神话中的藏书之所，秘阁作为皇家图书馆，是占领着知识领域的制高点的。在秘阁中修《古今君臣事迹》的馆阁文臣，更是国家的文化精英，负责在浩如烟海的历史往事中为帝王寻找治理国家的经验教训。他们把这种文化优越感和历史使命感贯注到诗歌创作中，"因以历览遗编，研味前作，挹其芳润，发于希慕，更迭昌和，互相切劘"[①]，就出现了大量的咏史诗和虽不咏史但以用典深僻、意象密集著称的显示深厚学养的诗作。如杨亿、刘筠《小园秋夕》诗：

鸿都归晚直城赊，墙外连营咽暮笳。玉井梧倾犹待风，金塘柳密更藏鸦。心摇云阙传疏漏，目断星津过迥槎。已是秋来移带眼，可堪玄鬓有霜华。

枳落莎渠急夜虫，翛然平子四愁中。栗林忽感雕陵鹊，云表初过代岭鸿。阮籍卧帷疏鉴月，马融横笛远含风。郎潜吏隐前贤事，犹胜杨岐泣断蓬[②]。

这两首同题共作诗，前者堆积着华丽的意象，后者排列着密实的典故，它们的共同特征，是以代语、典语、华贵事物语装饰诗歌，使之脱离日常语言的平凡琐碎，获得一种庄重、典雅、富丽的质感。这给宋初嫌贫爱富的诗风提供了适合它的艺术表达形式，故西昆体一出，很快取代白体成为富贵诗的主流。当然，昆体诗人的诗学境界并非诗言富贵这个主题所能笼括。他们的咏史诗或寓讽谏，咏物诗偶有寄托，咏怀诗有时也含有牢骚不平之慨。更重要的是，他们的诗歌以富学问、重结构辞藻的艺术追求开启着北宋尚富诗学新的走向。

上论达官诗人的富贵诗风。除他们之外，宋初还有一个主要由僧人、隐士组成的造语清寒的晚唐诗派，另有大量不入流的作者。我们看到，好写隐居意趣的晚唐体诗人，在信天书、好祥瑞的真宗朝，实乃太平之点缀。他们的诗风只能作为尚富诗风的补充，而非占据主流。至于大量的下层诗人，则在"朝为田舍郎，暮登天子堂"的愿景中，成为富贵诗风的追慕者。种种迹象表明，在北宋初年，诗言富贵为朝野上下共同崇尚，以富评诗已凝聚成一种诗学标准。这映射着国家久乱初定、富贵可求的时代气息，虽然俗气，但新鲜、朴拙、诚恳。在诗学趣味上，宋初富贵诗风告别晚唐之寒俭和五代之粗鄙，表达了一种积极、自信、从容的态度，体现了欣欣向荣的时代气息。这是时代的气象，也是全新的诗学气质。

二、唯说气象

仁宗朝太平宰相晏殊是对富贵诗风作出重要发展的人物。吴处厚对他的富贵诗风有一个著名的评价，为"唯说其气象"：

---

① 杨亿《西昆酬唱集》序，王仲荦注《西昆酬唱集注》，上海书店出版社 2001 年版。
② 《西昆酬唱集注》卷上。

元献公虽起田里，而文章富贵，出于天然。尝览李庆孙《富贵曲》云："轴装曲谱金书字，树记花名玉篆牌。"公曰："此乃乞儿相，未尝谙富贵者。"故公每吟咏富贵，不言金玉锦绣，而唯说其气象，若"楼台侧畔杨花过，帘幕中间燕子飞"、"梨花院落溶溶月，柳絮池塘淡淡风"之类是也。故公自以此句语人曰："穷儿家有这景致也无?"①

"唯说其气象"是对"言金玉锦绣"的超越。作为出身寒素，以神童召试赐进士出身从而步入仕途的新型官僚，晏殊在号称至平极盛的仁宗时代官至宰辅，且始终受君主眷顾，荣宠不衰，其遭遇可谓富贵之至。在上段引文中，晏殊批评的"乞儿相"诗语，出自太宗淳化三年（992）孙何榜探花、有"天下文章"之称的前辈诗人李庆孙。另一则材料显示，晏殊批评的前辈诗人，还有真宗朝名相寇准：

晏公曰："世传寇莱公诗云'老觉腰金重，慵便枕玉凉'，以为富贵，此特穷相者尔，能道富贵之盛，则莫如前言（按，指白居易诗句"笙歌归院落，灯火下楼台"）。"②

宋人论诗尚富而黜贫。杨亿曾讥讽杜甫为"村夫子"③，这是因为杜甫生活穷困，居穷而语穷，未谙他欣赏的富贵境界。与之相比，晏殊批评李庆孙、寇准诗有"乞儿相"、"穷相"，就将"穷"、"富"上升到一个诗学精神的高度，不完全对应其生活境遇。在他看来，富贵不仅是一种生活状态，更是一种生命意趣。它对应的是内在的雍容、自如，而非外在的富足、豪奢。晏殊举出的"能道富贵之盛"的诗句，有白居易的"笙歌归院落，灯火下楼台"，他本人的"楼台侧畔杨花过，帘幕中间燕子飞"、"梨花院落溶溶月，柳絮池塘淡淡风"。这些诗句的特点，是不言金玉锦绣等乞儿都可以想见的外在装饰和陈设，而言富贵者一朝一夕流连歌舞、赏玩风景的优雅生活，言其安居于亭台馆阁等人文建筑，与自然景物气息相通的风流情致。这是将富贵之词内化为一种生命意趣，故吴处厚命名为"气象"。与金玉满眼的富贵诗相比，他"唯说其气象"的诗歌展示着富贵生涯中的诗意栖居。

晏殊为后期西昆派的代表作家。后期西昆派承前期余绪，亦以达官诗人为主体，成员有晏殊、宋绶、宋庠、宋祁、王琪、胡宿、文彦博、赵抃、夏竦、王珪等人④。与前期昆体诗人一样，后期西昆派诗人也爱以七律写富贵生活，但化实为虚，化密为疏，化典

① 《青箱杂记》卷五。

② 欧阳修《试笔》，李逸安点校《欧阳修全集》卷一百三十，中华书局2001年版。按，寇准是晚唐体诗人，以"富贵之时，所作诗皆凄楚愁怨"（《湘山野录》卷上）著称。事实上，寇准的富贵功名念头并不少于他人，且"性豪侈，喜剧饮"（《宋史》本传）。本则引文中的寇准诗作炫富的口吻，这在他的集中虽不多见，但非特例。如我们可找到这样的例子："旧职尚兼黄阁贵，前驱新拥碧油寒"（《初到长安抒怀》）、"岁寒唯有君兼我，头白犹持将相权"（《和向相公见寄》）。

③ 刘攽《中山诗话》，《历代诗话》本。

④ 参祝尚书《论后期"西昆派"》，《宋代文学探讨集》，大象出版社2007年版。

故为景物、情思，化才学为气象。前期昆体的富贵语是表层的、装饰性的，以镂金错彩的方式炫耀着富贵和博学，如方回所说“必于一物之上，人故事、人名、年代，及金、玉、锦、绣等以实之”①；晏殊的“不言金玉锦绣，而唯说其气象”则是内化的、抒情性的，以自然清新的语言表现富贵博雅的境界。这与晏殊的个人趣味有关，也是尚富诗学自身发展的结果。晏殊以“有情味”、“善为篇咏”② 著称。他的兴趣不在程序化的官样文章写作，而在个人情思的抒写和个体审美空间的建构，这恰恰是宋初富贵诗作的薄弱环节。据说，“公风骨清羸，不喜肉食，尤嫌肥膻，每读韦应物诗，爱之曰：‘全没些脂腻气。’故公于文章尤负赏识，集梁《文选》以后迄于唐为别集，选五卷，而诗之选尤精，凡格调猥俗而脂腻者皆不载也”③。如同贫儿及暴发户喜欢大鱼大肉，而久居富贵者反而偏好清淡的饮食，晏殊的诗学趣味是要对富贵生涯济之以清苦风味的。他反对“格调猥俗而脂腻者”的诗歌，喜欢陶渊明、韦应物的清苦诗风，用清苦济秾丽，以异量之美丰富了富贵诗歌的美感，也提高了富贵吟咏的品位和格调。晏殊富贵气象诗，在诗人喜好的“穷苦之辞”外，别树一种富贵之吟的典范，为后世文人屡屡追溯。

晏殊是一个高产作家，好与门生、属吏唱和。他的门下多士，著名的有范仲淹、王琪、宋庠、宋祁、欧阳修等人。其中，王琪、宋庠、宋祁等延续了富贵诗风，范仲淹、欧阳修则不然。在范、欧的领导下，北宋士风、诗风发生了大的转变。然晏殊“唯说其气象”的诗歌并不只有“能道富贵之盛”的意义。被称为“宋诗开山祖师”的梅尧臣，正是在晏殊的影响下提出“因吟适情性，稍欲到平淡”④。此后，平淡成为梅尧臣诗风的主要特征，亦成为诗歌宋调的重要特色。宋人崇尚的平淡，或以清苦济秾丽，或在清苦中见秾丽，从来不是淡乎寡味。这是北宋尚富诗学的终极取向，晏殊超越金玉锦绣语、唯说气象的诗学趣味实已启之。

三、异律合奏

刘子健先生把北宋晚期官僚分为“理念”、“仕进”、“渎职”三种类型⑤，这个分类法可推演至整个两宋时期。富贵优游五十年的晏殊是“仕进类”士大夫的代表，他天圣八年（1030）知贡举时擢拔的省元欧阳修则因怀抱匡时济民的儒家理想，为“理念类”士大夫的典型。仁宗景祐、宝元年间，在“百年无事”的表象下，社会的诸多问题已暴露出来，吏治不振，边境不宁，三冗问题突出。有识之士纷纷谋求变法，北宋的士风、诗风、文风即将发生大的转变。晏殊的富贵气象诗虽然雅致，但与他所鄙薄的言金玉锦绣的富贵诗一样，是建立在个人成功、个人享受的基础上的，在新的文化语境中即将落伍。

---

① 《瀛奎律髓汇评》卷十八。

② 欧阳修《试笔》，《欧阳修全集》卷一百三十。

③ 《青箱杂记》卷五。

④ 梅尧臣《依韵和晏相公》，朱东润校注《梅尧臣集编年校注》卷十六，上海古籍出版社 2006 年版。

⑤ 刘子健《王安石、曾布与北宋晚期官僚的类型》，《两宋史研究汇编》，台湾联经出版事业公司 1987 年版，第 136—137 页。

宋笔记里记载了一桩“西园赋雪”的故事：

庆历中，西师未解，晏元献公殊为枢密使，会大雪，欧阳文忠公与陆学士经同往候之，遂置酒于西园。欧阳公即席赋《晏太尉西园贺雪歌》，其断章曰：“主人与国共休戚，不惟喜悦将丰登。须怜铁甲冷彻骨，四十余万屯边兵。”晏深不平之，尝语人曰：“昔日韩愈亦能作诗词，每赴裴度会，但云‘园林穷胜事，钟鼓乐清时’，却不曾如此作闹。”①

这次聚会发生在庆历元年（1041）冬天，此时大宋在和西夏的战争中刚遭逢了好水川战役的惨败，暂时获得麟、府保卫战的胜利。边患未解，在朝在野的正直士大夫都忧心忡忡，作为国家最高军事长官的晏殊却一如既往地追逐着良辰美景、赏心乐事。在这次宴会中，欧阳修没有交上主人期待的富贵气象诗作，而是以诗为谏，提醒晏殊应心系天下，勤政爱民。这首诗语气不重，却几乎对晏殊的人生态度与诗学趣味作出了全面否定，以致晏殊从此衔恨，终身不能释怀。较之晏殊的恬然宴乐，欧阳修的心怀忧患显然是对这个时代更积极的应对。在接下来的时间里，欧阳修参与了范仲淹领导的庆历新政，并与范仲淹一起倡导气节，成为新时代思潮的引领者。

富贵诗风偏重于一己之享受，欧阳修则接续风雅以来关怀现实的优良传统，不汲汲于富贵，不戚戚于贫贱，提出了著名的“穷而后工”说。此论作于庆历六年，是为仕途坎坷的诗友梅尧臣而发：

予闻世谓诗人少达而多穷，夫岂然哉？盖世所传诗者，多出于古穷人之辞也。凡士之蕴其所有而不得施于世者，多喜自放于山巅水涯，外见虫鱼草木风云鸟兽之状类，往往探其奇怪。内有忧思感愤之郁积，其兴于怨刺，以道羁臣、寡妇之所叹，而写人情之难言，盖愈穷则愈工。然则非诗之能穷人，殆穷者而后工也。

予友梅圣俞，少以荫补为吏，累举进士，辄抑于有司，困于州县凡十余年。年今五十，犹从辟书，为人之佐，郁其所蓄，不得奋见于事业。其家宛陵，幼习于诗，自为童子，出语已惊其长老。既长，学乎六经仁义之说。其为文章，简古纯粹，不求苟说于世，世之人徒知其诗而已。然时无贤愚，语诗者必求之圣俞，圣俞亦自以其不得志者，乐于诗而发之，故其平生所作，于诗尤多。世既知之矣，而未有荐于上者。昔王文康公尝见而叹曰：“二百年无此作矣！”虽知之深，亦不果荐也。若使其幸得用于朝廷，作为雅颂，以歌咏大宋之功德，荐之清庙，而追商、周、鲁《颂》之作者，岂不伟欤！奈何使其老不得志，而为穷者之诗，乃徒发于虫鱼物类、羁愁感叹之言？世徒喜其工，不知其穷之久而将老也，可不惜哉②！

① 魏泰《东轩笔录》卷十一，中华书局1983年版。
② 欧阳修《梅尧臣诗集序》，《欧阳修全集》卷四十三。

这是一段著名的文字，笔者在这里不惮繁引，是为了作出新的解读。在我们看来，欧阳修提出“穷而后工”，但他论诗并不真正尚穷或仅仅尚穷。我们可以从文本中读出这几层意思：

其一，“穷而后工”说总结的主要是前代诗歌现象，所谓“盖世所传诗者，多出于古穷人之辞也”，非着眼于对欧阳修而言属于“现当代文学”的宋代诗歌。

其二，诗人之“穷”非指境遇之贫寒，是指其平生抱负不能施之于世。如梅尧臣“学乎六经仁义之说，其为文章，简古纯粹，不求苟说于世”，他的人生目标在于通经致用以求兼济。“郁其所蓄，不得奋见于事业”是其人生的最大缺憾，也是他“穷”之所在。

其三，穷者之工诗，乃不得已而为之。所谓“亦自以其不得志者，乐于诗而发之，故其平生所作，于诗尤多”。写诗成了其人生的补偿，“立言”以存不朽的另一种方式。诗歌因此对其人有别样的意义，他也主要以诗人的身份表现于世。但这终究是其人生的缺憾。故欧阳修说“世之人徒知其诗而已”、“世徒喜其工，不知其穷之久而将老也，可不惜哉”。

其四，穷者工诗的原因，在外感于物、内兴于怀，感慨深而怨思广，故能探“虫鱼草木风云鸟兽”之奇怪，“道羁臣、寡妇之所叹，而写人情之难言”。然诗之工未必为诗之美，在下文的表述中，穷者诗的两处优势又变为其劣势，成了“徒发于虫鱼物类、羁愁感叹之言”。比之“作为雅颂，以歌咏大宋之功德，荐之清庙，而追商、周、鲁《颂》之作者”的作品，穷者之诗“工”或过之，而“伟”的程度就差矣！

概言之，欧阳修“穷而后工”说有两点可注意之处：一为以道之不行，事业之不著论“穷”；一为提出穷而后工，但不以工诗为人生的鹄的，亦未必视诗工为作诗的极则。这就使穷者之诗和达者之诗有了沟通的可能性：穷者和达者的状态不同，但志于道、期于有用是他们的共同点，故可以在贯穿道义和关怀时事方面达到志同道合；穷者工于诗，达者伟于诗，他们的诗歌各有特色，可以相互吸引和相互补充。我们知道，欧阳修和梅尧臣的生死交情正是建立在志同道合和相互吸引的基础上的。他们二人，穷者不失义，达者不离道，共同支持庆历新政，要求诗歌回到关心现实的优良传统。他们还通过观点交流和诗歌唱酬彼此影响，在理论和创作两个层面提高了诗歌的品格，扩大了其表现领域，与或穷或达的其他诗友一起，形成一个被称为“欧梅诗派”的诗歌流派，成为诗歌宋调的开启者。欧阳修对达者和穷者的这层关系有清楚的认识，对他们的诗境亦有精当评价。在提出“穷而后工”说前一年，他有《读蟠桃诗寄子美》诗云：

韩孟于文词，两雄力相当。篇章缀谈笑，雷电击幽荒。众鸟谁敢和，鸣凤呼其皇。孟穷苦累累，韩富浩穰穰。穷者啄其精，富者烂文章。发生一为宫，揪敛一为商。二律虽不同，合奏乃锵锵。天之产奇怪，希世不可常。寂寥二百年，至宝埋无光。郊死不为岛，圣俞发其藏。患世愈不出，孤吟夜号霜。霜寒入毛骨，清响哀愈长。玉山禾难熟，终岁苦饥肠。我不能饱之，更欲不自量。引吭和其音，力尽犹勉

强。诚知非所敌，但欲继前芳……①

这是一篇评诗诗，是为梅尧臣《郭之美忽过云往河北谒欧阳永叔沈子山》而发。梅诗云："春风无行迹，似与草木期，高低新萌芽，闭户我未知。忽闻人叩门，手把蟠桃枝，问我此蟠桃，缘何结子迟。但笑不复答，问者当自推。振衣向河朔，河朔人伟奇，以兹不答意，迟子北归时。"②"蟠桃"在诗中是一个比兴的意象，它的特点是"结子迟"，这对应着梅尧臣穷困不振的状态。然正因为迟迟结子，不与凡草木争春，才使其果实异常珍贵。梅尧臣没有说出自己后面的这层意思，只是请问者自推，或向那个河朔人——时任河北都转运按察使的欧阳修请教。欧阳修闻弦歌而知雅意，明白梅尧臣是以穷者乐道自珍的态度请自己印证。这正契合他穷达兼济、共期于道的精神，更让他想起自己敬慕的前代诗人韩愈、孟郊。他们一达一穷，诗歌的风格、境界也不同，但何尝不是共趋于道？在这首《读蟠桃诗寄子美》诗中，他将韩、孟的诗境归纳为富和穷，并明确地以之分别比拟自己和梅尧臣的诗学风格和创作成就。富与穷或许与两组人物的处境有关，但在这里已上升为文学风格的概念。富者浩瀚，穷者沉重；富者璀璨，穷者精深；富者如宫声之与物皆春，穷者如商声之哀怨敛藏。富与穷风格不同，但各臻其美，一旦二律合奏，更能因异量相济丰富诗歌的表现层次，带来更高程度的美感。这是对韩孟、欧梅诗派诗学实践的概括，亦是对穷富相济之美的理论总结。

韩孟文学集团与欧梅文学集团分别是中唐和北宋中期两个最重要的诗歌集团，对诗境和文化风尚的开拓意义重大。两个集团有结构性相似之处，即孟郊和梅尧臣年长于韩愈、欧阳修，且作诗出道早、成就高，为韩、欧敬慕和称道。然盟主毕竟为达者韩、欧，而非穷者孟、梅。因韩、欧社会阅历多，视野开阔，诗歌有穷者未有的阔大气势；又因其社会地位高，文化影响力大，能够开启风气，更具备盟主的资格。以欧阳修本人论，他是著名的政治家，同时在经学、史学、考古学领域卓有建树，还是开一代风气的文坛领袖，身份多元，修养全面。其诗多作于公务倥偬之余，无穷者之专精，但有穷者未有之博大。它们善言达者立身行道的自豪和自信以及超越一己穷通、放眼天下的气魄和情怀，形成一种豪宕疏隽的风格，有《庐山高》争美太白的富的气势，有《明妃曲》为历史作注脚的富的学识，有"白战不许持寸铁"③的富的才情，有馆阁唱和游戏文字的富的机趣，有"曾是洛阳花下客，野芳虽晚不须嗟"④不为逆境所困的富的格力。欧阳修心追手摩韩愈"资谈笑，助谐谑，叙人情，状物态，一寓于诗，而曲尽其妙"⑤的富的表达境界，将之引入宋诗视野，开启了以文字为诗、以才学为诗、以议论为诗的新的发展方向。刘克庄说："欧公诗如昌黎，不当以诗论。本朝诗，惟宛陵为开山祖师。"⑥事实上，宋诗

---

① 《欧阳修全集》卷二。
② 梅尧臣著、朱东润编年校注《梅尧臣集编年校注》卷十五，上海古籍出版社2006年版。
③ 苏轼《聚星堂雪》，《苏轼诗集》卷三十四。
④ 欧阳修《戏答元珍》，《欧阳修全集》卷十一。
⑤ 《六一诗话》，《历代诗话》本。
⑥ 刘克庄《后村诗话·前集》卷二，中华书局1983年版。

特质是由欧、梅共同开启的，且欧阳修的作用要大于梅尧臣。因他不遗余力的推崇，提高了穷者梅尧臣的影响力，才使梅尧臣的诗风广为认可，使他和梅尧臣等的异律合奏被推崇为新的诗学典范。苏轼说："文章之任，亦在名世之士，相与主盟，则其道不坠。"[①]自中唐以来，这个主盟者就是达者而非穷者。欧阳修本人也当仁不让，自居于盟主而不疑。

欧、梅的诗学特色，一在阔大，一在专精。前者试验的无意不可入诗的多样表达手段，后者实现的平淡诗学境界都为后人反复追溯，卒形成诗歌宋调之重要特征。使欧、梅结盟，贯穿阔大与专精的，是他们共同的诗学态度，即尊诗道、重诗体，将诗歌重新置回风雅比兴的传统，要求其反映社会和人生的重大问题，并贯穿以道义格力。《石林诗话》卷上云："欧阳文忠公诗始矫'昆体'，专以气格为主，故其言多平易疏畅。"[②]"以气格为主"是欧、梅及苏舜钦等诗友共同着力的地方。自欧、梅之后，宋诗的追求发生转变，从重视个体享受到重视个体修养，从聚焦朝堂、官邸到放眼国计民生。这未尝不是更高层面的尚富——从追求境遇之富转向追求道义、格力之富。这是欧阳修领导的诗文革新运动的成绩，也是他振兴宋代士风的整体文化成就之一部分。苏轼说："宋兴七十余年，民不知兵，富而教之，至天圣、景祐极矣，而斯文终有愧于古。士亦因陋守旧，论卑气弱。自欧阳子出，天下争自濯磨，以通经学古为高，以救时行道为贤，以犯颜纳说为忠。长育成就，至嘉祐末，号称多士，欧阳子之功为多。"[③]欧阳修在诗学上的贡献，正在于革宋兴七十余年"论卑气弱"之弊，将诗歌引向富气格的正途，且长育成就，引领出许多后来者。

四、质绮之变

一波才动万波随。欧、梅之后，宋诗进入了大家辈出的全盛时代。王安石、苏轼、黄庭坚等欧门弟子及再传弟子，沿着欧阳修重道义、饶气格、尚理趣、见学养、富表现的路线前进，济以梅尧臣的平淡之美，发展出各自的诗学风格。他们继续将宋诗向深、广、大的境界开拓，其中，尤以苏轼为北宋尚富诗学的集大成者。

苏轼是一个天才学养兼具、性情理智俱优的全才型诗人。他在成长期间受到"开口揽时事，议论争煌煌"的庆历文化的熏陶，二十二岁就名中高第，得到座主欧阳修的推誉而名满天下，但政治生涯刚步入正轨，就遭遇熙宁变法，陷入新旧党争，从此在党争的漩涡中两起两落，直至以六十六岁的高龄客死在放还的途中。与欧、梅二人一达一穷不同，苏轼一生遭遇几次大起大落，对人生显达和困厄的境地皆有深刻体验，然论诗、作诗尚富黜穷，不论遭逢际遇皆一以贯之。究其原因，在于他善居富，也善处穷。王水照先生把苏轼的创作阶段按思想和艺术的特点分成任职和贬居两期[④]，两个时期中皆对尚

---

① 李廌《师友谈记》，中华书局2002年版。
② 叶梦得《石林诗话》卷上，《历代诗话》本。
③ 苏轼《六一居士集叙》，孔凡礼点校《苏轼文集》卷十，中华书局1986年版。
④ 王水照《苏轼创作的发展阶段》，《王水照自选集》，上海教育出版社2000年版，第280页。

富诗学作出了开拓。

苏轼的任职期分嘉祐、治平间初入仕途期，熙宁初在朝任职期，熙宁、元丰外任期，元祐在朝任职期，元祐、绍圣外任期五个阶段。这是苏轼仕途较为顺利的时期，而他此期人生境遇的显达感还非全由政治际遇所赐。他因文才获三代君主知遇，得一代文宗赏识，受天下士庶景仰。政治家奋厉有当世志的责任心和文学家“腹有诗书气自华”① 的自豪感，共同构成他此期居富言富诗歌的情感底色。

作为政治家的苏轼，怀抱儒家济世之志，复感于三代君主的知遇之恩，无论立朝还是外任，都以“危言危行，独立不回”② 自任。这样的政治风骨反映在诗歌题材上，就有他任职前期“屡论事，未蒙施行，乃复作为诗文，寓物托讽，庶几流传上达，感悟圣意”③ 的政治讽刺诗，以及后期虽然不以诗歌为政治斗争的直接武器，但仍旧反映仁政爱民情怀的诗作。王水照先生说：“政治社会性较强是苏轼整个外任时期（包括初入仕时期）诗歌的共同思想特点。”④ 这些诗歌，如《吴中田妇叹》、《石炭》，因道义内充而精彩外扬，贯穿着一种横放杰出的气质，被王水照先生归纳为“豪健清雄”。这是对欧阳修富道义、重气格诗学路线的贯彻。

作为文学家的苏轼，在居官时期全面继承了前代尚富诗学的成就，并以文坛领袖的影响力，带领黄庭坚、张耒、晁补之、陈师道等门下士开拓出诗歌的“元祐体”，将宋诗对才情、学养、表达、气象之富的追求推向极致。元祐体诗歌中的很大一部分是翰林学士苏轼与馆阁学士黄庭坚等的酬唱，在文学传统上属于馆阁唱和。有宋以来的翰苑馆阁唱和，有徐铉等的翰林酬唱、苏易简等的禁林宴会唱和、杨亿等的西昆酬唱、欧阳修等的礼部唱和。坡门酬唱没有走白体、西昆体“官样文章”的路线，而是继承礼部唱和“绸缪反复，若断若续，而时发于奇怪，杂以诙嘲笑谑，及其至也，往往亦造于精微”⑤ 的尚文人意趣的传统，文采风流又过之。周裕锴先生在《元祐诗风的趋同性及其文化意义》一文中总结元祐体诗歌的特征为：以交际为诗，以游戏为诗，以竞技为诗，以出奇为诗，以才学为诗，以雅玩为诗，以禅趣为诗⑥。渊博、文雅、机智、敏捷是坡门酬唱的品质。这不仅在趣味、情致上，也在智性、理性上拓展了诗歌的富贵气象，以乐群之诗作，建筑出尚智、尚博、尚雅的公共文化空间。这个空间非庙堂也非山野，而是立足于士大夫本体的可游可居的人文境界。西园雅集、坡门酬唱，因此成为北宋盛世文化的象征，令后人神往。

苏轼之贬居期，分元丰贬居黄州和绍圣、元符贬居惠州、儋州两个阶段，分别对应着乌台诗案和贬元祐朝臣这两次新党对旧党最严厉的打击。苏轼并非旧党魁首，他之所

---

① 苏轼《和董传留别》，孔凡礼点校《苏轼诗集》卷五，中华书局 1982 年版。
② 苏轼《杭州召还乞郡状》，《苏轼文集》卷三十二。
③ 苏轼《乞郡札子》，《苏轼文集》卷二十九。
④ 王水照《苏轼创作的发展阶段》，《王水照自选集》，第 282、283 页。
⑤ 欧阳修《礼部唱和诗序》，《欧阳修全集》卷四十一。
⑥ 王水照主编《首届宋代文学国际研讨会论文集》，复旦大学出版社 2001 年版。

以两次被选作重点打击对象，是因为名气太盛——“虚名浮论，足以惑动众人”①，“独以名太高，与朝廷争胜耳”②。乌台诗案是一场典型的文字狱，打击的目标是诗人，也是诗作；绍圣以后的元祐朝臣之贬、元祐党人之禁，禁锢的目标亦从人扩展到人的精神产品，苏门文人和元祐诗歌皆在严谴之列。苏轼前期之达，适足以造成其后期之穷。他在第一次遭贬时半开玩笑地说“诗能穷人”；其第二次遭贬以及他去世后元祐诗歌的继续受厄，我们或许可以反过来说“人能穷诗”——为廓除元祐文学的影响，朝廷于崇宁二、三年诏毁三苏及苏门学士文集版，更于政和二年一度下令禁止命官传习诗赋。北宋前中期尚富诗学的产生发展，是以宽厚尚文的政治环境为依托的，这一良好的文化生态在北宋后期遭到严重破坏。苏轼及其他贬居诗人如何处穷，如何在因诗而穷的境遇中看待诗歌对人生的意义，就成为关乎宋代诗学走向的至关重要的事情。

“诗能穷人”说是苏轼一个著名的命题，曾引起后人的热烈讨论，其实这不过是诗人对自身处境的揶揄。我们且看苏轼的原文：

> 诗能穷人，所从来尚矣，而于轼特甚。今足下独不信，建言诗不能穷人，为之益力。其诗日已工，其穷殆未可量，然亦在所用而已。不龟手之药，或以封，安知足下不以此达乎？人生如朝露，意所乐则为之，何暇计议穷达。云能穷人者固缪，云不能穷人者，亦未免有意于畏穷也③。

苏轼因诗得罪，故云“诗能穷人”。提出了此说，但不赞成对这个现象过分地计较。因在他看来，诗歌自有其价值——“意所乐则为之”，至于它是致穷还是致达，根本无需介怀。与宋初诗人避穷趋达的人生理念和诗学倾向不同，苏轼反对“有意于畏穷”。他甚至不追求诗歌的穷而后工，对韩愈《贞曜先生墓志铭》中“维卒不施，以昌其诗”④这个著名的评论，提出了自己的见解：“昌身如饱腹，饱尽还当饥。昌诗如膏面，为人作容姿。不如昌其气，郁郁老不衰。虽云老不衰，劫坏安所之。不如昌其志，志壹气自随。养之塞天地，孟轲不吾欺。”⑤养之而充塞天地的志气是苏轼赖以自恃的精神资粮。在贬谪生涯中，他坚持内心的道德准则，守护自我的优雅、宁静，不愧疚，不惶恐，不愤懑，创作出清旷、自得、淡泊、恣肆的诗歌，建筑着精深华妙的诗境。我们说，苏轼的处穷诗是尚富的，这是一种心境之富。

北宋末诗僧惠洪有一段著名的评论：

> 众人之诗，例无精彩，其气夺也。夫气之夺人，百种禁忌，诗亦如之。曰富贵

---

① 朋九万《东坡乌台诗案》载《李定札子》，《丛书集成初编本》。
② 周紫芝《诗谳》引苏辙语，《丛书集成初编本》。
③ 苏轼《答陈师仲主簿书》，《苏轼文集》卷四十九。
④ 韩愈撰、马其昶校注《韩昌黎文集校注》第六卷，上海古籍出版社 1986 年版。
⑤ 苏轼《韩退之孟郊墓铭云以昌其诗举此问王定国当昌其身耶抑昌其诗也来诗下语未契作此答之》，《苏轼诗集》卷三十四。

中不得言贫贱事，少壮中不得言衰老事，康强中不得言疾病死亡事，脱或犯之，谓之诗谶，谓之无气，是大不然。诗者，妙观逸想之所寓也，岂可限以绳墨哉！如王维作画雪中芭蕉，诗眼观之，知其神情寄寓于物；俗论则讥以为不知寒暑。荆公方大拜，贺客盈门，忽点墨书其壁曰："霜筠雪竹钟山寺，投老皈欤寄此生。"东坡在儋耳作诗曰："平生万事足，所欠惟一死。"岂可与世俗论哉①。

诗谶说，即诗语的兆应说，缘于语言禁忌的巫术思维。自魏晋南北朝起，已有不少以某些诗句来附会和解释诗歌创作者本人命运的记载，到宋代，这一话题得到更热烈的讨论②。宋人热衷于谈论诗谶，并有意在诗歌的遣词造句中趋吉避凶，趋富避穷。王安石和苏轼超越诗谶说，不忌讳作穷困语，惠洪说是受了佛教"妙观逸想"思想的影响，诚然有一定道理，但其实举凡严肃的哲学都讲究要超越人嫌贫爱富的本能追求。孔子说"富与贵是人之所欲也，不以其道得之，不处也"（《论语·里仁》），提出"君子固穷"（《论语·卫灵公》），欣赏"一箪食，一瓢饮，在陋巷，人不堪其忧，回也不改其乐"（《论语·雍也》）的颜回风度。孟子讲究义利之辩，认为逆境可以"动心忍性，增益其所不能"（《孟子·告子下》）。庄子派学者说："古之得道者，穷亦乐，通亦乐，所乐非穷通也；道德于此，则穷通为寒暑风雨之序矣。"（《庄子·让王》）中国思想发轫期的哲人对如何处达，观点不尽相同，但对如何处穷，思路却惊人地相似，即安穷、守穷、固穷、乐穷。儒家藉之以维持道德律令，道家藉之以守护精神自由，而外来的佛家思想则以超越穷富执念的"妙观逸想"，指向无差别的圆融境界。王、苏贯穿了三教精神，故能脱去宋人常有的对穷达的执念，达到坚实、超越而又圆融的境界。从迎合诗谶到超越诗谶，从尚境遇之富到尚境界之富，北宋的尚富诗学至此调了个头，由俗谛而趋于圣域了。

"死生穷达，不易其操。"③ 苏轼善居富，也善处穷，在穷、富两种境遇中都开辟出诗意洋溢的空间。然在他心目中，二者的价值并不等同。他晚年总结自己的一生说："问汝平生功业，黄州、惠州、儋州。"④ 如何处穷的践履，是苏轼人生最大的建树，是他留给后人最宝贵的财富。北宋中期以来，诗人已开始谈论如何处穷的问题。欧阳修对韩愈"当论事时，感激不避诛死，真若知义者。及到贬所，则戚戚怨嗟，有不堪之穷愁形于文字，其心欢戚无异庸人"⑤ 的批评，对梅尧臣"用以为欢，而不怨怼"⑥ 的褒赞，已开启了"善处穷"的价值观和诗学实践，但只有到苏轼这里，才将"善处穷"的人生实践提高到审美精神的高度。苏轼之处穷，既固穷又乐穷，既随遇而安又待时而动，这是一种积极承担自我、对生存困境进行审美消解的方式。他此期的诗作，既立足于困顿人生又趋于审美自由之境，于清旷中不减迈往之气，在黯淡中闪烁灵动光辉。这是傲视命运者

① 惠洪《冷斋夜话》卷四，张伯伟编校《稀见本宋人诗话四种》，江苏古籍出版社 2002 年版。
② 据吴承学《谣谶与诗谶》，《中国古代文体形态研究》，中山大学出版社 2002 年版，第 37 页。
③ 苏轼《醉白堂记》，《苏轼文集》卷十一。
④ 《自题金山画像》，《苏轼诗集》卷四十八。
⑤ 欧阳修《与尹师鲁第一书》，《欧阳修全集》卷六十九。
⑥ 欧阳修《梅尧臣墓志铭》，《欧阳修全集》卷三十三。

的诗学境界，与嫌贫爱富者的处处拘束相比，其富乃真不可言。刘熙载说："东坡诗打通后壁说话，其精微超旷，真足以开拓心胸，推倒豪杰。"① 苏轼是一个为人生和诗歌开境界的人。后人称苏轼为"坡仙"，视他的贬谪诗为不可企及。苏轼所开的境界，既缘于居富，也缘于处穷，但主要是在处穷层面上的。

基于自己的人生领悟和诗学实践，苏轼论诗，特重处穷的境界。他批评郊寒岛瘦，厌恶僧人诗有蔬笋气，赞赏他们之中的豪隽者。在他看来，居穷而语穷，不仅是境遇之穷，更是精神之穷，实在萧索寡味。"夜读孟郊诗，细字如牛毛。寒灯照昏花，佳处时一遭。孤芳擢荒秽，苦语余诗骚。水清石凿凿，湍激不受篙。初如食小鱼，所得不偿劳。又似煮彭蜞，竟日持空螯。要当斗僧清，未足当韩豪。人生如朝露，日夜火消膏。何苦将两耳，听此寒虫号。不如且置之，饮我玉色醪。"② 这首《读孟郊诗》道出了他对贫寒诗语的观感。苏轼的诗学趣味在于居穷而语富；他最为推崇的诗人是晋宋之际的陶渊明：

> 吾于诗人，无所甚好，独好渊明之诗。渊明作诗不多，然其诗质而实绮，癯而实腴，自曹、刘、鲍、谢、李、杜诸人皆莫及也③。
>
> 所贵乎枯澹者，谓其外枯而中膏，似澹而实美，渊明、子厚之流是也。若中边皆枯澹，亦何足道④。

"质而实绮，癯而实腴"、"外枯而中膏，似澹而实美"的诗学境界，首先是一种人生境界。陶渊明于易代之际归隐田园，内心有很多不满，且生活颇为困顿，但他没有因此怨天恨地，叹老嗟贫，而是以倔强的姿态自我坚持，自我肯定，自我排遣，自我创造，于贫困境遇中建构出悠然心远的审美人生。苏轼以自己的生存感受体味着陶诗的审美境界，在一次次贬谪中，一步步向陶诗更加靠近。陶诗居穷而不自困，语淡而情悠长、意深远、味醇厚。这里有一种膏腴和绮丽，不受恶劣处境的影响，也无关文字外表的华彩，它所对应的是自我实现者的高峰体验。这是苏轼本人亲到的境界，妙处难与君说，唯有一再和陶以证之。

与北宋中后期许多大家一样，苏轼最高的审美理想是平淡。此平淡即"质而实绮，癯而实腴"、"外枯而中膏，似澹而实美"，此中有浓厚的滋味，绝不可以枯槁目之。在苏轼心目中，平淡的审美理想是置于他本人揭櫫的另一极高境界——"集大成"之上的。他说："子美之诗，退之之文，鲁公之书，皆集大成者也。"⑤ 但他又对这一本来意味着至高无上的标尺——"集大成"下了一转语：

---

① 刘熙载《艺概·诗概》，上海古籍出版社 1978 年版。

② 《读孟郊诗二首》其一，《苏轼诗集》卷十六。

③ 苏辙《子瞻和陶渊明诗集引》引苏轼书信，李逸安等校点《苏辙集·栾城后集》卷二十一，中华书局 1990 年版。

④ 《评韩柳诗》，《苏轼文集》卷六十七。

⑤ 陈师道《后山诗话》，《历代诗话》本。

> 予尝论书，以谓钟、王之迹，萧散简远，妙在笔墨之外。至唐颜、柳，始集古今笔法而尽发之，极书之变，天下翕然以为宗师，而钟、王之法益微。至于诗亦然。苏、李之天成，曹、刘之自得，陶、谢之超然，盖亦至矣。而李太白、杜子美以英玮绝世之姿，凌跨百代，古今诗人尽废，然魏、晋以来高风绝尘，亦少衰矣。李、杜之后，诗人继作，虽间有远韵，而才不逮意，独韦应物、柳宗元发纤秾于简古，寄至味于淡泊，非余子所及也。唐末司空图，崎岖兵乱之间，而诗文高雅，犹有承平之遗风。其论诗曰："梅止于酸，盐止于咸，饮食不可无盐、梅，而其美常在咸、酸之外。"盖自列其诗之有得于文字之表者二十四韵，恨当时不识其妙。予三复其言而悲之①。

"集大成"是一种艺术发展到巅峰，表现手法和艺术形式穷古今之变、尽天下之能事以趋于定型的状态。苏轼欣赏集大成者的宏才，却更心仪不为成法所限的"萧散简远"、"天成"、"自得"、"超然"等意趣。后者对应着他"质而实绮，癯而实腴"的美学理想，其与人生的关系，如苏轼拈出的"唐末司空图，崎岖兵乱之间，而诗文高雅，犹有承平之遗风"，令人三思。苏轼本人是北宋尚富诗学的集大成者，也是开境界者。他更重视境界之开拓对自我生命的意义，故将平淡诗美放在比集大成境界更高的位置。如七色华彩合就纯白光束，苏轼晚年诗越来越趋向平淡境界。与陶、韦诗的平淡中见丰腴不同，苏轼诗是丰腴者向平淡的皈依，用他自己的话来说，"凡文字，少小时须令气象峥嵘，采色绚烂，渐老渐熟，乃造平淡。其实不是平淡，绚烂之极也"②。北宋的尚富诗学，即于此结穴。此后，宋诗进入江西诗派时代，诗人在逼仄的政治环境中发以"呻吟调笑之声"③，以"学诗如学道"④ 的态度建构着峭拔瘦硬的诗境。与苏轼在逆境中保持乐观的心态相比，江西派诗人对政治和生活的热情都趋冷。他们的诗歌——如苏轼说的"格韵高绝，盘飧尽废"⑤ ——富格力和韵致，气象却不复丰润华茂。这是时局使然，也是个体差异使然。自北宋末到南宋亡国，大宋的国运始终不能复振，瘦硬的江西诗派、粗犷的江湖诗派相继引领诗坛走向，唯稍具中兴气象的孝宗朝出现过陆游、杨万里等"四大家"，其富赡、博雅的程度亦未超越庆历、元祐诗人。故宋代尚富诗学，在苏轼这里达到辉煌的顶点，也在苏轼这里盛极而衰了。

---

① 《书黄子思诗集后》，《苏轼文集》卷六十七。

② 苏轼《与二郎侄书》，赵令畤《侯鲭录》卷八引，中华书局2002年版。按，钱钟书先生在《中国诗与中国画》一文中谈论到"对一个和自己的风格决然不同或相反的作家，爱好而不漠视，仰企而不扬弃"的现象，举苏轼对司空图的企慕作例子。笔者以为，苏轼对陶渊明、韦应物、柳宗元、司空图等的企慕，寄托着他的平淡美学理想，这种喜爱出于同气相求，而非异类吸引。只是与陶、韦等的平淡中见丰腴不同，苏轼的体验在丰腴者归于平淡。尚富诗学观是苏轼的出发点，故他能在前人看到枯槁的地方发现丰腴，并以这种丰腴作为自己皈向平淡的理由。

③ 黄庭坚《书王知载朐山杂咏后》，刘琳等校点《黄庭坚全集》，四川大学出版社 2001 年版，第666页。

④ 黄庭坚《赠陈师道》，《黄庭坚全集》，第 1039 页。

⑤ 苏轼《书黄鲁直诗后二首》其一，《苏轼文集》卷六十七。

结 语

以上是对北宋尚富诗学四个阶段的粗线条勾勒，下面再略作申论。

诗歌之尚富与诗歌之尚穷，对应着不同的心理发生机制。尚富诗歌是对人生美满的增益，乃“用以为欢”；尚穷诗歌是对人生缺憾的补偿，即“诗可以怨”。人生是美满还是缺憾，关乎个体的感受，也关乎他的文化选择和精神信仰。有人满足于物质的充裕，有人满足于精神的富足，更多的人需要物质、精神的双重受益。儒家的穷达以时、道家的穷通自乐、佛家的妙观逸想，给士人如何处理出处穷通的人生问题提供了参考思路。北宋尚富诗学的课题，始于如何居富，终于如何处穷。这关乎世情、时序，还植根于尚富诗学本身的发展逻辑：对社会而言，“富之”是“教之”的基石；对个人而言，善处穷是善处富的基石。国家的文治局面催生了诗人的尚富趣味，但诗歌终究要落实到个体的吟咏，故需在善处穷的境界中以证其成。北宋诗歌所尚之富在前、中、后期内涵不同，但寻找美满，呵护美满，以增益人生的倾向却一以贯之。这是我们将富贵语、富贵气象、穷富相济、居穷言富等现象统归于尚富诗学这个话题来讨论的原因。

北宋尚富诗学的发生、发展，和宋士大夫的历史境遇有关。史家向有“唐宋变革”的观点，以贵族制的解体、君主专制统治的建立为变革之实质内容。具体到官吏选拔上，是以科举选士代替门阀世袭，建立起完备的文官体系①。自宋开国始，科举便成为选拔人才的主要方式。宋代开科多，录取数量大，远远超过隋唐五代。科举士人成为治理国家的主体，成为新型的政治、文化精英。这给本文的研究提供了参考视角。与前代相比，宋诗歌创作的主体发生了转变，即从以门阀士大夫为主转变为以科举士子为主体。大量出身平民的科举士子登上历史舞台，掌握话语权，接续以前士大夫文化的传统，并加以改造发展，创造出“华夏民族之文化，历数千载之演进，造极于赵宋之世”② 的文明。在这个过程中，先有物质富贵的追求，再有贵族气质的培养，然后有接续“斯文”传统、承担社会责任的胸襟气魄，最后有寻求精神自由、实现自我价值的人生关怀。北宋尚富诗学，就是在唐宋变革历史背景下新崛起的政治文化精英一步步积累的文化修养、一层层提升的精神境界中渐行渐上的。

北宋尚富诗学的走向，从追求生活的富裕、心境的宽裕、襟怀的阔大到心灵的自由，既符合“富之”、“教之”（《论语·子路》）的孔门圣训，“风之积也不厚，则其负大翼也无力，故九万里则风斯在下矣”（《庄子·逍遥游》）的庄学精髓，也符合从生理到心理到自我实现需要的马斯洛需要层次理论，脉络较为清晰。但我们也要看到，由于个体选择的多样性，在诗言富贵风气中也不乏人作忧国忧民语，如宋初诗人田锡、张咏、王禹偁；在不论穷达语境中也有人作富贵语，如北宋中期诗人、因好用金玉锦绣词汇而被称为

---

① 参内藤湖南《概括的唐宋时代观》、宫崎市定《东洋的近世》，刘俊文主编《日本学者研究中国史论著选译》第一卷，中华书局 1992 年版。

② 陈寅恪《邓广铭宋史职官志考证序》，《金明馆丛稿二编》，上海古籍出版社 1980 年版，第 245 页。

“至宝丹”的王珪。本文勾勒的是尚富诗学发展的主线，只论时风，不论言人人殊的个体选择。

宋人在尚富诗学发生、发展的过程中推出不同的偶像和典范：富境遇的白居易，富藻汇的李商隐，富气势的李白，富表达的韩愈，集大成的杜甫，富境界的陶渊明。其中，杜甫和陶渊明被定格为北宋尚富诗学的终极典范，而此二人恰恰都是境遇上的穷困者。陶渊明的成就，在于“外枯而中膏，似淡而实美”；杜甫的成就，在于苏轼总结的“集大成”，黄庭坚补充的“简易而大巧出焉，平淡而山高水深”[1]。如果我们再在这个最高典范的名单上加上北宋尚富诗学的最高成就者、绚烂之极归于平淡的苏轼，尚富诗学的趣味和风貌就一望而知了。陶、杜、苏三人皆在困顿人生中践履着君子的固穷，创造了丰腴平淡合一的诗境。他们不仅发展了诗歌艺术，更拓展了人生境界。宋人标榜出这个境界，让我们体会到，与以“诗可以怨”为特征的情感诗学相比，尚富诗学更加关注生命意义的安顿，可称之为人生的诗学。这使宋诗在前代诗歌的辉煌成就之外卓然有所树立，自辟一个境界。

① 黄庭坚《与王观复书》，《黄庭坚全集》，第471页。

诗学"活法"说不始于吕本中

——兼论胡宿对西昆体的继承与突破

西南民族大学　曾　明　　　内江师范学院　邓国军

一

在中国诗论中，"活法"说是一个重要的理论话题。有人说："宋代诗论中的许多现象都可以归纳到'活法'的理论概括之下，而呈现其有机的内在联系。举此一纲，可挈众目，挽住'活法'，可以洞悉宋诗转变之大势，又可观照宋代诗论中许多说法的共同基质。"① 对于它的起源问题，几乎是古今同声、中外一词，都以为由两宋之交的吕本中（1084—1145）最先提出，而无任何异议。的确，吕本中在崇宁元年（1102）或二年（1103）所作的《江西诗社诗派图》中就说："灵均自得之，忽然有人，然后惟意所出，万变不穷，是名活法。"② 后又于绍兴三年（1133）作的《夏均父集序》中也说："学诗当识活法。所谓活法者，规矩备具，而能出于规矩之外；变化不测，而亦不背于规矩也。是道也，盖有定法而无定法，无定法而有定法。知是者则可以与语活法矣。谢玄晖有言'好诗流转圆美如弹丸'，此真活法也。近世惟豫章黄公首变前作之弊，而后学者知所趋向，毕精尽知，左规右矩，庶几至于变化不测。然余区区浅末之论，皆汉魏以来有意于文者之法，而非无意于文者之法也。……吾友夏均父，贤而有文章，其于诗，盖得所谓规矩备具，而出于规矩之外，变化不测者。后多从先生长者游，闻人之所以言诗者而得其要妙，所谓无意于文之文，而非有意于文之文也。"③ 他又于《别后寄舍弟三十韵》中说："笔头传活法，胸次即圆成。"以故，和吕本中同时的人皆把"活法"说的发明权归于吕本中。如谢逬（？—1116）《读吕居仁诗》即云："吾宗宣城守，诗压鲍颜辈。其间警拔句，江练与霞绮。居仁相家子，敛退若寒士。学道期日损，哦诗亦能事。自言得活法，尚恐宣城未。今晨开草堂，书帙乱无次。探囊得君诗，疾读过三四。浅诗如蜜甜，中边本无二。好诗初无奇，把玩久弥丽。有如庵摩勒，苦尽得甘味。敖侯南州杰，论文极根柢。读君诗卷终，曰此有见地。期君无高上，二谢以平视。要当掣鲸鱼，岂但看翡翠。"④ 而曾几（1084—1166）《读吕居仁旧诗有怀其人作诗寄之》⑤ 亦云："学诗如参禅，慎勿参死句；纵横无不可，乃在欢喜处。又如学仙子，辛苦终不遇；忽然毛骨换，政用

---

① 张晶《宋代的"活法"与禅宗的思维方式》，载《文学遗产》1989 年第 6 期，第 87—88 页。

② 俞成《萤雪丛说》卷一引，转录自王大鹏等编《中国历代诗话选》，岳麓书社 1985 年版，第 559 页。

③ 《四部丛刊》影旧钞本《后村先生大全集》卷九十五《江西诗派引》。

④ 《竹友集》卷一，影印《四库全书》文渊阁本。

⑤ 陈起《前贤小集拾遗》卷四，《四库全书》本《茶山集》漏收。

口诀故。居仁说活法，大意欲人悟，岂惟如是说，实亦造佳处；其圆如金弹，所向如脱兔。”其他如稍后的张元幹、曾季貍、张孝祥，更后的杨万里、周必大、张镃、姜夔、俞成、史弥宁、赵蕃、王迈、刘克庄等的诗论中的“活法”说，也当是出于吕本中。张元幹云：“前辈有云：诗句当法子美，其他述作无出退之。韩、杜门庭，风行水上，自然成文，俱名活法。金声玉振，如正吾夫子集大成。盖确论也。”① 曾季貍云：“后山论诗说换骨，东湖论诗说中的；东莱论诗说活法；子苍论诗说饱参，入处虽不同，然其实皆一关捩，要知非悟入不可。”② 张孝祥云：“为文有活法，拘泥者窒之，则能今而不能古。梦锡之文，从昔不胶于俗，纵横运转，如盘中走丸，未始以一格拘，要其终亦不出于盘。”③ 周必大云：“诚斋万事悟活法，诲人有功如利涉。”④ 张镃云：“造化精神无尽期，跳腾踔厉即时追。目前言句知多少，罕有先生活法诗。”⑤ 姜夔云：“学有余而约以用之，善用事者也；意有余而约以尽之，善措辞者也；乍叙事而间以理言，得活法者也。”⑥ 史弥宁云：“诗家活法类禅机，悟处工夫谁能知？寻得这些关捩子，《国风》、《雅》、《颂》不难追。”⑦ 赵蕃云：“东莱老先生，曾作江西派。平生论活法，到底无窒碍。微言虽可想，恨不床下拜。欲收一日功，要出文字外。”⑧ 又云：“活法端知自结融，可须琢刻见玲珑。涪翁不作东莱死，安得斯文日再中。”⑨ 王迈云：“笔有活法，珠走于盘而不出于盘；派接古文，冰生于水而尤寒于水。”⑩ 此外，宋人还将“活法”推及读书，说“凡读书须自有活法”⑪。宋人如此，今人亦然。钱钟书在论杨万里的“活法”说时云：“‘活法’是江西诗派吕本中提出来的口号，意思是要诗人又不破坏规矩，又能够变化不测，给读者以圆转而‘不费力’的印象。”⑫ 而郭绍虞、王文生亦云“（吕本中）提出的‘学诗当识活法’的主张，是宋人诗论中的一个著名论点”⑬，又说“活法”“是用司空图所谓‘超以象外，得其环中’及苏轼所谓‘吾文如万斛泉源，不择地而出……常行于所当行，常止于不可不止’的说法，并非尽出于禅家。又他所谓‘有意于文者之法’，与‘无意于文者之法’，也近于苏轼所谓‘随物赋形而不可知’，本非玄妙之谈”⑭。罗根泽也是这样，他除说“编《江西诗社宗派图》的吕本中（绍兴进士）标举‘活法’与‘悟入’”外，还认为“俞成述活法，先引程子所谓‘活泼泼的’，大概‘活’字确是来自程子，吕本中也确受程子影响。

---

① 《芦川归来集》卷九《亦乐居士文集序》，影印《四库全书》文渊阁本。
② 《艇斋诗话》，《历代诗话续编》本。
③ 《于湖居士文集》卷二十八《题杨梦锡客亭类稿序》，影印《四库全书》文渊阁本。
④ 《平原续稿》卷一《次韵杨廷秀侍郎寄题朱氏涣然书院》，影印《四库全书》文渊阁本。
⑤ 《南湖集》卷七《携杨秘监诗一编登舟因成二绝》之二，影印《四库全书》文渊阁本。
⑥ 《白石道人诗说》，《历代诗话》本。
⑦ 《友林乙稿》《诗禅》，影印《四库全书》文渊阁本。
⑧ 赵蕃《淳熙稿》卷四《论诗寄硕父五首》之四，影印《四库全书》文渊阁本。
⑨ 赵蕃《淳熙稿》卷十六《琛卿论诗用前韵示之》，影印《四库全书》文渊阁本。
⑩ 无名氏《翰苑新书续集》卷四（钱钟书《宋诗选注》，人民文学出版社 1958 年版第 183 页作卷二，误），载王迈《贺林直院》，《四库全书》影印文渊阁本。
⑪ 语出陈大猷（绍定二年进士）《书集传或问》，影印《四库全书》文渊阁本。
⑫ 钱钟书《宋诗选注》，人民文学出版社 1958 年版第 179 页。
⑬ 郭绍虞、王文生《历代文论选》第二册，上海古籍出版社 1979 年版，第 368 页。
⑭ 同上。

……不过，‘活’字来自程子，‘活法’还是源于江西。所作《童蒙训》云：‘潘邠老言：七言诗第五字要响……五言诗第三字要响……所谓响者，致力处也。予窃以为字字当活，活则字字自响，（引见《渔隐前集》十三），潘邠老列江西宗派图，指出作诗注重响字，吕本中进而指出响字的方法是活字，活的培养是悟入”①。

二

“活法”说真的是吕本中首创的吗？回答是否定的。

南宋韩淲（1154—1224）《涧泉日记》卷下云：“渡江以来，晁詹事以道、舍人吕居仁，议论文章，字字皆是中原诸老一二百年酝酿相传而得者，不可不讽味。”② 吕居仁的“活法”说是否也得于“中原诸老”呢？据我们考察，吕居仁的“活法”说来自北宋胡宿。《四库全书总目提要》云：胡宿（996—1067），“字武平，常州晋陵人，天圣二年进士。历官两浙转运使，召修《起居注》，知制诰，由翰林学士拜枢密副使，以太子少师致仕。文恭，其谥也。……宿立朝以廉直著，而学问亦极该博。当时文格未变，尚沿四六骈偶之习，而宿于是体尤工。所为朝廷大制作，典重赡丽，追踪六朝。其五七言律诗，波澜壮阔，声律铿訇，亦可仿佛盛唐遗响”③。其对胡宿文学流派及其成就的认定和把握十分准确。有《文恭集》五十卷、《补遗》一卷。事迹俱见欧阳修《赠太子太傅胡公墓志铭》④、《宋史》卷三一八《胡宿传》。胡宿《文恭集》卷五《又和前人》诗云：

> 作者傍边好见闻，速来就妆作比邻。诗中活法无多子，眼里知音有几人？尔许精奇花灿笔，岂容尘俗海翻银？老夫幸有千机锦，尚欠江头一浣新⑤。

这是一首论诗诗。其中的“诗中活法无多子，眼里知音有几人”二句，当是吕本中“活法”说所出之本。在这两句描写诗坛“见闻”的诗句里，胡宿表现出对当时诗歌创作界和评论界的强烈不满。“尔许”二句，表面上看是在写所谓“尔”即诗题中的“前人”的主张：称赞灿笔如花的“精奇”之作，而不容许“镶金嵌玉”的“尘俗”之诗泛滥诗坛。而实际亦是夫子自道。最后两句则写对自己诗作的评价：我在诗坛有幸写出了许多如花似锦的艳丽之作，但随着时间的推移，这些诗作已显得陈旧俗套而需要“浣洗”一新了。此中有自负，更有自责；有肯定，更有否定。正是在对诗作的自责和对诗坛的否定中，胡宿求新求变的“活法”说出炉了。胡宿殆已认识到，当日的诗坛和自己的创作

---

① 罗根泽《中国文学批评史》三，《第六编：两宋文学批评史》之《第七章：江西派的诗文方法·吕本中的活法与悟入》，上海古籍出版社 1984 年版，第 148—149 页。

② 影印《四库全书》文渊阁本。

③ 永瑢等《四库全书总目提要》卷一五二，中华书局 1965 年版，第 1310 页。

④ 欧阳修《文忠集》卷三十四，影印《四库全书》文渊阁本。

⑤ 影印《四库全书》文渊阁本。以下《文恭集》均同此版本，不再一一注明。

都需要以"活法"之水，加以"洗涤"[①]，否则，就不会有耳目一新之感。

胡宿生活在北宋真宗（998—1022）、仁宗（1023—1063）、英宗（1064—1067）三朝。北宋自真宗朝起，诗坛流派迭兴，诗作日富。当时活跃于诗坛者主要有以潘阆（？—1009）、林逋（867—1018）、寇准（961—1023）等为代表的宗法唐末贾岛、姚合的晚唐派和以杨亿（974—1021）、刘筠（971—1031）、钱惟演（977—1034）、晏殊（991—1055）等为代表的宗法李商隐的西昆派。《四库全书总目提要》于《西昆酬唱集》云："其诗宗法李商隐，词既妍华，而不乏兴象，效之者渐失本真，惟工组织，于是有优伶挦扯之戏。石介至作《怪说》以刺之，而祥符中，遂下诏禁文体浮艳。……其后，欧、梅继作，坡、谷迭起，而杨、刘之派，遂不绝如线。要其取材博赡，练词精整，非学有根柢，亦不能镕铸变化，自名一家，固亦未可轻诋。"[②] 胡宿与宋庠（996—1066）、宋祁（998—1062）兄弟于天圣二年（1024）同为进士，共登诗坛。其时，杨亿已死，钱、刘垂老，但这并不妨碍胡宿、二宋对西昆派体后期重要诗人晏殊辈的倾慕。相反，他们为奄奄一息的西昆诗坛注入了新的活力，被称为后期西昆体诗人。据欧阳修《胡公墓志铭》云，杨亿还在世时，"杨文公亿得其诗，题于秘阁，叹曰：'吾恨未识此人。'"[③] 即视胡宿为"昆体"同人。无怪乎清人王士禛说："宋人诗，至欧、梅、苏、黄、王介甫而波澜始大。前此杨、刘、钱思公、文潞公、胡文恭、赵清献辈，皆沿西昆体。……然予观宋景文近体，无一字无来历，而对仗精确，非读万卷者不能，迥非南渡以后所及。"[④] 又说："世人谓宋初学西昆体有杨文公、钱思公、刘子仪，而不知其后更有文忠烈、赵清献（抃）、胡文恭（宿）三家，其工丽妍妙不减前人。"[⑤] 又说："宋初诸公竞尚西昆体，世但知杨、刘、钱思公耳，如文忠烈、赵清献诗，最工此体，人多不知。……观李子田（蓘）《艺圃集》载胡文恭武平（宿）诗二十八首，亦昆体之工丽者，惜未见其全，聊摘录数联于左：……（《津亭》）：'西北浮云连魏阙，东南初日照秦楼。'……风调与二公（按，指文、赵二人，参上引"文忠烈、赵清献诗，最工此体，人多不知"）可相伯仲，起结尤多得义山神理。"[⑥] 而翁方纲亦云："胡武平（宿）、王君玉（琪）皆堪与晏、宋方驾。大约宋初诸公，多自晚唐出耳。宋元宪（庠）、景文（祁）、王君玉，并游晏元献之门，其诗格皆不免杨、刘之遗。"[⑦] 又云："入宋之初，杨文公辈虽主西昆，然亦自有神致，何可尽祧去之？而晏元献、宋元宪、宋景文、胡文恭、王君玉、文潞公，皆继往开来，肇起欧、王、苏、黄

---

① 正如清人冯舒、冯班评杨亿《无题》昆体所云："西昆毕竟高，又非后人所及，然用事少新意"（冯舒语），"效玉溪，然有新事而少新意，富丽有余而新艳不足"（冯班语）。二冯之言引自李庆甲《瀛奎律髓汇评》卷七，上海古籍出版社 2005 年版，第 294、295 页。

② 永瑢等《四库全书总目提要》卷一八六，中华书局 1965 年版，第 1693 页。

③ 欧阳修《文忠集》卷三十四，影印《四库全书》文渊阁本。

④ 王士禛《带经堂诗话》人民文学出版社 1963 年版，第 43 页。

⑤ 同上，第 211 页。

⑥ 同上，第 213-214 页。

⑦ 翁方纲《石洲诗话》卷三，郭绍虞编选、富寿荪校点《清诗话续编》，上海古籍出版社 1983 年版，第 1402 页。

盛大之渐，必以不取浓丽，专尚天然为事。”[①] 王士禛、翁方纲谓胡宿等人为后期西昆体诗人的代表，对宋代诗坛有“继往开来”的作用，并非无根之论、过誉之词。早在元、明，就有人作如是观了。由宋入元的方回在《瀛奎律髓》中选胡宿诗三首——《公子》、《飞将》、《过桐庐》。其中，《公子》是仿杨亿、刘筠、钱惟演之同名诗而作的。诗云：

北第当衢戟有衣，巾帏鲜媚仆如犀。万钱供箸鸣钟沸，三组垂腰佩玉低。座上赋鹦穷处士，楼前盘马小征西。去天尺五城南路，此去青云别有梯。

此诗首句显系仿钱惟演《公子》首句“莲勺交衢接获园”。方回评云：“胡武平笔端高爽，似陆农师。”[②] 陆农师即陆佃（1042—1102），乃陆游祖父，有《陶山集》。又方回《恢大山西山小稿序》云：“别有一派曰昆体，始于李义山，至杨、刘及陆佃绝矣。”[③] 可见，方回是把陆佃和胡宿都当作昆体派诗人看待的。受方评影响，清人冯班亦云：“后四句‘昆体’佳境。”[④] 而不满昆体的纪昀则云：“此效‘昆体’而不成。”[⑤] 对另一首《飞将》：“曾从嫖姚立战功，胡雏犹畏紫髯翁。雕戈夜统千庐卫，缇骑秋畋五柞宫。后殿拜恩金印重，北堂开宴玉壶空。从来敌国威名大，麾下多称黑矟公。”方回评曰：“壮丽。凡诗读上一句，初不知下一句作如何对。必所对胜上句，令人不测乃佳。此篇是也。”[⑥] 纪昀则云：“句格尚健，别无可取。”[⑦] 按：此诗写“飞将”持“雕戈”，率“缇骑”，对外，曾从嫖姚，抵御外侮，屡建奇功，威名远播；对内，或夜卫京城，或扈从“秋畋”，大受重用，深沐“皇恩”。于是，一个威武雄壮的飞将军形象便横空而出了。从这个意义上看，此诗勉强可堪方回“壮丽”之评。但此诗似是写汉飞将军李广（见《史记·李将军列传》），然而，李广何曾如此威风八面，汉皇对他又哪有如此皇恩浩荡？因此，这样的描写就难脱“粉饰太平”之嫌。且其用语中有“金”有“玉”，有“殿”有“堂”，亦与晏殊“每言富贵，不及金玉锦绣，惟说气象”反。故虽“镶金嵌玉”，仍难掩其“乞儿相”[⑧]。同时，亦如冯班所评：“‘黑矟公’事未切。”[⑨] 因为“黑矟公”指于栗磾，事见《魏书》卷三十一本传。而“紫髯翁”则指孙权，事见裴松之《三国志·吴书·吴主传》注引《献帝春秋》[⑩]，更是比拟不伦，用事牵合失当。“用富贵语”以“粉饰太平”，正是西昆体的重要特征；为用事而用事，也是西昆体之弊端。对《过桐庐》一首，方回等则有确评。诗云：

---

① 翁方纲《石洲诗话》卷三，郭绍虞编选、富寿荪校点《清诗话续编》，上海古籍出版社 1983 年版，第 1403 页。
② 李庆甲《瀛奎律髓汇评》卷四十六，上海古籍出版社 2005 年，版第 1618 页。
③ 方回《桐江续集》卷三十三，影印《四库全书》文渊阁本。
④ 李庆甲《瀛奎律髓汇评》卷四十六，上海古籍出版社 2005 年版，第 1618 页。
⑤ 同上，第 1618 页。
⑥ 同上，第 1618 页。
⑦ 李庆甲《瀛奎律髓汇评》卷三十，上海古籍出版社 2005 年版，第 1336 页。
⑧ 胡仔《苕溪渔隐丛话前集》卷二十六引《漫叟诗话》，人民文学出版社 1962 年版。
⑨ 李庆甲《瀛奎律髓汇评》第三册卷三十，上海古籍出版社 2005 年版，第 1336 页。
⑩ 卢弼《三国志集解》卷四十七，中华书局 1982 年版，第 899 页。

两岸山花中有溪，山花红白偏高低。灵源忽若乘槎到，仙洞还同采药迷。二月辛夷犹未落，五更鸦臼最先啼。茶烟渔火遥堪画，一片人家在水西。

方回评曰：“武平此诗妙甚，八句五十六字无一字不佳，形容桐庐尽矣。起句十四字并尾句，可作《竹枝歌》讴也。”① 受方回影响，查慎行评云：“睦州青江景致逼真。”②而连最不满昆体的纪昀也说：“风韵绝人，只三四格调稍复耳。”③ 平心而论，此诗确如诸人所评。特别是首尾四句，不用典故和奇字，只用常语和口语，以白描手法平实写出自己经过桐庐时所见到的景色，一反昆体之雕涩典丽，显得闲淡流畅、清新自然，有民歌风味。即置之盛唐太白集中，亦可乱真。其“山花红白”一句，还使人想到杜牧写宣州水西寺的诗句——“红白花开山雨中”（《念惜游三首》之三“李白题诗水西寺”）。不过，也正如纪昀所评：“三、四格调稍复。”“灵源”难道不是和“仙洞”一样的意思吗？这是为了形成对偶而不惜以一意而在一联之内前后迭出，其后果则是语义重复，事倍功半。从方回所选录的胡宿的这三首看，其中既有昆体手段，也有后来欧阳修之流畅、梅尧臣之平淡、苏舜钦之豪壮。从这个意义来看，翁方纲谓胡宿等后西昆体诗人于宋诗的发展有“继往开来”的作用④。

到了明代，胡应麟亦有承方回之说而称誉胡宿诗作之言。其《诗薮》云：“胡武平：‘西北浮云连魏阙，东南初日满秦楼。’上句用‘西北有高楼，上与浮云齐’语，下句用‘日出东南隅，照我秦氏楼’语，联合成句，词意天然，读之绝不类引用昔人者。而兴象高远，优入盛唐。盖梅句（按，指梅昌言询《送夏子乔招讨西夏》‘亚夫金鼓从天落，韩信旌旗背水陈’二句。胡氏《诗薮》谓其‘冠裳伟丽，字字天然，此用事第一法门也。惜其语与开元不类’。）虽极精严，而犹若有意，此则无迹可寻矣。高氏因《鼓吹》误收（《四库全书总目提要·文恭集》云：“金元好问选《唐诗鼓吹》误编入宿诗二十余首，说者遂以为唐末之人，爵里未详。今考好问所录诸诗，大半在《文恭集》内。……好问乃不能考证。舛错至此。”其说本此。），列晚唐末，不知咸通后安得此调耳。宿诗尚散见宋诸选。《飞将》、《少年》二律俱工。”⑤ 胡应麟所称誉之诗句见胡宿《津亭》颔联，后王士禛亦录以评之（见上）。胡氏从用事角度指出胡宿诗有“兴象高远，优入盛唐”者。这也就是说，胡宿诗在用事上有变西昆体者。胡应麟曾说：“凡用事用语，虽千锤百炼，若黄金在冶，至铸形成体之后，妙夺化工，无复丝毫痕迹，乃为至佳。藉读之少令人疑似，便落第二义，况颛搜隐僻，巧作形模，昆体之所以失也。”⑥ 而胡宿那两句便和昆体不同，它“词意天然”，“无迹可

---

① 李庆甲《瀛奎律髓汇评》卷三十，上海古籍出版社 2005 年版，第 1405 页。

② 同上。

③ 同上。

④ 陶文鹏先生《论胡宿的诗学观与诗歌创作》分析过胡宿诗歌对西昆体的突破与创新，载《北京大学学报》（哲学社会科学版）2006 年第 1 期，可参看。本文从“活法”说的角度进一步分析其对西昆体的继承与创新。

⑤ 胡应麟《诗薮·外编》卷五，中华书局 1962 年版，第 223 页。

⑥ 同上，第 222 页。

寻”，是“兴象高远，优入盛唐”的佳句。因此，即以用事而论，胡宿诗中也有纠昆体“颛搜隐僻，巧作形模”之处。后来，卢文弨在《胡方平文恭集书后》中亦云：“诗丰缛而不失气骨，置中、盛唐间，诚无多让也。”[①] 疑即从方回和胡应麟之评而来。胡宿有一首《近郊》诗：“信马斗城外，芳郊秋物多。丹叶惊岁晏，华黍喜时和。野老醉相话，牧童闲自歌。牛羊稍觉晚，一一下层坡。”（《文恭集》卷二）此诗和北宋最早师法白居易的王禹偁的《村行》相较，也更显得“兴象高远”，“词意天然”。特别是后四句，用王维《渭川田家》“斜光照墟落，穷巷牛羊归。野老念牧童，倚杖候荆扉”及《诗·王风·君子于役》“日之夕矣，牛羊下来”等语意，而不使人觉，可谓“妙夺化工”也。

不过，在胡宿集中，有不少“压缩典故”的昆体诗。钱钟书先生认为这种“压缩典故”的修辞是唐人类书《初学记》滋长的习气，更是模仿李商隐的流弊[②]。如《初学记》把魏武帝曹操做过“乌鹊南飞”一句诗那件事缩成“魏雀”；李商隐《圣女祠》把楚怀王梦见巫山神女那件事缩成“楚国梦”[③]，晏殊《赋得秋雨》又把它缩成“楚梦”两个字；胡宿把老子讲过“如登春台”那件事缩成“老台”（《文恭集》卷六《漫成》“不敢将春上老台”）等。此即钱钟书所举之显证。据钱先生说，胡宿这种“压缩典故”的昆体流弊，比晏殊更甚。今举数例。如《浮石寺》“数刻尽牛香”。原校云：“‘牛香’二字，不经见，《法苑珠林》有云：‘牛头之香生于海岸。’此殆节用之。”（《文恭集》卷六）此一例也。又《送曹生归临江别墅》“赋丽凭乌有，清篇托《畔牢》”。原校云：“‘畔牢’二字，不经见，《汉书·扬雄传》有云：‘书名《畔牢愁》，此殆节用之。’（《文恭集》卷六）此二例也。又《远思》“空对霜葭惊远别，忍题云叶寄《牢愁》”（《文恭集》卷六）。按，“牢愁”二字，亦和上例“畔牢”出处同。此三例也。又《寄善慧大师禅斋》“昆灰多妙辨，平日集朝缨”。原校云：“‘昆灰’二字，不经见，当即‘昆明劫灰’语节用之。”此四例也。又《悼往》“葛华与参宿，此见恐无缘”。原校云：“‘葛华’二字，不经见，考《梁乐府》《前溪歌》‘黄葛何蒙龙，生在洛溪中。花落随流去，何见逐流还’。此节用之。”（《文恭集》卷六）此五例也。又《送魏屯田出守山阳》“雌堂夕宴沈宾辖”。原校云：“按‘雌堂’二字，集中屡见，未详所出。考《汉书·郡国志》：‘太守所居，涂以雌黄，故称黄堂’，疑即取雌黄之义。今俱仍原文。”（《文恭集》卷四）此六例也。又《和承旨给事寄酬南京致政杜相公》“苍生犹望安东起……萧规留在庙堂间”（《文恭集》卷四）。按：《晋书》卷七十九《谢安传》载：“征西大将军桓温请（谢安）为司马，将发新亭，朝士咸送。中丞高崧戏之曰：‘卿累违朝旨，高卧东山，诸人每相与言：安石不肯出，将如苍生何？苍生今亦将如卿何?’安甚有愧色。”前句节用此。此七例也。又《史记》卷五十四《曹相国世家》载：“（曹）参曰：‘高帝与萧何定天下，法令既明，今陛下垂拱，参等守

① 卢文弨《抱经堂文集》卷十三，《四部丛刊》本。

② 见钱钟书《宋诗选注》，人民文学出版社 1958 年版，第 14 页。

③ 李商隐还生造了诸如“弘阁”、“董帷”、“曹蝇”、“韩蝶”之类的缩语。“弘阁”、“董帷”见《全唐诗》卷五四一，中华书局 1960 年版第 6237 页《咏怀寄秘阁旧僚二十六韵》“奋迹登弘阁，摧心对董帷”；“曹蝇”；“韩蝶”见同书卷五三九第 6158 页《韩蝫（蝶）鸡麝鸾凤等成篇》“韩蝫翻罗幕，曹蝇拂绮窗”。

职，遵而勿失，不亦可乎?’……百姓歌之曰：‘萧何为法，讲若画一。曹参代之，守而勿失。载其清静，民以宁一。’”后句之“萧规”节用之。此八例也。又《送苏贤良之任豫章》“文成洛纸贵，诏下武泥馨”。原校云：“按‘武泥’二字，不经见，当即是汉时武都紫泥封诏事截用之。”此九例也。又《馆中候马》“去驺呼已远，自笑守应庐”。原校云：“按‘应庐’二字未详所本。宿又有《上小谢学士启》：‘更直应庐。’当是指秘阁直舍而言。”（《文恭集》卷二）今按：“应庐”当即“直庐”。犹今所谓值班室。胡宿《当晚禁直呈承旨侍郎同院五学士》“广内施重閟，承明敞直庐”（《文恭集》卷五），就改用“直庐”。此十例也。又《卜居》“一杯谁置元旦醴，三尺休弹上客鱼”（《文恭集》卷二）。按：《战国策·齐策》：“齐人有冯谖者，贫乏而不能自存，使人属孟尝君，愿寄食门下。……（孟尝君）左右食以草具。居有顷，倚柱弹其剑，歌曰：‘长铗归来乎，食无鱼。’”又《汉书·高帝纪下》“吾以布衣提三尺取天下”。《史记·高祖纪》作“三尺剑”。诗中“三尺”，节此二书而用之。此十一例也。除此十一例外，还有“杵天”、“葆发”等词，亦皆僻涩难解（参见卢文弨《龙城札记》卷二）。胡宿这种为了对偶声律而“压缩典故”的做法，可以说是受李商隐以骈文手法入诗的结果。

总之，在胡宿的诗歌创作实践中，就其诗作的风格言，既有僻涩难解、艳丽凝重的一面，也有平淡简远、清新自然的一面①；就写作手法言，既有割裂古事堆砌丽藻的做法，也有直写所见所闻所感的白描手法的运用，呈现出诗风转变时期的复杂性。这殆如翁方纲所说，确实起着一种“继往开来”的作用。其中，风格的僻涩艳丽，手法上对典事的频繁使用和割裂简缩以及对丽词的过分追求，是“继”昆体之“往”；白描手法的运用和平淡清新的诗风，则是“开来”——预示了新一代诗体的来临。而“活法”的提出，正是胡宿能“继往开来”、“承上启下”的理论保证和指导思想。

三

钱钟书先生论吕居仁“活法”云：“《艇斋诗话》记吕东莱论诗尝引孙子论兵语：‘始如处女，终如脱兔。’……曾茶山《读吕居仁旧诗有怀其人作诗寄之》有云：‘……居仁说活法，大意欲人悟。岂惟如是说，实亦造佳处；其言如金弹，所向如脱兔。’‘脱兔’正与‘金弹’同归，而‘活法’复与‘圆’一致。‘圆’言其‘体’，譬如‘金弹’；‘活’言其‘用’，譬如‘脱兔’。”② 胡宿论诗也“体”、“用”并言，“圆”、“活”兼用。其《谢叔子杨文惠诗》云：

> 老子诗名久废闲，喜君步骤少陵坛。句敲金玉声名远，韵险车斜心胆寒。倾出囊中和月露，皎如盘底走珠丸。苦藏难没诗家事，会看尘冠早一弹③。

① 参见陶文鹏《论胡宿的诗学观与诗歌创作》，载《北京大学学报》（哲学社会科学版）2006年第1期。

② 钱钟书《谈艺录》，中华书局1984年版，第438页。

③ 《文恭集》卷五，影印《四库全书》文渊阁本。

此诗颈联“倾出囊中和月露，皎如盘底走珠丸”，称赞杨文惠之诗体如圆月露珠一样清亮润泽，似弹丸走盘一样圆熟响亮。当然，这也当是胡宿对诗歌体式的美学追求。这一主张也是和昆体之“僻涩呕哑”、“滞碍蹇艾”背道而驰、针锋相对的。和其“活法”说一样，这也是胡宿的首创，从而使“珠走盘”成为胡宿诗歌创作所要到达的完美目标。

以“弹丸”喻诗，早起于南齐谢朓。《南史·王筠传》即载沈约引谢朓语：“好诗流美圆转如弹丸。”尔后，此类语意便屡见不鲜①。但是，其间论诗者却多单言珠而少有如胡宿这样言“珠走盘”的。考“珠走盘”之喻，最早见唐杜牧论《孙子兵法》。其《注孙子序》云：“后之人，有读武书予解者，因而学之，犹盘中走丸，丸之走盘，横斜圆直，计于临时，不可尽知；必可知者，是知丸不能出于盘也。”② 而用以描写音乐，则见于白居易那首有名的《琵琶行》之“大珠小珠落玉盘”。大概是在谢朓“好诗流美圆转如弹丸”及杜牧“丸之走盘”、白居易“珠落玉盘”等说的启示下，胡宿提出“珠走盘”用以形容诗歌之美，配合自己提出的“活法”之论。自胡宿之后至北宋灭亡，中无一人以“珠走盘”言诗者（其中张耒《赠李德载》有“晃论峥嵘走珠玉”句，但仍无“盘”字）。至南宋初，才有曾几云：“今晨出数篇，秀色若可餐。清妍梅著雪，圆美珠走盘。”③

以后，南宋后期的王迈（1184—1248）也有其说：“恭惟某官，学力与天相融，声名无地可著。笔有活法，珠走于盘，而不出于盘；派接古文，冰生于水，而犹寒于水。”④ 且二人皆以之与“活法”联系起来。以单言“弹”（丸）或“珠”言诗，与用“珠走盘”言诗相较，其所显现的内容有全偏之别、层次亦有高下之异。有声有色的“形状”是识别事物的基础。“弹”（丸）或“珠”只言其“圆”，虽能“转”，然尚未“转”于“盘”，仅为有色无声之形。“珠走盘”就不同了，它“圆”而正，“转”于“盘”，更由于“明珠”与“玉盘”相叩而发出铿锵悦耳之声的缘故，不仅是有色之形，而且还有动听之声；它亦由静而动，由“死”而“活”，由“活”而“响”，从而声形并茂，形象鲜明；使人如见其形，如视其色，如闻其声。众所周知，诗歌不同于散文之处，就在于诗歌是有更高要求的声形之美。陆机云：“诗缘情而绮靡。”⑤“绮”指色，“靡”指声。刘勰云：“吟咏之间，吐纳珠玉之声；眉睫之前，卷舒风云之色。”⑥ 姚铉云：“琅琅之玉声，粲粲之珠光”，“尽在耳目”⑦。严羽云：“下字贵响，造语贵圆。”⑧ 陶明濬《诗说杂记》释此云：“以音韵言之，必求其响；以色泽言之，必求其圆。响对于哑而言，圆对于涩而言。”⑨ 李东阳云：“诗必有具眼，亦必有具耳。眼主格，耳主声。”⑩ 以上诸人都认为“色”“声”

---

① 参见钱钟书《谈艺录》，中华书局1984年版，第112—117页、432—439页。
② 董诰等编《全唐文》卷七五三，上海古籍出版社1990年版第四册，第3460—3461页。
③ 曾几《茶山集》卷一《赠空上人》，影印《四库全书》文渊阁本。
④ 王迈《贺林直院》，影印《四库全书》文渊阁本。
⑤ 萧统编《文选》卷十七《文赋》，中华书局1997年版，第241页。
⑥ 范文澜《文心雕龙注》，人民文学出版社1963年版，第493页。
⑦ 姚铉编《唐文粹·序》，影印《四库全书》文渊阁本。
⑧ 郭绍虞《沧浪诗话校释》，人民文学出版社1983年版，第118页。
⑨ 转引自郭绍虞《沧浪诗话校释》，人民文学出版社1983年版，第119页。
⑩ 李东阳《麓堂诗话》，《历代诗话续编》本。

二义，缺一不可。而释金陵清凉益禅师（874—958）亦云“眼色耳声，万法成办”①，也是此意。如此，则单以“弹”（丸）或“珠”喻诗，尚不足以表达出对诗歌本体特征的完整认识和全面要求。只有“明珠”和“玉盘”相叩，即“明珠走玉盘”之喻，才足以言诗歌本体之美。因此，谢朓“好诗流美圆转如弹丸”之说是有缺陷的，当改为“好诗流美圆转如弹丸走盘”，才既“有具眼”又“有具耳”。又吕居仁云：“谢玄晖有言：‘好诗流转圆美如弹丸’。此真活法也。”笔者以为，亦当改为“好诗流转圆美如弹丸走盘”，才是真言活法。“盘”为诗规，即诗歌应具的内容和形式方面的最基本的特征；“弹”如诗句，它一方面必须行于“盘”中而不能出于“盘”外，即每诗都必合人们对诗歌的基本要求，而不能超出诗之为诗的界定，如出于“盘”，则不是诗，这正如今人闻一多主张戴镣铐跳舞、诗人只有感觉不到束缚的存在才能作出好诗；另一方面“弹”于“盘”中行走的路线、快慢、行止，发出声音的高低、长短、清浊等等，却又变化莫测，因人而异，因时而异，因地而异，这就是“活法”的真谛。与闻一多先生之言相比，胡氏“盘”之喻显得更圆融无碍，将诗歌之为诗歌的规定性浑然无迹地融合到“珠走盘”的比喻中②。这样，胡氏“珠走盘”之“体”与“活法”之用圆融地结合起来，为中国古代诗学增添了一个富有表现力的命题。后来苏轼所说的“常行于所当行，常止于不可不止”（《答谢民师书》）、吕本中说的“有定法而无定法，无定法而有定法”正是对这种圆融比喻的进一步阐述。可以说，胡宿在诗界最先提出的“珠走盘”之说，才是宋人对“活法论”内涵的最佳比喻，才能做到在诗中“状物无遁形，抒情有至乐”（《文恭集》卷一）。

在《文恭集》中，有些诗作确实具有“明珠走玉盘”的特色。如《寄芜湖吴殿丞》（卷四）云：

> 大花滩外忆琴堂，西北山长水更长。缩地何曾人有术，摩天不及鸟能翔。寒梅弄脸英英态，腊瓮蒸醅满满香。怅望未休还怅望，夜来庭下月如霜。

此诗殆写于江浙任职上。作者在地处东南的大花滩外想起远居于西北芜湖琴堂的密友吴殿丞，真想自己有化远为近的缩地之术，像鸟儿一样摩天飞去，和他一起欣赏俊俏似美女之脸一样的寒梅，品味香气四溢的腊酒。但是，这一切都是不可能的，自己缩地无术，摩天少翅，只能在庭院之中，踏着如霜的月色，朝着友人所在方向的上空“怅望未休还怅望”罢了。诗情深挚，格调清新，用语浅近，全无昆体深涩典丽之弊。尤当称道的是，诗人在首联对句（西北山长水更长）、尾联对句（怅望未休还怅望）及颈联（寒梅弄脸英英态，腊瓮蒸醅满满香），或一词复用（如二“长”，二“怅望”），或对用叠字（如出句之“英英”、对句之“满满”），使诗“流转圆美如弹丸走盘”，回还往复，铿锵宛

---

① 释惠洪《禅林僧宝传》卷四，影印《四库全书》文渊阁本。

② 考察胡宿的思想，佛家“圆”的思维方式可能对他有影响。关于“圆”的审美方式，可参看皮朝纲主编的《中国美学体系论》，语文出版社 1995 年版，第 156—174 页。相较而言，闻一多先生只是突出了诗歌特质的“硬性”规定性一面，而忽略了“圆融无碍”才是诗歌创作的“化境”。

转。其他如“美哉山与河，河流急于马”（《文恭集》卷一《碧楼》）、“一哀吊罢颓阳暮，江南江北尽是山”（《文恭集》卷四《过李白坟》）、“睡魂顿销清到骨，一成僧味似僧家”（《文恭集》卷六《斋祠小饮资议吴侍郎以真如茶二绝句为寄》之二）、“两岸山花中有溪，山花红白偏高低”（见上引《过桐庐》）等，也都可作“一词复用”的佳例。这些诗句，或上下二句之间互相钩连（如“美哉山与河，河流急于马”、“两岸山花中有溪，山花红白偏高低”），或在一句之内重沓回环（如“西北山长水更长”、“怅望未休还怅望”、“江南江北尽是山”、“一成僧味似僧家”），不仅显现出胡宿所用修辞手法的不拘一格，而且使上下诗句联系紧密，整首诗作流动圆转，有“贯玉联珠”般之美。不过，似《寄芜湖吴殿丞》这样具有“明珠走玉盘”风格的语短情长之诗，在《文恭集》中并不多见。但“动人春色不须多”，因为此诗似一枝“报春花”，有了“东风第一枝”，“满园春色”不就离我们不远了吗？在胡宿之后不久，由欧阳修等人倡导的诗文革新运动，便以摧枯拉朽之势，给昆体来了个大扫除，他们在诗歌这个“大盘”之内，任意滚动，更加畅所欲言，变胡宿“以骈文为诗”的成法而“以散文为诗”，直至“从心所欲而不逾矩”。

胡宿还有一些诗论主张也是和“活法”说、“珠走盘”论相辅相成、相得益彰的。如：针对昆体的“句敲金玉”、“雕绘满眼”而提出诗歌应当“平淡”、“自然”，不加雕饰。胡宿在《读僧长吉诗》中盛赞僧长吉“作诗三百篇，平淡犹古乐。于言虽未忘，在理已能觉。天质自然美，亦如和氏璞”（《文恭集》卷一）。这里，胡宿用“古乐”喻“平淡”之诗，以“和氏璞”比喻“自然”之美的诗。所谓“古乐”，指《礼记·乐记》中与“新乐”相对的音乐。它平淡无奇，节奏舒缓，“雅而不悲”，使人昏昏欲睡；而“新乐”则与之相反，“好滥淫志”，刺激性灵，“悲而不雅”，使人听不知倦①。胡宿殆有以“好滥淫志”的“新乐”比当代昆体之意。“和氏璞”比“自然美”，见《韩非子》。其《解老》云：“和氏之璧，不饰以五采；隋侯之珠，不饰以银黄；其质至美，物不足以饰之。夫物之待饰而后行者，其质不美也。”胡宿用此之意甚明，谓像和氏璧那样具有“天质自然美”的诗歌不是雕琢而成的。其对以“镶金嵌玉”为能事的昆体功夫的否定之意，不言而喻。后来山谷《赠晁无咎诗》云：“执持荆山玉，要我雕琢之。”② 与胡宿之意正反。又《太傅致仕邓国公张公行状》云“公缀文根道，尤邃于诗，峻整平淡，通有二体”（《文恭集》卷四十），亦以“平淡”誉张公之诗。再如，针对昆体之“浓得化不开”的现象，他提出诗句当“清丽”。《送显忠上人归吴郡》云“禅通少林默，诗得杼山清”（《文恭集》卷二）；《送曹生归临江别墅》云“丽赋凭乌有，清篇托《畔牢》”（《文恭集》卷三）；《览朱表臣卷》云“开边禁树开龙凤，笔下清才坠乌云”（《文恭集》卷四）；《送吴推官》云“秀极武夷峰，清才气所融”、“大对承三道，清篇滞半通”（同上卷五）；《郑文肃公墓志铭》云“攻诗出于余力，尤极清丽”（《文恭集》卷三十六）；《李公墓志铭》云“诗笔清婉，殊有思致”（《文恭集》卷三十七）；《蒋公神道碑》云“有高情，富清藻，尤邃于诗，

---

① 参见王发国、熊启靖《曹操文艺思想初探》（下），《许昌学院学报》2007年第3期。

② 吴文治主编《宋诗话全编》（第三册），江苏古籍出版社1998年版，第2892页。

其间所得，往往清绝”（《文恭集》卷三十九）；《太傅致仕邓国公张公行状》云“暇日，后车载客，相从文酒，雅题探赋，清篇赓属，野兴所适，或累日忘返”、“酷爱张水部籍诗，尝评之曰‘语虽似近，思致清远，浅于诗者，不足游其藩阈’”（《文恭集》卷四十）等等。其中，有单言“清”者，亦有合言“清篇”、“清才”、“清丽”、“清婉”、“清远”、“清藻”、“清绝”者。就具体内容而论，它们或言诗才（如清才），或言诗作（如清篇），或言词藻（如清藻），或言诗风（如清丽），或言诗情（如清远），或言声韵（如清婉），或言“清”的程度（如清绝）；如此等等，不一而足。充分表现了胡宿对“清”的偏爱。又如：与昆体之靡弱相反，而表现出对豪壮有力的诗作的推崇。《太尉文肃郑公輓词三首》之二云“辞锋横剑戟，诗笔走风雷”（《文恭集》卷二）；《翰林南阳叶公輓词三首》之一云“辞源长万里，笔力重千钧”（《文恭集》卷二）；《集贤石学士出守符离》云“巴郡辞人才藻壮，汉家循吏教条宽”（《文恭集》卷四）；《送次道学士倅洛中》云“一代策书承世学，三川风月属诗豪”（《文恭集》卷四）；《石曼卿学士輓词》云“才出群英表，文推一代雄。灵蛇操掌上，云梦纳胸中。醉墨千峰立，吟毫八极空”（《文恭集》卷五）；《郑文肃公墓志铭》云“才高而兼华实，文雄而有气骨；盖人伦之华衮，而才林之杰藻也”（《文恭集》卷三十六）等等是其证。

更值得一提的是，胡宿对所谓“正始之音”的期盼。在《文恭集》中，他曾多次言及“正始之音”或“正始”。《读僧长吉诗》云“何意正始音，绪余在清角”（《文恭集》卷一）；《座主赠司徒侍中宣献公輓词五首》之一云“天下中庸德，人伦正始风”（《文恭集》卷二）；《岁晚禁直呈承旨侍郎同院五学士》云“高文参正始，应旨奉权舆”（《文恭集》卷五）；《送黄孝先》云“高门真伟器，正始得遗风”（《文恭集》卷六）；《临海梵才大师真赞》云“虽正始之音泠然在耳，而赤髭之相邈哉难值”（《文恭集》卷二十九）；《甫里先生碑铭》云“微言之绪既续，正始之音复闻”①，是其证。所谓“正始”指魏齐王曹芳的年号（240—248）。而文化史上的“正始”时代，则指曹魏后期。从哲学史的角度言，“正始”时期的王弼、何晏开两晋清谈之始。顾炎武《日知录》卷十三云：“魏明帝殂，少帝即位。改元正始，凡九年。其十年则太傅司马懿杀大将军曹爽，而魏之大权移矣。三国鼎立，至此垂三十年。一时名士风流，盛于洛下。乃其弃经典而尚《老》、《庄》，蔑礼法而崇放达，视其主之颠危如路人。然即此诸贤，为之倡也。自此以后，竞相祖述。如《晋书》言王敦见卫玠，谓长史谢鲲曰：‘不意永嘉之末，复闻正始之音。’沙门支遁以清谈著名于一时，莫不崇敬。以为造微之功，足参正始。《宋书》：‘羊玄宝二子，太祖赐名曰咸，曰粲。谓玄宝曰：欲令卿二子有林下正始余风。’王微与何偃书曰：‘卿少陶玄风，淹雅修畅，自是正始中人。’《南齐书》言：‘袁粲言于帝曰：臣观张绪有正始遗风。’《南史》言：‘何尚之谓王球：正始之风尚在。’其为后人企慕如此。然而《晋书·儒林传序》云：‘摈阙里之经典，习正始之余论。指礼法为流俗，目纵诞以清高。’此则虚名虽被于时流，笃论未忘乎学者。是以，讲明六艺，郑、王为集汉之终；演

① 陆龟蒙《甫里集·附录》，影印《四库全书》文渊阁本。

说《老》、《庄》，王、何为开晋之始。”从文学史的角度言，当有三义。一指《诗经》中的“正风”。《诗·序》云：“正始之道，王化之基。”谓《诗经》之《周南》、《召南》二十五篇为文王、周公风化之基本，故称“正始”。此与“正始”年号无关。二指“正乐”。李商隐《献相国京兆公启》云：“宫商资正始之音，寒暑协中和之气。”① 陈旸《乐书》卷二十九《八音·搊琵琶》云：“非正始之音，古人不取也。”② 应㧑谦《古乐书》卷下云：“正律之始作也，如古作四言之诗，正始之音也。踵事而倍律之作，犹诗之变而为五言古也。至再变……是犹诗穷于七言而为诗余、戏曲，视汉之五言固雍然雅音矣。”③ 乾隆《御制再题乐律全书》云：“《乐记》云：‘君子于是语，于是道古。’载堉不知古圣人致治之道，又乏考古之识，卤莽灭裂，真无知妄作之尤者，是于乐理已失，岂足与言正始之音哉！”④ 其所言“正始之音”相当于“古乐”。此亦与年号无关。三是指“正始”时期的阮籍、嵇康的诗文创作，继承建安风骨而又有所“兴寄”。刘勰《文心雕龙·明诗》云：“乃正始明道，诗杂仙心，何晏之徒，率多浮浅。唯嵇志清峻，阮旨遥深，故能标焉。”南宋严羽《沧浪诗话·诗体》云：“以时而论，则有建安体……正始体。”⑤ 北齐邢劭则第一个将“建安体”和“正始音”联系起来称誉文人创作。其《广平王碑文》云：“发言为论，受诏成文，碧鸡在口，灵蛇在握，方见建安之体，复闻正始之音。”⑥ 而唐代文学革新的首倡者陈子昂，在《与东方左史虬修竹篇序》中也把“建安风骨”和“正始兴寄”结合起来，作为革新诗歌的理论纲领。其云：“文章道弊五百年矣！汉魏风骨，晋宋莫传，然而文献有可征者。仆尝暇时观齐梁间诗，采丽竞繁而兴寄都绝。每以咏叹，思古人，常恐逶迤颓靡，风雅不作，以耿耿也。一昨于解三处见明公《咏孤桐篇》，骨气端翔，音情顿挫，光英朗练，有金石声。遂用洗心饰视，发挥幽郁。不图正始之音，复睹于兹，可使建安作者相视而笑。”不过，以后之人，则多单言“正始之音”。如苏轼《见张安道》诗：“殷勤永嘉末，复闻正始音。”⑦ 又《四库全书总目提要》云：“其文沿溯八家，而不剿袭其面貌，和平安雅，能以真朴胜，亦可谓永嘉之末，得闻正始之音矣。”⑧ 从上可知，“正始之音”无论其所指如何，都具有褒义，其表达的都是对能改变不良现实文化状况的革新成果的一种赞赏。胡宿所说的“正始之音”指什么呢？今以前引《读僧长吉诗》和《临海梵才大师真赞》之二说做些分析。胡宿的一诗一赞，都是对同一人的，“梵才大师”就是“僧长吉”。胡宿同年宋祁之《宋景文集》⑨ 卷七之《天台梵才师长吉在都数以诗笔见授因答以转句》、卷十一之《送梵才长吉还天台》、卷二十三之《答天台梵才吉公寄茶并长句》等诗题，即可为证。不特此也，二人对“梵才禅师长吉”的描写和

---

① 《李义山文集》卷三，影印《四库全书》文渊阁本。
② 影印《四库全书》文渊阁本。
③ 影印《四库全书》文渊阁本。
④ 影印《四库全书》文渊阁本。
⑤ 郭绍虞《沧浪诗话校释》，人民文学出版社 1983 年版，第 52 页。
⑥ 见严可均《全上古三代秦汉三国六朝文·北齐文》卷三，中华书局 1958 年版，第 3842 页。
⑦ 转引自《宋诗话全编》(第六册)《吕祖谦诗话》，江苏古籍出版社 1998 年版，第 6415 页。
⑧ 永瑢等《四库全书总目提要》，中华书局 1965 年版，第 1515 页。
⑨ 影印《四库全书》文渊阁本。

评价亦多同。如《转句》写禅师是“赤髭半颔”，而《大师真赞》亦谓其像是“赤髭之相”；又《转句》说大师“碧云余力嗣工诗”，《大师真赞》亦谓“梵才大师，以实性会道，以余力工诗”；又《答天台梵才吉公长句》云“饫罢翛然诵清句”，《读僧长吉诗》亦云“何意正始音，余绪在清角”……胡宿对同一僧人一再以“正始之音”评之，其“正始之音”之旨，当是针对评论对象的两大行事。在胡宿看来，梵才大师长吉的两大行事，一是谈禅理，二是以余力工诗。因此，“正始之音”既是对其谈禅理的评价，亦是对其诗作的称赞。无独有偶，宋祁对大师也有“不意当今有平叔”之评赞（见《转句》），认为大师是当今“何晏”。“平叔”，即“何晏”字，他是“正始之音”的重要代表人物之一。所以，“不意”云云，就有“不意复闻正始之音”之意。二人真是英雄所见略同。但是，二人对大师之评也略有差异。胡宿偏重于评诗作，而宋祁则偏重于评谈禅。宋祁《转句》写大师云：“何年掷钵来京毂，抱蓬成畦紫兰馥。王公撇席争逢迎，不意当今有平叔。第一多闻师子儿，碧云余力嗣工诗。尽把天光注言语，真将清气入肝脾……”显然，“不意”句出现在写其“工诗”前。对“工诗”的评价则在以后的“惟师墨海多雄藻，具足身中无欠宝”数句。而胡宿《读僧长吉诗》云：“作诗三百篇，平淡犹古乐。……天质自然美，亦如和氏璞。贮之古锦囊，访我杼山郭。杼山空崔嵬，然公久寂寞。中间三百年，寂寞无人作。何意正始音，余绪在清角。”谓僧长吉诗是继唐著名诗人释皎然（720?—800?）的“余绪”。另外，胡宿在《送显忠上人归吴》中又一次说：“禅通少林默，诗得杼山清。”（见上）故其“正始音”的具体所指，当是唐释皎然之诗。皎然之诗，或云“师古兴制，故律尚清壮”[①]，或云“合律于清壮”[②]。二评全同。“清壮”也是盛唐气象的一个重要内容，也集中体现在李白诗中（说详后）。故推重“盛唐气象”的严羽《沧浪诗话·诗评》云：“释皎然之诗，在唐诸僧之上。”[③] 胡宿另一文《大师真赞》的“正始之音”云云，和《读僧长吉诗》只评其诗不同，是对大师的整体评赞，既评其“印禅理”，又评其“参雅道”。胡宿谓“师古兴制，律尚清壮”的皎然的诗为“正始之音”，具有重大意义，既表达了革新“昆体”的意愿，也为革新“昆体”树立了一个样板，使上面提到的“古淡”、“清远”、“豪壮”的主张有了具体的实施目标。

后期西昆体派诗人胡宿的以上主张，和“活法”说、“珠走盘”说一样，无一不是对“昆体”诗法的颠覆，无一不是为救“昆体”之弊，无一不具有“继往开来”的意义。其作用，殆同江西诗派中人吕本中用“活法”救后期江西诗派之弊一样。

四

“正始之音”的代表人物之一王弼曾说：“物无妄然，必由其理。”胡宿“活法”说的

---

① 王运熙、杨明《隋唐五代文学批评史》引作“师古典制”云云，误。“兴制”即“诗作”之意。引文见于頔《释皎然杼山集序》，《全唐文》卷五四四，上海古籍出版社 1990 年版，第 2444 页；又见影印《四库全书》文渊阁本《杼山集》卷首。

② 元和中沙门福林《唐湖州杼山皎然传》，《全唐文》卷九一九，上海古籍出版社 1990 年版，第 4244 页。

③ 郭绍虞《沧浪诗话校释》，人民文学出版社 1983 年版，第 188 页。

出现，亦非妄然，而有其理。但由于胡宿提出“活法”说的原因是多方面的，难以备述。这里仅述其要者。

第一，“活法”说的提出，是对此前历代“诗法”论尤其是对杜甫、李白“诗法”论的继承和发展的需要。

对“诗法”如“句法”等的研究，在文学尚未成为人们的自觉活动以前的先秦两汉，还没有受到足够的重视，人们“无法可依”，故可称为“无法”阶段。所以严羽云：“诗有词理意兴。南朝人尚词而病于理；本朝人尚理而病于意兴；唐人尚意兴而理在其中；汉魏之诗，词理意兴，无迹可求。”① 又云：“汉魏古诗，气象混沌，难以句摘。晋以还方有佳句。”②“无迹可求”、“气象混沌”现象的出现，就是人们不重“诗法”研究的结果。中国的“诗法论”盖起于南朝梁代钟嵘《诗品》。为了使诗人能写出“动天地，感鬼神”的诗歌，钟嵘特别强调诗之技法，其云：“诗之为技，较尔可知，以类推之，殆均博弈。”③ 在具体诗法上，他提出“赋比兴酌而用之”的意见。与此同时，钟嵘还严厉批评那些欲驰骋诗坛而又不遵守诗法的所谓“诗人”。钟嵘特别指出，由于不遵从诗技的一般规律，使当时诗坛出现了“庸音杂体，各为家法”④。但他对“永明”“诗法”却持一种反对态度。唐代杜甫特重诗法，是南朝和唐初“诗法论”的集大成者。在杜集中，有通言“法”者，如“法自儒家有”⑤、“佳句法如何”⑥、“问法看诗妄”⑦、“已用当时法”⑧；有通言“规”者，如“历代各清规”⑨；有通言“则”者，如“自成一家则”⑩；而更多的是因“法者国家之所谓律也”（叶燮《原诗》），又“以法为律”（刘熙载《诗概》），如“诗律群公问”⑪、“文律早周旋”⑫、“遣词必中律”⑬、“觅句新知律”⑭、“律中鬼神惊”⑮、“晚节渐于诗律细”⑯ 等等。考杜集所言诗之“法”、“律”、“规”、“则”，内容极为广泛。正如《方南堂先生辍锻录》所言：“诗必言律。律也者，非只语句承接，意义贯穿之谓也。凡体裁之轻重，章法之短长，波澜之广狭，句法之曲直，音节之高下，词藻之浓淡，于此一篇，略不相称，便是不谐于律。”⑰ 殆由于杜甫所论诗法无所不包，故宋人有“自李

① 郭绍虞《沧浪诗话校释·诗评》，人民文学出版社 1983 年版，第 148 页。
② 同上，第 151 页。
③ 曹旭《诗品集注》，上海古籍出版社 1994 年版，第 66 页。
④ 同上，第 54 页。
⑤ 《偶题》，仇兆鳌《杜诗详注》，上海古籍出版社 1992 年版，第 611 页。
⑥ 《寄高三十五书记》，仇兆鳌《杜诗详注》，上海古籍出版社 1992 年版，第 833 页。
⑦ 《谒真谛寺禅师》，仇兆鳌《杜诗详注》，上海古籍出版社 1992 年版，第 714 页。
⑧ 《寄李十二白二十韵》，仇兆鳌《杜诗详注》，上海古籍出版社 1992 年版，第 263 页。
⑨ 《偶题》，仇兆鳌《杜诗详注》，上海古籍出版社 1992 年版，第 611 页。
⑩ 《八哀诗·张九龄》，仇兆鳌《杜诗详注》，上海古籍出版社 1992 年版，第 557 页。
⑪ 《承沈八丈东美除膳部员外郎阻雨未遂驰贺奉寄此诗》，仇兆鳌《杜诗详注》，上海古籍出版社 1992 年版，第 903 页。
⑫ 《哭韦大夫之晋》，仇兆鳌《杜诗详注》，上海古籍出版社 1992 年版，第 972 页。
⑬ 《桥陵诗三十韵因呈县内诸官》，仇兆鳌《杜诗详注》，上海古籍出版社 1992 年版，第 98 页。
⑭ 《又示宗武》，仇兆鳌《杜诗详注》，上海古籍出版社 1992 年版，第 734 页。
⑮ 《敬赠郑谏议十韵》，仇兆鳌《杜诗详注》，上海古籍出版社 1992 年版，第 50 页。
⑯ 《遣闷呈路十九曹长》，仇兆鳌《杜诗详注》，上海古籍出版社 1992 年版，第 634 页。
⑰ 郭绍虞编选，富寿荪校点《清诗话续编》，上海古籍出版社 1983 年版，第 1936 页。

杜以来古人诗法尽废”（吕本中《童蒙诗训》引徐师川语）、“老杜体格，无所不备”（郭思《瑶溪集》）、“欲法度备足，当看杜子美”①、“学诗当以子美为师，有规矩，故可学”（《后山诗话》）等溢美之词。故从晋至唐，可称为“立法”阶段。胡宿虽是昆体后进，但他和昆体前辈如杨亿等馆阁文人师法晚唐李商隐而不满“‘馆阁体’非其所长”② 的盛唐杜甫之态度不同。杨亿等由于过分追求藻饰与用典，对杜诗中的穷愁悲苦、“颇近质野”（吕本中《童蒙诗训》语）之词表示不满，“谓之‘村夫子语’”③。胡宿则对学杜者甚喜。其《谢叔子杨文惠诗》即云：“老子诗名久废闲，喜君步骤少陵坛。”（《文恭集》卷五）因此，其于杜甫之论诗法，当亦在自己“步骤”之列。他有一首《题刘奉礼书斋》云：“人尚西斋学，家承北第荣。锦囊添句重，蟾滴试毫轻。底法成新构，开书泣旧楹。丹山消息断，喜见凤雏声。”（《文恭集》卷二）此诗盛赞刘奉礼学承家教，诗法创新，以致连胡宿都要惊问“底法成新构”——用的是什么诗法写成的新篇呢？这与杜甫之“佳句法如何”——好句是用什么诗法写成的呀？——何等相似！刘奉礼用以“成新构”的所谓“底法”究竟是什么诗法呢？应该说，不是“旧法”，不是“死法”，而是“新法”，即胡宿在另一首诗——《又和前人》——中所说的“活法”。从此，中国的“诗法论”进入到“活法”阶段。可以说，胡宿“活法论”的提出是要以“盛唐”补“晚唐”之弊。不过，胡宿与杜甫也有不同。杜甫以为诗法与“禅”不可通，其所言纯是“儒家之法”，故有“问法看诗妄”之说（见上）。而胡宿则以为诗禅可以互补（见下）。

胡宿还推重“盛唐气象”的另一位代表诗人李白。他有一首《过李白坟》（《文恭集》卷四）云：

> 平昔驰名《蜀道难》，旅魄流落古苔斑。土中宝树埋何在？泽畔灵魂些不还。醉后烟霞仍物外，吟余风月在人间。一衰吊罢颓阳暮，江南江北尽是山。

此诗“颔联”承接首联，以“宝树”④ 喻才貌双全的李白，又把他比为行吟泽畔投水而死的伟大诗人屈原，并以“埋何在”和“些不还”表达出对死者的深切哀悼和对其不幸遭遇的无限同情。“埋何在”是明知故问，言外之意是，大名鼎鼎、才貌无双的李白竟埋在这样一个人迹罕至、古苔斑驳的荒丘野岭，使人情何以堪？其愤愤之情溢于言外。全诗缅怀仰止之意，不言而明。后四句的环境描写，更烘托出这种情感之强烈。缅怀盛唐伟大诗人李白是为了现实诗坛的需要。李白的诗被杜甫誉为“清新”、“俊逸”。而李白也说自己的诗是“清水出芙蓉，天然去雕饰”。上文说过，胡宿标榜的“清壮”即“清

① 《雪浪斋日记》，载王大鹏等编《中国历代诗话选》，岳麓书社 1985 年版。

② 纪昀评杜甫《端午日赐衣》语，见李庆甲《瀛奎律髓汇评》卷十六，上海古籍出版社 2005 年版，第 595 页。

③ 刘攽《贡父诗话》影印《四库全书》文渊阁本。又李纯甫为刘汲《西嵓集》作序亦云：“李义山喜用僻事，下奇字，晚唐人多效之，号西昆体，殊无典雅浑厚之气，反詈杜少陵为村夫子。”见元遗山《中州集·刘西嵓汲》。

④ “宝树”，即“玉树”，喻才貌双全的才俊之士。《世说新语·伤逝》：“庾文康（亮）亡，何扬州（充）临葬曰：‘埋玉树著土中，使人情何能已已。’”

新"、"豪壮"（"俊逸"），亦是以救昆体浓艳靡弱之弊为目的的。这就是胡宿写《过李白坟》一诗的意义。"清新"、"豪壮"是杜甫的"沉郁顿挫"所囊括不了的。严沧浪云："太白有一二妙处，子美不能道；子美有一二妙处，太白不能作。"[①] 又云："子美不能为太白之飘逸，太白不能为子美之沉郁。"[②] 又云："少陵诗法如孙吴，太白诗法如李广。"[③] 又云："太白天才豪逸，语多卒然而成者。"[④] 又许学夷《诗源辩体》卷十八云："太白虽短篇，气象自是不同，兴趣自是超远。……黄山谷云，太白豪放，人中凤凰麒麟，譬如生富贵人，虽醉着瞑暗中，作无义语，终不作寒乞声。"[⑤] 而杜甫之诗，则被杨亿称为"村夫子语"（见上）。总之，太白之"清壮"和少陵之"沉郁"都是"盛唐气象"中的两种最重要的内容。"盛唐气象"中，李白、杜甫，二者缺一不得。所以，胡宿在标榜少陵的同时，又推重李白，颇有"以李补杜"之意。平心而论，李之"清壮"似更能代表"盛唐气象"。它是南北文风取长补短的结果。魏徵《隋书·文学传序》云："江左宫商发越，贵于清绮；河朔辞义贞刚，重乎气质。气质则理胜其词，清绮则文过其意。理深者便于时用，文华者宜于咏歌。此其南北词人得失之大较也。若能掇彼清音，简兹累句，各去所短，合其两长，则文质彬彬，尽善尽美矣。"[⑥] 李白之"清壮"风格的形成，就是南北文风"各去所短，合其两长"的产物。它最重要的特征是"文质彬彬"。所谓"文质彬彬"，在这里就是指"内容和形式的完美结合"，亦即胡宿所说的"华实相映"（《文恭集》卷三十七《故朝散大夫太常少卿致仕李公（仲偃）墓志铭》）。

在中国文学史上，大凡被并列共举的著名的文学现象和大作家，都是风格迥异而又相辅相成、互为补充的。如《诗经》和《楚辞》、司马相如和扬雄、李白和杜甫、韩愈和柳宗元、苏轼和黄庭坚……鲁迅和郭沫若等等，都是如此。给我们留下的诗文之法，有的如"规"，有的似"矩"；即有的如"圆"，有的似"方"。具体言之，则《诗经》似"方"，《楚辞》似"圆"；扬雄似"方"，司马相如似"圆"；杜甫似"方"，李白似"圆"；韩愈似"方"，柳宗元似"圆"；黄庭坚似"方"，苏轼似"圆"；鲁迅似"方"，郭沫若似"圆"。孟子说："不以规矩不能成方圆。"（《孟子·离娄上》）"规"与"矩"、"方"与"圆"，不可或缺。万事如此，论诗亦然。胡宿的"以李补杜"，亦是"以规补矩"，"以圆补方"。"方圆互补"，才是"活法"。

第二，"活法"说的提出是受佛教禅宗的"但参活句，莫参死句"等教条的启示。唐五代僧桂琛（867—928）《明道颂》云："一法有形，翳汝眼睛。"[⑦] 又《五灯会元》载：

鼎州德山缘密圆明禅师曰："……但参活句，莫参死句。活句下荐得，永劫无

---

① 郭绍虞《沧浪诗话校诗·诗评》，人民文学出版社 1983 年版，第 166 页。
② 同上，第 168 页。
③ 同上，第 170 页。
④ 同上，第 173 页。
⑤ 转引自《沧浪诗话校释·诗评》，人民文学出版社 1983 年版，第 173 页。
⑥ 影印《四库全书》文渊阁本。
⑦《全唐文》卷九二一，中华书局 1990 年版，第 4255 页。

滞。一尘一佛国，一叶一释迦，是死句；扬眉瞬目，举指竖拂，是死句；山河大地，更无诸讹，是死句。”时有僧问：“如何是活句？”师曰：“波斯仰面看。”①

据《中华佛教人物大辞典》，“圆明（855—990），五代宋初僧人。俗姓陈。福州（今属福建）人。初参大沩禅师得旨，后访雪峰，义存请益，法无异味。又游五台山，睹文殊化现，乃随方建院，以文殊为额。住广州（今属广东）文殊院以终”②。又宋释惠洪《禅林僧宝传》卷八载洞山守初禅师（910—990）谓学者云：“语中有语，名为死句；语中无语，名为活句。”③ 二禅师化去后六年（996）而胡宿生。胡宿一生和僧人过从甚密。如在天圣中，名僧梵才大师来京“馆于辇寺”，他便“日至于室，参评雅道，间印禅理”（《文恭集》卷二十九《临海梵才大师真赞》）。这里的所谓“雅道”，主要是指“诗道”。《隋书·文学传序》：“梁自大同以后，雅道沦丧，渐乖典则，争驰新巧。简文、湘东，启其淫放；徐陵、庾信，分路扬镳。其意浅而繁，其文匿而采，词尚轻险，情多哀思。格以延陵之听，盖亦亡国之音乎！”④ 又潘若同（北宋太平兴国［976－984］中官桂林守）《郡阁雅谈》：“张迥少年苦吟，未有所得；梦五色云自天而下，取一团吞之，遂精雅道。”⑤ 此二例文中之“雅道”，即“诗道”也。胡宿说，他经常和大师一起参悟、讨论诗道，不时还以诗道印证禅理。而且大师的高见竟使他在二十年后还有“正始之音泠然在耳”（《文恭集》卷二十九《临海梵才大师真赞》）之感，并用“禅离文字，诗陶性情”（同上）来综述诗、禅之异。但“禅离文字”并不妨碍僧徒作诗。因为《华严经·十通品》第二十八有云：“能于一切离文字法中，生出文字。与法与义，随顺无违；虽有言说，而无所著。”同时，还写了《读僧长吉诗》，对其诗歌创作实践作了高度评价：“生民类能言，兹文特渊邈。精韫在希微，幽通资写托。壮物无遁形，舒情有至乐。自非妙解机，谁抽神奥篇。……作诗三百篇，平淡犹古乐。于言虽未忘，在理已能觉。天质自然美，亦如何氏璞。贮之古锦囊，访我杼山郭。杼山空崔嵬，然公久寂寞。中间三百年，寂寞无人作。何意正始音，绪余在清角……”（《文恭集》卷一）其中“自非妙解机”云云，更是指出：大师自己不是妙解诗歌的玄机，谁又能奏出这样神奇深至的乐曲。胡宿对这样一位妙解诗道，且将诗道和禅理合而为一相互印证并付诸实践又卓有成效的禅学大师，是十分钦佩的。另在《文恭集》中不仅还有《怀宣城会胜院二首》（卷二，其之二有“城外寻僧远，居常信马蹄”之句）、《送显忠上人之吴郡》（卷二，有“禅通少林默，诗得杼山清”之句）、《浮石寺》（卷三，有“逢僧谈观止，数刻尽牛香”之句）、《寄善慧大师禅斋》（卷三）、《寄怀禅师》（卷三）、《故右卫副僧录普印大师赐紫昕公塔铭》（卷三十九，有“三圣极挚，本无言说，净名不二法门，乃至无有语言文字。仲尼亦云：‘予欲无言。’又曰：‘天何言哉。’老子西出，关尹喜曰：‘子将隐矣，强为我著书。’于是，述

① 释普济《五灯会元》卷十五，影印《四库全书》文渊阁本。
② 张志哲主编《中华佛教人物大辞典》，黄山书社 2006 年版。
③ 释惠洪《禅林僧宝传》卷八，影印《四库全书》文渊阁本。
④ 《隋书》卷六十七，影印《四库全书》文渊阁本。
⑤ 《诗话总龟前集》卷六，人民文学出版社 1987 年版，第 62 页。

上下《道德》二篇。由此观之，默指可见。然不离文字而说般若，于是有三教会同之论焉”之语）等这样一类以僧禅院寺为题之诗文，亦有《题兰溪》（卷一，有“招提紫翠中，僧住最高峰”之句）、《寄题黄氏闲宴图》（卷三，有“五叶对僧谈妙果，一枪留客试真茶”之句）、《落叶》（卷三，有“万物取根真趣在，却缘江月识禅心”之句）、《斋祠小饮资议吴侍郎以真如茶二绝句为寄》（卷六，之二有“宝刀玉人裁佳句……一成僧味似僧家”之句）等表现僧禅的诗作。从中不难看出，平日胡宿和诗僧过从之密，友谊之深。胡宿和僧人的关系还有一事可证。欧阳修《胡公墓志铭》云“少尝善一浮屠，其人将死，语公曰：‘我有秘术，能化瓦石为黄金。子其葬我，我以此报子。’公曰：‘尔之后事，吾敢不勉，秘术非吾欲也。’浮屠曰：‘子之志，未可量也。’”① 胡宿所撰的一些《墓志铭》记有逝者谈禅信佛之事。如：《宋故左龙武卫大将军李公（从浦）墓志铭》云“少有学，尚能谈禅要，遗去法缚，独与神会”（《文恭集》卷三十六）；《李老夫人行状》云“黎明以兴，盛服而坐，习知四谛之苦，归信一乘之法……临终，神色如常，初不怛化，顾视诸子，徐以手握某之臂良久，合掌加额曰：‘愿汝无忘善性。诸子以有为之法，乞营佛事。’颔而许之。言讫即终”（卷四十）。和僧禅关系如此密切的胡宿，当然对圆明禅师和守初禅师等人的关于“活句”、“死句”之说是深知其义的。故他在与禅师同僚们论诗谈禅时，受其“一法有形，翳汝眼睛”、“但参活句，莫参死句”及“遗去法缚”、“不离文字而说般若”、“以有为之法乞营佛事”及“三教会同”等说的启示而提出为诗当用“活法”，也就是顺理成章的了。如根据儒释道“三教会同”，人们既可“以有为之法乞营佛事”、“不离文字而说般若”，也就可用佛家参禅之法——“但参活句，莫参死句”——等以营诗事，须知，“活句”和“活法”只是一字之变，不难想到呀！故可以说，“活法论”的提出是“以佛补儒”的结果。由此可知，单承杜甫的“儒家诗法”尚不足形成“活法论”。

第三，“活法”说的提出，更是为救昆体之弊的需要。上文已有此言说，今简言之。胡宿登上文坛时，西昆体的狂澜已席卷诗坛二十余年，“后进学者争效之，风雅一变”（欧阳修《六一诗话》）。但后学无杨亿、刘筠、钱惟演、晏殊等人的“雄文博学”，便只好在堆砌辞藻、割裂典故、模仿剽窃上下工夫。刘攽《中山诗话》载：

> 祥符（1008—1016）、天禧（1017—1021），杨大年、钱文僖、晏元献、刘子仪以文章立朝，为诗皆宗尚李义山，号“西昆体”，后进多窃义山语句。赐宴，优人有为义山者，衣服败裂，告人曰：“吾为诸馆职挦扯至此。”闻者欢笑。

杨亿生前受到这样的冷嘲热讽还是轻的，要命的是他死后多年还受到猛烈攻击。其中，以理学先驱石介的抨击最厉。石介（1005—1045）曾先后在多篇文字里批评杨亿，并“无限上纲”。其作《怪说》上、中、下三篇，上篇斥佛辟道，中篇指名点姓痛骂已死

① 欧阳修《文忠集》卷三十四，影印《四库全书》文渊阁本。

多年的西昆领袖杨亿。在《怪说中》这篇不足五百字的短文里，竟然六次直呼“杨亿”之名，简直就是一篇公布罪状的布告。文中说：“昔杨翰林欲以文章为宗天下，忧天下未尽信己之道，于是盲天下人目，聋天下人耳。”又云：“今杨亿穷妍极态，缀风月，弄花草，淫巧侈丽，浮华纂组，刓锼圣人之经，破碎圣人之言，离析圣人之意，蠹伤圣人之道。使天下不为《书》之《典》、《谟》、《禹贡》、《洪范》，《诗》之《雅》、《颂》，《春秋》之经，《易》之《繇》、《爻》、《十翼》而为杨亿之穷妍极态，缀风月，弄花草，淫巧侈丽，浮华纂组。其为怪大矣！”① 认为杨亿简直是名教之罪人、儒学之大敌。石介的言论，在“三教会通”已成共识、杨亿之身早化为尘土之时，颇有“矫枉过正”、“夸大其词”甚至“不合时宜”之弊。杨亿只不过是一个诗派的已死多年的领袖而已，何能值得如此大张旗鼓！然而，这在当时的影响却很大。《怪说》出，“新学后进，不敢为杨亿刘筠体，亦不敢谈佛老”。作为后期西昆体派中人而又对昆体现状不满的胡宿，对此当然是有触动的。但在具体问题上，他却以为石介并未能为救昆体之弊开出对症下药之方。故他仍然“我行我素”，仍一如既往地和僧佛交往，诗文唱和。他是昆体中人，深知昆体之弊。他要找一条和石介把昆体当作“妖怪”来加以“消灭”的不同之路以救昆体之命。于是，他在和禅学大师“参评雅道，间印禅理”的过程中，终于找到了盛唐的李杜及诗僧皎然，找到了能救昆体之死的“活法”说。

概而言之，胡宿“活法”说的提出，是盛唐与晚唐互补、李白与杜甫互补、佛学与儒学互补以及诗坛需要革新的结果。尽管其诗歌创作与其理论主张还有一定距离，但其“活法”说的革新价值取向应该得到充分的肯定。其“珠走盘”之体与“活法”之用圆融无碍地结合起来，从而使其“活法”说成为中国古典诗学的一个富有表现力的命题。况且，他的诗歌创作没有彻底摆脱西昆体的窠臼，并不能说明其“珠走盘”式的“活法”说本身的弊端，只能归因于西昆体本身的局限。后来的吕本中也提出“活法”说，但他的“规矩具备而能出于规矩之外，变化不测而亦不背于规矩”②，明显受到胡宿之论影响。研究胡宿的“活法”说，不仅是探究“活法”说的发明权的需要，更是对后期西昆诗人的革新努力进行肯定以及对北宋诗坛进一步进行评价的需要；进一步探索胡宿的诗歌创作的“继往”与“开来”，对于我们深入认识西昆体的弊端以及北宋西昆体诗人的创作实绩都有不可忽视的作用。

---

① 转引自王运熙、顾易生主编《中国文学批评通史》（宋金元卷），上海古籍出版社 1996 年版，第 750 页。

② 《夏均父集序》，见刘克庄《后村先生大全集》卷九十五，《四部丛刊》本。

张戒《岁寒堂诗话》论杜述略

西南民族大学　徐希平

一　引　言

（一）选题缘起

南宋张戒的《岁寒堂诗话》是中国文学批评史上一部十分重要的著作，具有极大的影响和学术理论价值，清人潘德舆《养一斋诗话》将其与严羽《沧浪诗话》、姜夔《白石诗说》并列而誉为宋代诗话之“三足”，张宗泰《跋〈岁寒堂诗话〉》称其“远出诸家评诗者之上”。此外，如马星翼《东泉诗话》、林昌彝《海天琴思录》等都对《岁寒堂诗话》给予了高度评价。

当代学者对于其价值也十分重视，各类文学批评史专著皆有评论，近年来相关研究论文计数十篇，对于其基本观点、文艺美学思想及地位价值等都做了较为广泛深入的讨论，有助于对其认识的深化。

《四库全书总目提要》谓是书“通论古今诗人，由宋苏轼、黄庭坚上溯汉、魏、《风》、《骚》，分为五等。大旨尊李杜而推陶阮，始明言志之义，而终之以无邪之旨，可谓不诡乎正者”。这里指出其所针对者乃当时盛行之苏黄，尤其是江西诗派诗风，由于不满其专以咏物、用事为工，即后来严羽批评之以议论、才学、文字为诗，故提出“言志”、“无邪”的标准来加以衡量和批评。这一主要观点实乃出之于正统儒家诗教，与一般儒生论诗推崇汉儒传统无大差异①。张戒亦知其效力有限，故着力抬出江西诗派亦甚推崇之李杜陶阮，尤其是杜甫，以此指出其苏黄崇杜而未读懂杜，分析彼此差异，击中其弊病之要害，此可谓其真正的创新点。

《岁寒堂诗话》现存上下两卷②。其中上卷为总论，评论汉魏以降历代诗人，并明确宣扬和强调其观点主张，其中多次以杜甫为典型范例予以论说，36条中论及杜甫者达16条。下卷共33条更是全为杜诗之专论，全书69条，而论杜甫者达49条，篇幅比例超过71%，这在一部书中是十分罕见的。就某种意义而言，将其书称之为一部特殊的杜甫诗话亦不过分。据《宋史·艺文志》载，宋人诗话中已有专门论杜甫的诗话，如方道醇《集诸家老杜诗评》五卷，方铨《续老杜诗评》五卷，陈振孙《书录解题》载莆田方道深《续集诸家老杜诗评》一卷，又载《杜诗发挥》一卷。今惟方道深书见于《永乐大典》

---

①　参张连第《汉儒诗学的继承和发展——再论张戒的〈岁寒堂诗话〉》，《吉林大学学报》1986年4期。

②　本文所据为丁福保《历代诗话续编》，中华书局1983年版，上册，第449页。

中，余皆不传。另有尝著《杜工部草堂诗笺》的蔡梦弼传下《杜工部草堂诗话》，《四库总目》称“（方）道深书琐碎冗杂，无可采录，不及此书（《杜工部草堂诗话》）之详赡”。《杜工部草堂诗话》凡二百余条，皆采自宋人诗话、语录、文集、说部，而所取惟《韵语阳秋》为多。实际上为前人论述集评，而《岁寒堂诗话》49条则为张戒独创之见，所讨论的问题十分广泛，不仅有热情洋溢的赞美颂扬，对作者人格精神、思想主旨、感情色彩、作品遣词命意、艺术特色等等皆有所发明，因此对于研究宋人对杜甫的认识和影响均有其特殊意义。其意义和影响更应在其他诗话之上。

对于《岁寒堂诗话》与杜甫的密切关系，当代研究也都有所关注。许多文章都对书中高度评价杜甫的原因、基本观点及其影响等予以分析，多有创获与启发[①]。但是，学者们大多是立足于从宋代文学思潮演变和诗话批评发展及地位等角度对《岁寒堂诗话》予以宏观评述，或者将其与其他诗歌流派（如江西诗派）、重要诗人以及著述进行比较研究，对于前述此书作为专门性的杜甫诗话所具有的特殊意义价值、其论杜评杜的主要贡献和得失等及其在杜甫诗学中之贡献与地位等尚缺乏系统深入的论述，故有必要予以梳理，而这不仅可以深化对该书的认识，也可以进一步了解在元好问倡导建立杜诗学之前南宋杜甫研究的发展基础。

（二）张戒《岁寒堂诗话》论杜之概略

《岁寒堂诗话》上卷36条，下卷33条。涉及十分广泛。具体评价的诗歌有数十首。上卷以综论为主，但也涉及对具体诗歌之评论，或拈出题目，或举出诗句。如《放归鄜州》（“维时遭艰虞，朝野少暇日。顾惭恩私被，昭许归蓬荜”），《新婚别》（“勿为新婚念，努力事戎行。罗襦不复施，对君洗红妆”），《登慈恩寺塔》（首云：“高标跨苍天，列风无时休。自非旷士怀，登兹翻百忧。”不待云“千里”、“千仞”、“小举足”、“头目旋”而穷高极远之状，可喜可愕之趣，超轶绝尘而不可及也。“七星在北户，河汉声西流。羲和鞭白日，少昊行清秋。”视东坡“侧身”、“引手”之句陋矣。“秦山忽破碎，泾渭不可求。俯视但一气，焉能辨皇州?”岂特“邑屋如蚁冢，蔽亏尘雾间”，山林城郭，漠漠一形，市人鸦鹊，浩浩一声而已哉？人才有分限，不可强乃如此)，《水阁朝霁奉寄云安严明府》（“续儿诵《文选》”），《宗武生日》（“熟精《文选》理”），《因许八奉寄江宁旻上人》（“不见旻公三十年，封书寄与泪潺湲。旧来好事今能否，老去新诗谁与传”），《岳麓山道林二寺行》（“方丈涉海费时节，悬圃寻河知有无”、“桃源人家易制度，橘洲田土仍膏腴”），《客从》（“客从南溟来”），《泥功山（贞元五年于同谷西境泥公山权置行成州）》（“朝行青泥上”），《新安吏》（“莫自使眼枯，收汝泪纵横。眼枯即见骨，天地终无情”）。

下卷所论诗歌为《已上人茅斋》、《冬日洛城北谒玄元皇帝庙》、《戏为六绝句》、《自京赴奉先县咏怀五百字》、《哀王孙》、《行次昭陵》、《洗兵马》、《秦州杂诗》、《苦竹》、《乾元中寓居同谷七歌》、《剑门》（《昭陵》、《泥功山》、《岳麓寺》、《鹿头山》、《七歌》、

---

① 如杨胜宽《张戒论诗：尚意与崇杜》，《杜甫研究学刊》1998年2期；徐兴菊、陈捷《意：张戒尊杜贬苏黄的利器》，《宁夏大学学报》2004年5期；陈伶俐《浅析〈岁寒堂诗话〉和〈沧浪诗话〉中的杜甫论》，《绥化学院学报》2005年5期。

《遭田父泥饮》、《又上后园山脚》、《收京》、《北征》、《壮游》)、《江头五咏》、《屏迹二首》、《奉酬严公寄题野亭之作》、《陈拾遗故宅》、《谒文公上方》、《舍弟占归草堂检校聊示此诗》、《江陵望幸》、《山寺》、《寄司马山人十二韵》、《严郑公宅同咏竹》、《阶下新松》、《观李固请司马弟山水图》、《莫相疑行》、《赤霄行》、《杜鹃》、《武侯庙》、《关鸡》、《偶题》、《秋野》、《晴》、《舟中出江陵南浦奉寄郑少尹审》、《送卢十四弟侍御护韦尚书灵榇归上都》、《可叹》，共33条，论及诗歌四十余题。以此反映出其多方面的看法。

二　张戒论杜的主要观点评述

第一，极力推崇杜甫的人格魅力与精神修养，并认为这是杜诗拔萃挺出、独步千古最重要的原因。这种精神内涵与人格修养的集中概括便是所谓“气”。

“建安陶阮以前诗，专以言志；潘陆以后诗，专以咏物。兼而有之者，李杜也。言志乃诗人之本意，咏物特诗人之余事。”

“阮嗣宗诗，专以意胜；陶渊明诗，专以味胜；曹子建诗，专以韵胜；杜子美诗，专以气胜。然意可学也，味亦可学也，若夫韵有高下，气有强弱，则不可强矣。此韩退之之文，曹子建杜子美之诗，后世所以莫能及也。世徒见子美诗多粗俗，不知粗俗语在诗句中最难，非粗俗，乃高古之极也。自曹刘死至今一千年，惟子美一人能之。”

“子美之诗，颜鲁公之书，雄姿杰出，千古独步，可仰而不可及耳。”

“韵有不可及者，曹子建是也。唯有不可及者，渊明是也。才力有不可及者，李太白韩退之是也。意气有不可及者，杜子美是也。”

这里反复拈出“气”，“意气”，实即孟子所谓“吾善养吾浩然之气”①。孟子解道：“其为气也，至大至刚，以直养而无害，则塞于天地之间。”这种浩然之气最为广大而又最为刚强，以正义养之而不伤害之，就会充塞于天地四方之间。此气务须与义和道相结合，战无不胜，若无义与道，则将软弱无力。这种气是正义日积月累所产生的，不是一时的正义行为就能得到的。因此它从作者内心自然发出，可以成为文章的基础。唐代不仅杜甫有此“气”，后来韩愈古文理论强调所谓“气盛则言之短长与声之高下俱宜”②，亦由孟子思想传承而来。而在宋代更得到强调和张扬。张戒之前，北宋苏辙《上枢密韩太尉书》亦自称：“辙生好为文，思之至深，以为文者气之所形。然文不可以学而能，气可以养而致。”“其气充乎其中，而溢乎貌，动乎其言，而见乎其文，而不自知也。”③ 至于文天祥所赋《正气歌》堪为家喻户晓：“天地有正气，杂然赋流形。下则为河岳，上则为日星。于人曰浩然，沛乎塞苍冥。”亦可见儒家思想之影响。张戒所强调亦与这种时代思潮不无关系。实际上，正如当代学者所论，所谓气“是一个主客体相融合的概念，指杜甫崇高的情感志向品格体现于诗歌当中所呈现出的主体精神状态。这种状态，张戒认为

① 焦循《孟子正义·公孙丑章句上》，中华书局1957年版，第117页。
② 马通伯校注《韩昌黎文集校注》，古典文学出版社1957年版，第99页。
③ 苏辙《上枢密韩太尉书》，曾枣庄、刘琳主编《全宋文》，巴蜀书社1994年版，第47册，第183页。

几乎无人能及"①。

张戒《岁寒堂诗话》列举了许多杜甫诗篇，说明其内在之气实乃出于对民生社稷之由衷关怀，以及其诗歌高出众人之根本所在。如评《哀王孙》曰："观子美此诗，可谓心存社稷矣。乌朝飞而夜宿，今'夜飞延秋门上呼'、'又向人家啄大屋'者，长安城中兵乱也。鞭至于断折，马至于九死，'骨肉不待同驰驱'，则达官走避胡之急也。以龙种与常人殊，又嘱王孙使善保千金躯，则爱惜宗室子孙也。虽以在贼中之故，'不敢长语临交衢'，然'且为王孙立斯须'者，哀之不忍去也。朔方健儿非不好身手，而'昔何勇锐今何愚'，不能抗贼，使宗室子孙，狼狈至此极也。'窃闻太子已传位'，必云太子者，以言神器所归，吾君之子也。言'圣德北服南单于'，又言花门助顺，所以慰王孙也。其哀王孙如此，心存社稷而已。而王深父序，反以为讥刺明皇，失子美诗意矣。"

又如评《可叹》曰："观子美此篇，古今诗人，焉得不伏下风乎？忠义之气，爱君忧国之心，造次必于是，颠沛必于是，言之不足，嗟叹之，嗟叹之不足，故其词气能如此，恨世无孔子，不列于《国风》、《雅》、《颂》尔。'天上浮云如白衣，斯须改变如苍狗。古往今来共一时，人生万事无不有。'（案：此诗刊本"如白"或作"似白"。）此其怀抱抑扬顿挫，固已桀出古今矣。河东女儿，不知以何事而抉眼去其夫，岂秋胡妇不忍视其夫之不义而死者乎？'丈夫正色动引经'，伟哉王季友之为人也。'群书万卷常暗诵'，而《孝经》一通，独把玩在手，非深于经术者，焉知此味乎？季友知之，子美亦知之，故能道此句，古今诗人岂知此也。'贫穷老瘦家卖履'，而高帝之孙，二千石之贵，乃引为宾客，虽三年之久，而未曾语，'小心恐惧闭其口'，宾主之间如此，与夫势利之交，朝暮变炎凉者，异矣！故曰'太守得之更不疑，人生反覆看亦丑'。陈蕃设榻于徐孺，北海徙履于康成，颜回陋巷不改其乐，澹台灭明非公事未尝至于偃之室，于王季友复见之，子美以为可以佐王也，故曰'用为羲和天为成，用平水土地为厚。死为星辰终不灭，致君尧舜焉肯朽'。夫佐王治邦国者，非斯人而谁可乎？"

由对所谓"气"之强调和推崇，可知其对杜甫人格精神与其创作关系之重视，实际上也抓住了杜诗之所以杰出不衰的内在关键。

第二，高度评价杜甫诗歌之价值，认为不能仅仅限于文学，而应有政治经学等综合价值。

"至于杜子美，则又不然，气吞曹刘，固无与为敌，如《放归鄜州》而云'维时遭艰虞，朝野少暇日。顾惭恩私被，昭许归蓬荜'，新婚戍边而云'勿为新婚念，努力事戎行。罗襦不复施，对君洗红妆'，《壮游》云'两宫各警跸，万里遥相望'，《洗兵马》云'鹤驾通宵凤辇备，鸡鸣问寝龙楼晓'，凡此皆微而婉，正而有礼，孔子所谓'可以兴，可以观，可以群，可以怨。迩之事父，远之事君'者。如'刺规多谏诤，端拱自光辉'，'俭约前王体，风流后代希'，'公若登台辅，临危莫爱身'，乃圣观法言，非特诗人而已。"

---

① 王红丽《〈岁寒堂诗话〉中的唐诗观》，《绥化学院学报》2008年1期。

“苏黄门子由有云：‘唐人诗当推韩杜，韩诗豪，杜诗雄，然杜之雄亦可以兼韩之豪也。’此论得之。诗文字画，大抵从胸臆中出，子美笃于忠义，深于经术，故其诗雄而正。李太白喜任侠，故其诗豪而逸。退之文章侍从，故其诗文有廊庙气。退之诗正可与太白为敌，然二豪不并立，当屈退之第三。”

评《自京赴奉先县咏怀五百字》诗曰：“少陵在布衣中，慨然有致君尧舜之志，而世无知者，虽同学翁亦颇笑之，故‘浩歌弥激烈’，‘沉饮聊自遣’也。此与诸葛孔明抱膝长啸无异，读其诗，可以想其胸臆矣。嗟夫，子美岂诗人而已哉！其云：‘彤庭所分帛，本自寒女出。鞭挞其夫家，聚敛贡城阙。圣人筐篚恩，实欲邦国活。臣如忽至理，君岂弃此物。多士盈朝廷，仁者宜战慄。’又云：‘朱门酒肉臭，路有冻死骨。荣枯咫尺异，惆怅难再述。’方幼子饿死之时，尚以常免租税不隶征伐为幸，而思失业徒，念远戍卒，至于‘忧端齐终南’，此岂嘲风咏月者哉？盖深于经术者也，与王吉贡禹之流等矣。”

以上论述较早地将杜甫诗歌价值向文学之外予以拓展，可谓对前人评价的延伸，对后世也产生了积极的影响，陆游读杜诗也发出“后世但作诗人看，使我抚几空咨嗟”之浩叹，可见出南宋特定时期对杜甫价值的期许和发掘，具有积极的意义。

第三，指出杜甫之诗学渊源，为后世学诗指点门径。

张戒认为杜甫诗学渊源包含两方面。一是《风骚》，此为其主要方面。

“子美诗奄有古今，学者能识《国风骚》人之旨，然后知子美用意处，识汉魏诗，然后知子美遣词处。至于掩颜谢之孤高，杂徐庾之流丽，在子美不足道耳。欧阳公诗学退之，又学李太白。王介甫诗，山谷以为学三谢。苏子瞻学刘梦得，学白乐天太白，晚而学渊明。鲁直自言学子美。人才高下，固有分限，然亦在所忌，不可不谨，其始也学之，其终也岂能过之。屋下架屋，愈见其小，后有作者出，必欲与李杜争衡，当复从汉魏诗中出尔。”

“孔子曰：‘《诗》三百，一言以蔽之，曰：“思无邪。”’世儒解释终不了。余尝观古今诗人，然后知斯言良有以也。《诗序》有云：‘诗者，志之所之也。在心为志，发言为诗。情动于中，而形于言。’其正少，其邪多。孔子删诗，取其思无邪者而已。自建安七子、六朝、有唐及近世诸人，思无邪者，惟陶渊明杜子美耳，余皆不免落邪思也。六朝颜鲍徐庾，唐李义山，国朝黄鲁直，乃邪思之尤者。鲁直虽不多说妇人，然其韵度矜持，冶容太甚，读之足以荡人心魄，此正所谓邪思也。鲁直专学子美，然子美诗读之，使人凛然兴起，肃然生敬，《诗序》所谓‘经夫妇，成孝敬，厚人伦，美教化，移风俗’者也，岂可与鲁直诗同年而语耶?”

二是《文选》，但注重其宏丽。

“杜子美云‘续儿诵《文选》’，又云‘熟精《文选》理’，然则子美教子以《文选》欤？近时士大夫以苏子瞻讥文选去取之谬，遂不复留意。殊不知《文选》虽昭明所集，非昭明所作。秦汉魏晋奇丽之文尽在，所失虽多，所得不少。作诗赋四六，此其大法，安可以昭明去取一失而忽之？子瞻文章从《战国策陆宣公奏议》中来，长于议论而欠宏丽，故虽扬雄亦薄之，云‘好为艰深之词，以文浅易之说’。雄之说浅易则有矣，其文词安可以为艰深而非之也。韩退之文章岂减子瞻，而独推扬雄云：‘雄死后作者不复生。’雄文章岂可非哉？《文选》中求议论而无，求其李之文则多矣。子美不独教子，其作诗乃自《文选》中来，大抵宏丽语也。”

以上两方面可谓相辅相成。诗意须正，而又追求语言之宏丽精深，所谓“语不惊人死不休”，内容形式皆具，兼善兼美，方可为集其大成者也。

第四，指出杜甫诗歌之特点，含蓄蕴藉，怨而不怒。

张戒推重《国风》“不迫不露”、“词婉”而“意微”，主张艺术表现要含蓄、蕴藉，提倡古朴自然，反对“浅露”，反对单纯追求“用事押韵”的形式主义诗风。诗能“情在词外，状溢目前”，须是“情意有余，汹涌而后发”，做到“不迫不露”，含蓄天成。

以杜甫《收京》作为范例：“‘赏应歌杕杜，归及荐樱桃’，有旨哉，与陆宣公谏德宗《寻访内人疏》何异？子美颠沛造次于兵戈之中，而每以宗庙为言，如《北征》往往是也，此其意尤不可及。《壮游》云‘河朔风尘起，岷山行幸长。两宫各警跸，万里遥相望’，不待褒贬而是非自见矣。”

再结合正反例证予以论述，指出：“《国风》云：‘爱而不见，搔首踟蹰，瞻望弗及，伫立以泣。’其词婉，其意微，不迫不露，此其所以可贵也。古诗云‘馨香盈怀袖，路远莫致之’，李太白云‘皓齿终不发，芳心空自持’，皆无愧于《国风》矣。杜牧之云‘多情却是总无情，惟觉尊前唤不成’，意非不佳，然而词意浅露，略无余蕴。元、白、张籍其病正在此，只知道得人心中事，而不知道尽则又浅露也。后来诗人能道得人心事少尔，尚何无余蕴之责哉！梅圣俞云‘状难写之景如在目前’，元微之云‘道得人心中事’，此固白天长处，然情意失于太详，景物失于太露，遂成浅近，略无余蕴，此其所短处。”

“世言白少傅诗格卑，虽诚有之，然亦不可不察也。元、白、张籍诗皆自陶、阮中出，专以道得人心中事为工，本不应格卑，但其词伤于太烦，其意伤于太尽，遂成冗长卑陋尔。……若收敛其词而稍加含蓄，其意味岂复可及也。”

最典型的是下面这一段：“杨太真事，唐人吟咏至多，然类皆无礼。太真配至尊，岂可以儿女语黩之耶？惟杜子美则不然，《哀江头》云：‘昭阳殿里第一人，同辇随君侍君侧。’不待云‘娇侍夜’、‘醉和春’，而太真之专宠可知，不待云‘玉容’‘梨花’，而太真之绝可想也。至于言一时行乐事，不斥言太真，而但言辇前才人，此意尤不可及。如云：‘翻身向天仰射云，一笑正坠双飞翼。’不待云‘缓歌慢舞凝丝竹，尽日君王看不足’，而一时行乐可喜事，笔端画出，宛在目前。‘江水江花岂终极’，不待云‘比翼鸟’‘连理枝’，‘此恨绵绵无尽期’，而无穷之恨，黍离麦秀之悲，寄于言外。题云《哀江头》，乃子美在贼中时，潜行曲江，睹江水江花，哀思而作。其词婉而雅，其意微而有礼，真可谓得诗人之旨者。《长恨歌》在乐天诗中为最下，《连昌宫词》在元微之诗中乃最得意者，二诗工拙虽殊，皆不若子美诗微而婉也。元白数十百言，竭力摹写，不若子美一句，人才高下乃如此。”

关于此条，日本学者兴膳宏先生曾有专文予以论述，可以参考，此不赘述①。

道得人心中事本是言志，但又必须有余蕴。无余蕴则格卑，有余蕴才有意味。而所谓余蕴，才会让人反复咀嚼体会，不至于过于率直。甚至于影响其志，流于邪思。后者的代表为黄庭坚。张戒对此说得也很清楚：

> 孔子曰“诗三百，一言以蔽之，曰：思无邪”，世儒解释终不了。余尝观古今诗人，然后知斯言良有以也。《诗序》有云：“诗者志之所之也，在心为志，发言为诗，情动于中而形于言。”其正少，其邪多，孔子删诗，取其思无邪者而已。自建安七子、六朝、有唐及近世诸人思无邪者，惟陶渊明、杜子美耳，余皆不免落邪思也。六朝颜、鲍、徐、庾，唐李义山，国朝黄鲁直乃邪思之尤者。鲁直虽不多说妇人，然其韵度矜持，冶容太甚，读之足以荡人心魄，此正所谓邪思也。鲁直专学子美，然子美诗读之使人凛然兴起，肃然生敬，《诗序》所谓经夫妇，成孝敬，厚人伦，美教化，移风俗者也；岂可与鲁直诗同年而语耶。

在张戒看来，真正能够做到思无邪的，只有陶渊明和杜甫两人，白居易的浅切直露，言志而无余韵，李商隐的深情绵渺，黄庭坚的补缀奇字，均被批为所谓“邪思”，黄庭坚更被批为“邪思之尤者”。这当然有其偏颇之处，颜、鲍、徐、庾固然不正，对李商隐之诗显然未能给予公正评价，黄庭坚刚好与李商隐形成矛盾，令人似乎有些无法理解。实际上，这两人皆以学杜著称，然而却代表了从北宋初期西昆体到末期江西诗派对诗坛的先后垄断和影响，尤其是学杜注重艺术形式的误区。因此，某种意义上，有意强力突出杜甫的地位和成就来加以否定，正是为了改变这种状况，也就不惜矫枉过正了。

当然，这种对“温柔敦厚”的理解，也造成一些负面效果。如有的学者指出：“他所处的时代虽则也在南宋初期，眼看到中原沦陷，眼看到山河改色，而还是泥于温柔敦厚的传统见解，只讲余蕴，讲韵味，那真是脱离现实了。我们只需看清初黄宗羲申涵光诸人对于温柔敦厚的讲法，那就知道张戒的诗论在这方面还是应当加以修正的。”

第五，推崇杜甫是言志与咏物结合之典范。

如前所论，张戒认为诗歌应该继承儒家诗教传统，即《诗序》所谓“经夫妇，成孝敬，厚人伦，美教化，移风俗”者也，因此必须传达作者志向。“诗言志”，可以说是诗歌成败的关键，十分重要。

张戒论诗偏重在情志，认为诗之要素有二：一为言志，二为咏物。言志，重在主观的抒写；咏物，重在客观的描写。二者有本末之分，但又不可偏废，“建安陶阮以前诗，专以言志；潘陆以后诗，专以咏物。兼而有之者，李杜也。言志乃诗人之本意，咏物特诗人之余事”。他以为言志是诗之本，而咏物则所以求诗之工，李杜在这方面是结合得最

① 〔日〕兴膳宏《略论〈岁寒堂诗话〉对杜甫与白居易诗歌的比较评论》，《杜甫研究学刊》2001年第1期。

好的。

关于李杜之关系，体现出以下看法：

一是反对元稹之优劣论，“元微之尝谓自诗人以来，未有如子美者，而复以太白为不及，故退之云：‘不知群儿愚，那用故谤伤。’退之于李杜但极口推尊，而未尝优劣，此乃公论也。”又云：“至于掩颜谢之孤高，杂徐庾之流丽，在子美不足道耳。”这里明确地指出元稹所概括的杜甫之特长：“上薄风骚，下盖沈宋。言夺苏李，气吞曹刘，掩颜谢之孤高，杂徐庾之流丽，尽得古今之体势，而兼文人之所独专矣。诗人以来，未有如子美者。”[①] 并未真正点出杜甫最突出的成就。这也是宋代比较早地针对李杜关系这一热点问题及元稹之观点提出的具体批评意见。其后，南宋刘克庄《后村诗话》也表达了类似的看法，指出元微之“评李杜，谓太白‘壮浪纵恣，摆去拘束，摸写物象及乐府歌诗，诚亦差肩子美矣。至若铺陈终始，排比声韵，大或千言，次犹数百，词气豪迈，属对律切，李尚不能历其藩翰，况堂奥乎！’则抑扬太甚”。至于倡导创立“杜诗学”的元好问更是在模仿杜甫《戏为六绝句》而创作的《论诗绝句三十首》之十中，“排比铺张特一途，藩篱如此亦区区。少陵自有连城璧，争奈微之识碔砆”。虽然对此有不同看法，但由此可见其影响。

二是指出其差别。“才力有不可及者，李太白韩退之是也，意气有不可及者，杜子美是也。”“杜子美李太白韩退之三人，才力俱不可及。”

“苏黄门子由有云：‘唐人诗当推韩杜，韩诗豪，杜诗雄，然杜之雄亦可以兼韩之豪也。’此论得之。诗文字画，大抵从胸臆中出。子美笃于忠义，深于经术，故其诗雄而正。李太白喜任侠，故其诗豪而逸。退之文章侍从，故其诗文有廊庙气。退之诗正可与太白为敌，然二豪不并立，当屈退之第三。”

结 语

以上仅对《岁寒堂诗话》论杜做了一番简要梳理，总的看来，张戒对于杜甫有相当深入的研究和了解，尽管《岁寒堂诗话》中还有一些不尽妥当之处，如对含蓄蕴藉的定义过于狭窄，并以此作为衡量诗歌成就甚至人才高下的标准，唯有陶杜为“思无邪”等，都未免显得有些太绝对化。有的地方论述前后抵触，如一方面认为韩愈尊李杜“未尝优劣乃公论”，但另一方面在具体评论中又暗中有所抑李扬杜。如此之类，反映出其局限。虽然如此，此书在江西诗派统治诗坛的情况下，通过对杜甫诗歌精神的深入解读，较早指出苏黄及其追随者对学杜的偏见，为后人理解杜甫人格和诗歌思想艺术提供了参考，在中国文学批评史上产生了重大的影响，对杜甫研究的深入和杜诗学的建立也做出了积极的贡献，价值不容忽视。

---

① 清董诰等编《全唐文》卷六五四，上海古籍出版社 1993 年影印本，第三册，第 2495 页。

《沧浪诗话》的隐喻系统和诗学旨趣新论①

四川大学　周裕锴

严羽在《答出继叔临安吴景仙书》（下简称《答吴景仙书》）中自诩“以禅喻诗，莫此亲切”②。既然是“以禅喻诗”，那么禅便是喻体，诗便是本体；既然是“莫此亲切”，那么诗与禅之间便有相当的对等性和相似性。学界先达对严羽《沧浪诗话》的“以禅喻诗”已有众多精彩的解释，不过，在我看来，这些解释若以“莫此亲切”来衡量的话，还存在着一些距离。由于这种距离，便引发了对严羽诗论的一系列聚讼争论和矛盾困惑。比如，“第一义之悟”和“透彻之悟”是否代表了后世取径的两种诗学倾向？临济宗和曹洞宗均为南宗顿门，为何严羽要强分高下？“别材别趣”到底来自什么样的禅学隐喻？“以文字为诗”是否就是“以散文为诗”？“羚羊挂角”等禅语是否隐喻诗歌的神韵冲淡、意境空灵？严羽既然标举空灵蕴藉的“兴趣”，为何表面上要推崇李杜诗为诗歌极致？窃以为，若要“莫此亲切”地还原严羽“以禅喻诗”的本意，一是须得了解其时代的禅学语境，二是须得了解其诗话的隐喻系统，三是须得探究其整个诗学趣向。本文将依据以上三条标准，对学界较有影响的几种传统解释重新作一番检讨。商榷对象中有笔者所极为尊敬的学界前辈，然而，借用严羽的话来说，为了与学界同仁共“断千百年公案”，“虽获罪于世之君子，不辞也”。谨申愚见如下：

一、妙悟——以禅喻诗的形上等级制

众所周知，严羽“以禅喻诗”的诗学纲要主要见于《沧浪诗话》的《诗辨》，而其中“禅道惟在妙悟，诗道亦在妙悟”则是其标举的宗旨之一。关于“妙悟”，学界或解释为“超乎理性认识、逻辑分析的直觉体验”，或径直称之为“形象思维”，这些看法不无道理。不过，从《诗辨》的上下文来看，严羽似乎并未讨论什么是“妙悟”这一概念的内涵，却更着重于建构诗歌品级上的“悟”与“不悟”的形上等级制：

> 禅家者流，乘有小大，宗有南北，道有邪正；具正法眼者，是谓第一义。若声闻、辟支果，皆非正也。论诗如论禅，汉、魏、晋等作与盛唐之诗，则第一义也。大历以还之诗，则已落第二义矣。晚唐之诗，则声闻、辟支果也。学汉、魏、晋与

① 本文为教育部人文社会科学重点研究基地基金资助项目《佛教与中国诗歌研究》，项目批准号为06JJD75011－44011；四川大学“985工程”文化遗产与文化互动创新基地项目。

② 郭绍虞《沧浪诗话校释》附录《答出继书临安吴景仙书》，人民文学出版社1962年版，第234页。

盛唐诗者，临济下也。学大历以还者，曹洞下也。大抵禅道惟在妙悟，诗道亦在妙悟。且孟襄阳学力下韩退之远甚，而其诗独出退之之上者，一味妙悟故也。惟悟乃为当行，乃为本色。然悟有浅深，有分限之悟，有透彻之悟，有但得一知半解之悟。汉、魏尚矣，不假悟也。谢灵运至盛唐诸公，透彻之悟也。他虽有悟者，皆非第一义也。……试取汉、魏之诗而熟参之，次取晋、宋之诗而熟参之，次取南北朝之诗而熟参之，次取沈、宋、王、杨、卢、骆、陈拾遗之诗而熟参之，次取开元、天宝诸家之诗而熟参之，次独取李、杜二公之诗而熟参之，又取大历十才子之诗而熟参之，又取元和之诗而熟参之，又取晚唐诸家之诗而熟参之，又取本朝苏、黄以下诸公之诗而熟参之，其真是非亦有不能隐者。倘犹于此而无见焉，则是为（野狐）外道蒙蔽其真识，不可救药，终不悟也①。

在这段诗歌品级叙述中，禅道与诗道分别构成四个等级制序列：（一）禅道方面——（1）大乘南宗正法眼第一义临济宗，（2）第二义曹洞宗，（3）小乘声闻辟支果，（4）野狐外道；（二）诗道方面——（1）汉、魏、晋、盛唐之诗，（2）大历以还之诗，（3）晚唐之诗，（4）本朝苏、黄之诗。

第一等级，所谓“汉、魏尚矣，不假悟也”，“尚”字通“上”，有上古、上乘之义。这个评价可能有两个意思。一是说汉、魏古诗是最古老、最原初的作品，是“古人之诗”，就像最原初的佛法正法眼藏一样，其本身就是诗的“第一义”，无需像后世诗人那样借助学古人之诗的“妙悟”来获得。二是说汉、魏古诗是至高无上的作品，就像最上乘的佛法一样，其写作过程是直抒胸臆，无需借助于对诗歌艺术规律的“妙悟”来进行创作。所谓“谢灵运至盛唐诸公，透彻之悟也”，意思是说晋和盛唐诗人通过“妙悟”获得第一义，而这种“悟”非常透彻，对汉魏诗的正法眼藏有深刻的把握，因此他们的作品也可归为第一义。换言之，汉、魏与晋、盛唐的诗作虽然都属于第一义，但前者“不假悟”，后者却有赖于“透彻之悟”。

第二等级，所谓“大历以还之诗，则已落第二义矣”。什么是“第二义”？郭绍虞先生《沧浪诗话校释》未注。《景德传灯录》卷二四《清凉文益禅师》：“问：‘如何是第一义？’师曰：‘我向汝道是第二义。’”② 禅宗认为佛教真谛“第一义”无法用语言文字表达，一旦试图解释便已有隔膜，成为“第二义”的东西。严羽用“落第二义”来比喻大历以还之诗开始注重诗歌语言的人工锻炼，有迹可求。《沧浪诗话·诗评》评曰：“大历之诗，高者尚未失盛唐，下者渐入晚唐矣。”③ 所以其诗对于诗歌的“第一义”来说，只

① 魏庆之《诗人玉屑》卷一《诗辨第一》，上海古籍出版社 1978 年版，第 2 页。按：《诗辨》此段文字从郭绍虞之说，据《诗人玉屑》本抄录，参见郭绍虞《中国历代文论选》第二册，上海古籍出版社 1979 年版，第 423—424 页。郭绍虞《沧浪诗话校释·诗辨》“外道”作“野狐外道”，第 11 页。“大历已还之诗，则已落第二义矣”，《历代诗话》本《沧浪诗话》作“大历已还之诗，则小乘禅也，已落第二义矣”。中华书局 1981 年版，第 686 页。

② 释道原《景德传灯录》卷二四《升州清凉院文益禅师》，日本京都禅文化研究所 1990 年版，第 482 页。

③ 《沧浪诗话校释·诗评》，第 136 页。

能算“一知半解之悟”。至于所谓“学大历以还之诗者，曹洞下也”，上引这段话未说明指哪些诗人，但《诗辨》另有一段话：“国初之诗尚沿袭唐人，王黄州学白乐天，杨文公、刘中山学李商隐，盛文肃学韦苏州，欧阳公学韩退之古诗，梅圣俞学唐人平淡处。”① 白居易、李商隐、韦应物、韩愈都是大历以还诗人，据此，可知“学大历以还之诗者”应该是指“国初之诗”。

第三等级，所谓“晚唐之诗，则声闻辟支果也”。声闻辟支果是小乘禅，用以比喻晚唐诗格局的狭小，如孟郊、贾岛“虫吟草间”，“其气局促不伸”。这类诗可对应所谓“分限之悟”，才分浅陋，所以虽有悟，但最终受限于才分，不能窥见“第一义”。《诗辨》另一段话称：“近世赵紫芝、翁灵舒辈，独喜贾岛、姚合之诗，稍稍复就清苦之风。江湖诗人多效其体，一时自谓之唐宗，不知止入声闻、辟支之果，岂盛唐诸公大乘正法眼者哉!”② 可见四灵就是“学晚唐之诗者”。

所谓“苏、黄以下诸公之诗”，可说是隐含的第四等级，从《诗辨》对“近代诸公”大肆挞伐的情况来看，从《答吴景仙书》声称“其间说江西诗病，真取心肝刽子手”的表态来看③，“（野狐）外道蒙蔽其真识，不可救药，终不悟也”应指苏、黄和学苏、黄的江西宗派。何以见得？这是因为苏、黄不学古人，完全不管诗的正法眼、第一义，“自出己意以为诗”，不仅抛弃了汉、魏、晋、唐“一唱三叹之音”的诗学传统，而且连稍带唐音的大历以还之诗也不学，“终非古人之诗”，这与严羽主张的“吾取其合于古人者而已”的态度恰恰相反④。拟之以禅，正好相当于背离佛法“第一义”的野狐外道，比声闻辟支果更为害道，所以《诗辨》的批判集矢于此。

按照《诗辨》所述诗道与禅道相对应的隐喻关系，可将禅与诗的形上等级制列为下表：

<table>
<tr><th>禅家者流</th><th>诗家者流</th><th colspan="2">诗道妙悟</th><th colspan="2">学诗入门</th></tr>
<tr><td rowspan="2">大乘南宗正法眼悟第一义临济宗</td><td>汉、魏</td><td rowspan="2">第一义之悟</td><td>不假悟</td><td rowspan="2">入门正</td><td rowspan="2">学汉、魏、晋与盛唐诗者临济下（严氏所提倡者）</td></tr>
<tr><td>晋、盛唐</td><td>透彻之悟</td></tr>
<tr><td>大乘南宗正法眼落第二义曹洞宗</td><td>大历以还之诗</td><td rowspan="2">非第一义之悟</td><td>一知半解之悟</td><td rowspan="3">入门不正</td><td>学大历以还诗者曹洞下（国初之诗）</td></tr>
<tr><td>小乘邪道声闻、辟支果</td><td>晚唐之诗</td><td>分限之悟</td><td>学晚唐诗者声闻辟支果（四灵、江湖诗派）</td></tr>
<tr><td>野狐外道</td><td>苏、黄之诗</td><td>蒙蔽其真识</td><td>终不悟</td><td>学苏、黄诗者（江西宗派）</td></tr>
</table>

① 《沧浪诗话校释·诗辨》，第 24 页。
② 同上。
③ 《沧浪诗话校释》附录《答出继书临安吴景仙书》，第 234 页。
④ 《沧浪诗话校释·诗辨》，第 24 页。

在严羽看来，只有盛唐诸公的“透彻之悟”才继承了汉、魏古诗的传统，才是真正的“第一义之悟”，其余的“一知半解之悟”和“分限之悟”都不是“第一义之悟”。由于大历以还诗和晚唐诗也都可统称“唐诗”，所以《诗辨》特别要用“一知半解之悟”和“分限之悟”将其区别开来。对于严羽所处时代的诗人来说，经历了千百年的诗歌演进之后，再想“不假悟”是根本不可能的，因此从方法论上讲，汉、魏古诗虽是第一义，却不具备实际仿效的可行性。这样，若要获得诗歌的正法眼藏，便只有晋、盛唐提供的透彻之悟的路子值得遵循。

郭绍虞先生将上段话中提及的“妙悟”析为二义：一指第一义之悟，以汉、魏、晋、盛唐为师，而反对苏、黄诗风；一指透彻之悟，重在透彻玲珑不可凑泊，于是除反对苏、黄诗风之外，再批判永嘉四灵的学唐风气[①]。他还进一步认为：“明代前后七子之格调说是受他第一义之悟的影响；而清初王渔洋之神韵说则是受他透彻之悟的影响。”[②]然而，郭先生之说恐怕过于牵强，将同一性质而不同层次的禅喻误会为不同性质的两种禅喻。如上所述，“第一义之悟”是指对诗歌原初的本质的理解，“透彻之悟”是就这种理解的程度而言，与那些悟得不透彻的“一知半解之悟”、“分限之悟”相对。至于所谓“透彻玲珑不可凑泊”之说，那是严羽对“兴趣”概念的阐发（其具体内涵容后文申说），与谈诗歌品级的“透彻之悟”无关，尽管两者都使用了“透彻”一词。郭先生在多处阐述“妙悟”有“第一义之悟”与“透彻之悟”二义，并且将此二义分别归之为“以禅论诗”（神韵、透彻之悟）和“以禅喻诗”（格调、第一义之悟）[③]，这不仅完全不顾严羽口口声声“以禅喻诗”的声明，而且造成了不必要的逻辑上的混乱，进一步坐实了严羽论诗兼有神韵的误会。

二、临济下与曹洞下——南宋禅学语境下的宗派高低

在严羽以禅喻诗的等级制中，“临济下”和“曹洞下”的比喻是最受人诟病的地方。因为从诗歌史来看，汉、魏、晋、盛唐之诗与大历晚唐之诗是有优劣之分的，而从禅宗史来看，临济宗出自南岳怀让，曹洞宗出自青原行思，都属南宗，似无高低之别。基于此，明清人对严羽多有驳斥。兹引数则如下：

> 严沧浪曰：“学汉魏晋与盛唐，临济下也；学大历以还诗，曹洞下也。”论诗则是，论禅则非。临济、曹洞，有何高下[④]？
>
> 严沧浪云：“学汉魏晋与盛唐诗者，临济下也；学大历以还之诗者，曹洞下也。”此老以禅论诗，瞠目霄外，不知临济、曹洞有何高下？而乃剿其门庭影响之语，抑

---

① 《中国历代文论选》第二册，第429页。

② 《沧浪诗话校释·诗辨》，第40—41页。

③ 参见郭绍虞《中国文学批评史》、《中国历代文论选》、《沧浪诗话校释》等著作。

④ 李维桢《大泌山房集》卷一二九《读苏侍御诗》，明刊本。

勒诗法，可谓杜撰禅[①]。

严氏以禅喻诗，无知妄论。……谓学汉、魏、盛唐为临济宗，大历以下为曹洞宗，不知临济、曹洞初无胜劣也[②]。

沧浪虽云宗有南北，详其下文，都不指喻何事，却云临济、曹洞。按，临济玄禅师、曹山寂禅师、洞山价禅师，三人并出南宗，岂沧浪误以二宗为南北乎？……临济、曹洞，机用不同，俱是最上一乘。今沧浪云大历已还之诗小乘禅也，又云学大历已还之诗，曹洞下也，则以曹洞为小乘矣。……此最是易知者，尚倒谬如此，引以为喻，自谓亲切，不已妄乎[③]？

从一般佛学常识来看，以上诸人驳斥得似乎很有道理。因为临济、曹洞同出六祖慧能，均属大乘南宗正法眼，本无高下，怎能用来比喻诗歌的不同等级？然而，这些驳论恐怕颇有误会：其一，在严羽时代的禅学语境中，临济、曹洞并非“初无胜劣”，此点容下申说；其二，冯班指责严羽“以曹洞为小乘”，乃是受错误版本的误导，因为据学者考证，“小乘禅也”四字本非正文[④]。所谓“无知妄论”之说，尚有申辩的余地。

曹洞宗和临济宗虽同属南宗，但禅法颇有区别。据《答吴景仙书》，“妙喜自谓参禅精子，仆亦自谓参诗精子”[⑤]，可知严羽以禅喻诗的禅学资源来自妙喜，妙喜就是南宋初径山名僧宗杲，赐号大慧禅师。宗杲是临济宗禅僧，提倡“看话禅”，将曹洞宗天童正觉禅师的“默照禅”视为“邪禅”，大加挞伐。在宗杲的语境里，临济下和曹洞下是颇有区别的，泾渭不同流，正邪不两立，并非“俱是最上一乘”。拙著《文字禅与宋代诗学》曾讨论过这个问题，指出曹洞宗兴盛于北方金元之交，临济宗主要盛行于南方宋朝境域，隐然形成“新南北宗”之争。曹洞宗代表人物万松行秀禅师，正与严羽同时而稍前。严羽仿宗杲“参诗精子”，当然认为临济、曹洞有高下之分[⑥]。

再从诗学方面来看，虽在严羽诗学体系里，“学大历以还者”的“曹洞下”，从诗歌品级“悟”与“不悟”的形上等级制来说，是指“国初之诗”，但在宋代以禅喻诗的语境里，早就有人将黄庭坚、陈师道之诗比成曹洞禅。如蔡絛《西清诗话》：“黄太史诗，妙脱蹊径，言谋鬼神，唯胸中无一点尘，故能吐出世间语；所恨务高，一似参曹洞下禅，尚堕在玄妙窟里。”[⑦] 任渊《后山诗注目录序》：“读后山诗，大似参曹洞禅，不犯正位，切忌死语，非冥搜旁引，莫窥其用意深处，此诗注所以作也。”[⑧] 根据宋诗学称黄陈诗为曹洞禅的传统，以及严羽在禅学立场贬斥曹洞宗和在诗学立场上贬斥黄陈诗的态度，我

---

① 陈继儒《偃曝谈余》卷下，《宝颜堂秘笈》本。
② 钱谦益《牧斋有学集》卷一五《唐诗英华序》，《四部丛刊》本。
③ 冯班《钝吟杂录》卷五《严氏纠谬》，《常熟二冯先生集》本。
④ 王梦鸥《古典文学论探索》，台湾正中书局 1984 年版，第 377—381 页。
⑤ 《古林清茂禅师语录》卷四：“尝记大慧和尚有云：我便是参禅底精子。”此话头为严羽所本。《卍续藏经》本。
⑥ 周裕锴《文字禅与宋代诗学》，高等教育出版社 1998 年版，第 134—137 页。
⑦ 胡仔《苕溪渔隐丛话·后集》卷三三转引，人民文学出版社 1962 年版，第 257 页。
⑧ 任渊《后山诗注》卷首，《四部丛刊》本。

们或许有理由猜测“曹洞下”不仅涉及“国初诗人”，还隐然指涉黄陈江西宗派之诗，因为“曹洞下”禅实在易唤起关于黄陈诗风的联想。

现在我要补充的是，临济宗与曹洞宗的区别，并非只是“看话禅”和“默照禅”的对立，而是在其初创时禅法便颇为不同。曹洞宗的禅法是所谓“偏正回互”，有“五位君臣”旨诀，君为正位，臣为偏位，“正”代表“理”，“偏”代表“事”。《五位君臣偈》以“正”和“偏”的五种组合分别代表“理”和“事”的五种不同关系，由此构成一个由隐语组成的复杂说理系统。法眼文益称曹洞家风“则有偏有正，有明有暗”①；惠洪称曹洞家风“机贵回互，使不犯正位，语忌十成”②。

关于曹洞宗风在语言上的特点，惠洪《题云居弘觉禅师语录》有较充分的说明：

> 悟本禅师（良价）设五位法门，以发挥石头大师之妙。大率约体用为五法，更互主客，隐显相参，借言以显无言。然言中无言之趣，妙至幽玄。故其问答之贵亲，正如君臣之贵合。于是翕然宗以为洞上玄风，出其门下者，应机酬诘，务以秀丽严峻之语相高尚，使人放身如览花葩之开妍，烟云之秾纤，而仰拂秋之螺峰，染春之鸭波，划刻百出，必欲合其法而后已，忽其绳墨以登其门者，则非吾属也。
>
> ——《石门文字禅》卷二十五

这种禅法在语言使用上是隐晦玄妙、秾丽峭刻的，讲求绳墨法度，与临济宗纯素任真、明白直截的作风有很大不同。换言之，在参临济禅的士大夫眼中，曹洞宗禅法是相当晦涩曲折的，所以诗评家如蔡絛、任渊会用来比喻黄庭坚和陈师道玄妙艰深的诗歌。

严羽称“山谷用工尤为深刻”，“用工深刻”颇有深意，很容易令人想起曹洞禅法的“划刻百出”。而“读之反覆终篇，不知着到何在”的批评，也与“尚堕在玄妙窟里”或“莫窥其用意深处”的感叹非常接近。当然，严羽并未直接用“曹洞下”来称山谷之诗，但以诗中的临济下为正，曹洞下为邪，则是不言而喻的。此外，“国初之诗”和“近代诸公”之诗，在更宏观的“以时而论”的视野下，均属“本朝诗”③，由此看来，山谷之诗与注重诗歌语言的人工锻炼、“落第二义”、“曹洞下”的学大历以还之诗者，还是多少有些瓜葛的。

三、别材别趣——教外别传、不立文字的取喻

严羽“别材别趣”说，学界多有解释，并从中发掘出“形象思维”的理论。但从“以禅喻诗”的角度来看，仍不够“亲切”。钱钟书先生指出：“严沧浪《诗辨》曰：‘诗有别才非书，别学非理，而非多读书穷理，则不能极其至。’曰‘别才’，则宿世渐熏而今生顿见之解悟也；曰‘读书穷理以极其至’，则因悟而修，以修承悟也。可见诗中‘解

① 释文益《宗门十规论·理事相违不分触净第五》，《卍续藏经》本。
② 释惠洪《林间录》卷上，《卍续藏经》本。
③ 《沧浪诗话校释·诗体》，第48页。

悟’，已不能舍思学而不顾；至于‘证悟’，正自思学中来，下学以臻上达，超思与学，而不能捐思废学。”① 这段解释甚为雄辩，言思、学与诗之“解悟”也颇为中肯，可惜所引《诗辨》文字略述大意而已，并不准确，且将“别才”视为“宿世渐熏而今生顿见之解悟”，实在是误解了严羽两个“别”字的所本。让我们仔细来看看这段原文：

> 诗有别材，非关书也；诗有别趣，非关理也。然非多读书，多穷理，则不能极其至。所谓不涉理路、不落言筌者，上也。诗者，吟咏情性也。盛唐诸人惟在兴趣，羚羊挂角，无迹可求。故其妙处透彻玲珑，不可凑泊，如空中之音，相中之色，水中之月，镜中之象，言有尽而意无穷。近代诸公乃作奇特解会，遂以文字为诗，以才学为诗，以议论为诗。夫岂不工，终非古人之诗也。盖于一唱三叹之音，有所歉焉。且其作多务使事，不问兴致；用字必有来历，押韵必有出处，读之反覆终篇，不知着到何在。其末流甚者，叫噪怒张，殊乖忠厚之风，殆以骂詈为诗。诗而至此，可谓一厄也②。

窃以为此处“别材别趣”之“别”，乃取禅宗“教外别传”之“别”为喻。《五灯会元》卷一载世尊（释迦牟尼）在灵山会上拈花示众，迦叶尊者破颜微笑，世尊曰：“吾有正法眼藏，涅槃妙心，实相无相，微妙法门，不立文字，教外别传，付嘱摩诃迦叶。”③禅宗自称为“宗门”，将佛教其他疏经造论的学派如天台、华严、法相诸宗称为“教门”。严羽用“别材”、“别趣”将诗与书、理区别开来，正是使用了“教外别传”的喻意。“教门”的特点是用语言文字翻译解释佛教经典义理，具有复杂的名相因果和见闻觉知。而“宗门”的特点用严羽的话来说，就是“从顶颡上做来，谓之向上一路，谓之直截根源，谓之顿门，谓之单刀直入也”④。不执著于语言文字，不执著于理性思维。正如宗杲所说：“不涉思惟，不入理路，直是安乐。”⑤

在此，我们根据禅宗对于文字经教的态度以及严羽对江西宗派诗的态度，将上述《诗辨》一段话“以禅喻诗”的隐喻关系列表如下：

<table>
<tr><th colspan="2">喻体（禅）</th><th colspan="3">本体（诗）</th></tr>
<tr><td>教门</td><td>宗门（教外别传）</td><td>近代诸公</td><td colspan="2">盛唐诸公（别材别趣）</td></tr>
<tr><td>疏经造论</td><td>不立文字</td><td>以文字为诗</td><td>不落言筌</td><td rowspan="3">惟在兴趣</td></tr>
<tr><td>博通名相</td><td>实相无相</td><td>以才学为诗</td><td>非关书也</td></tr>
<tr><td>该贯义理</td><td>微妙法门</td><td>以议论为诗</td><td>非关理也，不涉理路</td></tr>
</table>

① 钱钟书《谈艺录》，中华书局1984年版，第99页。
② 《沧浪诗话校释·诗辨》，第24页。
③ 释普济《五灯会元》卷一《释迦牟尼佛》，中华书局1984年版，第10页。
④ 《沧浪诗话校释·诗辨》，第1页。
⑤ 释蕴闻《大慧普觉禅师语录》卷一四，《大正新修大藏经》本。

苏、黄和江西宗派诗就像佛教里疏经造论的教门，重文字，尚才学，贵议论，醉心于使事、用字、押韵等文字功夫；盛唐诗则像教外别传的禅宗，崇尚与书无关的别材，与理无关的别趣，就像不立文字的禅宗，不涉理路，不落言筌。什么是"别材"？"别材"就是指不重学力而一味妙悟的诗人。什么是"别趣"？"别趣"就是指不尚义理而惟在兴致的趣味。

程千帆先生在《宋诗精选》前言里说："首先，严羽指出宋人以文字为诗。文字这个词在宋代有广狭二义：广义指书面语言，狭义则指散文。这里显然是指曾经引起非议的以散文为诗；而以散文为诗，又往往和以议论为诗是紧密地联系着的。"① 程先生曾有过关于宋人以文为诗现象的精彩论述，但若要说严羽"以文字为诗"就是指"以散文为诗"，却似乎缺乏训诂学依据和诗学话语的支持，在《沧浪诗话》的"以禅喻诗"的语境中更显得扞格不通。

考虑到"别材"、"别趣"与"教外别传"的对应关系，笔者认为"以文字为诗"是作为禅宗"不立文字"的对立面提出来的。或者有人会说，诗与禅不同，诗是语言文字的艺术，如果诗也不立文字，岂非成了"无字天书"？其实，严羽的观点语有所本，中唐诗僧皎然《诗式》曾指出："两重意已上，皆文外之旨。若遇高手如康乐公，览而察之，但见情性，不睹文字，盖诗道之极也。"② 而严羽指责的近代诸公正好与之相反——"但见文字，不睹情性，盖诗道之厄也"。具体说来，就是所谓"用字必有来历，押韵必有出处，读之反覆终篇，不知着到何在"③，写诗时把注意力放到文字的选择安排、推敲琢磨上，让读者只看到用字、押韵，但读完一首诗，还是不知道说些什么。我们知道，严羽主张诗必须"吟咏情性"，必须要有"兴趣"，好的诗必须要"问兴致"、"尚意兴"。而过分的文字安排、布置，会遮蔽"情性"、"意兴"。这就是严羽指责的近代诸公"以文字为诗"的真实含义，与所谓"以散文为诗"似无多大关系。顺便说一下，《诗评》称"释皎然之诗，在唐诸僧之上"④，鉴于严羽对皎然的欣赏，《诗式》中"但见情性，不睹文字"的说法恐怕也不会陌生吧。

四、兴趣——尚意兴、问兴致的写作趣味

《沧浪诗话》的"兴趣"一词，颇为后代诗论家所重视。据我所知，当代大多数论者都将"兴趣"与韵味、神韵、意境混同起来。如钱钟书先生说：

> 沧浪继言"诗之有神韵者，如水中之月，镜中之象，透彻玲珑，不可凑泊。不涉理路，不落言诠"云云，几同无字天书。以诗拟禅，意过于通，宜招钝吟之纠缪，起渔洋之误解。禅宗于文字，以胶盆粘着为大忌；法执理障，则药语尽成病语。

---

① 《宋诗精选》前言，江苏古籍出版社 1992 年版，第 2 页。

② 《诗式》卷一《重意诗例》，张伯伟《全唐五代诗格校考》，陕西人民教育出版社 1996 年版，第 210 页。

③ 《沧浪诗话校释·诗辨》，第 24 页。

④ 《沧浪诗话校释·诗评》，第 172 页。

……若诗自是文字之妙，非言无以寓言外之意；水月镜花，固可见而不可捉，然必有此水而后月可印潭，有此镜而后花能映影。……诗中神韵之异于禅机在此；去理路言诠，固无以寄神韵也①。

其引用沧浪之言，竟直接用“神韵”二字置换原文的“兴趣”。而学术界的主流意见也大抵如此，把“兴趣”看作诗歌中一种空灵蕴藉的神韵或意境。如郭绍虞先生认为“沧浪兴趣之说，正同于王士禛所谓神韵之义”②。又如复旦大学《中国文学批评史》称之为“作到景象优美，意境深远，语言凝练而韵味隽永”③。

然而，从《沧浪诗话》整个诗学旨趣来看，以上理解恐怕有问题。“盛唐诸人惟在兴趣”的说法，承接“别趣”而来。既然诗的别趣“非关理”，那么关乎什么呢？严羽的回答非常明白，这就是关乎“兴”，即兴发感动。什么叫“兴趣”？就是以“意兴”、“兴致”作为写诗的“趣味”，更简洁地说，就是“感兴的趣味”。在《沧浪诗话》中，“兴趣”可以和“兴致”、“意兴”等词互释，而与宋人惯爱标举的“理趣”正好对立④。比如，《诗辨》说，近代诸公之诗与盛唐诗的最大区别就是“不问兴致”，“盖于一唱三叹之音，有所歉焉”。《诗评》说：“本朝人尚理而病于意兴，唐人尚意兴而理在其中。”⑤ 这些都是同样的意思。因此，所谓“盛唐诸人惟在兴趣”，就是指作诗时用“意兴”来统率“理”，“理”被包含在“意兴”之中，这样，读者便只体会到感兴的趣味的存在。既然“兴趣”是创作好诗的唯一前提，那么，在此前提下，多读书、多穷理不仅不会与作好诗相冲突，反可增加“兴趣”的深度和厚度，从而“极其至”。

严羽崇尚“兴趣”其实就是强调和张扬诗歌“吟咏情性”的古老本质。《诗评》说：“唐人好诗，多是征戍、迁谪、行旅、离别之作，往往能感动激发人意。”⑥ 又说：“高、岑之诗悲壮，读之使人感慨。”⑦ 又说：“读《骚》之久，方识真味，须歌之抑扬，涕洟满襟，然后为识《离骚》。”⑧ 细读严羽欣赏的各时代经典作品，大都有感动、激发人意的性质。如在《诗评》中不惜全文抄录的苏子卿诗“幸有弦歌曲，可以喻中怀。请为游子吟，泠泠一何悲。丝竹厉清声，慷慨有余哀。长歌正激烈，中心怆以摧。欲展清商曲，念子不能归”⑨，就是典型的感兴淋漓的诗篇。

正是因为标举“兴趣”，所以严羽才会大肆推崇李杜诗。无独有偶，李杜正是盛唐诸

---

① 《谈艺录》，第 100 页。
② 《沧浪诗话校释》，第 37 页。
③ 复旦大学中文系古典文学教研组《中国文学批评史》中册，上海古籍出版社 1981 年版，第 124 页。
④ 如袁燮《絜斋集》卷八《题魏丞相》：“不烦雕琢，理趣深长。”包恢《敝帚稿略》卷二《答曾子华论诗》：“状理则理趣浑然。”李塗《文章精义》：“《选》诗惟陶渊明，唐文惟韩退之，自理趣中流出。”《四库全书》本。
⑤ 《沧浪诗话校释·诗评》，第 137 页。
⑥ 同上，第 182 页。
⑦ 同上，第 166 页。
⑧ 同上，第 170 页。
⑨ 同上，第 183 页。

公中对“兴趣”最感兴趣的诗人。以杜甫为例，仅将“兴”与诗歌联起来的诗句就有如下例子：

讽兴诗家流。——《毒热寄简崔评事十六弟》
遣兴莫过诗。——《可惜》
诗尽人间兴。——《西阁二首》之二
道消诗发兴。——《哭台州郑司户苏少监》
诗兴不无神。——《寄张十二山人彪三十韵》
愁极本凭诗遣兴。——《至后》
老去诗篇浑漫兴。——《江上值水如海势聊短述》
东阁官梅动诗兴。——《和裴迪登蜀州东亭送客逢早梅相忆见寄》
忆在潼关诗兴多。——《峡中览物》
稼穑分诗兴。——《偶题》
兴趣江湖迥。——《西枝村寻置草堂地夜宿赞公土室二首》之二
云山已发兴，玉佩仍当歌。——《陪李北海宴历下亭》
不阻蓬荜兴，得兼梁甫吟。——《同李太守登历下古城员外新亭》
感激时将晚，苍茫兴有神。为公歌此曲，涕泪在衣巾。——《上韦左相二十韵》

李白诗中也有大量的“兴”与诗有关。

顿惊谢康乐，诗兴生我衣。——《酬殷佐明见赠五云裘歌》
蓬莱文章建安骨，中间小谢又清发。俱怀逸兴壮思飞，欲上青天揽明月。
——《宣州谢朓楼饯别校书叔云》
兴酣落笔摇五岳，诗成笑傲凌沧洲。——《江上吟》
作诗掉我惊逸兴，白云绕笔窗前飞。——《醉后答丁十八以诗讥予捶碎黄鹤楼》
兴从剡溪起，思绕梁山发。寄君郢中歌，曲罢心断绝。——《淮海对雪赠傅霭》
兴在趣方逸，欢余情未终。
——《秋夜宿龙门香山寺奉寄王方城十七丈奉国营上人从弟幼成令问》
好为庐山谣，兴因庐山发。——《庐山谣寄卢侍御虚舟》
试发清秋兴，因为吴会吟。——《送麴十少府》

其余带“兴”的句子更是不胜枚举。通过检索，最让我们惊愕的是，在历代诗人中，首次使用“兴趣”一词的竟然是杜甫——“兴趣江湖迥”。而李白也几乎将“兴”与“趣”组合成词——“兴在趣方逸”。由此我们就不难理解为何提倡“兴趣”的严羽，会在《诗评》中提出如此看法：“太白《梦游天姥吟留别》、《远别离》等，子美不能道；子

美《北征》、《兵车行》、《垂老别》等，太白不能道。论诗以李杜为准，挟天子以令诸侯也。”① 原来因为李杜这些名篇尽管风格不一，但都是“惟在兴趣”的最高典型呀！《北征》、《兵车行》、《垂老别》诸诗，千百年后读来仍然能“感动激发人意”，这正是老杜诗“惟在兴趣”的结果。

与此相对应的是，《沧浪诗话》未作评论的王维，其诗中极少使用“兴”字，仅5例，甚至远逊于存诗较少的孟浩然的18例。顺便说一下，孟浩然的“愁因薄暮起，兴是清秋发”（《秋登万山寄张五》）、“秋入诗人兴，巴歌和者稀”（《同曹三御史行泛湖归越》）、“聊题一诗兴，因寄卢征君”（《行至汝坟寄卢征君》），将“兴”、“愁”与“诗”联系起来，这也是王维诗中所没有的。许印芳批评严羽“名为学盛唐，准李杜，实则偏嗜王孟冲淡空灵一派，故论诗惟在兴趣”②；黄宗羲指责“沧浪论唐虽归宗李杜，乃其禅喻，谓‘诗有别才，非关书也；诗有别趣，非关理也’，亦是王孟家数，与李杜之海涵地负无与”③。其所以误解如斯之甚，乃在于对“兴趣”之义完全错会的缘故。不讲求语言分析的印象式批评，向为明清诗论家的痼疾，所谓“差之毫厘，谬之千里”，而当今仍有学者一味承袭其影响模糊之说，厚诬严羽，不免令人感到惋惜。

五、羚羊挂角——语言文字在表意方面的澄明性

一旦我们要将“兴趣”解释为“感兴的趣味”，必然会招致来自此术语早已形成的阐释接受传统的强大阻力，同时也会遇到有关“羚羊挂角，无迹可求”等一系列禅语与“感兴的趣味”之契合关系的解释难题。

先来看看什么叫“羚羊挂角，无迹可求”。所谓“羚羊挂角”，是禅宗祖师常用的话头。如雪峰义存禅师说：“我若东道西道，汝则寻言逐句；我若羚羊挂角，汝向什么处扪摸?”④ 云居道膺禅师说：“如好猎狗，只解寻得有踪迹底。忽遇羚羊挂角，莫道迹，气亦不识。”⑤ 显然，这个比喻是关于如何消除语言文字的痕迹的问题。我们知道，语言文字所面临的最大矛盾与困境是，一方面它是表达意义的工具，但另一方面又可能成为遮蔽意义的障碍。比如，祖师不得不用语言文字来宣讲佛理，但参禅者免不了会纠缠于名相，纠缠于字句，像猎狗一样追逐语言文字的痕迹。那怎么办呢？就必须说些像羚羊挂角一样的话头，才能使参禅者从对语言文字的执著与痴迷中清醒，从而直契文字背后的第一义。由此看来，“羚羊挂角”就是指一种使人意识不到语言文字存在的语言文字。那这种语言文字岂不是成了“皇帝的新衣”？然而这样的语言文字并非不可能存在。关于文字和义理的关系，诗僧惠洪曾有过这样的比喻：

譬如世人同看文字，不识字者，但见纸墨，义理了不关思。而识字者，但见义

① 《沧浪诗话校释·诗评》，第155页。
② 许印芳《诗法萃编》卷七《沧浪诗话跋》，《云南丛书》本。
③ 黄宗羲《南雷文定·前集》卷一《张心友诗序》，《粤雅堂丛书》本。
④ 《景德传灯录》卷一六《福州雪峰义存禅师》，第312页。
⑤ 《景德传灯录》卷一七《洪州云居道膺禅师》，第328页。

理，不碍纸墨也[①]。

不识字的人看到文字其实只是看到一堆莫名其妙的纸墨，正如那些“其作务多使事”、“用字必有来历”、“押韵必有出处”的诗歌，对于“读之反覆终篇，不知着到何处”的读者来说，其实也只是一堆莫名其妙的纸墨文字。而识字的人在阅读文字时，就会只注意义理，完全忘记纸墨的存在，这正如那些“惟在兴趣”的诗歌，没有“使事”的障碍，没有“用字”的麻烦，没有“押韵”的干扰，一切都是如此透明澄净，“透彻玲珑，不可凑泊”，一眼便可看到情性（兴致、意兴），而让人忘记文字的存在。

关于这一点，《沧浪诗话·诗法》中也有相应说明：“押韵不必有出处，用字不必拘来历”[②]；“意贵透彻，不可隔靴搔痒；语贵脱洒，不可拖泥带水”[③]。意义的“透彻”就是“透彻玲珑”，语言的“脱洒”就是“不可凑泊”，反之则是“隔靴搔痒”的意义阻碍，“拖泥带水”的文字沾滞。

顺着这条思路，我们就会发现，所谓“空中之音，相中之色，水中之月，镜中之象”，其实是关于语言文字在显示意义的澄明性方面的隐喻——“空”、“相”、“水”、“镜”隐喻文字，“音”、“色”、“月”、“象”隐喻情性。当我们闻“空中之音”、观“相中之色”、看“水中之月”、睹“镜中之象”时，肯定只有“音”、“色”、“月”、“象”作用于我们的感官，谁还会去留意“空”、“相”、“水”、“镜”这些媒介的存在呢？这就是皎然所说“但见情性，不睹文字”，或是惠洪所说“但见义理，不碍纸墨”。作为媒介的语言文字之所以如“空”、“相”、“水”、“镜”一般澄明空灵，能让人直接看到“情性”，这都是因为作者“惟在兴趣”——即只注意感兴之呈现而不管文字之造作的缘故。

既然“羚羊挂角，无迹可求”等禅语只是有关语言文字透明性的隐喻，那么也就与盛唐诸公诗的“感动激发人意”的“雄浑悲壮”之作没有任何矛盾冲突。无论是李白之“飘逸”，还是杜甫之“沉郁”，无论是《梦游天姥吟留别》、《远别离》，还是《北征》、《兵车行》、《垂老别》，都因感慨激越而具有“但见情性，不睹文字”的特征，从而能做到“羚羊挂角，无迹可求”。因为在严羽看来，无论是李白的“率然而成”还是杜甫的“自得之妙”，都重在情性的自然呈现，而非文字的考究推敲。有的学者把“空中之音”等四句比喻看成是“概括了一部分以含蓄蕴藉、情与景浑见长的诗歌的长处”，并认为“许多写得真切的、酣畅淋漓的诗歌，就是这一特点概括不了的”[④]，这种看法把对语言澄明性的描述曲解为“含蓄蕴藉、情与景浑”，并完全无视严羽对“感动激发人意”诗歌的推崇，实在难以服人。

也许对于杜诗语言的澄明性，学者会有疑问，但早在北宋就有这样的说法：“杜少陵云：‘作诗用事要如禅家语，水中着盐，饮水乃知盐味。’此说诗家秘密藏也。”[⑤] 所谓

---

① 释惠洪《智证传》，《卍续藏经》本。
② 《沧浪诗话校释·诗法》，第107页。
③ 《沧浪诗话校释·诗法》，第111页。
④ 敏泽《中国文学理论批评史》上册，人民文学出版社1981年版，第589页。
⑤ 《苕溪渔隐丛话·前集》卷一〇引蔡絛《西清诗话》，第66页。

“水中着盐”的禅家语，出自傅大士《心王铭》：“水中盐味，色里胶青，决定是有，不见其形。”① 杜甫（或宋人心目中的杜甫）用来比喻作诗用事要让人感觉不到的典故的存在。这是从另一个角度描绘诗歌语言的澄明性问题。

再来看看《沧浪诗话》中若干与“无迹可求”相关的论述：

1. 汉魏之诗，词理意兴，无迹可求。——《诗评》

2. 汉魏古诗，气象混沌，难以句摘。——《诗评》

3. 建安之作，全在气象，不可寻枝摘叶。——《诗评》

4. 集句惟荆公最长，《胡笳十八拍》浑然天成，绝无痕迹，如蔡文姬肺肝间流出。——《诗评》

第1条是说汉魏之诗词理意兴的表现，让人察觉不到文字安排的痕迹，无法作章句的分析解读。第2条是说汉魏古诗的整体性，神情、气概、风貌浑然一体，难以单独摘出特别精彩的名句。第3条是说建安诗歌的妙处也纯粹在于神情、气概、风貌，难以摘句分析。第4条是说王安石善于把“百家衣体”的集句诗连缀成一个天然无缝的整体，而《胡笳十八拍》无论在集句方面还在拟古方面（拟古也是严羽非常欣赏的作诗方法）都能做到不见文字拼凑的痕迹，而只见“蔡文姬肺肝间流出”的情性或兴趣。顺便说一下，“寻枝摘叶”也是禅宗话头。永嘉玄觉禅师《证道歌》曰：“直截根源佛所印，寻枝摘叶我不能。”② 严羽用来比喻建安诗难以句摘。

为什么学术界会对“羚羊挂角”、“透彻玲珑”、“空中之音”等一系列禅宗话头作出“冲淡空灵”、“王孟家数”的误解呢？最根本的原因就在于混淆了“以禅喻诗”和“以禅入诗”的区别。在整个《沧浪诗话》中，“禅”只是作为比喻这一修辞手段的喻依，诗和禅只是一种比喻关系，二者本非一体，也不相通，所以诗中不必有禅，甚至不可有禅。试看严羽推尊的李杜高岑“雄浑悲壮”之诗，禅在何处？试看《沧浪诗话》提及的各体诗歌、各流派诗人的代表作，何处有禅？其实严羽自己在《答吴景仙书》中早已申明：“我叔谓说禅，非文人儒者之言。本意但欲说得诗透彻，初无意于为文，其合文人儒者之言与否，不问也。”③

误解的产生乃是因为学者受到王士禛诸人“以禅入诗”的诱导。所谓“以禅入诗”，诗与禅是一种相通的关系，诗中包含禅意，甚至诗就是禅，禅就是诗。王士禛指出：

严沧浪以禅喻诗，余深契其说。而五言尤为近之。如王、裴辋川绝句，字字入禅。他如“雨中山果落，灯下草虫鸣”，“明月松间照，清泉石上流”，以及太白“却下水精帘，玲珑望秋月”，常建“松际露微月，清光犹为君”，浩然“樵子暗相失，

---

① 释道原《景德传灯录》卷三〇傅大士《心王铭》，第615页。
② 《景德传灯录》卷三〇永嘉真觉大师《证道歌》，第623页。
③ 《沧浪诗话校释》附录《答出继叔临安吴景仙书》，第234页。

草虫寒不闻"，刘昚虚"时有落花至，远随流水香"，妙谛微言，与世尊拈花，迦叶微笑，等无差别。通其解者，可语上乘①。

这段话显然是通过偷换概念来用严羽为神韵说张目，由此"以禅喻诗"一变而成"字字入禅"，经典作品由李杜的七言歌行一变而成王、裴的五言绝句，所谓"偏嗜王孟"、"王孟家数"的印象在此更得到作品诗句的坐实。历来诗家对严沧浪的误解，由此而更变为根深蒂固的印象。

结论

通过以上分析，我们可得出一些与学界传统观点不同的结论：

一、"第一义之悟"指对诗歌原初的本质的理解，"透彻之悟"指这种理解的程度，是对同一等级诗歌的不同表述，"妙悟"并非兼有格调、神韵二义。

二、"临济下"和"曹洞下"并非没有高下之分，严羽"以禅喻诗"的立场与南宋临济宗、曹洞宗对立的语境相关。"曹洞下"虽在诗歌品级上指国初之诗，但也隐含着宋人以黄陈诗为曹洞禅的指涉。

三、"别材别趣"出自禅宗"教外别传"的喻义，以苏黄诗为"教门"，以盛唐诸人诗为"教外别传"的"宗门"。"以文字为诗"作为"不立文字"所隐喻的对立面而招致严羽批评。

四、"兴趣"的意思是以"意兴"、"兴致"作为写诗的"趣味"，即"感兴的趣味"，与神韵、意境无关，因而提倡"惟在兴趣"与推崇李杜诗完全对应，毫无矛盾之处。

五、"羚羊挂角"、"空中之音"等等禅语只是关于语言文字在显示意义的澄明性方面的隐喻，并非提倡冲淡空灵，与"王孟家数"无关。

六、学界对严羽的误解，多来自明清诗论家将"以禅喻诗"变为"以禅入诗"的误导。而缺乏语言分析的印象式批评方法，则是这种误解得以流行的契机。

① 王士禛《带经堂诗话》卷三《微喻类》，人民文学出版社 1982 年版，第 83 页。

宋代“诗词辨体”之论述冲突所显示词体构成的社会文化性流变现象

台湾淡江大学　颜昆阳

一、引论

曹丕《典论·论文》云：“夫文本同而末异，盖奏议宜雅，书论宜理，铭诔尚实，诗赋欲丽。此四科不同，故能之者偏也；惟通才能备其体。”此说一向被认为是“辨体论”的先声。自是以降，“辨体论”逐渐普行，成为中国古代文学创作与批评的重要基础观念。

上引曹丕的论述语境中，奏议、书论、铭诔、诗赋都是“文体”之名，也是“文类”之名。“文体”指的是“诸多性质与功能类似的文章群，其自身所共具之有机结合‘基模性形构’与‘意象性形构’并加以范型化的样态特征”，“文类”则指的是“诸多具有某些‘相似性’的文章群”。而中国古代文体学，批评家往往“依体分类”，相对“依类辨体”；故“文类”与“文体”乃形成“彼此限定而相互依存的关系”。将“文类”与“文体”两个概念复合为义，即是“类体”。“类体”指的就是一种“文类”之“体”，而所谓“体”，无非是事物在“形构”及“样态”上的特征①。

“文类”之“体”，若从“形构”而言，古代称为“体制”或“体裁”，而“形构”即是形式结构，通常是文章由语言组织或叙述态度所显示的形式性关系，又可区分为格式性形构、程序性形构、伦序性形构，例如“齐言体”、“杂言体”、“叙事体”、“抒情体”、“讽喻体”、“经典之体”②。若从“样态”而言，古代称为“体貌”、“体式”或“体格”，现代学者多以“风格”称之。“样态”即是样貌姿态，乃文章表现完成之后所具体呈显的美感形象，例如“典雅”、“清丽”、“婉约”、“豪放”等③。

从“辨体”的意义而言，曹丕这段话所辨即是“类体”。在论述的语境中，奏议诸名既是“文类”又是“文体”；而此一“文体”之义指的即是“体制”或“体裁”（下文概称“体制”）。不过，奏议、书论、铭诔、诗赋其实都是两种性质相近之“次类体”的合并，区分尚属粗略而已。所谓“宜”、“尚”、“欲”，显有“规范”之义；而“雅”、“理”、“实”、“丽”则指样态性的“体式”。整合全段论述之义，乃在于分辨不同“类体”由于

---

① 参见颜昆阳《论“文体”与“文类”的涵义及其关系》，台湾《清华中文学报》第1期，2007年9月。

② “经典之体”参见《文心雕龙·议对》：“义贵节制，经典之体也。”节制即是一种叙述态度。

③ “体”的形构义与样态义，参见上注。又形构区分为格式性、程序性、伦序性三种，参见颜昆阳《论“文类体裁”的“艺术性向”与“社会性向”及其“双向成体”的关系》，台湾《清华学报》新35卷第2期，2005年12月，第320—322页。

性质、功能及形构上的差异而各有其相应的适当“体式”，即所谓“此四科不同”。因此，创作行为就必须遵循这种由文体差异性而形成的规范，故云“宜”也、“尚”也、“欲”也。我们可依此推论，假如将“奏议”写得有如“铭诔”，非“雅”而“实”；“诗赋”写得有如“书论”，不“丽”而“理”，曹丕必以为有悖“文体规范”矣。

这种文体观念出于曹丕之说，似乎已成定论。然而，我们从现存的匮乏的文献，却难以窥知在曹丕此说成为定论之前，究竟如何历经文学群体之立场各异、观点分殊的“论述”（discourse），在众声喧哗中，逐渐取得共识，而形成同遵的文体规范？曹丕这段话固然具有“辨体论”的意义，却仅呈现了缺乏“对话”而纯为“一家之言”的静态性观念。这就让人质疑：一种文体的构成，难道天生而就，自然显现其客观、固定的本质及相应的功能、形构、样态，以为众所认同而遵循吗？

不管从理论或事实观之，任何一种“文体”都是社会文化的人为创造物，乃是社会的存在，也是文化的存在，并非如同山川草木之自然物。因此，它的构成必经漫长的社会文化性流变历程；在这个历程中，与其本质相应的功能、形构、样态诸要素，乃不断被重新定义，并付诸实践。“重新定义”是观念性的论述，“付诸实践”是行动性的创造。二者交涉作用，而“文体”也就随之“进行”构成的流变现象。因此“文学”都是由“应然”开展“实然”，也就是各从文学家理想的价值观念定义某种文体而付诸实践，因而开展了文学事实。清代张惠言之编撰《词选》，并在序文中依其理想而为“词”重新定义，因而开展了常州词派的文学事实，就是最典型的例子①。因此，能用以规定一种文体之本质所相应的诸要素，在历史进程中，其实都不断在被重新定义；而文学也才有所谓“历史”可言。

我们特别要提示“进行”这个概念，也就是任何一个还“存活”于文学社群及传统中之“在场性”的文体，其“构成”都属“进行式”。它绝非一种已固态化的存有物，而是一种在历史进程中不断流变的文学形式现象。因此，没有人可以为它界说一个绝对不变的定义。尤其是一种新兴的文体，从发生之后，便开始了“进行式”构成的流变历程。而所谓“构成”意为“构造形成”，并非仅指文体本身内部各因素静态性的联结关系，更指文体由于受到外部社会文化性因素所引导，甚至渗透、内化而决定、改变其功能、形构与样态的流动性现象。宋代新兴的“词”体正是最好的范例，不断透过“诗词辨体”的论述冲突，典型地展现了一种文体构成的社会文化性流变现象及历程。因此，我们可以说，“词体”不是一个固态化的存有物，而是一种在历史进程中不断流变的特殊文学形式。它的流变现象及历程也就是“词史”了。

我们在当代研究古典文学，距离“五四”已接近一个世纪。相对于古典文学的社群

① 张惠言《词选序》将“词”重新定义为“缘情造端，兴于微言，以相感动，极命风谣里巷男女哀乐，以道贤人君子幽约怨悱不能自言之情，低徊要眇以喻其致，盖诗之比兴，变风之义，骚人之歌，则近之矣”。依张惠言对“词体”的规创性定义，则其本质近乎风骚。此说虽颇承继宋代之“复雅”思潮，相较却更偏取屈骚，以贤人君子“感遇”之情为重。参见李次九《词选校读》，台湾复兴书局1971年二版，上册，卷一，第5—6页。由于他对词的这种论述，并且依藉《词选》对典律的重构，影响所及而开展了常州词派，详参侯雅文《中国文学流派学初论：以常州词派为例》（台湾大安出版社2009年版）。

与传统而言，我们都已“离场”而站在古典文学历史的终端。因此，古典文学的研究，假如缺乏贴切于主体生命存在的效果历史（Wirkungsgeschichte）意识①，不能虚心涉人动态的历史情境中，倾听不同时期的不同社会阶层、不同身份的文学家，基于各自的立场、观点所发出种种彼此承变、相互影响的“对话性”声音；便很容易产生如同观赏古董文物的“错觉”，学者所看到的古代文学，只是摆在橱窗中，已离开活动历史情境而固态化的古董物。因此，有些学者研究任何文体，都仅是依据当代的文学观或某种意识形态，片面地先给出唯一不变的定义，预设绝对恒定的价值判准，然后持以鉴定、评断及取舍；甚且，某个所谓权威性的论述已成定说，学界即转相承袭，竟为复制。然而，文学历史却远比这样简化的认识复杂得多，它仍将潜藏在文献中，还未被倾听到的喧哗众声，等待有识者打开新视域，以进行多元化的理解、诠释。

宋代“诗词辨体”这个议题的研究者已经不少，主要集中在：（一）描述或诠释有关苏东坡“以诗为词”之创作及批评的历史现象②；（二）诠释李清照所谓“词别是一家”之说③；（三）诠释兴起于北宋晚期而延伸到南宋的“复雅”思潮，推演词体的“雅俗”之辨④；（四）从“诗庄词媚”的基本观点诠释诗、词之体式的差异⑤。诸多研究，自有其可称道的成果。总体观之，大致所表现的知识形态的主要特征是：针对诗、词二种文体的差异做静态性的内部研究；有些看似涉及外部的论述，其实只是作为说明词体产生的“背景”知识而已；并未从本质论的基本假定，去诠释社会文化因素对于词体的构成所产生的决定性作用。

本文的主题是宋代“诗词辨体”之论述冲突所展示文体构成的社会文化性流变现象。

---

① “效果历史”（Wirkungsgeschichte）指的是：一切历史现象或流传下来的作品都不能当作只是纯为历史研究的客体，而应当注意到它在人们历史性的存在以及意义的理解过程中所产生的影响效果。参见加达默尔《真理与方法》，第393－401页。

② 例如杨海明《论“以诗为词”》，《文学评论》1982年第2期；赵晶晶《试论诗词的不同艺术特征与苏轼“以诗为词”的迹象》，《西北师院学报》1982年第1期；邓玉阶《苏轼“以诗为词”辨》，《江汉论坛》1982年第3期；秦惠民《苏轼“以诗为词”臆探》，《黄石师院学报》1982年第4期；朱靖华《苏轼“以诗为词”促成词体革命》，收入《苏轼新论》，齐鲁书社1983年版；王水照《苏轼豪放词派的涵义和评价问题》，《中华文史论丛》1984年第2辑；王兆鹏《宋词流变史论纲》，《湖北大学学报》1997年第5期；刘少雄《会通与适变——东坡以诗为词论题新诠》，台湾里仁书局2006年版；王秀珊《东坡“以诗为词”论述之研究》，台湾东华大学中文系博士论文，2009年。

③ 例如张惠民《李清照〈词论〉的理论内容》，参见《宋代词学的审美理想》，人民文学出版社1995年版；吴熊和《两宋词论述略》，参见《吴熊和词学论集》，杭州大学出版社1999年版；刘扬忠《唐宋词流派史》，福建人民出版社1999年版第五章第四节“别是一家”之说与婉约正宗之路；谢桃坊《中国词学史》巴蜀书社1993年版第一章第五节李清照的词“别是一家”说；何旭《从“自是一家”与“别是一家”略窥东坡、易安词学观之异同》，《四川师范大学学报》，第31卷第3期，2004年5月；黄雅莉《宋代词论“自是一家”到“别是一家”的发展》，台湾《淡江中文学报》，第14期，2006年6月。

④ 例如邓乔彬《论南宋风雅词派在词的美学进程中的意义》，《华东师范大学学报》1984年第2期；秦寰明《略论宋词的复雅》，《学术研究》，1985年3月；孙克强《雅俗之辨与宋代文学特征的把握》，《复旦学报》，1988年4月；聂福安《两宋词坛雅俗之辨》，《中国韵文学刊》1996年第1期；朱崇才《词话学》，台湾文津出版社1995年版第六章第一节雅正与淫俗；黄雅莉《宋词雅化的发展与嬗变》，台湾文津出版社2002年版；陈慷玲《宋词“雅化”研究》，台湾东吴大学中文系博士论文，2003年。

⑤ 例如胡国瑞《诗词体性辨》，《文学评论》1984年第3期；王齐明《诗之境阔，词之言长——诗词体性辨》，《豫章学刊》1986年第2期；房开江《宋人“诗庄词媚”观念平议》，《贵州大学学报》1992年第1期；孙立《词的表现说——兼论词与诗的差别》，《华中师范大学学报》1991年第6期。

从方法论而言，本文所企图展示不同于上述的知识形态，一则在于我们的基本假定是：“意义”所指不仅是文本表层性的语义而已，更重要的是文本深层所隐含的说话者的论述实践，究竟回应了什么样的历史存在情境及其对存在价值究竟做了什么样的诠释；二则在于我们的基本论点是：词体的构成不仅是其内部固态的组织因素而已，社会文化也不仅是词体发生的外部“背景”而已。词体的构成根本是一种被社会文化性因素所渗透，随着不同历史时期的论述实践而流变的特殊文学形式现象，有其漫长的历程。在这个基本假定下，我们的论点将从宋代“诗词辨体”的“论述冲突”，去做深层性的诠释而证成之。

二、文学家的存在情境及主体意识结丛

在文学创作与批评的场域中，“论述”从来都或隐或显地预存着说话者的立场及观点，以建构其所期待实现之事物或真理秩序。而说话者非一，立场及观点各异，因此“论述冲突”是文学历史的常态现象，也是文学历史发展的内在动力。宋代词体的构成，乃经由“诗词辨体”的“论述冲突”，辩证地推动着流变的现象。而“冲突”之所以产生，源于其不同的说话立场及观点，是一种非常复杂的内外因素结构。它涉及词家客观的多重性文化与社会存在情境，以及词家主观之混融交涉的“意识结丛”。

分体文学史或批评史，例如“诗史”、“词史”、“诗学史”、“词学史”等，当代不乏其作①。它的确可以更专业、更精密地诠释某一限定性的研究对象。然而，这类论述其实已隐设了一种基本假定，即研究对象不管是诗或词或曲等类体，都有一个可以从总体文学历史情境切割出来而孤立地认知的个别本体，也有一个不与其他相关文体互涉而独自创生、发展、演变的个别历史。相应的诗家也好，词家也好，曲家也好……似乎也是一个孤立在总体文学情境，甚至总体文化情境、社会情境之外而存在的独特身份。因此，这类分体文学史或批评史，假如在本体论及方法论上，未能考虑到部分与总体之种种可能存在互涉性的辩证关系，那么便很容易陷入孤立化、平面化、静态化的论述，若干现象也就疑惑而不可解。例如在词史或词学史的论述中，对于宋代士人们一方面好为小词，却又视“词”为应歌贿酒的艳科，一方面更将词与“诗人之旨”联系起来而开展尊崇词体的运动。这种现象被某些学者认为存在政治价值与审美价值的矛盾冲突，甚至被认为表现了宋人的人格分裂②。

当我们论述“词”这个类体时，其实可能不自觉地已将它从文学的总体情境中抽离出来，作为孤立认知的对象；当我们论述着某一“词家”时，也可能不自觉地已将他从人之存在的总体情境中切割了某一身份或角色，作为孤立认知的对象。然而，假如我们回归到文学的总体情境，甚而人之存在的总体情境以观之，一个我们所认为的“词家”，

---

① 例如陆侃如、冯沅君《中国诗史》，上海大江书铺 1931 年版；葛贤宁《中国诗史》，台湾中华文化出版事业委员会 1956 年版；刘毓盘《词史》，上海群众图书公司 1931 年版；胡云翼《中国词史大纲》，上海北新书局 1933 年版；铃木虎雄《中国诗论史》，台湾商务印书馆 1972 年版；谢桃坊《中国词学史》，巴蜀书社 1993 年版；方智范等合著《中国词学批评史》，中国社会科学出版社 1994 年版。

② 例如谢桃坊《中国词学史》，第 28—33 页。

例如苏轼，因着文学诸类体并陈交涉，以及复杂的文化传统及社会关系，其实经常处于多重性的文化与社会存在情境中；而他的意识也经常处于多层次而彼此协调或相互冲突的结丛状态中。苏轼如此，其他被认定的词家亦复如此。而他们之间不但有当代的互动，也有前后代的承变，关系极其复杂。我们透过对于词家多重性的存在情境与意识结丛的分析，就可以理解到上揭的“论述冲突”何以产生，而词体的构成又如何展开社会文化性的流变现象。

文学家实有“三重性”的历史存在与社会存在。从广泛幅度的存在情境而言，他与所有不分阶层的一般人，共享着整体性的历史文化与社会情境。这是文学家第一重的存在。接着，从限定性幅度的存在情境而言，文学家在当代的社会结构中，却又无可规避地必然归属于某一由生产关系所分化的社会阶层，因而在阶层限定的视域中，理解、选择、承受了某些由“文化传统”及“社会阶层”共成的价值观，并履历了阶层性的社会互动经验过程，而塑造了某种“意识形态”。这是文学家第二重的存在。最后，从选择性幅度而言，文学家又由于其文学观念及活动所自主选择、承受的“文学传统”与“社会交往”，而互应相求地归属于所认同的文学社群。这是文学家第三重的存在情境。前二重限定下的存在情境，我们称之为“社会文化存在情境”；后一重限定下的存在情境，我们称之为“文学存在情境”。而不管哪一重存在情境，都是各种观念性的及经验性的主客因素，经纬混融、交涉、演变而构成的整体性情境①。

对于一个文学家而言，这三重存在情境必然形成静态结构性的叠合、混融与动态历程性的交涉、衍变。前二重现实世界中之文化与社会的存在情境，最终经由“文心”的感知而“转化”为符号形式的“文学存在情境”呈现出来。而所谓“文心”则是文学家的“才性”潜能落实于文化社会存在情境，在“社会化”（socialization）过程中，经由文化教养及社会经验所塑造而成的“文学心灵”。处于文学存在情境中的此一“文心”，实为结构复杂的主体“意识结丛”，它包含着：（一）文学家由“文化传统”的理解、选择、承受而形成的历史性生命存在意识；（二）文学家由“社会阶层”的生活实践经验过程与价值立场所形成的社会阶层性生命存在意识；（三）文学家由“文学传统”的理解、选择、承受而形成的文学史观或文学历史意识，例如源流、正变、通变、代变等原生性的文学史观，或“文以载道传统”、“诗言志传统”、“诗缘情传统”等文学历史意识；（四）文学家由“文学社群”的分流与互动所选择、认同、定义的文学本质观；（五）文学家对各文学体类语言成规及审美基准之认知所形成的“文体意识”②。

存在情境既非恒常不变，而复杂的意识丛结也非在每个文学家的主体心灵中形成均衡、固定的结构。各层次的意识在不同的主体间会有强弱、显隐的差异，例如理学家程颐之指责秦观词句“天若有情，天也为人烦恼”乃侮辱“上穹尊严”③，显然一个是文学

① 参见颜昆阳《从混融、交涉、衍变到别用、分流、布体——“抒情文学史”的反思与“完境文学史”的构想》，发表于2009年4月24、25日，台湾大学、政治大学中文系联合主办“抒情的文学史”国际学术研讨会，刊载于台湾《清华中文学报》第5期，2009年12月。

② 同上。

③ 参见宋代袁文《甕牖闲话》卷五，上海古籍出版社1985年版。

家，一个是理学家，二者之间由“文化传统”的理解、选择、承受而形成的生命存在意识，以及由社群认同的生活实践经验与价值立场所形成的生命存在意识，其强弱、显隐颇存差异；而在同一个主体之中，各层次的意识也会由于时空情境的改易，而表现强弱、显隐的差异，例如陆游即在晚年悔其少时之词作①。因此，存在情境及主体意识都非恒常不变，从历史经验现象观之，我们所能理解的其实只是始终处于相对差异及转换状态的“情境性主体”，而非一绝对普遍的先验性主体，也就是我们无法认知到那种超越现实存在情境而固定不变的抽象化“人性”。存在情境的变化不定，主体意识的复杂及差异，使得一切冲突由是而生，一切对立以及辩证的可能性也由是而可以获致理解。

三、先驱性词作多是“常人意识”的表现

依据上述理论的设准，在不同的存在情境中，同一个人会以差异的“情境性主体”转换不同的身份及角色出现。这些在不同情境中出现的身份或角色，有些彼此协调，有些却会产生“暂时性”的冲突。宋代词家若以苏轼为例，则在第一重存在情境中，他与任何生活在当代的“常人”并无根本的不同，都一样有心知血气之性，一样有男女饮食的欲求，一样有喜怒哀乐的情绪变化，一样依随社会文化所习成的生活形式过日子。所有“词家”都是“常人”，再伟大的词家也还是常人，必然无可遮掩地在他的现实生活及文学作品中表现其“常人意识”。宋代罗泌《六一词跋》云：“情动于中而形于言，人之常也。诗三百篇，如俟城隅、望复关、标梅实、赠芍药之类，圣人未尝删焉。”② 所谓“人之常”，即“常人意识”。原始诗歌自然表现的就是“人之常”，政教上的“讽谕美刺”乃“士”阶层意识对诗歌之社会文化性效用所做的诠释及建构。苏轼大部分的词作，所表现的其实都是自己或亲朋，日用的生活经验及常人意识，反而合乎原始诗歌的本质，例如《昭君怨（金山送柳子玉）》、《江城子（湖上与张先同赋，时闻弹筝）》、《菩萨蛮（杭妓往苏，迓新首杨元素，寄苏守王规甫）》、《菩萨蛮（西湖席上代诸妓送陈述古）》、《南乡子（席上劝李公择酒）》等③。其中容易被视为艳科，写及男女交际的词作也非罕见，除上引二首《菩萨蛮》之外，又例如《水龙吟（赠赵悔之吹笛侍儿）》、《殢人娇（小王都尉席上赠侍人）》、《双荷叶（湖州贾耘老小妓名双荷叶）》、《减字木兰花（赠徐君猷三侍人，一妩卿）》等④，甚至例如描写润州甘露寺多景楼的《采桑子》，更在词题中明白赞赏妓女的姿色云：“有胡琴者姿色尤好……景之秀妓之妙，真为希遇。”⑤ 上述这类题材在苏轼词中常见，表现了一个与“常人”无异的词家。其实，这类题材在他的诗中也同样常见。“诗人”苏轼又何尝不食人间烟火！何尝没有常人的生活经验及意识！在苏轼身上，诗人与词人无从切割。其诗、词的很多篇章都是“常人”生活经验的书写。

---

① 陆游《长短句序》：“予少时汩于世俗，颇有所为，晚而悔之。然渔歌菱唱，犹不能止。”

② 罗泌《六一词跋》，参见吴讷《唐宋元明百家词》，台湾广文书局 1971 年版。

③ 上引诸词作，参见龙沐勋《东坡乐府笺》，台湾华正书局 1974 年版，卷一，第 67、73、79、80、141 页。

④ 上引诸词，参见版本同上注，卷一，第 125、145、172 页；卷二，第 215 页。

⑤ 参见龙沐勋《东坡乐府笺》，台湾华正书局 1974 年版，卷一，第 109 页。

东坡如此，其他所有词家莫不如此。晏几道词作固多饮食男女情事，在其词集的自序中更明白表示：

> 叔原往者浮沉酒中，病世之歌词，不足以析酲解愠；试续南部诸贤余绪，作五七字语，期以自娱，不独叙其所怀，兼写一时杯酒间闻见，所同游者意中事①。

晏几道的自白很真实地呈现上述第一重存在情境的常人意识及生活经验。在这个情境中，他的身份就是一个经济资本比较优裕而从酒食欢娱去诠释存在价值的"常人"，其词作也就是此一"常人意识"的表现。从晏几道所处的其他存在情境来看，并未特别显现不同于"常人意识"之"士"的社会阶层意识，因此也没有身份转换间所造成的意识形态冲突。这种状况在北宋前、中期颇为常态，柳永、张先、黄庭坚、秦观、贺铸等词家，莫不如此。即使像范仲淹、晏殊、欧阳修、苏轼、王安石等，这些政治地位比较高而"士"社会阶层意识比较明显的文学家，在偶作小歌词时，也未产生两种意识之间的强烈冲突，大致是让它们处在并存而各适其境的状态中。

对北宋中期以前的文士而言，"词"的先驱性写作，乃常人生活中很自然的行为。宋代尹觉《题坦庵词》云："临淄（晏殊）、六一（欧阳修），当代文伯，其乐府犹有怜景泥情之偏，岂情之所钟，不能自已于言耶?"② 他用"偏"这个词虽不免预设着某种评价立场，但是却也真正理解到一个事实，晏殊、欧阳修这些宋代"文伯"写作小词，乃"情之所钟，不能自已于言"。即使伟大人物的日常生活，也自然会表现"常人意识"于种种行为中；"情之所钟，不能自已于言"，也就是"常人意识"自然表现于词作；因此，起自常民阶层的"词"正是书写常人生活经验、表现常人意识最适当的文体。而晏殊、欧阳修、苏轼等，同时也多是诗人，日常作诗、填词，其"辨体"意识并未异常明显，故诗文化遗习乃相沿为主导性的意识，再加上个人才之所发、情之所至、辞之所现，为诗为词，自然而皆可，二者无须刻意区别。以苏轼上引那些词作为例观之，不管题材或构句、修辞，都非常接近他的诗作。宋代林景熙《胡汲古乐府序》就认为苏轼的词作乃"根情性而作者，初不异诗"③。"根情性而作"当然是自发性的流露，未必刻意为之。有些学者认为苏轼刻意改革词体④，从创作行为动机而言便很难论证。苏轼如此，其他词家亦然。

四、"分流"与"同源"二种辨体论述的冲突

北宋中期，新兴词体的作品已累积到相当丰富的质量。就在这一基础上，某些人士于第二、三重存在情境，显觉而强化了文体意识、士阶层意识以及言志传统诗观，并渗

---

① 晏几道《小山词》，参见朱祖谋《强村丛书》，台湾广文书局 1970 年版，第 2 册，第 491 页。

② 赵师侠《坦庵词》，参见毛晋汲古阁《宋六十名家词》，台湾商务印书馆 1956 年版。

③ 林景熙《霁山集》，参见《知不足斋丛书》，上海古籍流通处 1921 年版，集 25，卷五。

④ 例如王水照《苏轼豪放词派的涵义和评价问题》，《中华文史论丛》1984 年第 2 辑；刘扬忠《唐宋词流派史》，福建人民出版社 1999 年版；谢桃坊《中国词学史》，巴蜀书社 1993 年版。

透到对词的批评，而逐渐兴起“辨体论述”。其目的乃在于为这新兴“词体”的本质找到定位。就此一语境而言，所谓“本质”（essence）指的是一事物之为此一事物所必须具备的性质，此即“物性本质”（physical essence）。物性本质的指认通常以具有界限之殊种（species）或共类（genus）的事物为范畴。“词体”即是“韵文”此一共类之大范畴内，可与骚、赋、铭、曲等类体区分的一个殊种。词体的本质，即是词之为词而可与其他类体区分，所必须具备的性质，可以是外现的语言形构、样态，也可以是内含的性能。前文论及，文化产物之所谓“本质”皆非自然所生、先验所具，而是人为之所规创的定义及其实践。因此，“辨体论述”也就是在为词体的“本质”进行观念性的规创定义，以作为创作实践的依据。其路数大致有二：（一）从词体本身的语言形构或样态，即体制或体式，进行诗词“分流”的论述；（二）从词之社会文化性的“衍外效用”①，进行诗词“同源”的论述。

所谓“分流论述”，从文体的“源流”观念而言，是指论述者认可一种文体起源后不断分化的现象，而主张不同次类体之间应该在体制及体式上有所区别，不宜混淆为一，例如诗与词就是如此。而所谓“同源论述”则正好相反，论述者往往逆溯“分流”的现象，为各次类体找寻同一本源，而主张它们尽管形构、样态彼此各异，然而从其功能或效用来看，则其本一也。此即“体源论述”。在文学理论中，“文体起源”论述往往关联到“文体本质”论述。“分流论述”是将“诗”与“词”看作文体中两个不能彼此约化的“殊种”，本质互有差异。“同源论述”则认为“词”可归入“诗”这个“共类”，本质彼此同一。只是这两者所认定词体的“本质”并不相同。这也就是何以说文化产物的“本质”，其实都是论述者所做规创性的定义，而在历史进程中不断流变的原因。因此，文学并无超越时空而绝对为一、固定不变的“本质”。

这两种论述到北宋晚期之后，逐渐形成冲突，而更加显化了词体构成的流变现象。而其论述的思路则有两种取向。一为针对词人及词作的“典范论述”。“典范”一词，中国传统用作“典型模范”之义，指的是可为“典型模范”之人或文学、艺术作品，例如宋代郭若虚《图画见闻志》：“古之秘画珍图，名随意立。典范则有春秋、毛诗、论语、孝经、尔雅等图。”② 中国古代文学、艺术中，往往视人与作品为一，而称之为“家”，故“典范”一词即指以“家”为单位的文化创造物。宋代词论中，颇多针对欧阳修、柳永、

① 事物之“用”应有二义，一为“自体功能”，一为“衍外效用”。“自体功能”指的是一事物本身因其性质、形构而自具的功能，乃“体用相即”之“用”。以“赋”为例，因为其刑构上的体制宏大，故适合“铺叙”以“写物”，故“铺叙以写物”就是赋的“自体功能”。至于如班固《两都赋序》所谓“或以抒下情而通讽喻，或以宣上德而尽忠孝”，这是从“创作意图”所做的规定，指的是赋家依藉作品，意图在政教上能“通讽喻、尽忠孝”而获致“衍外效用”，这绝非赋体本身所具。“自体功能”比较系于事物本身客观普遍的性质、形构条件；“衍外效用”则比较系于使用者主观的意图及相应的事物“内容”条件。二者都是“用”，但却有别；一般论者往往混淆，尤其误将“衍外效用”当做“自体功能”，故必须严加区辨。参见颜昆阳《汉代“赋学”在中国文学批评史上的意义》，《第三届国际辞赋学学术研讨会论文集》，台湾政治大学 1996 年版，第 117－122 页。又参见颜昆阳《从《诗大序》论儒系诗学的“体用”观》，政治大学主编《第四届汉代文学与思想学术研讨会论文集》，台湾新文丰出版公司 2003 年版，第 1－3、21－23 页。

② 参见郭若虚《图画见闻志》，台湾广文书局，汲古阁毛晋订本，1973 年，卷一，第 16 页。

苏轼、秦观、周邦彦等一“家”之词的诠释及评价，以论定其“典范”特征，我们称之为“典范论述”。另一取向则针对词之体制、体式或体源而进行论述，我们称之为“文体论述”。

“文体”乃文化创造物，是历史的存在，也是社会的存在，它并非一种纯为抽象概念的形式，而是有内容的实在存有物，尤其“体式”更是如此。以词而言，所谓“婉约”之体式，没有温韦晏欧等“典范”之作，此一体式即不存在；所谓“豪放”之体式，没有苏辛等“典范”之作，此一体式即不存在。准此，我们可以推演而说，没有“典范”之作，“文体”就不存在；而任何“典范”之作，也必可归属于某一“文体”。藉《文心雕龙·通变》的论述来说，一种“文类”之“名理相因”的“常体”，是所有作品必须共同遵循的规范；而相对的，此一“常体”的建构，则须依赖具有“文辞气力”的“典范”之作去示现，故云“名理有常，体必资于故实”①。准此，上列两种论述思路往往互济，以“典范论述”支持“文体论述”的切当性；反之，以“文体论述”支持“典范论述”的切当性。

五、“分流论述”对词体本质所作的定义

第一种“分流”论述的路数，所辨者为诗与词在语言形构、样态上的差别，因此是从“词”这一文类之有异于“诗”这一文类之体制、体式的特征出发，以界定词体的本质，我们称之为“辨类体”。这种“本质”是从语言形式可以辨识的特征去判定，故宋人以“本色”称之。它呈现了“典范论述”与“文体论述”互济的形态。论述者预设“文体规范”为标准，反思批判的对象则是欧阳修、王安石、苏轼、黄庭坚等先驱性的“准典范”词作②。反过来借着对诸“准典范”的批判，显示“文体规范”的必要性。其中最引起热烈讨论的议题是苏轼“以诗为词”的现象。陈师道《后山诗话》云：

> 退之以文为诗，子瞻以诗为词，如教坊雷大使之舞，虽极天下之工，要非本色③。

“本色”一词，在宋代的诗、词批评中很常见；原指士农工商、诸行百户的衣装各有本宜的颜色；其后转用于文学批评，用以指每一文类依其性质、功能而应有的标准体式，

---

① 《文心雕龙·通变》：“夫设文之体有常，变文之数无方，何以明其然耶？凡诗赋书记，名理相因，此有常之体也；文辞气力，通变则久，此无方之数也。明理有常，体必资于故实；通变无方，数必酌于新声。”参见周振甫《文心雕龙注释》，台湾里仁书局1984年版，第569页。

② 从词体的发展历程而言，上举欧阳修等先驱性词作的“典范性”，在北宋中期当时，还未形塑确定，却经常被选择、讨论。这种尚在演变中而可能成为“典范性”的词家，假如针对的是个别篇章作品，学者侯雅文另提“准典律”这个术语及概念指称之，颇为适切。参见侯雅文《宋代“词选本”在“词典律史”建构上的意义》，台湾《淡江中文学报》第18期，2008年6月，第118－119页。本论文所述之词作，多以一“家”为单位，故藉“准典律”的概念，另铸“准典范”一词。

③ 《后山诗话》有学者疑非陈师道所作，然而尚难定论。引文见何文焕《历代诗话》，台湾汉京文化公司1983年版，第1册，第309页。

例如诗要典雅，词须婉约[1]。宋代对于词体的"本色"大抵定位在体制合律可歌、体式绮艳柔媚，例如仇远《玉田词题辞》云："词乃有四声、五音、均拍、重轻、清浊之别。若言顺律舛，律协言谬，俱非本色。"[2] 刘克庄《翁应星乐府序》云："长短句当使雪儿啭春莺辈可歌，方是本色。"[3] 是则后山之论主要从语言形构、样态批判苏轼混淆了诗、词各自应有的体式，故其作品虽表现了高度的艺术之美，却非"词体"可与"诗体"区别的形象特征，等于模糊了词体的"本质"。其他类似的批判尚多，而此一论述的意义也颇为复杂，近现代学界研究成果甚丰（前文已述）；我也另有专文探讨[4]。其详义非本论文主题，故不赘。

这类对于词体在语言形构及样态上与诗混淆的批判，除针对苏轼而外；还涉及欧阳修、黄庭坚其他词家之作，并且批判的声音由北宋中期延伸到南宋。例如：

胡仔《苕溪渔隐丛话》引《复斋漫录》云：

> 黄鲁直间作小词，固高妙，然不是当家语，自是着腔子唱好诗[5]。

黄庭坚《晏小山词序》云：

> 晏叔原……乃独嬉弄于乐府之余，而寓于诗人之句法[6]。

李清照《词论》云：

> 晏元献、欧阳永叔、苏子瞻，学际天人，作为小歌词，真如酌蠡水于大海，然皆句读不葺之诗尔，又往往不协音律……王安石、曾子固文章似西汉，若作一小歌词，则人必绝倒，不可读也。乃知别是一家，知之者少[7]。

"当家"一词亦作"当行"，义同"本色"[8]。上引这些论述，都认定为晏殊、欧阳修、苏轼等人的"准典范"之作，混淆了诗、词之体。这是一个文学事实，在这个事实的基础上，论述者乃以"文体规范"作为基准，而进行后设性的批判。其中，除了黄庭坚《晏小山词序》乃描述性及诠释性之意而外，其余皆是批判性之论，显然表示了不认同此

---

① 参见龚鹏程《诗史本色与妙悟》，台湾学生书局1986年版。
② 张炎《山中白云词》及仇远之序文，参见朱祖谋《强村丛书》，台湾广文书局1970年版，第15册。
③ 参见刘克庄《后村集》，台湾商务印书馆1983年版，卷九七。
④ 参见颜昆阳《论宋代"以诗为词"现象及其在中国文学史论上的意义》，台湾《东华人文学报》第2期，2000年7月。
⑤ 参见胡仔《苕溪渔隐丛话》，台湾木铎出版社1982年版，后集，卷三三，第209页。
⑥ 参见朱祖谋《强村丛书》，台湾广文书局1970年版，第2册，第489页。
⑦ 参见曹树铭校释《李清照诗词文存》，台湾商务印书馆1996年版，第142—143页。
⑧ 参见龚鹏程《诗史本色与妙悟》，台湾学生书局1986年版。

一混淆诗词之体的写作方式。综合观之，可归约几个主要观点：（一）词与诗分流，各自为体，即所谓“别是一家”也；（二）二者之体如相混淆，则词作虽妙，亦失其当家本色；（三）词体的本色须从其不同于诗体之音律、句法、风格等形式特征去表现或辨识。

综合言之，此一“分流论述”乃于上述第二、三重存在情境中，显觉了文学传统所积淀的“文体意识”。他们抱持着文体“分流”的观点，认可“词”是一种新兴的文体，与“诗”的关系乃是在“韵文”共类之下，处于同一层级而平列的两个“殊种”，各自为体，别是一家。而先驱性的“准典范”词家，在已历千年的诗文化遗习及个人才性的主导下，却混同二者之体；而词之为词的本质遂模糊不明。因此，在这种写作现象累积到质量具丰的历史时期，“文体意识”一旦显觉，就开始有人针对“准典范”之作进行反思批判，从体制、体式的形构、样态特征等方面，为词体指认可与诗体区别的“本质”。

六、“同源论述”对词体本质所做的定义

第二种“同源”论述，所辨者正好相反，他们从词体的起源与功能、效用的诠释视域，辨识了词体与诗体“其本一也”，因而由此界定词体的“本质”。这种“本质”当然不是从外现的形构、样态特征去指认，而是从内含的功能或衍外的效用去指认。它也同样呈现了“典范论述”与“文体论述”互济的思维形态。

词的“自体功能”①，宋代论述者不多。大致而言，由于其所依随者乃隋唐以降的流行燕乐，以及其体制之长短曲折的形构，本身就具有婉转抒情的功能。故张炎《词源》云：“词与诗不同，词之句，语有二字、三字、四字，至六字、七八字者。”② 又云：“簸弄风月，陶写性情，词婉于诗。盖声出莺吭燕舌间，稍近乎情可也。”③ 这是典型的“自体功能”之论。不过，宋代对词体之功能、效用的论述，常聚焦在社会文化性的“衍外效用”。此类效用又可分为两种取向：一是出于“常人意识”的应歌遣兴效用；一是出于“士人阶层意识”及“言志传统诗观”的政教讽喻效用。前者是词之兴起于常民阶层，实然如此的效用；后者则是士人阶层改革、推尊词体，所期待应然如此的效用。“效用”决定于作品的“内容”，二者对“词”应该“写什么”，所持观点完全不同；故北宋晚期之后，这两种观点逐渐产生“论述冲突”，并牵连到上述第一种“分流论述”。

词体跟着隋唐流行的燕乐而兴起，其应歌遣兴的效用是本已存在的事实。很多词家也抱着此一动机、态度去填词。欧阳炯的《花间集序》就为词体的衍外效用做了应歌遣兴的定位，云：“将使西园英哲，用资羽盖之欢。南国婵娟，休唱莲舟之引。”④ 宋代陈世修《阳春集序》也描述冯延巳填词的动机、态度云：“公以金陵盛时，内外无事，朋僚亲旧，或当燕集，多运藻思，为乐府新词；俾歌者倚丝竹而歌之，所以娱宾而遣兴也。”⑤ 至于上引晏几道《小山词序》自述写词亦无非如此态度。而柳永作新乐府，陈师道《后

① “自体功能”的概念，参见本书 515 页注①。
② 参见张炎《词源》卷下《虚字》，台湾艺文印书馆 1968 年版。
③ 参见张炎《词源》卷下《赋情》，台湾艺文印书馆 1968 年版。
④ 参见《宋本花间集》台湾艺文印书馆 1969 年版。
⑤ 冯延巳《阳春集》，参见王鹏运《四印斋所刻词》，上海古籍出版社 1989 年版，第 332 页。

山诗话》称其"觥骸从俗，天下咏之"①，更显示这种新乐府所产生的社会文化性的应歌遣兴效用，何等普及。这是词之创作实践的事实，也是衍外效用的事实。上引诸说，或仅作描述，或持肯定的价值立场。这样的论述，当然还不止于此，不俱论。

针对这种创作实践及其所产生的衍外效用，北宋中期到晚期，只零星针对一些"准典范"之作的道德性提出指责；大致来说，尚未针对整个词体展开批判。例如上引袁文《甕牖闲话》所载程颐对秦观词作的指责。又例如宋代严有翼《艺苑雌黄》批评柳永词云"大概非羁旅穷愁之词，则闺门淫媟之语"，因而直指柳永的品格云"小有才而无德以将之，亦士君子之所宜戒也"②。我们特别注意到"士君子"此一指称社会阶层身份的用词。准此以见，这些指责所持的观点，隐然预存了儒家传统"士志于道"的意识形态，文章与道德不能二分，故君子宜慎其言。此外，宋代魏泰《东轩笔录》的一段记载，更值得注意：

> 王荆公初为参知政事，闲日因阅读晏元献公小词而笑曰："为宰相而作小词，可乎？"平甫曰："彼亦偶然自喜而为尔，顾其事业岂止如是耶！"时吕惠卿为馆职，亦在坐，遽曰："为政必先放郑声，况自为之乎！"③

王安石的质疑多少带着玩笑的口吻，并非严肃的指责。他自己其实也写作小词。而其弟王安国（平甫）的回答显然认为偶为小词与政治事业并不相妨，可并存而待之。至于吕惠卿，姑不论人品如何，其论述已断定"为政"与"好郑声"不能同时表现在政治高层人士的行为上，其中显然预存着士人阶层意识及言志传统诗观。这样的论述已不仅像程颐之责秦观词、严有翼之责柳永词，只是作者个人的失言或品格问题而已。吕惠卿的论述表示了"词体"在士人阶层的意识形态中，等同"郑声"而有害于政治、道德。这其中或许隐藏着政治人物彼此的恩怨；但是，词体"应歌遣兴"的衍外效用碍及政教，而受到吕惠卿的批判，却也是事实。由王安国与吕惠卿的对话，我们已可看到词体两种社会文化性衍外效用所引发的"论述冲突"。只不过这种"论述冲突"在南宋初期之前，还未成为普遍的议题。

南宋初期，"复雅"思潮兴起，这种论述冲突逐渐普遍并激烈起来。形成这种论述冲突现象的社会文化性因素，其一是理学所承受儒家文化传统的价值观，持续渗透了士人阶层的生命存在意识；其二是宋室日衰、社会动乱激发了士人阶层对时代家国的忧患意识；其三是由文学传统的理解、选择而承受的"诗言志"观念因应时代情境而显觉了。这种种存在情境相伴着意识形态的转变，"诗词辨体"乃由语言形构及样态，即体制、体式的层次，转入社会文化性效用的层次，而词家即纷纷开始重新定义词体的本质。"常人意识"与"士人阶层意识"在某些词家的论述及创作实践上，往往呈现冲突的状态。而

① 参见何文焕《历代诗话》，台湾汉京文化公司1983年版，第1册，第311页。
② 严有翼《艺苑雌黄》，参见郭绍虞《宋诗话辑佚》，台湾华正书局1981年版。
③ 魏泰《东轩笔录》，中华书局1983年版，卷五，第52页。

诗词“分流”与诗词“同源”也形成对立的论述。

“复雅”思潮开始于宋室南渡前后的黄裳，他在《演山居士新词》的自序中提出以“六义”作为词之创作的准则①。南渡不久，鲖阳居士首倡“复雅”口号，编选《复雅歌词》，并在序文中强烈批判道：

> 温、李之徒，率然抒一时情致，流为淫艳猥亵不可闻之语。吾宋之兴，宗工巨儒，文力妙天下者，犹祖其遗风，荡而不知所止②。

与此相对，他认为“《诗》三百五篇……其言止乎礼义”。当然，这就是他心目中的最高典范，词作应该以它为准。这样的观念，在南宋初、中期，的确蔚为思潮。很多词家不仅依藉论述以重新定义词体的本质，并且付诸实践。向子𬤇《酒边词》之作而胡寅序文之论述③、张元幹《芦川词》之作而蔡戡序文之论述④、黄公度《知稼翁词》之作而曾丰序文之论述⑤、曹冠《燕喜词》之作而陈鬵序文与詹效之跋文的论述⑥、张孝祥《紫微雅词》之作而汤衡序文之论述⑦、郭应祥《笑笑词》之作而詹傅序文之论述等⑧，大体就是此一思潮之下的产物。

这种论述有着颇为显觉的意图，贬抑应歌遣兴的效用，相对提升政教讽喻的效用，以推尊词体。其论述目的既明，思路也是“典范论述”与“文体论述”并出而互济。在“典范论述”方面，一则批判被他们所目为淫艳的词作，二则另向重估苏轼等“以诗为词”之作的价值。所谓“另向”是指不沿袭北宋中期诗词分体的“本色”观点，而另外取向于从主体情性肯定“以诗为词”的价值。在“文体论述”方面，则从“体源”的观点，将词“归源”于“诗母体”，因诗词“同源”而推断其功能、效用为一，故两者“本质”无别。

在复雅思潮中，对于表现“常人意识”，尤其书写饮食男女之事的所谓“淫艳”之词，纷纷展开强烈的批判。这种声音，从南宋初期延续到晚期。例如：

朱翌《猗觉寮杂记》：

> 古无长短句，但歌诗耳。……今不复有歌诗者，淫声日盛，闾巷猥亵之谈，肆

---

① 参见黄裳《演山集》卷二〇，《文渊阁四库全书》，台湾商务印书馆 1983 年版，集部别集类。

② 鲖阳居士《复雅歌词序》。参见祝穆《古今事文类聚》，台湾商务印书馆 1983 年版，续集，卷二四。

③ 参见王沛霖、杨钟贤《酒边词笺注》，江西人民出版社 1994 年版。

④ 张元幹《芦川词》，参见《文渊阁四库全书》，台湾商务印书馆 1983 年版，集部别集类。蔡戡《芦川居士词序》，参见《定斋集》卷一三，收录于《四库全书珍本》台湾商务印书馆 1975 年版，别辑，集部别集类。

⑤ 参见毛晋《汲古阁钞宋金词七种》，台湾艺文印书馆 1972 年版。

⑥ 参见王鹏运《四印斋所刻词》，上海古籍出版社 1989 年版。

⑦ 参见吴昌绶、陶湘《影刊宋金元明本词》，中国书店 1981 年版。

⑧ 参见朱祖谋《强村丛书》，台湾广文书局 1970 年版，第 2 册，第 491 页。

于言内。集公燕之上，士大夫不以为非，可怪也[①]。

杨万里《诚斋诗话》：

近世词人，闲情之靡，如伯有所赋，赵武所不得闻者，有过之，无不及焉，是得为好色而不淫乎[②]？

汪莘《方壶诗余自序》：

唐宋以来，词人多矣。其词主乎淫，谓不淫非词也[③]。

王若虚《滹南诗话》：

自世之末作，习为纤艳柔脆，以投流俗之好。高人胜士亦或以是相胜，而日趋于委靡，遂谓其体当然，而不知流弊之至此也[④]。

上引诸文中对于所谓“淫艳”之词的批判，甚为强烈。相对的，对于晏欧苏王等原本被评为“非本色”的词作，则又推崇备至；并且越过诗词体制、体式上的差异，而直指词人的主体情性，从创作的根源处肯定这类作品之足为“典范”。其焦点尤其聚集在北宋时期针对苏轼“以诗为词”的那些评断，提出反驳，而形成正面的“论述冲突”。我们在前文就已述及，有关这一议题的复杂意义论者甚多，故不赘述。在此，我们仅指出这种典范重估的论述的意图乃在于超越历史积淀的“文体规范”意识，而从“主体情性”直取创作的根源，则诗词在语言形式层次上的文体差异便非第一要义了。例如：

尹觉《题坦庵词》：

词，古诗流也；吟咏情性，莫工于词。临淄、六一，当代文伯，其乐府犹有怜景泥情之偏，岂情之所钟，不能自已于言耶[⑤]？

陈鬵《燕喜词序》：

议者曰：少游诗似曲，东坡曲似诗。盖东坡平日耿介直谅，故其为文似其为人。歌“赤壁”之词，使人抵掌激昂而有击楫中流之心；歌《哨遍》之词，使人甘心澹

① 参见《文渊阁四库全书》，台湾商务印书馆1983版，集部别集类，第850册。
② 参见丁仲祜《续历代诗话》，台湾艺文印书馆1983年版，上册，第153页。
③ 参见朱祖谋《强村丛书》，台湾广文书局1970年版，第11册。
④ 参见丁仲祜《续历代诗话》，台湾艺文印书馆1983年版，上册，第623页。
⑤ 参见毛晋汲古阁《宋六十名家词》，台湾商务印书馆1956年版。

泊而有种菊东篱之兴；俗士则酣寐而不闻①。

汪莘《方壶诗余自序》：

余于词，所喜爱者三人焉。盖至东坡而一变，其豪妙之气，隐隐然流出言外，天然绝世，不假振作②。

林景熙《胡汲古乐府序》：

二公（王安石、苏轼）乐府，根情性而作，初不异诗也③。

元好问《新轩乐府引》：

唐歌词多宫体，又皆极力为之。自东坡一出，情性之外，不知有文字，真有一洗万古凡马空气象④。

这类论述站在诗词无别的基本观念上，对于晏殊、欧阳修、王安石等，尤其苏轼诸家“以诗为词”的创作形态，给予极高的评价；而且对于诸家何以足为“典范”的缘由，皆超越语言层次的“本色”之说，直契词家的主体情性，以指出创作的根源。所谓“情之所钟，不能自已于言”、“东坡平日耿介直谅，故为文似其为人”、“豪妙之气，隐隐然流出言外，天然绝世，不假振作”、“根情性而作”、“情性之外，不知有文字”等，都已不在语言形式层次分辨诗词的差异，而特别突显不管作诗、填词，皆当为情性自然之表现。

从这类论述对近代“以诗为词”之“准典范”词家的价值重估，就已为“文体”论述厚筑了创作实践经验的基础。相对的，他们复从文学历史的追溯，提出词体与诗体“同源”的论述，反过来支持了苏轼等人“以诗为词”的正当性。而另一方面，在“文体论述”时，所强调的也不再是诗词体制、体式上种种形式性的差异，而是功能及效用上的同一。“典范论述”与“文体论述”相互支持，以对抗北宋中期之后相沿的“分流论述”。

“体源”的论述，其目的约有四种取向：（一）以历史考察的方式，为某些文体的起源，找出最早的历史时间始点；（二）以历史考察的方式，为某些文体的起源，追寻其外在客观之社会文化上的发生原因；（三）以论理的方式，为某些文体的起源，诠释其内在

---

① 参见王鹏运《四印斋所刻词》，上海古籍出版社 1989 年版。
② 参见朱祖谋《强村丛书》，台湾广文书局 1970 年版，第 11 册。
③ 参见《知不足斋丛书》，上海古籍流通处，1921 年，集 25，卷五。
④ 参见《元好问全集》，山西人民出版社 1990 年版，下册，卷三六。

主观之性情心理上的发生原因；（四）以论理的方式，先为文学的本质，从历史既存的作品，建构最理想的典范，而作为各种文体创生及存在价值所依归的"本原"①。

这四种"体源"论述，其中尤其值得注意的是第四种。《文心雕龙·宗经》及《颜氏家训·文章》所提出"文章原出五经"，即是典型之论。而钟嵘《诗品》所提出的五言诗的"源流谱系"，也可归属于这种"体源"论述。此一论述联结前后文体的"源流"关系，并非由历史考察方式所证成的事实，而是依照论述者的"文学本质观"所建构的"谱系"，此乃在文化论述与实践上，由"应然"开展"实然"的文学蓝图②。理想价值的创造，才是一切文学得以存在的根本依据。因此，中国古代的史观有所谓"历史"不纯然只是客观事实的考察及判断，而更是"究天人之际，通古今之变"之主观存在价值意义的判断③。一切文化的产物，都当作如是观。

宋代有关词体起源的论述，大致有两种路数：（一）起源于隋唐燕乐新声；（二）溯源于古诗，而视词体为"古诗之流"。

近现代以来，由于"敦煌曲"文献的出现，再加上受到西方实证史学观念的影响，一般学者们都认定上述第一种论述才合乎事实，因此对"词体起源于隋唐燕乐新声"之说，诠释比较精详；而对第二种"词体溯源于古诗"的论述，则都笼统指为片面或浅识④。这样的论述，如果从史料实证的取径观之，当属确切。然而，面对古代历史，实证之法虽有其效用，却不是唯一的进路；事实的认知也非历史研究的不二目的。古人某些论述所隐涵的关于文化建构之"意义"的理解、诠释，可能更值得关怀。因此，假如我们站在上述第四种"体源"论述的观点，而涉入宋代词家之效果历史的诠释学处境中，同情地理解他们这种"体源"论述究竟基于什么当代词学的问题视域，而又隐涵了什么文化建构的意义；则这样的"体源"论述，恐怕不能以片面、浅识或误谬而一语断之。甚至这种论述，从"词体构成"的流变现象观之，其意义比诸"词体起源于隋唐燕乐"的事实判断还要丰富。

针对本文的主题，这种"体源"论述有必要特别加以诠释。例如上引尹觉《题坦庵词》所云"词，古诗流也；吟咏情性，莫工于于词"，词既为古诗之"流"，则反过来说，古诗就是词之"源"，因此词与诗同具"吟咏情性"的功能。又例如王灼《碧鸡漫志》详说唐代燕乐二十九曲调，其中多数为宋词所沿用⑤。他当然知道从乐曲的来源而论，词与隋唐燕乐的关系密切，这是事实；然而，从词之创作内容所关联的文学传统而言，他却又在理论上将它追"原"寻"本"于古诗。《碧鸡漫志》开宗明义即从理论上提出诗歌"所起"在于"人心"之说：

---

① 参见颜昆阳《六朝文学"体源批评"的取向与效用》，台湾《东华人文学报》第3期，2001年7月，第7—8页。

② 同上，第31—33页。

③ 参见班固《汉书·司马迁传》所著录《报任安书》，司马迁自述作《史记》乃意在"究天人之际，通古今之变，成一家之言"。

④ 例如谢桃坊《中国词学史》，巴蜀书社2002年版第一章第三节"宋人词体起源说"。

⑤ 参见王灼《碧鸡漫志》，台湾广文书局1967年版，卷三、四、五。

或问歌曲所起，曰：天地始分而人生焉。人莫不有此心，此歌曲所以起也。舜典曰：诗言志，歌永言，声依永，律和声……故有心则有诗，有诗则有歌，有歌则有声律，有声律则有乐歌。永言即诗也，非于诗外求歌也①。

他这种论述的动机乃由于不满于当时的词风。因此，他将词体与古乐府、古歌系联了源流承变的关系，而归其“本”为一，云：

古人初不定声律，因所感发为歌，而声律从之。……隋以来，今之所谓“曲子”者渐兴，至唐稍盛，今则繁声淫奏，始不可数。古歌变为古乐府，古乐府变为今曲子，其本一也②。

他所说的“本”，指的是歌曲起于“人心”，“因所感发为歌，而声律从之”的创作根源。因此，从古歌到今曲子，虽显现了流变的历程；但是，究其所以“变”的根源则一。在这同一根源之下，诗词不必分异；故而他非常推许苏轼“偶尔作歌，指出向上一路”，并且对于一般人批判苏轼之“以诗为词”，他强烈反驳“为此论者乃是遭柳永野狐涎之毒。诗与乐府同出，岂当分异！”③ 其所持诗词“同源”的论述，颇为明切。此外，其他类似的声音尚可闻及王炎、林景熙等词家之说：

王炎《双溪诗余自序》：

古诗自风雅以降，汉魏间乃有乐府，而曲居其一。今之长短句，盖乐府曲之苗裔也④。

林景熙《胡汲古乐府序》：

乐府，诗之变也。诗发乎情，止乎礼义；美化厚俗，胥此焉寄？岂一变为乐府，乃遽与诗异哉⑤！

这种词体起源于古诗的论述，我们认为是出于中国古代文学史观中一种根深蒂固的“诗母体归源意识”。有关此一意识，我已在另一篇论文中作了精详的诠释：中国古代，“诗”有广狭二义，狭义乃与“骚”、“赋”、“词”、“曲”等并为一种文章“类体”的名称；广义则指一切“韵文”的“母体”，而其最高“典范”则为《诗经》。依据先秦两汉以降的诠释传统，以《诗经》为“典范”所塑造的“诗母体”，其意义有三：（一）它是

---

① 参见王灼《碧鸡漫志》，台湾广文书局 1967 年版，卷一。
② 同上，卷一。
③ 同上，卷二。
④ 参见王鹏运《四印斋所刻词》，上海古籍出版社 1989 年版，第 793 页。
⑤ 参见林景熙《霁山集》，参见《知不足斋丛书》，上海古籍流通处，1921 年，集 25，卷五。

一切韵文语言形构的“正典基型”——声必低昂互节，韵须前后应和；（二）它是一切韵文语言样态的“正典体式”——典雅；（三）它是一切韵文内容情志的“正典价值”——发乎情，止乎礼义。其中“正典价值”最为重要，所谓“典雅”的“正典体式”，并非仅是修辞的表现，而必须在内容情志的“正典价值”基础上，才能正确理解其意义①。

在文学历史的进程中，尽管各种“类体”不断向前“分流”发展，然而在观念上，每当“分流”到某种被认为“荡而不反”的阶段，“诗母体归源意识”便显觉出来。南宋“复雅”思潮之下，“体源”论述多主张溯源于古诗，就是此一“诗母体归源意识”的作用。它不是历史事实考察的论述，而是由“应然”开展“实然”的建构，意图为未来的创作实践，从文学传统找寻正当性的依据。“体源论述”的目的是在为重新定义词体之“本质”建立历史文化的基础。由此，也就推动了另一阶段的创造，因而形成词体的流变。其论述的“意义”实远超过单纯的历史事实考察。

综合上述，可见诗词“同源”与“分流”的论述冲突。诗词“同源”论者一方面在“典范论述”上批判应歌遣兴而被认为是“本色”的淫艳之作；二方面重估而推崇“以诗为词”，即“非本色”之作的价值；三方面则在“文体论述”上，将词体“归源”于古诗母体，从功能或效用上重新定义词体的“本质”，为创作实践找到文学传统所给定的正当性。词体构成也因此而产生另一阶段的流变。

七、结　论

综合前文的论述，我们可以获致简要的结论：

“词体是什么?”这样的提问，最常见到的回答是为“词体”做出广延性的定义：它是一种长短不齐的古典格律诗歌，调有定句，句有定字。凡句式、偶对、韵脚以及各字之平仄皆有其规范。

这样的定义，在词之语言组构的体制上，具有概括性。然而，依照这样的定义，“词体”就只是一种固态、抽象的基模形式概念；因而缺乏历史、社会的存在性，无法显现它生成流变的动态性实体。另者，有些词史、词学史的论述者，虽未对词体直接定义，然而却受到西方近现代美学的影响，选择性地预设了某种绝对、唯一的本质观及审美价值标准，因而对词史、词学史上某些类型的作品及词学观念，不免受其偏执的意识形态所排拒。

这类词体的定义，假如持以诠释词史或词学史，其弊是将词体抽象化、固态化，也将词史、词学史片面化、静态化；但是，倘若我们涉入词体所存在的历史情境中，不预设绝对、唯一性的本质观及审美价值标准，而能虚心理解宋代以降有关“诗词辨体”的论述冲突，我们就能认识到：“词体”并非一种固态的文化产物，而是一种具有内容意义却又流变不定的文学形式。在漫长的“构成”历程中，它的“本质”不断被重新定义而

① 参见颜昆阳《论宋代“以诗为词”现象及其在中国文学史论上的意义》，台湾《东华人文学报》第2期，2000年7月。

付诸实践，因此从体制、体式到功能、效用，都是一种动态性的流变现象，没有人能为它做出绝对、唯一的定义。然则，我们对于“词体是什么”这个问题，如果仅做出上述固态、抽象之基模形式概念的回答，或仅预设了绝对、唯一本质观及审美价值标准，则词体便缺乏了历史性及社会性存在的意义。

“词体”与“词史”、“词学史”三者无法分割地去认识。它的实体虽有常模，却必须经由词家不断的“论述冲突”及各自取向的“创作实践”，才能以一种具有内容意义而又流变不定的文学形式，在历史情境中显现、存活。

“追认”与宋词价值重估

福建师范大学　欧明俊

“追认”概念，《辞海》界说为“事后认可某人的某种身份”。这是专指名人的，推而广之，“追认”可视为一种独特的文化现象。“追认”的对象既可为当代名人，也可为历史上的名人；既可为具体的历史事件，也可为抽象的概念范畴。文学史上的“追认”，是指对过去的文学家、文学作品以及一切与文学有关的名义、声誉、价值、地位的重新评定。“追认”的是未曾“命名”过的，如晚唐五代“词”；或是对追认对象声誉和地位的提升，如诗学史上，“诗三百”被“追认”为“诗经”，陶潜被“追认”为“隐逸诗人之宗”，杜甫被“追认”为“诗圣”等。“追认”往往是一种文化“命名”，每一次“追认”，都是追认者对追认对象的重新评价，是新的“盖棺定论”。宋词史，在很大程度上是“追认”的词史，是被“改造”、“误读”了的词史，是观念的词史，而不是本真的词史。我们明白了“追认”现象，即可拨开历史迷雾，接近文学史真相。因此，从“追认”视角重新认识和评价宋词，极有学术意义。

一

词学史上的“追认”现象很突出。宋代以后，将唐五代“曲子辞”“追认”为“词”，是词体概念本身的“追认”。“词”当初称作“曲子”、“曲子辞”，是配合燕乐歌唱的歌词。“辞”与“词”通用，是“歌词”的意思。晚唐五代时也有径称“小词”、“词”的，但仍是“歌词”的“词”，属音乐概念，而不是文学概念。“曲子”只是燕乐歌辞中众多体裁的一种，与“大曲”相区别，是最小的、有完整音乐结构的、独立的音乐单位。“曲子”亦即“小曲”的意思。“曲子”包括普通歌曲（民间歌曲、教坊歌曲）和著辞两大类。从语言形式上看，又有齐言和杂言之分。宋以后的“词”，只是“曲子辞”一系的发展结果。“曲子”是“艺术歌曲”，区别于“礼仪歌曲”①。“曲子辞”是完整的音乐作品中不可分割的组成部分，“词曲本不相离，惟词以文言，曲以声言耳。词、辞通”，“辞即曲之辞，曲即辞之曲也”②。曲、辞一体化，故重音乐性而不重辞章性，亦即重声音的美而不重文字的美，文学性处于从属地位③，这是“词”的原生态。作为歌曲的“词”和作为格律诗一种的文体的“词”，完全是性质不同的两种概念。唐五代时，只有歌词的“词”，而没有出现诗词的“词”，这是铁的事实。饶宗颐先生在《“唐词是宋人喊出来”的吗》

---

① 参见王昆吾《隋唐五代燕乐杂言歌辞研究》第一章、第二章，中华书局 1996 年版。
② 刘熙载《艺概·词曲概》，上海古籍出版社 1978 年版，第 132 页。
③ 参见任二北《关于唐曲子问题商榷》，《文学遗产》1980 年第 2 期。

一文中引用许多材料，说明唐五代已有人用“词”字，来批评任二北的观点，但饶先生没有注意到同是“词”字的不同含义，故其立论是靠不住的①。因此，站在历史“原生态”立场，只应说“唐五代曲子”，而不应说“唐五代词”。任二北废除“唐词”的提法是以历史的、动态的眼光看问题，仍是正确的。“唐五代词”是宋代以后“追认”的，已远离文学史原生态。

“曲子辞”重音乐性和娱乐性，这是唐五代人的观念。欧阳炯在《花间集叙》中说，他所辑“诗客曲子辞”，只是“用助娇娆之态”，“用资羽盖之欢”。晚唐五代“曲子辞”是音乐而非文学，重声曲韵律而非辞藻文采，供歌唱而非诵读，功能是娱乐消遣而非言志教化。其文学性和言志教化功能皆是后世“追认”的。

“曲子辞”发展到宋代，基本上仍是流行歌曲，仅有少部分脱离音乐，成为新体格律诗。元代以后，人们将音乐体制“追认”为文学体制，把“曲子辞”视作“格律词”，以文学的标准衡量原本的音乐，评价亦随之改变。

宋词多“娱宾遣兴”，后世“追认”为“教化”、“载道”等功能，属“无中生有”，将“彼”功能“追认”为“此”功能。

后人多“追认”宋词主题，如苏轼《卜算子·黄州定惠院寓居作》本写投闲置散后幽独的心境，南宋鲖阳居士云：

> “缺月”，刺明微也；“漏断”，暗时也；“幽人”，不得志也；“独往来”，无助也；“惊鸿”，贤人不安也；“回头”，爱君不忘也；“无人省”，君不察也；“拣尽寒枝不肯栖”，不偷安于高位也；“寂寞吴江冷”，非所安也。此与《考槃》诗相似②。

“追认”的主题纯属主观臆测，牵强比附，不足为训。清代常州词派领袖人物张惠言编选《词选》，谓“意内而言外谓之词”，推尊词体，将词上比《风》、《骚》，提高了词的地位。张氏论文重复古，以继“正声”为己任，以经论词，以儒家诗教“温柔敦厚”论词，重“比兴寄托”，实际上是一种意蕴和价值“追认”。

“追认”实质上是一种“再创作”。文学作品的形象性特征决定了其意义的模糊性、不确定性和多义性，这给后人“追认”留下了空间。对古人作品进行“再创作”，同一部作品常仁者见仁，智者见智。谭献在《复堂词录序》中明确主张：“作者之用心未必然，而读者之用心何必不然。”③ 充分重视鉴赏主体（读者）的主观能动性，给读者以阐释作品的主动权，对原作进行新的审美创造。谭献这一理论与现代接受美学和阐释学的理论不谋而合，以之论词，为常州词派的“寄托说”提供了坚实的理论依据。常州词派在具体阐释宋词时，则强作解事，代古人说话，盲目曲解、拔高词作的立意，穿凿附会，因此遭到后人的讥评。常州词派建立起“词教”理论，强调词作的立意和教化功能，以尊

---

① 见饶宗颐《文化之旅》，辽宁教育出版社 1998 年版，第 130—145 页。
② 黄昇《唐宋诸贤绝妙好词选》卷二引，《四部丛刊》本。
③ 谭献《复堂词话》，人民文学出版社 1959 年版，第 19 页。

崇词体。他们只知"追认"词作价值，而轻视艺术本身的分析，离开了文本，词作成为他们随意发挥的对象，甚至被"曲解"得面目全非，失却了作为艺术品的真正价值，是为宋词之幸，又是大不幸。

宋词中许多具体词作的价值被词论家反复"追认"，原来低的被"追认"抬高，原来的"潜"价值"追认"后变成"显"价值。就这样，宋词史被不断"改写"。

宋词人地位不断被"追认"，如"词中某某"说。清代词论家多以诗比词论词，尤喜将宋代名词人比拟唐代名诗人。如《四库全书总目·东坡词提要》将柳永比拟白居易，苏轼比拟韩愈，陈廷焯《白雨斋词话》中把"东坡之词比为太白之诗"。这是在诗词并列、唐诗宋词并列的观念上展开的，也是有意义的，反映出清人推尊词体的观念。以诗论词，将词人与诗人并提，就成为推尊词体的最有效途径之一。"词中某某"说如得到人们认可，即意味着对词体之尊的认可。"词中杜甫"说就是众多的以词人比拟诗人特别是以宋词人比拟唐诗人的"词中某某"说中的最典型一说。宋代词人被"追认"为杜甫的除周邦彦外，还有柳永、苏轼、辛弃疾、姜夔、刘克庄、吴文英、王沂孙、张炎等。

杜甫生前，其《南征》诗自叹"百年歌自苦，未见有知音"。他只是一有名诗人，声誉地位远不及王维，王维当时被代宗在批答王缙《进王右丞集表》的手敕中誉称为"天下文宗"，"名高希代"。杜甫后来被"追认"为"诗圣"，地位远远超过王维。"定格"的"诗圣"杜甫形象是历代不断"追认"的结果，是"层累"地增值造就的。早在中唐时，元稹《唐故工部员外郎杜君墓系铭并序》即高度评价杜诗。清刘凤诰《杜工部诗话》卷五说："自元微之作序铭，盛称'诗人以来，未有如子美'者。王介甫选四家，以杜居首；秦少游则推为孔子大成；郑尚明则推为周公制作；黄鲁直则推为诗中之史；罗景纶则推为诗中之经；杨诚斋则推为诗中之圣；王元美则推为诗中之神：崇奉至矣。"① "诗圣"杜甫形象在南宋已经确立。元明清三代，杜甫一直被人尊奉，享有至高无上的地位。这一形象大体上可概括为：忠君爱国，对理想和事业执著追求；关注现实政治，有强烈的社会责任感，仁义爱民，为士君子人格的典范；其诗是时代的镜子，表现时代精神，可称"诗史"；又众体兼备，格律谨严精细，艺术技巧纯熟工妙，风格多样，以沉郁顿挫为主；承前启后，集古今之大成。"诗圣"杜甫是一特定概念，更是一种"境界"，是一般诗人无法企及的。

将宋代某词人"追认"比拟为杜甫，是对某词人的最高评价。如王沂孙在宋末仅为普通词人，元明两代亦鲜有推许者，自张惠言、周济推崇标榜以来，其人、其词价值大增。庄棫（号蒿庵）偏嗜碧山词，直接影响陈廷焯。陈廷焯更将碧山词价值和地位推向极致，将其比拟杜甫。《白雨斋词话》卷二说："王碧山词，品最高，味最厚，意境最深，力量最重；感时伤世之言，而出以缠绵忠爱，诗中之曹子建、杜子美也。""少陵每饭不忘君国，碧山亦然。然两人负质不同，所处时势又不同。少陵负沉雄博大之才，正值唐室中兴之际，故其为诗也悲以壮。碧山以和平中正之音，却值宋室败亡之后，故其为词

---

① 张忠纲《杜甫诗话六种校注》，齐鲁书社2002年版，第265页。

也哀以思。推而至于《国风》、《离骚》则一也。”同卷又说王沂孙词“惓惓故国，忠爱之心，油然感人，作少陵诗读可也”①。卷八又云：“无论诗古文词，推到极处，总以一诚为主。杜诗韩文，所以大过人者在此。求之于词，其惟碧山乎？然自宋迄今，鲜有知者。”② 陈廷焯诗宗杜甫，他从忠爱、诚、品高、味厚、意境深等方面推崇王沂孙其人其词，认为可高比杜甫杜诗。叶嘉莹《王沂孙其人及其词》评论陈廷焯此论时说：“虽然就咏物之作的历史发展言之，建安时代的曹植与唐代的杜甫，都是长于在咏物之作中寓含托意的作者，但以王沂孙拟比为曹、杜二家，则未免过于溢美，与近人对碧山词之妄加诋毁者，皆有不尽公允之处，固当分别观之也。”③ 此是持平之论。关于碧山词的价值，许多是清人“追认”附加上去的。

“圣”是对文学家、艺术家的最高评价，书有“书圣”，画有“画圣”，诗有“诗圣”，词亦有“词圣”，其形象是历代不断“追认”的结果。推崇某词人为“词圣”，意谓他在词史上的成就和地位最高，如同“诗圣”杜甫。这是以文学史上的成就和地位立论的，作品本身的相似性则是其次的。

誉为“词中杜甫”的词人“形象”有动态变化的过程，其价值在不断“追认”中得到提升。词人身后“形象”多高于生前形象，比拟“词中杜甫”，更是将其价值和地位提升到极致。文学价值是由“原生”价值和“衍生”价值共同构成的，“追认”的“词中杜甫”多“衍生”价值。“词中杜甫”的价值和地位亦多是“层累”地造就的，对其“身份确认”多不是基于事实的客观陈述，而是基于目的性的主观价值评判，有“片面的深刻”，但往往远离史实和原生态。这是文学传播和接受过程中的一个突出现象。对此，我们应有清楚的认识。

宋人轻视词，词无资格与诗文并列，极少有人以词人比拟前代诗人，更不会比拟杜甫，宋词人亦绝无一人自比杜甫。词人自己也多重诗轻词，就是比拟前代名诗人，也是以诗比，而不是以词比。宋人只有黄裳、项安世偶尔以柳永词比拟杜诗，他们只是看到柳词与杜诗中歌咏太平的相似处。以宋词人比拟杜甫，词人的崇高地位完全是后人“追认”的，宋词人活着的时候，皆无此殊荣。

“追认”宋代某词人为“词中杜甫”，最盛行的是清代，与清代“词学中兴”、推崇词体的观念密切相关。只有词脱离音乐，成为格律诗的一体，与诗的地位并列，词体价值和地位得到观念上的尊崇，词人才有资格与诗人相比，词论家“追认”其价值，会将某词人高比杜甫。清代，杜甫早已被尊为“诗圣”，享有最崇高的地位。词论家“追认”、推崇某词人为杜甫，多是在肯定杜诗“最伟大”的前提下，意欲抬高某词人的地位，以相标榜，实为一种夸大的说法，将古代某词人比拟为杜甫，视为模仿学习典范，证明其取径最高最正。这是一种文人习气，标榜古人实为自我标榜，古人只是“招牌”，这是典型的“六经注我”式的发挥。不同流派的词论家“追认”各自的“偶像”，阳羡词派“追

---

① 陈廷焯《白雨斋词话》，人民文学出版社1959年版，第40、46、47页。
② 同上，第211页。
③ 叶嘉莹《迦陵论词丛稿》（增订本），河北教育出版社1997年版，第176页。

认"苏、辛，浙西词派"追认"姜、张，常州词派"追认"周邦彦、吴文英、王沂孙，皆誉为"词中杜甫"，实质上是一种理论和宣传策略。但过分拔高某一二词人，取径狭隘，必然产生流弊。过分"六经注我"，轻视宋代词人的"自评价"，也是对历史"当事人"的不尊重①。

三

将"宋词"与"汉赋"、"唐诗"并提，以"宋词"代表"一代之文学"，是元代以后"追认"的，是对词体文学价值和文学史地位的"追认"。

宋人自己原本十分轻视词，多称词为"小词"、"小歌词"，视为"小道"、"末技"，绝大部分文人把诗、文创作当作正经事，用力最多，而填词则只以游戏态度偶尔染指，当作闲暇时的消遣娱乐。宋代无一人认为词可代表自己时代"一代之文学"。词在宋人心目中的价值和地位是无法与诗、文相比的。

宋代科举考试的科目是诗赋、经义，文人多于此用心。文人不填词的有很多，但几乎没有一个不写诗、文的。不少文人只写古文和诗赋，根本不屑作词，绝大部分文人首先是古文家、诗人，然后才是词人。若列出宋代著名古文家、诗人、词人名单，词人是绝对比不上古文家、诗人的。《全宋词》在数量上无法与《全宋文》、《全宋诗》相比，质量上各有千秋，但不应断定宋词胜过宋文、宋诗。词是新兴文艺，填词只是诗、文之余事。词在整个时代精神文化生活中所占比重并不大，在当时是没有资格代表"一代之文学"的。

宋代主流文学观念是，文体有尊卑等级秩序，古文的价值和地位最高，其次是诗、赋，再其次才是词。宋人若推出自己时代文学的代表文体，只能是散文或诗，而绝不会是词。朱熹《楚辞后语》卷六苏轼《服胡麻赋》题解云："国朝文明之盛，前世莫及，自欧阳文忠公、南丰曾公巩与公（苏轼）三人，相继迭起，各以其文擅名当世，然皆杰然自为一代之文。"② 此处，"文明"概念与"文化"概念相近，"一代之文"是大散文观。朱熹认为散文才可称宋代"一代之文"，而宋词根本不配提及。

宋人重诗，绝对胜过重词，这从学者对当朝文人诗集、词集重视程度的差异上即可看出。以苏轼为例，苏轼之诗，当朝人笺注者即有百家之多，南宋出现了汇总性的《王状元集百家注东坡诗》。而苏轼词的注本却极少，仅有南宋初傅干的《注坡词》、顾禧的《补注东坡长短句》。在宋人的观念中，苏轼词的成就和地位根本无法与其诗相较。从诗文批评方面看，宋代诗文评点极盛，重要著作如吕祖谦的《古文关键》、楼昉的《崇古文诀》、谢枋得的《文章规范》、真德秀的《文章正宗》等，影响皆极大。宋代文学批评著作的数量及质量皆远胜过词话，从《历代诗话》、郭绍虞《宋诗话辑佚》看，传世的可考知的宋代诗话著作在140种以上，而词话则少得可怜，多仅在笔记中偶尔谈及，词学批

---

① 参见欧明俊《"词中杜甫"说总检讨》，《中国韵文学刊》2007年第2期。

② 朱熹《楚辞集注》，上海古籍出版社1979年版，第300页。

评及理论上的相对冷落，亦可看出词在时人心目中价值和地位的低下。

宋人重词也多是强调词区别于诗的特色，极少有人认为词胜过诗。总体上看，在宋人眼中，词不如诗，更不如文，词可与诗相提并论，但不是平起平坐，不是“等值”。这是宋词在时人观念中的价值和地位，是宋词的原生态，也是宋人词体观的原生态。

将宋词“追认”为“一代之文学”，是无视宋词的原生态，未将其放在历史语境中的评价。词在宋代主要是流行歌曲，是音乐文学，尤其在北宋时，词不登大雅之堂，不入作家文集。宋词在宋人目录学著作中列入“乐曲”类（如尤袤《遂初堂书目》）、“歌词”类（如陈振孙《直斋书录解题》），属音乐范畴而非文学范畴。宋词甚至连“文学”的资格都没有，怎么能谈得上是宋代的代表文体，代表“一代之文学”呢？无视宋词的原生态，后人将自己的观念强加给宋人，宋词变成后人“观念”上的“宋词”，而不是宋人的“宋词”。我们要追问，宋词价值和地位的高低是由“当事人”宋人决定的呢？还是由后人决定的呢？宋人的“自评价”可以不屑一顾吗？后人又有多大权力代表宋人的主张呢？宋人自己轻视词，后人却硬代表宋人看重词，是不是“强奸”了宋人的感情和意愿呢？后人可以无视客观性和真实态而任意评判宋词吗？“宋词”是一种客观历史存在，我们首先要尊重历史，尊重古人。依阐释学和接受美学理论，我们有权利创造性“误读”宋词，“误读”历史，以为我所用，为时代所用。但必须同时强调，这只是“我”的意思，而不是古人的意思。宋词的“崇高”价值和地位，是后人“追认”的，宋词代表“一代之文学”只是后人的观念，而不是宋人的观念，是主观的价值评判，而不是客观的史实陈述。宋人本缺乏“一代之文学”意识，即使有，也不会认为词可以代表“一代之文学”。宋人观念如此，我们必须予以充分体认。

元代以后，有些学者“追认”宋词为“一代之文学”，但属于“另类”观点，并未得到主流正统学者的认同。近代以来，我国引进西方“纯文学”观念，重诗歌、戏剧、小说，轻散文，抛弃传统“杂文学”、“大文学”观念；现代以来，又过于看重反传统、反正统，将古代文体的尊卑等级秩序几乎全颠倒过来。王国维《宋元戏曲考·序》说：“凡一代有一代之文学，楚之骚，汉之赋，六代之骈语，唐之诗，宋之词，元之曲，皆所谓一代之文学，而后世莫能继焉者也。”[①] 强调词在宋代发展到高峰，后代无法企及，这种观点与前人是一致的。在《文学小言》一文中，他认为“真文学”“托于不重于世之文体以自见”[②]。因此，词、戏曲、小说这些原不被世人重视的文体才是真正的文学。这与传统“大文学”观念鄙视宋词完全相反。在王国维那里，“宋词”与“唐诗”才真正可以相提并论，无尊卑高下之分。但这种“追认”完全以西方文学观念硬套中国文学史，在一定程度上肢解了中国文学的民族特色。

胡适以“进化论”解释文学史演进现象，认为新文体必胜旧文体，可代表“一代之文学”。他“追认”白话文学为中国文学之正宗，“追认”南宋白话词为词体正宗。在

① 王国维《王国维文学论著三种》，商务印书馆2003年版，第57页。
② 傅杰编《王国维论学集》，中国社会科学出版社1997年版，第311页。

《南宋的白话词》一文中，他认为宋词和元曲、明清小说等通俗文学的价值超过正统文学的诗文[1]。词、曲之尊，至此达到极致。1923年，他在《〈中古文学概论〉序》中又说："从前的人，把词看作'诗余'，已瞧不上眼了；小曲和杂剧更不足道了。至于'小说'，更受轻视了。近三十年中，不知不觉的起了一种反动。""词集的易得，使我们对于宋代的词的价值格外明了。……于是我们对于文学史的见解，也就不得不起一种革命了。"[2]胡适确立了现代词学观念，对"宋词"的重视和"追认"，是对传统的主流文学观的"反动"、"革命"，自有"历史进步性"。这时，"宋词"彻底摆脱了卑下的"身份"，与"唐诗"并列，成为现代观念中的文学史上的主流文体。至今，这种观念早已"深入人心"，规定了文学史研究格局。将本来被宋代人自己鄙视的词体"追认"为文学正宗，宋词价值大增，这对矫正轻视"纯文学"的古代主流、正统文学观念，是有积极意义的。但因此矫枉过正，认为宋词胜过宋文、宋诗，则是与文学史实不相符的。

文学史观深受学者所处时代的影响，一个时代有一个时代立场的文学史。同是"宋词"，有宋人心目中的"宋词"，有元明清人心目中的"宋词"，也有现当代人心目中的"宋词"。宋人心目中的宋词是没有资格代表"一代之文学"的，元明清各代有不少学者提出词代表宋代"一代之文学"，宋词的价值和地位得到提升，但这是"追认"的，只代表后人的观点。不应将后人的观点强加给宋人，即使起宋人于地下，宋人也不会答应的。一种文体的文学价值认定，可从"观念价值"和"实际价值"两方面来看。所谓"观念价值"，是指主观性较强的价值认定，是凭某种既定观念或主观好恶评定文学价值高低，与实际价值可能距离较大，甚至完全相反。所谓"实际价值"，是指比较客观的价值认定，与客观实际基本相符，是一种理性的评判，观点会得到较普遍的认可。具体到"宋词"，在宋人观念中，词只是"小道"、"末技"，其价值是极低的，甚至连"文学"的资格都没有。但宋词的"实际价值"绝对比时人的"观念价值"高，所以得到元代以来部分学者的肯定，其价值"追认"自有"历史合理性"的一面。宋词的"实际价值"是一种客观存在，但历代学者皆有自己的理解，"观念价值"一直在变化。代表"一代之文学"的"宋词"是历代特别是现当代人观念上的"宋词"，而不完全是历史事实上的"宋词"，更不是历史"当事人"宋人观念上的"宋词"。因此，宋词为"一代之文学"，只是一种文学史观，与历史"当事人"宋人的观点是完全相反的。后人"观念"上的"宋词"与文学史本初状态的"宋词"差异甚大。我们必须区分清楚，切忌混为一谈。

近代引进的西方纯文学观念，决定了词体观、词学观，西方纯文学观念重文学的抒情性、审美娱乐性，与传统大文学观念不同。在西方文学观念、日本文学观念中，文学与政治、伦理疏离，与中国传统不同。西方文学观念中的"诗学"即文学、文艺，"诗学"涵盖其他文体。中国传统文学观念中，文章学包括其他文体，散文体最尊最高，中西文学观念基本上是相反的。现代文学观念接受西方的影响，与传统相反，正与新文化

---

① 《晨报副刊》1922年12月1日。

② 胡适《胡适古典文学研究论集》，上海古籍出版社1988年版，第171页。

运动反传统、反主流、“重新估定一切价值”相一致，故词体地位大大提升，传统“小道”、“末技”的卑下词体，由边缘文体提升为正宗文体，地位甚至超过散文。“追认”宋词为“一代之文学”，是对传统观念的彻底“颠覆”，影响深远，至今不衰，但远离文学史原生态。

将宋词“追认”为“一代之文学”，这种观念对文学史研究格局和撰写模式影响甚大，暴露出来的弊端也较明显。这种思维定势在很多方面、很大程度上“遮蔽”了学者的研究视野，造成研究格局的不平衡和文学史撰写的主观性、片面性。这是应该郑重指出，深刻反思的。

不少学者带着宋词为“一代之文学”的“前理解”，在宋代文学史撰写格局上，特别加大宋词的比重。如赵景深《中国文学史新编》（上海北新书局1936年版）“宋元编”一章，有四节论宋词即宋初词、苏派词与周派词、辛派词、姜派词，仅有一节论“宋代诗文小说”，各文体比重严重失调。更有甚者，1932年，上海开明书店出版的陆侃如、冯沅君的《中国文学史简编》，宋代部分只有一个专节“宋代的词”，而没有诗、文、戏曲、小说，似乎宋代的文学只有词，其他文体皆一文不值。胡云翼《新著中国文学史》（1932年版）也是如此。作为大学教材的古代文学作品选亦过重宋词，以最通行的朱东润主编的《中国历代文学作品选》为例，宋代部分，词在前，诗其次，文又其次，明显重词轻诗、文；张先、秦观、姜夔等，只选词，不选一篇诗、文，无视他们的诗、文成就。人民文学出版社2002年出版的袁世硕主编的《中国古代文学作品选》，选录秦观词5首、李清照词6首、姜夔词3首，其诗、文亦无一篇入选，观念上仍无多大改变。

“追认”宋词价值，过重本非正统的宋词，往往“遮蔽”了作为正统文学的宋文、宋诗的成就和地位。轻视甚至否定宋诗，许多本以诗著名的文人，如晏殊、张先、秦观、姜夔等，我们今天多仅视其为词人。张先本为著名诗人，诗的成就曾得到苏轼的赞赏。苏轼《张子野词跋》云：“子野诗笔老妙，歌词乃其余波耳。”① 今人只知词人张先，有几人知道还有一“诗笔老妙”的诗人张先呢？秦观诗文俱享时誉，同时人张耒《送秦观从苏杭州为学序》称秦观“善文章而工于诗”。明胡应麟说：“秦少游当时自以诗文重，今被乐府家推作渠帅，世遂寡称。”② 近人王蕴章云：“淮海先生文章气节掉鞅一世，自后人以秦七、黄九并称，或遂仅以词人目之，失先生矣。”③ 今天许多人却只知秦观是个“专业”词人，是“婉约词人”的代表，早已“失先生”而不自觉，识见尚不及清人。姜夔本为“江湖诗派”的代表诗人，宋末黄昇《题白石词》推崇姜夔为“中兴诗家名流”，今天又有几人知道姜夔是“诗家名流”呢？

以宋词为“一代之文学”，更“遮蔽”了宋代散文的成就和地位。在宋代文学研究格局中，散文研究最为薄弱，这与散文在宋代文学中的杰出成就和独尊地位极不相称，也是对宋人和元明清各代重视宋文观念的不尊重，是对宋代文学史的误解、歪曲，是对宋

① 苏轼《张子野词跋》，《百家词》本。
② 胡应麟《诗薮·外编》卷五，《续修四库全书》本，上海古籍出版社2002年版。
③ 徐培均校注《淮海居士长短句》附录三《题辞》，上海古籍出版社1985年版，第288页。

代文学原生态的漠视。

过重"宋词"，亦"遮蔽"了元明清词的成就和地位。因过轻元明清词，以为只是宋词"绪余"，故研究上不够重视。最极端的是陆侃如、冯沅君的《中国诗史》，该书将词视为广义诗的范畴，只论唐宋词，元明清词则弃而不论，认为不值一写。至今，元明清词研究论文及专著仍屈指可数，文学史著作和文学选本对元明清词也多一笔带过，只大谈戏曲、小说，这对元明清词是不公的。上述种种，皆需做学理上的反思①。

四

首次"追认"往往就是新的"命名"，其积极或消极影响都应重视。如苏轼《卜算子》（缺月挂疏桐）中的"寄托"，时人皆无此观点，苏轼自己也无此意识，而鲖阳居士首次"追认"，影响甚大，后人多承袭其说。

还有一种特殊的"追认"，即对原"追认"的剥夺。如北宋末，万俟咏谑词风行一时，南宋末黄昇《唐宋诸贤绝妙词选》卷七云："雅言之词，词之圣者也。"②"追认"其为"词圣"，但后世除杨慎外，几乎无人接受黄氏观点。这实际上是对原"追认"的否定。

不少词人年轻时填词，成为名人后却"悔少作"，这种词史上的"悔少作"现象，实为一种"逆追认"，即对原来观点的否定，想"收回"观点，后悔当时所作，将有价值反向"追认"为无价值。孙光宪《北梦琐言》卷六记载道：

> 晋相和凝，少年时好为曲子词，布于汴洛。洎入相，专托人收拾焚毁不暇。然相国厚重有德，终为艳词玷之。契丹入夷门，号为"曲子相公"。所谓好事不出门，恶事行千里，士君子得不戒之乎③！

陆游《长短句自序》云：

> 予少时汩于世俗，颇有所为，晚而悔之。然渔歌菱唱，犹不能止④。

万俟咏自编词集，分两体，一名《雅词》，一名《侧艳》，后召试入官，"以侧艳体无赖太甚，削去之"⑤。"毁少作"，表明了作者当时的观点，是对过去肯定性观点的否定。

"追认"促进了宋词大家、名家词史地位的确立以及宋词作为"经典"的形成。

"追认"具有鲜明的时代特征。"追认"往往是追认者站在"当下"立场对传统的重新认识，带上了时代的印记。词论家"追认"宋词，是以新的标准选择宋词，以"当下"

---

① 参见欧明俊《词为宋代"一代之文学"说质疑》，《中国韵文学刊》2005年第4期。
② 黄昇《唐宋诸贤绝妙词选》卷七，《四部丛刊》本。
③ 孙光宪《北梦琐言》卷六，《丛书集成》本。
④ 陆游《陆游集·渭南文集》卷十四，中华书局1976年版。
⑤ 王灼《碧鸡漫志》卷二，唐圭璋《词话丛编》（第一册），中华书局1986年版，第83—84页。

为标准来套宋词，进行新的价值定位。他们“以今衡古”，将自己时代的观点加到宋人身上，通过积极主动的“误读”，“古为今用”，宣扬自己的理论。

词论家站在“当下”立场“追认”宋词，对其做倾向性的选择和接受，看重的往往只是“宋词”的某一个或某些侧面，是对宋词的价值重估。

张惠言以后，词论家多以比兴寄托解释宋词，多用浑、厚、和、雅、重、拙、大等概念，宋词价值无以复加，实为“追认”所致。实际上，宋词人并没有自视如此之高。张惠言之前，历代绝大多数词论家也没如此认为，宋词人对宋词的认识基本上是原生态的。常州词派的“追认”，往往是“过度阐释”，主观性太强，并未忠于客观史实，而是远离宋词原生态。实质上，是借宋词表达自己的词学审美理想。

“追认”是“六经注我”式的为我所用，这样创造性地“误读”宋词，也有积极的一面，它推动了创作的繁荣。克罗齐说：“一切历史都是当代史。”宋词价值的“追认”，表面上是“向后”，实质上是“向前”，不是着眼过去，而是着眼“当下”，历史是为“当下”服务的，“追认”只是手段，“当下”词创作和理论创新才是目的。

词论家通过不断“追认”来增强自己理论的“历史感”及合理性，从传统中感知“现在”性，并不太计较客观、真实的宋词历史。他们带着自己的“前理解”，重新选择“追认”和评价宋词，让宋词“复活”在自己时代中，焕发文化生命力。

“追认”有“层累”性特征，历代反复“追认”，累加递增，价值便越来越多、越大，或是不断重复“追认”，让许多人认同，“重复”便显出意义。“追认”使宋词的文学价值得到放大和提升。词论家通过“层累”、系统“追认”，不断地改写宋词史，从一定程度上说，一部宋词史即是一部“追认”的词史，每一次“追认”都是一次新的“盖棺定论”，都是宋词史的“重写”。

宋词价值和地位的“追认”，局限性也是明显的。有的该“追认”却没有“追认”，有的不该“追认”却“追认”了，有的过分“追认”，“追认”越多，越远离文学史原生态。作为“歌词”的宋词，面目变得模糊，人们甚至意识不到它原来只是娱乐消遣的歌曲了，这在一定程度上“遮蔽”了文学史真相，“歪曲”了文学史。

对宋词的价值和地位，应做动态的综合估价。首先，对宋人的“自评价”应予以起码的尊重，对历代词学家的观点也要充分体认，再结合“当下”立场的合目的解读，如此，将宋词的“当世”评价、历时评价、现代评价和“当下”评价几方面结合起来，才能得出真正公正的科学结论。

论宋代词人对李白词的模仿与次韵

深圳大学　刘尊明

李白是中国词史上出现较早的一位重要词人，这既有历代文献的记载可以显示，也有历代词集的著录可以依凭，还有不少词论家的评点和词人的追和模仿之作可以为证。但是，自从明代有人提出李白词为伪作赝品之后，长期以来学术界和词学研究领域一直争论不休，迄无定论①。回顾这段学术史，我们注意到，尽管有关李白词真伪辩证的焦点主要集中于《菩萨蛮》、《忆秦娥》二词之上；尽管古今学者中完全否定李白有词的创作及其传承词作真实性的只是极少数人；尽管明清以来仍有多种词集选录李白的作品，20世纪编纂的几种唐五代词的大型总集也都收录了李白的词作；尽管这场旷日持久的真伪之争到了20世纪后期已经偃旗息鼓——但是我们却不得不承认，它的影响却是非常深远的。从大的方面讲，影响主要有两点：其一，影响到20世纪以来的词学研究对早期词史的完整描述和真实反映，学者们多把李白词的创作视为一种个别特例或偶发现象，因而多采取轻描淡写的方式，甚至回避不谈；其二，也影响到学术界和词学研究者们对李白词的创作成就和词史地位的深入考察和客观评价，李白词的研究也因而成为李白研究中的一个薄弱环节。

当然，我们也注意到，从20世纪后期尤其是21世纪以来，李白研究界和词学研究领域不仅已经开始对李白词真伪之争这段学术史进行更冷静、更客观的回顾与反思，而且对李白词的研究也被纳入整个李白艺术创造活动和整个唐宋词史演进的宏观系统中来加以观照，出现了不少新视角和新层面的考察和探讨。正是基于这样的研究背景和学术实践，笔者在对李白曲子词与乐府诗创作的相互关系进行考察的基础之上，对李白词的创作现象及其真伪之争提供一种新思路之后②，又对李白词的传播和影响这个问题产生了很浓厚的兴趣。笔者注意到，明代以来有关李白词的真伪之争主要局限在学术界和理论界，那么唐宋时代乃至宋以后的词坛和词人对李白词是怎样的态度呢？换言之，李白词在历代词坛和词人中是怎样传播的呢，对历代词人的创作又产生了怎样的影响呢？这是一个历时很长而涉及面也很广的问题，限于能力、时间和篇幅，笔者自然难以在一篇文章中对此论题进行全面考察和回答，故本文先选取宋代词人对李白词的追和次韵与模仿创作这个层面来进行观照和探讨，期望能获得一点新的体认与启示。

---

① 参见葛景春《近六十年来李白词真伪讨论综述》，载《文学评论丛刊》第三十一辑，1989年版；收入葛景春《李白思想艺术探骊》，中州古籍出版社1991年版。

② 参见刘尊明《试论李白乐府诗与曲子词创作之关系》，《文学遗产》2007年第6期。

一、宋代词人对李白《清平乐》“应制”词的模仿

在由五代后蜀人赵崇祚编选、成书于后蜀广政三年（940）的我国今存第一部文人词总集《花间集》中，并没有选录李白的作品，这是由《花间集》主要编选晚唐五代西蜀词人之作的宗旨所决定的。但是，在由“花间词人”之一——欧阳炯所撰《花间集序》中，却明确提到了李白作词的事实和传词的线索。这是欧阳炯在回顾唐五代词发展史的时候所做的描述。我们可以将这段文字摘录如下：

> 有唐以降，率土之滨，家家之香径春风，宁寻越艳；处处之红楼夜月，自锁嫦娥。在明皇朝，则有李太白应制《清平乐》词四首。近代温飞卿复有《金荃集》。迩来作者，无愧前人①。

在这里，欧阳炯在对唐五代词史做简要勾勒时，主要突出了三个时段，即“明皇朝”（指盛唐）——“近代”（指晚唐）——“迩来”（指五代西蜀时期），而分别以李太白、温庭筠和“花间词人”（即所谓“迩来作者”）为代表。应该说，欧阳炯对早期词史的观照眼光是非常敏锐而准确的。我们很难说欧阳炯所见到的唐人词一定以李白之作为最早，但他似乎有意以李白词为唐五代“诗客曲子词”的开端，他对李白词给予的高度重视是前所未有的第一次。同时，我们也完全有理由相信，欧阳炯有关“在明皇朝，则有李太白应制《清平乐》词四首”的记载是真实可信的。“应制”是指其创作方式为应皇帝之旨意而写作；《清平乐》是指歌词创作所依凭的音乐曲调；“词”是指作品的性质为歌词、曲子词；“四首”则是指作词的篇数。这样明确而详细的记载，说明欧阳炯并非得之传闻，而必有文献文本之依据，即欧阳炯很可能亲眼见到了当时流传的李白《清平乐》词的作品。事实上，李白的《清平乐》词依赖唐宋人编辑的几种词集选本而传存到今天的共有五首②，其中除最后一首存在疑问之外③，其余四首皆写宫情与闺怨题材，正与欧阳炯的记载相符相应。

宋代词人对李白词的模仿创作，即是从李白的应制《清平乐》一调开始的。《全宋词》录王观《清平乐·拟太白应制》一词云：

---

① 五代欧阳炯《花间集叙》，据李一氓《花间集校》，人民文学出版社 1981 年版，第 1 页。

② 南宋黄昇《花庵词选·唐宋诸贤绝妙词选》卷一选录李白《清平乐》“禁庭春昼”、“禁闱秋夜”二首，题作“翰林应制”，注云：“唐吕鹏《遏云集》载应制词四首，以后二首无清逸气韵，疑非太白所作。”《遏云集》从名称看，当属歌词选本，惜已佚失不传；吕鹏亦不详，然既云“唐”，当属唐末或五代时人。辽宁教育出版社 1997 年版，第 1 页。又，《尊前集》载李白《清平乐》词五首。此集编者已佚其名，宋人多称引此集，或云为唐人所编，然据今人考证，当为宋初人所辑。据朱祖谋《彊村丛书》本，上海书店、江苏广陵古籍刻印社 1989 年影印本。

③ 《清平乐》“画堂晨起”一首，《尊前集》录为李白词，然宋曾慥《乐府雅词》卷上录作无名氏词。今人或疑为“北宋人作，托名于李白”。参见曾昭岷、曹济平、王兆鹏、刘尊明编《全唐五代词》所附“考辨”，中华书局 1999 年版，第 12 页。

宜春小苑。处处花开满。学得红妆红要浅。催上金车要看。　君王曲宴瑶池。小舟掠水如飞。夺得锦标归去，匆匆不惜罗衣①。

王观，字通叟，如皋（今属江苏）人。其生卒年不详，于仁宗嘉祐二年（1057）进士及第，推知其生年约在仁宗朝初期。神宗元丰年间（1078－1085）迁大理寺丞，知江都县。曾官为翰林学士，后被罢职放逐，故世有“王逐客”之号②。王观擅长诗词，其词集名《冠柳集》。《冠柳集》今已不传，《全宋词》据赵万里辑本《冠柳集》录其词16首，《全宋词补辑》据《诗渊》补录12首③，共存词28首。王观词风近柳永，尤以应制词而闻名，并因此而遭放逐。最早记录此事的是南宋初期吴曾的《能改斋漫录》“王观应制词”条：

王观学士尝应制撰《清平乐》词云：“黄金殿里，烛影双龙戏。劝得官家真个醉，进酒犹呼万岁。折旋舞彻伊州，君恩与整搔头。一夜御前宣住，六宫多少人愁。”高太后以为媟渎神宗，翌日罢职，故世有逐客之号。今集本乃以为拟李太白应制，非也④。

吴曾记载和引录的王观这首《清平乐》词，亦为“应制”而作，从内容看，无非写皇帝与宫女或妃嫔在宫中的戏乐情景，与唐代诗人“宫词”、宫怨一类的诗歌题材相同，只不过情调有些欢娱和轻佻，故而触怒高太后。据此记载可知，故事发生在神宗朝，具体是熙宁年间（1068－1077）还是之后的元丰年间，已不得其详。值得我们注意的是，吴曾在这个记载的末尾辨别说，此词在“今集本”中题作“拟李太白应制”，而吴曾不以为然，认为只是“应制”之作，即应神宗之旨而作。所谓“今集本”，可能是指南宋初期尚在流传的王观的《冠柳集》。如果是这样，则此词在王观本集中原是题作“拟李太白应制”的。那么，吴曾何以判为“非也”呢？这大概与他所记载的此词的创作本事有关。这个本事应该是真实可信的，但即使如此，王观应神宗之旨而作与“拟李太白应制”也并无矛盾，即“应制”而“拟李太白”。笔者认为，本来的情形应该就是“拟李太白应制”，除了吴曾所提供的“今集本”中的题序这个证据之外，我们还可以找到另一个例证，即南宋后期黄昇《花庵词选·唐宋诸贤绝妙词选》卷五，所录“王通叟”《清平乐》二词，皆题作“拟太白应制”。黄昇必有所据，据其在作者名下注云“王通叟名观，有《冠柳集》，序者称其高于柳词，故曰《冠柳》”⑤，可见他既看到了当时仍在流传的王观的《冠柳集》，还看到了集前的序言，其所录王观词，采自本集，当无可疑。

---

① 唐圭璋编《全宋词》，中华书局1986年版，第261页。以下引录宋词作品，除特别注出者外，皆依《全宋词》本，只在作品后括注页码。

② 参见曾枣庄主编《中国文学家大辞典·宋代卷》“王观”条，中华书局2004年版，第35页。

③ 孔凡礼辑《全宋词补辑》，中华书局1981年版，第5页。

④ 南宋吴曾《能改斋漫录》卷一七，上海古籍出版社1984年版，第489页。

⑤ 南宋黄昇《花庵词选·唐宋诸贤绝妙词选》卷五，第79页。

所谓"拟"，即模拟、仿效，虽与追和次韵不同，但也要受到原作内容题材或体式的影响，同样是一种追摹、学习的创作现象。既然如此，也就有痕迹可寻。上录王观二词，皆写君王与宫女在后宫或禁苑的游乐嬉戏生活，这是一般宫中应制诗词常写的内容题材，与李白的应制之作属于同类。当然，仅此一点，我们还不能断为"拟"作，但我们还能找到其他迹象。如王观的"折旋舞彻伊州，君恩与整搔头。一夜御前宣住，六宫多少人愁"四句，与李白"日晚却理残妆，御前闲舞霓裳。谁道腰支窈窕，折旋消得君王"、"女伴莫话孤眠，六宫罗绮三千。一笑皆生百媚，宸游教在谁边"，不仅都写到御前歌舞、媚君邀宠的情景，而且连"折旋"、"御前"、"六宫"等语词意象都是相同的，模仿的痕迹实在昭然可见。

王观之后，南宋的王灼亦有《清平乐·填太白应制词》一首，也属于模拟之作，兹不赘述。

宋人对李白词的学习和追摹是从《清平乐》一调"应制"的宫情词发端的，而且有二人共三首作品出现，这是我们所始料不及的。从今传李白的几首《清平乐》"应制"词来看，艺术表现实属一般；即使就黄升所选录的前二首来看，也并非杰出之作。但我们要指出的是，李白在盛唐之际文人词创作风气未畅的背景下，能以依调填词的方式写出一组《清平乐》来，已属难能可贵，何况他还开启了用流行歌曲来表现宫情、宫怨的先河，这是对传统的闺情、宫怨类诗歌的开拓和创新。这大概也正是李白对后世词坛之所以产生深远影响的一个不可忽视的因素。

二、宋代词人对李白《菩萨蛮》的模仿与次韵

与王观同时或稍后，北宋词坛上著名的女词人之一、曾布之妻——魏夫人亦有对李白词的模拟之作。只不过魏夫人模仿的不是李白的《清平乐》应制词，而是那首著名的曾引起明代以来真伪之争的《菩萨蛮》。

我们先看僧文莹《湘山野录》的记载：

> "平林漠漠烟如织，寒山一带伤心碧。暝色入高楼，有人楼上愁。玉梯空伫立，宿雁归飞急。何处是归程，长亭连短亭。"止此词不知何人写在鼎州沧水驿楼，复不知何人所撰。魏道辅泰见而爱之。后至长沙，得古集于子宣内翰家，乃知李白所作[①]。

魏泰，即魏夫人之弟，曾布之妻弟。魏泰在鼎州沧水驿楼上见到了这首题写在楼壁上的《菩萨蛮》词，很是赏爱，但不知为何人所作。后来魏泰在姐夫曾布家见到了李白之"古集"，方知为李白所作。《湘山野录》约成书于神宗熙宁（1068—1077）年间[②]。这

---

① 宋僧文莹《湘山野录》卷上，中华书局1984年版，第15页。

② 宋晁公武《郡斋读书志》卷三下："《湘山野录》四卷，右皇朝熙宁中僧文莹撰，记国朝故事。"文渊阁《四库全书》本。

个记载，出自与曾布、魏泰同时且与二人有交的僧文莹，本属可信，可自明人发难之后，长期以来聚讼纷纭。至20世纪后期以来，已有学者找到了曾载有李白《菩萨蛮》、《忆秦娥》二词的那个"古集"本——宋咸淳本《李翰林集》，为释疑去伪提供了一个有力的证据①。实际上，在文莹的记载之前，各本《尊前集》都已收录了李白的《菩萨蛮》等词，可能文莹等人当时未见到《尊前集》，故"不知何人所撰"。此外，宋高承《事物纪原》卷二引杨绘《本事曲》云："近传一阕，云李白制，即今《菩萨蛮》，其词非白不能及，信其自白始也。"②《事物纪原》约成书于神宗元丰三年（1080），所引杨绘（1027—1088）撰《本事曲》一书，当成书更早③，可见李白《菩萨蛮》词已于此前传世有时矣。

暂且撇开以上这些文献的著录和记载，让我们来看看魏夫人所作的三首《菩萨蛮》词。兹引录其第二首如下：

东风已绿瀛洲草。画楼帘卷清霜晓。清绝比湖梅。花开未满枝。　长天音信断。又见南归雁。何处是离愁。长安明月楼。

魏夫人，生卒年不详，但据其夫曾布的生卒年（1036—1107）来看，其年岁当略为晚些。《全宋词》收魏夫人词共14首，其中《菩萨蛮》词凡3首。这三首词并无"拟太白"一类的题序，故一向不易引起人们的注意。但是在未找到载有李白《菩萨蛮》、《忆秦娥》二词的"古集"本这个证据之前，葛景春先生还是注意到了魏夫人的这三首《菩萨蛮》词，说"这三首词的意境、风格、语词、句式都与李白《菩萨蛮》词有些地方很相似。……尤其是魏词的第二首的下阕'长天音信断，又见南归雁。何处是离愁？长安明月楼'，简直是李词下阕'玉阶空伫立，宿鸟归飞急。何处是归程？长亭连短亭'的翻版。"他经过分析得出结论说："由此三首《菩萨蛮》词可证，魏夫人确实是见过李白那首《菩萨蛮》词的，并深受其熏陶和影响。……由此也可以说明，魏泰在曾布家见过署名为李白的《菩萨蛮》词，确有其事。"④ 葛先生超越前人有关李白词真伪之争的狭隘空间，转而注意到魏夫人这三首《菩萨蛮》词的创作有模仿李白词的迹象，以此作为李白作《菩萨蛮》词的一个"新证"，确实独具慧眼，发前人所未发。

需要指出的是，宋代词人对李白《菩萨蛮》词的追摹、仿效，除了现存最早的魏夫人的三首作品之外，我们还能找到更多的例证。在《全宋词》计算机检索系统中，通过输入李白原作中几个重要的韵字，我们便找到了不少运用相同韵字的词作，经过判读，便可以看出其中一部分作品带有或多或少模仿李白词的痕迹。兹依《全宋词》的著录顺

---

① 参见葛景春《宋咸淳本〈李翰林集〉中有〈菩萨蛮〉〈忆秦娥〉词——李白〈菩萨蛮〉词补证》，原载《中国首届唐宋诗词国际学术讨论会论文集》，江苏教育出版社1994年版；收入葛景春《李白研究管窥》，河北大学出版社2002年版，第62—65页。

② 宋高承《事物纪原》卷二，文渊阁《四库全书》本。

③ 参见吴熊和《唐宋词通论》第五章"词论"，商务印书馆2003年版，第279页。另参朱崇才《词话史》第二章"北宋：词话的成立"，中华书局2006年版，第34—35页。

④ 葛景春《李白〈菩萨蛮〉词新证》，原载《李白研究》1990年第2期，收入葛景春《李白研究管窥》，第60页。

序摘录如下：

蔡伸《菩萨蛮·广陵盛事》："水光山影浮空碧。柳丝摇曳春无力。柳岸系行舟。吹箫忆旧游。"（第1014页）

韩元吉《菩萨蛮·叶丞相园赏木犀，次韵子师》："梧桐叶上秋萧瑟。画阑桂树攒金碧。花底最风流。相逢不上楼。"（第1392页）

侯寘《菩萨蛮·饯田莘老》："江风漠漠寒山碧。孤鸿声里霜花白。画舸且停桡。有人魂欲销。"（第1431页）

姚宽《菩萨蛮·春愁》："斜阳山下明金碧。画楼返照融春色。……无言空伫立。花落东风急。"（第1482页）

沈端节《菩萨蛮》："春山千里供行色。客愁浓似春山碧。"（第1681页）

沈端节《菩萨蛮》："楚山千叠伤心碧。伤心只有遥相忆。"（第1681页）

张孝祥《菩萨蛮·登浮玉亭》："江山佳处留行客。醉余老眼迷空碧。独倚最高楼。乾坤日夜浮。"（第1706页）

张孝祥《菩萨蛮·林柳州生朝》："史君家枕吴波碧。朱门铺手摇双戟。也到岭边州。真成汗漫游。"（第1714页）

吕胜己《菩萨蛮》："遥山几叠天边碧。故教遮断天涯客。楼倚暮云端。春风罗袖寒。"（第1764页）

吕胜己《菩萨蛮·题莲花庵》："岭猿啸罢千山碧。小庵虚室团团白。庵在小山头。从来少客游。"（第1764页）

赵长卿《菩萨蛮·霜天旅思》："霜风飒飒溪山碧。寒波一望伤行色。"（第1804页）

辛弃疾《菩萨蛮》："西风都是行人恨。马头渐喜归期近。试上小红楼。飞鸿字字愁。阑干闲倚处。一带山无数。不似远山横。秋波相共明。"（第1966页）

赵师侠《菩萨蛮》："晚风断送归帆急。重城回首天连碧。犹有小楼情。西山如旧青。故园今渐近。应卜灯花信。一喜一牵萦。平分两处心。"（第2084页）

严仁《菩萨蛮·双溪亭》："征鸿点破空云碧。丹霞染出新秋色。返照落平洲。半江红锦流。"（第2550页）

仇远《菩萨蛮》上片后二句："徙倚最高楼。秋波春望愁。"（第3411页）

以上所引12人共15例，除蔡伸为北宋末南渡初人（1088—1156）之外，其他全为南宋词人。其中，我们引录了辛弃疾和赵师侠两首完整的《菩萨蛮》，从内容题材来看，皆写羁旅行役之况，思乡怀人之情，与李白原作基本相同；从语词、意象、用韵、句式来看，辛词中的"红楼"、"飞鸿"、"远山"、"一带"、"归期"等，赵词中的"晚风"、"归帆"、"重城"、"天连碧"、"小楼"、"西山"、"故园"等，都与李白原词有对应或相近之处，而辛词"试上小红楼，飞鸿字字愁"二句所在位置及所用韵字与李白原作完全相同，赵词首二句所用“急”、“碧”两个叶韵字，也正是李白原作中的两个韵字，而且“碧”字的用韵位置完全相同。从这些迹象看来，辛、赵二词的创作应该受到了李白词的影响。此外，在其他词人的同调之作中，模仿李白词的地方也是显而易见的。如姚宽的“无言空伫立，花落东风急”，张孝祥的“独倚最高楼，乾坤日夜浮”，仇远的“徙倚最高楼，秋波春望愁”，句式及其所在位置以及所用韵字，也与原作相同（仅张孝祥词中的“浮”字非原作韵字，但属同部韵字），尤其是“无言空伫立，花落东风急”二句，应该就是从李白“玉阶空伫立，宿鸟归飞急”套用来的。另外，在上片三四句的地方，写到“楼”的意象，或用到与李白原作同韵部的字做韵脚的，也还有好几例。尤其值得注意的是，上引15例中除辛弃疾和仇远二例外，共有13例用到“碧”字，而且都是用作韵字，其位置也都是在第二句或第一句。这种惊人的一致性和相似性，也很有力地说明他们的创作都是来自于对李白词的学习和模仿。李白原作固然以整体的浑成意境而取胜，但若就炼字炼句而论，首二句尤为精彩。对此，古今论者已有相同的体认和评赏：“人首二句，意兴苍凉壮阔”①；“一起写平林寒山境界，苍茫悲壮”②。应该说，这种意境和风格的构成，与“烟如织”和“伤心碧”这两个意象的创造是不无关系的。因此，首二句尤其是“寒山一带伤心碧”也就成为了李白此词的名句，而“碧”字作为韵字也就成了全词中最引人注目的一个“词眼”了。上引13例对“碧”字的运用，大多与“山”意象联结在一起，而且多带感伤的色彩和情调，正与李白原作的精髓神韵相通。尤其是“江风漠漠寒山碧”、“客愁浓似春山碧”、“楚山千叠伤心碧”、“遥山几叠天边碧”、“岭猿啸罢千山碧”、“霜风飒飒溪山碧”等句，对李白词句的模仿和化用的痕迹特别明显，其中沈端节“楚山千叠伤心碧”一句，“伤心碧”三字与李白原作完全相同，更能说明问题。

由以上分析可见，李白《菩萨蛮》词在南宋时期的传播更为广泛了，因而对当时词坛的影响也更为普遍了，所以才有更多的词人来进行模拟性的创作。

下面，我们再来看南宋韩淲（1159—1224）的一首《菩萨蛮·花溪碧》。词云：

> 丝丝柳色清愁织。山城望断花溪碧。回首仲宣楼。登临无计愁。　雨声吹海立。流转韶光急。九万有鹏程。沉香天上亭。　　（《全宋词》第2257页）

此词题作“花溪碧”，也并无“拟太白”、“和太白”一类的题序，故前人无有注意者。但笔者通过电脑检索和阅读发现，此词实际上是一首标准的“次韵”、“和韵”之作，即严格依李白原作的韵字、韵序而作。尽管受到了原作韵字、韵序的制约，但这首和韵词在艺术表现上还是相当不错的，尤其是开头两句，“织”、“碧”这两个韵字的运用，便体现了作者对李白原作“烟如织”、“伤心碧”这两个重要意象的细腻体悟和准确把握。末句“沉香天上亭”，也隐指李白天宝初年在宫中时期于沉香亭前应制而写《清平调》词

① 清黄苏《蓼园词选》，据程千帆主编《清人选评词集三种》，齐鲁书社1988年版，第16页。
② 唐圭璋《唐宋词简释》，上海古籍出版社1981年版，第1页。

的故事。由此我们完全可以肯定，韩淲一定是在读到了李白的《菩萨蛮》词之后才依韵追和的。虽然这是我们今天所能见到的宋代词人严格追和李白《菩萨蛮》词韵的唯一之作，但它的意义却是不容忽略的，它既说明了李白词在南宋词坛传播的进一步明晰化，也表现了李白词对南宋词人创作所产生的影响已超越了一般的模拟水平而达到了一个更高的层次。

三、宋代词人对李白《忆秦娥》的次韵与模仿

相比于《清平乐》、《菩萨蛮》二调，李白《忆秦娥》一词的传承情况则要稍微复杂一些。不知是何原因，各本《尊前集》皆没有载录李白此词。人们在很长时期内皆以为，李白此词始见于南宋初期邵博的《邵氏闻见后录》。该书在完整著录此词后说：

> 李太白词也。予尝秋日饯客咸阳宝钗楼上，汉诸陵在晚照中，有歌此词者，一坐凄然而罢①。

邵博为邵伯温（1057－1134）之子，生年不详，卒于南宋高宗绍兴二十八年(1158)。据其自序，《后录》一书乃续其父《邵氏闻见录》而作，成书于绍兴二十七年(1157)。从其记载来看，此词是他某年秋日在咸阳宝钗楼上“饯客”时听人所歌，地点既是在咸阳，又是以回忆的笔调出之，当是北宋末、南渡前作者尚年轻时候的事情。这个记载，比之唐宋人记载李白《清平乐》、《菩萨蛮》词的时间自然要晚了些，但从中我们可以看出，李白此词在北宋末期的古都咸阳已有相当广泛的歌唱和传播。如果我们再证之以北宋僧文莹所记、今人所考魏泰在曾布家所见李白“古集”本中已有此词的事实(参见上文)，则更可见此词来源有自，流传已久，则明代以来对此词的疑伪之说，自当消释。

我们现在所要考察的是，从宋代词人的创作中，我们是否也能找到李白此词传播和影响的现象和事例呢？答案当然是肯定的。首先，我们来看李之仪的《忆秦娥·用太白韵》：

> 清溪咽。霜风洗出山头月。山头月。迎得云归，还送云别。　　不知今是何时节。凌歊望断音尘绝。音尘绝。帆来帆去，天际双阙。　（《全宋词》第343页）

李之仪（1048－1118）为北宋后期词人②，其年岁稍晚于上述曾模仿李白《清平乐》和《菩萨蛮》的王观、魏夫人。但值得注意的是，李之仪乃是我们今天所能见到的追和

① 南宋邵博《邵氏闻见后录》卷一九，中华书局1983年版，第151页。

② 李之仪的生卒年，据曾枣庄主编《中国文学家大辞典·宋代卷》作1048－1128?，第300页；据王兆鹏、刘尊明主编《宋词大辞典》作1048－1127，凤凰出版社2003年版，第450页。此据王兆鹏等《两宋词人丛考》作1048－1118，凤凰出版社2007年版，第220页。

次韵李白词的第一人。李之仪既有诗文词合集的《姑溪居士文集》，又有单行本的词别集《姑溪词》，皆见于宋陈振孙《直斋书录解题》的著录。他这首“用太白韵”的《忆秦娥》，在其合集本和词别集中都收录了，《全宋词》所收即据其合集本。李之仪既明确题为“用太白韵”，则必然是见到了传为或署名李白的《忆秦娥》原作。至于李之仪所见到的李白原作的出处，究竟是李白“古集”本诗文集，还是唐宋人所编选的词总集或词选本，如传为唐吕鹏所编收有李白《清平乐》应制词四首的《遏云集》，还是当时乐工歌妓辈的传唱，已不得其详。比较李之仪的和韵词与李白的原唱，可见李之仪乃是比较严格地按照李白原唱的格律音韵来创作的。原唱分上、下两阕，每阕各 5 句；上阕每句皆押韵，共叶 5 韵；下阕叶 4 韵，第 4 句不用韵；上、下阕第 3 句，皆为前一句末尾三字的重叠。李之仪的次韵词，除了上阕第 4 句不用韵外，其他韵字、韵序皆依原唱，字声平仄也皆与原唱相合，只有上下阕的末二句略有变化。尤其重要的是，此词写清冷之境，抒离别之情，在意境和风格上也颇似原作。

也许是受李之仪这首次韵词的影响，也许是李白原唱的进一步传播，从北宋末至南渡后模仿李白《忆秦娥》词的创作逐渐多了起来。通过对韵字的检索和分析，我们共发现了多达 17 例的作品具有较明显的模仿李白词的痕迹。这 17 首作品出自 13 位词人，兹依《全宋词》的顺序列出他们的姓名：王庭珪、房舜卿、仲并、曾觌、朱熹、张孝祥、王炎、石孝友、刘克庄、何梦桂、刘辰翁、陈德武、汪元量。其中，刘克庄 2 首、刘辰翁 4 首，其他人各一首。为节省篇幅，兹选录 7 例如下：

梅花发。夜寒吹笛千山月。千山月。此时愁听，龙吟幽咽。　　数枝飞尽南枝雪。风光又作年时别。年时别。江头心绪，乱丝千结。

——王庭珪（第 817 页）

梅花发。寒梢挂著瑶台月。瑶台月。和羹心事，履霜时节。　　野桥流水声呜咽。行人立马空愁绝。空愁绝。为谁凝伫，为谁攀折。

——朱熹（第 1676 页）

修禊节。晋人风味终然别。终然别。当时宾主，至今清绝。　　等闲写就兰亭帖。岂知留与人闲说。人闲说。永和之岁，暮春之月。

——刘克庄（第 2644 页）

伤离别。江南雁断音书绝。音书绝。两行珠泪，寸肠千结。　　伤心长记中秋节。今年还似前年月。前年月。那知今夜，月圆人缺。

——何梦桂（第 3148 页）

收灯节。霖铃又似龟山雪。龟山雪。今宵清绝，今宵愁绝。　　老人似少终然别。痴痴更望春三月。春三月。花如人面，自羞余发。

——刘辰翁（第 3195 页）

疏帘揭。云端仰见娟娟月。娟娟月。不应何恨，照人离别。　　闭门独睡空愁绝。姮娥梦里低低说。低低说。悲欢离合，阴晴圆缺。

——陈德武（第3462页）

如何说。人生自古多离别。多离别。年年辜负，海棠时节。　　娇娇独坐成愁绝。胡笳吹落关山月。关山月。春来秋去，几番圆缺。

——汪元量（《全宋词补辑》第87页）

这些作品虽然都没有标明“拟太白”、“和太白”等字样，但从押韵看，都与李白原作属同部韵，而且绝大部分韵字如“月”、“别”、“节”、“绝”、“咽”等，皆与原作相同，只是韵字的位置略有变化。其他未引录出来的各首作品，情况也大多如此。此外，从题材内容、意境风格等方面来考察，也多与李白词相类或相近。

另外，还有两首南宋词人的《忆秦娥》词，虽然与李白《忆秦娥》用韵不同，却明显表现出受李白《菩萨蛮》词影响的迹象。兹引录二词如下：

云破碧。作霜天气西风急。西风急。一行征雁，数声横笛。　　挑灯试问今何夕。柔肠底事愁如织。愁如织。紫苔庭院，悄无人迹。

——王千秋（第1468页）

暮云碧。佳人不见愁如织。愁如织。两行征雁，数声羌笛。　　锦书难寄西飞翼。无言只是空相忆。空相忆。纱窗人梦，梦双人只。

——无名氏（第3746页）

这两首作品，从语词、意象、意境、风格乃至用韵来看，明显受到了李白《菩萨蛮》词的影响。单从用词、用韵方面来看，王千秋词中的“云破碧”、“西风急”、“愁如织”三组语词，无名氏词中的“暮云碧”、“愁如织”两组语词，很显然是从李白《菩萨蛮》“平林漠漠烟如织，寒山一带伤心碧”等句化用而来，而“碧”、“织”、“急”三字，也正是李白《菩萨蛮》词中所用的三个重要的韵字。作《忆秦娥》词，却受到李白《菩萨蛮》词的影响，这个现象和信息很容易让我们产生如此的推想：一是这两位作者对李白《菩萨蛮》、《忆秦娥》二词都很熟悉，故在创作时能产生联想和化用；二是在他们所见到和听到的李白词中，《菩萨蛮》、《忆秦娥》二词很可能是同时出现或前后相续的。

四、小结：对宋人模仿次韵李白词的意义评估

以上，我们分词调、按时序，对宋代词人模仿及次韵李白词的情况做了一个初步的考察和分析。最后，我们想在此基础上，略作总结与评估。

首先，我们将宋代词人模仿及次韵李白词的作品列表如下（见文末）。

其次，我们再对有关数据和现象做点定量分析和意义评估的工作。

（一）由检索统计数据可见，两宋词人受到李白词的影响，进行或次韵或模仿性的创作，共涉及32人凡42首作品。这个数字应该说还是相当可观的，它说明李白词在宋代词坛的传播是非常广泛的，宋人对李白词的学习和模仿创作也具有了一定的普遍性，而并

非个别的偶发现象。

（二）由宋人的次韵及模仿作品来看，主要涉及李白的《清平乐》、《菩萨蛮》、《忆秦娥》这三调作品，各有3首、19首、20首模仿或次韵之作，而这三调之词正是传承至今的李白词中的代表作，这不仅说明了李白词在宋代词坛的传播主要以这三调代表作为主体，而且也反映了李白这三调之作对宋代词人的创作所产生的影响为最大。

（三）在我们检索和统计的42首词作中，明确标明“拟太白”、“用太白韵”的作品共4首，严格按李白原作原韵来追和次韵的只有李之仪《忆秦娥》、韩淲《菩萨蛮》各一首，其他皆为模拟仿效之作。虽然有明确题记的作品只占少数，但这类题记的出现却不容忽视，它们既表明宋人所据以模仿和次韵的原作在宋代传为李白作或署名李白作的事实，也反映了宋代词人对这些李白词的认同、学习和追摹的态度。其他大多数没有题记的作品，我们通过分析也可以看出明显受李白词影响的痕迹或模仿李白词的迹象，如韩淲的《菩萨蛮》一首没有题序，却是一首严格的次韵之作，即具有一定的代表性。就《忆秦娥》一调来看，虽然只有李之仪一首标明“用太白韵”，但其他19首在用韵上几乎都与李白词属同部韵，也算得上是不太严格的追和创作。当然，我们也不能完全排除其中的巧合因素或非自觉现象，但是从总体上来看，我们却不能全盘否定这些作品的创作与李白原作毫无关系。

（四）尽管宋人这些有题序或无题序的模仿次韵李白之作，都没有显示他们是从何处看到和接受李白原作的信息，但我们完全可以结合相关的宋代词学文献资料做出合理的推断，大致有这样几种途径：一是如邵博所记，从当时歌妓的传唱中接受李白词；二是如魏泰、魏夫人那样，从李白诗文集的“古集”本中接触到李白词；三是如黄升那样，从唐宋人编刻的歌词总集或选本如《遏云集》、《尊前集》、《花庵词选》中读到李白词。

（五）我们需要特别指出的是，过去对李白词的真伪之争，学者们多关注的是李白词传承的文献出处的真实性，作品的艺术水准与词史演进的不同步性等问题，而很少将眼光投射到宋代词坛和词人的创作实践中。通过对宋人模仿次韵李白词的考察和分析，我们获得了这样的认识和启示：在古代文学文献的传播链条出现脱落或断裂的情况下，在有关作家作品的真伪问题存在争议难以确定的情况下，从当时或后世的文学创作活动中去寻找资料或证据，也许不失为一种可行的途径和方法；我们固然需要从文献文本的角度考证作品的真伪，但也不可忽视创作领域中的接受现象和认同事实。就李白词而言，其诗文集的“古集”本中原是收录了《菩萨蛮》、《忆秦娥》等词的，可经过宋人整理后的文本中却没有了，而在很长时间内人们所见到的李白的诗文集主要是经过宋人整理后的本子，而那个未经整理的“古集”本却到了很晚的时候才又得以发现。又比如据黄升记载，他在编选《花庵词选·唐宋诸贤绝妙词选》时，据“唐吕鹏《遏云集》”选录了其中所载李白《清平乐》应制词四首中的两首，而遗弃了“无清逸气韵”的另外两首，这说明唐吕鹏所编《遏云集》至少在南宋后期还在流传，该集中除了载有李白《清平乐》四首外，是否还有李白的其他词作呢？因此集今已不传，我们已不得其详，但据黄昇《花庵词选》来看，共选录李白《菩萨蛮》、《忆秦娥》、《清平乐》（2首）、《清平调》（3

首），凡4调7首，其选词态度和审美标准既严于吕鹏，则吕鹏所录李白词作或许不止此数，至少也可能都包括这些作品在内。我们举这两个例子是想说明，古代文学文献在传播途中出现散佚或其他复杂情况，原是很普遍的事情，文学疑案的产生也就在所难免了。但是，当我们转向文坛领域和创作活动的时候，我们或许会有新的发现。就李白词而言，既然宋代词人有这么多模仿次韵之作，也就从一个侧面对唐宋时代有关文献的记载做出了印证；既然宋代词人标明或表现的是对李白词的次韵或模仿，则他们在意识中和实践上接受的就是李白词的影响，对于这个创作现象和历史事实我们是应该给予承认和肯定的。黄升选录李白《菩萨蛮》、《忆秦娥》二词，作为《花庵词选·唐宋诸贤绝妙词选》的开篇之作，并高度评价说“二词为百代词曲之祖”，这是他对李白词史地位的评估，应该与他对唐宋词人创作实践中模仿学习李白现象的体认和总结有关（《花庵词选》中即收录了王观《清平乐·拟太白应制》二首等作），这对我们重估李白的词史地位，也许有所启益。

本文对宋人模仿次韵李白词的考察，尚处于尝试阶段，所得体认与见解或有未妥之处，还请大方之家不吝指教。对李白词的模仿及追和，在元明清各代有更突出的表现，有关情况，当另文撰述。

宋代词人模仿及次韵李白词作品一览表

李白原作	宋代词人次韵或模仿之作		出处（页码）	备注
	作者	题序/首句		
清平乐	王观	拟太白应制/宜春小苑	261	据中华书局1986年版《全宋词》，下同
		应制/黄金殿里	261	《花庵词选》题作“拟太白应制”
	王灼	填太白应制词/东风归早	1034	
		溪山掩映斜阳里（无题序）	268	
	魏夫人	东风已绿瀛洲草（无题序）	268	
		红楼斜倚连溪曲（无题序）	269	
	蔡伸	广陵盛事/水光山影浮空碧	1014	
	韩元吉	梧桐叶上秋萧瑟（有题序，略）	1392	
	侯寘	钱田莘老/江风漠漠寒山碧	1413	
	姚宽	春愁/斜阳山下明金碧	1482	
	沈端节	春山千里供行色（无题序）	1681	
		楚山千叠伤心碧（无题序）	1681	

续表

李白原作	宋代词人次韵或模仿之作		出处（页码）	备注
	作者	题序/首句		
菩萨蛮	张孝祥	登浮玉亭/江山佳处留行客	1706	
		林柳州生朝/史君家枕吴波碧	1714	
	吕胜己	遥山几叠天边碧（无题序）	1764	
		题莲花庵/岭猿啸罢千山碧	1764	
	赵长卿	霜在旅思/霜风飒飒溪山碧	1804	
	辛弃疾	西风都是行人恨（无题序）	1966	
	赵师侠	晚风断送归帆急（无题序）	2084	
	韩淲	花溪碧/丝丝柳色清愁织	2257	次李白原韵
	严仁	双溪亭/征鸿点破空云碧	2550	
	仇远	翠鸾不隔巫山路（无题序）	3411	
忆秦娥	李之仪	用太白韵/清溪咽	343	次李白原韵
	王庭珪	梅花发（无题序）	817	
	房舜卿	与君别（无题序）	997	
	仲并	木樨/隈岩侧	1287	
	曾觌	西风节（无题序）	1320	
	王千秋	云破碧（无题序）	1468	此首用《菩萨蛮》语词韵字等
	朱熹	梅花发（无题序）	1676	此首《花庵词选》作张孝祥词
	张孝祥	元夕/元宵节	1713	
	王炎	头如雪（无题序）	1859	此王炎，字晦叔，号双溪
	石孝友	秦楼月（无题序）	2042	
	刘克庄	暮春/游人绝	2644	
		上巳/修禊节	2644	
	何梦桂	伤离别（无题序）	3148	
	刘辰翁	烧灯节（有序，略）	3194	刘辰翁4首用韵全同。
		惊雷节（有序，略）	3194	
		梅花节（无题序）	3194	
		收灯节（无题序）	3195	
	陈德武	疏帘揭（无题序）	3462	
	汪元量	如何说（无题序）	87	据《全宋词补辑》
	无名氏	忆别/暮云碧	3746	此首用《菩萨蛮》语词韵字等

从准《草堂诗余》初选本蠡测南宋文人词之音乐文学标准

黑龙江大学　胡元翎

词，从她诞生之日起应是音乐文学。随着词乐谱的失传，对词的研究已形成案头化诗化的解读惯性，然而词史的发展是有其固有规律的，元明词不断出现的“曲化”现象就在提示着什么。笔者已论：“曲化”也即“流行音乐化”，我们选取“曲”的广义概念，那么“当词可唱时，词就是曲，无所谓曲化，当词不可唱时，才有曲化的提出”，“因为总体诗化了的词也有一个渐变的过程，其中深藏于骨子中的‘曲’基因不是能立即随其功能的变化而消失，它要经历不断的汰洗过程，而且这种基因是作为一种生命本质而存在，它是活的，在合适的条件下有时就会蓬勃兴起”。换句话说，“自她出生即带来的曲的基因令其在备受压抑的状态中也要顽强地去找寻适合的养分，发展这一天分。那么不同时期正在活跃的音乐形态都可能是它寻找并吸纳的对象，那么‘曲化’就发生了”。基于此，宋以后词之曲化标准该如何确定，已是一个富于变化的随不同时代而应时刻调整的课题。而变化的开始理应从南宋遗失乐谱时算起，那么若要理清元明词的曲化之路径，也理应从此开始。本文力图作此尝试。

在没有乐谱作为参考的情况下，词的流行音乐化或者“曲化”的文本标准是什么？目前能想到的最好的办法之一是解剖《草堂诗余》初选本。

《草堂诗余》初选本的性质从陈振孙《直斋书录解题》所云“《草堂诗余》二卷，书坊编集者”句中即有判定。它在南宋时即作为歌本被大小书坊刊刻及广布流传，至明末共计四十余个版本，创立了元明词选刊刻频数之最高纪录。它理应属于既在民间流传又被当时文人所认可的（有学者谓之江湖词人）唱本系列之一，它承载着广大受众群所接受的当时词的音乐化特质——可歌性、流行性、娱乐性。用吴昌绶的话说是“取便时俗，流传浸广”。如结合其功用，找寻它在选家、所选题材以及风格技巧等等方面的特点，并将之视为词这一音乐文学的文本标准，也算是在我们无法找寻到词音谱的情况下的权宜之法，从而也更能客观公允地还之以应有的价值。

一、准《草堂诗余》初选本的确定

据《四库全书总目提要》考定，《草堂诗余》应编定于南宋宁宗庆元（1195－1200）以前，但初选本已佚，今天，我们只能选取现存最早的元至正癸未（1343）的庐陵泰宇书堂刻本以及双璧陈氏元至正辛卯（1351）刊本作依准。癸未本今藏日本狩野直喜氏及台北“国家”图书馆，国家图书馆有影钞本一册，不全。辛卯本藏于台北“国家”图书馆。现便于参考者应属遵正洪武本，该本上图、国图均藏，且刘崇德、徐文武点校《明刊草堂诗余二种》中所收正是明洪武本。洪武遵正堂本有吴昌绶《双照楼题跋》曰：

日本狩野博士有元至正癸未庐陵泰宇书堂刊本。后集与洪武本同。惟前集每半叶十二行，注语行款小异。版已刓毕，中多缺叶。癸未至壬申仅五十年，泰宇、遵正，同是江西坊肆。盖先有十二行本，岁久版损，遂以十三行本之后集合印，转不如洪武本为完善也。

又清水茂《至正癸未庐陵泰宇书堂刊本〈妙选群英草堂诗余〉后记》亦认为“与这个本子最接近的是双照楼影刊明洪武本”。其分类与元本相同，收词亦相近。稍有出入者是，辛卯本仅多洪武本七阕。由是推之，洪武本加上元本未收的应是接近于宋本的，如果再将洪武本中标明为“新增”、“新添”字样的后人不断增收的词作再删去，可以说更接近于宋本，我们姑且称之为准宋本。那么除却新增25首、新添80首，准宋本选词270首左右。

二、流行音乐人的独特构成

真正的富于生命力的音乐文学的最基本要素应是音乐性、民众性（亦可称民间性或流行性）、娱乐性。虽然它是变化的、发展的，从内容和形式都可能面临着被替代，但只要在某一历史时段它活跃过，在当时必存在这三种要素。而且此后也会不断地呼唤着这三种要素皆备的音乐文学的诞生。“凡属选集，一般具有便读、留人、开宗、立派的目的。”宋人选词存世的《花庵词选》、《乐府雅词》、《阳春白雪》、《绝妙好词》等都是为此，而《草堂诗余》初选本是其中最独特的。它是歌本，目的很单纯，为应歌而设，无意留名千古，也无意阐扬某种观念。我们先从所选词家的情况开始梳理，看看作为歌本的词选与一般词选究竟有哪些不同。

初选本中所收入的词家大约90人，还有诸多标名为无名氏者。其中选词超过10首以上者有周美成：25＋20首；苏东坡：21＋3首；秦观：19首；欧阳修：12首；柳耆卿：11＋5首。（加号后面的数字是洪武本中标示新增、新添的数目。）

以后依次是晏同叔4首、李清照4首、康伯可4首、僧仲舒4首、赵德麟4首、胡浩然4首、张先3首、张元幹3首、李后主3首、晁无咎3首、晏几道3首、汪彦章3首、叶梦得3首、王观3首、黄山谷2首、王介甫2首、叶梦得2首、黄叔旸2首。其余大部分皆是1首。

从作者情况的考察中我们发现：

第一，大词家一定也是“流行音乐”家。

从排列于前五名的作者名单看，颇通音律的应首推周美成、柳耆卿，这已毫无疑义。

周邦彦完全凭其词本身的音乐魅力而冠于排行榜之首。南宋人曾云“公之殁，距今八十余载，世之能诵公赋者盖寡，而乐府之词，盛行于世，莫知公为何等人也”，亦云“以乐府独步，贵人、学士、士儇、伎女，皆知其词为可爱”，“非溢美也”。连南宋大词家也不得不感叹，梦窗《惜黄花慢》词叙云："吴江夜泊惜别，邦人赵簿携伎侑尊，连歌数阕，皆清真词。"亦可证梦窗时美成词尚可歌。那么，以上25首理应是被贵人、学士、士偎、伎女皆认可的流行歌曲。

被选入的柳耆卿词没有想象的那么多，"凡有井水饮处皆能歌柳词"的盛况在南宋时似已是明日黄花，但位居第五亦可。其实这也可反证流行歌曲的当下性。所选的10首词与明潘游龙辑《古今诗余醉》比勘，除《雨霖铃》与《玉蝴蝶》相重外，其余皆不同。与文学史中人们习惯性的接受也有不同，如胡云翼《宋词选》选柳永7首词，其中只有《雨霖铃》与之相重，其余我们皆认可的柳永名篇，如《八声甘州》、《望海潮》、《夜半乐》、《蝶恋花·伫倚危楼风细细》等都不见踪影。陶尔夫、诸葛忆兵《北宋词史》论及柳永时所涉词篇颇丰，但与上列相重的也只有《雨霖铃》、《倾杯乐》。可见其选词标准有其独特性。柳词之盛行，黄裳《演山集》卷三十五已说得明白："予观柳氏乐章，喜其能道嘉祐中太平气象，如观杜甫诗，典雅文华，无所不有。是时予方为儿，犹想见其风俗，欢声和气，洋溢道路之间，动植咸若。"他点出了柳永歌词的两大功绩：一是盛世之音；一是风俗之响。他作为仁宗四十二年辉煌历史的见证人和描述者，同时也作为文人回归市井、再现市井的身体历行者，其"浅近卑俗，自成一体，不知书者尤好之"。毋庸置疑，柳永词随便拿出一首皆应可歌，且颇具流行性，被下层百姓广为接受。他的唯一问题是文人在接受他的过程中会不断地出现障碍。《草堂诗余》中柳永词并不算多就说明了这点。

东坡与秦观，作为苏门掌门人及四学士之一，分列第二及第三。二人的词风我们知道有很大不同，其中秦观与柳永相似，在音乐文学传布中应属最当行、最具"词心"的词人。倒是东坡词，如从音乐文学这一视角来衡量，常被冠之以"不协音律"之罪名，然他在此集中却能位列第二，原因何在？正常的理由应是：民间喜欢东坡词，东坡词可歌。东坡词并不是不合音律。从所选的这二十余首词中，《水龙吟·楚山修竹如云》（赠赵晦之吹笛侍儿）能对笛之地、笛之材、笛之时、笛之怨、笛之人、笛之曲、笛之声、笛之功描绘尽尽，曲尽其妙（据《张侃《拙轩词话》），不好音律者恐不能至此。其《水龙吟·似花还似非花》已使诸多评家为其"不叶律"而辩护。其《水调歌头·明月几时有》不仅文士喜爱，而且从一诞生即"都下传唱"，且中秋词自此词一出，"余词尽废"。他的《贺新郎·乳燕飞华屋》，周济评曰："北宋有无谓之词以应歌，南宋有无谓之词以应社。然美成《兰陵王》、东坡《贺新郎》当筵命笔，冠绝一时。"他的《蝶恋花·花褪残红青杏小》竟令朝云"泪满衣襟"，不歌而罢。这些都说明苏轼及其词作在民间普遍被认可，所谓"以诗为词"的争议并不影响其传唱，后世谨守的词之正统规范在广阔的音乐土壤中似没有什么位置。

欧阳修值得特别一提。人们皆知欧阳修有两类词——文人雅词与俚俗词。如果从文人雅词这一角度来衡量，欧阳永叔的词坛地位应与晏同叔的地位不相上下，所谓（冯正中词）"晏同叔得其俊，欧阳永叔得其深"也，可《草堂诗余》收欧阳修12首词，而只收晏同叔4首。我们不能不说，欧公得益于他的大量俚俗词在民间的影响。

第二，不辨婉约、豪放派，力拒清空、骚雅派。

我们发现歌本对所谓“婉约”、“豪放”派词人等而视之，或者说歌本并无婉约、豪放的概念。这从周邦彦与苏轼势均力敌的选词数量即可印证。可能有人会说集子中豪放派词人甚少，大多数都是婉约词人。可豪放派词人大多都在南宋，而集子中南宋词人本来就少，南渡及南宋词人只有吴亿、张元幹、李清照、辛弃疾、康伯可、张抡、甄龙友、朱熹、京镗、赵善扛、吴礼之、刘镇、宋自逊、冯伟寿、俞克成等，而其中选4首的只有李清照、康伯可，选3首的有张元幹，其余皆1首或2首，辛弃疾才入选1首。总共不到30首，仅占九分之一。但辛弃疾与张元幹名字的被列入以及苏轼的几首著名的被公认为豪放词的作品入选以及范仲淹《渔家傲》的入选都已说明集子对此没有偏见。从中，亦给我们一个提示：作为音乐文学的词，它的界域并不像我们以前认为的那样狭窄。《草堂诗余》绝不是一开始就仅重婉约。

有人说《草堂诗余》重北宋轻南宋，这从数量的选择上看倒是事实，但若说以此判定该歌本从态度上轻视南宋词，我想并不一定准确。之所以南宋词人词作少，我认为另有原因。该歌本据说编定于宁宗庆元年（1195）之前，如果南宋从高宗建炎元年（1127）始至魏王（1279）终算起，总共为一百五十多年，那么此歌本编定时至多才进入南宋朝六十多年，不到一半的时段。另外，按常理任何一个时代的作品整理都应该有一个滞后期或是沉淀期，所以能进入被遴选范围的南宋词人数量本身就很有限，结果如此已属正常。像辛弃疾这样的大词家还是经历了此后的一段过程才渐渐被认可的，原初本选1首，后新增、新添了9首。但另一大家的缺席却是个问题，那就是姜夔。

集中未选姜夔一首词。而且以后相当长时期内《草堂诗余》的其余版本都未增选姜夔词。其生卒年大约为公元1155－1221年，与辛弃疾同时，应该不存在滞后期的问题。选得少和根本不入选应属两个性质，而且在洪武本的新增、新添中也找不到姜夔的大名。这说明歌本拒绝姜夔。作为被百姓市民都能接受的唱本，它不仅需要具有音乐性，更需要流行性即更广的接受性及娱乐性。姜夔通晓音律不假，但也是因其词“句琢字炼，始归醇雅”，而在当时的结果是“盖其时专尚酣熟故也”，与风尚相左。一句话，虽是文人精品却并不合时尚。黑格尔说：“只表现作歌者本人个性的歌毕竟比不上具有普遍意义的歌，因为后者的听众较广，打动的人较多，引起同情共鸣也比较容易，会由众口流传下去。凡是当时就不是一般人都歌唱的歌根本就很少是真正的艺术。”作为音乐文学，应首先从音乐价值的标准来评价，受广大听众欢迎才能完成其存在的意义。

当然，随着《草堂诗余》的不断增修，特别是经历了明代的大兴，姜夔词渐渐地被收录到集子中，但发生得比我们预想的要晚，明末沈际飞的《草堂诗余别集》方收姜夔词9首。我们可以确定地说，姜夔以及吴文英、史达祖等此类词人被接纳的过程也就是《草堂诗余》从唱本蜕变为文人词选的过程。他们被接纳之日，标志着《草堂诗余》再不是曲化词样例之时。

通过解剖《草堂诗余》初选本，我们认为作为流行音乐的词并不排斥豪放与诗化，因为它从源头——敦煌词及《花间集》就承传了这一基因，但诗化到雅化的程度，不管其艺术价值有多高，那不具人间烟火处的追求则是被坚决拒绝的。

第三，康伯可辈词人浮出水面。

紧跟前五名之后的，依次是晏同叔 4 首、李清照 4 首、康伯可 4 首、僧仲舒 4 首、赵德麟 4 首、胡浩然 4 首。其中晏同叔、李清照排到这个名次不足为奇，而其余几位词人，特别是康伯可的名次如此靠前，应该令正统词评者惊讶了。而且他还有渐升之趋势，据四印斋本的统计，本居前五名的词家欧阳修被康伯可取代。四印斋本依次是周美成、苏东坡、柳永、秦观、康伯可，欧阳修居第 6 位，与辛弃疾并列。

对康伯可的贬斥集中于以下几点：政治上有污点，人品有瑕，爱写风月之词。张炎云："康、柳词亦自批风抹月中来。'风月'二字，在我发挥，二公则为风月所使耳。"然康伯可的长处，人们也不得不承认，即甚协音律并时有佳品。如沈义父《乐府指迷》云："康伯可、柳耆卿音甚协，句法亦多有好处。然未免有鄙俗语。"况周颐云："宋倚声家如曹元宠、康伯可辈，专应制之作，其词有诵无规，亦无庸寄托感慨。所谓和声鸣盛，雍容揄扬，亦复有独到处。"作为应制词人，王渔洋直接将他与周邦彦、柳耆卿合称为"词人之词"。陈廷焯在批他的同时也承认"其词哀感顽艳，尽有佳者"。

如此详细介绍康伯可，是想以此为例说明歌本能使一批人品、学品、词品在正统评家那里不予通过的词人浮出水面，因为他们的歌被传唱，而且只因为这点。因此，康伯可类的应制词人被记住了。关于应制词及其在词史中的价值，刘荣平先生已有深入的论述。应制之作重在协音动听，能烘托气氛正是应唱本所需。最重要的一点，应制词"不失为考察词之音乐属性的范本"（刘荣平语）。应制词的音乐性决定了这些应制词人能在《草堂诗余》中显示出其价值。

除此类之外，还有曲家词人，如赵令畤；名臣名相词人，如赵元稹；一曲留名者，如王雱、阮阅等。另外还有很多文学史中较少出现的一大批名字。总之，作为流行音乐唱本的《草堂诗余》给我们提供了一套颇具新意的词家班底，展示了一个新的、多元的、也是整合的词人构成体系。

三、体现流行音乐功能的分类特点

作为一种特定的文学样式，最主要应关注两个内容：一个是体裁，一个是题材。体裁虽然更多的是形式，但关乎该文学样式的本质；题材则关乎该文学样式的内容。但文学随其不断发展、不断成熟，其内容基本趋同，不外乎是关于人与自然、社会、政治、人生等各个方面，只是有不同侧重、不同深细程度的区别而已。体裁与题材又是相互关联、互为体用的。尤其是特定的体裁对其表现的题材必定形成一种约定，题材的构成与表达风格同样会折射特定体裁的本质。那么，作为歌本的准《草堂》原初本，它的题材特点恰也证明了其歌本的性质。

该歌本以事类为据，分布如下：春景 94 首；夏景 20 首；秋景 20 首；冬景 11 首；节序 47 首；天文气候 13 首；地理宫室 6 首；人物 11 首；人事 22 首；饮馔器用 10 首；花柳禽鸟 14 首（其中癸未本有多出的三首未计算在内）。

其主要分类特点是：

第一，主唱四季歌。

在二百七十余首词中春夏秋冬四季歌就有145首，占全歌本的二分之一还强。其中春景词尤其丰富，编者似乎将最大的热情都赋诸春天，把能想到的关于春的题目一股脑地甚至无伦次地堆叠在我们面前。据陶自珍介绍，辛卯本在目录中春景类下又列子目为初春、早春、芳春、赏春、春思、春恨、春闺、送春等，但她说“目录所列之事类、子目，与篇内各词调所拟之题多有出入”。但据笔者细读，发现其中出入最大的发生在春思类下新增新添21首处，以及春暮类下，新增新添13首处。我们据此有所推想，即原初歌本本有着具体的类别设计，只因后人不断增添、随意穿插，致使目录与卷内内容不能一一对应。夏景也存在这种情况。但不管怎样，歌本大量歌咏的是对四季的感觉以及在四季中发生的故事。

生活中人类对季节的感知是最直观的，这是最容易产生共鸣的。比如想要与陌生人搭讪，最好的话题是先谈天气，古今中外皆然。可能这一话题没有什么太多的意义和蕴涵，却是人与人联系的最便捷的纽带。歌曲，最重要的特质之一是要被传唱，要求人群产生共鸣和呼应，所以词曲回归音乐本质时，题材的思想深度与文学意蕴反倒不是主要的，所谓隐私文学或个人化写作才具有的求新求异自然也不是重要的。

第二，大而实的题材称名。

与以上四季歌同样的道理，歌本的分类称名尽其所能地大而实。大，指概念的内涵大，它所列的称名几乎可以无所不包；实，指歌本中的分类称名都尽可能地选取难生歧义的、很实的、很少关涉精神情感层面的词语，以适应于大众的普遍接受程度。该歌本共分11大类，约66小类。可谓细也。但以上分类与所选数量其实并不是很均衡。歌本中歌咏自然景观的占绝大多数，四季、节序、天气、花柳禽鸟都属此类，共229首，占全歌本的约84%，剩下的具有人文色彩但仍实体化的是地理宫室类与饮馔器用类，约16首。唯有人物、人事类涉及人的丰富情感，最难确定，歌本遂尽量避虚就实，只选33首，仅占全歌本的12%。词类的如此划分与今天我们习惯上的分类已大不同。如近年出版的《唐宋词分类选讲》将唐宋词分为爱情相思、闲情逸趣、豪情壮志、都市风情、乡村田园、时令节序、自然山水、咏物写意、怀古咏史共八类，它更多考虑的是对文本艺术世界及情感世界的理解与挖掘。其中，以情感与精神为标准的就单分出爱情相思、闲情逸趣、豪情壮志。如果与《草堂诗余》歌本相类比，前三项都可列入人事、人物类，而且还远远未达到其最大包容量。歌本在这两类下就分别列出隐逸、渔父、佳人、妓女、宫春、闺情、风情、旅况、离别、感旧、警悟。其实今天以乡村田园、自然山水、怀古咏史为分类称名看似很实，但措词更偏重于一种趣和生活态度。如歌本将怀古词列入地理宫室类，这样以地名和人文景观名作为分类标准，就很容易地将怀古时常出现的或是悲观低沉、或是雄放壮烈等不确定的情感内容避开。所以最后只剩下时令节序与咏物写意（如果不加“写意”则更实）较实。可见，我们现在的文学选本与当初歌本编选时的侧重点与出发点有多么的不同。

宋翔凤《乐府余论》云："《草堂》一集，盖以征歌而设……其不同者，恒平俗，亦以便歌。以文人观之，适当一笑，而当时歌伎，则必需此也。"他点到了之所以如此分类"盖以征歌而设"的原因，但也只说了一方面，其实还有一个更重要的原因是这样恰符合音乐精神。是的，能够成为具有普遍意义的歌一定要照顾到普通大众的心理需求与生活需求。四季歌、阴晴雨雪歌、花柳禽鸟歌、饮馔器用歌都是人们在每天的生活中要直接感知的，节日歌、地理宫室歌又是民风民俗观赏游览生活的一部分。所以，在这一意义上，词作为南宋时期音乐文学的一种，它的实际功用价值很强——娱宾遣兴、歌舞升平、营造节日气氛、从俗从众，试图笼罩生活的方方面面。那种只把词视为恋情相思、闲情逸趣，是隐私文学同义语的理解应该是不准确的。

第三，题材归类重起始语与上片。

其实该歌本分类并不很严密，如天文气候与四季景物会有重合，人物、人事也离不开四季景物等作背景。目录所列题目、卷内分类与个别词题多有不合之处。某一大类中有不严密之处，其中"春景"事类中存在的问题最多。如"春思"与"春情"分为两类，然而春思类中又列有"春情"为题的作品，再如以"春怨"为题的作品未列到春怨类中，反而列到春景类中，再如"春恨"词题未列到"春恨"类中，反却列到"春思"类中。大类与大类之间也有不严密之处。如冬景大类中的冬雪类，且不提具冬雪词题的未列入冬雪类而列入冬景类，与天文气候类的咏雪类又有重合。人事类中下分的"闺情"、"风情"、"离别"类也与四季景词有重合，如春情类中的《瑞鹤仙》（欧阳永叔）与《薄倖》（贺方回）两首长调按理应划入闺情或风情类中。中国古典诗词中情景相生、情由景出以及情景交融很常见。虽然该歌本因为坊间所刻多有粗率阙漏之处，但基本的原则应该是有的。那么其中最主要的问题，即涉及情的人物、人事怎样与关涉景的四季景物、天文气候相区别呢？细读之后，发现它还是存在自己的依循原则。

仅将人事类下的闺情类与春景类下的春闺词、秋景类下的秋闺词作个比较。其实如从情感归类的话，三者都是写闺情，很难区分开。闺情类下列有 5 首词——周邦彦《解连环》，李白《菩萨蛮》，孙夫人《南乡子》、《忆秦娥》，无名氏的《烛影摇红》。其中，两个是长调，三个是小令。

仔细对照，发现列入闺情类的词作多是在上片就安排主人公出现，而且多以工笔描画人物的细节动作情态，人物形象显明，而景物大多皆作陪衬。两首长调自不必说，三首小令，除李白《菩萨蛮》稍显空灵，但上片也出现"有人楼上愁"，下片亦有"栏干空伫立"的雕塑般形象。而列入春景、秋景类的词作，虽也在写闺情，但多是景物描写占主体，间隙中透出丝丝情意，特别是在小令词中，多是上片写景，下片表情。其中《捣练子》因为甚短小，应属直抒胸臆式，安排在哪类都不典型，姑且除外。所以，上片是归纳和确定类别的基准，有的甚至在首句就点题，如写秋闺的"金风簌簌惊黄叶"、"高柳蝉嘶"等就是如此。

其他类别的词也基本上依循这样的规律，其实这一点很好理解，歌本是为了歌手选择演唱和听众选择欣赏演唱的，那么，先声夺人，即刻切题，以应现场的场上之需是最重要的。这一点提醒我们，歌本的选歌一定要主题鲜明，简单浅直并无大碍，但一定要明晰，或者有意无意地简单化那些相对复杂难言的朦胧之作，甚至是要削弱词的艺术价值。这也是为什么歌本中会漏掉那么多我们后世所肯定的名家名篇。

第四，比预料中少得多的香艳题材。

关于《草堂诗余》的编选，历来词评家多为贬词，认为其“婉约香艳”引领了明词的衰敝之风，但这些结论多是想当然的武断之言，不能也不屑去在文本中挖掘、思考。《草堂诗余》真的是充斥着香艳之作吗？从全集来看，单从关涉香艳题材来考察，结果有些出人意料。270首词中仅有18首涉及香艳，分别位于佳人、妓女、宫春、闺情、风情、离别类中，从比例上看竟少到十八分之一。我们再列举选词最多又是当行词人的周邦彦的选词情况加以考察。

从题材上看，美成词共选25首，分列于春景1、春暮1、夏景4、秋景2、冬景4、节序3、地理宫室2、人物1（佳人）、人事（闺情1、风情1）、花柳禽鸟3。

仅从关涉香艳角度来看，比例出乎意料的小，在所选的25首美成词中仅3首，占八分之一。另外，美成这3首词也并非仅因香艳而被选中。比如佳人类词中的一首《意难忘》。首先是其流行性。张炎曾介绍道：“沈梅娇，杭妓也，忽于京都见之，把酒相劳苦，犹能歌周清真《意难忘》、《台城路》二曲。”此曲影响甚巨，朱用之、陈允平等人皆争相和之。其次，此曲艳而有致。王又华《古今词论》引毛稚黄语曰：“清真‘衣染莺黄’词，忽而欢笑，忽而悲泣，如同枕席，又在天畔，真所谓不可解、不必解者。此等最难作，作亦最得难佳。”俞平伯《清真词释》对此首词有深细的品鉴，其中“写景固系点染，叙事亦属借寓，惟有神光离合之态，与夫一往无奈之情是实耳”及“袭故弥新，尚浊更清，此美成之绝诣”句都可证此词不仅仅是浅薄的艳冶之词。陈廷焯多次提及此词为“洒落有致”，吐弃一切“香奁泛语”。他点到了关键，即香艳而有致，既香艳又摒弃香艳泛语。闺情类中的《解连环》与风情类中的《风流子》也同样涉及香艳，但却不低俗。有人说《解连环》是“男主人公怀念女主人公的泣血之作”，《风流子》也有炽烈情感的爆发，最后能呼出“天便教人，霎时厮见何妨”，令况周颐评曰“不妨说尽而愈无尽”。以上说明，这个应歌范本不避香艳，但绝不是粗制滥造的同义语。美成词不是没有败笔，他描写与歌妓厮混的《红窗迥》就没有收入集中，可见其取舍原则。另外还有三个人也可说明这点，即康伯可、柳耆卿和曹组。陈振孙《直斋书录解题》卷十七别集类云“（曹组）以滑稽下俚之词行于世得名”，点到曹组。三人可谓香艳鄙俗词人黑名单上之首选，而集中他们的被选曲目相对来说却干净得很。正如况周颐《寥园词选序》曰：“综观宋以前诸选本……唯《草堂诗余》、《乐府稚词》、《阳春白雪》较为醇雅。以格调气息言，似乎《草堂》尤胜。中间十之一二近俳近俚，为大醇之小疵。自余名章俊语，撰录精审，清雅朗润，最便初学。学之虽不能至，即亦绝无流弊。于性情、于襟抱，不无裨益，不失其为取法乎上也。”所以，如若想当然地以为《草堂诗余》因为是流行唱本，则充斥着淫靡之音的话，其实是个误解。

这也给我们以提醒，词的流行音乐化特质并不等同于俳谐鄙俚。这进一步认证了，广义的词的曲化与狭义的词的曲化其实很不一样。曲化不等于俗，雅词词人也并不是不可能成为流行音乐人，只要他不雅到“不食人间烟火处”。雅、俗绝不是区分曲化与否的根本性标准。

总之，词若落实到音乐文学这一基点上，它的风格应是多样的，不一定具有文人所规范的风格，可以低俗，也可以疏朗雅致，可以是任何内容和形式，只要是活生生的具有流行音乐的功能和相关社会生活内容的曲辞。《草堂诗余》初选本即提供给我们一个南宋广大受众群都能接受的流行音乐化的文人词的范例。

论遗山词对宋词的集成与超越

暨南大学　赵维江

评价元遗山词的创作成就，无论褒贬，论者总离不开宋词这一参照系。刘熙载《艺概·词概》指出："金元遗山，诗兼杜、韩、苏、黄之胜，俨有集大成之意。以词而论，疏快之中，自饶深婉，亦可谓集两宋之大成者矣。"陈廷焯从其"沉郁"说出发，批评遗山词说："纵横超逸，既不能为苏、辛；骚雅清虚，复不能为姜、史。"① 刘、陈二人的评论代表了对于遗山词看法的两极。以宋词比遗山词，固然与元好问身处两宋之后有关，但更在于遗山词确实在某种程度上集合了宋词两大主要风格流派的特征。陈氏虽然不满遗山词，但实际上也承认遗山词有着"纵横超逸"和"骚雅清虚"两方面的素质，只是认为成就不及苏、辛与姜、史而已。由此看，如何认识元好问对于宋词的接受，对于正确评价遗山词有着重要的意义。笔者认为，对于两宋词的全面总结和学习，是遗山词创作的一个突出特征，也是他进一步开拓创新的基础。实际上，遗山词"集两宋之大成"的意义并不仅仅在于对宋词的整合和全面仿效，更体现在对宋词的超越之上。

一、"集两宋之大成"基础上的兼善之质

论及遗山词"集两宋之大成"，学者往往认为此说有过誉之嫌。这种看法一方面来自对刘氏之说的误解，另一方面也与凝固化的宋词顶峰观有关。实际上，刘熙载所谓遗山"集两宋之大成"，并非讲遗山词成就在两宋之上，而应是强调他对于两宋词学习、接受的全面和到位，以及其词在艺术风格及表现手法上对两宋词的涵盖与融合。词盛于宋，但宋词并非词体完美无瑕的终结，仍留下许多可开拓的空间，所以不同程度上的改善、整合以至超越，是完全可能的。实际上，遗山词的这种"集大成"特点，早在元代就有论者指出过，王博文在《天籁集序》中虽然特别强调了遗山词继承苏、辛的词学渊源，同时他也特别指出遗山词"掇古诗之精英，备诸家之体制……白枢判寓斋序云'裕之法度最备'，诚为确论"。

与当时南北词坛的一般词人相比，遗山词确实做到了南北通采、兼容并包，具有熔博大浑灏与幽婉深曲为一炉的大家气象。刘氏站在宋、金共时的大中国词坛背景上评价遗山词的创作成就和地位，看到了遗山词内容厚重、风格多样、包容各方、兼具众善的"集大成"特征，表现了他作为一位评论家的识力和见地。

遗山得以有集成之功，除了其个人的才华和努力外，关键是时代赋予了他特有的历

---

① 《白雨斋词话》卷三，词话丛编本。

史性机遇。从词的创作角度看，元好问是幸运的。由于生活在金末的特殊时代，他不仅亲历了北方金词的百年历程，而且还看到了两宋词创作的盛况，使他得以纵观两宋，俯察南北，不带偏见地对词体艺术进行整体性的深入思考，全面地汲取和借鉴以往的创作经验。通达的词学观使他打破门户之见，发现宋词各家的优势与长处，取法立体而不拘一格，不问派别，广采众长，为我所用。

元好问学习前人（主要是宋人）的认真态度在宋金词人中是少有的。他的学习建立在对前人创作经验理性的分析与概括基础之上，这集中体现为他以明确的词体观念来审视前人的创作，进而有意识地进行模仿、效法。在《遗山乐府》中明确标示仿效的词体有9种：

1. 花间体（“蜀禽啼血染冰蕤”）
2. 闲闲公体（“朝镜惜蹉跎”）
3. 朱希真体（“十步宫香出绣帘”）
4. 东坡体（“煮酒青梅入坐新”等）
5. 宫体（“候馆灯昏雨送凉”）
6. 俳体（“瑞云浮动酒波红”）
7. 独木桥体（“别郎容易见郎难”）
8. 离合体（“锦带吴钩万里行”）
9. 杨吏部体（“人无百年人”）

这9种词体包括了自唐五代以来各朝代的多种体式，其中多为宋人创造。以上所谓“体”主要就词作的语言形式和风格特征而言。就今存文献看，诸体概念多由诗体中移借而来，且为遗山首次使用，如“东坡体”、“宫体”、“朱希真体”等。概念是反映对象的本质属性的思维形式。概念的建立，实为对事物本质特征认识的结果。诸体概念的提出，表明元好问对于词体产生以来各种创作现象经过了一个从感性认识上升到理性认识的过程。在此基础上对前人诸体的仿效，无疑保证了词人对已有成果之精华的全面汲取，从而避免了从个人喜好出发的艺术偏见。

实际上，遗山对前人创作（特别是宋词）的借鉴，并不限于这些效体之作，而是贯穿于他整个创作之中。这一点仅就遗山词的用语造句即可看得很清楚，据赵永源校注《遗山乐府》① 中383首词统计，化用或直接引用宋词的语句共153处，涉及作者57人。其中化用、引用最多的是辛弃疾词，共30处，其次是苏轼词，共26处，接着是欧阳修和贺铸词各有8处，秦观词7处，黄庭坚词4处，其余还有柳永、姜夔、周邦彦、晏几道、刘克庄、史达祖等等。从引用的对象看，除苏、辛一派外，也有许多以婉约著称的词人。可见其词学观念的客观与通融，表现了开阔审美视野。

这一点突出地体现在遗山对待宋词南宗一派创作的态度和效法方面。就词学渊源而言，显然遗山与苏、辛一脉相承。元人王博文对此看得十分清楚，说：“乐府始于汉，著

---

① 赵永源校注《遗山乐府校注》，凤凰出版社2006年版。

于唐，盛于宋，大概以情致为主，秦、晁、贺、晏虽得其体，然哇淫靡曼之声胜；东坡、稼轩矫之以雄辞英气，天下之趣向始明。”接着，他便以遗山继之，认为“其独步当代，光前人而冠来者”。的确，元好问论词极赏苏辛，其词作也颇得苏、辛神韵；但张炎《词源》讥稼轩词“非雅词”，却对遗山词予以首肯，认为“元遗山极称稼轩词，及观遗山词，深于用事，精于炼句，有风流蕴藉处，不减周、秦。如《双莲》、《雁丘词》，妙在摹写情态，立意高远，初无稼轩豪迈之气”。张氏之论的出发点是张扬其本色骚雅的南宗词学主张，不过他看到遗山词“风流蕴藉”有稼轩不及处①，是独具识力的。遗山词中有许多此类歌咏爱情的篇章，如《江梅引》“墙头红杏粉光匀”、《小重山》“酒冷灯青夜不眠”等，其情之深挚缠绵，于宋词中也少有可匹者。

特别值得提及的是遗山关于宫体的论述和创作。《遗山乐府》中有《鹧鸪天》“宫体”八首，元好问在《新轩乐府引》中还专门论到“宫体”问题，说：

> 唐歌词多宫体，又皆极力为之。自东坡一出，情性之外，不知有文字，真有“一洗万古凡马空”气象，虽时作宫体，亦岂可以宫体概之！

所谓宫体，本为南朝梁简文帝时所形成的一种多写宫廷生活和男女私情的诗歌体式，成为后世艳情诗的代名词。遗山将其移来指词中的艳情之作，当与他曾效仿的“花间体”相类。遗山谓“唐歌词多宫体”并不太准确，实际上宋词总体上也是宫体居多，故有“词为艳科”说。人们向来将苏、辛的豪放词风看成是对“艳科”现象的突破，实际上苏、辛都写有大量艳词，即“时有宫体”。元好问正视这一现象，并不以体性定优劣，认为宫体同样可以写出真“情性”。一般来说，宫体艳词对于幽约深微的个人内心世界有其特殊的表现力，元好问正是从其表情功能上肯定宫体的价值，并将其引入言志的轨道和宏大的境界。他将这种认识付诸于创作实践，今存遗山词集中即有《鹧鸪天》宫体八首。《蕙风词话》评价这八首宫体词道：“蕃艳其外，醇至其内，极往复低徊、掩抑零乱之致。而其苦衷之万不得已，大都流露于不自知。此等词宋名家如辛稼轩固尝有之，而犹不能若是其多也。”他有意识地利用香艳柔婉的“宫体”来表现其故国离黍之悲与零落栖迟之感，不仅仅是一般的模拟效仿，而是开辟了一条以艳情写大悲的新路子。如况周颐提到的第二首：

> 憔悴鸳鸯不自由。镜中鸾舞只堪愁。庭前花是同心树，山下泉分两玉流。
> 金络马，木兰舟。谁家红袖水西楼。春风殢杀官桥柳，吹尽香绵不放休。

词中出现的鸳鸯、鸾镜、兰舟、红袖、桥柳、香绵等，皆为传统艳词中最常见的意象；所表现的那种离愁别绪，也令人有似曾相识之感。但是，透过那红袖招客、春风吹

① 稼轩也有此类“风流蕴藉”之作，如《摸鱼儿》（更能消几番风雨）等。

绵一类的软语，不难感受到词人心中那无法“放休”的沉痛与哀愁。诚如况周颐所言，这一类作品“缠绵而婉曲，若有难言之隐，而又不得已於言，可以悲其志而原其心矣”。

称《遗山乐府》集两宋大成，并不仅指他的作品在题材、体式和风格上分别接近宋词各名家和主要流派，更在于强调他对前代创作体式和风格在总体上的整合与融通。元好问在创作中有机地融合了各家各派的优长，刚柔兼济，南北通融，能够寓刚健于婀娜，或以豪壮济柔婉，正如王博文所言，遗山对于传统作法，“以林下风度消融其膏粉之气”①。遗山注重言情，开放词体，不拒婉约，但又能自树气骨，潜寓清刚，略无绮罗香泽之态；同样，遗山追步苏、辛的豪健之作时，以清婉之语济之。且看这首《木兰花慢》：

> 赋召魂九辩，一尊酒，与谁同。对零落栖迟，兴亡离合，此意何穷。匆匆。百年世事，意功名、多在黑头公。乔木萧萧故国，孤鸿澹澹长空。　门前花柳又春风。醉眼眩青红。问造物何心，村箫社鼓，奔走儿童。天东。故人好在，莫生平、豪气减元龙。梦到琅琊台上，依然湖海沈雄。

本词当作于作者晚年，发抒其“零落栖迟，兴亡离合”的深慨大悲。但词的下片描绘的却是一幅柳绿花红、箫鼓欢闹的节日场面，笔触柔婉，色彩明艳，令人错愕。然一语“问造物何心”又使难抑的悲愤乘隙迸出。最后，词篇以梦作结，平静中透露出绵绵恨意。宏阔之境济以艳丽之景，慷慨之情参以柔婉之笔，在遗山词中是一个很普遍的现象。实际上，元好问对于苏辛派一些作品“语意拙直，不自缘饰”② 的弊病，并不以为然。东坡词《沁园春》中有“当时共客长安，似二陆初来俱妙年。有胸中万卷，笔头千字，致君尧舜，此事何难？用舍由时，行藏在我，袖手何妨闲处看”等语，他因此认为这首词“鄙俚浅近，叫呼衒鬻，殆市驵之雄醉饱之后发之，虽鲁直家婢仆且羞道，而谓东坡作者，误矣”。元氏的辨伪虽然不成立，但由此可看出他是将蕴藉婉曲作为词的基本审美要求。

“集成”特点造就了遗山词特有的“中和”之美与“兼善”之质。《蕙风词话》卷二评刘辰翁《须溪词》说：“风格遒上似稼轩，情辞跌宕似遗山。”此话我们可以理解为：遗山词虽不及稼轩词风遒劲，但“情辞跌宕”则过之。可见，遗山词在宋词两大体派中，由于能兼收并蓄，取长补短，所以具备了一种相对“中和”、“兼善”的品性，即“疏宕而不失之粗豪，蕴藉而不流于侧媚”，“豪放之外济以婉约，刚健之中兼含婀娜”③。遗山词因集成两宋，广纳众流，而成就了其“博大”的品质。况周颐《蕙风词话》所指出的北词缺点——“荒率”，在遗山词里实难看到。

---

① 《天籁集序》，见《天籁集》，四印斋所刻词本。

② 《新轩乐府引》，载《遗山集》卷三十六，文渊阁四库全书本。

③ 周惠泉《元好问研究》，载《金代文学论》，东北师范大学出版社 1997 年版。

二、宋词“别体”的北方主流化巅峰

我们强调遗山词的“集大成”特征，并非抹杀其艺术个性。它的兼善品质并未淹没其鲜明的风格特色。元好问的身世经历、创作观念和所处环境，注定了他始终是在以北方文化代言人和苏、辛体派继承者的身份来学习和借鉴前代创作成果。在两宋词坛上，苏、辛之作横放杰出，振聋发聩，别开生面，但非属主流，“要非本色”，始终目之以“别体”、“别调”；而在北方金源词坛，这一宋词“别体”从一开始便居“正体”之位，成为追奉与效法的圭臬，成为创作的主流，并由此形成了一个体现着北方地域文化特质的北宗体派。遗山词“集两宋之大成”，广泛整合和吸纳各家各派的艺术精髓，进一步丰富和提升北宗词的表现力，使苏、辛词的本质精神得以进一步发扬光大，其艺术成就与抒情力度足以和两宋南宗名家相颉颃。金源词坛上已主流化的苏、辛“别体”，在遗山笔下终于发展到了它辉煌的巅峰，展示出北方文化特有的抒情魅力。

遗山对苏、辛词统的承嗣，并非仅是金词主流传统的惯性使然，而是出于他明确的理论自觉。南宋词坛曾出现过“尊体”思潮，而北金元好问所表现出的强烈的“正体”意识也须给予特别的关注。元氏有着十分明确的文体意识，他论诗词创作，特别强调“体”的鉴别与选择。《论诗绝句三十首》第一首云：

> 汉谣魏什久纷纭，正体无人与细论。谁是诗中疏凿手，暂教泾渭各清浑。

在这里，遗山以“诗中疏凿手”自居，开宗明义地提出了“正体”概念，作为其创作与批评的标的。元氏论词作词，“体”的观念也十分明确，其内涵与其诗体概念是相通的。遗山词的创作同样体现了一种追求正体的精神。从其词的效体之作及整个创作中可以清楚地看到，词人推尊和效法的正体就是体现着词体革新精神的苏、辛之体。对此，元好问自己说得很明白：

> 乐府以来，东坡为第一，以后便到辛稼轩。此论亦然。东坡、稼轩即不论，且问遗山得意时，自视秦、晁、贺、晏诸人为何如？予大笑，拊客背云：“那知许事，且啖哈蜊。”客亦笑而去①。

在此，遗山推尊苏、辛，并定位前茅；同时冷落秦、晁、贺、晏诸人而不予置评，实际上他是从北方文化中心观念出发，对于词体之正别，重新作出了与传统之说完全不同价值序列的界定。

这种正体观是遗山对传统宋词观有意识的颠覆。需要提及的是，支持和推动这一正体意识的则是一只“无形的巨手”，即遗山生活于其中的北方地域文化，具体而言当谓中

① 金元好问《自题乐府引》。

州文化——这是一种已经潜化为无意识深层心理的巨大能量。从这个意义上讲，遗山词"集两宋之大成"而最终以苏、辛为指归，实在是一种文化的"自然选择"。宋词从总体文化属性上看，论者一般将其归于"南方"文学，但其中并不乏北方文化的因子，如东坡词里需"关西大汉"、"东州壮士"演唱的豪放超逸、稼轩词那种"金戈铁马""气吞万里"的悲壮慷慨等，这类作品的产生都与北方地域文化环境有关。不过，在以南方地域文化环境为主要创作背景的宋代，词体这种北方文化因子难以主流化；而金朝立国于北方，地域文化迥异于宋词的主要创作环境，因此词体的北方文化因子自然被强化、放大，苏、辛词统自然成为首选对象。由是而论，遗山词集宋大成而以苏、辛为指归，实质上也是对中州文化特质的张扬和彰显。由此决定了遗山词的北方/中州文化视角，从而直接影响到了其词作的基本内容与风格倾向。

遗山词以北方/中州文化的视角观察自然、社会和人生的产物，其词作内容充盈实在，与社会、人生有密切的联系，绝少无病呻吟之语。《蕙风词话》称遗山"以丝竹中年，遭遇国变。卒以抗节不仕，憔悴南冠，二十余稔，神州沉陆之痛，铜驼荆棘之伤，往往寄托于词"。由于词体的特殊性，遗山词不像其"丧乱诗"那样将金末山河破碎、生民涂炭的惨痛历史画面直接摄入作品，但从那些怀古伤今、感慨兴亡的抒怀之作中，我们仍然可以看到作者沉痛深邃的家国之悲。例如，遗山乐府中"华屋丘山"一语屡屡出现：

> 怅华屋生存，丘山零落，事往人非。——《木兰花慢》
> 人到中年原易感，眼看华屋归零落。——《满江红》
> 华屋生存，丘山零落，几换青青发。——《念奴娇》
> 古今几度，生存华屋，零落山丘。——《人月圆》
> 何处挽春还。华屋金盘。——《浪淘沙》

这并不意味着作者词汇贫乏，因为这灾难和幻灭已难以找到更合适的词汇来形容。生活在金元易代之际的元好问，目睹了从承平到亡国的陵谷之变，亲历了从官贵到囚徒的人生两极，太多的死亡、苦难、贫穷、幻灭，时时噬咬着诗人的心灵。所有这些经历都是苏、辛所没有经历过的，甚至连南宋亡国后的遗民诗人们经历的灾难也没有他那样深重。南宋词中也有不少作品表现痛心疾首的家国之悲，但在词坛上这类作品处于边缘化地位；遗山秉承苏、辛词的言志传统，不避现实，将中州大地上发生的历史变迁通过其个人的痛切感受纪之于词中，构成了其词作最鲜明的时代特色和地域文化特色。

对祖国北方壮丽雄奇之山川形势的描写，也是北方地域文化在遗山词内容方面的一个重要体现。有学者根据计算机统计数据指出，在2万余首宋词中，真正以山水为主要描写对象的作品并不多，特别是写北方奇山异水的词作更为罕见。苏轼所写"大江东去"的壮伟景观，罕有继响。辛稼轩以豪杰之气纵横词坛，但限于经历，笔下也少有险峻雄奇的北方山川景象①。这一论断是符合词史实际的。真正以词写出北方山水奇观的是元好问。《水调歌头·赋三门津》所写黄河三门峡雄奇险峻的景象是非常著名的。此外，许多著名的北方山脉水系，在其词里都留下了壮美的身姿，其苍崖古木的景象绝异于南宗词里的柳岸斜桥。如“漳壑风来号万窍。尽入长松悲啸”（《清平乐·太山上作》）的泰山、“石坛洗秋露，乔木拥苍烟”（《水调歌头》）的嵩山、“滩声荡高壁，秋气静云林”（《水调歌头》）的龙门、“翠壁丹崖千丈，古木寒藤两岸”（《水调歌头》）的玉溪，还有盘古的“接云千丈层崖”（《水龙吟·同德秀游盘谷》）、孟津的“水光天影相涵”（《临江仙·孟津河山亭》、浙江的“林间鸡犬，江上村墟”（《声声慢》）等等。此外还有少室山、缑山、玉华谷、三门津、汜水故城、三台、龙母潭、华山等山水名胜。

与所包含的北方/中州文化意蕴相一致，遗山词在风格体貌上也呈现出沉郁、雄奇而不失深婉的特色。遗山在诗歌创作上尊崇杜甫，杜甫的诗风实际上也浸染到了他乐府词的创作。最明显的一点就是杜诗“沉郁顿挫”的风格在遗山词中复现②。所谓“沉郁”指作品底蕴的深厚蕴藉，“顿挫”指表达时的跌宕起伏。这一点，在前文关于遗山词刚柔兼济时已提及，这里不妨再看一首《木兰花慢》：

> 渺漳流东下，流不尽，古今情。记海上三山，云中双阙，当日南城。黄星。几年飞去，澹春阴、平野草青青。冰井犹残石甃，露盘已失金茎。　风流千古短歌行。慷慨缺壶声。想酾酒临江，赋诗鞍马，词气纵横。飘零。旧家王粲，似南飞、乌鹊月三更。笑杀西园赋客，壮怀无复平生。

全词境界宏阔，寄寓沉痛。遗臣孤臣之悲、身世飘零之感渗透于词中一草一石，若隐若现，百转千回，反复缠绵，愈转愈深。正如《蕙风词话》评“平野草青青”句所说：“只是幽静芳倩，却有难状之情，令人低徊欲绝。”遗山词的这种沉郁之质与他对宋词的学习有关，但你却无法在宋人作品中寻到先例；它与遗山“晚岁鼎镬余生，栖迟零落”的特殊经历及所处时代关系当更密切；它与豪侠辈出，“歌谣跌宕”的北方/中州文化环境也分不开。历来中州多兵事，天灾频仍，百姓生活艰难更甚于南方，因此北方文化的悲剧色彩更为浓烈，历史上也多慷慨悲歌之士。遗山乐府的悲壮感和苍凉感体现的正是这种悲感文化。

况周颐比较遗山与东坡时说：“以比坡公，得其厚矣，而雄不逮焉者。豪而后能雄，遗山所处不能豪，尤不忍豪。”况氏主要就遗山后期之作而言，实际上，即便遗山后期词也并未失其雄杰本色，只是相对前期其厚重感更为突出。与东坡的清雄和稼轩的雄武相比，遗山词更具有一种雄奇的色彩。《水调歌头·赋三门津》为遗山少作，值得注意的

---

① 王兆鹏《神通之笔绘神奇之景——元好问〈水调歌头·赋三门津〉》。见《王兆鹏的博客家园》网页 http://blog.tianya.cn/blogger/post_show.asp?BlogID=474056&PostID=5343490

② 参见赵永源博士学位论文《元遗山词研究》第四章，见中国学位论文全文数据库 http://edu.wanfangdata.com.cn/cddbn/cddbn.Articles/Y981426/PDF/index.htm

是，词篇顿挫有致，并非一味纵言豪呼。况周颐极赏之，指出词中有“坡公之所不可及者，尤能于此等处不露筋骨耳”。可见其沉郁之质，于早年已涵养之。遗山这一类“壮词”体现了典型的北宗风范，所承载的是生发于北方地域文化的审美理想。《蕙风词话》称遗山词“亦雄浑，亦博大，有骨干，有气象”。读了遗山这一类雄词壮歌，确感此言不虚。遗山词深厚的北方文化底蕴，还体现在对宋传统“正体”词体的仿效和借鉴上。词人将传统的情爱题材和婉约词风自然地融入北方文化的思维模式和话语系统之中，如前述“宫体”之作和《双蕖怨》、《雁丘词》等篇章，即使风格柔丽婉曲，也与宋词传统中的婉约之作有异，往往有着深刻的社会背景，多了几份骨力与深沉。

三、词体变革的新突破：以传奇为词

遗山词“集两宋之大成”，以具有北方地域文化特质的宋词“别体”主流化、正体化为指归，主要还是发生在扩展和强化两宋词薄弱地带的层面之上，而他“以传奇为词”的作法则是继东坡“以诗为词”和稼轩“以文（论）为词”之后词体变革的一个新突破，是在集成宋词基础上的超越性创新。

陈廷焯晚年不满意遗山词的一个主要理由是“刻意争奇求胜”①，论词者多以之为陈氏偏见而忽略之，实际上，陈氏指出了元词一个重要的艺术创新处。只是出于其词学主张，他并不赞同此法，但承认其词“亦有可观”。上节我们以“雄奇”称指遗山，主要是从词风着眼，如果通观遗山乐府，我们会发现元词的“刻意争奇”不仅表现在语言风格上，还表现在词作中大胆地述奇志异，不避险怪，在选材、作法等方面都呈现出一种明显的“传奇”色彩。词史上有东坡“以诗为词”，清真“以赋为词”，稼轩“以文为词”，在此不妨称遗山为“以传奇为词”。所谓传奇，本为一种叙事文学的体裁，如小说、戏曲等，后世又以之泛称情节离奇或人物行为超越寻常的故事，本文正是基于此义使用传奇一语的。称遗山“以传奇为词”并不是说他以词的形式写传奇故事，而是讲其词有着传奇的某些要素和特色，较之前人，他的许多作品具有更强的叙事性和故事性。

词作为一种传统的抒情诗体，向有“本色”之论。明人王骥德说：“词曲不尚雄劲险峻，只一味妩媚闲艳，便称合作，是故苏长公、辛幼安并寘两庑，不得入室。”② 清杜文澜《憩园词话》说得更明确：“牛鬼蛇神，诗中不忌，词则大忌。”③ 陈廷焯大概根据遗山词的离道出格，称其“为别调，非正声也”④。“以传奇为词”可以说是元好问在苏、辛基础上最富于创新意义的开拓，对此我们应予以充分的关注。

我们大致可以从以下三个方面加以考察：

第一，述奇事。这一类作品当以两首著名的《摸鱼儿》为代表。两首词前分别以序文形式叙述了两件奇异之事，一为亲历，一为耳闻，皆行事罕异，情节离奇。据此，遗

① 《白雨斋词话》卷三，词话丛编本。
② 王骥德《曲律》卷四，湖南人民出版社 1998 年版。
③ 《憩园词话》卷一，词话丛编本。
④ 《白雨斋词话》卷三，词话丛编本。

山赋词以纪，成传世佳作。遗山乐府中还有一篇同类题材的《江梅引》，长达300字的序文详尽地叙述了民间女子阿金与书生独华腆相恋的故事。二人相识于墙头，阿金后因书生爽约离走，抑郁而死。数年后书生入仕为官，回家后听到阿金事，十分悲伤，持冥钱祭奠阿金墓。遗山感而作《金娘怨》诗悲之。小序写得一波三折，首尾呼应，引人入胜，其本身可以说就是一篇简缩版的传奇小说。此类爱情传奇在《太常引》（渚者寂寞倚秋烟）一词中还可看到：一位名振之的官宦子与一青楼歌妓阿莲相识，二人真诚相爱，分手时竟于路边相泣不去；25年后提及此事，振之还"无以忘怀"。大家公子流连青楼鲜有付之真情者，而此公子竟如此痴情，也实属奇闻。此事为遗山亲见，深为感动，当年赋诗以纪，25后又咏之以词。

遗山乐府中所述奇闻多为凄艳情事，但也不乏其他方面的奇事逸闻，如《水调歌头》（云山有宫阙）就是一篇题材特异的词体"传奇"。作品小序交代，作者与友人同访嵩山少姨庙，在残壁间发现了一段字迹模糊的古辞，他们"磴木石而上，拂拭汎涤，迫视者久之，始可完读"①。他们为辞文年代所属争论不休，后将壁文整理后题名为《古仙词》。一次意外的发现，一个扑朔迷离的悬案，引发出遗山一段奇思妙词。又如《摸鱼儿》（笑青山）一词，作者记述了一件十分怪诞的"正月龙起"故事。据词序，作者在正月的一天与友人到相传当年韩愈垂钓"遇雷事，见天封题名"的龙母潭游览，夜里果然"雷雨大作，望潭中火光烛天。明日，旁近言龙起大槐中"，在一片神异怪诞的语境中开始了曲词中隐逸淡泊情怀的歌唱，实乃别出心裁。

诗人皆爱写梦，遗山也不例外，不同的是，遗山笔下的梦境有时会被演绎成一个的荒诞不经的故事，这在以前是没有的。如《永遇乐》（绝壁孤云）即写了一个幻生于真、真通于幻的怪梦。据词序，词人梦见其友王正之以"乐府相示"，他记住了其中的末句，然而第二天去问朋友时，朋友却告之"未尝有此作也"。于是作者在友人的鼓励下"作《永遇乐》补成之"。又如《品令》一词，写的是他"清明夜，梦酒间唱田不伐映竹园啼鸟乐府"之事，词中写道："梦中行处，数枝临水，幽花相照。把酒长歌，犹记竹间啼鸟。"梦中唱词，令人称奇。

第二，记奇人。遗山编《中州集》（包括所附《中州乐府》）以诗系人，人以诗传，有意识地保留下了百年以来诗坛上众多"苦心之士"② 的身影，其中诗人小传特列"异人"一栏，格外引人注意。同时，元氏也在以自己的创作为这些特立独行之士立传写真，这在其词作中也有所体现。

在志怪小说《续夷坚志》中，元好问曾写过许多身手不凡的道僧人物。在遗山乐府中，作者也有一篇描写异僧的作品《满庭芳》，其序云：

> 遇仙楼酒家杨广道、赵君瑞皆山后人，其乡僧号李菩萨者，人颇以为狂。尝就

① 雷渊《〈古仙词〉题记》，载《中州集》卷六，文渊阁四库全书本。
② 《中州集·序》，文渊阁四库全书本。

二人借宿。每夜客散，乃从外来，卧具有闲剩则就之，不然赤地亦寝。一日天寒，杨生与之酒，僧若愧无以报主人者。晨起持酒碗出，同宿者闻噀酒声。少之，僧来说云："增明亭前花开矣，公等往观之。"人熟其狂，不信也。已而视庭中牡丹，果开两花。是后僧不复至。京师来观者车马阗咽，醉客相枕藉，酒垆为之一空。赵礼部为雷御史希颜所请，即席同予赋之。时正大四年之十月也。

牡丹花开寒冬，可谓一大奇观，而此奇观则由奇人点化而成，作者在序文中侧面点染，悬念巧设，着重描写李菩萨这一奇人的狂怪个性和神奇道术，写得活灵活现，如睹其人。

遗山乐府涉及的人物各色各样，数量众多，但直接写人的篇目很有限，不过除一般寿词外，所纪之人多为特异非常之人。如《水龙吟》（少年射虎名豪）写商州守帅斜列（又作"色埒默"）的传奇生平，《满江红》（画戟清香）述战功赫然的武将郝仲纯有"风流有文词"的儒雅风度。遗山乐府中也记载了一些下层人物的传奇故事，如前面提到的"大名民家小儿女"和"西州士人家女阿金"等。此外，还有一篇为一对乐人夫妇"立传"的《木兰花慢》：

要新声陶写，奈声外有声何。怆银字安清，珠绳莹滑，怨感相和。风流故家人物，记诸郎、吹管念奴歌。落日邯郸老树，秋风太液沧波。　十年燕市重经过。鞍马宴鸣珂。趁饥凤微吟，娇莺巧啭，红卷钿螺。缠头断肠诗句，似邻舟、一听惜蹉跎。休唱贞元旧曲，向来朝士无多。

据词序，这位被称作"张嘴儿"的乐人长于吹觱篥，其妇田氏。从词中的描写可知，他们在贞元年间曾走红在京师的乐坛歌台，也属当时的特异之人。十年后，词人又在"燕京"与他们相遇，听到他们唱当年的歌曲，然而"向来朝士无多"，张氏夫妇也历尽了磨难，"断肠诗句"令作者不胜感慨。短短一首小词，留下了一幅奔波于社会下层的"风流故家人物"的身影。

实际上人与事是难以截然分开的，人以事显，事以人明，遗山乐府所记奇事奇人往往是交织在一起的，在具体描写中只是有所侧重而已。

第三，写奇景。雄奇的北方山水、特异的中州物象，相对于宋词所写的小桥流水而言，本身就具有一种陌生感，遗山以之入词，或为歌咏对象，或为作品背景，显得奇特异样。有时作者还有意地选择一些怪异景象入词，或者以志怪手法写景，从而使许多词篇中的景观物态蒙上了一层奇异色彩。如《水调歌头·赋三门津》所写黄河三门峡壮伟险怪的景象。又如《念奴娇》（钦叔、钦用避兵太华绝顶，有书见招，因为赋此）一词对华山的神奇景象的描写，其词上片云：

云间太华，笑苍然尘世，真成何物。玉井莲开花十丈，独立苍龙绝壁。九点齐州，一杯沧海，半落天山雪。中原逐鹿，定知谁是雄杰。

本词为步韵东坡《念奴娇·赤壁怀古》之作，所写华山壮奇之景和险峻雄奇之势酷肖东坡，其宏阔境界或有过之。

遗山词景物描写的好奇，不仅体现在自然景观上，也体现在人文物象上，如上文提到的少姨庙的《古仙词》。又如《清平乐》（丹书碧字）中写到“天坛石室”所藏金华丹经，“字画如洛神赋，缣素亦不烂坏”，并讲他亲眼目睹了这一奇物。有一首《永遇乐》似写秦汉故宫风物：

玉京岩、龙香海南来，霓裳月中传。有六朝图画，朝朝琼树，步步金莲。明来重帘画烛，几处锁婵娟。尘暗秦王女，秋扇年年。　一枕繁华梦觉，问故家桃李，何许争妍。便牛羊丘陇，百草动荒烟。更谁知、昭阳旧事，似天教、通德见伶玄。春风老、拥鬟颦黛，寂寞灯前。

词人透过眼前的“丘陇”、“荒烟”，看到的居然是一片如真如幻的仙苑神殿，如同作者另一首《沁园春》中所写的：“腐朽神奇，梦幻吞侵，朝昏变迁。”无疑，作者已将现实中华屋丘墟的巨大悲慨投入到了这幻化如梦的奇异景观之中。

从词学传统看，遗山词的传奇述异倾向实为东坡“以诗为词”和稼轩“以文为词”道路的继续开拓。在苏、辛的作品中，已出现了以志怪为趣的苗头。如东坡乐府中《戚氏》即“言周穆王宾于西王母事”，《洞仙歌》则记孟昶与花蕊夫人事；而在稼轩词中已有《摸鱼儿·山鬼谣》（问何年，此山来此）演绎两怪石故事，《兰陵王》（恨之极）则纪梦中“怨愤变化异物”的怪诞情景。不过无论东坡还是稼轩，此类题材只是偶尔为之，但苏轼以来词序功能的扩大及大量使用和稼轩“以文为词”的做法，实际上已为“以志怪为词”打开了通道。因为规格自由的序文给作者传奇志异预留了足够的空间，词文的散文化在理论上也包括对“传奇”文体的借鉴。此外，从词体观的角度看，遗山词的述奇现象也体现了他以词纪史、以词传史的“词史”观。中国古代史学自司马迁始就有一种“传奇为史”的做法，元好问曾作《续夷坚志》以小说存史。他以词纪奇闻也当与作小说志怪事有同样的用意。

遗山“以传奇为词”的现象，还与当时文学的创作环境和作者的审美观念有关。遗山词中的传奇现象并非词体的偶然变异所致，而是当时勃兴的叙事文学与抒情文学相互作用的结果。首先，传奇志怪小说对遗山词的作用是不容忽略的。遗山本人就著有笔记小说《续夷坚志》，多记荒诞怪异之事。如该书有《贞鸡》一则写雌鸡“殉情”事，颇似《雁丘词》内容。在《江梅引》序中，作者在讲完故事后特别引用了元稹的小说《莺莺传》中的莺莺诗句，并注出“崔娘书词，事见元相国传奇”。可见这类词对传奇小说的借鉴。与笔记小说性质十分接近的纪“本事”的词话，对于词体传奇化的形成也应有着一定的启示作用。其次，诗歌作为词之同宗，当时的好奇诗风也势必会影响遗山词的创作。

遗山诗多有离奇之事的纪咏，如《水帘记异》、《谷圣灯》等，其好奇的审美观念势必会影响到其词的创作。此外，元好问本人信奉仙道的思想强化了他好奇尚异的创作观，引导他去关注和寻找奇人异事，并表现在文学作品中，由此影响到了他以词传奇倾向的形成。

遗山乐府中大量的奇异人事和景物的描述，拉近了词与自然和社会的距离，大大增强了词体文学的叙事功能，扩大了词的表现范围，提高了词的艺术表现力，同时进一步密切了叙事文学与抒情文学的关系，为二者的有机结合提供了一条富于启发性的思路，客观上促进了后世戏曲、小说中诗文结合形式的形成和成熟。需要指出的是，遗山传奇为词并没有改变词的抒情性文体特质。从结构形式来看，述奇性成分主要被安排在词序中，而词文中则是就故事抒发感慨和发表看法。即使有的作品直接以词文述奇，其着力点仍是歌咏故事。由于故事性和奇异色彩的增强，词的可读性大大提高了。以传奇为奇的作用和意义尚可讨论，但可以肯定的是，已开始边缘化了的词体由此被注入了新的活力。

论明代中后期词坛对宋词的选择与接受

大理学院　张若兰

滥觞于唐代的词，至宋臻其高峰，及元明而就衰，人清复兴，这一词史发展脉络近乎不刊之论。对明词衰敝的原因，前人亦有从选择与接受前代词学成果的角度加以分析，其结论是：《草堂诗余》的盛行导致了明词的中衰。事实是否如此？这不能不引起笔者的思考：究竟明代词坛对宋词是如何选择和接受的，宋词对之又有怎样的影响？厘清这些问题，有助于疏清词学传承的脉络，也有益于深入认知词史发展的具象。为此，笔者以明代中后期（即成化至万历间的一百五十余年）词坛作为考察对象，分析此期词坛对宋词的选择和接受①。

一、历史的回顾与本文的研究视角

关于明代中后期词坛对宋词的选择和接受情况，治词家耳熟能详的话语是清人王昶《明词综·序》所论："明初词人，犹沿虞伯生、张仲举之旧，不乖于风雅。及永乐以后，南宋诸名家词皆不显于世，惟《花间》、《草堂》诸集盛行。"② 此说陈陈相因，迭出不穷，以至清代以来的不少学者将明代词坛繁杂具体的词学选择与接受状况简单归结为《花间集》和《草堂诗余》的笼罩，这种显然片面的结论却长期掩盖了事实。

更值得注意的是，由上述论断派生出关于明词的另一流行观点：《草堂诗余》的盛传是明词不振的罪魁。清人朱彝尊宣称，明前词选在明多不可见，"独《草堂诗余》所收最下最传。三百年来，学者守为兔园册，无惑乎词之不振也"③。承其绪余，吴梅先生亦曰："论词至明代，可谓中衰之期。探其根源，有数端焉。开国作家，沿伯先、仲举之旧，犹能不乖风雅。永乐以后，两宋诸名家词，皆不显于世，惟《花间》、《草堂》诸集，独盛一时。于是才士模情，辄寄言于闺闼；艺苑定论，亦揭橥于香奁。托体不尊，难言大雅，其蔽一也。"④ 上述说法的共性在于，一是指认词选或南宋、两宋名家词不显于世，《草堂》等独领风骚；二是认为《草堂诗余》等的盛行造成了明词的中衰。

专力明词的张仲谋对此提出异议：一是认为"《草堂诗余》确是明代最为流传的词籍，而《花间》、《尊前》无与焉"⑤；二是指出"明人主动选择了《草堂诗余》，而造就了

---

① 选择以此期作为考察的具体时段，是由于此期是明词由不为到词学活动（包括创作、评论、选词、刊印等）相对兴盛的时期，也是明词中最被訾议的时期，因此具有典型的代表性和可考性。

② 清王昶《明词综序》，《明词综》，辽宁教育出版社 1997 年版。

③ 清朱彝尊《词综·发凡》，中华书局 1975 年版。

④ 民国吴梅《词学通论》第九章，中国书籍出版社，2006 年版第 191 页。

⑤ 张仲谋《明词史》，人民文学出版社 2002 年版，第 8 页。

《草堂诗余》的流行”[①]。也有学者指出，明前词集、尤其是南宋词集的流散使明人难以取法南宋，于是《花》、《草》二集，尤其《草堂》所选就不得不成为明词的主要学习对象，接受的局限使明词的流于俗艳、缺乏高格具有必然性（当然，论者还普遍指出这也与明代的俗文化整体浪潮有关）。

然而，不管是主观选择，抑或不得不接受，上述说法共同肯定了《草堂诗余》在明代词坛（尤其是明代中后期词坛）的绝对影响力。如此一来，纷繁复杂的词学选择与接受现象就被一“草”独放的一隅之见所掩盖。这距离明代中后期词坛对宋词选择与接受的实际相去何止千里。因此，本文考察将从以下五个方面展开考察，以期得到更符合历史真实的图景。

第一，明代中后期词坛对宋代词人词作的论述、评价（包括评点）。

第二，宋代词人别集在明代中后期的刊刻和流布情况以及此期编选的丛刻、丛编收录宋人词集的情况。

第三，宋人词选在明代中后期的刊刻情况以及此期编选的词集（包括词谱）对宋代词人词作的选择情况。

第四，明代中后期的小说、通俗类书等世俗文学对宋词的选撷和存录情况。

第五，明代中后期词坛模拟和追和宋词的情况。

其中，第一方面是以直接的文字显性地呈示对宋词的选择和接受。第二方面属于文献学范畴，所关注的对象主要是别集。第三方面关注选集的情况，由于选本多以一定的观念和倾向为采撷依据，因此宋人词选旧本的刊刻增补和此期新本的选词倾向均蕴含着丰富的选择和接受信息。第四方面也可被目为选本，不过集中展示的是词在世俗文学中的存在，由此可观照文体出位与共融中词被选取的标准和接受的特征。第五方面可归结为词作文本所提供的选择与接受信息，无论是追和或是模拟，均提供了相对明确的选择和接受指向。综合以上五方面的情况，明代中后期词坛对宋词的选择和接受情况应能得到清晰的呈示。

二、明代中后期词坛对宋词的选择与接受情况梳理

（一）明代中后期词坛对宋词的理论评说

词自肇兴伊始至明代，已历经唐五代、北宋、南宋、金元各期。其中，唐宋词坛奠定并巩固了词的倾向性风格，金元词坛主要传承与接受既有成果，开创性较小。因此，唐五代、北宋及南宋这三大时期的词学成果即为明人为词可接受的主要资源。总的来看，宋词在明代较受推崇，而南宋词与北宋词的情况有一定差异。

对两宋词，本期词坛推许者不少，如汤显祖认为“宋诗远不及唐，而词多不让，其故殆不可解”[②]，俞彦《爰园词话》亦云“唐诗三变愈下，宋词殊不然。欧、苏、秦、黄，

① 张仲谋《明词史》，第9页。

② 明汤显祖评《花间集》卷一之温庭筠《更漏子》（星斗稀），见王兆鹏主编《唐宋词汇评·唐五代卷》，浙江教育出版社2004年版。

足当高、岑、王、李，南渡以后，矫矫陡健，即不得称中宋晚宋也”[①]，对两宋词总体予以较高的评价。

北宋词在此期被奉为大宗，词坛标举晏氏父子、张先、秦观、周邦彦等为词家正宗本色[②]。此期词人对南宋词也有所重视，谢章铤指出，杨慎、王世贞后，“耳食之徒，又专以《花间》为准的，一若非《金荃集》、《阳春录》，举不得谓之词，并不知尚有辛、刘、姜、史诸法门”[③]。万历时期，词坛更掀起一阵宗南之风，潘廷章《南柯子》(打破梦中梦)序云“余少年亦喜为词，然不能避《花间》、《草堂》熟径，中颇厌之，因而弃去，近日词场飙起，争趋南宋，犹诗之必避少陵而趋剑南也”[④]，为清初南宋词大盛遥领先声。不过，从总体上看，南宋词在明代中后期的市场远不及唐五代及北宋，对南宋词颇有微词的也不乏其人。如顾梧芳《〈尊前集〉引》论词道之衰云：“其失在于宣和已还。方厥初新翻小令，尤为警策；渐绎中调，既已费辞！奈何殚曳玺丝，牵押长调，遂俾览听未半，孰不思睡！固无怪乎左词右曲也。”[⑤]

(二) 明代中后期宋人词集的刊刻与流布情况

明前词集、词选在明代的流行情况，前人多一言以蔽之，那就是《花间集》、《草堂诗余》盛行，南宋词(甚曰“两宋词”)不显于世。但是，现存的词集版本却给予此说以有力的反驳。

从别集行世的情况看，秦观、吴文英、辛弃疾等词人均有刊行或钞刻于成化至万历年间的词集存世。其中，辛弃疾词在嘉靖年间两度刊行。吴文英词有万历二十五年钞本。张炎词的钞本一直流入清朝，刘辰翁词集亦见于书目著录。单刻词集之外，部分词人的词集刊入文集或全集而行于世，如苏轼的文集在万历间多次刊行，黄庭坚、姜夔、戴复古、陈亮等人也有集行世，而诸人的词集多收录其中。

词集丛刻或丛编中存留的宋词更多。吴讷的《百家词》编于明正统年间，由之可见词集在明初的存留情况。相较于宋刻《百家词》，吴本《百家词》增收了《后村居士诗余》、《龙洲词》、《竹山词》、《竹屋词》、《梅溪词》、《玉林词》、《蒲江词》、《石屏词》、《草窗词》、《玉笥山人词集》、《玉田词》等宋人词集。从总体上看，大部分词中名家，即便没有单独的传世词集，也多收入丛刻或丛钞，因此，在明代中后期，这部分词集仍属可见。

当然，宋代部分较知名的词人，确有词集沉沦不闻的情况，比如南宋的陈克、洪皓、李弥逊、韩元吉、袁去华、范成大、张镃等人的词集既乏现存的单行本，也不见采于丛

① 明俞彦《爰园词话》，《词话丛编》，中华书局1986年版，第401页。
② 如王世贞《艺苑卮言》云：“李氏、晏氏父子、耆卿、子野、美成、少游、易安，至也，词之正宗也。”何良俊《草堂诗余序》云：“乐府以皦径扬厉为工，诗余以宛丽流畅为美，即《草堂诗余》所载，如周清真、张子野、秦少游、晏叔原诸人之作，柔情曼声，摹写殆尽，正词家所谓当行本色也。”类似言论，不一而足。
③ 清谢章铤《赌棋山庄词话》卷九，《词话丛编》，第3433页。
④ 民国赵尊岳辑《明词汇刊》，上海古籍出版社1992年版，第1855页。
⑤ 明顾梧芳《〈尊前集〉引》，见朱祖谋校，蒋哲伦增校《尊前集附金奁集》，江西人民出版社1984年版，第140—141页。

刻、丛编，不过南宋名家，如姜夔、史达祖、蒋捷、张炎等名家之作却有流传。因此，说南宋词相对冷寂尚可，若说南宋词完全珠沉花落，则显然是未经确考的泛泛之感。

（三）宋人词选的传播、增补及明代中后期编选的词集（包括词谱、诗话等较为雅正的文学形式）对宋代词人词作的选择情况

以产生时间为据，流传于明代中后期的正统词选可划为古选和今选。古选指此期前已存在的宋词选本，今选则是此期新生的宋词或历朝词综合选本（包括词谱及部分词话）。今选具有今与新两个特点：一是产生时间为当今，如《词林万选》、《天机余锦》等都产生于明代中后期；二是存词形式为新生，如《词学筌蹄》、《诗余图谱》等以词谱存词，《冰川诗式》以诗话存词。分析古选和今选可见以下三个特点：

首先，《草堂诗余》在明代中后期流行的古选中独领风骚，并对部分今选及其他词学、非词学文献产生了一定的正向影响。

《乐府雅词》、《复雅歌词》、《草堂诗余》、《绝妙好词》、《花庵词选》等均是较著名的宋词选集，《草堂诗余》无疑是在此期影响最大的。存世的明代中后期版本已多达二十余版，且嘉靖、万历两朝刊行最盛。

《草堂诗余》对今选也有相当影响，其影响可分为正向牵引和逆向反推两类，前者指选词同于或近于《草堂》，后者指选词刻意求异或超越《草堂》。部分今选受到《草堂诗余》的正向牵引，尤为典型的是周瑛之词谱《词学筌蹄》全自《草堂诗余》选撷例词。此外，《冰川诗式》及《文章辨体》也多从《草堂诗余》采词。因此，《草堂诗余》的正向影响不可抹杀。

其次，明代中后期《草堂诗余》各刊本，其词作的承继、增补与互异内蕴着一定的选择和接受倾向。

伴随《草堂诗余》在明代中后期被大肆翻刻这一过程始终的，是对旧版的不断改编：或以分调本行世，或以分类本标目，或以名家点评扬名，并伴随着词作删替和新增的情况。参照凌天松《明编词总集述评》所列关于《草堂诗余》十九个版本录词情况的附表可见，明代中后期的代表性刻本，如顾从敬刊本，较前此的双璧陈氏本（元至正十一年刊本）新增词作七十阕，较遵正书堂本（明洪武二十五年）新增词作七十六阕，并删去了无名氏《祝英台近》（剪酴醾）、《醉蓬莱》（渐亭皋叶下）二首。这样的新增和删替蕴含着一定的选择和接受信息。大体看来，顾刊本“从词人分布看，北宋词家独领风骚，前五名当中，仅辛弃疾一位隶南宋。词作数量上，周邦彦一人作品便达到58首，与其后的苏、柳、秦、欧等人词作相加，接近全书三分之一”①。这与前此双璧陈氏本、遵正书堂本中词人地位并无明显变化，表现出比较鲜明的承继性。

不过，此期《草堂诗余》各本选词在大同之外，也不无小异，如苏轼《点绛唇》（醉漾轻舟）、晁端礼《绿头鸭》（晚云收）、秦观《南柯子》（玉漏迢迢尽）、辛弃疾《菩萨蛮》（郁孤台下清江水）、黄中辅《念奴娇》（炎精中否）、惠洪《千秋岁》（半身屏外）、

---

① 凌天松《明编词总集述评》，华东师范大学2008年博士论文，第68页。

黄庭坚《阮郎归》（烹茶留客驻雕鞍）、柳永《昼夜乐》（秀香家住桃花径）等词作仅为二三刊本选入。苏辛等人虽多为词坛知名人士，但此期的不同刊选者对其词作也各有取舍，并未一味相因。

以上所论，仅是皮毛之见。明代中后期《草堂诗余》各刊本选词的具体情况提供了对宋词选择和接受的丰富信息和研究空间，对此问题的分析和梳理还有待进一步深化。

再次，明代中后期部分今选表现出有意求异于并超越《草堂诗余》的诉求。

如前所述，《草堂诗余》对今选的影响表现为正逆两面，后者，即有意地求异于《草堂诗余》的情况也比较突出，显示出新变和超越的诉求。

从词选的情况来看，杨慎《词林万选》所选"皆《草堂诗余》之所未收者也"（明任元干《词林万选序》）。这样的求异应是出于对古选尚未尽善尽美或不无失当的遗憾。杨慎《词品》引录苏轼论柳永《八声甘州》"唐人佳处，不过如此"的名言，并指出："《草堂诗余》不选此，而选其如'愿奶奶兰心蕙性'之鄙俗，及'以文会友'、'寡信轻诺'之酸文，不知何见也。"① 流露出对《草堂》选词眼光的怀疑及不满，这正可补充杨慎编辑《词林万选》的动机。坊间词刻《天机余锦》也饶有意味。此集中，周邦彦存词40首，欧阳修、秦观、苏轼、晏几道分别存词14、18、19、4首。令人咋舌的是，张炎入选词作竟多达120首以上，刘克庄以77首紧随其后。此外，刘过30首均位居前列，辛弃疾词亦选入9首。《天机余锦》本是书商为牟利而托名刊行的词选，既以多销广售为目的，自当迎合大众口味。然而，此选大异于以《草堂诗余》为代表的流行读本，其中的主打词人对当时的读者来说，是相对陌生的，其词作也相对深奥。造成这一怪现状的原因应有二：一是为迎合当时词坛飙起的南宋之风，故重点新增和采选一些代表性南宋词人之作；二是选词的刻意陌生化。《草堂诗余》风行已久，司空见惯的心态自不可免，欲剑走偏锋而在竞争中推陈出新、出奇制胜，也是商人的恒有之心。总之，刊行的词集选本表现出较为鲜明的求异和超越《草堂诗余》的主观意图和诉求。

此期的词谱也体现出求异于《草堂》的心理。三大词谱中，《词学筌蹄》全盘接受了《草堂诗余》的正向牵引，而后出的《诗余图谱》及《啸余谱》对《草堂》的有意超越均极为突出。《诗余图谱》录词154首，与《草堂》重复者仅62篇②，而新增了九十多首《草堂》未录之词。所谓的婉约名家，如张先、柳永、晏殊等人词作的增加最突出。对南宋词家，张綖也不轻弃，陆游、朱敦儒、辛弃疾、高观国等均有三首以上词作入选。《诗余图谱》新增词作实有两类：一类是《草堂诗余》本无相应词调，因此张谱必须增加新词以应谱；另一类是《草堂诗余》中本有此调，张綖另选词作替换《草堂诗余》原选。这包括欧阳修1首、柳永3首、张先1首、苏轼1首、秦观2首、毛滂1首、朱敦儒1首、程垓2首、高观国2首、赵长卿1首、辛弃疾3首。这些新增之词，不为补充《草堂诗余》的不足之调，而是以自己的审美好恶为标准，有意替换掉《草堂诗余》所选。如，

---

① 明杨慎《词品》卷三，《渚山堂词话词品》，人民文学出版社1960年版，第100页。

② 其中一首《四库》本《草堂诗余》未收，即秦观《海棠春》"流莺窗外啼声晓"，而陈铎《坐隐先生草堂余意》有和词，当为《草堂诗余》所录之作。

《草堂诗余》原有《御街行》一调，录范仲淹名作“纷纷堕叶飘香砌”，张綖将之换为柳永的《御街行》(燔紫烟断星河曙)。《啸余谱》则新选了不少南宋词作。入选较多的宋代词人依次为周邦彦47首，辛弃疾41首，秦观29首，柳永28首，欧阳修19首，苏轼16首，张先15首，康与之14首，温庭筠13首，晏殊11首，晏几道8首，黄庭坚8首，贺铸6首，李清照5首，其中辛弃疾高居第二。可见，在词谱的选词和存词中，《草堂诗余》的绝对引领地位已丧失，时人还部分具有刻意求异和超越的心理。

（四）明代中后期世俗文学对宋词的选择与接受

世俗文学在此期成为存词的重要载体之一。选录宋词最多的此类文献是娱乐性通俗类书及小说。二者共同的世俗化性质决定了选撷宋人词作时的类似特征。

首先，名家名作不再是世俗文学选词的首要依据。

娱乐性通俗类书的选词注重通俗性、趣味性和情感性。以《绣谷春容》为例，宋词名家秦观、周邦彦、贺铸、辛弃疾、姜夔之作并不入选其中的“诗余摭粹·词”部分，而诸多无名氏或毫无词名的词人之作却得以选录。细考可见，所选之作趣味性、通俗性较浓，如“曹东亩慰足词”云：

> 春闱期近也，望帝乡迢迢，犹在天际。懊恨这一双脚底，一日厮赶上五六十里。争气扶持我去，博得一官归，恁时赏你。穿对皂靴，安排你在轿儿里。更选个弓样鞋，夜间伴你。

除此作外，“方谷珍竹节笼和尚”本事既趣且奇，词亦谐趣多于雅韵。这类以谐趣为旗帜的词作，在南宋以来并不为世所赏，却在《绣谷春容》中公然成为诗余之“粹”。部分著名词人虽未落选，所选也绝非其名作，如苏轼入选之词为《西江月》（世事一场大梦)、《踏莎行》(这个秃奴)、《南歌子》(师唱谁家曲)，除《西江月》稍为正经之外，余皆游戏之词。苏轼名作如《念奴娇·赤壁怀古》、《水调歌头》(明月几时有)等却了无踪影，足见编选者的趣味所在。当然，部分题材较为严肃的词作，如岳飞《满江红》、王清惠《满江红》等也入选其中，不过只是少数。

另外，女性词，尤其是与女性情感有关的词作及本事选录较多。在《彤管摭粹》中，除李清照、朱淑真两位素享词名的女词人外，聂胜琼、刘燕哥等妓女词人及不少士人之“妻”也入围，数量已差可与男性词人相并。所录之词亦重趣味，如花仲胤妻的《伊川令》(奴启情人勿见罪)就是典型。不过，《绣谷春容》更注重词作及本事的情感性，如聂胜琼、严蕊、蜀妓、刘燕哥等妓女之词，梁意娘与情人之词，均情深而意切。

由上可见，以《绣谷春容》为代表的娱乐性通俗类书所选的词作与文人化、正统化的词选差异明显。差异来自标准的不同，而标准取决于编选的动机。这类书籍的编撰目的是供市民大众娱乐消遣，而非存词或传词，因此名家名作不足为训，典雅脱俗亦非所重，所取只在趣味性、通俗性、情感性。

小说选词则更注重适用性，以符合情节需求或表情需求为首要考虑，是否名家名作也并不重要。小说选用的词作偏于浅俗，因此南宋词人追求的章法之谨严、结构之致密、意境之深远、词句之清雅，在小说作者眼中几乎一文不名。以赋法开南宋词法门的周邦彦，见采于小说之作也多是浅近之词。善写情词的秦观、柳永和周邦彦的词作人小说家之目者较多，而人选词作多关涉艳情。从总体上来看，这与通俗类书的选词标准相当接近，而与正统的词学文本有较大差异，鲜明地体现出慕雅与面俗的不同目的。

其次，宋词在被选撷之后多不免于被篡改的命运，造成了传播中变异的特殊现象。

篡改包括两个方面：一是原作者的省略或嫁名，一是词句的改写。前一种情况在小说中尤其突出，如《金瓶梅词话》置于各回开端的四十余首词作，其作者无一例外地被省略，甚至少数词作的词调亦略去不录。这种省略或忽视已是明代中后期小说的集体无意识行为。明代中后期小说还不时将前人词作直接嫁接到小说人物的名下，如盛行于明代的《朱希真春闺有感》故事中，有《满路花》（帘烘泪雨干）一词，此词本为周邦彦作，题曰《仙吕·思情》。明人有次《满路花》韵者，径直题作“秋日闲居，和朱希真韵”，显然是受小说影响而以讹传讹了。如此种种谬误，不胜枚举。后一种，即有意改动原词的情况在娱乐性通俗类书及小说中也不少，如《金瓶梅》第六十七回“西门庆书居赏雪，李瓶儿梦诉幽情”开章右调《苏幕遮》① 词曰：

> 朔风天，琼瑶地，冻色连波，波上寒烟砌。山隐彤云云接水，衰草无情，想在彤云内。　黯香魂，追苦意，夜夜除非，好梦留人睡。残月高楼休独倚，酒入愁肠，化作相思泪。

此词显然据北宋范仲淹名作《苏幕遮》而来，只是为配合小说的季节和场景而有意变秋词为冬词，易思乡为怀人。

综上可见，明代中后期世俗文学对宋词的选择与存录具有与正统词选或传统词学观不同的特征，其重浅俗、尚艳情、崇趣味的倾向，倒与《草堂诗余》相近。不难感知，本为说话而选的《草堂诗余》在明代中后期的空前盛行，与世俗文学的风靡有一定关联。同时，世俗文学选词的倾向性，影响到时人对词的审美观念与去取标准，这对《草堂诗余》的盛行也有影响。另外，尤其值得关注的是，在面俗和适用目的的引导下，宋词在经由世俗文学传播的过程中，产生了一定的变异，包括原作者的缺失与变化、字句的改动等。浸染日久，以谬为正的现象也就并不鲜见了。

（五）明代中后期模拟与追和词所体现的选择和接受信息

应该说，所有的文学文本均内蕴着丰富的选择和接受信息，包含着创作者从这一文体本身、他体文学甚至其他文化所汲取的养分和影响。不过，正由于接受和影响的来源和表现丰富而复杂，文学文本所提供的接受信息往往是模糊和不确定的。词亦如此，一首不提示任何接受对象信息的词，或者能为人辨别出大致的风格倾向，却很难被准确指

① 明兰陵笑笑生《金瓶梅》，中华书局1998年版，第915页。

认其接受和影响之源。因此，在创作领域，笔者以提供了较明确信息的模拟及追和宋人的明代中后期词作为考察对象。

首先，看看明代中后期词坛模拟宋词的情况。

明代中后期模拟宋人之词，多以“效某某”、“用（效、拟）某某体”标目，如陈霆《临江仙·柳词，用宋许伯杨体》、刘节《醉春风·效周美成》、杨慎《满江红·效稼轩词论体》等。这类词作的题目本身提供了较明确的模拟指向，表征出鲜明的选择和接受信息。此外，也有少部分词作的题目本身并未指明模拟意图，而在词序中有所说明，如胡汝嘉《临江仙·忆昔游》之序云：“余昔诵陈简斋《临江仙》，怅然悲之，然未知所以悲也。十年来，奔走风尘，踪迹将半天下，而今昔俯仰，不胜拍塞之怀，因仿其体，得词八章，且各以名胜标之，用识一时之兴云耳。”由序方见，其词为模拟陈与义《临江仙》而作。

综考可见，此期模拟之作的指向并不单一，所拟宋人包括许伯杨、周邦彦、辛弃疾、范仲淹、孔平仲、王齐愈、苏轼、陈与义等。其中，范仲淹之作分别被孙承宗和杨慎两人模拟。而从拟作数量来看，陈与义因胡汝嘉的八首拟作而居于首位。名家的被拟较为突出，苏、辛、周、陈、范等人均在榜上，非名家而被明代中后期词人模拟者虽然也有，但相对较少。因此，总体来看，名家效应对此期模拟之词的对象选择影响较大。不过，此期模拟宋词的作品数量不多，规模远小于同期模拟唐五代词之作。

其次，看看明代中后期词坛追和宋词的情况。

明代词坛追和词将近千首，其变化与流衍踪迹宛然。明前期，追和词仅四十余首。追和词盛于明代中后期及明末，即弘治至嘉靖、隆庆至万历时期，以及天启、崇祯时期。

成化至嘉靖时期，词坛追和词较盛，最突出的是对北宋词的追和，尤其是苏轼《念奴娇·赤壁怀古》的追和在此期踵事增华，盛极一时。同时，《草堂诗余》影响力和追和广度较之明前期有所增强和扩大，集中所收词作在此期被全面地追和，陈铎、吕希周等人力和《草堂》之词的行为极为典型。南宋词人词作中，辛弃疾、朱熹、朱敦儒、岳飞、朱淑真等人的作品被纳入追和视野，显示出一定的发展态势。从和作者的人数来看，辛弃疾独占鳌头。从和作的数量而言，朱淑真因戴冠《和朱淑真断肠词二十六首》的一花独放而位居首席，而姜夔、仇远等的词作在此期并无追和者，这与词学风气的转换有关。

隆庆至万历时期，词坛追和也盛。苏轼及其《念奴娇·赤壁怀古》有所降温，但北宋词仍高居被和词的首位，这与其余名家被大力追和有关。其中，追和周邦彦之词已仅次于苏轼词，柳永、黄庭坚和秦观的词作，尤其是缘情之作在此期的被追和也较突出。更值得注意的是，南宋词人词作在此期受到的关注大增，虽仍无法超越北宋，但发展迅猛。不仅在此前已初露端倪的辛弃疾词得到此期词人的大肆追和（几与和坡词并驾齐驱乃至后来居上），此前接近响沉影绝的姜夔、张炎一脉也复萌，且李清照、蒋捷、岳飞等人的作品受到极大关注。此期追和南宋词人之词的大致情况为：辛弃疾 48 首、李清照 16 首、蒋捷 9 首、岳飞 9 首、王昭仪 5 首、姜夔 4 首、陆游 3 首、史达祖 2 首、文天祥 2 首、张炎 1 首。虽然南宋词的被追和广度和数量尚不足与北宋词抗衡，却不再局促边隅，不值一提。追和词的情况也印证了潘廷章“近日词场飙起，争趋南宋”一说。此期辛弃疾及其作品被追和最盛，可见清初阳羡词派的崛起并非无本之木或仅是个人倡导，而是渊源有自的。综观宋词在明代中后期词坛被追和的情况还可见以下特征：

就个体作家而言，此期词坛追和的北宋作家以苏轼居首，追和苏轼之词约150首，仅追和《念奴娇·赤壁怀古》之词便达130首。这似与明代中后期词坛奉“婉约”为正宗，而将苏辛“并置两庑”的风尚有所不侔。对苏轼词作的大力追和正体现出此期词坛接受心理的宽容性和多元化。苏轼诗文的被接受至万历间始转盛，而词坛对苏轼的推崇至迟在嘉靖中已相当突出。追和欧阳修与周邦彦之词也均超过30首。此外，追和秦观词22首，追和王安石词14首，追和柳永词13首，追和黄庭坚词13首，余者均在10首以下。显然，此期词人追和的重点对象也正是词坛引为典范的词人及公认的北宋名家。因此，创作中的追和与理论上的认知相生相映地共同呈示出北宋词人在明代中后期的影响力和流行度。南宋作家的被和情况则相对出人意料：追和崔与之的词达七十余首，而姜夔、张炎等以词闻名者却无词被和。崔与之的主要身份标识是名臣，而非词人，《全宋词》中存其词亦仅2首，显然是以余力偶然为之。因此，崔与之词的被大量追和与苏轼《念奴娇·赤壁怀古》有一定的类似性，即词坛巨擘的参与、倡导以及由此形成的链网唱酬有关。同时，追和崔与之词的发起者本为其同乡，而和者中同乡人数不少。可见地域和乡缘关系在追和词的选择中产生了一定影响。崔与之以外，辛弃疾算是深孚众望的名家，有关追和词达二十余首。除此以外，便是康与之，和作有8首。李清照、叶梦得等名家均是四五和作。不少南宋名家在明代中后期确实全无人追和问津。

从原作的来源看，明代中后期所追和的词作，无论南宋或是北宋之词，见诸《草堂诗余》[①] 者确实不少，占被和之作的多半。不过，《草堂诗余》的势力也非无所不包。词名不盛的小家，如秦湛、张耒、王雱、孙洙、阮逸女、汪藻等，其词作的闻世与否完全取决于是否被《草堂诗余》选录，诸人之词在此期的嗣响仅有寥寥一二首，原作也正见录于《草堂诗余》。不过，词名不著的崔与之《水调歌头》被和极多，原作却不见录于《草堂》。苏轼被和的22首词中，6首不见录于《草堂诗余》，欧阳修被和之词出于《草堂》者更是少于《草堂》之外者。其余如柳永、秦观、周邦彦、辛弃疾诸人，原作虽以出自《草堂》者居多，却也有其外之作被和。可见，《草堂》影响虽大，却非笼罩一切。据理推测，名家的文集或词集尚有行世，此期词人尚可由其他途径觇见其词的全璧之貌或半面之妆，故而原作来源所受限制较小。存词既少、亦无词集的小家，则除《草堂诗余》所录之作外，不为时人所知，原作的来源自然单一。因此，不加分析地泛泛认为明代中后期词人的触角难以伸至《草堂诗余》之外的土壤，显然有不见西隅之弊。

三、明代中后期词坛选择与接受宋词的特征

综合前文考稽可见，明代中后期词坛对宋词的选择与接受具有如下特征：

---

① 以嘉靖二十九年顾从敬刊本《类编草堂诗余》为主要依据。

第一，高度的认可性。

明代中后期词坛对宋词所取得的成就及其典范风格予以了高度的认可。无论是从评论、阐释还是词集刊刻、词谱编辑、词选流传等来看，宋词在明代中后期所接受的词学传统中应是影响最大、最广的。《草堂诗余》的影响超过《花间集》，是所有明前词选中刊刻最多、流传最广、影响最大的词选。同时，宋词的影响还显著地体现在追和词数量的巨大上，尤其以苏轼《念奴娇·赤壁怀古》和崔与之《水调歌头》为典型。

第二，接受的多元性。

明代中后期词坛对宋词的选择与接受具有多元性特征。首先，此期词坛选择和接受的对象具有兼收并蓄的广博性。《草堂诗余》虽是古选中影响最大的词集，但这并不能概括明代中后期词坛选择与接受宋词的全貌。今选所及不仅超越了《草堂诗余》所选的范畴，并且这种超越是有意识的、自觉的，这也与词话与评论中的部分现象相应。就词集留存而言，两宋不少词集尚行于世，使得明代中后期人具有接受其成果和影响的可能性。在创作领域中，明代中后期追和较盛的不少词作，如崔与之《水调歌头》并不见录于《草堂诗余》。综合以上几方面的情况可见，《草堂诗余》的流行绝不等于此期选择与接受宋词的全部内容，此期的选择和接受对象具有多元性。

接受的多元性还表现在选择与接受的历时变迁与共同映现中。明代中后期词坛并未以静止的态势机械接受宋词的成果：无论对名家词作还是南北宋词风，抑或宋人词选，此期词坛的选择和接受并非一成不变，比如，《草堂诗余》对《词学筌蹄》的选词有绝对的影响力，而晚出的《诗余图谱》和《啸余谱》对之就有了更大的超越。并且，选择与接受的历时变化相互联系地表现于各个侧面，如南宋词风在隆万年间的陡盛，就在词学理论、词选词谱编辑与流布、词坛创作等方面得到共同的映现。

第三，选择的面俗性。

明代中后期，世俗文学成为时人选择与接受宋词的载体和途径，由此影响到词作选择的面俗性。由于受众的限制，世俗文学，如娱乐性通俗类书和小说对宋词的选撷具有鲜明的倾向性，比如趣味性、浅俗性、情感性。这就导致了所选词作与通常所认定的宋人经典词作有所差异。同时，由于世俗文学的浸染，其选词倾向极易渗入并影响到时人对词的接受心理，并进而对创作中的审美取向等产生牵引。

第四，传承的变异性。

明代中后期的世俗文学对宋词的接受并不以存词为根本目的，因此，厕身其间的宋词具有变异性特征。通俗类书在存词时已显示出忽略作者、率意字句的特征，这一特征在小说中被变本加厉地发挥。小说的选词和存词以适用性为第一要旨，这就导致了对所引宋词原作者的忽略、篡改和以讹传讹，以及对字句的刻意改动。这就造成了宋词在接受过程中变异的特殊现象。

综上，明代中后期词坛对宋词的选择和接受具有高度的认可性、接受的多元性、选择的面俗性以及传承的变异性等特征。前两大特征共同映现于选择与接受的各方面，而后两特征虽主要存在于世俗文学中，却是极为突出的新变，也颇值得关注和进一步研究。

清代论词绝句之价值

——以论唐、五代、两宋词为例

台湾成功大学　王伟勇

就词人“接受史”之研究而言，欲具体掌握其研究材料，宜自十方面着手：一曰他人和韵之作①，二曰他人仿拟之作，三曰诗话，四曰笔记，五曰词籍（集）序跋，六曰词话，七曰论词长短句，八曰论词绝句，九曰评点资料，十曰词选。此中，诗话、笔记、词籍（集）序跋、词话、论词绝句五种资料，已见汇整印行②，词选亦多有刊行③，余四种则未见整理，遑论研究。笔者有鉴于此，近三年乃着手就清代以前词坛和韵、仿拟作品以及论词长短句，进行整理、研究，期能结集出版。

已出版之资料中，词学界虽然目前已有再补辑之呼吁，显见尚有诸多资料，待吾辈继续挖掘，期能补前修之未逮。以清代“论词绝句”言之，最早注意搜辑公布全面资料者，厥推吴熊和《词话丛编读后》④ 一文，凡录 37 家 824 首（不含潘际云《题漱玉词》五古一首、韩崇《蒋因培燕园为李易安故宅赋》七律一首）；而后孙克强于《清代词学》⑤第四章第三节继补之，凡录 38 家，仅得 654 首（“无数量”者不计数，亦不含前揭潘际云五古、韩崇七律以及潘增玮五古等三首）。然两人均仅列数量，未见具体内容，俟吴熊和主编《唐宋词汇评·两宋卷》第五册⑥，始于该书之后，附吴氏与陶然所辑，凡 28 家，601 首“清人论词绝句”。显见所能搜得之作品，较原公布之目录，有 231 首之差距。洎

① 明徐师曾《文体明辨序说·和韵诗》称：“按和韵诗有三体：一曰依韵，谓同在一韵中而不必用其字也；二曰次韵，谓和其原韵而先后次第皆因之也。三曰用韵，谓用其韵而先后不必次也。”人民文学出版社 1998 年版，第 109 页。

② 诗话类已出版一系列丛书，如《宋诗话全编》（凤凰出版社 1998 年版）、《辽金元诗话全编》（凤凰出版社 2006 年版）、《明诗话全编》（凤凰出版社 1997 年版）；笔记类，如朱易安、傅璇琮主编《全宋笔记》（大象出版社 2003 年版）、1984 年起由中华书局印行之《唐宋史料笔记丛刊》；序跋类，如金启华等编《唐宋词集序跋汇编》（台湾商务印书馆 1993 年版）、施蛰存主编《词籍序跋萃编》（中国社会科学院出版社 1994 年版）；词话类，如唐圭璋主编《词话丛编》（台湾新文丰出版公司 1988 年版）。至于“论词绝句”整理、出版之情形，详下文。

③ 关于词选，《景印文渊阁四库全书·集部》（台湾商务印书馆 1996 年版）即录有《花间集》、《尊前集》、《梅苑》、《乐府雅词》（以上并见总册 1489，集部册 786）、《花庵词选》、《草堂诗余》（以上并见总册 1489，集部册 787）、《绝妙好词·笺》、《乐府补题》（以上并见总册 1490，集部册 787）、《花草粹编》（总册 1490，集部册 788）等。其余词选，或单行，或丛书印行，兹不赘举。

④ 吴熊和《词话丛编读后》一文，见收于《吴熊和词学论集》，杭州大学出版社 1999 年版，第 127—135 页。

⑤ 孙克强《清代词学》（中国社会科学出版社 2004 年版）所录“清代论词绝句”，见该书第 68—73 页。

⑥ 吴熊和主编《唐宋词汇评·两宋卷》（浙江教育出版社 2004 年版），所附“清人论词绝句”，见该书第 4386—4439 页。唯此中目录载朱小岑作品时，少列 6 首，致总数仅得 595 首，实则宜正为 601 首。又：此书所录，正文与附注相混，且错字、错简不少，使用时宜留心。

乎2009年孙克强出版《清代词学批评史论》① 一书，又公布45家，凡773首，斯可见孙氏于前公布之目录亦心有未安，乃复将近年所搜，再行增补。而笔者与学棣赵福勇自2004年起亦留意此资料，迄今搜得者凡130家，1030首②。如此庞大之词学数据，有何价值？曹明升《清代论宋词绝句脞说》③、孙克强《词学理论的重要载体——简论清代论词绝句的价值》④ 均曾道及。而经笔者带领指导学生广泛搜辑阅读，并逐阕笺注达三百余首，对于此等数据之价值，亦可得言之。

一、扩大词学批评之视野

就目前笔者所搜68家论词绝句之作者分析，除厉鹗、宋翔凤、周之琦、冯煦、王鹏运、王国维等人，或因词派立场，或因别著词话，或因别编词选，或因汇刻词集，而为词坛所熟知，得以了解其词学主张；其余六十余位作者，几少为人所提及，然其论词意见实足供人取资。即以李煜作《破阵子》⑤ 词为例，苏轼《跋李主词》云：

> 后主既为樊若水所卖，举国与人，故当恸哭于九庙之外，谢其民而后行，顾乃挥泪宫娥，听教坊离曲⑥！

此论一出，宋洪迈《容斋随笔》以及萧参《希通录》等无不同声讨伐⑦；宋袁文《瓮牖闲评》则谓“此决非后主词也，特后人附会为之耳”⑧。如此呵护，难以理服人。殊不如沈道宽就词之体性，看待后主此举：

> 国胜身危赋小词，无愁天子写愁时。倚声本是相思调，除去宫娥欲对谁。
>
> ——《论词绝句四十二首》之七

其后梁绍壬《两般秋雨庵随笔》云：“讥之者曰仓皇辞庙，不挥泪于宗社而挥泪于宫

---

① 孙克强《清代词学批评史论》（上海古籍出版社2008年版），所附“清代论词绝句组诗”见该书第365—502页。此书针对前注所揭书之诸多错误，泰半已纠正，然仍见疏误，将另文正之。

② 笔者所搜之资料，将于2009年底汇编成册，由台北里仁书局出版，书名《清代论词绝句初编》，书中将说明资料搜辑、研究之情形及其价值；并针对历来搜辑此资料之前贤及出版品，予以综评，以见优劣得失。

③ 此文见于《贵州社会科学》第二期，2007年2月，第97—101页。

④ 此文见于《广州大学学报（社会科学版）》，7卷1期，2008年1月，第44—49页。

⑤ 李煜《破阵子》原词如下：“四十年来家国，三千里地山河。凤阁龙楼连霄汉，琼枝玉树作烟萝。几曾识干戈。一旦归为臣虏，沈腰潘鬓消磨。最是仓惶辞庙日，教坊犹奏别离歌。垂（一作“挥”）泪对宫娥。”见录于曾昭岷、曹济平、王兆鹏、刘尊明《全唐五代词》（中华书局1999年版），上册，《正编》卷三，第764页。

⑥ 见录于《东坡志林》，中华书局《唐宋史料笔记》本，1981年版，卷四，第85页。

⑦ 见录于宋洪迈《容斋随笔·李后主梁武帝》（版本同前注，2005年11月），上册，卷五，第64页；萧参《希通录·论亡国之主》，见载于《说郛》（台湾商务印书馆《景印文渊阁四库全书》，1986年8月），册876，卷六下，第307页。

⑧ 宋袁文《瓮牖闲评》，台湾商务印书馆《景印文渊阁四库全书》，1984年8月，册281，卷五，第9页。

娥，其失业也宜矣。不知以为君之道责后主，则当责之于在位之日，不当责之于亡国之时。若以填词之法绳后主，则此泪对宫娥挥为有情，对宗社挥为乏味也。”[①] 此意见足与沈氏相呼应。

次如朱依真云：

天风海雨骇心神，白石清空谒后尘。谁见东坡真面目，纷纷耳食说苏辛。

——《论词绝句二十二首》之二

此诗指出苏轼“天风海雨”[②] 之词风对姜夔“清空”[③] 词风之影响，已然打破婉约、豪放二分法之迷思，足提供词坛另类思考。一如周济《宋四家词选序论》称：“白石脱胎稼轩，变雄健为清刚，变驰骤为疏宕；盖二公皆极热中，故气味吻合。辛宽、姜窄，宽故容藏，窄故斗硬。”[④] 皆属独特之评论。朱依真又云：

词场谁为斩荆榛，只手难扶大雅轮。不独俳谐缠今体，铺张我亦厌清真。

——《论词绝句二十二首》之五

此诗明确表达不喜周邦彦词之“俳谐”与“铺张”，充分展现不盲从浙西、常州两派，推尊周邦彦之潮流[⑤]，足与张炎相辉映。盖张炎生于宋末，时周邦彦正以乐府独步，凡“贵人、学士、市侩、妓女，皆知美成词为可爱”[⑥]。张炎乃云：“美成负一代词名，所作之词，浑厚和雅，善于融化诗句，而于音律谱且间有未谐，可见其难矣。”[⑦]

又如姜夔，高旭曾作两绝句论之：

白石当年善写生，人间从此有奇音。梅花清瘦荷花冷，再谱扬州蟋蟀声。

① 清梁绍壬撰，范春三编译《两般秋雨庵随笔》，新疆人民出版社 1995 年版，上册，卷二，第 148 页。

② 宋陆游尝谓：“昔人作七夕诗，率不免有珠栊绮疏惜别之意，惟东坡此篇，居然是星汉上语；歌之曲终，觉天风海雨逼人。”见录于《渭南文集》，台湾商务印书馆《景印文渊阁四库全书》，1987 年 2 月，1163 册，卷二八，第 525 页。按：陆游所称，系指苏轼《鹊桥仙・七夕送陈令举》词，该词下片云：“客槎曾犯，银河波浪，尚带天风海雨。”故为陆游引以为评。

③ 宋张炎《词源・清空》云：“词要清空，不要质实。清空则古雅峭拔，质实则凝涩晦昧。姜白石词如野云孤飞，去留无迹；吴梦窗如七宝楼台，眩人眼目，拆碎下来，不成片段；此清空质实之说。”见唐圭璋主编《词话丛编》，台湾新文丰出版公司 1988 年版，1 册，卷下，第 259 页。

④ 同上，2 册，第 1644 页。

⑤ 如浙西派厉鹗《吴尺凫玲珑帘词序》称：“两宋词派，推吾乡清真，婉约深秀、律吕谐协，为倚声家所宗。”见录于施蛰存主编《词籍序跋萃编》，中国社会科学出版社 1994 年版，卷七，第 555 页。常州派周济《宋四家词选目录序论》甚谓：“清真，集大成者也。……清真浑厚，正于钩勒处见；他人一钩勒便刻削，清真愈钩勒愈浑厚。”见同前注，2 册，第 1643 页。

⑥ 此语见录于宋陈郁《藏一话腴・外编》，台湾商务印书馆《景印文渊阁四库全书》，1996 年 7 月，865 册，卷上，第 559 页。

⑦ 宋张炎《词源》，见唐圭璋主编《词话丛编》，台湾新文丰出版公司 1988 年 2 月版，1 册，卷下，第 255 页。

——《论词绝句三十首》之二十二

运以申韩之笔，沉雄博大兼赅。力能镕铸骚雅，生面划然别开。

——《十大词家题词》之六

此两绝句之可贵，在于跳脱传统评论者恒引姜夔自道，谓其善自度曲①；或为张炎“清空”所牢笼，取之以论《白石道人歌曲》，殊不知姜夔除精于音律外，尚擅书法、写生，著有《续书谱》，亦恒为人所称道。如同时谢采称其“运笔遒劲，波澜老成”②；赵孟坚则视为“书家申、韩”③，即谓其书重法式、规范，犹申不害、韩非主张法治。而姜夔《诗说》亦曾引兵家立论云：

波澜开阖，如在江湖中，一波未平，一波已作。如兵家之阵，方以为正，又复是奇；方以为奇，忽复是正。出入变化，不可纪极，而法度不可乱④。

今高旭此二绝句，能以“申、韩之笔”论姜夔词，兼重姜氏其他才艺与诗论，足启人视野，俾全面观照其人其词也。

末如江昱论吴文英云：

四稿何人解问津，空怜字面细推寻。要知金碧熣煌处，七宝楼台运匠心。

——《论词绝句十八首》之十一

此诗对于后人每引宋张炎谓吴文英词“拆碎下来，不成片段”之评论，提出相异之见解。一则以为张炎之言，可证吴文英填词研炼之工；一则称其《甲乙丙丁四稿》，亟须校雠重刊，以广流传，可谓只眼别具。

二、广泛反映词人之接受

清代论词绝句之作者，由于系就阅读或编辑词选所及，撰写心得，因之对于词人之接受，较能广泛呈现。此与撰写词史或词学批评史，须具备“才、学、识”⑤，且须截断众流，凸显主要或影响力较大之作家，两者在撰写态度上显有不同。以作品最多之谭莹

① 姜夔《长亭怨慢》题序云：“予颇喜制曲，初率意为长短句，然后协以律，故前后阕多不同。”见录于唐圭璋编纂、王仲闻参订、孔凡礼补辑《全宋词》，中华书局1999年版，3册，第2807页。

② 语见宋姜夔《续书谱序》，台湾商务印书馆《景印文渊阁四库全书》，1984年8月，270册，第121页。

③ 语见宋陆友《研北杂志》，中华书局1991年版，卷下，第156页。

④ 语见宋姜夔《白石诗集·白石诗注》，《宋诗话全编》，凤凰出版社1998年版，392册，第535页。

⑤ 史家须具备“才、识、学”，为唐刘知几《史通·序》首先提出，所谓“史才须有三长，世无其人，故史才少也。三长谓才也、学也、识也”。台湾商务印书馆《景印文渊阁四库全书》，1985年8月，685册，第7-8页。章学诚《文史通议·史德·内篇》称：“才、识、学，三者得一不易，而兼三尤难；千古多文人而少良史，职是故也。”台湾国史研究室编印，1972年4月，卷五，第144页。

为例，所作绝句凡177首，其结构如下：

1. 论唐、五代、两宋词人101首

总论1首、李白2首、白居易1首、张志和1首、韩翃1首、温庭筠1首、韩偓1首（以上唐代），蜀主孟昶1首、南唐中主李璟1首、南唐后主李煜2首、和凝1首、韦庄1首（以上五代），宋徽宗1首、宋高宗1首、寇准1首、晏殊1首、林逋1首、聂冠卿1首、韩琦1首、范仲淹1首、司马光1首、宋祁1首、欧阳修1首、柳永2首、张先1首、晏几道1首、苏轼2首、黄庭坚1首、秦观2首、晁补之1首、张耒1首、贺铸1首、毛滂1首、王诜1首、舒亶1首、王安石1首、王观1首、蔡挺1首、苏过1首、谢逸1首、周邦彦2首、徐伸1首、万俟雅言1首、吕滨老1首、王安中1首、曾觌1首、赵鼎1首、向子諲1首、叶梦得1首、陈与义1首、朱敦儒1首、张孝祥1首、辛弃疾2首、赵彦端1首、刘过1首、陈亮1首、张镃1首、陆游1首、廖莹1首、俞国宝1首、黄机1首、刘克庄1首、卢祖皋1首、姜夔2首、戴复古1首、高观国1首、史达祖1首、张辑1首、吴潜1首、吴文英1首、黄孝迈1首、黄昇1首、孙惟信1首、蒋捷1首、张炎2首、陈允平1首、徐照1首、周密2首、王沂孙1首、詹玉1首、李南金1首、文天祥1首、陈参政1首、乐府补题编者1首、李清照2首、朱淑真1首、郑文妻孙氏1首、严蕊1首、无名氏1首（以上两宋），附随笔1首。

2. 专论岭南人36首

黄损1首、崔与之1首、李昴英1首、刘镇1首、陈纪1首、赵必王象1首（以上两宋），黎贞1首、陈献章1首、戴梿1首、祁顺1首、黄瑜1首、邱浚1首、霍韬1首、霍与瑕1首、张萱1首、卢龙云1首、区元晋1首、何绛1首、韩上桂1首、陈子升1首（以上明代），屈大均1首、梁佩兰1首、陈恭尹1首、梁无枝1首、陶镗1首、许遂1首、王隼1首、易宏1首、何梦瑶1首、张锦芳1首、黎简1首、谭敬昭1首、倪济远1首、清远人（黄球、黄蔼观、欧嘉逢）1首、词僧今释（金堡）1首（以上清代），张乔（明代女词人）1首。

3. 论清代词人40首

吴伟业1首、梁清标1首、宋琬1首、彭逊遹1首、王士禛1首、曹贞吉1首、尤侗1首、吴绮1首、顾贞观1首、纳兰性德1首、毛奇龄1首、徐釚1首（与吴兆骞并论）、朱彝尊1首、陈维崧1首、严绳孙1首、李良年1首、李符1首、汪森1首、董以宁1首、沈岸登1首、龚翔麟1首、沈皞日1首、杜诏1首、张梁1首（以上顺、康朝词人）、厉鹗1首、查为仁1首、王时翔1首、江昱1首、江昉1首、张云锦1首、汪棣1首、蒋士铨1首、郑燮1首、赵文哲1首、张熙纯1首、黄景仁1首、杨芳灿1首（与杨揆合论）、吴锡麒1首、彭兆荪1首、徐灿（女词人）1首（以上雍、干朝词人）

以上系谭莹所作论词绝句177首之全貌，从中可发现谭氏“不薄古人爱今人”之接受态度。而殊值吾人留意者凡四端：

一曰论唐、五代、两宋词人，并不为大家所拘限；凡阅读所及，有可观、有可感之作家，即予论述，不为传统豪放、婉约或词派所约束，颇有以诗存人之意，足供后世词史撰写者所取资。然谭氏论李白、李煜、苏轼、秦观、周邦彦、辛弃疾、姜夔、周密、李清照九人，各有2首，则见此中亦自有主从存乎其中。谛观清代论词绝句，不为大家所限者，所在多有，真足扩大接受之视野。如郑方坤《论词绝句三十六首》论及舒亶、朱熹；华长卿《论词绝句三十六首》论及左誉；陈澧《论词绝句六首》论及真德秀，皆是其例。

二曰注重评论区域词人之作品，此或有鉴于云间、阳羡、浙西、常州等词派，偏重发扬江、浙词人使然。实则自谭氏《论岭南词人》组诗析之，此中或有文献保存之意图，如论区元晋，提及所著《见泉集》，未详著录何处；论陶镗，提及《四园桐存稿》，今《全清词·顺康卷》仍未收录；而王隼之《琵琶楔子》，今亦未见流传，即是其例。至如论何梦谣、黎简、谭敬昭、清远词人等，用心注记其琐碎小事，对后世研究岭南词家之作品、轶事，均有莫大助益。谭氏而外，潘飞声亦有《论岭南绝句二十首》，足以前后辉映。沈嘉辙、吴焯、陈芝光、符曾、赵昱、厉鹗、赵信等七人，则各撰有《南宋杂事诗一百首》，分咏南宋杂事；而以苏、杭人情风物为主，兼及当地词人，亦属评论区域词人之作也。

三曰评论当代（清代）词人，此风气于清代论词绝句中，实不乏其例。谭莹而外，如汪孟鋗、吴蔚光、尤维熊等人，皆有专论清词之绝句；其他论前代词人而兼及清代者，尤所在多有，此即笔者所谓“爱今人”之意也。影响所及，更有以长短句论清代词人者，如朱祖谋《望江南·杂题我朝诸名家词集后》二十六阕、卢前《饮虹簃论清词百家》、调寄《望江南》。凡百首，皆属个中名作。

四曰兼重女词人之成就。阅读谭莹所作论词绝句，可知八首系评论女词人，即李清照2首、朱淑真1首、郑文妻孙氏1首、严蕊1首、无名氏1首、张乔1首、徐灿1首。此外，若张祥河《论词绝句十首专赋闺人》、汪芑《题李清照、朱淑真词》4首、方熊《题李清照漱玉集、朱淑真断肠集》3首、潘际云《题断肠词》（五古）等，皆是其例。此中，李清照、朱淑真固为主要对象，然若张祥河所作，兼及隋炀帝侯夫人所作《一点春》、闽后陈氏《乐游曲》、杨贵妃《阿那曲》、范仲胤妻《伊川令》、郑文妻《忆秦娥》、孙夫人《风中柳》等，自可见其接受之视野。取之与当时选录女性作品之词选集或词集丛编对照，则见清人重视女词人之成就，真足冠前朝①。

三、辅助建构论词之观点

清代论词绝句之作者，或有词派归属，或系词选家，或撰有其他接受数据，苟能取之与所作论词绝句对照，即可完整了解其词学观。如浙西中期领袖厉鹗，其词学论述多属词籍序跋，亦曾与查为仁合笺周密之《绝妙好词》，已然清楚其立场。及读其《论词绝句》十二首，除加深浙派主张醇雅清空之一面，更可看出其他消息：

① 如周铭辑《林下词选》十四卷、归淑芳辑《古今名媛百花诗余》四卷、徐树敏与钱岳辑《众香词》六卷、顾嘉容与金寿人辑《本朝名媛诗余》四卷、徐乃昌辑《小檀栾室汇刻闺秀词》十集、瘦鹤词人辑《三闺媛词全集》三卷，皆是其例。

美人香草本离骚，俎豆青莲尚未遥。颇爱花间肠断句，夜船吹笛雨潇潇。

——《其一》

头白遗民涕不禁，补题风物在山阴。残蝉身世香莼兴，一片冬青冢畔心。

——《其二》

斯可见厉鹗对于屈原《离骚》之美人香草、南宋遗民《乐府补题》咏物寄托之作品，仍表现推崇之意，非一味崇姜、张、主“清空”而已；而寄托说亦不必俟常州词派始出现也。

次如宋翔凤，既著有《乐府余论》，又撰《论词绝句》二十首。然后者未必人皆读之，于焉观其《乐府余论》称：“词家有姜石帚，犹诗家之有杜少陵，继往开来，文中关键；其流落江湖不忘君国，皆借托比兴，于长短句寄之。”① 即视宋氏为浙派词人②。殊不知宋翔凤乃常州庄存与之外孙，曾向张惠言问学，其《论词绝句》称：

风雅飘零乐府传，前开太白后金荃。引申自有无穷意，端赖张侯作郑笺。

——《之一》

此诗下注云：“张皋文先生《词选》申太白、飞卿之意，托兴绵远，不必作者如是。是词之精者，可以仁者见仁，智者见智也。”斯可证宋氏实推崇常州词派；即如前举《乐府余论》之言，亦强调姜夔“托比兴于长短句寄之”之作品，非即赞成“清空”说也。其《论词绝句》于焉又称：

南宋风流近未存，浙西词客欲消魂。沉吟可奈情俱浅，片片空留襞积痕。

——《之十八》

此诗既称“南宋风流近未存”，复以“情浅”、“襞积”（以衣之折迭状文之堆栈刻画也）贬浙西词客，可见其不满浙西末流之一斑。然则谓宋氏实居浙西、常州转变之关键，或较符实际。

又如冯煦，既曾编《六十一家词选》，又为作《例言》以论各家（唐圭璋《词话丛编》收录时，统称《蒿庵论词》）；复有诸词集序跋与《论词绝句》十六首之作。经笔者比对，发现此中温庭筠、李煜、张先、周密、王沂孙、张炎、李清照、纳兰性德、朱彝尊、厉鹗等人，仅见于《论词绝句》，《蒿庵论词》及词集序跋并未及之；而同时论及之柳永、苏轼、秦观、周邦彦、史达祖、姜夔、吴文英等人，其意见实可互补。譬如为浙

① 见唐圭璋主编《词话丛编》，台湾新文丰出版公司 1988 年版，3 册，第 2503 页。

② ［日］青木正儿著，杨铁婴译《清代文学评论史》（台湾开明书店 1967 年版）即提出此主张（第 194 页）。

西词派推许、常州词派讥评之姜、张，冯煦仍以“洗尽人间烟火气”称赏姜夔，以“空弹清泪下西州”同情张炎，绝不一味贬之。而被常州词派诋斥，以为人品不佳之冯延巳①，冯煦则推许其“吾家正中才绝代”；而被张炎视为“质实”，仅被浙西视为姜夔一体之吴文英②，冯煦则称云：“七宝楼台迥不殊，周姜而外此华腴。雁声都在斜阳许，余子纷纷道得无。”（《之十》）斯可见冯煦论词已跨越门户，绝不入主出奴，随人说短长也。

四、指出词坛争议之论题

清代论词绝句之作者，有两明显之喜好：一为引用或化用评论对象之词句入诗，一为针对其他接受数据所载与词人相关之遗闻轶事，提出见解。于焉词坛争议之论题，不少亦出现于所作绝句中，兹举数例以证之。

（一）有关词体之起源

关于词之起源，历来论之者多矣，清人论词绝句中涉及者，亦不乏其人。如沈道宽云：

> 探源乐府溯虞廷，要把诗余比再赓。大晟伶官工制谱，王孙已道永依声。
>
> ——《论词绝句四十二首》之一

沈初云：

> 南朝乐府最清妍，建业伤心万树烟。谁料简文宫体后，李王风致更翩翩。
>
> ——《编旧词存稿作论词绝句十八首》之一

此两首绝句，沈道宽显然对于论者为提尊词体，每好称词系赓继唐尧虞舜古歌谣（或诗经）而生的表达不以为然；且认为大晟制谱者已然“永依声”，固宜产生于有声律可依凭之时。故此绝句附注乃云：“有声病对偶之诗，乃有词。近人苦为诗余二字辨，欲比之唐赓歌，商周雅颂，误矣！”至于沈初七绝，则以词体清妍之风格，系受南朝宫体之影响，为文体之承递，寻得一渊源，亦别有见地。

（二）有关词人之高下

有关词人之评价，向来意见极分歧；或因习染所近，或因立场有别，不免产生人主出奴之现象。本文前两小节举例中，已可见出端倪。兹更举两首具针对性之绝句如次：

厉鹗云：

---

① 清周济《宋四家词选目录序论》评欧阳修《蝶恋花》（庭院深深）词云：“数词缠绵忠笃，其文甚明，非欧公不能作。延巳小人，纵欲伪为君子，以惑其文，岂能有此至性语乎？”见唐圭璋主编《词话丛编》，2册，第1650页。

② 清朱彝尊《黑蝶斋词序》云：“词莫善于姜夔，宗之者张辑、卢祖皋、史达祖、吴文英、蒋捷、王沂孙、张炎、周密、陈允平、张翥、杨基，皆具夔之一体。基之后，得其门者寡矣！”见录于施蛰存主编《词籍序跋萃编》，中国社会科学出版社1994年版，卷七，第543页。

张柳词名枉并驱，格高韵胜属西吴。可人风絮堕无影，低唱浅斟能道无。

——《论词绝句十二首》之二

冯煦云：

晓风残月剧凄清，三影郎中浪得名。却怪西湖老居士，强将子野右耆卿。

——《论词绝句十六首》之四

此两首绝句，系论柳永、张先两词人之高下，厉鹗推举张先、贬抑柳永在前；冯煦驳之于后，所称“西湖老居士”，即指厉鹗。姑不论两人孰是孰非，然柳、张优劣论，已然可作为词坛论题继续探究。

（三）欧公作品之辨疑

欧阳修以政坛、文坛地位之尊，是否填作“小词”，以及流传之“小词”与其他词人之纠葛，可谓千载难断。清代论词绝句亦时见之，如：

郑方坤云：

范韩司马汉三君，绮语翻题数幅裙。更唱望江南一曲，太清未遽滓微云。

——《论词绝句三十六首》之七

宋翔凤云：

庐陵余力非游戏，小令篇篇积远思。都可诬成轻薄意，何论堂上簸钱时。

——《论词绝句二十首》之三

沈道宽云：

草堂遗选备唐风，古调高弹六一翁。谁把肤辞充法曲，尽教筝笛溷丝桐。

——《论词绝句》之十一

谭莹云：

儒宗自命却风流，人到无名又可仇。浮艳欲删疑误入，踏莎行与少年游。

——《论词绝句一百首》之二十四

华长卿云：

文章六一有丰神，词意缠绵更可亲。颇恨行间多亵语，碔玞混玉是何人。

——《论词绝句》之十一

此五首绝句，前两者涉及《望江南》词，兹先引录如次：

江南柳，叶小未成荫。人为丝轻那忍折，莺怜枝嫩不胜吟。留着待春深。　十四五，闲抱琵琶寻。阶上簸钱阶下走，恁时相见早留心。何况到如今①。

此双调《忆江南》，就内容论之，确有狎昵之意，然作者何人，历来多有争议。清王弈清等撰《历代词话》卷四载："初，奸党诬公盗甥，公上表自白云：'丧厥夫而无托，携孤女以来归。'张氏此时年方十岁，钱穆父素恨公，笑曰：'此正学簸钱时也。'……按：欧公此词，出钱氏私志，盖钱世昭因公《五代史》中多毁吴越，故丑诋之。其词之猥弱，必非公作，不足信也。"② 此事清人论词绝句每好论之，郑方坤甚而于所作绝句后附注云："三公俱有艳词传世，而欧阳以《江南柳》一调，遂来谗慝之口。"宋翔凤除认定此词为欧阳修所作外，进一步指出词中尚有"远思"，绝无"轻薄意"。此与其《乐府余论》所载"按此词极佳，当别有寄托，盖以尝为人口实，故编集去之。然缘情绮靡之作，必欲附会秽事，则凡在词人皆无全行，正不必为欧公辩也"③，显见其立场始终如一。虽然就笔者所见清代论词绝句之陈述，视欧词中之艳语，系旁人作品混入者，仍属多数；上列沈道宽、谭莹、华长卿所作，皆是明证。而此等见解，实亦承自宋人之见解。如宋曾慥《乐府雅词序》：

欧公一代儒宗，风流自命，词章幼眇，世所矜式。当时小人，或作艳曲，谬为公词，今悉删除④。

宋陈振孙《直斋书录解题·六一词》亦云：

其间多有与《花间》、《阳春》相混者，亦有鄙亵之语一二厕其中，当是仇人无名子所为也⑤。

即因如此，后事论者每好为欧阳修作品辩说，如《蝶恋花》（庭院深深深几许）词，

① 唐圭璋编纂、王仲闻参订、孔凡礼补辑《全宋词》，中华书局1999年版，1册，第201页。

② 见唐圭璋主编《词话丛编》，台北新文丰出版公司1988年版，2册，第1150页。按：此中所引《望江南》，与《全宋词》所录，文字颇有出入，兹胪列如次："未成荫"作"未成阴"，"丝轻"作"绿轻"，"留着"作"留取"，"阶上……阶下"作"堂上……堂下"，"早留心"作"已留心"。

③ 见唐圭璋主编《词话丛编》，3册，第2496页。

④ 见录于施蛰存主编《词籍序跋萃编》，中国社会科学院出版社1994年版，卷八，第651页。

⑤ 宋陈振孙《直斋书录解题》，台湾商务印书馆《景印文渊阁四库全书》，1985年8月，674册，卷二一，第887页。

或以为系冯延巳所作，争论不休①。唯清代论词绝句最常提出辨疑者，厥推《生查子》②词以论者或谓系朱淑贞所作也。兹引录如次：

潘际云云：

幽栖一卷断肠词，家世文公擅淑姿。谁把庐陵真本误，柳梢月上约人时。

——《题朱淑真断肠词》

此诗附注云："朱淑真，海宁女子，自称幽栖居士。著有《断肠词》一卷，前有《纪略》一篇，称为文公侄女。今按其词止二十七阕。杨慎升庵《词品》载其《生查子》一阕，有'月上柳梢头，人约黄昏后'之语，毛晋遂指为白璧微瑕。然此词今载欧阳公《庐陵集》第一百三十一卷中，不知何以窜入淑真集内，诬以桑濮之行。慎收入《词品》既不为考，而晋刻《宋名家词》六十一种，《六一词》即在其内，乃于《六一词》漏注'互见《断肠词》'，已自乱其例；而于淑真集更不一置辨，且实证为白璧微瑕，益为卤莽之甚。今其集已收入四库书而刊去此篇，庶不致厚诬古人矣。"③

陈文述云：

新词欧九擅风流，花市春灯照月游。却有怨情无荡思，莫教更唱柳梢头。

——《题朱淑贞断肠集》之四

又云：

宛陵新序写乌丝，微雨轻寒本事诗。一样沉冤谁解雪，断肠集里上元词。

——《题查伯葵撰李易安论后》之二

此两诗各有序。一云："'去年元夜'一词，本欧公作，后人误编入《断肠集》，遂疑淑真为佚女，与此正同，亦不可不辨也。"一云："李清照再适之说，向窃疑之。宋人虽不讳再嫁，然考叙《金石录》时，年已五十有余，《云麓漫钞》所载《投綦处厚启》，殆好事者为之，盖宋人小说往往污蔑贤者，如《四朝闻见录》之于朱子、《东轩笔录》之于欧公，比比皆是。尝欲制一文以雪其诬，苦未得暇，今读伯葵所作，可谓先得我心，因题二绝以当跋语。旧有题《漱玉集》四诗，因并载焉。"

---

① 如周济即谓《蝶恋花》词"缠绵忠笃……非欧公不能作"（参前注），陈廷焯《白雨斋词话》则谓"《蝶恋花》四章，古今绝构。《词选》本李易安词序，指'庭院深深'章为欧阳公作，他本亦多作永叔词。惟《词综》独云冯延巳作。竹垞博极群书，必有所据。且细味此阕，与上三章笔墨，的是一色，欧公无此手笔"。明徐师曾《文体明辨序说》，人民文学出版社 1998 年版，4 册，第 3780 页。

② 《生查子》原词如次："去年元夜时，花市灯如昼。月到柳梢头，人约黄昏后。 今年元夜时，月与灯依旧。不见去年人，泪满春衫袖。"唐圭璋编纂、王仲闻参订、孔凡礼补辑《全宋词》，中华书局 1999 年版，1 册，第 158 页。

③ 此附注文字，系节自《四库全书总目提要·词曲类二·断肠词一卷》，台湾艺文印书馆 1974 年版，7 册，卷一九九，第 4173 页。

宋翔凤云：

说尽无憀六一词，黄昏月上是何时。断肠集里谁编入，也动人间万种疑。

——《论词绝句二十首》之十六

方熊云：

桑榆暮景投綦启，人约黄昏元夜词。似此沉冤难尽雪，生才不幸是蛾眉。

——《题李清照漱玉集、朱淑真断肠集三首》之三

方熊诗前有序云："《云麓漫钞》载清照《投綦处厚启》，语甚不经，几令后人疑清照晚节不终。后见陈云伯《颐道堂集》有《题查伯葵〈易安论〉后》云：'谈娘善诉语何诬，卓女琴心事本无；赖有琵琶查十八，清商一曲慰罗敷。'又杨升庵《词品》载淑真《生查子》一阕有'月上柳梢头，人约黄昏后'之句，遂令后人疑淑真为佚女。不知此词是欧公所作，见《庐陵集》。后见潘人龙《清芬堂集》有题句云：'幽栖一卷断肠词，家世文公擅淑姿。谁把庐陵真本误，柳梢月上约人时。'前谤皆为一雪。因阅二家词为并志之。"

谭莹云：

幽栖居士惜芳时，人约黄昏莫更疑。未必断肠嗽玉似，送春风雨总怜伊。

——《论词绝句一百首》之九十七

汪芑云：

柳梢月上约人时，艳思空教放诞疑。留得宛陵断肠集，漫嗟彩凤逐鸦嬉。

——《题林下词四首》之二

木石居士云：

黄昏月上柳梢斜，元夜观灯玩岁华。女伴相邀等闲事，漫讥白璧有微瑕。

——《名媛词选题辞十首》之四

木石居士于诗后附注云："毛氏刻《断肠词》，指《生查子》为白璧微瑕，亦有谓其误收《六一词》者。宋词互见，不一其例，然此词肖妇人之口吻，当为朱氏作无疑，故余仍采入之。"

就上引七人绝句论之，潘际云、陈文述、宋翔凤、方雄四人，以为系欧阳修作；谭

莹、汪芑、木石居士，则谓朱淑真作无疑，显见此论题仍存争议；今学界则以认定欧阳修作者为夥[①]。

（四）苏轼作品之问题

苏轼词中最受争议者，厥推《洞仙歌》一词，兹先引录如次：

冰肌玉骨，自清凉无汗。水殿风来暗香满。绣帘开、一点明月窥人，人未寝，攲枕钗横鬓乱。　起来携素手，庭户无声，时见疏星渡河汉。试问夜如何，夜已三更，金波淡、玉绳低转。但屈指、西风几时来，又不道流年、暗中偷换[②]。

而引起争议之关键，在于此词前苏轼自叙云："仆七岁时，见眉山老尼姓朱，忘其名，年九十余。自言：'尝随其师入蜀主孟昶宫中，一日大热，蜀主与花蕊夫人夜起避暑摩诃池上，作一词。'朱具能记之。今四十年，朱已死，人无知此词者，但记其首两句，暇日寻味，岂《洞仙歌令》乎？乃为足之。"考宋人著作，首先记载相关事迹者，推杨绘《时贤本事曲子集》。该书载云："钱塘有一老尼，能诵后主诗首章两句，后人为足其意以填此词。余尝见一士人诵全篇云：'冰肌玉骨清无汗，水殿风来暗香暖；帘开明月独窥人，攲枕钗横云鬓乱。起来琼户启无声，时见疏星渡河汉；屈指西风几时来，只恐流年暗中换。'"[③] 其后张邦基《墨庄漫录》卷九"东坡洞仙歌"载云："近见李公彦季成诗话，乃云：'杨元素作《本事记》……钱唐有老尼，能诵后主诗首章两句，后人为足其意，以填此词。'其说不同。予友陈兴祖德昭云：'顷见一诗话，亦题云李季成作，乃全载孟蜀主一诗……云："东坡少年遇美人，喜《洞仙歌》；又解后（按：即"邂逅"）处景色暗相似，故檃括稍协律以赠之也。"予以谓此说近之。'据此乃诗耳，而东坡自叙乃云是《洞仙歌令》，盖公以此叙自晦耳。《洞仙歌》腔出近世，五代及国初，未之有也。"[④] 然胡仔《苕溪渔隐丛话前集》卷六十"洞仙歌"按云："《漫叟诗话》所载《本事曲》，云：'钱唐一老尼能诵后主诗首章两句，与东坡《洞仙歌.序》全然不同，当以序为正也。'"[⑤] 是知《洞仙歌》词，在宋代即有"苏轼作"、"蜀后主作，后人为足其意以填此词"、"蜀后主作，苏轼檃括"等三种说法。

洎乎清代朱彝尊，以浙西词派之盟主，编纂《词综》，不录苏轼《洞仙歌》词，反录蜀主孟昶之作，视为《玉楼春》词；且按云："苏子瞻《洞仙歌》本檃括此词，然未免反有点金之憾。"[⑥] 于焉论战不断，即以清代论词绝句为例，宋翔凤云：

---

① 可参黄嫣梨《朱淑真及其作品·第三章朱淑真的词》，台湾新文丰出版公司1991年版，第135—141页。

② 唐圭璋编纂、王仲闻参订、孔凡礼补辑《全宋词》，中华书局1999年版，1册，第383页。

③ 同上，1册，第5页。文中所称"后主"，系指西蜀后主孟昶。

④ 宋张邦基《墨庄漫录》，中华书局，《唐宋史料笔记》本，2002年8月，卷九，第237页。

⑤ 宋胡仔《苕溪渔隐丛话·前集》，台湾商务印书馆《景印文渊阁四库全书》，1986年7月，770册，卷六〇，第379—380页。

⑥ 清朱彝尊与汪森编、孟裴标校《词综》，上海古籍出版社1999年版，卷二，第15页。

摩诃池上夜如何，玉骨清凉语未多；别出旧词全檃括，细吟那及洞仙歌。

——《题查伯葵撰李易安论后》之一

是知宋氏以为“冰肌玉骨”作品，乃苏轼《洞仙歌》词，别出之诗乃檃括苏轼词而成，韵味远不及原作。其《乐府余论》尤详辨之：

按：《丛话》载《漫叟诗话》而辨之甚备，则元素《本事曲》，仍是东坡词。所谓“见一士人诵全篇”云云者，乃《漫叟诗话》之言，不出元素也。元素与东坡同时，先后知杭州。东坡是追忆幼时词，当在杭足成之。元素至杭，闻歌此词，未审为东坡所足，事皆有之。东坡所见者蜀尼，故能记蜀宫词。若钱塘尼，何自得闻之也，《本事曲》已误。至所传“冰肌玉骨清无汗”一词，不过檃括苏词，然删去数虚字，语遂平直，了无意味。盖宋自南渡，典籍散亡，小书杂出，真伪互见，《丛话》多有别白。而竹垞《词综》，顾弃此录彼，意欲变草堂之所选，然亦千虑之一失矣①。

谭莹则云：

摩诃避暑有全词，花蕊风流恐愿师。何侯洞仙歌檃括，点金成铁使人疑。

——《论词绝句》之九

此诗既称蜀主与花蕊夫人避暑摩诃池畔，有全词流传，苏轼实不必藉以檃括成《洞仙歌》，徒留人“点金成铁”之口实。谭氏友人陈澧亦同有此说，诗曰：

冰肌玉骨洞仙歌，九字何曾记忆讹。删取七言成赝鼎，枉教朱十笑东坡。

显然亦以为蜀主自有此诗，苏轼亦自有《洞仙歌》词，唯前九字实不必檃括蜀主诗，致落人口实。末则蜀主另传有《洞仙歌》之作，宋翔凤《乐府余论》已驳之，兹移录供参考：

宋赵闻礼《阳春白雪》卷二，载宜春潘明叔云：蜀王与花蕊夫人避暑摩诃池上，赋《洞仙歌》，其词不见于世。东坡得老尼口诵两句，遂足之。蜀帅谢元明因开摩诃池，得古石刻，遂见全篇：“冰肌玉骨，自清凉无汗。贝阙琳宫恨初远。玉栏干倚遍，怯尽朝寒，回首处、何必流连穆满。　芙蓉开过也，楼阁香融千片。红英泛波面。洞房深深锁，莫放轻舟瑶台去，甘与尘寰路断。更莫遣、流红到人间，怕一似当时，误他刘阮。”按云：“自清凉无汗”，确是避暑。而又云“怯尽朝寒”，则非避

① 见唐圭璋主编《词话丛编》，台湾新文丰出版公司1988年版，3册，第2495-2496页。

暑之意。且坡序云夜起，而此词俱昼景。其中贝阙琳宫、栏干楼阁、洞房瑶台，拉杂凑集，明是南宋人伪托①。

要之，关于苏轼《洞仙歌》之作，经后人考证，当以苏轼序所述为正确；亦即"蜀主与花蕊夫人夜起避暑摩诃池上"，确曾作一词，然并未流传，而苏轼所作《洞仙歌》词，除前两句外，余皆其所自制也。详参吴洪泽《〈洞仙歌〉（冰肌玉骨）公案考察》②、阎小芬《苏轼〈洞仙歌〉杂考》③。

（五）李清照改嫁之问题

前举陈文述，方熊等人，以论词绝句区辨欧阳修与朱淑贞作品时，已涉及李清照改嫁之问题，兹更举其他相关论词绝句如次：

陈文述云：

谈娘善诉语何诬，卓女琴心事本无。赖有琵琶查八十，清商一曲慰罗敷。

——《题查伯葵撰李易安论后》之一

按：此绝前有序，已见前录，兹不赘。

华长卿云：

任他谣诼嫁时身，巾帼丛中第一人。鲁国男儿争下拜，瓣香供奉蕅花神。

——《论词绝句》之三十二

李葆恂云：

白壁青蝇谰语疑，谁将史笔著冤词。俞君事辑王郎刻，应感芳魂地下知。

——《题漱玉词》之三

王志修云：

衣冠南渡已无家，钟鼎图书载几车。毕竟不须疑晚节，西风人自比黄花。

——《题漱玉词》之二

木石居士云：

① 见唐圭璋主编《词话丛编》，台湾新文丰出版公司1988年版，3册，第2496页。

② 吴洪泽《〈洞仙歌〉（冰肌玉骨）公案考察》，《四川大学学报》（哲学社会科学版）总第119期（2002年第2期），第125—128页。

③ 阎小芬《苏轼〈洞仙歌〉杂考》，《商丘师范学院学报》第19卷第6期（2003年第12期），第39—41页。

寻寻觅觅冷清清，好句天然妙手成。解作黄花帘卷语，傲霜讵负岁寒盟。

——《名媛词选题辞十首》之三

从上举论词绝句涉及李清照改嫁之问题，可见众口一致，均以为系诬妄之事。除陈文述、方熊于绝句后，另附注辨疑外；木石居士亦附注云："易安天才，后人未易仿效，《声声慢》一阕，尤为千古绝唱。至于改嫁之诬，昔贤已有辨之者。"皆为李清照抱屈也。今学者何广棪辑有《李清照改嫁问题资料汇编》①，可供学者取资、研究。

除上五例外，清人论词绝句中，触及词坛争议论题之绝句，实所在多有。如冯煦《论词绝句十六首》称"吾家正中才绝代，罗衣特地罥残熏；东风吹绉一池水，不分人传成幼文"（之三），系论《谒金门》词之作者问题②；王鹏运《校栞稼轩词成率题三绝于后》称"信州是本销沉久，汲古丛编亥豕多；今日虽镌拨云雾，庐山真面问如何"（《之三》），系论《稼轩词》版本之问题③；陈澧《论词绝句六首》称"自琢新词白石仙，暗香疏影写清妍；无端忽触胡沙感，争怪经师作郑笺"（《之三》），系论姜夔《暗香》、《疏影》诠解之问题④。斯可见论词绝句所揭举之争议论题，牵扯甚广，足供词学界取资辨析也。

总之，清代论词绝句系研究词人接受之材料，就笔者目前整理所得，凡 130 家，1030 首。其研究之情形，大陆方面，无论个别作家之探讨或总体引介，要以论述其价值为主，此中，吴熊和、孙克强、陶然、曹明升，其最著者也。台湾学者则朝笺释、会通研究为主，笔者及指导学生最着力于此。因之，本文进一步以"接受史"研究之观点，指出清代论词绝句之价值凡四：一曰扩大词学批评之视野；二曰广泛反映词人之接受；三曰辅助建构论词之观点；四曰指出词坛争议之论题。

论词绝句之作者，虽然系就平日阅读所得，以六绝、七绝等形式进行批评，故其论述不免暴露两缺失。一曰受限于形式，必须浓缩故实或径化用原词人诗；苟不晓其所从来，即难知其所以然。二曰评论作家或作品，恒"点到为止"，难以深入；对词坛争议论题，或提问，或直抒观点，辨析者鲜，故不少作者皆以附注补充，俾读者知其所指。此等缺失，诚如叶嘉莹《由撰写〈灵谿词说〉谈论词绝句、词话、词论诸体之得失》所云："中国这些古老的批评形式，乃是精炼有余而详明不足，有笼统的概念而缺乏精密的分析；偏重形式方面的文字之美，而忽略逻辑之思辨；有兼容并蓄得心应手之妙，而难免有驳杂琐细良窳未辨之讥；有时虽可以探触到诗歌中真正感发之生命，却不能将此种感

---

① 何广棪《李清照改嫁问题资料汇编》，台湾九思文化事业有限公司 1990 年版。

② 冯延巳《谒金门》（风乍起）词，或云成幼文所作，首见宋胡仔《苕溪渔隐丛话·后集》（台湾商务印书馆《景印文渊阁四库全书》，1986 年 7 月，卷三九，第 647 页）记载，而后宋陈振孙《直斋书录解题》（台湾商务印书馆《景印文渊阁四库全书》，1985 年 8 月，卷二一，第 886 页）坐实其说。洎乎清朱彝尊、汪森编《词综》（上海古籍出版社 1999 年版，卷三，第 41 页）仍遵之，故冯煦乃有此异识。

③ 《稼轩词》版本之问题，可参考邓广铭《稼轩词编年笺注·例言》，台湾华正书局 2003 年版，第 45—48 页。

④ 姜夔《暗香》、《疏影》之诠解，可参考黄兆汉《姜白石词详注》，台湾学生书局 1998 年版，第 280—352 页。

受作理念明晰之说明。”[1] 此笔者所以强调凡欲运用论词绝句者，必须与其他接受材料会通研究之故也。

[1] 此文附录于叶氏所著《唐宋词名家论集》，台湾国文天地杂志社，1987 年 11 月，第 457 页。

简论常州词派的南北宋之辨

南开大学　孙克强

在清代词学史上有一个贯穿始终的论题——南北宋之争，其内涵是：北宋词（一般包括唐五代）或南宋词哪个应该作为学习的典范？各时期、各流派观点主张各有不同：云间派崇尚南唐北宋，黜斥南宋；浙西词派反其道而行之，力推南宋，标举姜（夔）、张（炎）。常州词派崛起之后，对南北宋词各自的特点进行了深入的探讨，并对前人南北宋之争的得失进行了全面的反思。常州词派张惠言、周济、陈廷焯关于南北宋词的辨析深刻而全面，客观而公允，不仅对清代南北宋之争的论题做了总结，而且有助于今人深刻认识词史的发展嬗变规律。

南北宋词由于不同的词学背景和时代审美要求而呈现不同的风貌。明代词坛重北宋轻南宋的风气颇盛，明人所推崇的宋代词人多为北宋，而置南宋于不屑。如杨慎评南宋词人冯艾子词云："有北宋秦、晁风味，比南宋教督气、酸馅气不侔矣。"[①] 李元玉《南音三籁·序言》云："赵宋时，黄九、秦七辈竞作新声，字戛金玉；东坡虽有'铁绰板'之诮，而豪爽之致，时溢笔端。南渡后，争讲理学，间为风云月露之句，遂逊前哲。"皆认为南宋不及北宋。由明至清初，词学家对唐五代北宋词多有偏爱，而对南宋词要么置而不论，要么轻蔑视之。明末清初的云间派揭开了南北宋之争的帷幕，陈子龙《幽兰草词序》云："自金陵二主以至靖康，或秾纤婉丽，极哀艳之情；或流畅澹逸，穷盼倩之趣。然皆境由情生，辞随意启，天机偶发，元音自成。繁促之中，尚存高浑，斯为最盛也。南渡以还，此声遂渺，寄慨者亢率而近于伧武，谐俗者鄙浅而入于优伶。"为了改变明代以来词坛颓靡的局面，陈子龙提出了学习南唐、北宋的主张。要求端正词人的创作态度，强调词的风骚之旨，学习南唐北宋自然流畅风格。云间派的另一位词家宋征璧也说："词至南宋而繁，亦至南宋而敝。"[②] 云间词派的主张得到了广泛的赞同，西泠、扬州、柳州、常州等地的词家纷纷步云间的后尘。学词者取径唐五代北宋，贬斥南宋。

继云间词派而起的浙西词派却反其道而行之，提出了取法南宋的主张。朱彝尊云："世人言词，必称北宋，然词至南宋始极其工，至宋季而始极其变。姜尧章氏最为杰出。"[③] 朱氏又反复提出"小令宜师北宋，慢词宜师南宋"[④]，以引起人们对南宋词的注意。朱彝尊意在用以南宋姜夔、张炎为代表的清雅词风改变词坛柔靡的风气。朱彝尊的

---

① 《古今词话·词评》上卷引，《词话丛编》，中华书局 1986 年版，第 1008 页。
② 《词苑丛谈》卷四引，上海古籍出版社 1981 年版，第 76 页。
③ 《词综·发凡》，上海古籍出版社 1978 年版，第 10 页。
④ 见《水村琴趣序》、《鱼计庄词序》等文，《曝书亭集》卷四〇。

主张先后经浙西词派成员如汪森、厉鹗、王昶、吴锡麒、郭麐等人的鼓吹，在适宜的政治气候助动下，很快风靡大江南北，取得了词坛盟主的地位。并历康、雍、乾、嘉数朝而不衰，词坛几乎“家祝姜、张，户尸朱、厉”①。谢章铤曾评述清代前中期词坛风气的变化云：“昔陈大樽以温、李为宗，自吴梅村以逮王阮亭，翕然从之，当其时无人不晚唐。至朱竹垞以姜、史为的，自李武曾以逮厉樊榭，群然和之，当其时亦无人不南宋。”②陈廷焯亦云：“国初多宗北宋，竹垞独取南宋，分虎、符曾佐之，而风气一变。”③ 此后，中后期浙派词论家，无不以推扬南宋作为核心论点，倡南宋成为浙西词派标志性的主张。

一

嘉、道以后，政治形势发生了很大变化，内忧外患，朝政动荡。在词学领域，词家逐渐摒弃已走入追求形式技巧的浙派末流，寻找能够抒发郁结心胸情感的方式和途径，常州词派应运而生。张惠言大张“意内言外”之帜，以比兴寄托作为论词的标准，词学风尚为之一变。常州词派关于南北宋词的辨析始于张惠言，虽然他并没有对南北宋的优劣作出正面的阐述，但他对唐宋词人的分析评论奠定了常州派词学家对南北宋词认识的基础。最能体现张惠言对南北宋词态度的是其《词选序》：

> 自唐之词人李白为首，其后韦应物、王建、韩翃、白居易、刘禹锡、皇甫松、司空图、韩偓并有述造，而温庭筠最高，其言深美闳约。五代之际，孟氏、李氏君臣为虐，竞作新调，词之杂流，由此起矣。至其工者，往往绝伦。亦如齐梁五言，依托魏晋，近古然也。宋之词家，号为极盛，然张先、苏轼、秦观、周邦彦、辛弃疾、姜夔、王沂孙、张炎渊渊乎文有其质焉。其荡而不反，傲而不理，枝而不物。柳永、黄庭坚、刘过、吴文英之伦，亦各引一端，以取重于当世。而前数者，又不免有一时放浪通脱之言出于其间。后进弥以驰逐，不务原其指意，破析乖刺，坏乱而不可纪。故自宋之亡而正声绝，元之末而规距隳。

这段话阐述了张惠言的词史观，并体现了他对南北宋词的认识。结合张惠言其他词学文献，我们可以认识其对南北宋词的态度，值得注意的有两点：

第一，张惠言持南北宋词兼美并举的态度。他将宋代词家分成二类：一类是“渊渊乎文有其质”者，共计八人：张先、苏轼、秦观、周邦彦、辛弃疾、姜夔、王沂孙、张炎；另一类是“荡而不反、傲而不理、枝而不物”者，共四人：柳永、黄庭坚、刘过、吴文英。第一类代表宋词最高成就，是值得效法的；第二类属“各引一端，以取重于当世”，是应分析对待的。我们注意到，第一类中北宋、南宋各有四人，第二类中北宋、南宋各有二人。总体来看，张惠言对南北宋并未显得厚此薄彼，也没有特别突出某一时期。

① 彭兆荪《小谟觞馆诗余序》，《清名家词》，上海书店1980年版。
② 《赌棋山庄词话》续编卷三，《词话丛编》第3530页。
③ 《白雨斋词话》卷三，《词话丛编》第3825页。

关于张惠言到底是尊南或重北，后世的看法完全相反。一些人认为张惠言尊尚南宋，许宗彦《莲子居词话序》记云："王少寇述庵先生尝言：北宋多北风雨雪之感，南宋多黍离麦秀之悲，所以为高。亡友阳湖张编修皋文为《词选》，亦深明此意。"是说张惠言与王昶（王少寇述庵，浙西词派的重要成员）一样是推重南宋词的。潘德舆在当时颇为著名的《与叶生名沣书》中曾对张惠言的《词选》提出了批评："窃谓词滥觞于唐，畅于五代，而意格之闳深曲挚则盛于北宋，词之有北宋。犹诗之有盛唐，至南宋则稍衰矣。张氏于北宋知名之篇，削之不顾，南宋尚何间焉。"潘氏认为张惠言的《词选》对北宋词重视不够，亦指其偏重南宋。而另一些人却认为张惠言提倡北宋，谭献《复堂词话》云："翰风（张琦）与哲兄（张惠言）同撰《宛邻词选》，虽町畦未辟，而奥窔始开。其所自为，大雅遒逸，振北宋名家之绪。"徐珂《清代词学概论》亦云："浙派至乾嘉间而益敝，张皋文起而改革之，其弟翰风和之，振北宋名家之绪，阐意内言外之旨，而常州派成。"其实在《词选》中，张惠言并没有明显的倾向性，而是南北宋兼举并重。

第二，从深层来看，张惠言对北宋词人的推重影响更大，更有意义，也更值得我们注意。如上文所述，表面看来张惠言对南北宋不分轩轾，但从《词选》中对具体词人的评价以及选词的数量来考察，北宋的分量则更重一些。先来看对词人的评价。《词选序》中评价最高的词人是温庭筠，言其"温庭筠最高，其言深美闳约"；并评论飞卿《菩萨蛮》(小山重迭金明灭）一词云："此感士不遇也。篇法仿佛长门赋，而用节节逆叙。此章从梦晓后，领起'懒起'二字，含后文情事，'照花'四句，离骚初服之意。"将温庭筠与屈原相提并论。将"最高"的赞誉给予晚唐的温庭筠，这是对浙派尊南宋姜夔为最"杰出"观念的极大反动。再来看选词数量。《词选》中选秦观词最多（10 首)。饶宗颐先生曾据此并考察董士锡论秦观、董毅《续词选》增选秦词 7 首等材料得出结论——"尊崇淮海是张氏家学"①。张惠言的朋友陆继辂的《合肥学舍札记》引张惠言语云："皋文云：词以结兴为上，风神次之，北宋人惟淮海无遗憾。"可见，张惠言偏爱秦观词的原因在于其"结兴"，不但有寄托，而且不见寄托痕迹，所以秦词成就最高。综上可见，张惠言对北宋（包括唐五代）的偏爱和推崇确为事实。

客观来看，如果说张惠言反浙派之道而行之，浙派推崇南宋，张氏就有意标举北宋；浙派尊崇南宋姜夔、张炎，"张皋文先生意在尊美成而薄姜、张"②，是言过其实了。但张惠言能在唯南宋是举的浙派一统的天下，提出北宋可与南宋不分优劣，而且北宋又略胜一筹，在当时是十分难能可贵的，实际上是开了打破南宋一统天下的风气，对后世词学家，特别是常州词派的词学家重新评价南北宋词，重新认识明末以来的南北宋之争都有重要意义。

---

① 《张惠言〈词选〉述评》第五节"张惠言嗜秦淮海"，《文辙——文学史论集》，台湾学生书局 1991 年版。

② 江顺诒《词学集成》卷五引汪稚松语，《词话丛编》，第 3273 页。

二

张惠言对南北宋词的认识拉开了常州词派讨论南北宋之辨的序幕。常州词派的形成有一个渐进的过程，从深受浙派的影响，到逐渐走出浙派的阴影，再到另立旗帜取而代之。常州派的诸多词学家大都有同样的变化过程，如张惠言、周济、董士锡、谭献、陈廷焯等等。特别是周济、陈廷焯，他们对待南北宋词的态度从独尚南宋，到对南北宋词进行客观深入的辨析，最能代表常州词派的观点。

常州词派的南北宋词之论是从检讨清初以来南北宋之争的弊端入手的。周济云："词之为技小矣，然考之于昔，南北分宗；征之于今，江浙分派，是亦有故焉。"① 指出以往的南北宋之争是宗派意识的产物。陈廷焯亦云："国初诸公……其病有二。一则板袭南宋面目，而遗其真，谋色揣称，雅而不韵。一则专习北宋小令，务取浓艳，遂以为晏、欧复生。"② 指出清初云间派偏嗜北宋、浙西派独尊南宋带来了种种弊端。

嘉道年间，浙西派的流弊日益显现，特别是偏尚南宋的风气给词坛带来了不良的后果。一是只知南宋，无视北宋。周济指出：

> 近世之为词者，莫不低首姜、张，以温、韦为缁撮，巾帼秦、贺，筝琶柳、周，伧楚苏、辛。一若文人学士清雅闲放之制作，惟南宋为正宗，南宋诸公又惟姜、张为山斗。呜乎，何其陋也！词本近矣，又域其至近者可乎？宜其千躯同面，千面同声，若鸡之罚罚，雀之足足，一耳无余也③。

独尊南宋姜、张，而无视北宋诸多大词人的存在，可谓只见树木不见森林，不仅见识浅陋，而且取法狭窄，造成"千躯同面，千面同声"的恶果。

二是对南宋的认识也极为片面。周济说：

> 近人颇知北宋之妙，然终不免有姜、张二字横亘胸中。岂知姜、张在南宋，亦非巨擘乎。论词之人，叔夏晚出，既与碧山同时，又与梦窗别派，是以过尊白石，但主清空。后人不能细研词中曲折深浅之故，群聚而和之，并为一谈，亦固其所也④。

南宋词坛本是一个丰富多彩的世界，并非仅仅是姜、张清空的天下，浙西派的南宋论的症结即在于此。

在批评浙西词派独尊南宋的基础之上，周济、陈廷焯对南北宋词的特点、价值进行

---

① 《味隽斋词自序》，《清名家词》。
② 《白雨斋词话》卷一，《词话丛编》第 3775 页。
③ 《宋四家词筏序》，《止庵文》，常州先哲遗书补编本。
④ 《介存斋论词杂著》，《词话丛编》第 1629—1630 页。

了分析比较，概括起来主要有三个方面：

第一，两宋各有其美，不可偏废。陈廷焯认为："两宋词家各有独至处，流派虽分，本原则一。"① 南北宋"不可偏废"，反对世人"妄为轩轾"②，"论词只宜辨别是非，南宋北宋不必分也"③。周济在《词辨自序》中将两宋词人的特点比喻为"匡庐衡岳，殊体而并胜，南威西施，别态而同妍"，均持欣赏的态度。因而，他们对南北宋词的分析比较就能够摒弃出于偏爱而偏执一端的弊病，态度客观，持论公允。周济和陈廷焯还具体分析了南北宋各自的特点和优劣。周济指出了两宋各自的盛衰表现："两宋词各有盛衰，北宋盛于文士，而衰于乐工。南宋盛于乐工，而衰于文士。"④ 这是着眼于词史发展的见解，北宋时期完成了由乐工歌妓之词向士大夫之词的转变，北宋词的兴盛时期正是士大夫之词创作的高峰时期；南宋末期，文人结社唱和十分盛行，随着南宋的灭亡，词社亦渐趋湮灭。

周济着重分析了南北宋词的风格特点，《宋四家词选目录序论》中称南宋为"清泚"，北宋为"秾挚"。在《介存斋论词杂著》中分析了南北宋词人在写景、抒情、叙事上的不同：

> 北宋词多就景叙情，故珠圆玉润，四照玲珑。至稼轩、白石，一变而为即事叙景，使深者反浅，曲者反直。

"就景叙情"即触景生情，是在一种自然状态下的创作；"即事叙景"有主题先行的性质，根据思想主旨的要求来选景或造景。这本为两种创作模式，没有高下之分，但从周济所说的"使深者反浅，曲者反直"来看，还是隐有伯仲之感。陈廷焯对两宋各自的特点也有精彩的分析："北宋词，《诗》中之《风》也；南宋词，《诗》中之《雅》也。"⑤《诗经》中《风》诗多民歌，质朴纯真；《雅》诗多出于文化修养较高的贵族士大夫，重文采修饰。以《风》、《雅》诗比北南宋词确实较为贴切。

周济、陈廷焯对南北宋词的各自缺点也进行了分析。周济指出北宋、南宋各有一些无聊的质量不高的词：

> 北宋有无谓之词以应歌，南宋有无谓之词以应社⑥。

北宋词常常作于歌妓侑宴的场合，南宋的词社多产生文人消遣的作品，两宋的劣质作品往往产生于这些场合。与此相联系，"北宋主乐章，故情景但取当前，无穷高极深之

---

① 《白雨斋词话》卷六，《词话丛编》，第 3909 页。
② 《词坛丛话》，《词话丛编》第 3720 页。
③ 《白雨斋词话》卷八，《词话丛编》第 3963 页。
④ 《介存斋论词杂著》，《词话丛编》，第 1629 页。
⑤ 《词坛丛话》，《词话丛编》，第 3720 页。
⑥ 《介存斋论词杂著》，《词话丛编》，第 1629 页。

趣。南宋则文人弄笔，彼此争名，故变化益多，取材益富。然南宋有门径，有门径故似深而转浅。北宋无门径，无门径故似易而实难”①。这里分别从南北宋词的创作环境谈到作品的特点，再分析各自的作用和意义，十分深刻而精辟。陈廷焯也指出了南北宋词各自的瑕疵：

> 北宋间有俚词，南宋则多游词。而伉词则两宋皆不免②。

北宋时期，文人词多学习借鉴民间词，故词中常见市井俚俗的语言；而南宋时期不少词人游戏于词体，卖弄技巧，油腔滑调，是为游词。

第二，南北宋词的价值定位。周济云：

> 北宋词，下者在南宋下，以其不能空，且不知寄托也。高者在南宋上，以其能实，且能无寄托也。南宋则下不犯北宋拙率之病，高不到北宋浑涵之诣③。

在周济看来，“高者”和“下者”皆在北宋；南宋居于中间。应该说这是一个十分客观而又深刻的分析。在这个基本判断的基础上，周济提出了“问涂碧山，历梦窗、稼轩，以还清真之浑化”④ 这一著名学词途径的词统论，即从南宋入手最后达到北宋的境界。其具体的途径为：从南宋末年王沂孙词入手，因为王沂孙身经亡国剧痛，其词有明显的寄托之旨，且“餍心切理，言近指远，声容调度，一一可循”，便于学习，从有寄托入，正是入门须正之意；历梦窗，是因为吴文英词“梦窗奇思壮采，腾天潜渊，返南宋之清泚，为北宋之秾挚”，“梦窗由南追北”是南北宋之间的一座桥梁；再历稼轩，“稼轩由北开南”辛弃疾词风是北宋苏轼豪放词风的发展，“敛雄心，抗高调，变温婉，成悲凉”，乃南北宋之间的又一座桥梁；最后达到北宋周邦彦词的浑化，既有寄托又含蕴深厚，不露迹象，“读其篇者，临渊窥鱼，意为鲂鲤，中宵惊电，罔识东西。赤子随母笑啼，乡人缘剧喜怒，抑可谓能出矣”，臻于最高的境界。值得注意的是，入手时，选取南宋而舍弃北宋，其目的是为了避免误入北宋最“下者”之途，这样既考虑到了入门须正的原则，又顾及到了初学者的条件基础，避免发意过高。可以说，周济的学词途径的词统说指出了南北宋之间融通贯穿的深层因素，正是其南北宋词之辨思想的体现。

陈廷焯也指出北宋为南宋的先导：“南宋白石、梅溪、梦窗、碧山、玉田辈，固是高绝，北宋如东坡、少游、方回、美成诸公，亦岂易及耶。况周、秦两家，实为南宋导其先路。”⑤ 注意到北宋对南宋的影响，从联系、发展的角度看待两宋的关系，显然比孤立议论南宋、北宋更有眼光。

---

① 《宋四家词选目录序论》，《词话丛编》，第 1645 页。
② 《白雨斋词话》卷八，《词话丛编》，第 3964 页。
③ 《介存斋论词杂著》，《词话丛编》，第 1630 页。
④ 《宋四家词选目录序论》，《词话丛编》，第 1643 页。
⑤ 《白雨斋词话》卷三，《词话丛编》，第 3825 页。

特别需要辨析的是，常州派往往被人视为“北宋派”，即是说常州派对北宋词更为推崇，如王国维《人间词话》就说周济“推尊北宋”。的确，周济、陈廷焯等人评析南北宋词常有北宋胜于南宋的言论，如周济说“花间极有浑厚气象”，而“南宋人始露痕迹”①。周济又从写作手法分析道：“词笔不外顺逆反正，尤妙在复在脱。复处无垂不缩，故脱处如望海上三山妙发。温、韦、晏、周、欧、柳，推演尽致，南渡诸公，罕复从事矣。”②指出北宋词技法高妙而又浑化无迹，南宋远不能及。陈廷焯也曾说北宋词之优长在于“风格高”：“风格之高，断推北宋。且要言不烦，以少胜多，南宋诸家，或未之闻焉。南宋非不尚风格，然不免有生硬处，且太着力，终不若北宋之自然也。”③ 所谓风格高实为自然天成，相比于南宋词的人工雕琢痕迹较重来看，确是一大优点。陈廷焯又说北宋词有“古意”：“北宋去温、韦未远，时见古意。至南宋则变态极焉。变态既极，则能事已毕。遂令后之为词者，不得不刻意求奇，以至每况愈下，盖有由也。”④ 北宋词与唐五代词相似，气象浑厚，南宋词有刻意经营的痕迹。对于以上的言论，笔者认为：正如前文所说，周济、陈廷焯发表评论的当时，浙西派的影响还相当广泛，学词者对北宋词相当轻视，甚至十分无知，故周济等人要在阐发北宋词的优点方面多用功夫，同时将南宋词作一对比参照，特别要显示一些北宋词胜过南宋词的地方，以彰显北宋词的价值，这是矫枉必须过正的做法。总体来看，周济、陈廷焯论南北宋词，并无倾向性的轩轾，更无意气的褒贬，而是在辨析两宋各自不同特色的基础之上，指出其高下优劣，确定其在词史上的定位，态度客观公允，见解深刻精辟。

三

常州词派的南北宋之辨以周济、陈廷焯的评析为代表，其他常州派的词学家持论亦相类似。兹举数例以说明之：

与周济同时的常州派重要词家董士锡论两宋词人云：

> 秦之长，清以和；周之长，清以折；而同趋于丽。苏辛之长，清以雄；姜张之长，清以逸；而苏辛不自调律，但以文辞相高，以成一格，此其异也。六子者两宋诸家皆不能过焉⑤。

所标举的六人中北宋（秦观、周邦彦、苏轼）、南宋（辛弃疾、姜夔、张炎）各有三人，可见其于南北宋毫无轩轾。刘熙载《词概》云：

> 北宋词用密亦疏，用隐亦亮，用沉亦快，用细亦阔，用精亦浑。南宋只是掉转

① 《介存斋论词杂著》，《词话丛编》，第 1631 页。
② 《宋四家词选目录序论》，《词话丛编》，第 1645 页。
③ 《词坛丛话》，《词话丛编》，第 3720 页。
④ 《白雨斋词话》卷三，《词话丛编》，第 3825 页。
⑤ 《餐华吟馆词叙》，《齐物论斋文集》卷二。

过来。

冯煦《蒿庵论词》云：

> 北宋大家，每从空际盘旋，故无椎凿之迹。至竹坡、无住诸君子出，渐于字句间凝炼求工，而昔贤疏宕之致微矣。此亦南北宋之关键也。

两人的评论虽给人有偏爱北宋词的感觉，但细品下来均是着眼于两宋词的风格差异：北宋词自然天成，南宋人工藻饰。着眼于风格差异与着眼于价值判断是有本质区别的。其实，《词概》、《蒿庵论词》中对两宋词人均予以盛赞，对南宋词人也予以高度评价。以评姜夔词为例。《词概》云："姜白石词幽韵冷香，令人挹之无尽，拟诸形容，在乐则琴，在花则梅也。"《蒿庵论词》云："白石为南渡一人，千秋论定，无俟扬榷。……石帚所作，超脱蹊径，天籁人力，两臻绝顶，笔之所至，神韵俱到。"不薄南宋的态度无可置疑。

常州词派对南北宋词的论析和比较在词学史上具有重要的意义和作用：

第一，由"南北宋之争"到"南北宋之辨"。纵观清代词学史可以发现，清代前中期的云间派、浙西派在论及南北宋词时往往偏嗜一端，或重北轻南，或尚南黜北。他们对南北宋词发表的意见与其说是见解认识，不如说是为自己所在的流派摇旗呐喊；换言之，他们将对南北宋词的评价只是作为本派词学主张的支撑和阐释依据，对两宋的客观特点并不感兴趣。常州派的南北宋之辨已经汰去了流派争辩的意气，态度客观，视野宽阔，分析深入，自然立论较高。

第二，对南北宋词各自特点以及二者的比较有了更为深入的认识。常州派的词论家对南北宋词的分析无论是角度、方法还是深刻程度都值得称道。周济、陈廷焯的分析站在词史发展嬗变的高度对南北宋词的特点进行关照，涉及多个侧面和角度，如时代背景、社会风气、文人心态、文体差异、技法演进等，南北宋词的各自特性得以显现。

第三，常州词派尤其是周济、陈廷焯的观点直接影响到我们今天对南北宋词的认识。考察一下当代文学史教科书或者词史、词学史专著中有关南北宋的阐述，绝大多数可以在常州派的论说中找到出处。甚至可以说，我们今天的词史观中对南北宋词的认识主要是建立在常州词派南北宋之辨的基础之上的。

晚清词坛有关南北宋词的争论辨析又生新的波澜。一方面，继承常州词派的衣钵的晚清四大家以推崇《梦窗词》为旗帜，以致被人认为是"南宋派"[①]。此派进入民国之后势力强大，如四大家的弟子陈洵、刘永济等皆是；一方面，王国维借鉴西方美学思想方法论词，极力褒扬五代北宋，贬斥南宋，胡适、胡云翼等步其后尘，可称为词学新派，

---

① 谭献《复堂词话》："临桂况夔笙舍人周颐……锐意为倚声之学。与同官端木子畴、王幼遐、许玉瑑唱和，刻《薇省同声集》，优入南渡诸家之室。"《词话丛编》第4007页。

有后出转盛之势。关于晚清四大家对南北宋词的认识，笔者在《清代词学》第十一章中已有论述，认为并不偏主一端，而是“冶南北宋而一之”[①]。“新派”欣赏北宋的问题颇为复杂，概括来说，其中有对四大家的反拨意识，亦有涉词不深、凭感觉发议论的因素，还有一些政治、学派的影响等等，这些已逸出本文的范围，待以后专文论析。

① 《复堂词话》，《词话丛编》，第 4019 页。

“侍儿小名录”书考

西南交通大学　罗　宁　张克然

“侍儿小名录”是宋代洪炎、王铚、温豫、董弅等人编撰的一系列有关古代侍女的小说故事汇编。现存书有三种，分别题《补侍儿小名录》、《续补侍儿小名录》、《侍儿小名录拾遗》，共87条。但这三部书的版本、作者、真伪等问题历来颇多异说，如《侍儿小名录》的作者在有的地方又被写作洪刍、洪遂，《侍儿小名录拾遗》的作者又被题作张邦畿、张邦幾等，甚至有的书中还有“陆务观侍儿小名录”的说法①。而相关研究，目前仅见《四库全书总目》(存目)和《中国文言小说总目提要》略有涉及②，而多舛错，有必要进行仔细的清理和检讨。《四库全书总目》对《补侍儿小名录》的评价是“此书所采，猥鄙殊甚”；又说《续补侍儿小名录》采“《北梦琐言》所载之归秦，乃沈询之奴名，非其妾名。(温)豫改增嬖妾二字，其谬甚矣”；说《侍儿小名录拾遗》“所载不甚简择，如［江］〔红〕莲、王魁二事，皆猥鄙不足道，又如大乔、小乔乃孙策、周瑜之妻，以为侍儿，尤舛谬也”。评价不高，因此也仅列入《四库全书》的存目。但实际上，三书自有其文献价值，不但对唐宋小说、诗话提供了一些重要材料，亦可由此看到宋人丛抄古书旧籍以编辑小说的风气。本文尝试全面清理宋代“侍儿小名录”系列书籍的写作和流传情况，对现存三书的版本和文献价值进行探讨。

“侍儿小名录”的编写和作者

“侍儿小名录”的写作缘起，在《郡斋读书志》转录的王铚原序中说得很清楚，该书类书类收录《侍女小名录》一卷，云：“右皇朝王铚纂。序云：‘大观中，居汝阴，与洪炎玉父游，读陆鲁望《小名录》，戏征古今女侍名字，因尽发所藏书纂集，逾月而成焉。’凡稗官小说所记，采之且尽，独是正史所载，返多脱略。子弟之学，其弊如此。”③《清波杂志》卷九《侍儿小名》亦云：“洪驹父集《侍儿小名》三卷，王性之续一卷，好事者复益所未备。虽曰择之不精，采摭未尽，亦足为尊俎谐谑之助。”④ 洪驹父是洪刍，与《郡

① 如徐应秋《玉芝堂谈荟》(文渊阁《四库全书》本)卷六《御沟题叶》，顾起元《说略》(文渊阁《四库全书》本)卷十四。所记贾全虚事，见《补侍儿小名录》。

② 永瑢等《四库全书总目》卷一三七，中华书局1965年影印本，第1161－1162页；宁稼雨《中国文言小说总目提要》，齐鲁书社1996年版，第175页。此外，胡玉缙引吴骞《拜经楼诗话》、《拜经楼题跋记》对《侍儿小名录拾遗》的作者进行了叙述，见胡玉缙撰、王欣夫辑《四库全书总目提要补正》，上海书店出版社1998年版，第1080页；李裕民对《续补侍儿小名录》作者温豫进行了考证，见李裕民《四库提要订误》(增订本)，中华书局2005年版，第302页。

③ 晁公武撰，孙猛校证《郡斋读书志校证》，上海古籍出版社1992年版，第671页。

④ 周煇撰，刘永翔校注《清波杂志校注》，中华书局1994年版，第390页。

斋读书志》说是洪炎不符。但《清波杂志》此条文末有注，云："性之之子明清云：'先公与洪玉父共成此编，非驹父之所续也。'意此语当得其实，辉传本误矣。"此注文不知是谁所加，但《四部丛刊》影印的宋刊本《清波杂志》已有此语，或为刊刻者所加①，亦必有据。既然王铚子王明清自述如此，作者应是洪炎无疑。问题是，洪炎和王铚是分别作有二书呢，还是如王明清所说，是二人"共成此编"而当时就只有一书流传呢？

《直斋书录解题》小说家类著录《侍儿小名录》一卷、《续》一卷，云："序题朋溪居士而不著名氏。始洪炎玉父集为此书，王铚性之、温豫彦幾续补，今又因三家而增益之，且为分类。其中多用古字。或云董彦远家子弟所为也。"② 今传本《续补侍儿小名录》书首序云："二书所载，共一百七十六条，犹未备也，乃复续补焉。"《侍儿小名录拾遗》序云："少蓬洪公作《侍儿小名录》，好事者多传焉。王性之补录一卷，意语尽矣。余友温彦幾复得一卷以授余，曰：'他日观书有可采者续录之。'乃作《拾遗》。""少蓬"是古人对秘书少监一职的称呼③，而洪炎曾两度任此职。《建炎以来系年要录》卷五十三绍兴二年闰四月云："（甲寅）大夫洪炎为秘书少监，秘阁修撰。……炎，刍弟，宣和中尝为是职，坐元祐曲学罢去，至是复用之。"同书卷五十九绍兴二年十月又云："（壬寅）中大夫洪炎为秘书少监。建炎初除是官，久不至，及是又申命之。"④ 因此，"少蓬洪公"就是洪炎⑤。《直斋书录解题》和上引两书的序都将洪炎、王铚之书分别开来，可能更近实际。王明清说"共成此编"，可能有为先人回护的意思。

由此可知，大观年间（1107—1110）王铚与洪炎交游时⑥，二人看见陆龟蒙《小名录》，乃仿其体例，搜集古书中有关侍女的记载和名号编书。大约洪炎先完成三卷的一书，而后王铚"尽发所藏书纂集"，补其缺漏而为一卷。《宋志》小说类著录洪炎《侍儿小名录》一卷，那么洪炎原书为一卷还是三卷呢？按照《续补侍儿小名录》序的说法，二书共176条，而今传王铚《补侍儿小名录》仅33条，因此洪炎之书确有可能是三卷的。《宋志》著录或误。至于《直斋书录解题》著录的《侍儿小名录》一卷和《续》一卷，其中一种是指董弅（朋溪居士）《侍儿小名录拾遗》无疑，但另一种是指王铚的书还是温豫的书则不清楚。《郡斋读书志》将王铚书径称为《侍女小名录》，似是省略了"补"字。

---

① 《清波杂志》偶有夹注文字，除此条外，又如卷一《用兵厉害》，卷五《修敬祠堂》，卷七《丈人》、《唐帝像》、《僧谭祸福》，卷八《宋诗选》，卷九《富郑公封驳》、《嫁女娶妇》、《群游嵩山》、《野艇》、《郴州词》，卷十一《太素脉》、《郑顾道除夕诗》、《乐语》、《书札过情》、《虏改沃州》、《互送不归已》等。这些夹注，有些似乎出自作者周煇本人，如卷九《嫁女娶妇》注云："辉见老先生言，安定为此说必有谓。岂其男女昏嫁用此说皆得所归而然欤？"有些则不然，如《侍儿小名》条所注。刘永翔于此现象亦未予说明。俟更详考。

② 陈振孙《直斋书录解题》，上海古籍出版社1987年版，第342页。

③ 参见洪迈《容斋四笔》卷十五《官称别名》，上海古籍出版社1978年版，第795页。

④ 宋李心传《建炎以来系年要录》，中华书局1956年版，第946、1023页。

⑤ 《四库全书总目》的《补侍儿小名录》提要以为"少蓬洪公"是洪适，误。又按，《野客丛书》卷三十《小名犬子》云："洪驹父作《侍儿小名录》，或者又作《续侍儿录》，谓搜罗尽矣。观诸书知尚多遗逸，欲更续之，未暇也。"亦误洪炎父为驹父。见王楙《野客丛书》，上海古籍出版社1991年版，第441页。

⑥ 据我考证，王铚居汝阴与洪炎交游，约在大观二年或三年中。见《北宋大观时期庐山诗社考论》（未刊）。

至于《遂初堂书目》谱录类著录的《侍儿小名録》和《补侍儿小名録》，恐怕是指洪炎、王铚二书。

《续补侍儿小名录》是继洪炎、王铚二书而作的，从《直斋书录解题》和《侍儿小名录拾遗》序来看，作者是温豫（字彦幾），和今传《稗海》本题"宋晋阳温豫"相符。温豫撰成此书后，曾拿给《侍儿小名录拾遗》的作者看，并说"他日观书有可采者续录之"，所以后者又撰成一卷作为补充。那么《侍儿小名录拾遗》的作者是谁呢？《稗海》本作"宋晋阳张邦幾"，重编《说郛》本题"张邦幾"，均是错误的①。《直斋书录解题》提到的"朋溪居士"才是真正的作者，其书又云"或云董彦远家子弟所为"，其实是同一人。清人吴骞已揭其秘，其《拜经楼诗话》卷三云：

《文献通考》载《侍儿小名录》一卷，《续》一卷，引陈氏《书录解题》曰："序题朋溪居士，而不著名氏。或云董彦远家子弟所为。"骞按：彦远名逌，朋溪居士盖即其子弅也，字令升。朋溪在宜兴县东北五里，弅尝侨居于此。自谓与溪为朋，故号曰朋溪，孙觌为之记。又建楚颂亭于溪侧。《侍儿小名录》，明人刻入《稗海》，题曰《侍儿小名录拾遗》，共只一卷，似已非董氏之旧。弅所著《闲燕常谈》、《广川家学》、《新定志》等书，并见《书录解题》，独此书《稗海》又妄题张邦幾，而次诸张邦基《墨庄漫录》之后。邦幾、邦基，一人邪两人邪？（钱希言之《戏瑕》引之，作张邦畿，盖愈传而愈讹矣。）传疑六七百年，而今始得作者名氏，亦一快事。令升诗集，今亦失传。朱翌有《陪董令升西湖观竞渡》诗，载《灊山集》，盖弅守新定时也②。

吴骞所说甚详。孙觌之记见其《鸿庆居士集》中，名《朋溪双莲记》，文中明确记载："徽猷阁待制董公令升，卜居宜兴县治之北五里，面南山，俯流水，筑室居焉，自号'朋溪'。"③ 可见，《侍儿小名录拾遗》的作者就是董弅。

第一部《侍儿小名录》的作者洪炎（1067—1133）字玉父，南昌人。与其兄洪朋（龟父）、洪刍（驹父）称三洪，均是江西诗派的重要诗人。弟洪羽（鸿父）。洪炎元祐六年（1091）登进士第，宣和中累官著作郎、秘书少监，绍兴三年（1133）以秘书少监守中书舍人。其著作除《侍儿小名录》外还有《尘外记》（佚）、《西渡集》④。

《补侍儿小名录》的作者王铚，字性之，汝阴人。约生于元祐初，卒于绍兴十六年（1146）。大观中，与祖可、善权在庐山结诗社。靖康中入王襄幕，建炎三年（1129）入康允之幕。四年（1130）为枢密院编修官，奉诏纂集祖宗兵制，成《枢庭备检》二百卷。绍兴四年（1134），守太府寺丞。五年，以右承事郎主管江州太平观，后又主管台州崇道

① 《四库全书总目》云："考浚刻《稗海》，此书（《侍儿小名录拾遗》）与张邦基《墨庄漫录》相连，岂因彼而误作邦基，又讹基为幾耶？"

② 吴骞《拜经楼诗话》卷三，《丛书集成新编》79册，台湾新文丰出版公司1986年版，第474页。

③ 孙觌《鸿庆居士集》卷二一，文渊阁《四库全书》本。

④ 参见伍晓蔓《江西宗派研究》，巴蜀书社2005年版，第240页。

观。九年（1139），献《元祐八年补录》及《七朝史》，迁右宣义郎。十四年（1144）为右宣教郎新湖南安抚司参议官，献《祖宗八朝圣学通纪论》[①]。王铚著作甚富，其传世者除《补侍儿小名录》外还有《四六话》、《默记》、《雪溪集》。此外，《云仙散录》、《龙城录》很可能亦是王铚托名之作[②]。

《续补侍儿小名录》作者温豫，李裕民曾考其生平如下：温豫，后改名温革，字叔皮，福建泉州惠安人。政和五年（1115）进士，绍兴八年（1138）五月除秘书省正字，十年（1140）十月，以言者论其"专守偏见，讥议纷然"，出为洪州通判。《八闽通志》载其绍兴初"使河南，修山陵，归奏以实，语甚愤激，忤秦桧意，出知南剑州，改知漳州，甚得民誉，终福建转运使"。其著作除本书外，尚有《隐窟杂志》、《十友琐说》、《琐碎录》等。

《侍儿小名录拾遗》作者董弅，字令升，山东东平人。北宋学者董逌子。董弅生平历来缺少研究，仅陆心源《宋史翼》卷二七《文苑传二》有董逌及董弅传[③]，然记仕履不完，今据《建炎以来系年要录》补如下：绍兴三年（1133），董弅提点广西刑狱公事（卷六七、七〇、七一）。五年（1135）正月，"以左朝请郎董弅为度支员外郎，左朝奉大夫"（卷八四）。八月，为吏部员外郎（卷九二）。九月，试太常少卿（卷九三）。十月，以何悫引张浚亲嫌故，尚书右司员外郎何悫与太常少卿董弅两易，董弅乃任右司员外郎（卷九四）。六年（1136）正月，为起居舍人（卷九七）。三月，兼权中书舍人（卷九九）。六月，试中书舍人（卷一〇二）。七年（1137）正月辛未，"中书舍人兼权礼部侍郎董弅充集英殿修撰，知衢州"（卷一〇八）。五月，"集英殿修撰、知衢州董弅提举江州太平观"（卷一一一）。闰十月，"集英殿修撰、提举江州太平观董弅充徽猷阁待制，知严州"（卷一一六）。九年（1139）七月，罢知严州。殿中侍御史周葵论弅尝以珍玩赂权臣，许以从班，而且"居辅郡略无忧民闵雨之意"，故罢（卷一三〇）。二十二年（1152）三月，"徽猷阁待制、提举台州崇道观董弅落职。弅寓居宜兴，而右谏议大夫章厦论寄居干挠县道，弅为尤甚。良民被害，不可胜言。故有是落职"（卷一六三）。二十六年（1156）四月，左中大夫董弅知婺州（卷一七二）。三十二年（1162）闰二月，"左中大夫、提举洪州玉龙观董弅引年告老，诏复敷文阁待制。既而右谏议大夫梁仲敏论其居乡扰民，乃降为集英殿修撰"（卷一九八）。除本书外，董弅尚有《严陵集》、《淳熙严州图经》、《闲燕常谈》传世。

"侍儿小名录"的版本

"侍儿小名录"书今传有两个版本系统。一为《稗海》本，民国之《香艳丛书》本、

---

① 王铚生平，目前研究不多，仅见有朱杰人《王铚及其〈默记〉》，载《浙江学刊》1993年第2期；李剑国《宋代志怪传奇叙录·续清夜录》，南开大学出版社1997年版，第265页。笔者曾搜集资料打算详考，近在祝尚书老师处见到张剑的《宋才子传·王铚》（未刊稿），考证较详，依之简述如上。惟张剑文将王铚生年定为元祐中，卒年定在绍兴十四年，与笔者观点略异。

② 参见拙文《〈龙城录〉是伪典小说》（未刊）。

③ 陆心源《宋史翼》，《续修四库全书》史部第311册，上海古籍出版社，第567页上。

《丛书集成初编》本即出此本。此本收《侍儿小名录拾遗》、《补侍儿小名录》、《续补侍儿小名录》三书，作者分别题宋晋阳张邦幾、宋汝阴王铚、宋晋阳温豫。一为重编《说郛》本（宛委山堂本），《五朝小说》本、《绿窗女史》本、《续百川学海》本与之版片相同，内容一致。此本收四种《侍儿小名录》、分别题王铚、温豫、洪遂、张邦幾。此外，《旧小说》丁集有张邦幾《侍儿小名录拾遗》（目录作张邦基《侍儿小名录》）一则、王铚《补侍儿小名录》五则、温豫《续补侍儿小名录》三则①，实际是从《稗海》本系统的书中选录的。《稗海》本和重编《说郛》本两个版本系统差别很大，谨列表说明：

	《稗海》本	重编《说郛》本（卷七七）
书名作者条数	《侍儿小名录拾遗》（张邦幾）25 条 《补侍儿小名录》（王铚）33 条 《续补侍儿小名录》（温豫）29 条 （共 87 条）	《侍儿小名录》（王铚）19 条 《侍儿小名录》（温豫）17 条 《侍儿小名录》（洪遂）32 条 《侍儿小名录》（张邦幾）② 14 条 （共 82 条）
序	《拾遗》和《续补》前有序	均无
出处	绝大部分有	均无
小题	均无	每条前有

经过比较，重编《说郛》本之内容无出《稗海》本者。所谓王铚《侍儿小名录》19 条全出《补侍儿小名录》。温豫《侍儿小名录》17 条中，除"轻绡"、"獠婢"出《补侍儿小名录》外，其余均见《续补侍儿小名录》。所谓洪遂《侍儿小名录》，实际上是杂取《稗海》本三书而成，其中 1—10 条出自《侍儿小名录拾遗》，11—22 条出自《补侍儿小名录》，23—32 条出自《续补侍儿小名录》，其条目排列顺序也与《稗海》本三书各自的顺序相同。而所谓张邦幾《侍儿小名录》，除"英瑗"条出《补侍儿小名录》外，余皆见于《侍儿小名录拾遗》。

重编《说郛》本不仅内容全出《稗海》本，而且删去了两篇序和出处，有的条文更经过删削，文字显得简略。如重编《说郛》本王铚《侍儿小名录》云：

建康小史曹著见庐山夫人，夫人命女婉出与著相见。女欣然命婢琼枝，令取琴出。婉抚琴而歌。既毕，婉便回去。

稗海本《补侍儿小名录》云：

建康小史曹著见庐山夫人，夫人命女婉出与著相见。女欣然命婢琼枝，令取琴

① 吴曾祺编《旧小说》，上海书店 1985 年影印商务印书馆 1933 年版。

② 宛委山堂本《说郛》卷首目录题张邦畿，正文题张邦幾。文渊阁《四库全书》本《说郛》无卷首目录，正文作张邦畿。

出。婉抚琴而歌曰："登庐山兮郁嵯峨，晞阳风兮排紫霞。欣良运兮畅云柯，□云龙兮乐太和。"琴歌既毕，婉便回去。

（祖台〔之〕《志怪》①）

重编《说郛》本删去了女婉的歌词。

不仅如此，重编《说郛》本的错误也和《稗海》本一致，有的地方更增加了新的文字错讹。如《补侍儿小名录》云：

宋何恢为广州刺史，有妓曰张耀〔华〕，美而有宠。将之任，要权贵阮佃夫饮，设乐。佃夫见耀华，悦之，频求于恢。曰："恢可得，此人不可得也。"佃夫怒，拂衣出户，曰："惜指失掌。"遂讽有司以公事弹恢，坐免。

（《南史》）

这条文字来源于《南史》卷七七《阮佃夫传》"有妓女曰张耀"，张耀当依《南史》作"张耀华"，下文亦言"佃夫见耀华"。但是重编《说郛》之《侍儿小名录》此条不仅继续写作"有妓曰张耀"，而且增加小题"张耀美"，则是错上加错。

可见，重编《说郛》本的四种《侍儿小名录》，就是根据《稗海》本的三书选录改编的，除了王铚一种来自《补侍儿小名录》外，温豫和"张邦幾"的两种均有窜乱，混入了其他书中的内容，而所谓洪遂的《侍儿小名录》，则完全出于伪造。在使用"侍儿小名录"书的时候，应该以《稗海》本的三书作为依据。

洪炎的《侍儿小名录》已经亡佚，这不用多说，那么，《稗海》所收的王铚等人的三书是全本还是节本呢？这个问题很难回答。《续补侍儿小名录》"霍小玉命侍儿樱桃褰帏执烛"条自注："前已载浣沙、桂子，独遗此事。"而今传三书恰无此事，但这尚不能说明三书有残缺，因为这很可能是洪炎书中的内容。同样，今所知三书失载的古代侍女姬妾故事尚多，如有名的紫姑、如愿、绿珠、桃叶、盼盼、小蛮、樊素、红拂、非烟等，但也不能据此认为三书残缺，因为很可能洪炎书中已录，三书自然不必重复。此外，《苕溪渔隐丛话》后集卷三九、卷四一②以及《记纂渊海》卷四十《婢妾》中可以看见《侍儿小名录》的三条佚文，但无法确定它们是这三书还是洪炎书的佚文。《续补侍儿小名录》序说"二书所载，共一百七十六条"，是指洪炎、王铚二书的总数，但不知洪炎书几何、王铚书几何，因此也就无法知道目前的王铚书是否残缺。三书的条数是否完整尽管无法确定，但从目前见到的少量宋代文献引及"侍儿小名录"的文字来看，与《稗海》本一致。也就是说，就某一条而言，《稗海》本并未进行文字删削。所以，目前可以根据初步

① 此条见《太平御览》卷五七三引祖台《志怪》，歌词全文为："登庐山兮郁嵯峨，晞阳风兮拂紫霞。招若人兮濯灵波，欣良会兮畅云柯。弹鸣琴兮乐莫过，云龙会兮乐太和。"见中华书局影印本，第2588页下。祖台当作祖台之。祖台之《志怪》，详李剑国《唐前志怪小说史》（修订本），天津教育出版社2005年版，第354页。曹著遇仙故事，参见《唐前志怪小说史》，第373页。

② 胡仔《苕溪渔隐丛话》前集，人民文学出版社1993年版，第338、349页。

的感觉，暂时将《稗海》本的三书视作全本。

明初《文渊阁书目·杂附》有《侍儿小名录》一部二册，钱溥《秘阁书目·杂附》也著录有《侍儿小名录》二册[①]。大约这是几种“侍儿小名录”书的合写本，而洪炎书恐已不在其中。自明代后期《稗海》本刻印之后，三书流传较广，清代各家书目收录的“侍儿小名录”大多都是《稗海》本。

“侍儿小名录”的文献价值

“侍儿小名录”三书虽然仅存87条，但保留了不少珍贵的文献资料，对于唐宋小说、诗话、诗词有较高的辑佚和校勘价值。

先看小说方面。由于“侍儿小名录”本身的材料来源于小说、诗话较多，如《郡斋读书志》所言“凡稗官小说所记，采之且尽”，因此保存了一些现已不传的小说。如《续补侍儿小名录》引《昭义军记室别录》记孟思贤事，引《余媚娘叙录》记余媚娘事，均是唐传奇中的重要作品[②]。前者故事以此本为最早，后者虽有《绿窗新话》卷上、《类说》卷二八《丽情集》之记载，且《绿窗新话》所记稍详，但称“余媚娘叙录”之名，则仅见此处。《侍儿小名录拾遗》引苏子美（舜钦）《爱爱集》，亦为北宋传奇之佳篇[③]。《补侍儿小名录》引《会昌解颐集》开元中士人遇昆明池神之女事，《续补侍儿小名录》引《树萱录》刘商遇女仙事，则是这两部唐代小说之佚文，且仅见“侍儿小名录”所引[④]。《补侍儿小名录》中的贾全虚与凤儿故事，是唐代流行的红叶题诗故事中的另一重要版本[⑤]，但此条恐怕出自王铚伪撰（见后），不能看作唐五代的传奇作品。

“侍儿小名录”故事中对后世影响最大的有三个，均见《侍儿小名录拾遗》至聪禅师与红莲事（出《古今诗话》）、王魁负桂英事（出《摭遗》）、陶穀与秦蒻兰事（出《冷斋夜话》）。至聪禅师修行为红莲所坏的故事，后来《清平山堂话本》中的《五戒禅师私红莲记》，《喻世明言》中的《月明和尚度柳翠》和《明悟禅师赶五戒》，均吸取作为情节，虽然时代改为宋代，禅师之名改为玉通和五戒，但女子仍名红莲，且《月明和尚度柳翠》中红莲父亲所写之诗明显源自至聪禅师之诗。王魁事又见《类说》卷三十四《摭遗·王魁传》、《醉翁谈录》辛集卷二“负约类”之《王魁负心桂英死报》等，后来广为小说、戏曲采录和改编，如元杂剧有尚仲贤《海神庙王魁负桂英》（佚）等[⑥]，今川剧《焚香记》、《打神》亦演其事。陶穀事又见沈辽《云巢编》卷八《任社娘传》、《南唐近事》、《江南野录》、《玉壶清话》、《本事曲》等书记载，但略有差别，如《苕溪渔隐丛话》前集

---

① 杨士奇《文渊阁书目》，文渊阁《四库全书》本。钱溥《秘阁书目》，《四库全书存目丛书》史部277册，齐鲁书社1997年版，第11页。

② 参见李剑国《唐五代志怪传奇叙录》，南开大学出版社1993年版，第439、904页。

③ 见李剑国《宋代志怪传奇叙录》，第64页。

④ 见李剑国《唐五代志怪传奇叙录》第649、856页。

⑤ 关于红叶题诗的故事及流传影响，参见李剑国《宋代志怪传奇叙录·流红记》，第98页。然该书称《姬侍类偶》卷下《凤儿题叶》条引陆龟蒙《小名录》载贾全虚事，实为《补侍儿小名录》之误。按，《姬侍类偶》原书此条仅称《小名录》，应为《补侍儿小名录》之省称。

⑥ 参见李剑国《宋代志怪传奇叙录》，第107页。

卷二十四云："小说记事，率多舛误。……小词《春光好》'待得鸾胶续断弦，是何年'之句，《江南野录》谓是曹翰使江南赠娼妓词，《本事曲》谓是陶穀使钱唐赠驿女词，《冷斋夜话》谓是陶穀使江南赠韩熙载歌姬词，是一词而有三说也。"① 元有杂剧《陶学士醉写风光好》，明代戏曲有《醉学士韩陶月宴》、《四节记·陶秀实邮亭记》等，皆演此事②。

在保存诗文方面，"侍儿小名录"亦有贡献。《补侍儿小名录》引《钱易集》载其《嵇康小舞词》，《侍儿小名录拾遗》引《翰府名谈》录蒨桃二诗与寇准一诗，均收入今人所编《全宋诗》③，《嵇康小舞词》更是唯一之记载。而《侍儿小名录拾遗》所载五代至聪禅师颂语："有道山僧号至聪，十年不下祝融峰。腰间所积菩提水，泄向红莲一叶中。"《全唐诗》与《全唐诗补编》均未收录。值得指出的是，《补侍儿小名录》所载崔紫云诗一首、窦梁宾诗二首、程洛宾诗一首、凤儿诗一首、王霞卿诗二首、郑殷彝诗一首，虽然均收入《全唐诗》和《全唐诗补编》④，但很可能是王铚伪作（见后）。

在保存其他史料方面，值得注意的是引用唐代的《御史台记》、《戚苑英华》和宋代的《古今诗话》、《冷斋夜话》、《成都古今记》。唐代两书的引文如下：

> 霍去病父仲孺，河东人，以县吏给事平阳侯家，与侍女卫小儿私通，生去病。仲孺吏毕归家，娶妇生光，因绝不相闻。久之，去病为骠骑大将军，击匈奴，道出河东，何东太守郊迎至平阳传舍，遣吏迎，仲孺趋入拜谒，将军迎拜，因跪曰："去病不早知为大人遗体也。"仲孺叩头曰："老臣得托命将军，此天力也。"去病为仲孺大贸田宅奴婢而去。
>
> ——《补侍儿小名录》引《戚苑》
>
> 唐监察御史清河张佶，侍儿仙鹅，能歌舞，解书翰，常出使以仙鹅充使典。有密知者将发之，佶钧锯多数，竟得不发。
>
> ——《续补侍儿小名录》引《御史台记》

据《新唐志》类书类著录，唐有刘扬名《戚苑纂要》十卷，又有袁说重修之《戚苑英华》十卷。《崇文总目》类书类上著录同。《郡斋读书志》类书类著录《戚苑英华》十卷，云："右唐袁悦重修。本［杨］〔刘扬〕名所著。悦掇其要，类为语对，以他说附益之。"⑤《直斋书录解题》类书类著录《戚苑纂要》十卷，云："唐刘扬名撰，皆集内外宗

---

① 《苕溪渔隐丛话前集》，第170-171页。

② 参见李剑国《宋代志怪传奇叙录》，第139页。

③ 《全宋诗》第2册（北京大学出版社1991年版）第1046页有蒨桃《呈寇公二首》，第1040页有寇准《和蒨桃》，第1186页有钱易《嵇康小舞词》。此外，《五代诗话》卷一载钱易《嵇康小舞词》，卷八载至聪禅师诗，亦据"侍儿小名录"。见王士禛、郑方坤《五代诗话》，人民文学出版社1989年版，第43、342页。

④ 《全唐诗》卷八百有崔紫云《临行献李尚书》，程洛宾《归李江州后寄别王氏》。卷七九七有德宗宫人（凤儿）《题花叶诗》，卷七九九有窦梁宾《喜卢郎及第》（《补侍儿小名录》原作《嘉东表及第》）、《雨中看牡丹》，王霞卿《题唐安寺阁壁》、《答郑殷彝》。郑殷彝诗拟题为《依韵继和王霞卿诗》，收入《全唐诗补编》，中华书局1992年版，第1182页。

⑤ 《郡斋读书志校证》，第654页。

族姻亲故事。"《戚苑英华》十卷，云："唐仙居令袁悦撰。《唐志》云重修，盖因扬名之旧而广之。"[①]《玉海》卷五五《唐戚畹纂要》："《书目》：《戚畹纂要》，刘扬名纂，传记宗族亲姻事，分内外篇次之。《戚苑英华》，《崇文目》云：刘扬名撰，袁说重修，说摭采他书以增缀之。"[②]《补侍儿小名录》所引可能是经过增补重编的《戚苑英华》。此书久佚，幸赖此保存了一条佚文，可见其面貌。不过，此事出于《汉书·霍光传》，文字亦相近。《补侍儿小名录》此条不用《汉书》而用"戚苑"，正如《直斋书录解题》所说"凡稗官小说所记，采之且尽，独是正史所载，返多脱略"，可见其编纂粗疏之处。至于无意间保留"戚苑"佚文，则又是辑佚家之幸了。《御史台记》是开元初韩琬所著史书，对研究唐代历史价值颇大。池田温《论韩琬〈御史台记〉》对此有详细论述，并列出了佚文出处[③]，但其中并无《续补侍儿小名录》此条。

《侍儿小名录拾遗》所引《古今诗话》至聪禅师事，郭绍虞《宋诗话辑佚·古今诗话》失收[④]。同书引《冷斋夜话》陶穀与秦蒻兰事，据《苕溪渔隐丛话》（见前），出惠洪《冷斋夜话》无疑，但今传本无此条，中华书局标点本辑27条，亦漏辑[⑤]。《补侍儿小名录》引《成都古今记》柳条服丹事，也是一条宝贵的佚文[⑥]。赵抃《成都古今集记》三十卷，据《直斋书录解题》，作于熙宁七年（1074）[⑦]。今传本仅涵芬楼本《说郛》卷四录八事，重编《说郛》卷六二录十事，此外曹学佺《蜀中广记》引《成都古今记》颇多[⑧]，均无此事。

"侍儿小名录"还引用了一些秦汉魏晋时期的史料，更多的则是晋唐古小说，如《洞冥记》、《幽明录》、《拾遗记》、《续搜神记》、《幽怪录》、《通幽记》、《纂异记》、《河东记》、《会昌解颐集》、《树萱录》、《博异志》、《闻奇录》、《刘公嘉话录》、《大业拾遗录》、《明皇杂录》、《莺莺传》、《霍小玉传》、裴铏《传奇》、《北梦琐言》、《灯下闲谈》、《耳目记》、《儆戒录》等。在这些引录的条文中，有一些来自原书，如《昭义军记室别录》、《余媚娘叙录》、《会昌解颐集》、《树萱录》，保留了重要的佚文（见前）。有的原书尚存，有的原书已佚而《太平广记》亦引，故有一定的校勘价值（"侍儿小名录"引用的有些唐五代小说，可能也是从《太平广记》转引的）。此处仅举两例。《太平广记》卷二八〇"刘景复"引《纂异记》有这样的文字："初，生颇不甘，命酌人间酒一杯与歌。""刘生乘醉落泊，草扎而献。"[⑨]"歌"、"落泊草扎"，《续补侍儿小名录》引《纂异记》作"饮"和"落魄草

---

① 《直斋书录解题》，第424、425页。

② 王应麟《玉海》，江苏古籍出版社、上海书店出版社1987年版，第1049页上。

③ 池田温《和唐研究论文选集》，中国社会科学出版社1999年版，第336页。

④ 郭绍虞辑《宋诗话辑佚》，中华书局1980年版。

⑤ 《冷斋夜话 风月堂诗话 环溪诗话》，陈新点校，中华书局1988年版。

⑥ 此事最早之记载见于黄休复《茅亭客话》卷四《王太庙》，见《宋元笔记小说大观》，上海古籍出版社2001年版，第419页。

⑦ 《直斋书录解题》，第256页。

⑧ 曹学佺《蜀中广记》，文渊阁《四库全书》本。

⑨ 《太平广记》，中华书局1961年版，第2236页。

札”，显然为是[①]。《太平广记》卷六九“张云容”引《传记》云：“见阶前有三美女……昭询其姓字，长曰云容张氏；次曰凤台萧氏；次曰兰翘刘氏。饮将酣，兰翘命骰子，谓三女曰……”[②]《续补侍儿小名录》引裴铏《薛昭传》“三女”作“二女”，自是，而出处亦当作“传奇”即裴铏《传奇》为是[③]。

《补侍儿小名录》与伪典小说

《补侍儿小名录》和其他“侍儿小名录”一样，原本是采录古书中有关侍女故事和名号的记载编撰而成的。但是在王铚此书中，出现了两本完全无考的引用书籍和一些颇令人怀疑的条文。这不禁让人想起宋人关于王铚喜作伪书的说法。我在文章《〈龙城录〉是伪典小说》（未刊）中讨论过王铚作伪的可能性，现在看来其嫌疑更大了。

《补侍儿小名录》征引过两本书——《女舞图》和《女仙图》。前书三条，记崔紫云、窦梁宾、程洛宾事；后书一条，记王霞卿与郑殷彝事。但在唐宋文献里，未见有关《女舞图》、《女仙图》的其他记载。而在四事中，除崔紫云事外均未见到相同或类似的记载，其人名也是仅见此处。另外，贾全虚与凤儿一条无出处说明，其人其事也是仅见此处。凡此均值得怀疑。即便崔紫云一事，也有真假参半的嫌疑。孟启《本事诗·高逸》曾记紫云事，后《古今诗话》取入[④]，内容基本一致。以下录《本事诗》所载，与《补侍儿小名录》作一比较：

> 杜为御史，分务洛阳时，李司徒罢镇闲居，声伎豪华，为当时第一。洛中名士，咸谒见之。李乃大开筵席，当时朝客高流，无不臻赴。以杜持宪，不敢邀置。杜遣座客达意，愿与斯会。李不得已，驰书。方对花独酌，亦已酣畅，闻命遽来。时会中已饮酒，女奴百余人，皆绝艺殊色。杜独坐南行，瞪目注视，引满三卮，问李云：“闻有紫云者，孰是？”李指示之。杜凝睇良久，曰：“名不虚得，宜以见惠。”李俯而笑，诸妓亦皆回首破颜。杜又自饮三爵，朗吟而起曰：“华堂今日绮筵开，谁唤分司御史来？忽发狂言惊满座，两行红粉一时回。”意气闲逸，傍若无人……
>
> ——《本事诗·高逸》
>
> 崔紫云，兵部李尚书乐妓，词华清峭，眉目端丽。李公罢镇北都、为尹东洛时，方家妓盛列，诸府有宴，台官不赴。杜紫微时为分司御史，过公有宴，故留南行一位待之，为访诸妓并归北行，三重而坐。宴将醉，杜公轻骑而来，连引三觥，顾北行。回顾主人曰：“尝闻有能篇咏紫云者，今日方知名不虚得。傥垂一惠，无以加

---

① 落魄为放荡之意，如杜牧《遣怀》诗：“落魄江湖载酒行，楚腰纤细掌中轻。”《太平广记》：泊字原应作泊字。

② 《太平广记》，第429页。

③ 周楞伽辑《裴铏传奇》据《太平广记》收入《薛昭》，于“三”字处校“应作二”。见周楞伽辑《裴铏传奇》，上海古籍出版社1980年版，第39页。

④ 《苕溪渔隐丛话》后集卷十五引，第115页。此事又见《唐宋分门名贤诗话》卷七《豪俊》，张伯伟编校《稀见本宋人诗话四种》，江苏古籍出版社2002年版，第356页。张伯伟以为《古今诗话》与《唐宋分门名贤诗话》是同书异名，见此书前言。

焉。"诸妓皆回头掩笑。杜作诗曰:"华堂今日绮筵开,谁召分司御史来。忽发狂言惊满座,三重粉面一时回。"诗罢,升车鞞鞚而归。李公寻以紫云送赠之。紫云临行献诗曰:"从来学得斐然词,不料霜台御史知。愁见便教随命去,恋恩肠断出门时。"

——《补侍儿小名录》

两相比较可以看出,重要的不同之处是:孟启书不称紫云之姓,且不记其被赠杜牧并作诗之事,而王铚书称崔紫云,且有其临行之诗[①]。崔紫云诗不见他书记载,极可能是王铚自编的。更有意思的是,编此诗的目的,不光是逞才,恐怕还和解释苏轼诗有关。苏轼《闻李公择饮傅国博家大醉二首》之二云:"不肯惺惺骑马回,玉山知为玉人颓。紫云有语君知否,莫唤分司御史来。"[②] 苏诗后二句使用的是《本事诗》故事,但孟启原书并未记"紫云有语",而"莫唤分司御史来"的话原是从杜牧"谁唤分司御史来"中借用的,但苏诗之意却似是紫云自道。王铚虽然明白这一点,但又"画蛇添足"地补了紫云一诗,有"不料霜台御史知"之句,以凑合"紫云有语"、"莫唤分司御史来"。《苕溪渔隐丛话》后集卷十五引《古今诗话》紫云事后,下一条即录苏轼此诗,然后引王铚书的记载,并说:"《侍儿小名录》不载此事出于何书,疑好事者附会为之也。"已经发生了怀疑,而这个好事者,恐怕就是王铚本人。凑合、附会古人诗,正是伪典小说出现的原因之一,宋人张邦基已指出《龙城录》"梅花鬼事,盖迁就东坡诗'月黑林间逢缟袂'及'月落参横'之句耳",朱熹亦说此书"寓古人诗文中不可晓知底于其中,似暗影出"。《龙城录》中此例颇多[③]。而《云仙散录》中"崔奉国家一种李"一条,似乎也是凑合韩愈的"直割乖龙左耳来"。所以,王铚在编纂《补侍儿小名录》时偶尔插入一点自己伪撰的文字,也是十分可能的。

《女舞图》之程洛宾事也极有可能出自编造。该条记:

程洛宾,长水人,为京兆参军李华所录。自安史乱,常分飞南北。华后为江州牧,登庾楼,见中流沿棹有鼓胡琴者,李丧色而言曰:"振弦者宛如故旧。"令问之,乃岳阳郡民王氏之舟,询其操弦者,是所录侍人也。王氏寻令抱四弦而至,李转加凄楚,问其姓,对云:"是陇西李氏,父曾为京掾,自禄山之乱,父仓皇剑外,母程氏乃流落襄阳。父母俱有才学,所著篇章,常记心口。"因诵数篇,乃李公往年亲制,泫然流涕。且问洛宾所在,投弦再拜,呜咽而对曰:"已为他室矣。"李叹曰:"是知父子之性,虽间而亲。骨肉之情,不期而会。"便令归宅,揖王君别求淑姬。赍币诣洛宾使回,洛宾寄诗曰:"鱼雁回时写报音,难凭冰蘖数年心。虽然情断沙咤后,争奈平生怨恨深。"

---

① 两书一称李司徒,一称兵部李尚书,但可指同一人。缪钺考李司徒为李听,见其《杜牧评传 杜牧年谱》,河北教育出版社 1999 年版,第 154 页。李听为李晟子,《旧唐书》卷一三三、《新唐书》一五四有传,曾为检校兵部尚书(长庆二年),检校司徒,卒赠司徒。

② 《苏轼诗集》卷十六,中华书局 1982 年版,第 813 页。

③ 参见拙文《〈龙城录〉是伪典小说》(未刊)。

此李华恐怕不是唐代文章大家李华。据《旧唐书》卷一九〇下、《新唐书》卷二〇三之李华本传记载，李华天宝时已为监察御史，礼部、吏部二员外郎，并非“京兆参军”的低级职务，而且《旧唐书》载“禄山陷京师，玄宗出幸，华扈从不及，陷贼，伪署为凤阁舍人”，《新唐书》载“贼平，贬杭州司户参军”，并无“仓皇剑外”之事，亦无为江州刺史之事。如果是另一李华，则不闻唐代有另一李华①。而且，唐代并无“岳阳郡”之名，岳阳只称岳州，治巴陵，如果一定要称郡，也只能叫巴陵郡②。更明显的漏洞是“虽然情断沙咤后”，这是用《本事诗》或许尧佐《柳氏传》之蕃将沙咤利夺韩翃爱姬柳氏的故事，但《柳氏传》作于贞元中③，《本事诗》更是晚唐书籍（有光启二年序），“沙咤”事岂能用入安史之乱后约20年（据李华女年岁推知）的诗中？程洛宾之事出于编造是可以肯定的。至于《女舞图》、《女仙图》的书名，正如《云仙散录》、《琅嬛记》之类伪典小说所引伪书一样④，恐怕也是无法信其实有的。

窦梁宾、王霞卿之事之名，以及故事中涉及的进士卢东表、进士郑殷彝、邑宰韩嵩（会稽县令），均不见他书记载⑤。其人其事亦非常值得怀疑。进士贾全虚与宫女凤儿也是如此，并无其他文献记载。而且，“贾全虚”之名与《玄怪录》以“元无有”为名出自同一机枢，北宋刘焘伪造《续树萱录》也用过这类名字。《容斋随笔》卷十六《续树萱录》云：“何子楚云：《续萱录》乃王性之所作，而托名他人。今其书才有三事，其一曰贾博喻，一曰全若虚，一曰元撰。详命名之义，盖取诸子虚、亡是公云。”⑥毫无疑问，贾全虚的故事原本也是“假”而“全虚”的。王铚恐怕也是受了刘焘的影响。

此外，《补侍儿小名录》引刘崇远《耳目记》记马彧作《转转赋》一事，亦见《太平广记》卷二百《韩定辞》引《北梦琐言》，而今传本《北梦琐言》并无此条⑦，《耳目记》亦亡佚⑧。此事究出何书，现在无法确断。比较两处记载可以发现，其基本情节乃至文字皆相近，但有两处不同。一是《太平广记》所记为燕帅刘仁恭命马彧聘镇州王镕，韩定辞接于公馆，王铚书则是“王镕命马彧使于燕，刘守光命韩定辞馆之”。据《旧五代史》，

① 郁贤皓《唐刺史考全编》将此江州刺史李华列为“待考”，可见亦无其他资料。见郁贤皓《唐刺史考全编》，安徽大学出版社2000年版，第2292页。

② 参见李吉甫《元和郡县图志》卷二十七，中华书局1983年版，第656页；王存《元丰九域志》，中华书局1984年版，第272页。

③ 参见傅璇琮《关于〈柳氏传〉与〈本事诗〉所载韩翃事迹考实》，《唐代诗人丛考》，中华书局2003年版；李剑国《唐五代志怪传奇叙录》，第300页。

④ 关于《琅嬛记》，参见拙文《明代伪典小说五种初探》，《明清小说研究》2009年1期。

⑤ 《登科记考补正》有卢东表，乃据《全唐诗》补入。见孟二冬《登科记考补正》，北京燕山出版社2003年版，第1258页。

⑥ 洪迈《容斋随笔》，上海古籍出版社1978年版，第205页。何子楚是何薳，其《春渚纪闻》卷五《古书托名》云：“《龙城记》乃王铚性之所为，《树萱录》刘焘无言自撰也。”（中华书局1983年版，第72页）洪迈恰好记反了。

⑦ 缪荃孙辑入逸文，见孙光宪《北梦琐言》，中华书局2002年版，第399页。

⑧ 参见李剑国《唐五代志怪传奇叙录》，第1119页。李书据《补侍儿小名录》辑入此条。

马郁（彧）在刘仁恭幕下掌书记，尝使于镇州王镕，有赋转转之事①。王铚不但将人物关系调换，而且把刘仁恭改为其子刘守光，更是不恰当的②。另一是王铚书有《转转赋》残句十句，《太平广记》无③。至于此赋文字为《耳目记》原书所有，还是王铚自造，目前尚难确定。但从上面讨论的崔紫云、窦梁宾、程洛宾、王霞卿、贾全虚之事及诗来看，他伪造《转转赋》也是有可能的。值得一提的是，《太平广记·韩定辞》的记载，正是晚唐五代时文人追求僻典的例证，其中出现的"雪儿"、"银笔"、"痴龙"、"巏嵍山"等僻典，连苏轼都大感兴趣，写有《书韩定辞马郁诗》④，差不多就是将故事抄写了一遍（不过其中略去了转转一节）。王铚非常仰慕苏轼，苏轼对僻典的兴趣，以及在《刑赏忠厚之至论》中胡诌典故的做法，恐怕也影响和启发了王铚。

《补侍儿小名录》中查无实据的窦梁宾、程洛宾、贾全虚三条以及半真半假的崔紫云、马彧二条，更加揭示出王铚年轻时喜造伪典小说的习惯和癖好。当然，《补侍儿小名录》就全书而言尚不能称作伪典小说，因为其条文出自伪撰的并不多，而且，单从这些条文来看，也不全符合伪典小说以编造杜撰新奇典故（含代名、词藻）为目的的定义，文字风格也和《云仙散录》、《清异录》差别较大⑤。不过，《补侍儿小名录》中混入伪撰小说的事实，倒是进一步展现了古小说的复杂性。

小　结

"侍儿小名录"目前流传的版本，以《稗海》以及《香艳丛书》、《丛书集成初编》所收的王铚《补侍儿小名录》、温豫《续补侍儿小名录》、董弅《侍儿小名录拾遗》为佳，至于重编《说郛》（宛委山堂本、《四库全书》本）以及《五朝小说》、《绿窗女史》等版本则是不可信的。"侍儿小名录"三书虽然篇帙无多，但也保存了一些珍贵的文献资料，对于唐宋小说、诗词等的辑佚和校勘具有一定的文献价值。但要注意的是，《补侍儿小名录》中的贾全虚、窦梁宾、程洛宾、王霞卿等条很可能出于编造，而崔紫云、马彧条中也混有疑伪的诗赋，不宜视为唐五代时期的作品和故事。这是在使用"侍儿小名录"时需要注意的。

古代侍女故事很多，今传王铚等人的三书仅记录了其中的一部分。南宋周守忠《姬

---

① 见《旧五代史》卷七一《马郁传》："尝聘王镕于镇州，官妓有转转者，美丽善歌舞，因宴席，郁累挑之。幕客张泽亦以文章名，谓郁曰：'子能座上成赋，可以此妓奉酬。'郁抽笔操纸，即时成赋，拥妓而去。"又见陈尚君《旧五代史新辑会证》卷六〇《马郁传》，复旦大学出版社2005年版，第1189页。

② 《旧五代史·马郁传》云："郁在庄宗幕，寄寓他土，年老思乡，每对庄宗欷歔，言家在范阳，乞骸归国，以葬旧山。庄宗谓之曰：'自卿去国已来，同舍孰在？守光尚不能容父，能容卿乎！孤不惜卿行，但卿不得死尔。'郁既无归路，衷怀呜咽，竟卒于太原。"可见马郁未至刘守光幕下。

③ 此赋不见于《全唐文》、《全唐文补编》。赵俊波《中晚唐赋分体研究》（中国社会科学出版社、华龄出版社2004年版）附录《唐赋辑补》亦未收入。

④ 《苏轼文集》卷六七，中华书局1986年版，第2107页。

⑤ 关于伪典小说的阐述，可见拙文《论五代宋初的"伪典小说"》，载赵敏俐、佐藤利行主编《中国中古文学研究》，学苑出版社2005年版；《制异名新说、应文房之用——论伪典小说的性质与成因》，《社会科学研究》2008年第2期。

侍类偶》用蒙求体①，共记182人，有176句，88联，每句下皆注明故事和出处。其数量差不多是三书的一倍。而有意思的是，将此书与“侍儿小名录”三书进行比较可以发现，很多内容乃至文字具有高度的一致性。可以推测，《姬侍类偶》直接采用了“侍儿小名录”并进行了编写对语的再加工。至于此书是否还增添了新的侍儿故事，哪些故事和条文是“侍儿小名录”的佚文，如何使用此书来探求“侍儿小名录”全书（尤其是洪炎书）的原貌，尚需作进一步的研究。此外，清人尤侗的《宫闺小名录》和李调元的《乐府小名录》，显然也是受到了“侍儿小名录”的影响。关于这些问题，我将另文讨论。

① 周守忠《姬侍类偶》，《四库全书存目丛书》子部168册，齐鲁书社1997年版。

宋代禅林笔记的忆古情结与书写策略

陕西师范大学　祁　伟

忆古是一个危险的信号，它昭示了当下的不圆满以及回忆者的不安和焦虑。所以我们常常见身处末世、历经战乱的人怀念盛世的富足与和平，而少见与之相反者。宋代禅林笔记从一开始就沉浸在对先贤古德的赞颂与回忆中，惠洪的《林间录》可为证明。此后，宗杲的《宗门武库》、晓莹的《罗湖野录》、《云卧纪谈》、净善的《禅林宝训》、道融的《丛林盛事》、昙秀的《人天宝鉴》、圆悟的《枯崖漫录》等，无一逃脱回忆的罗网。那么，这一场集体性的忆古暴露出宋代禅林的哪些弊病，呈现出忆古者怎样的“盛世”理想，为了描述这样的理想，忆古者采取了哪些书写策略，忆古行为的终极目标又是什么，本文将就此略陈浅见，求教方家。

一、忆古的起因：末世的焦虑

宋代禅林笔记中使用最频繁的一种忆古形式便是先忆前辈宗师之德行，后责今日学者之缺失，在颂古呵今的过程中直接指出当下禅林的问题所在。从这最露骨的批评中我们可以直观宋代禅林的“不圆满”，并由此寻找忆古情绪滋生的源头。

在禅林笔记书写者眼中，最致命的“不圆满”是禅门独立品格的丧失。禅门向来标榜不与王权政治相往来的孤高淡泊，然而至宋代禅林风气已然大变。《林间录》中记载了晦堂祖心的一段感慨：

> 谢景温师直守潭州，虚大沩以致之，三辞，弗往。又嘱江西彭汝砺器资请所以不应长沙之意。晦堂曰：“愿见谢公，不愿领大沩也。马祖、百丈已前无住持事，道人相求于空闲寂寞之滨而已。其后虽有住持，王臣尊礼，为人天师。今则不然。挂名官府，如有户籍之民，直遣伍伯追呼耳。岂可复为也！”①

马祖、百丈前，禅风淳朴，“道人相求于空闲寂寞之滨”，马祖、百丈时，虽设住持之位，但仍以德行赢得世人尊重，而时下禅师却依附于官府、丧失气节。晦堂不愿去长沙住持大沩，正是要以此明志。

禅风凋丧，令有识之士痛心疾首。归云如本曾作《丛林辨佞》一文以抒心中之愤懑：

---

① 《林间录》卷上，《卍续藏经》第一四八册，第599页。

然士君子相求于空闲寂寞之滨，拟栖心禅寂、发挥本有而已。后世不见先德楷模，专事谀媚，曲求进显。凡以住持荐名为长老者，往往书刺以称门僧，奉前人为恩府。取招提之物，苞苴献佞，识者悯笑而恬不知耻。……吾道之衰极至于此！呜呼！天诛鬼录，万死奚赎其佞者欤！嵩禅师原教有言："古之高僧者，见天子不名，预制书则曰公、曰师。钟山僧远，銮舆及门而床坐而不迎；虎溪慧远，天子临浔阳而诏不出。当世待其人，尊其德，是故圣人之道振之……"①

"相求于空闲寂寞之滨"成为古老禅风的代表，后世却为求私利，极尽阿谀奉承、搜刮贿赂之能事。古往大德受到礼遇和尊重是由于不因名利而屈节，不因俗务而坏道。古之高僧，修身敬法而格自高，圣人之道所以振；今之衲子，贪名逐利而行自贱，宗门之法所以坏。归云如本的这番议论意在为当下宗门把脉，揭示禅风衰敝的根源。

禅门中人对于世俗权力的态度成为宋代禅林笔记讨论的焦点。书写者常常一针见血地指出在这一问题上古今存在的巨大差异，如《人天宝鉴》载隐山与灵空书②，《枯崖漫录》载浙翁佛心禅师语③，《禅林宝训》载灵源谓佛鉴语④，等等。

朴素作风的遗落是宋代禅林笔记批判当时禅门的第二大症状。《林间录》载：

石头和尚庵于南台有年，偶见负米登山者，问之。曰："送供米也。"明日即移庵下梁端，遂终于梁端，有塔存焉。百丈寺在绝顶，每日力作以偿其供，有劝止之者。则曰："我无德以劳人。"众不忍，藏去作具。因不食。故有"一日不作，一日不食"之语。先德卒身多如此，故六祖以石坠腰，牛头负粮供众。今少年苾蒭擎钵颦额曰："吾臂酸。"⑤

荆州福昌善禅师，明教宽公之子。为人敬严，秘重大法。……南禅师与悦公亦在会下。南公曰："我时病寒服药，须被出汗，遣文悦偏院借之，皆无有。百余人例以纸为之。今则又不然。重毡之上，以褥覆之，一日三觉，可谓快活时世也。"⑥

石头希迁不忍他人送米之艰辛而移庵梁端，百丈怀海每日劳作以偿还供养，六祖慧能和牛头法融率皆勤劳俭朴，而如今比丘稍有劳作便满腹牢骚，毫无吃苦耐劳之精神。福昌重善及僧众百余人，皆以纸为被，律己严格，而如今比丘只图饱暖舒适，一味懒惰困睡。前辈宗师与后代学人差距竟然如此之大。

大慧宗杲曾指出这一问题的严重性：

---

① 《丛林盛事》卷上，《卍续藏经》第一四八册，第70页。
② 《卍续藏经》第一四八册，第133页。
③ 《卍续藏经》第一四八册，第156页。
④ 《大正藏》卷四八，第1023页。
⑤ 《林间录》卷上，《卍续藏经》第一四八册，第605页。
⑥ 《林间录》卷下，《卍续藏经》第一四八册，第615页。

妙喜曰："节俭放下，乃修身之基，入道之要。历观古人，鲜有不节俭放下者。年来衲子游荆楚买毛褥，过浙右求纺丝，得不愧古人乎？"①

修行的终极目的是求得心性的自在解脱。如若放不下对外物的执著，如何能得到心灵的自由？因而，节俭就成为修身之根本、习禅之关键。古之修行者能清贫自守，一心向道，今之修行者却贪图享受，意志薄弱。

识见器度的庸俗是当时禅林的第三大症状。据《林间录》载：

悦禅师妙年奇逸，气压诸方。至雪窦，时壮岁。与之辨论，雪窦常下之。每会茶，必令特榻于其中，以尊异之。于是悦首座之声价照映东吴。及悦公出世，道大光耀。有兰上座者，自雪窦法窟来。悦公勘诘之，大惊，且誉于众。相从弥年而后去。前辈之推毂后进，其公如此，初未尝以云门、临济二其心。今则不然，始以名位惑，卒以宗党胶固，如里巷无知之俗②。

雪窦重显与云峰文悦分属云门宗与临济宗，然而前者对于后者的欣赏、援引并不因门庭的不同而受到影响。云峰文悦则以相同的态度对待来自雪窦门下的兰上座。这与当下禅林中那些诱于名利、党同伐异的人相比，高下自见。

《禅林宝训》对古今学者的这一差别进行了剖析：

简堂曰：古者修身治心则与人共其道，兴事立业则与人共其功，道成功著则与人共其名。所以道无不明，功无不成，名无不荣。今人则不然，专己之道，惟恐人之胜于已，又不能从善务义，以自广也。专己之功，不欲他人有之，又不能任贤与能，以自大也。是故道不免于蔽，功不免于损，名不免于辱。此三者乃古今学者之大分也③。

根本原因在于，古人胸襟豁达、识见卓荦，时人狭隘自私、目光短浅。所以《禅林宝训》中每每感慨古今的"霄壤"之别，并以"末法"来指责当下的禅林。在宋代禅林笔记中，对比与批判无处不在。书写者通过这一特殊形式来表达对丛林现状的强烈不满和深刻反思，并在久远的过去寻找心中的理想、道德的美范。

二、忆古的策略：典刑的塑造

（一）忆"老成人"，以存"典刑"

① 《禅林宝训》卷三，《大正藏》卷四八，第1030页。
② 《林间录》卷下，《卍续藏经》第一四八册，第638页。
③ 《禅林宝训》卷四，《大正藏》卷四八，第1039页。

不管令忆古者焦虑的问题有多少种类型，归根结底都是“不务守先圣法度”[1]，“曲违圣制，大辱宗风”[2]，“去古既远，师法益坏”[3]。简单地说，就是对“先圣法度”、“圣制”、“师法”的亵渎和破坏。那么，如何恢复古圣贤之法便成为当务之急。因而，宋代禅林笔记的忆古带有了强烈的追述古法的意味。

且看《云卧纪谈》载白云守端事：

白云端和尚，住浔阳能仁。新其堂与厨，略记其实曰：“古之称善知识者，盖专以祖法为务，旦夕坐于方丈间，应诸学者之问而决疑焉。若院之事，则有学者分而集之。故善知识之称，得其实而有尊矣。愚嘉祐丙申孟夏，自圆通应命来继兹席，虽不揆其实而至，且患其法堂、厨舍悉皆颓圮，有风雨不堪之忧，何足以容众而继人之后者哉？已而得州人周氏怀义大新其堂。明年，有慕蔺来者，又新其厨。然后风雨不足忧，而徒众得以安焉。周氏素达于吾教，不欲书以自显。愚谓厨资出诸远近之人，不书之无以嘉其善。乃并以二善刻于厨壁。噫！考于古之称善知识者之义，愚尚有愧焉。己亥九月十七日住持沙门守端述。”石刻既毁，前辈典刑无复见矣。今立根椽片瓦，便彰饰说，邀功归己，欺于后世，安肯自书其愧耶[4]？

白云守端将翻新法堂厨舍的功德归与他人，而言及自己之为善知识则语带愧疚。与此相反，时人著文，只知为自己邀功，不惜以妄语欺骗后世。一谦逊，一骄纵，可见学养之大不同。至晓莹之世，记录守端文字的石刻已不复存在，但晓莹凭借记忆搜寻文章之大概，目的是希望时人能够重见“前辈典刑”。这里的“前辈典刑”具有着古代法度的意味。儒家经典中有“虽无老成人，尚有典刑”[5] 的说法。禅门的忆古者正是通过追溯“老成人”的方法让时人看到先代的“常事故法”。也就是说，“老成人”成为了“典刑”的载体。在宋代禅林笔记当中，一再提到“典刑”的意义。

天下指晦堂为道之所在，盖末世宗师之典刑也[6]。

绍兴之末，丛林尚有老成者，能守典刑[7]。

师（资寿妙总）年德虽重，持律甚严，苦节自砺，有前辈典刑[8]。

被追忆的对象不再作为独立的个体显示价值，而是作为古人风范、法度的代表被频

① 《禅林宝训》卷一，《大正藏》卷四八，第1018页。
② 《丛林盛事》卷上，《卍续藏经》第一四八册，第70页。
③ 《枯崖漫录》卷三，《卍续藏经》第一四八册，第175页。
④ 《云卧纪谭》卷一，《卍续藏经》第一四八册，第10页。
⑤ 《毛诗正义》卷十八《大雅·荡》，郑玄笺：“老成人，谓若伊尹、伊陟、臣扈之属，虽无此臣，犹有常事故法可案用也。”《十三经注疏》本，中华书局1980年版，第554页上。
⑥ 《林间录》卷上，《卍续藏经》第一四八册，第599页。
⑦ 《禅林宝训》卷四，《大正藏》卷四八，第1038页。
⑧ 《人天宝鉴》，《卍续藏经》第一四八册，第138页。

频召唤。因而，那些具有“宗师体裁”、“古人之风”的禅师常常成为称颂赞扬的对象，如：

邵武吴学士，讳伟明，字元昭。……妙喜亦尝谓元昭有宗师体裁，又称光为禅状元。谅其然乎！以之追踪丹霞、庞老故事，可无愧也①。

佛鉴曰：佛眼弟子唯高庵劲挺，不近人情，为人无嗜好，作事无傥援，清严恭谨，始终以名节自立。有古人之风，近世衲子罕有伦比②。

西山亮禅师，福州人。枯硬俭约。尝蓄纸被一张，补粘殆遍，寒暑不易。由鼓山首座寮赴云门请，及迁黄檗，未尝别换侍僧。一夜，潜以绢衾易之。亮惊叫，责曰：“我鲜福，平生未尝敢服缣素，况此被相随三十年矣，其可弃乎?”闻者谓其住山有古人风③。

“追踪……故事”的方式体现了禅林笔记书写者的基本思路。“故事”在这里已不再是过往旧事的意思，而是与“典刑”一样包含了先法、旧式、古制的涵义。回忆者们将书写对象与古代贤者相比，一方面表达了对古人风范在当代逐渐凋零的惆怅和无奈，另一方面又赋予书写对象以古老、淳朴的光辉。时间的迁逝可以摧毁石碑，磨灭肉体，但古老的传统却在这样的追忆与描述中得以再次呈现。

（二）破户婚体，以昭精神

净土惟正感慨世异时移时曾说：“古之度人以清机密旨，今殊不然，正以舍去老幼、童其颠、褐其身而已。”④ 这道出了宋代丛林衰敝的深层原因，即当下学者徒有僧人的外表，却遗失了禅门的精神。故泐潭洪英谓潘延之曰：“古之学者治心，今之学者治迹，然心与迹相去霄壤矣。”⑤ 正是为了弥合这霄壤之别，当被回忆者作为古法的意义而存在时，其精神的典范作用便成为书写者竭力追求的目标。惠洪在《林间录》中有这么一段对于书写方式的探讨：

李肇《国史补》曰：“崔赵公问径山道人法钦：‘弟子出家得否?’钦曰：‘出家是大丈夫事，非将相所为。’赵公叹赏其言。”赞宁作钦传，无虑千言，虽一报晓鸡死，且书之，乃不及此。何也?⑥

同样是写法钦，赞宁《宋高僧传》耗费千余字叙其生平事迹，连一只鸡的死都记录在案，人物的表现效果却不如李肇《国史补》中的那两句对白。“报晓鸡死”一事见《宋

① 《罗湖野录》卷下，《卍续藏经》第一四十二册，第991页。
② 《禅林宝训》卷二，《大正藏》卷四八，第1025页。
③ 《枯崖漫录》卷三，《卍续藏经》第一四八册，第183页。
④ 《云卧纪谈》卷下，《卍续藏经》第一四八册，第29页。
⑤ 《禅林宝训》卷一，《大正藏》卷四八，第1021页。
⑥ 《林间录》卷上，《卍续藏经》第一四八册，第586页。

高僧传·习禅》：“初，钦在山，猛兽鸷鸟驯狎。有白兔二跪于杖屦之间。又尝养一鸡，不食生类，随之若影，不游他所。及其入长安，长鸣三日而绝。今鸡冢在山之椒。”① 僧人与林中禽兽和谐共处的描写在《高僧传》与《续高僧传》的“习禅篇”中经常出现，赞宁不过是继承了传统僧传的写法。然而惠洪认为，这样的书写已经不能适应禅门的需要，当下禅林人物的书写应当如《国史补》那样，以简洁的语言突现人物的精神。惠洪的批评是否客观暂且不论，毕竟《国史补》与《宋高僧传》体例不同，一为笔记，一为传记，写作方式自然不同，但从中我们可以看到惠洪对于传统僧传的鲜明态度。

在写作《禅林僧宝传》与《僧史》时，惠洪更加清晰地表露出他的不屑：

> 禅者精于道，身世两忘，未尝从事于翰墨，故唐宋僧史皆出于讲师之笔。道宣精于律而文词非其所长，作禅者传如户婚按检。赞宁博于学然其识暗，以永明为兴福，岩头为施身，又聚众碣之文为传，故其书非一体。予甚悼惜之②。
>
> 僧史自惠皎、道宣、赞宁而下，皆略观矣。然其书与《史记》、两《汉》、《南北史》、《唐传》大异，其文杂烦重，如户婚斗讼按检③。

惠洪认为，虽然《高僧传》、《续高僧传》和《宋高僧传》都曾为禅者作传，但其作者大都精于义学而疏于禅学，叙述禅者生平时往往枯燥乏味，如同登记户籍和审查案件，难以传达人物的神采风流。传统僧传的作者，一欠缺足够的文学功底，二不具备足够的远见卓识，因此无法把握禅门的精髓，也不可能有效地树立禅门的典范。惠洪要做的，是超越传统僧传“户婚斗讼按检”的方式，以迁、固之笔法、史眼，弘扬禅门之精神气格。其《林间录》便贯穿了这一思路。此后的禅林笔记无一例外地追随着惠洪的步伐。如《丛林盛事》卷上载二灵庵主事：

> 二灵庵主，苏人也。初见真净，后参泐潭乾，有所证。回东浙，居雪窦之中峰。庵常有虎蹲伏座下。初与天童交和尚同行，二人稟誓断不出世，后交爽其盟，出尸太白，和遂与其绝交。居中峰岁久，其山秀绝。凡居不久，即有他山之命，和乃钮断山骨。竟为待制陈公以诗诱出。住二灵庵。不一二年，禅衲麕至，遂成小小法社，名闻九天。屡诏不起。至今遗迹尚存。多有偈语行于世。二灵乃居鄞江月波之中。淳熙中，别峰印自乳窦赴径山。径从其所。偈云：“万顷湖光潋滟中，二灵山色翠重重。片帆我欲天边去，回首和公有愧容。”可想见其高风也④。

以与天童交和尚绝交的典型事例烘托二灵庵主清心修道、不慕名利的高尚品格。“屡

① 《宋高僧传》卷九，中华书局 1987 年版，第 212 页。
② 《题佛鉴僧宝传》，《石门文字禅》卷二六，第 287 页。四部丛刊初编本。
③ 《题修僧史》，《石门文字禅》卷二五，第 276 页。
④ 《卍续藏经》第一四八册，第 74 页。

诏不起"一类的例子在宋代禅林笔记中屡见不鲜，这充分说明了时下禅林的缺失以及有识之士对于精神传统的重视。

又如《禅林宝训》卷二所载佛鉴慧勤对五祖法演的一段回忆：

先师节俭，一钵囊鞋袋，百缀千补犹不忍弃置。尝曰："此二物相从出关仅五十年矣，讵肯中道弃之?"有泉南悟上座送褐布裰，自言得之海外，冬服则温，夏服则凉。先师曰："老僧寒有柴炭纸衾，热有松风水石，蓄此奚为?"终却之[①]。

钵囊鞋袋用了半个世纪，还称"仅五十年"，轻描淡写的一句回答却有了振聋发聩的作用。而且，法演的节俭并非出于吝啬，即便有人送上高级僧袍他也会拒之门外。这简短的两句对白，却刻画出法演超尘绝俗的禅家风骨。由此，宋代禅林笔记也显现出《世说新语》的风格特点。

（三）趋神圣化，以示尊礼

回忆者按照当下禅门的需要来树立古圣贤法度，并由此确定或强调他们对于禅宗传统的认知。而被回忆者由此也失去了他们最本真的面目，被拔高和塑造成书写者心中的理想和典范。他们不再作为历史人物而存在，而是成为一个个文学形象，他们也不再作为个体而存在，而是成为一个个神圣的符号和象征。

因而，凡是有损于祖师形象的书写与传闻，惠洪都给予严厉的谴责。如《林间录》卷上"曹溪六祖大师方其韬晦时"一段有："《大宋高僧传》曰：天子累召，祖竟不往。曰：'吾貌不扬，北人见之必轻法。'是果祖师之言乎？不仁者之言也。"[②]慧能不应帝王之请，在惠洪看来，是禅门高标风范的体现，但在赞宁笔下，却是由于慧能对自我外在形象的不自信。惠洪又考证石头和尚施身食虎、清凉文益书别国主、洞山悟本不认其母、玄沙师备覆舟溺父诸事，并痛斥丛林散布谣言、诬蔑宗师之罪："此直不情者记之以自藏。安知诬毁先德为罪逆，必有任其咎者，不可不慎也!"[③]二祖慧可雪地断臂，本来是求法心诚的表现，而在道宣笔下却写成遇贼断臂，于是惠洪又感叹"宣暗于辨是非"[④]!同样是不赴帝约，同样是禅师断臂，却由于书写者身份、立场和目的的不同造成了书写效果的巨大差异。

从惠洪对赞宁等人的批判和指责中，可以看到禅林笔记对于传统僧传的有意对抗和挑战。传统僧传"习禅篇"中多写禅者降伏猛兽的神通，而在禅林笔记当中，突出表现的是禅师的德高望重和睿智机辩。如《丛林盛事》载：

真净禅师居筠之大愚，太守钱公弋来游，怪禅者骤多。众以师有道德者，奔随

---

① 《禅林宝训》,《大正藏》卷四八，第1025页。
② 《卍续藏经》第一四八册，第605页。
③ 《卍续藏经》第一四八册，第617页。
④ 《卍续藏经》第一四八册，第627页。

而至。钱公即入其室，未有以奇之。翌日命斋，师就席。俄有犬逸出屏帷间，师少避之。钱嘲曰："大善知识固能降龙伏虎，岂畏犬耶？"师应声曰："易伏偎岩虎，难降护宅龙。"钱大喜，乃移居圣寿问道焉①。

从驯虎到避犬，禅师的形象发生了很大的变化。这源于书写者对于理想禅师的不同想象。慧皎、道宣、赞宁等辈注重外在的异术与神通，而惠洪、道融、晓莹诸人则注重心性的护持与修养。龚隽在比较传统僧传与禅门灯录的禅师书写时说："可以肯定，灯录在创造理想禅师的形象时，是有意识地消解掉僧传系统中神化性的色彩，把祖师和佛的形象人间化。灯录理想的禅师并不是那种可以呼风唤雨、广施神迹的灵异之士，相反，这些传统僧传所制造出的圣人形象恰恰是灯史所要破除的。"② 此论敏锐地把握了禅宗人物书写出现的微妙转变。《林间录》中还记载了黄檗希运诃斥神通的故事：

断际禅师尝与异僧游天台，行数日，值江涨不能济，植杖久之。异僧以笠当舟，登之浮去。断际嫚骂曰："我早知汝，定捶折其胫乃快也。"异僧叹曰："道人猛利，非我所及。"③

龚隽认为这一故事可以看作灯录禅传所提倡的反神通的"典范"④。然而，反神通并不代表要消解神异性的书写。同样的故事，同样是禅门内部的书写，更早一些的《祖堂集》则记为"敛衣蹑波而渡"，并于结尾处增加了"言已，忽然而隐"⑤ 一句。《景德传灯录》为"褰衣蹑波，若履平地"，文末也有"言讫不见"⑥ 一句。这说明，在品评人物的标准上，禅门内外有所不同，但为了达到各自的书写目的，都不排斥神异变化的手段。当然，这与古人的认知水平有很大关系。本文仅从叙事策略着眼，阐述禅门书写"制造神话"的手段。

在《宗门武库》中记载了这样一起灵异事件：

法云佛照杲禅师，尝退居景德铁罗汉院。殿中有木罗汉数尊，京师苦寒，杲取而烧之，拥炉达旦，次日淘灰中得舍利无数。诸座主辈皆目之为外道。盖佛照乃丹霞辈流，非俗眼所能验也⑦。

法云佛照烧木罗汉而得舍利，被视为"外道"，与异僧神奇渡江被黄檗斥骂的原因是

---

① 《丛林盛事》卷上，《卍续藏经》第一四八册，第55页。
② 龚隽《禅史钩沉》，三联书店2006年版，第357页。此处说"灯录"是指禅宗内部有关禅者行传的资料，包括了语录、灯录、禅林笔记等内容。见该书第343页。
③ 《林间录》卷下，《卍续藏经》第一四八册，第621页。
④ 《禅史钩沉》第343页，下注。
⑤ 静、筠二禅师编撰，孙昌武等点校，《祖堂集》卷十六，中华书局2007年版，第729—730页。
⑥ 《景德传灯录》卷九，《大正藏》卷五一，第266页。
⑦ 《大正藏》卷四七，第945页。

一样的。但是，此处的灵异事件并非用以显示法云佛照的神通能力，而是为了突出他的卓荦不凡。在《五灯会元》的记载中，丹霞天然烧木佛时还尚无舍利的踪影①，而至法云佛照时舍利便神话般地出现了。无舍利，是为表现丹霞天然的机智；有舍利，是为证明法云佛照"非俗眼所能验"的身份。至于真有舍利还是假有舍利，已经不再重要，重要的是书写者如何以"舍利"为策略去塑造他心目中的理想和典范。类似的例子在宋代禅林笔记中尚有不少，如《罗湖野录》卷二记潜庵清源言语应验事②，《云卧纪谈》卷上记大慧宗杲为云峰文悦之后身事③，《人天宝鉴》中记仰山慧寂得二神之助事④，等等，都是试图通过神祐、神护来肯定禅师的德行及其宗门的地位。因而可以说，禅林笔记消解掉了传统僧传中的"神化"色彩，使禅师们不再拥有变化莫测的本领，却通过"神话"的方式制造了神圣光辉的禅门典范，令时人及后人顶礼膜拜。

三、忆古的目的：传统的延续

惠洪的《林间录》开创了禅林笔记的写作传统，同时也开启了禅林忆古的大门，后来宗杲、晓莹、道融、昙秀、圆悟等人纷纷加入了禅林笔记的创作队伍，同时大书特书前辈先贤的前言往行。那么，是什么导致了这场不约而同的回忆？宋代禅僧对当世的批判、对古代的颂扬难道只是为了强调古今的差异，或是古老时代的结束？

事实上，忆古本身就是一个古老的情结。孔子便是一个好古的典型，他称自己"信而好古"，是"好古，敏以求之者"⑤。他的好古是由于看到了当下的礼崩乐坏，而欲恢复周礼的传统。这种忆古的情结并没有随着时间的迁逝而发生变化。在任何一个时代里，人们总是在怀念比自己更久远的时代，想从过去寻找医治当世弊病的良药。宋代禅僧也如是。《禅林宝训》中有一段：

> 圆悟谓佛鉴曰："白云师翁动用举措，必稽往古。尝曰：'事不稽古，谓之不法。予多识前言往行，遂成其志。然非特好古，盖今人不足法。'先师每言师翁执古不知时变，师翁曰：'变故易常，乃今人之大患，予终不为也。'"⑥

圆悟克勤、佛鉴慧勤是五祖法演的弟子、白云守端的法孙。二人回忆了五祖法演和白云守端关于如何对待古今的一段对话。白云守端认为，稽古是因为"前言往行"可资为法，而今人不足为法。今人改变了旧规、常例，也遗失了传统中的精髓。古，意味着"故"、"常"；今，意味着"变"、"易"。古，意味着恒久不变；今，意味着流荡散漫。因

---

① 《五灯会元》卷五："（邓州丹霞天然禅师）后于慧林寺遇天大寒，取木佛烧火向。院主诃曰：'何得烧我木佛？'师以杖子拨灰曰：'吾烧取舍利。'主曰：'木佛有何舍利？'师曰：'既无舍利，更取两尊烧。'"《卍续藏经》第一三八册，第166页。

② 《卍续藏经》第一四二册，第993页。

③ 《卍续藏经》第一四八册，第15页。

④ 《卍续藏经》第一四八册，第121页。

⑤ 《论语·述而》，《十三经注疏》本，中华书局1980年版，第2481页下、2483页上。

⑥ 《禅林宝训》卷二，《大正藏》卷四八，第1025页。

而，古的意义在于它将成为今人的“法”。

昙秀《人天宝鉴》序曰：

> 噫！古者之行非难行也，人自菲薄以谓古人不可及尔。殊不知古人犹今之人也，能自奋志于其间，则与古人何别？今刊其书，广其说，欲示后世学者，知有前辈典刑，咸至于道而已①。

“前辈典刑”，即上文所言的古人法度，用以除恶、防非、劝善，使后世学者向古代贤者看齐。树立典刑，是欲激励今人，振奋志气，追赶古人，从而缩短古今的差距。这不仅是禅僧忆古的目的，也是宋代禅林笔记的写作目的。道融《丛林盛事》序可为一证：

> 有曰：前哲入道机缘，禅书多不备载，其过在当时英俊失于编次，是无卫宗弘法之心而然，遂致有见贤思齐者徒增叹息。细味其语，诚可箴吾辈懒慢之病。因追忆平日在众目见耳闻、前辈近世可行可录之语，共成一编②。

其成书的直接目的即是令后人“见贤思齐”，而“追忆”成为此书的基本构成方式。其他禅林笔记亦是如此。在言及禅林笔记的内容时，谢逸《林间录》序曰“莫非尊宿之高行，丛林之遗训，诸佛菩萨之微旨，贤士大夫之余论”③，晓莹《罗湖野录》序曰“追绎畴昔，出处丛林，其所闻见前言往行，不为不多……以所得先后，会粹成编，命曰《罗湖野录》”④，净善《禅林宝训》序曰“仍取黄龙下至佛照简堂诸老遗语，节葺类三百篇”⑤，北山绍隆称《枯崖漫录》是“稽古成录”⑥。在言及禅林笔记的写作目的时，谢逸《林间录》序曰“余谓斯文之作，有补于宗教，如俭岁之粱稷，寒年之缯纩”⑦，道融《丛林盛事》序曰“卫宗弘法”⑧，刘棐《人天宝鉴》序曰“是集皆佛氏妙药救世之书也，能令病者服之即愈，至有盲聋喑跛之徒，亦得除瘥”⑨，净善《禅林宝训》序曰“大概使学者削势利人我、趋道德仁义而已……实可以助入道之远猷也”⑩。当忆古成为宋代禅林笔记的基本写作方式时，忆古的目的与禅林笔记的书写目的也就达成了一致。

南宋圆极彦岑曾这样描述宋代丛林的现状：“佛世之远，正宗淡薄，浇漓风行，无所不至，前辈凋谢，后世无闻，丛林典刑几至扫地。”⑪ 正是出于对禅门现状的省察和忧虑，

① 《卍续藏经》第一四八册，第 97 页。
② 《丛林盛事》卷上，《卍续藏经》第一四八册，第 52 页。
③ 《林间录》卷上，《卍续藏经》第一四八册，第 585 页。
④ 《罗湖野录》卷上，《卍续藏经》第一四二册，第 961 页。
⑤ 《禅林宝训》卷一，《大正藏》卷四八，第 1016 页。
⑥ 《枯崖漫录》卷上，《卍续藏经》第一四八册，第 143 页。
⑦ 谢逸撰《林间录》序，《卍续藏经》第一四八册，第 585 页。
⑧ 《丛林盛事》卷上，《卍续藏经》第一四八册，第 52 页。
⑨ 《卍续藏经》第一四八册，第 97 页。
⑩ 《禅林宝训》卷一，《大正藏》卷四八，第 1016 页。
⑪ 《丛林盛事》卷上，《卍续藏经》第一四八册，第 71 页。

惠洪以及晓莹、道融等人开始了忆古的行为，希望通过追述古德先哲的嘉言善行为今人树立典范，从而延续禅门将要中断的优良传统。因而，忆古不仅是一个危险的信号，同时又是一个令人振作的信号，它不仅暴露出现实的弊病，还暗示了未来的希望，以及回忆者改革现实的愿望和决心。它连接了过去、现在和未来，使得禅门的精神得以绵延不断。《丛林盛事》中有语："以后之视今，犹今之视昔耳。"[①] 人类的文明也在一代又一代的人不断反思现在、回忆过去中得以传递。

① 《云卧纪谈》卷上，《卍续藏经》第一四八册，第20页。

宋代教坊正乐与宫廷演剧之俗谐化

四川大学　丁淑梅

宋代乐制的更革，带来了宫廷伎艺及演剧活动的频盛，各种民间伎艺、杂戏杂剧不断输入宫廷。在礼乐制度的无形制约之下，伴随着教坊立废及正乐的种种举措，宫廷演剧受到种种禁限和舆论禁责。考察宋代制乐设官、正乐禁戏的过程，有助于我们进一步了解宫廷演剧的变化对宋代戏剧史发展走向带来的影响。

一、宋代的制乐设官与教坊正乐

宋承唐制，设立国家音声机关太常寺，但教坊不再与太常并立，而隶属于太常①。同时所立“钧容直，亦军乐也。太平兴国三年，诏籍军中之善乐者，命曰引龙直”②。引龙直初隶教坊，随军乐所需不断增扩，渐与教坊分置，钧容直外还有东西班乐、亲从亲事乐及开封府衙前乐等。宋初立东西两教坊，一时恢复扩大了教坊规模，乐制由此大备。“宋代教坊编制明确属太常，教坊官才正式成为政府官员，这是乐官制度史上又一件大事。”③《武林旧事》“乾淳教坊乐部”载：南宋教乐所乐部的官职有教坊大使、使臣、节级、部头、副部头、都管、管干教头、掌仪、掌范、内中上教博士等④。据此可推知宋代颇具规模的乐官制度，不但给乐人优伶以一定的官方地位，且频繁热闹的宫廷戏剧演出，也带来了优伶的职业性社会分化，从而促发了宋代戏剧观念的解放和戏剧撰演活动在宫廷的繁盛。

随着乐官制度的确立，宋循旧制定礼乐之规，厘定宫廷用乐。“宋初置教坊，得江南乐，已汰其坐部不用。自后因旧曲创新声，转加流丽。政和间，诏以大晟雅乐施于燕飨……然当时乐府奏言：‘乐之诸宫调多不正，皆俚俗所传。及命刘昺辑《燕乐新书》，亦惟以八十四调为宗，非复雅音，而曲燕昵狎，至有援“君臣相说之乐”以藉口者。末俗渐靡之弊，愈不容言矣。’”⑤此叙燕乐变迁，言及宋初弃江南乐之坐部，而新声流丽难抑，后厘定大晟乐为本朝雅乐，乐官制度和用乐礼仪也发生了一定的变化：崇宁四年（1105）八月大司乐刘昺奏大乐不应杂以郑卫，帝诏罢之。奏新乐，赐名曰《大晟》，至是专置大晟府，“于是礼、乐始分为二。崇宁五年二月，因议禁省内外冗官，诏大晟府并

---

① 脱脱等《宋史·乐志》卷一四二，中华书局1977年版，第3358页。
② 同上，卷一四三，第3360—3361页。
③ 黎国韬《古代乐官与古代戏剧》，广东高等教育出版社2004年版，第65页。
④ 周密《武林旧事》卷四，山东友谊出版社2001年版，第67页。
⑤ 脱脱等《宋史·燕乐》卷一四二，中华书局1977年版，第3345页。

之礼官”。九月复诏：“礼乐异道，各分所守，岂可同职？其大晟府名可复仍旧。”① 遂颁之天下，遍及三京四辅、帅府学校等。大观三年（1109）八月，帝亲制《大晟乐记》，命修《乐书》。政和二年（1112）赐贡士闻喜宴于辟雍，兵部侍郎刘焕谏，易去倡优淫哇之声。政和三年五月诏以《大晟》乐播之教坊。徽宗一朝围绕着立罢大晟府的乐制动革，使得宋初立教坊时所纳四方边声、宫廷用乐杂串俗乐的情形一再被指正。“太平兴国中，伶官蔚茂多侍大宴，闻鸡唱，殿前都虞候崔翰问之曰：‘此可被管弦乎?’茂多即法其声，制曲曰《鸡叫子》。又民间作新声者甚众，而教坊不用也。”②《鸡叫子》虽人禁中，由伶官被之管弦，但民间众多“新声”却被教坊乐制弃用或改造③，一如泰始二年（266）“罢鸡鸣歌”。在教坊之外另立雅乐“作坊”以致大晟府统摄教坊，这是宋代官方雅乐体系对俗乐、倡优、淫哇之声的一种整顿、汰洗和剔除的过程。

咸平景德年间（998—1008），“真宗不喜郑声，而或为杂词，未尝宣布于外”④。关于此“杂词”或为“杂剧词”的争议较多⑤，有看法以《宋史·乐志》删去“剧”字，乃有意为之，所以说“今天知道曾经编写杂剧剧本的只有两个人，即宋真宗赵恒和北宋教坊大使孟角球”⑥。宋杂剧在当时社会已非常流行，尝试作杂剧词者或许不在少数，但采用的音乐和文词往往是难登大雅之堂的郑声俚曲、村坊俗语，所以真宗不喜郑声是实，其是否作杂剧词，还有待再考。以章汝愚《群书考索》卷二七“真宗不喜郑声，而自作新声新词”的说法，结合真宗赵恒曾下令禁止和尚讲唱变文⑦，再对照前此伶官蔚茂多制《鸡叫子》，及“民间作新声者甚众，而教坊不用”事看，可推测真宗所制“杂词”，抑或君臣相悦、歌钟佐欢，类《东坡乐语》“金丝徐韵，杂剧来欤”的勾杂剧词。“勾杂剧词”虽是韵语，却并非只是音乐与文词简单结合的唱词，其发展中还衍生出过去很少受到注意的致语、口号或颂词、乐语，这些列于词曲之间、与杂剧角色搬演密不可分、或有科诨戏谑和叙述白语穿插其间的创作形式，抑或杂剧词的一种雏形或过渡形式。宋初以来，宫廷演剧曾指定专人即舍人院、馆阁官为乐人撰词⑧，而皇帝竟也一时喜好、尝试模仿其中的词段，可见杂剧撰演活动在宫廷的盛行。

此后，教坊正乐举措中不断出现宫廷职事、演剧违礼越俗受到裁罢之事。如淳化五年（994），进士及第、父为伶官、奏事举止类倡优的陈舜封由大理评事改封殿直⑨。如此

① 脱脱等《宋史·乐志》卷一二九，中华书局 1977 年版，第 3002 页。

② 脱脱等《宋史·燕乐》卷一四二，中华书局 1977 年版，第 3356 页。

③ 《陈迦陵文集·丽体文集》卷七及卷一四有《鸡叫子》曲，属七绝仄韵。又《词苑丛谈》卷一云：“《阿那曲》，《鸡叫子》，仄韵七言绝句也，俱载尊前集中，花间集多收诸体。”知此曲本为坊间仿群鸡叫咿唔谱歌曲，为宫中制乐所用，弃其俗拙，演为天鸡叫紫宸、碧鸡叫月神之类宫廷雅曲。

④ 徐松《宋会要辑稿·乐五·教坊乐》第八册，中华书局 1957 年版，第 349 页。

⑤ 王国维《宋元戏曲史》之《宋官本杂剧段数》，华东师范大学出版社 1995 年版，第 58 页；周贻白《中国戏剧史讲座》，中国戏剧出版社 1958 年版，第 33 页。

⑥ 廖奔《中华文化通志·戏曲志》，上海人民出版社 1998 年版，第 95 页。

⑦ 郑振铎《中国俗文学史》，东方出版社 1996 年版，第 217 页。

⑧ 徐松《宋会要辑稿·礼四五》第二册，华书局 1957 年版，第 1452 页。

⑨ 陈均《九朝编年备要》卷五，《文渊阁四库全书》第 328 册卷八六，台湾商务印书馆 1986 年版，第 121 页。

剔除伶官、澄汰士官流品之事还有不少。元祐初年（1087），因“天地宗庙之祀，所用八佾，尚以教坊伶人为舞郎，非极尽虔敬之义”，殿中侍御吕陶谏奏：“特诏礼官博士讲求汉唐以来典故，裁量其宜，定舞郎之制，勿以教坊伶人滥充其数。”① 看来教坊官虽正式成为政府官员，但具体执行起来还是存在尊卑贵贱之别。朝典用伶官为舞郎遭到谏阻，可见朝中重大礼仪活动排斥教坊伎乐人、宫廷雅乐排斥俗乐的情形。天圣初年（1023），“钧容直假太常旌纛、羽籥，为优人戏，公绰执不可，遂罢之”②。公绰乃吕夷简子，字仲裕，荫补将作监丞、知陈留县，累迁太常博士、同判太常寺。羽籥，乃古代祭祀或宴飨时舞者所持的舞具和乐器，以《隋书·乐志》卷十五所云：“文舞执羽籥，武舞执干戚”看，盖羽籥干戚不相牟，文武不相合。宋代钧容直乃军教坊，与太常机构有别；军伶扯太常大旗，以太常羽籥为优戏，越太常礼制而被罢戏。庆历四年（1044）初为范仲淹荐、召试为集贤校理、监进奏院的苏舜钦因进奏院赛神召妓乐放废：“会进奏院祠神，舜钦与右班殿直刘巽，辄用鬻故纸公钱，召妓乐，间夕会宾客……事下开封府劾治，于是舜钦与巽，俱坐自盗除名。同时会者皆知名士，因缘得罪，逐出四方者十余人……舜钦既放废，寓于吴中。”③ 进奏院在唐乃藩镇京邸，大历十二年（777）改进奏院。宋沿唐制而设，太平兴国六年（981）简置后官，进奏院职改由朝官兼领，主要掌管章奏、诏令及各种文书投递承转，是直接向皇帝进奏、传令的要害部门。有关此事的记载，大都把舜钦放废归于庆历改革政见之争和党争背景，以舜钦乃杜衍女婿，与范仲淹同党，遭到与衍有隙的反对派王拱辰等人株连陷害，指赃论罪。也有观点以此案牵连十数士人一起发贬，与仁宗朝整顿闲愁艳吟、风流邀赏士风的文化政策有关。但进奏院祀神的性质究竟如何，却是一个为人忽略的细节。据《石林燕语》云：“京师百司胥吏，每至秋必醵钱为赛神会，往往因剧饮终日。苏子美进奏院会正坐此。余尝问其何神？曰苍王，盖以仓颉造字，故胥吏祖之，固可笑矣。官局正门里，皆于中间用小木龛供佛，曰不动尊佛，虽禁中诸司皆然。其意亦本吏畏罢斥，以为祸福甚验，事之极恭，此不惟流俗之谬可笑，虽神佛亦可笑也。”④ 京师胥吏沿春祈秋报民俗，至秋成凑钱延戏乐“赛神会”。这类活动所祀之神，乃造字“苍王”，胥吏们藉此以期刀笔生涯顺达、免遭上司斥罢。如此说来，进奏院于官衙祀“苍王”赛神，要用仪仗、箫鼓、优伶杂戏迎神酬乐，已完全是民间杂祠的氛围和做派。虽然此种风气，“禁中诸司皆然”，但酬钱助资“剧饮终日”，民间赛戏以半官方化形式出现，则是违逆式范、亵渎不尊的行为。其实，苏舜钦对惯例如此的祀神并不以为然。据《石林燕语辨》，子美曾云：“留祇之祀神，缘常岁而为会，馂余共享，京局皆然。窃谓前规有所未便，起无名之率，会不肖之徒，且醵饮胥吏，岂如斥卖弃物；啸聚非类，岂如宴集同僚。”⑤ 舜钦《与欧阳公书》自辨时亦以“非时为会，聚集不肖为

① 吕陶《乞不用教伶官为舞郎疏》，黄淮、杨士奇编《历代名臣奏议》第二册卷一二六，上海古籍出版社 1989 年版，第 1687 页。

② 脱脱等《宋史·吕公绰传》卷三一一，中华书局 1977 年版，第 10211 页。

③ 脱脱等《宋史·苏舜钦传》卷四四二，中华书局 1977 年版，第 13079 页。

④ 叶梦得《石林燕语》卷五，中华书局 1984 年版，第 68 页。

⑤ 汪应辰《石林燕语辨》，《苏舜钦集》，上海古籍出版社 1981 年版，第 228 页。

责”，并申明“当时本恶于胥吏辈率醵过多”，与会宾客吟诗作歌，高谈阔论，甚而驱优伶胥吏退席，召妓乐助兴，可见舜钦对胥吏啸聚、优伶谐谑原本不满，才因循旧例卖掉积存无用的废旧公文纸张，改此会为风雅同僚诗乐相酬的宴饮雅集。然会饮时有人“醉笔作《傲歌》”，字句狂悖触忌“时贤”，监察御史专疏弹劾，仁宗下令严查，参与的十数名官员均受到贬官处分。这是以竣革进奏院“苍王”祀神赛戏为初衷的苏舜钦始料未及的结果。嘉祐四年（1059），翰林学士、知开封府欧阳修曾奏禁上元放灯：“伏以上元放灯，不出典礼……今自春以来，阴寒雨雪，小民失业，坊市寂寥，寒冻之人死损不少。新炭食物其价增倍。民忧冻饿，何暇遨游？……欲乞特罢放灯。”① 欧阳修虽以民忧冻饿为据乞罢放灯，然《宋史·礼志》云：“三元观灯，本起于方外之说……上元前后各一日，城中张灯，大内正门结彩为山楼影灯，起露台，教坊陈百戏。天子先幸寺观行香，遂御楼，或御东华门及东西角楼，饮从臣。四夷蕃客各依本国歌舞列于楼下。东华、左右掖门、东西角楼、城门大道、大宫观寺院，悉起山棚，张乐陈灯，皇城雉堞亦遍设之。其夕，开旧城门达旦，纵士民观。后增至十七、十八夜。”② 可见，上元放灯，教坊杂陈倡优百戏、相扑伎乐，天子巡幸路线是先寺观，次御楼，再东华门、东西角楼等。如此，乞罢放灯奏议反而从另一角度反映了宋代宫廷和民间普遍盛行的提前赊时过节、“起山棚”、“开旧城门达旦，纵士民观”、延长节庆气氛的狂欢活动。

陈旸《乐书》卷二百云：“圣朝尝讲习射曲燕之礼，第奏乐行酒进杂剧而已，臣恐未合先王之制也。”《乐书》成于建中靖国元年（1101），此以朝堂燕宴奏乐进杂剧不合乐礼典制，透露出一个信息：彼时杂剧演出为宫中教坊用乐的重头戏，常常成为燕宴的高潮，势在难废。随着俗乐和雅乐在宫廷的竞争，官方不得不一次次颁示雅乐，裁禁俗乐。如政和三年（1113）“五月，帝御崇政殿，亲按宴乐，召侍从以上侍立。诏曰：‘《大晟》之乐已荐之郊庙，而未施于宴飨。比诏有司，以《大晟》乐播之教坊，试于殿庭，五声既具，无惉懘焦急之声，嘉与天下共之，可以所进乐颁之天下，其旧乐悉禁。’于是令尚书省立法，新徵、角二调曲谱已经按试者，并令大晟府刊行，后续有谱，依此。其宫、商、羽调曲谱自从旧，新乐器五声、八音方全。埙、篪、匏、笙、石磬之类已经按试者，大晟府画图疏说颁行，教坊、钧容直、开封府各颁降二副。开封府用所颁乐器，明示依式造粥，教坊、钧容直及中外不得违。今辄高下其声，或别为他声，或移改增损乐器，旧来淫哇之声，如打断、哨笛、呀鼓、十般舞、小鼓腔、小笛之类与其曲名，悉行禁止，违者与听者悉坐罪”③。所谓淫哇之声，如打断、呀鼓、十般舞之类，均坊间盛行的俗乐小曲。打断即太平鼓，“政和初（1111—1113），有旨元赏钱五百千。若用鼓板改做北曲子，并着北服之类，并禁止支赏。其后民间不废鼓板之戏，第改名太平鼓”④。打断在宫廷演出曾享有领支赏的特权，可见宫廷演剧俗谐之一端。在宫廷禁止后，其在民间改头

① 欧阳修《奏禁上元放灯疏》，黄淮、杨士奇编《历代名臣奏议》第三册卷一九四，上海古籍出版社 1989 年版，第 2538 页。

② 脱脱等《宋史·礼志》卷一一三，中华书局 1977 年版，第 2697 页。

③ 脱脱等《宋史·乐志》卷一二九，中华书局 1977 年版，第 3017 页。

④ 吴曾《能改斋漫录》卷一，清嘉庆张海鹏辑刊《墨海金壶·子部》，第 14 页。

换面，依然非常盛行。太平鼓作为柘枝舞的变形，至宋融入了用鼓笛拍板演唱的伎艺，形成综合性歌舞表演——“打断”，在民间渐演化为逐疫之遗存——腊鼓。呀鼓也作“讶鼓”，是一种军乐。《续墨客挥犀》载：“王子醇初平熙河，边陲宁静，讲武之暇，因教军士为讶鼓戏，数年间遂盛行于世。其举动舞装之状，与优人之词，皆子醇所制。或云：子醇初与西人对阵，兵未交，子醇命军士百余人装为讶鼓队，绕出军前，虏见皆愕眙，进兵奋击，大破之。”①《辍耕录》有《迓鼓二郎》与《河转迓鼓》院本名目②。有说法认为讶鼓为王子醇创立的一种以歌舞为主的宋代杂剧③，南宋时亦很流行，《朱子语类》说：“如舞之讶鼓，然其间，男子、妇女、僧道，杂色，无所不有，但都是假的。”④ 这显然呈示了官方御用军乐被民间改造为各种人物角色都可装扮表演的戏剧活动的事实。官方虽悉禁以坐罪，但从开封府制令看，宫廷内外违奏者当不在少数。

宋代的制乐设官，为衙前乐人、乐营、钧容直、军百戏和雇市人等各种伎艺演剧群体提供了活跃于宫廷及周边的演艺竞技场。教坊正乐的言论和举措，虽对宫廷伎艺及演剧活动多有禁限，但百戏杂剧还是不断冲破束缚，输入禁廷。大晟府成立，一批“淫哇之声”遭到禁断，明示教坊正乐在音声、乐器、民间杂戏表演等细节方面增加了力度，却也从另一视角透露了宫廷演剧的民间化、通俗化趋势。

二、宋代的教坊蠲罢与宫廷演剧之俗谐化

伴随着大晟乐从郊庙、宴飨活动播诸教坊的正乐过程，宫廷演剧极尽戏谑之事仍不断发生，甚至引动言官屡屡谏止。嘉祐七年（1062）正月，擢起居舍人同知谏院的司马光上《论上元令妇人相扑状》：“今月十八日，圣驾御宣德门，召诸色艺人，令各进技艺，赐予银绢，内有妇人相扑，亦被赏赉。臣愚窃以宣德门者，国家之象阙，所以垂宪度、布号令也。今上有天子之尊，下有万民之众，后妃侍旁，命妇纵观，而使妇人裸戏于前，殆非所以隆礼法、示四方也。陛下圣德温恭、动遵仪典，而所司巧佞献技，以污渎聪明，窃恐取议四远。愚臣区区，实所重惜，若旧例所有，伏望陛下因此斥去，仍诏有司严加禁约，今后妇人不得于街市以此聚众为戏，若今次上元始预百戏之列，即乞取勘管句臣僚，因何置在籍中，或有臣僚援引奏闻，因此宣召者，并重行谴责，庶使巧佞之臣有所诫惧，不敢道上为非礼也。谨具状奏闻，伏候敕旨。”⑤ 宋代相扑活动兴盛，不仅是在宫廷表演，瓦舍勾栏更盛。不仅上元节，三月二十八日东岳诞会、六月六日庙会、十月十日天宁节，民间和宫廷的相扑表演都会隆重出场。据《东京梦华录》卷八，六月六日汴京万胜门外演出的伎艺中，有相扑及乔相扑。“朝廷大朝会、圣节（即天宁节），御宴第

---

① 彭乘《续墨客挥犀》，中华书局2002年版，第490页。

② 陶宗仪《南村辍耕录》，中华书局1959年版，第308页。

③ 胡明伟《金代戏剧形态研究》，《南都学坛》2004年3期，第58—65页。

④ 朱熹《朱子语类》卷一三九，中华书局1994年版，第3318页。

⑤ 司马光《论上元令妇人相扑状》，黄淮、杨士奇编《历代名臣奏议》第三册卷一九四，上海古籍出版社1989年版，第2540页。

九盏，例用左右军相扑。”[①] 而天宁节举行相扑比赛几乎成为宋朝宫廷的惯例。《武林旧事》卷十录有张关索、撞倒山、铁板沓、周黑大、王急快等44名男相扑手；《梦粱录》称女相扑手为“女占”，有赛关索、嚣三娘、黑四姐之类，“俱瓦市诸郡争胜，以为雄伟耳”[②]。杨万里《诚斋集》卷二八有《角抵诗》，也曾描述相扑现场的盛况道：“广场妙戏斗程材，未得天颜一笑开。角抵罢时还罢宴，卷班出殿戴花回。”可知，相扑为宋代宫廷百戏的一大亮点。本年正月，知谏院司马光奏事，议三事不宜：其一，妇人裸戏于万众不宜，有违礼法；其二，宣德门乃国之象阙，观演百戏不宜，有悖仪典；其三，所司巧佞，籍中人亵玩，勘问教坊。不知宋代相扑杂戏表演具体是怎样的，但既要竞技，可能会捋袖“脱膊”，衣带宽松也是可能的，但是否脱去上衣，很值得怀疑。所以司马光所言“裸戏于前”，在帝王巡游、满朝官员聚观、后妃云集之下，教坊妇人当街散衣扭打，无论是空手相搏，还是露体相击，在司马光看来，都是绝对的亵戏不恭之举。司马光追究此事，厉责有司，勘问教坊，显然对宫廷娱戏过奢、过滥深感忧虑，对民间俗乐伎艺杂入宫廷教坊极为不满。这道奏文不但惩治巧佞，亦大有整顿教坊、清理俗伎艺的企图，这或也是废大晟府、宋代教坊蠲罢的一个兆信。

随后，嘉祐八年（1063）九月，司马光再上《乞撤去福宁殿前尼女札子》：“自启菆以来，每日妆饰尼女，置于殿前，傅以粉黛，衣之绮绣，状如俳优，又类戏剧。臣不知其说果何谓也。群臣见之无不骇异，或叹其失礼，或黯有讥诮。渎慢威神，莫甚于此。殆非所以裨助丧容、观示万众。”[③] 有宋一代在佛教和道教斋醮思想浸染下，一时间“谄渎乎鬼神，怵惕乎妖妄，听荧乎巫卜，拘拘乎青囊珞琭之书，屑屑乎姑布子卿之说”[④]。这种厚葬成风的社会氛围，使得丧乐演戏亦随之靡繁。本年九月，仁宗崩，福宁殿设梓宫，以粉黛绮绣装饰尼女，司马光对如此僭逆儒家礼典、宫廷乐制的丧仪，极为不满，上章陈词除禁，很快得到准允。从司马光“状如俳优，又类戏剧”的谴责，从设于宫廷的帝王葬礼亦渐染民间丧葬演戏乐殡之俗，可以想见教坊俳优装演戏剧对宫廷生活的影响。元封初年有奏：“四夷乐者，元丰六年（1083）五月，召见米脂砦所降戎乐四十二人，奏乐于崇政殿……《大晟乐书》曰：‘前此宫架之外，列熊罴案，所奏皆夷乐也，岂容淆杂大乐！乃奏罢之。’”[⑤] 本年降戎乐，纳入“新任殿侍”，修雅乐时强调去夷乐，撤熊罴案，说明降来的夷乐已杂入大乐正音，且以其异伎新声引领了宫廷娱乐风尚。“元祐八年（1093），诏罢独看。故事，大宴前一日，御殿阅百戏，谓之独看。修国史范祖禹言：‘是日进《神宗纪》草，陛下览先帝史册甫毕，即观百戏，理似未安，故请罢之。’”[⑥] 在皇宫里，大宴前帝阅百戏，乃一种惯例，“独看”除了帝王的享乐特权外，大概还有观

---

① 吴自牧《梦粱录》卷二〇，浙江人民出版社1980年版，第195页。

② 同上，第196页。

③ 司马光《乞撤去福宁殿前尼女札子》，黄淮、杨士奇编《历代名臣奏议》第二册卷一二三，上海古籍出版社1989年版，第1626页。

④ 俞希音《（谢应芳）辨惑编序》，钱熙祚辑《守山阁丛书》子部，清道光二十四年（1844）金山钱氏据墨海金壶刊版重编增刊本，第1页。

⑤ 脱脱等《宋史·四夷乐》卷一四二，中华书局1977年版，第3362页。

⑥ 脱脱等《宋史·礼志》卷一一三，中华书局1977年版，第2687页。

审大宴所用百戏之意。阅毕先帝史册，接着就看百戏，这种做法看来有违尊祖敬宗之意，自此大宴先一日帝王独看百戏之制废止。然史官谏禁的目的恐并非在此，还可能有削减用乐规模、减少娱乐消费、解决宫廷冗费的隐因。因为自徽宗一朝始，立罢大晟府出现的种种反复，其实与政事吃紧、边患禳扰等时局动向切切相关。宣和二年（1120）八月，“罢大晟府制造所并协律官”；宣和七年（1125）十一月“已未，下诏罪己。令中外直言极谏，郡邑率师勤王，募草泽异才有能出奇计及使疆外者。罢道官，罢大晟府、行幸局”①；宣和七年（1125）“十二月，金人败盟，分兵两道人，诏革弊事，废诸局，于大晟府及教乐所、教坊额外人并罢”②。《三朝北盟会编》亦载：宣和七年十二月“二十一日下罪己诏，依祖宗之法，罢大晟府、罢教乐所、罢教坊额外人，罢行幸局、罢花石所、罢待诏额外人”③。大晟府短短20年里几经易革，在风雨飘摇中先自倒了架子，随后不久即坍塌于金人的铁蹄之下。天会五年（1127），“金人来索御前抵候方脉医人、教坊乐人、内侍官四十五人，露台祗候妓女千人，蔡京、童贯、王胕、梁师成等家歌舞宫女数百人。先是权贵家舞伎内人自上即位后皆散出民间……雕刻图画工匠三百余家，杂剧、说话、弄影戏、小说、嘌唱、弄傀儡、打筋斗、弹筝、琵琶、吹笙等艺人一百多家，令开封府押赴军前……金人来索什物仪仗等，……教坊乐工四百人。又取大内人、街坊女弟子女童及权贵戚里家细人，指名要童贯、蔡京家抵候凡千余人，自选端丽者。府尹悉捕倡优内夫人等，莫知其数，押赴教坊铃择，开封府尹四壁官主之，俟采择，里巷为之一空……又取车格冠冕及女童六百人，教坊乐工数百人”④。金灭北宋，不仅取汴京经籍图书，且索要北宋伎乐艺人，押往金国。索取的北宋伎乐人数量惊人，伎艺繁多，不仅包括了宫廷教坊乐工、大内贵戚伎乐人，还有大量街坊女艺人以及操习各种伎艺的家庭戏班。而其间伎艺以杂剧、说话、弄影戏、小说、弄傀儡、打筋斗为最多，可见宋末宫廷伎乐、演剧的丰富形态及迁移情况⑤。

大晟府坍塌是一个预信，随后即是南宋教坊、钧容直的不断减省至罢废。起居郎胡寅论兵制军籍曰：“今诸军则无所不有矣……有乡党故旧之人、百工手艺之人、方技术数之人、音乐俳戏之人。彼所以辐凑云萃者，非有势以庇之乎？非有利以聚之乎？不然人生各有业，何必军之从此。”⑥ 绍兴三十年（1160），台臣王十朋上《论内庭节省札子》谏言罢教坊、蠲钧容：“朝廷自和议以来权臣务为苟安之计，凡百用度，悉如太平全盛之日，中外化之，竞为侈靡，府库匮乏，实此之由……财用犹不足，臣妄意窃谓奢侈之风或未痛革；无益之作、无名之费，或未尽除；至若内降之恩，未能尽绝，名器之假，未能无滥；宫禁近习，使令之数，不无过多，军容教坊，伶伦徘优之徒，不能无非时之横

① 脱脱等《宋史·徽宗本纪》卷二二，中华书局1977年版，第417页。
② 脱脱等《宋史·乐志》卷一二九，中华书局1977年版，第3027页。
③ 徐梦莘《三朝北盟会编》卷二五，上海古籍出版社1987年版，第189页。
④ 徐梦辛《三朝北盟会编》卷七七“靖康中帙”，上海古籍出版社1987年版，第583－585页。
⑤ 廖奔、刘彦君《中国戏曲发展史》第一册，山西教育出版社2000年版，第274－275页。
⑥ 马端临《文献通考·兵六》卷一五四，中华书局1986年版，第1344页。

赐，凡此之类，可省者省之，可罢者罢之，最节财之要术，当今之急务。”[①] 因为权臣苟安之习、宫廷用度之繁，动辄恩赏，非时横赐，军容教坊、伶伦俳优被责为冗费赘疣。王十朋奏论以教坊钧容首当其冲，即因靖康之难，徽钦二帝被虏，宋代偏安江左，时局艰难，国事蹉跎，冗官与冗费成国事之两大弊。建炎初年，朝廷不得不减省教坊[②]。但“山外青山楼外楼，西湖歌舞几时休。暖风熏得游人醉，直把杭州作汴州”，南宋统治者沉迷江南风物，醉生梦死，“绍兴十四年复置，凡乐工四百六十人，以内侍充钤辖”[③]。然此时教坊已名存实亡，援旧典所用的点选之法，提选充入教坊的人员亦愈来愈少。实际上早在王十朋上章前，教坊钧容已弊陋百端，人员锐减，处于艰难维持状态。据《宋史·乐志》：“绍兴中，钧容直旧管四百人，杨存中请复收补，权以旧管之半为额，寻闻其召募骚扰，降诏止之。及其以应奉有劳，进呈推赏，又申谕止于支赐一次，庶杜其日后希望。绍兴三十年，复诏钧容班可蠲省，令殿司比拟一等班直收顿，内老弱癃疾者放停。”[④] 绍兴中复教坊时钧容班已流散其半，诏补未行而止，恩赏已绝非横赐，后因战事吃紧，钧容教坊即废。

据《宋史·乐志》卷一四二：钧容班，“亦军乐也。太平兴国三年，诏籍军中之善乐者，命曰引龙直。……端拱二年……增多其数……淳化四年，改名钧容直，取钧天之义……大中祥符五年，因鼓工温用之请，增《龟兹》部，如教坊……嘉祐元年，系籍三百八十三人。六年，增置四百三十四人……嘉祐二年，监领内侍言，钧容直与教坊乐并奏，声不谐。诏罢钧容旧十六调，取教坊十七调肄习之”。而陈旸《乐书》卷一八八云：“太平兴国五年，诏籍军中之善乐者，号引龙直。淳化三年改为钧容直。”此不但立改时间有误，而以“诚去胡俗之乐，专奏雅颂之音”为立钧容之目的，与钧容表演亦多俗乐杂剧不合。《文献通考·乐考》卷一四六云：钧容直“旧有百三十六人。景德二年，加歌二人、杂剧四十人”等二百七十五人。本年“正月丁酉，罢钧容班乐工”[⑤]。这里说钧容直旧管四百人，后曾以其半额收补而未成。绍兴三十年蠲省，以御前禁卫当值减定，去老弱病残。而据《建炎以来系年要录》卷一二七：绍兴九年“诏增补殿前司钧容直乐工，以二百人为额。旧钧容直四百人至是存者七十余人。既而上闻其召募扰民，第命据见管人数存留而已。”其实，钧容之罢乃教坊废罢的连锁反应，王十朋上札罢教坊时，即提出军容教坊，伶伦徘优之徒可省可罢。元丰八年（1085），已有朝廷“大宴不用两军妓女，只用教坊小儿之舞”[⑥] 之事。钧容罢后，其曲名窜入教坊，不复传于世。所以武林旧事述及于此均称“前钧容直”。钧容省罢后，紧接着即是教坊蠲罢，绍兴三十一年（1161）有诏：“教坊日下蠲罢，各令自便。盖建炎以来，畏天敬祖，虔恭祀事，虽礼乐焕然一新，

---

① 王十朋《梅溪先生文集·奏议卷四》，《四部丛刊·集部》第158种，上海涵芬楼藏明正统刘谦温州刊本，第1页。

② 李心传《建炎以来朝野杂记》甲集卷三，徐规点校，中华书局2000年版，第101页。

③ 脱脱等《宋史·教坊》卷一四二，中华书局1977年版，第3359页。

④ 同上，第3361页。

⑤ 脱脱等《宋史·高宗本纪》卷三二，中华书局1977年版，第594页。

⑥ 脱脱等《宋史·礼志》卷一一三，中华书局1977年版，第2687页。

然其始终常以天下为忧，而未尝以位为乐，有足称者。”[①] 虽然有人主以礼乐焕然的伪饰之词，但只要结合整个南宋偏安一隅、步步败盟的国运颓势，不难想见，罢教坊，并不是人主过忧天下之所为，而实在是因为社稷难以承载冗费之滞重、边兵之逼侧。说得再清楚一点，此时金人已大举侵宋，教坊宴乐之事不得不下诏废止，本年“六月癸丑，罢教坊，并敕令所归刑部”[②]。绍兴以后，还有关于教坊话题的余续。隆兴二年（1164）天申节，用乐上寿，孝宗曾询问诞日之外用乐名色，大臣皆言：“临时点集，不必置教坊”，“乾道后，北使每岁两至，亦用乐，但呼市人使之，不置教坊”[③]。乾道元年（1165），“会庆节北使初来，当大宴，始下临安府募市人为之，不直（置）教坊，止令修内司先两旬教习。旧例用乐人三百人、百戏军百人……上命罢小儿及女童队”[④]。按照旧例，宫廷所用乐人、百戏等由临安府承差，相扑等由御前忠佐司承差。虽然孝宗隆兴、乾道两朝还旧话重提，但却只能临时点集市人凑演，而询议教坊之事，终亦不复再置。

《朝野类要》说：“绍兴末，台臣王十朋上章省罢之，后有名伶达伎使皆留充德寿宫使臣，自余多隶临安府衙前乐。今虽有教坊之名，隶属修内司教乐所，然遇大宴等，每差衙前乐充之。不足则又和雇市人。近年衙前乐已无教坊旧人，多是市井歧路之辈，欲责其知音晓乐，恐难必也。”[⑤] 绍兴末废教坊，教坊乐人或自便，或遣散，一部分伎艺精湛的艺人入德寿宫供奉，其余则成为名义上隶属于临安府的松散的民间演艺人。从《武林旧事》“乾淳教坊乐部”首列杂剧色情形看，其列德寿宫十人、衙前乐二十二人、前教坊二人、前钧容直二人，和顾三十人；又在“诸色伎艺人”里列杂剧三十九人，此外尚列有杂剧三甲：刘景长一甲八人，盖门庆进香一甲五人，内中祗应一甲五人，潘浪贤一甲五人[⑥]。这些都是行头完整、班子齐备和戏头、末泥、引戏、装旦、副净等角色各有领属的杂剧戏班，可见从事杂剧演出的演员阵容之庞大。乾道、淳熙以后，教坊原有的职能暂时由修内司教乐所承当，教乐所一直持续到南宋末年。到后来，临安府衙前乐也难得有旧教坊乐人了，只有民间路歧杂剧艺人临时充数。民间杂剧艺人开始以“和雇”的形式大量参与宫廷演出。其实，北宋时期，民间杂剧艺人已大量参与宫廷的杂剧演出活动，《东京梦华录》卷六“元宵”条即描述了“教坊、钧容直、露台弟子，更互杂剧”[⑦]的互动情形。南宋时期，教坊的削弱、钧容直的蠲省为民间戏班的发展和进入宫廷官府演出提供了更多的机会，为民间戏剧的生存与发展提供了更大的活动空间。

虽然教坊蠲罢的过程中还有数次裁禁杂乐、杂戏的举措，但对于杂戏杂剧的演出却并未造成太大影响。如“绍兴中，始蠲省教坊乐，凡燕礼，屏坐伎。乾道继志述事，间用杂攒以充教坊之号，取具临时，而廷绅祝颂，务在严恭，亦明以更不用女乐，颁旨子

① 脱脱等《宋史·乐志》卷一三〇，中华书局1977年版，第3037页。
② 脱脱等《宋史·高宗本纪》卷三二，中华书局1977年版，第601页。
③ 脱脱等《宋史·乐志》卷一四二，中华书局1977年版，第3359页。
④ 李心传《建炎以来朝野杂记》乙集卷四，中华书局2000年版，第577页。
⑤ 赵升《朝野类要》卷一，《学斋占毕（外六种》，上海古籍出版社1992年版，第107页。
⑥ 周密《武林旧事》卷四，山东友谊出版社2001年版，第67、125页。
⑦ 孟元老《东京梦华录》卷六，邓之诚注，中华书局1982年版，第165页。

孙守之，以为家法”[①]。此藉口俗乐浸淫不可阻制，以宫廷用乐“屏坐伎、废女乐”，其实为无奈之下的权宜家法。淳熙十二年（1185）“三月，进孙扩为安庆军节度使，封平阳郡王。辛卯，禁习渤海乐”[②]。这道禁乐令看上去有些蹊跷，渤海是存在于唐中后期至五代的一个边地政权，《容斋随笔》以唐中宗时吕元泰谏禁苏幕遮为“以礼义之朝，法胡虏之俗，非先王之礼乐，而示则于四方”，接着说：“近世风俗相尚，不以公私宴集，皆为耍曲耍舞，如渤海乐之类，殆犹此也。”[③] 洪迈将渤海乐与泼寒胡相提并论，说明它们都是唐以来流行的边裔之乐，宋时禁渤海乐，犹唐时禁泼寒胡，因南宋以后边事吃紧，宫廷内外公私宴集，充斥渤海乐这类“耍曲耍舞”，所以乾道三年（1167）七月，就曾“申禁异服异乐”[④]，南宋以后边事日日吃紧，边裔之乐泛滥，为当政者深忧，如洪适《平齐孙致语》所说“陈勇爵式肆歌筵，吹竹弹丝，作西域泼寒胡之戏……欢类旷丁，技惭师乙”[⑤]，这在执政者看来有悖威严正大之朝仪，影响士节民风，亦败政乱世之兆。金代明昌年间，因太常乐工人数少，曾以渤海汉人教坊及大兴府乐人兼习。可见太常之外，渤海乐等教坊俗乐，一般亦不为金朝宫廷祭祀所用。与这些杂乐、杂戏相比，北南宋之交的百戏、杂剧演出在禁限中却有愈来愈凌厉之势。由灌圃耐得翁《都城纪胜》杂剧色、参军色列于教坊散乐十三部之末，到吴自牧《梦粱录》“散乐传学教坊十三部，唯以杂剧为正色”[⑥]，在伎乐百戏澜翻腾跃、热闹异常的宫廷伎艺场上，宋代戏剧的重要形式之一——杂剧撰演跃居显要地位。绍兴十五年（1145）四月，曾有优伶戏荷叶交椅的“二胜环”故事：“秦桧以绍兴十五年四月丙子朔，赐第望仙桥，丁丑，赐银绢万匹两，钱千万，彩千缣，有诏就第，赐燕，假以教坊，优伶宰执，咸与中席，优长诵致语退，有参军者前褒桧功德，一伶以荷叶交倚（椅）从之，诙语杂至，宾欢既洽，参军方拱揖谢，将就倚（椅），忽堕其幞头，乃总发为髻，如行伍之巾，后有大巾环，为双叠胜，伶指而问曰：‘此何环?’曰：‘二胜环。’遽以朴击其首曰：‘尔但坐太师交倚（椅），请取银绢例物，此环掉脑后可也。’一坐失色，桧怒，明日下伶于狱，有死者，于是语禁始亦繁。”[⑦] 此知“太师交倚”因秦桧得名，还是宫廷流行、显示恩遇身份的时尚家具样式。只是优伶以低微身份，敢冒杀身之祸，借“二胜环”寓意点明秦桧置“二圣还”大事于脑后、把持朝政、摧残生灵的恶行，其勇气和胆力实在可嘉。后来，不仅妆演此剧的伶人有被打入监狱、论斩处死的，以“二胜环”杂剧妆演为导火索，还兴起了繁苛的“语禁”。其实，宋代优伶诙语，宋杂剧肆无忌惮讽刺时政的实例很多。如宣和中，教坊伶人敷演“三十六髻（计）”逃为上刺童贯用兵燕蓟败窜[⑧]。绍兴十二年（1142），秦桧的儿子

---

① 脱脱等《宋史·燕乐》卷一四二，中华书局 1977 年版，第 3345 页。
② 脱脱等《宋史·孝宗本纪》卷三五，中华书局 1977 年版，第 683 页。
③ 洪迈《容斋随笔·四笔》卷一五，上海古籍出版社 1996 年版，第 793 页。
④ 脱脱等《宋史·孝宗本纪》卷三四，中华书局 1977 年版，第 643 页。
⑤ 洪适《盘洲文集》卷六五，《文渊阁四库全书》第 1158 册卷九七，台湾商务印书馆 1986 年版，第 680 页。
⑥ 吴自牧《梦粱录·妓乐》，浙江人民出版社 1980 年版，第 191 页。
⑦ 岳柯《桯史》卷七，中华书局 1981 年版，第 81 页。
⑧ 周密《齐东野语》卷一三，中华书局 1983 年版，第 244 页。

和两个侄儿一同中省试榜，物议纷然。优人敢撄其锋，公然作场推论知举官，演绎出“韩信取三秦”[①] 的绝大文章，尖锐讽刺了一人得道、鸡犬飞升的科场贿事，语惊四座。“不敢明行谴罚”的秦桧早已怀恨在心，绍兴十四年（1144），秦桧借朝廷之力颁布了禁野史令[②]。虽然伶人在政治高压下被惩处，但宋杂剧“打猛诨人，却打猛诨出”、指陈时政的强大力量，不但使奸臣弄权误国的罪恶昭彰天下，且显示了宋杂剧刺讥社会痘痈、干预时政以及对意识形态话语的渗透功能。

绍熙四年（1193），陆游《春社》诗在描述南宋演剧活动盛况时，为我们提示了一条京都禁戏的资料：“太平处处是优场，社日儿童喜欲狂。且看参军唤苍鹘，京都新禁舞斋郎。”[③] 斋郎是宋代的一种官职，可以用钱买，而买此官职者大多是无才无能、品质恶劣的人，所以，大斋郎是斋郎舞的一种，因揭露讽刺此类人物的丑恶嘴脸，遭到当权者禁制。陆游诗中常常提到“戏场”：如《书喜》“酒坊饮客朝成市，佛庙村伶夜作场”句，《出行湖山间杂诗》“野寺无晨粥，村伶有夜场”句，《出游》“云烟古寺闻僧梵，灯火长桥见戏场”句等等。《春社》诗作于绍熙四年（1193），描绘了浙江山阴一带社日民间优人演剧作场的盛况。诗的后两句将参军苍鹘的杂剧搬弄，与京都曾非常流行的“舞斋郎”相提对论，说明宫廷祭仪之戏剧表演有种种禁限。斋郎本是掌宗庙社稷祭祀的小吏，后魏时始设太常斋郎。宋代斋郎职位有两种途径可获得，五六品职官子孙荫补，或入赀补官。《四朝闻见录》载：赵师弄尝作《斋郎舞》向韩侂胄四夫人献媚[④]。如此看来，揭露“斋郎”一类纳官丑行，当是斋郎舞的题中应有之义。但《武林旧事》卷二有“十斋郎”名目，说明这种司祭歌舞原本主要是以集体舞蹈方式裨助祭仪的。京都新禁，说明以前不禁；以前不禁的就是那种简单的司祭舞蹈；而现在新禁的，恐早已溢出祀典正仪，与“参军唤苍鹘”的戏剧搬弄无异，变成了杂有俳优谐谑讽刺的滑稽说唱戏了。因为杂戏杂剧演出不断介入宫廷祭祀、礼仪及娱乐活动，且谐谑以致调弄讽刺、无所不备，嘉泰三年（1203），官方颁布仪制令：“诸以杂言为词曲，以蕃乐紊乱正声者，亦禁之。告获诸以杂言为词曲，以蕃乐紊乱正声者，钱五十贯。”[⑤] 以杂言为词曲，盖指民间俗曲小调、杂戏杂剧演唱。蕃乐盖指四夷边地不同于正声的边音异乐。条法对此类活动掺入仪制裁以禁令，主要针对的即是宫廷祭祀、礼仪活动中的演剧俗谐化，而且对以杂言编写词曲之人严厉惩儆，可能和上年二月所颁“禁行私史”令[⑥]、推求语禁大有关系。

古代宫廷的戏剧演出活动，作为官方礼典和娱乐的组成部分，或多或少都会受到政治体制的权力掌控和礼乐制度的无形制约。考察宋代制乐设官、正乐禁戏的过程，可以看出，宋代宫廷乐制的更革与官方用乐的种种规制，虽然对两宋戏剧撰演合一的发展态

---

① 洪迈《夷坚志·支志乙四》，何卓点校，中华书局 1981 年版，第 824 页。

② 脱脱等《宋史·高宗本纪》卷三一，中华书局 1977 年版，第 560 页。

③ 陆游《剑南诗稿》，钱仲联校注，上海古籍出版社 1985 年版，第 1884 页。

④ 叶绍翁《四朝闻见录》，中华书局 1989 年版，第 195 页。

⑤ 谢深甫《庆元条法事类》卷八〇［杂犯］，薛永升等编《海王邨古籍丛刊》，中国书店 1990 年版，第 485 页。

⑥ 脱脱等《宋史·宁宗本纪》卷三八，中华书局 1977 年版，第 731 页。

势产生了影响，但其中既有抑制和束缚，也有推助和促动，需要我们仔细分辨；而教坊的立废、钧容直的蠲省，却在一定程度上促进了宋代戏剧史俗谐化、民间化的发展趋势。

后 记

周裕锴

陈寅恪先生曾经说过："华夏民族之文化，历数千载之演进，造极于赵宋之世。"其中，宋代文学作为宋代文化的重要组成部分，也是华夏先人留给我们的珍贵财富。有宋三百多年的历史中，宋人继唐人之后为中国古代文学史又写下一段辉煌的篇章。宋文方面，唐宋八大家宋人占了六家，欧、苏、曾、王的作品奠定了明白晓畅的古代文章学的全新范式，影响中国文坛近千年；宋诗方面，则有唐音、宋调的并称，欧、梅、王、苏、黄、陈的作品开启了追新求变的诗风和思虑深沉的品格，数百年与唐诗双峰并峙；宋词更以其独特的抒情方式和曲折婉约的韵味，与唐诗共同构成中国古代文学中的双璧，成为我们民族审美心理的重要部分。宋代文学也体现出从中世走向近世的转型时期的独特风貌，中国的小说、戏剧在这一时期开始走向繁荣。更重要的是，宋代的士人普遍具有"先天下之忧而忧，后天下之乐而乐"的志向，普遍具有学术文化上的自由精神、独立品格和创新意识，这对于我们当代知识分子召唤和建构"大学人文精神"，有着重要而积极的启示和借鉴意义。

新千年以来，中国宋代文学学会于2000年筹备成立，并于同年在复旦大学举行了首届宋代文学国际研讨会。近十年来，先后在复旦大学、南京大学、宁夏大学、浙江大学、暨南大学召开了五届大会。宋代文学的研究队伍越来越壮大，成果越来越丰富，极大地改变了上世纪宋代文学研究远较唐代文学研究落后的局面。

在广州暨南大学举行的第五届宋代文学国际研讨会上，我从邓乔彬教授手中接过"中国宋代文学学会"的印章，同时也代表四川大学接过主办第六届会议的重任。四川在宋代是人才辈出的地方，涌现出一大批著名的文学家，三苏父子对宋代文坛的影响尤为巨大。宋代文学会议将在三苏的故乡四川举行，我们对此深感荣幸。此后，我和祝尚书、吕肖奂、伍晓蔓、张朝富、梁小梅等诸位老师组成会议筹备组，并动员古代文学教研室的师生共同参加会议的筹备工作。在四川大学文学与新闻学院领导的支持下，在王水照教授等学会理事的指导下，经过近两年紧张艰巨的努力，2009年10月23日至25日，由我们与西南民族大学文学院联合主办、三苏博物馆协办的"第六届宋代文学国际研讨会"在成都顺利召开。

这次会议得到海内外学界同仁的热情支持，正式与会代表超过170人，他们分别来自中国大陆、香港、台湾和日本、韩国、德国、新加坡、马来西亚等国家和地区。可谓少长咸集，群贤毕至，五洲四海，欢聚一堂。

会议开幕式上，宋代文学学会会长、复旦大学王水照教授回顾了上届年会以来宋代文学的研究状况，指出今后要注意研究布局的调整，要进一步加强对南宋文学现象的探讨；要注意研究视角的创新，进一步推进文学与党争、地域、宗教等关系的探讨；要注意文献资料的建设，在国内资料搜集的基础上，注意吸收域外汉籍的成果等。南京大学莫砺锋教授、台湾世新大学黄启方教授、日本早稻田大学内山精也教授、德国慕尼黑大学苏费翔教授、四川大学曾枣庄教授、台湾淡江大学颜昆阳教授、南开大学张毅教授、韩国启明大学诸海星教授、暨南大学赵维江教授、四川大学祝尚书教授分别作了大会主题发言。会议代表还分为综合、宋文小说、宋诗、宋诗学、宋词等五个小组，分别展开了四场热烈而紧张的学术讨论，不仅宣读了论文，还彼此评论辩难，砥砺切磋，达到了以文会友、学术交流的目的。在会议闭幕式上，山东师范大学陈元锋教授、复旦大学朱刚教授、南京大学巩本栋教授、浙江大学沈松勤教授和南开大学孙克强教授就五个小组的讨论作总结陈词。王水照教授在闭幕辞中指出：第一，宋诗研究在此次会议中成为了宋代文学的热点问题，这是因为宋诗背负了深厚的宋型文化积淀，宋文研究的边缘化局面有所好转，而宋词研究有待突破瓶颈；第二，就资料和观点等方面而言，本次会议的研究视角有较强的本土化特点，以本土学术传统为基础，巧妙而圆融地结合西方文学理论进行学术研究，预示着宋代文学研究正逐步走向成熟；第三，此次与会代表呈现出年轻化与国际化的趋势，参与人数多，参与积极性高。学术事业后继有人，期冀发扬光大。

会议期间，与会代表还前往眉山三苏祠、乐山大佛等地考察了苏氏父子和黄庭坚等人的文化遗迹，并参观了成都金沙文化遗址，对人文荟萃的西蜀有了更深切的感性认识。

第六届宋代文学国际研讨会共收到 168 篇论文，在文体方面，不仅涉及传统热点宋文、宋诗、宋词的研究，而且出现了传统研究相对忽视的关于宋代小说、笔记、话本、教坊演剧的论文。在作家方面，一流大家仍然广为学者所重视，如关于苏轼的论文多达 20 篇，与此同时，次要作家如张咏、宋祁、米芾、万俟咏、赵鼎臣、韩元吉、舒岳祥、白玉蟾、汪元量等也受到与会者关注。会议论文内容大致可分为五个方面：

（一）宋代文学与文化的关系研究。与会者或从政治、哲学、经学、宗教、艺术等领域出发来探讨宋代文学的精神，如论国家变局与文坛动向、书院官学与理学兴起、《诗经》学与诗学、文教与道教、禅悦与诗歌、书法与诗歌之间的种种关系；或从科举、家族、地域、节序等角度切入来探讨宋代文学的特点，如论科举与文学的层级结构、家族文学研究的理论方法，论平山堂、多景楼的文学意义以及考证“二十四番花信风”的源流。这些跨学科的文化史视角的研究，或高屋建瓴，或细入毫发，多能别出新见，给人启迪。

（二）宋代文学本体研究。与会者重点就文学作品本身的体裁、题材、风格、创作方法、流派、文学嬗变进行讨论。如文体方面有鼓子词、人物赞、集句诗、禅林笔记等被纳入学者的视野，题材方面则有饮食诗、咏茶诗、北伐诗、迎送金使诗、俳谐文、俚俗词等为与会者所涉及；也有学者探讨宋文和宋诗的创作技法以及作品的艺术风格和审美类型。

（三）宋代文学文献考证研究。内容涉及《全宋文》、《江湖集》、《新定杜工部诗近体诗先后并解》、夏敬观选注《王安石诗》、《苏轼文集》、《类编增广黄先生大全文集》、《山谷内集注》、《黄律卮言》、《侍儿小名录》、《醉翁谈录》、苏诗旧注以及伪苏注等的辑佚、考述、求原、校勘、指谬、补正、诠释。这些考证大多体现出言必有据的朴实学风。

（四）宋代文学批评研究。内容包括文论、诗论、词论，如对《文章正宗》、《诗集传》、《诗人玉屑》、《岁寒堂诗话》、《艇斋诗话》、《沧浪诗话》等专书中文学批评观念的诠释和辨正，以及对一些作家的文学思想的探讨，如关于心学家的文学观、欧阳修的文论、邵雍和陆游的诗论、辛弃疾的词论的发明，此外还有诗词辨体以及小说评点的讨论。

（五）文学的传播和接受研究。这是本届会议所收论文中最值得关注的学术新动向，大致包括对宋代文学传播的媒介、舆论与语境的研究，例如题壁诗的题壁传播、《西园雅集图》的绘画传播等等；或是宋代作家对前代文学遗产的接受情况的研究，如宋人对九龄风度的接受，对李白词的模仿次韵，对《文选》诗的学习以及对孟浩然诗的典律构建等等；或是宋代文学在后世的传播和接受研究，如宋词在宋元话本中的接受，在明代的传播和接受，在清代浙西词派、常州词派以及岭南词人中的接受等等；或是宋代文学在海外的传播接受研究，如韩国古代的宋诗论、日本20世纪的苏轼研究、苏轼《赤壁赋》对朝鲜汉诗的影响等等。

总体而言，本届会议论文不仅数量众多，涵盖面广，而且普遍具有较高的学术水准。如此多的优秀论文为我们编选论文集提供了良好条件，同时也给我们带来“幸福的烦恼”。限于篇幅，我们不得不忍痛割爱，从168篇论文中选出46篇，即便如此，这仍是一本超厚的论文集了。根据理事会的意见，我们编选论文集大致采用四个原则：一是以论文质量为标准，兼顾地域、选题等因素；二是未实际与会的学者的论文一律不收；三是已发表的论文一般不收，质量特别突出或选题有代表性者除外；四是篇幅过长的论文一般不收。部分优秀的会议论文，我们征得相关作者的同意，分别收入四川大学中国俗文化研究所主办的《新国学》集刊第八、九卷，今明年内陆续出版。关于论文集的选目，主要是我个人根据会议讨论时的反馈意见以及教研室同仁的建议决定的，肯定有欠妥之处，敬请全体与会学者批评指正。

本论文集得到四川大学文学与新闻学院与西南民族大学文学院的共同资助，特此表示最诚挚的感谢。同时要感谢四川大学“985工程”文化遗产与文化互动项目、四川大学十二五“211工程”重点建设学科中外文学与俗文化项目的大力支持。张朝富、伍晓蔓二位老师为编纂《第六届中国宋代文学国际学术研讨会论文集》（上、中、下三册）付出了辛勤的劳动，本论文集即主要在其基础之上编选而成，在此亦谨表谢忱。

2010年6月30日

第六届宋代文学国际研讨会论文总目

王水照（复旦大学）　南宋文学的时代特点与历史定位

祝尚书（四川大学）　论科举与文学关系的层级结构

张兴武（杭州师范大学）　“圣贤”心态与两宋文化自毁因子的生成

张文利（西北大学）　北宋兴学背景下的官学与书院——兼及理学的发生

张　剑（中国社会科学院）　家族文学研究的理论、方法及文献问题——对宋代以降家族文学研究的若干思考

杨　挺（电子科技大学）　媒介凸显与舆论营构——略论宋代文学传播兴起及其观念自觉

王兆鹏（武汉大学）　宋代的“互联网”——从题壁诗词看宋代题壁传播的特点

钱建状（厦门大学）尚永亮（武汉大学）　贬谪文化在北宋的演进及其文学影响

陈元锋（山东师范大学）　宋太宗朝翰林学士述论

曾枣庄（四川大学）　文星璀璨的嘉祐二年贡举

薛　颖（天津财经大学）　元祐文人集团文化精神的绘画传播——以《西园雅集图》的考察为中心

黄坤尧（香港中文大学）　《三刘家集》与北宋的人文精神

杨经华（贵州财经学院）“伪苏注”与宋学精神

侯体健（复旦大学）　论国家变局与晚宋文坛新动向

赵　红（西南民族大学）　唐宋诗文中“嫦娥”意象的文化意蕴

张再林（广西师范学院）　白居易的九老会及文学史意义

崔　铭（同济大学）　雅兴、豪情与生命的喟叹——平山堂之于扬州的意义

李德辉（湖南科技大学）　多景楼与两宋文学

马东瑶（北京师范大学）　论宋人对九龄风度的接受

程　杰（南京师范大学）　“二十四番花信风”考

马茂军（华南师范大学）　论唐宋文之争

朱迎平（上海财经大学）　唐宋传体文流变论略

刘　培（山东大学）　两宋之交辞赋的传承与递变

刘成国（浙江工业大学）　宋代俳谐文研究

谢佩芬（台湾大学）　宋代人物赞研究

聂安福（复旦大学）　宋人文法《檀弓》解读

施懿超（浙江理工大学）　上承元白，宋调初创——王禹偁四六文研究

副岛一郎（日本同志社大学） 范仲淹的学问及其文教振兴的道教因素

杨国安（河南大学） 试论北宋思想文化演进对欧阳修文论的影响

陈湘琳（马来西亚马来亚大学） 欧阳修的“颍州”言说

严 杰（南京大学） 欧阳修的个性与艺术风格

夏汉宁（江西省社会科学院） 从历代选本看欧阳修散文经典化过程

许瑶丽（成都理工大学） 再论嘉祐太学体及其与“古文”的关系

潘殊闲（西华大学） 苏洵大器晚成的启示

李俊标（徐州师范大学） 北宋南丰曾氏家学与三曾文学创作述略

方笑一（华东师范大学） 苏轼的经学与古文

李贞慧（台湾清华大学） 由《论武王》看苏轼海外《志林》的诠释问题

张海沙（暨南大学） 苏轼与《金刚经》

金周淳（韩国大邱 Catholic 大学） 苏轼《赤壁赋》对朝鲜汉诗的影响

朱 刚（复旦大学） 苏辙散文的基本风格与晚年变化

文师华（南昌大学） 米芾《蜀素帖》的文本内容和书法特点

岳振国（西南民族大学） 赵鼎臣文章论

陈 忻（重庆师范大学） 南宋心学家的文学观

诸海星（韩国启明大学） 由《文章正宗》看真德秀的文体分类观念

高桥幸吉（日本庆应义塾大学） 王若虚的经学与金代苏学

王 永（中国传媒大学） 论金代著名文学家赵秉文的散文创作

内山精也（日本早稻田大学） 宋诗能否表现近世?

沈松勤（浙江大学） 经学中的诗学—— 宋代“诗经学”的特点及意义

诸葛忆兵（中国人民大学） 兴美文精即擅场，不论京国与江乡——论宋代科举考场外的诗歌创作活动

苏费翔（德国慕尼黑大学） 宋代诗中“乾坤”、“太极”的涵义

张 毅（南开大学） 文人“墨戏”与宋诗意韵

吕肖奂（四川大学） 多元合力共生：北宋诗坛非主流体派论

张蜀蕙（台湾东华大学） 宋人选本里的南方与元祐文人

陈素贞（台湾中台科技大学） 宋代食物题咏中的自然观察与书写——以鳞介海错为例的探讨

汪 俊（扬州大学） 论宋人对“《文选》诗”的学习

阿部顺子（日本庆应义塾大学） 关于“为地”在南宋的诗语化

张福清（韩山师范学院） 读《全宋诗》札记

张福勋（包头师范学院） 诗的细节描写鉴赏

杜若鸿（香港大学） 宋前期诗歌与政治关系——以王禹偁为考察中心

伍联群（绵阳师范学院） 简论张咏蜀中诗歌在宋初文学史上的意义

李 强（上海商学院） 杨亿：从“盛世符瑞”到西昆诗人

赵德坤（宜宾学院）　禅悦与审美：宋代文人的心灵安顿——以宋祁禅悦诗的考察为中心

吴大顺（怀化学院）　论欧阳修诗歌的气格

衣若芬（新加坡南洋理工大学）　严谨的游戏：王安石《胡笳十八拍》诗论析

莫砺锋（南京大学）　饮食题材的诗意提升：从陶渊明到苏轼

巩本栋（南京大学）　“借君无弦琴，寓我非指弹”——苏轼《和陶诗》新论

杨林夕（惠州学院）　李白和苏轼女性诗的差异及其文化意蕴

加纳留美子（日本东京大学）　夜雨对床——苏氏兄弟所期待的理想将来

吴静宜（台湾石碇高中）　苏轼咏茶诗与其诗歌美学

朴永焕（韩国东国大学）　李奎报禅诗特征鉴赏——与苏轼禅诗比较

张立荣（江西师范大学）　苏轼、黄庭坚七律创作技法之异同及其诗学内涵

浅见洋二（日本大阪大学）　黄庭坚诗注的形成与黄罃《山谷年谱》——以真迹及石刻的利用为中心

周　静（长沙理工大学）　妙手偶得与实在工夫——浅析潘邠老“满城风雨近重阳”断句诗的传播及生成语境

胡传志（安徽师范大学）　论杨万里迎送金使诗

黄奕珍（台湾大学）　陆游诗歌“北伐”之“再现”析论

小田美和子（日本宫城教育大学）　陆游诗中“愁”的意象化

王利民（赣南师范学院）、陶文鹏（中国社会科学院）　论朱熹山水诗的五种审美类型

谭　敏（西南民族大学）、沈　杰（中国人民大学）　白玉蟾诗歌中体现生活诗性状态的乐境

张　海（四川师范大学）　汪元量蜀中诗简论

伍晓蔓（四川大学）　从居富到处穷：北宋尚富诗学浅论

魏景波（陕西师范大学）　文献流传、文化转型与文学嬗变——宋代杜诗学的三大成因

王利民（赣南师范学院）　理学之维：邵雍的诗学观念

由兴波（吉林大学）　论米芾诗学思想与书法理论的互通互融

曾　明（西南民族大学）、邓国军（内江师范学院）　诗学“活法”说不始于吕本中

段莉萍（西南交通大学）、王发国（西南民族大学）　郑厚和他的真诗论考略

杨理论（西南大学）　试论陆游的体验诗学

陈志信（台湾大学）　诗境想象、辞气讽咏与性情涵濡——《诗集传》展示的诗歌诠释进路

王培友（北京语言大学）　诗歌“气象”何以能“近道”——兼谈朱熹“气象近道”说在中国诗论“气象”范畴构建中的作用

徐希平（西南民族大学）　张戒《岁寒堂诗话》论杜述略

王秀云（台湾世新大学） 曾季貍及其《艇斋诗话》考论

周裕锴（四川大学） 《沧浪诗话》的隐喻系统和诗学旨趣新论

王德明（广西师范大学） 从诗法传授的角度看《沧浪诗话》

张高评（台湾成功大学） 《诗人玉屑》“意在言外”说述评——以含蓄、寄托、讽兴为核心

侯雅文（台湾政治大学） 刘辰翁批点《孟浩然诗集》及其在唐宋时期“孟浩然诗典律建构历程”上的意义

吴中胜（赣南师范学院） 翁方纲论宋诗

慈　波（浙江师范大学） 钱钟书先生的宋诗观与诗歌创作

邱美琼（南昌大学） 20世纪以来日本学者的苏轼诗研究

徐安琪（华中科技大学） 韩国古代诗话中的宋诗论

颜昆阳（台湾淡江大学） 宋代“诗词辨体”之论述冲突所显示词体构成的社会文化性流变现象

赵小华（华南师范大学） 性别诗学：唐诗宋词研究的新视角

欧明俊（福建师范大学） “追认”与宋词价值重估

张　鸣（北京大学） 宋代词的演唱形式考述

龙建国（江西财经大学） 宋代书会与词体的演化

许兴宝（苏州科技学院） 论宋词的城市文学质性

谢　谦（四川大学） 论宋代文人词的俚俗化

刘　航（首都师范大学） 鼓子词考论

董希平（中国传媒大学） 论宋词演唱技法的更替与嬗变

赵雪沛（首都师范大学） 论唐宋词起、结过片的艺术

马强才（清华大学） 宋代词学用事论：与宋代诗学用事观念一致

木　斋（吉林大学） 后东坡时代的诗化革新与传统回归

邓乔彬（暨南大学） 南渡词之变

李　康（哈尔滨师范大学） 论南宋遗民词时空结构方式中的错时艺术

刘尊明（深圳大学） 论宋代词人对李白词的模仿与次韵

刘　静（济南大学） 东坡词中的女性形象刍议

陈冬根（井冈山大学） 苏轼的檃括词创作与传媒关系之考察——从吴承学先生《论宋代檃括词》说起

王　庆（西华大学） “人间如梦，一尊还酹江月”——论苏轼之日神、酒神精神

卓清芬（台湾中央大学） 儒释道思想融会对宋词创作的影响——以黄庭坚《山谷词》为考察对象

朱惠国（华东师范大学） 词的雅化趋势与黄山谷的尴尬——兼论山谷俗词的评价问题

叶帮义（安徽师范大学） 论清真词的白描

路成文（广东外语外贸大学） 清真三首“萧娘词”创作时地及相关情事考辨
吴惠娟（上海大学） 流行的未必成经典——以万俟咏为例
陈筱芳（西南民族大学） 真——李清照词的道德风险
何春环（中央民族大学） 论“多尘外之想”的希真俗词
黄 海（贵州大学） 辛弃疾的词学思想
王鲁一（山东民革） 由济南“二安”看地域文化的影响
李文钰（台湾大学） 女神背影与末世乐园——论梦窗词的神话书写
孙 虹、王 婷（江南大学） 吴梦窗词新证二题
薛玉坤（苏州大学） 英雄追忆：镇江怀古词中的历史人物意象——兼与金陵怀古词比较
谭新红（武汉大学） 宋代词籍序跋的传播功效
胡元翎（黑龙江大学） 从准《草堂诗余》初选本蠡测南宋文人词之音乐文学标准
王晓骊（华东政法大学） 通俗叙事视角下的宋词接受——以宋元话本为例
许伯卿（宁波大学） 金元词体诗化理论发皇
赵维江（暨南大学） 论遗山词对宋词的集成与超越
左洪涛（宁波大学） 论王重阳道教词对宋词的继承
张若兰（大理学院） 论明代中后期词坛对宋词的选择与接受
苏利海（西南民族大学） 关于宋词和清词
王伟勇（台湾成功大学） 清代论词绝句之价值——以论唐五代两宋词为例
朱丽霞（上海财经大学） 浙西词派独尊梦窗之再检讨
朱丽霞（上海财经大学） 溉堂词与稼轩词
孙克强（南开大学） 简论常州词派的南北宋之辨
孙维城（安庆师范学院） 白雨斋论苏轼与辛弃疾词试评
范松义（重庆师范大学） 论清代岭南词人对姜、张词的接受——兼说清代姜、张词接受史研究问题
刘燕萍（香港岭南大学） 改葬与遂愿——论《越娘记》和《远烟记》
刘 强（同济大学） 刘辰翁与《世说新语》
祁 伟（陕西师范大学） 宋代禅林笔记的忆古情结和书写策略
邹志勇（辽宁师范大学） 宋代笔记文献考论
汤华泉（安徽大学） 罗烨《醉翁谈录》的成书年代及其中宋代诗文考察
罗 宁、张克然（西南交通大学） “侍儿小名录”书考
蔡 毅（日本南山大学） 日本汉籍与《全宋文》补遗
聂巧平（暨南大学） 赵次公《先后解》对杜诗编年的贡献
吴淑钿（香港浸会大学） 论夏注王安石诗
原田爱（日本九州大学） 苏门子嗣编纂苏轼文集考
马德富（四川大学） 苏诗旧注补正（八）

黄启方（台湾世新大学）《类编增广黄先生大全文集》考述

王述尧（江西科技师范学院） 任渊《山谷内集注》指谬

闵定庆（华南师范大学） 试论《黄律卮言》的校勘价值

罗 鹭（四川大学） 《江湖前、后、续集》与《江湖集》求原

河野贵美子（日本早稻田大学） 《源氏物语》注释书所引的宋代书籍

汤江浩（华中师范大学） 曾巩之妻晁氏、李氏母家考略——曾巩及其主要亲属行实考略（五）

路成文（广东外语外贸大学） 周邦彦“荆州之游”考辨

白晓萍（浙江理工大学） 吕本中年谱补正

彭国忠（华东师范大学） 赵鼎臣生平事迹新考

王 昊（吉林大学） 李清照生嫁年及《金石录后序》署年综考

曹辛华（南京师范大学） 李清照事迹五辨

童向飞（湖北大学） 《韩南涧年谱》三辨

钟振振（南京师范大学） 《全宋词》王炎小传辑补

秦惠民（华中科技大学） 陈造主教吴门与范成大之交往考

陶 然（浙江大学） 南宋遗民诗人舒岳祥事迹考略

图书在版编目（CIP）数据

第六届宋代文学国际研讨会论文集／周裕锴编．—成都：巴蜀书社，2011.3

ISBN 978-7-80752-770-1

Ⅰ.①第… Ⅱ.①周… Ⅲ.①古典文学—文学研究—中国—宋代—国际学术会议—文集 Ⅳ.①I206.2-53

中国版本图书馆 CIP 数据核字（2011）第 030304 号

第六届宋代文学国际研讨会论文集 周裕锴 编

责任编辑	李 蓓
出 版	四川出版集团巴蜀书社 成都市槐树街 2 号 邮编 610031 总编室电话：(028)86259397
网 址	www.bsbook.com
发 行	巴蜀书社 发行科电话：(028)86259422 86259423
经 销	新华书店
印 刷	成都蜀通印务有限责任公司（028）84122206
版 次	2011 年 5 月第 1 版
印 次	2011 年 5 月第 1 次印刷
成品尺寸	240mm×185mm
印 张	41
字 数	1100 千
书 号	ISBN 978-7-80752-770-1
定 价	70.00 元

中国宋代文学学会理事会名单